J. Michael Schumacher
Peter Hein

Der Kreuzzug des Fischers

Historischer Roman

Bergischer Verlag

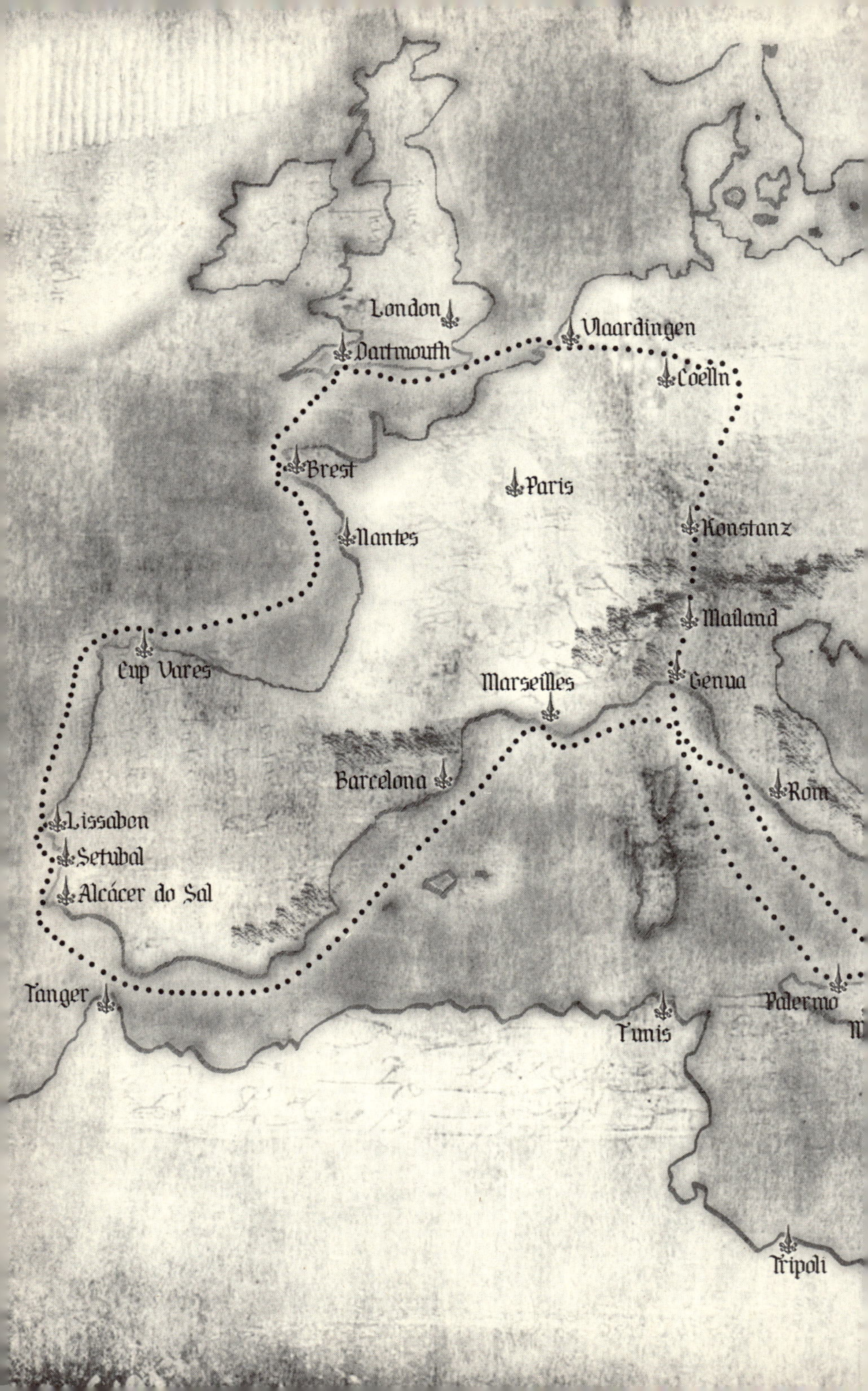
London
Vlaardingen
Dartmouth
Coelln
Brest
Paris
Nantes
Konstanz
Mailand
Cap Vares
Marseilles
Genua
Barcelona
Rom
Lissabon
Setubal
Alcácer do Sal
Tanger
Palermo
Tunis
Tripoli

Der 5. Kreuzzug

Sommer 1217 – Herbst 1221

1. Buch, Prolog

Im Niltal, Herbst 1220

Im Halbdunkeln des Verlieses machte sich eine zerlumpte, bärtige Gestalt an der modrigen Wand zu schaffen. Aus zahllosen Ritzen traten winzige Rinnsale brackigen Wassers aus, die sich am Fuß der Wand zu einer Art Quelle sammelten, um dann irgendwo unter den Steinplatten zu versickern und sich ihren Weg zurück zum Nil zu suchen. Es roch nach Fäulnis und Exkrementen. Auf dem fadenscheinigen, verdreckten Gewand der Gestalt war noch schwach ein stilisiertes rotes Kreuz zu erkennen. An den Füßen klirrte eine schwere eiserne Kette. Mit einem schartigen, verbogenen Löffel ritzte der Mann, dem die Kerkerhaft bislang scheinbar weder den Stolz noch Gesundheit und Lebenskraft zu rauben vermocht hatte, dünne Linien in den Stein. Zwei Jahre schon, davon eines in diesem verfluchten Kerker, grübelte er, als er innehielt und sein seit Monaten wachsendes Werk aus senkrechten Linien betrachtete. Jeweils sieben stellten eine volle Woche dar. Der primitive Kalender half ihm dabei, nicht den Verstand zu verlieren. Ein leises Stöhnen von der gegenüberliegenden Seite ließ ihn, so schnell es das Hindernis an seinen Fußgelenken erlaubte, zu seinem Gefährten eilen, dem es deutlich schlechter ging als ihm. Seit Wochen lag der junge Franke im Fieber und wurde von heftigen Albträumen geschüttelt. Auch jetzt schien er wieder zu fantasieren.

„Das Sterben … das viele Sterben“, kam dem abgemagerten, von schweißnassen Haaren eingerahmten Gesicht über die zerfurchten Lippen, „es muss ein Ende haben.“

Die zittrige Stimme war kaum zu verstehen. „Sei unbesorgt, du stirbst noch nicht“, versuchte ihn der Kräftigere zu beruhigen, „das lasse ich nicht zu. Den Gefallen wollen wir den Sarazenen und diesem fetten Eunuchen doch nicht tun!“

Da schlug sein Gefährte die Augen auf und ergriff mit erstaunlicher Festigkeit das Handgelenk des Freundes. Diesmal weilte er offenbar nicht im Fiebertraum. „Um mich selbst sorge ich mich nicht“, keuchte er, „ich habe es nicht besser verdient, zu oft habe ich mein Glück herausgefordert …“ Er machte eine Pause, um seine Kräfte zu sammeln. „Aber all die anderen – so viele sind gestorben. Und noch hat das Sterben kein Ende …“

Dabei versuchte er, sich ein wenig auf dem fauligen Strohlager aufzurichten, das die einzige Bequemlichkeit in dem steinernen Gewölbe darstellte. „Ich musste an meinen Herrn denken, der gefallen ist – in der Blüte seiner Jahre –, und mit ihm viele der tapfersten Männer, gefallen unter den Krummschwertern der Muselmanen. Oder sie sind dem Fieber erlegen, das in den Sümpfen lauert und jedem, der nicht hier geboren ist, in die Glieder kriecht. Dieses vermaledeite Land saugt uns das Leben aus, wie die elenden Mücken unser Blut …"

Vor ihrem geistigen Auge wurden Erinnerungen lebendig, Erinnerungen an die gewaltige Flotte, mit der sie aufgebrochen waren, Erinnerungen an schier unzählige Schlachten, die sie ausgefochten hatten, an die unsäglichen Mühen, die der Bau der Belagerungsmaschinen gekostet hatte, an die fürchterlichen Verbrennungen, die das griechische Feuer hervorrief, und an die Ausweglosigkeit der Gefangenschaft. Aber hatten sie es sich nicht selbst zuzuschreiben? Warum waren sie überhaupt hier? Der Nil war weit entfernt von Jerusalem, zu dessen Befreiung sie einst aufgebrochen waren. Aber hätten sie ihren Entschluss geändert, wenn sie sich der Gefahren in vollem Umfang bewusst gewesen wären? Oder wäre die Aussicht auf Ruhm und Ehre, auf Vergebung aller Sünden und auf die Reichtümer des Morgenlandes nicht doch zu verführerisch gewesen? Ein Rasseln an der Tür riss sie aus den Gedanken. Als der feiste Kopf mit dem nur allzu gut bekannten Turban und der waffenstarrenden Begleitung unter dem Sturz erschien, warfen sich die beiden einen stummen Blick zu. Der Ritter mit dem verblassenden Kreuz auf dem Rock musste seinem Freund im Stillen recht geben. Noch hatte das Sterben vermutlich kein Ende – und es war nur eine Frage der Zeit, bis die Reihe an ihnen war.

Im Tal der Wupper, Herbst 1212

„Starr nicht ständig in den Lichtertanz, das bekommt den Augen nicht. Wenn sie kommen, wird uns das schon nicht entgehen!" Sein Vater hatte recht, das gleißende Licht schmerzte in der Tat in den Augen. Seit Stunden schon spähte Thomas von seinem Ausguck auf einem schmalen Fels im Flussbett aus angestrengt in die sich stetig kräuselnden Wellen der Wupper. Nun ließ der schräge Einfall der Sonne, die soeben über die Baumwipfel des südöstlichen Ufers kletterte, tausend Blitze auf den Schaumkronen des reißenden Flusses tanzen. In seiner Fantasie wurde das Licht von den Schuppen und Flossen unzähliger Fische zurückgeworfen, einem Heer glitzernder Lachse, die sich endlich den Weg flussaufwärts bahnten. Seinem Vater tat er hingegen mit Bedacht nur eine Kurzfassung seiner Gedanken kund. „Der Fluss brodelt, wie von einem riesigen Schwarm", brüllte er über das Tosen der Strömung hinweg, handelte sich jedoch selbst dafür einen nicht unerwarteten Tadel ein. „Du bist ein Träumer!", rief sein Vater zurück, wobei er sich bemühte, betont ernst zu klingen, „sieh zu, dass du nicht in die Fluten fällst, so wie du da auf dem wackeligen Stein hockst!" Thomas lachte und sein Vater musste im Stillen zugeben, dass auch ihm ähnliche Gedanken gekommen waren. Aber romantische Gefühle pflegte Ulrich Grimbergen stets mit rauen Kommentaren zu ersticken. Trotz seiner schroffen Warnung beäugte er jedoch selbst hoffnungsvoll jede Bewegung auf der Wasseroberfläche, wobei er auf seiner Uferseite knietief ins Wasser gewatet war. Trugbilder, zu schön, um wahr zu sein, rief sich der Fischer in Erinnerung. Seit Tagen warteten sie bereits vergeblich auf die Rückkehr der Wanderfische und auf einen guten Fang.

Der Herbst des Jahres 1212 drohte einmal mehr, nicht die erhoffte Ernte zu bringen. Schon seit vier Jahren bescherten verregnete Sommer und ständige Unruhen den Bauern nur Missernten. Hungersnöte herrschten im Land zwischen Rhein, Ruhr, Wupper und Sülz, das nach seinem Herrscherhaus benannt war: den Grafen „von Berg" bzw. lateinisch „de Monte".

Der regierende Graf Adolf war ein guter Herrscher, weilte aber häufig nicht im Land, sondern auf irgendwelchen Feldzügen oder am Königshof. Mit seinem Bruder Engelbert befand er sich gerade weit in Europas Süden auf einem Kreuzzug gegen die abtrünnige Christensekte der Albigenser.

Thomas' Vater interessierte sich wie jeder einfache Mann nicht sonderlich für Politik und derlei Geschehnisse, solange keine Raubritter die heimatlichen Gefilde verheerten. Er hatte hungrige Mäuler zu stopfen und war es gewohnt, dafür allein sorgen zu müssen. Mit seinen vierzehn Jahren war sein Sohn gottlob alt genug, ihm zur Hand zu gehen. Aber von hohen Herren war keine Hilfe zu erwarten, so viel stand für ihn fest. Aus der Not heraus war Ulrich vor Jahren auf die Idee gekommen, die magere Feldwirtschaft mit Fischfang aufzubessern, zuerst zeitweilig, dann vollends. Dadurch hatte sich vieles verändert. Die Wupper, die Lebensader des Landes, führte Bachforellen, Barben, Aale und Krebse und zu bestimmten Zeiten auch Lachse. Damit hatte Ulrich seine Familie schon im ersten Jahr gut über den Winter gebracht. Für Thomas hatte sich gar eine neue Welt aufgetan, die ihm wesentlich besser gefiel als die Feldarbeit, der er nie viel hatte abgewinnen können. Mit Netz, Angel, Reuse und Speer auf Fischfang zu gehen war doch etwas anderes, als in der lehmigen Erde herumzuwühlen. Allein dafür war er seinem Vater unendlich dankbar. Mehr noch bewunderte er ihn für dessen scharfen Verstand.

„Wie bist du eigentlich darauf gekommen, uns zu Fischern zu machen?", hatte der Junge seinen Vater einmal gefragt, während sie ihr Netz in einer Flussbiegung auslegten. „Nun, die Heiligen haben mich darauf gebracht", hatte der mit einem Augenzwinkern geantwortet. Darauf musste Thomas ein selten verständnisloses Gesicht gemacht haben, schließlich hatte er seinen Vater bislang nicht gerade als besonders frommen Mann erlebt. So hatte sich Ulrich lachend genötigt gesehen, seinem Sohn Erleuchtung zu verschaffen. „Ich gebe zu, es waren nicht die frommen Botschaften", hatte er ihn verschmitzt wissen lassen, „sondern vielmehr die strengen Regeln der Kirche für die Fastenzeit, die mich in Petrus' Fußstapfen treten ließen …"

Fisch galt jahrhundertelang als Arme-Leute-Essen und diente lediglich als Fastenmahlzeit. Diesbezüglich war der Bedarf deutlich gestiegen, seit der christliche Glaube seine Fühler auch in die entlegenen Täler und Wälder ausdehnte. Überall entstanden neue Kirchen und Klöster, die unterschiedlichen Heiligen gewidmet wurden. Mit den Klöstern und den zu häufigem Fasten angehaltenen Brüdern hatte der Fisch seinen Siegeszug auf die Speisetafeln angetreten. Deshalb war Ulrich Fischer geworden. Vor drei Jahren hatte er beim Grafen das Fischereirecht an einem Flussabschnitt der Wupper erwirkt. Dafür musste er den zehnten Teil seiner Einkünfte in Naturalien abliefern. Seine Fischereirechte bezogen sich auf einen flussabwärts gelegenen Abschnitt der Wupper und reichten bis zu den Stromschnellen, nahe denen ein Schwertschleifer aus Solengen ein hölzernes Räderwerk errichtet hatte, das nun seinen Schleifstein antrieb. In unmittelbarer Nähe der dunklen, mit Farnen, Sträuchern und allerlei Blattwerk überwucherten Ufer hatte Ulrich Aalkörbe aufgestellt, denn Aale, frisch oder geräuchert, gehörten zu den beliebtesten Fischsorten. Außerdem wimmelte es hier von Forellen.

Das Handwerk hatte sich schnell als so einträglich erwiesen, dass andere Männer bald Ulrichs Beispiel gefolgt waren. Am Fuße des Felsens, auf dem weithin sichtbar die Burg Neuenberge, der Amtssitz der Grafen von Berg, thronte und wo die Wupper seit alters her im rechten Winkel ihren Lauf ändert, war das bislang unbedeutende Handwerker- und Fischerdorf deutlich gewachsen.

Mit den Fängen konnten in guten Jahren nicht nur der Hof des Grafen und die nähere Umgebung versorgt werden, sondern es war auch ein lebhafter Handel mit der Stadt Köln entstanden. Der Fluss war zugleich die Transportader. Um seine Fänge wie auch zuweilen aus Köln über den Fluss angelieferte Waren den Berg hinauf zur Burg bringen zu können, hatte sich Ulrich Grimbergen einen zweirädrigen Karren zugelegt, war also im Zweitberuf auch noch Fuhrmann geworden. Damit konnte er seine Familie nun schon einige Jahre mehr als leidlich ernähren.

In den letzten Wochen hatten sie allerdings wenig Glück mit ihren Fängen gehabt. Dies würde sich jedoch bald ändern, hoffte Ulrich. Jetzt im Herbst erwartete er die rückkehrenden Lachse. Nahe den Stromschnellen hatten sein Sohn und er mit Netzen den Weg der Wanderfische abgesperrt und nur einen kleinen Durchgang gelassen, um die zu ihren Laichgründen im Oberlauf zurückkehrenden Lachse gezielt abfischen zu können. Doch bislang warteten sie vergebens.

Karl der Quade zog ächzend sein bestes Stück aus der rothaarigen Hure, die er sich von seinem letzten halben Pfennig geleistet hatte.

Wie Brot und Wein waren auch die Liebesdienste in der großen Stadt am Rhein teuer geworden. Eigentlich war er es nicht gewohnt, für Weiber zu bezahlen. Üblicherweise reichte ein anderes, schärferes Stück Metall, um sie gefügig zu machen. Damit kannte er sich aus. Aber in den engen Gassen Kölns musste man vorsichtig sein, da konnte man schneller am Galgen enden, als es einem lieb war. Die Stadtwache verstand diesbezüglich keinen Spaß. Obendrein lief man derzeit Gefahr, nicht mal eine letzte Beichte und Absolution zu bekommen, da der Papst aufgrund des steten Streits der rivalisierenden Bischöfe das Interdikt über die Stadt verhängt hatte. Damit fehlte selbst Trauungen und Beerdigungen jeglicher kirchliche Segen. Aber Karl der Quade plante für sich weder das eine noch das andere. Es wurde Zeit, dass er sein gewohntes Leben wieder aufnahm. Zu lange schon mangelte es ihm nicht nur an Frauen, sondern auch an einer gut gefüllten Börse, seit seine Raubzüge seltener geworden waren. Seine Auftraggeber hielten sich seit Monaten bedeckt. Aber das würde sich bald ändern, wie die kurze Botschaft verhieß, die er am Abend zuvor bekommen hatte. Nachdenklich kratzte er seinen kahlen Schädel, ließ einen beachtlichen Furz, schlug die fleckigen Laken zur Seite und stand von dem klammen Lager auf, das er mit der Hure im Hinterzimmer einer einschlägigen Schänke geteilt hatte. Dabei warf er einen kurzen Blick auf sein Gemächt, das er dazu prüfend in der Hand wiegte. Zu seinem Unmut stellte er fest, dass dieses rot von Blut war. Irgendwie endeten fast alle seine Handlungen in Bluttaten, schoss es ihm durch den Kopf. „Mach dir nichts draus", krächzte die Dirne, die sich nun ebenfalls aufgerichtet und seinen aufkeimenden Zorn mitbekommen hatte, „wenigstens kannst du sicher sein, dass du mich nicht geschwängert hast." Dabei lachte sie eine Spur zu laut und zu dümmlich. Krachend schlug er ihr den Handrücken ins Gesicht, wobei ihr Kopf nach hinten flog und hart gegen das feuchte Mauerwerk prallte. Augenblicklich zeichnete sich ein noch dunklerer Fleck auf dem ohnehin schon düsteren Gestein ab, der sich schnell nach unten vergrößerte. Irgendwie endete bei ihm alles in einer Bluttat. Karl der Quade schlüpfte fluchend in seine Beinkleider und verschwand.

Wie ein zäher Lindwurm wand sich der Tross der bergischen Ritter auf der alten Heerstraße über die Höhen des Bergischen Landes. Den etwa zwanzig Reitern in ihren farbenprächtigen Wappenröcken auf ihren schweren, mit bunten Schabracken geschmückten Pferden folgten drei Dutzend Fußsoldaten und zwei schwerfällige Karren mit den Waffen und Verwundeten. Krähen und Bussarde kreisten über ihnen, in der Hoffnung, aufgescheuchte oder von Hufen und Rädern zermalmte Nagetiere erbeuten zu können. Langsam, viel zu langsam nach dem Geschmack des Grafen Adolf, kam der Zug voran. Offiziell war er der dritte Landesherr mit Namen Adolf, andere nannten ihn den VI., aufgrund der Fülle von Vorfahren gleichen Namens wusste dies jedoch niemand so genau zu sagen. Äußerlich wie innerlich eine geborene Führernatur, mit dunkelblondem Haar und ebensolchem Bart, der nach den Wochen im Feld noch länger war als sonst, ritt er wie immer an der Spitze, direkt neben seinem hoch aufgeschossenen, charismatischen Bruder Engelbert.

Aus dem Süden des Frankenreiches kommend, hatten sie einige Zeit in Köln verbracht, wo sein Bruder als Propst die äußeren Angelegenheiten sowohl des Domkapitels als auch des Stiftes St. Severin leitete. Und in Köln hatte sie beunruhigende Kunde erreicht. Das ganze Land war in Aufruhr. Überall trieben Raubritter ihr Unwesen. Ein Kreuzzug der Kinder war von Köln aus nach Süden aufgebrochen. Wichtiger noch: Der Thronstreit zwischen den Welfen und den Staufern war in eine neue Runde getreten.

Gleich zwei Könige erhoben Anspruch auf die deutsche Krone: Otto IV., der amtierende, aber beim Papst in Ungnade gefallene Kaiser aus dem Hause der Welfen, und Friedrich II., der gerade einmal siebzehnjährige Herrscher von Sizilien, Enkel des berühmten Kaisers Barbarossa aus dem Haus der Staufer. Unterstützt von Papst, Kirche und seiner weitläufigen Sippe hatte Friedrich nun deutschen Boden betreten und befand sich auf einem Siegeszug durch das obere Rheintal, wobei immer mehr Fürsten zu ihm überliefen. Derweil befand sich Otto auf dem Rückzug nach Köln. Die Domstadt hielt dem Kaiser die Treue, weil Otto ein Verwandter des englischen Königshauses war, mit dem Köln einen schwungvollen Handel betrieb. Diese Veränderungen beschäftigten Adolf, als er nun sein Pferd näher an das seines Bruders lenkte.

„Es gefällt mir nicht, was sich da zusammenbraut", sagte er in gedämpftem Ton zu Engelbert, damit nicht gleich jeder in ihrer Nähe seine Gedanken mitbekam. „Wir werden uns früher oder später entscheiden müssen, auf welcher Seite wir stehen. Und das wird von entscheidender Bedeutung für unser ganzes Land sein."

Der Jüngere der beiden Brüder nickte betont beiläufig, verriet äußerlich aber mit keiner Miene, was er dachte. Sein schwarzes Gewand, das ihn als Kirchenmann auswies, unterstrich seinen ernsten Gesichtsausdruck, passte ansonsten aber wenig zur schillernden, für die Zeit außerordentlich groß gewachsenen Gestalt Engelberts mit dem säuberlich nach neuester Mode geschnittenen Blondhaar und der schweren Goldkette um seine Brust. Als Zweitgeborenen hatte man ihn früh für eine kirchliche Laufbahn ausersehen, während der ältere Adolf ihrem Vater in der weltlichen Macht nachgefolgt war.

„Auf welcher Seite wir letztlich stehen, ist wohl kaum die Frage. Oder willst du einem sinkenden Stern die ungeliebte Treue halten?", antwortete Engelbert mit einer Gegenfrage.

„Wohl kaum", schüttelte Adolf den Kopf. „Nur sollten wir diesmal unsere Schritte besonders vorsichtig erwägen, denn Freund und Feind sind schwer zu unterscheiden."

Zehn Jahre schon währte der Thronstreit zwischen den Welfen und Staufern, wobei mal die eine, mal die andere Seite die Oberhand zu gewinnen schien. Anfangs aufseiten des Kaisers stehend, hatte Adolf schließlich Partei für die Staufer ergriffen, sich dann aber doch Kaiser Otto unterwerfen müssen. Nun drohte sich das Szenario zu wiederholen.

„Es wird die Kunst sein, am Ende auf der richtigen Seite zu stehen, ohne bis dahin zu viele Federn zu lassen. Wir sollten zusehen, dass der Konflikt nicht auf unseren Feldern ausgetragen wird", fügte Adolf hinzu.

„Nun, zumindest vor unseren Toren ist er schon angekommen. So wird das Land um eine Fehde wohl nicht herumkommen", überlegte Engelbert, „aber es wird Friedrich sein, der sich durchsetzt, dessen bin ich sicher. Vorerst wird es jedoch Geduld und Fingerspitzengefühl erfordern, nicht zwischen die Fronten zu geraten."

Engelbert machte eine Pause, um mit einem schnellen Seitenblick im Gesicht des Bruders zu lesen. Adolf nickte gedankenverloren. „Köln ist welfentreu, der Klerus wird sich jedoch dem Wunsch des Papstes beugen müssen, der, wie es scheint, nun seine Wahl zugunsten des Staufers getroffen hat", fuhr der Dompropst fort. „Und dem Papst werde ich mich nicht noch einmal entgegenstellen, zumindest nicht in der jetzigen Position als Dompfaff."

Engelberts Karriere hatte steil begonnen. Schon mit zwölf Jahren war er Propst zu St. Georg in Köln geworden, ein Jahr später Dompropst. Somit oblagen ihm die äußeren Angelegenheiten der Domverwaltung. Schon mehrmals hatten es Mitglieder seiner Familie gar bis zum Erzbischof von Köln gebracht. Zuletzt hatte der streitbare Adolf von Altena, ein westfälischer Vetter der Brüder, dieses Amt bekleidet, sich dann aber durch sein Bekenntnis zu den Staufern mit Papst und Kaiser angelegt. Engelbert hatte seinen älteren Vetter tatkräftig unterstützt und dafür sogar die Domkasse geplündert. Gemeinsam waren sie gegen rheinische Widersacher zu Felde gezogen. Dafür hatte der Papst sie gebannt, exkommuniziert und abgesetzt, später aber begnadigt. Zur Buße hatte Engelbert 60 Tage lang am Kreuzzug gegen die Ketzer in Südfrankreich teilnehmen müssen. Er hatte sich also die Finger verbrannt und hinsichtlich seiner Karriere einen Dämpfer bekommen, von dem er sich gerade erholte.

„Eben darum sollten wir so lange wie möglich den Anschein des Unparteiischen erwecken", gab Adolf zu bedenken. „Das wird unserem Vetter Adolf aber gar nicht gefallen", entgegnete Engelbert mit zynischem Lächeln. „Er drängt mit buchstäblich aller Gewalt zurück auf den Stuhl des Erzbischofs von Köln. Dafür ist ihm jedes Mittel recht, wie ich ihn kenne."

Der jahrzehntelange Thronstreit spiegelte sich im Kölner Raum im Kampf um die Position des Erzbischofs, die Engelberts Vetter nicht kampflos aufgeben wollte. Nun hatte der Papst die Seite gewechselt, den kaisertreuen

Erzbischof gleich mit entthront und Adolf von Altena zumindest kommissarisch wieder die Geschäfte des Erzstiftes übertragen. Der sah sich im Geiste schon wieder als Erzbischof eingesetzt, wovon allerdings nicht die Rede war. Also ließen beide Seiten die Waffen sprechen und überfielen Güter der jeweils anderen Partei. Das führte zu bürgerkriegsähnlichen Zuständen im Kölner Raum.

„Und damit hat unser einst mächtiger Vetter schon genug angerichtet. Wir werden ihn bei unserem Treffen bremsen müssen. Die Raubrittermanieren dürfen wir ihm nicht durchgehen lassen", bestimmte der Graf mit Entschlossenheit in seinen tiefgrünen Augen.

„Er wird sein Ansinnen ohnehin nicht erreichen", ließ Engelbert vernehmen. „Erzbischof Dietrich von Hengebach ist zwar offiziell vom Papst abgesetzt, wird seinen Stuhl aber nicht freiwillig räumen. Wie ich höre, will er einen Prozess in Rom anstrengen. Das kann Jahre dauern. Bis dahin kann er, wie auch Noch-König Otto, der Unterstützung der Kölner sicher sein. Schlechte Karten also für unseren Vetter."

„Ganz zu schweigen von deinen eigenen Ambitionen auf den Erzstuhl, nicht wahr, Bruder?", fügte Adolf hinzu. Engelbert lächelte.

„Wir werden also die eine Seite stützen, ohne die andere gänzlich zu verprellen – um damit deine Position in Köln nicht unnötig zu schwächen", beschloss Adolf. „Dann sollten wir dies dem lieben Vetter so schmackhaft wie möglich machen."

Bei diesen Worten wendete er sein Pferd und hieß den Tross halten. Mit knappen Befehlen betraute er einen Gefolgsmann mit der Führung des Zuges zur heimischen Burg. Er selbst würde mit seinem Bruder zu einem benachbarten Hof reiten, um dort nach dem Rechten zu sehen, gab er vor. Nur zwei Reisige aus Engelberts Kölner Gefolge und Arnold von Cleve, Adolfs treuester Waffengefährte, sollten sie begleiten. Dieser hatte sich während des Gesprächs der beiden Brüder im Hintergrund gehalten und warf dem Freund nun einen fragenden Blick zu. Mit einem Nicken bedeutete ihm der Graf, dass die Brüder einer Meinung waren. In diesem Moment eilten Adolfs Knappen heran, allen voran ein heißsporniger Rotschopf, die es gewohnt waren, an seiner Seite zu bleiben, und die sich von dem Abstecher eine willkommene Abwechslung versprachen. Doch auch die hieß der Graf, beim Tross zu bleiben. Augenblicke später sprengten die fünf Reiter davon. Entschlossen gaben sie ihren Pferden die Sporen und jagten im Galopp über die Felder, immer nach Norden, dem Tal der Wupper zu.

Thomas rieb sich die Augen. Hatte er richtig gesehen oder spielte ihm nach all den Tagen des Wartens seine Fantasie einen erneuten Streich? Aber wanden sich dort, wo sich die Hauptströmung zwischen zwei Findlingen im Flussbett hindurchzwängte, nicht tatsächlich Rückenflossen in der Gischt? „Sie kommen!", rief da sein Vater, der die Fische auch gesehen hatte. Keine Fata Morgana also. „Sie kommen tatsächlich!"

Die Augen mit der Hand gegen die Sonne abschirmend, konnte er die durch jahrelange Feldarbeit gestählte Statur seines Vaters erkennen, der ihn immer noch um eine Haupteslänge überragte. Mit seinen schwieligen Händen hatte er sich Halt auf einem Felsvorsprung am Ufer gesucht. Sein wettergegerbtes Gesicht konzentrierte sich auf den gleichen Punkt, den auch Thomas fixierte, und mit langem Arm wies er in die Fluten. Nun konnte Thomas deutlich erkennen, wie sich dicht an dicht Fischleiber mit zuckenden Schwänzen Vortrieb verschafften und flussaufwärts wanden. Frohlockend sprang Thomas über rutschige Felsen und Kiesel im Flussbett, um näher an die Fische zu gelangen. Eine waghalsige Aktion, die von seinem Vater mit gerunzelter Stirn beäugt wurde. Doch die Erfahrung eines am Fluss aufgewachsenen Jungen und die Unbekümmertheit seiner vierzehn Lenze ließen seine Füße meist sicheren Halt auf den mit Algen überzogenen Steinen finden. Einmal wäre er fast ausgerutscht, doch sein muskulöser junger Körper balancierte sich geschickt wieder aus. Mit weit ausholender Bewegung, wobei seine dunkelblonden Locken über seine Schultern tanzten, brachte Thomas seinen selbst gebauten Käscher in Position. Dieser bestand aus einer langen, etwa fingerdicken Haselnussrute mit einem von Mutters Hand geflochtenen Netz am Ende, das wiederum von einem Eisenring gespannt wurde. Entschlossen stieß er den Käscher in die Fluten, dorthin, wo die meisten Flossen zappelten. Und ehe er sichs versah, hatte er drei Lachse gefangen, drei auf einen Streich. Übermütig hob er den Fang über seinen Kopf und strahlte seinen Vater an. Der war in der Zwischenzeit auch nicht untätig gewesen und hatte sein bestes Netz, aus fest geknüpftem Hanf, in die Fluten geworfen. Als er es einholte, quoll es vor Fischen über. Vater und Sohn arbeiteten wie im Rausch.

Dort, wo ein kleiner Nebenlauf über Jahrtausende eine tiefe Kerbe ins Schiefergebirge geschnitten hatte, stiegen die fünf Reiter mit ihren Pferden hinab ins Tal, das sie nahe des Kirchspiels Leichlingen erreichten. Sie hielten sich aber mit Absicht fern von dieser zum Kloster Deutz gehörenden Siedlung, denn sie schätzten weder den Geruch der zahlreichen Färberwerkstätten in der Nase noch irgendwelche Zeugen für ihr Unterfangen. Auf der anderen Seite der Wupper konnten sie nun bereits das kleine Fachwerkgehöft erkennen, das sich Wupperhof nannte und in dem sich seit einiger Zeit eine Schankwirtschaft befand. Hier waren Adolf und Engelbert mit ihrem erzbischöflichen Vetter verabredet. Ausgesandte Boten hatten mit klingender Münze dafür gesorgt, dass es nicht so viele Zeugen an diesem Tag im Schankraum gab.

Arnold von Cleve hob die Brauen und blickte sich um, während sie ihre Pferde vorsichtig in eine Furt des ungewohnt angeschwollenen und brodelnden Flusses lenkten, in dem Scharen von Fischen zappelten. „Schaut, der Salm kehrt zurück, fett und stark, um sich im Oberlauf zu paaren!" Dann grinste er. „Vielleicht sollten wir es ihnen gleich tun und uns die Wirtstöchter vornehmen", flachste der stets zu derben Späßen aufgelegte Ritter. „Mäßige dich, du vergisst, dass wir einen frommen, zur Enthaltsamkeit gezwungenen Mann in unserer Mitte haben", gab der Graf mit gespieltem Tadel zurück. „Du handelst dir sonst noch Beulen ein!" „Die Beule hab ich jetzt schon", entgegnete Arnold schlagfertig, „wenn ich an die drallen Brüste der Wirtstöchter denke!" „Ich werde ihm wohl mal wieder die Beichte abnehmen müssen", setzte Engelbert trocken hinzu und bekreuzigte sich demonstrativ – obwohl jeder wusste, dass es der junge Propst mit den kirchlichen Regeln selbst nicht so genau nahm. Dabei erreichten sie das jenseitige Ufer. Die Ansammlung von Pferden vor dem Gehöft und deren prächtige Schabracken mit den schachbrettartigen Querbalken im Wappen verrieten ihnen, dass Adolf von Altena bereits zugegen war. Die Brüder stiegen vom Pferd und reichten den Kölner Reisigen die Zügel. „Du kommst mit", raunte Adolf seinem Freund aus Cleve zu, „und halte die Augen offen."

Als sie den Schankraum betraten, sahen sie Adolf von Altena, flankiert von zweien seiner Ritter und einem jungen Priester, der ihm als Schreiber diente, an einem grob gezimmerten Holztisch vor einem Krug Wein sitzen, den er schon zur Hälfte geleert hatte. Der ehemalige Erzbischof war eine imposante Erscheinung, die er mit dem vollen Ornat des Kirchenfürsten unterstrich. Als er die Berger eintreten sah, erhob er sich schwerfällig, um die Ankömmlinge zu begrüßen, machte aber auch gleich seinem schwelenden Groll Luft: „Könnt ihr mir mal verraten, warum wir uns an diesem Ort treffen müssen und nicht auf eurer Burg?!"

„Weil wir dich hier schneller wieder loswerden", gab Engelbert überraschend freimütig zu, während er den Vetter umarmte. „Und weil wir nicht so viele Augen und Ohren in der Nähe haben wollen", ergänzte Adolf mit einem Lächeln auf den Lippen.

Adolf von Altena war, wie Engelbert, ein jüngerer Sohn seines Familienzweigs. Somit hatte man ihn für die Kirchenlaufbahn vorgesehen und 1193 zum vierten Erzbischof von Köln aus dem Geschlecht derer von Berg gewählt. Ihre Väter waren Brüder gewesen, die sich allerdings über das Erbe entzweit und die alte Grafschaft Berg in einen rheinischen und einen westfälischen Zweig geteilt hatten. Somit waren sie Vettern, wenn auch der Altenaer weit über zwanzig Jahre älter war. Auf dem Höhepunkt seiner Macht hatte er sich mehrfach die Anerkennung des Hochadels erworben, so als er sich den Plänen des Kaisers widersetzte, die Thronfolge erblich zu machen. Sein Machtstreben war auch mit seiner Absetzung nicht erloschen.

„Der Kreuzzug scheint Euch gut bekommen zu sein. Ich nehme an, Eure Männer sind durch den Waffengang gestählt. Wann werdet Ihr sie mit den meinen vereinen, um den falschen Erzbischof vom Sockel zu stoßen?", kam er nun schnell auf den Punkt. „Sachte, Vetter", bremste ihn Graf Adolf, „zuerst einmal sollten wir uns über die neueste politische Lage austauschen."

Die Brüder berichteten Adolf in knappen Worten, was sich im Süden des Landes zugetragen hatte. Vieles wusste der Bischof schon, aber dass der junge Friedrich Burg um Burg im Rheintal kampflos eroberte und König Otto im Begriff war, sich nach Köln zurückzuziehen, war auch ihm neu.

„Deshalb solltest du dich in Köln vorerst nicht blicken lassen und jegliche Kampfhandlungen einstweilen einstellen", erklärte ihm Engelbert. „Wir haben im welfentreuen Köln ohnehin einen schweren Stand nach unseren jahrelangen Fehden für die staufische Seite und deine Position. Aber wenn Otto eintrifft, ist die Partei der Welfen, zu der auch der derzeitige Erzbischof gehört, in der Überzahl." „Der abgesetzte Erzbischof", verbesserte ihn Adolf von Altena. „Der Befehl des Papstes ist eine Sache", fuhr Engelbert unbeirrt fort, „aber die weltliche Macht im Lande hat immer noch der König. Und das ist zumindest im Rheinland nach wie vor Otto IV., ob uns das passt oder nicht. Solange der in Köln weilt, wird er seine Parteigänger unterstützen …" „Und jeden mit der Macht seines Heeres bekämpfen, der sich ihm entgegenstellt", fügte Graf Adolf hinzu.

„Wenn du weiter die Dörfer des Erzbistums verheerst, kann uns das allen den Kopf kosten, bevor wir in der Lage sind, uns mit Friedrich zu verbünden.“ Der Bischof nickte bedächtig, denn auch er hatte die Gefahr erkannt. „Was schlagt ihr also vor?“

Sein Schreiber räusperte sich. „Unser geliebter Erzbischof muss unverzüglich wieder in seine vom Papst bestätigten Ämter eingesetzt ...“ Ein strenger Blick Arnolds von Cleve ließ ihn verstummen. Der kantige Ritter hatte die Fähigkeit, einen Gegner nur durch die Kraft seiner dunklen Augen in die Schranken zu weisen.

„Wir unterstützen Friedrich, aber erst dann offen, wenn er nah genug heran ist, um uns mit ihm verbünden zu können“, beantwortete Engelbert die Frage seines Vetters. „Engelbert wird sich derweil in Köln von innen um eine diplomatische Stärkung unserer Position kümmern“, erläuterte Adolf, „vorausgesetzt du bringst mit deinen Überfällen die Kölner nicht noch mehr gegen unsere Sippe auf!“ Der einstige Erzbischof nickte nachdenklich.

„Ich werde unsere Angelegenheiten beizeiten vortragen. Ist der Staufer erst an der Macht, wird auch der Mann auf dem Stuhl des Erzbischofs wechseln“, schloss Engelbert – und nur sein Bruder und allenfalls noch Arnold von Cleve bemerkten, dass er im Grunde von sich selbst sprach.

Thomas jauchzte vor Freude. Jedes Mal, wenn er seinen Käscher ins Wasser stieß, tauchte dieser prall mit Fischleibern gefüllt wieder auf. Mit geübtem Griff packte er die zuckenden, sich aufbäumenden Tiere bei den Kiemen und hob sie zur Begutachtung empor. „Die sind so fett, dass vier Mann von einem satt werden“, strahlte er. Dann warf er die Lachse nacheinander in hohem Bogen seinem Vater am Ufer zu, der sie mit gezieltem Knüppelschlag ins Jenseits und dann in die aufgestellten Holzstiegen beförderte. Derweil sprang Thomas, den Stil seines langen Käschers als Stütze nutzend, über größere Kiesel und Findlinge im Flussbett immer näher an die Stromschnellen heran, um das dort stattfindende Schauspiel genauer zu betrachten. In schöner Regelmäßigkeit katapultierten sich die stromaufwärts ziehenden Lachse hier aus dem Wasser, um das sich vor ihnen auftuende Hindernis in gewaltigen Sprüngen zu überwinden. Bis auf zwei Schritt kam Thomas an die Stelle heran, an der sich der Fluss über eine steil abschüssige Geröllpassage gut drei bis vier Meter in die Tiefe ergoss. Gerade als er sich vorbeugte, um einen Blick nach unten zu werfen, entstieg am Fuß der Stromschnellen mit gestrecktem Leib ein gewaltiger Lachs den Fluten und flog ihm geradezu entgegen. Mehr um sich zu schützen, hob Thomas die Arme, wobei er immer noch den Käscher in der Rechten hielt. Und als suche er Schutz, wie ein Kind, das sich an die Brust seiner Mutter wirft, sprang der Lachs ihm genau in die Hände. Fast hätte Thomas das Gleichgewicht verloren, konnte sich aber mit einem Ausfallschritt auf einen benachbarten kleineren Stein im Fluss ausbalancieren, sodass nur sein rechter Fuß Bekanntschaft mit dem kühlen Wasser machte. Dann ließ er das glitschige Etwas geistesgegenwärtig in den Käscher gleiten und hob seinen Fang triumphierend in die Luft. Sein Vater hatte die Aktion mit Sorge beobachtet, nun lächelte er erleichtert und schüttelte den Kopf.

Schließlich zappelten mehr als drei Dutzend fette Lachse in ihren Netzen und Stiegen, ein Glückstag. Erst als in der Ferne die Glocken der kleinen Fischer- und Handwerkersiedlung zu Füßen der Burg zum Vespergebet läuteten, ruhten Thomas und sein Vater und aßen erschöpft, aber glücklich die letzten Brote, die sie sich am Morgen eingesteckt hatten.

„Jetzt wird es Zeit, unseren Fang nach Hause zu bringen“, meinte Ulrich, während er sich die Krümel von seinem abgetragenen Leinenhemd wischte. „Wird der Graf uns viele Fische abnehmen?“, fragte Thomas kleinlaut. „Der Graf ist gar nicht zu Hause“, antwortete sein Vater. „Mit dem Burgvoigt ist zwar nicht gut Kirschen essen. Aber mehr als den üblichen Zehnten wird auch er uns nicht abknöpfen, denn abgesehen vom Voigt selbst isst man auf der Burg nicht gerne Fisch. Die feinen Herren und Damen speisen lieber Wildbret und Kapaun. Es bleibt uns also noch genug zum Verkauf – und für unsere eigene Tafel. Was hältst du davon, wenn wir uns gleich eines dieser Prachtexemplare frisch räuchern?!“ Thomas nickte eifrig.

„Wenn wir uns beeilen, schaffen wir es vielleicht noch vor Einbruch der Nacht zurück zur Burg.“ Graf Adolf hatte es eilig und gab das Tempo vor. Nachdem sie sich von dem einstigen Erzbischof verabschiedet hatten, der samt Gefolge weiter nach Altena zog, waren sie unverzüglich aufgebrochen. Binnen eines Monats würden sie sich erneut treffen. Engelbert hatte sich mit seinen beiden Wachen auf den Weg nach Köln gemacht, denn das Herannahen des Kaisers erforderte seine Anwesenheit in der Domstadt.

„Wo die Wupper wild woget, da wogt auch wild mein Herz“, trällerte der stets gut gelaunte Arnold von Cleve eine selbst verfasste Weise, auch wenn er es immer noch bedauerte, keine Zeit für ein Liebesspiel mit den einladenden Wirtstöchtern gehabt zu haben. Adolf konnte sich ein Schmunzeln nicht verkneifen und doch war der Stachel gesetzt. Über acht Monate war er fort gewesen, Monate, in denen er nichts als Tod und Elend gesehen und als einer der Anführer des Christenheeres auch selber verbreitet hatte. Und wie es schien, ballten sich nun drohende Wolken über seinem eigenen Land. Acht Monate lang fern der trutzigen Burg hoch über der Wupper und fern seiner Familie. Adolf dachte an die tief religiöse, oft kränkliche Bertha, mit der er nun schon seit mehr als einem Dutzend Jahren verheiratet war und die ihm immer noch keinen männlichen Erben geschenkt hatte. Die Heirat war aus politischen Gründen arrangiert worden. Wie sehr beneidete er manchmal seine einfachen Untertanen für ihr „Privileg" zur Liebesheirat, wie er es nannte. Einzig die gemeinsame Tochter Irmgard war den spärlichen Annäherungsversuchen des Grafenpaares entsprungen. Sein Herz machte einen Sprung, wenn er an Irmgard dachte, deren Liebreiz schon jetzt landauf, landab gerühmt wurde. Sie war mit ihrem blonden Haar und den blauen Augen ein jüngeres Abbild seiner Frau, kam im Wesen aber dem Vater gleich. Wie mochte sie gewachsen sein? Von solcherlei Gedanken gelenkt, legte er ein forsches Tempo vor und achtete wenig auf den vor ihnen liegenden Weg.

„Ich glaube, wir haben die Furt verpasst", vermutete der Graf, während er sich vom Ritt etwas außer Atem im Sattel vorbeugte und seinen Blick suchend über den Verlauf des Flusses gleiten ließ. „Etwas weiter vorn sollte es gehen", meinte sein Waffengefährte, „dort liegen weniger Felsen im Bett." Und schon lenkte er seinen stämmigen, kampferprobten Fuchswallach in die Fluten.

Normalerweise war die Wupper in Ufer- oder Furtnähe nicht tief. In der Flussmitte jedoch gab es gefährliche Untiefen von doppelter und dreifacher Manneslänge. Und jetzt führte der Fluss auch noch Hochwasser. Graf Adolf folgte Arnold daher mit gemischten Gefühlen. Obwohl nahe dem Fluss aufgewachsen, hatte er wie die meisten Adeligen nie richtig schwimmen gelernt.

Zu allem Übel ritt er heute auch nicht sein gewohntes Schlachtross, das im Tross geblieben war, sondern einen jungen Percheronhengst, den er in Südfrankreich erbeutet hatte. Dessen aufgeblähte Nüstern verrieten nicht nur seinen hohen arabischen Blutanteil, sondern auch ein noch ungezügeltes Temperament und entsprechende Nervosität.

Und plötzlich geschah es. Der Hengst hatte gerade seine Hufe auf einen mit Algen bewachsenen Stein gesetzt, als dieser unter dem Gewicht nachgab und samt seiner Last wegrutschte, in eine der Untiefen hinein. Das gewaltige Tier verlor mit einem Mal den Boden unter den Füßen. In Panik begann das Ross zu schwimmen, bäumte sich dabei immer wieder in jähen Sätzen auf. Der Graf verlor den Halt und stürzte seitlich in die Fluten.

Eiseskälte drang durch sein schweres Kettenhemd, das ihn immer tiefer zog. Schwert und Schild, die ihm in der Schlacht stets zu Diensten waren und die er nun über den Rücken gegürtet hatte, erwiesen sich als zusätzlich hinderlich. Prustend kam er noch einmal an die Oberfläche, nahm einen verzweifelten Atemzug und ruderte mit den Armen, dann trug ihn die Strömung davon, so wie sein erstickter Hilferuf vom Tosen der Fluten fortgetragen wurde.

Als Arnold von Cleve den Unfall bemerkte, war es auch schon zu spät. Obwohl er sein Ross herumwarf und versuchte, dem Grafen durch den Fluss zu folgen, vergrößerte sich der Abstand zwischen ihnen mit jeder Sekunde. Dem Clever blieb nichts anderes übrig, als kehrtzumachen und zumindest Adolfs verstörten Hengst einzufangen.

Der Graf stemmte sich unterdessen mit all seinen Bärenkräften gegen den drohenden Ertrinkungstod, doch die Kräfte der entfesselten Natur waren stärker. Schon mehrmals war er mit dem Kopf gegen die zahllosen Steine im Fluss geschlagen und nur sein eiserner Helm hatte Schlimmeres verhindert. Doch nun schlug er unvermittelt gegen einen Findling in der Strömung und alles wurde schwarz um ihn herum …

Thomas hatte seinen letzten trockenen Brotkrumen verschlungen, als sei er ein leckeres Bratenstück, und mit etwas Flusswasser heruntergespült. Nun war es an der Zeit, mit seinem Vater die Tagesausbeute heimzuschaffen. Gerade hatten sie begonnen, den schweren, zweirädrigen Holzkarren mit ihrer beider Muskelkraft in Bewegung zu setzen, als der Junge einen unterdrückten Hilfeschrei zu hören glaubte.

Sofort machte er seinen Vater darauf aufmerksam. Konnte das sein? Seit Stunden war ihnen niemand begegnet. Schon wollten sie ihren Weg fortsetzen, als ein ungewöhnliches Treibgut im Fluss auf sie zugeschossen kam. „Das ist ein Mensch!“, brüllte Ulrich Grimbergen und stürzte geistesgegenwärtig zum Ufer, während er das geflochtene Netz vom Karren riss.

„Nimm du das andere Ende!“, rief er Thomas noch zu, dann sprang er auch schon ins Wasser und warf das geflochtene Bündel in hohem Bogen über den Fluss. Mit zwei Sätzen war Thomas bei einer alten, knorrigen Eiche, schlang das Endstück des Zugseils um eine hervorstehende Wurzel und stemmte sich gegen das, was nun kommen sollte.

Ulrichs erprobter Wurf war auch diesmal nicht fehlgegangen und hatte sein ungewöhnliches Ziel erreicht. Ein Ruck ging durch das Netz, als es sich um seine menschliche Beute schloss, um sie den entfesselten Fluten zu entreißen. „Hoffentlich ist noch Leben in ihm“, sprach Ulrich mehr zu sich selbst, als er kurz entschlossen seinem Netz hinterhersprang. Er ahnte, dass das Flechtwerk den schweren Körper nicht lange würde halten können, wenn der Mensch darin nicht mithalf, gegen die Fluten anzukämpfen. Und tatsächlich sah Ulrich plötzlich, wie eine lederbehandschuhte Hand in die Maschen des Netzes griff und sich instinktiv darin festkrallte.

Für einen Moment hatte Adolf das Bewusstsein zurückerlangt und nach dem Strohhalm gegriffen, der sich ihm unverhofft darbot, im Glauben, einen überhängenden Zweig erwischt zu haben. Da schwanden ihm auch schon wieder die Sinne.

Mit aller Kraft zog Ulrich am Netz, verzweifelt bemüht, der Strömung entgegenzuwirken. „Hilf mir und zieh, was das Zeug hält“, brüllte er über die tosenden Wassermassen hinweg.

Aus den Augenwinkeln bemerkte er, wie Thomas zu ihm in den Fluss sprang. Mit vereinten Kräften gelang es Vater und Sohn, das sperrige Bündel zu sich heranzuziehen und schließlich ans Ufer zu hieven, als sie plötzlich Hufgetrappel hörten. Ein Ritter in vollem Ornat preschte mit zwei Gäulen heran, sprang aus dem Sattel, wobei er Thomas geistesabwesend die Zügel der Tiere reichte und ungläubig ihren Fang beäugte.

„Da ist euch ja ein schöner Fisch ins Netz gegangen“, kam es Arnold von Cleve selbst in dieser Situation noch launig über die Lippen, „lebt er noch?“ Wie zur Antwort hörten sie ein gurgelndes Stöhnen aus dem Netz, gefolgt von einem nicht unbeträchtlichen Wasserschwall. Eilig befreiten Ulrich und Arnold von Cleve den Grafen aus den Maschen, als dieser auch schon prustend die Augen aufschlug. Keuchend, immer wieder Wasser und Reste der letzten Mahlzeit speiend, erwachte der Graf zu schmerzend neuem Leben. Sein Waffengefährte tätschelte ihm liebevoll die Wange, den Himmel in der Brust. „Zum Fisch taugst du wenig, mein alter Kämpe“, bemerkte er lachend, „und Wein verträgst du auch besser als dieses Wupperwasser. Sieh mal, wie du ausschaust, so kannst du deiner Gräfin aber nicht unter die Augen treten." Wie zum Beweis hielt er Adolf den Rand seines von Algen, Wupperschlamm und Erbrochenem ruinierten Wappenrocks vor Augen. Und zu Ulrich gewandt raunte er: „Wisst ihr überhaupt, wer euch da ins Netz gegangen ist?" Erschrocken wich Ulrich einen Schritt zurück, als ihn die Erkenntnis traf, um wen es sich bei dem Geretteten handelte. Bislang hatte er seine Anstrengungen rein auf das Retten des Lebens konzentriert, das ihm der Fluss da vor die Nase gespült hatte, und sich nicht um dessen Identität geschert. Gemeinsam befreiten sie den Grafen nun aus den Maschen des Netzes, das zum Leidwesen Ulrichs stark lädiert war, wie er mit besorgtem Blick feststellte. „Mach dir keine Sorgen wegen des Netzes", vernahm er da die noch röchelnde Stimme des Grafen, der sich überraschend schnell erholte und dem Ulrichs Sorgenfalten auf der Stirn nicht entgangen waren, „ich werde dich dafür entschädigen, du hast mir schließlich das Leben gerettet und das soll dein Schaden nicht sein."

Mit demonstrativem Kopfschütteln klopfte Arnold von Cleve seinem Freund die zahllosen Blätter, Zweige, Schlammreste und anderen Spuren des unfreiwilligen Bades vom Rock. „Du wirst rosten, mein Freund", meinte er trocken mit einem Blick auf die nun vom Wasser ergrauten Glieder des einst schillernden Kettenhemdes, „aber das ist allemal besser, als wenn du uns hier über die Wupper gegangen wärest!"

„Du meinst, über den Jordan", entgegnete Adolf schnaufend. „Nein, nein, nach diesem Ereignis wird es heißen, dass man über die Wupper geht", verkündete Arnold von Cleve, ohne zu ahnen, dass er damit recht behalten sollte.

Während all dieser letzten Minuten, die wie Sekunden vergangen waren, hatte sich Thomas, nachdem er die Pferde an der Eiche angebunden hatte, abseits gehalten, wie es einem Jungen seines Alters zukam. Außerdem schüchterte ihn die waffenstarrende Statur des Ritters ein. Nun aber besann er sich und machte sich nützlich. Während er die Reste des Netzes aus dem Wasser zog, fiel sein Blick auf ein blitzendes Etwas, das knapp unterhalb der Wasserlinie seine Aufmerksamkeit erregte.

Er griff danach und hielt auf einmal einen prächtigen Dolch in den Händen. Er musste nicht lange überlegen, wem diese wertvolle Waffe gehörte. Für einen Moment verlor es sich in dem Anblick des mit edlen Steinen besetzten Griffes. Verträumt glitten seine Finger über das helle, glatt polierte Material, aus dem dieser hergestellt war. Es fühlte sich ein wenig an wie

Holz, war aber etwa anderes. Dann holten ihn die fragenden Augen des fremden Ritters augenblicklich wieder in die Gegenwart. Scheu reichte er dem Grafen das prächtige Stück zurück. „Du scheinst ein guter Junge zu sein – und kräftig dazu", kam es dem Grafen über die Lippen, während er den sehnigen Fischersohn mit Augen musterte, die es gewohnt waren, Männer nach ihrer Kampfkraft zu beurteilen. „Wie heißt du?", fragte der Graf. „Thomas", antwortete der Fischersohn beherzt, noch bevor sein Vater zu einer Antwort ansetzen konnte, so wie es ihm eigentlich zukam. „Und bist du nicht der wackere Mann, der vor Jahren als Erster das Fischereirecht an der Wupper erbat?", wandte sich Adolf nun an Ulrich.

„Das ist richtig, Herr", antwortete dieser nun für sich selbst, „man nennt mich Ulrich Grimbergen." „Nun", ließ der Graf verlauten, während er sich mithilfe seines Freundes mühsam wieder auf die Beine rappelte, „da kann ich ja froh sein, dass ich euch dieses Recht gewährt habe! Ich stehe für immer in eurer Schuld, meine Herren Thomas und Ulrich, wie kann ich das wiedergutmachen?" Verlegen schauten sich Vater und Sohn an und blickten dann auf ihre Füße, unfähig, ein Wort herauszubringen. „Das habe ich mir schon gedacht", sagte Adolf, während er seinen Körper abtastete und überrascht feststellte, dass er außer ein paar Beulen keinen größeren Schaden genommen und selbst seine Waffen nicht verloren hatte. Nur sein Schild und sein Helm schienen unbrauchbar geworden zu sein. „Ihr einfachen Leute beklagt euch zwar zuweilen unter euresgleichen über die Zustände im Land, weiter oben im Norden sollen ein paar Bauern sogar gegen ihren Landesherrn zu den Waffen gegriffen haben", bemerkte Adolf, während er sich streckte, „aber wenn man euch fragt, kriegt ihr kein Wort raus!" „Bescheidenheit ist eine Tugend", stieß Arnold von Cleve dazwischen, „aber hier fehl am Platze", wandte er sich an die Grimbergen. „Nun sagt schon, was euch fehlt!" „Ein neues Netz wäre nicht schlecht", platzte Thomas plötzlich heraus, wofür er sich sofort einen strengen Blick seines Vaters einfing.

„Der Junge hat das Herz am rechten Fleck", lachte der Graf, „aber ich seh schon, so kommen wir nicht weiter. Deshalb will ich euch einen Vorschlag machen. Ich gebe euch einen neuen, größeren Flussabschnitt, den nur ihr befischen dürft, groß genug, um auch in schlechten Zeiten gute Erträge zu erwirtschaften." Vater und Sohn schauten sich mit großen Augen an. Doch damit nicht genug. Der Graf zog seinen prächtigen Dolch und hielt ihn Ulrich hin. „Nehmt dies darüber hinaus als Zeichen meines persönlichen Dankes, ohne euch hätte ich ihn ohnehin nie wieder führen können!“ Ulrich war sprachlos angesichts der fürstlichen Belohnung.

„Und den Jungen da, den nehmen wir in unseren Dienst“, setzte Arnold von Cleve hinzu, „im richtigen Alter ist er ja.“

Mit geübtem Griff stach Hilde Grimbergen den dicken Kohlkopf zu ihren nackten, schmutzigen Füßen ab und rupfte die äußeren Blätter ab, bevor sie das gute Stück in ihren geschürzten, grauen Leinenrock fallen ließ. Ihr kleiner, von knorrigen Obstbäumen eingefasster Gemüse- und Kräutergarten auf einer Anhöhe wenige Meter oberhalb der Wupper war ihr ganzer Stolz und die Lebensversicherung der Familie in schlechten Zeiten. Der Lebenssaft der Kräuter und Kohlköpfe hatte sie gesund schon durch manchen harten Winter gebracht. Nur die Wildschweine machten Hilde Sorgen, die ihrem Garten, wie den benachbarten Feldern, zu ihrem Leidwesen immer wieder Besuche abstatteten und alles umpflügten.

Deshalb hatte ihr Mann Ulrich, wenn auch unter Protest, auf ihren Wunsch einen stabilen Zaun aus Holzpfählen und Weidengeflecht darum gezogen, der allerdings die Schwarzkittel nicht wirklich abhielt. Lieber hätte er ihnen mit Bogen und Saufeder nachgestellt, aber die Jagd war dem einfachen Volk verboten und nur dem Burgherrn vorbehalten. Zuweilen setzte sich Ulrich mit befreundeten Bauern und Handwerkern nächtens heimlich über dieses Verbot hinweg, wohl wissend, dass darauf empfindliche Strafen standen, bis hin zum Tod.

Gerade als sich Hilde zum Gehen wandte, um ihren Kohl ins Haus zu tragen, hörte sie hinter sich das vertraute Geräusch des ächzend heranrollenden Holzkarrens. Still lächelte sie in sich hinein, denn das schwere Mahlen der Holzräder auf dem hier felsigen Boden und das Schnaufen der Männer, die den Karren den schmalen Weg vom Flussufer hinaufschoben, ließen in ihr die Hoffnung aufkeimen, dass der Wagen eine nicht unbedeutende Ladung trug.

Schnell rief sie ihre Tochter Katharina herbei, die gerade mit einem Bündel Reisig die Stiegen zu ihrer Fischerkate reinigte, reichte ihr den Kohlkopf und eilte ihren Männern entgegen.

Noch bevor sie die beiden erreichte, sah sie das strahlende Antlitz ihres Sohnes, der übermütig mit einem fetten Lachs winkte, der ihm dabei fast aus den Händen glitt.

Mit einem Blick erfasste sie die prall gefüllten Holzkästen, dann fiel sie ihrem Sohn und ihrem Mann nacheinander um den Hals. Die Nässe, die nun an ihre Brust drang, ließ sie aufmerken und sie trat einen Schritt zurück, um die beiden genauer zu betrachten. Tropfnass und lehmverschmiert standen sie beide vor ihr. „Waren die Fische so widerspenstig, dass sie euch in den Fluss gezerrt haben?", fragte sie mit leichtem Tadel in der Stimme.

„Die Fische nicht, aber der Graf!", antwortete Ulrich, während er etwas betreten von seinem Sohn zu seiner Frau schaute, denn die Erlebnisse der letzten Stunden hatten trotz des glücklichen Fangs in doppelter Hinsicht ein leichtes Unbehagen bei ihm hinterlassen.

Veränderungen hatte er noch nie besonders geliebt, und er spürte, dass sich ihr aller Leben nun maßgeblich ändern würde. Bevor der von solchen Gedanken unbekümmerte Thomas mit seiner Geschichte herausplatzte, nahm Ulrich seine Frau zur Seite und erzählte ihr in knappen, aber präzisen Worten das Erlebte. Wie zum Beweis zückte er am Schluss den prächtigen Dolch, den ihm der Graf geschenkt hatte.

Hilde fiel aus allen Wolken, war jedoch kaum in der Lage, das Gehörte sofort in seinem ganzen Ausmaß zu erfassen. Zuerst durchlief sie ein Schauer der Freude. Doch mit dem untrüglichen Instinkt einer Frau und Mutter nahm sie auch die kleine warnende Stimme in ihrem Inneren wahr, die zur Vorsicht mahnte.

„Ihr seht ja aus wie die Aale, kommt erst mal ins Haus und zieht euch um."

Wie immer, wenn sie mit einer unerwarteten Situation nicht gleich zurechtkam, rettete sie sich in das Naheliegendste und widmete sich zuerst der augenfälligsten Problemlösung. „Der Dreck wird schwerlich ganz wieder rausgehen, das werde ich mehrmals bleichen müssen", konnte sie sich einen weiteren Tadel nicht verkneifen.

„Das fängt ja gut an", dachte Ulrich insgeheim. Dabei hatte er ihr das Wichtigste noch gar nicht erzählt, nämlich dass ihr Sohn bald in den Dienst des Grafen treten sollte.

Ächzend ließ sich Graf Adolf auf die knarrende Holzbank inmitten seines Rittersaales fallen. Mehrere kleine Herdfeuer, Fackeln, die mit Werg umwickelt waren, und Kienspäne spendeten spärlich Licht und Wärme, aber auch beißenden Rauch in dem großen Raum, der ansonsten wenig Erwärmendes bot. Ein paar Wandteppiche hingen an den Seiten, und die wenigen Fenster waren mit Tierhäuten zugehängt, sodass kaum Tageslicht hereindrang. „Hier zieht es wie Hechtsuppe", stellte Arnold von Cleve trocken fest, während er sich einen Becher gewürzten Weines eingoss. Drei Pagen eilten herbei, um den Grafen von seiner lädierten Kluft und den noch immer triefend nassen Stiefeln zu befreien. Wohlweislich hatten die beiden nicht den Haupteingang der Burg an der Schildmauer benutzt, sondern waren über das rückwärtig zum Tal der Wupper hin gelegene Johannistor eingetreten, um möglichst wenig Aufsehen zu erregen. Lediglich dem Türer, der Torwache, hatten sie sich zu erkennen geben müssen. Ohne großes Federlesen hatte Adolf seine Wachmannschaft und seinen Burgvoigt über seine Rückkehr sowie die bevorstehende Ankunft des Trosses in Kenntnis gesetzt und sich dann in seine Gemächer im Palas zurückgezogen.

Magda, der resoluten Küchenmagd und Herrin über das Gesinde, war trotzdem nicht entgangen, dass der Burgherr heimgekehrt war und in welch erbarmungswürdigem Zustand er sich befand. Nichts, rein gar nichts auf der Burg geschah, ohne dass sie, die ihr halbes, nun schon fast vierzig Jahre währendes Leben hier verbracht hatte, als Erste davon erfuhr. In Windeseile hatte sie die nötigen Befehle erteilt, und nun rauschte sie auch schon heran, mit Laken, Bürsten und allerlei Krügen bewaffnet und mit einem halben Dutzend Knechten und Mägden im Gefolge, die einen großen Badezuber und Tröge mit heißem Wasser schleppten. Noch bevor der Graf protestieren konnte, war das Bad gerichtet. „Ihr werdet Euch den Tod holen, wenn Ihr Euch nicht aufwärmt", beorderte sie mit einer Stimme, die keinen Widerspruch zuließ. „Wie steh ich denn da, wenn Ihr nach dem langen Kreuzzug ausgerechnet in den eigenen vier Wänden die Schwindsucht bekommt?"

Prüfend hielt sie einen Finger in das dampfende Wasser, fügte schnell noch Weidenblätter, etwas Hafer, Kamille, Sellerie und Spitzwegerich hinzu. „An welcher Krankheit Ihr auch leiden möget, dieser Sud wird Euch von allem kurieren", behauptete sie mit sichtlichem Wohlgefallen, „der Herr möge sich hineinsetzen und die Hitze so lange wie möglich ertragen."

„Du willst wohl eine Suppe aus ihm kochen", erheiterte sich der Clever, während Graf Adolf mit den Augen rollte. „Ihr kommt auch noch dran", konterte Magda mit einem provozierenden Seitenblick auf den stämmigen Ritter.

„Das erste Gesetz der Ritterschaft lautet ja auch: Bade nie allein", setzte Arnold von Cleve süffisant hinzu, während er sich mit Wohlgefallen an die üppigen Rundungen der dominanten Magd erinnerte, auch wenn dies schon einige Zeit zurücklag.

„Das reicht jetzt", bestimmte Adolf von Berg lachend, „schert euch alle raus, aber lasst uns in Gottes Namen noch einen Krug von dem Weine hier, denn nüchtern lässt sich diese Prozedur nur schwer ertragen."

Mit einem kurzen Nicken wandte sich Magda zur Tür, nicht ohne im Vorübergehen den Ritter von Cleve wie beiläufig am Wappenrock zu streifen.

„Für Euch bereite ich einen Zuber unten im kleinen Raum neben der Küche vor", raunte sie ihm dabei zu, dann rauschte sie von dannen.

Mit einer Mischung aus Wohlgefallen und Abscheu stieg Adolf von Berg ins Bad, während er einem Knappen zurief: „Nimm dich meines Schwertes und meines Kettenhemdes an, sieh zu, dass es keinen Rost ansetzt."

Als alle verschwunden waren, schob Arnold von Cleve einen Holzschemel mit dem Fuß heran, goss die Holzbecher nach und setzte sich neben den Badezuber, in dem sich der Graf von den Strapazen der letzten Zeit zu erholen begann.

„Du kannst von Glück sprechen, alter Freund, dass dein Tross keine Eile an den Tag gelegt hat", ließ der Clever vernehmen, „sonst hätten wir einen weniger ruhigen Empfang gehabt."

„Wohl wahr", antwortete Adolf von Berg, „gut, dass nicht jeder meinen jammervollen Zustand mitbekommen hat. Das Gelage anlässlich unserer glücklichen Heimkehr veranstalten wir dann später." „Allerdings kann es nicht schaden, den einen oder anderen Becher vorzukosten", setzte Arnold hinzu.

Sie prosteten sich erleichtert zu, als leise eine junge Magd eintrat, die sich mit gesenktem Blick den Rittern näherte. Im Arm trug sie einen Krug mit einer weiteren Spezialmixtur aus Magdas Hexenküche, um den Grafen von mancherlei Unbill von der langen Reise zu befreien.

„Ich weiß nicht, was schlimmer ist", brummte Arnold von Cleve kopfschüttelnd, „der Feldscher im Heerlager oder diese Magda mit ihrem Reinlichkeitswahn."

Mit einer Mischung aus Öl und Quecksilber machte sich die Magd gerade stumm ans Werk, die Kopfläuse des Grafen zu entfernen, als sich plötzlich die Tür zum Saal öffnete.

Bertha von Sayn, die Herrin der Burg und Adolfs Gemahlin, betrat den Raum, in hoch geschlossenem, weitärmeligem Kleid aus grünem italienischen Samt, mit gerecktem Kinn und weit ausladender Kopfhaube, gefolgt von zwei ihrer Hofdamen.

Verschreckt schlugen diese jedoch die Augen nieder, als sie den Grafen im Bade entdeckten. Einzig die Gräfin hielt den Blick aufrecht, auch wenn ihr ein gewisses Ungemach anzumerken war.

„Ich habe mit Euch zu reden, mein Gemahl", sagte sie mit betont ernster Stimme.

„Ich verdrück mich besser, viel Vergnügen", raunte Arnold von Cleve seinem Grafen zu, bevor er sich galant vor der Gräfin verbeugte und sich dann schnell zur Tür entfernte.

Bertha trat näher an den Badezuber und rümpfte die Nase. „Gibt es im Land der Franken keine Badezuber, dass Ihr einen solchen Duft verströmen müsst?", ließ sie vernehmen. „Ich freue mich auch, Euch zu sehen", entgegnete der Graf schlagfertig, „lasst Euch in den Arm nehmen", sagte er und erhob sich bei diesen Worten mit Absicht zu voller Pracht aus dem Bade.

Erschreckt stoben die Burgfräulein aus Berthas Gefolge auseinander. „Ihr hattet es viele Monate nicht gerade eilig, zu mir zurückzukehren, dann könnt Ihr jetzt euer Temperament wohl auch zügeln", hielt sie ihm entgegen, „es gibt Wichtigeres zwischen uns zu tun und zu besprechen."

Adolf nickte bedächtig und hüllte sich in Magdas Laken. „Und was könnte es wohl sein, das wichtiger wäre als das Zusammensein eines liebenden Paares?", hakte Adolf nach. Bertha schnaubte verächtlich und kam schnell auf den Punkt: „Während Ihr Euch auf Euren Schlachtfeldern herumgetrieben habt, ist von verschiedenen Lehen der Zehnte nicht entrichtet worden. Eure Schatzkammern sind leer. Meine Damen und ich tragen schon seit Wochen die gleichen Kleider", brach es aus ihr hervor, „was gedenkt Ihr dagegen zu tun?" Adolf suchte Trost in einem weiteren Becher Wein. „Ich bin entzückt darüber, wie sehr Ihr Euch über meine unbeschadete Rückkehr freut. Ich werde die Angelegenheit mit meinem Burgvoigt besprechen. Ihr dürft Euch entfernen", setzte Adolf müde hinzu.

Da öffnete sich in weitem Bogen die Saaltür aufs Neue und eine junge Schönheit an der Schwelle zum Erwachsenwerden schritt, nein, schwebte geradezu in den Raum. Als sie sah, dass der Graf und ihre Mutter allein waren, rannte Irmgard von Berg, ohne sich weiter um Etikette zu scheren, durch den Saal auf ihren Vater zu und sprang ihm in den Arm. Ob dieses Ansturms verlor der Graf beinahe seinen Halt und seine zusammengerafften Laken.

Irmgard bedeckte sein Gesicht mit Küssen und ließ den Vater kaum zu Atem kommen. „Oh, was bin ich für ein glücklicher Mann, dass gleich zwei Frauen mich so stürmisch liebend begrüßen", konnte er sich nicht verkneifen.

Etwas zur Besinnung gekommen und mit einem Seitenblick auf ihre tadelnd dreinschauende Mutter ordnete Irmgard ihr Kleid, eine schlanke Kopie des Kleides ihrer Mutter, und ihre Gebände, eine helle Kopfhaube, die von einem Kinnband gehalten wurde, bestürmte ihn aber sogleich mit Fragen: „Wie ist es Euch im Süden des Frankenreiches ergangen? Seid Ihr wohlauf? Habt Ihr mir vielleicht etwas mitgebracht?“ Dabei schaute sie erwartungsfroh in das bärtige Gesicht ihres Vaters. „Aber natürlich, mein Schatz“, antwortete Adolf, während er mühsam seine Laken ordnete, „aber dafür wirst du dich noch etwas gedulden müssen, denn mein Geschenk für dich befindet sich noch im Tross!“ Da kündete ein Hornstoß vom Bergfried das Herannahen von Reitern an.

Thomas saß träumend und eine frisch geräucherte Lachsschwarte kauend vor der niedrigen Feuerstelle in ihrer Hütte. Vor seinem inneren Auge sah er sich bereits als Ritter, bestritt siegreich prächtige Turniere, erwarb sich die Anerkennung seiner Mitstreiter und die Herzen holder Damen und Mädchen. Wenn er jedoch ab und zu aus seinen Träumereien aufwachte und seinen Blick verstohlen durch die elterliche Kate schweifen ließ, holte ihn die Realität schnell wieder auf den Boden der Tatsachen. Sein Vater saß auf einem einfachen Holzschemel nahe der Tür und flickte sein lädiertes Netz, während er mit einem Auge stetig das Räuchern der Lachse im Blick hatte, die er zu diesem Zweck auf Buchenholzbretter gespannt hatte. Einen großen Teil der frischen Ware hatten sie gleich in der Handwerkersiedlung der Burg gegen Brot, Korn und bare Münze eingetauscht. Seine kleine Schwester Katharina sorgte dafür, dass der kleine, selbst gezimmerte Räucherofen immer genug Rauch entwickelte, und seine Mutter saß wie fast jeden Abend vor ihren Kräutern, die in schier unzähligen kleinen Tongefäßen auf dem Fenstersims, auf den Treppenstufen und Querbalken der Kate standen. Einige hatte sie in einem kleinen Mörser zerkleinert, um sie später mit Schweinefett zu vermischen. Aus den Kräutern stellte sie Haut- und Wundsalben her, die auch von ihren Nachbarn gern in Anspruch genommen wurden. Die Rezepturen hatte sie von ihrer Mutter übernommen, so wie diese wiederum von ihrer Mutter. Doch heute Abend konnte sich Hilde nicht so recht auf ihre Arbeit konzentrieren. Nachdem sie alles über den Fischzug ihrer Männer und die Rettungsaktion des Grafen erfahren hatte, war sie lange ganz still gewesen. Als die beiden dann vom Verkauf der Lachse zurückkamen, hatte es einen Riesenstreit gegeben. Nein, mit dem Gedanken, dass ihr einziger Sohn in den Dienst des Grafen eintreten und sein Leben fürderhin auf der Burg und den Schlachtfeldern der Reichen, wie sie es genannt hatte, verbringen sollte, damit konnte sie sich ganz und gar nicht anfreunden. Was sollte dabei anderes herauskommen als Unglück und Verzweiflung? Welches Interesse hatten denn die feinen Herren an den jungen Bauernsöhnen, wenn nicht, sich ihre starken Arme und ihre jungen Leben nutzbar zu machen in Händeln und Heerzügen, die zu nichts führten außer zu noch größerer Armut der Landbevölkerung. All das hatte sie ihrem Mann und ihrem Sohn an den Kopf geworfen und ein düsteres Bild des Schicksals beschworen. Aber sie war auf taube Ohren gestoßen. Ihr Mann hatte schließlich nur kurz bemerkt, dass es die wohl einzige Chance des Jungen und zukünftiger Generationen der Familie wäre, ihren ärmlichen Verhältnissen zu entfliehen. Dann hatte er sich wieder seiner Arbeit gewidmet.

Nun herrschte Ruhe nach dem Sturm. Keiner sprach ein Wort. Wenn sie ihn aus den Augenwinkeln beobachtete, wie er unermüdlich mit einer abgegriffenen, hölzernen Ahle Masche für Masche seines Netzes flickte, hatte er wahrscheinlich sogar recht. Trotzdem wollten sich ihre Bedenken nicht zerstreuen. Jahrhundertelang hatten die armen Bauernsöhne ohnehin keine Rolle in den Plänen der adeligen Herren gespielt, außer dass sie die nächste Generation armer Schlucker darstellten, die die Felder bestellten und für volle Vorratsspeicher auf den Burgen sorgten. Auf den Schlachtfeldern waren sie kaum zu finden, und wenn, dann als einfache Fußsoldaten, die in den vordersten Reihen verheizt wurden. Erst seit den Grafen und Königen die Ritter und Kämpfer für ihre Machtkämpfe und Kreuzzüge auszugehen drohten, bekamen auch die Söhne einfacher Bauern, Fischer, Müller oder Schmiede die Chance, sich als Kriegsknechte und Panzerreiter zu bewähren und in höhere Positionen aufzusteigen, so sie sich denn geschickt mit Schwert und Lanze anstellten. Diesbezüglich hatte sie bei ihrem Sohn keine Bedenken. Er war ja in allem geschickt, was er tat. Wie schnell hatte er mit dem schartigen Fischmesser eben noch die ihm zugeteilte Arbeit erledigt und seine Lachse ausgenommen. Jetzt saß er da und träumte von einem Leben voller Abenteuer. Eine Welle der Zuneigung durchströmte sie. Deshalb stand sie nun auf, holte sein bestes Leinenhemd aus der geflochtenen Truhe unter dem Fenster, in dem sie die saubere Sonntagswäsche aufbewahrte, und legte es neben seine Holzschuhe, die sie dem Blotschenmacher aus Solengen gegen ein paar frische Fische abgekauft hatten.

„Lass dir ja nicht einfallen, das Hemd jeden Tag zu tragen, wenn du ab morgen bei den feinen Herrschaften auf der Burg wohnst. Die werden dir hoffentlich ein ordentliches Wams für deine Arbeit geben. Aber wenn das Hemd schmutzig wird, dann bring es mir. Wer weiß, ob die da oben auf der Burg so sorgfältig waschen und bleichen wie deine Schwester und ich."

Thomas blickte sie bei diesen Worten erstaunt an. „Das heißt, ich darf gehen?" Auf ihr stummes Kopfnicken schossen ihm die Tränen in die Augen, und er sprang auf, um seine Mutter stürmisch in den Arm zu nehmen.

„Du erdrückst mich ja", schimpfte sie da, nicht ohne ein Lachen, denn mit seiner Umarmung schwand auch ein wenig von der Anspannung, die in der Hütte geherrscht hatte. „Spar dir die Kraft für die anderen Knappen", setzte sie noch hinzu, während die kleine Katharina zu ihnen lief, um mit ihrem Bruder um das Feuer zu tanzen.

Als sich Hilde umdrehte, fing sie einen tiefen, unergründlichen Blick ihres Mannes auf, bevor er zustimmend nickte. Es war also beschlossene Sache. Dann starrte Ulrich auf den prächtigen Dolch des Grafen, den er gedankenverloren in den Händen wiegte.

Auf der Burg herrschte indes geschäftiges Treiben. Der Tross mit den Rittern, Knappen und Verwundeten des Kreuzzuges hatte soeben die Zugbrücke passiert und breitete sich jetzt im Burghof aus. Als Erster war Arnold von Cleve zur Stelle. Noch im Gehen – und damit beschäftigt, seine engen ledernen Beinkleider unter dem weiten, weißen Leinenhemd zu schließen – dirigierte er lautstark und präzise die Knappen und Knechte, ganz im Stile eines Mannes, der es gewohnt ist, Befehle zu erteilen. Er ließ die Pferde absatteln, mit Stroh abreiben und in die Ställe bringen. Und er schickte nach den Johannitern, damit sie sich um die Verwundeten kümmerten.

Der Graf, der bereits Vorkehrungen für die Ankunft so vieler Menschen getroffen und sich beim Vernehmen des Hornstoßes schnell angekleidet hatte, trat nun ebenfalls über die Freitreppe in den Hof und hieß seine Ritter mit herzlicher Geste sowie der Aussicht auf einen Krug Bier für jeden willkommen.

Wie zur Antwort erschien die etwas zerzauste Magda auf der Bildfläche und wandte sich, mit einem kecken Hüftschwung, der Arnold von Cleve mit der Zunge schnalzen ließ, mit dem üblichen Tross ihrer Untergebenen den Männern im Hof zu, die es zu versorgen galt. Es wurden dünnes Bier und mit Wasser vermischter Wein ausgeschenkt, während die Männer auf die zur Verfügung stehenden Stuben und Unterkünfte, die sich teils im Palas oder den Wirtschaftsgebäuden, teils in den Türmen befanden, verteilt wurden.

Mehrere heilkundige Mönche eilten nun mit Verbänden und Tinkturen herbei, um sich der Verwundeten des Kreuzzuges anzunehmen. Ihre schwarze Kutte mit dem weißen Kreuz auf der Brust wies sie als Johanniter aus. Es waren Kriegermönche, Ritter und Priester zugleich, die einem Orden angehörten, der seine Ursprünge in einem Hospiz der heiligen Stadt Jerusalem hatte. Der Vater des regierenden Grafen hatte diese Soldaten Gottes vor gut zwanzig Jahren ins Land geholt und ihnen die Aufsicht über einen Turm und das Tor der Nordmauer übertragen, das seither Johannistor hieß. Später hatte er dem Orden erlaubt, sich auch um die Gesundheit und Seelsorge der Burgbewohner zu kümmern. So unterhielten die Johanniter nun einen Konvent mit Krankenstation innerhalb der Burganlage. Nachdem er sich einen ersten Überblick verschafft hatte, wurde ihr Oberhaupt, ein untersetzter, leicht schielender Bruder namens Ferdinand, beim Grafen vorstellig. „Seid gegrüßt, Herr, so wie ich das sehe, wurde bereits gute Arbeit an den Männern geleistet. Bis auf wenige Ausnahmen nichts Ernstes. Wir werden uns um die verbliebenen Brüche und Blessuren kümmern. Und Ihr, seid Ihr wohlauf? Hat Gott in seiner unermesslichen Güte geruht, Euch die Kreuzfahrt unbeschadet überstehen zu lassen?“

Graf Adolf antwortete mit einem kurzen Kopfnicken. „Danke der Nachfrage, aber ich erfreue mich bester Gesundheit!“ Daraufhin zog sich der Mönch mit einer Verbeugung zurück, um sich seinen Aufgaben zu widmen.

„Es ist schon von Vorteil, solch eine Krankenstation in den eigenen Mauern zu wissen, aber diesen Bruder Ferdinand kann ich nicht ausstehen“, sagte Adolf von Berg, „ich werde deshalb auch nach den Mönchen von Altenberg schicken lassen, schon damit sie mir nicht gram sind. Die Zisterzienser stehen mir doch näher als die Johanniter.“

Arnold nickte und ließ sich einen Krug Bier reichen. „Außerdem wirst du deine Vorräte überprüfen müssen, denn so viele Mäuler werden deine Speisekammer schnell leeren.“

„Nun, dafür werden wir selbst sorgen“, antwortete Adolf, „wir werden übermorgen zur Jagd aufbrechen, das sollte genug Wildbret für etliche Tage geben.“

„Und eine willkommene Abwechslung“, setzte Arnold von Cleve hinzu, „bevor wir einrosten …“

Bei diesen Worten winkte Graf Adolf seinen Burgvoigt heran, der sich bislang abseits gehalten bzw. bei der Versorgung und Unterbringung der Gäste nützlich gemacht hatte.

Herrmann von Elverfeld war ein Hüne von Gestalt mit einem mächtigen Bart, der seiner Stellung entsprach. In Abwesenheit des Grafen war er dessen verlängerter Arm und der Herr der Burg. Er entstammte einem niederen Adelshaus aus dem Tal der Wupper, das selbst nur wenige Besitzungen sein Eigen nannte, aber seit der Zeit Karls des Großen Verwaltungsämter innehatte. Die einstige Fliehburg Elverfeld war vor gut zweihundert Jahren in den Besitz der Erzbischöfe von Köln übergegangen und seit 1176 an die Grafen von Berg verpfändet. Herrmanns Vater hatte mit dem Vater des Grafen am letzten Kreuzzug teilgenommen und war wie dieser gefallen.

Deshalb hatte Adolf den Elverfelder in seinen Dienst genommen. Weil er zudem lesen und schreiben konnte, was damals auch unter Adligen nicht selbstverständlich war, hatte er ihm schließlich die Verwaltung der Burg übertragen. Diese Stellung war Herrmann auf den voluminösen Leib geschrieben. Lautstark und wortgewaltig versetzte er seinen Befehlen Nachdruck. Widerspruch duldete er nicht. Auch der Gräfin gegenüber vertrat er standhaft seine Meinung. Einzig sein launisches Eheweib, Mechthild mit Namen, brachte ihn zuweilen aus der Fassung – und seine hübsche, aber aufmüpfige Tochter Sibylla, ein regelrechter Wildfang, der es aber schon mit zwölf Jahren verstand, die Männer, allen voran ihren Vater, um den Finger zu wickeln.

Das Vertrauen des Grafen dankte er ihm mit absoluter Loyalität.

Ehrerbietig verneigte sich Herrmann nun vor den hohen Herren und ließ sich deren Pläne für die nächsten Tage, vor allem für die anstehende Jagd erläutern. Gewohnt, schnell zu handeln, erbot er sich, für den übernächsten Tag die benötigten Treiber zu bestellen, die Hundeführer zu informieren und alles vorzubereiten.

„Und dann müsst Ihr mir noch erläutern, was es mit den rückständigen Zehnten auf sich hat, wovon mir die Gräfin berichtet hat“, setzte Adolf hinzu.

„Da gibt es nur wenig zu erklären, mein Herr Graf“, antwortete Herrmann ohne Umschweife, „zum Deutzgau hin hat es ein paar Verwüstungen durch marodierende Ritter gegeben, aber das wisst Ihr vielleicht bereits. Außerdem hat der Regen wieder einmal die Ernte beeinträchtigt. Auf vier Lehnsgütern sieht es besonders schlecht aus. Drei der Lehnsmänner waren mit Euch auf Kreuzzug. Wenn Ihr sie gesund an Körper und Geist wieder mit zurückgebracht habt, werden sie Euch bald sicher einen Vorschlag zur Entrichtung des Zehnten unterbreiten. Der Vierte ist leider verstorben, dieses Lehen muss neu vergeben werden. Die Witwe bzw. der Sohn des Verstorbenen bieten sich dazu an und wollen in den nächsten Tagen vorstellig werden. Ich denke, sie werden Euch auch die rückständigen Abgaben entrichten."

„Also alles nicht so dramatisch, wie es mir meine Gattin weismachen wollte, mein treuer Voigt, was?", hakte der Graf nach. Ein wenig verlegen senkte der Voigt seinen Blick. „Nun, es mag sein, dass ich die Lage vor der Gräfin etwas schwärzer gemalt habe, um die Ausgaben der Burg ein wenig in Grenzen zu halten", brachte er schließlich über die Lippen. Doch statt eines Tadels erntete er ein erleichtertes Lachen und freundschaftliches Schulterklopfen, womit er dankend entlassen wurde.

„So einen Mann lob ich mir", sprudelte Arnold von Cleve hervor, „treu bis ans Herz."

Da erschien plötzlich Irmgard auf der großen Freitreppe, die alle Burgfräulein zusammen nicht hatten halten können. Mit kleinen Trippelschritten rauschte sie die Treppe herunter, verlangsamte dann aber ihr Tempo, um die anwesenden Ritter mit der gebotenen Würde einer Grafentochter zu begrüßen. Dann nahm sie ihren Vater bei der Hand, hauchte ihm einen Kuss auf die Wange und bat ihn flüsternd, er möge ihr doch das versprochene Geschenk zeigen. Mit einem demonstrativen Achselzucken entschuldigte sich der Graf bei den anderen Männern und ging mit seiner Tochter zu den Ställen. Dort rief er seinen Stallmeister und ließ sich die kleine spanische Stute vorführen, die sie wie ein Kleinod im Tross gehütet hatten. Irmgard traute ihren Augen nicht, als sie das prächtige Tier sah. „Das ist eine edle Stute aus Andalusien", erklärte ihr Vater, der das Tier im südfranzösischen Carcassonne von einem spanischen Händler gegen einen Teil seiner Kriegsbeute eingetauscht hatte. „Es trägt arabisches Blut in sich", erläuterte er weiter, „das erkennt man an der leicht gebogenen Kopfform, aber auch das Blut kräftiger iberischer Pferde. Die Rasse ist bei den Rittern des Südens sehr beliebt, weil sie klein und schnell sind, aber trotzdem einen Ritter tragen können."

Doch Irmgard hörte kaum noch zu, so geblendet war sie von ihrem Geschenk. „Wann kann ich es reiten?", fragte sie aufgeregt. „Nun, wenn du willst, sofort", lachte Adolf und schon half er seiner Tochter mit der Kraft seiner bärenstarken Arme auf den Rücken des Pferdes.

Irmgard jauchzte wie ein Kind. Von einem Fenster der Kemenate aus, hinter ölgetränkten Leinentüchern, unentdeckt und geschützt vor dem hier oben stetig wehenden Wind, hatte Gräfin Bertha von Sayn das Geschehen im Hof beobachtet und schüttelte nun den Kopf. Weder schickte sich diese Offenherzigkeit noch hatte sie Verständnis für derlei unnütze Geldausgaben, denn Pferde, die ihnen die Haare vom Kopf fraßen, gab es auf der Burg doch schon genug.

Als sich am späten Abend alle edlen Gäste im Rittersaal versammelten, um zu tafeln und auf die glückliche Heimkehr zu trinken, überraschte der Graf seine Gräfin mit einer Rolle goldenem Brokatband, das bald von allen Burgfrauen bestaunt wurde. Bertha war ein wenig besänftigt, aber alles andere als zufrieden.

„Ein Goldbändchen kann ich dir nicht bieten, aber dafür einen eisernen Ständer, an dem du die Kerze ausblasen kannst", raunte Arnold von Cleve in einem günstigen Moment der üppigen Magda zu, als diese gerade seinen Becher mit Bier nachfüllte, und fing sich dafür einen unsanften Rippenstoß ein.

Dunkel und kalt, ja abweisend ragte die mächtige Burg vor ihm auf, als sich Thomas am frühen Morgen mit seinem Vater auf den Weg machte, um in den Dienst des Grafen zu treten. Wie oft schon hatte er die Burg betreten, wenn er seinen Vater zu Händlern und Handwerkern begleitete, jeden Winkel kannte er, doch heute erschien sie ihm in völlig neuem Licht. Wie berauscht betrachtete er die mächtige, von Zinnen gesäumte Schildmauer, die die einzig angreifbare Seite der Burg schützte, und dahinter den alles überragenden Bergfried, von dem aus man weit in das Bergische Land schauen konnte. Er war Wohnturm und letzte Verteidigungsbastion zugleich. An drei Seiten fiel das Gelände steil ab und machte Angriffe so gut wie unmöglich. Zum Fluss hin wehrten gar mehr als hundert Meter hohe Felsen jeden Angreifer ab. Um die ganze Anlage zog sich zudem eine Mauer, aber hier an der Ostseite war sie besonders stark.

Nur zwei Tore und zwei Schlupfpforten boten Zugang. Außerdem hatte man einen tiefen, breiten Graben aus dem Fels herausgehauen. Der Wind trug ihm den Gestank aus den Latrinen entgegen, denn die Burgbewohner verrichteten ihre Notdurft aus kleinen Erkern in der Burgmauer, „heimlich Gemach" genannt, direkt in den Graben. Über diesen spannte sich eine Zugbrücke, über die Thomas nun die Burg durch das Grabentor betrat. Hinter den Zinnen sah er einen Teil der Wachmannschaft, die dort oben stetig patrouillierte und die ihn nun nach seinem Begehr fragte, denn nicht jedem war das Betreten der Burg erlaubt. Aber weil man ihn und seinen Vater kannte, vielleicht auch, weil der Graf Anweisungen gegeben hatte, ließ man sie passieren.

„Meinst du, sie erwarten uns?", fragte Thomas leicht nervös, während sie das Tor durchschritten. „Na, der Graf wird dir wohl kaum einen persönlichen Empfang bereiten, aber irgendjemand wird sich deiner schon annehmen", brummte der Vater, „nur erwarte ja nicht zu viel und vergiss nie, wo du herkommst."

Trotz der frühen Stunde war die Burg voller Menschen, die sich überall breitgemacht hatten. Kriegsknechte lungerten in den Ecken herum, urinierten an die Mauer oder stocherten in den schwelenden Nachtfeuern, um deren Glut mühsam anzufachen.

Im Gang vor dem Zwingertor schlug ihnen daher beißender Rauch entgegen, es war feucht, kalt und wenig einladend. Und doch erschien es Thomas wie der schönste Ort auf Erden. Dieser Eindruck verstärkte sich, als sie den breiteren Innenhof betraten und in diesem Moment die Sonne über die Zinnen stieg. Prächtig erhob sich nun der Palas vor ihm, ein imposantes Gebäude, in dem sich die repräsentativen Räume der Burg befanden.

Während er alles in sich aufsog, versperrte ihnen plötzlich eine mächtige, finster dreinblickende Gestalt den Weg, Herrmann von Elverfeld, der Burgvoigt. Ihm oblag die Oberaufsicht über die Ländereien des Grafen, über die gesamte Burg und die täglichen Arbeiten, die hier verrichtet wurden. Und weil Herrmann diese Aufgabe ernst nahm, schien er überall gleichzeitig präsent zu sein. Nun ragte er wie ein aus der Erde gewachsener Fels vor Thomas auf.

„Na, wen haben wir denn da", ließ der Voigt vernehmen, „einen weiteren nichtsnutzigen Esser, der es sich in der guten Stube des Grafen für den bevorstehenden Winter bequem machen möchte?"

Thomas holte schon Luft, um zu protestieren, aber sein Vater kam ihm zuvor.

„Zuerst einmal sind wir gekommen, um Euch den Zehnten unseres gestrigen Fangs zu entrichten." Bei diesen Worten hielt Ulrich dem Voigt ein paar fette Lachse vor die Nase. „Und einen prächtigen Salm für Euch persönlich." Die Miene des Burgvoigtes hellte sich merklich auf. „Sozusagen als Einstand eines jungen Mannes, der es gewohnt ist, hart für seinen Lebensunterhalt zu arbeiten", setzte Ulrich betont hinzu.

„Lasst gut sein, ich weiß Bescheid", schlug Herrmann nun einen beschwichtigenden Ton an, während er dem Jungen mit freundschaftlicher Geste die mächtige Pranke auf die Schulter legte, „der Graf hat mich unterrichtet, zumindest über das Wichtigste. Euer Sohn soll in unsere Dienste treten. Ich halte zwar nichts von den neuen Gepflogenheiten, Burschen, die nicht von Stand sind, in den Waffendienst zu nehmen. Aber wenn's der Wunsch des Grafen ist, soll's mir recht sein. Ein Esser mehr oder weniger macht den Kohl auch nicht fetter. Aber mit Kohl allein werden wir wohl nicht auskommen, so mager, wie der Bursche ist", meinte der Voigt.

„Ich bin stärker als die meisten", fasste sich Thomas ein Herz. „Nun werd ja nicht vorlaut", fing er sich dafür direkt eine Schelte des Voigtes ein, „du redest nur, wenn du gefragt wirst." „Aber Thomas hat recht", entgegnete Ulrich immer noch gekränkt. „Er wird niemandem auf der Tasche liegen und seinen Mann stehen."

„Das will ich auch hoffen", antwortete der Burgvoigt, während er mit kräftigem Griff der linken Hand die Muskeln des Jungen unter der weißen Haut prüfte, „denn eines seid gewiss, er wird zwischen all den adligen Bürschchen keinen leichten Stand haben. Er wird lernen müssen, sich durchzusetzen."

„Das kann er", gab Ulrich zurück, „aber wenn es Probleme gibt, dann schickt ihn mir wieder zurück!"

„Wir werden sehen, jetzt müssen wir erst mal einen Platz für den dünnen Hering finden", beendete Herrmann das Gespräch.

Mit einer kurzen, herzlichen Umarmung nahmen Vater und Sohn Abschied. „Wir sind ja nicht aus der Welt", sagte Ulrich noch, dann wendete er sich um.

Unfähig, ein weiteres Wort zu sagen, stapfte Thomas nun hinter dem Burgvoigt her, der ihn schon mit ungeduldiger Handbewegung aufforderte, seine Schritte zu beschleunigen. Wie im Traum zogen die Mauern von Palas und Bergfried, von Waffenkammer und Wirtschaftsgebäuden an ihm vorbei. Im Vorübergehen sah er den Schmied vor seiner Esse stehen und den Fletscher, den Pfeilbauer, wie er ein Bündel Holzschäfte in seine Werkstatt trug. Aus den Augenwinkeln nahm er wahr, wie der Zimmermann an einem schweren Balken hobelte und eine Magd mit Kübeln Wasser aus dem ummauerten Brunnen schöpfte.

Dann standen sie vor dem Pferdestall, in dem sich dicht an dicht über zwanzig Pferde aneinanderreihten.

„Eigentlich weiß ich gar nicht so recht, wohin mit dir", richtete Herrmann das Wort nun direkt an Thomas, „du bist kein Adeliger, aber auch kein Leibeigener, passt also hüben wie drüben nicht hin. Für einen Pagen bist du zu alt und für einen Knappen eigentlich noch zu jung. Außerdem hast du weder eine Vorbildung in höfischen Dingen noch das rechte Blut für einen Knappen.

Am besten, du teilst dir erst mal ein Nachtlager mit einem der niederen Adelsbürschchen, wie mit dem Odenthaler hier."

Dabei wies er mit einer Hand auf eine Kammer im hinteren Teil der Stallungen, wo ein bescheidenes Strohlager von der Schlafstätte eines Dienstmannes zeugte, der es in der Hierarchie der Burggesellschaft noch nicht weit gebracht hatte. Der Bewohner dieses luxuriösen Gemachs rieb sich gerade den letzten Schlaf aus den Augen, womit er sich sofort den Tadel des Voigtes einhandelte. „Heinrich von Udindara", erschallte es durch den zugigen Raum, „du bist der faulste Knappe, den ich je gesehen habe. Mach, dass du auf die Beine kommst, und kümmere dich um die Pferde. Und den Burschen hier nimmst du am besten gleich mit."

Bei diesen Worten stob der Voigt davon, wandte sich aber noch einmal um. „Danach geht ihr zu den Hundeführern und sorgt dafür, dass sie mit ihren Saupackern morgen zeitig bereitstehen, wenn es zur Jagd geht. Und ihr zwei reiht euch bei den Treibern ein, verstanden?!"

Thomas und Heinrich nickten artig und blickten dem Voigt hinterher, bis dieser um die nächste Ecke bog. Dann schauten sich die beiden prüfend ins Gesicht und prusteten schließlich erleichtert los. Heinrich war ein schlaksiger Junge mit Haaren wie Stroh, die einen rötlichen Schimmer nicht verleugnen konnten. Um seine Nase tanzten zahllose Sommersprossen. Er entstammte einer einfachen Adelsfamilie, die nahe der Burg Altenberge wohnte. Für seine fünfzehn Lenze war er hoch aufgeschossen und doch einen Fingerbreit kleiner als Thomas. Die beiden mochten einander auf Anhieb. Und Heinrich beeilte sich, den Neuen, wie er Thomas nannte, in die Geheimnisse des Burglebens einzuweihen.

„Das ist unser Reich", deutete er auf die kleine Schlafkammer, „richte dir einfach ein Strohlager neben meinem. Deine paar Sachen kannst du in die Truhe vor der Mauer legen. Die nächsten Tage werden wir den Raum noch mit ein paar anderen teilen müssen, denn es sind zurzeit viel zu viele

Leute in der Burg. Der Voigt hat alle Hände voll zu tun, sie in den Türmen, Kammern und Ställen unterzubringen. Aber nach der Jagd wird es leerer werden."

„Der Voigt scheint ein strenger Herr zu sein", hakte Thomas nach.

„Ach, der ist im Grunde ganz in Ordnung", gab Heinrich zurück, „er bellt zwar ständig wie ein Wachhund, aber er beißt selten. Nur mit der Arbeit nimmt er es immer genau. Wenn wir ihn nicht verärgern wollen, nehmen wir uns am besten jetzt erst mal die Pferde vor."

Dabei reichte er Thomas auch schon einen Holzeimer und ein Büschel Stroh. „Wie alt bist du?" „Schon vierzehn", antwortete dieser.

„Ganz schön groß für dein Alter. Nimm du den großen Braunen da vorn, das ist Carolus, das Schlachtross des Grafen. Solange er im Stall steht, ist er lammfromm, aber wehe, er hört die Schwerter klirren", rief er Thomas über die Kruppe einer Stute zu, deren Flanke er nun mit fachmännischen Bewegungen abrieb.

„Ich dachte, der Graf reitet einen Rappen", fragte Thomas, in Erinnerung an sein Flussabenteuer, während er begann, Carolus' muskulöse Brust mit Stroh zu bearbeiten, der dies mit genüsslich gerecktem Hals beantwortete.

„Oh, du meinst Lancelot, den schwarzen Teufel, der steht ganz hinten im Stall, weil er sich mit keinem anderen verträgt. Mit dem ist nicht gut Kirschen essen, deshalb kümmert sich nur der Ritter von Cleve um ihn. Der ist der Einzige, der mit dem Riesenvieh auskommt."

Wie zur Antwort ertönte lautes Gepolter aus dem Hintergrund. Mit wachsender Intensität bearbeiteten Lancelots Hufe die Holzbalken seines Verschlages.

Als Thomas und Heinrich hinzueilten, sahen sie den Grund für den Aufruhr des Pferdes: Drei Knappen hatten sich von hinten angeschlichen und ärgerten den schwarzen Hengst mit einem klimpernden Windspiel aus kleinen Eisenstangen. Die unbekannte Geräuschquelle machte das Tier immer nervöser. Wild rollte es mit den Augen, die Muskeln an den Flanken zitterten.

„Hört sofort auf damit!", herrschte Heinrich die Missetäter an, obwohl sie alle ein bis zwei Jahre älter waren als er. Ihr farbenprächtiger Überwurf wies sie als Knappen von Rang aus, die im Dienste eines hochstehenden Ritters standen. Einer von ihnen, ein sehniger Kraftprotz mit feuerrotem Haar und offensichtlich ihr Anführer, drehte sich bei diesen Worten mit arroganter Kopfbewegung um und musterte die beiden von Kopf bis Fuß. Dann setzte er ein breites Grinsen auf.

„Oh, der feine Herr von Odenthal", dehnte er ironisch seine Worte, „wie ich sehe, quillt ihm das Stroh jetzt schon aus den Ohren raus!" Seine Kumpane lachten und schlugen sich dabei auf die Schenkel, wobei das eiserne Windspiel noch lauter klimperte. Diese neuerliche Geräuschquelle animierte den nervösen Lancelot zu noch wütenderen Huftritten. Schon splitterten die ersten Balken. Vergebens bemühte sich Heinrich, das Tier zu beruhigen.

„Nun hört doch schon auf", mischte sich Thomas ein, der das Temperament des schwarzen Hengstes ja schon kennengelernt hatte.

„Und was geht dich das an", herrschte ihn der Rotschopf augenblicklich an, „wer bist du überhaupt?" „Ich bin Thomas, der Sohn des Fischers Ulrich Grimbergen", gab dieser trotzig zurück. Die Knappen rümpften die Nase.

„Soso, ein Fischkopf! Verstehen denn Fischköpfe was von Pferden?", erheiterte sich der rothaarige Knappe. „Aber so wie du aussiehst, könntest du auch Schweinehirt sein. Kannst du ein Pferd überhaupt von einem Schwein unterscheiden?!"

Wütend trat Thomas einen Schritt näher. Obwohl drei Jahre jünger als sein Gegenüber, war er nur wenige Fingerbreit kleiner als dieser. „Zumindest erkenne ich ein Schwein, wenn es vor mir steht", entgegnete er mit vor Zorn bebender Stimme. Ganz dicht standen die beiden Streithähne jetzt voreinander und bohrten jeweils ihren Blick in den des anderen, einen Wimpernschlag von einer handfesten Auseinandersetzung entfernt.

Da mischte sich ein grollender Bass in das Stimmengewirr.

„Wer hat euch erlaubt, euch dem Hengst des Grafen zu nähern? Packt euch oder ich mach euch Beine", tönte Arnold von Cleve über den Tumult hinweg. Die Knappen gaben augenblicklich Fersengeld.

Im Nu war der Clever über die Balken zur ungefährlicheren Vorderseite der Box geklettert, nahm den schwarzen Hengst mit fester Hand am Halfter und legte die andere auf dessen Nüstern. Leise flüsterte er ihm etwas ins Ohr. Augenblicklich beruhigte sich das Tier, schnaubte nur noch ein paar Mal.

„Na, da hast du dir ja direkt Freunde gemacht", wendete sich Arnold von Cleve an Thomas. „Sei auf der Hut, mit den Limburgern ist nicht zu spaßen. Vor allem der ewig grinsende Rotschopf ist voller Falschheit. Er wird dich jetzt ins Herz geschlossen haben und dich ärgern, wo er nur kann." Dabei kletterte er behände wieder aus dem Verschlag.

„Ich werd mich schon zu wehren wissen", erwiderte Thomas.

„Das glaub ich gern, junger Fischer, aber das ist es ja gerade. Lass dich nicht zu etwas hinreißen, was dir von Stand her nicht zusteht. Diese Knappen kommen aus hohem Haus und werden in ein paar Jahren zu Rittern geschlagen – und du bist noch ein Niemand. Ein wenig Vorsicht kann also nicht schaden. Und binde nicht jedem auf die Nase, wo du herkommst. Wenn er es aber zu toll treibt, dann kommst du zu mir."
Bei diesen Worten kniff er Thomas in die Wange, zwinkerte Heinrich zu und stapfte davon. Dabei sahen die beiden, dass sich der Clever in der offensichtlichen Eile, in der er gewesen war, nur äußerst spärlich bekleidet hatte.

„Ein komischer Kauz", schüttelte Thomas den Kopf, „aber eigentlich ein netter Kerl." „Oh ja, der Ritter von Cleve ist der Beste von allen, etwas schrullig, aber immer gut aufgelegt", bestätigte Heinrich, während er die unterbrochene Striegelarbeit wieder aufnahm, „ich wollt, es gäbe mehr von seiner Sorte. Er ist der engste Freund des Grafen. Gut, ihn auf seiner Seite zu haben."
„Und wer war nun der Rotfuchs?", wollte Thomas jetzt genauer wissen. Dabei bürstete er dem braunen Schlachtross die letzten Kletten aus der Mähne.
„Das war Gisbert von Limburg", erklärte Heinrich. „Ein echter Hundsfott. Er und noch zwei, drei andere kommen aus dem Herzogtum gleichen Namens. Das liegt ein paar Tagesreisen westlich von hier. Die Limburger halten sich für was Besseres, denn der zukünftige Herzog Walram und unser Herr sind alte Waffengefährten. Sie tauschen regelmäßig ihre Knappen aus und bilden sie zu Rittern aus." Bei diesen Worten tauchte er geschickt unter der hochbeinigen Stute durch und wandte sich dem nächsten Pferd zu.
„Ist Gisbert der Sohn dieses Walram?", hakte Thomas nach. „Nein, nein, dessen Sohn heißt Heinrich, wie ich. Er ist übrigens seit frühster Kindheit mit Irmgard, der Tochter unseres Grafen, verlobt. Gisbert ist ein naher Verwandter. Und darauf bildet er sich so einiges ein."
„Und was ist mit dir, du bist doch auch ein Adeliger, oder?"
„Ja, das bin ich, aber unsere Familie ist nicht sehr wohlhabend und mächtig. Im Grunde leben wir wie die meisten Bauern auch. Mein Vater und der Graf mögen sich nicht besonders. Ich glaube, wir sind ihm ein Dorn im Auge, weil unsere Burg Udindara nur einen Steinwurf von der alten Burg Berge entfernt liegt, dem Ursprung der Grafen von Berg. Er hat

sie uns schon ein paar Mal abzuschwatzen versucht.“

„Und warum bist du dann hier?“, wollte Thomas weiter wissen.

„Nun, es ist üblich, dass Ritter ihre Söhne zur Erziehung und Ausbildung an ihren Lehnsherrn, ihren Nachbarn oder auch Widersacher geben. Dann hat man sich gegenseitig im Auge, verstehst du? Ich glaube, ich bin so eine Art Pfand.“ „Für was?“ „Na dafür, dass mein alter Herr nicht aus der Reihe tanzt. Deshalb bin ich hier, mittlerweile schon fast ein Jahr, ein besserer Stallbursche, der sich Knappe nennen darf. Aber sag mal, was macht denn eigentlich der Sohn eines Fischers auf der Burg?“, war es nun an Heinrich, selbst Fragen zu stellen.

„Das weiß ich auch noch nicht“, antwortete Thomas ehrlich.

„Mein Vater und ich haben dem Grafen …“, Thomas zögerte ein wenig, bis ihm die rechten Worte einfielen, „einen Gefallen erwiesen. Dafür will er mich in seine Dienste nehmen. Aber was ich hier tun oder werden soll, davon hab ich keinen Schimmer.“

„Na, dann fangen wir am besten damit an, einen ordentlichen Stallburschen aus dir zu machen“, lachte Heinrich und warf ihm zwei Holzeimer zu. „Hol Wasser, damit die Zossen was zu saufen bekommen!“

„Das Bürschchen ist in Ordnung. Noch reichlich ungeschliffen, aber das Herz am rechten Fleck“, sagte Arnold von Cleve zu seinem langjährigen Waffenbruder, während sie von einer der Fensternischen im ersten Stock des Palas aus das Geschehen im Hof verfolgten. „Was hast du eigentlich mit ihm vor?“

„Nun, tapfere Kerle kann man nicht genug auf seiner Seite haben, vor allem in diesen Zeiten“, gab der Graf von Berg zurück.

„Was meinst du, wie viele von unseren Lehnsmännern stehen in der Not wirklich zu uns? Wie viele werden für uns in den Kampf ziehen, wenn es darauf ankommt? Und Kampf wird es geben, bei dem, was sich um uns herum zusammenbraut!“ Arnold dämmerte, dass sich sein Freund und Waffenbruder bereits weitreichende Gedanken über die politischen Veränderungen gemacht hatte. Und wie immer traf der Graf, als erfahrener Heerführer, der er war, im Stillen bereits konkrete Vorkehrungen, wenn es auch manchmal nur kleine Schritte waren. Und dafür bewunderte er ihn. „Ich schätze, dass sich manch einer auf die Gegenseite schlagen oder hinter den Röcken des Klerus verstecken wird, wenn es losgeht“, fuhr Adolf fort.

„Da ist jeder starke Arm gefragt. Außerdem gehen dem Land langsam die Kämpfer aus, wenn wir uns wie bisher weiter auf adeliges Blut in den Reihen der Panzerreiter beschränken. Ein bisschen frischer Wind kann nicht schaden. Und dieser junge Thomas, scheint mir, könnte unser Mann sein. Er gefällt mir." Gedankenverloren nahm Adolf daraufhin einen tiefen Zug aus einem Becher Würzwein, den Magda ihnen kredenzt hatte. Arnold zwinkerte ihm zu. „Kann es nicht auch sein, dass er ein bisschen dem Bild eines Sohnes entspricht, den du nie hattest? Und wenn ich mich recht erinnere, warst du in jungen Jahren doch auch seiner Mutter ein wenig zugetan, die jetzt das Weib des Fischers ist", brachte der Clever über den Rand seines Bechers hinweg zur Sprache. Adolf warf ihm einen kurzen, funkelnden Blick zu, bevor er diesen in die Ferne schweifen ließ. „Kann schon sein ..."

Während Thomas zum Brunnen schlenderte, wanderten seine Augen über den Innenhof, und er betrachtete die Menschen, die sich hier tummelten, genauer. Fußsoldaten, Reisige genannt, meist in ein gestepptes, helles Wams gekleidet, das an einigen Stellen mit Schuppen aus Eisen oder gehärtetem Leder verstärkt war, standen oder saßen in kleinen Gruppen beisammen. Einige flickten ihre Ausrüstung, schärften ihre Spieße oder ließen sich von den Johanniter-Mönchen ihre verbliebenen Blessuren versorgen, die sie sich auf dem Heerzug zugezogen hatten. Zu ihnen gesellten sich ab und an Ritter in farbenprächtigen Wappenröcken, wahrscheinlich ihre Dienstherren. Thomas erkannte die Wappen der Herren und Voigte aus dem Deutzgau und vielen Teilen der Grafschaft Berg, aber auch Wappen, die er noch nie gesehen hatte. Etwa zwanzig dieser Ritter waren Lehnsmänner des Grafen, die ihn nach Frankreich begleitet hatten, Besitzer abgabenpflichtiger Burgen und Gutshöfe, die zwischen Köln und dem Bergischen Land verstreut lagen. Nun rüstete man zur Jagd, die für den nächsten Tag angesetzt war, nicht zuletzt auch, um diese für die Burg ungewohnte Menschenansammlung mit frischem Fleisch zu versorgen.

Am Brunnen angekommen, ließ Thomas in Gedanken versunken seine Eimer an einem langen Seil in den Schacht hinab, wo sie sich mit frischem Wasser füllen sollten. Der Brunnen war so tief, dass sich das Ende des Schachtes im Dunkeln verlor.

„Der Brunnen ist das Wichtigste in einer Burg überhaupt", hörte er da die Stimme des Grafen, der gerade die Treppe vom Palas herunterkam. „Wenn man angegriffen oder belagert wird, kann man die Burg nicht verlassen. Deshalb ist es wichtig, dass die Wasserversorgung innerhalb der Mauern liegt. Der Erbauer der Burg, Graf Adolf II., hat diesen Platz mithilfe von drei Fröschen gefunden", setze er hinzu.

„Frösche?", fragte Thomas ungläubig. „In der Tat", antwortete Adolf III. und zeigte auf den Brunnen, „auf der Suche nach einem geeigneten Bauplatz für die neue Burg suchte man lange vergeblich nach einer Quelle. Schließlich kam mein Vorfahre an diese Stelle hier, wo er drei Frösche sitzen sah. Da war die Wahl getroffen. Ein Frosch ist Zufall, soll er gesagt haben, zwei Frösche halten Hochzeit, aber drei Frösche auf einem Fleck – das kann nur eines bedeuten: Hier gibt es Wasser! Das sollte sich auch bewahrheiten. Und deshalb stehen Brunnen und Burg an dieser Stelle."

Während Thomas noch überlegte, ob und wie denn Frösche Wasser ausfindig machen können, das offensichtlich so tief unter dem Fels verborgen liegt, nahm ihn der Graf beiseite.

„Junge, es gibt da ein paar Dinge, die du beherzigen solltest", wählte Adolf seine Worte mit Bedacht. „Ich habe einiges mit dir vor, aber das geht nur dich und mich etwas an. Ich bin dir und deinem Vater zu Dank verpflichtet und werde dir daher die gleiche Ausbildung angedeihen lassen wie allen jungen Recken hier. Aber du bist kein Adeliger, hast vorher keine Pagenzeit durchlaufen und wirst daher auch nicht offiziell als Knappe geführt, der dann nach sieben Jahren Ritter wird.

Für mich zählt Treue mehr als alle Blutbande, aber das sehen andere nicht so. Denen erzählen wir, du seiest mein Mündel, weil dein Vater mir treu gedient hat. Das ist ja auch nicht falsch.

Wenn du dich bewährst, kann es ein mutiger Junge wie du zu etwas bringen. Aber dafür musst du lernen und Geduld haben – und vor allem Zwistigkeiten aus dem Weg gehen, haben wir uns verstanden?"

Thomas schluckte und nickte schüchtern, konnte sich dann aber doch nicht verkneifen, die Frage zu stellen, die ihm auf der Zunge brannte. „Heißt das, ich kann doch irgendwann Ritter werden?"

Der Graf seufzte, dann lächelte er ihn milde an. „Wir werden sehen. Wer gut mit dem Schwert umzugehen versteht und tapfer ist, dem steht die Welt offen. Aber bis dahin ist es ein weiter Weg. Vorerst wirst du kleine Brötchen backen müssen – und tun, was der Voigt und deine Lehrmeister dir auftragen. So, und jetzt sieh zu, dass du wieder an die Arbeit gehst! Wir sehen uns morgen auf der Jagd. Dann wirst du mir hoffentlich einen prächtigen Keiler vor die Lanze treiben.“

Eilig machte sich Thomas mit den Wassereimern auf den Rückweg zum Stall und grinste dabei über alle Backen. Für ihn stand fest, dass der Graf ihn zum Ritter machen würde …

Nachdem sie die Pferde versorgt hatten, machten sich Thomas und Heinrich auf zu den Hundeführern, wie es der Voigt ihnen aufgetragen hatte.

Dabei nutzte Thomas die Gelegenheit, Heinrich über das Knappenleben auszufragen. Dieser berichtete ihm, dass sie fast täglich mit einem Waffenmeister den Umgang mit Schwert und Axt übten und darüber hinaus lernen mussten, den Schild zu gebrauchen, denn auch der sei eine Waffe und zu weit mehr dienlich als nur zum Abwehren von Pfeilen und Schwerthieben. Ihre Hauptaufgabe sei es jedoch, diese Waffen und die gesamte Ausrüstung der Ritter zu säubern, zu pflegen und instand zu setzen. Das hätten sie vor allem auch auf dem Kreuzzug in den Süden des Frankenreiches gemacht.

„Du warst auf dem Kreuzzug gegen die Ketzer?“, fragte Thomas überrascht, „nun erzähl schon, hast du denn auch mitgekämpft?“

„Das nicht“, antwortete Heinrich, „der Graf hat immer sehr darauf geachtet, dass wir uns hinter den Linien aufhielten.

Wenn wir dann in eine eroberte Stadt einmarschierten, war alles schon vorbei. Aber wir haben natürlich noch die Toten gesehen, viele Tote“, setzte er nachdenklich hinzu. Dabei untermalte er seine Schilderung, indem er mit heraushängender Zunge eine möglichst schreckliche Grimasse schnitt.

Und weil Thomas nicht lockerließ, erzählte er ihm, wie das Heer unter der Führung von Simon de Montfort im April die Festung Hautpaul eingenommen hatte, nachdem ein Großteil der Belagerten durch unterirdische Gänge geflüchtet war. Er berichtete auch von der wiederholten Einnahme von Städten, die immer wieder neu zum Feind überliefen, von langen Märschen, endlosen Belagerungen und brennenden Scheiterhaufen. Schließlich sei der Graf des ständigen Wartens und Tötens überdrüssig geworden und hätte mit ihnen den Rückweg angetreten.

„Knappe zu sein ist kein Zuckerschlecken, darauf kannst du dich gefasst machen. Dafür haben wir aber das Privileg, bei einem Gelage nahe am Tisch der Ritter zu sitzen. Und auch wir bekommen immer etwas von dem feinen Essen ab!“ Das schien Heinrich recht wichtig zu sein.

Um zu den Hundeführern zu gelangen, mussten sie die Burg verlassen, denn die meisten Jagdhunde waren in Kost und Logis bei einfachen Handwerkern oder Bauern untergebracht, die für die Tiere sorgten – wenn auch nicht immer ganz freiwillig, denn die doggenartigen Hunde sahen zum Fürchten aus.

Der Graf legte aber Wert darauf, dass die Tiere Familienanschluss hatten und nicht etwa an der Kette oder im Zwinger gehalten wurden. Das könne ein Jagdhund nicht ertragen, pflegte er zu sagen.

Thomas kannte ein gutes Dutzend dieser Hundeführer, weil sie mit seinem Vater Handel trieben oder sich von seiner Mutter mit Kräutermixturen versorgen ließen – und nicht zuletzt auch, weil einige der Männer seinen Vater auf den verbotenen nächtlichen Jagdausflügen begleiteten.

Zielstrebig steuerten Heinrich und Thomas, der schließlich sogar die Führung übernahm, weil er sich besser auskannte, die Häuser und Katen dieser Männer an, um ihnen die Nachricht des Voigtes zu überbringen. Die meisten Hundeführer hießen sie freundlich willkommen und versprachen, sich rechtzeitig in der Frühe vor dem Burgtor einzufinden. Dabei wurden sie stets aufmerksam von ein oder zwei der großen, kräftigen Hunde beäugt, die meist besser genährt waren als ihre Herren, denen sie nicht von der Seite wichen. Falk der Schmied lud sie sogar auf einen Becher heißen Met ein, den er in einem Krug neben seiner Esse aufgewärmt hatte. Mit ehrlichem Interesse erkundigte er sich danach, was Thomas denn in die Dienste des Grafen verschlagen hatte, und dieser sagte artig sein zurechtgelegtes Sprüchlein über den erwiesenen Gefallen auf. So oder ähnlich erging es ihnen an fast jeder Pforte. Einzig ein mürrischer Bauer schlug ihnen eilig wieder die Tür vor der Nase zu und brummte dabei etwas von „vergeudetem Tag".

Einer dieser Hundeführer war auch Gerhardt vom Hünger, ein hünenhafter Bauer, dessen kleiner Hof etwa zwanzig Wegminuten östlich der Burg auf einer Anhöhe lag. Jetzt im Herbst nahm die Getreideernte alle Kräfte in Anspruch. Als sich Thomas und Heinrich dem Hof näherten, sahen sie Gerhard mit seiner Frau bei der Feldarbeit. Mit entblößtem Oberkörper, trotz der schon kühlen Tage, schwang er den Dreschflegel, um das Getreide vom Stroh zu trennen, das mit jedem Schlag genauso durcheinanderstob wie seine wirren Locken. Die Stäbe des Flegels wurden durch Aalhäute zusammengehalten, die er bei Thomas' Vater gegen Saatgut eingetauscht hatte. Das Korn wurde später gemahlen, das Stroh von Gerhardts Weib zu Bündeln geschnürt.

Thomas traute seinen Augen nicht, als er sah, dass Gerhardts Saupacker dem dreijährigen Söhnchen des Bauernpaares als Kopfkissen diente. Das Kind schlummerte selig und hatte sich dicht an dessen dunkles, kurzes Fell gekuschelt. Der Hund war das größte Tier dieser ohnehin schon kräftigen Rasse, das er je gesehen hatte, ein Muskelpaket mit breiter Brust, stämmigen Beinen und weit vorspringender Schnauze, die in die typischen hängenden Lefzen auslief. Thomas brachte diesen Hunden, die aufgrund ihrer Bestimmung zur Wildschweinjagd „Saupacker“ genannt wurden, immer Respekt, aber keine Furcht entgegen. Denn er hatte schon seit Langem festgestellt, dass sich die Tiere Fremden gegenüber zwar reserviert, aber in der Regel nicht aggressiv verhielten. „Wenn er die Schlappohren nicht hätte, säh er richtig grimmig aus“, meinte Thomas, während er dem Hund seine Hand zum Schnüffeln hinhielt.

„Ach, der ist doch lammfromm“, ließ jetzt Bauer Gerhardt vernehmen, der seinen Dreschflegel abgelegt hatte, um die beiden in Augenschein zu nehmen. „Das ist Wulf, ein bisschen klobig, aber von gutem Gemüt. Was beschert mir Euren Besuch?“

„Der Voigt schickt uns, Euch für morgen früh zum Jagdbeginn ans Burgtor zu bestellen“, meldete sich nun Heinrich zu Wort.

„Na, dann geht es also los“, meinte Gerhardt, „das wird sicher ein großer Spaß werden. Endlich bekommt der Hund mal wieder richtig was zu tun, der ist schon ganz eingerostet!“

Auf den ersten Blick wirkte Wulf wie alle Saupacker etwas schwerfällig, ja faul, war aber trotz seiner Größe sehr flink und wendig. Dessen wurden Thomas und Heinrich Zeuge, als der Hund plötzlich aufsprang, um einem Feldhasen nachzuhetzen, der unvorsichtigerweise den Kopf zu hoch über die Furche des Ackers gehoben hatte. Ungeachtet der Haken, die das Tier schlug, hatte der Hund den überraschten Hasen bald eingeholt, gestellt und mit einem gezielten Nackenbiss ins Jenseits befördert. Etwas unschlüssig schaute Wulf in die Runde, dann machte er sich über das Tier her. Gerhardt befahl ihm jedoch, von dem Hasen abzulassen. Allerdings dauerte es eine ganze Weile, bis der Hund das begriffen hatte und gehorchte.

„Seht ihr, das ist das Problem mit den Saupackern“, erklärte Gerhardt, „sie haben den stärksten Jagdinstinkt, aber eigentlich sind sie als Jagdhunde denkbar ungeeignet. Kadavergehorsam gehört nicht zu ihren Stärken. Sie brauchen immer eine halbe Stunde Bedenkzeit, bis sie einem die Beute überlassen. Deshalb taugen sie im Grunde nur zur Hetzjagd auf wehrhaftes Wild. Da sind ihre Nase und Schnelligkeit nütze, bis sie den Keiler oder die Sau gestellt haben und die Jäger heran sind, um den Schwarzkittel abzustechen. Die Schweine sind zu groß, um von den Hunden niedergemacht zu werden, aber mit dem kleineren Viehzeug machen sie kurzen Prozess. Und wenn man nicht schnell genug heran ist, lassen sie einem nichts übrig."

Schuldbewusst schaute Wulf zu seinem Führer, während er sich noch genüsslich die Schnauze leckte. Thomas musste bei diesen Worten schmunzeln und kraulte Wulf hinter dem Ohr. Zwischen ihnen entwickelte sich schnell eine tiefe Freundschaft. „Warum hältst du dann dieses Tier, wenn du es nur selten zur Jagd gebrauchen kannst", wollte Heinrich wissen.

„Nun, weil es der Wunsch und Befehl des Grafen ist", antwortete Gerhardt, „dafür erlässt er uns einen Großteil des Zehnten. Aber er macht uns auch klar, dass es den Hunden an nichts fehlen darf."

Wulf hielt derweil ein Nickerchen und machte nicht den Anschein, dass ihm irgendetwas fehlte.

Engelbert kniete ehrfürchtig, wie es schien, inmitten des Domes vor dem goldenen Schrein mit den Gebeinen der Heiligen Drei Könige, die Erzbischof Rainald von Dassel 1164 nach Köln gebracht hatte. Seit vielen Jahren schon arbeiteten die besten Goldschmiede Kölns an dem dreifachen Sarkophag, mit dem der große Meister Nikolaus von Verdun einst begonnen hatte. Es waren noch nicht alle Seiten fertig, aber das tat der Schönheit des goldenen Werkes, das über und über mit Edelsteinen verziert war, keinen Abbruch. Die vorübergehenden Priester und Mönche, die Engelbert dort so knien sahen, mussten denken, der Dompropst sei ein Muster an Frömmigkeit. Doch hegte Engelbert eher weltliche Gedanken. Eingehend betrachtete er die Anbetungsszene der drei Könige aus dem Morgenland unter dem Kleeblattbogen auf der Frontseite des Schreins, in dem man zusätzlich eine vierte Figur eingelassen hatte. Sie zeigte Kaiser Otto mit einer goldenen Schatulle. In der Tat hast du tief in deine eigene Schatulle greifen müssen, um dir dieses Symbol für die Rechtmäßigkeit deiner Herrschaft zu erkaufen, dachte Engelbert, aber letztlich wird es dir wenig nützen. Engelbert stand auf, verneigte sich noch einmal und ließ seinen Blick über die Scharen von Pilgern gleiten, die in geziemendem Abstand um den Schrein herumgeführt wurden. Dann warf er einen Blick zur Decke des Langhauses und zu den beiden Querschiffen, die nun bereits über vier Jahrhunderte das Zentrum der einstigen Römerstadt am Rhein zierten. Zu klein, dachte er, die Stadt und ihre Heiligen haben etwas Größeres verdient. Wir sollten einen neuen Dom bauen. Ich werde mich beizeiten darum zu kümmern wissen. Dann drehte er sich um und schritt zielstrebig zur Pforte des Westchores.

Draußen auf dem Domplatz hatte sich bereits eine große Menschenmenge versammelt. Die Kölner warteten auf ihren Kaiser. Mit Begeisterung hatte sich die ganze Stadt, allen voran die Richerzeche, die ehrenwerte Gesellschaft gut betuchter Händler, nach dem Tod seines staufischen Vorgängers auf die Seite Ottos des Welfen geschlagen, versprachen sie sich doch aufgrund seiner Verwandtschaft zu Richard Löwenherz einen einträglichen Handel mit England. Und Engelberts Vetter, Erzbischof Adolf von Altena, hatte Otto gekrönt, wie es den Kölner Erzbischöfen zustand. Aber das hatte er Jahre später auch mit dem staufischen Gegenkönig Philipp von Schwaben getan. Adolf, der „Königsmacher", wie man ihn auch nannte, hatte Schicksal gespielt – und wie das Schicksal war er wankelmütig. Mit damals jugendlichem Leichtsinn und bedingungsloser Familientreue hatte Engelbert seinen Vetter tatkräftig unterstützt und war mit ihm in die Ungnade des Papstes gefallen. Trotz Banns und vorübergehender Absetzung musste Engelbert schmunzeln, wenn er an das päpstliche Schreiben dachte. Einen „Räuberhauptmann" hatte der Heilige Vater ihn, den Dompropst Engelbert, genannt, weil er sich am Barvermögen des Domkapitels bedient hatte, um Adolfs Kriegskasse aufzubessern und mit diesem gegen den neuen Erzbischof ins Feld zu ziehen. Trotzdem würde er diesen Fehler kein zweites Mal begehen.

Das Doppelkönigtum war der Anfang zu einem jahrelangen Bürgerkrieg, der sich erst mit der Ermordung Philipps zu Ottos Gunsten gewendet hatte. Ein paar Jahre hatte Frieden unter den deutschen Fürsten und Städten geherrscht. Adolf und Engelbert hatten sich unterworfen und waren begnadigt worden. Doch nun sah es schlecht aus für Otto. Sein Onkel König Richard Löwenherz war bereits etliche Jahre tot und damit war auch der Geldfluss aus England versiegt. Ein Feldzug nach Italien hatte die Lage vollends gewendet, ihm den Zorn des Papstes und den Kirchenbann eingetragen. Und jetzt hatte mit dem gerade achtzehnjährigen Friedrich II., dem Enkel des legendären Kaisers Friedrich Barbarossa, eine neue

Stauferfigur die politische Bühne betreten, ein junger Mann, dem alle Herzen zuflogen. Der gesamte Süden Deutschlands war bereits zu ihm übergelaufen. Kaiser Otto befand sich auf dem Rückzug. Doch davon bekam niemand auch nur den leisesten Eindruck, der an diesem Tage Zeuge von Ottos prächtigem Einzug in Köln wurde. In langen Zweierreihen und vollem Ornat ritten die welfentreuen Fürsten, die weiter zu Otto hielten, und ihre Ritter auf den Domplatz, auf dem sie nacheinander ein Spalier bildeten, ein Farbenmeer aus Fahnen, Helmbüschen und Schilden mit den Wappen der verschiedenen Adelsgeschlechter. Kaum jemandem fiel auf, wie viele Wappen bereits fehlten. Frenetischer Beifall brandete auf, als Ottos Banner mit dem Adler über dem Drachen sichtbar wurde. Aber keine einzige Glocke läutete, trotz der vielen Kirchen in der Stadt, denn der Papst hatte das Interdikt ausgesprochen. Jegliche offizielle kirchliche Handlung ruhte in Köln. Auf der obersten Stufe der großen Freitreppe unter den Arkaden des Westchores stehend, konnte Engelbert die gesamte Szenerie überblicken. Neben Otto ritt – noch recht leidlich für seine mehr als sechzig Jahre – in einigem Abstand Dietrich von Hengebach, der Kölner Erzbischof, der vom Papst erst eingesetzt und nun wegen seiner Treue zum Welfenkaiser ebenfalls gebannt und abgesetzt worden war, seinen Stuhl aber nicht freiwillig räumen wollte. Dafür zählte er auf Ottos Unterstützung. Engelberts Vetter Adolf hatte also gut daran getan, dem Einzug des Kaisers fernzubleiben. Der gesamte Klerus stand zwar hinter ihm, aber die Kölner Bürger hielten zu Otto und Dietrich. Niemand konnte den Ausgang dieses Schismas vorhersehen. Während der Kaiser und Erzbischof Dietrich den Bischofspalast gegenüber dem Dom betraten, zog sich Engelbert zurück und rief seinen Schreiber …

Als Thomas und Heinrich am Abend nach ihrer langen Runde auf die Burg zurückkehrten, meldete sich der Hunger.

„Das Nachtmahl beginnt normalerweise zur sechsten Stunde, das haben wir für heute verpasst“, meinte Heinrich, „aber in der Küche gibt es bestimmt noch was. Die gute Magda hebt meist etwas für späte Gäste auf.“ So lenkten sie ihre Schritte zur Burgküche, die sich im Erdgeschoss des Palas befand. Die Küche war der größte Raum der ganzen Burg. Auf langen Holztischen und -bänken standen unzählige Schüsseln und Krüge mit den Resten der Abendmahlzeit. An den Wänden hingen Büschel von Kräutern.

Im Hintergrund nahm ein riesiger Kamin fast die gesamte Wand ein. Hier konnten ganze Schweine am Spieß gebraten werden. Es roch nach allen Köstlichkeiten der Erde.

„Na, ihr habt euch wohl rumgetrieben", empfing sie die resolute Magda, die ihren Untergebenen gerade Anweisungen zum Reinigen des zahlreichen Geschirrs gegeben hatte, „und jetzt treibt euch der Hunger nach Hause, was?"

„Wir waren im Auftrag des Grafen bei den Hundeführern, damit sie sich pünktlich zur Jagd einfinden", protestierte Thomas.

„Soso, im Auftrag des Grafen. Und wie kommst du dazu? Ich kenn dich doch, bist du nicht der Sohn des Fischers Ulrich, der uns immer die dicksten Aale und Lachse bringt?"

Thomas bejahte dies nicht ohne Stolz und sagte dann sein Sprüchlein auf, das er nun schon auswendig kannte.

„Na, dann will ich mal sehen, was ich für euch auftreiben kann, aber vorher macht ihr euch nützlich und tragt mir die Eimer mit den Abfällen raus!", kommandierte Magda.

Angestachelt durch die Wohlgerüche beeilten sich die beiden, den Auftrag der Magd zu erledigen. Dazu mussten sie trotz der einbrechenden Dunkelheit auf den Wehrgang hinauf, denn die Abfälle wurden kurzerhand aus einer Schießscharte nahe dem „heimlich Gemach" in den Burggraben geworfen. Der aufgehende Mond und der heute von Osten wehende Wind wiesen ihnen untrüglich den Weg. „Das stinkt ganz schön hier", rümpfte Thomas die Nase. „Na dann warte mal ab, wie es erst in ein paar Wochen duftet, wenn der Winter die Menschen fast ausschließlich in der Burg hält", gab Heinrich zurück.

Auf dem Rückweg, gerade als sich Thomas, der Heinrich abgehängt hatte, mit großen Schritten immer zwei, drei Stufen auf einmal nehmend, dem Treppenabsatz näherte, öffnete sich plötzlich eine der Schlupfpforten in der Mauer und eine verhüllte Gestalt schlich in den Hof, mit der er unvermittelt zusammenprallte.

Thomas kugelte kopfüber nach vorn, rollte sich ab und sprang sofort wieder auf die Beine, bereit, den vermummten Gegner notfalls sofort mit Fäusten zu traktieren. Die Gestalt saß jedoch noch auf dem Boden und rieb sich das offensichtlich lädierte Knie.

„Kannst du nicht aufpassen, hast du keine Augen im Kopf?!", schallte es aus der Kapuze, die nun langsam gelüftet wurde.

Die trotzige Antwort, die er hatte geben wollen, blieb Thomas allerdings im Halse stecken, als er das lange, seidenweiche Haar sah, das unter der Kapuze zum Vorschein kam. Dann blickte er in ein spitzbübisches Mädchengesicht mit bernsteinfarbenen Augen, das ihn vorwurfsvoll anblickte.

„Darf ich vorstellen, das ist Sibylla, die Tochter des Voigtes“, unterbrach Heinrich, der gerade die Wehrtreppe heruntergepoltert kam, die Stille, die kurzfristig eingetreten war.

„Schrei es doch noch lauter raus, damit es auch jeder mitkriegt“, schimpfte die Enttarnte nun auch mit ihm, dann wandte sie sich wieder Thomas zu. „Du bist der Neue, nicht wahr!“

„Pfeifen das die Spatzen schon von den Dächern?“, antworte Thomas, der endlich seine Sprache wiedergefunden hatte.

„Die Spatzen nicht, aber die Knappen und Mägde. Bis auf den doofen Gisbert reden die meisten auch gar nicht mal so schlecht über dich. Und wenn du Wert darauf legst, dass das so bleibt, dann hältst du den Mund über das hier, verstanden?!“

Mit diesen Worten stapfte sie energisch davon.

„Na, da hast du dir ja am ersten Tag gleich noch einen innigen Freund gemacht“, schmunzelte Heinrich, während sie dem davonrauschenden Wirbelwind nachblickten.

Da drehte sich Sibylla noch einmal um. „Du bist schnell, Neuer“, sagte sie noch, dann warf sie keck den Kopf herum und verschwand. Thomas nickte nachdenklich. „Aber die hier ist von anderem Kaliber als der Rotschopf Gisbert!“

Hungrig fielen sie in der Küche über die Schüsseln mit dampfendem Schweinefleisch her, die Magda samt einem Kanten Brot für sie bereitgestellt hatte. Aber sie trieb die beiden auch zur Eile an, denn sie wollte ihre Küche endlich wieder sauber, ordentlich und für sich haben. Hinter dem Vorhang zur Nebenkammer beäugte der Clever mit einem Lächeln auf den Lippen, wie die Burschen große Bissen auf einmal verschlangen.

Als sie schließlich in ihre Stallkammer zurückkehrten, fiel Thomas todmüde auf sein Strohlager und schlief sofort ein. Er nahm nicht einmal mehr wahr, dass sie die kleine Kammer mit noch drei anderen Männern teilten, deren Schnarchen von den kahlen Wänden widerhallte.

Der nächste Morgen begann noch vor Sonnenaufgang mit geschäftiger Vorfreude. Die Pferde wurden gesattelt, die Jagdausrüstung bereitgestellt. Die Ritter zogen ihre Kettenhemden über die gesteppten Gambesons. Man rüstete sich wie zur Schlacht. Aus der Ferne hörte man die Schreie aufgescheuchter Raben, und vom Wupperfluss stieg weißer Nebel empor, der die Burg ringsum wie mit einem fein gesponnenen Tuch umschloss. Als Heinrich und Thomas zu den Männern stießen, überraschte der Burgvoigt Thomas mit einem gebrauchten, aber guten paar Stiefel, die vorn in einer Art Schnabel ausliefen, und einem Lederwams. „Vom Grafen", brummte er, „die Stiefel werden dir in Wald und Feld bessere Dienste leisten als deine Holzblotschen!" Bevor der staunende Junge ein Wort des Dankes aussprechen konnte, war der Voigt auch schon wieder verschwunden. Schnell zog sich Thomas um und verstaute die Holzschuhe in der Stallkammer.

Die Hundeführer kamen zeitig mit den Saupackern. Um die wertvollen Tiere gegen etwaige Angriffe der Wildschweine zu schützen, wurden sie mit breiten Halsbändern versehen. Bauer Gerhardt hatte Wulf sogar in eine Art Panzerhemd stecken lassen. Das gefiel dem kolossalen Hund offensichtlich gar nicht, denn er versuchte ständig, das lästige Ding abzuschütteln. Bruder Ferdinand segnete die Jagdgesellschaft, achtete aber darauf, dabei den Hunden nicht zu nahe zu kommen.

Magda hatte für alle Jäger und Treiber ein Frühstück aus einer nahrhaften Grütze herrichten lassen, die in einem großen Kessel dampfte und in kleinen hölzernen Schalen ausgeteilt wurde.

Als die Sonne schließlich über den östlichen Höhen erschien, hatte der Graf von Berg mit all seinen Rittern, Gästen, Knappen und ca. dreißig Treibern die Burg längst verlassen. Sie zogen erst ein Stück ostwärts, auf die Heerstraße zu, die Köln mit Dortmund verband, dann wandten sie sich jedoch in nördliche Richtung. Dabei folgten sie im Prinzip dem Lauf des Eschbachs, einem Zufluss der Wupper, nur nicht im Tal, sondern entlang des ihn flankierenden Höhenzuges.

Ein Teil der Treiber waren Leibeigene, die die umliegenden Höfe bewirtschafteten und in direkter Abhängigkeit zum Grafen oder der Kirche standen. Die meisten freien Bauern hatten sich in benachbarten Gemeinden und neuen Siedlungen niedergelassen. Treiber und Knappen liefen neben den Rittern her, was zu Beginn für Unmut unter den Edelbürschchen gesorgt hatte, die es gewohnt waren, ebenfalls zu reiten. Aber ein Blick des strengen Arnold hatte sie verstummen lassen.

„Was für ein herrlicher Tag im Altweibersommer", hörte Thomas jetzt den Clever sagen, als er gerade neben dessen Pferd herlief. Dabei drängte sich ihm eine Frage auf, die ihn schön öfter beschäftigt hatte.

„Warum spricht man eigentlich vom Altweibersommer?", wollte Thomas wissen.

„Nun, weil die vielen Spinnweben in den letzten warmen Tagen des Jahres an das weiße Haar alter Weiber erinnern", gab Arnold zum Besten. „Man sagt, dass es von alten Hexen und Kräuterweibern stammt, beim Kämmen vom Wind von dannen getragen wird und sich in Hecken, Sträuchern und Baumkronen sammelt. Welch appetitliche Vorstellung, nicht wahr?"

In der Tat erinnerten die vielen Spinnennetze in den Hecken und Dornbüschen längs des Weges, in denen sich die Tautropfen sammelten, an weißes Haar.

Am noch blassblauen Himmel zog majestätisch ein Greifvogel seine Kreise und ließ dabei seinen durchdringenden Schrei ertönen, der Thomas stets durch Mark und Bein ging und ihn entfernt an das Miauen einer brünftigen Katze erinnerte.

Auf einer Anhöhe ließ Graf Adolf schließlich anhalten und teilte in einer breiten Formation die Treiber ein. Allesamt waren sie mit Knüppeln, Trommeln und anderen Hilfsmitteln ausgestattet, mit denen sie möglichst viel Lärm machen sollten, um das Wild aufzuscheuchen.

Etwa die Hälfte seiner Ritter und Gäste beorderte Adolf talwärts, an die Flanken des Waldstückes, in dem sie jagdbares Wild vermuteten. Hier sollten sie etwaig zur Seite ausbrechende Tiere erwarten, um sie mit ihren Lanzen und Saufedern aufzuspießen. Ein halbes Dutzend Bogenschützen sollte sie an jeder Flanke unterstützen. Der Graf selbst und seine engsten Vertrauten nahmen hinter den Treibern Aufstellung. In dieser Formation sollte die Hetzjagd beginnen.

Zwischen den dicht stehenden Stämmen des dunklen Waldes nahm Thomas zuweilen ein Glitzern wahr, das vom silbernen Band des Eschbachs zeugte, der sich in der Ferne unterhalb des Wäldchens erstreckte.

Da zog Graf Adolf feierlich seinen „Olifant" hervor, ein kostbares Jagdhorn aus Elfenbein, ringsum verziert mit goldenen Tierfiguren und Fabeltieren, das einer seiner Vorfahren von einem Kreuzzug aus dem Morgenland mitgebracht hatte.

Dreimal stieß er hinein und ließ den fremdartigen Ton weithin über das vor ihnen liegende Tal erschallen. Da brach auch schon die Hölle los – zumindest für die unvorbereiteten Waldbewohner.

Johlend, brüllend und trommelnd ergoss sich die Formation der Treiber, unter denen sich auch Thomas und alle Knappen befanden, den Hang hinunter.

In breiter Phalanx folgten der Graf und seine Ritter, wie eine Wand aus eisernen Spießen. Schon erreichten sie den Saum des Waldes.

Jauchzend sprangen die jüngeren Knappen in das nun vor ihnen liegende Unterholz. Dabei stöberten sie auch gleich drei Rehe auf, die verschreckt zu den Seiten hin zu entkommen suchten. Der gezielte Pfeilschuss eines der Bogenschützen streckte das eine Tier nieder, das zweite Reh hatte noch etwa drei Sprünge bis ins rettende Buschwerk, wurde aber bereits von einem weiteren Pfeil anvisiert. Doch kurz bevor der Schütze die Sehne schnellen ließ, traf ihn etwas am Ohr, wahrscheinlich irgendetwas, das von den Pferdehufen aufgewirbelt worden war. Der Schuss ging knapp fehl und das Tier entkam. Das dritte Reh lief geradewegs in die Lanze eines Ritters an der rechten Flanke.

„Kein schlechter Anfang, aber jetzt scheucht uns die Schwarzkittel auf", brüllte Graf Adolf über das Getöse hinweg, während er seinem Schlachtross die Sporen gab. Dabei erinnerte ihn der stechende Schmerz zwischen den Rippen unsanft an sein unfreiwilliges Bad im Fluss. Trotzdem lenkte er sein Pferd unerschrocken und mit wachsender Geschwindigkeit durch den Wald.

Thomas hetzte wie im Rausch durch das Blattwerk, brüllte wie am Spieß, trommelte und rasselte, was das Zeug hielt, auch vor Freude über die guten Stiefel, die sich herrlich anfühlten. Damit lief es sich wie auf Wolken. Neben ihm rannte und lärmte sein neuer Freund Heinrich. Beide genossen die wilde Jagd. Thomas sprang gerade über die ausladenden Wurzeln einer verknöcherten Buche, als er sah, wie zwei Eichhörnchen flink den Stamm heraufeilten, um sich samt der Nüsse, die sie kurz zuvor für den Winter gesammelt hatten, in Sicherheit zu bringen.

„Na, ihr werdet wohl nicht die Tafel unseres Grafen zieren", lachte er in sich hinein und sprang fröhlich weiter.

„Was glotzt du da die Bäume hoch, pass lieber auf, wo du hinläufst", hörte er da den Limburger Knappen namens Gisbert schimpfen, mit dem er bereits tags zuvor aneinandergeraten war. Schnaufend hatte dieser zu Thomas aufgeschlossen, um ihn in einem unbeobachteten Moment mit seiner Treiberkeule zu Fall zu bringen oder ihm anderweitig eins auszuwischen. Doch Thomas erinnerte sich an die erhaltenen Ratschläge vom Vortag und eilte mit gewaltigen Sätzen ein gutes Stück voraus.

Das Jagdfieber hatte sich nun aller bemächtigt. Vor allem die Hunde waren in ihrem Element. Mit weiten, raumgreifenden Sätzen hetzten die Saupacker durch den Wald, wobei sie nun gar nicht mehr schwerfällig wirkten. Die Führer und Treiber hatten Mühe, ihnen zu folgen. Wulf sprengte vorweg, weithin erkennbar an seiner Größe und dem schillernden Panzerhemd. Offenbar hatte er eine Witterung aufgenommen und zog nun das Tempo an.

Auch Arnold von Cleve hatte dies bemerkt und seinem Pferd die Sporen gegeben. Nun durchbrach er von hinten die Reihen der Treiber. Dabei gab er dem Limburger Rotschopf im Vorbeireiten einen Klaps, der ihn in hohem Bogen ins Farnkraut segeln ließ.

„Auf, auf, junger Recke“, rief ihm der Clever lachend zu, „nicht so lahmarschig, ihr wisst doch – den Letzten beißen die Hunde!“

Eben diese brachen jetzt in lautes Geheul aus, in das sich zunehmend andere Laute mischten. Offenbar verfolgten die Saupacker bereits eine Wildschweinrotte. Nun drängten alle Ritter nach vorn, denn das Erlegen eines Schwarzkittels, vor allem eines ausgewachsenen Keilers, galt als besondere Ehre, die sich niemand entgehen lassen wollte.

Das Geheul wurde lauter. Als Thomas aus dem Unterholz brach und sich im Laufschritt einem steil aufragenden Felsen näherte, der zu seinen Füßen eine Senke aufwies, sah er, dass diese bereits von den Hunden und mehreren Rittern umstellt war.

Getreu ihrer Aufgabe hatten die Saupacker ein gutes Dutzend Wildschweine eingekesselt, ohne diese sofort anzugreifen, denn das war Aufgabe und Privileg der Ritter.

Fünf Bachen, einige Frischlinge aus dem Frühjahrswurf, ein kapitaler Keiler und ein paar Halbwüchsige hatten sich zur Verteidigung unterhalb des Felsens zusammengerottet.

Die Hunde sollten das Wild lediglich stellen und in Schach halten. Dabei hatte man jedoch die Rechnung ohne den Keiler gemacht.

Ob er die Hunde nun als akute Bedrohung sah oder als geringeres Übel im Vergleich zu den gepanzerten Reitern auf ihren Schlachtrössern, hatte sich der Keiler entschlossen, sein Heil im Angriff zu suchen – und seine Rotte tat es ihm gleich. Wütend stürzte er sich auf die Hunde und verletzte mit dem ersten Stoß seiner rasiermesserscharfen Hauer gleich zwei Rüden an den Läufen. Da kam ihm Wulf in die Quere. Mutig drängte sich der gewaltige Hund an den Keiler heran und versuchte wiederholt, ihn im Nacken zu packen. Dank des Panzerhemdes glitten die Hauer des

Keilers immer wieder ab. Im Chaos des Angriffs gerieten die Kontrahenten unter die Hufe eines Streitrosses, das – trotz Kampferfahrung – angesichts der wütenden Meute unter seinen Eingeweiden zusehends in Panik ausbrach.

Krachend fiel sein Reiter zu Boden, schützte sich aber geistesgegenwärtig mit seinem Schild. Zwei Ritter versuchten derweil, mit ihren Saufedern den Keiler aufzuspießen. Sie erwischten ihn auch, allerdings nur an den Hinterläufen.

„Passt auf", warnte Arnold von Cleve die näher rückenden Treiber, „ein verletztes Tier greift auch den Menschen ab einer Entfernung von weniger als zehn Schritt an."

Wie zum Beweis änderte der Keiler plötzlich seine Taktik und stürmte auf die Treiber los. Mit einem Hechtsprung konnten sich Thomas und Heinrich in Sicherheit bringen, einer der Limburger Knappen wurde jedoch regelrecht überrannt, wobei ihm die scharfen Hauer des Keilers den Wadenmuskel des rechten Beines durchtrennten. Schreiend stürzte er zu Boden. Wenn Wulf den Keiler nicht weiterhin so dicht bedrängt hätte, wäre es wohl um den Knappen geschehen gewesen. So kam er mit einer üblen Wunde davon. Unterdessen hatten die anderen Ritter und Bogenschützen damit begonnen, die Rotte aufzureiben.

Ein gut gesetzter Pfeil genügte, um eines der Jungtiere zu erledigen. Erwachsene Tiere erforderten jedoch eine stärkere Waffe, wozu die lanzenähnlichen Saufedern eingesetzt wurden.

Die Bachen ließ man samt und sonders laufen, um die natürliche Vermehrung der Rotte nicht zu unterbinden. Die Jungkeiler hatten die Ritter bereits weitgehend dezimiert. Einer war sogar von einem mutigen Knappen aufgespießt worden.

Der Anführer der Rotte kämpfte jedoch immer noch verbissen um sein Leben. Gerhardt begann sich bereits Sorgen um Wulf zu machen, der dem Keiler immer wieder zusetzte, von diesem aber stets abgewehrt wurde und aus mehreren kleineren Wunden blutete. Da nahmen Adolf von Berg und einer seiner Lehnsritter, Fulk von Solengen, den Keiler von zwei Seiten in die Zange. Adolfs Spieß drang dem Tier von vorn in die Schulter, Fulks Lanze fuhr ihm oberhalb der Hüfte ins Fleisch, doch noch immer kapitulierte der Keiler nicht. Mit letzter Kraft unternahm er einen weiteren Angriff – auf Arnold von Cleve. Der jedoch sprang vom Pferd, rammte seinen Spieß mit dem Schaft hinter ihm in den Boden, um sich Rückhalt zu verschaffen, und richtete die Spitze blitzschnell auf das angreifende Tier.

Einen gewaltigen Blutstrahl verströmend rannte der blindwütige Keiler in die aufgepflanzte Klinge und hauchte röchelnd sein zähes Leben aus – knapp einen Fußbreit vor den schweren Lederstiefeln des Clevers.

Vor Ehrfurcht lief Thomas ein Schauer über den Rücken, wie er den Ritter dort stehen sah, mit entschlossener Miene und überströmt vom Blut seines erlegten Wildes. Keinen Zentimeter war Arnold vor dem anstürmenden Keiler zur Seite gewichen. Nun bekamen Thomas und die anderen Knappen eine vage Ahnung davon, wie gefährlich es sein konnte, den stets zu Scherzen aufgelegten Ritter aus Cleve zum Feind zu haben.

Unterdessen war Graf Adolf vom Pferd gestiegen und klopfte seinem alten Waffengefährten auf die Schulter. „Na, da hast du uns einen schönen Braten verschafft, mein Lieber. Aber es hätte nicht viel gefehlt und diese Ehre wäre mir oder dem Ritter von Solengen vergönnt gewesen."

Sibylla war beleidigt. Wie gerne wäre sie mit den Jägern hinaus in den Wald gezogen, aber ihr Vater hatte ihr bei Strafe verboten, sich auch nur blicken zu lassen, denn er wusste, dass sein Wildfang dann nicht zu bändigen gewesen wäre.

Aber er hatte wie so oft die Rechnung ohne ihre jugendliche Schläue gemacht. Während sie mit ihrer Mutter den Frühstücksbrei löffelte, ließ sie mit voller Absicht etwas davon auf ihr gutes Kleid tropfen. Mechthild, die doch so viel auf saubere Kleidung hielt, war sofort außer sich. Zerknirscht erbot sich Sibylla, den Schaden sogleich selbst zu beheben. Sie gab vor, sie wolle in die Küche gehen und unter Magdas fachmännischem Rat den Fleck entfernen. Als sich Mechthild damit einverstanden erklärte, war sie augenblicklich verschwunden. Den Fleck wischte sie im Laufen mit Spucke ab. Magda wusste von ihren gelegentlichen Ausflügen und war stets eine verschworene Verbündete. Ihr würde später sicher etwas zum schnellen Entfernen des Flecks einfallen. Und wenn nicht, würde es Sibylla nicht mehr als einen weiteren Tadel der Mutter einbringen.

Statt den Weg zur Küche einzuschlagen, rannte sie daher direkt zu der ihr wohlvertrauten Pforte am Fuße des Wehrgangs, schlüpfte hinaus, zwängte sich durch das tarnende Gesträuch auf der anderen Seite und eilte zu einem geheimen Versteck im Burggraben, wo sie für Ausflüge dieser Art Kleidung zum Wechseln deponiert hatte. Mit Mädchenkleidern lief es sich halt schlecht im Wald. Hastig zog sie sich um, faltete ihr Kleid zusammen, legte es in das Versteck und verschwand wenige Meter gegenüber im Unterholz.

Sie musste sich mächtig sputen, wenn sie die Jäger noch einholen wollte. Da sie aber das Jagdgebiet der Grafen kannte, konnte sie den direkten Weg nehmen. Die tief hängenden Äste und Zweige flogen geradezu an ihr vorbei, so schnell rannte sie. Wenn sie jemand in ihren zerlumpten Beinkleidern und dem fadenscheinigen Überwurf gesehen hätte, wie sie so durch den Wald stürmte, das lange Haar nach hinten gebunden, er hätte sie ohne Zweifel für ein Bauernkind gehalten, wahrscheinlich sogar für einen Jungen. Als ihre Lunge anfing zu brennen, hörte sie in gar nicht einmal so großer Entfernung einen dreifachen Hornstoß. Da verminderte sie ihre Geschwindigkeit, um sich nicht durch das Knacken von unbedacht zertretenen Zweigen zu verraten. Augenblicke später erreichte sie den Rand des Waldes. Der Anblick war einfach großartig. In breiter Front hielten die Ritter und Treiber auf das gegenüberliegende Tal zu.

Die Bogenschützen hatten bereits ihre Sehnen gespannt. Als ihr Blick suchend weiter schweifte, entdeckte sie auch deren Ziel, drei Rehe, die sich gerade zur Flucht wandten. Ihr Herz verkrampfte sich, denn Rehe gehörten zu ihren Lieblingstieren. Ohne weiter darüber nachzudenken, nestelte sie ihre Schleuder aus dem kleinen Lederbeutel hervor, den sie um die Schultern trug, und legte einen der Kiesel ein, die sie am Wupperstrand gesammelt hatte.

Viel Zeit blieb ihr nicht, denn schon flogen die ersten Pfeile. Sie ließ die Schleuder kurz ein paar Mal über ihrem Kopf kreisen und dann den Stein nach vorn in Richtung der Bogenschützen fliegen.

Einen Herzschlag später sah sie, wie sich einer der Schützen an den Hinterkopf fasste und das Reh, das er hatte erlegen wollen, mit einem mächtigen Satz in die Büsche entkam. Sibylla war zufrieden. Zumindest ein Leben hatte sie retten können.

Stolz betrachtete die Jagdgesellschaft die Ausbeute von fünf prächtigen Wildschweinen nebst dem kapitalen Keiler und den Rehen, zu denen sich jetzt auch noch ein paar Fasane und Rebhühner gesellten, die von den Bogenschützen an den Flanken erlegt worden waren.

Nun begann ein geschäftiges Treiben. Fachmännisch wurden die erlegten Tiere ausgeweidet und an lange Stangen gebunden, um sie, je nach Größe, von zwei bis vier Mann aus dem Wald und zur Burg tragen zu können.

Derweil labten sich die Ritter an einem schnellen Imbiss aus geräuchertem Lachs und Schinken, den sie mit Bier aus ledernen Beuteln herunterspülten. Die Stimmung war ausgelassen. Ehrfurchtsvoll näherte sich Thomas dem mächtigen Keiler, der einem jungen Knappen auch noch als Kadaver die Furcht in die Glieder fahren lassen konnte. Aus nächster Nähe betrachtete er nun gefahrlos die geschwungenen, messerscharfen Hauer, die dem jungen Limburger die Wadenmuskeln durchtrennt hatten, der nun wimmernd auf einer Trage lag.

„Ein kleines Äpfelchen ins Maul – und aus der Bestie wird die Krönung des Festgelages", hörte er hinter sich den Grafen Adolf zu ihm sprechen. „Ihr Burschen habt gute Arbeit geleistet", ließ der Graf vernehmen, „eine gute Jagd hängt eben nicht nur von den Mannen ab, die das Schwarzvieh erlegen." Froh gelaunt hielt dieser ihm dabei einen Becher hin, der von schäumendem Bier überschwappte. „Na, sei ehrlich, Kleiner, hattest du nicht doch die Hosen voll?", setzte Arnold von Cleve hinzu, der gerade auf den Plan trat. Thomas schüttelte wortlos den Kopf und nahm gerade einen tiefen Zug, als die Hölle losbrach.

Ein markerschütternder Schrei zerriss die Stille des Waldes, Stimmfetzen, knackende Äste, wie von vielen Füßen, die aus Panik die Flucht ergreifen, gefolgt von einem unwirklichen, heiseren Brüllen. Pferde wieherten mit verdrehten Augen, alles rannte wild durcheinander, die Hunde zerrten an ihren Leinen und kläfften sich die Seele aus dem Leib. Die Ritter griffen zu den Waffen.

Thomas gefror das Blut in den Adern und vor Schreck ließ er den Becher fallen. Was war geschehen? Durch das Geäst war in der Ferne lediglich ein Tumult aus Menschen und Farben zu erkennen. Alles drehte sich. Der ganze Wald schien in Aufruhr zu sein. Doch plötzlich sahen sie eine monströse Gestalt durch das Unterholz brechen, die von Kopf bis Fuß in einen dichten braunen Pelz gehüllt war.

„Ein Bär, gütiger Gott, ein gewaltiger Bär", hörte er da den Grafen rufen. Auch Adolf und Arnold war die Farbe aus dem Gesicht gewichen. Die erfahrenen Kämpen gewannen jedoch schnell die Fassung wieder.

Der Angriff traf die Jagdgesellschaft völlig unvorbereitet. Am Ausgang der Senke, die sich am Fuß des Waldes erstreckte, durch die sie das Wild hinabgehetzt hatten, und die an einer Seite vom Lauf des Eschbachs begrenzt wurde, hatte sich offenbar ein Braunbär auf die Männer gestürzt, die gerade die Jagdbeute nach Hause tragen wollten. Ob nun aufgeschreckt durch den Lärm der Jagd oder angelockt vom verführerischen Geruch des frischen Blutes und der ausgenommenen Eingeweide, der Bär tobte blindwütig durch den Wald. Dabei schien es ihm gleichgültig zu sein, ob der Blutzoll, den er mit Pranken und Zähnen forderte, von Wildschweinen oder Menschen stammte.

Einem der Träger hatte er soeben mit seinen messerscharfen Krallen die Kehle aufgerissen und thronte nun über seiner Beute. Der arme Kerl rührte sich nicht mehr. Ein anderer konnte verletzt ins Unterholz flüchten.

„Weg mit den Pferden, Lanzen nach vorn, die Bogenschützen dahinter – und lasst die Hunde los", tönte weit vernehmlich Graf Adolfs mächtiger Bass.

Im Nu formierte sich eine Phalanx von Speeren und Klingen am Ufer des Baches, während die Knappen und Treiber die Pferde und die Jagdbeute in Sicherheit zu bringen trachteten.

Gerhardt und die andere Hundeführer beeilten sich, dem Befehl des Grafen Folge zu leisten. Von dem schweren Lederriemen befreit, der ihn an einen Baum gekettet hatte, stürmte Wulf nach vorn, gefolgt von den anderen Saupackern, die sich nun mit gefletschten Zähnen wie eine Meute Höllenhunde um den Bären scharten.

„Kreist ihn ein", brüllte Arnold von Cleve, während er mit gezogenem Schwert vorrückte, „einen Bären hatten wir seit fünf Jahren nicht mehr auf der Tafel!" Thomas starrte ihn ungläubig an. Der Schreck lähmte ihm selbst nach wie vor die Glieder. Wie konnte ein Mensch angesichts dieser Gefahr ans Essen denken?

Als hätte er seine Gedanken gelesen, drehte sich Arnold zu Thomas um und grinste: „Ehrlich, Junge, Bärentatzen sind eine Delikatesse, die darf man sich nicht entgehen lassen!"

Sprach's und stürmte dem Tumult entgegen. Thomas' Starre löste sich, was Arnold wohl auch bezweckt hatte, und er zog sich mit anderen Knappen auf einen Felsvorsprung zurück, hinter dem sie die Pferde in Sicherheit wähnten.

Der Bär sah sich unterdessen in die Enge getrieben. Wütend teilte er furchterregende Hiebe gegen die Hunde aus, die ihn bedrängten, und ließ zwei von ihnen im hohen Bogen durch die Luft fliegen, als seien sie kleine Schoßhündchen. Winselnd landeten sie mit zerschmetterten Gliedern und aufgerissenen Flanken auf dem Waldboden.

Aber nun war es auch an dem Bären, seinen Blutzoll zu bezahlen. Zwei Lanzen waren ihm bereits in die mächtigen Schenkel gedrungen. Die starken Holzschäfte zersplitterte er jedoch mit seinen Prankenhieben. Seine Krallen gruben sich dabei tief in den blutgetränkten Boden. „Schießt!", befahl Adolf – und eine Salve von Pfeilen bohrte sich in den braunen Pelz des Tieres.

Von diesem Schmerz angestachelt wagte der Bär einen Ausfall. Brüllend stürmte er nach vorn, trampelte einen der Hunde nieder, durchbrach die Lanzenreihe und drohte bergan in der Richtung zu entkommen, die auch die Treiber mit den Pferden genommen hatten. Dabei kam er dem Grafen Adolf gefährlich nah, der mit kurzem Schwung sein Schwert auf den Bären niedersausen ließ.

Doch der unvorbereitet geführte Streich glitt am mächtigen Schädel des Tieres ab und fuhr lediglich ein gutes Stück in die Schulter des Bären, der sich sofort zur Ursache des neuerlichen Schmerzes umwandte. Sein weit aufgerissener Rachen näherte sich drohend dem kampferprobten Grafen, der allerdings noch keine Zeit gefunden hatte, seine Klinge neuerlich zu heben. All dies beobachtete Thomas von seinem sicheren Felsvorsprung aus. Als er jedoch sah, wie sein Graf in Not geriet, war es mit der Angst vorbei. Geistesgegenwärtig bückte er sich nach einem zwei Fuß breiten Felsstück zu seinen Füßen, hob es auf und warf es mit aller Kraft von oben auf den Bären herab. Selbst bei doppelter Größe wäre der Stein wohl kaum in der Lage gewesen, den Bären auch nur annähernd ernstlich zu verletzen. Aber der überraschende Angriff von oben lenkte das blindwütige Tier für einen Moment ab. Dieser Wimpernschlag des Schicksals reichte, um dasselbige für den Bären zu besiegeln.

Während er mit einem kehligen Brüllen den Kopf hob, drang ihm von hinten die Klinge des Ritters von Cleve zwischen die Rippen. In diesem Moment hatte auch Adolf sein Schwert wieder gehoben und stieß es dem Bären bis ans Heft durch die Kehle. Ein Dutzend Lanzen vollendeten das tödliche Werk. Und noch ehe ein Herz dreimal schlagen kann, sackte das gewaltige Tier in sich zusammen und verröchelte zuckend auf dem Boden.

Erschöpft sanken sich die Ritter in die Arme, Jubel entbrannte unter allen Männern, dann hoben Arnold und Adolf den Blick zu Thomas, der mit zitternden Knien immer noch auf dem Felsvorsprung stand.

„Junge, du lässt dir das wohl zur Gewohntheit werden, uns den Arsch zu retten, was", brachte Adolf immer noch keuchend hervor, „du hast fürwahr das Herz am rechten Fleck!"

„Und das Zeug zum Ritter", fügte Arnold augenzwinkernd hinzu.

Im Schutz der Bäume war Sibylla dem Jagdgeschehen gefolgt. Zu ihrem Leidwesen konnte sie das meiste nur hören statt sehen und versuchte sich zuweilen, ihren Reim darauf zu machen. Aus der Ferne bekam sie so mit, dass die Ritter eine Wildschweinrotte gestellt und aufgerieben hatten. Das ging in Ordnung, Wildscheine gehörten nicht zu den von ihr erwählten Schutzbefohlenen.

Wie aber erschrak sie, als sie in gar nicht so großer Entfernung ein fürchterliches Brüllen hörte, gefolgt von markerschütternden Schreien. Behände kletterte sie auf den nächstbesten Baum. Von dort wurde sie Zeuge, wie die Ritter mit einem Bären kämpften und diesen letztlich mit vereinten Kräften aufspießten, nachdem einer der Treiber das Tier mit einem mutigen Steinwurf von einem Felsen herab abgelenkt hatte. Sie glaubte Thomas erkannt zu haben, war sich aber nicht sicher. Als die Gefahr damit gebannt schien, beeilte sie sich, von dem Baum herunterzukommen, und rannte, so schnell sie konnte, zurück zur Burg. Vielleicht hatte ihr Vater doch recht, dass sie es zuweilen mit ihren Frech- und Freiheiten übertrieb. Auf halbem Wege zwischen dem Jagdrevier und der Burg, gerade als sie in weitem Sprung über eine ausladende Wurzel setzte, wäre sie beinahe mit einem alten, grauen Mütterchen zusammengestoßen, das über und über mit Tierfellen bekleidet war und hier offensichtlich Holz gesammelt hatte, denn es trug einen Sack auf dem Rücken, aus dem einige Zweige ragten. Der Schreck der plötzlichen Begegnung fuhr beiden in die Glieder, aber das Mütterchen erholte sich schneller. Ihr Lächeln entblößte einen fast zahnlosen Mund, aus dem nur noch ein schwärzlicher Stumpf emporblitzte. „Keine Angst, ich verrate dich und dein Geheimnis im Burggraben nicht", kicherte die Alte. „Und du meines nicht …"

Dabei zeigte sie auf den Sack mit den Zweigen auf ihrem Rücken. „Die besten wachsen nur hier!" Dann kicherte sie noch einmal und stapfte in Richtung Wupper davon. Sibylla erkannte erst jetzt, dass es Wurzeln und Zweige der Tollkirsche waren, die dort aus dem Rücken des Mütterchens herauswuchsen. Eine Hexe, durchfuhr es sie, und sie kennt mich und mein Versteck. Dies wog umso schwerer, als Sibylla sich nicht erinnern konnte, die Alte jemals gesehen zu haben. Aber seltsamerweise verspürte

Sibylla keine Angst vor dieser Hexe. Für jetzt war es zu spät, der Sache nachzugehen, aber Sibylla nahm sich vor, dies bei nächster Gelegenheit nachzuholen.

Durch das Hundegebell kündigte sich auf Burg Neuenberge lautstark die Rückkehr der Jagdgesellschaft an. „Öffnet die Tore, der Burgherr ist zurück", brüllte der wachhabende Soldat.

Ächzend senkte sich die Zugbrücke, die an zwei schweren Eisenketten befestigt war, über den Burggraben und fiel schließlich mit einem Krachen auf den gegenüberliegenden Anschlag. Krähen flogen auf, in deren Gekrächze sich ein Hornstoß mischte. Dann wurde mit schweren Seilwinden das innere Fallgitter in die Höhe gezogen. Hohl klangen die Hufe der Pferde auf den schweren Eichenbohlen der Brücke.

Pagen und Bedienstete eilten neugierig herbei und bildeten ein Spalier, um die Jagdgesellschaft würdevoll zu empfangen.

Als Erster ritt Graf Adolf in den Burghof ein, gefolgt von Arnold von Cleve und den anderen Rittern. Jubel brannte auf, als die Träger mit der Jagdbeute erschienen. Je vier Mann trugen an langen Stangen die bis zu hundertfünfzig Kilo schweren Schwarzkittel. Doch die Welle der Freude über die offensichtlich erfolgreiche Jagd ebbte merklich ab, als die Bahren mit dem toten Treiber und den Verwundeten das Tor passierten. Die Männer nahmen ihre Helme und Mützen ab, viele bekreuzigten sich. Etliche Frauen pressten verschreckt die Hände vor den Mund.

Als schließlich auch noch der gewaltige Bär in den Burghof getragen wurde, erstarb für einen Moment jegliches Geräusch, gefolgt von vielstimmigem Raunen.

„Beim heiligen Benedikt, lasst uns durch!" Mit diesen Worten verschafften sich zwei ehrwürdige Zisterziensermönche Platz, die der Graf aus dem nahen Kloster Altenberg hatte rufen lassen, damit auch sie sich um die Kranken und Verwundeten kümmerten. Weil aber die Johanniter sowie Magda und ihre Mannschaft bereits ganze Arbeit geleistet hatten, war ihnen nicht viel zu tun übrig geblieben.

Jetzt konnten sie ihre Kunst an den verwundeten Knappen und Treibern beweisen. Dutzende Augenpaare verfolgten immer noch atemlos ihr Tun. Augenblicke später drängte sich auch der Johanniter Ferdinand mit einem Bruder durch die Menschen. Zornesröte stieg in sein Gesicht, als er die beiden Zisterzienser erblickte. Er beherrschte sich jedoch augenblicklich.

Einer der beiden Zisterzienser erfasste zudem die Situation und hieß den Johanniter, ihnen zu helfen.

Graf Adolfs mächtiger Bass unterbrach die Stille. „Ihr guten Leute, auch ich bin betrübt über den Tod des tapferen Burschen. Seid versichert, für seine Familie wird gesorgt werden – und die Verwundeten erhalten die beste Pflege, wie ihr seht. Aber nun lasst uns dem Allmächtigen danken, dass er uns so reichen Jagderfolg beschert hat. Auf die Spieße mit den Schwarzkitteln, schürt die Feuer. Heute gibt es Fleisch für alle auf der Burg."

Die Anspannung löste sich, das Volk brach befreit in lauten Jubel aus. „Und sorgt für Met, Bier und Wein, die Bärenjagd macht durstig", tönte Arnold von Cleve. Vergessen war der Blutzoll, den die Jagd gefordert hatte.

All dies hatte Thomas, der sich mit Heinrich auf dem Heimweg zu den Hundeführern gesellt hatte, nur wie durch einen Vorhang mitbekommen. Anfangs hatte er nur Augen für Wulf gehabt, der trotz seines Kettenhemdes zahlreiche Blessuren davongetragen hatte. Doch der mächtige Saupacker zog davon unbeeindruckt immer noch kräftig an der Leine, wobei seine Schlappohren, die so gar nicht zu seinem sonstigen Äußeren passen wollten, vergnügt im Takt des Schrittes auf und ab wippten.

„Wulf ist hart im Nehmen, um den müssen wir uns keine Sorgen machen", hatte Gerhardt gesagt. Doch drei andere Hunde hatte es erwischt. Da der Graf aber selbst bei der Jagd und dem Kampf der Hunde zugegen war, würde es wohl kein Donnerwetter geben, hatte Gerhardt gemeint. Tatsächlich ließ Adolf seine Hundeführer für ihren Einsatz fürstlich entlohnen. Immer wieder zogen die aufregenden Bilder des Tages an Thomas' innerem Auge vorbei. Erst der Jubel der Menschen zog seine Aufmerksamkeit wieder auf die Wirklichkeit. Er sah, wie der Tote und die Verwundeten in eine Kammer und die Pferde zu den Ställen geschafft wurden. Er erkannte Magda, die ihre Schar Bediensteter mitsamt der Jagdbeute in die Küche kommandierte, und wie die edlen Herren den Weg zum Palas einschlugen. Und immer wieder sah er Treiber und Kriegsknechte gestenreich von der Jagd berichten, sich mit der flachen Hand auf den Schädel oder die Helme schlagen – und in seine Richtung zeigen. Dann begann das Schulterklopfen. Langsam dämmerte ihm, dass sie ihn zum Helden des Tages auserkoren hatten. Stolz keimte in ihm auf, doch Magdas scharfes Kommando holte ihn schnell vollends in die Realität zurück.

„Steht nicht so faul dort rum, helft lieber, das Federvieh an den Herd zu schaffen." Thomas und Heinrich taten, wie ihnen geheißen, und trugen jeder ein paar der erlegten Rebhühner und Fasane in die Küche. Auf der Treppe stieß Thomas mit Gisbert zusammen, der jedoch, mit einem Kessel heißen Wassers für die Verwundeten bewaffnet, ebenfalls alle Hände voll zu tun hatte und sich wortlos an ihm vorüberschob. Jedoch nicht, ohne Thomas einen giftigen Blick zuzuwerfen.

In der Küche schien die Hölle ausgebrochen zu sein. Zahllose Menschen eilten kreuz und quer. In den Kaminen loderten die Flammen lichterloh. Dem ersten Keiler hatte man bereits das Fell über die Ohren gezogen, um ihn auf einem mächtigen Spieß dem Garfeuer zu überantworten. Die übrigen wurden eingesalzen und für das Pökeln vorbereitet. Es roch bereits verführerisch nach gebratenen Köstlichkeiten. Auf langen Holzbänken wurden bündelweise Kräuter und Zwiebeln zerkleinert. Auf einer Holzbank sitzend erkannte er Sibylla, die mit hochrotem Kopf an ihrem Kleid schrubbte, das offenbar einen hartnäckigen Fleck bekommen hatte. Trotzdem schien sie bei guter Laune zu sein, denn sie bedachte ihn mit einem spitzbübischen Lächeln. In einer Ecke saßen drei der Mägde und rupften Federn, was das Zeug hielt. Ihnen überantworteten Thomas und Heinrich ihre Rebhühner. Der erlegte Bär war nirgends zu sehen. Auf der Schwelle einer Seitenpforte erschien dafür plötzlich Arnold von Cleve. Als er Thomas erblickte, bahnte er sich seinen Weg durch die Menge und hielt Thomas mit breitem Grinsen seine mächtige Pranke vor die Nase. „Das hier, Junge, ist für dich. Du hast den Bären zwar nicht erlegt, aber dass er an uns nicht weiter seine Krallen wetzen konnte, geht auch auf deine Kappe."

Als sich Arnolds Faust öffnete, erkannte Thomas eine dunkel glänzende Bärenkralle, die man an der Wurzel durchbohrt und mit einem dünnen Lederriemen durchzogen hatte. „Mit besten Empfehlungen vom Grafen", fügte Arnold noch hinzu, dann ließ er die Bärenkette in Thomas' Hand gleiten und wandte sich zu den Bediensteten um. „Den Rest des Bären will ich gleich auf der Tafel und vor dem Kamin sehen. Jetzt aber sputet euch, richtet den Saal her und schürt die Feuer an, denn es wird frisch heute Abend. Und lasst es nicht an Bier und Wein fehlen!" Letzteres schien dem Recken vom Niederrhein am wichtigsten zu sein.

Im Vorübergehen gab er Magda noch einen Klaps auf den Allerwertesten und raunte ihr etwas ins Ohr, das etwas mit dem Bärenfell zu tun zu haben schien und von Magda mit gespielter Entrüstung beantwortet wurde. Aber dafür hatte Thomas ohnehin weder Aug noch Ohr, denn seine Sinne wurden ganz und gar von dem für ihn fürstlichen Geschenk in den Bann geschlagen. So nahm er auch nicht die eisigen Blicke wahr, die ihm von der Tür zugeworfen wurden …

Das Tageslicht ging bereits zur Neige, als sich die hohen Herren und Edeldamen zum Festgelage im prächtig geschmückten Rittersaal einfanden.

Der Voigt hatte zusätzliche lange Tafeln aufstellen lassen, um der ungewöhnlich hohen Zahl an Gästen Platz zu bieten. Auf etwas erhöhten Sitzen an der Stirnseite der mittleren Tafel nahmen der Graf, seine Gattin und die Tochter Irmgard Platz. Zu seiner Linken saß Arnold von Cleve. Je nach Stand oder Verbundenheit mit dem Grafen wies der Burgvoigt den weiteren Gästen Plätze an der Tafel zu. Dessen Gattin Mechthild sonnte sich derweil in der Gunst der Aufmerksamkeit, die ihr die Position ihres Gatten und ihr ausladender Kopfputz bescherten. Man hätte meinen können, sie selbst sei die Hausherrin. Pagen eilten umher, um Getränke einzuschenken.

Die heilkundigen Mönche bekamen einen eigenen Tisch nahe den Fensternischen. Aus Kohlebecken und Feuerkörben stieg wohlige Wärme auf, verstärkt von gewürztem Wein und Met, denen eifrig zugesprochen wurde. Für die Knappen standen große Krüge mit dünnem Bier bereit. Viele erhoben ihre Becher und gaben einen Trinkspruch auf die erfolgreiche Jagd zum Besten.

Vor allem der Ritter von Cleve tat sich dabei hervor, aber er vertrug auch am meisten. Auf den Tafeln warteten bereits Schalen mit dampfendem Gemüse und duftenden Kräutertunken darauf, mit ihrer Würze den Geschmack frisch gebratenen Fleisches zu veredeln.

Dann war es endlich so weit. Kräftige Arme trugen unter dem Beifall der Edlen auf großen Holzplatten die Resultate von Magdas Kochkunst herein, allen voran die Rebhühner und Fasane, denn die waren als Erstes gar und wurden demzufolge zuerst aufgetischt.

Vor jedem Platz lagen dicke Brotscheiben, die als Teller für saftige Fleischbrocken dienen sollten. Bei anderen Gelegenheiten wurde das mit Fleischsaft durchtränkte Brot später an die Bediensteten verteilt, für die aber heute Abend ein eigenes Wildschwein auf einem Spieß im Burghof garte.

Die hohen Damen und Herren langten wenig standesgemäß zu, denn ein solches Festmahl war auch an einem Grafenhof selten.

Dann wurde der mächtige Keiler hereingetragen, dem man den borstigen Kopf belassen und zur Zierde ein Äpfelchen ins Maul geschoben hatte, ganz so wie Arnold von Cleve es Thomas während der Jagd schmackhaft zu machen versucht hatte. Dieser zwinkerte dem Fischersohn auch gleich vielsagend zu. Thomas saß mit Heinrich etwas abseits an einer Tafel mit anderen Knappen sowie ritterlichen Gästen und musste immer wieder seine Version der Bärenjagd erzählen – beides sehr zum Unwillen des Limburger Rotschopfs, der sich jedoch nicht traute, seinen Missmut in Anwesenheit des Grafen kundzutun. Er steckte lediglich ständig mit den Seinen die Köpfe zusammen. Und weil viel Reden durstig macht, sprach auch Thomas oft dem Bier zu.

Da wurden plötzlich die Türen des Rittersaales geöffnet und ein Wachhabender erschien, der an den Tisch des Grafen eilte und diesem etwas zuflüsterte. „Führt ihn herein", hörte Thomas den Grafen sagen, da trat auch schon ein über und über mit Staub und Lehmspritzern bedeckter Mann in einer Mönchskutte über die Schwelle, verneigte sich und händigte dem Grafen einen Brief aus.

Adolf erkannte das Siegel seines Bruders, brach es auf und begann zu lesen. Während der Bote mit gesenktem Kopfe wartete, runzelte sich die Stirn des Grafen. Schließlich rollte er den Brief wieder zusammen und steckte ihn in einen Ärmel seines Gewandes.

„Habt Dank, ehrwürdiger Bruder, bleibt über Nacht hier und stärkt Euch, es war ein langer Ritt und heute ist es ohnehin zu spät für den Rückweg. Vielleicht geruht Ihr, Euch an der Tafel der anderen Brüder im Glauben niederzulassen. Ich werde Euch morgen eine Antwort mitgeben." Der Bote in der Kutte tat dankbar, wie ihm geheißen, und wurde von den anderen beiden Mönchen neugierig empfangen.

„Ich will euch nicht mit Einzelheiten langweilen", ertönte da die Stimme des Grafen im Saal, „aber mein Bruder, der Dompropst zu Köln, hat mich wissen lassen, dass Kaiser Otto in der Domstadt eingetroffen ist – und der Staufer ist ihm auf den Fersen, wenn auch noch mit großem Abstand. Ihr tut also gut daran, in Bälde zu euren Gütern zurückzukehren und Vorkehrungen zu treffen. Es drohen frostige Zeiten – und nicht nur, weil der Winter bevorsteht!"

Vielstimmiges Gemurmel erhob sich, und mancher bestürmte den Grafen mit allerlei Fragen, aber Adolf war zu keiner weiteren Auskunft bereit. „Na, da steht uns ja tatsächlich bald einiges bevor", raunte ihm Arnold zu, als der Graf wieder Platz nahm.

„Aber es steht nicht zum Schlechtesten für unsere Partei", gab Adolf in leisem Ton zurück, „denn wie ich höre, verliert Kaiser Otto mit jedem Tag mehr Männer." Darauf hoben sie die Becher und leerten sie in einem Zug.

Adolfs Gattin Bertha blickte unterdessen noch verdrießlicher drein als sonst. Politik interessierte sie eigentlich herzlich wenig, aber ihre eigene Familie stand von alters her den Welfen näher als den Staufern. Ihr gefiel es daher nicht, dass das Geschlecht derer von Berg sich mehrfach auf die andere Seite geschlagen hatte.

Der Wein wollte ihr nicht recht munden und auch das gute Essen hatte sie kaum angerührt. Am liebsten hätte sie sich mit ihren Damen in die Kemenate zurückgezogen, doch zu so früher Stunde das Festmahl bereits zu verlassen wäre eine Beleidigung für die Gäste gewesen. So beließ sie es dabei, hier und da eine Huldigung entgegenzunehmen und ansonsten eine säuerliche Miene aufzusetzen, von der aber im Grunde niemand wirklich Notiz nahm.

Die Ritter beschäftigten ohnehin andere Dinge. Aus dem Stimmengewirr hörte man immer wieder die Namen Otto und Friedrich heraus. So ganz konnte man sich offenbar noch nicht einigen, welche Seite denn die Oberhand gewinnen würde. Das größere Interesse galt jedoch deutlich dem jungen Staufer, den viele als Hoffnungsträger für bessere Zeiten empfanden. An anderen Stellen der Tafel war man längst wieder zum vorherigen Thema und den Jagderlebnissen zurückgekehrt. Wieder und wieder musste Thomas seine Geschichte erzählen oder sich andere Versionen derselben anhören. Viele Male riefen ihn Ritter zu sich an ihren Platz, und er hatte mehr Krüge zu leeren, als gut für ihn war.

Derweil rutschte Irmgard verlegen auf ihrem Platz hin und her. Obwohl sich die jungen Ritter stetig bemühten, ihr zu Diensten und Gefallen zu sein, drehten sich ihre Gedanken rein um ihr Pferd.

„Vater, dürfte ich die Stute noch einmal sehen?", getraute sie sich schließlich zu fragen. Während Bertha schon den Kopf schüttelte, ließ der Graf, nicht zuletzt aufgrund der zusehends weinseligeren Stimmung, Milde walten.

„Na, geh schon, das hier ist ohnehin nichts für junge Damen. Aber nimm einen Knappen mit, der auf dich achtgibt." „Am besten einen von den Limburgern", fügte Arnold hinzu, „die können dann deinem zukünftigen Gatten berichten, wie gut du dich aufs Reiten verstehst!" Die beiden alten Kämpen lachten herzhaft. Diese zweideutige Anspielung war jedoch zu viel für Bertha, die sich augenblicklich erhob und unter dem Vorwand, sie sei müde nach dem langen Tag, mit ihren Damen aus dem Saal rauschte – nicht ohne Arnold und Adolf einen frostigen Blick zuzuwerfen. Eigentlich wollte sie Irmgard trotz Adolfs Erlaubnis direkt mitnehmen, aber die junge Schönheit entschlüpfte ihr elegant. Gisbert wurde auserkoren, die Grafentochter noch einmal zu den Ställen zu führen, dann aber sollte er sie schleunigst an der Kemenate abliefern. Auf leisen Sohlen eilte Irmgard hinaus, gefolgt von Gisbert, den seine Rolle als „Kindermädchen", wie er vor sich hinbrummte, nicht gerade erheiterte.

Allesamt verpassten die, die gegangen waren, den Höhepunkt des Abends, den gerösteten Bärenschinken. Von vier Fackelträgern begleitet, wurde die Köstlichkeit in die Mitte der Grafentafel gestellt und Adolf persönlich schnitt den Braten an. Der Rest des gewaltigen Tieres wurde für den Winter geräuchert oder eingesalzen. Arnold ließ sich allerdings noch einmal das Fell des Bären bringen, dessen Unterseite man bereits von Fett und Fleischresten gesäubert und für das Gerben vorbereitet hatte, legte es sich um die Schultern und tanzte ausgelassen zwischen den Feuern. Während Arnold den Angriff des Bären imitierte und seine Vorführung mit einer beeindruckenden Geräuschkulisse – aus Mund und After gleichzeitig – untermalte, tanzten Thomas bereits Sterne und andere Trugbilder vor den Augen.

Die umjubelte Vorstellung wurde schließlich kurzerhand von Magda beendet, die das Bärenfell entschlossen an sich riss, um es in Sicherheit zu bringen, bevor es sich zwischen den Fackeln und Feuerkörben entzünden und in Flammen aufgehen könnte. So zumindest drückte sie sich aus.

„Ich glaube, ich werde einmal das heimlich Gemach aufsuchen", meinte der Clever nach einem weiteren geräuschvollen Furz. „Unterkühle deinen Allerwertesten nicht, der Wind zieht schon kräftig am Hintern", grinste Adolf. Schweren Ganges, mit einem Becher Würzwein in seiner Hand, machte sich Arnold auf den Weg zum Abort.

Kurze Zeit später verspürte auch der Graf ein solches Bedürfnis und entschuldigte sich bei seinen Gästen, um ebenfalls etwas frische Luft zu schnappen, wie er es ausdrückte. Leicht schwankend suchte er seinen Weg zum stillen Ort auf der Burgmauer, der natürlich vom Clever besetzt war. Laute Verdauungsgeräusche drangen an sein Ohr.

„Du entlädst dich, als wenn du eine Woche keinen Wind mehr unter den Hintern bekommen hättest", lachte Adolf. „Wie auch, wenn du einen ständig durch die Lande hetzt", drang es durch die zugige Holzpforte. Der Abort war nicht mehr als ein grober Holzverschlag, den man mit verlängerten Balken – wie einen Vogelkasten – in einem Erker der Burgmauer befestigt hatte.

An Tagen wie diesem wurde er mehr als häufig frequentiert, so roch es im weiten Umkreis nach Exkrementen. An heißen Sommertagen und je nachdem wie der Wind stand, war der Gestank in der ganzen Burg kaum auszuhalten.

Jetzt im Frost ging es etwas besser. „Halte deinen Hintern nicht zu weit heraus, sonst denkt das Gesinde noch, wir hätten einen neuen Wasserspeier", rief Adolf und verschluckte sich dabei fast vor Lachen. „Oder man verkündet, der Leibhaftige hätte sich deiner Burg bemächtigt", brüllte Arnold ausgelassen hinter den Eichenbohlen. Nach der Erledigung seines Geschäftes gaben sie sich sprichwörtlich die Klinke in die Hand. Während Arnold unsicheren Schrittes Magdas Küche zustrebte, suchte und fand nun seinerseits der Graf Erleichterung.

Tiefes Dunkel starrte Thomas aus seinem Becher an, als er diesen nach einem langen Zug wieder absetzte. Um ihn herum drehte sich alles. Sein Kopf dröhnte vom Auf- und Abschwellen des Stimmengewirrs an der langen Tafel. Es summte und brummte in seinen Ohren. Thomas wähnte sich in einem Bienenstock. Einzig der schwer an seiner Schulter lastende Kopf seines Freundes Heinrich und dessen konstantes Schnarchen boten einen gewissen, wenn auch trügerischen Halt. Ihm gegenüber stopfte sich ein ritterlicher Gast aus Deutz zum wiederholten Male ein gewaltiges Stück Wildschweinkeule in den Rachen. Dabei tropfte Bratensaft aus dessen Mundwinkeln in den voluminösen Bart und von dort mit einigen Herzschlägen Verzögerung auf den vormals weißen Wappenrock, auf dem zu dieser Stunde die gesamte Speise- und Getränkefolge des langen Gelages ablesbar war. Der Ritter rülpste vernehmlich und förderte dabei ein Duftgemisch aus den Tiefen seiner Eingeweide zutage, das Tote auferweckt hätte.

Zu seiner Linken furzte jemand. Thomas wurde übel und ihn dürstete es nach kühlem Wasser und frischer Luft.

Schwerfällig erhob er sich, murmelte ein paar Worte der Entschuldigung, für die sich ohnehin niemand interessierte, und stolperte aus dem Saal. Auf der Türschwelle wäre er fast über die Beine eines Ritters gestolpert, der sich gerade in seinem eigenen Erbrochenen ausruhte. Schon spürte Thomas einen ähnlichen Reiz in sich aufsteigen. Die Kälte im Treppengang holte ihn ein wenig in die Realität zurück und er beschleunigte seine Schritte.

Im Burghof angekommen, hielt er geradewegs auf den Brunnen zu. Eilig schöpfte er einen ganzen Eimer ans Tageslicht und goss sich dessen Inhalt abwechselnd über den Kopf und in die Kehle. Das kühle Nass erfrischte ihn für einen Moment.

„Du hast es ja wieder verdammt eilig", drang eine weibliche Stimme an sein Ohr. „Wie, was?" Viel zu schnell drehte er sich um. „Sibylla", schoss es ihm noch durch den Kopf, dann erbrach er sich zu ihren Füßen. Behände sprang die Tochter des Burgvoigtes einen Schritt zurück. Statt der erwarteten Schelte erntete er jedoch nur ein Lachen.

„Ihr Männer seid komisch. Erst könnt ihr das Zeug nicht schnell genug in euch reinschütten – und dann muss es so schnell wie möglich wieder raus. Und du, Neuer, scheinst mir auch dabei wieder einer der schnellsten zu sein. Nun sieh, was du angerichtet hast …"

Hilflos stolperte Thomas zwei Schritte vorwärts. Dabei stieß er sich den Schädel an der Brunnenüberdachung – alles wurde schwarz um ihn und er fiel um wie ein gefällter Baum. Kopfschüttelnd und milde lächelnd beugte sich Sibylla zu ihm herab und strich ihm mit zärtlicher Geste eine Locke aus der Stirn.

„Du kannst es wohl gar nicht erwarten, ein großer Ritter zu werden", flüsterte sie – dann rannte sie in die Küche, um Magda zu holen …

Der Graf von Berg erhob sich von seinem Stuhl und verabschiedete sich von den letzten Zechern. Arnold, der Glückliche, war nicht wieder aufgetaucht, und ohne seinen alten Waffengefährten verspürte er keine Lust mehr, das Gelage fortzusetzen. Gemächlich und leicht schlingernd machte er sich auf den Weg zur Kemenate, wo das große Bett stand, in dem seine Gemahlin Bertha sicher schon schlief. Wie immer hatte sie freudlos am Festmahl teilgenommen und sich als Erste verabschiedet. Die rauen Sitten auf seiner Burg waren nichts für sie, von Anfang an nicht, wie so vieles. Ohne sich sonderlich um die Dämpfung seiner Geräusche zu kümmern, trat Adolf ein, warf seine Gewänder auf die eisenbeschlagene Truhe neben dem Bett und stieg die drei Stufen hoch in seine Schlafstatt. In den meisten Burgen standen die Betten der Adeligen auf erhöhten Podesten, um der Bodenkälte zu entfliehen. Der Kamin in der Kemenate reichte bei Weitem nicht aus, um den ganzen Raum ausreichend zu erwärmen. Da Hitze nach oben steigt, war es im erhöhten Bett etwas angenehmer. Als er die Vorhänge zugezogen und sich niedergelegt hatte, drehte er sich noch einmal zu Bertha um, weil noch etwas von der Hitze des Gelages in seinen Lenden brannte.

Trotz des Weines war er mit seinen sechsunddreißig Jahren noch keineswegs zu alt dazu. Doch als er zärtlich seine Hand auf Berthas Schulter legte, bekam er eine frostige Abfuhr. „Merkst du nicht, wie kalt es ist?", drang es aus den Kissen, mit denen sie sich eingemauert hatte. Zur Untermalung folgte ein böser Hustenanfall.

„Oh ja, die Kälte zieht in die Knochen", antwortete Adolf leise, „und nicht nur, weil der Winter naht." Er dreht sich wieder auf den Rücken und schaute noch einmal zur Decke. Im spärlichen Fackelschein erkannte er noch schwach die große gestickte Rose im Baldachin. Diese bedeutete, dass das, was hier gesprochen wurde, das Bett nicht verlassen durfte. Da er sich mit Bertha schon lange nichts mehr zu erzählen, geschweige denn sonstige Geheimnisse zu teilen hatte, würde wohl auch diese Nacht nur sein Schnarchen nach draußen dringen – und das, dachte der Graf, darf jeder hören.

Thomas erwachte von einem ungehaltenen Pochen. Er brauchte einige Zeit, um festzustellen, dass dieses Pochen nicht allein von dem stechenden Schmerz hinter seinen Schläfen rührte. Vorsichtig setzte er sich auf und blickte sich um. Er lag auf einem Strohlager in einer kleinen Kammer, die bis zur Decke mit aufeinandergestapelten Körben und Tonkrügen gefüllt war. Er konnte sich nicht erinnern, dass jemand dieses Zeug in seine und Heinrichs Kammer geschleppt hatte. Und Heinrich sah er auch nicht. Es roch nach Zwiebeln, Bärlauch und allerlei anderem Grünzeug.

Ein zweiter, entfernterer Duft, der sich nun unter den Vorhängen hindurchstahl, die den Eingang verdeckten, ließ seinen leeren Magen rebellieren und holte einen Teil der Erinnerung zurück.

Offenbar befand er sich nicht in seiner Kammer, sondern irgendwo in Nähe der Küche, aber wie kam er hierhin?

Er kratzte sich am Kopf, doch sofort durchfuhr ihn ein weiterer stechender Schmerz und ließ ihn innehalten. Vorsichtig betastete er die opulente Beule an seiner rechten Stirnseite und die ganze Erinnerung kehrte zurück. Scham erfüllte ihn – und Reue. Wie hatte er sich nur so betrinken können? Aber ständig waren die Becher gekreist, jeder hatte mit ihm anstoßen wollen, und viele Male hatte er erzählen müssen, wie er dem

Bären den Stein auf den Kopf geworfen hatte. Er erhob sich und stopfte dabei nachlässig sein Leinenhemd in die Beinkleider. Dabei fiel ihm Sibylla ein. Was mochte sie jetzt von ihm denken? Weiter kam er nicht mit seinen Gedanken.

Das Pochen hatte aufgehört, stattdessen wurde jetzt der Vorhang vehement beiseitegeschoben und der Burgvoigt stand im Rahmen.

„Du bist mir ein schöner Held“, polterte er los, „verpasst den ersten Tag der Ausbildung. Mach, dass du in den Burghof kommst, damit du lernst, wie Hiebe schmecken …“

„Aber nicht bevor er etwas im Magen hat“, fuhr Magda dazwischen. Resolut schob sich die Küchenmagd am Burgvoigt vorbei und hielt Thomas augenzwinkernd eine dampfende Schüssel Getreidebrei vor die Nase. Unsicher blickte dieser von der Schüssel auf den Voigt, aber der Hunger siegte. Entschlossen griff er nach der Schüssel und begann zu löffeln.

„Bevor der nächste Hahn kräht, bist du draußen, oder du lernst mich kennen!“ Mit diesen Worten stapfte der Voigt von dannen.

Magda setzte ihr gewohntes Siegeslächeln auf. „Der bellt schneller, als er beißt, aber du solltest seine Geduld nicht über Gebühr strapazieren.“ Thomas nickte eifrig, wandte seinen Blick aber nicht mehr von der Schüssel und stärkte sich, ohne es zu wissen, für einen der dunkelsten Tage seines Lebens.

Im Burghof hatten sich bereits alle Knappen versammelt. Aus einem wolkenverhangenen Himmel fiel leichter Nieselregen. Als Thomas die Szenerie betrat, drängelten sich alle gerade um einen schweren Holztisch, der gänzlich mit gesteppten Gambesons verschiedener Größen und ledernen Rüstungsteilen übersät war, aus denen sich die Knappen die Teile aussuchten, die ihnen zu passen schienen. In einem Strohballen daneben steckten allerlei Schwerter, keine Prachtklingen, aber solide Kriegswerkzeuge, die zum Zwecke der Übung stumpf gehalten waren. Daneben lagen mehrere Schilde, denen man ansah, dass sie schon häufig einen Schwertstreich hatten abwehren müssen. In dem Knäuel von Menschen erkannte Thomas den Burgvoigt, der gerade kopfschüttelnd einen etwas gedrungenen Knappen bei der Anprobe beobachtete, sowie seinen neuen Freund Heinrich, der umständlich an einem ledernen Armschutz nestelte. Und er erblickte den Limburger Rotschopf namens Gisbert, dem er in den letzten Tagen erfolgreich aus dem Weg gegangen war. Der Voigt sah ihn als Erster kommen. „Oh, unser trinkfester Held geruht, uns doch noch mit seiner

Anwesenheit zu beehren“, entfuhr es ihm. Thomas neigte lediglich verlegen sein Haupt.

„Sieh zu, dass du ein gestepptes Wams für dich findest, damit du dir nicht gleich beim ersten Schwerthieb die dünnen Knochen brichst“, wies ihn der Voigt an. Da stand wie aus dem Boden gewachsen auch schon Gisbert vor ihm. „Was macht denn der Fischkopf hier?“, krähte er in einem Tonfall, der sofort alle anderen Gespräche verstummen ließ und die Aufmerksamkeit aller auf sich zog. Thomas ballte die Fäuste, wurde aber von eiserner Hand zurückgehalten. „Seit wann nimmt so niederes Geschmeiß an der Knappenausbildung teil?“, geiferte der Rotschopf weiter. Zur Antwort senkte sich das eine Ende eines schweren Knüppels, der sich jetzt in der Hand des Voigtes befand, drohend auf Gisberts Brust. „Das geht dich einen feuchten Furz an“, grollte Herrmann von Elverfeld. Doch Gisbert war so leicht nicht zu besänftigen. „Ein Schwert in der Hand eines schmierigen Fischers, das ist ein Schlag ins Gesicht jedes anständigen Knappen!“ Den Schlag erntete er sofort.

Mit blutender Nase lag Gisbert auf der feuchten Erde und erneut hielt ihm der Burgvoigt den Knüppel auf die Brust.

„Gib acht, was du sagst, Heißsporn! Wen unser Graf zu welchem Zweck in seinen Dienst stellt, ist einzig und allein Sache des Grafen. Und vergiss nicht, dass auch du nur Gast an unserem Hofe bist! Nun pack dich und widme dich der Verbesserung deines Schwertschwungs, der hat's bitter nötig.“ Sein strenger Blick glitt von einem zum anderen. „Wenn ihr ein Hühnchen miteinander zu rupfen habt, könnt ihr das später beim Buhurt ausmachen“, setzte er hinzu.

Das Machtwort des Voigtes sorgte vorerst für Ruhe. Gisbert zog sich schmollend zu den Seinen zurück, allerdings merkte man ihm an, dass er es dabei nicht bewenden lassen würde. Thomas beeilte sich, dem Befehl des Voigtes Folge zu leisten, und schlüpfte in den nächstbesten Gambeson. In dem gefütterten Kleidungsstück, das die Ritter in der Regel zur Polsterung unter dem Kettenhemd trugen, fühlte er sich wie ein Fisch in der Reuse.

Dann zog er ein Schwert aus dem Strohballen und begutachtete es. Die Klinge war aus solidem Stahl, mit vielen Scharten, die von häufigem Gebrauch zeugten und die man, so gut es ging, ausgeschliffen hatte. Der Griff war unterhalb der Parierstange mit abgewetztem, geschwärztem Leder umwickelt und endete in einem massiven Knauf in Form eines Löwenkopfes, der als Gegengewicht diente, um die Waffe auszutarieren. Das

Schwert war alt, doch Thomas erschien es wie das Prunkschwert eines Ritters. Zum ersten Mal hielt er solch eine Waffe in den Händen.

„Nun krieg dich wieder ein und stell dich linker Hand in die Linie!“ Der Voigt teilte die jungen Kerle in zwei Gruppen auf. Gisbert gehörte mit den anderen jungen Adligen aus Limburg zu der etwa sechsköpfigen älteren Gruppe von Knappen, die bereits mehr als ein Jahr der Ausbildung hinter sich hatten. Befehligt von einem Altknappen namens Roland, einem verdienten Kriegsknecht des Grafen, der es aber mangels Vermögens und Adelstitels nicht zum Ritter gebracht hatte, zogen sie sich in den hinteren Teil des Hofes zurück, um dort die spanische und italienische Art des Schwertkampfes zu üben.

Thomas reihte der Voigt in die Gruppe der „Frischlinge“ ein, wie er sie nannte. Breitbeinig baute sich Herrmann vor ihnen auf, schaute eindringlich von einem zum anderen und zog sein Schwert.

„Das hier ist die stolzeste Waffe des Ritters“, ließ er weithin vernehmen, „sie ist der verlängerte Arm in der Schlacht, gottgefälliges Handwerkszeug der Tapferen und Vorbote des Sensenmannes …“

Mit ungewöhnlich blumigen Worten pries Herrmann von Elverfeld das Schwert sowie dessen Bedeutung für den Krieger und ließ dabei ungewollt durchblicken, dass in ihm mehr schlummerte als nur der Verwalter des Grafen. Vor allem aber unterstrich er, wie wichtig es sei, das Schwert auch zu beherrschen, damit es sich nicht gegen einen wende, wie er es ausdrückte. „Wenn ihr richtig mit ihr umgeht, dient euch die Klinge wie eine treue Geliebte“, fügte er noch schmunzelnd hinzu, „immer scharf und immer bereit!“ Bei diesen Worten stieß er das Schwert mit großer Geste zurück in die lederne Scheide. Die Knappen lachten, die älteren lauthals, die jüngeren etwas verlegen, aber allesamt hatte er sie eingestimmt. „Doch damit ihr euch beim Exerzitium nicht verletzt, ihr Bauerntölpel und Sesselfurzer, werdet ihr vorerst mit hölzernen Klingen Vorlieb nehmen müssen!“ Auf einen Wink hin tauchten ein paar Stallknechte auf, die er die eisernen Klingen gegen Holzschwerter tauschen hieß. Nur widerwillig ließ sich Thomas das Schwert aus der Hand nehmen und ein Holzschwert reichen. Aus den Augenwinkeln sah er den grinsenden Gisbert von Limburg, der im Hintergrund demonstrativ sein stählernes Schwert schwang.

Da traf ihn unvorbereitet ein Stockhieb an der Schulter. „Nun, Knabe, das passt dir wohl nicht?“ Provozierend richtete der Voigt seinen Stock nun auf Thomas. „Dann versuch einmal, diesen Hieb zu parieren.“

Sprach's, holte aus und ließ seinen Stock geradewegs diagonal von rechts oben nach links unten auf Thomas niedersausen. Geistesgegenwärtig riss dieser sein Holzschwert hoch, doch der Hieb war so gewaltig, dass er Thomas' Arm nach unten schleuderte und mit immer noch schmerzender Gewalt auf seine linke Schulter traf. Der Schlag zwang Thomas in die Knie. Tränen schossen ihm heiß in die Augen, doch kämpfte er diesen Drang nieder. „Dieser machtvolle Angriff heißt ‚der Ochse', weil man damit auch einen Ochsen enthaupten kann", hörte er den Voigt über sich erklären. „Nun stellt euch vor, jemand hätte diesen Schlag mit einem Schwert ausgeführt. Die Klinge hätte dem Burschen schwerste Verletzungen beigebracht. Selbst ein Kettenhemd hätte dem nicht viel entgegenzusetzen. Deshalb lernt ihr den Gebrauch des Schwertes zuerst mit dem Holz. Vor allem müsst ihr lernen, schwere Schläge zu versetzen – und zu parieren. Denn in der Schlacht wird auch das schärfste Schwert schnell stumpf. Es kann aber immer noch Knochen brechen …"

Dann blickte er zu Thomas hinab, reichte ihm die Hand und zog ihn auf die Füße. „Kapiert, Junge?" Thomas nickte und hob sein Holzschwert wieder auf.

Als Engelbert die Pfarrkirche von St. Johann Evangelist betrat, die den Kölner Erzbischöfen traditionell als Hauskapelle diente und die sich zu diesem Zweck direkt neben dem Bischofspalast befand, mussten sich seine Augen erst an das Halbdunkel gewöhnen. Von den vielen Messen, auch wenn diese schon etliche Zeit zurücklagen, roch es immer noch nach Weihrauch. Langsam schritt der Dompropst die Reihen spartanischer Holzbänke entlang, auf deren blank polierten Sitzflächen sich das Licht flackernder Kerzen spiegelte. Der doppelstöckige Bau selbst ließ nur spärliches Tageslicht herein und schien menschenleer. An der Ostseite, in der Nische mit dem Bischofsstuhl, sah er jedoch eine dunkel gewandete Gestalt sitzen. Als er näher trat, erkannte er Dietrich von Hengebach, der gedankenverloren mit den Fingern über das reich verzierte Holz des mit rotem Samt überzogenen Stuhles strich. Ohne Engelbert anzublicken, erhob der noch amtierende, aber vom Papst abgesetzte Erzbischof die Stimme. „Wir sind nicht gerade Freunde, Ihr, werter Bruder, und ich, nicht wahr?" „Nein, das sind wir in der Tat nicht", antwortete Engelbert ohne Scheu.

„Erst waren wir Konkurrenten bei der Wahl zum Dompropst, Ihr fast noch ein Kind, ich im besten Mannesalter", fuhr Dietrich fort, „damals habt Ihr Euch behaupten können, dank der Macht Eurer Familie und Eures unseligen Vetters." „Auch das ist richtig." Engelbert trat einen Schritt näher, um das Gesicht des Mannes vor ihm sehen zu können, das sich jedoch immer noch im Schatten des mächtigen Bischofsstuhles befand. „Dann kam der Welfenkönig und mit ihm schlug meine Stunde", fuhr der Noch-Erzbischof fort. „Ihr und Euer Vetter fielt in Ungnade – und mit Waffengewalt über meine Güter her …" „Ihr erinnert mich an die Sünden meiner Jugend, für die ich zwischenzeitlich gebüßt habe, hochwürdigste Exzellenz!" Engelbert wählte bewusst nicht die Anrede ‚Erzbischöfliche Gnaden'. Jetzt wendete Dietrich das Gesicht zum Licht und warf Engelbert einen forschenden Blick zu.

„Ihr scheint Euch also sicher zu sein, dass meine Tage als Erzbischof gezählt sind?!" Engelbert sah in das Gesicht eines durch die Bürde des Amtes und die Launen des Schicksals spürbar gealterten Mannes. „Nun, zumindest scheint das der Wille des Heiligen Vaters zu sein, wenn ich richtig informiert bin!" Dietrich rutschte etwas unbehaglich in seinem Bischofsstuhl von der einen Gesäßhälfte auf die andere. „Nun, das ist ja auch längst kein Geheimnis mehr, ich bin ja noch nicht einmal befugt, einem Sterbenden die Sakramente zu erteilen." „Ein schlimmer Zustand für die Stadt des Erzbischofs", fügte Engelbert hinzu.

Dietrich erhob sich, reichte seinem Gegenüber aber auch stehend nur bis zum Kinn. „Ich will nicht lange um den heißen Brei herumreden, Bruder Engelbert." Den „Bruder" betonte er besonders. „Meine Sache hier scheint verloren. Ich habe auf den Kaiser gesetzt, aber der hat selbst genug Sorgen, seit der Papst den jungen Staufer protegiert." Engelbert nickte bedächtig, um sich seine Neugier nicht anmerken zu lassen. „Die Kölner Bürger stehen zwar noch zu mir und zu Otto, aber der gesamte Klerus ist gegen mich. Weiß der Teufel, wie Euer Vetter das fertiggebracht hat", fuhr Dietrich ungeachtet seiner eigenen Blasphemie fort. „Aber noch gebe ich mich nicht geschlagen. Ich werde nach Rom reisen und meine Sache persönlich bei der Kurie vortragen."

„Und was erwartet Ihr von mir, Exzellenz?", begehrte Engelbert zu wissen. Nun lässt er die Katze aus dem Sack – und es würde mich nicht wundern, wenn es um eine Geldkatze ginge, dachte er dabei im Stillen. Tatsächlich kam Dietrich von Hengebach schnell auf den Punkt. „Als Euer Vetter damals notgedrungen meine Wahl zum Erzbischof akzeptierte, gewährte ich ihm als meinem Vorgänger eine Jahresrente von zweihundertfünfzig Mark oder umgerechnet vierzigtausend kölnischen Pfennigen. Die wird er jetzt nicht mehr brauchen, aber ich. Die römischen Advokaten sind teuer. Es wird vielleicht sogar noch viel mehr vonnöten sein, um meiner Stimme in Rom Gehör zu verschaffen. Noch ist Euer Vetter Adolf nicht vom Papst in seinem Amt bestätigt. Das wird er auch nicht, wenn ich das verhindern kann – und das dürfte doch auch in Eurem Interesse liegen, oder?" Der bisherige Erzbischof war zwar alt und sein Stern im Sinken begriffen, aber er war nicht dumm. Mit einem vorsichtigen Nicken zollte Engelbert ihm Respekt. „Sorgt vor allem dafür, dass Euer Vetter im Erzbistum nicht wieder alles auf den Kopf stellt, wenn er sich hier wieder breitmacht, was er ohne Zweifel versuchen wird. Ihr könnt vor allem dahingehend auf ihn einwirken, dass er nicht wieder meine Güter brandschatzt." Wieder nickte Engelbert. „Aber sollte ich unterliegen ...", der Noch-Erzbischof zögerte, „wäre ich auch auf eine Jahresrente angewiesen!" „Euer Vertrauen ehrt mich", antwortete Engelbert zögerlich, „aber ich bin wohl kaum in der Position, Euch solche Zugeständnisse zu machen!"

„Vielleicht noch nicht", entschied Dietrich, „aber Ihr seid zweifelsohne der kommende Mann im Erzstift – und vielleicht selbst der nächste Erzbischof. Verwendet Euch für mich und ich werde in Rom an geeigneter Stelle Gutes über den geläuterten ‚Räuberhauptmann' zu berichten wissen!" Dabei sah er Engelbert forschend an. Dieser reichte ihm langsam die Hand. „Gemacht, seid versichert, dass niemand Eure Güter anrühren und das Erzbistum für einen Teil Eurer Kosten aufkommen wird."

Zwei mit edlen Steinen beringte Hände schlugen ein. „Und was ist mit dem Kaiser?" Diese Frage brannte Engelbert noch auf den Nägeln. „Der hat Köln im Frühnebel verlassen", antwortete Dietrich, nickte Engelbert noch einmal zu und schritt von dannen. Engelbert pfiff leise durch die Zähne und verließ die Kapelle kurze Zeit später.

Mit schmerzender Schulter und hölzernem Schwert fügte sich Thomas in die Ausbildung zum Kriegsmann, die fortan einen großen Teil seines Lebens bestimmen sollte. Er lernte, wie man den fürchterlichsten Schlägen ausweicht, wie man sie pariert oder mit dem Schild abfängt – und wie man sie austeilt. Und er lernte schnell. Bald wusste er den „Ochsen" vom „Eber" zu unterscheiden, dem genau entgegengesetzten Schlag, mit dem man Oberschenkel und Hüfte eines Gegners zertrümmern kann. Der in

Hüfthöhe gerade von rechts oder links ausgeführte „Zwerg" wollte ihm anfangs jedoch nicht so recht von der Hand gehen. Er erkannte die Tücken des senkrechten „Dach"-Schlages, der zwar vernichtend für Helm und Kopf sein kann, vor allem wenn er beidhändig von oben nach unten geführt wird, allerdings auch die eigene Deckung öffnet. All dies sog Thomas auf wie ein Schwamm.

Aber der erste Tag der Kampfausbildung, die ihn zu einem streitbaren Krieger machen sollte, hielt noch eine weitere schmerzende Lektion für ihn bereit. Als ihm und den anderen Frischlingen nach endlosen Stunden, in denen sie die immer gleichen Schläge und Schritte eingeübt hatten, schließlich die Glieder schwer wurden, ließ der Burgvoigt Helme austeilen und befahl den Buhurt. Die beiden ungleichen Gruppen von Zöglingen sollten in einer Art Feldschlacht, mit Knüppeln bewaffnet, aufeinander losgehen.

Auf dieses ungleiche Duell hatten Gisbert und seine Spießgesellen bereits gewartet. Einzig die Tatsache, dass sich der Voigt selbst in die Gruppe der Anfänger einteilte, trübte Gisberts Vorfreude.

„Nun könnt ihr zeigen, dass ihr etwas von dem behalten habt, was ich euch zu lehren suchte", sagte der Voigt, während er seine Gruppe in einer Linie aufstellte. „Trotzdem werdet ihr Prügel beziehen, da macht euch keine falschen Hoffnungen. Die Frage ist nur, wie schlimm es wird." „Und wozu soll das gut sein?", erdreistete sich Thomas zu fragen, während er den rostigen Eisenhelm unter dem Kinn festzog, den man ihm zugedacht hatte.

„Es wird dich Demut lehren", grinste der Voigt wölfisch, „und es wird dich mit dem Schmerz bekannt machen, der ungeschickte Knappen ein Leben lang begleitet – oder in einen frühen Tod führt." Schlimmer als der Schlag des Voigtes wird es schon nicht werden, dachte Thomas. Während Herrmann von Elverfeld kurz die wenigen Regeln des Buhurts erläuterte (nur Tiefschläge und absichtliches Töten waren verboten), warf Thomas seinem Freund Heinrich zur Linken einen aufmunternden Blick zu. Dessen bleich gewordenes Gesicht erinnerte ihn jedoch daran, dass dieser nicht ganz so neu am Hof des Grafen war und ahnen musste, was ihnen nun blühte.

Sein ohnehin nur zaghafter Optimismus verflüchtete sich vollends.

Zu allem Überfluss erschienen jetzt auch noch zahlreiche Gesichter offen an den Fenstern rund um den Burginnenhof, die wahrscheinlich schon länger verstohlen dem unterhaltsamen Treiben beigewohnt hatten. Die

Grafentochter Irmgard und etliche Damen drängten sich an den Fenstern der Kemenate, obwohl die Gräfin mahnte, dass es zu zugig sei. Sibylla durfte als Tochter des Voigtes mit einem Tuch das Zeichen zum Beginn geben. „Auch das noch", dachte Thomas, da ging es auch schon los. Noch bevor das seidene Tüchlein den Boden berührte, waren die älteren Knappen bereits über ihnen. Gisbert und seine beiden Kumpane stürzten sich sogleich auf Thomas. Ein herber Hieb traf seinen Helm, dann konnte er mit einer geschickten Rolle vorwärts der ersten Umklammerung entkommen. Doch sogleich setzten die Limburger nach. Thomas erinnerte sich an den Bärenkampf, bei dem die Ritter zuerst auf die Schenkel des Tieres gezielt hatten, ging in die Hocke und schlug seinem Gegner zur Rechten das Standbein weg.

Durch sein Abtauchen ging der Hieb seines Gegners zur Linken, es war Gisbert, fehl und streifte nur seinen Rücken. Sofort machte Thomas einen Ausfall und führte seinen Knüppel nach Art des „Pfluges", wie er es sich vom Voigt abgeschaut hatte, mit einem Schwung von unten nach oben. Darauf vorbereitet, ist dieser Schlag leicht abzuwehren, zum Beispiel mit einem „Dach"-Schlag, unvorbereitet aber trifft er die schwächsten Stellen des Gegners. Und Gisbert war unvorbereitet! Er steckte den empfindlichen Treffer aber mannhaft weg. Der ungeahnte Zwischenerfolg machte Thomas unvorsichtig. Vom Anblick des sich krümmenden Gisbert abgelenkt, traf ihn der dritte Knappe mit einem wuchtigen Hieb genau auf die ohnehin schon lädierte Schulter. Vor Schmerz tanzten Sterne vor seinen Augen. Während er noch herumwirbelte, stand der erste Gegner bereits wieder auf den Beinen und hieb ihm mit voller Kraft in die Seite. Nun war es an Thomas, sich zu krümmen. Gisbert vervollständigte das Werk, indem er seinen Knüppel auf Thomas Rücken zerbrach und ihn in den Staub zwang. Der Speichel lief dem Limburger aus den Mundwinkeln, als er sich zu einem letzten Angriff mit geballten Fäusten über den Geschlagenen beugte. Doch dazu kam es nicht mehr. Wieder spürte er den Knüppel des Voigtes auf seiner Brust. „Lass es gut sein, Gisbert, ihr habt gewonnen." Herrmann sagte dies betont ruhig. Der Limburger brauchte eine paar Sekunden, in denen er die Genugtuung über einen weiteren Hieb auf den hilflos vor ihm liegenden Thomas gegen die zu erwartende Strafe für Ungehorsam gegen den Voigt abwog. Herrmann half ihm bei der Entscheidungsfindung, indem er mit seinem Knüppel leicht, aber vernehmlich auf Gisberts verbeulten Helm klopfte. „Lass es gut sein und hilf den anderen beim Einsammeln der Waffen." Widerstrebend gehorchte Gisbert, schob sich eine rote Strähne aus dem erhitzten Gesicht und spuckte einmal kräftig aus. Der Speichelstrahl traf hart nahe Thomas' Gesicht auf das Pflaster.

Vorsichtig erhob sich dieser auf die Ellbogen. Mit einem Blick erfasste er, dass seine Gruppe den Kampf verloren hatte. Allesamt lagen die jüngeren Knappen mehr oder minder gekrümmt auf dem Boden. Heinrich saß mit verschränkten Beinen in einer Pfütze und blutete aus einer Wunde über dem Ohr. Eine zarte Hand zog Thomas am Wams. Als er sich aufrichtete, erkannte er Sibylla, die ihm mit ihrem Seidentüchlein den Schweiß aus der Stirn wischte. „Die haben dich ganz schön zugerichtet", flüsterte sie, „aber du hast dich teuer verkauft. Keiner von den Jungs hat so lange auf den Beinen gestanden wie du."

Das tröstete Thomas allerdings nur wenig. Am liebsten hätte er geheult, aber Sibyllas Anwesenheit hinderte ihn daran. Unwirsch befreite er sich aus ihrer Nähe. Gekränkt stapfte Sibylla zurück in den Palas. „Geht das jetzt immer so?", fauchte Thomas den Voigt an, der mit verschränkten Armen im Hof stand. „Das kommt darauf an, ob du etwas daraus lernst oder nicht", bekam er zur Antwort. Thomas nickte, er hatte schon gelernt. Entschlossen packte er Heinrich am Arm. Gemeinsam hinkten sie ihrer Kammer zu. Doch weit kamen sie nicht, denn Magda versperrte ihnen den Weg und bestand rigoros darauf, erst ihre Blessuren zu versorgen. Auf niedrigen Schemeln in der Küche sitzend, wurden sie von kundigen Händen mit allerlei Tinkturen und Salben eingerieben, deren beißender Geruch die sonst hier stets herrschenden Essensdüfte überlagerte.

„Eines versprech ich dir", raunte Thomas, der mit Beulen und blauen Flecken übersät war, seinem nicht minder lädierten Freund zu, „ich werde so hart trainieren, bis ich den Hundsfott mit einem Schlag in den Burggraben befördern kann!"

Heinrich zuckte die Schultern. „Das kann aber dauern." „Dann stärkt euch erst mal mit dieser Brühe hier", unterbrach sie Magda. Tatsächlich konnte die dampfende, wohlschmeckende Hühnerbrühe die trübsten Gedanken der beiden vertreiben. Die in seinen Augen erlittene Schmach aber sollte noch lange an Thomas nagen. Doch hatte er an diesem Tag mehr gelernt als in vielen Monaten zuvor. Und seinen Schwur würde er schneller in die Tat umsetzen, als es Gisbert lieb war, dessen war sich Thomas sicher.

†

Die wolkenverhangene Sonne hatte bereits ein gutes Stück des Himmels erklommen, als Engelbert sein Frühstück in einem Seitenflügel des Bischofspalastes von Köln einnahm. Er war kein Asket, aber beim ersten Mahl des Tages hielt er es wie der große römische Feldherr Cäsar, dessen Werk über den Gallischen Krieg er in seiner Jugend gelesen hatte. Eine lehrreiche Lektüre, wie er fand, nicht nur, weil man dazu des Lateinischen fähig sein musste. Man erfuhr von dem römischen Imperator, der dem Kaisertitel sozusagen post mortem den Namen gegeben hatte, auch viel über strategisches Denken und den Umgang mit Widersachern. Wie Cäsar frühstückte Engelbert lediglich einen Kanten Brot und etwas Wein. Das karge Cäsaren-Mahl hatte er sich auf seinem Schreibtisch servieren lassen, um im Lichte des Fensters in seinem Rücken wichtige Schriften lesen und verfassen zu können, die ungeordnet in Form zahlreicher Pergamentrollen vor ihm lagen.

Von genau diesem Fenster, das auf eine Straße zum Domplatz hinausging, hörte er nun tumultartige Geräusche. Er stand auf, um die Ursache der Ruhestörung ausfindig zu machen – und traute seinen Augen nicht. Auf der Straße unter ihm bewarfen aufgebrachte Bürger einen Zug von Reitern mit allerlei Unrat, vom fauligen Kohlkopf bis zum Nachttopf. Angeführt wurde der Zug – von seinem Vetter, dem entmachteten bzw. wieder erstarkten Erzbischof. Offenbar verfügte Adolf von Altena immer noch über ein funktionierendes Spitzelnetz in der Stadt, vor allem beim Kölner Klerus, der ihm treu ergeben war, hatte demnach von der Abreise Erzbischof Dietrichs erfahren und gedachte nun, dessen Platz einzunehmen.

Aber zu seinem Leidwesen wollten die Kölner Bürger von einem neuen, alten Erzbischof Adolf nichts wissen und taten dies nun auf ihre Art kund. Zu seinem Schutz hatten zwei Ritter an seinen Flanken aufgeschlossen und ihre Schilde erhoben, um Hochwürden vor den Kohlköpfen abzuschirmen. Jetzt gab die Schar den Pferden nochmals die Sporen, um aus der Schusslinie zu kommen. Engelbert konnte sich schon denken, wem der Besuch des Altenaers galt. Eilig räumte er die heikelsten Papiere auf Seite, um seinem Vetter keine zufälligen Einblicke in Pläne zu verschaffen, die nur für Engelberts Augen bestimmt waren. Da raschelten die Laken auf seiner Bettstatt am anderen Ende des Raumes und ihm fiel wieder ein, dass er nicht allein war. Eine glutäugige Schönheit mit langem, dunklem Haar reckte ihre Arme zum rotbesamteten Baldachin, schälte sich aus den weißen Laken und kam zu ihm herüber, so wie Gott sie geschaffen hatte. Ihr Anblick holte die Erinnerung an die letzte Nacht zurück, und er fühlte einmal mehr, wie der Mann in ihm sich regte. Die nackte Schönheit setzte sich aufreizend mit bloßem Hintern auf seinen Schreibtisch und nahm einen Schluck Wein aus seinem Zinnbecher.

„Na mein starker Fürst, habt Ihr gut genächtigt?", hauchte sie. Dabei suchte sie mit kundiger Hand in seinen Gewändern nach einer Antwort. Ein triumphierender Ausdruck stahl sich in ihre Augen, als sie fündig wurde. Aber so verlockend die Situation auch war, Engelbert musste sich nun anderen Dingen widmen, außerdem hätte ihre weitere Anwesenheit früher oder später Aufsehen erregt. Deshalb fasste er sie hart am Handgelenk, hob es empor, drückte dann aber einen zarten Kuss auf ihre schlanken Finger, die ihm in der Nacht so viel Freude beschert hatten. „Ich bin untröstlich, schöne Dame, aber Ihr müsst mich jetzt verlassen. Wichtige Kirchengeschäfte erfordern meine ganze Aufmerksamkeit, die ich, bliebet Ihr hier, nicht anders als zu teilen wüsste. In wenigen Augenblicken wird ein hoher Gast diesen Raum betreten, um dessen Seelenheil ich fürchten müsste, wenn er von Eurer Anwesenheit irritiert würde, deshalb sputet Euch bitte …" Mit gespielter Trauer hob sie ihr ansehnliches Hinterteil vom Tisch, eilte leichtfüßig zu einem Stuhl, auf dem sie am Abend zuvor ihre Habseligkeiten abgelegt hatte, und hüllte sich in einen mit Brokat besetzten Umhang. Mehr als diesen und den üppigen Schmuck, den sie sich noch im Gehen überstreifte, hatte sie ohnehin nicht getragen, als sie am Abend zu ihm gekommen war. „Und mein Anliegen, das ich Euch zu Ohren brachte?"

„Ist gewährt", verkündete Engelbert mit großherziger Geste. „Euer Gatte soll sich von unserem Kellermeister die Rebsorten und die Anzahl der Fässer nennen lassen, die wir benötigen!"

Ihm noch einen freudigen Gruß entbietend, rauschte die Gattin eines der einflussreichsten Kölner Weinhändler zur Tür, die sich in diesem Moment öffnete. Völlig perplex starrte Adolf von Altena auf die verhüllte Schönheit, die mit einem kecken Gruß auf den Lippen gerade unter seinen Armen durchschlüpfte, mit denen er noch die Türflügel hielt. Bevor er ihr nachsehen konnte, war sie auch schon auf dem dahinterliegenden Flur verschwunden.

„Du scheinst ja wieder fest im Sattel zu sitzen!" Mit diesen Worten näherte sich Adolf kopfschüttelnd dem Schreibtisch des Vetters, der sich nun erhob, um ihn mit einer Umarmung zu begrüßen. Als durchaus weltliche Kirchenfürsten maßen beide dem Zölibat oder anderen geistlichen Vorschriften keine allzu große Bedeutung bei.

Dabei fiel Adolfs Blick auf das Fenster, und seine Gedanken kehrten zu dem unrühmlichen Empfang zurück, den ihm die Stadt bereitet hatte. „Hast du das gesehen, sie haben mich mit faulem Gemüse beworfen", ereiferte er sich, „und meine Männer stehen immer noch unter Beschuss!" Engelbert musste ein Lachen unterdrücken, dafür war die Situation letztlich ja auch zu ernst.

„Was hast du erwartet, Vetter, dass sie dir einen roten Teppich auslegen? Schließlich bist du in ihren Augen dafür verantwortlich, dass zwischenzeitlich der Hunger in der Stadt Einzug gehalten und der Papst jegliche kirchliche Handlung untersagt hat."

„Wieso ich?", platzte Adolf hervor, „warum machen sie nicht den Hengebacher oder Kaiser Otto dafür verantwortlich? Ich habe schließlich immer im Sinne der Kölner gehandelt und mit Ottos Wahl damals sogar den Englandhandel erst ermöglicht!"

Eigentlich war es die Kölner Hochfinanz, die ihren Erzbischof seinerzeit gedrängt hatte, einen „englischen Welfen" zum König zu machen. Die rheinischen Geschäftsleute erhofften sich mit der Wahl Ottos neue, vorteilhafte Wirtschaftsbeziehungen im angelsächsischen Raum. Zum Dank hatten sie dem stets verschuldeten Adolf finanziell unter die Arme gegriffen.

„Richtig, aber du hast die Seiten gewechselt und damit den einträglichen Handel mit England in Gefahr gebracht", erläuterte Engelbert. „Der ist nun einmal eng mit der Person Ottos als Verwandtem des Königshofes der Plantagenets verbunden. Ganz zu schweigen von deinen Raubzügen, bei denen du kölnische Güter hast plündern lassen. Das nehmen sie dir übel", schloss der Dompropst.

„Und dir?", ließ Adolf nicht locker. „Du hast dich doch damals tatkräftig an unseren Unternehmungen beteiligt!" „Aber ich bin reumütig in den Schoß der Stadt zurückgekehrt, ein geläutertes Lamm, das den Kölner Wünschen nicht mit Gewalt entgegensteht und seine Schuld beim Domkapitel in kleinen Raten abbezahlt", lautete Engelberts Antwort. „Du aber schickst immer noch Heerhaufen durchs Land …" „Mit gutem Grund, sie sollen meine Macht zu spüren bekommen", unterbrach ihn Adolf. „Aber damit erreichst du bei den Kölnern nichts, im Gegenteil", versuchte Engelbert ihm zu erklären, „das ist der Grund, warum sie dich nicht mehr in der Stadt haben wollen!"

Während dieser Diskussion bekamen sie in Nähe des offenen Fensters mit, dass der Tumult auf der Straße immer lauter wurde. Adolf zuckte zusammen, als erste Wurfgeschosse die obere Etage erreichten.

„Am besten du gehst jetzt wieder, bevor noch die ganze Stadt hier zusammenläuft und dir keinen Rückweg mehr lässt. Es gibt einen durchgehenden, gesicherten Säulengang von der Kapelle des Bischofspalastes über die Kirche der St. Maria ad Gradus bis zum Rheinhafen. Dort können dich deine Männer gefahrlos wieder auflesen. Ich lasse ihnen Bescheid geben und sorge derweil auf meine Art für Ruhe. Aber dafür musst du jetzt verschwinden. Wir treffen uns dann in einigen Tagen auf Neuenberge und besprechen unser weiteres Vorgehen." Nach anfänglichem Zögern verabschiedete sich Adolf mit stummem Händedruck und eilte, noch recht behände für sein Alter, besagtem Säulengang entgegen. Engelbert trat noch einmal ans Fenster und besah sich den Mob. „Ihr werdet mich eines Tages noch kennenlernen", sagte er zu sich selbst. Dann rief er die Palastwache und gab seine Anweisungen, wie der Mob aufzulösen sei. „Werft ein paar Münzen auf die Straße, das wird sie besänftigen, am besten die mit dem Konterfei Dietrichs, die sind ohnehin bald nichts mehr wert."

Der Herbst ging vorüber und der Frost zog ins Land. Thomas übte wie ein Besessener. Mit Heinrich focht er oft noch in den Abendstunden, wenn die anderen längst bei Tische saßen.

Neben dem Schwertkampf lernte er auch den Umgang mit anderen Waffen, wie Morgenstern und Streitaxt, die in kurzen, kreisenden Bewegungen und mit brutaler Heftigkeit geführt wird.

Seine Liebe aber gehörte dem Schwert. Eines Morgens, als er gerade wieder ein Holzschwert in der Hand wiegte, trat ihm der Voigt in den Weg. „Ich denke, es ist jetzt an der Zeit", mit diesen Worten drückte er ihm die schartige Eisenklinge mit dem Löwenknauf in die Hand, die er schon am ersten Tag bewundert hatte. Endlich! Fortan übten er und Heinrich mit gefährlicheren Waffen. Der Buhurt wurde jedoch weiterhin mit Knüppeln ausgetragen. Dabei wusste der Voigt die Kontrahenten so geschickt aufzustellen, dass sich Thomas und Gisbert nur noch selten ins Gehege kamen. Und wenn doch einmal, wechselte das Kampfglück von Mal zu Mal. Thomas' Fortschritte waren nicht verborgen geblieben und die Limburger wurden vorsichtiger.

Um die Knappen auch bei der Jagd einsetzen zu können, wurden sie obendrein im Umgang mit dem Bogen und der Schleuder unterrichtet. Den Bogen handhabte Thomas ganz leidlich, besser jedoch konnte er mit der Schleuder umgehen, da er mit solch einer Waffe schon als Kind Jagd auf „Krammetsvögel" gemacht hatte, wie man im Bergischen Land die Wacholderdrosseln nannte. Die Kiesel dafür hatte er immer am Ufer der Wupper gesammelt.

Erstaunt erfuhr Thomas allerdings, dass die Ritter diese Fernwaffen verachteten, weil sie von Feiglingen erfunden seien, die den Nahkampf verschmähten, wie der Vogt erklärte.

Manchmal ging er seine Eltern besuchen, doch nur, wenn es schon dunkel war und er nicht beobachtet wurde, denn der Graf hatte ihm eingeschärft, seine niedere Abstammung vor den anderen Knappen nicht ständig zu Markte zu tragen.

Seine Schwester Katharina bestürmte ihn stets als Erste mit allerlei Fragen.

Äußerlich betont lässig, als sei das alles das Normalste von der Welt, innerlich aber doch aufgewühlt, erzählte Thomas dann all die Geschichten und Erlebnisse der letzten Wochen. Nur die steten Auseinandersetzungen mit und die Beleidigungen durch Gisbert verschwieg er, um seinen Vater nicht unnötig aufzubringen. Der machte kein Hehl aus dem Stolz, den er für seinen Sohn empfand, denn auch ihm waren, jedes Mal wenn er Fische zur Burg lieferte, die Geschichten, die man sich über Thomas erzählte, wie die über die Jagd und den Bären, nicht verborgen geblieben. Seine Mutter saß nach der warmherzigen Umarmung meist still an einem Stickwerk, nickte nur ab und zu oder wischte sich verstohlen eine Träne aus dem Gesicht. Meist schlief Thomas dann vor dem Feuer in der Kate, in der es so vertraut nach Fisch und Kräutern roch, wohlig ein, um dann aber vor Sonnenaufgang wieder in der Burg zu sein.

✠

Dieses Leben gefiel ihm, er lebte seinen Traum – und das sozusagen vor der Haustür, doch genau dies sollte bald ein Ende haben.

Eines schönen Morgens, als Heinrich und er gerade wieder die Pferde versorgten, kam der Burgvoigt und eröffnete ihnen, dass sie ihre Habseligkeiten für den nächsten Tag packen sollten, denn sie würden die Burg für einige Wochen verlassen.

Heinrich, der schon wusste, was ihnen bevorstand, rollte mit den Augen. Thomas aber war wie vom Donner gerührt. Hatte er etwas angestellt? Zürnte ihm der Graf? Solcherlei Gedanken musste der Voigt ihm angesehen haben. „Nun schau nicht so verdrießlich", hob er zu einer Erklärung an, „dem Grafen liegt als gutem Lehnsherrn nicht nur eure körperliche Ertüchtigung am Herzen, sondern auch eure geistige. Deshalb begebt ihr euch morgen ins Kloster Altenberg." Thomas verstand kein Wort, er wollte doch Ritter werden und nicht ins Kloster gehen.

„Er will, dass wir Lesen und Schreiben lernen und obendrein auch noch Latein", fügte jetzt Heinrich hinzu. Aber Thomas fand immer noch keine Erleuchtung. „Ihr sollt halt nicht nur lernen, mit den ritterlichen Waffen umzugehen", setzte der Voigt seine Erklärung fort, „sondern auch …" Weiter kam er nicht. „Sondern auch, wie man Vergebung für die damit begangenen Sünden erlangt", kam es jetzt mit tiefer, voller Stimme von der Tür, „und wie man in ordentlicher Schrift sein Testament macht."

Erschrocken drehte sich Thomas um. Im Türrahmen stand einer der Mönche, die sich um die Verwundeten gekümmert hatten.

„Ich bin Bruder Konrad", eröffnete der Bariton, der nicht so ganz zu der schlichten Kutte über dem muskulösen Körper passen wollte, ebenso wenig der kräftige Händedruck, mit dem er Thomas und Heinrich nun begrüßte. Auf der kahlen Stelle seines Schädels schimmerten ein paar dünne Schneeflocken, die an diesem Morgen erstmals gefallen waren.

„Ihr werdet morgen mit mir ins Kloster Altenberg reisen und dort etwas von dem unschätzbaren Wissen eingetrichtert bekommen, das meine Brüder über viele Jahre angehäuft haben." Dabei grinste Konrad schelmisch.

„Und wozu soll das gut sein?", erdreistete sich Thomas zu fragen, ermuntert durch die offene Art des Mönchs.

„Nun, für euer Seelenheil, für euer Leben – und Überleben", antwortete der Mönch. „Stellt euch einmal vor, ihr seid auf einem Kriegszug und der Graf schickt euch einen Boten mit einer geheimen Nachricht, könnt ihr die lesen?" Kleinlaut schüttelte Thomas den Kopf. „Dann sagt mir, wie soll der Graf einem Ritter oder Knappen vertrauen können, der in der Hitze der Schlacht nicht einmal seine Anweisungen lesen oder ihm gar eine schriftliche Nachricht zukommen lassen kann?" Das leuchtete Thomas sofort ein. „Dann bin ich euer Mann und will begierig alles in mich aufnehmen, was ihr mich lehren könnt", schwor er Stein und Bein und hielt dem Mönch wie zur Bestätigung noch einmal die vom Pferdemist beschmutzte Hand hin. Lachend schlug der Mönch ein. „Das will ich auch hoffen, denn sonst setzt es was." Mit diesen Worten drehte sich der Mönch um und verließ mit dem Voigt den Raum.

„Die Hiebe sind bei Weitem nicht so schmerzlich wie die ewigen Gebete", ließ nun Heinrich vernehmen, der bereits mehrere Male im

Kloster gewesen war. „Die meisten Mönche haben nur schwache Arme, kein Vergleich etwa zu unserem Voigt. Aber die stete Litanei, die macht dich fertig!"

Am nächsten Morgen, der Reif lag wie ein dünnes, weißes Laken auf Gräsern und Blättern, aber noch hatte der Frost das Land nicht mit eisiger Faust im Griff, machte sich der Mönch Konrad mit einem Dutzend Knappen auf den Weg nach Altenberge, das in südwestlicher Richtung im Tal des kleinen Flüsschens Dhünn lag. Auf einem Karren, der von einem alternden Schlachtross gezogen und von dem zweiten Zisterzienserbruder gelenkt wurde, führten sie zwei Verwundete mit sich, deren Wunden im Kloster eine bessere Heilung erfahren sollten.

Am Abend zuvor hatte sich Thomas noch einmal davongeschlichen, um sich von seinen Eltern und seiner Schwester zu verabschieden. Katharina hatte ihn ausgelacht und ein Pfaffenlied singend um ihn herumgetanzt, bis sie vom ernst dreinblickenden Vater mit barschen Worten zum Schweigen verdonnert worden war. Seine Mutter hatte noch schnell sein gutes Hemd gewaschen und ihn ansonsten recht wortkarg auf die Reise geschickt. Irgendwie hatte sich Thomas wie auf einer Beerdigung gefühlt.

Konrad führte nun den Trupp auf einem Esel sitzend an und in nachlässig geordneten Zweierreihen folgten ihm zu Fuß die angehenden Rittersleute.

„Es wird mindestens ein halber Tagesmarsch werden, und ich kann die Gelegenheit nutzen, euch einiges über das Kloster mitzuteilen", stellte der Mönch in Aussicht.

„Dabei hätte es so ein schöner Tag werden können", raunte Heinrich, der neben Thomas direkt hinter dem Mönch einherschritt, seinem Freund zu.

Insgeheim schmunzelte Konrad über den frechen Einwurf, warf jedoch mit einer geschickten Körperbewegung sein linkes Bein über den Hals des Esels und sein rechtes über dessen Kruppe, sodass er, nun verkehrt herum reitend, die Knappen ins Auge fassen konnte. Er bedachte Heinrich mit einem strengen Blick und begann, die Geschichte des Klosters zu erzählen, die über weite Teile auch die Geschichte des Grafengeschlechtes derer von Berg war. „Es ist gut zwei Generationen her", hob Konrad an, als sie den fränkischen Heerweg auf den Hügeln oberhalb der Burg erreichten und in südwestliche Richtung einbogen, „da erbaute Graf Adolf II. von Berg, der Großvater unseres heutigen Grafen, diese Burg, die wir gerade verlassen haben, weil der bisherige Stammsitz des Geschlechtes, die alte Burg Berge, zu klein geworden war."

Fasziniert hatte Thomas das elegante Manöver des Mönchs auf dem Rücken des Esels beobachtet. Nun fragte er sich, ob dieser denn den ganzen Rest des Weges in dieser Position zubringen wollte, ohne auf die Richtung zu achten, die sie einzuschlagen hatten. Aber der Fischersohn verkniff sich die Frage, die ihm auf den Lippen brannte, und schon bald stellte sich heraus, dass der Esel den Weg offensichtlich bestens kannte. Unbeirrt folgte er dessen Biegungen und Abzweigungen.

„Dieser Adolf hatte einen Bruder", fuhr Konrad fort, „Everhard mit Namen, den er über alles liebte. Beide waren unzertrennlich. Doch nach einer großen Schlacht, bei der die Brüder aufseiten des Herzogs von Limburg gegen Lothringen kämpften, kehrte Everhard nicht zurück. Adolf wähnte seinen Bruder gefallen. Doch dieser hatte die Schlacht überlebt und war zwischen all den Gefallenen aus der Bewusstlosigkeit erwacht. Schwer lastete der Tod so vieler Recken auf seiner Seele, so schwer, dass er im Kloster Morimont beim Orden der Zisterzienser Erlösung suchte.

Als Adolf davon erfuhr, schenkte er den Zisterziensern die alte Burg Berge, in der Hoffnung, er würde seinen Bruder eines Tages wiedersehen. Und tatsächlich war es Everhard, der mit zwölf Brüdern das Kloster Altenberge zum Leben erwachen ließ. Jahre später trat auch Adolf in den Orden ein und beide liegen heute in der Kapelle von Altenberg begraben."

Während sie den Höhenweg verließen und sich im Schatten mächtiger Eichen südöstlich ins Tal der Dhünn wandten, erzählte Konrad, wie die Mönche die alte Burg mit der Zeit abgetragen und ein neues Kloster erbaut, dazu das Land urbar gemacht, Felder, Obstplantagen und Fischteiche angelegt hatten, um sich stets selbst versorgen zu können. Auch erfuhren die Knappen, wie die Söhne des Burgerbauers, Eberhard und Engelbert (der Erste seines Namen), in Zwist geraten waren und die Grafschaft in einen östlichen und einen westlichen Teil aufgeteilt hatten. Letzterem Zweig entsprangen der derzeitige Graf Adolf und sein Bruder Engelbert, dem östlichen Zweig sei deren Vetter, Bischof Adolf von Altena, zuzurechnen.

„Er wird keine Ruhe geben, so viel ist sicher. Langsam wird er eher zur Last als zu einer Stütze der Familie." Die Rede war genau von jenem Bischof, der sich seit einiger Zeit legitimiert fühlte, auf den Stuhl des Erzbischofs von Köln zurückzukehren. Graf Adolf stand mit Arnold von Cleve auf der Spitze des Bergfrieds und ließ sowohl seinen Blick als auch seine Gedanken über die Höhen des Landes nach Westen schweifen, wo sich irgendwo in der Ferne die Türme der großen Stadt am Rhein erhoben. Frostiger Wind wehte ihnen ins Gesicht und kleine, eisige Tropfen sammelten sich in ihren Bärten. „Dann wirst du ihn irgendwie besänftigen oder anderweitig beschäftigen müssen“, kam es über Arnolds verfrorene Lippen, „damit er euch nicht in einen offenen Konflikt zwingt.“ „Wohl wahr, aber das wird uns eine Menge Überredungskunst kosten – und Unmengen an Wein und Bier!“, fügte Adolf mit einem säuerlichen Lächeln hinzu. In Kürze wurden der Bischof und sein Gefolge zu einem Besuch auf der Burg erwartet. Schon deshalb war Adolf froh, nicht mehr so viele Zeugen innerhalb seiner Mauern zu haben. Denn das, was sie mit dem Altenaer Vetter zu besprechen hatten, war nicht für fremde Ohren bestimmt. Vor allem deshalb hatte Graf Adolf die Knappen und Sprösslinge anderer Adelsgeschlechter kurzerhand ausquartiert und in die Obhut der Mönche gegeben. Eine weitere Belastung der Beziehungen, zum Beispiel zu den Limburgern, war das Letzte, was er jetzt gebrauchen konnte. „Sie werden allesamt in Altenberge gut aufgehoben sein“, erriet Arnold die Gedanken des Grafen.

„Bruder Konrad und der ehrwürdige Abt werden die Hitzköpfe zudem ein wenig läutern, denke ich.“ „Oder sie zur Verzweiflung treiben“, lachte Arnold …

„Eines muss ich euch noch unbedingt einschärfen“, hob Konrad mit erhobenem Finger an, immer noch verkehrt herum auf dem Esel sitzend. Den ganzen Weg lang, der sich in Serpentinen vom Höhenrücken hinab ins Tal der Dhünn wand, hatte er ihnen nun schon vom Klosterleben erzählt und Verhaltensmaßregeln erteilt. Thomas wusste schon gar nicht mehr, wo ihm die Sinne standen. Aber Konrad setzte ungehindert seinen Exkurs in Sachen Klosterleben fort.

„Meine Brüder haben ein Schweigegelübde abgelegt, deshalb wird im ganzen Kloster kaum gesprochen, das gilt es zu respektieren.“

„Aber Ihr sprecht doch auch – und wie sollen wir etwas lernen, wenn keiner spricht?“, platzte es aus Thomas heraus.

„Gerade du musst dich am meisten zusammenreißen“, antwortete der Mönch mit einem langen Blick. „Aber sieh, außerhalb der Klostermauern dürfen Brüder wie ich, die im Kontakt mit der Welt stehen, durchaus reden. Aber innerhalb der Mauern ist es auch mir weitgehend untersagt. Ausgenommen davon sind nur die morgendlichen Gesprächsrunden im

Kapitelsaal, bei denen wichtige Belange der Abtei diskutiert werden, und natürlich die Unterrichtsstunden. Ansonsten kümmern sich Konversen, das sind Laienbrüder ohne Priesterweihe, um die weltlichen Dinge des Klosters, und sie sind, soweit es nötig ist, im Rahmen ihrer Arbeit vom Schweigegebot entbunden."

Als sie das schmale Band der Dhünn erreichten, wand sich der Esel zielsicher nach links, flussaufwärts. „He du, Odenthaler!", hörten sie da vom Ende des Trosses die Stimme Gisberts rufen. „Du stammst doch hier irgendwo aus diesem Wald. Habt ihr auch einen Esel, der euch den Weg zeigt, oder verlauft ihr euch ständig?" Darauf folgte hässliches Gelächter der Limburger Knappen, geschmückt von allerlei Mutmaßungen, ob der Name Odenthal denn nun vom „öden Tal" oder vom „Hodental" abstamme.

Heinrich ballte die Fäuste und drehte sich im Gehen um. „Und ihr in Limburg? Könnt ihr einen Esel überhaupt von einem Schweinehund unterscheiden?"

„Schweinehunde sehen aus wie du", erntete er zur Antwort – und wieder Gelächter. „Lass gut sein, Heinrich, die Limburger fliegen lieber durch den Wald", setzte Thomas in Anspielung auf Gisberts unfreiwilligen Sturz bei der Jagd hinzu.

„Am besten ihr gewöhnt euch allesamt jetzt schon einmal an das Schweigegebot", herrschte Konrad sie an, „sonst reite ich demnächst auf eurem Rücken umher!" Darauf trat augenblicklich Stille ein.

Als die Bäume lichter wurden, die das Flüsschen säumten, erblickte Thomas die ersten Klostergebäude und die sie überragende, dreischiffige romanische Basilika. Staunend betrachtete er die ineinander verschachtelten Bauwerke, von denen einige noch im Bau befindlich erschienen, und die Ansammlung von Menschen, die geschäftig hin und her eilten. Außerhalb der ihm bekannten Burg an der Wupper hatte er noch nie imposantere Gebäude und mehr Menschen auf einem Fleck zusammen gesehen wie an diesem Ort.

„Wie viele Möche seid ihr denn hier im Kloster?", wollte Thomas wissen, der mit großen Augen zu den hohen Fenstern der Basilika aufsah.

„Im Moment sind es hundertsieben Mönche und hundertachtunddreißig Konversen, die für unsere Güter zuständig sind. Aber nur die Außenhöfe, die Grangien, werden von den Konversen unter der Leitung der Mönche bearbeitet. Die Brüder selber kümmern sich hauptsächlich um die Abtei", sagte Konrad und nickte mit dem Kopf in Richtung der Baustelle.

„Erst vor Kurzem wurden der Laienflügel, das Dormitorium und der Kapitelsaal fertiggestellt. Jetzt arbeiten wir noch an neuen Wirtschaftsgebäuden und an einem größeren Refektorium."

Im Innenhof des Klosters angekommen, hielt ihr Zug schließlich vor einer hölzernen Pforte, die den Eingang zum Laienflügel markierte. Gerade als Bruder Konrad von seinem Esel stieg, diesen in die Obhut eines Novizen und die Verwundeten auf dem Karren in die Hände herbeieilender Brüder übergab, öffnete sich die Tür, und zwei Männer traten heraus, die nicht unterschiedlicher hätten sein können. Der Ältere von beiden war eher klein zu nennen, etwas rundlich und in ein dunkles Habit, das typische Obergewand der Mönche, aus ungebleichter Schafwolle gehüllt, mit einem Rosenkranz um den Hals, an dessen Ende ein hölzernes Kreuz prangte. Das säuberlich kurz geschnittene Haar um seine Tonsur war bereits schlohweiß. Er verströmte eine Aura von Weisheit und natürlicher Autorität, aber auch von Güte.

Der andere erschien gut zehn Jahre jünger, trug statt des Habits ein ärmelloses Obergewand und eine etwas andere Form der Tonsur.

Sein Gemüt schien von weniger Wärme umgeben, denn er schaute recht verdrießlich drein, als er die Neuankömmlinge erblickte.

„Bruder Konrad", entfuhr es dem Älteren, „habt die Güte, uns mitzuteilen, wen Ihr uns da anbringt?!"

„Ehrwürdiger Abt, das sind Knappen von Burg Neuenberge", antwortete Konrad geflissentlich und neigte dabei ehrerbietig sein Haupt. „Der Graf hat uns gebeten, ihnen ein wenig unseres Wissens einzuhauchen und das Wort des Herrn näherzubringen." Abt Herrmann II., der seit etwa fünf Jahren die Geschicke des Klosters leitete, nickte nachdenklich und bedachte erst Konrad, dann die Burschen mit einem langen Blick. Das schien die Geduld des Jüngeren der beiden Mönche über Gebühr zu strapazieren.

„Schon wieder?", fuhr er dazwischen. „Der Graf lässt sich seine Gunst aber reichlich vergelten. Beim letzten Mal haben sie unsere Küche und den Keller ganz schön geschröpft. Diese hier werden es hoffentlich bei ‚ora et labora' belassen, wie uns vom heiligen Benedikt aufgetragen!"

Konrad wollte etwas entgegnen, eine Handbewegung des Abtes ließ ihn jedoch schweigen, worauf dieser selbst das Wort ergriff.

„Bruder Alfons, Eure Sorge um unsere Vorräte ehrt Euch, aber der heilige Benedikt ermahnt uns nicht nur zum ‚Beten und Arbeiten'. Er will ein Kloster auch als einen Ort der Begegnung mit Gott verstanden wissen, ein offenes Haus, in dem Gastlichkeit all denjenigen erwiesen wird, die zu uns kommen. Außerdem sind wir den Grafen von Berg auf ewig zu Dank verpflichtet. Als Kellermeister soll das alles nicht Eure Sorge sein. Sorgt Ihr nur dafür, dass es unseren Gästen an nichts mangelt."

Mit errötetem Kopf ob dieser – wenn auch freundlichen – Zurechtweisung verneigte sich der Gescholtene und stapfte von dannen, worauf sich der Abt wieder Konrad und dessen Gefolge zuwandte.

„Nun, Bruder Konrad, bringt Eure Schützlinge einstweilen im Gästetrakt unter. Dann aber sucht mich unversehens auf und berichtet mir. Diese Schäfchen mögen uns dann zur Vesper begleiten, bevor sie sich zur Ruhe betten." Nach diesen Worten verabschiedete er sich und schritt geschwind davon.

„Das waren aber viele Worte für Leute, die eigentlich dem Schweigegebot unterliegen", flüsterte Thomas seinem Freund Heinrich ins Ohr, während sie Bruder Konrad durch die Backstube zu den Gasträumen folgten. „Ach, nicht alle Mönche nehmen es mit den Vorschriften so genau, du wirst sehen", raunte ihm Heinrich zu.

„Ihr werdet feststellen, dass wir so etwas wie eine eigene kleine Stadt sind und uns komplett selbst versorgen. Eure Unterkünfte liegen am Ende des Flures", wies sie Konrad mit ausgestrecktem Arm an. „Ihr findet dort einen Schlafsaal, in dem jeweils zwei Betten mit Vorhängen von den anderen abgeteilt sind. Wer sich neben wem einquartiert, das überlasse ich euch. Wir treffen uns dann zur Vesper in der Basilika, danach geleite ich euch zur Abendmahlzeit." Darauf verschwand er.

Ein Klopfen riss Abt Herrmann aus seinen Studien, in die er sich, über sein Stehpult und allerlei Pergamente gebeugt, vertieft hatte. Einige Brüder hatten ihn angehalten, einmal zu prüfen, ob es ihnen nicht erlaubt sein könne, auch eine Brauerei innerhalb des Klosters zu betreiben, und nun suchte er schon seit Tagen nach Hinweisen in der Heiligen Schrift und den Regeln des heiligen Benedikt. Er hatte beschlossen, sich das Bibelzitat „Der Mensch lebt nicht vom Brot allein" zunutze zu machen und demzufolge auch flüssiges Brot in Form von Gerstensaft zuzulassen.

Er hieß den Besucher eintreten. Es war Konrad, der dem Abt nun von den Tagen auf der Burg, der Genesung der Verwundeten und vom neuerlichen Wunsch des Grafen berichtete, seine Knappen im Lesen und Schreiben zu unterrichten.

„Und was, werter Bruder Konrad, glaubt Ihr, sind die Gründe für des Grafen Wunsch nach so viel Bildung seines jungen Gefolges?"

„Nun, ich glaube er hat gleich mehrere Gründe für sein Vorgehen", antwortete Konrad und setzte sich dabei auf einen Schemel in einer Ecke des kleinen, weiß getünchten Raumes, ohne dass der Abt ihn dazu aufgefordert hätte.

„Zum einen scheint er ein echtes Interesse daran zu haben, dass seine jungen Kämpen das Lesen erlernen, möglicherweise weil ihm wieder einige Kriegszüge bevorstehen und er dafür zuverlässige Boten und Empfänger schriftlicher Befehle braucht."

„So etwas dachte ich mir schon", unterbrach ihn der Abt, „aber fahrt fort, denn Ihr spracht von mehreren Gründen."

„Ganz recht, denn in den nächsten Tagen erwartet der Graf hohe Gäste zu Gesprächen, für die er keine Zeugen braucht", setzte Konrad hinzu. „Und um welche Art Gäste soll es sich dabei handeln?" „Nun, das hat er mir nicht auf die Nase gebunden, aber wer soll es schon sein, wenn nicht sein Bruder, der Dompropst, und der alte Griesgram aus Altena, der – koste es, was es wolle – auf den Kölner Erzstuhl zurückwill und dabei auch nicht davor zurückschreckt, Dörfer und Klöster zu verheeren?!"

Der Abt bekreuzigte sich. „Und was, glaubt Ihr, ist des Grafen Position in diesem Machtspiel?" Konrad musste nicht lange überlegen. „Er wird versuchen, Zeit zu gewinnen und den alten Hund an die Kette zu legen, bevor er noch mehr Schaden anrichtet. Das dürfte auch für die Position des Hauses Berg nach dem Thronstreit von Bedeutung sein, in dem sie tendenziell aufseiten des Staufers stehen."

„Aber hat sich denn Engelbert, des Grafen Bruder, nicht mit dem welfentreuen Köln ausgesöhnt?"

„Mag sein, aber im Kern haben er und sein Bruder doch das gleiche Ziel: die Macht derer von Berg zu stärken und letztlich auch wieder einen von ihrer Sippe in der Rolle des Erzbischofs zu wissen. Und der wird ganz sicher nicht Adolf von Altena heißen!"

Der Abt musterte ihn eingehend. „Wie kommt Ihr darauf, hat denn nicht der Papst den Altenaer wieder eingesetzt?" Konrad lächelte. „Nicht ausdrücklich und nicht schriftlich!" „Und wer wird dann Eurer Meinung nach letztlich der neue Erzbischof?", hakte der Abt nach. Konrad zuckte mit den Schultern. „Da kommt doch eigentlich nur einer infrage – Engelbert!"

Dem Abt fiel die Kinnlade herunter.

Im Gäste-Dormitorium, das Platz für etwa zwanzig Menschen bot, sauber mit Stroh ausgelegt war und dessen Decke wie fast alle Räume des Klosters von Säulen mit Kreuzbögen gehalten wurde, richteten sich Thomas und Heinrich schnell am gegenüberliegenden Ende ein, möglichst weit von den Limburgern entfernt.

Als Schlafstatt dienten einfache Strohlager, die aber mit einem ordentlichen Laken überzogen waren. In jeder der durch Vorhänge abgeteilten Zellen stand eine einfache Holztruhe, in der sie ihre Habseligkeiten verstauten. Außerdem gab es noch zwei Nischen im Mauerwerk, in denen sich Handtücher, Seife sowie eine irdene Schüssel und ein eiserner Kerzenständer befanden. Und über allem prangte der Herr am Kreuze.

Alsbald machten sich die beiden auf den Weg, ihre vorübergehende neue Heimat zu erkunden, zumindest soweit sie diese betreten durften.

Das Kloster war in der Tat eine kleine Stadt für sich, wie Konrad es genannt hatte. Es verfügte neben der eingangs durchquerten Backstube über ein Fischräucherei, einen Küchenhof, eine Schmiede, ausladende Kellergewölbe, ja sogar über einen eigenen Krankensaal. Soweit Thomas es feststellen konnte, waren alle Räume sehr sauber und sehr funktionell eingerichtet, aber ohne jeden Schmuck, wie er sonst für Kirchengebäude üblich war.

Allerdings blieben ihnen die eigentlichen Räume der Mönche verschlossen, wie das Skriptorium, in dem biblische Texte kopiert und wertvolle Bücher geschrieben wurden, oder das Refektorium, der Speisesaal der Brüder. Alle Gebäude waren ineinander verschachtelt und durch den innen umlaufenden Kreuzgang miteinander verbunden, der einen Garten im Kern der Anlage säumte.

Mit einer Mischung aus Gewohnheit und Interesse schlugen Thomas und Heinrich schließlich den Weg zu den Ställen ein. Doch diese machten eher einen enttäuschenden Eindruck. Außer ein paar Ziegen und Esel hatte der hölzerne Bau wenig zu bieten. Allerdings war er ausgesprochen reinlich und überall roch es nach frischem Stroh. Einzig im hinteren Teil entdeckten sie drei kräftige Wallache, die auch als Streitrösser eine gute Figur gemacht hätten. Vielleicht die Reittiere höherer Gäste, dachten die beiden. Hinter einem der leer gewähnten Verschläge trafen sie auf Bruder Konrad, der gerade den Esel striegelte, der ihn von Neuenberge nach Altenberg getragen hatte. „Ihr mögt das Tier wohl sehr“, stellte Thomas fest.

„Oh ja, denn es ist ein ganz besonderes Exemplar“, antwortete Konrad mit einem Augenzwinkern. „Was soll es denn an einem Esel Besonderes geben?", bemerkte Heinrich mit einem abfälligen Blick auf das langohrige Wesen, das gerade gemächlich an ein paar Strohhalmen kaute. „Nun, ihr seid ja Zeuge seiner Ortskenntnisse geworden", hob Konrad zu erzählen an. „Das liegt ihm im Blut. Sein Urgroßvater hat uns diesen Klosterplatz beschert." „Wie das?", hakte Thomas sofort nach, „ich dachte, das Kloster sei eine Schenkung des Grafen von Berg gewesen?"

„Sicher", fuhr Konrad fort, „aber die alte Burg Berge war schon bald zu klein. Außerdem lag sie auf einer Anhöhe und die Zisterzienser erbauen ihre Klöster lieber im Tal, direkt an einem Fluss. Da niemand genügend Ortskenntnisse hatte, um einen neuen Bauplatz bestimmen zu können, überließ man die Wahl einem Gottesurteil. Und des Esels Großvater war dessen Werkzeug!" Und so erfuhren Thomas und Heinrich, wie die Mönche einen Esel mit den Insignien des Klosters sowie Geld für den Neubau beladen und ihn vor dem Tor losgelassen hatten.

Gemächlich war der Esel losgetrottet, verfolgt von den Mönchen, hatte hier und da eine Pause eingelegt und sich schließlich im Tal an einem Bachlauf auf einer Wiese mitten im Wald zur Tränke und zum Grasen begeben. Frohlockend hatten die Mönche diesen Ort zum Bauplatz erkoren. Und nun stand hier das Kloster Altenberg.

„Aber jetzt sollten wir uns sputen, sonst kommen wir nicht pünktlich zur Vesper, und wir wollen doch nicht den ehrwürdigen Abt vergraulen", schloss Konrad und hieß die beiden Knappen, ihm zu folgen.

Nachdem sie den Stallkomplex hinter sich gelassen hatten, bogen sie in einen gepflasterten Weg ein, der vor dem Eingangsportal der Basilika endete. Thomas konnte keinen Kirchturm, keine bunten Glasfenster entdecken, die sonst häufig ein Gotteshaus schmückten. Die mächtigen, mit Eisen beschlagenen Torflügel standen offen und eine Glocke rief die Brüder zum Gottesdienst.

Mit der Vesper, zur sechsten Stunde des Nachmittags, endete die Arbeit des Tages, so waren alle Mönche und Laienbrüder des Klosters anwesend. Es dauerte eine Zeit lang, bis sich Thomas' Augen an das hier herrschende Dunkel gewöhnt hatten.

Kein Bild, kein Farbschmuck zierte die Basilika, abgesehen von ein paar Totenschädeln und seltsamen Büsten mit Frauenköpfen, denen Thomas aber keine besondere Bedeutung beimaß. Einzig an Säulen und Kapitellen hatten Steinmetze ihre Kunst beweisen und diese mit biblischen Motiven ausstatten dürfen.

Thomas und Heinrich nahmen in einer der hinteren Reihen des linken Seitenschiffes zwischen den Laienbrüdern und den anderen Knappen Platz, die sich bereits eingefunden hatten. Konrad eilte nach vorn zu seinem Platz zwischen seinen geweihten Brüdern.

Und dann begann das, wovor ihn Heinrich bereits Tage zuvor gewarnt hatte, eine für einen Jungen in seinem Alter schier endlos erscheinende Litanei an Hymnen, Psalmen, Lesungen aus der Heiligen Schrift, Fürbitten und Tagesgebeten, von denen er die meisten nicht einmal ansatzweise kannte. Erst das ‚Vaterunser' konnte er mitsprechen. Allerdings waren die Worte aus seinem Munde leiser als das Knurren seines Magens, das ihn schmerzlich daran erinnerte, wie hungrig er war. Heinrich grinste, als er das Grollen aus der Magengrube seines Nebenmannes vernahm und sein eigener Magen augenblicklich zu antworten schien.

Nach dem abschließenden Segen, den der Prior des Klosters vornahm, ein hagerer Geselle, der einer Vogelscheuche glich, sprangen sie auf und verließen eilig die Basilika, um die Gaststube aufzusuchen, wo sie ihre Abendmahlzeit einnehmen sollten.

Voller Vorfreude rückten sie auf den Holzbänken in dem niedrigen, durch offenes Herdfeuer aus der benachbarten Küche rauchgeschwärzten Raum eng zusammen.

„Mann, mein Magen knurrt wie ein Löwe", sagte Heinrich, während sein Blick forschend zur Küchentür ging, „und solch einen Appetit hab ich auch." „Und ich erst", bekräftigte Thomas. Dabei fingen sie sich jeder einen Schlag auf den Hinterkopf durch Gisbert ein, der in der Bank hinter ihnen saß.

„Quatscht nicht, der Löwe ist das Wappentier der Limburger", fauchte er Heinrich und Thomas an, „ihr klingt allenfalls wie das Schnurren eines Kätzchens!" Dabei lachte er lauthals über seinen eigenen Scherz.

„Gisbert", ertönte da Konrads melodischer Bass, „vielleicht hast du die Güte, heute Abend das Dankgebet für eure Mahlzeit zu sprechen. Dabei kannst du uns allen beweisen, wie beredsam und zungenfertig du während deiner Knappenausbildung geworden bist!"

Kleinlaut zog Gisbert die Schultern zusammen, suchte aber in den Windungen seiner Erinnerung nach einem passenden Spruch und begann das geforderte Dankgebet. „Lauter, wir verstehen dich nicht", unterbrach ihn Konrad unwirsch und brachte den Limburger Knappen in noch größere Verlegenheit. Etwas lauter wiederholte Gisbert sein Gebet und war schließlich froh, erlöst zu werden, als das Essen aufgetragen wurde.

Doch Gott – oder die Küchengeister – schien sein Gebet nicht sehr beeindruckt zu haben, denn als Abendmahlzeit gab es, wie in Klöstern üblich, lediglich kalte Kost: einen Kanten schwarzes Brot, etwas Käse und kaltes Gemüse, dazu einen halben Schoppen Wein, der mit Wasser gemischt wurde.

„Geht das die ganze Zeit so?", fragte Thomas seinen Freund, der schon einmal hier gewesen war. Heinrich nickte, wärend er die letzten Bissen Schwarzbrot mit Käse verschlang und mit Wasser herunterspülte. Den Wein hatte er bereits zu Anfang, wie fast alle Jungen, in einem Zug geleert. „Die Mönche beten siebenmal am Tag ..."

„Und einmal in der Nacht, wovon euch aber das meiste erspart bleibt", mischte sich Konrad ein.

„Die Komplet, das Nachtgebet, und die Vigil, das erste Gebet des Tages, das der heilige Benedikt für die achte Stunde der Nacht angesetzt hat, was etwa der zweiten Stunde nach Mitternacht entspricht, seien euch erlassen ..." „Was?", entfuhr es Thomas, „die Mönche stehen mitten in der Nacht schon wieder auf? Aber wann schlaft ihr dann richtig?" „Uns ist Gottes Wort Erholung und Erbauung genug", fuhr Konrad unbeirrt fort. „Das soll euch jedoch nicht kümmern oder euren Schönheitsschlaf stören. So sind wir sicher, dass ihr in der Zwischenzeit zumindest nicht sündigt." Dabei grinste der Mönch unverhohlen. „Aber spätestens zur Prim und Laudes, bei der wir den Aufgang der Sonne, als Symbol des Christentums, feiern und für das gute Gelingen des Tages beten, findet ihr euch wieder in der Basilika ein.

Im Laufe des Tages wird die Arbeit dreimal von den sogenannten kleinen Horen unterbrochen, auch dabei solltet ihr zugegen sein.

Dazwischen werdet ihr von mir und einigen belesenen Brüdern in den vom Grafen gewünschten Lektionen unterrichtet. Normalerweise umfasst das Studium im Kloster die ‚sieben freien Künste', als da wären die Arithmetik, Geometrie, Astronomie, Musik, Dialektik, Grammatik und Rhetorik. Aber in eurem Fall wollen wir es beim Lesen und Schreiben, den Grundrechenarten und etwas Latein belassen.

Nach dem Mittagsgottesdienst nehmt ihr wieder hier in der Gaststube die Hauptmahlzeit des Tages ein. Bis dahin übt euch in Ora et Labora, Beten und Arbeiten – und nicht vergessen – in Schweigen!", schloss der seltsame Mönch gut gelaunt und verließ den Saal. „Na, das kann ja heiter werden", raunte Thomas seinem Nachbarn noch zu, dann herrschte Stille.

Schweigend begaben sich die Knappen zur Nachtruhe in ihr Dormitorium. Gisbert bedachte Thomas im Vorübergehen noch mit einem hasserfüllten Blick, sagte aber kein Wort.

Todmüde fiel der Fischersohn auf seine Schlafstatt und wickelte sich in die bereitliegende Decke. Erst jetzt fiel ihm auf, wie kalt es hier war, denn alle Klosterräume wurden nicht beheizt, auch nicht im Winter. Thomas sehnte sich nach dem warmen Herdfeuer in der Kate seiner Eltern und vergrub sich noch tiefer in seine Decke. Der erhoffte Schlaf blieb ihm jedoch lange verwehrt. Was würde ihn hier noch alles erwarten? Wie konnte man als Mann sein ganzes Leben mit Beten, Arbeiten und kaltem Schwarzbrot als Lohn verbringen? Zu viele von solcherlei Gedanken kreisten durch seinen Kopf. Außerdem wurde er beim Einnicken immer wieder durch stammelnde, unverständliche Worte geweckt, die Heinrich von sich gab. Schließlich schnarchte der halbe Saal. An Schlaf war nicht zu denken. So malte sich Thomas aus, wie er dem Grafen als Ritter dienen und der ihm häufig schriftliche Botschaften zukommen lassen würde. Dann stand ihm plötzlich das Antlitz von Sibylla vor Augen, wie sie ihm mit seltsam leuchtenden Augen mit ihrem Tüchlein den Schweiß und das Blut von der Stirn wischte, nachdem er beim ersten Schwertkampf Prügel bezogen hatte.

Dann hörte er wie aus der Ferne einen melodischen Chorgesang.

Leise stand er auf und schlich sich zu einem kleinen Fenster. Schemenhaft sah er Fackeln und die Schatten vieler Gestalten, die singend über den Kreuzgang zur Basilika zogen. Das musste der Beginn der von Konrad erwähnten Vigil sein. Kopfschüttelnd schlüpfte er zurück in seine Schlafstatt. Diesmal schlief er binnen weniger Sekunden ein, angenehm eingehüllt von den seltsam eintönigen Gesängen der für ihn noch seltsameren Mönche …

Unsanft und viel zu schnell ging die Nacht zu Ende. Jemand rüttelte an seinem Arm. Heinrich war bereits fertig und hielt ihm ein Handtuch vor die Nase. Mehrere Novizen liefen durch den Raum, um die Knappen zur Eile anzuhalten. Schnell sprang Thomas auf die Beine. Da er, wie alle im Kloster, aufgrund der Kälte in der Nacht seine Kleider anbehalten hatte, musste er sich nicht erst großartig ankleiden, sondern schlüpfte nur schnell in seine Stiefel. Dann ging es hinaus zur Brunnenkapelle, um sich zu waschen. Noch schlaftrunken achtete er dabei nicht sonderlich auf den Weg – und stolperte über ein ausgestrecktes Bein. Der Länge nach schlug er auf den hart gefrorenen Boden. Aus den Augenwinkeln glaubte er noch einen roten Haarschopf erkannt zu haben, doch der Missetäter war schnell im Gewühl des morgendlichen Brunnenandrangs verschwunden. Heinrich half ihm auf und wollte etwas sagen, aber Thomas winkte ab. „Ich kann mir schon denken, wem ich den morgendlichen Gruß zu verdanken habe.“ Heinrich nickte. „Hat keinen Sinn, groß Aufhebens davon zu machen, die Sache hat außer uns sowieso niemand mitbekommen.“ Aber da irrte Thomas, denn der Vorfall war nicht ganz unbeobachtet geblieben. Das kalte Brunnenwasser erquickte ihn und kühlte seine Schrammen.

Kurze Zeit später saß er – mit immer noch pochendem Schädel – neben Heinrich in der Basilika und ließ die Morgenandacht über sich ergehen. Dabei bohrte sich sein Blick in den zwei Reihen vor ihm sitzenden Rotschopf, und während vorn am Altar die Mönche von Vergebung sprachen und sangen, schwor Thomas aufs Neue Vergeltung.

Im Anschluss an die Laudes zogen die Mönche in den Kapitelsaal zu ihrer morgendlichen Gesprächsrunde, bevor auf dem Feld, im Kranken- oder Schreibsaal ihr eigentliches Tagewerk begann. Nur Konrad und zwei Laienbrüder blieben zurück, um sich dem Unterricht der Knappen zu widmen. Dafür begaben sie sich in den Laienflügel, in dem ein Raum mit Stehpulten, säuberlich aufgeschichteten Pergamentbögen, frisch geschnittenen Federkielen und Tintenfässchen für ihre Studien hergerichtet worden war. Konrad hieß jeweils zwei Knappen an einem Pult Aufstellung nehmen.

Dann enthüllte er ein größeres Pergament, auf dem einige gezeichnete Symbole in, so glaubte Thomas, ungeordneter Reihenfolge prangten, und zeigte mit dem Finger auf das vorderste Symbol. „Das hier ist ein A, der erste Buchstabe des Alphabets“, erklärte Konrad mit vernehmlicher Stimme, „ein A wie in Adolf, dem Namen eures Grafen.“ „Oder wie in Arschloch“, hörte Thomas Gisberts Stimme – gefolgt von den gewohnten Lachern. Aber auch Konrad hatte den Kommentar gehört und war nicht gewillt, Frechheiten dieser Art zu dulden. „Gisbert, sei doch so gut und zeig uns mal, ob du von deinem letzten Aufenthalt hier etwas behalten hast, und schreibe ein lesbares A!“

Der Limburger Heißsporn biss sich auf die Lippen, tat aber, wie ihm geheißen. Artig tauchte er einen Federkiel in das Tintenfass und versuchte angespannt, den gezeigten Buchstaben nachzuzeichnen. Das Resultat ähnelte aber eher einem enthaupteten Stier denn einem Buchstaben A. Konrad nahm ihm das Blatt ab und zeigte es herum. „Wenn ihr mit dem Schwert so umgeht wie Gisbert mit der Feder, überlebt ihr dereinst in eurer ersten Schlacht nicht mal den ersten Hornstoß!“ Diese Sprache verstanden alle und diesmal trafen die Lacher den Limburger. „Mit dem Schwert kann ich besser umgehen als mit der lächerlichen Feder“, erboste sich dieser. „Ach ja?“ Konrad drehte sich zu ihm um. „Dann werde ich dich doch heute Nachmittag auch einmal mit dem Schwert auf die Probe stellen.“ Thomas horchte auf, ebenso wie einige andere Knappen, die zum ersten Mal im Kloster weilten. Heinrich nickte mit einem wissenden Lächeln. Das waren ja ganz neue Aussichten. Als hätte er die stumme Frage verstanden, fuhr Konrad fort: „Ja, in der Tat, damit ihr hier nicht einrostet, werdet ihr euch auch weiterhin im Waffengang messen – mit mir! Aber nun werdet ihr erst einmal Schreiben lernen. Und jeden, der jetzt noch mal den Unterricht stört oder ungefragt seine Stimme erhebt, werde ich nachher meinen Unmut spüren lassen.“ Ein Mönch, der mit dem Schwert umgehen kann? Seltsam. Der Gedanke ließ Thomas nicht mehr los. Der seltsame Mönch wandte sich noch einmal zu Gisbert um, in wenig sanfterem Ton. „Selbst wenn es stimmt, was du behauptest, wird kein wirklich großer Mann aus dir werden, solange du nicht schreiben kannst, denn die Feder ist eine viel wichtigere und schärfere Waffe als jedes Schwert, auch wenn dir dies noch nicht bewusst ist. Deshalb werdet ihr alle jetzt diese Waffe in die Hand nehmen und nach besten Kräften versuchen, den guten Gisbert in den Schreibkünsten zu übertreffen. Ein ordentliches A soll für den Anfang reichen!“ Und so begann es.

Fünf Buchstaben des Alphabetes nahmen sie in den ersten beiden Stunden des Vormittags durch. Dabei stellten sich die älteren Knappen kaum besser an als die jüngeren, weil sie einen Großteil des bei ihrem ersten Besuch im Kloster Erlernten zum Leidwesen der Ordensbrüder schlichtweg vergessen hatten. Thomas gelangen ganz leidliche Resultate, weil er jedem Buchstaben in Gedanken ein ähnlich aussehendes Tier zuordnete, das er einfach nachzeichnete. Und wieder schien Konrad seine Gedanken zu erraten. „So schwer ist das Schreiben eigentlich gar nicht. Das lateinische A zum Beispiel entstammt dem Griechischen Buchstaben Alpha, und der stellt einen Stierkopf dar, der ein wenig zur Seite gerutscht ist.“ Mit diesen Worten überließ er seine Schüler den beiden Laienbrüdern und verließ den Raum.

Später kam der Prior des Ordens hinzu, die Vogelscheuche, die am Abend zuvor den Segen gesprochen hatte, und führte die nun gefügigeren Schüler in die Welt der Zahlen ein, bis ihnen die Köpfe rauchten. Dann wurde es Zeit zum Mittagsgebet. Ora et labora! …

Nach dem Gottesdienst eilten alle ins Freie, um sich an der Brunnenkapelle die Hände zu waschen. Zum Mittagessen teilte sich die versammelte Menschenmenge: Die Mönche schritten in ihr Refektorium, die Laienbrüder in den entsprechenden Trakt für ihresgleichen und die mittlerweile ausgehungerten Schüler in die Gaststube.

Groß war die Freude, als es nun eine vollwertige warme Mahlzeit aus einem mit Geflügelfleisch angereicherten Brei und gekochten Hülsenfrüchten gab. Dazu erhielten die Knappen, wie auch die anderen Brüder, ein Pfund Schwarzbrot und erneut einen halben Schoppen Wein, die es jedoch über den Tag einzuteilen galt. Mittlerweile herrschte zu den Mahlzeiten auch bei den Knappen Stillschweigen.

Die Mönche zogen sich in der Regel nach dem Essen zu einem Dankgebet in die Basilika und danach zur Mittagsruhe für eine Weile in ihr Dormitorium zurück. Den Knappen gestand man jedoch keine weitere Ruhepause zu, da sie die ganze Nacht ungestört verbracht hatten. Stattdessen wurden sie angewiesen, sich in der Markuskapelle einzufinden, die im nordwestlichen Winkel der Klosteranlage als Beicht- und Gebetsstätte für Fremde und Kranke errichtet worden war. In der schlichten, schmucklosen Kapelle fielen Thomas abermals zahlreiche Schädel und Büsten von Frauenköpfen auf.

Hier gedachte Bruder Claudius, ein frommer Mönch aus italienischen Landen, dessen Familie sich angeblich bis auf römische Senatoren zurückführen ließ, seine erste Lateinstunde abzuhalten. Da jedoch keiner der Knappen bislang leidlich genug lesen und schreiben gelernt hatte, gestaltete sich die Lektion schwierig, und Claudius beließ es dabei, seinen Schülern den lateinischen Namen des Klosters Altenberg, Monasterium ‚Vetus Mons', näherzubringen, den er zu diesem Zweck mit Kreide auf eine große Schiefertafel schrieb. Außerdem erkundigte er sich nach dem Namen eines jeden Schülers, nur um diesen anschließend in Lateinisch auszusprechen. So wurde aus Gisbert Gisbertus, aus Dietrich Theodericus oder aus Heinrich Henricus. Dies sorgte für ausgesprochene Heiterkeit, worauf Claudius die Knappen wiederholt ermahnen musste. Nach einer Stunde war der Mönch schließlich froh, die Rasselbande in die Obhut eines anderen übergeben zu können. Hierfür hieß er sie, eine Wiese westlich der Klostermauern aufzusuchen, wo Bruder Konrad auf sie warten würde.

Sibylla war kreuzunglücklich. Seit das Wetter schlechter geworden und die Knappenschar nach Altenberg aufgebrochen war, gab es kaum noch Abwechslung in der Burg. Heute brachen zum ersten Mal seit Tagen so etwas wie Sonnenstrahlen durch die Wolken – und ausgerechnet jetzt sollte sie sich mit der Mutter und anderen Damen der Burg in der Kemenate in der hohen Kunst der Stickerei üben. Sibylla langweilte sich schon, bevor sie den ersten Kreuzstich beendet hatte. Einen unbeobachteten Moment nutzend, stach sie sich mit der Nadel in den Finger und fing leise zu jammern an, gerade so laut, dass ihre Mutter doch aufmerksam wurde. „Du ungeschicktes Kind, pass auf, dass du ja nicht den schönen Stoff beschmutzt", wetterte sie sogleich. Sibylla sprang auf und schlug vor, Magda zu Rate zu ziehen, die würde schon wissen, was zu tun sei. Und ohne eine Antwort abzuwarten, stürmte sie schon aus dem Saal. „Ach, ich bin geschlagen mit dieser Tochter", hörte sie ihre Mutter noch klagen, dann verhallten die Worte unter dem Stakkato ihrer eigenen schnellen Schritte auf der steinernen Treppe.

Konrad erwartete die Knappen auf einer Anhöhe außerhalb der Klostermauern, da an dem geweihten Ort Waffen nichts zu suchen hatten. Doch die Jungen trauten ihren Augen nicht, als sie den Mönch in einem makellosen Kettenhemd samt Kettenhaube dastehen sahen. Um seine Hüfte war ein mächtiges Schwert gegürtet. Ein zweites Schwert hielt er in der linken Hand. Um ihn herum lagen einige Knüppel auf dem Boden. Der bislang meist so freundliche Mönch sah in dieser Aufmachung zum Fürchten aus und diesen Effekt hatte Konrad wohl auch beabsichtigt.

Ohne Umschweife reichte er Gisbert das Schwert in der Linken, während sich die anderen um die beiden Kontrahenten scharten.

„Lass sehen, ob du mit dem Schwert wirklich besser bist als mit der Feder!" Verlegen wiegte Gisbert das Schwert in der Hand. Es schien, als sei er unschlüssig, was er damit tun solle. Verlegen blickte er unter gesenkten Lidern zu Konrad herüber, verlegen oder verschlagen. Denn urplötzlich kam Leben in seine bislang schlaffen Glieder. Er ließ den rechten Arm mit einer kreisenden Bewegung nach oben schnellen und machte gleichzeitig einen Ausfallschritt nach vorn. Wäre Konrad auf diesen Angriff nicht vorbereitet gewesen, hätte es ihn leicht den Kopf oder zumindest ein Körperglied kosten können. Doch Konrad war auf der Hut.

Er parierte den Schlag mit einem gewaltigen Streich aus der Hüfte aufwärts, der Gisberts Schwert fast senkrecht in den Himmel fahren ließ. Dann vollführte er eine halbe Körperdrehung, verlagerte dabei sein Gewicht auf sein rechtes Bein und trat Gisbert mit voller Wucht mit dem anderen in die Magengrube.

Der Limburger klappte zusammen, wie eine Ähre unter der Sense, und flog nach hinten ins Gras. „So viel dazu", meinte Konrad trocken, ohne Gisbert weiter zu beachten.

Dann hieß er die Knappen, die Knüppel aufzusammeln und sich paarweise gegenüberzustellen. „Wir wollen doch nicht, dass sich die zukünftigen Ritter ernstlich verletzen. Außerdem herrscht im und um das Kloster herum ohnehin Waffenverbot. Deshalb werdet ihr hier bei uns mit Knüppeln und Stöcken üben. Das Hauen und Stechen lässt sich damit ebenso gut üben. Beim Grafen mögt ihr dann zum Schwerte zurückkehren." Daraufhin ließ er seine Schützlinge Angriffe und Paraden üben.

Dabei nahm er häufig auch selbst einen Knüppel zur Hand und verlieh seinen Ausführungen tatkräftig Nachdruck. Bei solch einer Demonstration fiel Thomas' Blick auf ein seltsames Amulett, das Konrad – statt des üblichen Kreuzes – an einer Kette um den Hals trug und das ihm im Eifer des Gefechtes aus Kutte und Kettenhemd geschlüpft war. Es zeigte zwei Männer auf einem Pferd, und Thomas konnte sich nicht erinnern, jemals ein solches, wie er vermutete, biblisches Motiv gesehen zu haben.

Gisbert hatte sich unterdessen wieder aufgerappelt und stand eine Weile mit schmerzverzerrtem Gesicht abseits, reihte sich dann aber wortlos in die Gruppe ein. Thomas hatte dem Exempel, das Konrad an Gisbert statuiert hatte, mit Genugtuung zugesehen. Viel lieber hätte er dem Limburger jedoch selbst das Fell gegerbt. Jetzt fiel ihm auf, dass Konrad es öfters auf Gisbert abgesehen hatte, und zwar häufig genau dann, wenn dieser zuvor Heinrich oder Thomas in verbaler oder körperlicher Form angegriffen hatte.

Sollten sie in Konrad einen Freund gefunden haben? Und was hatte es mit diesem Amulett auf sich? Thomas beschloss, dies genauer zu beobachten.

Zielstrebig schlug Sibylla nach der üblichen Verwandlung im Burggraben den Weg zur Wupper ein. Heute wollte sie endlich das Geheimnis um die seltsame Hexe lüften, der sie am Tag der Jagd buchstäblich über den Weg gelaufen war. Vorsichtig hatte sie seit Wochen bei den Knechten und

Mägden, vor allem aber in der Handwerkersiedlung und bei den Fischern scheinbar belanglose Erkundigungen eingezogen – und erfahren, dass es auf der anderen Seite der Wupper tatsächlich ein seltsames altes Weib geben sollte, das dort schon seit Menschengedenken hauste. Aber niemand wusste Genaues, weil es jeder aus Angst und Aberglaube vermied, sich der „Hexe" zu nähern. Sibylla hatte keine Angst, nicht mehr, und schon mehrmals ihre Nachforschungen an die Wupper verlegt. Und tatsächlich glaubte sie an einem nebligen Herbstmorgen die Alte in den feuchtweißen Schwaden auf dem gegenüberliegenden Hang gesehen zu haben. Nun wollte sie der Sache auf den Grund gehen. Etwa zwei Kilometer flussaufwärts gab es eine Stromschnelle, wo geschickte Füße, über die Felsen und größeren Kiesel im Flussbett springend, die Wupper überqueren konnten. An der Stelle angelangt, nahm sich Sibylla ein Herz, schickte noch ein Stoßgebet zu St. Clemens, dem Schutzheiligen aller Flussübergänge, der an der Wupper in besonderem Maße verehrt wurde, und sprang. Fast wäre sie auch trockenen Fußes über die immer noch ungewöhnlich viel Wasser führende Wupper gekommen, aber eben nur fast. Der letzte Kiesel, den sie sich als Trittstein auserkoren hatte, wackelte und verwehrte ihr einen sicheren Stand. Deshalb rutschte sie mit dem rechten Fuß ab und machte Bekanntschaft mit den kalten Fluten. Eiseskälte umfing ihre Knöchel. Mit den Armen rudernd, versuchte Sibylla, den Halt wiederzuerlangen. Kurz bevor sie diesen jedoch vollends verlor, wuchs ein langer Stock von der gegenüberliegenden Seite zu ihr herüber und eine krächzende Stimme gebot ihr, den Stab zu ergreifen. Noch ein Ruck, noch ein weiterer Sprung und Sibylla stand am rettenden Ufer – direkt vor dem zahnlosen Grinsen einer scheinbar uralten Hexe. Dies war der Beginn einer langen, tiefen und ehrlichen Freundschaft.

✠

Erst als die Glocke zur Vesper rief, beendete Konrad die Kampfübungen. „Einige von euch sind schon recht geschickt mit der Waffe, aber allesamt habt ihr noch viel zu lernen. Wohlan, vielleicht bittet ihr den Allmächtigen bei der Vesper, euch dafür mit etwas mehr Geschick und Fleiß zu segnen – und eure Lehrmeister mit der nötigen Geduld."

Daraufhin zog die Gruppe gemeinsam zur Klosterkirche und später zum Abendessen. Als sie schließlich todmüde auf ihre Strohlager fielen, beklagte manch einer insgeheim schmerzhafte Beulen und Blutergüsse an

Körper und Seele. In der zweiten Nacht schlief Thomas besser, auch wenn Heinrich erneut im Schlaf unverständliches Zeug murmelte.

Und so vergingen die Tage mit Beten und Arbeiten bzw. Lernen. An den Vormittagen übten sie sich im Schreiben und Lesen sowie in der – wenn auch bescheidenen – Rechenkunst. An den Nachmittagen warteten lateinische Verse und fromme Hiebe auf die Knappen. Dazwischen rief sie die Glocke der Basilika stets aufs Neue zur Andacht: Ora et labora!

Eines schönen Tages, der erste Schnee fiel gerade in den gepflasterten Innenhof des Klosters, platzte Bruder Konrad in den morgendlichen Unterricht, entschuldigte sich bei seinem Laienbruder und erbat sich die Knappen als Gehilfen für eine Sonderaufgabe aus, die dem Abt sehr am Herzen läge.

Im Gänsemarsch folgten sie Bruder Konrad in den Kapitelsaal. Noch nie hatten sie bislang den Trakt betreten dürfen, der den geweihten Brüdern des Klosters vorbehalten war. Neugierig blickte sich Thomas um. Die Kreuzbögen, die in nahezu jedem Raum die Last der Decken auf Säulen verteilten, gefielen ihm. Ansonsten rechnete er mit der üblichen Schlichtheit. Wie sehr jedoch erschrak er, als er plötzlich von allen Wänden und Bänken, ja sogar vom Fußboden Totenschädel auf sich starren sah – Hunderte Todenschädel und Gebeine, fein säuberlich aufgereiht und auf frischem Leinen drapiert. Auch die anderen Knappen waren zu Tode erschrocken. „Was ist denn das?“, fand Thomas als Erster die Worte wieder. „Hat hier ein Gemetzel stattgefunden?“ „Das könnte man so sagen“, antwortete Konrad, „nur nicht hier, sondern in Köln und das vor einigen Hundert Jahren.“ Konrad erzählte ihnen, dass zu der Zeit, als der Hunnenkönig Etzel das Land verheerte, eine jungfräuliche englische Prinzessin mit Namen Ursula auf Gottes Geheiß mit zehn Gefährtinnen, denen, wie der Ursula selbst, jeweils weitere tausend Jungfrauen unterstanden, auf heilige Wallfahrt gegangen war und vor den Toren Kölns durch die Hand der Hunnen den Märtyrertod erlitten hätte. Später seien die gemeuchelten Jungfrauen dann als himmlische Heerschar zurückgekehrt und hätten die Hunnen aus Köln vertrieben. Im letzten Jahrhundert seien zahlreiche Gebeine der heiligen Ursula-Legion dann auf einem Acker vor der Kölner Stadtmauer entdeckt worden. Tausend weitere Gerippe der elftausend Jungfrauen seien darüber hinaus durch Gottes besondere Gnade im Jahre 1197 im Boden der Altenberger Klosterkirche gefunden worden. Sie stellten jetzt einen wertvollen Reliquienschatz dar, den es zu hegen und pflegen gelte. Dafür sollten sie den Mönchen helfen, die Skelette ins Refektorium zu tragen.

„Geht ja vorsichtig mit unserem Schatz um!" Mit diesen Worten eilte der ehrwürdige Abt herbei, selbst einen Schädel und dazugehörige Gebeine tragend. „Zerbrochen sind sie nichts mehr wert und eine Schande obendrein."

Ehrfürchtig taten die Knappen, wie ihnen geheißen. Mit vereinten Kräften trugen sie die Gebeine ins Refektorium, wo sie von den Mönchen mit duftenden Salben und Tinkturen gesäubert und haltbar gemacht wurden. Etliche von ihnen fanden eine neue Ruhestätte in Frauenbüsten mit dem Antlitz der Ursula, wie Thomas sie schon mehrfach in der Basilika und der Markuskapelle gesehen hatte.

Es waren kultische Reliquienbehälter, eigens aus Holz zur Aufnahme ursulinischer Gebeine angefertigt.

Andere, vornehmlich einzelne Rückenwirbel, wurden von jeweils zwei Mönchen in Schraubstöcke gespannt, vorsichtig in kleine Scheibchen gesägt und anschließend in kleine Schmuckstücke eingepasst. „Was macht ihr mit den ganzen Knochen?", wollte Gisbert wissen. „Nun, wir lassen auch andere Klöster an der Gnade Gottes teilhaben", antwortete der Abt. „Gegen eine kleine Spende zu Ehren der jungfräulichen Ursula versteht sich", setzte Konrad hinzu. Vor allem in Belgien und Frankreich waren Ursula-Reliquien äußerst begehrt und sicherten dem Kloster jetzt schon seit Jahren stattliche Einnahmen. Als das Tagewerk getan war, brachen die Mönche in ein erleichtertes Hosianna aus.

„Bei uns zu Hause erzählt man sich, es seien nur elf Jungfrauen gewesen", meldete sich Heinrich zu Wort. „Und wieso hat man die Knochen hier gefunden, wenn sie in Köln zu Tode gekommen sind?", fügte Thomas hinzu.

„Ob elf oder elftausend, ob hier oder in Köln, was macht das für einen Unterschied?", zuckte Konrad mit den Achseln. „Auf jeden Fall sind sie ein Segen für das Kloster, denn die Einnahmen aus dem Reliquienhandel machen den Orden unabhängig und kommen uns allen zugute!" „Amen", beendete der Abt die Diskussion.

Die Nacht war bereits hereingebrochen und die Zugbrücke mit Fackeln erleuchtet, als Adolf von Altena mit seinem zwölfköpfigen Gefolge auf der Burg einritt.

Graf Adolf empfing seinen Vetter kurz hinter dem Grabentor und ließ ihm einen ersten Becher Wein kredenzen. Ächzend stieg der ehemalige Erzbischof vom Pferd, gab die Zügel an einen der wartenden Stallknechte weiter, ergriff mit behandschuhter Hand, an der dicke goldene Ringe prangten, ohne Umschweife das Trinkgefäß und leerte es in einem Zug. Dabei tropfte reichlich roter Rebensaft auf den hermelinbesetzten Pelzkragen seines Wintermantels und sein samtenes Gewand, dessen tiefschwarze Farbe allerdings den roten Strahl leidlich kompensierte.

„Ah, das lob ich mir“, sprach der Altenaer, als er schließlich den Becher absetzte und sich mit dem Handschuh über den Mund wischte, „nach dem langen Ritt war meine Kehle schon ganz trocken. Nun führt mich in Euren Saal, wo sicher noch mehr solcher Köstlichkeiten auf mich warten, wie ich annehme!“

„Ganz recht, edler Vetter“, antwortete der Graf, „und der Blitz soll meinen Mundschenk treffen, wenn ihm das Beste aus Küche und Keller für Eure Erbauung nicht gerade gut genug war.“

Gelöster Stimmung schlugen sie den Weg zum Palas ein, gefolgt von dem Dutzend Kriegsknechten des Kirchenfürsten. Mindestens ebenso viele Gefolgsleute des Grafen hatten bereits im Rittersaal ihre Plätze eingenommen, dazu sechs Wachen der Kölner Stadtgarde, die Adolfs Bruder Engelbert aus der Domstadt nach Neuenberge geleitet hatten. Die Vettern begrüßten sich herzlich. Arnold von Cleve nahm sich unterdessen des Gefolges des Bischofs an und verwickelte die Männer in einen trinkfreudigen Wettstreit.

Adolf von Altena bekam den Ehrenplatz zur Rechten des Grafen, Engelbert den zur Linken, beide nahe großer Feuerkörbe, mit denen man die Kälte des Saales ein wenig zu lindern suchte. Später übernahm der wachsende Weinkonsum diese Aufgabe. Ein Grund mehr, warum die Damen der Burg an diesem Abend nicht mehr anwesend waren, obwohl Bischof Adolf dies gleich bemängelte.

„Weiber sind viel zu geschwätzig, als dass sie Zeuge dessen sein sollten, was hier und heute unter uns zu besprechen ist!“, entgegnete Engelbert, der dabei entspannt seine langen Beine auf einen Schemel streckte. Und schon waren sie beim Thema. Während gepökeltes Wildschwein mit Gemüse sowie frisch gebratenes Geflügel aufgetragen und mit rotem Wein heruntergespült wurde, den sie im südlichen Frankenreich erbeutet hatten, berichtete Engelbert, was ihm in der Domstadt an Nachrichten über den Thronstreit auf höchster Ebene zugetragen worden war. Demnach hatte sich Otto von Braunschweig in seine Stammländer zurückgezogen, während Friedrich weiter munter Stimmen und Überläufer für seine Seite sammelte. Vom französischen König hatte er eine unvorstellbar hohe Summe Geldes erhalten, um seine Ansprüche durchzusetzen, da der Franzose mit der Unterstützung Friedrichs gleichzeitig das mit den Welfen verbündete England schwächen wollte.

Mit großen Versprechungen geködert, waren daraufhin auch Fürsten aus nördlichen Landesteilen zu Friedrich übergegangen, der nun für den 5. Dezember einen Hoftag in Frankfurt angesetzt hatte, um sich erneut und diesmal offiziell von der Mehrheit des deutschen Adels zum König wählen zu lassen. Darauf sollte eine demonstrative Krönungszeremonie folgen.

„Bei Gott, der Knabe ist nach meinem Geschmack, und es wird mir eine Ehre sein, ihm die Krone Karls des Großen aufs Haupt zu setzen", sprudelte Adolf von Altena mit mächtig geschwollener Brust hervor. Engelbert hob erstaunt die Brauen. „Wie das, Vetter?" „Das fragst du?", entgegnete der Altenaer. „Es ist mein angestammtes Recht als Erzbischof von Köln, den neuen König zu krönen, wie ich es auch früher schon getan habe!"

In der Tat hatte Adolf von Altena, den man einst den „Königsmacher" nannte, 1198 sowohl den Welfen Otto von Braunschweig als auch im Jahre 1205 den Staufer Philipp von Schwaben zu römisch-deutschen Königen gekrönt – und damit großen Anteil an den Wirren des Thronstreits. „Aber du bist nicht mehr Erzbischof", konterte Engelbert, „das kannst du drehen und wenden, wie du willst. Der päpstliche Legat hat dir zwar die Geschäfte übertragen, aber du hast keine offizielle Ernennung erfahren – und der Staufer kann sich kaum leisten, sich von einem umstrittenen Erzbischof krönen zu lassen." „Das werden wir ja noch sehen", entrüstete sich der streitbare Kirchenfürst. „Nichts werden wir", fiel ihm Graf Adolf ins Wort, „Engelbert hat recht, der Staufer wird bedacht sein, keinen politischen Fehler zu begehen. Und sich von dir krönen zu lassen wäre solch ein Fehler." „Ich dachte, wir stünden auf derselben Seite", gab sich der Bischof immer noch uneinsichtig. „Das tun wir ja auch", gab Adolf zurück, „aber wir sollten Vorsicht walten lassen. Kaiser Otto ist noch nicht geschlagen und der Staufer noch nicht bis ins Rheinland vorgedrungen. Stattdessen sind wir von einer Reihe welfentreuer Städte und Grafschaften umgeben. Willst du riskieren, diese mit einer verfrühten Unterstützung Friedrichs vollends gegen uns aufzubringen? Schon mehren sich wieder Berichte über bewaffnete Gruppen an unseren Grenzen!"

Der Altenaer zuckte unbeeindruckt mit den Schultern, denn er hielt sich und das Geschlecht derer von Berg und Altena, so er die beiden Zweige denn unter seiner Führung vereinen konnte, für stark genug, es mit jedem Gegner aufzunehmen.

„Muss ich dich daran erinnern, dass selbst Mitglieder unserer Familie noch aufseiten der Welfen stehen, denke an unseren Vetter Friedrich von Isenberg", rief ihm Engelbert in Erinnerung, „er ist mit einer Tochter Walrams von Limburg liiert und der hält dem Kaiser die Treue." „Den Isenberger lasst meine Sorge sein", trotzte der einstige Königsmacher.

„Du solltest vorsichtig sein. Mit deiner Streitlust machst du dich und unsere Sippe ohnehin nicht gerade beliebter, vor allem nicht bei den Kölnern. Oder hast du den unrühmlichen Empfang vergessen, den sie dir bereitet haben?", fügte Engelbert mit einem schmerzlichen Seitenhieb hinzu. „Aber ich habe seit Wochen so gut wie keine Kriegszüge unternommen", protestierte der Bischof.

„Das wäre anzuraten, denn die Domstadt ist nun einmal ein wichtiger Schlüssel zur Macht in diesem Land – und den haben immer noch andere in der Hand."

In Köln und weiteren Gebieten des Nordwestens war die Lage in der Tat eine andere als in der Mitte oder gar im Süden des Reiches, denn die Kölner Stadtoberen und etliche Grafen hielten an Otto als ihrem rechtmäßigen König und Kaiser fest.

Ja, Köln verstand sich gar als Hauptstadt des welfischen Hoheitsgebietes. Demzufolge hielten die Kölner auch an Dietrich von Hengebach als ihrem Erzbischof fest, obwohl dieser nach Rom aufgebrochen war, um beim Papst seine Rehabilitierung durchzusetzen.

„Du solltest der Stadt also möglichst keine weitere Aufwartung machen", sponn Engelbert sein feines Netz weiter, „und auch nicht ihren kirchlichen oder weltlichen Gütern."

Dem ambitionierten Bischof gefielen diese Aussichten nicht, wähnte er sich doch kurz vor der Rückgewinnung seiner Macht, sei es mit Gewalt oder auf Befehl des Papstes. Er wand sich wie ein Aal, mal sprang er wutentbrannt auf und zeterte, mal lockte er mit aussichtsreichen Versprechen, konnte aber letztlich die Argumente seiner Vettern nicht entkräften.

„Und wir sollten diesem Hoftag fernbleiben", fügte Adolf von Berg hinzu, „wir riskieren nur, dass andere Kräfte während unserer Abwesenheit über unsere Güter herfallen. Sollte Friedrich weiter vorrücken, werden wir uns beizeiten auf seine Seite zu schlagen und unsere früheren Verdienste für die Staufer in Erinnerung zu bringen wissen."

Dass Adolf von Altena nun schwieg, damit hatte der Graf gerechnet, aber auch Engelbert wirkte verdächtig nachdenklich.

„Stupor Mundi, das Staunen der Welt, nennen ihn die Gelehrten und Fürsten", brachte er schließlich hervor, als sein Bruder ihn darauf ansprach. „Ich würde diesen Friedrich schon gerne kennenlernen. Erst recht jetzt, wo er seine Mitstreiter so freigebig mit Gold und Privilegien beschenkt." „Das sag ich doch", ereiferte sich der Bischof nun wieder hoffnungsfroh. Bis spät in die Nacht erörterten die drei Fürsten noch solcherlei Fragen. Schließlich einigten sie sich auf einen Kompromiss. Graf Adolf bekundete seine Absicht, bis zum Sommer eine streitbare Heeresmacht aufzustellen, die im Bedarfsfall schnell würde zuschlagen können. Adolf von Altena sicherte widerwillig zu, seine Raubrittermanieren weiter zu zügeln. Und Engelbert wollte als Vertreter des Hauses Berg-Altena sowie des Kölner Klerus dem neuen König in Frankfurt seine Aufwartung machen. „Und ich werde dich trotz allem begleiten", schloss der unbeugsame Adolf von Altena, ohne zu ahnen, dass er damit sein eigenes Grab schaufelte.

Thomas, Heinrich und zwei weitere Knappen aus Deutz lauschten in das tiefe Dunkel und zählten. „Eins, zwei, drei, vier ..." Ein lautes Platschen bestätigte ihre Erwartungen. „Der ist nicht tief, höchsten zwölf Fuß", meinte Heinrich und rülpste wie zur Bestätigung einmal vernehmlich in den Brunnen hinein, wobei der grunzende Laut an den Wänden des Schachtes ein vielstimmiges Echo hervorrief. „Wie auch, hier im Tal sprudelt ja eh das Wasser aus allen Löchern", entgegnete Thomas. Aus lauter Langeweile hatten sie begonnen, die Umgebung des Klosters zu erkunden, dabei einen weiteren Brunnen entdeckt und mit einem Kiesel dessen Tiefe auszuloten versucht. Doch auch dies stellte nur eine kurze Abwechslung dar.

Sonntags hatten sie keinen Unterricht, denn auch der Herr ruhte am siebten Tag, hatte der Abt gesagt. Dies bezog sich jedoch nicht auf die täglichen Messen und Gebete. Im Gegenteil, sonntags schienen diese noch länger und inbrünstiger zu sein als an den anderen Tagen. „In sich kehren und in Ruhe für das Erarbeitete danken", hatte der Abt dies genannt. Erarbeitet hatte sich Thomas bereits einen Großteil des Alphabetes und sich gar nicht mal übel dabei angestellt. Aber dafür jetzt stundenlange Lobeshymnen singen und um weitere Erleuchtung beten, danach stand weder ihm noch den anderen der Sinn. Deshalb hatten sich die vier Jungen nach der Frühmesse davongeschlichen.

„Und was jetzt?", fragte Bertrand, der hagere Spross eines niederen Adelsgeschlechtes aus dem Deutzgau.

„Wir könnten versuchen, ein paar Flusskrebse zu fangen und damit unsere Mittagsmahlzeit etwas üppiger zu gestalten", fiel Thomas ein. Nach wie vor bestand die Hauptmahlzeit des Tages aus einem einfachen Brei und „Grünzeug." Selten gab es Fleisch, häufiger Fisch. Außer am Martinstag, da hatte eine fette Gans auf dem Tisch gestanden – eine für zwölf hungrige Knappen, viel zu wenig.

Trotzdem erntete Thomas' Idee erst einmal Unverständnis. „Wir sollen fischen gehen? Bei der Kälte?" Kaum einer der adeligen Bürschchen hatte jemals einen Finger gerührt, um sein tägliches Brot zu verdienen, einmal abgesehen von der Jagd. „Und wie soll das vor sich gehen?", fragte wieder der dünne Bertrand, „wir haben weder eine Angel noch ein Netz." Thomas lachte. „Aber wir haben doch Hände und mehr brauchen wir nicht dazu."

Ein paar Augenblicke später standen sie am Ufer des Flüsschens, das sich Dhünn nannte, und lauschten Thomas' fachmännischen Anleitungen. „Ihr müsst nur eure Augen aufhalten, euch ab und zu bücken und mit den Händen die Kiesel umdrehen, vor allem in Ufernähe, da verstecken sie sich gerne." Sprach's und ging mit gutem Beispiel voran. Es dauerte nicht lange und er hatte den ersten Krebs aufgestöbert. Triumphierend hielt er das braune, zappelnde Tier in die Höhe.

Heinrich zuckte mit den Achseln, „Versuchen wir es einfach." Es dauerte nicht lange und die anderen Knappen fanden Gefallen an der Sache. Dabei vergaßen sie völlig die winterliche Kälte und das eisige Wasser, das in Ufernähe sogar schon stellenweise gefroren war. Bald zuckte ein gutes Dutzend Krebse in dem löchrigen Holzeimer, den Thomas kurzerhand im Stall aufgestöbert hatte, wovon die meisten natürlich auf das Konto des Fischersohnes gingen.

Gerade bückte sich Thomas nach einem weiteren Tier, das sich unter einen Stein nahe der Uferböschung geflüchtet hatte, als ihm jemand auf die rechte Hand trat. „Pass doch auf", schimpfte er und stopfte sich die lädierten Finger unter die linke Achselhöhle, da erntete er einen Faustschlag ins Gesicht. Mit blutender Nase taumelte er zurück. Dabei erkannte er

Gisbert an der Spitze seiner Spießgesellen, der nun wutentbrannt vor den Eimer mit den Flusskrebsen trat. Mit einem Schwall ergossen sich diese daraufhin über die Wiese.

„Du elender Fischkopf", geiferte der Rotschopf, „willst du stinkende Fischer aus zukünftigen Rittern machen? Weiß der Teufel, was der Graf sich dabei gedacht hat, dich mit uns auf eine Stufe zu stellen. Es wird Zeit, dass dich einer an die Fische verfüttert!" Dabei schwang er drohend einen großen Knüppel über dem Kopf. Im Nu stellten sich Heinrich und die beiden Knappen aus Deutz schützend vor Thomas.

„Geh mir aus dem Weg", krähte Gisbert, „sonst bist du als Erster dran!" Zur Untermalung seiner Worte ließ er den Knüppel kreisen. Aber Heinrich verzog keine Miene. „Das sieht dir ähnlich, du feiges Schwein, erst aus dem Hinterhalt angreifen und dann mit einem Knüppel auf Unbewaffnete dreinschlagen. Vielleicht wartest du mal, bis wir auch etwas in Händen haben!"

Gisbert zögerte, aber vor versammelter Mannschaft wollte selbst er diesen Vorwurf nicht auf sich sitzen lassen. „Also gut!" Mit einem breiten Grinsen nahm sich Gisbert zurück und deutete mit großmütiger Geste an, dass er warten würde, bis die anderen sich auch einen Knüppel oder etwas Ähnliches besorgt hätten.

Mit immer noch blutender Nase stapfte Thomas wütend zum Waldrand und brach sich von einem Haselnussstrauch eine etwa fingerdicke Rute ab. Die anderen taten es ihm gleich.

„Dem werd ich's zeigen", raunte er Heinrich zu, „meinst du, auf die anderen beiden ist Verlass?" Heinrich zuckte mit den Schultern. Ganz wohl war ihm nicht bei der Sache.

Zurück am Bach stellten sie sich nebeneinander auf, da fielen Gisbert und seine Kumpane ohne weitere Verzögerung auch schon über sie her. Den Knüppel mit beiden Händen über den Kopf nehmend, wehrte Thomas einen fulminanten Schlag von Gisbert ab, der ihn fast in die Knie zwang. Er konterte jedoch sofort, indem er seine Rute mit der Rechten auf Gisberts Schulter sausen ließ. Aber auch der Limburger war auf der Hut, drehte sich blitzschnell zur Seite und schlug Thomas dabei ansatzlos aus Hüfthöhe in die Seite.

Da er dafür nicht genügend Schwung hatte holen können, verpuffte die Wirkung jedoch auf Thomas' Wams. Trotzdem jubilierte der Rotschopf. „Mit einem Schwert hätte ich dich jetzt erledigt!"

„Unsinn!", brüllte ihm Thomas ins Gesicht, ließ den Knüppel kreisen und versetzte Gisbert einen kräftigen Hieb auf dessen linken Oberschenkel. „Dir würde jetzt ein Bein fehlen!“

Gisbert humpelte zwei Schritte zur Seite und stürzte sich erneut auf seinen Gegner. Derweil wehrte sich Heinrich nach Kräften gegen einen der anderen Limburger, der gut einen Kopf größer war als er. Dessen Stärke machte er durch Schnelligkeit wett und sprang jedes Mal behände zur Seite, wenn dieser ihm mit einem Hieb zu nahe kam, eine Fähigkeit, die er im Stall entwickelt hatte, wo er häufig den Hufen unruhiger Pferde ausweichen musste.

Zwischenzeitlich gelang es ihm, selbst den einen oder anderen Treffer zu setzen, was die Laune seines Gegners nicht besserte.

Weniger gut sah es für die anderen beiden Knappen aus. Sie hatten bereits mehrere Treffer einstecken müssen und langsam schwand ihnen der Mut. Schließlich warfen sie ihren Gegnern die Knüppel an den Kopf und gaben Fersengeld.

Damit kamen Heinrich und Thomas in eine prekäre Lage, denn die siegreichen Limburger unterstützten jetzt ihre Kumpane.

So gut es ging erwehrten sie sich ihrer Haut, mussten aber immer wieder schmerzhafte Schläge einstecken. Schließlich fochten sie Rücken an Rücken. Der Schweiß lief ihnen aus allen Poren.

Heinrich sank nach einem Hieb auf die Schenkel in die Knie, Thomas wurde zeitgleich am Kopf getroffen. In einer letzten verzweifelten Aktion tauchte er vor Gisbert ab, machte eine Rolle vorwärts, kam im Rücken des anderen Gegners wieder zum Stehen und schlug diesem mit aller Kraft den Knüppel über den Stiernacken. Dabei fing er sich jedoch einen mächtigen Rippenstoß ein, weil Gisbert einen langen Ausfallschritt gemacht hatte. Thomas taumelte, schon waren seine Gegner über ihm, da ließ sie ein mächtiger Hornstoß innehalten.

Allesamt wandten sie die Köpfe zur Seite und erkannten Bruder Konrad mit Schwert und Kettenhemd auf einem der Schlachtrösser, die sie an ihrem ersten Tag im Kloster im Stall entdeckt hatten. Zornig gab er seinem Pferd die Sporen, war in drei, vier mächtigen Sprüngen bei ihnen, worauf er sein Tier mit einem Ruck an den Zügeln steigen ließ. „Was fällt euch ein, den Klosterfrieden zu stören, noch dazu an einem Sonntag?“, herrschte er sie an. „Das wird ein Nachspiel haben, macht euch darauf gefasst! Und nun packt euch und schert euch in die Kirche. Dort könnt ihr über eure Sünden nachdenken und um Vergebung beten.“ Schleunigst machten sich fast alle aus dem Staub. Thomas und Heinrich brauchten etwas länger, um sich aufzurappeln. Thomas wollte etwas entgegnen, schluckte den Einwand aber herunter und wandte sich zum Gehen. Da hörte er hinter sich Konrad seinen Namen rufen und drehte sich noch einmal um. „Wollt ihr nicht die Flusskrebse wieder mitnehmen? Das wäre doch schade drum, oder nicht?“ Etwas irritiert blickte Thomas den Mönch an, der aber keine Miene verzog, dann bückte er sich nach dem umgestürzten Eimer und sammelte die Krebse wieder ein, die schon ein gutes Stück in Richtung Wasser gekrochen waren. Ein paar hatten es zurück in die Freiheit geschafft, aber es blieben noch genügend übrig. Heinrich half ihm dabei, dann humpelten beide, sich gegenseitig stützend, zurück zum Kloster.

Konrad konnte sich ein Schmunzeln nicht verkneifen, erinnerte er sich doch daran, wie er selbst in diesem Alter gewesen war. Dann schnalzte er mit der Zunge und lenkte sein Pferd zurück zum Kloster.

Die altehrwürde, dreischiffige Salvatorkirche der fränkischen Kaiserpfalz, auf einem Hügel nördlich der Furt gelegen, die der Stadt Frankfurt den Namen gab, platzte aus allen Nähten. Knapp vierhundert Jahre zuvor als eines der prächtigsten Kirchenbauwerke seiner Zeit auf den Fundamenten der alten Pfalzkapelle erbaut, hatte sie bereits etliche Königswahlen gesehen. Diese allerdings sollte eine der bedeutendsten der jüngeren Geschichte werden.

Fünftausend Ritter aus vielen Teilen des Landes hatten sich versammelt, um Friedrich II. als deutschen König zu bestätigen. Dass immer noch zahlreiche Fürsten fehlten, die weiterhin dem Welfenkaiser Otto die Treue hielten, tat dem höfischen Glanz keinen Abbruch. Der Staufer hatte nahezu kampflos mehr als die Hälfte des Reiches erobert und den Großteil des Adels auf seine Seite gebracht. Als Siegfried von Eppstein, seines Zeichens Erzbischof von Mainz und päpstlicher Legat, das einstimmige Ergebnis verkündete, erscholl großer Jubel. Von zahllosen Händen wurde Friedrich nach alter Sitte Brauch auf den Schild und mit diesem auf den Altar gehoben. Dazu läuteten die Glocken beider Türme des noch erhaltenen karolingischen Westwerkes, und Erzbischof Siegfried verkündete, dass in vier Tagen die feierliche Krönung in Mainz stattfinden solle.

„Die Ehre gebührt mir“, fauchte Adolf von Altena, der mit Engelbert weit hinten einen Platz im Mittelschiff ergattert hatte.

Viel zu weit weg vom eigentlichen Geschehen, wie er fand. Überhaupt fühlte sich der Machtmensch Adolf seit ihrer Ankunft in Frankfurt ausgesprochen zurückgesetzt. Engelbert, der seinen Vetter nicht hatte von dessen Ansinnen abbringen können, der Königswahl und Krönung beizuwohnen, mahnte ihn erneut zur Vorsicht. „Fasse dich in Geduld, unsere Zeit wird kommen."

In der Tat sollte die Geduld, zumindest von einem der beiden, kurze Zeit später belohnt werden. In der Zeltstadt vor den Toren, die einem farbenfrohen Meer aus Fahnen und Wappen der edelsten deutschen Fürstenhäuser glich, wo auch Adolf und Engelbert ihr Lager aufgeschlagen hatten, jeder von gut zwanzig Kriegsknechten und Dienern begleitet, wartete ein Bote auf sie, der ihnen auftrug, sich zur fünften Stunde des Nachmittags im Saalhof, der staufischen Burganlage am Mainufer, einzufinden.

Hier empfing König Friedrich die Edlen des Landes persönlich, auch wenn die Audienzen in Gruppen stattfanden und meist nur wenige Sekunden dauerten. Trotzdem legte der Staufer Wert darauf, seine Anhänger persönlich kennenzulernen.

Frühzeitig machten sie sich auf den Weg und reihten sich in die schier endlose Schlange der Wartenden ein, die von der Stadtmauer bis zum Palas reichte, Adolf im vollen bischöflichen Ornat, mit Gold besetztem Messgewand, Mitra und Hirtenstab, Engelbert im schlichteren schwarzen Gewand des Propstes. Königliche Pagen rannten umher, erkundigten sich nach Namen und Stand der Anwesenden und ordneten die Reihenfolge der Geladenen. Dann, nach drei Stunden des Wartens, standen sie endlich vor Friedrich. Ein Herold verlas ihre Namen und hieß sie vortreten. Adolf witterte Morgenluft, da er als Adolf I. von Köln vorgestellt wurde. Engelbert musterte den frisch gebackenen König mit schnellem Blick, bevor er sich ehrerbietig verneigte. Er sah einen körperlich gewandten, kräftigen, wenn auch leicht untersetzten jungen Mann mit hellen, strahlend grünen Augen, die Haut gebräunt, das Haar rötlich blond. Er trug einen einfachen Wappenrock der Staufer. Neben ihm stand Erzbischof Siegfried von Mainz, der auch als Erster das Wort ergriff. „Mein König, das ist der Mann, von dem ich Euch erzählte …" Adolf warf sich in die Brust. „Und neben ihm der frühere Kölner Erzbischof, der im Auftrage des Papstes in der Domstadt für die von uns allen gewünschte Ordnung sorgen soll, was ihm aber noch nicht gänzlich gelungen ist, wie ich höre!" Adolfs Miene gefror. Für Sekunden, die ihm wie eine Ewigkeit erschienen, trat Stille ein, bevor der König mit einem Lächeln das Wort an ihn richtete. Dabei ließ sein Deutsch etwas zu wünschen übrig und war mit einem südländischen

Akzent gefärbt, ein Relikt aus seiner sizilianischen Heimat. Das schmälerte jedoch keineswegs die Schärfe seiner Zunge.

„Schade eigentlich, ich hätte mich gerne an rechter Stätte und zu gegebener Zeit von dem Mann krönen lassen, der damals als Erster dem Welfen die Krone aufs Haupt setzte und damit die Entwicklungen ins Rollen brachte, an deren Ende wir hoffentlich bald stehen."

Adolf lief es jetzt heiß und kalt über den Rücken, er hatte ausgespielt, aber noch die Stirn, einen letzten Schachzug zu wagen. „Als Erzbischof von Köln, dem seit alters her die Funktion des Coronators obliegt, wäre es mir eine Ehre, Euch diesen Wunsch zu erfüllen!" Jetzt lachte Friedrich ob der Doppelbotschaft über das ganze, jungenhafte Gesicht.

„Das glaub ich Euch gern – und habt Dank für Euer Erscheinen, aber ich fürchte, wir werden dafür mit anderen Personen Vorlieb nehmen müssen, die noch nicht so viel verbrannte Erde hinterlassen haben." Dabei wanderte sein Blick zu Engelbert.

„Es freut mich, dass mit dem Dompropst ein hoffnungsvolles Signal aus der Stadt Köln zu meiner Wahl erschienen ist, noch dazu in Person eines Mannes, der gleichzeitig das mächtige Geschlecht derer von Berg vertritt. Es wird mir eine Freude sein, das Haus Berg wie schon so oft an staufischer Seite zu wissen!"

Engelbert musste über diese geschickte Formulierung lächeln und verneigte sich ein weiteres Mal. „Es wird mir eine Ehre sein, meinen Bruder, den Grafen Adolf, der sich entschuldigen, aber auch seine ergebenen Grüße ausrichten lässt, wissen zu lassen, dass die umfangreichen Vorbereitungen, die er derzeit für Euren Vorstoß nach Norden trifft, von dem einzig wahren deutschen König mit Dankbarkeit aufgenommen werden. Ich selbst werde, sobald meine noch bescheidene Position dies zulässt, geeignete Mittel und Wege zu finden wissen, um Euch dereinst persönlich die Schlüssel der Stadt Köln überreichen zu können!" Nun war es an Friedrich, die Wortwahl des jungen Kirchenfürsten zu belächeln. „Ich nehme Euch beim Wort, werter Engelbert. Und ich schätze Männer, die ihren Worten Taten folgen lassen. Wenn die Würfel neu gefallen sind, wird es für solche Männer viele Lehen und Ämter neu zu verteilen geben!"

Die Audienz war beendet. Auch Friedrich hatte seinen Cäsar gelesen, stellte Engelbert mit Befriedigung fest, als Adolf und er sich zurückzogen. Und die Berichte über den jungen Staufer, das „Kind aus Apulien", „das Staunen der Welt", hatten nicht gelogen.

Die Buße für die sonntägliche Störung des Klosterfriedens fiel in der Tat saftig aus. Gisbert und seine Kumpane sollten einen ganzen Monat lang auf ihre Schwarzbrot- und Weinrationen verzichten, dazu wurde ihnen jegliches Fleisch vom Speiseplan gestrichen. Außerdem trug man ihnen auf, sich täglich auch außerhalb der Gottesdienste in der Kirche einzufinden, um hundert ‚Vaterunser' und etwa ebenso viele ‚Ave-Marias' zu beten.

Weitere Maßnahmen behielt sich Konrad vor, etwa dem Grafen von Berg von dem Vorfall zu berichten, der dann entscheiden sollte, ob Gisbert weiter Knappe am Hofe bleiben durfte. Das saß. Fortan benahm sich Gisbert wie ein frommes Lamm.

Thomas und Heinrich traf es weniger hart. Als erste Strafe mussten sie ihre Flusskrebse in der Klosterkirche abliefern, die noch am selben Abend die Tafel der ehrwürdigen Mönche bereicherten. Den beiden war allerdings ohnehin der Appetit auf die Krebse vergangen, da sie mehr mit ihren Blessuren beschäftigt waren. Des Weiteren wurden sie angehalten, von nun an jeden Sonntag Flusskrebse für die Mönche zu fangen – auch wenn dies kaum eine Strafe für den Fischersohn darstellte – und dabei Verse aus der Heiligen Schrift in lateinischer Sprache zu zitieren, Verse, die sich vor allem mit Christus als Menschenfischer am See Genezareth beschäftigten. Außerdem wurde Thomas von Konrad ohne Begründung aufgefordert, am folgenden Abend nach der Vesper vor dem Tor der Basilika auf ihn zu warten.

Mit knurrendem Magen stand Thomas zum verabredeten Zeitpunkt am Tor des romanischen Gotteshauses. Als Bruder Konrad erschien, führte er den schon vertrauten Esel am Zügel und hieß Thomas, ihm zu folgen. Wortlos verließen sie das Kloster und folgten einem scheinbar unbedeutenden Pfad in den Wald. Ein in Decken eingeschlagenes Bündel, das munter auf dem Rücken des Esels auf und ab tanzte, erregte Thomas' Aufmerksamkeit. „Was habt Ihr mit mir vor?", traute er sich zu fragen. „Geduld ist nicht deine Stärke, was?", bekam er zur Antwort. „Daran musst du arbeiten, auch im Kampf. Du bist zwar schnell, aber noch nicht schnell genug und im entscheidenden Moment häufig zu voreilig. Ich nehme an, weil dir der Atem ausgeht!"

„Und warum sagt Ihr mir das jetzt?", hakte Thomas nach, als sie gerade eine kleine Lichtung inmitten der hohen Eichen erreichten.

„Weil wir jetzt damit anfangen, das zu ändern!“ Bei diesen Worten hielt er den Esel an, nahm das Bündel von dessen Rücken, öffnete es und schlug die Decken auseinander. Thomas traute seinen Augen nicht, als zwei prächtige Kampfschwerter zum Vorschein kamen sowie zwei gewaltige Bihänder, Langschwerter, die selbst von den kräftigsten Rittern mit beiden Händen geführt werden mussten.

Ehrfürchtig nahm er die stählerne Waffe in die Hand, die ihm Bruder Konrad nun mit dem Griff nach vorn anreichte, drehte und wendete sie, um die Klinge schließlich in Höhe der Parierstange zwischen zwei Fingern zu balancieren. Die Waffe war hervorragend austariert, das Werk eines Meisters.

„Gefällt sie dir?“, forschte Konrad. Aber Thomas' glänzende Augen waren Antwort genug. „Wohlan, dann lass uns beginnen.“

Ehe Thomas sich versah, musste er sich heftigster Hiebe erwehren, und noch bevor sie die Klingen dreimal gekreuzt hatten, verließ die eben noch bewunderte Waffe seine Hand, flog durch die Luft und landete auf dem laubübersäten Boden. „Dies soll dich lehren, dass du noch einen weiten Weg vor dir hast, bevor du dich wirklich einen Schwertkämpfer nennen kannst“, hörte er Konrad sagen. Jetzt erst schenkte ihm Thomas seine volle Aufmerksamkeit. Sie nahmen erneut Aufstellung und Konrad unterwies ihn in den verschiedenen Grundstellungen und Arten der Eröffnung, mit all ihren Vorzügen und Gefahren. Thomas gefiel die italienische Eröffnung, weil sie, mit beidhändig über dem Kopf erhobenem Schwert, die machtvollste ist, die allerdings höchste Aufmerksamkeit erfordert. Dann zeigte der streitbare Mönch ihm Hiebe und Schlag-Varianten, von denen er noch nie etwas gehört hatte. Thomas staunte und lernte. Eine Parade Konrads, die dieser mit einem saftigen, wenn auch gebremsten Schlag mit dem Schwertknauf auf Thomas' Rippen beendete, lehrte ihn, dass ein Schwert nicht nur an seinem scharfen Ende gegen den Gegner eingesetzt werden kann. Dann wechselten sie zu den Bihändern. „Das wird deine Arme kräftigen, damit deine Schläge die nötige Wucht bekommen!“ Nach über einer Stunde ließ Thomas erschöpft die Waffe sinken. Er konnte nicht mehr. Das laute Knurren seines Magens erinnerte ihn zudem daran, dass er die Abendmahlzeit verpasst hatte. Aber das bedauerte er nicht, denn Konrad hatte begonnen, ihm eine neue Welt zu eröffnen.

Lächelnd ging dieser zu seinem Esel, öffnete ein weiteres Bündel und kam mit einem stattlichen Schinken zurück, von dem er für Thomas und sich saftige Scheiben abschnitt. Auch an Brot und einen Krug Wein hatte er gedacht. Thomas verstand die Welt nicht mehr. „Warum tut Ihr das für mich?“ Diese Frage brannte ihm schon die ganze Zeit auf den Lippen. „Weil du das Herz und das Zeug zu einem großen Kämpfer hast – und weil ich nicht länger mit ansehen kann, wie dir dieser Hundsfott Gisbert Beulen verpasst!“ Eine Welle der Zuneigung überkam Thomas, aber er verkniff es sich, eine solche Regung zu zeigen, denn das ziemte sich nicht für einen zukünftigen Ritter. Doch eine Frage konnte er sich nicht länger verkneifen. „Verzeiht mir, aber wie kommt ein Mönch wie Ihr zu solchen Schwertern und wo habt Ihr so zu kämpfen gelernt?“ Konrad bedachte ihn mit einem langen Blick, als überlege er, wie viel er dem Jungen sagen konnte. Dann vernahm Thomas Worte, die ihn vor Staunen das Kauen vergessen ließen. „Hast du schon einmal etwas von den armen Rittern Christi vom Tempel Salomons gehört?“ „Ihr meint die Kriegermönche?“ „Genau, vor meiner Zeit als Zisterzienser war ich Mitglied der Tempelritter – und habe im Heiligen Land gekämpft!“ Bei diesen Worten öffnete Konrad seine Kutte. Darunter kam ein weißer Wappenrock mit dem roten Tatzenkreuz der Templer zum Vorschein. Thomas bekam eine Gänsehaut vor Ehrfurcht. Von nun an fanden sie sich fast jeden Abend zu ihrem geheimen Treffen auf der Lichtung ein – und der Fischersohn machte gewaltige Fortschritte.

„Klugheit, Offenheit und Milde, gepaart mit dem Willen zu herrschen, das ist eine höchst seltene Mischung“, philosophierte Engelbert, als sie die Frankfurter Stadtmauer auf dem Rückweg zur Zeltstadt an der Mainzer Pforte durchschritten. Vor diesem Friedrich galt es, sich in Acht zu nehmen – oder ihn für sich einzunehmen. Jung genug war er ja dazu. Aber das musste mit scharfem Verstand geschehen. Engelbert prophezeite diesem König einen unaufhaltsamen Aufstieg und beschloss endgültig, seinen eigenen Aufstieg an diesen zu binden.

Adolf von Altena hingegen war weniger gut auf den neuen König zu sprechen, sah er sich doch gedemütigt und vor aller Augen und Ohren entmachtet. Engelbert gab sich alle Mühe, die Angelegenheit herunterzuspielen, obwohl er genau wusste, dass der Vetter als Erzbischof und Reichsfürst im Grunde ausgespielt hatte. Vor allem musste er den alten Griesgram davon abhalten, wieder in seine Raubrittermanieren zu verfallen, vorerst zumindest. Mit Engelszungen beschwor er deshalb die Vorzüge gemeinsamen Handelns im Sinne des Stauferkönigs – und die

Aussicht auf reiche Pfründe. Auch den Stuhl des Erzbischofs schrieb Engelbert noch lange nicht ab. Der Papst würde sich für die Unterstützung des von ihm protegierten Königs schon noch erkenntlich zeigen, deutete er an. Das half.

Als Friedrich vier Tage später mit nachgebildeten Insignien – die echten befanden sich immer noch im Besitz Ottos – in Mainz erstmals gekrönt wurde, befanden sich Engelbert und Adolf von Altena bereits auf dem Heimweg.

„So kann es nicht weitergehen", konstatierte der Abt, während er mit auf dem Rücken verschränkten Händen in seiner Schreibkammer auf und ab schritt. Bruder Konrad saß wie üblich mit ausgestreckten Beinen auf dem kleinen Schemel in einer Ecke des Raumes und beobachtete das Oberhaupt des Klosters Altenberg, wie es bedächtig nach den richtigen Worten suchte.

„Wir können diese Bürde nicht länger tragen. Diese Burschen bringen Unruhe in unser stilles Kloster. Sie schwatzen und lärmen, wo sie schweigen sollten, zanken, ja, prügeln sich ständig, sogar am heiligen Sabbat, und ihr Appetit bringt unsere Brüder, die für Küche und Keller zuständig sind, zunehmend in Nöte. Das Fest der Geburt des Herrn steht bald bevor und spätestens dann sollte unser Kloster wieder ein vertrauter Ort der Stille sein."

Konrad nickte bedächtig. „Also kein Ort der Begegnung mehr, wie Ihr es dem Kellermeister vor Wochen so schön erklärt habt?"

Der Abt blieb nun vor dem kleinen Fenster stehen und schaute hinaus.

„Nun, die Begegnung mit Gott scheint diese Burschen ohnehin wenig zu interessieren. Ganz zu schweigen davon, dass ihre Fortschritte auf dem Gebiet des Schreibens und Lesens auch sehr zu wünschen übrig lassen. Da schaut …"

Konrad erhob sich und trat neben den Abt. Aus dem Fenster konnten sie beobachten, wie zwei der Knappen, sich unbeobachtet wähnend, wieder einmal den Garten als Übungsgelände für ihr Stockfechten nutzten, während ein Dritter einen Mönch mimte, der mit ernster Miene das Kreuz schlug und für so etwas wie eine Art Absolution sorgte.

„An unserem Schöpfer interessiert sie eigentlich nur, dass man ihm zu vielerlei Anlässen stets neue Bewohner in den Himmel schicken und vor seinen Stuhl treten lassen kann. Mit einem Wort, Ihr müsst sie zurückbringen, je früher, desto besser. Wenn Ihr wollt, bietet dem Grafen an, Euch mit ein paar Brüdern auf Neuenberge um weitere Lernerfolge der jungen Herren zu kümmern ..." Bruder Konrad hob kurz die Brauen, dann nickte er und verließ den Raum. Doch seine und der Knappen Rückkehr nach Neuenberge sollte gar noch beschleunigt werden.

Gerade als er über den Kreuzgang, der den seit Tagen herrschenden steten Nieselregen abhielt, zur Gaststube eilte, traf ein völlig durchnässter Bote im Kloster ein, der seinem Pferd offenbar einiges abverlangt hatte. Konrad ging ihm entgegen.

„Ich bringe ernste Botschaft vom Grafen. Er ist ernstlich um die Gesundheit der Gräfin besorgt. Sie hustet sich seit Wochen die Lunge aus dem Leib, selbst die heilkundigen Johanniter wissen sich keinen Rat mehr. Der Graf bittet Euch um Hilfe!" „Weiß man, welche Krankheit die Gräfin befallen hat?", hakte Konrad besorgt nach. „Nein, Näheres ist mir nicht bekannt."

„Dann stärkt und trocknet Euch im Gästerefektorium, ich kümmere mich um alles." „Das wird wohl kaum Zweck haben, ich muss sofort zurück. Wann kann der Graf mit Euch rechnen?", antwortete der Bote. „Wir brechen noch in dieser Stunde auf!", entschied Konrad. Der Bote nickte kurz, wendete sein Pferd und sprengte davon. Konrad blickte ihm noch einen Moment gedankenverloren nach, bis er zwischen den Regenschwaden verschwunden war, dann hastete er in die Krankenabteilung.

Eilig versicherte er sich der Unterstützung der heilkundigsten Brüder und ihres reichhaltigen Fundus aus der Klosterapotheke, dann unterrichtete er den Abt, packte seine eigenen Habseligkeiten – dies nahm die wenigste Zeit in Anspruch – und wies die Knappen an, sich für die Abreise vorzubereiten.

So schnell hatte niemand in den letzten Wochen die Burschen sich sputen sehen. Die Aussicht, das für sie doch recht triste Kloster verlassen zu können, schien sie zu beflügeln.

In weniger als einer Stunde standen alle zum Abmarsch bereit.

Der Abt ließ es sich nicht nehmen, ihnen zum Abschied persönlich seinen Segen zu geben. Konrad überließ die Knappen und einen Karren mit allerlei Heilkräutern und Ingredienzien der Führung eines Bruders. Er selbst und ein weiterer Zisterzienser bestiegen Pferde, um schneller zu sein, gaben ihnen die Sporen und eilten voraus. So kehrten Konrad und die Knappen, schneller als erwartet, dem Kloster Altenberg den Rücken.

Regenschwer hing das Banner des Grafen am Mast auf dem gewaltigen Bergfried, der trutzig in das Grau des Himmels ragte.

Die Burg schien wie ausgestorben, als der Tross der Knappen mit dem Karren die Zugbrücke passierte. Nur zwei Wachen standen auf dem Wehrgang. Selbst die nahe dem Burggraben ständig präsenten Raben hatten sich ob des nasskalten Wetters verkrochen. Im Innenhof sahen sie, dass sich eine größere Menge von Menschen vor dem Palas versammelt hatte. Offenbar schien es mit der Gräfin nicht zum Besten zu stehen. Dabei fiel Thomas auf, dass er sich nicht einmal genau an ihr Aussehen erinnern konnte, zu selten hatte sie sich außerhalb ihrer Kemenate blicken lassen. Und wenn, dann war sie kurze Zeit später wieder in ihren Gemächern verschwunden. Kurzzeitig kam Bewegung in die Menge, als Bruder Konrad mit dem Johanniter Ferdinand und dem anderen Zisterzienser die Stufen der Freitreppe hinuntereilte. Sie nahmen sich der Heilkräuter und Tinkturen an, um sie in der Küche nach strengen Anweisungen für die Behandlung der Gräfin vorbereiten zu lassen. Derweil entluden die Knappen den Rest des Karrens und bezogen ihre alten Unterkünfte. Stetig liefen Mägde mit Eimern, Krügen und Tiegeln zwischen der Küche und den Frauengemächern hin und her. Jegliche weitere Aktivität auf der Burg kam zum Erliegen.

Da erhob sich mit einem Mal lautes Wehklagen vom Palas. Gräfin Bertha von Sayn war verstorben. Die Schwindsucht hatte sie dahingerafft, wie später verlautete.

Der Graf machte sich schwere Vorwürfe. „Ich hätte ihre kränkelnde Gesundheit ernster nehmen sollen“, sagte er am Totenbett zu Konrad. „Eigentlich wollte ich mit ihr schon längst für den Winter nach Burg Bensberg übersiedeln, aber aufgrund der unruhigen Zeiten hielt ich Neuenberge für sicherer.“ Sein tiefer Gram rührte das Herz des Mönches. „Ihr dürft Euch keine Vorwürfe machen“, sagte Konrad. „Gegen die Schwindsucht ist ohnehin kein wirkliches Kraut gewachsen. Viele Menschen tragen sie in sich, aber nur bei wenigen bricht sie aus. Wichtig ist, jetzt an die Lebenden zu denken, denn es können sich auch noch andere angesteckt haben.“ So blieb für Trauer nicht viel Zeit, denn die Räume, in denen die Gräfin ihre Tage und Nächte verbracht hatte, mussten ausgeräuchert werden, ebenso die Kleidung der Verstorbenen und der Menschen, die in ihrer Nähe verweilt hatten. Außerdem verabreichten die Zisterzienser allen infrage kommenden Personen einen bitteren Trunk aus dem Saft des roten Sonnenhutes. Das sollte ihre Abwehrkräfte stärken. Mit Erfolg, denn es erkrankte niemand sonst. Dafür war der Graf mehr als dankbar.

Am darauffolgenden Tag wurde Bertha von Sayn auf freiem Feld, etwas nordwestlich der Burg, unter Anteilnahme aller Ritter, Damen, Mönche, Bediensteter und sonstiger Bewohner der Burg sowie der Handwerkersiedlung feierlich bestattet. Die Zisterzienser hatten sich erboten, ihr eine Ruhestätte in ihrer Basilika einzurichten. Aber die Johanniter hatten vorgeschlagen, sie an dieser Stelle zu beerdigen, damit den Grundstein für einen neuen Friedhof zu legen und später eine neue Kirche darauf zu bauen. Dieser Gedanke, meinte der Graf, hätte seiner frommen Gattin sicher gefallen, und willigte ein.

Irmgard war untröstlich und verließ einige Tage lang nicht ihr Zimmer, dann aber lockte sie das Wiehern ihrer Stute in den Stall und letztlich auch wieder ins tägliche Leben.

Um den Grafen kümmerte sich vor allen anderen Arnold von Cleve. Mit einem großen Krug Wein, den er sich von Magda erbeten hatte, schloss er sich mit Adolf im Rittersaal ein, obwohl dieser verkündet hatte, allein sein zu wollen.

„Wir haben in vielen Fehden Seite an Seite gestanden. Wie könnte ich dich jetzt in dieser schweren Stunde mit deiner Trübsal allein lassen?", brummte er und stellte lautstark den Krug auf der Tafel ab. „Gib deinen Becher her und trink mit mir. Lass uns über die guten alten Zeiten reden – und über die schweren, die uns noch bevorstehen …"

Und einen Tag später ritten sie beide schon wieder zur Jagd. Auf Burg Neuenberge ging das Leben alsbald weiter wie gewohnt.

Am Abend der Geburt Christi versammelte man sich in der Burgkapelle und anschließend im großen Saal, um das hohe Fest der Christenheit gebührend zu begehen. Mit einem Umtrunk gedachte man dabei auch der verstorbenen Gräfin, ging aber ansonsten recht schnell zur Tagesordnung über, die vor allem im Genuss des köstlichen Wildbrets bestand, das Adolf und Arnold erlegt hatten.

Der Ritter von Cleve kehrte zu solchen Gelegenheiten zuweilen zum Stammsitz seiner Familie am Niederrhein zurück, hatte es jedoch diesmal vorgezogen, seinen alten Gefährten und nicht zuletzt auch das weibliche Küchenpersonal nicht allein zu lassen, und lediglich einen Boten geschickt. Wie es schien, fühlte er sich auf Neuenberge ohnehin eher zu Hause als in der heimischen Grafschaft, wo sein Vetter Dietrich regierte.

Ihre Väter waren Brüder gewesen. Ohne Aussicht auf den Grafentitel hatte es Arnold vorgezogen, sich an der Seite des etwa gleichaltrigen Adolfs von Berg dem Kriegshandwerk zu widmen.

Thomas schlich sich bei erster Gelegenheit heimlich davon, um den Rest des Abends und den folgenden Tag mit seiner Familie zu begehen. Sein Vater hatte dank der umfangreicheren Fischereirechte bis zum Winter gute Fänge gemacht und sogar einen Gehilfen eingestellt. So war der weihnachtliche Speisentisch auch im Hause Grimbergen ordentlich gedeckt. Zur Freude seiner Mutter demonstrierte Thomas seine Fortschritte im Schreiben, auch wenn sein Vater nicht viel Sinn in diesen Kenntnissen sah. Seine Schwester Katharina begann sogleich, einige der Buchstaben, die Thomas mit Holzkohle auf ein mitgebrachtes Stück Pergament gemalt hatte, nachzuzeichnen. Es wurde ein schönes Fest und Thomas genoss die behagliche Atmosphäre in der wie immer warmen, kleinen Kate.

Am zweiten Morgen schlüpfte Thomas durch die gleiche Mauerpforte, die auch Sibylla häufig nutzte, zurück in die Burg.

Die Knappen gingen wie gewohnt ihren Übungen nach, diesmal jedoch bereichert durch regelmäßige Übungen des Geistes unter der Leitung von Bruder Konrad und seiner Zisterzienser-Brüder. Hierfür hatte der Graf eigens einen Teil des Rittersaales herrichten lassen.

Weil der Unterricht im Unterschied zu früher nicht mehr alle paar Monate, sondern nun regelmäßig stattfand und weil die Knappen aufgrund der kurzen Tageslichtstunden viel Zeit für diese Lektionen hatten, blieb ihnen auch mehr im Gedächtnis als zuvor. Um nicht entdeckt zu werden, verlegte Konrad die geheimen Treffen mit Thomas in die frühen Morgenstunden und hinter die bewaldete Anhöhe oberhalb der Burg, wo er ihn weiterhin in die Kunst der Schwertführung einwies. Er vermittelte ihm abends anhand alter Schriften aber auch theoretisches Wissen aus dem Kriegshandwerk. So verging der Winter des Jahres 1212.

Als die Tage wieder länger wurden und sich die ersten grünen Triebe an den Bäumen zeigten, stand eines schönen Tages ein junger, fremder Ritter vor dem Burgtor und begehrte Einlass.

Er führte eine Rose als Wappen im Schild und stellte sich als Herr ‚von Rosen' vor, der im Dienste des Herzogs von Limburg stand und dem Grafen Grüße von seinem Lehnsherrn ausrichten wollte.

Freudig wurde er vom Grafen Adolf und dessen Rittern begrüßt, die ihn sogleich in den Saal einluden, um Neuigkeiten aus dem fernen Limburg zu erfahren. Einzig Arnold von Cleve hielt sich etwas abseits und beäugte den Rosenritter misstrauisch.

Die Knappen waren noch in ihre morgendlichen Übungen vertieft, als die Gruppe der Ritter den Innenhof der Burg betrat. Thomas war die entstandene Pause sehr willkommen, denn nach vielerlei Ausfallschritten und Paraden war er reichlich außer Atem. Der junge Herr von Rosen, vielleicht vier, fünf Jahre älter als Thomas selbst, schien von hohem Stand zu sein, denn Gisbert und die anderen Limburger Knappen eilten sogleich zu ihm, als sie ihn erkannten, begrüßten ihn ehrerbietig und bestürmten ihn mit allerlei Fragen. Er hieß sie jedoch mit freundlicher Geste schweigen und vertröstete sie auf später, schien ihnen aber mit leisen Worten, die Thomas nicht verstand, auch noch selbst etwas Wichtiges einzuschärfen. Darauf entfernten sich die Knappen.

Heinrich und Thomas wurde aufgetragen, sich um das edle Reittier des Rosenritters zu kümmern, ein Hengst, dessen schwarzes Fell vor Schweiß glänzte. „Gebt ihm ein paar Äpfel, wenn ihr nach dem harten Winter noch welche habt, denn die hat er sich nach dem langen Ritt wahrlich verdient“, bat der Ritter mit freundlichen Worten. Sein offener Blick wurde von langen blonden Locken eingerahmt. Zweifellos hatte er ein äußerst einnehmendes Wesen – und er wusste das. Ein Lächeln umspielte seine Lippen, als er Thomas mit einem Augenzwinkern die Zügel in die Hand drückte und in Richtung Palas entschwand.

Die beiden Freunde bewunderten das herrliche Tier, das elegant mit ihnen zum Stall tänzelte. Als er den geschnitzten hölzernen Sattelbaum, der unterseitig sorgfältig dem Pferderücken angepasst war, herunternahm, entdeckte Thomas auf der Satteldecke einen gestickten goldenen Löwen, das Wappen der Limburger. Sie versorgten den Hengst mit Wasser und Stroh und gaben ihm ein paar harte, kleine Äpfel, wie ihnen vom Rosenritter aufgetragen, dann eilten sie in den Palas, um ein paar von den Neuigkeiten aufzuschnappen, die der Limburger Ritter bringen würde.

Da zu so früher Zeit im Jahr nicht allzu viele Ritter am Grafenhof anwesend waren, fanden alle an einer großen Tafel Platz, die Magda und ihre Küchenmägde in der Eile mit Schinken, Käse, zwei Brotlaiben und kaltem Braten beladen hatten. Dazu wurde dünnes Bier, Wein und Wasser gereicht. Der Rosenritter bedankte sich artig, als Magda ihm eine Schüssel mit Rosenwasser hinhielt, damit er sich die Hände reinigen konnte. Sein entwaffnendes Lächeln schlug auch sie sofort in seinen Bann.

Zur Freude der Ritter wurden auch die Damen der Burg gebeten, an der Tafel Platz zu nehmen.

Ehrerbietig verneigte sich der Rosenritter vor der jungen Grafentochter, deutete einen Handkuss an und begann, ihre Schönheit zu rühmen. „Mein Herz ist voller Freude darüber, dass ich Euren Liebreiz mit eigenen Augen sehen darf, von dem die Minnesänger in allen Landen künden. Bei Gott, die Burschen haben eher noch untertrieben!"

Irmgard errötete bei diesen Worten und senkte bescheiden den Blick, ließ den jungen Mann aber nicht mehr aus den Augen.

Dann überbrachte dieser dem Grafen Grüße und Nachrichten seines alten Waffengefährten Walram sowie dessen Vaters Heinrich, der, obwohl schon über siebzig Jahre alt, immer noch die Geschicke des Herzogtums mitlenkte. Dabei ließ der junge Ritter manche Anekdote vom Limburger Hof folgen. Auch richtete er Grüße vom jungen Heinrich aus, der sich nach seinen Worten auf den Weg zu Kaiser Otto gemacht hatte, um sich erste Sporen zu verdienen.

Graf Adolf berichtete dann seinerseits, wie er in jungen Jahren mit Walram nach Brabant zu Felde gezogen war und wie er sich mit dem Limburger in tiefer Freundschaft verbunden hatte. Diese persönliche Freundschaft hatte selbst die Wirren der nun schon Jahrzehnte währenden und immer aufs Neue geschürten Thronstreitigkeiten zwischen den Welfen und den Staufern überdauert, obwohl die beiden Länder beileibe nicht immer auf derselben Seite standen. Als Beweis ihrer Treue hatten Adolf und Walram bereits damals beschlossen, ihre Kinder und Länder dereinst zu verbinden.

„Und mein Herr Heinrich kann sich glücklich schätzen, dereinst die schönste Braut der deutschen Lande zum Altar zu führen", sprach der Rosenritter und hob seinen Becher zum erneuten Gruß. Mit großem Gejohle stimmten die versammelten Ritter ein, hoben ebenfalls ihre Becher und Krüge und leerten sie in einem Zug. Irmgard hingegen wich jede Farbe aus dem schönen Gesicht. Es war nicht zu übersehen, dass sie dem jungen Recken zugetan war. Die Anspielung auf ihren zukünftigen Bräutigam machte ihr jedoch bewusst, dass sie längst versprochen war, zudem noch einem Unbekannten. Alsbald entschuldigte sie sich und verließ mit ihren Damen den Saal. Die Ritter jedoch nutzten die willkommene Abwechselung des Limburger Besuches und sprachen reichlich dem Weine zu.

Stunden später, als sich der Saal bereits geleert hatte und nur noch der Graf, der junge Limburger und Arnold von Cleve, der lange Zeit geschwiegen hatte, anwesend waren, ergriff Letzterer das Wort. „Nun, junger Graf Heinrich, Ihr könnt die Maskerade fallen lassen. Erzählt uns lieber, warum Ihr wirklich hier seid, noch dazu in dieser Aufmachung!“ Der Angesprochene schien zwar überrascht, aber keineswegs erschrocken über seine Enttarnung und setzte ein vielsagendes Lächeln auf. Graf Adolf schien da schon überraschter zu sein. „Also doch, ich hatte von Anfang an das Gefühl, dass etwas nicht stimmt. Also gebt Auskunft, was hat es mit Eurer Maskerade auf sich?“

„Ich habe mich schon gefragt, wann jemand mein schlechtes Schauspiel durchschaut“, hob Heinrich lächelnd zu erzählen an, „aber ich bin froh darum, dass es nicht geschah, solange Eure Tochter noch anwesend war.“ Heinrich berichtete, dass er vor Kurzem die Schwertleite empfangen hatte und sich nun, wie einst für jeden Ritter üblich, auf den Weg gemacht hatte, um Taten zu vollbringen und sich einen Namen zu machen. Er wolle ins Heer des Welfenkönigs, sagte er, da es hier sicher nicht an Gelegenheiten mangeln würde, sich auszuzeichnen. „Doch zuvor wollte ich die holde Maid selbst einmal kennenlernen, deren Schönheit überall besungen wird und die mir seit frühester Jugend anverlobt ist.“

„Zu welchem Zweck? Die hättet Ihr noch früh genug kennengelernt“, hakte Arnold, immer noch skeptisch, nach.

„Ihr seid ein harter Brocken, werter Ritter Arnold“, gab Heinrich zurück und blickte den Clever dabei ohne Falsch an, „aber seid unbesorgt, ich führe nichts Übles im Schilde, nur eine Rose, und dies nicht von ungefähr.“ Seit frühester Jugend habe er den Minnesängern gelauscht, wie sie von Liebe und Leidenschaft sangen, erläuterte Heinrich weiter. In Wirklichkeit würden die meisten Verbindungen jedoch aus politischen Überlegungen geschlossen und von den Vätern vereinbart, wie auch im Fall von Irmgard und Heinrich. Er wolle jedoch sehen, ob er nicht doch das Herz der schönen Grafentochter für sich gewinnen könne, als Mann, nicht als der zukünftige Erbe von Limburg, schloss er.

„Und dabei auch einmal einen Blick auf das zukünftige Erbe von Berg werfen, oder?“, fügte Arnold an, immer noch nicht überzeugt.

„Das liegt mir völlig fern“, antwortete der junge Mann, nun deutlich aufgewühlter, „das Herzogtum Limburg ist mit all seinen Gütern groß genug, um mir und meiner Gattin die Zukunft zu sichern. Ich weiß, dass meine Familie durchaus andere Ambitionen hat und stets danach trachtet, Macht und Ländereien zu vergrößern. Dabei stehen Limburg und das Haus Berg leider auch nicht immer auf einer Seite. Mich aber dürstet es nach anderen Dingen. Ich will als Mann und Ritter geachtet werden, deshalb zieht es mich hinaus – und deshalb bin ich hier, um nicht nur die Hand, sondern auch das Herz der holden Irmgard zu gewinnen." Dabei hatte er sich richtig in Rage geredet und war letztlich sogar aufgesprungen.

„Lasst gut sein, Heinrich", meldete sich nun Graf Adolf, der den jungen Mann während seiner Ausführungen eingehend beobachtet hatte. „Ich habe Euren Vater als treuen, ehrlichen Freund kennengelernt und keinen Grund, an Euren Worten zu zweifeln. Meinen Segen habt Ihr. Aber treibt es nicht zu weit mit Eurer Maskerade, denn ich glaube, Ihr habt bereits tiefen Eindruck bei meiner Tochter hinterlassen." Mit diesen Worten reichte er Heinrich mit ehrlicher Geste die Hand und auch Arnold schlug in die Verbindung ein. Darauf leerten sie noch gemeinsam einen Krug Wein.

„Mich würde interessieren, was Ihr getan hättet, wenn Irmgard nicht so schön und liebreizend wäre, wie in den Liedern besungen?", wollte Arnold wissen. Heinrich hob gespielt überrascht die Augenbrauen und tat, als müsse er über diese Frage nachdenken. „Dann hätte ich den Sänger eigenhändig einen Kopf kürzer gemacht!" Die Antwort war nach dem Geschmack der Ritter. Lachend schlugen sie sich auf die Schenkel.

Später, als sich der Rosenritter zu Bett begeben hatte und sie allein waren, hingen Adolf und Arnold noch lange ihren Gedanken nach.

„Er ist ein netter Kerl und ohne jegliches Falsch", ließ Arnold seinen Gedanken freien Lauf. „Ein junger Mann, dem viele Dinge aufgrund seiner einnehmenden Art einfach zufallen, sicher auch Irmgards Herz."

„Das hat er ohnehin schon erobert, so wie sie ihn angesehen hat", kam es Adolf über die Lippen. „Da ich keine Söhne habe, ist mir der Junge als Schwiegersohn auch durchaus recht."

„Aber zumindest deinem Bruder Engelbert wird die Sache gar nicht gefallen!", fügte Arnold hinzu, ohne zu ahnen, wie sehr er damit recht behalten sollte.

✝

Der Dompropst war ungehalten. Den ganzen Vormittag über hatte er keinen einzigen positiven Bescheid auf seine Eingaben erhalten. Am frühen

Morgen hatte eine Bestandsaufnahme seiner Einkünfte und der des Domkapitels zwar ergeben, dass Hunderte Höfe, Güter und Gemeinden abgabepflichtig waren, Engelbert selbst konnte sich der Pfründe von St. Severin und St. Georg sowie seiner Einnahmen als Domherr sicher sein, aber aufgrund schlechter Ernten fielen diese Abgaben ausgesprochen dürftig aus. Zu allem Überfluss hatte er persönlich immer noch Bußen und Schulden aus der Zeit abzutragen, als er sich mit Adolf von Altena gegen den Papst gestellt hatte. Kurz und gut, es mangelte ihm an Geld. Und auch die Richerzeche, die Genossenschaft der Reichen, aus deren Mitte die beiden Bürgermeister der Stadt gewählt wurden, gedachte nicht, dies zu ändern. Deshalb stapfte Engelbert jetzt wütenden Schrittes von der gerade beendeten Versammlung zurück zum Bischofspalast. Die Stadt nannte sich zwar „Sancta Colonia Dei Gratia Romanae Ecclesiae Fidelis Filia", doch das „Heilige Köln von Gottes Gnaden" benahm sich zurzeit nicht gerade wie eine der römischen Kirche treue Tochter. So war Engelberts Vorschlag, sich dem Wunsch des Heiligen Vaters zu beugen, Kaiser Otto die Gefolgschaft zu kündigen und endlich dem Stauferkönig die Tore zu öffnen, einmütig abgelehnt worden. Auch Engelberts Hinweis, dass die Stadt dann weiterhin mit Interdikt und päpstlichem Bann belegt bleiben würde, fruchtete nichts.

Statt sich zu unterwerfen, rüstete sich die Stadt für weiteren Widerstand, hoffte indes auf ein Erstarken Ottos sowie einen guten Ausgang des Prozesses, den „ihr" Erzbischof Dietrich in Rom angestrengt hatte.

Die Stadtoberen verbrauchten ungeheure Mittel für den Ausbau der Ringmauer, die mit ihren zwölf Toren die größte Stadt Deutschlands umschloss und sogar größer war als die Mauern der französischen Hauptstadt Paris. So war auch Engelberts zweite Bitte, den Kölner Klerus mit größeren Mitteln auszustatten und den Papst dadurch eventuell milde zu stimmen, abschlägig beurteilt worden, vermutete man doch – sicher nicht zu Unrecht –, dass diese letztlich gegen Otto und für Friedrich eingesetzt würden. Noch bevor er seine Arbeitsgemächer im Palast erreicht hatte, stand für Engelbert daher fest, dass er die Macht der Stadtoberen würde brechen und seine eigene stärken müssen, sobald sich die Gelegenheit dazu ergäbe. Aber diese Gelegenheit würde erst mit Friedrichs Einzug kommen.

„Und, wie haben sie entschieden?" Ungeduldig hatte Adolf von Altena die Rückkehr seines Vetters erwartet. Von König und Papst ins Abseits gestellt, war der mehr oder weniger zur Untätigkeit verurteilte, ehemalige

Erzbischof auf Engelberts Geheiß nun wieder häufiger Gast im Bischofspalast, auch wenn er die Domstadt dafür im Gegensatz zu früher unauffällig über den Rheinhafen und die kirchlichen Säulengänge betrat.

„Nichts", entgegnete Engelbert verächtlich, „sie halten an Otto fest – und an ihrem Silber." Dabei schenkte er sich einen Becher Wein aus einer Karaffe ein, die Adolf bereits zur Hälfte geleert hatte. „Wenn du mich fragst, würde ich sie mit Feuer und Schwert überzeugen", brummte Adolf. Zu seiner Überraschung lehnte Engelbert diesen Vorschlag nicht gleich wieder voller Entrüstung ab, sondern trat gedankenverloren ans Fenster. Warum eigentlich nicht, dachte sich der Dompropst, sollte der Alte doch seinen Kleinkrieg wieder aufnehmen. „Nur darf ich damit nicht in Verbindung gebracht werden", brachte er nach einigem Zögern hervor. „Das lass meine Sorgen sein", stieß Adolf hervor, mehr als erfreut darüber, wieder selbst Hand an ihr beider Schicksal, wie er glaubte, legen zu können. „Du hörst von mir – oder meinen Männern!" Mit diesen Worten eilte Adolf hinfort und zur Tat.

Engelbert beschloss indes, seine persönlichen Kontakte zu den Damen der Kölner Kaufmannsgilde auszubauen und zeitgleich den westfälischen Adel zu bewegen, sich offen zum Stauferkönig zu bekennen, allen voran seinen Bruder, denn die Grafschaft Berg war in seinen Augen das Zünglein an der Waage.

In den nächsten Tagen sah man Irmgard und den selbst ernannten Rosenritter häufig gemeinsam im Garten oder am Wupperstrand spazieren gehen. Dabei scherzten und lachten sie viel zusammen und kamen sich immer näher. Irmgard beeindruckte sein jugendlicher Charme, mit dem er sich um sie bemühte. Heinrich war von ihrer Schönheit und Klugheit, von ihrem Lächeln und ihrem mädchenhaften Rosenduft völlig hingerissen. Zwischen meist älteren Rittern, strengen Hofdamen und kindlichen Knappen aufgewachsen, erschienen Irmgard die Energie und Leidenschaft des jungen Mannes, der vor Tatendrang sprühte, geradezu schmerzlich körperlich spürbar. Diesen Schmerz spürte sie tief in ihrer Brust, und doch durfte sie diesem nicht nachgeben, glaubte sie sich doch einem anderen versprochen. Einmal wäre sie beinahe weggelaufen, doch geschickt versperrte ihr der junge Mann den Fluchtweg, nahm ihre kleinen Hände in die seinen und bedeckte sie mit leidenschaftlichen Küssen. Dann hob er ihr Kinn an, sodass sie ihm direkt in die Augen sehen musste. „Meine

Liebe, würdet Ihr mich zum Manne erwählen, wenn Ihr nicht versprochen wäret?", erdreistete er sich zu fragen.

Irmgards knospender Busen hob und senkte sich vor Anspannung. „Ich kann Euch nicht zum Manne nehmen … Aber ja, ich würde es tun, wenn ich frei wäre!" Der Himmel zog ein in Heinrichs Brust. „Dann hört mir jetzt genau zu und verzagt nicht!", raunte er ihr mit verschwörerischem Lächeln zu, ermutigt durch Irmgards Gefühle. „In drei Jahren komme ich zurück, Euch zu holen. Vertraut mir!" Daraufhin kleidete er seinen Liebesschwur in einen rätselhaften Vers, den er sorgsam vorbereitet hatte: „Und heiter wird uns leuchten der holden Minne Stern, denn mit dem Rosenritter tauscht der junge Graf von Limburg gern!" Um Irmgard war es restlos geschehen.

„Was für ein langweiliger Unsinn!" Sibylla stemmte die Arme in die Hüften. „Und heiter wird uns leuchten der holden Minne Stern", äffte sie den Rosenritter nach. „Redet ihr Männer immer so, wenn ihr verliebt seid?" Thomas war völlig überfragt. „Keine Ahnung, ich war noch nicht verliebt", log er.

Sibylla und Thomas hatten sich mehr oder weniger zufällig auf dem Wehrgang getroffen, dann die beiden Turteltauben im Garten entdeckt und, von einem sicheren Versteck in einem Erker des Wehrgangs aus, das Geschehen im Garten verfolgt. Thomas hatte sich dabei recht unwohl gefühlt, aber Sibylla bestand darauf zu bleiben.

„Soso, du warst also noch nicht verliebt!", äffte sie nun Thomas nach, „und warum läufst du mir dann immer nach?" „Das stimmt doch gar nicht!", protestierte Thomas. „Wir sind uns rein zufällig über den Weg gelaufen!" „Ach ja?", provozierte sie ihn weiter. „Dann hast du gestern wohl auch rein zufällig in der Küche hinter dem dicken Vorhang gestanden, als Magda mir das Bad gerichtet hat, was?" Thomas lief bis zu den Ohren rot an, hatte er sich doch völlig unbeobachtet gewähnt. Die Küche war völlig menschenleer gewesen, als er diese mit Heinrich auf der Suche nach etwas Essbarem betreten hatte. Tja, und dann hatte er hinter dem Vorhang Stimmen gehört, vorsichtig durch einen Spalt nach dem Rechten gesehen und Magda entdeckt, wie sie Sibylla schimpfend den Dreck von einem ihrer Ausflüge in den Wald abschrubbte. Der Anblick hatte ihn nicht mehr losgelassen.

„Das, das war auch Zufall", stotterte er verlegen, „ich wollte auch gleich wieder gehen, aber dann …" „Was dann?", hakte Sibylla gnadenlos nach. „Dann gefiel mir das, was ich sah, und ich konnte nicht so einfach weg!", entschloss er sich zu einer ehrlichen Antwort. Das entwaffnete selbst Sibylla, denn mit solcher Freimütigkeit hatte sie nicht gerechnet. Vielmehr hatte sie sich schon darauf gefreut, ihn noch etwas in seiner Verlegenheit zappeln lassen zu können. Jetzt bedachte sie ihn mit einem langen, unergründlichen Blick. Dann streifte sie kurz seine Hand mit der ihren und hauchte ihm einen Kuss auf die Wange. „Das hast du schön gesagt. Du erstaunst mich immer wieder", flüsterte sie ihm ins Ohr, dann drehte sie sich um und lief weg. Thomas schloss die Augen und sog noch einmal den Duft ein, der sie umgab, die Mischung aus würzigen Kräutern und Lavendel, von der noch ein Hauch in der Luft hing, denn auch um ihn war es geschehen …

Am nächsten Morgen, der von strahlendem Sonnenschein erhellt wurde, ritt der Rosenritter aus der Burg. Auf der Zugbrücke verabschiedete ihn der Graf mit seinen Rittern und hieß ihn, seinem Vater und Großvater die besten Grüße auszurichten.

„Was auch immer der Lauf der Dinge oder der Streit der Könige und Kaiser bringt", sagte der Graf, „versichert dem Herzog, dass das Haus Berg dem Hause Limburg immer in Freundschaft verbunden sein wird." „Das richte ich gerne aus und versichere Euch das Gleiche", entgegnete Heinrich und wendete sein Pferd. Da fiel sein Blick auf einen Erker hoch oberhalb der Wehrzinnen, an dessen kleinem Fenster er die Gestalt von Irmgard erkannte, die ihm mit einem feinen Seidentüchlein winkte.

Glücklich warf er ihr eine Kusshand zu und einen letzten Gruß zurück. „Gedenkt dessen, was ich Euch versprach. Ich kehre freudig wieder, nach dreier Jahre Lauf!" Darauf gab er seinem Pferd die Sporen und sprengte davon.

„Und heiter wird uns leuchten der holden Minne Stern, denn mit dem Rosenritter tauscht der Graf von Limburg gern", wiederholte Irmgard im Geiste das rätselhafte Versprechen und grübelte wieder über dessen Sinn. Konnte es denn etwas anderes bedeuten, als dass der Rosenritter und ihr Verlobter ein und dieselbe Person waren?

Thomas suchte sich zielstrebig „sein" Schwert mit dem Löwenkopf aus dem Fundus in der Waffenkammer, bevor er zu den anderen hinaus auf den Exerzierplatz im Burghof ging. Er war selbst neugierig auf die Fortschritte, die sie während ihrer Zeit im Kloster unter Bruder Konrads Ägide gemacht hatten, und beeilte sich daher. Eigentlich waren sie auch schon etwas spät dran, aber Herrmann von Elverfeld, seines Zeichens Burgvoigt und ihr Ausbilder hier auf Neuenberge, war noch anderweitig beschäftigt. Zum einen hatten sich die Ritter des Grafen seit dem frühen Morgen ebenfalls zu Kampfübungen im Hof versammelt. Daran nahm zur Überraschung der Knappen auch der Burgvoigt teil. Unsicher, ob sie dem Schauspiel beiwohnen durften, näherten sie sich langsam und verteilten sich einzeln oder in kleinen Gruppen in dem weiten Rund. Thomas und Heinrich hatten sich ein Plätzchen auf einem Strohballen vor dem Stall gesucht.

Als Zaungäste wurden sie Zeuge, wie Herrmann, obwohl bereits in die Jahre gekommen, aufgrund seiner Kräfte einen Ritter nach dem anderen in die Schranken zu weisen wusste. Mit dem Schwert machte ihm so leicht niemand etwas vor.

Zum anderen war Engelbert, des Grafen Bruder und Domherr zu Köln, soeben zu einem unangekündigten Besuch erschienen. Auch dies erforderte die Anwesenheit des Voigtes, galt es doch, sich um die Eskorte des Kirchenfürsten zu kümmern, die aus acht berittenen Soldaten der Kölner Stadtwache bestand. Herrmann ordnete an, dass man sich um ihre Pferde kümmern und einen Imbiss aus der Küche kommen lassen sollte. Dann widmete er sich wieder dem Schwertkampf.

Doch als er seinen Gegnern erneut heftig zusetzte, hörte man von der Seite, wo die Kölner Kriegsknechte standen, einige gehässige Kommentare.

Einer der Offiziere meinte gerade halblaut, dass es um die Kampfkraft der Männer des Grafen ja nicht zum Besten stehen könne, wenn sie sich von einem Greis so vorführen lassen müssten.

Dies erboste den Voigt dermaßen, dass er den Offizier sofort zum Zweikampf herausforderte. Als dieser zuerst lächelnd abwinkte, warf Herrmann ihm demonstrativ einen Handschuh vor die Füße. Nun war die Aufmerksamkeit aller auf diesen Disput gerichtet.

Kaum hatte der Kölner Offizier den Kampfplatz betreten, da stürmte Herrmann auch schon auf ihn zu, täuschte einen Dachschlag an, ließ dann, als der andere sein Schwert zur Verteidigung nach oben riss, seine eigene Klinge kreisen und verpasste dem Offizier einen krachenden Schlag mit der flachen Seite auf die Rippen. Dem Soldaten fuhr mit einem Pfeifen alle Luft aus dem Brustkorb, wie der Teufel aus der Hölle, und der Kampf war schnell entschieden. So machte es Herrmann mit den meisten

Gegnern, stets eine schnelle Entscheidung suchend. Seine Schüler staunten und lernten.

„Das kann doch unmöglich dein Ernst sein!“ Engelbert war außer sich und hieb mit der Faust auf den Tisch. Den ganzen Winter über hatten sie Boten ausgetauscht. Engelbert hatte seinen Bruder über die Ereignisse bei der Königswahl und die Entwicklungen in Köln unterrichtet. Auf diesem Weg hatte er auch vom Ableben der Gräfin erfahren, was ihn aber nicht sonderlich kümmerte. Er hatte Wichtigeres im Kopf und daher den Bruder nach angemessener Trauerzeit auch mehrfach angehalten, die angekündigten Truppen auszuheben, die sie für die anstehenden Aufgaben benötigen würden, doch nichts war geschehen, nichts, womit man Friedrich hätte beeindrucken oder die Machtverhältnisse im Lande zugunsten der Staufer und Berger verschieben können. So hatte sich Engelbert genötigt gesehen, aufs Pferd zu steigen und dem Bruder persönlich ins Gewissen zu reden. Und nun musste er erfahren, dass Adolf zu allem Überfluss auch noch diese unsägliche Verbindung mit den Limburgern untermauert hatte, unfassbar. Wie konnte er die wertvolle Grafschaft Berg, ein Kleinod unter den deutschen Ländern, so achtlos einem welfentreuen Adelsspross vom Niederrhein in den Rachen werfen, nur weil er sich aus einer romantischen Laune heraus in Jugendtagen mit diesem verbrüdert hatte? Für die hübsche Erbtochter ließ sich doch sicher auch noch eine andere Lösung finden, wenn sie denn unbedingt unter die Haube gebracht werden musste. „Es ist mein voller Ernst“, antwortete Adolf von Berg in ruhigem Ton. „Irmgard ist meine Erbtochter und dem Limburger versprochen. Weitere Kinder habe ich nicht und werde angedenk meines Alters wohl auch keine Söhne mehr bekommen!“ „Und warum nicht?“, herrschte ihn Engelbert verständnislos an. „Du bist noch keine vierzig Jahre alt, bist wieder frei und sicher noch in vollem Besitz deiner Manneskraft, heirate einfach noch einmal und zeuge einen Sohn, dann kann Irmgard von mir aus ehelichen, wen sie will!“

„Unsinn, ich habe keinerlei Ambitionen, eine weitere zermürbende Ehe einzugehen, danke. Und Irmgard wird Heinrich heiraten, wie vereinbart.“ „Ihr solltet die Entscheidung Eures Bruders akzeptieren“, mischte sich Arnold von Cleve ein. „Ich wüsste nicht, was Euch das anginge“, bekam er zur Antwort und zog es vor, fortan zu schweigen. „Ich breche mein Wort nicht“, fuhr Adolf fort. „Seit Heinrichs Besuch hier auf Neuenberge ist Irmgard ihm auch von Herzen zugetan, obwohl sie nicht einmal ahnt, glaube ich, dass der Ritter, der ihr seine Aufwartung machte, ihr zukünftiger Bräutigam ist."

„Was für eine Komödie. Und für dieses romantische Minnespiel versetzt du das Erbe unserer Väter?" So ging es hin und her, aber keiner der beiden wollte auf die Argumente des anderen eingehen.

„Und was ist mit den Männern, die du ausheben wolltest?", setzte Engelbert nach. „Gemach, Bruder", versuchte Adolf ihn zu beschwichtigen, „das braucht und hat Zeit. Du hast selbst gesagt, dass König Friedrich noch nicht in den Nordwesten vorrückt.

Wie ich höre, hat er auch alle Hände voll damit zu tun, dem Papst gegenüber seine Versprechen einzulösen und den Pfaffen weitere Rechte zuzugestehen."

In der Tat trat Friedrich II. dem Klerus im Jahre 1213 umfangreiche Privilegien ab. Dies gipfelte in der „Goldbulle von Eger", in der der König den Bischöfen in Deutschland die freie Bischofswahl und die freie Entscheidung bei Nachfolgebestimmungen zuerkannte. Damit gewann der Klerus an Macht. „Umso wichtiger ist es, dies als Vorteil zu nutzen. Wer Friedrich jetzt den Weg bereitet, wird später zu den führenden Männern des Reiches gehören. Auch unser Vetter Adolf von Altena setzt auf diese Karte." Dabei verschwieg Engelbert dem Bruder, dass der frühere Erzbischof längst keine wirkliche Rolle mehr in diesem Machtkampf spielte.

„Mag sein, dass euch beiden dies nicht schnell genug geht. Aber ich habe die Verantwortung für die Grafschaft und ich werde jetzt keine Fehde mit unseren Nachbarn heraufbeschwören – und erst recht nichts unternehmen, was unsere Beziehungen mit Limburg belastet."

Doch darin irrte Adolf, denn er würde schneller wieder zu den Waffen greifen müssen, als ihm lieb war.

„So ihr Bürschchen, dann wollen wir mal sehen, ob ihr unter der Fuchtel der braven Kirchenmänner nicht zu sehr verweichlicht seid." Herrmann von Elverfeld strotzte geradezu vor Selbstbewusstsein, als er die Knappen auf den Kampfplatz rief, um ihnen, wie vor ihrem Abstecher zum Kloster Altenberg, persönlich Lektionen im Schwertkampf zu erteilen. Er hatte jedoch den als Aufmunterung gedachten Spruch gerade über die Lippen gebracht, als der immer noch wütende Engelbert im Eilschritt, zwei Stufen auf einmal nehmend, die Freitreppe vom Palas herunterpolterte und den verbalen Fehdehandschuh sofort dankbar aufnahm.

„Auf Neuenberge scheint man von Kirchenmännern allenthalben nicht viel zu halten. Wohlan, wortreicher Voigt, gebt mir eine Klinge, und ich werde Euch lehren, vor der Kirche wieder Respekt zu haben!"

Als Herrmann, völlig irritiert von der ungewohnten Feindseligkeit des Grafenbruders, nicht sogleich reagierte, wandte sich Engelbert mit stummer Aufforderung an einen Soldaten seiner Eskorte, der sofort sein Schwert zog und es dem Domherrn überreichte.

Ohne weitere Zeit zu verlieren, ließ Engelbert die Waffe kreisen und ging schnurstracks auf den Voigt zu. „Schlag zu!", herrschte ihn Engelbert an. Hilflos um sich blickend, wich Herrmann Schritt um Schritt zurück, bis er fast mit dem Rücken an der Mauer des Palas stand. Fast schon in Panik glitt sein Blick hinauf zu den Erkern und Fenstern. An einem entdeckte er das Gesicht des Grafen, der ihm fast unmerklich zunickte. Dann krachte hart Metall auf Metall. Entgeistert rannten Ritter, Knechte und Mägde zusammen. Sprachlos verfolgten die Knappen das Geschehen. Der Kirchenmann Engelbert kämpfte wie ein Löwe.

Sorgte allein dies schon für ungläubiges Staunen, tat seine Art zu kämpfen ein Übriges, vor allem seine Winkelzüge und Finten, die er sich vielleicht auf dem Kreuzzug gegen die Albigenser angeeignet hatte.

Der Voigt hatte seine liebe Mühe, sich der schweren Hiebe des Dompropstes zu erwehren, die rechts wie links auf ihn einprasselten, tat jedoch sein Bestes, um die missliche Lage nicht in eine Katastrophe abgleiten zu lassen. Da beschrieb die Klinge Engelberts in Kopfhöhe einen Bogen, um dann plötzlich in Gegenrichtung nach unten zu fahren. Konnte Herrmann diesen Schlag noch in höchster Not parieren, sah es mit dem nachfolgenden Faustschlag anders aus. Hart traf ihn ein metallbesetzter Handschuh ins Gesicht. Der Voigt taumelte zurück. Diesen Moment nutzte Engelbert für einen finalen Angriff, schlug Herrmann von unten das Schwert aus der Hand und versetzte ihm mit einer gekonnten Drehung einen Tritt vor die Brust. Kaum lag Herrmann der Länge nach im Staub, setzte ihm Engelbert auch schon die Klinge an die Kehle.

Vielleicht hätte sich nun Milde in das kochende Gemüt des Dompropstes eingeschlichen, vielleicht hätte er dem Voigt aber auch den Garaus gemacht, aber eine dritte Klinge setzte der Vorstellung ein Ende, bevor die Situation eskalierte. Es war Bruder Konrad, der das Schwert Engelberts von seinem Opfer abdrängte und mit ruhigem, aber festem Ton zur Ordnung mahnte.

„Es reicht, mein Fürst, Euer Gegner ist besiegt, ich denke, Eurer und der Mutter Kirche Ehre ist Genüge getan!"

Engelbert bedachte Konrad mit einem eindringlichen Blick, als wolle er sich das Gesicht des Mönches für alle Zeiten einprägen.

Dann lächelte er und reichte dem Soldaten das Schwert zurück.

„Ihr habt recht, wir wollen es dabei bewenden lassen. Aber um die Ehre und Macht der heiligen Mutter Kirche wieder herzustellen, wird es sicher größerer Anstrengungen bedürfen!"

Ohne noch einmal irgendjemanden im Hof eines weiteren Blickes zu würdigen, stapfte der Bruder des Grafen davon, bestieg sein Pferd und ritt aus der Burg.

Von einem der Fenster des Rittersaales aus verfolgten zwei Augenpaare seinen Weg. „Ich sagte ja schon, dass deine Lösung der Erbfolge deinem Bruder nicht gefallen würde", kam es Arnold von Cleve über die Lippen. Adolf nickte stumm.

An diesem Tage übernahm Bruder Konrad neben der geistigen Schulung auch die Waffenausbildung der Knappen. Herrmann von Elverfeldt war zwar keinesfalls ernstlich verletzt, aber seine Seele und sein Stolz hatten gelitten, trotz seiner vorherigen Zweikampferfolge. Und da dieser Zustand anhielt, widmete sich der Voigt, auch auf Wunsch des Grafen, für längere Zeit vornehmlich seinen vielen anderen Aufgaben.

Konrad hatte die jüngeren Burschen geheißen, ausgiebig den Umgang mit dem Schild zu üben, bis ihnen vom steten Heben der schweren Verteidigungswaffe die Arme lahm wurden. Er selbst hatte sich eingehend den älteren Knappen gewidmet, weil sich darunter etliche befanden, die ihn noch nicht kannten, und sich mit kleinen Zweikämpfen gehörigen Respekt verschafft.

Aber da er alsbald wie die meisten erwachsenen Männer am Hof zum Grafen gerufen wurde, entließ er sie für den Tag früher als sonst aus ihren Pflichten.

Thomas beschloss, die gewonnene Zeit für einen Abstecher an die Wupper zu nutzen. Vielleicht konnte er bei der Gelegenheit auch noch einmal kurz seine Familie besuchen, wenn er sich sputete.

Als er durch die ihm nun schon wohl vertraute Schlupfpforte und das dahinterliegende Gesträuch den Burggraben betrat, erhaschte er noch einen kurzen Blick auf Sibylla, die in zerlumpten Kleidern gerade aus dem Graben kletterte und auf der anderen Seite im Wald verschwand. Er beschloss, ihr nachzugehen, doch war er nicht der Einzige, der diesen Gedanken hegte. Vorsichtig folgte er dem Pfad, den die Tochter des Voigtes eingeschlagen hatte und der sich in vielen Windungen den Hang entlangschlängelte. Auf der linken Seite ging es steil hinunter ins Tal, wo sich das silberne Band des Eschbachs erstreckte, auf der rechten nicht minder steil hinauf zur Anhöhe. Und alles war von dichtem Wald umgeben. Um sich nicht zu verraten, ging er tief gebückt, achtete dabei auf Gräser und Zweige, die sie beim Gehen vielleicht abgeknickt hatte und die ihm den Weg weisen konnten. Zuweilen spähte er nach vorn und glaubte dabei noch für einen Moment ihre Gestalt wie die eines flüchtenden Rehs zu erkennen. Groß konnte ihr Vorsprung also nicht sein. Gerade als er unter einem herabhängenden Zweig einer weit ausladenden Eiche hindurchtauchte und auf der anderen Seite suchend den Kopf erhob, traf ihn ein großer Klumpen Dreck an der Schläfe, gefolgt von einem schallenden Lachen. „Wohin des Weges, tollpatschiger Knappe?", hörte er Sibyllas glockenhelle Stimme. „Spionierst du mir wieder hinterher?" Eher aus Verlegenheit denn aus Schmerz betastete Thomas versonnen die Stelle an der Schläfe, an der sie ihn getroffen hatte. „Nein, hab ich nicht", gab er vor, „ich hatte nur im Sinn, meine Familie zu besuchen." „Ach ja?", hörte er Sibylla nun unmittelbar vor ihm sagen, „wohnt die nicht in der anderen Richtung, ein gutes Stück den Fluss hinunter?" „Und woher weißt du nun das schon wieder?", war es jetzt an Thomas, Fragen zu stellen. „Ach, du bist vielleicht nicht der Einzige, der zuweilen jemandem nachspioniert!" Bei diesen Worten stand sie nun ganz nah vor ihm, gut einen Kopf kleiner als er, mit zerzaustem Haar, tiefgründigen Augen und kleinem Schmollmund, eigentlich noch ein Kind, aber eben doch nicht mehr ganz. Thomas konnte nicht anders, er nahm sich ein Herz und küsste sie direkt auf den Mund, zärtlich, kindlich noch und nur einen Herzschlag lang, aber er küsste sie – und sie ließ es sich gefallen, einen Herzschlag lang. Dann fing er sich eine schallende Ohrfeige ein. Noch einen Herzschlag später war sie es, die ihm einen Kuss auf die Lippen hauchte. Dabei strich sie ihm zärtlich über die kurz zuvor noch abgestrafte Wange.

„Du darfst mir nicht folgen", sagte sie, „heute nicht. Ich muss bei jemandem ein paar Kräuter für meinen Vater besorgen, er grämt sich so sehr!" „Es tut mir leid, was mit deinem Vater passiert ist, uns allen, er hat tapfer gekämpft. Richte ihm aus, dass wir ihn alle bewundern für das, was er getan hat." „Das kann ich nicht", antwortete sie ehrlich, „dann müsste ich ja erklären, wann und wo ich dich getroffen habe, das geht nicht." Thomas verstand zwar nicht ganz, aber er nickte. „Heute habe ich keine Zeit, aber wenn du willst, dann können wir uns morgen wieder hier treffen." Wieder nickte Thomas. „Ich werde versuchen, hier zu sein."

Damit trennten sie sich. Sibylla verschwand im Wald und Thomas schlug den Weg zu seinen Eltern ein, den Himmel in der Brust. Dabei kam er nur wenige Handbreit an Gisbert vorbei, doch der Rotschopf hatte sich, unter dem Farnkraut am Wegrand liegend, jeglicher Entdeckung entzogen. Kurz überlegte er, wem von beiden er folgen sollte, dann beschloss er, die Brutstätte des verhassten Fischersohnes ausfindig zu machen …

Karl „der Quade", wie er von seinen Männern genannt wurde, eine uralte Bezeichnung, die unter Seinesgleichen so etwas wie „der Böse" bedeutete und die er sich durchaus verdient hatte, wie er fand, hatte es sich unter einer ausladenden Eiche bequem gemacht. Von der Kettenhaube befreit, glänzte sein kahler Schädel in der wässrigen Frühlingssonne. Aus seinen fettigen Fingern wanderte eine saftige Fleischpastete in seinen hungrigen Rachen, die zu den wenigen brauchbaren Dingen gehörte, die sie gegen Mittag auf dem kleinen Bauernhof erbeutet hatten, bevor das Gehöft ein Raub der Flammen geworden war. Das weiche, noch handwarme Fleisch mundete ihm und stellte keine großen Anforderungen an die wenigen verbliebenen Zähne in seinem Mund. Genüsslich leckte er sich die Finger ab, als der letzte Bissen verschwunden war, und wischte diese an seinem fleckigen, vergilbten Wappenrock ab, den ein dreibalkiges, rot-weißes Schachbrettmuster zierte. Warm war auch das Fleisch der drallen Bauerstochter gewesen, zumindest bevor er sie geschändet und dann seinen Männern überlassen hatte. Er schnalzte mit der Zunge, als er an ihre weichen Brüste und Schenkel dachte, die seiner erigierten Lanze so viel Freude bereitet hatten. Ihre Schreie hatten ihn nicht gekümmert, warum auch, das Weib konnte schließlich noch von Glück reden, denn im Unterschied zu den anderen Bewohnern war sie am Leben geblieben. Jemand musste ja später berichten, wer für die Untat verantwortlich war.

Seine Spießgesellen lagerten jetzt ein paar Hundert Fuß weiter westlich am Ufer eines Baches, an dem sie ihren Durst und den der Pferde stillten.

Denn bei der Unterredung mit dem hohen Besuch, den er am vereinbarten Treffpunkt erwartete, brauchte er keine Zeugen.

Karl der Quade stand auf, furzte einmal vernehmlich und ging ein paar Schritte zum nächsten Baum, um sich zu erleichtern. Gerade als er sein Gemächt aus den Beinkleidern befreite, um ihm einen mächtigen Strahl zu entlocken, hörte er hinter sich in etwa zwanzig, dreißig Schritt Entfernung ein leises Knacken. Langsam stellten sich seine Nackenhaare auf und meldeten eine noch vage Gefahr, doch er unterdrückte den Reflex, sich sofort umzudrehen. Stattdessen ging er verbal in die Offensive. „Euer Gnaden kommen spät, haben Euch die Gebete aufgehalten oder wollte der Opferstock die Münzen nicht hergeben?“ Bei diesen Worten schüttelte er ab, stopfte sein Gemächt zurück in die Gewänder und drehte sich um. Vor ihm stand die in einen weiten, schwarzen Kapuzenmantel gehüllte Gestalt eines Mönches, Priesters oder Kirchenfürsten, das wusste Karl der Quade immer noch nicht genau. Man hätte ihn auch als schwarzen Ritter bezeichnen können. Karl ahnte allenfalls, für wen er arbeitete. Wer da genau vor ihm stand, war ihm im Grunde auch völlig gleichgültig. Diskretion gehörte in seinem Metier zum Ehrenkodex, der sich mit dieser aber auch schon erschöpfte. Hauptsache in den Tiefen des Mantels fand sich der Lohn für seine nächsten Raubzüge. Und Karl der Quade wurde nicht enttäuscht. Eine stattliche Börse wechselte den Besitzer. Prüfend wog Karl den schlichten Lederbeutel in der Hand. Die Summe stimmte. Mit einem befriedigten Grunzen stopfte er die Börse in seinen Gürtel.

Wortlos überreichte der Mönch ihm zudem ein paar neue Wappenröcke, die Karl dann doch ein gewisses Erstaunen abnötigten, da sie einen roten Löwen trugen.

„Wir wechseln den Dienstherrn?“, fragte Karl mit erhobenen Augenbrauen. Wie üblich sprach sein vermummter Auftraggeber bei der Transaktion nur das Nötigste und bedachte ihn auch jetzt mit keiner Antwort. Aber eines musste Karl der Quade noch wissen. „Und welche Gegend sollen wir als Nächstes mit unserer Anwesenheit beehren?“ Die Antwort kam dumpf und grollend aus dem Dunkeln der Kapuze …

Sibylla wartete zum verabredeten Zeitpunkt wie üblich unter der weit ausladenden Eiche im Wald. Es war jetzt schon zwei Wochen her, dass sie sich zum ersten Mal hier getroffen hatten, aber ihre Lippen brannten immer noch, wenn sie an ihren ersten Kuss dachte. Der schüchterne Junge hatte sich gemausert, das gefiel ihr. Sibylla hielt nicht viel davon, lange um den heißen Brei herumzudrucksen. Ihm schien wirklich etwas an ihr zu liegen, dieses Gefühl war neu für sie. Ihre Mutter machte meist keinen Hehl daraus, dass sie sich eine züchtigere Tochter gewünscht hätte. Sicher, ihr Vater nannte sie immer sein Goldstück, aber das war etwas anderes. Außerdem hatte auch er nie Zeit für sie. Thomas hingegen schien gerne Zeit mit ihr zu verbringen. Meist wartete er schon auf sie, wenn sie sich verabredet hatten. Aber heute verspätete er sich. Plötzlich vernahm sie ein kaum hörbares Rascheln hinter sich, wie von leisen Sohlen, die sich langsam über das vermodernde Laub vom Vorjahr tasten. Sibylla schloss die Augen und spitzte die Ohren. Da, noch ein Rascheln. Dann lächelte sie wissend, glaubte sie doch, das Geräusch dem nicht ganz gelungenen Versuch eines jungen, drahtigen Mannes zuordnen zu können, sich anzuschleichen. „Du bist laut wie ein Eber, denn man hört dich schon von Weitem", rief sie, ohne sich umzublicken, „nun komm schon her und küss mich!" Der Verursacher des Raschelns gab sein Versteckspiel auf und näherte sich nun mit festen, schnellen Schritten. Dann war er hinter ihr, legte die Arme um sie, bog sie nach hinten und drückte ihr hart seine Lippen auf den Mund. Viel zu hart. Sibylla erschrak augenblicklich zu Tode, als sie erkannte, dass es nicht Thomas war, der ihr seinen Atem einhauchte. Und ihr wurde speiübel.

Verärgert marschierte Thomas den nun schon vertrauten Pfad im Wald entlang. Er hatte sich ungewollt verspätet. Zuerst hatten die Schwertkampfübungen länger gedauert als an den Tagen zuvor, weil Bruder Konrad ständig etwas an ihnen auszusetzen hatte. Dann war es obendrein noch an Heinrich und ihm gewesen, alle Waffen einzusammeln. Und weil sie in der Eile nicht die gebotene Sorgfalt hatten walten lassen, durften sie zu allem Überfluss die Schwerter anschließend auch noch schleifen und jede Menge Scharten auswetzen. Thomas war restlos bedient.

Er war noch etwa hundert Schritt von der Eiche entfernt, die ihnen seit Wochen als Treffpunkt diente, als er einen erstickten Schrei hörte. Die Stimme erkannte er sofort und sein Herz setzte für einen Moment aus. Dann rannte er los. Er rannte so schnell, dass ihm die Zweige mit ihren frischen, grünen Trieben links und rechts durchs Gesicht peitschten, obwohl er sich so gut es ging mit den Händen schützte. Gerade bog er um eine letzte Biegung des Pfades – da sah er sie. Sibylla lag mit dem Rücken im Gras, schlug und strampelte dabei mit allen Gliedmaßen um sich. Schwer lag eine große, muskulöse Gestalt auf ihr, die ständig versuchte, ihren Mund auf den Sibyllas zu pressen. Die Tochter des Burgvoigtes suchte dem zu entgehen, indem sie ihren Kopf vehement von links nach rechts warf. „Stell dich nicht so an, dem schmierigen Fischer hast du doch auch deine Lippen geöffnet", grollte die Gestalt. Im Laufen erkannte Thomas einen wohlbekannten Rotschopf. Gisbert!

Wie von Sinnen stürzte er sich auf den verhassten Limburger, riss ihn von Sibylla herunter und schlug ihm mit blanker Faust in die angsterfüllte Grimasse, die jener ob des Schreckens zog. Hart prallte Gisbert gegen den Stamm der voluminösen Eiche. Aber der Limburger fand schnell seine Fassung wieder und ging zum Gegenangriff über. Sich von der Eiche abstoßend, rammte er Thomas wie ein wilder Stier seinen Kopf in die Magengrube. Für einen Moment blieb diesem die Luft weg. Geistesgegenwärtig umfasste er jedoch den vorgebeugten Oberkörper des Gegners und wirbelte ihn einmal um seine Achse.

Dabei verloren beide den Halt und kugelten kopfüber den Hang hinab. Thomas schlug mit dem Kopf an eine Wurzel, sprang aber sogleich wieder auf. Gisbert hatte sich mit den Beinkleidern in einem Brombeergesträuch verfangen und kam weniger schnell auf die Beine, machte dies aber wett, indem er zu einem armdicken Ast griff, der in seiner Nähe auf dem Boden lag. Während Thomas mit einem Hechtsprung auf ihn zugeflogen kam, schlug ihm Gisbert mit diesem Knüppel auf den Schädel. Der Hieb war in der Eile jedoch schlecht platziert und rasierte lediglich die Schädeldecke, außerdem zwang ihn der Schwung des eigenen Schlages zu Boden. Da war Thomas auch schon über ihm und schlang ihm, ohne auf die spitzen Dornen zu achten, die ihm tief ins Fleisch der Hände schnitten, mehrere Stränge des Brombeergesträuchs um Kopf und Hals. In einem verzweifelten Kraftakt stieß Gisbert den blindwütigen Gegner mit beiden Beinen von sich. „Hört sofort auf damit, es ist ja bislang nicht wirklich was passiert!" Aus den Augenwinkeln sah Thomas Sibylla, wie sie händeringend weiter oben am Wegrand stand, peinlich bemüht, die Fetzen ihrer ohnehin schon reichlich zerlumpten Bauernkleidung zu ordnen. Aber ihm war noch nicht nach Aufhören. Mit letzter Kraft erhob er sich auf die Knie, während Gisbert verzweifelt versuchte, dem Dornengestrüpp zu entrinnen, ballte die Faust und reckte den rechten Arm zu einem weiteren Schlag. „Das willst du nicht wirklich tun!" Es war Heinrichs Stimme, die Thomas wieder zur Besinnung brachte, auch wenn ihm dies zuerst noch nicht bewusst war. Völlig außer Atem, aus unzähligen kleinen Wunden blutend, hockten sich die beiden Kontrahenten gegenüber. „Rührst du Sibylla noch einmal an, dann …" „Die kannst du behalten", fuhr ihm Gisbert über den Mund, während er sich aus den Dornen befreite, „mit ‚so einer' will ich eh nichts zu schaffen haben." „Das sah aber vorhin ganz anders aus“, hakte Thomas nach. Zur Antwort zuckte Gisbert lediglich mit den Achseln und erhob sich. „Da wusste ich ja auch noch nicht, dass sie so eine ist.“ Wieder verwendete er die gehässige Bezeichnung für zweifelhafte Frauenzimmer. „Was soll das heißen?“ Thomas spürte erneut Wut in sich aufsteigen. „Na eine, die sich mit Leuten wie dir abgibt.“ Dabei klopfte er sich die lädierte Tunika ab. „Du entschuldigst dich sofort, sonst lass ich den Grafen wissen, dass du ihr Gewalt antun wolltest. Dann wird er dich mit Schimpf und Schande zurück nach Limburg schicken!“ Gisbert lächelte gespielt gelassen. „Sicher, nur zu, dann erzähl ich ihm, was ihr im Wald so treibt. Das dürfte auch den Voigt brennend interessieren. Wollen wir mal sehen, ob sie dich dann nicht auch zurück in die Gosse schicken, aus der du gekommen bist!“

Schnell wurde Thomas klar, dass jeder den anderen in der Hand hatte, eine unangenehme Patt-Situation. Ohne sie eines weiteren Blickes zu würdigen, stapfte Gisbert davon. Sibylla hatte ihren letzten Worten mit offenem Mund zugehört. Nun traten ihr erneut Tränen in die Augen, die sie eigentlich schon getrocknet hatte. Thomas ging zu ihr und wollte sie in den Arm nehmen, aber sie entzog sich ihm mit einem traurigen Blick und rannte davon. Wahrscheinlich hatte ihre Mutter recht, spukte es in ihrem Hirn, vermutlich taugte sie tatsächlich zu nichts.

Völlig überfordert von dieser Reaktion, schüttelte Thomas nur noch den Kopf, begab sich zum wartenden Heinrich und trottete neben diesem im beginnenden Dämmerlicht der Burg zu. „Wo kamst du eigentlich so plötzlich her?“, fiel ihm jetzt erst ein. „Mir fiel auf, dass auch Gisbert fehlte, als du dich aus dem Staub gemacht hast, da hab ich geahnt, dass etwas nicht stimmt“, log er.

Im Frühsommer mehrten sich, wie schon in vorangegangenen Jahren, Nachrichten über marodierende Banden am Rhein, im Deutzgau und an den Grenzen der Grafschaft. Die wenigen Zeugen der Überfälle auf meist einzelne Höfe und kleine Dörfer berichteten von Raubrittern, die zuweilen das Balkenmuster des märkischen Wappens oder auch den Limburger Löwen trugen. Graf Adolf schenkte diesem Teil der Nachrichten wenig Glauben. Zu viele Truppen verschiedener Herren hatten im Laufe des Thronstreites die rheinischen Länder verheert, sodass es leicht zu Verwechslungen kommen konnte. Außerdem war es unter Raubrittern eine bekannte Gepflogenheit, unter falschem Wappen auf Beutezug zu gehen. Aber er sandte doch Boten zu Adolf von Altena, um diesen zur Rede zu stellen. Der Bischof schwor jedoch, mit derlei Überfällen nichts zu schaffen zu haben. Den befreundeten Herzog von Limburg getraute er sich nicht, mit solch ungeheuerlichen Anschuldigungen zu konfrontieren. Stattdessen begann Adolf seine Truppen zu verstärken. So schickte er sechs weitere Ritter nach Bensberg, um die Besatzung der dortigen Burg zu unterstützen, die das Bergische Land zum Rhein hin sicherte.

Zu den Kampfübungen fanden sich nun täglich auch die Ritter der Burg ein. Thomas und Gisbert gingen sich dabei geflissentlich aus dem Weg. Sibylla verhielt sich ebenfalls sehr reserviert. Der Schreck über Gisberts hinterhältige Annäherung, mehr noch über seine herablassenden Worte, saß noch zu tief. Erst zur Mittsommernacht wollte es der Zufall, dass sich Thomas und Sibylla wieder allein zusammenfanden. Wie fast alle Bewohner Neuenberges hatten sie sich um das gewaltige Feuer versammelt, das auf dem Turnierplatz oberhalb der Burg aufgeschichtet worden war. Es wurde getanzt und gesungen, obwohl die Ordensbrüder der Johanniter, denen die Seelsorge der Bewohner Neuenberges oblag, gegen das ‚heidnische Ritual' wetterten. Plötzlich saßen sie nebeneinander auf einem Strohballen, allein mit sich, inmitten ausgelassener Menschen. Verstohlen berührte Thomas mit einem Finger ihre Hand. Das jagte ihr einen kleinen Schauer über den Rücken. Trotzdem entzog sie sich ihm. „Was ist los, magst du mich nicht mehr?" Diese Frage lastete auf seiner Seele. Lange schaute sie ihm in die nicht nur vom Feuer flackernden Augen. Ihre Knie wurden ganz weich, aber sie wusste sich zu beherrschen. „Nein, Thomas, das ist es nicht, so etwas darfst du nicht einmal glauben", flüsterte sie. „Aber was ist es dann? Ich fühle mich wie ein Aussätziger!" Wieder dieser lange Blick. „Ich muss vorsichtig sein, das sagt auch Magda, der hab ich mich anvertraut!", bekam er zu hören. Thomas rollte mit den Augen. Noch ein Zeuge mehr. „Mit Gisberts Worten und Taten ist nicht zu spaßen. Er hat mich als ‚so eine' bezeichnet. Wenn dies die Runde macht, ist mein Ruf dahin. Magda sagt, dass abgewiesene Männer auf diese Weise gerne eine Frau in Misskredit bringen, nur damit sie eine Handhabe haben, ihr straflos Gewalt anzutun. Außerdem dürfen meine Eltern nichts von alldem erfahren. Deshalb muss ich vorsichtig sein!" Thomas ahnte auf einmal, dass dies noch nicht alles war. Sibylla druckste ganz gegen ihre sonstige Art erstaunlich lange herum. „Magda sagt auch, dass man uns niemals erlauben würde, uns enger aneinanderzubinden, weil du …"

Also doch. Da war es wieder – und ausgerechnet von ihr! „Thomas“, setzte Sibylla noch einmal an, „wenn du mich wirklich gern hast, dann musst du ein Ritter werden!“ Hoffnung keimte wieder in ihm auf. „Worauf du dich verlassen kannst!“ Sein Lohn war eine leise Berührung ihrer Hand. Als das Feuer herunterbrannte, gingen sie, getrennt voneinander, heim …

Karl der Quade war denkbar schlechter Laune. Seit Tagen schon hatten er und seine Männer keine nennenswerte Beute gemacht. Dem Befehl seines geheimen Auftraggebers folgend, hatten sie ihre Raubzüge mehr und mehr von den niederrheinischen und kurkölnischen Gebieten in das sich weiter östlich anschließende Hügelland verlegt, das zur Grafschaft Berg gehörte, aber auf den meist ärmlichen Höfen in feuchten Tälern oder auf windigen Höhen schien es einfach nichts zu holen zu geben. Also hatte er beschlossen, ihre Kreise auf die größeren Ansiedlungen der Grafschaft auszudehnen. Hier sollte es gut betuchte Handwerkersiedlungen und Fischerdörfer geben. Die festen Burgen mieden sie dabei ebenso wie die alten Heerstraßen.

Stattdessen zogen sie im Schatten uralter Eichen und riesiger Farne die Wupper hinauf. Dort, wo sich der Fluss über eine breite Stromschnelle ergießt, nachdem er sich aus einer felsigen Talenge befreit hat, entdeckten sie am aus ihrer Sicht linken Ufer die Werkstatt eines Klingenschleifers, dessen Schleifstein von einem mächtigen hölzernen Wasserrad angetrieben wurde. Aus sicherer Deckung heraus beobachteten sie von ihrer Seite des Flusses den halben Nachmittag das geschäftige Treiben. Die Werkstatt schien gut zu tun zu haben. Gerne hätten sie sich hier mit neuen Schwertern, zumindest mit frischen, geschärften Klingen eingedeckt. Aber das halbe Dutzend kräftiger Männer dort gegenüber, offensichtlich ein Meister mit mehreren Gesellen und Lehrlingen, hielt sie von einem offenen Überfall ab, obwohl sie selbst etwa dreifach in der Überzahl waren. Doch die Männer schienen gut bewaffnet, wie in einer Schwertschleiferei auch nicht anders zu erwarten war, wahrscheinlich sogar mit besseren Klingen, als sie selbst am Gürtel trugen. So zogen sie es vor, den Schleifkotten zu umgehen, und hielten sich am rechten Ufer weiter stromaufwärts.

Nach weniger als einer Wegstunde sahen sie vor sich eine dünne Rauchsäule aufsteigen. Karl der Quade ließ seine Männer absitzen und die Pferde außer Hörweite bringen. Er selbst schlich weiter, um die Lage und Größe des vor ihnen liegenden Gehöfts zu erkunden. Er vermutete einen freien

Adelssitz oder etwas Ähnliches, wurde dann aber bitter enttäuscht, als er nur eine kleine Fischerkate entdeckte.

Er brauchte nicht lange, um herauszufinden, dass diese lediglich von drei Menschen, einem Mann und zwei Frauen, einer jüngeren, fast noch ein Kind, und einer älteren, bewohnt wurde. Die Rauchsäule kam von einem kleinen Räucherofen, in dem Karl ein paar fette Forellen vermutete. Immerhin würden sie hier etwas Anständiges zu essen bekommen. Und Frauen waren auch nie zu verachten, denn das Räuberleben konnte einsam sein.

Karl schlich zurück und teilte seine Männer in zwei Gruppen ein.

Die eine sollte sich über den Hang zur Rückseite der aus Lehm und Stroh gebauten Hütte vorarbeiten, die andere Gruppe mit ihm an der Spitze den geraden Weg nehmen.

Wenige Minuten später waren sie in Stellung. Karl der Quade sah, wie der Mann aus der Kate kam und ein Netz zum Trocknen aufspannte. Die ältere Frau saß vor der Tür und ordnete einige Bündel Grünzeug. Die jüngere Frau machte sich an dem Räucherofen zu schaffen. Alle drei waren keine fünfzig Schritt voneinander entfernt, das gefiel ihm. Der Ruf eines Käuzchens teilte ihm mit, dass auch die zweite Gruppe bereit war. Es konnte losgehen.

Ulrich Grimbergen genoss den warmen Sommerabend. Die letzten Sonnenstrahlen würden sein gutes Netz, das er gerade auf dem Boden ausbreitete, noch leidlich trocknen. Dann konnten sie sich zur wohl verdienten Abendmahlzeit begeben. Der Ruf eines Käuzchens ließ ihn aufhorchen. Normalerweise war diese Art Eule erst nach Einbruch der Nacht aktiv. Außerdem konnte er sich nicht erinnern, wann er zum letzten Mal hier unten im Tal einen Kauz gesehen oder gehört hatte. Er richtete sich auf und lauschte.

Da sah er vom Fluss her acht, neun Männer auf sich zukommen. Sie trugen Kettenhemden oder zumindest Kettenhauben und Wappenröcke mit einem Löwen darauf. An ihren Gürteln hingen Schwerter in ledernen Scheiden. Augenblicklich witterte er Gefahr, auch wenn die Männer winkten und sich alle Mühe gaben, gelassen und friedfertig zu wirken. „Hilde, Katharina, geht ins Haus!“, rief er, hastete dann zu dem kleinen Schuppen, wo seine Gerätschaften lagen, steckte sich ein großes Messer in den Gürtel und griff zu seinem Bogen, der am Türpfosten hing. Schon waren die Männer auf weniger als hundert Schritt herangekommen. Ulrich legte geschwind einen Pfeil auf die Sehne, spannte diese und trat den Männern so bewaffnet entgegen. Mit einer kurzen Kopfbewegung versicherte er sich, dass seine Frau und seine Tochter seinem Befehl gefolgt waren.

„Halt!", donnerte seine Stimme. „Bleibt stehen, wenn euch euer Leben lieb ist, und sagt mir, was ihr hier wollt!"

Ein grobschlächtiger Kerl an der Spitze der Männer beehrte ihn mit einer übertriebenen Verbeugung und einem breiten Grinsen, verlangsamte dabei aber keineswegs seine Schritte. „Mit Verlaub, wir möchten euch einen Besuch abstatten!"

Da hörte Ulrich hinter sich einen dumpfen Schlag, wie von Metall auf Holz, und einen spitzen Schrei aus dem Mund der Tochter.

Ulrich schoss. Der Pfeil traf einen der Angreifer, die nun alle Tarnung aufgaben und mit gezückten Schwertern auf ihn zu rannten, mitten ins rechte Auge. Rückwärts laufend legte Ulrich einen zweiten Pfeil ein und schoss erneut. Diesmal hatte er auf den Anführer gezielt, der sich aber blitzschnell ins Gras warf. So traf er einen seiner Spießgesellen in den Hals. Sofort schoss eine Blutfontäne aus der Wunde, offensichtlich hatte er die Schlagader erwischt. Zu einem dritten Schuss kam Ulrich nicht mehr, denn nun waren die Männer herangekommen. Einen gegen seinen Kopf geführten Schwerthieb konnte er mit dem Bogen parieren, der dabei allerdings zerbrach. Blitzschnell zog Ulrich sein Fischmesser und stach es dem Angreifer in die Brust, die auch das Kettenhemd nicht vor der langen, schmalen Klinge schützen konnte. Mit einem gewaltigen Satz sprang er auf die Tür seine Kate zu, die sich gerade öffnete. Doch nicht seine Frau stand da plötzlich im Rahmen, sondern ein weiterer Mann, der sich offenbar von der anderen Seite Zugang verschafft hatte. Etwas Metallisches blitzte auf und reflektierte die letzten Sonnenstrahlen – dann wurde es für immer schwarz um ihn …

Karl der Quade schäumte vor Wut. Gleich vier seiner Männer hatte der Angriff auf die Fischerkate das Leben gekostet, ein Viertel seiner Truppe war gefallen – was für eine Verschwendung. Drei Mann hatte der vermaledeite Fischer ins Jenseits befördert, bevor ein Schwert ihm schließlich das Lebenslicht ausblies. Ein weiterer hatte den Versuch, durch ein rückwärtiges Fenster in die Kate einzudringen, mit dem Leben bezahlt, weil ihm eine der Frauen – oder beide – mit einem schweren Kupferkessel den Schädel eingeschlagen hatte. Die ältere der beiden Frauen war von den nachrückenden Männern in Stücke gehauen worden, weil sie sich wie eine

Furie wehrte. Die jüngere hatte den Todeskampf der Mutter genutzt, sich über den Rauchabzug der Feuerstelle aufs Dach der Kate und von dort mit einem Sprung in den nahen Wald gerettet. Zwei seiner Männer verfolgten sie. Vier Leben gegen zwei. Karl der Quade schüttelte den kahlen Kopf.

Andererseits reichten die im Räucherofen vor sich hin garenden Forellen nun wenigstens, um den Rest seiner Mannschaft satt zu machen. Er würde sich in den Spelunken von Köln neue Männer besorgen müssen. Vielleicht konnten sie sich später zumindest an der jungen Fischerstochter schadlos halten. Große Beute erwarteten sie in der winzigen Kate ohnehin nicht. Trotzdem drehten seine Männer jeden Stein, jeden Brotkrumen in der Hütte um. Bis auf ein paar Töpfe, getrocknete Kräuter, Messer, Netze und anderes für einen Fischer typisches Handwerkszeug war bislang allerdings nichts von Wert dabei herausgekommen.

Karl der Quade nahm selbst noch einmal die Feuerstelle und den Räucherofen in Augenschein. Jahrzehnte im Halsabschneider-Handwerk hatten ihn gelehrt, wo einfache Leute gerne ihre wenigen Habseligkeiten versteckten, denn diese Bereiche eines Hauses waren oft die einzigen, die über einen gemauerten Sockel verfügten und daher in der Lage waren, Stürme oder Feuer zu überstehen. In der Asche unter der Feuerstelle entdeckte er tatsächlich einen tönernen Krug, der ein paar Münzen enthielt. Immerhin etwas. Fast hätte er sich damit zufriedengegeben, dann aber erregte eine Ecke des grob gezimmerten Ofens seine Aufmerksamkeit. Im Sockel war ein Stein lose. Als Karl der Quade diesen herauszog, fand er darunter ein sauber in derbes Leder eingeschlagenes Bündel. Gespannt schlug er dessen Seiten auseinander – und traute seinen Augen nicht. In seiner Hand lag ein funkelnder, mit edlen Steinen besetzter Dolch. Karl der Quade pfiff durch die Zähne. Ein seltsamer Besitz für einen Fischer, denn der Dolch hätte einem Fürsten zur Ehre gereicht. Bevor er ungewollte Zeugen für seinen Fund bekam, steckte Karl der Quade seine Beute ein, nun deutlich besser gelaunt.

Katharina rannte wie von Dämonen gehetzt durch den Wald. Die Verzweiflung verlieh ihr eine ungeheure Schnelligkeit. Aber die Männer hinter ihr waren größer, hatten längere Beine und waren nicht so erschöpft. Ihr Vorteil war die Kenntnis des Waldes – aber wo sollte sie hinlaufen? Zur Burg war es zu weit und ging steil bergan, wobei der schützende Wald immer lichter wurde, aber auch im Fluss zur Linken hatte sie keine Deckung mehr. Also lief sie weiter flussaufwärts. Es war nicht mehr als ein

Wildpfad, dem sie folgte, gerade breit genug für eine schlanke Person. Trotzdem fielen ihre Verfolger nicht zurück, angetrieben von der Angst, ihrem Anführer mit leeren Händen entgegentreten zu müssen.

Langsam spürte Katharina, wie ihre Kräfte erlahmten, die Beine wurden ihr schwer, fast so schwer wie ihr Herz, auf dem der schier unfassbare Verlust ihrer Eltern lastete. Und dann gehorchten ihr die Beine nicht mehr. Im Fallen bemerkte sie, dass sie blutete. Irgendetwas hatte sie in die Wade getroffen. Sie überschlug sich mehrmals, bevor ihr Leib und ihre Kräfte im Farn am Wegrand zum Erliegen kamen. Da waren sie auch schon herangekommen und beugten sich über sie, zwei stinkende, verschwitzte Gestalten mit fauligen Zähnen und blutverschmierten Gesichtern. Grinsend rissen sie ihr die Kleider vom Leib. Der eine nestelte bereits an seinem Rock. Katharina schloss die Augen und versuchte, wenigstens ihre Seele entfliehen zu lassen. Ach wäre doch jetzt Thomas bei ihr, der starke, große Bruder. Würde sie ihn jemals wiedersehen? Würde sie ihm überhaupt jemals wieder in die Augen blicken können, nach der Schande, die ihr nun bevorstand? Dann fiel ihre Seele in einen todesähnlichen Schlaf, der jedweder Realität den Zugang verwehrte …

Die beiden Mordbuben waren sich schnell einig. Erst würde der eine, dann der andere auf seine Kosten kommen. Jetzt sollte die junge Dirne dafür bluten, dass sie die Männer so lange durch den Wald hatte hetzen lassen. Vielleicht würden sie ihr auch beide zugleich das Gemächt in ihr junges Fleisch rammen. Doch gerade, als sie sich ans Werk machen wollten, teilte sich vor ihnen die tiefgrüne Blätterwand des Waldes – und eine fürchterliche Erscheinung ließ ihnen das Blut in den Adern gefrieren. Eine leibhaftige Hexe, schrecklich anzuschauen, eine Ausgeburt der Hölle mit langen Fingernägeln und eisgrauen Haaren, in denen geifernde Schlangen züngelten, kam über sie und stieß die schlimmsten Verwünschungen aus. Der Schreck fuhr ihnen in die Glieder wie der Teufel in die arme Seele, und sie gaben augenblicklich Fersengeld. Später, als sie ihrem Hauptmann Rede und Antwort stehen mussten, schworen sie Stein und Bein, dem Tod ins Antlitz gesehen zu haben. Wirres Hexengelächter klang ihnen noch lange in den Ohren …

In der Ferne kündete schwarzer Rauch vor einer glutrot untergehenden Sonne von Unheil. Ein Hornstoß vom Wachtposten auf dem Bergfried alarmierte die Ritterschaft, und Graf Adolf schickte sofort sechs Reiter unter Arnold von Cleves Führung aus, die Ursache des Rauches aufzuspüren.

Thomas beschlich vom ersten Moment an ein ungutes Gefühl. Der Rauch kam genau aus der Richtung, in der in einiger Entfernung im Tal der Wupper die Kate seiner Familie lag. Vielleicht hatte ein Funke aus dem Räucherofen das Dach der Hütte entzündet? Ihn hielt es nicht länger auf den westlichen Zinnen, wohin er mit Heinrich geeilt war, um den Grund für die Aufregung in Augenschein zu nehmen. So schnell er konnte spurtete er den Wehrgang entlang zum Grabentor und stürzte, immer zwei Stufen auf einmal nehmend, die steile Treppe hinunter, um die Reiter abzupassen. Gerade fiel ächzend und krachend die Zugbrücke herunter, als er den Trupp noch soeben erreichte. Atemlos bat er Ritter Arnold, die Männer begleiten zu dürfen. Dabei klammerte er sich vehement am Zaumzeug dessen Pferdes fest, das dadurch leicht scheute. Der Clever wollte zuerst ungehalten ablehnen, doch dann erkannte er die Sorge und Entschlossenheit im Gesicht des Jungen. So bot er Thomas seinen Arm und hieß ihn hinter sich aufsteigen. Dankbar nahm dieser an und augenblicklich sprengten sie über die Brücke hinaus.

Es dämmerte bereits, als sich die Reiter der schmalen Anhöhe ein paar Hundert Fuß unterhalb des Wupperknicks näherten, auf der die Fischerkate der Grimbergens stand – bzw. gestanden hatte. Nur noch Glut und Asche zeugten von ihr. „Junge, du musst jetzt stark sein und die Ruhe behalten!“, presste Arnold hervor, dem bereits aufging, dass hier etwas Schreckliches geschehen sein musste. Aber der gut gemeinte Rat verhallte, denn Thomas hielt es nicht mehr länger auf dem verlängerten Pferderücken hinter dem Clever. Er sprang ab und rannte los. Je näher er dem Elternhaus gekommen war, desto mehr hatte sich Thomas' Hals zugeschnürt. Nun verkrampfte sich sein Herz angesichts des Bildes der Verwüstung, das sich seinen Augen bot. Alles war verbrannt, nur noch die Stümpfe verkohlter Balken ragten schwelend empor. Einzig der hitzegewohnte Räucherofen stand noch zur Hälfte. Wie ein gehetztes Wild blickte sich Thomas um, verzweifelt nach seinen Eltern und seiner Schwester Ausschau haltend. „Vater, Mutter!“, schrie er aus tiefster Seele. Dann sah er die Leichen.

Eine Gestalt, die der seines Vaters glich, lag mit dem Gesicht nach unten nicht weit von der Stelle entfernt, wo einst der Eingang zur Kate gewesen war. Wie in Trance taumelte Thomas zu ihm, um ihn umzudrehen. „Bist du sicher, dass du das tun willst?“, hörte er Arnold von Cleve hinter sich sagen. Der Ritter hatte die Männer absitzen lassen und angewiesen, nach Überlebenden zu suchen, während er selbst zu Thomas trat. Der Junge schluckte schwer und nickte. Gemeinsam drehten sie den Leichnam auf den Rücken. Starre Augen blickten ihn mit einem Ausdruck schmerzhaften Erstaunens an. Es war Thomas' Vater. Eine klaffende Bauchwunde verriet die Todesursache. Erschüttert und seiner Stimme beraubt, starrte Thomas auf die leblose Hülle des Mannes, der doch immer so voller Wärme, der sein Lehrmeister, Beschützer und Vorbild gewesen war. Wie konnte es sein, dass sein Vater nicht mehr lebte? Arnold von Cleve, der in seinem streitbaren Leben schon viele Leichen gesehen hatte, fing sich als Erster. Sanft legte er dem Jungen die Hand auf die Schulter und wies mit dem Kopf zu einer Stelle zu seiner Linken. „Es hat einen Kampf gegeben. Es wird dich zwar nicht trösten, aber es sieht so aus, als hätte dein Vater drei Kerle mit in den Tod genommen!“ Wie durch einen Schleier erkannte Thomas drei weitere Leichen. Sie trugen Kettenhemden und vormals weiße Wappenröcke. Einem steckte das Fischmesser des Vaters in der Brust, die beiden anderen hatten Pfeilwunden in Kopf und Hals. Im gleichen Moment fanden die anderen Ritter eine verkohlte Frauenleiche inmitten der Asche der ausgebrannten Kate und einen weiteren Raubritter, denn um solche musste es sich gehandelt haben, schloss Arnold. „Mutter?!“ Thomas wollte sofort hinzueilen, aber der Clever und zwei andere Männer hielten ihn mit eisernen Fäusten fest. „Es reicht jetzt, Junge. Du kannst nichts mehr für sie tun. Du solltest sie so in Erinnerung behalten, wie du sie im Herzen trägst.“ Thomas protestierte, wollte sich losreißen. „Lasst mich, ich muss zu ihr – und zu meiner kleinen Schwester …“

Doch der erfahrene Ritter hatte entschieden und ließ ihn nicht mehr los. In seiner Verzweiflung umschlang der Junge stattdessen die Leiche des Vaters. „Niemand sollte seine Mutter in solch einem Zustand sehen“, sagte Arnold später zum Grafen Adolf, als er diesem von dem abscheulichen Verbrechen berichtete. Herbeigeeilte Fischer und Handwerker der nahen Siedlung hatten bestätigt, dass es sich bei der Leiche um Hilde Grimbergen handelte. Einzig Katharina, Thomas' Schwester, war nicht unter den Toten. Sie blieb verschollen. Arnold nahm an, dass man sie mitgenommen hatte, und stellte sofort vier Ritter zur Verfolgung der Räuber ab. All dies hatte Thomas kaum noch wahrgenommen, versunken in einen Nebel der Trauer und Erinnerung. Mit ganzer Kraft klammerte er sich lange an den Leichnam des Vaters und wiegte diesen wie ein Kind hin und her. Dann kamen die Tränen …

Noch in derselben Nacht schickte Graf Adolf Boten nach Köln, Altena und Limburg. Die getöteten Raubritter hatten den Limburger Löwen auf den Wappenröcken getragen. Auch wenn er sich nach wie vor weigerte zu glauben, dass der Herzog und sein alter Freund Walram etwas mit den Überfällen zu tun hatten, gab es Handlungsbedarf. „Zumindest sollte der Herzog wissen, dass sich jemand Mühe gibt, das Haus Limburg in Misskredit zu bringen", sagte er am Kaminfeuer zu Arnold. Der hatte die flüchtigen Räuber bis Leichlingen verfolgen lassen. Dann verlor sich ihre Spur im Dunkeln der Nacht. Zuvor hatten diese auf ihrem Rückzug doch noch dem Schleifkotten an der Wupper einen Besuch abgestattet, mit Brandschatzung gedroht und ein Dutzend neuer Klingen erpresst. Der Schleifermeister war ihnen mit seinen Gesellen entgegengetreten, hatte dann aber ihren Wunsch erfüllt, froh darüber, so billig davonzukommen. Ohne viel Zeit dabei verloren zu haben, waren die Raubritter weiter flussabwärts gezogen. Wohin oder woher sie ursprünglich kamen, das wussten auch die Schleifer nicht. Nun zogen Späher durchs Land, um die Spur der Räuber wiederzufinden, mehr konnte man vorerst nicht tun. „Ich glaube, da ist eine große Schweinerei im Gange", mutmaßte Arnold, „irgendeiner deiner näheren oder ferneren Nachbarn versucht, seine Macht auf Berg auszudehnen und die dabei verübten Missetaten anderen in die Schuhe zu schieben." Angewidert spie Arnold aus. Der Speichelpfropf verursachte ein lautes Zischen im Kamin.

„Wenn schon, dann vermute ich eher einen östlichen Nachbarn als Urheber!" Dem Grafen erschien es wahrscheinlich, dass eine der Banden, die Bischof Adolf von Altena über Jahre auf Köln und die Güter des vormaligen Erzbischofs losgelassen hatte, aus dem Ruder gelaufen war. In jedem Fall unterrichtete er auch seinen Bruder in Köln über die tragischen Ereignisse. Dessen Antwort konnte er sich schon im Vorfeld ausrechnen. „Wahrscheinlich hat Engelbert sogar recht, und es ist an der Zeit, die eigenen Truppen zu verstärken, um endlich auch in Sachen Thronstreit für klare Verhältnisse zu sorgen", ließ Adolf seinen Gedanken freien Lauf.

„Zu viele Parteien stehen auf verschiedenen Seiten, die einen kämpfen für die Welfen, andere für die Staufer, einige halten es mit den Kölnern, wieder andere haben gar ureigene Interessen."

Damit musste Schluss sein.

Zwei Tage später wurden Ulrich und Hilde Grimbergen auf dem gleichen Friedhof bestattet, auf dem auch die Gräfin ihre letzte Ruhestätte gefunden hatte. Und wie damals gaben alle Bewohner von Neuenberge den Toten das letzte Geleit. Mit teilnahmsloser Miene nahm Thomas die Beileidsbekundungen der vielen Menschen entgegen. Gedankenverloren starrte er in die ausgehobenen Gräber, bis diese von vielen Händen zugeschaufelt wurden. Der Graf hatte einen ordentlichen Grabstein anfertigen lassen, auf dem in verzierter Schrift die Namen seiner Mutter und seines Vaters sowie das Todesdatum standen. Aber dafür hatte Thomas keinen Blick. Er konnte es immer noch nicht fassen, dass seine Eltern tot waren.

Zuerst hatte er sofort aufbrechen und die Mörder verfolgen wollen, aber der Graf und Arnold hatten ihm die Zwecklosigkeit dieses Unterfangens vor Augen geführt, jedoch versprochen, alles Menschenmögliche zu deren Ergreifung zu unternehmen.

So hatte sich Thomas die letzten zwei Tage völlig abgesondert und fast jede Minute in den Ruinen der Kate verbracht. Jeden Stein, jeden verkohlten Holzspan hatte er umgedreht, auf der Suche nach Beweisen oder Erinnerungen, aber das Feuer hatte alles verzehrt. Der materielle Verlust schmerzte ihn kaum, sie hatten ohnehin nie viel besessen. Aber zu seinem Leidwesen war auch der prächtige Dolch verschwunden, den sein Vater vom Grafen bekommen hatte. Somit war er obendrein jedweder Erinnerung beraubt. Die kurzen Nächte hatte er in seiner und Heinrichs Stallkammer verbracht, ohne dass der Schlaf ihn zumindest für ein paar Stunden von seinem Kummer erlöst hätte. Auch Appetit verspürte er keinen. Selbst Magdas beharrlichen Hinweis, dass er etwas essen müsse, und ihre köstlichsten Speisen hatte er mit einem traurigen Kopfschütteln abgelehnt. Sein Freund Heinrich war ihm in dieser Zeit nicht von der Seite gewichen. Auch Bruder Konrad hatte ihm mehrfach seine Hilfe angeboten, falls er Trost im Gespräch oder im Gebet suche. Aber weder auf das eine noch auf das andere hatte er Lust verspürt, zu groß war die Leere in seinem Herzen.

Diese Leere füllte sich jedoch mit einem Mal mit unbändigem Hass, als er unter den Trauergästen die Limburger Knappen entdeckte. Für ihn stand fest, dass sie, zumindest ihre Sippe, etwas mit dem Mord zu tun hatten. Betreten schlugen Gisbert und die anderen die Augen nieder, als er sie mit einem eiskalten Blick bedachte. Gisbert hatte immerhin die Traute, Thomas sein Beileid auszusprechen. Allerdings beließ er es bei einem Kopfnicken und reichte ihm nicht die Hand, die dieser vermutlich ausgeschlagen hätte, wenn nicht gar Schlimmeres. In der Tat überlegte Thomas für einen Moment, ob er Gisbert an die Gurgel gehen sollte, doch eine schwere Hand auf der Schulter hielt ihn davon ab. „Das ist der schwerste Gang, den ein junger Mensch tun kann“, hörte er Konrad leise sagen, „und du verdienst Respekt dafür, mit welcher Haltung du diesen Gang hinter dich gebracht hast. Aber selbst der größte Verlust ist keine Rechtfertigung für unbedachte Taten, die man später bereut und die durch nichts zu begründen sind.“ „Ich hätte viele Gründe, mich an diesem Gisbert zu rächen“, fauchte Thomas, als der Zisterzienser ihn ein Stück beiseitenahm. „So, und welche?“, hakte Konrad nach. „Die Limburger haben meine Familie auf dem Gewissen!“ „Urteile nicht schneller, als dein Verstand zur Zeit arbeiten kann“, mahnte ihn der Mönch. „Überlege doch einmal selbst, wären die Knappen noch hier, wenn sie kein reines Gewissen hätten oder wenn Limburg einen Krieg gegen Berg anstrengen würde – oder könnte Gisbert dir noch so in die Augen sehen?“ Thomas wollte sich damit nicht zufriedengeben. „Wenn er von Grund auf so schlecht ist, wie ich glaube, dann kann er das!“ Konrad nahm ihn beim Arm, auch wenn sich Thomas noch sträubte. „Weißt du, so hab ich damals auch gedacht, als ich meine Eltern verlor“, sagte Konrad, „ich wollte Rache, nichts als blinde Rache, und das schnell – und fast wäre mir das selbst zum Verhängnis geworden!“ Erstaunt blickte Thomas ihn an. Der fromme Bruder steckte voller Überraschungen. Nun schenkte er ihm seine volle Aufmerksamkeit. Und so erfuhr Thomas, wie Konrad, als Sohn eines niederen Adeligen, im Alter von nicht mal zwölf Jahren mit ansehen musste, wie seine ganze Familie von marodierenden Rittern eines mächtigen Fürsten gemeuchelt wurde. „Und was hast du dann getan?“, fragte Thomas. „Ich bin in seinen Dienst getreten, als Stallknecht, so war ich wenigstens in seiner Nähe, und dann hab ich versucht, ihn zu erdolchen.“ Thomas hob ungläubig die Augenbrauen. „Du, ein Mörder?“ „Nein, dazu kam es nicht“, verneinte Konrad, „ein Tempelritter, der am Hofe des Fürsten verkehrte, hat mich frühzeitig ertappt, mir eine Ohrfeige gegeben und mich zu seinem Orden gebracht!“ Thomas war enttäuscht. „So ist der Mord an deiner Familie nicht gesühnt worden?“ „Oh doch, aber erst Jahre später, als ich die Kraft und die Macht dazu hatte!“ „Wie das?“ Thomas konnte gar nicht schnell genug den Rest der Geschichte erfahren. „Weißt du, als Tempelritter ist man mehr als mancher andere, zumindest mehr als ein dummer, kleiner Knecht oder Knappe“, betonte Konrad mit voller Absicht.

„Als ich nach Jahren der Übung und der Prüfung zum Tempelritter wurde, sandte ich dem Fürsten den Fehdehandschuh. Der jedoch ging nicht darauf ein, sondern auf Kreuzzug, um für seine Sünden zu büßen. Ich folgte ihm auf diesem, sozusagen auf meinem eigenen Kreuzzug. Vor den Toren Jerusalems stellte und durchbohrte ich ihn mit meinem Schwert. Dort liegt er jetzt verscharrt in der Erde!"

„Aber wo ist der Unterschied? Hättest du ihn dann nicht auch schon damals erdolchen können?", meinte Thomas. „Damals wäre es Mord gewesen, wenn er mir denn gelungen wäre, und den hätte ich in jedem Fall mit dem eigenen Tod bezahlt", gab Konrad offen zurück. „Später war es ein ehrlicher Zweikampf und mein Recht als Ritter!"

„Das will ich auch, ein Ritter werden und eigenhändig Rache üben", ereiferte sich der Junge. „Nun, so gefällst du mir schon viel besser", freute sich Konrad, „aber dafür musst du noch viel lernen und erst einmal wieder zu Kräften kommen." Dabei schlug er wie selbstverständlich mit Thomas den Weg zu Magdas Küche ein.

„Aber wie bist du von den Templern zu den Zisterziensern gekommen?", wollte Thomas nun weiter wissen. „Das, mein junger Freund", schloss Konrad, „ist eine andere Geschichte, die ich dir vielleicht später einmal erzähle!"

Sibylla hatte sich, wie alle Frauen bei Hofe, während der schlimmen Tage vornehmlich im Hintergrund gehalten, nicht zuletzt, weil der Graf ihnen aufgetragen hatte, die Frauengemächer möglichst nicht zu verlassen. Natürlich hatte sie versucht, Thomas etwas Trost zuzusprechen, doch er hatte kaum Notiz von ihr genommen. Ihre üblichen Ausflüge, die sie nach dem Erlebnis mit Gisbert ohnehin nur noch seltener antrat, vermied sie nun vollends. Das Schicksal von Thomas' Mutter und seiner Schwester Katharina war Warnung genug, vorerst nicht mehr allein in den Wald zu gehen. Doch bald fiel Sibylla die Decke auf den Kopf. Sehnsüchtig schlich sie um die kleine Pforte in der Mauer herum, getraute sich aber nicht, durch sie hindurchzuschlüpfen. Wie erschrak sie jedoch, als sie eines Morgens plötzlich eine Stimme genau von dieser Pforte hörte. Es war die alte Kräuterfrau, die ihr mit Gesten und Worten bedeutete, ihr zu folgen. Da gab es für sie kein Halten mehr. Warum auch? An der Seite der ‚Hexe' fühlte sie sich sicher …

Karl der Quade war leicht nervös. Er war es zwar gewohnt, dass ihn sein unbekannter Auftraggeber durch geheime Botschaften an abgelegene Orte zu ihren Treffen bestellte, aber nicht in so kurzer Folge. Für solcherlei Mitteilung unterhielt er ein Netz taubstummer Boten, wie er es nannte.

So hatte er nahe der Wuppermündung im hohlen Ast einer abgestorbenen Pappel, die vor Jahren der Blitzschlag getroffen hatte, ein Stück Pergament mit einer kurzen Orts- und Zeitangabe gefunden.

Nun wartete er in einem kleinen Birkenwäldchen nahe dem Rheinufer, gegenüber der Feste Zons, auf das Erscheinen seines Geldgebers. Wie üblich hatte er seine Männer ein gutes Stück abseits der Stelle, wo sie sich zu treffen gedachten, lagern lassen.

Da sich niemand trauen würde, seinem Befehl zuwiderzuhandeln, wähnte er sich allein und sicher. Von der anderen Seite näherte sich ein Nachen, war aber noch zu weit entfernt, um seine Aufmerksamkeit weiter zu beanspruchen. So vertrieb er sich die Zeit des Wartens, indem er noch einmal einen Blick auf den prächtigen Dolch warf, den er im Räucherofen des Fischers gefunden hatte.

Was für ein Fund! Die roten und grünen Steine auf dem holzähnlichen, fast weißen Griff funkelten im Sonnenlicht. Er überlegte, was er dafür verlangen könnte. Denn behalten würde – und dürfte – er das verräterische Stück ganz sicher nicht. Aber der reiche Kirchenfürst, in dessen Diensten er stand, würde dafür tief in die Tasche greifen müssen, zusätzlich zu dem üblichen Blutgeld. Schließlich hatte er vier Männer verloren, die es zu ersetzen galt.

Während er im Geiste schon die Münzen klingeln hörte und mit einem Auge das Rheinufer im Auge behielt, entging ihm völlig, dass sich von hinten leise Schritte über den hier üblichen Sandboden näherten. Umso mehr erschrak er, als er plötzlich ein Schwert an seiner Kehle spürte, das von der ihm bekannten, vermummten Gestalt geführt wurde. „Euer Gnaden“, röchelte er, „wieso erschreckt Ihr mich so, haben wir Eure Befehle nicht auch diesmal getreulich ausgeführt?“ Die Schneide des Schwertes fraß sich langsam in seine von Wind und Wetter gegerbte Haut.

„Diesmal seid ihr womöglich etwas zu weit gegangen, wie konntest du es wagen, der Burg Neuenberge so nah zu kommen?“ Weil die Antwort nicht sogleich auf dem Fuße folgte, bohrte sich das Schwert noch ein Stückchen tiefer in die Kehle des Halsabschneiders, bis ein dünnes rotes Rinnsal auf sein Kettenhemd rann. „Verzeiht, Euer Gnaden, aber sonst gab es nirgends etwas zu holen, nichts, was einen Angriff gelohnt hätte, der auch für die gewünschte Aufregung sorgt.“

„Du hattest keinen Befehl, so weit ins Land vorzudringen!“, beharrte der schwarze Mönch oder Ritter. Weil ihm keine andere Abwehr blieb, versuchte Karl, das Schwert mit dem Griff des Dolches, den er an der Scheide in Händen hielt, auf Abstand zu bringen.

„Woher habt ihr den?“, hörte er da seinen Auftraggeber mit wachsendem Zorn in der Stimme fragen. „Habt ihr etwa gar den Grafen von Berg überfallen?“ „Nein, nein“, wehrte Karl der Quade ab, „den haben wir einem Fischer am Wupperstrand abgenommen, der ihn in seinem Räucherofen versteckt hatte!“

Mit einer eleganten Bewegung setzte der Vermummte das Schwert ab, ergriff den Dolch und begutachtete diesen. „Lügner!“, kam es aus der Kapuze. Nun sah sich Karl der Quade genötigt, die ganze Geschichte zu erzählen. Lediglich ein paar Details und die Geschichte mit der Hexe verschwieg der Kahlkopf. Dann trat eine sekundenlange Stille ein. Mit einem Mal steckte sein Gegenüber den Dolch ein und richtete wieder das Schwert auf Karl. „Ich werde das nachprüfen – und Gnade dir Gott, wenn du mich belogen hast!“

Karl der Quade schöpfte wieder Mut, offenbar sollte es ihm doch nicht an den Kragen gehen. „Du wirst für eine Zeit lang verschwinden, bis ich wieder Verwendung für dich habe.“ Dabei reichte er ihm einen Beutel mit Silber statt des erhofften Goldes. „Und besorg dir ein paar neue Männer, aber nicht solche Stümper wie die letzten!“

Damit wandte sich sein Auftraggeber zum Gehen. Doch Karl gefiel dieser Ausgang ihres Gesprächs ganz und gar nicht. „Ich habe genügend Männer. Was ich aber nicht habe, ist eine angemessene Belohnung für den Dolch, den ich Euch brachte.“

Mit beängstigender Schnelligkeit drehte sich der Mann um, der nun vollends wie ein Fürst der Finsternis wirkte, und kam Karl ganz nah, so nah, dass er dessen Duft aus Rosenwasser und Pferdeschweiß riechen konnte. Allerdings vermochte er nicht das Dunkel der Kapuze mit den Augen zu durchdringen, was wahrscheinlich auch gesünder war.

„Weder hast du das eine noch wirst du das andere bekommen“, sagte die Stimme des anderen gefährlich leise. „Den Dolch solltest du ganz schnell aus deiner Erinnerung streichen, wenn dir dein Leben lieb ist. Deine Männer hatten nicht so viel Glück wie du!“

Mit diesen Worten verschwand er so schnell, wie er gekommen war. Augenblicke später hörte Karl vielbeiniges Hufgetrappel. Offensichtlich war sein geheimnisvoller Auftraggeber doch nicht allein gekommen. Während er noch über dessen seltsame Worte nachdachte, kehrte er zu seinen Männern zurück. Doch diese lagen allesamt tot am Boden, einige mit durchschnittener Kehle, andere mit tiefen Pfeilwunden, wie sie von Armbrüsten hinterlassen werden.

In jeder freien Minute kehrte Thomas' Trauer zurück, aber dank Konrads Bemühungen hatte er wieder etwas neuen Mut geschöpft. Auch Arnold und Graf Adolf nahmen sich zuweilen des Jungen an, ermutigten ihn etwa, sie auf der Jagd zu begleiten. Auf seine Ortskenntnis und Geschicklichkeit mit der Schleuder, womit er sogar Hasen erlegte, wollten sie ohnehin nicht verzichten. Der Graf bestand zudem auf einer Aussöhnung mit Gisbert und den anderen Limburger Knappen. Herzog Walram hatte ihm versichert, dass kein Limburger Ritter zu einem so schändlichen Verbrechen fähig wäre und er selbst nicht ruhen würde, bis er ausfindig gemacht hätte, wer sich da bei solch ruchlosen Taten des Limburger Wappens bediene. Er hatte aber auch ein gewisses Befremden darüber geäußert, dass Adolf überhaupt eine Beteiligung der Limburger, wenn auch nur in Ansätzen, in Betracht gezogen hatte. Auf Adolfs Geheiß reichten sich Gisbert und Thomas die Hände. „Wir sind weiß Gott kein Freunde", nahm sich der Limburger ein Herz, das Wort an Thomas zu richten, „aber ich schwöre dir bei allem, was mir heilig ist, dass weder wir noch sonst ein Limburger etwas mit der feigen Mordtat zu tun haben!" Thomas überlegte zwar, ob und was Gisbert denn überhaupt heilig sein könne, getraute sich aber in Anwesenheit des Grafen nicht, seinem Zweifel Ausdruck zu verleihen, und akzeptierte Gisberts Worte mit einem Nicken.

Allein der Stachel zwischen ihnen blieb.

Im Anschluss daran gab es ein großes Gelage, das erste seit dem schrecklichen Überfall, bei dem der Graf seiner Ritterschaft eröffnete, dass er gedenke, sich dem jungen König Friedrich anzuschließen, und im folgenden Jahr ein größeres Heer aufstellen wolle, um auch dem Raubrittertum ein Ende zu bereiten. Drauf brachen alle in großen Jubel aus und die Becher kreisten umher.

„Pst!" Thomas maß dem Geräusch zuerst keine große Bedeutung bei, denn an Geräuschen mangelte es weiß Gott nicht bei dem ersten großen Gelage nach längerer Zeit. Es wurde geschmatzt, gerülpst, gelacht, gefurzt. Doch wieder machte es „Psst!" Da er bei Weitem nicht so viel wie die anderen getrunken, ja eigentlich nur an seinem Becher genippt hatte, konnte das Geräusch in seinen Ohren auch nicht vom Alkohol herrühren. So horchte er diesmal auf. Da, noch ein „Pst!" Als er den Kopf umwandte, sah er, wie sich der Vorhang bewegte, der sich neuerdings vor einem Seiteneingang zum Rittersaal befand, um die Zugluft abzuhalten. Thomas glaubte Sibylla zu erkennen, die ihm mit einer Handbewegung zu verstehen gab, ihr zu folgen. Betont beiläufig stand er von seiner Bank auf, schlenderte durch den Saal und verschwand hinter dem Vorhang. Von dort führte eine steinerne Wendeltreppe hinunter zum Küchentrakt. Auf halbem Weg erwartete ihn tatsächlich die Tochter des Voigtes.

„Bist du betrunken?", fragte sie unverblümt. Ein paar Strähnen ihres langen, dunkelblonden Haares hatten sich selbstständig gemacht und zeugten zusammen mit der Röte ihres Gesichtes davon, dass Sibylla in Eile und Aufregung war. „Nicht im Geringsten", antwortete er wahrheitsgemäß. „Gut, denn ich muss dir etwas Wichtiges zeigen. Folge mir!" Eigentlich wollte er protestieren, denn man blieb nicht ohne Grund einem Gelage des Grafen fern. Aber wahrscheinlich nahm aufgrund des fortgeschrittenen Alkoholkonsums ohnehin niemand Notiz von seiner Abwesenheit. Außerdem ließ Sibyllas Verhalten keinen Widerspruch zu. Sie eilte davon, ohne sich noch einmal umzublicken. Unten in der Küche wartete Magda auf sie und reichte jedem der beiden einen Korb mit Brot, Schinken und allerlei irdenen Krügen unterschiedlicher Größen. Sibylla schien zu wissen, was diese enthielten, denn sie bedankte sich artig für alles, dann rauschte sie auch schon wieder davon. Magda bedachte Thomas mit einem Blick der Rührung und ermunterte ihn, Sibylla zu folgen. „Vertraue ihr – und sei ohne Furcht!"

Während sie auf die vertraute Schlupfpforte zuhielten, überlegte Thomas noch, wovor er sich denn fürchten solle, denn Ausflüge mit der unternehmungslustigen Voigttochter in den nahen Wald hatte er doch schon einige Male unternommen, ohne dass es ihm den Angstschweiß ins Gesicht getrieben hätte.

Im Burggraben angekommen, kramte Sibylla eine einfache wollene Tunika aus dem Versteck und zog sich wie üblich um, wobei sie ihm mit strenger Miene auftrug, sich umzudrehen. Halbherzig führte er diesen Befehl aus, erhaschte aber doch einen kurzen Blick auf ihr dünnes Untergewand und in der Eile nachlässig bedeckte Partien ihres jungen Körpers. Ihm fiel auf, dass ihre Brüste gewachsen waren, und diese Entdeckung löste ein leichtes Ziehen in seinen Lenden aus.

Augenblicke später hasteten sie in Richtung Wald. Doch schlug Sibylla diesmal zielstrebig den gewundenen Weg hinunter zur Wupper ein. An einem hölzernen Steg überquerten sie den hier einmündenden Eschbach. Von dort ging es, so schnell es die Last ihrer Körbe erlaubte, eine gute Weile flussaufwärts, bis zu der Stelle, wo die Wupper eine Art Stromschnelle passiert und mit mächtiger Strömung einige größere Steine und Felsen umspült. Das Rauschen des Flusses mischte sich mit dem spätsommerlichen Gesang der Amseln. Ein Eisvogel schoss in Ufernähe an ihnen vorbei, einen kleinen Fisch im Schnabel. Als sei es das Selbstverständlichste auf der Welt, balancierte Sibylla sicheren Schrittes über die Felsen und sprang am Ende mit einem Satz ans andere Ufer. Thomas war überrascht, das konnte sie unmöglich zum ersten Mal gemacht haben. „Zaudere nicht, komm rüber", rief sie ihm von der anderen Seite zu. Argwöhnisch begutachtete er die vor ihm liegenden Felsen, suchte sich im Geiste den bestmöglichen Weg, dann wagte auch er sich an die Flussüberquerung. Mit fünf, sechs federnden Sätzen war er bei ihr. „Kannst du mir vielleicht mal verraten, was das alles soll?", ließ er seiner wachsenden Verärgerung freien Lauf, „ich dachte, wir gehen wie gewohnt zu unserem Platz im Wald!" „Da hast du falsch gedacht", lachte sie verschmitzt und strich ihm liebevoll über eine Wange, „da wirst du dich noch etwas gedulden müssen. Aber wart's ab, ich habe eine große Überraschung für dich. Vertrau mir!" Mit diesen Worten drehte sie sich um und kletterte den steilen Hang hinauf, der hier wie auf der anderen Wupperseite mit dichtem Laubwald bewachsen war. Der Hang war so steil, dass sie mehr als einmal auf dem lehmigen Boden ins Rutschen kamen. Doch gab es genügend Wurzeln und überhängende Äste, um sich daran festzuhalten. Auf der Anhöhe angekommen, drehte sich Sibylla noch einmal um. „Versprich mir, dass du nichts Unüberlegtes tust und die Ruhe behältst, auch wenn du plötzlich einem Menschen begegnen solltest, den andere vielleicht als Hexe bezeichnen würden." Mit klopfendem Herzen und einem wachsenden Kloß im Hals, als ginge es zu seiner Hinrichtung, nickte Thomas. Dann liefen sie weiter. Immer tiefer ging es in den Wald, immer dichter standen die Bäume, bis sie sich fast nur noch gebückt durchs Unterholz fortbewegen konnten.

Sibylla orientierte sich an signifikanten Bäumen und anderen Wegmarken, vorwiegend in nördlicher Richtung, wie Thomas feststellte, der sich längst nicht mehr auskannte.

Dann, nachdem sie unter einer uralten Buchengruppe durch mannshohes Farnkraut gekrochen waren, standen sie plötzlich vor einer winzigen Hütte, so winzig, dass man sie auch für einen Tierbau, vielleicht einer Dachsfamilie, hätte halten können. Tatsächlich handelte es sich um eine Art Höhle, die jemand am Eingang um einen Vorbau aus ineinander verflochtenen Haselruten erweitert hatte. Dieses Geflecht war zum Schutz vor Wind und Regen, so der denn überhaupt durch das dichte Blätterdach bis hier hinunter gelangte, mit grob gegerbten Tierfellen überzogen. Diese stammten in der Mehrzahl von kleineren Nagetieren und waren mit allerlei seltsamen Symbolen verziert, die wie altgermanische Runen aussahen. Dazwischen prangten Geweihe und verwitterte Tierschädel. Das niedrige Dach der seltsamen Konstruktion war mit Grassoden und über und über mit Tierknochen bedeckt. Aus einer Vielzahl kleiner Ritzen stiegen schmale Rauchsäulen auf. Thomas fröstelte, als er Sibylla in gebückter Haltung diesen schaurigen Ort betreten sah, nachdem sie ihm mit einer Handbewegung bedeutet hatte, draußen zu warten.

Es dauerte nicht lange und Sibylla kam zurück – gefolgt von einem alten Weib, das Thomas – obwohl er gewarnt war – einen gehörigen Schrecken einjagte. Allerdings ließ er sich das nicht anmerken. In der Tat konnte man die Alte für eine leibhaftige Hexe halten. Ihre eisgrauen Haare standen ihr wirr vom Kopf. In einige Strähnen hatte sie kleine Tierknochen geflochten, auch die Haut einer Ringelnatter prangte darin. Ein Überwurf aus Hasenfellen bedeckte ihren Körper. Ihr Gesicht war voller Falten und Runzeln. Einzig ihr mildes Lächeln stellte einen wenig hexenhaften Kontrapunkt zu ihrer sonstigen Erscheinung dar.

„Da ist ja der junge Recke, von dem das Mädchen dauernd spricht", begrüßte sie ihn mit ob des Alters brüchiger Stimme.

Thomas errötete und warf Sibylla einen fragenden Blick zu. Er erntete jedoch nur ein Kopfschütteln, wobei er so etwas wie Tränen in ihren Augen zu entdecken glaubte. „Wir haben dich schon erwartet", fuhr die Alte fort, „jetzt, wo du da bist, wird sie sicher schneller genesen."

Thomas verstand kein Wort. „Geh hinein", ermunterte ihn Sibylla, „dort findest du alle Antworten!"

Er musste sich bücken, um die enge, niedrige Hütte zu betreten. Zuerst empfingen ihn nur Rauch und Dunkelheit. Nur langsam formten sich die Umrisse zu klaren Konturen. Auf dem Boden lagen noch mehr Knochen verstreut, dazu eine Menge Wurzeln, nebst Feuerholz. An den Wänden hingen Büschel von Kräutern. Inmitten der Höhle, die den hinteren Teil der Behausung ausmachte, brannte ein kleines Feuer, das offenbar auch von Kräutern geschürt wurde, denn seine Nase vernahm einen beißenden, würzigen Geruch, der nicht allein von Holz stammte.

Hinter dem Feuer erkannte er nun eine Art Schlafplatz, der mit getrocknetem Laub und weiteren Fellen hergerichtet war. Und auf diesen Fellen lag etwas – oder jemand. Thomas trat näher. Dann traute er seinen Augen nicht und sein Herz fing augenblicklich an zu rasen. „Katharina!" Mit einem Satz war er bei ier, schob einen Arm unter ihren Nacken und hob vorsichtig ihren Kopf etwas an. Sie sah mitgenommen aus, war über und über mit kleinen, verkrusteten Narben bedeckt. Ihr linkes Bein trug einen Verband aus Kräutern und Blattwerk. Da schlug seine Schwester die Augen auf. Ein, zwei Herzschläge vergingen, dann schenkte sie ihm ein schwaches, aber glückliches Lächeln. „Thomas, du bist da", hauchte sie. Dann lagen sie sich in den Armen und gaben sich hemmungslos den Tränen hin. Sie weinten um ihre Eltern, sie weinten um ihre verlorene Jugend, bis sie keine Tränen mehr hatten.

„Ich soll dir von Mutter etwas ausrichten", kam Katharina über die Lippen, als sie sich etwas beruhigt hatten, „ihre letzten Gedanken waren bei dir. Sag ihm, er soll ein starker, mächtiger Ritter werden, ein Ritter aus dem Volk, der nie vergisst, wo er herkommt. Ein Ritter, der die Schwachen beschützt. Er schafft das, er hat die Stärke seines Vaters und so Gott will alle Tugenden seiner Vorfahren. Das waren ihre letzten Worte, bevor sie dem nächsten Eindringling mit dem Suppentopf den Schädel zerschmetterte und von den Nachrückenden niedergemacht wurde!" Erschüttert hörte Thomas alle Einzelheiten des Überfalls und von Katharinas Flucht, bis seine Schwester, geschwächt von den vielen Worten, in einen tiefen Schlummer fiel.

Von einem Chaos der Gefühle ergriffen, rückte er daraufhin etwas beiseite, um der vermeintlichen Hexe und Sibylla Platz zu machen, die sich nun der Verwundeten annahmen und ihre Verbände wechselten. Dabei gingen ihm nun auch der Inhalt und Zweck der Körbe auf, die sie mitgebracht hatten. Thomas beobachtete jede ihrer Bewegungen, sowohl der Alten, die genau zu wissen schien, was zu tun war, auch wenn sie ihm dabei seltsam entrückt erschien, als auch der Jungen, die sich mit ihrem mutigen Einsatz jetzt erst recht einen Platz in seinem Herzen erobert hatte.

Später, als sie gegessen hatten – Magda hatte getreu ihrer Art eben nicht nur an Arzneien und Tinkturen gedacht –, rückte er in der Höhle etwas näher an Sibylla heran und ergriff ihre Hand. „Ich werde nie vergessen, was du für mich und meine Schwester getan hast. Ich liebe dich und werde erst ruhen, wenn ich es zum Ritter gebracht habe und du meine Frau geworden bist!"

Dabei war ihm voll und ganz bewusst, dass den jungenhaften Worten Taten folgen mussten, die Jahre in Anspruch nehmen würden.

Wortlos und mit tränenfeuchten Augen hauchte Sibylla ihm einen Kuss auf die Lippen. „Das war das Schönste, was je ein Mensch zu mir gesagt hat.“ Darauf bettete sie ihren Kopf an seine Schulter.

Gemeinsam schauten sie der seltsamen Hexe zu, wie sie immer wieder Kräuter ins Feuer gab und dabei seltsame Worte in einer ihnen unverständlichen Sprache murmelte, die in einem Singsang endeten, in dessen Takt die Alte ihren Körper immer wieder hin und her bewegte. Darüber schliefen sie schließlich ein.

Am nächsten Morgen ging es Katharina deutlich besser, und nach einem ausgiebigen Frühstück mit den Resten aus Magdas Körben war sie auch gekräftigt genug, um gemeinsam mit Thomas und Sibylla den Rückweg anzutreten. Ihr Bruder bestand jedoch darauf, sie den ganzen Weg zu tragen. Bewegt nahmen sie Abschied von der hilfreichen Hexe, die Thomas mittlerweile wie ein entrückter Engel erschien, eine Art Walküre, ein Relikt aus uralten Tagen. Sie versprachen, ihr Geheimnis zu bewahren und sie mit keinem Wort zu erwähnen. Nur ihren Namen wollten sie dann doch gerne wissen. Die Alte bedachte erst Sibylla, dann Thomas mit einem tiefgründigen Blick, als müsse sie lange überlegen, bevor sie die Antwort gab. „Mein Name ist Sigrun, werter Ritter, und ich bin so alt wie die Seele unseres Volkes!“

Thomas erschauerte, denn aus den Heldensagen, die man sich am Feuer erzählte, wusste er, dass Sigrun tatsächlich eine der Walküren war, die dem Gott Odin die gefallenen Krieger nach Walhalla brachten. Er musste sich räuspern. „Ich danke Euch, Frau Sigrun, aber ich bin noch kein Ritter!“ Ein breites Grinsen enthüllte den einen verbliebenen Zahn in ihrem Mund. „Nun, wie nennst du denn eine Rose, auch wenn sie noch in der Knospe steckt?“, bekam er zur Antwort, „es ist und wird und bleibt doch immer eine Rose, Herr Ritter!“ Dann fiel sie wieder in den eigentümlichen, entrückten Zustand vom Vorabend.

Auf Neuenberge war alles in heller Aufregung. Thomas' Fehlen war lange Zeit nicht aufgefallen, erst am nächsten Morgen, als man ihn auf dem Exerzierplatz vermisste. Aber Sibyllas Eltern hatten sich schon am Abend große Sorgen über ihr Verschwinden gemacht. Zu frisch haftete der Überfall der Raubritter noch in der Erinnerung. Magda gelang es vorübergehend, sie zu beruhigen. Doch mehr als einen vagen Hinweis, die beiden hätten eine Spur von Thomas' Schwester gefunden und würden sicher alsbald wohlbehalten wieder aufkreuzen, konnte auch sie nicht geben.

Als am nächsten Mittag immer noch nichts von den beiden zu sehen war, trommelte der Voigt mit tiefen Sorgenfalten auf der Stirn eine Suchmannschaft zusammen. Gerade als diese die Burg verlassen wollte, wurden Sibylla und Thomas – mit Katharina auf dem Rücken – von den Wachen vor dem Tor gesichtet.

Den ganzen Weg über hatte Thomas seine Schwester getragen, selbst die Stromschnellen hatte er behände trotz der zusätzlichen Last gemeistert. Nun aber, als zahlreiche Menschen zusammenliefen und hilfreiche Hände das geschwächte Mädchen im Empfang nahmen, ging er vor Erschöpfung in die Knie. Doch noch war keine Zeit auszuruhen. Während Katharina, zur Verärgerung der ebenfalls herbeigeeilten Johanniter, in Magdas Obhut übergeben wurde, stellte Herrmann von Elverfeld Thomas und Sibylla mit strenger Miene zur Rede. In der Eile erzählten sie ihm und der sie umringenden Menschenmenge eine wohlüberlegte, wenn auch wackelige Kurzfassung der Geschichte, die kein Wort von der Hexe erwähnte. Demnach hatte Thomas im Wald eine Spur seiner Schwester gefunden, diese dann bis zu einer Höhle verfolgt, deren Eingang aber zu schmal für ihn war. Darauf war er zurückgeeilt, hatte Sibylla um Hilfe gebeten und mit ihr die Verwundete geborgen. Er hätte sich an Sibylla gewandt, da ja alle Ritter betrunken und obendrein männlichen Geschlechts gewesen wären. Und dies hätte er seiner Schwester, eingedenk der möglichen Verletzungen, die sie hätte haben können, wie er besonders betonte, nicht zumuten wollen. Allein Gottes Fügung sei es zu verdanken, dass sie Katharina, zwar an Körper und Seele, nicht aber in ihrer Ehre verletzt vorgefunden hätten.

Eine Welle der Rührung ging durch die Menge, die sich daraufhin langsam zerstreute, wobei manch einer Thomas und Sibylla anerkennend auf die Schultern klopfte. Einzig der Voigt hatte noch Klärungsbedarf. „Junge, ich frage dich dies nur dieses eine Mal“, sagte er in gefährlich ruhigem Ton, „hast du dich meiner Tochter in irgendeiner Weise aufgedrängt?“ Thomas trat einen Schritt auf ihn zu und sah ihm direkt in die Augen. „Nein, beim Augenlicht meiner Schwester, das habe ich nicht“, erwiderte er, „aber ich schwöre Euch, dass ich es bei erster Gelegenheit tun werde, sobald ich zum Ritter geworden bin und Eurer Tochter als Gatte zur Ehre gereiche!“ Damit ließ er den verdutzten Herrmann von Elverfeld stehen und ging zurück zur Burg.

Sibylla bekam trotz allem Hausarrest, den sie aber nutzte, um den Damen der Burg ihr Abenteuer in den schillernsten Farben zu erzählen.

Dabei ließ sie nach Gutdünken einige Passagen aus oder fügte andere hinzu, wenn es ihr angebracht erschien.

Ähnlich hielt es Thomas, als er kurze Zeit später dem Grafen berichtete. Er schloss mit der Bitte, der Graf möge seine Schwester doch in seine Dienste nehmen. Dafür erbot er sich, in seiner freien Zeit zusätzlich zu arbeiten, um die Kosten für ihre Unterbringung zu erwirtschaften. Von Letzterem wollte der Graf jedoch nichts hören. „Da ich deine Eltern schon nicht schützen konnte, wie es meine Pflicht als Landesherr gewesen wäre", grämte er sich, „ist es das Mindeste, was ich tun kann, indem ich mich um ihre Kinder kümmere. Deine Schwester ist auf der Burg willkommen, so wie du. Magda soll sich ihrer annehmen. Von dir erwarte ich lediglich das Versprechen, ein tüchtiger Kämpfer zu werden und in Zukunft keine Alleingänge mehr zu unternehmen!" Das versprach Thomas gerne, schon im eigenen Interesse.

Alle waren letztlich froh, dass Katharina wieder unter den Lebenden weilte, und sie sollte alsbald ein geschätztes Mitglied in Magdas Küchenmannschaft werden, kannte sie sich doch hervorragend mit Kräutern und der Zubereitung von Fisch aus.

Der Winter kam und mit ihm eine Zeit der Ruhe und Abgeschiedenheit. Zwar gingen die Ritter und Knappen immer noch täglich ihren Waffenübungen nach, aber bei klirrender Kälte und bis zu sechs Fuß hohem Schnee verirrten sich nur noch selten Besucher nach Neuenberge. Einzig der Graf stand über Boten einmal wöchentlich mit seinem Bruder in Köln in Kontakt und erfuhr so aus erster Hand alles, was sich in der Domstadt sowie auf der hohen politischen Bühne des Landes zugetragen hatte – zumindest erfuhr er das, was sein Bruder ihn wissen lassen wollte.

Dazu gehörte, dass Kaiser Otto sich zunehmend wie ein Raubritter gebärdete und die Städte, Burgen und Höfe all jener mit Fehde überzog, die es gewagt hatten, sich dem jungen König Friedrich anzuschließen, dazu gehörten wiederholt auch die Güter des Erzbistums Mainz. Der Staufer wiederum hatte einige Kriegszüge in Ottos Kernland unternommen, aber weder er noch der Welfe konnten einen militärischen Durchbruch verzeichnen. So hatte Friedrich eine abwartende Position eingenommen, beschränkte sich mehr auf die Überzeugungskraft der Diplomatie und seines Geldbeutels, der dank des französischen Silbers gut gefüllt war.

Thomas hatte auf Konrads Rat damit begonnen, in den frühen Morgenstunden ausgedehnte Waldläufe zu unternehmen. Besonders im hohen Schnee sei dies sehr förderlich für die Ausdauer, hatte der Mönch gesagt, der ein für fromme Brüder untypisches Musterbeispiel an Geschicklichkeit und Muskelkraft war. Immer noch führte er Thomas im Geheimen in die Geheimnisse des Schwertkampfes ein, wie er es selbst einst bei den Templern gelernt hatte. Vor allem zeigte er ihm die kleinen, feinen Unterschiede, die einen ordentlichen Kämpfer von einem Meister unterscheiden.

Weniger meisterlich gestaltete sich nach wie vor die Schulung des Geistes. Fast alle Knappen hatten zwar mittlerweile leidlich schreiben und lesen gelernt, aber das Lateinische blieb ein Buch mit sieben Siegeln, vor allem auch deswegen, weil alle Texte, an denen sie sich versuchten, vornehmlich religiösen Inhalts waren.

So gab ihnen Konrad eines Tages ein paar kleine Pergamentrollen zu lesen, die sich mit den Abenteuern zweier Brüder namens Romulus und Remus beschäftigten, die später die Gründerväter Roms geworden waren. Diese Lektüre weckte Thomas' Interesse an der alten Sprache und er begann schneller zu lernen als bisher. Manchmal nahm er abends eines der Pergamente mit in seine und Heinrichs Kammer im Stall, wo sie dann abwechselnd bei Kerzenschein einzelne Zeilen vortrugen oder sie gemeinsam zu übersetzen trachteten.

Auf abendlichen Spaziergängen versuchte der Mönch zudem, ihm die Herrlichkeit Gottes und die Inhalte der Bibel näherzubringen, worin Thomas erschreckende Defizite hatte. Doch seit dem Tod seiner Eltern war der Junge auf Gott nicht gut zu sprechen, da er ihm eine Mitverantwortung an den Geschehnissen zuschrieb und eher von Rache träumte denn von Vergebung.

So stellte er Fragen, die selbst Konrad nicht zur Zufriedenheit beider beantworten konnte, zum Beispiel warum Gott denn Daniel aus der Löwengrube errettet hätte, aber nicht seine Eltern aus den Fängen der Mörder. Der Hinweis, dass Gottes Wege unergründlich seien, sorgte auch nicht gerade für Klärung. Einzig einzelne Episoden des alten Testamentes, in denen etwa von Auge um Auge oder Zahn um Zahn die Rede war, fanden ein gewisses Gehör. So beschloss Konrad, diesen Teil der geistigen Schulung vorerst hintanzustellen.

Sibylla sah Thomas in den eisigen Wintertagen nur selten, denn seit ihrem Abenteuer mit der Hexe und der Auffindung Katharinas wachte der Voigt mit Argusaugen über die Bewegungen seiner Tochter. Für gemeinsame Waldbesuche war es außerdem zu kalt und man hätte im Schnee jede ihre Spuren allzu leicht verfolgen können. So beließen sie es bei sporadischen Treffen im Stall, auf dem Bergfried oder in Magdas Küche. In einer stillen Stunde hatte Sibylla die Herrin über die Tiegel und Töpfe der Burg in ihre Gefühle für Thomas eingeweiht und in ihr eine verschworene Verbündete gefunden.

Dann kam das Frühjahr und leitete eine mehrjährige, turbulente Phase ständig neuer Ereignisse ein, die das Leben aller entscheidend verändern sollten.

✝

Otto von Oldenburg, ehrwürdiger Bischof von Münster, hatte über viele Jahre die Politik seines Kaisers und Namensvetters, Otto von Braunschweig, aus dem Geschlecht der Welfen unterstützt, doch seit dieser vom Papst exkommuniziert worden war, belasteten Zweifel sein Gewissen.

Obendrein benahm sich Otto IV. mehr als Raubritter denn als König und Kaiser, so hatte er die Region um die Stadt Mainz, vor allem die Güter des Erzbischofs Siegfried von Eppstein, verheeren lassen.

Daher beschloss der Bischof von Münster, wie viele Kirchenmänner, die Seite zu wechseln und fortan den vom Papst gesegneten neuen König Friedrich zu unterstützen, und begab sich im März 1214 nach Koblenz, wo der Staufer einen Hoftag anberaumt hatte.

Doch mit dieser Entscheidung machte er sich keine Freunde im welfentreuen Westfalen; erst fielen die Bürger der Stadt Münster von ihm ab, dann seine engsten Dienstleute. So wurde er nur von wenigen Männern zu seinem Schutz begleitet, als er über Dortmund und den alten fränkischen Heerweg zum Rhein zog. Am Abend des fünften Tages nach seinem Aufbruch suchte er Schutz in der Burg eines alten Freundes, des Grafen Adolf von Berg.

Erfreut schloss dieser den Kirchenfürsten in die Arme und lud ihn ein, die Nacht auf Neuenberge zu verbringen. Lange erörterten sie drängende politische Fragen, bis die Kaminfeuer heruntergebrannt waren. Nur Arnold von Cleve und die vier Wände, in denen sie sich befanden, wurden Zeugen der vertraulichen Unterredung. Doch seit geraumer Zeit hatten gerade diese Wände Ohren.

Deshalb eilte die Kunde von Ottos Reise bereits auf geheimen Wegen zum Rhein, bevor dieser am nächsten Morgen aufbrach. Adolf wollte ihm eine zusätzliche Eskorte mitgeben, doch Otto lehnte lächelnd ab und meinte, Gottes Geleit sei Schutz genug. Damit sollte er jedoch irren.

Noch bevor er die Tore der Stadt Köln erreichte, lauerte man ihm auf und nahm ihn gefangen. Seine wenigen Begleiter nahmen Reißaus, sobald sie sich bewaffneten Schergen gegenübersahen.

Der Bischof wurde in Gewahrsam genommen und kurze Zeit später, auf Befehl Kaiser Ottos, dem die Kölner den Gefangenen überantworteten, in der niederrheinischen Pfalz Kaiserswerth inhaftiert.

Engelbert von Berg, der sein Ohr stets am Puls der Stadt hatte, erfuhr schon aufgrund seiner Position als Domherr zu Köln als einer der Ersten von der Festnahme. Mit einem untrüglichen Gespür für entscheidende Momente ließ er sofort einen Boten kommen, um seinen Bruder von den Ereignissen zu unterrichten.

Gehobener Stimmung versiegelte er gerade das Schreiben an Adolf, als sein gleichnamiger Vetter die Amtsräume betrat, der nun auch fast ständig in Köln residierte, weil er die Entwicklungen im Machtzentrum am Rhein im Auge behalten wollte und weil er immer noch darauf hoffte, bei passender Gelegenheit auf den Stuhl des Erzbischofs zurückkehren zu können.

„Was hat denn deine Laune so beflügelt?“, knurrte der alte Griesgram.

„Die Festnahme des Münsteraner Bischofs vor unseren Toren“, antwortete Engelbert wahrheitsgemäß.

„Das freut dich?“, ereiferte sich sofort der Erzbischof im Wartezustand, „es ist eine Schande, dass in diesen Zeiten ehrliche Kirchenmänner nicht mehr durchs Land reisen können, ohne Angst um Leib und Seele haben zu müssen. Das Volk hat jeglichen Respekt vor Amt und Würden verloren!“

„Im Gegenteil, es ist ein Segen“, konterte Engelbert, „denn damit wird etwas in Gang gesetzt, was weder ich mit meinen Engelszungen bewirken konnte noch du mit der Gewalt deiner bewaffneten Schergen.“

„Und was soll das, bitte, sein? Reihen sich jetzt die Kölner reumütig in die himmlischen Heerscharen ein, unterwerfen sich dem Papst und schicken ihren geliebten Otto zum Teufel, obwohl sie sich bislang lieber von mir haben aushungern lassen?“

„Genau, wenn auch nicht sofort!“, behauptete Engelbert. „Vor allem wird mein geliebter Bruder nun nicht umhinkönnen und endlich aufseiten des Stauferkönigs ins Feld ziehen. Bischof Otto ist ein enger Freund von Adolf. Er wird alles daran setzen, ihn aus der Gefangenschaft zu befreien. Damit stellt er sich endgültig und vor aller Augen gegen den Welfen. Und eines ist sicher: Die Parteinahme Adolfs wird diesen Thronstreit endgültig entscheiden!" Wie so oft sollte Engelbert mit dieser Einschätzung recht behalten.

Adolf von Berg und Arnold von Cleve ritten auf ihren besten Schlachtrössern langsam auf die trutzige Festung zu. Hinter ihnen folgten zwanzig Ritter in voller Rüstung. Zu ihrer Linken erstreckte sich mehrere Hundert Fuß breit das majestätische Band des Rheins. Vor ihnen erhob sich die mächtige Pfalz, die dem Kaiser gehörte und die dessen wichtigsten Gefangenen beherbergte, vornehmlich Kirchenmänner, so auch den Münsteraner Bischof. Dunkel und abweisend, wie das Wetter an diesem Tag, ragte der dreistöckige Palas mit seinem fünfundfünfzig Meter hohen Bergfried aus der ebenen Landschaft empor. Dieser trutzige Kern wurde von einer sichelförmigen Vorburg mit umlaufender Ringmauer aus Tuffstein und zwei Ecktürmen gesichert. Die Pfalz sei tatsächlich eines „Kaisers wert", meinte Adolf, dessen eigene Burg jedoch keinen Deut kleiner war. Der Name „Werth" rührte allerdings aus einer uralten Sprache und stand für eine „Insel", die hier durch einen Nebenarm des Rheins entstanden war. Auf dieser Insel hatte schon zu altfränkischer Zeit ein befestigter Hof gestanden, die Keimzelle für ein späteres Kloster, in dem der heilige Swidbert, von der römischen Kirche St. Suitbertus genannt, der Bekehrer der rechtsrheinischen Germanen, gewirkt hatte und beerdigt lag. Die fränkischen Kaiser hatten an der strategisch wichtigen Stelle, die zu jeder Seite hin einen weiten Blick über den Rhein erlaubte, eine Burg errichtet. Friedrich Barbarossa hatte diese schließlich vor gut zwei Jahrzehnten zu einer uneinnehmbaren Zollfestung und Kaiserpfalz ausbauen lassen.

Zu allem Überfluss zweigte unmittelbar vor ihnen ein zweiter, von Menschenhand angelegter Nebenarm ab, etwa fünfzig bis sechzig Fuß breit, der die Festung an der rechten Seite wie ein gigantischer Wassergraben vollständig umgab und jeden Angriff unmöglich zu machen schien.

„Das wird ein schwieriger Brocken", stellte Adolf verdrossen fest, „an allen vier Seiten von Wasser umgeben – und eine mächtige Vorburg mit wehrhaften Türmen, die erobert werden muss, bevor man sich der eigentlichen Pfalz widmen kann."

Arnold zog die Nase hoch und spie einen beachtlichen Klumpen Rotze aus. „Wenn uns nichts Besseres einfällt, bleibt erst einmal nur die Belagerung."

„Das kann dauern", überlegte Adolf versonnen. „Die werden sicher auch genügend Vorräte für die kleine Besatzung haben, die ausreicht, die Pfalz zu verteidigen."

„Lass sehen", meinte Arnold, gab seinem Pferd die Sporen und sprengte auf Hörweite an die Mauern bzw. den Kanal heran.

„He, ihr da oben, ihr welfisches Rattenpack, öffnet die Tore, wenn euch euer Leben lieb ist, denn Graf Adolf von Berg steht vor denselbigen, bereit, euch mit Feuer und Schwert eure welsche Gesinnung auszutreiben!"

Mit einem Mal wurden die Mauern lebendig. Über zwei Dutzend Köpfe erschienen zwischen den Zinnen, die lauthals lachten und unflätige Bemerkungen brüllten. Einer entblößte gar sein Hinterteil. Andere warfen faulige Kohlköpfe hinunter. Arnold hatte seine Antwort. Lachend kam er zurückgeritten. „Etwa hundert Mann Besatzung, wenn man davon ausgeht, dass die gleiche Anzahl von Männern auch auf den anderen Mauerseiten zu finden ist. Und zu essen haben sie genug, sie können sogar damit um sich werfen!"

Adolf schüttelte schmunzelnd den Kopf über Arnolds Art des Auskundschaftens, andere hätten dafür zwei Wochen auf der Lauer gelegen. Aber der alte Kämpe wusste genau, wie man sich im Krieg verhalten musste. „Weil sie jetzt zu wissen glauben, dass wir sie in Kürze belagern, werden sie zudem alles Essbare aus der Umgebung in die Burg schleppen. Bis wir dann wirklich vor der Mauer stehen, ist das meiste verwelkt. Dann können wir sie vielleicht wirklich aushungern!" Arnolds Logik hatte etwas Entwaffnendes.

Etwa dreihundert Mann würde Adolf für seinen Angriff auf die Kaiserpfalz benötigen, hatten er und Arnold berechnet, um sie von allen Seiten zu belagern – oder sie gar zu stürmen. Doch eine solche Streitmacht aufzustellen erforderte Zeit. Zudem musste auch auf den Adelssitzen wie üblich erst die Ernte eingebracht werden.

Adolf nutzte diese Zeit, um Boten in alle Richtungen zu schicken und den anderen Regionalfürsten des Landes zu versichern, dass er nicht gegen sie ins Feld zog, solange niemand von ihnen gegen die Grafschaft Berg vorrückte. Vor allem lag ihm die Position Limburgs aus vielerlei Gründen am Herzen. Er konnte es sich nicht leisten, dass ihm ausgerechnet sein alter Waffengefährte in den Rücken fiel.

Dabei kam Adolf allerdings zugute, dass Walram von Limburg und sein Vater, der Herzog, wie auch etliche andere Grafen des Niederrheins und Westfalens, anderweitig beschäftigt waren.

Im Sommer des Jahres 1214 hatten sich die politischen Entwicklungen zugespitzt. In deutschen Landen stritten Otto der Welfe und Friedrich der Staufer um die Alleinherrschaft. Parallel kämpften die Könige Englands und Frankreichs um die Vorherrschaft im Westen Europas. Otto war aufgrund seiner verwandtschaftlichen Beziehungen mit König Johann von England, dem Bruder und Nachfolger von Richard Löwenherz, verbunden. Friedrich hatten einen Bund mit dem französischen König Philipp August.

Kaiser Otto hatte im Frühjahr 1214 die Tochter des Herzogs von Brabant geheiratet und sich dadurch die Unterstützung des nordwestdeutschen Adels gesichert. Nun setzte er alles auf eine Karte, marschierte im Juli dieses Jahres mit seinem Heer nach Frankreich und verbündete sich dort mit englischen Truppen. König Johann selbst war nicht anwesend. An Ottos Seite kämpften auch die niederrheinischen Grafen und Herzöge, wie die Limburger.

Friedrich schickte dem Franzosen Truppen, zog es aber selbst vor, die Lage im eigenen Land im Auge zu behalten und sein eigenes Heer nicht allzu sehr zu entblößen.

Arnold von Cleve juckte es in den Fingern, seit die Zeichen überall auf Krieg standen. Und da Adolf so schnell kein Heer würde aufstellen können, um schon jetzt gegen die Feste Kaiserswerth zu ziehen, war er geneigt, der dringenden Bitte seines Vetters Dietrich von Cleve zu entsprechen, die Truppen der niederrheinischen Grafschaft auf dem Heerzug nach Frankreich zu begleiten.

Arnold stand zwar eigentlich mit Adolf von Berg aufseiten der Staufer, brachte es aber auch nicht übers Herz, seine Freunde und Verwandten aus dem heimatlichen Cleve ohne ihn ins Verderben rennen zu lassen, wie er es ausdrückte. Dies hätte für andere einen unlösbaren Konflikt dargestellt, nicht so für Arnold.

Außerdem meinte er, dass es nicht schaden könne, wenn die Grafschaft Berg mit ihm – zumindest inoffiziell – doch auf rheinisch-westfälischer Seite vertreten wäre und sozusagen einen Beobachter vor Ort hätte. Als unabhängigem Ritter, der an keine Grafschaft oder Lehnsherrn gebunden war, stand es Arnold ohnehin frei, zu gehen und zu kämpfen, wo er wollte.

Trotzdem erbat er sich Urlaub vom Grafen Adolf, seinem Freund, den dieser auch gerne gewährte, versprach aber, sich im Hintergrund und aus den heftigsten Gefechten herauszuhalten, was ihm aber niemand abnahm, der den alten Haudegen kannte.

So folgte Arnold den welfisch-englischen Truppen durch Flandern nach Frankreich.

Bei dem Örtchen Bouvines, sechzehn Kilometer südöstlich von Lille, trafen die feindlichen Heere am 27. Juli 1214 aufeinander, ein denkwürdiger Tag, der Tausende das Leben kosten und die Machtverhältnisse in Europa neu ordnen sollte ...

Sechs Tage später ritt ein recht lädierter Arnold von Cleve, begleitet von zwei jungen Rittern seines Adelsgeschlechtes, wieder auf Burg Neuenberge ein. Sein Schildarm steckte in einer notdürftigen Schlinge, und sein Wappenrock war über und über mit Blut besudelt, das aber, wie sich später herausstellte, doch nicht das seine war. Graf Adolf stürmte als einer der Ersten zu seiner Begrüßung in den Innenhof, froh, seinen alten Freund lebendig wiederzusehen, dicht gefolgt von der aufgeregten Magda, die sich sofort seiner Wunden annahm.

„Nun schau, wie du zugerichtet bist", schimpfte sie, „man kann ja froh sein, dass du noch an einem Stück bist!"

„Dem guten Stück ist nichts passiert", raunte er ihr zu, „davon werde ich dich später gerne überzeugen."

Seinen unverhohlenen Annäherungsversuch beantwortete sie mit einem kräftigen Stoß auf die unverletzten Rippen.

In Windeseile sprach sich die Nachricht von Arnolds Rückkehr herum und schon bald wurde der streitbare Recke mit seinen beiden Begleitern im Rittersaal mit vielen neugierigen Fragen bestürmt. Einen der jungen Ritter stellte er als Vetter zweiten Grades vor, einen Friedrich von Cleve. Der andere war ein enger Freund des ersten aus dem Hause Jülich. Beide hätten tapfer gekämpft und seien jetzt der Welfentreue überdrüssig, erklärte der Clever.

Graf Adolf hieß sie willkommen und bot ihnen an, fortan, solange es ihnen gefiel, den Kreis der Ritter von Berg zu erweitern. Dieses Angebot nahmen beide mit Freuden an.

Jeder war nun begierig, den Ausgang des Feldzugs zu erfahren. Erst ließ sich Arnold jedoch einen Krug Wein kredenzen, den er in einem Zuge leerte, dann hob er zu erzählen an.

„Wir zogen mit den Truppen Ottos durch Flandern bis nach Valencienne. Dort ereilte uns die Nachricht, dass König Philipp August, der den Westen

Flanderns verheert hatte, ein Stück weit nördlich von uns auf dem Rückweg war, um nicht von seiner Hauptstadt Paris abgeschnitten zu werden. Sofort setzte Otto ihm nach. Wir erreichten die Franzosen bei Bouvines, wo diese gerade im Begriff waren, die Brücke über den Fluss Marcq, die einzige weit und breit, zu überqueren. Otto ließ das Heer sofort in Schlachtformation Aufstellung nehmen. Die Franzosen kehrten um, während uns ihre Reiterei in Scharmützel verwickelte, und gingen ebenfalls in Schlachtordnung. Tausende von Rittern standen auf jeder Seite. Die Front war gut fünftausend Fuß breit.

Auf unserem linken Flügel standen flandrische und deutsche Ritter unter dem Grafen von Flandern sowie Walram und Heinrich von Limburg. Von diesem tapferen jungen Mann wird noch besonders zu berichten sein." Dabei bedachte Arnold den Grafen und dessen Tochter Irmgard, die mit ihren Damen ebenfalls anwesen war, mit einem eindringlichen Blick. „In der Mitte stand das Fußvolk, dahinter Kaiser Otto mit sächsischen Rittern. Den rechten Flügel stellten Reiter des Grafen von Boulogne und englische Ritter, angeführt vom Bruder des englischen Königs, William von Salisbury. Der vermaledeite Franzose schickte zu Beginn etwa hundertfünfzig berittene Knechte gegen unseren Flügel …"

Aufgeregtes Gemurmel entbrannte, denn es war allgemein Sitte, dass Ritter nur gegen Ritter und nicht gegen Knechte kämpften. „Richtig, er schickte einfache Kriegsknechte gegen uns, die kämpften wie der Teufel. Aber wir konnten sie schließlich niedermachen. Schon dabei tat sich der junge Limburger Heinrich hervor, der kühn zwischen sie sprengte und sein Schwert kreisen ließ, als sei es eine Sense und die Franzosen Ähren." Irmgard errötete, als wiederholt der Name ihres Anverlobten fiel. Gerne hätte sie sich jetzt schon nach einem weiteren Limburger Ritter erkundigt, sparte sich dies aber für später auf.

„Dann ging Ottos Fußvolk gegen die französische Mitte vor und rieb diese auf", fuhr Arnold fort. „So schien sich alles zu unserem Vorteil zu wenden, vor allem weil das deutsch-englische Heer zahlenmäßig überlegen war.

Dann aber griff der französische König mit seiner Elite-Reiterei, der Oriflamme, selbst ins Geschehen ein …"

Gebannt lauschten die Ritter, Knappen und Damen Arnolds Bericht, in dessen Verlauf immer mehr Wein und Bier ausgeschenkt wurde.

„König Philipp August wurde sogar von deutschen Fußknechten mit Hakenlanzen vom Pferd gezogen, im letzten Moment aber von seiner

Leibgarde gerettet!“ Ein Raunen ging durch die Menge. „Von diesem Moment an wendete sich das Schlachtenglück. Die französischen und staufischen Ritter, die König Friedrich dem Franzosen geschickt hatte, überwältigten unser Fußvolk und griffen Ottos Zentrum an. Gleichzeitig gelang es der staufischen Reiterei, die Engländer auf dem rechten Flügel zu umzingeln. Der Graf von Salisbury wurde gefangen genommen, kurz darauf ebenso der Graf von Flandern auf unserem Flügel. Die Truppen vom Niederrhein kämpften allesamt, als säße ihnen der Teufel im Nacken. Walram und Heinrich von Limburg sammelten immer wieder ein paar Dutzend Ritter um sich, ebenso der Graf von Boulogne auf dem anderen Flügel, und wagten einen Ausfall in die Mitte des Gegners, aber der Verlust der Engländer wog zu schwer.

Derweil geriet Kaiser Otto, der eitle Fatzke hatte seine Prunkrüstung angelegt, im Zentrum in arge Bedrängnis. Sein Pferd wurde ins Auge getroffen, bäumte sich auf und warf den Kaiser ab, bevor es verendete. Mit einem zweiten Ross ergriff Otto sogleich die Flucht – und entschied damit die Schlacht. Die Kaiserstandarte, der deutsche Reichsadler, fiel mit gebrochenen Flügeln in die Hand der Franzosen. Da gab es kein Halten mehr, und jeder, der noch laufen konnte, floh. Einzig den verbliebenen Rittern aus Limburg, Jülich, Cleve und Brabant gelang ein halbwegs geordneter Rückzug …“

Betretenes Schweigen folgte. Niemand weinte dem Welfen eine Träne nach, der nun ganz sicher dem Staufer Friedrich Platz machen musste, aber dass ein französisches Heer ein deutsches besiegt hatte, gefiel keinem.

Drei Stunden hatte die Schlacht von Bouvines gedauert, bis dato eine der größten Schlachten der europäischen Geschichte, und mit ihrem Ausgang neue Machtverhältnisse geschaffen. Im Westen war fortan Frankreich mit seinem König Philipp August die führende Nation. Der englische König Johann hingegen wurde so geschwächt, dass er auch im eigenen Land an Macht verlor.

In Deutschland, ja in ganz Mitteleuropa, gewannen die Staufer, mit Friedrich II. an der Spitze, endgültig die Oberhand über die Welfen. Als Zeichen des gemeinsamen Sieges und der Freundschaft schickte Philipp August dem Staufer die erbeutete Kaiserstandarte. Allenthalben ein Grund zur Freude, aber der Stachel der deutschen Niederlage und der Verlust tausender Menschenleben saßen tief.

Solcherlei Nachrichten waren Inhalt der Botschaften, die zum einen Bruder Konrad noch am selben Abend seinem Abt in Altenberg zukommen ließ, zum anderen auf den Weg nach Köln gebracht wurden, um den Bruder des Grafen in Kenntnis zu setzen, so denn dieser noch nichts von den Ereignissen der letzten Tage wusste.

„Darf ich Euch noch etwas fragen, werter Herr Arnold?“ Der Angesprochene blickte erstaunt auf, denn eigentlich hatten fast alle Zuhörer zu vorgerückter Stunde den Saal verlassen, die Damen vor allen anderen. Aber Irmgard war noch einmal zurückgekehrt, weil ihr eine Frage schwer auf der Seele lag.

„Nur zu, edles Fräulein“, nickte Arnold. „Habt Ihr in Reihen der Limburger auch den Ritter mit dem Zeichen der Rose entdeckt?“, kam Irmgard nun ohne Umschweife auf den Punkt, „und wisst Ihr, was aus ihm geworden ist?“

Arnold schaute sie einen Moment entgeistert an, dann jedoch fiel der Groschen bei ihm. „Seid unbesorgt, edle Maid, der Rosenritter ist dem jungen Heinrich nicht von der Seite gewichen und beide haben die Schlacht unbeschadet überstanden. Nicht einmal einen Kratzer haben sie abbekommen!“

Überwältigt von so viel Glück fiel die Grafentochter dem bärbeißigen Ritter fast um den Hals, wobei ihr junger Busen mit jedem Atemzug heftig auf und ab wogte, um dann eiligst in ihre Gemächer zu entschwinden.

Mit einem fachmännischen Zungenschnalzer schaute ihr der Clever nach, als ihn plötzlich ein neuerlicher Rippenstoß traf.

„Ihr seid zu alt für das junge Ding, werter Herr Arnold“, äffte Magda die von Irmgard gewählte Anrede nach, während sie mit entblößten Armen zahllose, bereits abgeräumte Becher und Krüge an ihren voluminösen Busen drückte.

„Ihr braucht ein Weib, das Euch auf dem Schlachtfeld der Liebe die Standarte hält und nicht gleich beim ersten Gefechtslärm fahnenflüchtig wird!“

Schmunzelnd drehte sich Arnold zu ihr um. „Und kennst du vielleicht solch ein Vollweib, das sich getraut, mit mir in den Nahkampf zu gehen?“

Mit gespielt erhobener Nase und keckem Hüftschwung schwebte Magda dem Ausgang zur Küche zu. Und Arnold ließ sich nicht lange bitten …

In der gleichen Nacht vernahm die Kölner Stadtwache am Hahnentor, das den Weg von und nach Aachen überwachte, ein lautes Pochen. Auf die

Frage, wer Einlass begehre, behauptete eine Stimme, es sei Kaiser Otto höchstpersönlich, der in Köln Schutz und ein Dach für die Nacht ersuche. Die Soldaten auf den zinnenbewehrten Verteidigungsplattformen lachten und legten keine Eile an den Tag. Da sie nur zwei Personen und keinerlei Eskorte oder gar Heeresbegleitung vor dem Tor ausmachten, maßen sie der ganzen Angelegenheit keine große Bedeutung bei, schickten aber, da das Pochen nicht erlahmen wollte, zumindest einen Boten zu einem der Bürgermeister aus dem Kreis der Richerzeche, dem Geldadel der Stadt. Ungehalten erschien schließlich ein führendes Mitglied der mächtigen Familie Heise und nahm die Personen in Augenschein, die da mit so fadenscheinigen Gründen Einlass begehrten. Augenblicklich gefror ihm jedoch das Blut in den Adern, als er tatsächlich den noch amtierenden Kaiser erkannte, und er wies die Wachen an, sofort das Tor zu öffnen. So zog der geschlagene Otto nebst seiner jungen Gattin mutterseelenallein und fast unbeachtet ein weiteres Mal in Köln ein. Diesmal jedoch gab es keinen großen Empfang.

Arnold von Cleve spürte, wie das Leben und der Saft wieder in ihm aufstiegen. Magda saß rittlings auf ihm und gab sich alle Mühe, dem Takt, den er vorgab, zu folgen. Da sein linker Arm verwundet war, hatten sie diese Stellung für ihr Liebesspiel gewählt, eine Variante, die Magda ohnehin bevorzugte, weil sie seine fleischliche Lanze dann tiefer in sich spürte. Magda ritt wie der Teufel, und Arnold hielt herzhaft von unten dagegen, wobei er sich zuweilen große Schlucke aus der Weinkaraffe einflößte, die er seit seiner Ankunft auf Neuenberge nicht mehr losgelassen hatte.

Dies hielt ihn nach eigenen Worten davon ab, die Sturmtruppen zu früh in die Schlacht zu werfen. So jeder für sich in seinem Element, strebten sie einem beachtlichen und lautstarken Höhepunkt entgegen, der den Burgvoigt veranlasste, auf der Wehrmauer nachzusehen, ob die Burg angegriffen würde.

Am nächsten Morgen nahm der erstarkte Arnold, nach einem ausgiebigen Frühstück und einigen vernehmlichen Darmgeräuschen, die ersten Truppen in Augenschein, die dem Aufruf Adolfs gefolgt waren. Dabei handelte es sich vornehmlich um Lehnsritter nebst Fußknechten aus der näheren Umgebung, aus den Tälern der Wupper und Dhünn, sowie aus dem nördlichen Hügelland. Darunter befand sich auch Odo von Udindara, der Vater von Thomas' Freund Heinrich, der seinen Sohn aber erst später und ausgesprochen reserviert begrüßte. Weitere Truppen sollten später, auf dem Weg nach Kaiserswerth, zu ihnen stoßen. Da es zu viele waren, um sie alle innerhalb der Mauern unterzubringen, wurden auf dem oberhalb der Burg gelegenen Turnierplatz Zelte errichtet. Adolf hatte Fässer mit Wein und Wasser dorthin beordert. Für seine Verpflegung und die seiner Mannen hatte jeder Ritter jedoch selbst Sorge zu tragen und entsprechende Vorräte mitgebracht.

Der Graf war bereits vor Ort, um die Ritter zu begrüßen und sie nach Rang und Freundschaftsbeziehungen in Kontingente einzuteilen. Jede Abteilung sollte dann unter Arnolds Befehl Angriffe und Rückzüge unter Gefechtsbedingungen an einem Mauerabschnitt der Burg einüben. Hierfür hatten Zimmerleute eilig ein paar Dutzend Sturmleitern und zahlreiche einfache Holzschilde gefertigt, die bereits bereitlagen. Arnold übernahm sogleich das Kommando und verschaffte sich ob seiner Wortgewalt und straffer Befehle auch schnell Respekt.

Herrmann von Elverfeld sollte mit einem Dutzend Fußknechten der Burgmannschaft sowie allen verfügbaren Knappen die „Verteidigung" der Mauer übernehmen und die Angreifer nach Kräften mit Steinen und Strohballen abwehren. Der erste Angriff von Arnolds Sturmtruppen, die am frühen Nachmittag immerhin bereits in beeindruckender Ordnung vor der Mauer erschienen, endete jedoch in einem Fiasko, vor allem, weil Herrmanns Knappen auf den Zinnen die Verteidigung ernster nahmen, als es geplant war.

Sie deckten die Angreifer dermaßen mit einem Hagel von Wurfgeschossen ein, dass zahlreiche Sturmleitern umstürzten und sich die schöne Schlachtordnung in einem heillosen Chaos auflöste. Vor allem Thomas und Gisbert übertrafen sich dabei gegenseitig in ihren Aktionen, warfen, während Heinrich mit drei anderen eine Transportkette zum Anreichen der Steine und Ballen gebildet hatte, ohne Atem zu schöpfen, Geschoss um Geschoss auf die vordersten Sturmleute und bedachten diese mit Schmähungen, die selbst den abgebrühtesten Kämpfern die Röte ins Gesicht trieben. Als dann doch eine Sturmleiter erfolgreich angesetzt und ein Kriegsknecht im Begriff war, die Mauer zu erklimmen, warf sich Thomas im Eifer des Gefechtes gar mit vollem Körpereinsatz auf die Gegner, mit dem Erfolg, dass die hölzerne Leiter unter der Last zusammenbrach und die Kontrahenten allesamt in das zum Glück am Mauerfuß ausgelegte Stroh purzelten. Arnold brach den Angriff sogleich ab und verordnete den geschlagenen Sturmabteilungen für den Rest des Tages schweißtreibende Exerzierübungen.

Graf Adolf, der dem Aufmarsch der Truppen mit Ungeduld beigewohnt hatte, weil er inständig hoffte, alsbald zur Kaiserpfalz aufbrechen zu können, war sichtlich frustriert über die desolate Vorstellung, ließ sich jedoch von Arnold beruhigen, der meinte, dass den Männern schlichtweg noch ein paar Tage Disziplin eingeimpft werden müsse, dann wäre der Haufen sicher zu gebrauchen.

„Ich wünschte jedoch, wir hätten mehr von diesen da", meinte Arnold, als sie auf dem Rückweg zum Palas an der Knappengruppe vorüberkamen, die gerade von Herrmann mit einer Manöverkritik bedacht wurde. „Vor allem aus dem jungen Fischer wird noch einmal ein großer Kämpfer vor dem Herrn werden", meinte Adolf nachdenklich. „Das ist er jetzt schon", fügte Arnold an, „nur müssen er, wie auch der junge Limburger, noch lernen, ihr Temperament zu zügeln."

Dies sah Herrmann von Elverfeld ähnlich, der den Knappen voller Stolz sein Lob für ihren Einsatz aussprach, auch wenn der mit kleinen Schönheitsfehlern behaftet war.

„Wenn dies ein echter Angriff gewesen wäre, dann hättet ihr schon am ersten Tag den gesamten Vorrat an Wurfgeschossen verbraucht und die Burg wäre schutzlos dem nächsten Ansturm ausgesetzt", legte er den Knappen dar. „Dann würden wir damit beginnen, die Mauern abzutragen", schlug Thomas grinsend vor. „Und du wärst längst im Jenseits", konterte der Voigt, „zerstückelt von den Messern der Angreifer, wenn du dir nicht schon beim Aufprall auf dem Boden den Hals gebrochen hättest!" Dabei machte er eine vieldeutige Handbewegung, aber auch keinen Hehl daraus, dass er seine inbrünstigen Verteidiger ins Herz geschlossen hatte.

Bruder Konrad hatte dem Geschehen den ganzen Tag über von der Wehrmauer aus zugesehen und bei der leidenschaftlichen Verteidigung der Knappen vor allem über Thomas' Einsatz geschmunzelt, wenn auch mit einem wehmütigen Beigeschmack. Er wusste, dass es ihm, dem Zisterziensermönch, schon von seinem Orden aus nicht erlaubt sein würde, die Knappen und Truppen des Grafen auf dem bevorstehenden Kriegszug zu begleiten, obwohl er gerne in sein altes Gewand als Tempelritter geschlüpft wäre, um mit ihnen ins Feld zu ziehen. Aber dafür war die Zeit noch nicht reif. So hatte er dem wieder erstarkten Herrmann von Elverfeld den Vortritt gelassen und sich selbst im Hintergrund gehalten. Er wusste, dass es Zeit wurde, seine Schützlinge in die Obhut anderer zu entlassen, Gott mochte ihnen beistehen. Vielleicht würden sich ihre Wege noch einmal kreuzen. So verabschiedete er sich beim Grafen und den überraschten Knappen und verließ am nächsten Morgen auf seinem vertrauten Esel die Burg in Richtung Altenberg …

Am 15. August 1214 zog Friedrich II. mit einem Heer rheinabwärts, so zumindest vermeldete dies ein Bote Engelberts, der seinen Bruder damit zur Eile mahnte. Ziel des Staufers war die altehrwürdige Kaiserstadt Aachen, die er erobern wollte, um sich hier, auf dem Thron Karls des Großen, nochmals krönen zu lassen.

Walram von Limburg sowie der Graf von Jülich und andere, die sich nach wie vor weigerten, die Seite zu wechseln, überfielen die Nachhut des Staufenheeres. Dessen Führer, Herzog Ludwig von Bayern, wurde gefangen genommen und auf die Burg Nideggen gebracht. Das hinderte Friedrich aber nicht daran, seinen Marsch fortzusetzen.

Acht Tage später stand er vor den Mauern Aachens, versuchte aber vergeblich, die Stadt zu erstürmen. Doch erreichte er mit seiner Anwesenheit, dass sich der Herzog Heinrich von Brabant, der Schwiegervater Ottos, am 27. August 1214 unterwarf. Dies hatte Signalwirkung für andere Fürsten und Städte am Niederrhein.

Otto IV. war ein gebrochener Mann. Während ein Fürst nach dem anderen von ihm abfiel und ins Lager der Staufer wechselte, ertränkte er seinen Kummer im Alkohol. Von allen verlassen, saß er in der kleinen Wohnung, die ihm die Kölner Patrizier in einer unbedeutenden Gasse zur Verfügung gestellt hatten, und gab sich dem Selbstmitleid hin. Derweil dürstete es seine junge, lebensfrohe Gattin nach Unterhaltung und sie vertrieb sich die Zeit mit Glücksspiel. Allerdings verlor sie meist – und machte Schulden. Die Kölner Pfeffersäcke waren nur allzu bereit, ihr dafür großzügigen Kredit einzuräumen, im Glauben, der Kaiser wäre noch mächtig und reich genug, die Stadt und ihre Bürger für die selbstlose Hilfe zu entlohnen. Doch da saßen sie einem großen Irrtum auf.

Einer der wenigen, die dies erkannten und zu nutzen wussten, war der Dompropst Engelbert. Und weil dieser die Augen und Ohren immer offen hatte bzw. sich auch der Sinnesorgane anderer bediente, um über die Geschehnisse in der Domstadt auf dem Laufenden zu sein, kam es eines schönen Abends zu einer denkwürdigen Begegnung in einer Kölner Schänke.

Im Hinterzimmer des Brauhauses „Zum alten Kessel" an der Johannisstraße, Ecke Kostgasse, so hatte ihm eine vertrauliche Stimme zugetragen, säße die junge Kaiserin und gäbe sich den Vergnügungen des Würfelspiels hin. Engelbert fackelte nicht lange, hüllte sich in einen schwarzen Umhang, begab sich unerkannt in die besagte Gasse und stattete der Schänke einen unangemeldeten Besuch ab. Zuerst wollte man ihm allerdings aus verständlichen Gründen den Zutritt zum Hinterzimmer verwehren, doch als er sich als einer der mächtigsten Kirchenmänner der Stadt zu erkennen gab, standen ihm alle Türen offen.

Im schwachen Licht der Öllampen erkannte er sofort Maria von Brabant, die Kaiserin, vor allem, weil sie, abgesehen von zwei jungen Dingern, die offenbar zur Unterhaltung der anderen Gäste dienten, die einzige Frau von Stand im Raum war, die zudem mit ihrem hochgesteckten Goldhaar und in ihrem mit Brokat besetzten, dunkelblauen Samtkleid einen augenfälligen Kontrast zum sonstigen Inventar bot. Maria saß am Kopfende eines grob gezimmerten Holztisches und ließ mit einem mädchenhaften Lachen aus einem Lederbecher die Würfel rollen. Offenbar rollten diese zurzeit auch nach ihrem Geschmack, denn sie strich sogleich zahlreiche Silbermünzen von ihren Mitstreitern ein. Es waren ihrer drei, die an den Seiten und gegenüber der Kaiserin Platz genommen hatten, zwei junge Patrizier, die offenbar über stattliche Börsen aus dem Vermögen ihrer Familien verfügen konnten, und ein älterer Jude, der peinlich genau über den Spielverlauf Buch führte. Ein halbes Dutzend weiterer Gäste aus der Kölner Führungsschicht stand um den Tisch verteilt im Hintergrund.

In der Luft hing ein aufdringlicher Geruch von vergorenem Gerstensaft, wie es in einer Brauerei auch nicht anders zu erwarten war. Die Schänke „Zum alten Kessel" war eines der ersten und ältesten Brauhäuser der Stadt, die dem Bier stetig wachsende Einnahmen verdankte. Nicht nur dass der Bierkonsum den des Weines in Köln mittlerweile überstieg, Kaiser Otto hatte den Kölnern im Jahre 1212 zudem erlaubt, einen Mahl- und Bierpfennig zu erheben. Und die Gattin dieses Ottos hoffte nun auf dem Weg des Glücksspiels, an diesem Aufschwung teilhaben zu können. Doch bald fielen die Würfel für sie nicht mehr ganz so glücklich. Gespielt wurde Passe-dix, ein Hasardspiel mit drei Würfeln, das in deutschen Landen auch Knobeln oder Knockeln genannt wurde, aber natürlich bevorzugte die feinere Gesellschaft die französische Bezeichnung. Maria fand sich momentan in der Rolle des Bankhalters, konnte dementsprechend jeden gewünschten Betrag setzen. Die anderen hielten einzeln oder gemeinsam bis zur Höhe des „Bancos“ dagegen.

Nun war es an Maria, die drei Würfel zu werfen. Erzielte der Bankhalter elf oder mehr Augen – davon leitete sich der französische Name „Passedix“, „Überschreite zehn“ ab –, so gewann er, konnte den Gewinn einstreichen, die Bank aufstocken oder weitergeben. Warf der Bankhalter zehn oder weniger Augen, gewannen die Gegenspieler.

Ab dem Moment, als Engelbert den Raum betrat, verlor Maria, verlor ihren Einsatz, verlor die Bank und letztlich ein kleines Vermögen, das aber sofort wieder aufgestockt wurde.

Dafür ließ der Jude sie kleine Schuldscheine unterschreiben, die von anwesenden Zeugen bestätigt wurden, was die Kaiserin aber nicht sonderlich zu kümmern schien.

„Ihr scheint mir kein Glück zu bringen, werter Neuankömmling“, hörte Engelbert da Marias glockenhelle Stimme sagen und wusste sofort, dass er gemeint war. „Ich bin untröstlich, meine Kaiserin, aber es mag daran liegen, dass die heilige Kirche, deren bescheidener Vertreter ich bin, diese Art Glücksspiel nicht billigt“, gab er unumwunden zu und trat dabei näher ins Licht des Tisches. „Dann müsst ihr Engelbert sein, der stattliche Dompropst, von dem die Leute sagen, dass er sich in Kirchenkreisen wie ein Priester, unter Rittern aber wie ein Ritter zu geben weiß.“ Dabei schenkte ihm Maria aus hellblauen Augen ihre volle Aufmerksamkeit. „Ihr beschämt mich, Hoheit, aber da ich nicht in einem Kloster aufgewachsen bin, sondern unter Rittern, die Kirche mir aber seit der Jugend den Lebensweg aufgezeigt hat, liegt mir das eine wie das andere nah.“ Maria bedachte ihn nun mit einem spöttischen Blick. „Und wie weit geht Eure Wandlungsfähigkeit?“, provozierte sie ihn. „Wie macht Ihr Euch in Gesellschaft von Glücksspielern oder – für einen Kirchenmann sicher noch schlimmer – von Damen?“ Engelbert war wohl bewusst, dass er ein gewagtes Spiel begonnen hatte und dass er dieses schnell verloren haben würde, wenn er jetzt zurückzog. Aber Rückzug war nicht Engelberts Sache. „Nun, lasst es uns herausfinden, edle Dame! Was dem Kirchenmann verwehrt, soll dem Ritter Ansporn sein“, mit diesen Worten warf er mit eleganter Bewegung seinen Umhang ab, wobei sein weißer Wappenrock mit dem dreibalkigen Zinnen-Wappen derer von Berg, den er daruntertrug, zum Vorschein kam, beschied dem Juden mit einem Blick, ihm Platz zu machen, und stieg in die Würfelrunde ein.

Eine gute Stunde später hatte die hübsche junge Kaiserin sämtlichen Kredit des Abends verspielt, sich aber bestens unterhalten, denn Engelbert, der selbst eine stattliche Summe Silberlinge vor sich angehäuft sah, war nicht müde geworden, ihr die Niederlage mit kleinen Anekdoten aus dem Bischofspalast und seinem bewegten Leben zu versüßen. Dabei kam ihm zugute, dass er mit seinen neunundzwanzig Jahren gerade einmal fünf Jahre älter war als sie selbst und offenbar den rechten Ton traf. Vor allem die Erwähnung des Papstbriefes, der ihn ob seiner Raubritter-Eskapaden an der Seite Adolfs von Altena einen Räuberhauptmann gescholten hatte, erregte ihre Heiterkeit. Die übrigen Anwesenden empfanden diese Anspielung hingegen als unangenehme Erinnerung, wenn nicht gar als versteckte Drohung, was er sicher auch beabsichtigt hatte. Er vermied es hingegen völlig, die Kaiserin mit politischen oder finanziellen Themen zu langweilen. „Edle Dame, Ihr solltet mit dem Glücksspiel etwas vorsichtiger sein, denn hier in Köln gibt es für Euch nicht mehr viel zu gewinnen", schlug er mit zweideutiger Botschaft dann plötzlich doch einen ernsteren Ton an.

Danach schaute sie ihm für endlose Sekunden in die ebenfalls blauen Augen, ohne jedoch ihr Lächeln zu verlieren. „Das scheint mir auch so", hob sie dann an, „aber um einen letzten Einsatz lohnt es sich noch zu spielen!" „Und der wäre?", fragte Engelbert mit unverhohlenem Interesse. „Nun, wenn ich gewinne, gehören mir Eure Silbertaler, alle – und Eure Begleitung bis zu meinem und meines Gatten Gästepalast hier in Köln …" Sie machte eine bedeutungsvolle Pause. „Wenn Ihr gewinnt, dann dürft Ihr mir den Bischofspalast zeigen, den ich bislang noch nicht besuchen konnte", fuhr sie mit einem vielsagenden Blick fort. Maria verlor und verließ an der Seite ihres – zumindest vorübergehend – neuen Freundes den „Alten Kessel".

Adolf von Berg hielt es nicht länger untätig in der Burg, während der Stauferkönig den Rhein hinauf marschierte und sein Freund Otto von Oldenburg, der Bischof von Münster, in der Kaiserpfalz als Gefangener schmachtete. Es musste etwas geschehen. Tagelang hatte er zugesehen, wie seine langsam wachsende Streitmacht ein ums andere Mal den Sturm auf eine bewehrte Mauer einübte. Angetrieben vom unermüdlichen Arnold von Cleve, der stets inmitten der Männer zu finden war, brüllte, lobte, Fehler korrigierte, Schilde in die richtige Haltung brachte und schließlich selbst auf den Sturmleitern zu finden war, hatten die bergischen Truppen auch deutliche Fortschritte gemacht. Schließlich gelang es ihnen, einen Abschnitt der Neuenberger Mauer einzunehmen, sicher auch weil Herrmann von Elverfeld seinen Knappen eingeschärft hatte, in ihrem Verteidigungseifer nicht wieder bis zum Äußersten zu gehen.

Adolf fand, dass es nun genug des Übens sei, und befahl für den nächsten Morgen den Marsch auf Kaiserswerth. Zu ihrer großen Freude sollten auch die jungen Knappen erstmals mit auf den Heerzug gehen, um sich den Schlachtenwind um die Nase wehen zu lassen. Nur knapp zwanzig Mann blieben unter dem Befehl des Voigtes als Besatzung auf der Burg zurück.

Am Abend vor ihrem Abmarsch konnte Thomas nicht einschlafen, er war einfach zu aufgeregt. Heinrich musste ihm immer wieder die Geschichten vom Albigenser-Kreuzzug erzählen, auf dem die älteren Knappen den Grafen bereits begleitet hatten. Der junge Mann aus Odenthal tat dabei zwar immer betont gelangweilt, freute sich in Wirklichkeit aber darüber, dass er dem schnell wachsenden und schnell lernenden Fischersohn etwas voraushatte. So hob er nicht ohne Stolz zu erzählen an.

„Nach wochenlangem Marsch, über Frankfurt, Paris und Avignon, stießen wir schließlich zu den Truppen von Simon de Montfort im Süden Frankreichs …"

Mitten in Heinrichs Ausführungen hörte Thomas jedoch ein leises, aber vertrautes „Pst!" Mittlerweile reagierte er schon beim ersten Geräusch dieser Art, entschuldigte sich bei Heinrich und schlüpfte aus ihrer Kammer.

„Dir erzähl ich so schnell nichts mehr, da kannst du bitten, wie du willst", brummte Heinrich mit leichtem Groll, der diesmal nicht gespielt war.

Thomas hatte jedoch nur noch Ohren für das ersehnte Geräusch, denn eigentlich hatte er die Hoffnung schon abgeschrieben, Sibylla vor ihrem Aufbruch noch einmal zu sehen.

Doch schlau wie sie war, hatte sie letztlich doch wieder eine Möglichkeit – und geheime Mitwisser aus der Küchenmannschaft – gefunden, der Kontrolle der Eltern zu entkommen. Statt ihrer steckte nun ein praller Strohsack in ihrem Nachtgewand unter der voluminösen Bettdecke.

Die echte Sibylla wartete, eingehüllt in einen schwarzen Umhang, in einer leeren Pferdebox, wo sie sich still in eine Ecke gekauert hatte. Da sich Thomas mittlerweile selbst im Dunkeln blind im Stall zurechtfand, brauchte er nicht lange, bis er sie gefunden hatte.

Leise hockte er sich neben sie. Weil sie wusste, dass Thomas, wie alle jungen Männer seines Alters, stets hungrig war, hatte sie ihm mit Magdas Segen aus der Küche eine geräucherte Wurst mitgebracht. Dankbar nahm er diese entgegen und biss herzhaft hinein, nicht ohne ihr aber zuvor ein ordentliches Stück davon abgebrochen zu haben, denn er wusste längst, dass auch Sibylla stets von wenig mädchenhaftem Appetit gesegnet war.

Während sie so genüsslich kauten, brachte Sibylla ein weniger verdauliches Thema zur Sprache.

„Vater sagt, dass ich langsam in das Alter komme, in dem junge Damen verheiratet werden." Thomas blieb sogleich der letzte Bissen im Hals stecken. „Wieso das so plötzlich?" „Na weil ich schon vierzehn bin", fuhr sie leicht echauffiert fort, „und er will nicht, dass ich als alte Jungfer ende." „Das ist aber doch wohl etwas übertrieben, findest zu nicht?", erhitzte sich Thomas. Sibylla zuckte mit den Achseln. „Ich weiß nur, dass viele Jungfrauen aus gutem Hause tatsächlich schon früh versprochen werden und man sich damit beschäftigen muss", setzte sie nun sehr erwachsen hinzu. „Vater jedenfalls hat Andeutungen über die jungen Knappen gemacht, die binnen zwei Jahren in den Ritterstand erhoben werden."

Thomas wurde wütend. „Er wird dich doch wohl nicht mit Gisbert oder einem der anderen Limburger verkuppeln wollen, was?" Sibylla fröstelte. „Ich weiß es nicht, aber besser du beeilst dich damit, selbst zum Ritter zu werden!" Dabei schaute sie ihn mit traurigen Augen an. Selbst in der Dunkelheit des Stalles konnte er den leisen feuchten Schimmer darin sehen. Verliebt nahm er sie in die Arme und sank mit ihr ins Stroh. Und während ihre Lippen zärtlich, aber nicht mehr ganz so kindlich wie in den Monaten zuvor, die des anderen erkundeten, legte ein stummer Lauscher am anderen Ende des Stalles weniger zärtlich Hand an seine wachsende Männlichkeit.

Die aufgehende Sonne beleuchtete einen kühlen, vernebelten Septembermorgen, als die Ritter Adolfs von Berg in Zweierreihen die Zugbrücke passierten. Auf den Zinnen und an den Erkerfenstern winkten ihnen die Damen und die zurückbleibenden Verteidiger zu. Allen voran ritten Graf Adolf und Arnold von Cleve, gefolgt von dreißig treu ergebenen Streitern, die zur Kernmannschaft Neuenberges zählten, darunter auch die beiden Neuen aus Jülich und Cleve. Jenseits des Burggrabens stießen die Einheiten zu ihnen, die auf dem Turnierplatz gelagert hatten. Etwa einhundert Ritter, Knappen und Fußknechte wandten sich auf dem recht engen Weg wie ein Lindwurm der größeren Heerstraße im Osten zu, gefolgt von einem beachtlichen Tross aus Ochsenkarren, die Lebensmittel, Wein, Bier, Waffen und anderes Gerät transportierten. Die Ochsen selbst sollten als lebende Fleischreserve dienen. Die Johanniter hatten eine Art Feldlazarett auf Eselskarren verladen und stellten die Nachhut.

Schwer gruben sich die Wagenräder in den lehmigen Boden und hinterließen tiefe Spuren. Die Knappen gingen zu Fuß neben den Rittern her, trugen deren Schilde, meist mit der Linken, darunter die Speere und außerdem schwere Reisesäcke.

Auf der Heerstraße bogen sie in südwestliche Richtung ein und stiegen langsam von den Hügeln des Bergischen Landes zum Rhein hinab. Dort vereinten sie sich mit den Truppen aus anderen Teilen der Grafschaft, die hier schon gewartet hatten, um am Ostufer des großen Stromes flussabwärts nach Kaiserswerth zu ziehen.

Am Mittag des dritten Tages erreichte die auf über dreihundert Mann angewachsene Streitmacht der Berger die Kaiserpfalz, deren Tore sich gerade hinter den letzten Hineineilenden schlossen, und breitete sich sofort auf den Ebenen entlang des umlaufenden Kanals aus. Adolf schickte sogleich eine Delegation zu den Weltgeistlichen des Suitbertus-Stiftes, des einstigen Klosters, das nun im Besitz von Kanonikern war, sowie zu der nördlich anschließenden Kaufmannssiedlung, um ihnen zu versichern, dass er ihre seit Generationen bestehende Immunität respektieren und ihr Hab und Gut nicht antasten würde, wenn sie sich im Umkehrschluss nicht gegen ihn wenden, sondern seine kleine Streitmacht vielmehr mit Lebensmitteln unterstützen würden.

Arnold von Cleve organisierte die Belagerung, wie er es mit Adolf in langen Nächten geplant hatte, wies jeder Abteilung ihren Lagerplatz zu und nahm dann zusammen mit dem Grafen die Lage in Augenschein. Sie entschlossen sich für einen Angriff von zwei Seiten über das Wasser. Dafür hatten sie vorsorglich auf ihrem Weg entlang des Rheins Boote erstanden bzw. zwangsweise rekrutiert, falls deren Besitzer nicht sogleich zum Verkauf bereit waren. Fast alle Fußknechte waren zu je acht Mann damit beschäftigt gewesen, die schweren Holzboote zu tragen, die nun nahe dem künstlichen Rheinarm für den morgendlichen Angriff bereitlagen.

Bald loderten in weitem Halbkreis die Kochfeuer vor den Hütten und Zelten, in denen die Ritter die Nacht vor dem Sturm verbrachten. Die Fußtruppen hatten sich grob gezimmerte Unterstände aus Treibholz, Büschen und Sträuchern vom Rheinufer gebaut. Überall wurden Klingen geschärft und Rüstungen ausgebessert. Die Zimmerleute arbeiteten bis spät in die Nacht an weiteren Sturmleitern, Pferdekoppeln und benötigten Lageraufbauten.

Die Knappen schliefen gemeinsam unter einem großen Zeltdach, das zum Schutz vor Wind und Regen mit Öl getränkt war.

Sie waren angewiesen worden, sich zur Verfügung Adolfs und Arnolds zu halten, die sie einzusetzen gedachten, wo sie gebraucht würden. Vornehmlich hatten sie aber dafür zu sorgen, dass dem Kern der Ritter von Neuenberge stets die benötigten Waffen und Schilde im optimalen Zustand zur Verfügung standen.

Thomas ließ seinen Blick über die Reihe der Knappen schweifen, bevor er sich auf seinem Strohlager niederließ, und dachte an die Worte Sibyllas an ihrem letzten Abend. Nein, er konnte und wollte nicht zulassen, dass ihm einer von diesen seine große Liebe vor der Nase wegschnappte. Als seine Augen bei Gisbert anlangten, fing er einen spöttischen Blick des Rotschopfes auf, mit dem er seit Wochen nicht mehr aneinandergeraten war.

„Na Fischkopf, da wirst du doch morgen in deinem Element sein, schätze ich", kam es dem Limburger über die Lippen, „jede Menge Wasser und ein Nachen statt eines Pferdes unter dem Arsch. Ich wette, du versuchst, die Verteidiger von der Mauer runterzuangeln!" „Klar doch – und dich nehm ich als Köder", konterte Thomas. So wurde eine neue Runde der Feindseligkeiten zwischen ihnen eingeläutet.

Beim ersten Morgenlicht kam Lebens ins Lager. Die Fußknechte, die wie üblich in ihren Gewändern genächtigt hatten, eilten als Erste umher, legten mit Metallplatten besetzte, lederne Harnische und Armmanschetten an, ergriffen ihre Speere, Bögen, Köcher, Kurzschwerter oder Streitäxte. Zwischendurch stärkten sie sich an den Resten der Mahlzeiten vom Vorabend. Dann nahmen sie, eingeteilt in „Lanzen" zu je zwanzig Mann, an den Booten Aufstellung, wie es ihnen ihre Hauptleute eingeschärft hatten. Dort warteten bereits die Zimmerleute und Knechte mit den Sturmleitern. Die Ritter benötigten etwas länger für das Anlegen ihrer Rüstungen. Über ihren Untergewändern, die aus einem einfachen Leinenhemd und wollenen Beinlingen bestanden, trugen die meisten ein gestepptes Wams in Länge einer Tunika, Gambeson genannt, damit die Metallringe der Kettenhemden nicht direkt auf der Haut lagen und etwaige Schläge der Gegner etwas gemildert wurden. Wie seine Ritter legte Graf Adolf über das schwere Kettenhemd einen Wappenrock mit dem roten, dreireihigen Wechselzinnenbalken derer von Berg an. Seine Gliedmaßen schützte er mit zusätzlichen Arm- und Beinschienen. Zuletzt gürtete er sich mit seinem Schwert, das in einer hölzernen, mit Edelmetall beschlagenen Scheide steckte, und einem schweren Parierdolch. Die Knappen beeilten sich, die Waffen und verschiedenen Rüstungsteile bereitzulegen, und halfen ihren Herren beim Anziehen.

Arnold von Cleve schimpfte wie ein Rohrspatz, weil seine schweren Stiefel nicht passen wollten und Heinrich, der ihm zugeteilt war, sich seiner Meinung nach recht ungeschickt anstellte. Arnold trug einen auffälligen roten Wappenrock mit einem goldenen Glevenrad, geformt aus acht strahlenförmig angeordneten Lilien. Diesen Rock mit dem Wappen der Clever hatte er auch bei der Schlacht in Frankreich getragen. Der Vorteil dieser Auffälligkeit war, dass seine Männer ihn auch im dicksten Schlachtengetümmel würden erkennen und ihm folgen können. Das überwog in seinen Augen den Nachteil, dass auch die Feinde dies konnten. In seinen Schwertgurt steckte er sich schließlich zu dem üblichen Dolch auch noch zwei Wurfäxte nach Art der altfränkischen Franziska.

Zuletzt setzten sie ihre Helme auf, die im normannischen Stil aus einer konisch zulaufenden Eisenhaube mit einem feststehenden Nasenbügel bestanden. So gerüstet, traten die Anführer der bergischen Streitmacht vor das Zelt und ihre wartenden Männer.

Um besser gesehen zu werden, bestiegen sie zwei Schlachtrösser, die Thomas und Heinrich gesattelt und aufgezäumt bereithielten, Adolf seinen treuen Braunen Carolus, Arnold den schwarzen Percheronhengst Lancelot, mit dem er besser umzugehen verstand als alle anderen. Hoch zu Ross ritten sie die Reihen der Männer ab, die sogleich in Jubelrufe ausbrachen.

Da hob Adolf seinen rechten Arm und hieß sie schweigen. Augenblicklich trat Ruhe ein. „Männer aus dem ruhmreichen Berg", tönte weithin seine mächtige Stimme, „zu lange schon dienten wir Herren, die nicht die unseren waren, zu oft schon verheerten diese unsere Felder …" Rufe der Zustimmung mischten sich in seine Rede, die er jedoch mit einer weiteren Handbewegung verstummen ließ. „Nun halten sie zudem dort drüben in dieser Festung, die einst Kaiser Barbarossa prächtig ausbauen ließ, einen meiner engsten Freunde gefangen, einen ehrlichen Kirchenmann, der keine andere Verfehlung beging, als dass er sich dem neuen, rechtmäßigen König anschließen wollte, dem Enkel jenes Barbarossa, der den deutschen Landen zu großer Blüte und Ehre verhalf. Damit muss Schluss sein, mit den Überfällen und Gefangennahmen ebenso wie mit den falschen Königen!" Wieder unterbrach ihn eine vielstimmige Bestätigung. Diesmal ließ er sie jedoch länger gewähren. „Und deshalb werden wir diese Pfalz erobern, wir, die starken Arme des ruhmreichen Berg. König Friedrich wird es uns danken – und Gott wird uns beistehen!" Nun kannten die Jubelrufe keine Grenzen mehr.

Wie zur Bestätigung erschienen nun einige Mönche und Priester des Johanniterordens, sprachen ein paar schnelle Gebete und segneten die Männer. Adolf und Arnold saßen dazu ab und bekreuzigten sich. Dann erhoben sie sich und gingen zu den Booten.

Da der Angriff über das Wasser geführt werden musste, eine für Adolfs Mannen neue und unbequeme Art der Kriegsführung, waren sie gezwungen, ihre Pferde zurückzulassen, obwohl ein gut trainiertes Streitross in der Schlacht ein kampfentscheidender oder lebensrettender Faktor war. Die Knappen sollten sich um die Tiere kümmern, dann aber, abgesehen von ein paar Wachen, selbst in einem Boot übersetzen, um den Rittern im Notfall mit neuen Waffen, Schilden oder anderen Handreichungen zur Seite zu stehen. So schnell es ging, rüsteten sich Thomas, Heinrich, Gisbert und die anderen dazu ebenfalls mit ledernen Brustpanzern und Armschienen aus, dann rafften sie an Schwertern, Schilden und anderem Kriegsgerät zusammen, was sie tragen konnten, und eilten zu den Booten.

Graf Adolf ließ sich gerade seinen Olifant reichen, das gleiche prächtige Horn, das er auch schon auf der Jagd benutzt hatte, und stieß dreimal hinein. Weithin trug der Frühnebel den fremdartigen Klang über die Rheinebene bis zu den trutzigen Mauern der Kaiserpfalz, die ursprünglich als Zollfeste diente und jetzt als Gefängnis für politische Gefangene benutzt wurde. Auf den Zinnen spiegelte sich die aufgehende Sonne in den Helmen der eisenbewehrten welfisch-kölnischen Verteidiger.

Mit lautem Kriegsgeschrei sprangen die Männer Adolfs in die Boote und ruderten in zwei Angriffswellen über den Kanal.

Arnold von Cleve hielt mit seinen Einheiten über den Hauptarm des Rheins auf die Westseite des Palas zu, während Adolf den südlichen Teil der Ringmauer mit dem runden Schalenturm ansteuerte. Bereits auf dem Wasser schlugen ihnen die ersten Pfeilsalven entgegen und so mancher

Kämpfer sank tödlich getroffen zurück ins Boot oder fiel über Bord, bevor er das eigentliche Schlachtfeld überhaupt erreichte.

Sobald sie den künstlichen Rheinarm überquert hatten, sollte der Sturm auf die Mauern beginnen. Die Männer Adolfs sprangen aus den Booten und erklommen die schmale, steile Uferböschung, wobei sie sich ungeschützt der vollen Wucht des Beschusses ausgesetzt sahen. Am Fuß der Mauer versuchten einzelne Gruppen, Sturmleitern anzusetzen. Sofort sahen sie sich einem konstanten Steinhagel und der verheerenden Wirkung siedenden Öls ausgesetzt, das aus Pechnasen und Kübeln auf sie herabregnete. Die Ritter versuchten, sich und die Männer mit ihren Schilden so gut es ging zu schützen, doch die Wucht der herabstürzenden Geschosse zwang Mensch und Material schnell in die Knie. Um die Zinnen von Steinwerfern zu säubern, beorderte Adolf die verfügbaren Bodenschützen in einer Linie hinter sich. Doch darauf waren die Verteidiger vorbereitet und setzten ihrerseits Armbrustschützen ein, die gezielt die Reihen der Bogenschützen lichteten. Bereits nach wenigen Minuten hatte die gräfliche Streitmacht empfindliche Verluste zu beklagen.

Weil der Schusswinkel für Adolfs Schützen vom Mauerfuß aus zu steil war, schickte er sie zurück in die Boote und hinaus auf den Rheinarm. Ihrer großen Zahl war es zu verdanken, dass sie nun tatsächlich auch den Mannschaften auf den Zinnen erste Verluste beibrachten. Doch auf dem schwankenden Terrain gab es keinen wirklichen Halt für einen sicheren Schuss. Zu allem Überfluss wurden zwei, drei Boote von schweren Tuffsteinbrocken versenkt, die von zwei Wurfmaschinen auf den Türmen der Pfalz stammten.

Das Holz der Boote zersplitterte mit dumpfen, berstenden Geräuschen, und die Bogenschützen sahen sich gezwungen, ihr Heil im Fluss zu suchen.

Thomas und die anderen Knappen hatten nach der Überquerung des Kanals versucht, sich im Hintergrund zur Verfügung zu halten, wie man es ihnen aufgetragen hatte, doch waren sie wie alle anderen dem gefährlichen Beschuss ausgesetzt. Wie in einem Traum nahm Thomas das Geschehen um sich herum wahr, das Gebrüll der Männer, das Krachen der Steine beim Aufschlag auf zersplitternde Schilde, das Surren der Pfeile und das helle Klingen von Metall auf Metall. So also sah es in einer richtigen Schlacht aus. Fast unbeteiligt beobachtete er, wie sich Heinrich und Gisbert mit verzerrten Gesichtern hinter einigen Schilden verschanzten. Da nahm er zu seiner Rechten eine Bewegung wahr. Bertrand, der dünne Knappe aus Deutz, war, sich mit beiden Händen an einem Bündel Speere festhaltend, in die Knie gesunken und schaute ihn aus ungläubigen Augen an. Aus seinem Hals ragte ein gefiederter Pfeilschaft, dann folgte ein gewaltiger Blutschwall, der sich über seine zuvor weiße Tunika ergoss. Bertrand kippte entseelt zur Seite und sein Blick erstarb. Überhaupt hielt der Tod links und rechts der Mauer reiche Ernte.

Nun wurde Thomas erstmals bewusst, was Krieg wirklich bedeutete, nämlich die Gefahr, jederzeit selbst getötet zu werden.

Diese Erkenntnis holte ihn sogleich in die Realität zurück – und Thomas handelte schnell. „Dreht den Nachen um!", brüllte er seinen Kameraden zu, die auch sofort den tieferen Sinn dieser Maßnahme erkannten. Mit vereinten Kräften drehten sie das Boot auf die Seite, stellten es in einem Winkel aufrecht, sodass der Rumpf nun zu den Zinnen der Pfalz hin zeigte, und fixierten die Position mit Lanzen. Dann gingen sie hinter dem Boot in Deckung und brachten die Waffen in Griffweite.

So halbwegs geschützt beobachteten sie das Geschehen, um dann einzeln oder zu zweit mit Waffen und Schilden hinzuzueilen, wenn einer der Ritter in Bedrängnis geriet. Zweimal hastete Thomas zu Adolf von Berg, um ihm den lädierten Schild auszuwechseln. Beim zweiten Mal traf ihn auf dem Rückweg ein Stein auf den Rücken und warf ihn zu Boden. Zu seinem Glück hatte ihn das Geschoss jedoch nur gestreift und er kam mit einer Prellung davon. Mit einem Hechtsprung brachte er sich hinter ihrem Boot wieder in Sicherheit. Gisbert hatte eine ähnlich stumpfe Verletzung am rechten Bein, Heinrich blutete aus einer Armwunde.

Trotz aller Unbilden war es Arnold von Cleve, unterstützt von seinen jungen Vettern, an der Westseite gelungen, die Boote nah an die Mauer zu bringen. Während der vergangenen Hochwasserjahre hatte das Wasser des Rheins bis an die vier Meter dicken Mauern der Kaiserpfalz herangereicht, doch in diesem Jahr verzeichnete der große Strom einen vergleichsweise niedrigen Pegelstand und ließ einen schmalen Strandstreifen frei. Hier gelang es, die Boote anzulanden, einige Seile und Sturmleitern anzubringen und diese von fünf, sechs Mann erklimmen zu lassen, mit dem Ziel, die höher gelegenen Fenster und Schießscharten zu erreichen. Massiver Beschuss von einem vorspringenden Balkon aus fiel Arnolds Flügel jedoch in die Seite und erforderte massive Gegenwehr in Form einer eilig formierten Wand aus Schilden. Dadurch wurden so viele Männer gebunden, dass an einen Nachschub für die mutigen Angreifer auf den Leitern nicht zu denken war. Einer nach dem anderen fiel, von einer scharfen Klinge durchbohrt oder von einem Stein getroffen, in die Tiefe.

Adolfs Männer konnten über das Wasser bzw. das Geröll am Mauerfuß nicht zu Hilfe eilen, mussten sich darüber hinaus ihrer eigenen Haut erwehren. Arnold versuchte schließlich selbst, mit dem Schild in der Linken über dem Kopf und einer Axt zwischen den Zähnen, die Sprossen einer der Sturmleitern zu erklettern, doch zog sein roter Wappenrock sofort alle Blicke und Geschosse der Verteidiger auf sich. Es gelang ihm zumindest, seine Streitaxt einzusetzen und mit einem gewaltigen Wurf einem grobschlächtigen Krieger, der in einem der oberen Fenster erschien, den Schädel zu spalten. Letztlich blieb ihm aber nichts anderes übrig, als sich mit einem gewagten Sprung in die Reihen seiner Männer zu retten. Beim Aufprall verstauchte er sich den Knöchel des rechten Fußes, sodass es mit weiteren Kletterübungen ein Ende hatte. Hinkend führte er seine Männer stattdessen zurück in die Boote und näher unter den Balkon im ersten Stock des Palas. Dort gerieten sie ihrerseits jedoch erneut in Bedrängnis, weil von den oberen Zinnen brennendes Öl auf sie herabregnete und die Boote in Brand zu setzen drohte.

Mehr und mehr wendete sich der Angriff an beiden Fronten in ein Verteidigungsgefecht. Die Ritter kamen nicht einmal dazu, ihre Schwerter richtig einzusetzen. Frustriert gab Adolf von Berg mit einem langgezogenen Hornstoß das Signal zum Rückzug. Erleichtert sprangen die Männer zurück in die Boote und ruderten, was das Zeug hielt. Dabei klangen ihnen der frenetische Jubel und die Verhöhnungen der Verteidiger in den Ohren.

Da ließ Adolf die Boote noch einmal wenden und befahl den Schützen eine letzte Salve. Darauf waren die Verteidiger nicht gefasst, sondern vielmehr immer noch damit beschäftigt, den Flüchtenden Schmähungen hinterherzubrüllen und obszöne Gesten zu machen. So manch einer wurde mitten im Schneiden einer Grimasse oder dem Entblößen seiner Genitalien von einem Pfeil getroffen, der seinem Leben ein Ende setzte oder ihm zumindest eine üble Verwundung eintrug.

Einzig diesem letzten Manöver Adolfs war es zu verdanken, dass der erste Angriff auf die Kaiserpfalz nicht vollends in einem Desaster endete, sondern vielmehr auch die Streitmacht der Berger einmal Grund zum Jubel hatte.

Trotzdem waren die Verluste hoch, fast vierzig Mann hatten ihr Leben gelassen, noch einmal genauso viele waren verwundet, so viele, dass Adolf und Arnold sich vorerst damit begnügten, die Kaiserpfalz zu belagern. Ein einziges Mal noch wagten sie einen weiteren Versuch, indem sie mit allen

Booten und Männern gegen die südliche Mauer und den Rundturm anbrandeten. Aber es mangelte ihnen an Freifläche, um auf breiter Front, wie sie es bei Angriffen zu Pferde gewohnt waren, die nötige Schlagkraft zu entwickeln. Da die Verteidiger ihre Kräfte an eben diesem Punkt zu bündeln wussten, stand auch keine der Sturmleitern lange genug, um Männer über die Mauer zu bringen. So zogen sie sich nach knapp einer Stunde vergeblichen Anrennens ohne große Verluste wieder über den Kanal zurück.

Derweil ging das Heer Friedrichs am Niederrhein gegen Jülich vor, belagerte und eroberte schließlich die Stadt. Graf Wilhelm von Jülich sah sich nun gezwungen einzulenken. Er gab den gefangenen Herzog Ludwig wieder frei und unterwarf sich dem jungen Staufer. Mit Brabant und Jülich der stärksten Verbündeten enthoben, war es nun auch für die anderen Fürsten des Niederrheins sinnlos geworden, den Kampf für die Seite Ottos fortzusetzen, der nach wie vor unerkannt und untätig in Köln verharrte. So wechselten letztlich auch der Herzog von Limburg gemeinsam mit seinem Sohn Walram und dessen Sohn Heinrich reumütig ins staufische Lager.

Diese Nachricht ereilte Adolf von Berg im Oktober während der nun schon einige Wochen dauernden Belagerung der Kaiserpfalz, die jedoch nicht den gewünschten Erfolg brachte.

Die Festung Kaiserswerth verfügte über so reichliche Vorräte, dass an ein Aushungern der Besatzung nicht zu denken war. Es blieb die Hoffnung, die Verteidiger von der Wasserzufuhr abzuschneiden, obwohl die Pfalz ringsum von Wasser umgeben war. Aber der Rhein war unterhalb von Köln von den Abwässern der größten Stadt Deutschlands verschmutzt und seine Nebenarme galten als malariaverseucht. So ordnete Adolf an, im Abstand von fünfzig Metern entlang des künstlichen Rheinarmes Wachtruppen aufzustellen, die auf jeden schießen sollten, der versuchte, sich aus der Burg zu entfernen. Außerdem ließ er Boote über den Rhein patrouillieren. Noch ahnten sie nicht, dass es die Menschen in der Burg nicht nötig hatten, sich in Gefahr zu begeben.

Thomas und Heinrich wurden eines Abends Zeuge eines Gesprächs zwischen Adolf und Arnold, bei dem der Graf seinen Unmut darüber äußerte, dass sie nicht genau über die Örtlichkeiten und Verhältnisse in der Pfalz Bescheid wussten. Wie gerne hätte er einen Blick hinter die Verteidigungsanlagen geworfen. Diese Angelegenheit ging Thomas nicht aus dem Kopf.

„Warum", schlug er vor, „schleichen wir uns nicht hinein und sehen nach?" „Weil die Burg zwölf bis achtzehn Fuß dicke Mauern hat und selbst du da nicht durchschlüpfen kannst", antwortete Heinrich mit einem gelangweilten Kopfschütteln. Doch dabei wollte es Thomas nicht bewenden lassen. „Die Grabenseite ist gut bewacht", fuhr er mit seinen Gedanken fort, „aber auf der Rheinseite wähnen sie sich unangreifbar. Dort könnten wir versuchen, die Mauer zu erklettern und einen Blick in die Burg zu werfen. Wir sind wieder weg, bevor sie auf uns aufmerksam werden." Ungläubig schaute ihn Heinrich an, merkte aber sofort, dass es Thomas ernst war mit seinem Vorschlag.

Schon in der nächsten Nacht ließen sie eines der Boote zu Wasser und ruderten im Schutz der Dunkelheit hinaus auf den Rhein. Weil die Boote zu groß waren, um von zwei Personen allein bewegt zu werden, hatten sie vier der anderen Knappen ins Vertrauen gezogen.

Als sie das südliche Ende des Kanals erreichten, ließen sie sich von der Strömung des Rheins flussabwärts treiben. Bald erreichten sie die sechs Meter dicke Westfront des Palas. Jetzt mussten die Knappen kräftig gegen die Strömung anrudern, um nicht weiter abgetrieben zu werden. Thomas hatte sich eine Armbrust besorgt und vom Schmied in der Eile einen groben eisernen Pfeil mit Widerhaken anfertigen lassen, an dessen Ende er ein Seil befestigte. Weil Heinrich mit dieser Waffe der bessere Schütze war, wies er ihn an, den Pfeil an der äußersten Ecke der Mauer über die Zinnen zu schießen. Der erste Schuss ging fehl, weil jemand mit seinem Fuß auf dem Seil stand und der Pfeil es daher nicht hinauf zu den Zinnen schaffte. Mit einem Klirren, das aber vom Rauschen der Strömung übertönt wurde, prallte er an der Mauer ab und fiel mit einem dumpfen Platscher ins Wasser. Also holten sie das Seil ein und versuchten es aufs Neue. Der nächste Schuss saß. In der mondhellen Nacht konnten sie sehen, dass das Seil nun zwischen zwei Zinnen hing. Thomas hoffte, dass sich der eiserne Pfeil dahinter verkantet hatte, zog das Seil prüfend stramm, dann schwang er sich an ihm in die Höhe. Zum einfacheren Aufstieg hatte er alle zwei Fußbreit einen Knoten in das Seil geknüpft. Vorsichtig, mit der steten Angst im Nacken, abzustürzen, kletterte er daran empor, bis er nach etwa zwei Minuten die Zinnen erreicht hatte. Dort zog er sich an den Ziegeln über die Mauer und kauerte sich in eine dunkle Ecke des umlaufenden Wehrgangs. Im fahlen Mondlicht erkannte er, dass trotz der Nacht im Hof der Vorburg, der zudem von Fackeln erleuchtet wurde, recht geschäftiges Treiben herrschte. Pferde wurden bewegt, Steine auf die Mauern geschleppt und zahlreiche Knechte oder Sklaven trugen Gefäße von und zu einem seltsamen Turm.

Im südlichen Teil der Verteidigungsanlage stand ein neun Meter hoher, zylindrischer Bau aus Backstein, der offenbar als Zisterne verwendet wurde. Wie sich herausstellen sollte, wurde hier gesammeltes Regenwasser gereinigt, indem man es durch eine umlaufende Sandschicht leitete und für die Verwendung als Trinkwasser aufbereitete. Wasser haben sie also genug, ging es Thomas durch den Kopf, da hörte er langsam schlurfende Schritte auf dem Wehrgang. Er machte sich in seiner Ecke so klein wie möglich, trotzdem blieb er nicht unerkannt. Allerdings hielt der Wachsoldat ihn für einen betrunkenen Kameraden. „Na, hast wohl wieder zu lange am Bierfass gehorcht, was?", sprach der Kriegsknecht ihn an. „Kann sein", lallte Thomas und rülpste vernehmlich, wobei ihm beinahe schlecht vor Aufregung wurde.

„Mir soll's gleich sein", erwiderte der Wachsoldat und schlurfte weiter. Beinahe wäre Thomas mit dem Schrecken davongekommen, doch nur beinahe. Ein metallisches Geräusch erregte plötzlich die Aufmerksamkeit des anderen, er drehte sich um und erblickte den Eisenpfeil. Aus welchen Gründen auch immer hatte sich die Spannung des Seils ein wenig gelöst und der Pfeil war aus seiner Verankerung auf den Boden gerutscht.

Sofort gab der Mann Alarm und stürzte sich auf Thomas. Da dieser deutlich schlanker war als der Angreifer und zudem nur mit einem kleinen Dolch bewaffnet, hatte es wenig Sinn, sich auf einen Zweikampf einzulassen, aber Thomas hatte den Vorteil der festen Mauer in seinem Rücken. An dieser stützte er sich ab, ließ den Mann herankommen, schwang im letzten Moment die Füße nach oben und trat dem Wachsoldaten mit beiden Beinen vor den Brustkorb. Wie von einem Katapult fortgeschleudert, flog der Körper des Mannes nach hinten, fiel über die rückwärtige Kante des Wehrgangs und von dort in die Tiefe. Das dürfte er kaum überlebt haben, dachte Thomas noch, dann schwang er sich über die Zinnen und ließ sich an dem Seil wieder herab zu seinen Kameraden im Boot, die sich sofort in die Riemen legten, um von der Mauer wegzukommen. Keinen Moment zu früh, denn binnen weniger Sekunden erschienen weitere Wachleute auf der Mauer, die den Kahn mit Bögen und Armbrüsten ins Visier nahmen. Zwei, drei Pfeile durchschlugen unmittelbar neben dem Boot die Wasseroberfläche, richteten aber keinen Schaden an. Dann verschwand das Boot in der Dunkelheit.

„Was ist eigentlich in euch gefahren, dass ihr ohne Befehl zu solch einem Unternehmen aufbrecht?“ Adolf von Berg nahm einen Knappen nach dem anderen auf Augenhöhe ins Visier, während sie mit hängenden Köpfen in einer Reihe vor ihm standen, sechs an der Zahl. „Oder anders gefragt, wem von euch ist dieses Himmelfahrtskommando eigentlich eingefallen?“ Dabei gab sich Adolf alle Mühe, ernst zu bleiben und aufgebracht zu wirken. Arnold von Cleve war derweil froh, im Halbdunkeln des Hintergrunds zu sitzen, denn er hatte nicht so viel Schauspieltalent und sein breites Grinsen kaum unter Kontrolle. Aber ernst war der Vorfall allemal, man entfernte sich nicht so ohne Weiteres vom Heer, ohne ausdrücklichen Befehl. Erst hatten die Männer im Lager sich keinen Reim auf die plötzlich vernommene Unruhe in der Kaiserpfalz machen können. Dann aber hatten sie gesehen, dass sechs Knappen wie der Teufel angerudert kamen und aufgeregt von ihren Beobachtungen berichteten. Adolf und Arnold hatten sich nur angesehen und die Knappen sofort zum Rapport in ihr Zelt beordert. Gespannt hatten sie Thomas’ Bericht gelauscht und die Nachricht von der Zisterne vernommen, ohne eine Miene zu bewegen. Jetzt aber war es an der Zeit, die Burschen zur Räson zu bringen, schon allein um die Disziplin im Lager nicht zu untergraben.

„Mit Verlaub Herr, ich war das“, antworte Thomas kleinlaut, „aber ich führte nichts Böses im Schilde, sondern wollte nur …“

„Wolltest was?“, fuhr der Graf dazwischen, „dich ein bisschen hervortun, Krieg spielen und dabei dein Leben und das deiner Kameraden aufs Spiel setzen?“ „Nein, Herr Graf“, antwortete Thomas mit noch fester Stimme, aber immer leiser werdend. „Heinrich und ich haben nur Eure Sorge mitbekommen, dass wir zu wenig über die Pfalz und deren Versorgung wüssten. Da hab ich mir überlegt, wie wir das ändern können!“ „Und warum hast du mich nicht vorher aufgesucht und um Erlaubnis gefragt?“, hakte der Graf nach, allerdings bereits deutlich milder gestimmt. Betreten schaute Thomas erst auf den Boden, dann nahm er sich ein Herz und blickte Adolf von Berg direkt in die Augen. „Ich fürchtete, Ihr würdet aus Sorge um uns ablehnen. Außerdem, wenn Ihr es erlaubt hättet und es wäre etwas schiefgegangen, hättet Ihr die Verantwortung gehabt. So war es allein unsere bzw. meine Verantwortung!“

Adolf war für einen Moment sprachlos, fand aber schnell seine Worte wieder. „Ihr alle habt uns einen großen Dienst erwiesen, das will ich nicht verhehlen.“ Für einen Moment entspannten sich die Mienen der Knappen. „Aber ich kann es nicht tolerieren, dass jemand meine Befehle unterwandert oder erst gar nicht um meine Erlaubnis für so etwas nachsucht!" Vorbei war es mit der Entspannung. „Deshalb wird jeder von euch morgen früh fünf Stockhiebe bekommen, vor versammelter Mannschaft, ausgeteilt von einem anderen Knappen." Jeder versuchte, sich sofort im Geiste auszurechnen, wie viele Schmerzen damit wohl verbunden sein würden. „Thomas, du bekommst zehn Hiebe – aus der Hand von Gisbert!" Der Fischersohn ersparte sich sofort weitere Vermutungen.

„Musst du so hart mit ihnen ins Gericht gehen?", erlaubte sich Arnold von Cleve zu fragen, als die Knappen das Zelt verlassen hatten, „immerhin haben sie uns wichtige Informationen geliefert." „Ja, das muss ich", antwortete der Graf mit voller Überzeugung, „vor allem mit diesem Thomas. Das wird ihn Demut lehren. Wenn ich es nicht tue, tanzt er in Zukunft ständig aus der Reihe und ist in keiner Schlachtformation zu gebrauchen!" „Also hast du doch Größeres mit ihm vor?", vergewisserte sich Arnold. „Wirfst du einen Edelstein weg, nur weil er noch nicht richtig geschliffen ist?", antwortete Adolf mit vieldeutigem Lächeln …

Am nächsten Morgen wurde das Urteil vollstreckt. Längst hatte sich im Lager herumgesprochen, was die Burschen angestellt bzw. welch mutige Tat sie vollbracht hatten. Deshalb waren viele der Kriegsknechte ausgesprochen irritiert, dass es dafür eine demonstrative Bestrafung geben sollte. Die meisten Ritter jedoch verstanden, dass ein Knappe nicht aus eigener Entscheidung heraus so weit gehen durfte.

Die sechs Knappen mussten sich über einen umgestürzten Baumstamm beugen, den man eigens in die Mitte des Lagers hatte schleifen lassen. Dort bekamen sie mit einem Rohrstock aus den Händen eines jeweils anderen Knappen, der nicht an der geheimen Aktion beteiligt gewesen war, die angekündigten Hiebe.

Die meisten Vollstrecker schlugen allenfalls halbherzig zu – und nach fünf Hieben war der Spuk vorbei. Gisbert jedoch genoss die Ehre, die der Graf ihm hatte zuteil werden lassen, und war nicht geneigt, Milde walten zu lassen. Mit voller Wucht verteilte er die Schläge auf Thomas' Rücken – drei, vier, fünf, zählte er laut mit.

Da nahm ihm jemand von hinten den Stock aus der Hand.

„Ich habe eine Strafe angeordnet, keine Hinrichtung!" Es war der Graf selber, der das statuierte Exempel vorzeitig beendete.

Während sich Gisbert davonschlich, sichtlich bemüht, seine Enttäuschung zu verbergen, richtete der Graf das Wort an die Menge. „Ihr habt gesehen, was geschieht, wenn jemand meinen Befehlen nicht gehorcht."

Leises und nicht nur zustimmendes Gemurmel kam als Antwort.

„Nun seht, was denen widerfährt, die mir einen Dienst erweisen!" Dabei hieß Adolf die Knappen nochmals vor ihm anzutreten. „Diese sechs Burschen haben uns allen mehr als nur einen großen Gefallen erwiesen", tönte sein tiefer Bass über die Ebene. „Sie haben herausgefunden, dass die Kaiserpfalz nicht nur über reichlich Lebensmittel, sondern auch über schier unerschöpfliche Wasservorräte verfügt, die eine weitere Belagerung wenig sinnvoll erscheinen lassen. Die Belagerung wird daher abgebrochen, noch heute könnt ihr alle zu euren Feldern und Familien zurückkehren!"

Vereinzelte Jubelrufe erschollen, das Gros des Heeres jedoch schwieg betreten, denn das Abbrechen der Belagerung bedeutete auch das Eingeständnis der Niederlage.

„Ich nehme euch jedoch den Eid ab, euch – sobald der kommende Winter sich dem Ende neigt – wieder hier vor diesen Mauern einzufinden", setzte der Graf hinzu, „denn wir werden die Pfalz einnehmen, so wahr ich hier stehe. Uns fehlt nur noch der rechte Schlüssel dazu, aber den werden wir finden!"

Nun wollte im weiten Rund Beifall aufbranden, der Graf hieß sie jedoch nochmals schweigen.

„Diese Burschen hier hatten einen Denkzettel verdient, aber sie sollen auch unseren Dank erfahren. Deshalb wird jeder von ihnen fünf Silberpfennige zum Lohn erhalten – und ihr Rädelsführer ...", dabei bedachte er Thomas mit einem amüsierten Blick, „soll zudem ein Schwert seiner Wahl aus unserer Waffenkammer sein Eigen nennen dürfen, als Beweis meiner Wertschätzung und Ansporn für ritterliche Taten!"

Nun kannte der Jubel keine Grenzen mehr.

Thomas verstand überhaupt nichts mehr, die Bestrafung hatte er, wie alle, klaglos und in einer Art Dämmerzustand über sich ergehen lassen, obwohl ihm Gisbert ganz schön zugesetzt hatte. Und nun wurde er obendrein belohnt? Erst als er aus der Hand des Grafen das Schwert mit dem Löwenknauf entgegennahm, das er schon immer als für sich gemacht angesehen hatte, kamen die Lebensgeister vollends zurück und Freude hielt Einzug in sein Herzen. Dann stürzten zahlreiche Kameraden, aber auch Kriegsknechte auf ihn zu und klopften ihm auf die Schulter, ja sogar Arnold von Cleve und andere Ritter kamen, um ihm die Hand zu reichen. Einzig Gisbert hielt sich abseits.

Noch am gleichen Tag wurden die Zelte abgebrochen und die bergische

Streitmacht löste sich für den Winter auf. Die Verteidiger der Pfalz trauten ihren Augen nicht und glaubten, sie seien der Gefahr auf Dauer entronnen. Wieder verhöhnten sie ihre Gegner aufs Übelste und feierten bis spät in die Nacht ihren vermeintlichen Sieg. Doch damit unterlagen sie einem großen Irrtum.

Erneut hielt der Winter auf Neuenberge Einzug und wieder schnitten Schnee und Eis das Zentrum der Grafschaft tage-, ja wochenlang vom Rest der Welt ab. Die Rückkehr zur heimatlichen Burg war aufgrund des Ausganges ihres Kriegszuges keine triumphale gewesen. Umso verbissener brüteten Adolf und Arnold mit ihren engsten Rittern beim Schein der Feuer im großen Saal des Palas über den Plänen der Kaiserpfalz, die sie während der Zeit im Lager hatten anfertigen lassen. Doch wiesen diese Pläne immer noch große Lücken auf. Thomas wurde einmal kurz hinzugezogen, um seine Beobachtungen mit den Plänen in Einklang zu bringen, doch hatte er nur kurze Zeit Einblick in den südlichen Abschnitt der Festung gehabt und konnte demzufolge, abgesehen von der Lage der Zisterne, nicht viel Neues zur Anordnung der Mauern und Gebäude beitragen. Eine erstaunliche Wendung nahm die Angelegenheit jedoch mit einem Boten aus Köln, der dem Grafen – mit den besten Wünschen des Dompropstes – eine feinsäuberliche Zeichnung des Grundrisses der Feste Kaiserswerth aushändigte, in der alle Gebäude, Türme und Tore aufgeführt waren. Eine Bestätigung der Lückenlosigkeit war die Position der Zisterne, die an gleicher Stelle prangte, an der Thomas diese in ihrem bisherigen Plan eingeordnet hatte. Die Frage, woher diese genaue Zeichnung stammte, konnte der Bote jedoch nicht beantworten. Dies tat im Grunde auch nichts zur Sache, die Hauptsache war, dass sie nun vernünftige Planungen anstellen konnten. Zu ihrer Überraschung wies der Grundriss auf der Rheinseite, nördlich des mächtigen Palas, einen kleinen Hafen aus, der unter der Zugbrücke liegen musste, die den vorgelagerten Torturm, Clever Turm genannt, mit dem Palas verband. Diesen Punkt kannten sie bislang lediglich als Anlegestelle für die Rheinschiffe, die hier ihren Zoll für den Warenverkehr abzuliefern hatten. Dass sich dahinter gar ein kleiner Hafen befand, war ihnen neu. Dies bot eine bislang unbekannte Angriffsmöglichkeit von der Wasserseite, die es wert war, in Betracht gezogen zu werden. Bei der Bezeichnung des zentralen Turmes horchte Arnold von Cleve auf. Dieser Turm, meinte er dann, könne ein Schlüssel zur Festung sein. Wie sie im Bedarfsfall allerdings die vorgelagerte Ringmauer am künstlichen Rheingraben überwinden sollten, wussten sie immer noch nicht.

Da Herrmann von Elverfeld aufgrund der Kälte – und sicher auch aufgrund seiner Essgewohnheiten – von der Gicht geplagt und Bruder Konrad nicht anwesend war, übernahm Arnold von Cleve die täglichen Kampfübungen und bezog die anwesenden Ritter gleich mit ein. Dabei konzentrierte er sich allerdings weniger auf das Schwert, sondern ließ seine Mannen vielmehr Tag um Tag den Sturm von der Leiter üben. Da es kalt, nass und auf den Sprossen rutschig war, blieben Blessuren nicht aus. Zudem klagten viele nach einigen Tagen über Hustenanfälle und laufende Nasen. So war die Krankenstation der Johanniter auf der Burg stets gut gefüllt. Arnold sah sich daher gezwungen, an den härtesten Wintertagen die Kampfproben auf Schießübungen mit dem Bogen und der Armbrust zu reduzieren. Keiner der Ritter mochte diese Waffe, doch nach den unliebsamen Erfahrungen vor den Mauern der Pfalz sah jeder ein, wie wichtig es war, auch diese, als arglistig angesehene, aber durchschlagskräftige Schusswaffe einzusetzen.

Sibylla hatte in den letzten Wochen viel Zeit mit Katharina verbracht, zum einen weil die etwa gleichaltrige Fischertochter ihr mittlerweile selbst wie eine Schwester erschien, zum anderen, weil sie durch Katharinas Erzählungen noch etwas mehr über den jungen Mann herausfand, der ihr so am Herzen lag. Und Katharina erzählte gern und viel, vor allem über den Bruder, den sie abgöttisch liebte. Solange der Graf mit seiner Streitmacht am Rhein weilte, hatten sie dafür auch reichlich Muße, denn in der Küche gab es, abgesehen von den Mahlzeiten für die geschmolzene Besatzung, nur wenig zu tun. Seit aber die Ritterschaft samt ihrer Knappen wieder auf der Burg residierte, herrschte in der Küche erneut Hochbetrieb. Um ihrer neuen Freundin trotzdem nah sein zu können, hatte Sibylla beschlossen, sich ebenfalls nützlich zu machen. Das war zwar wenig standesgemäß, aber ihren Eltern erschien dies als kleineres Übel. Für Sibylla eröffneten sich in der Küche zudem immer wieder Momente, dem jungen Knappen über den Weg zu laufen. Bei derlei Gelegenheiten tauschten sie kurz versteckte Berührungen oder andere kleine Gesten der Vertrautheit aus.

Bei seiner Rückkehr hatte sie ihn im Stall abgepasst und war ihm sogleich herzlich um den Hals gefallen. Als sich ihre Lippen zum ersten Mal wieder berührten, hatte sie tief im Bauch ein herrliches Kribbeln bemerkt, ein Gefühl, das sie genoss und von dem sie wünschte, dass es möglichst lange anhielt. Dabei ahnte sie nicht einmal, dass diese Gefühle ihren ganzen Lebensweg beeinflussen sollten.

Zum Fest von Christi Geburt gab es, nach einem festlichen Gottesdienst in der Burgkapelle, im Rittersaal eine große Tafelrunde, an der alle Ritter, der Graf und seine Tochter sowie der Voigt und seine Familie teilnahmen. Aber auch die hochstehenden Brüder der Johanniter-Kommende stießen dazu, denen Adolf seine Tischgenossenschaft versichert hatte, was so viel hieß, dass sie stets an seiner Tafel speisen durften. Der Graf erinnerte an die Ereignisse des zurückliegenden Jahres und an die Gefallenen, seien sie Adelige oder Gemeine. Sibylla saß artig an der Seite ihrer Eltern, übte sich in Konversation mit Irmgard und erlaubte sich nur ab und an einen flüchtigen Blick auf die Tafel der Knappen, an der die Erlebnisse vor den Mauern der Kaiserpfalz und die Frage, wie diese denn zu nehmen wäre, ebenso heiß diskutiert wurden wie in der Runde der Ritter.

Zu vorgerückter Stunde schlichen sich Thomas und Heinrich – unter dem Vorwand, den Abort aufsuchen zu wollen – in die Küche, wo Magda und Katharina sie mit frisch gebackenem Naschwerk als Weihnachtsüberraschung erwarteten.

Augenblicke später erschien auch Sibylla, die mit allen Damen den Saal eigentlich schon zeitig verlassen, dann aber die erste unbeobachtete Gelegenheit genutzt hatte, dem tristen Schlafgemach zu entkommen. Sie zwängte sich auf der kleinen Holzbank vor dem aus Ziegeln gemauerten und weiß getünchten Backofen zwischen Heinrich und Thomas und ergriff dessen Hand, die sie fortan nicht mehr losließ.

Heinrich, der neben Katharina saß, ohne deren verstohlene Blicke zu bemerken, schien in Gegenwart der Mädchen immer etwas gehemmt. Deshalb hatten sie begonnen, ihn immer häufiger mit kleinen, spitzen Bemerkungen zu necken, wobei er stets bis zu den Ohren rot anlief.

Magda setzte sich dazu, nachdem alle Arbeiten erledigt waren, und sie verbrachten eine kurzweilige Heilige Nacht. Thomas und Heinrich fuhr der Schreck in die Glieder, als zu ihrer Überraschung auch Arnold von Cleve die Treppe vom Rittersaal heruntergestiefelt kam. Doch der bärbeißige Ritter winkte nur müde ab.

„Lasst uns einfach gemeinsam die Ruhe des Christenfestes genießen.“ Mit diesen Worten nahm er vor Kopf an der kleinen Tafel Platz und langte sogleich herzhaft nach dem Naschwerk. Dazu ließ er sich von Magda einen Krug Wein reichen. Aus den Augenwinkeln nahm er die verliebten kleinen Gesten zwischen Thomas und Sibylla wahr, von denen ihm Magda aber ohnehin schon berichtet hatte. Da er von Standesdünkel ohnehin nicht viel hielt, fiel es ihm im Traum nicht ein, das junge, kurze Glück der beiden anzufeinden. „Geht nicht damit hausieren", gab er nach einem demonstrativen Blick auf ihre verschränkten Hände lediglich freundlich zu bedenken, „aber genießt es, solange es dauert." Tatsächlich blieb ihnen für ihre Gefühle nicht viel Zeit, denn das neue Jahr sollte sie bald wieder trennen.

In diesem Winter trat die Schneeschmelze ungewohnt früh ein. Diese Tatsache nahm Adolf als Geschenk Gottes und sandte Boten zu seinen Lehnsmännern, um sie erneut zu den Waffen zu rufen.

Und schon in der dritten Februarwoche stand das Heer der Grafschaft, diesmal rund vierhundert Mann stark, zum zweiten Mal vor den Toren Kaiserswerths. Wieder hatten sie auf ihrem Vormarsch entlang dem Rhein zahlreiche Boote rekrutiert, dazu einige stattlichere Schiffe, mit denen sie auf dem Rhein selbst operieren wollten. Diesmal hatten die Verteidiger keine Gelegenheit gehabt, die Scheunen und Keller zu füllen, denn am Ende des Winters gab es nichts, was man noch hätte an Essbarem auftreiben können. So mussten sie mit dem Vorlieb nehmen, was ohnehin schon in den Kellern der Festung lagerte. Wie sich später herausstellte, war dies vor allem Fisch, denn das Untergeschoss des Palas ließ sich fluten und als burginterner Fischteich nutzen.

Adolf brannte darauf, die neu erworbenen Kenntnisse über den Grundriss der Festung anzuwenden, und befahl bereits am nächsten Morgen den Sturm von der Rheinseite auf den entdeckten Hafen. Während Arnold von Cleve mit der Hälfte der Männer einen Scheinangriff auf die Ringmauer der Vorburg führte, steuerte der Graf persönlich mit zwanzig Booten und drei Schiffen im Morgennebel die Westseite des Palas an. An dessen nördlichem Ende fanden sie auch in der Tat den niedrigen Einlass, der unter der Zugbrücke hindurch zu einer von hohen Kaimauern umgebenen Anlegestelle führte. Adolf wollte schon frohlocken, da eilten von allen Seiten Bogenschützen sowie Lanzenträger herbei und nahmen die Angreifer ins Visier. Der Graf ließ die Boote vertäuen, um eine weniger schwankende Standfläche für seine Männer zu schaffen, beorderte die Ritter mit ihren

Speeren und Langschwertern nach vorn und die eigenen Schützen in die zweite Reihe. So formiert lieferten sie den welfischen Kriegsknechten ein langwieriges Scharmützel, schafften es aber nicht, die Kaimauer zu erklimmen. Gegen Mittag ordnete Adolf schließlich den Rückzug an. Dabei mussten sie allerdings wieder unter der Zugbrücke durch, die nun vor Verteidigern wimmelte. Allein dabei verlor die kleine Flotte zehn Mann und vier Boote, die von schweren Gesteinsbrocken zertrümmert wurden. Arnolds Angriff, wenn auch nur zur Ablenkung geführt, war es nicht besser ergangen.

Adolf fluchte, dass es jedem Priester die Schamröte ins Gesicht getrieben hätte. Es wollte sich einfach keine Lücke in der Verteidigung der Kaiserpfalz finden. „Es muss doch einen Weg geben, diese vermaledeite Nuss zu knacken", schimpfte er.

„Wir brauchen unsere Pferde", dachte Arnold laut, „oder ein großes Kriegsschiff, das mit vollen Segeln die Mauer in Grund und Boden rammt."

Zwei weitere Angriffe unternahmen sie auf den kleinen Rheinhafen und die Mauer, ohne auch nur eine Spur Boden zu gewinnen. Dafür hatten sie hundert Tote und Verwundete zu beklagen.

Immerhin war es ihnen gelungen, den Belagerungsring um die Festung eng und dicht zu schnüren. Niemand kam hinaus, nichts und niemand kam hinein, aber sie selbst eben auch nicht. Über vier Monate dauerte diese Belagerung jetzt schon. Die Besatzung der Kaiserpfalz musste mittlerweile völlig ausgehungert sein, weigerte sich aber zu kapitulieren.

In der Zwischenzeit hatte sich die alte Kaiserstadt Aachen dem Stauferkönig ergeben und ihre Tore geöffnet. Einzig Köln widersetzte sich Friedrich noch und hielt nach wie vor zu Otto. Am 25. Juli sollte in Aachen, an der von alters her dafür vorgesehenen Stätte, eine weitere Krönung des Staufers stattfinden. Dabei hatte Adolf eigentlich zugegen sein wollen. Aber er konnte und wollte dem neuen König nicht mit leeren Händen entgegentreten.

Thomas hockte am südlichen Ende des Lagers mit Heinrich und einigen anderen Knappen vor einem kleinen Lagerfeuer, das mit feuchtem Holz geschürt wurde, um möglichst viel Rauch zu entwickeln. Damit sollten die Schwärme von Mücken in Schach gehalten werden, die seit Beginn des Sommers den Männern das Leben schwer machten. Schon gab es die ersten Fälle von Fieber im Lager. Seit Tagen taten die Knappen nichts anderes, als Schwerter zu schärfen, Kettenhemden vom Rost zu befreien und Lederzeug zu polieren.

Durch das Rauschen des großen Flusses wiederholt animiert, verspürte Thomas Harndrang, stand auf und ging zum nahen Rheinufer, um sich am Strand zu entleeren. Gedankenverloren ließ er dem Urin freien Lauf und betrachtete das entstehende Muster. Sein Wasser sammelte sich zuerst in einer kleinen Pfütze im Sand und suchte sich dann seinen Weg Richtung Rhein, kam aber nicht bis dahin, weil es auf halbem Wege versickerte und schließlich der Nachschub fehlte. Mit einem Mal blitzte ein Gedanke in seinem Hirn auf, der ihn den Blick in Richtung des Kanals wenden ließ. Der Gedanke war so einfach, dass er sich wunderte, warum bislang noch niemand auf diese Idee gekommen war.

Thomas räusperte sich. In weiser Voraussicht hatte er gewartet, bis die wie üblich ergebnislose Versammlung der führenden Ritter und Hauptleute der bergischen Streitmacht beendet war und der Graf sich mit seiner rechten Hand Arnold wieder allein im Zelt befand. Die Plane am Eingang war zur Seite geschlagen, sodass er hineinblicken bzw. man ihn von drinnen sehen konnte.

„Was gibt es?", hörte er die ungehaltene Stimme des Grafen fragen. „Mit Verlaub, mein Herr Graf, ich möchte Euch etwas zeigen", getraute sich Thomas zu sagen. „Tritt näher", antwortete Adolf kurz angebunden. „Verzeiht, aber das geht nur hier draußen, ich möchte Euer Zeltinneres nicht beschmutzen."

Mit einem gewissen Unmut erschienen der Graf und der Clever vor dem Zelt. „Was gibt es denn so Wichtiges, dass du unsere Beratung störst", hob der Clever an.

Zur Antwort verschüttete Thomas den Inhalt einer mitgeführten Kanne zu ihren Füßen. Bevor er aber ein Donnerwetter erntete, beeilte sich Thomas, eine Erklärung anzufügen.

„Wenn ich es recht verstehe, dann ist doch der künstliche Rheinarm oder, genauer gesagt, das Wasser darin, ein wesentliches Hindernis bei unserem Unterfangen, die Pfalz zu erobern. Nun schaut, was passiert, wenn kein neues Wasser nachläuft …"

War ihm zu Beginn das blanke Unverständnis entgegengeschlagen, starrten nun drei Augenpaare interessiert auf die versickernde Pfütze zu ihren Füßen. Adolf dämmerte sogleich, was ihnen der Junge mitteilen wollte. „Ja doch, wir graben ihnen einfach das schützende Wasser ab!"

Der Clever pfiff durch die Zähne. „Teufel, warum ist uns das nicht früher eingefallen?“

„Vielleicht, weil wir verlernt haben, die Dinge recht einfach und mit den Augen eines Burschen zu sehen“, setzte der Graf hinzu und legte Thomas eine Hand auf die Schulter. „Das ist eine wahrhaft gute Idee, mein Junge, schnell, eile dich und rufe die Männer zusammen, es gibt Arbeit!“ Thomas rannte los, so schnell er konnte.

Engelbert von Berg konnte sein Glück noch gar nicht fassen. Gerade kam er von einer Versammlung der Kölner Patrizier, die sich bei ihm beklagt hatten, dass Kaiser Otto, mehr noch seine bezaubernde, von Spielleidenschaft ergriffene Gattin Maria, bislang nichts als Schulden in der Domstadt angehäuft und keine Anstalten gemacht hatte, diese zu bezahlen. Bei den Heises und anderen Mitgliedern der Richerzeche, ja sogar bei den Juden der Stadt, häuften sich die Schuldscheine. Die Summe überstieg jegliche Vorstellungskraft. Und nichts war geschehen, um Ottos Lage zu bessern. Kein Heer zeigte sich am Horizont, um ihn wieder auf den Schild zu heben, keinerlei Zahlungen aus England trafen ein, um seine leere Börse aufzufüllen. Otto war erledigt.

Und jetzt hatte er sich klammheimlich, indem er vortäuschte, auf Jagd gehen zu wollen, im Morgengrauen aus dem Staub gemacht – allein, ohne jegliche Begleitung, ja sogar ohne seine junge Frau.

Und deshalb hatten sie Engelbert kommen lassen. Da ihnen zu Ohren gekommen war, dass der Dompropst in der Gunst der Kaiserin stand, wie sich einer der Bürgermeister ausgedrückt hatte, wollten sie ihn davon überzeugen, ein gutes Wort zwecks Begleichung der Schulden bei ihr einzulegen. Doch Engelbert hatte ihnen keine großen Hoffnungen gemacht. Die Kaiserin sei mittellos und obendrein seit Tagen nicht gesichtet worden, hatte er ihnen lapidar mitgeteilt. Wahrscheinlich sei sie ebenfalls schon längst auf dem Weg nach Braunschweig, in Ottos Kernland.

Und dann hatte er ihnen, angesichts der Nachrichten über den Vormarsch Friedrichs, die sie ja auch alle kennen mussten, zum wiederholten Male den guten Rat gegeben, endlich die Tore für den neuen König zu öffnen. Vielleicht, so hatte er es formuliert, wäre der Staufer dann geneigt, die Mauern der widerborstigen Domstadt nicht schleifen und sich mit einer Spende für Friedrichs Staatskasse, so etwa in Höhe von Ottos Ausgaben in der Stadt, milde stimmen zu lassen. Das hatte gesessen. Zukünftig würden sie früher auf seine Ratschläge hören, so es dann noch Ratschläge wären. Denn Engelbert strebte Befehlsgewalt an.

Als er die Tür zu seinen Privatgemächern im Bischofspalast öffnete, schlug ihm betörender Rosenduft entgegen, der ihn an die letzte Nacht erinnerte. Ein verführerisch geschwungener verlängerter Rücken lugte aus den zerwühlten Laken seiner fürstlichen Bettstatt, nur von einer langen, güldenen Lockenmähne bedeckt. „Kommt zu mir, mein Liebster", hauchte eine junge, etwas belegte Stimme. „Dafür ist leider keine Zeit mehr, Gnädigste." Engelbert bückte sich und hob mehrere Kleidungsstücke auf, die nicht die seinen waren. „Keine Zeit, was soll das heißen?", kam es aus den Laken. „Das soll heißen, dass der große Kaiser Otto geflohen ist. Und nun suchen die Kölner Stadtoberen nach der Kaiserin, um ihr ein paar Fragen bezüglich der Rückzahlung ihrer Schulden zu stellen!"

Noch am gleichen Tag setzte Maria von Brabant, die leidenschaftliche Kaiserin, mit einem gedungenen Fährmann über den Rhein, bestieg in geschenkten Männergewändern ein geliehenes Pferd und folgte ihrem Gatten auf verschlungenen Wegen in die ihr fremde, niedersächsische Heimat.

Drei Tage lang tat das halbe Heer nichts anderes, als Steine zu schleppen und Sand und Kies heranzukarren, die es an einem Rheinabschnitt oberhalb der Pfalz zur Genüge gab. Außerdem beschlagnahmte der Graf etliche Ziegel, die für den schon seit Jahren andauernden Neubau der St. Suitbertus-Basilika auf dem Stiftsgelände bestimmt waren, mit dem Versprechen, nach Ende des Kriegszuges großzügig Ersatz zu leisten.

Die Steine wurden mittels Rampen, Booten und vielarmigen Transportketten ein gutes Stück unterhalb der Stelle im Wasser versenkt, wo der Kanal vom Rhein abzweigte. Dazwischen wurden körbeweise Sand und Kies angeschüttet.

„Das haben wir jetzt von deiner tollen Idee", maulte Heinrich, der mit Thomas und den anderen dazu eingeteilt war, bei diesen wenig ritterlichen Tätigkeiten zu helfen.

Schon deswegen war Thomas froh darum, dass der Geistesblitz, einen Damm durch den Rheinarm zu bauen, allgemein dem Grafen zugeschrieben wurde. Einzig Heinrich hatte er ins Vertrauen gezogen. Aber wie die meisten in ihrem Heer war auch der nicht gerade von der Sache begeistert, bedeutete sie doch schweißtreibende, tagelange Arbeit, die noch dazu nicht ungefährlich war.

Als die Belagerten nämlich sahen, was sich südlich der Pfalz gegen sie zusammenbraute, versuchten sie, die Arbeiter unter Beschuss zu nehmen. Die andere Hälfte des gräflichen Heeres erwiderte den Pfeilhagel. Doch Adolf hielt noch eine Überraschung für die Gegner bereit. So hatte er in den Wintermonaten einige einfache Katapulte und Wurfmaschinen anfertigen lassen, die er nun dank des Dammes auf Schussweite heranrollen lassen konnte.

Schon die ersten Salven hielten reiche Ernte auf den Zinnen. Endlich war es einmal wieder an den Angreifern, zu jubeln. Umso schneller schritten danach die Arbeiten voran.

Dabei wurde der Rhein, der jahrhundertelang seine schützenden Arme um die Kaiserinsel gelegt hatte, zu ihrem Verbündeten. Begünstigt durch den niedrigen Wasserstand, musste der Damm weniger hoch angeschüttet werden, als ursprünglich angenommen.

„Da schaut", brüllte Thomas und zeigte mit ausgestrecktem Arm auf den Abschnitt vor ihm, wo er gerade eine weitere Ladung Kies abgeladen hatte, „es funktioniert!" Am Mittag des dritten Tages hörte das Wasser tatsächlich auf, stetig gurgelnd in den Abzweig zu strömen, und begann stattdessen, sich auf der Rheinseite zu stauen und einen anderen Weg zu suchen. Der Jubel war groß, als der Pegelstand des künstlichen Rheinarmes rechts des Dammes stetig fiel. Stunden später war das einstige Hindernis nicht mehr als ein sechs bis acht Fuß tiefer Graben. Dieser war am Boden durch die Jahre, in denen das Wasser Sedimente angehäuft hatte, von sandigem Schlamm überzogen, der infolge der sommerlichen Hitze jedoch schnell trocknete. Am zweiten Morgen konnte Graf Adolf zum Angriff blasen lassen.

Endlich kamen auch einige Schlachtrösser zum Einsatz, die, angesteckt von der allgemeinen Aufregung, unruhig die Nüstern blähten, wieherten und tänzelten.

Adolf und Arnold formierten zwei Angriffswellen. Die eine sollte mit dem Grafen an der Spitze über den Damm vorrücken und hatte die südliche Vorburg zum Ziel.

Die andere, unter Arnolds Führung, würde an der trockensten Stelle den vom Wasser entleerten Graben durchqueren und sich gegen den nördlicheren Mauerabschnitt wenden. Dabei sollten etliche Ritter auf ihren Rössern die Fußtruppen, die zu je acht Mann eine Sturmleiter trugen, flankieren. Hinter jeder Gruppe nahmen die Bogen- und Armbrustschützen Aufstellung.

In langsamem Schritt, dann immer schneller werdend, setzten sich beide Formationen in Bewegung. Adolfs Einheit eilte im Laufschritt über den Damm, die Schilde erhoben, die Sturmleitern im Anschlag. Gleichzeitig nahmen die Kriegsmaschinen wieder den Beschuss auf. Trotzdem fiel manch tapferer Angreifer dem Pfeilhagel der Verteidiger zum Opfer. Adolfs Vormarsch jedoch war unaufhaltsam.

Unterdessen durchquerte Arnolds Phalanx den ausgetrockneten Kanal. Die Pferde fielen erst in schnellen Trab, dann in Galopp, die Männer rannten, was das Zeug hielt. Als sie das gegenüberliegende Ufer erreichten, hetzten sie im Laufschritt die Böschung hinauf und brachen in lautes Kriegsgeschrei aus, um sich selber Mut zu machen.

Sekunden später waren auf einer Breite von fünfhundert Fuß die ersten Sturmleitern angelegt. Die Ritter eilten auf ihren Pferden jeweils dorthin, wo die Gegenwehr am stärksten war, schützten die Sturmtruppen mit ihren Schilden, schwangen sich selbst von ihren Rössern auf die Leitern oder halfen, diese falls nötig in Windeseile zu versetzen. Der Vorteil der Schnelligkeit zahlte sich alsbald aus. An beiden Abschnitten gelang es, gut zwei Dutzend Männer auf die Mauer zu bringen. Dort entbrannten mörderische Zweikämpfe Mann gegen Mann. Aber die Monate des Wartens und der Rückschläge hatten die Wut der bergischen Streiter entfacht, die sich nun entschlossen zu den Toren vorkämpften. Blut floss in Strömen, abgetrennte Gliedmaßen flogen durch die Luft.

Thomas und ein halbes Dutzend Knappen, darunter auch Gisbert, waren Adolfs Männern in kurzem Abstand gefolgt. Sie hatten alle Hände voll zu tun, die dicht an der Mauer kämpfenden Ritter mit neuen Lanzen zu versorgen. Als sie sahen, dass Adolf einen Teil seiner Ritter sammelte, um einen Angriff auf das Tor zu unternehmen, sobald es sich öffnen würde, eilten sie hinzu, um die Pferde zu halten und zu beruhigen.

Nahe dem Nordturm hatte Arnold von Cleve, in seinem roten Wappenrock weithin sichtbar, als einer der Ersten die Mauer erstürmt. Mit seinen Äxten, die sich tief in die Brustkörbe zweier Gegner bohrten, verschaffte er sich schnell Freiraum und stürmte dann mit gezogenem Schwert auf die Verteidiger zu, die sich vor den Eingängen zu den Türmen verschanzt hatten.

Wie mit einer Sense trennte er schon mit dem ersten Schlag zwei Köpfe ab. In riesigen Fontänen spritzte das Blut aus den Halsschlagadern der leblosen Körper auf deren Kameraden, die sich nun noch enger zusammendrängten. Heinrich, der Arnolds Männern mit drei anderen Knappen auf die Mauer gefolgt war, musste sich übergeben. Flankiert von drei Rittern aus Deutz und einem halben Dutzend Fußknechten, schlug und schnitt sich Arnold den Weg frei.

Derweil hatte am Südturm der Ritter Fulk von Solengen zusammen mit den Brüdern Adolf, Theoderich und Henrich von Bernsau, grobschlächtigen Kerlen, die auf jeden Getöteten mit ihren Trinkhörnern anstießen, die ihnen an den Gürteln baumelten, die Torwache niedergemacht und riss den Querbalken, der das mächtige Doppeltor verriegelte, aus der Halterung. Mit einem Donnern flogen die Torflügel auf.

Darauf hatte Adolf von Berg bereits sehnsüchtig gewartet und stürmte nun an der Spitze seiner Reiterei in die offen vor ihnen liegende Vorburg.

Etwa zeitgleich war es auch Arnold gelungen, das Tor des Nordturms zu sprengen. Sofort ergoss sich eine Welle von Pferden und eisernen Männern in den Innenhof. Arnolds Vetter Friedrich führte den schwarzen Lancelot am Zügel hinter sich. Sofort schwang sich der Clever in den Sattel und sprengte nach vorn, immer dem Kampfeslärm nach.

Nach dem Fall der Ringmauer war der Innenhof für die unberittenen Verteidiger nicht zu halten. „Zurück in die Kernburg“, brüllten die welfisch-kölnischen Hauptleute, „verteidigt den Palas.“

Wie der Teufel rannten sie zurück zur inneren Verteidigungsanlage, dicht gefolgt von den Scharen der bergischen Ritter. Gut dreißig gegnerische Fußknechte sanken mit gespaltenem Schädel oder klaffender Schulterwunde in den Staub oder wurden schlichtweg niedergeritten. Der Rest schaffte es in letzter Sekunde durch kleine Schlupfpforten in die Kernburg, die sofort verbarrikadiert wurde. Hier kam der Angriffsschwung der bergischen Streitmacht zum Erliegen …

Aachen, die altehrwürdige Kaiserstadt, die Lieblingsresidenz und Ruhestätte Karls des Großen, hatte ihre Tore nicht nur weit geöffnet, sondern auch noch freundlich bunt geschmückt, galt es doch, den neuen König zu begrüßen. Friedrich II. hatte fast alle seine Widersacher in die Schranken verwiesen und wollte sich nunmehr an der einzig rechten, seit alters her dafür infrage kommenden Stätte nochmals krönen lassen.

Noch vor Monaten hatte ihm die Stadt den Zutritt verwehrt und seiner Belagerung getrotzt. Jetzt hieß sie ihn willkommen.

Tausende säumten die Straßen und bereiteten dem Staufer einen wahrhaft königlichen Empfang. Vertreter der Stadt, begleitet von geistlichen und weltlichen Herren gleichermaßen, trugen ihm die Heiligtümer Aachens und die Gebeine des großen Frankenherrschers entgegen. Nahezu alle waren sie anwesend, all die Herzöge, Grafen und Ritter, die ihm noch vor Kurzem bewaffnet entgegengetreten waren.

Engelbert ritt nur wenige Reihen hinter dem König, der weithin an seinem hermelinbesetzten roten Samtmantel erkennbar war, und amüsierte sich köstlich. Sollten die Heuchler sich doch in den Staub werfen, er hatte es besser angefangen. Vor über zweieinhalb Jahren war er bereits auf die staufische Seite gewechselt, wenn auch nur dem König gegenüber offen, und hatte Friedrich persönlich versprochen, nichts unversucht zu lassen, die größte Stadt Deutschlands auf dessen Seite zu bringen. Dabei war er schlau und verschwiegen zu Werke gegangen, ohne dass seine Gegner viel von seinen Plänen mitbekommen hätten. Und er hatte Wort gehalten. Vor den Toren der Stadt Aachen war er, als bescheidener Vertreter der Domstadt, dem König hoch zu Ross entgegengeritten, um ihm zu vermelden, dass man ihn nun auch in Köln willkommen heißen würde. Damit hatte er den Aachener Stadtvätern glatt die Schau gestohlen.

„Ich schätze es, werter Engelbert, wenn Männer ihr Wort halten", hatte Friedrich mit immer noch stark südländischem Akzent und gewinnendem Lächeln gesagt und ihn aufgefordert, sich in sein Gefolge einzureihen. Und hier ritt er nun einer glänzenden Zukunft entgegen. Wenn sein Vetter Adolf von Altena dies geahnt hätte, er wäre wohl nicht so widerspruchslos in Köln geblieben.

Engelbert war es gelungen, den einstigen Erzbischof von der Krönung fernzuhalten, indem er ihn an die Schmach von Frankfurt erinnerte und sich erbot, an seiner statt dem König seine Aufwartung zu machen und die Grüße Kölns wie des Geschlechtes derer von Berg und Altena zu überbringen. Damit hatte er ihn schon jetzt so gut wie ausgestochen.

Nur einen Schönheitsfehler hatte die Sache noch: Von seinem Bruder gab es noch immer keine Kunde, dass es gelungen war, die Feste Kaiserswerth zu nehmen …

Da standen sie nun, mitten in der alten Kaiserpfalz, hatten einen Damm gebaut, die äußere Mauer genommen, zahlreiche Verteidiger getötet – und sahen sich nun einem neuen Hindernis gegenüber. Fast senkrecht und drei Stockwerke hoch ragten die aus Tuffstein und Trachyt vom Drachenfels errichteten Mauern der Kernburg vor ihnen auf, mit dem alles überragenden, fünfundfünfzig Meter hohen Bergfried in der Mitte. Wo sollten sie hier die Sturmleitern ansetzen? So hohe Leitern gab es weit und breit nicht.

Doch Adolf von Berg und Arnold von Cleve, dem schwankenden Element des Wassers enthoben, waren hier auf festem Boden wieder ganz in ihrem Element. Mit klaren Befehlen beorderten sie einen Teil ihres Heeres zurück ins Lager, der Rest sollte auf und entlang der eroberten Ringmauer in Stellung gehen. Sie selbst nahmen sorgfältig die kaiserliche Festungsanlage in Augenschein.

Die unteren Geschosse waren sämtlich aus dem härtesten Gestein gemauert, das man überhaupt zum Burgenbau verwenden konnte, und so dick, dass überhaupt nicht daran zu denken war, eine etwaige Bresche in die Mauern zu schlagen. Die Geschosse darüber, wie auch die Bögen der Tore und Fenster, waren aus fest gebrannten Ziegeln. Die wenigen Pforten waren aus schweren, doppelseitigen Eichenbohlen. Außerdem würde an diesen Nadelöhren sicher eine geballte Streitmacht auf etwaige Eindringlinge warten. Der Haupteingang im Norden war zudem durch eine Zugbrücke und den davorliegenden Clever Turm gesichert. Das gesamte Bauwerk schien wie für die Ewigkeit gemacht.

Arnold schlug vor, eben diesen Turm zu erobern und von dort mit Feuer und Schwert einen Angriff auf den Haupteingang zu wagen.

Doch Adolf interessierte sich mehr für einen kleineren Turm im Südwesten des Palas, also an der Rheinseite, der mit dem Untergeschoss, in dem sie die Wirtschaftsräume vermuteten, in Verbindung stand.

„Der ist auf Sand gebaut“, dachte Adolf laut, „und leicht zu untergraben. Das sollte nicht länger als eine Nacht dauern. Wenn wir den zum Einsturz bringen können, ist die Pfalz morgen in unseren Händen!“ Und so wurde es beschlossen.

Die ganze Nacht über ließ Adolf zwei Dutzend Männer mit Schaufeln und Körben das sandige Erdreich zu Füßen des Südturmes ausheben, während der Clever an „seinem Turm" im Norden mit zwanzig Mann stete kleinere Überfälle unternahm, die nicht nur als Ablenkung dienten, sondern den Belagerten zudem die Nachtruhe rauben sollten. Um Mitternacht erreichte die Grabungsmannschaft das Fundament und wurde ausgewechselt.

Frische Kräfte setzten das zerstörerische Handwerk fort. Nach viel zu kurzen Stunden der Erholung, in denen sich kein Schlaf hatte einstellen wollen, wurde auch Thomas zu diesem Turm beordert. Zu seinem Verdruss wurde er mit Gisbert, da sie beide mittlerweile etwa die gleiche Größe und Stärke besaßen, eingeteilt, die prall gefüllten Körbe aus der Grube zu tragen und vor der Mauer zu entleeren. „Wie romantisch, wir zwei Hand in Hand", ließ er verlauten, erntete aber nur ein säuerliches Grinsen.

Unter dem Turm war der Aushub mittlerweile fast mannshoch.

Dabei achteten die Grabungsleiter darauf, die freigelegte Mauer von unten mit Balken abzustützen, wozu sie eigens einige der Boote zerlegten. Eine Stunde vor Sonnenaufgang beschloss Adolf, dass sie tief und weit genug gegraben hätten, ließ getrocknetes Reisig und anderes Brennmaterial heranschaffen, womit der Hohlraum um die Balken herum aufgefüllt wurde. Bald loderten die ersten Flammen auf.

Die entstehende Hitze ließ den Mörtel um die Steine herum aufplatzen, dann krachten die verglühenden Balken unter dem Gewicht des Turmes zusammen – und mit diesen der gesamte Turm.

Ein markerschütterndes Knirschen und Kratzen kündigte die Katastrophe für die Belagerer an, dann stürzte der Turm mit ohrenbetäubendem Lärm in sich zusammen, wobei er sich in eine undurchdringliche Wolke aus Staub hüllte.

Als sich die Wolke lichtete, stürmten gut zweihundert Mann über die geborstenen Quader, fanden, wie Adolf es vorausgesehen hatte, den Zugang zum Untergeschoss des Palas und schwärmten aus, der Graf an vorderster Front mitten unter ihnen. Gleichzeitig nahm Adolf von Cleve mit Sturmleitern das erste Geschoss des gleichnamigen Turmes.

Wer Widerstand leistete, wurde niedergemacht, doch der Großteil der verbliebenen Besatzung hatte sich in die oberen Etagen des Palas geflüchtet. Adolf warf einen Blick in jeden Raum des Untergeschosses, im Glauben, irgendwo hier müsse sich auch der Zugang zum Verlies befinden, in dem er seinen Freund, den Bischof, wähnte. Doch zu seiner Überraschung fand sich nirgends ein solches. Am nördlichen Ende des fünfzig Meter langen Komplexes gelangte er in die Küche, wo sich die

Bediensteten furchtsam in einer Ecke neben dem großen Kamin drängten, dort aber von den Angreifern ignoriert wurden. Hier wendete sich Adolf nach links und stieg die wenigen Stufen empor, die das Untergeschoss mit der großen, quer durch den Palas nach oben führenden, kaiserlichen Freitreppe verbanden. An deren Fuß schlossen Thomas und weitere Knappen zu ihm auf, die von der Neugier getrieben den Männern gefolgt waren.

Von oben drang Schlachtenlärm, von rechts hinter ihnen ebenfalls, wo Arnold von Cleve soeben die nunmehr verwaiste Zugbrücke genommen hatte. Flankiert von sechs Rittern hastete Adolf die breiten Stufen empor. Im ersten Stock öffnete sich zur Linken der Blick in den großen Festsaal, wo vier welfische Kriegsknechte verzweifelt versuchten, sich einer doppelten Übermacht zu erwehren. Gerade sank einer von ihnen mit abgeschlagener Hand in die Knie. Als sie sahen, dass Adolf und weitere Ritter eintraten, ergaben sich die restlichen Verteidiger. Ähnliches geschah in den Etagen über ihnen.

Adolf ordnete sofort an, dass die Waffen gesenkt wurden. Er hatte genug vom Töten. Zu seiner Überraschung sah er nun von rechts aus der Weite des Saales einen Kirchenfürsten in vollem Ornat auf sich zukommen, der sich bislang mit anderen im Hintergrund gehalten hatte. Er traute seinen Augen nicht, als er seinen Freund Otto von Oldenburg erkannte. Wie sich herausstellte, waren die Gefangenen zumindest gut behandelt worden und hatten, statt in der Enge eines Verlieses, ihre Gefangenschaft in Barbarossas Rittersaal verbracht.

Unter Tränen fiel der Bischof von Münster seinem Freund in die Arme und dankte ihm für die Befreiung. Doch für lange Begrüßungen und Wiedersehensfreude war keine Zeit.

Denn während Adolf am Morgen des 24. Juli 1215 zum letzten Sturm auf die Pfalz ansetzte, inspizierte Friedrich II. eine gute Tagesreise südwestlich in Aachen bereits die Pfalzkapelle mit dem Marienaltar und dem Thron Karls des Großen, wo am nächsten Tag die feierliche Krönung in Anwesenheit der mächtigen Kurfürsten, Herzöge und Grafen des Landes stattfinden sollte.

Wenn sich die Eroberung der Kaiserpfalz auch auf höherer politischer Bühne auszahlen sollte, mussten sie alsbald aufbrechen – nach Aachen.

Engelbert war sich der Ehre wohl bewusst. In Anbetracht der Tatsache, dass ein amtierender Erzbischof aus Köln fehlte, dem es wie üblich zugestanden hätte, die Krönungszeremonie zu vollziehen, durfte er als ranghöchster anwesender Kirchenvertreter der Domstadt in nächster Nähe des Königs und des Erzbischofs von Mainz verweilen, der sich als päpstlicher Legat, wie schon im Dezember 1212, das Recht herausnahm, den Staufer zu salben und mit den Insignien der Macht zu versehen.

Dazu gehörten das Schwert Karls des Großen, der Reichsapfel und das Zepter. Doch da sich die echten Insignien nach wie vor im Besitz der Welfen befanden, musste man mit Nachbildungen Vorlieb nehmen, die allerdings meisterlich gelungen waren.

Ihr Glanz stand dem der Pfalzkapelle mit dem prächtigen, der heiligen Maria geweihten Hauptaltar, den antiken Säulen und dem achteckigen Kuppelbau in der Mitte, dem sogenannten Oktogon, in nichts nach.

Zwei Stunden dauerte die Krönung, der die weltlichen und geistlichen Fürsten des Landes, dazu edle Gäste aus Frankreich, Holland, Italien und Spanien sowie des Vatikans beiwohnten, nun bereits. Erst hatte Siegfried von Mainz ein Hochamt zelebriert, dann dem jungen König, der zuvor, in schwarze Gewänder gekleidet, mit ausgebreiteten Armen lange auf dem Boden hatte verharren müssen, den Krönungsmantel umgelegt, das edle Schwert überreicht und schließlich mit der Salbung begonnen. Dazu rieb der Erzbischof heiliges Öl auf die Stirn des Staufers, der später meinte, es hätte ihn an das Olivenöl seiner sizilianischen Heimat erinnert. Dann setzte ihm Siegfried von Mainz unter feierlichen Gebeten die Krone auf. Stoisch und mit wahrhaft königlicher Haltung ließ Friedrich II. die langwierige Prozedur über sich ergehen.

Zwischenzeitlich schworen ihm die Kurfürsten den Treueid und er leistete denselben dem Heiligen Römischen Reich auf das Krönungsevangeliar, kostbare Bilderhandschriften aus karolingischer Zeit, geschrieben mit goldener und silberner Tinte auf purpurgefärbtem Pergament. Schließlich überreichte man ihm Zepter und Reichsapfel und führte ihn auf den steinernen Thron Karls des Großen. Dieser befand sich im ersten Stock unter der Kuppel des Oktogons und war aus schlichten Marmorplatten, wie es hieß, aus Jerusalem, mit einer Sitzfläche aus Eichenholz gefertigt. Darin befand sich ein Hohlraum, in den man die Stephansbursa gelegt hatte, eine Reliquie in Form einer Pilgertasche, gefüllt mit Erde aus Jerusalem, die, wie es hieß, mit dem Blute des heiligen Stephanus getränkt war.

Für die Länge eines Vaterunsers saß er dort, während zahlreiche Untertanen als Zeichen der Unterwerfung in gebückter Haltung die vier niedrigen Tragepfeiler darunter passieren mussten. Deren glatt polierte Innenflächen zeugten davon, dass im Laufe der Jahrhunderte bereits unzählige Besucher dieses Ritual abgehalten haben mussten. Das leichte Zucken um die Lippen des rothaarigen Herrschers, das Engelbert nicht entging, verriet, dass Friedrich diesen Teil der Krönungszeremonie am meisten genoss.

Thomas kam aus dem Staunen nicht mehr heraus. Eine so große Stadt hatte er in seinem ganzen Leben noch nicht gesehen. Bereits von Weitem zeichnete sich die zweieinhalb Kilometer lange Stadtmauer der altfränkischen Kaiserresidenz Aachen, die berühmte Barbarossa-Mauer, am stahlblauen Horizont ab. Doch die Stadt war seit den Privilegien, die ihr der berühmte Kaiser Friedrich I. verliehen hatte, weiter gewachsen. Schon jetzt erhoben sich neue Stadtviertel außerhalb der drei Meter hohen Umwallung. Aus östlicher Richtung kommend, hielten sie geradewegs auf das Kölntor zu.

Schon eine Stunde nach der erfolgreichen Eroberung Kaiserswerths, in der sie sich so gut es ging von den Spuren der Schlacht säuberten, hatte Graf Adolf den Schauplatz seines Sieges mit zwanzig Rittern, zwölf Knappen und dem befreiten Bischof verlassen, um dem jungen König persönlich die gute Nachricht zu überbringen. Arnold von Cleve hatte sich erboten, mit einer kleinen Mannschaft die Festung zu sichern, bis beschlossen war, was aus dieser werden solle. Der Rest des Heeres wurde unter allgemeinem Jubel aufgelöst.

Adolfs kleine Flotte hatte die Männer und die eilig mit Schabracken ausstaffierten Pferde über den Rhein gesetzt. Thomas war vor Stolz beinahe geplatzt, als ihm ein Ritter im Auftrag des Grafen eine kräftige Stute als Reittier zugewiesen hatte. Jauchzend hatte er sich in den Sattel geschwungen. Hoch zu Ross – und das Schwert mit dem Löwenkopf an der Seite – hatte er sich fast wie ein Ritter gefühlt.

Vom linken Ufer aus waren sie in gerader Linie über die Ebene nach Südwesten gezogen. Auf halber Strecke hatten sie in einem Gasthof eine kurze Nacht verbracht, wobei der Graf und der Bischof noch lange in Erinnerungen ihrer Freundschaft geschwelgt und reichlich dem Weine zugesprochen hatten. Thomas war wie die meisten anderen nach einem ausgiebigen Mahl aus gebratenem Huhn und frischem Brot todmüde ins Stroh gesunken.

Nun ritten sie in Zweierreihen durch das von Türmen gesicherte Stadttor, das normalerweise von fahrenden Händlern und ihren Fahrzeugen sowie herumlungernden Tagelöhnern wimmelte, die meist in den vorspringenden Bögen der Mauer hausten. Doch jetzt schien das mächtige Kölntor geradezu verwaist. Auch die Straßen waren wie leer gefegt, obwohl der an den Rändern zuhauf herumliegende Unrat davon zeugte, dass hier vor Kurzem noch viele Menschen anwesend gewesen sein mussten. Erst als sie zwei Straßenecken weiter dem großen Platz mit der in römischem Stil erbauten Königspfalz und der Marienkapelle zustrebten, sahen sie die Menschenmenge. Weihrauchschwaden und liturgische Gesänge hingen in der Luft. Die Menschen starrten gebannt auf die Tore der Pfalzkapelle, die sich soeben öffneten, um einer feierlichen Prozession Raum zu schaffen. Adolf ließ anhalten.

Angeführt von einem halben Dutzend Priestern ergoss sich ein steter Strom in edelste Gewänder gekleideter Menschen auf den Platz und schlug in nördlicher Richtung entlang der Säulengänge der Königspfalz den Weg zur gegenüberliegenden Aula Regia, der großen Königshalle ein, wo das Festmahl eingenommen werden sollte.

Aus seiner privilegierten Warte, vom Rücken des Pferdes aus, spähte Thomas über die Köpfe der Menschenmenge, die in ungeheuren Beifall ausbrach, als sie den jungen Staufer im dunkelroten Königsmantel erkannte, neben Siegfried von Mainz im erzbischöflichen Gewand ähnlicher Farbe.

Darauf hatte Adolf von Berg gewartet und gab das Zeichen zum Vorrücken. Wenn er schon die Krönung verpasst hatte, wollte er sich und der Nachricht, die er überbrachte, zumindest den rechten Auftritt bescheren. Und dieser gelang. Langsam, aber unaufhörlich bahnten sich Adolfs Männer einen Weg durch die Menschen. Die Menge machte ihnen sogleich Platz, hielt sie den Aufmarsch der bergischen Ritter doch für einen Teil der Prozession. Dann jedoch versperrte ihnen eine dichte Kette staufischer Ritter und Kriegsknechte den Weg, die den ganzen Platz umspannte, um die Sicherheit der hohen Herren zu gewährleisten. Adolf ließ sich davon nicht beirren.

„Meldet dem König, sein treuer Untertan Graf Adolf von Berg wünscht ihn zu sprechen, oder lasst mich am besten gleich selbst zu ihm, ich bringe einen hohen Gast und wichtige Kunde von einem großen Sieg, die keinen Aufschub duldet!“, trug er selbstbewusst den beiden Rittern auf, die direkt vor ihm mit gekreuzten Lanzen sein Pferd am Vormarsch hinderten.

Unsicher, was nun zu tun sei, beschloss einer der beiden, den Grafen, aber nur diesen, durchzulassen und ihn zum König zu begleiten. Adolf bestand jedoch darauf, auch Bischof Otto mitzunehmen. Ungehalten willigte der Stauferritter ein. Nun bekam Adolf seinen persönlichen Auftritt. Auf dem fünfzig Schritte messenden Weg über den freien Platz folgten ihnen hunderte von Augenpaaren. Der König und Erzbischof Siegfried blieben entgegen dem Protokoll stehen, als sie die beiden Ritter und den Kirchenmann auf sich zukommen sahen. Der Bischof raunte Friedrich etwas zu, das der Staufer sofort interessiert aufnahm. Gerade als die drei Störenfriede nahe genug heran waren und der Stauferritter zu sprechen ansetzte, hieß ihn der König mit kurzer Geste schweigen.

„Ihr kommt spät, Graf Adolf von Berg, ich hatte den mächtigsten Mann rechts des Rheins viel früher erwartet, aber wie ich sehe, habt Ihr uns etwas mitgebracht!"

Der so gleichermaßen getadelte wie geehrte Graf tat noch drei Schritte, dann beugte er Knie und Haupt vor Friedrich, bevor er ihm geradewegs in die Augen sah.

„Mein König, mein Herz und meine unverbrüchliche Treue gehörten immer Euch und dem Hause Hohenstaufen, dies seit vielen Jahren schon, noch bevor Ihr geruhtet, deutschen Boden zu betreten. Eine langwierige, unaufschiebbare Fehde hat mich bislang von Euch ferngehalten, wie Ihr sicher wisst. Aber nun kann ich Euch mit Stolz vermelden, dass wir die Feste Kaiserswerth für Euch genommen haben. Als Beweis für meine Worte bringe ich Euch den ehrwürdigen Bischof Otto von Münster, der auf der Kaiserpfalz eingekerkert war, weil er schon vor Jahresfrist an Eure Seite eilen wollte!"

Ein Raunen ging durch das Gefolge edler Fürsten, unter denen sich auch viele befanden, die vor kurzem noch auf welfischer Seite gestanden hatten, wie die Grafen von Jülich und Cleve sowie Walram von Limburg.

„Erhebt Euch, werter Adolf, ein König kann sich glücklich schätzen, solche Gefolgsleute wie Euch auf seiner Seite zu wissen!"

Mit diesen Worten reichte Friedrich, nicht ohne einen Seitenblick auf die versammelte Fürstenschar, dem Grafen demonstrativ die Hand, zog ihn empor, umarmte ihn brüderlich und begrüßte auch den befreiten Bischof herzlich, der wegen seiner Staufertreue viele Monate geschmachtet hatte.

„So fügt sich schließlich alles, wie es Gott gefällig ist", meinte Erzbischof Siegfried. „Vorausgesetzt, man hat solche Streiter wie die Herren von Berg in seinen Reihen", ergänzte Friedrich, wobei er sich wie zufällig wieder dem Grafen zuwandte. „Eins muss man Euch lassen, Ihr habt allesamt ein ausgeprägtes Talent, Euch im rechten Moment in Szene zu setzen."

Dabei winkte der König den Kölner Dompropst herbei, der sich bislang im Hintergrund gehalten hatte. Wie staunte Adolf, als er inmitten der Krönungsgäste seinen Bruder entdeckte, den er doch im immer noch welfentreuen Köln wähnte. Mit herzlichem Armdruck begrüßten sie einander.

„Der eine bringt mir die Kaiserpfalz, der andere die Schlüssel der Stadt Köln, nun ist unser Sieg vollständig", machte Friedrich seinem Herzen Luft, „das soll und wird Euer beider Schaden nicht sein, nehmt darauf mein Wort als König!"

Adolf und Engelbert sahen sich vielsagend an. Dann machten sie sich allesamt auf zur Festhalle und zum königlichen Mahl. Auf dem Weg musste Adolf viele Hände schütteln, die ihn zu seinem Sieg beglückwünschten. Am Eingang zur Halle drängte sich Walram von Limburg an seine Seite.

„Ich bin froh, alter Freund, dass wir nun wieder auf der gleichen Seite stehen, denn ich hätte dich nicht zum Feind haben wollen", raunte ihm Walram zu, „wie man sieht, halten deinem Angriff ja nicht einmal kaiserliche Mauern stand."

Adolf nahm dessen Glückwünsche dankbar an, auch wenn ihm die Doppeldeutigkeit der Worte nicht verborgen geblieben war, denn mit den Mauern der Pfalz hatte er zugleich die Gunst des zukünftigen Kaisers erobert. Das gefiel sicher nicht jedem der anwesenden Ritter.

Adolfs Gefolge wurde die Ehre zuteil, am Festmahl teilnehmen zu dürfen. Von den staufischen Wachen geleitet, die ihnen zuvor noch den Zutritt zum Platz verwehrt hatten, sie aber jetzt wie alte Verbündete behandelten, nahmen sie am unteren Ende einer langen Tafel Platz.

Die Halle war ein riesiger, offener, von römischen Säulen und Bögen gesäumter Raum, der wohl zwanzig Fuß oder gar mehr in der Höhe maß. Zehn lange Tafeln nahmen nahezu dessen gesamte Länge ein und endeten an der Königstafel, die wie das Querschiff eines Domes vor Kopf angeordnet war. Auch zahlreiche Damen des Hochadels waren geladen, derweil Friedrichs eigene Gattin Konstanze, mit der er einen vierjährigen Sohn hatte, fern in Sizilien weilte.

Adolf und Engelbert saßen als Ehrengäste zur Linken des Königs, zur Rechten hatten sich Erzbischof Siegfried von Mainz und Bischof Otto von Münster niedergelassen. Der König war bester Stimmung, während die köstlichsten Braten aufgetragen wurden: Wildschwein in Rotweinsauce, Fasan, Storch und Reiher, ja sogar ein junger Schwan stand auf dem Tisch, garniert mit dem eigenen Federkleid, gefolgt von einem lombardischen Pudding mit getrockneten Früchten. Dabei erzählte Friedrich Anekdoten aus der Kindheit in Palermo, wo er sich nach eigenen Worten völlig frei und unbeobachtet in den Gassen der Juden und Sarazenen herumgetrieben hatte. Dazu kreisten wertvolle Becher mit reichlich rotem Rebensaft.

Thomas fiel auf, dass der König der Deutschen für sein Verständnis erstaunlich schlecht deutsch sprach. Dafür beherrsche er aber fließend Französisch, Italienisch, Latein, Griechisch und Arabisch, hieß es.

Dann verlangte der König von Graf Adolf zu erfahren, wie er denn mit seinen Mannen die Festung Kaiserswerth genommen hatte. „Bislang galt diese doch als nahezu uneinnehmbar! Deshalb seid so gut und verratet uns, wie Ihr das Kunststück vollbracht habt."

Der Graf ließ sich nicht lange bitten, vor allem, weil ihm der Wein längst die Zunge gelöst hatte. So erhob er sich und schilderte in den schillerndsten Farben, wie sie schon im letzten Jahr und erneut ab Februar ein ums andere Mal vergeblich mit Booten gegen die Mauern der Kaiserpfalz angerannt waren.

Dann räusperte er sich, wohl weil er auch kurz überlegen musste, wie er am besten fortfahren könne. Dabei wanderte sein Blick suchend über die lange Tafel, an deren Ende er seine Ritter und Knappen – und Thomas – erkannte. Und weil der Graf ein ehrlicher Mann war, sah er selbst in Gegenwart des Königs – oder gerade deswegen – keinen Grund, sich mit fremden Federn zu schmücken.

„Es war die Pisse und der Geistesblitz eines Jungen, der uns den Schlüssel zum Erfolg schenkte", fuhr er mit einem Siegerlächeln fort. Thomas fuhr die Röte ins Gesicht, derweil der ganze Saal in Lachen ausbrach.

Aufgeräumt berichtete Adolf, wie sie den Urin des Knappen im Sand hatten versickern sehen, daraufhin einen Damm gebaut, dem Gegner damit das schützende Wasser abgegraben, die Mauern gestürmt, schließlich einen Turm zum Einsturz und die Burg in ihre Gewalt gebracht hatten. Tosender Applaus entbrannte.

Und obwohl er keinen Hehl daraus gemacht hatte, dass der geniale Einfall nicht seinem Hirn entsprungen war, erntete Adolf von der Festversammlung, wie von der Nachwelt, die Lorbeeren für diesen Geniestreich. Einzig der König wollte Näheres über den Urheber in Erfahrung bringen.

„Und kann man diesen jungen Burschen mit dem hellen Kopf und der schwachen Blase kennenlernen?", meldete sich Friedrich.

„Selbstverständlich, mein König!“, antworte Adolf, gab Thomas einen Wink und beschied ihm, vor der Tafel zu erscheinen.

Am liebsten wäre er im Boden versunken, als er nun mit zittrigen Knien vor aller Augen den Raum durchmaß. Nach diesem Gang, der ihm wie ein Spießrutenlauf erschien, fuhr ihm die Nervosität erst recht in die Glieder, als er schließlich vor dem König sowie den hohen Gästen stand und sich verbeugte, so tief er konnte. Es hätte nicht viel gefehlt und er hätte sich vollends zu Boden geworfen. Doch der König hieß ihn, sich zu erheben.

„Wie lautet dein Name, Bursche?“, fragte er ihn wohlwollend.

„Thomas Grimbergen“, antwortete er leise. „Und woher kommst du, aus welchem Geschlecht sind deine Eltern?“, hakte Friedrich nach. „Mein Vater war Fischer an der Wupper, der beste weit und breit, bevor ihn Raubritter vor zwei Jahren ermordeten, ihn und meine Mutter“, kam es nun deutlich forscher aus seinem Mund. Erstaunt drehte sich Friedrich zu Adolf um.

„Ihr habt einen Fischersohn als Knappen? Und was hatte es mit den Raubrittern auf sich?“ Adolf nickte. „Ich stehe in seiner Schuld. Vater und Sohn haben mir vor Jahren das Leben gerettet, als ich in voller Rüstung in die reißenden Fluten der Wupper fiel!“ Ein weiteres Raunen ging durch die vordersten Reihen der Festgäste, zumindest derer, die der nunmehr mit verhaltener Stimme geführten Konversation folgen konnten. Dann berichtete Adolf von den Raubmördern unbekannter Herkunft, die im Zuge der Streitigkeiten um den Thron oder um den Stuhl des Kölner Erzbischofes, wie er vermutete, die Grafschaft überfallen hatten.

Engelbert horchte auf, als er die Worte vernahm, besah sich den Jungen eindringlich und beschloss, sich dessen Gesicht und Namen einzuprägen. Bischof Otto von Münster, selbst mit knapper Not dem Schicksal entronnen, war zu Tränen gerührt. „Gott sei deiner und deiner Eltern Seele gnädig. Der Graf hat recht getan, dich in seinen Dienst zu nehmen, und du dankst es ihm mit Treue und Tapferkeit!“

Dabei stand er auf und schlug das Kreuz über dem völlig verdatterten Thomas.

Der König hatte aufmerksam zugehört, nun schlug er wütend mit der Faust auf den Tisch, sodass sich die Puddingreste über das kostbare Tischtuch ergossen. Aufgeschreckt wurden viele Gäste erstmals der energischen, ja jähzornigen Seite des Königs gewahr.

„Ihr habt weiß Gott recht gehandelt, Graf Adolf, nicht nur, weil der Junge Euch zur Eingebung verhalf, wie die Festung zu nehmen war“, hob der König an. „Treue muss gebührend vergolten werden, ungeachtet des

Standes, wie im Übrigen auch Verrat und Heimtücke!" Dabei ließ er seinen Blick über die Reihen der Gäste schweifen, unter denen manchem der Atem stockte.

„Mit den Raubrittermanieren muss ein für alle Mal Schluss sein, ich werde solches Verhalten nicht länger dulden. Zu viele Menschen sind sinnlos für die Machtinteressen verschiedenster Herren in den Tod gegangen."

Vielstimmige Beifallsrufe mischten sich mit betretenem Schweigen an anderer Stelle. „Ihr, Graf Adolf, erhaltet deshalb das eroberte Kaiserswerth von mir zum Lehen, auf dass Ihr es zu einem Bollwerk der gerechten Sache macht! Außerdem wünsche ich, dass Ihr mir bei zukünftigen Heerzügen mit Eurer Erfahrung als Führer eines Teils meines Heeres zur Seite steht!" Adolf verneigte sich ehrerbietig. „Mein König, verfügt über mich, wann immer es Euch gefällt!"

Dann wandte sich Friedrich vor aller Augen an Engelbert.

„Vor allem muss dieser unsägliche Zustand ein Ende haben, dass die hohe Stadt Köln in Ermangelung eines rechtskräftig ernannten Erzbischofs unregierbar und Ziel von Spekulanten auf den Bischofssitz geworden ist."

Engelberts Oberkörper, der ohnehin schon alle anderen Gäste am Tisch überragte, reckte sich noch weiter.

„Ich werde mich persönlich beim Heiligen Vater in Rom dafür verwenden, dass Ihr, Engelbert von Berg, zum nächsten Erzbischof von Köln ernannt werdet."

Nun war es an Engelbert, sich zu verneigen. „Ihr erweist mir große Ehre, mein König, die zu erträumen ich mich nicht gewagt hätte!" Dabei fing er einen spöttischen Blick des Erzbischofs Siegfried von Mainz auf, immerhin der päpstliche Legat, der ihm aber mit einem Kopfnicken bedeutete, dass er seinen Segen dazu gab. Engelbert erwiderte den stummen Gruß, wonach er sich scheinbar wieder dem König und dem Geschehen an der Tafel zuwandte.

In seinem Hirn jedoch rasten die Gedanken, und im Stillen überlegte er bereits, wie er diese Wendung zu seinen Gunsten seinem ambitionierten älteren Vetter Adolf schmackhaft machen konnte, der immer noch glaubte, auf den Erzstuhl zurückkehren zu können.

„Und du, junger Thomas", der so Angesprochene erschrak, als der König neuerlich das Wort an ihn richtete, „nimm einstweilen dies als meinen Dank!" Dabei streifte der Staufer einen goldenen Ring mit einem roten Edelstein vom Finger. „Mögest du es noch weit bringen, als leuchtendes Beispiel dafür, dass sich Mut und Treue auszahlen, auch wenn man nicht von Stande ist. Und solltest du jemals in Not geraten, dann schick mir diesen Ring, er wird dich königlicher Unterstützung versichern!"

Ungläubig nahm Thomas das kostbare Kleinod entgegen und starrte es an, dann verneigte er sich nochmals und ließ sich von einem herbeigeeilten Pagen zurück zu seinem Platz führen, wo er von allen seinen Mitstreitern mit herzlichem Schulterklopfen empfangen wurde – von fast allen.

Einmal in seinem königlichen Element und gemäß der Etikette ließ Friedrich nun die Reichsfürsten und weitere verdiente Ritter antreten, denen er eigenhändig neue Lehen verlieh oder ihre alten bestätigte. Auch schlug er edle Knappen und tapfere Kämpfer mit dem Reichsschwert zum Ritter. Mit all seinen Worten, mehr noch mit seinem Handeln, gewann er an diesem Tag mehr Herzen und Mitstreiter, als es mit einer siegreichen Schlacht möglich gewesen wäre. Doch damit waren die denkwürdigen Ereignisse rund um Friedrichs Thronbesteigung noch längst nicht beendet.

Zwei Tage später erfolgte mit großem Gepränge in der bis auf den letzten Platz gefüllten Pfalzkapelle die feierliche Umbettung der Gebeine Karls des Großen in einen neuen, reich verzierten Silberschrein, den schon Friedrichs Großvater Barbarossa in Auftrag gegeben hatte. Der junge König ließ es sich nicht nehmen, die kostbare Reliquie in Anwesenheit des Meisters, der das Kunstwerk vollbracht hatte, symbolträchtig mit eigenhändig ausgeführten Hammerschlägen zu verschließen. Dann wandte er sich zu den versammelten Rittern und Fürsten um.

„Karl der Große war nicht nur ein wahrhaft großartiger Herrscher, er war auch ein großer Verteidiger des Glaubens", begann er mit Worten und Gesten, die eine wichtige Entscheidung ankündigten und augenblicklich absolute Stille eintreten ließen. „Damit hatte schon sein Großvater Karl Martell begonnen, der im Jahre 732 die Mauren aus dem Frankenreich vertrieb und seither ‚der Hammer der Christenheit' genannt wird!"

Manch einer fragte sich, was dies mit den Krönungsfeiern zu tun hatte, aber Friedrich schlug schnell eine Brücke in die Gegenwart.

„Wieder bedarf es eines solchen Hammers, denn seit fast dreißig Jahren sind Jerusalem und das Grab Christi erneut in der Hand der Andersgläubigen! Damit sind alle Erfolge der ersten Kreuzzüge zunichtegemacht, Abertausende von Rittern sind umsonst gestorben!"

Friedrich vermied es, das Wort Heiden oder Schlimmeres zu benutzen, wohl weil er selbst der muslimischen Kultur sehr viel Sympathie entgegenbrachte, aber dies war noch nicht vielen seiner neuen Untertanen bekannt.

Denen dämmerte jedoch langsam, worauf der König hinauswollte, denn sie erinnerten sich an die vielen Aufrufe des Papstes Innozenz, der nicht müde wurde, einen neuerlichen Kreuzzug zu fordern.

„Deshalb gelobe ich hier und jetzt, binnen vier Jahren selbst das Kreuz zu nehmen und nicht zu ruhen, bis die heiligsten Stätten der Christenheit wieder im Besitz der einzig wahren Religion auf Erden sind!"

Hoch- und Hosianna-Rufe waren zu hören. Da erhob Friedrich das mächtige Schwert Karls des Großen, dessen blanke Klinge den Schein unzähliger Kerzen reflektierte. Es wurde so still, dass man eine Nadel hätte fallen hören können.

„Wer geht mit mir?" Fast flüsterte Friedrich diese Worte.

„Wer nimmt mit mir das Kreuz und zieht gen Jerusalem zu Felde?", schwoll seine Stimme zu einem donnernden Orkan, der von der achteckigen Kuppel widerhallte. Da gab es kein Halten mehr. Unter ohrenbetäubendem Lärm schworen Tausende Ritter, auf bewaffnete Pilgerfahrt zu gehen und Jerusalem aus den Händen der Sarazenen zu befreien. Die Menschenmenge draußen nahm begeistert den Ruf auf. „Jerusalem", erscholl es Thomas tausendfach in den Ohren – und er stimmte mit ein, auch wenn er noch keine Ahnung hatte, was dieser Ruf zu bedeuten hatte.

Die Kirchenfürsten brachen in kollektive Tränen aus, fielen auf die Knie und dankten dem Herrn. Engelbert war stehen geblieben, schlug jedoch mit großer Geste das Kreuz und rief „Gott will es!" Da erhaschte er flüchtig einen Blick seines Bruders, der mit leisem Kopfschütteln sein Befremden ausdrückte. Adolf hatte im Grunde keinerlei Interesse an einem Kreuzzug, aber ihm blieb keine Wahl. Da sich so viele Menschen von der Kreuzzugsidee anstecken ließen und sich in ihren Schwüren gegenseitig übertrafen, nahm auch er das Kreuz, hatte er doch geschworen, seinem König überallhin zu folgen. Und im Unterschied zu anderen hielt Adolf seine Eide.

Am nächsten Tag ritt der König an der Seite Engelberts nach Köln, das ihn mit offenen Toren und Börsen empfing. Adolf und die Seinen ritten zurück in die östlichen Berge, über denen drohende Wolken hingen.

So nahm das Schicksal, dessen verschlungene Pfade sich eben begradigt zu haben schienen, einen neuen Weg, der vielen keine Rückkehr gewähren sollte …

Rosette
Alexandria
Deir Anba

Damiette
Sharamsah
Al-Mansurah
delta
Kairo

2. Buch, Prolog

Im Niltal, Herbst 1220

„Jerusalem“, klang es dem geschwächten Gefangenen in den Ohren, als ihn die Schergen in die Folterkammer schleppten, denn selber gehen konnte er schon lange nicht mehr. „Jerusalem“, geradezu hämisch schienen die Kerkerwände das Echo seiner Gedanken zurückzuwerfen.

Um Jerusalem den Händen der Sarazenen zu entreißen, deswegen waren sie alle dem Beispiel des Stauferkönigs gefolgt und hatten begeistert das Kreuz genommen.

Aber weder war der König selbst zu dem von ihm so gepriesenen Kreuzzug aufgebrochen noch hatten sie Jerusalem je zu Gesicht bekommen.

Stattdessen hatte es sie von Palästina nach Ägypten verschlagen, wo die Mauern eines geradezu lächerlichen, aber wehrhaften Turmes inmitten des großen Stromes ihren Vormarsch zum Stillstand gebracht hatten.

Und nun sah es so aus, als würde er Jerusalem, die heilige Stadt der Christen, Juden und Moslems gleichermaßen, ohnehin nie zu Gesicht bekommen. Nun schleppte man ihn zur Schlachtbank, ging es ihm nüchtern, ja fast teilnahmslos durch den Kopf, oder zu einer weiteren Tortur, wie er sie schon zuhauf über sich hatte ergehen lassen müssen. Aber das war ihm im Grunde einerlei.

Er bedauerte lediglich, dass es so sinnlos enden würde.

Dabei hätten sie Jerusalem zurückerobern können, ohne überhaupt vor dessen Toren zu stehen. Sie hätten es sogar erobern können, ohne auch nur einen einzigen Mann zu verlieren.

Wären sie nur dem Rat der mahnenden Stimmen, auch seines Herrn, und des frommen Mönches aus italienischen Landen gefolgt. Hätten sie nur das Friedensangebot des Sultans angenommen, als noch Zeit und die militärische Lage günstig waren. Ach, alles hatte so hoffnungsvoll angefangen …

Im Tal der Wupper, Pfingsten 1216

„Jerusalem" – Thomas klang das frenetische Spektakel immer noch in den Ohren, obwohl seither etliche Monate vergangen waren.

Auf dem Rückweg hatte der Graf verlauten lassen, dass er gedenke, etwa zwanzig Ritter mit auf den Kreuzzug zu nehmen – und eine entsprechende Anzahl von Knappen.

Nun stand er mit seinem Freund Heinrich auf dem Bergfried, beobachtete die Reihen der Ritter, die sich über den staubigen Weg der Burg näherten, und malte sich aus, es wären Kreuzritter auf dem Weg zur heiligen Stadt.

Doch der Kreuzzug zögerte sich noch hinaus. Da Friedrich gelobt hatte, sich binnen vier Jahren auf den Weg zu machen, schien vordergründig auch keine Eile geboten. Einzig aus dem Südosten des Reiches kam Kunde, dass man sich dort und jenseits der Grenzen bereits für den Zug nach Outremer, dem Land über dem Meer, rüstete.

König Andreas II. von Ungarn und Herzog Leopold VI. von Österreich wollten dem Regenten von Jerusalem bereits im kommenden Jahr zu Hilfe eilen. An Rhein, Ruhr, Sieg und Wupper hatten vorerst andere Dinge Vorrang, zuerst galt es, den Frieden im Land zu sichern sowie die Schäden, die durch die Fehden der letzten Jahre entstanden waren, zu beheben. Dies galt auch für die finanziellen Einbußen, denn die Schatzkammern und Börsen der meisten Adeligen waren leer. Dafür musste endlich einmal wieder eine ordentliche Ernte eingebracht werden. Adolf hatte zudem damit begonnen, die an vielen Stellen zerstörte Burg Kaiserswerth, die ihm der König überantwortet hatte, wieder aufzubauen. Diesbezüglich hatte er auch, wie versprochen, dem Kanonikerstift der Kaiserinsel den Gegenwert der beschlagnahmten Steine zurückerstattet, mehr noch, er hatte ihnen sogar noch einmal dieselbe Summe oben draufgelegt. Mit den Baumaßnahmen war vor allem Arnold von Cleve beschäftigt, der dabei große Eile an den Tag legte, wollte er doch unbedingt bis zum Beginn des Kreuzzugs fertig sein, um diesen keinesfalls zu versäumen.

„Das wird die größte Heerfahrt unseres Lebens, sozusagen die Krönung dessen", pflegte er zu sagen und konnte es gar nicht mehr erwarten.

Sibylla teilte solcherlei Begeisterung für den Kreuzzug nicht. Fast ein halbes Jahr lang waren die Männer fort gewesen – und jetzt redeten sie schon wieder von Krieg. Dieser jedoch würde deutlich länger dauern und gefährlicher sein als der Zug gegen die Kaiserinsel. In den sechs Monaten, die Thomas vor der Kaiserpfalz und in Aachen verbracht hatte, war die Tochter des Voigtes weiter zur Frau erblüht – jetzt sechzehn Jahre alt und schöner denn je. Die jungen Männer hatten allesamt die Köpfe nach ihr verdreht, als sie in Neuenberge einritten und Sibylla neben Irmgard und Herrmann von Elverfeld entdeckten, die zur Begrüßung der Ritter und Knappen in den Innenhof geeilt waren. Artig hatten die Damen jedem der Heimkehrer einen Begrüßungstrunk gereicht. Dabei verweilte Sibylla einen Augenblick länger bei Thomas, der mit seinen achtzehn Jahren jetzt die meisten Männer überragte. „Seid gegrüßt, zukünftiger Ritter", hatte sie mit gesenktem Blick geflüstert. „Wir danken Gott für Eure gesunde Heimkehr. Nehmt dies zum Zeichen des Willkommens!"

„Habt Dank, junge Edeldame", hatte Thomas erwidert, „der Trunk und Euer Anblick sind der schönste Lohn des Sieges!"

Sibylla hatte schmunzeln müssen, denn der junge Mann hatte offenbar einiges gelernt, nicht zuletzt auch den Umgang mit Worten. Als er den Bierkrug angesetzt hatte, waren ihr die Muskeln aufgefallen, die sich unter der leichten Tunika abzeichneten, die er trug. Ihre körperliche Veränderung bewirkte neben der langen Zeit der Trennung jedoch eine gewisse Distanz zwischen ihnen, die auch noch anhielt, als sie sich später an gewohnter Stelle im Stall trafen. Sie hatte ihm zwar einen Kuss auf die Wange gehaucht und sich aufrichtig nach seinem Befinden erkundigt, aber es wollte sich nicht die vertraute Nähe zwischen ihnen einstellen. Als Thomas zudem, nach einem ersten Bericht der erlebten Abenteuer, voller Begeisterung die Krönung Friedrichs und das kollektive Kreuzzugsversprechen geschildert hatte, war der Graben zwischen ihnen deutlich hervorgetreten.

Obwohl sie verstand, dass Thomas in dem Kreuzzug eine Chance sah, sich auszuzeichnen und seinem Ziel, es zum Ritter zu bringen, näherzukommen, überwogen bei ihr die Sorgen um ihrer aller Wohlergehen. „Was wird aus der Burg, wenn alle Ritter wieder fort sind?", hatte sie ihren Gedanken Ausdruck verliehen. „Was wird aus mir, wenn du so lange fort bist?" Thomas hatte sie in den Arm nehmen wollen, sie jedoch hatte sich ihm entzogen. „Es ist doch nicht für immer", hatte er beschwichtigt, „und der Graf wird sicher genügend Männer hier lassen, um die Burg zu schützen." „Und wer beschützt mich vor Vaters Heiratsplänen?", hatte sie angefügt. Es sollten Wochen vergehen, bis sie wieder zu alter Vertrautheit fanden. Die Unbefangenheit der Jugend jedoch hatten sie verloren.

Vieles war seither geschehen. König Friedrich hatte sein Versprechen gehalten und sich beim Papst für Engelbert verwendet. Erzbischof Siegfried von Mainz hatte den Wunsch des Königs mit einem Empfehlungsschreiben für Engelbert unterstützt. Der Heilige Vater hatte sogleich dem Kölner Domkapitel eine Neuwahl befohlen und kein Hehl aus seinem Favoriten gemacht. Damit waren die Ambitionen eines Adolf von Altena ebenso zu Staub zerfallen wie die eines Dietrich von Hengebach, der eigens einen jahrelangen Prozess zu seiner Wiedereinsetzung in Rom geführt hatte.

Engelberts Vetter Adolf, einst der mächtigste Erzbischof des Reiches, der Deutschland einen siebzehnjährigen Bürgerkrieg beschert hatte, war somit entbehrlich geworden. Nur noch einmal loderte das Temperament des streitbaren Kirchenfürsten auf, nämlich als er seinen jüngeren Verwandten wutschäumend zur Rede stellte. Der jedoch tat die Angelegenheit mit Hinweis auf den König und dessen Jugend ab, der er, Engelbert, nun einmal schon allein vom Alter her näher stünde. Schließlich besänftigte Engelbert den ehrgeizigen, aber müde gewordenen Adolf mit der Aussicht auf die ehrenvolle Position eines Weihbischofs, die mit nicht unerheblichen Zuwendungen verbunden war. Damit bewog er ihn zum Einlenken – und schickte ihn kurzerhand in den Ruhestand. Ein Jahr später zog sich Adolf von Altena auch von diesem Amt zurück und verlebte seinen Lebensabend im Stift St. Quirinus in Neuß, wo er 1220 starb.

Trotz der Intervention des Papstes bedurfte es noch verschiedener Überredungskünste, um die Mehrheit der Stimmberechtigten auf Engelberts Seite zu bringen. Aber am 29. Februar 1216 wurde er schließlich erfolgreich zum nächsten Erzbischof von Köln gewählt.

Als eine seiner ersten Amtshandlungen forderte er Walram von Limburg auf, eine Burg und einen Marktflecken schleifen zu lassen, die dieser auf kölnischem Gebiet vor Jahren errichtet hatte und die Engelbert ein Dorn im Auge war. Als Walram keine Anstalten machte, den Wunsch des neuen Erzbischofs zu erfüllen, zog dieser zu Felde und entledigte sich des Problems mit Waffengewalt.

Walram von Limburg brachte sich und seinen Sohn Heinrich daraufhin bei Adolf von Berg bezüglich der versprochenen Hochzeit mit Irmgard in Erinnerung und verband dies mit der Aussicht auf einen dauerhaften Frieden zwischen dem Niederrhein und Westfalen, wohl wissend, dass Engelbert in seiner Funktion als neuer Erzbischof von Köln auch Herzog von Westfalen war.

Aber solange Graf Adolf von Berg lebte, würde es dessen Bruder nicht wagen, eine Fehde gegen Limburg anzuzetteln. Und nach Adolfs etwaigem Ableben würde Heinrich von Limburg als Gatte der einzig erbberechtigten Tochter der Grafentitel und somit eine zentrale Machtposition zufallen, die auch Engelbert nicht mehr würde antasten können. So zumindest dachten sie.

Adolf schien dieser Hintergrund nicht sonderlich zu kümmern oder aber er akzeptierte zum Wohle seiner verliebten Tochter diese Lösung, denn freudig stimmte er dem Vorschlag zu, den Hochzeitstermin auf den Pfingstmontag festzulegen.

Zur Feier des Tages sollte es zudem ein großes Turnier geben, auf dem es nicht nur Ruhm und Ehre, sondern auch wertvolle Preise zu gewinnen gab.

Und deshalb zogen jetzt schier endlos viele Ritter und edle Gäste nach Neuenberge. Sie kamen aus dem Rheintal und dem Deutzgau, vom Niederrhein und der Ruhr, aus Westfalen und der Mark, freie und unfreie, darunter kampferprobte Streiter, die kein Turnier ausließen, dazu Grafen und Herzöge nebst ihren feinen Damen. So viele waren es, dass man zu deren Unterbringung wieder auf die Lichtung oberhalb der Burg auswich, wo sich auch der Turnierplatz befand. Auch Arnold von Cleve kam aus dem mittlerweile instand gesetzten Kaiserswerth und wurde allseits herzlich willkommen geheißen.

Der Einzige, der nicht kam, war Erzbischof Engelbert, der sich aufgrund dringender Geschäfte entschuldigen ließ.

Ein Hornstoß kündete die Ankunft weiterer Gäste an. Bereits aus der Ferne war das Löwenbanner der Limburger zu erkennen.

Graf Adolf eilte persönlich zur Begrüßung seines alten Freundes Walram ans Tor. Herzlich fielen sich die beiden Recken in die Arme. Graf Walram überbrachte die Grüße seines Vaters, des greisen Herzogs. Dann wollte Adolf seinen zukünftigen Schwiegersohn begrüßen und schaute erwartungsvoll über die Reihen der Ritter. Doch wie staunte er, als er feststellen musste, dass alle noch das Visier an ihren Helmen geschlossen hielten. „Was hat das zu bedeuten?“, begehrte Adolf zu wissen. Walram lächelte. „Seid unbesorgt, Ihr wisst, dass wir keinen Frevel gegen Euch hegen. Mein

Sohn hat allerdings so seine eigene Vorstellung von der Brautwerbung. Er will sich nicht mit bloßen Worten und mit Namen vorstellen, sondern stattdessen mit ritterlichen Taten", erklärte er. „Darum erlaubt, dass meine Männer das Visier geschlossen halten. Wer sich von diesen jungen Löwen als Bester bewährt, der allein ist mein Sohn und Irmgards Hand wert!"

Adolf wunderte sich zwar, lobte aber auch Heinrichs Bescheidenheit, nicht einfach nur als Sohn des Hauses Limburg seine Lorbeeren ernten zu wollen. Außerdem erinnerte er sich an Heinrichs Vorstellung als Rosenritter, womit er zweifellos Irmgards Herz erobert hatte. Offensichtlich plante er ein weiteres Theaterstück.

„Mir soll's recht sein", willigte der Graf ein, „aber seid Ihr sicher, dabei nicht ein doch etwas zu gewagtes Spiel zu spielen?"

Walram schüttelte voller Selbstbewusstsein den Kopf. „Sicher nicht!" Und so begann am Morgen des Pfingstmontags das Turnier, ohne dass sich einer der Limburger Ritter zu erkennen gegeben hätte.

Rechts und Links des Turnierplatzes waren hohe Tribünen für die Gäste errichtet worden, an deren Enden hatte man Umfriedungen für das gemeine Volk aufgestellt.

Thomas, Heinrich und die anderen Knappen waren stundenlang damit beschäftigt gewesen, den Turnierplatz herzurichten, Lanzen bereitzustellen und die Pferde zu versorgen. Nun jedoch wurden sie aufgefordert, ihr Können unter Beweis zu stellen. Während sich die Plätze füllten, sollte ein Nachwuchs-Wettstreit die Gäste unterhalten. Wie sie es schon zuhauf bei ihren Schwertübungen gehalten hatten, stellten sich die Knappen in zwei Gruppen zum Buhurt auf, Thomas, Heinrich und die Jüngeren auf der einen, die Älteren um Gisbert auf der anderen Seite. Herrmann von Elverfeld durchkreuzte jedoch ihre gewohnte Anordnung und mischte die Gruppen ausgewogen nach Größe und Ausbildungsstand. So kam es, dass Gisbert und Thomas erstmals auf derselben Seite fochten. Außerdem schärfte der Voigt ihnen noch einmal ein, dass es hier um die Unterhaltung der Festgäste und nicht um eine Schlacht ginge. Deshalb sollte auch ein jeder Zweikampf sofort beendet sein, sobald jemand einen entscheidenden Treffer einsteckte.

Um ja keine bösen Überraschungen zu erleben, hatte Herrmann vorsorglich nur stumpfe Schwerter sowie einfache, runde Holzschilde austeilen lassen. Dann gab er selbst mit erhobener Klinge das Zeichen zum Beginn. Mit Gebrüll stürmten die Parteien aufeinander zu. Thomas bekam es sogleich mit einem der älteren Limburger zu tun, den er mit vier, fünf Schlägen kurzerhand abfertigte, obwohl dieser drei Jahre länger am Hofe weilte und kurz davor stand, selbst zum Ritter geschlagen zu werden. Aber die Monate der Übung mit dem seltsamen Mönch Konrad, der einst ein Tempelritter gewesen war, hatten sich ausgezahlt und Thomas' Kampftechnik eindrucksvoll verbessert. Gisbert traf unterdessen auf Heinrich. Obwohl sich der Odenthaler nach Kräften wehrte, verpasste Gisbert ihm schließlich, nachdem er einen „Eber" angedeutet, dann aber sein Körpergewicht samt Schwert geschickt verlagert hatte, einen Schlag auf den Helm, der Heinrich noch lange in den Ohren klang. Den anderen vier Knappen ihrer Gruppe war weniger Erfolg beschieden gewesen, sodass sich Thomas und Gisbert nun jeweils zwei Gegnern gegenübersahen. Widerwillig nahmen sie eine gemeinsame Verteidigungsposition ein, Rücken an Rücken, um nicht von hinten überrascht zu werden.

Gisbert wehrte den einen Angreifer mit dem Schild ab und schlug dem anderen im Nahkampf mit eiserner Faust ins Gesicht, wobei er ihm die Nase brach. Sogleich wandte er sich dem taumelnden ersten Gegner zu, den er mit einem Tritt in die Seite zum Straucheln brachte. Thomas hatte derweil einen seiner Kontrahenten mit einem gewaltigen Dachschlag in die Knie gezwungen und mit einem Tritt unter die Schwerthand entwaffnet. Den Schwung nutzend, tauchte er unter der erhobenen Waffe des zweiten ab, rammte diesem seinen Schild in den Körper und stürzte kopfüber mit ihm in den Sand. In Sekundenschnelle vollführte Thomas eine elegante Vorwärtsrolle, bei der er seinen Schild abwarf, kam zuerst wieder auf die Beine und hielt seinem noch strampelnden Gegner das Schwert auf die Brust.

Der Kampf war entschieden, aber eigentlich viel zu schnell, zumindest nach dem Geschmack der Gäste, die mittlerweile fast vollzählig waren und der Vorstellung der Knappen ihre volle Aufmerksamkeit schenkten – und auch nach dem Geschmack der beiden Erzrivalen.

Ein kurzer Blick, ein Grinsen Gisberts, ein Achselzucken von Thomas – und die beiden Streithähne gingen aufeinander los.

Der Schwertkampf, der sich nun entspann, zog restlos alle Blicke auf sich. Gisbert deckte Thomas mit einem Feuerwerk an Schlägen ein, zog alle Register seines Könnens, der Fischersohn jedoch parierte jeden Angriff mit Bravour, dann ging er selbst zum Angriff über, täuschte auf der einen, schlug dann auf der anderen Seite zu. Den Schild hatten beide bereits achtlos fortgeworfen. Mit blanker Klinge setzten sie einander zu. Nachdem er einem Angriff von Thomas, der auf seinen Helm gerichtet war, mit einem Sprung zur Seite ausgewichen war, ließ Gisbert mit langem Arm die Klinge kreisen. Diesem Schlag konnte Thomas nur ausweichen, indem er sich rücklings fallen ließ. Dabei zog er im Fallen die Beine an die Brust und ließ diese sogleich wieder vorwärts schnellen. Wie eine Sprungfeder stand er einen Wimpernschlag später wieder vor dem überraschten Gisbert, der sich der nun folgenden Salve von Hieben nur erwehren konnte, indem er sein Schwert beidhändig führte. Bei dieser Aktion war ein großer Teil der Gäste begeistert aufgesprungen. Hin und her wogte der Kampf. Doch schließlich trennte Herrmann von Elverfeld die beiden Streithähne, indem er mit mächtiger Stimme und der Kraft seiner Erscheinung zwischen sie trat. Unter dem Applaus der Zuschauer erklärte er beide zum Sieger und wies sie an, sich ja aus dem Staub zu machen, was sie auch frohgemut taten. Sibylla, die sich zu Irmgard begeben und das Geschehen aus einem Erkerfenster beobachtet hatte, erschrak ob der brutalen Stärke und Geschicklichkeit mit dem Schwert, die beide Knappen mittlerweile erworben hatten.

In der Mitte der Kampfbahn wurden nun die Schranken aufgestellt, zwischen denen die Ritter zum Tjost, dem Stechen mit der Lanze, antreten sollten. Der Boden war mit einem Gemisch aus Sand und Sägemehl präpariert.

Unter den Klängen von Trompeten trat ein Herold hervor, rief das Turnier zu Ehren der schönen Irmgard aus und erklärte dessen Regeln. Ein jedweder Ritter konnte in die Schranken reiten, wenn es ihn danach gelüstete, und einen anderen herausfordern. Während die hohen Gäste auf den Tribünen Platz nahmen, saß Irmgard selbst auf Anordnung ihres Vaters, wie für Bräute üblich, im Erker eines erhabenen Turmes und besah sich die Versammlung von oben. Doch so sehr sie ihren Blick auch schweifen ließ, nirgends konnte sie den Ritter mit der Rose im Wappen erkennen, von dem sie doch insgeheim hoffte, er möge mit ihrem Bräutigam identisch sein. Viele der Ritter schauten aus ihren Visierschlitzen zu ihr hinauf und grüßten, konnten sie aber nicht genau erkennen. Sibylla blieb anfangs bei ihr, eilte dann aber nach unten, um näher am Geschehen zu sein.

Da ritt unter dem Jubel der Menge als Erster ein Ritter aus Limburg in die Schranken, erhob seinen Schild mit dem roten Löwen und senkte die Lanze vor dem Teil der Tribüne, wo auf hölzernen Stühlen mit hoher Lehne Graf Adolf und Walram mit anderen Ehrengästen Platz genommen hatten. Gisbert war ganz aus dem Häuschen. Nach ihrem Auftritt hatten sich die Knappen schnell eine frische Tunika übergezogen und neben der Tribüne einen guten Platz gesucht, von wo aus sie den Tjost beobachten, aber bei Bedarf auch schnell hinzueilen konnten, wenn etwa einer der Ritter Hilfe benötigte. „Ich wette, die Limburger gewinnen jedes Stechen – und am Ende siegt der junge Graf Heinrich", platzte es aus Gisbert heraus, „er ist der beste Ritter weit und breit!"

„Zumindest der Beste in der Maskerade", erwiderte Thomas, „verrat mir mal, warum er sich nicht zu erkennen gibt?!"

„Damit Leute wie du nicht schon bei seinem bloßen Anblick erzittern", konterte Gisbert, „und die Damen nicht reihenweise vernarrt in ihn werden!"

Ein weiterer Fanfarenstoß kündigte an, dass sich ein Gegner gefunden hatte. Dieser preschte auf einem schäumenden Ross heran und führte einen wilden Eber im Schilde.

„Das ist Fulk vom Solengen", freute sich Thomas, „ein erfahrener Ritter unseres Grafen von Berg. Ich hab ihn auf der Jagd und in der Schlacht erlebt. Der wird es deinem Limburger schon zeigen!" Gisbert grinste nur. „Soviel ich weiß, hat dein Solenger gestern Abend zu tief in die Becher geschaut, ich wäre da nicht so optimistisch."

Dann begaben sich die Kontrahenten jeweils zu einem Ende der Schranken, senkten die Lanzen und ritten an. Mit einem markerschütternden Krachen traf Holz auf Metall. Der Schild des Limburgers zersplitterte, konnte aber die Lanze des Gegners ablenken. Zeitgleich wurde Fulk mit voller Wucht auf den Brustharnisch getroffen und aus dem Sattel geschleudert. Mit zitternden Flanken stoben die Rosse auseinander. Die Zuschauermenge sprang mit einem Raunen auf, um zu sehen, ob der gefallene Streiter ernstlich verletzt war. Doch dieser rappelte sich schnell wieder auf, humpelte enttäuscht von dannen und ließ sich zum Trost einen Becher Bier kredenzen, worauf er schon wieder deutlich besserer Laune war. Gisbert warf Thomas nur einen höhnischen Blick zu.

Und wieder erklangen die Fanfaren. Diesmal ritt Walter von Hohenscheid, ein bergischer Ritter aus den Hügeln nördlich der Wupper, in den Parcours und forderte den Sieger heraus.

„Einen ganzen Heller, dass auch der nicht lange durchhält", zischte Gisbert. „So viel hab ich nicht", meinte Thomas, „aber wenn du recht behältst, fang ich dir ein paar fette Forellen aus der Wupper!" „Gemacht", schlug Gisbert sofort ein, „am besten wirfst du schon mal deine Angel aus!"

Hart gingen die beiden Ritter einander an, wobei nunmehr der Limburger in den Staub fiel. Bestürzt erhoben sich die Zuschauer von ihren Plätzen und Gisbert machte ein betretenes Gesicht. „Das war bestimmt der junge Heinrich!“, kam es Irmgard vielstimmig zu Ohren, die von ihrem Erker aus angsterfüllt den Sturz des Limburger Löwen verfolgt hatte. Doch Walram schüttelte nur kurz den Kopf. „Das war nimmermehr mein Sohn!“

Erneut sprengte ein Limburger Ritter in die Schranken, bemüht, die Scharte des vorherigen auszuwetzen. Es gelang ihm auch im zweiten Anlauf, den tapferen Walter aus dem Sattel zu heben.

Er wirkte lange wie der sichere Sieger, denn er schickte gleich drei weitere Ritter in den Staub. Gisbert ärgerte sich schwarz darüber, dass er nicht erneut gewettet hatte.

Arnold von Cleve, der eine Reihe hinter den Grafen stand, wurde ungehalten. „Muss man denn in Gottes Namen alles selber machen?“, hob er an, ließ sich aber schnell beschwichtigen. Denn nun trat der junge Ritter Adolf von der Mark, ein Verwandter des Grafen Adolf aus der Linie Berg-Altena, gegen den Limburger an. Der Aufprall war so heftig, dass sich Ross und Reiter mit dem Löwenwappen überschlugen, wonach sie sich mit gebrochnen Gliedern am Boden wanden. Das Ross musste später gar durch Öffnen der Halsschlagader von seinen Schmerzen erlöst werden. Der Ritter kam mit einem Schien- und Schlüsselbeinbruch davon.

Wieder befürchtete die Menge, es könne sich um Heinrich gehandelt haben. Alle Blicke wandten sich Graf Walram zu, doch der schien immer noch recht entspannt. „So stürzt nicht Limburgs tapferer Sohn“, meinte er lapidar.

Adolf von der Mark behauptete sich in drei weiteren Duellen. Bald getraute sich niemand mehr, gegen ihn anzutreten. Ratlosigkeit machte sich breit. Wo war der junge Heinrich?

Da kündete ein weiterer Hornstoß einen neuen Ritter an, der sich bislang unerkannt im Hintergrund gehalten hatte. Gisbert grinste breit und stieß Thomas in die Seite. Schild und Helm zierte eine leuchtend rote Rose, worin in schön geschwungenen Buchstaben Irmgards Name eingewoben war. Das Herz der Grafentochter begann zu rasen, als der Ritter in die Arena einritt und die Lanze vor den Grafen senkte.

Unter tosendem Beifall nahmen die Kontrahenten an den Enden der Schranken Aufstellung. Adolf von der Mark ließ sich von den Rennern eine neue Lanze reichen und legte diese ein. Dann erstarb jegliches Gespräch, als der Herold das Zeichen zum Anritt gab.

Mit donnernden Hufen galoppierten die beiden Ritter aufeinander zu. Adolf von der Mark visierte mit sicherer Hand die Brust des Rosenritters an, wie er es auch schon bei den vorherigen Gegnern erfolgreich gehandhabt hatte. Sein Kontrahent tat es ihm gleich, beschränkte sich jedoch nicht darauf, diese Lanzenposition bis zum Aufprall zu halten. Einen Bruchteil einer Sekunde vorher ließ der den rechten Arm nach vorn schnellen, zersplitterte den märkischen Schild mit dem Schachbrettmuster und traf Adolfs Schulter dahinter mit solcher Wucht, dass dieser mitsamt seinem Pferd zur Seite gerissen wurde. Noch im Fallen bäumte sich das Pferd des Märkers auf und warf diesen aus dem Sattel, bevor Ross und Reiter in den Sand stürzten. Der Rosenritter warf am Ende der Kampfbahn seine zersplitterte Lanze fort und ließ sich sofort eine neue reichen. Kampfbereit galoppierte er die Tribünen entlang, doch es wollte sich, aus gutem Grund, kein neuer Gegner finden. Da hielt es niemanden mehr auf den Sitzen, die Ritter jubelten und Graf Walram sprang erhitzt auf. „Sehet, dieser hier, der ist mein Sohn!"

Darauf öffnete der Rosenritter sein Visier und nahm den schützenden Helm ab. Ein von blonden Locken umrahmtes, lachendes Antlitz bot sich den Zuschauern dar. Es war tatsächlich der junge Heinrich von Limburg. Sich hoch zu Ross verneigend, richtete er das Wort an Graf Adolf. „Verzeiht, dass ich Euch warten ließ und mit Worten nicht begrüßte, es schien mir dem hohen Anlass gemäß angebrachter, zu reden durch die Tat!"

Adolf nickte ihm lächelnd zu, stand auf und reichte ihm die Hand zum Gruß. „Ihr habt Euch als tapferer Streiter erwiesen. Ich kann mich glücklich schätzen, einen solchen Schwiegersohn zu bekommen!"

Da eilte Irmgard auf die Tribüne, die es nicht mehr im Erker ausgehalten hatte. Wie glücklich war sie, ihre Vermutung bestätigt zu sehen, dass der Rosenritter, der ihr dereinst seine Aufwartung gemacht und den sie in ihr Herz geschlossen hatte, tatsächlich auch ihr Verlobter war. Ihre Blicke suchten und fanden sich, als sie Heinrich den Lorbeerkranz für den Sieger des Turniers überreichte. Dabei beugte sich Heinrich ganz tief zu ihr herab und küsste ihre Hand. „Wisst Ihr noch, holde Irmgard, was ich Euch vor drei Jahren versprach?" Irmgard senkte verschämt den Blick und zitierte seinen Schwur von damals. „Und heiter wird uns leuchten der holden Minne Stern, denn mit dem Rosenritter tauscht der Graf von Limburg gern!" „Dieses Versprechen löse ich nun ein", fügte er hinzu, wobei er den Blick nicht von ihr wandt, „und frage Euch, ob Ihr mich zum Manne nehmen wollt?!“

Wie konnte sie ihm das beglückende „Ja“ verwehren, war es doch alles, was sie seit Jahren vom Leben begehrte. Und so wurde noch am gleichen Tag in der bis auf den letzten Platz gefüllten Burgkapelle von einem ehrwürdigen Bruder des Johanniter-Ordens die Vermählung vollzogen. Daran schloss sich ein Gelage an, von dem die Menschen noch jahrelang sprachen. Aufgrund der Vielzahl der Gäste wurde gleichzeitig im Rittersaal, im Burghof und in einem Festzelt auf dem Turnierplatz aufgetischt, wo allein drei große Ochsen auf riesigen Spießen brieten.

Die edelsten Damen und Herren genossen den Vorzug, das festliche Mahl an der Tafel des Grafen einnehmen zu dürfen.

Adolf und Walram schwelgten in Erinnerungen und stießen ein ums andere Mal auf eine glückliche Ehe ihrer Kinder an.

Walram, der bereits mit seiner verstorbenen Frau Kunigunde von Monschau vier Kinder gezeugt hatte, zu denen auch der Bräutigam Heinrich gehörte, tat nicht ohne Stolz kund, dass seine zweite Ehe mit der jungen Ermesinde von Luxemburg in diesem Jahr auch bereits mit dem zweiten Nachwuchs gesegnet worden sei. Diese Fruchtbarkeit der Limburger würde sicher auch dem jungen Paar bald einen Stammhalter bescheren.

Irmgard stieg bei diesen Worten die Schamröte ins Gesicht, und sie wäre am liebsten im Boden versunken, doch der erhabene Ehrenplatz, auf dem sie mit Heinrich Platz genommen hatte, gab ihr dazu keinerlei Gelegenheit. Walram, der ihre keusche Zurückhaltung wohl wahrgenommen hatte, legte sogar noch eins drauf und meinte, sie müsse sich keine Sorgen machen, ihr Gatte wisse schon, was zu tun sei. Schließlich habe er beweisen, dass er auch auf dem Schlachtfeld mit blankem Schwert kämpfen könne, da wäre das Ehebett kein Problem. Der ganze Saal lachte.

Dann aber wandten sich die Grafen mit Eifer anderen, dringlicheren Themen zu, wie dem bevorstehenden Kreuzzug, zu dem sie der junge König animiert hatte. Adolf und Walram beschlossen, gemeinsam die kriegerische Pilgerfahrt ins Heilige Land anzutreten.

Heinrich und Irmgard nutzten die Gelegenheit, sich unauffällig in die Turmgemächer zurückzuziehen. Als sie sich schließlich ihrer Kleider entledigten und einander in die Arme sanken, um sich der Erfüllung ihrer ehelichen Pflichten – oder Freuden – zu widmen, musste Irmgard feststellen, dass Walram in seiner jovialen Offenheit nicht übertrieben hatte. Heinrich war ein glühender Liebhaber, der bei ihrer ersten Zusammenkunft jedoch mit der gebührenden ritterlichen Zurückhaltung gegenüber seiner unerfahrenen Gattin zu Werke ging. Als der Weg jedoch einmal bereitet und die Lust der Grafentochter entfacht war, liebten sie sich die ganze Nacht lang. Irmgard zählte am nächsten Morgen im Geiste die vielen Vaterunser, die sie als Buße für diese Nacht von ihrem Beichtvater würde auferlegt bekommen …

Drei Tage lange feierten die Gäste ausgelassen die künftige Verbindung der Geschlechter von Berg und Limburg, drei Tage, in denen ausgiebig gelacht und gezecht wurde, bis die Vorräte in Küche und Keller zur Neige gingen.

Am letzten Tag wurden sechs Knappen von den Grafen Adolf und Walram zum Ritter geschlagen, darunter auch Gisbert. Man hatte sich darauf geeinigt, dass der rothaarige Heißsporn vorerst im Dienste Adolfs von Berg verbleiben, von Walram aber später mit Gütern aus dem Limburger Familienbesitz belehnt werden würde, diente er doch zukünftig mit Heinrich dem gemeinsamen Herrn beider Länder. Ihm sollte er dann einen neuen Treueid leisten.

„Du musst völlig den Verstand verloren haben!“ Der seit etwas mehr als einem halben Jahr im Amt befindliche Erzbischof von Köln war außer sich, hatte er sich doch die Mühe machen müssen, persönlich nach Burg Neuenberge zu reisen, obwohl er für solche Familientreffen in seiner neuen Funktion eigentlich keine Zeit mehr hatte. Aber da sein Bruder sich uneinsichtig gezeigt und schließlich auf seine schriftlichen Einlassungen überhaupt nicht mehr geantwortet hatte, war ihm nichts anderes übrig geblieben, als sich selbst zu seinem Bruder und Regenten der Grafschaft Berg zu begeben, die dieser jetzt im Begriff war zu verschleudern. Gut drei Monate waren seit der unsäglichen Hochzeit vergangen, aber vielleicht war ja noch nicht alles verloren.

„Wie kannst du das Erbe unserer Väter so achtlos den Limburgern in den Löwenrachen werfen?“, ereiferte er sich.

Während er zum wiederholten Male im großen Saal des Palas erregt auf und ab marschierte, rückte Engelbert seine Paenula, den glockenförmigen, ringsum reich mit Gold besetzten erzbischöflichen Übermantel zurecht. Seinen Kopf krönte die spitz zulaufende Mitra, die seine ohnehin hohe, schlanke Gestalt noch größer wirken ließ. Mit Absicht hatte er sich in den vollen Ornat seines Amtes geworfen.

„Ich gebe es meiner Tochter“, korrigierte Adolf, der einen wildledernen Jagdrock über einem einfachen weißen Leinenhemd trug und an einem der Fenster stand, den Blick in die Ferne gerichtet, „und die ist jetzt nun einmal mit dem jungen Heinrich von Limburg verheiratet!“

„Das hätte nie geschehen dürfen“, insistierte Engelbert, „damit stirbt unsere Blutlinie aus und die Grafschaft geht in Limburger Besitz über.“

„Das Blut unserer Väter fließt auch in Irmgards Adern, in denen ihrer Kinder und Kindeskinder, die setzen unsere Linie fort“, verteidigte sich Adolf, „ich sehe beim besten Willen nicht, wo das Problem ist.“

„Nein? Du bringst mich und das Erzbistum in eine äußerst prekäre Lage“, ließ Engelbert nun die Katze aus dem Sack. „Wenn die Grafschaft Berg an Limburg fällt, ist Köln von den Limburger Ländereien so gut wie eingeschlossen. Dein alter Freund Walram wird damit außerordentlich mächtig …“

„Erst wenn ich nicht mehr auf Erden weile“, fügte Adolf hinzu, „und ich gedenke nicht, dies so bald geschehen zu lassen!“

„Nun, auf einem Kreuzzug kann dies aber schneller geschehen, als dir lieb ist!“ Dabei näherte sich Engelbert seinem Bruder auf weniger als eine Handbreit und suchte dessen Blick. „Oder durch die Hand eines Mörders. Glaubst du vielleicht, dein Eidam gibt sich geduldig nur der Minne hin und wartet hier auf Neuenberge in aller Ruhe ab, bis du gedenkst, vor den Stuhl des Allmächtigen zu treten? Mit deinem Ableben fiele die Grafschaft direkt in Limburger Hände – und nicht an deine ohnehin noch ungeborenen Enkel. Gott weiß, was dann von deinem Erbe übrig bleibt!“

Adolf hielt dem Blick des Bruders stand, auch wenn es in seinem Hirn arbeitete, dann schüttelte er vehement den Kopf, als wollte er lästige Gedanken vertreiben.

„Wie auch immer, Irmgard und Heinrich sind jetzt verheiratet, daran lässt sich nicht rütteln.“ „Nein?“

Engelberts Lippen verzogen sich zu einem schmalen Lächeln.

Thomas saß, gedankenverloren auf einem Strohhalm kauend, in einer Nische der Westmauer und schaute über das unter ihm liegende Tal der Wupper hinweg in den Sonnenuntergang. Ein hartnäckiger, wenn auch leichter Kopfschmerz pochte in seiner Stirn. Aber dies passte zu seiner gesamten Stimmungslage. Er musste an seine Eltern denken, die dort unten ihr Leben verloren hatten. So vieles war geschehen, seit sein Vater und er den Grafen aus der Wupper geborgen hatten. Der Schmerz hinter seiner Stirn verstärkte sich. Er hatte immer noch einen Kater von den letzten Gelagen, an denen er seit der Hochzeit wieder häufiger teilnahm. Sehr zum Verdruss Sibyllas, der er in den letzten Monaten tunlichts aus dem Weg gegangen war. Aber welchen Zweck hatte es denn überhaupt, weiter ihre Nähe zu suchen, von einer gemeinsamen Zukunft mit ihr zu träumen? Dabei hatte er sich schon so nah dran gewähnt. Stolz hatte er damals auf dem Turnier nach dem Zweikampf mit Gisbert die zahlreichen Glückwünsche entgegengenommen, dann aber mit ansehen müssen, wie sein ewiger Konkurrent zum Ritter geschlagen wurde. Seither konnte er den Anblick des Limburger Rotschopfs erst recht nicht mehr ertragen.

Was würde er darum geben, selbst die Schwertleite zu empfangen! Er erinnerte sich an das Frösteln, das ihn überkommen hatte, als Graf Adolf mit seinem Schwert die Schultern des Limburgers touchierte. Würde er selbst überhaupt je in den Genuss dieser Ehre kommen, er, der Fischersohn?

Das Geräusch leiser Schritte auf der hölzernen Treppe hinter ihm, die den Wehrgang mit dem Burghof verband, riss ihn aus diesen Gedanken. Jemand näherte sich. Jedoch nicht Sibyllas glockenhelle Stimme, wie er vermutet hätte, oder Heinrich richtete plötzlich das Wort an ihn, sondern ein vertrauter Bariton. „Warum so nachdenklich, junger Freund, gibt es auf der Burg keine Händel mehr für dich auszufechten oder im Fluss keine Krebse mehr zu fangen?!"

Es war Bruder Konrad, der nun in einer einfachen Zisterzienserkutte hinter ihm stand. Er hatte als Vertreter der Abtei Altenberg an den Hochzeitsfeierlichkeiten teilgenommen, bei denen sie jedoch keine Zeit gefunden hatten, miteinander zu reden, und war dann kurz darauf wieder in sein Kloster zurückgekehrt, deshalb war eigentlich nicht mit ihm zu rechnen. Umso überschwänglicher wirbelte Thomas nun herum und nahm seinen Lehrmeister in die Arme. „Was führt Euch zu uns, bleibt Ihr länger?" „Nun, der Graf will ein Geschäft mit mir bzw. unserem Orden besprechen, aber das wird sicher nicht allzu lange dauern", antwortete Konrad und begutachtete den Jungen. Stark ist er geworden, stark und schnell, dachte Konrad bei sich und erinnerte sich an den Schwertkampf, den sich sein Schützling vor Wochen mit dem Limburger geliefert hatte. Dann aber erkannte der streitbare Mönch, dass dem Knappen bei aller

Wiedersehensfreude etwas auf der Seele und ein feuchter Schimmer in den Augen lag. „Was ist los, mein Junge, brauchst du etwas seelischen Beistand oder eine väterliche Schulter?“ Thomas löste sich von ihm, winkte lächelnd ab und wischte sich dabei kurz über die Augen. „Nein, nein, eher bräuchte ich den Rat eines gestandenen Ritters!“ „Aha, daher weht der Wind; dass du nicht plötzlich ein reumütiges Schäfchen in Gottes Herde geworden bist, hätte ich mir ja auch denken können!“ „Sagt mir ehrlich, kann es der Sohn eines einfachen Mannes zu etwas Höherem bringen?“, kam Thomas schnell auf seinen wunden Punkt zu sprechen. Bruder Konrad blinzelte ihn an. „Das hat dich sehr getroffen, dass dein Widersacher den Ritterschlag empfangen hat und du noch nicht, stimmt's?“ Thomas nickte. „Nun, vor allem brauchst du viel Geduld“, fuhr Bruder Konrad fort, „denn ich gebe zu, dass es eher zu den seltenen Fällen gehört, dass ein junger Fischer zum Ritter geschlagen wird. Aber dank Gottes Fügung bist doch schon auf einem guten Weg“, munterte ihn der Mönch auf. „Du hast bereits das Herz und die Kraft eines Ritters, davon konnten wir uns alle vor Kurzem überzeugen – und du stehst in den Diensten eines mächtigen Mannes, der sich nicht allzu sehr um die üblichen Gepflogenheiten des Standes schert.“ Konrad überlegte, wie viel Zuspruch wohl angebracht war, ließ dann aber seiner Überzeugung freien Lauf. „Graf Adolf ist das Zünglein an der Waage. Wenn du ihm treue Dienste leistest, ist alles möglich. Und wie ich höre, rüstet er sich, am bevorstehenden Kreuzzug teilzunehmen. Und es gibt wohl kaum eine bessere Gelegenheit für einen jungen Mann, sich auszuzeichnen und dadurch aufzusteigen, als auf einem Kreuzzug – vorausgesetzt …“

Bruder Konrad machte eine bedeutungsvolle Pause. „Vorausgesetzt was?“, wurde Thomas ungeduldig, „vorausgesetzt er nimmt mich überhaupt mit?!“ „Nein, nein, ich kann mir nicht vorstellen, dass der Graf seine besten Knappen zurücklässt“, ließ der Mönch verlauten, „Ich meinte – vorausgesetzt, man überlebt.“

✝

Engelbert hatte seine Pfeile noch nicht verschossen. Wenn er schon den Bruder nicht sofort hatte umstimmen können, konnte er vielleicht den romantisch veranlagten „Rosenritter“, den jungen Heinrich von Limburg, überzeugen, der Grafschaft Berg und der Burg Neuenberge auf die eine oder andere Art den Rücken zu kehren.

Mit dem Vorwand, er wolle doch persönlich den Gatten seiner geliebten Nichte kennenlernen, wo er doch leider an der Hochzeit nicht hatte teilnehmen können, traf er sich mit dem frisch vermählten Paar im Rosengarten der Burg. Erst erging er sich in den üblichen Glückwünschen und Segnungen.

Aber nicht lange und Engelbert kam auf den bevorstehenden Kreuzzug zu sprechen, den die Kirche, vom Papst bis hinab zu den Geistlichen auf der Kanzel, nicht müde wurde zu predigen und an dem die besten Ritter des Landes teilzunehmen versprochen hatten.

In den höchsten Tönen lobte der Erzbischof den Einsatz der Gotteskrieger und den gerechten Lohn eines Kreuzzuges – winkte jedem, der daran teilnahm, doch die Vergebung aller auf Erden begangenen Sünden, dazu reiche Beute aus den Schatzkammern des Morgenlandes, die es zu erobern galt. Heinrich hörte sich Engelberts Ausführungen aufmerksam an, ja er schien sich sogar zwischenzeitlich von dessen Begeisterung anstecken zu lassen.

„Ich teile Eure Meinung, dass es löblich ist, an dem Kreuzzug teilzunehmen und das Grab Christi den Händen der Ungläubigen zu entreißen", gab er vor, „allein – ich werde NICHT gehen!" Engelbert war brüskiert. Wie konnte es der junge Limburger wagen, sich seiner Argumentation so zu widersetzten.

„Unser aller König scheint es damit auch nicht sonderlich eilig zu haben, trotz seines Schwures", fuhr Heinrich fort. „Vor allem aber sind mir die Liebe und Nähe meiner Frau – etwas, das Ihr als Kirchenmann sicher nicht nachvollziehen könnt – wichtiger als Reichtum, Ruhm und Ehre. Besondere Sünden habe ich ohnehin noch nicht begangen, dafür bin ich zu jung. Vielleicht habe ich dereinst Nachholbedarf, wenn ich Euer Alter erreiche. Vorerst reicht es mir aber, wenn mir meine Frau die gelegentlichen Gelage verzeiht!"

Engelbert bebte vor Wurt, aber der Limburger legte noch eins drauf. „Meine Frau ist im Übrigen gesegneten Leibes. In einigen Monaten wird unser erster Sohn das Licht der Welt erblicken, und dies will ich um keinen Preis versäumen, um keinen irdischen und auch nicht um des Paradieses willen." Engelbert war wie vom Donner gerührt. „Sie ist jetzt schon schwanger?", entfuhr es ihm. Heinrich strahlte über das ganze Gesicht. „Ja, erstaunlich, nicht wahr? Womöglich hat Gott die Verbindung unserer beiden Länder und Körper schon in der Hochzeitsnacht gesegnet!" Engelbert war zum ersten Mal in seinem Leben sprachlos. Der junge Limburger hatte auf alles eine Antwort und überließ offenbar nichts dem Zufall. Er wollte etwas entgegnen, aber Heinrich war noch nicht fertig. „Es sollte reichen, dass Graf Adolf für Berg und mein Vater Walram für Limburg mit einigen Rittern den Kreuzzug begleiten. Ich werde mich derweil um die beiden Ländereien kümmern müssen, damit diese nicht verwaist sind, das seht Ihr sicher ein, Erzbischöfliche Eminenz."

Dieses Problems werde ich dich ganz sicher entheben, dachte der Erzbischof, während er sein Gegenüber eingehend musterte. Wortlos erhob er sich, drehte sich dann aber noch einmal um.

„Dann passt gut auf meine Nichte und Euer beider Natterngezücht auf, in diesen Zeiten kann einem leicht etwas zustoßen!"

Darauf verließ er den Garten. Heinrich schaute ihm mit gemischten Gefühlen nach, während er die völlig aufgelöste Irmgard in den Arm nahm, die ihren Onkel so noch nicht kennengelernt hatte. „Ich fürchte, dein Oheim wird uns noch zu schaffen machen", brummte der Limburger, „gegen den werde ich etwas Schärferes als eine Rose im Schild führen müssen!"

Adolf von Berg brauchte Geld. Mit Arnold von Cleve, seinem Voigt Herrmann von Elverfeld sowie dem Johanniter Ferdinand, den er zum Stillschweigen verpflichtet hatte und der als Schreiber fungierte, stellte der Graf tagelang schier endlose Listen auf, die peinlich genau aufführten, was eine kleine Streitmacht von etwa zwanzig Rittern mit Knappen, Pferden und Begleittross für ein mehrjähriges Unternehmen wie einen Kreuzzug an Waffen, Verpflegung und anderen Kosten benötigen würde. Anfangs hatte er seinen Eidam in die Überlegungen mit einbeziehen wollen, sich dann aber anders besonnen, weil ihm wenig daran lag, seinem etwaigen Nachfolger jetzt schon finanzielle Details offenzulegen. Engelberts Worte waren also nicht gänzlich ungehört verhallt.

Adolfs Stirn legte sich in Sorgenfalten. Die Zahlen jedenfalls überstiegen bei Weitem sein in klingender Münze verfügbares Vermögen. Die Tinte auf dem Pergament sprach von vielen Hundert Mark oder umgerechnet weit über hunderttausend Silberpfennigen. Gleichzeitig musste das wirtschaftliche Auskommen der Burg mit all ihren Bewohnern gesichert werden. Adolf wurde schnell klar, dass seine derzeit verfügbaren Mittel dafür nicht ausreichten. Es war eine Sache, einem vom König beschlossenen Heerzug im Chor ritterlicher Gemeinschaft begeistert zuzustimmen – und das hatte Adolf schon nicht getan –, eine andere war es, einen solchen Kriegszug zu finanzieren. Im Stillen verwünschte er den Krönungstag in Aachen. Arnold von Cleve ermunterte ihn jedoch ein wenig mit der Aussicht auf die reiche Beute, die siegreiche Kreuzfahrer im Morgenland erwartete.

„Und vergesst nicht das göttliche Wohlgefallen sowie die Vergebung aller Sünden, die Euch der Kreuzzug eintragen wird", fügte Bruder Ferdinand schielend an, während er gleichzeitig für die Dauer der Abwesenheit des Grafen auf eine einträgliche Ausweitung der Verantwortung seiner Bruderschaft hoffte.

Adolf lächelte säuerlich bei dem Gedanken an die Vergebung all seiner Sünden, hatte er doch seit dem Tod seiner Gattin nicht mal einen einzigen sündigen Gedanken in die Tat umgesetzt. Die Gefallenen der Festung Kaiserswerth fielen bei seinen Überlegungen nicht ins Gewicht. Aber er hatte dem König Treue geschworen, wollte vor den anderen führenden Rittern nicht das Gesicht verlieren und außerdem reizte ihn das Abenteuer, wenn auch nicht so sehr wie seinen alten Gefährten Arnold.

Also beschloss der Graf, der Leere seiner Kriegskasse durch die Erhöhung von Zöllen und Abgaben sowie durch den Verkauf entfernt liegender Güter Abhilfe zu schaffen.

Deshalb hatte er auch Bruder Konrad rufen lassen, der nun den verwaisten Rittersaal betrat, in dem der Graf auf ihn wartete.

„Was kann ich für Euch tun", kam dieser schnell zur Sache, nachdem sie die üblichen Begrüßungen ausgetauscht hatten. „Nun, der bevorstehende Kreuzzug macht mir zu schaffen", hob der Graf an, „ich werde mich wohl oder übel von ein paar Gütern trennen müssen, um meine Barschaft aufzubessern." „Und wie, meint Ihr, können wir Euch dabei helfen?", begehrte der Mönch zu wissen. „Ich wollte Euch einen Handel vorschlagen, der gleichzeitig die Pfründe Eures Klosters mehrt", erklärte Adolf freimütig. „Ich bin im Besitz des Klosterhofes von Merheim, ein guter Hof mit fleißigen Bauern, der mir aber jetzt nicht mehr viel nützt. Den will ich Eurem Orden zum Kauf anbieten – vorausgesetzt, Ihr räumt mir für die Zeit nach meiner Rückkehr aus dem Heiligen Land ein Rückkaufsrecht zum gleichen Preis ein!" Konrad nickte verständig. „Ihr könnt Euch denken, dass es nicht in meiner Macht liegt, dies zu entscheiden", gab er zurück, „aber ich werde die Angelegenheit gerne wohlwollend dem Abt vortragen." „Darauf hatte ich gehofft", lächelte Adolf ihn an, während er sich erhob, „ich werde ihn binnen Monatsfrist aufsuchen, bis dahin hat er sich ja vielleicht schon zu einer Meinung durchgerungen!" Mit diesen Worten trennten sie sich.

Als Adolf mit einem Dutzend Rittern und Knappen – zu denen Fulk von Solengen und Gumpert von Eller sowie Thomas und der Odenthaler Heinrich, aber erneut weder Irmgards Gatte noch irgendein anderer Limburger gehörten – an einem goldenen Oktobermorgen durch das Burgtor nach Südosten ritt, flatterte auch eine kleine Taube über der Burgmauer auf, schlug allerdings westlichen Kurs ein.

Erstes Ziel des Grafen war die Zisterzienserabtei in Altenberg, wo sie herzlich begrüßt wurden. Thomas nahm kurz seinen Lehrmeister Konrad in die Arme, hielt sich aber sonst geziemend im Hintergrund. „Hätte ich geahnt, dass Ihr geruht, uns heute schon mit Eurer Anwesenheit zu beehren", eilte Abt Herrmann II. händeringend herbei, „hätte ich entsprechende Vorkehrungen treffen lassen." „Nur keine Umstände", erwiderte der Graf, während er vom Pferd stieg und Thomas die Zügel reichte, „ich wollte nicht lange bleiben, sondern nur eine geschäftliche Angelegenheit mit Euch besprechen."

Augenblicke später fand er sich mit dem Abt und Bruder Konrad in einem kleinen Besuchszimmer der Abtei ein, wo er sich auf einem harten Schemel niederließ, der ihm angeboten wurde.

„Wie Ihr sicher wisst, gedenke ich, an dem Kreuzzug teilzunehmen, zu dem König Friedrich die edelsten Ritter des Landes aufgerufen hat", kam Adolf sofort zur Sache.

„Nun, streng genommen war es Papst Innozenz, Gott hab ihn selig", unterbrach ihn Abt Herrmann mit einem milden Tadel, „der über Jahre nicht müde wurde, die christlichen Ritter des Abendlandes zu den Waffen zu rufen, wenn auch, zugegeben, lange mit wenig Erfolg."

„Dann bedurfte es wohl der Stimme eines jugendlichen Königs, um diesem Ruf Gehör zu verschaffen", fuhr Adolf unbeirrt fort. „Wie auch immer, auf jeden Fall übersteigt die Ausrüstung unseres streitbaren Fähnleins meine derzeitigen Mittel. Deshalb bin ich hier, um Euch einen Vorschlag zu machen, wie Euch Bruder Konrad aber gewiss schon berichtet hat."

Der Abt wechselte einen stummen Blick mit Konrad, bevor er zögerlich das Wort ergriff. „Es geht um den kleinen Klosterhof in Merheim, nicht wahr?" Als erfahrener Unterhändler Gottes begann er sogleich zu feilschen. „Richtig, den mehr als stattlichen Hof des Kirchspiels Merheim bei Köln", konterte Adolf trocken.

„Wir hatten eigentlich gehofft, diesen oder einen anderen Hof dereinst als Spende überschrieben zu bekommen“, gab der Abt nun unumwunden zu, entsprach dies doch der gängigen Praxis zwischen Adel und Klerus. „Das hätte ich vielleicht ja auch getan, obwohl meine Vorfahren schon recht freigebig gegenüber Eurem Orden waren“, entgegnete Adolf mit einem deutlichen Hinweis auf die Schenkungen früherer Grafen von Berg an die Zisterzienser, „aber in solch schweren Zeiten müssen wir alle Opfer bringen!“ Dabei schenkte er dem Abt ein breites Lächeln, das dieser auch sogleich erwiderte, nun froh, dass der Graf keine anderen Forderungen aufgrund der freigebigen Vergangenheit stellte. „Und an welchen Preis habt Ihr gedacht?“, mischte sich nun Bruder Konrad ein, der den Hof in Merheim und dessen Bewohner kannte. „Hundertzwanzig Mark in gutem Silber“, antwortete Adolf. Der Abt schlug mit gespielter Bestürzung das Kreuz. „Das ist ja mehr, als ein solches Gehöft selbst in gesegneten Zeiten in zehn Jahren einbringt“, ereiferte er sich. „Nicht ganz“, gab der Graf zurück, „Ihr habt den Kaufpreis schneller wieder erwirtschaftet! Und wenn es Gott gefällt, kauf ich Euch den Hof nach meiner Rückkehr aus dem Heiligen Land ja bald schon wieder ab. Ihr macht also nur Gewinn. Was sagt Ihr dazu?“ Herrmann tat betont unschlüssig. „So ein wichtiger Handel muss eigentlich zuerst mit allen unseren Brüdern besprochen werden.“

Adolf wurde ungeduldig. „Die Zeit habe ich nicht, deshalb bat ich Bruder Konrad, Euch vorab in Kenntnis zu setzen. Wenn Ihr kein Interesse habt, muss ich mich an die Johanniter wenden.“ Der Abt wechselte einen weiteren Blick mit Konrad, dann schaute er Adolf kurz in die ehrlichen Augen. „Hundert Mark – und keinen Heller mehr – unter zwei Bedingungen!“ „Und die wären?“, fragte Adolf nach. „Dass wir den Hof mindestens fünf Jahre nutzen können, bevor Ihr an Rückkauf denkt, und dass wir Euch und Eurer kleinen Streitmacht den offiziellen Segen vor Antritt des Kreuzzuges geben dürfen.“

Adolf war überrascht, wie schnell der zögerliche Mönch plötzlich eine konkrete Antwort formuliert hatte. Offenbar hatten sich die Klosteroberen doch schon vorab über den Handel verständigt. Bruder Konrads schmales Lächeln bestätigte seine Gedanken. Und mit der Segnung der bergischen Kreuzfahrer wollte der Abt seine Zisterzienser offenbar demonstrativ über die Johanniter auf Neuenberge stellen. Sei's drum. „Einverstanden! Auch wenn mir die guten Johanniter dafür gram sein werden.“

„Wie sollte man Euch dies anlasten, wenn sich sogar König Friedrich zu den Zisterziensern hingezogen fühlt“, fügte Abt Herrmann milde hinzu,

„denn eine Woche nach seiner Krönung in Aachen ist er Mitglied unseres Ordens geworden!"

Adolf pfiff leise durch die Zähne, das war ihm in der Tat neu.

„Vielleicht macht Ihr uns zudem die Freude, ein paar Reliquien aus dem Heiligen Land mitzubringen?!"

Adolf versprach auch dies und besiegelte den Handel mit einem kräftigen Händedruck. Bruder Konrad sollte die vertraglichen Dinge abwickeln.

„Wenn er uns ein paar Reliquien mitbringt, soll uns das alles sehr recht sein", überlegte der Abt, als Adolf den Raum verlassen hatte, „schon allein damit uns das Kloster Gräfrath mit seinem Heiltum nicht den Rang abläuft." Dann warf er einen Seitenblick auf Konrad. „Und Ihr, Bruder, was haltet Ihr davon? Träumt Ihr nicht auch von einer Rückkehr nach Outremer, dem Land jenseits des Meeres, zurück in den Dienst der Kriegermönche?"

Doch Konrads Gedanken hatten den Raum bereits durch das kleine Fenster verlassen und flogen weit nach Süden …

In Köln flatterte unterdessen eine kleine Taube in ein Dachfenster des Bischofspalastes. Kundige Hände befreiten sie sogleich von ihrer kleinen Kartusche mit der winzigen Rolle Pergament und der in ebensolcher Schrift verfassten vertraulichen Botschaft.

Keine fünf Minuten später lag diese in den Händen des neuen Erzbischofs, der die an ihn gerichteten Zeilen mit einem süffisanten Lächeln quittierte. Und knapp eine Stunde darauf ritt der Kölner Kirchenfürst an der Spitze einer standesgemäßen Eskorte, jedoch in weltlicher Aufmachung, aus einem der östlichen Stadttore.

Nach einem strammen Ritt durch schier endlose Täler des südlichen Bergischen Landes trafen Graf Adolf und seine Getreuen gegen Abend auf der Burg Bernsau – oder Bärensau, wie sie von vielen immer noch genannt wurde – in der Nähe des Örtchens Overath ein.

Das steinerne Ungetüm, das dem staunenden Thomas wie ein Überbleibsel aus uralter Zeit erschien, gehörte den Brüdern Adolf, Theoderich und Henrich von Bernsau, die schon vor Kaiserswerth mit Adolf gekämpft hatten. Auf deren starke Arme wollte dieser daher auch auf der bewaffneten Pilgerfahrt nicht verzichten.

Beim abendlichen Gelage dauerte es keine zwei Hörner Met und die streitbaren Brüder waren überzeugt. Lautstark stimmten sie einen alten germanischen Kriegsgesang auf den gemeinsamen Kreuzzug an. Genauso wichtig wie ihre Heerfolge war jedoch ihre Funktion als Eintreiber der Zölle an den Südgrenzen der Grafschaft. Adolf gedachte, diese kurzfristig zu erhöhen, um die Kriegskasse aufzustocken, wie er es nannte. Die Brüder sahen darin kein Problem und erboten sich, gemeinsam mit dem Grafen und dessen Gefolge dieses Ansinnen bereits am nächsten Tag in die Tat umzusetzen. Dann flossen Met und Bier in Strömen.

Thomas fand seit Monaten wieder mehr Gefallen an diesen „ritterlichen" Gebräuchen, obwohl er eingedenk schmerzhafter Erfahrungen längere Zeit einen Bogen um die großen Mengen an Alkohol gemacht hatte, die bei solchen Gelagen konsumiert wurden. Aber wenn er ein Ritter werden wollte, so dachte er, musste er auch dabei mannhaft mithalten.

„Na Bursche, schmerzt dir der Schädel?", donnerte es aus dem Munde Theoderichs. Der ungeschlachte Streiter lenkte auf dem Ritt durch den Morgennebel gerade sein Pferd neben das von Thomas, um ihm seine Bärenpranke auf die Schulter zu legen.

„Überhaupt nicht, doch nicht von dem bisschen Met", antwortete der Fischersohn im Brustton der Überzeugung. Und zu seiner Überraschung stimmte dies sogar fast. Das auf dem Fuße folgende Gelächter des mittleren Bärenbruders, wie Thomas die drei Bernsauer zu nennen beschlossen hatte, wirkte jedoch wie ein Erdbeben in Thomas Schädel.

Gegen Mittag erreichten sie die erste einer Reihe von Zollstellen am Rande der Rheinebene. Hier verließen die Pferde- und Ochsenfuhrwerke mit Holz oder Holzkohle aus den bergischen Wäldern, mit Eisenerz aus dem Siegerland oder gar Handelswaren aus dem fernen Thüringen die Höhen und engen Täler, um sich leichteren Weges nach Köln zu begeben.

Für den gräflichen Schutz und die Nutzung der Wege mussten die Händler einen Zoll auf ihre Waren bezahlen. Mit donnernden Hufen näherten sich die Reiter dem hölzernen Zollhaus am Rande der staubigen Straße. Thomas staunte über die Vielzahl der hölzernen Karren und Fuhrwerke, die dort vor dem Schlagbaum mit dem bergischen Wappen auf ihre Abfertigung warteten. Erst jetzt dämmerte ihm, über welch großes Land sein Graf herrschte und wie viel Macht er besaß.

Darüber, dass die Zölle ordnungsgemäß entrichtet wurden, wachten gräfliche Beamte und eine kleine Mannschaft bewaffneter Kriegsknechte, die aber meist gelangweilt in der Nähe herumlungerten.

Als Adolf mit seinen Rittern erschien, eilten sie jedoch ehrerbietig herbei, um den Grund seines Besuches zu erfahren. Hoch zu Ross wies der Graf sie an, die Zölle ab sofort um ein gutes Drittel anzuheben. Die Zöllner bissen sich auf die Lippen, schwärmten dann aber auf der Stelle aus, um den Befehl in die Tat umzusetzen.

„Sperr die Ohren auf, Junge, jetzt kannst du was erleben", raunte Theoderich Thomas zu, „Fuhrleute sind schlimmer als Klageweiber!" Dabei spuckte er demonstrativ einen dicken Pfropf Schleim auf die Straße, der ihm schon länger Nase und Rachen verstopft hatte.

Thomas beobachtete, wie die Beamten zu den am nächsten stehenden Fuhrwerken gingen, um ihre Waren zu taxieren und den fälligen Zoll zu kassieren.

Augenblicklich sorgte der erhöhte Zoll für Unmut unter den Fuhrleuten. Geschrei erhob sich, erst klagend, dann immer wütender. Wie ein Lauffeuer ging die Nachricht durch die Reihen der Wartenden und löste einen anschwellenden Choral aus rauen Kehlen aus. Ein grobschlächtiger Fuhrmann mit wilder Mähne sprang von seinem Wagen und warf dem vor ihm stehenden Zöllner wutentbrannt einen Teil der Ladung vor die Füße, die aus Säcken voll Holzkohle bestand. Ein anderer schlug gar mit der Pferdepeitsche nach dem Eintreiber. Ein Dritter brach in Tränen aus und raufte sich die Haare. Thomas war völlig verwirrt. Sollte er die dort tobenden Männer nun verteufeln oder bedauern? Es waren einfache Menschen, wie er, die dort von einer Sekunde auf die andere zu höheren Abgaben gezwungen wurden.

Zum ersten Mal erlebte er seinen Grafen nicht als milden, weisen Herrn. Verstohlen blickte Thomas zu ihm herüber. Mit stoischer Miene saß Graf Adolf kerzengerade auf seinem mächtigen Streitross. Der Unmut drohte in einen Tumult auszuufern. Adolf musste handeln. Auf einen Wink gaben die Ritter ihren Pferden die Sporen, sprengten nach vorn, nahmen entlang der vordersten Fuhrwerke Aufstellung und zogen ihre Schwerter. Das sorgte noch in der gleichen Sekunde für Ruhe und erstickte den Aufruhr im Keim.

„Ich kann verstehen, dass euch der neue Zoll nicht gefällt", wandte sich Graf Adolf mit lauter Stimme nun selbst an die Fuhrleute, „aber harte Zeiten erfordern harte Maßnahmen!"

Einige wenige Zwischenrufe ließen sich vernehmen, die jedoch schnell wieder verstummten. „Nirgendwo sonst könnt ihr unbehelligter eurer Wege ziehen wie in der Grafschaft Berg. Dafür sorgen meine Soldaten. Aber auch die wollen bezahlt werden. Selbst mit dem höheren Zoll kommt ihr billiger und schneller nach Köln als auf irgendeinem anderen Weg. Aber es steht euch frei, zu wenden und anderer Wege zu ziehen!"

Erstaunlich schnell verstummte das Murren. Der Fuhrmann des vorderen Gespannes griff in seine Börse und zahlte widerstandslos die geforderten Münzen, bevor er die Peitsche knallen ließ und sein Fuhrwerk in Bewegung setzte. Die Nächsten taten es ihm nach. „Ob Raubritter oder Graf, Wegelagerer sind sie alle!", hörte Thomas lediglich noch einen der Kutscher lamentieren.

So wurde die neue Abgabenhöhe in den nächsten Tagen an jeder der Zollstellen durchgesetzt. Den Händlern blieb schließlich auch keine andere Wahl. Ob sie nun den Wegen entlang der Sieg, Wiehl, Wupper oder Ruhr folgten, stets mussten sie irgendeinem Grafen, zumeist dem von Berg, ihren Zoll entrichten, da konnten sie es auch gleich bei dem gewohnten, kürzesten Weg belassen. Und den Zoll konnte man schließlich beim Verkauf auch wieder auf die Ware draufschlagen.

„Wir sollten uns sputen, gleich wird es Regen geben", meinte Henrich von Bernsau mit einem kritischen Blick zum Himmel. Der jüngste und „kleinste" der Bärenbrüder, so dieser Ausdruck denn überhaupt auf einen der drei Hünen passte, war bekannt dafür, dass er Regen nicht mochte. Er legte Wert auf sein Äußeres und trug im Unterschied zu seinen Brüdern eine meist sauber gestutzte Bart- und Haartracht. Rostige Kettenhemden oder Helme, die der Regen zuweilen mit sich brachte, passten nicht in sein Bild von einem Ritter. Das bedeutete aber keineswegs, dass schlechtes Wetter seine Kampfkraft beeinträchtigt hätte. Im Gegenteil, in der Hitze der Schlacht war Henrich, wie seine Brüder, erst richtig in seinem Element.

Thomas folgte seinem Blick und sah, wie sich im Westen tiefschwarze Wolken am Himmel zusammenballten, in etwa dort, wo sich der Rhein durch die fruchtbare Ebene zog. Ihn fröstelte bei dem Gedanken, dass der Winter bald wieder Einzug halten würde. An grauen Tagen wurde es bereits empfindlich kalt, obwohl es hier nahe der Rheinebene immer ein paar Grad wärmer war als im höher gelegenen Neuenberge.

Auch Graf Adolf trieb zur Eile an. Aber weit hatten sie es nicht mehr, denn als Quartier für die kommende Nacht hatten die Bernsauer ein Gasthaus nahe dem Städtchen Lohmar auserkoren.

Wie staunten sie jedoch, als sie die lange Allee, auf der sie seit geraumer Zeit durch die Felder ritten, verließen und den Platz vor dem Gasthaus schon von einer großen Schar Pferde und Kriegsknechte im Dienste des Erzbischofs von Köln besetzt sahen.

Anfangs wussten Adolfs Männer nicht so recht, wie sie mit dieser Situation umgehen sollten. Allgemein waren die kölnischen Truppen nicht gerade für ihre Freundlichkeit bekannt. Aber der sie kommandierende Hauptmann hieß die bergischen Ritter mit ausgebreiteten Armen demonstrativ willkommen. Nur er selbst wusste, dass ihm der Erzbischof dies eindringlich eingeschärft hatte.

Als der Graf und seine Männer von den Pferden stiegen, beeilten sich die Soldaten, ihre Pferde in Empfang zu nehmen. In diesem Moment erschien auch Engelbert im Türrahmen. Da dieser recht niedrig war, musste er den Kopf zur Seite neigen, um schadlos hinauszutreten. Nur die runde Bischofsmütze auf dem Hinterkopf wies ihn als Kirchenfürsten aus, ansonsten war er ganz als Ritter gekleidet. Seinen weißen Wappenrock zierte ein schwarzes Kreuz, das die gesamte Vorderseite einnahm. Inmitten des Kreuzungspunktes prangte in Schildform das bergische Wappen mit den roten Wechselbalken.

Mit gewinnendem Lächeln reichte er jedem der Männer persönlich die Hand. Dann stand er plötzlich vor Thomas. „Und Ihr seid der junge Fischersohn, dessen Geistesblitze selbst kaiserliche Mauern ins Wanken bringen!“

Thomas fühlte sich geehrt, dass sich der hohe Kirchenfürst an ihn erinnerte, aber irgendetwas an dessen Blick verursachte ihm eine Gänsehaut. Trotzdem verneigte er sich artig, wie er es gelernt hatte. „Euer Gnaden, das ist zu viel der Ehre für einen unbedeutenden Diener Eures Bruders.“ Mit diesen Worten zog er sich recht achtbar aus der Affäre, obwohl er sich nicht sicher war, welche Anrede er für die neue Position Engelberts als Erzbischof wählen sollte.

Dieser hatte sich jedoch ohnehin bereits seinem Bruder zugewandt, um ihn zu begrüßen. Herzlich nahmen sich Adolf und Engelbert in die Arme. „Bruder, welch glücklichem Zufall verdanken wir dieses Zusammentreffen?“, ließ der Graf vernehmen. „Es war weniger der Zufall als meine Neugier“, kam Engelbert sogleich zur Sache, während er die Umarmung löste, „wollte ich doch herausfinden, warum die Fuhrleute, die nach Köln kommen, sich so bitterlich über die neuen Zölle beklagen!"

Wie so oft hielt er sich nicht mit langen Vorreden auf. Doch bevor Adolf etwas erwidern konnte, nahm er seinen Bruder beim Arm und führte ihn zur Gaststube. „Aber stärkt Euch zuerst einmal, Ihr habt sicher einen langen Weg hinter Euch. Der Wirt schenkt ein ordentliches Bier aus und auf dem Rost drehen sich ein paar saftige Schinken. Zum Reden ist später noch Zeit. Außerdem waren höhere Zölle schon längst fällig!"

Bei diesen Worten öffnete der Himmel seine Schleusen und es begann zu regnen. Alle beeilten sich, das schützende Dach zu erreichen. Engelbert hatte nicht zu viel versprochen. Die Gaststube war ausgesprochen einladend, bestand aus einem großen, aus Bruchsteinen gemauerten Raum mit einer hohen, von dicken Eichenbohlen gehaltenen Decke. Im breiten Kamin, der fast die gesamte hintere Wand einnahm, brieten ein paar kräftige Schinken auf Spießen über dem Feuer. Würziger Bratenduft verbreitete sich und vollbusige Wirtstöchter schenkten ein süffiges Bier aus.

Die Ritter, Knappen und Soldaten nahmen an zwei langen Tafeln Platz. Thomas erkannte im Hauptmann der erzbischöflichen Begleiter den Offizier der Kölner Garde, der vor vielen Monaten auf Neuenberge mit Herrmann von Elverfeld gefochten und Prügel bezogen hatte. Offenbar hatte der Erzbischof diesen in seinen persönlichen Dienst genommen. Adolf und Engelbert saßen ein wenig abseits an einem separaten Tisch nahe dem Kamin. Alle ließen sich das köstliche Mahl schmecken.

Während im Kreis der Ritter und Soldaten schnell die Becher kreisten und allerlei Geschichten zum Besten gegeben wurden, deren Wahrheitsgehalt mit zunehmendem Alkoholgenuss sank, schlug Engelbert alsbald ernstere Themen an.

„Einen Kreuzzug auszurüsten ist teuer, nicht wahr, Bruder?"

Adolf machte sogleich ein verdrießliches Gesicht. „Es übersteigt jegliche Vorstellung. Kein Heerzug in den letzten Jahren hat meine Börse dermaßen belastet!" Engelbert nickte zum Zeichen des Verstehens. „Deshalb hast du die Zölle erhöht, oder?" „Und ein Dutzend Höfe verhökert", fügte Adolf hinzu, „zumeist an die frommen Orden, mit Rückkaufsrecht, versteht sich, schließlich will ich meine Erben nicht verarmen lassen!" Wieder nickte Engelbert. „Es wird schon noch genug übrig bleiben. Aber ich könnte dir ein wenig unter die Arme greifen", ließ er durchblicken. „Wie das?" Adolfs Interesse war geweckt.

„Nun, als Bruder des Erzbischofs von Köln, dem du ja in nicht unbeträchtlicher Weise in den Sattel geholfen hast, vertrittst du mit deinen Rittern ja auch in gewisser Weise meine Person und mein Amt, das mich derzeit daran hindert, mich selbst der streitbaren Pilgerfahrt anzuschließen. Das Erzbistum war zu lange führerlos, es gibt zu viel für mich zu tun", hob Engelbert an, „aber es wäre nur recht und billig, wenn der Erzbischof die Ausrüstung für einen Teil deiner Mannschaft übernimmt."

„Für wie viele Männer?", hakte Adolf sogleich nach. „Zehn – die Hälfte deiner Pilgerschar", antwortete Engelbert ohne Umschweife. Adolf hätte sich fast an seinem Bier verschluckt, das er gerade in einem Krug an die Lippen geführt hette. Dann schaute er ihn zweifelnd an.

„Das wäre ja …" „Das Einkommen eines Bischofs für etwa ein Jahr", schloss Engelbert. Da Adolf seinen Bruder kannte, wunderte er sich nicht darüber, wie gut dieser über seine finanziellen Nöte und die Kosten eines Kreuzzuges informiert war.

Aber die Motive für dessen Freigebigkeit waren ihm noch nicht ganz klar. „Dafür verlangst du doch etwas", tastete sich Adolf vor, „aus reiner Hilfsbereitschaft oder Dankbarkeit allein wirst du auch deinem Bruder gegenüber nicht handeln?!"

Engelbert bedachte ihn mit einem verschwörerischen Lächeln.

„Wir sollten noch einmal über die Zukunft der Grafschaft Berg reden!" Ungehalten, obwohl er den wahren Grund bereits geahnt hatte, schlug Adolf mit der Faust auf den Tisch. Damit erregte er die Aufmerksamkeit einiger Männer an der Rittertafel, die sich jedoch beeilten, ihre Ohren wieder den Gesprächen am eigenen Tisch zuzuwenden. Thomas konnte jedoch einen Teil der Konversation aufschnappen, die ihm sehr zu denken gab.

„Du gibst wohl niemals Ruhe, was? Berg geht an meine Tochter – und damit hat es sich!", ereiferte sich der Graf.

„Hat es sich eben nicht", fuhr Engelbert unbeirrt fort, „wenn ich dir das geltende Recht in Erinnerung rufen darf: Als Irmgards Gatte ist Heinrich der eigentliche Erbe. Und da sich Heinrichs Vater Walram, der zukünftige Herzog von Limburg, noch bester Gesundheit erfreut, wird er als Oberhaupt der Sippe die Grafschaft für sich beanspruchen!" Adolf gab sich davon ungerührt. „Und wenn schon, er würde das Land in meinem Sinne verwalten. Und nach seinem Ableben wären es doch wieder Irmgard, Heinrich und deren Nachkommen, die über Berg herrschen, also was soll's?!" Engelbert schüttelte den Kopf.

„Wenn dann noch etwas zum Vererben übrig ist. Ich weiß, dass du mit Walram eng befreundet bist und dich weigerst zu glauben, dass er gegen dich arbeitet – aber gegen mich schon. Er hätte sonst etwas darum gegeben, die Position des Erzbischofs mit einem Limburger zu besetzen oder mit einem verbündeten Kandidaten. Wir sind ihnen zu mächtig geworden, Bruder. Die komplette Limburger Partei – und dazu zählen leider auch einige Geschlechter aus Westfalen – hat bei der Wahl gegen mich gestimmt!" Dabei schlich sich ein dünnes Lächeln auf seine Lippen. „Dank Gottes Gnade konnte ich mir ein paar Stimmen mit Silber gewogen machen." „Böse Zungen behaupten, du hättest auch vor Gewaltandrohung nicht zurückgeschreckt", fiel ihm Adolf ins Wort. Engelbert zuckte unbeeindruckt mit den Achseln. „Mag sein, dass der eine oder andere meine energischen Worte so ausgelegt hat. Wie auch immer. Dieses Mal ging die Runde an mich. Aber sie sitzen mir im Nacken. Schon jetzt bekleidet ein Spross aus dem Hause Limburg meine vorherige Position als Dompropst. Was glaubst du, was geschieht, wenn sie obendrein auch noch die Herrschaft über Berg übernehmen?"

„Sag du es mir, du weißt ja ohnehin alles besser", trotzte Adolf, „außerdem scheinst du nicht davon auszugehen, dass ich wohlbehalten aus Outremer zurückkehre!"

Engelbert gab sich brüskiert. „Natürlich tu ich das, aber was ist in der Zwischenzeit – und was passiert, wenn dir doch etwa zustößt? Das will ich dir sagen: Sie werden ihre ganze Macht einsetzen, um das Erzbistum unter ihre Kontrolle zu bringen, auch die Heeresmacht. Das wird Feuer und Schwert über das ganze Land bringen – und das kann ich nicht zulassen!"

Adolf wurde nachdenklicher, blieb aber noch hartnäckig. „Was auch immer geschieht, ich werde Irmgard nicht enterben!" Engelbert redete nun mit Engelszungen.

„Das verlangt auch keiner von dir, Bruder. Ich will deiner Tochter keinesfalls ihr Erbe streitig machen. Aber die Grafschaft ist politisch zu wichtig. Ich kann es mir nicht leisten, mich von Limburg einkesseln zu lassen."

„Dann sag mir, wie du dir das vorstellst?", antwortete Adolf. Engelbert stieß sofort in die sich zaghaft öffnende Bresche.

„Wir könnten die Ehe annullieren lassen …" Adolf blieb die Luft weg, doch bevor er etwas entgegnen konnte, beeilte sich Engelbert, sein fein gesponnenes Netz weiter auszubreiten.

„Gemach, Bruder, es reicht, wenn dies zum Schein geschieht. Ich strenge einen Prozess an, der die Limburger eine Weile beschäftigen und ihnen den Schreck in die Glieder fahren lassen wird. Schließlich setzt du mich für die Dauer deiner Abwesenheit als Regent der Grafschaft Berg ein, das gilt auch für den Fall deines Ablebens, was Gott verhindern möge. Als Grund kannst du anführen, dass du damit den Frieden und Irmgards Erbe sichern willst. Zur Bestätigung lasse ich dann den Prozess fallen. Das wird sie alle erleichtern, auch wenn sie sich bezüglich der Grafschaft weiterhin in Geduld üben müssen. Du kannst beruhigt auf deinen Kreuzzug gehen, und ich sorge dafür, dass die Grafschaft weiter blüht. Spätestens nach unser beider Ableben mag Irmgard mit ihrem Gatten oder ihren Nachkommen mit Berg verfahren, wie sie will!"

Adolf bedachte seinen Bruder mit einem langen Blick. Insgeheim bewunderte er den Scharfsinn Engelberts, aber er begann auch zu ahnen, warum ihn viele fürchteten. Diesem Machthunger durfte er Irmgard nicht aussetzen. Sie und ihr Gatte würden sich wohl noch etwas gedulden müssen, bis sie sich Graf und Gräfin nennen durften. Solange Engelbert lebte, würde er ohnehin niemals klein beigeben. Besser er nahm Irmgard aus der Schusslinie.

„Zehn Männer?" Adolf hob seinen Krug zur Besiegelung des dubiosen Handels. „Zehn Männer!", bestätigte Engelbert und stieß mit seinem Bruder an, „Waffen, Schiffspassage und Verpflegung für drei Jahre." Die Krüge wurden in einem Zug geleert.

Thomas traute seinen Ohren nicht, auch wenn er nur weniger als die Hälfte verstanden hatte. Aber es machte den Eindruck, als hätte Graf Adolf gerade seine Seele verkauft …

Irmgard, mittlerweile hochschwanger, war völlig aufgelöst. Mit schwerem Herzen und verweinten Augen saß sie an einem Fenster des Rittersaales und starrte hinaus, während ihr Vater die Botschaft überflog, die gerade ein Bote aus Limburg gebracht hatte. Darin stand, dass Erzbischof Engelbert von Köln Einspruch gegen die Verbindung Heinrichs von Limburg mit Irmgard von Berg erhob und die Ehe annullieren lassen wolle. Als Begründung führte er eine zu nahe verwandtschaftliche Beziehung zwischen den Eheleuten an, die Gott und die Kirche nicht gutheißen konnten.

Wie kam Engelbert nur auf eine so absurde Idee, warum tat ihr der eigene Onkel das an? Und wie würde ihr Vater auf diese Ungeheuerlichkeit reagieren? Unausgesprochen stand diese Frage zwischen Adolf und seiner Tochter.

Der Graf legte das Pergament beiseite und schaute eine Weile gedankenverloren in die Ferne.

„Mit dieser Sache ist nicht zu spaßen", brachte Adolf schließlich hervor, „mein Bruder hat mächtige Freunde, bis hinauf zum König, und die Verwandtschaft zwischen unseren Häusern ist nicht ganz von der Hand zu weisen." Irmgard war vollends entsetzt. „Aber beruhige dich Kind", setzte der Graf beschwichtigend hinzu, „ich werde die Angelegenheit schon regeln …"

Unterdessen schritt ein erzürnter Heinrich voll aufgestauter Energie immer wieder polternd über den aus Eichenbohlen bestehenden Fußboden. „Mit der Klinge sollten wir die Sache regeln, mit Euren und den Limburger Rittern gemeinsam gegen Köln ziehen", ereiferte sich der Schwiegersohn des Grafen.

„Gemach, junger Heißsporn", bremste ihn Adolf, wobei er sich an Engelberts Worte über einen drohenden Krieg mit Limburg erinnerte, „Ihr sprecht immerhin von meinem Bruder. Außerdem ist genug Blut um Köln geflossen, der König droht jedem mit Bann, der neuerlich sein Schwert erhebt."

„Aber wenn er das tatsächlich durchsetzt, hat dies Auswirkungen auf viele Verbindungen zwischen dem Niederrhein und Westfalen, zum Beispiel die Ehe meiner Schwester mit Eurem Vetter Friedrich von Isenberg. Ich bin sicher, dem gefällt das ebenso wenig wie mir und er würde uns in einem Kampf beistehen!"

„Es wird keinen Kampf geben", beharrte Adolf, „und keinen Prozess. So wie ich meinen Bruder kenne, interessiert ihn ohnehin nur die Macht der Grafschaft, Eure Ehe ist ihm im Grunde völlig gleichgültig."

Adolf versprach, auf seinen Bruder einzuwirken, damit dieser die Klage fallen ließe. Jedermann hoffte auf eine brüderliche Einigung, ahnte aber auch, dass dies mit Zugeständnissen verbunden sein würde. So verwunderte es niemanden, dass Adolf schließlich einen Kompromiss aushandelte, der vorsah, dass Irmgard und Heinrich mit dem Segen des Kölner Klerus verbunden und auf Burg Neuenberge wohnen blieben, Engelbert aber, als Bruder des Grafen, für die Dauer von dessen Abwesenheit zum Stellvertreter und Regenten erklärt wurde.

So glaubte jede der Parteien, ihre Interessen irgendwie gewahrt zu sehen.

Adolf von Berg zumindest verfügte kurze Zeit später endlich über die nötigen Geldmittel, die Ausrüstung seiner Männer zu vervollständigen und die Vorbereitungen für den Kriegszug zum Abschluss zu bringen. Gut zwanzig Ritter hatte er auserkoren, ihn nach Palästina zu begleiten, für jeden ließ Adolf neben ihren eigenen Waffen, zusätzliche Schwerter, Äxte und Lanzen sowie Arm- und Beinschienen anfertigen. Die Schmiede in Neuenberge, ja im ganzen Tal der Wupper waren damit über Wochen beschäftigt. Hell klang Hammer auf Amboss landauf, landab. Am teuersten kamen den Grafen neue, möglichst leichte Kettenhemden, die Ring für Ring von Hand gefertigt wurden, dazu die Ausrüstung für einige Knappen und Knechte. Insgesamt galt es, etwa dreißig Mann zu bewaffnen, zu transportieren und für Jahre zu versorgen. Statt die lange und gefahrvolle Land-Route über den Balkan und den Bosporus bis in Heilige Land zu wählen, hatte sich der Graf für den Seeweg entschieden. Aber dafür mussten Schiffe organisiert und bezahlt werden. Dabei kam Adolf allerdings zugute, dass auch die Stadt Köln sowie mehrere Fürsten aus dem Rheinland und Westfalen eigene Kontingente auf den Kreuzzug entsandten.

So wurde verabredet, sich Ende Mai des Jahres 1217 mit den Truppen des Grafen von Holland zu vereinen und sich unter dessen Befehl von einem niederländischen Hafen aus einzuschiffen.

Als Gegenleistung dafür, dass er den Zisterziensern versprochen hatte, von ihnen den Segen für den Kreuzzug entgegenzunehmen, bestätigte Graf Adolf den Johannitern die Schenkung einer Kapelle auf Neuenberge, dazu sechs Mark von dem Hof Remscheyd und die Kirche daselbst mit dem dritten Teil des Zehnten. So war er sich des Segens beider Orden sicher.

Adolf hatte beschlossen, auch Pferde auf diese Reise mitzunehmen. Man konnte sich zwar nicht sicher sein, dass die Tiere den langen Transport überstanden, aber wenn es irgendeine Chance gab, die vertrauten Schlachtrosse mitzunehmen, sollte diese genutzt werden. Im Kampf konnte ein erfahrenes, vertrautes Ross die Entscheidung bringen oder gar das Leben retten.

Allerdings bereitete es dem Grafen zunehmend Bauchschmerzen, eine so große Summe Geldes, wie er sie benötigen würde, mitführen zu müssen. Dieser Sorge enthob ihn eine Idee Bruder Konrads. Der kampferfahrene Mönch suchte den Grafen Ende des Winters auf, um den Kauf des Klosterhofes von Merheim vertraglich zu besiegeln und ihm das vereinbarte Geld zu überbringen.

„Mir wäre wohler gewesen, wenn Ihr mir das Silber in Palästina übergeben hättet und ich es nicht selbst bis dorthin tragen müsste“, ließ Adolf eher beiläufig dem Mönch gegenüber fallen, als er mit dem Federkiel seinen Namen und mit einem goldenen Ring sein Siegel auf das vorbereitete Pergament setzte.

„Das lässt sich auch nachträglich noch einrichten“, antwortete Konrad. „Warum bedient Ihr Euch nicht der Dienste der Tempelritter zu diesem Zweck?“ Adolf schaute ihn nur verständnislos an. „Nun, Ihr könnt bei jeder Niederlassung der Templer eine bestimmte Summe Geldes einzahlen“, fuhr Konrad fort, „und von einer anderen wieder auszahlen lassen, selbst wenn Ihr bis nach Jerusalem reist, abzüglich eines gewissen Anteils für die Mühe und das Risiko des Templerordens. Als Beweis und Zahlungsanweisung bekommt ihr ein Papier, das Wechsel genannt wird, und ein geheimes Kennwort, das nur Euch als dem rechtmäßigen Empfänger des Geldes bekannt ist. Das Papier ist ohne das Geheimwort für andere wertlos, also auch für Diebe, kann von Euch aber jederzeit wieder in bare Münze eingetauscht werden. Die nächste Templerkommende liegt in Köln oder aber Ihr begebt Euch während Eurer Schiffsreise nach La Rochelle, wo die Templerflotte vor Anker liegt.“

Nachdenklich blickte Adolf auf die vielen Geldkatzen und Beutel voller Silber, die sich in der Truhe neben dem Kamin aufgrund mannigfacher Geschäfte und Verkäufe angehäuft hatten. Dazu gesellten sich nun auch die hundert Mark Silber der Zisterzienser für den Klosterhof. Er hatte noch nie von dieser Art des Geldgeschäftes gehört, die Konrad ihm da schmackhaft machte, wohl weil er noch nie mit einem solchen Problem konfrontiert worden war, aber er beschloss, den Rat des Mönches in Erwägung zu ziehen.

An einem überraschend milden Märzabend des Jahres 1217 zerriss plötzlich ein markerschütternder Schrei die Stille und hallte von den kalten Mauern der Burg Neuenberge wider. Irmgard lag in den Wehen. Ihr überforderter junger Gatte rannte so schnell er konnte in die Küche, um Magda zu alarmieren, die aber, gewappnet wie eh und je, schon beim ersten Ton ihre Vorkehrungen getroffen hatte.

Sofort übernahm sie mit Katharina und einer weiteren erfahrenen Magd das Regiment in der Kemenate, verbannte alle Männer in den Rittersaal, wo sie sich voller Vorfreude auf das zu erwartende Ereignis dem Weine hingaben, und tat ihr Bestes, um dem neuen Erdenbürger auf die Welt zu helfen. Diesmal jedoch stieß die kampferprobte Magda an ihre Grenzen. Zwei Tage lag Irmgard in den Wehen, ohne dass sich das Kind im Geburtskanal blicken ließ. Die Frauen wuschen sie, massierten den voluminösen Bauch mit allerlei Ölen, halfen ihr pressen und flößten ihr mal stärkende, mal beruhigende Trünke ein. Aber das Kind wollte nicht kommen. „Oh Kind, ob lebendig oder tot, komm heraus, denn Christus ruft dich ans Licht", intonierte eine der Mägde mit wachsender Inbrunst, wobei ihr Oberkörper im Takt des eintönigen Singsangs hin und her schwankte. Aufgrund ihres voluminösen Vorbaus drohte sie dabei ständig vornüberzukippen.

Einem halben Dutzend Kinder hatte Magda bereits auf die Welt geholfen, nur keinen eigenen, weil sie bislang nicht den geeigneten Mann dazu gefunden hatte, wie sie sagte, dabei behielt sie für sich, dass dies nicht ganz stimmte. Tatsächlich lebte ein Sohn, den sie als junges Mädchen mit einem stattlichen Burschen aus adeligem Haus gezeugt hatte, seit Jahren wohl versorgt, aber unerkannt, abgesehen vom Vater, auf dessen Gut am Niederrhein. Eine Tochter war im Kindbett gestorben. Danach hatte sie Vorkehrungen zu treffen gewusst, weitere Schwangerschaften zu verhindern. Sie kannte sich also aus, hatte obendrein geholfen, zahllose Kälber und Fohlen zur Welt zu bringen. Doch jetzt war sie am Ende ihres Lateins. Unterdessen wurde Irmgard immer schwächer.

„Vielleicht sollten wir die Kräuterhexe holen", meinte Sibylla, der man erstmals erlaubt hatte, der Geburt beizuwohnen, da auch sie langsam in das fragliche Alter kam, in dem es nicht schaden konnte, wenn man über gewisse Dinge Bescheid wusste.

Katharina legte zuerst erschrocken die Hand auf den Mund, hatten sie doch allesamt versprochen, die Existenz der alten Kräuterfrau geheim zu halten. Dann aber nickte sie eifrig. Magda wechselte stumme Blicke mit den jungen Frauen, dann begutachtete sie noch einmal Irmgards Zustand.

„Geh und hol die alte Walküre, aber eile dich, nicht mehr lange und …" Sie musste nicht weitersprechen, Sibylla verstand auch so. Und schon war sie in Richtung Treppe verschwunden. „Nimm Thomas mit!", rief ihr Magda noch hinterher, aber auf diese Idee war Sibylla schon selbst gekommen.

Thomas wunderte sich zwar anfangs, als er ihr vertrautes „Pst" diesmal von der geöffneten Tür vernahm, aber er stellte keine Fragen. Die wachsende Unruhe der Männer im Rittersaal, vor allem die des jungen

Heinrich, hatte ihm bereits angezeigt, dass etwas nicht stimmte und die Geburt des gräflichen Stammhalters nicht nach Plan lief. Arnold von Cleve hatte dem Eidam des Grafen in für ihn ungewohntem Ernst sogar Mut zugesprochen, und der Johanniter Ferdinand hatte obendrein etwas von Gottes Hand gefaselt, in der sich die werdende Mutter befände. Als Sibylla ohne Umschweife den Weg zur Kräuterhexe einschlug, ahnte Thomas, was sie vorhatte und dass die Frauen es nicht bei Gottes Gnade allein bewenden lassen wollten.

„Wie steht es um unsere Herrin?“, begehrte er lediglich zu wissen, als sie sich der Wupper näherten. „Ach, frag nicht“, antwortete Sibylla, während sie auch schon behänden Schrittes an der vertrauten Stelle über den Fluss setzte, „es ist furchtbar, wenn alle Geburten so sind, macht das nicht gerade Lust auf eine eheliche Verbindung!“ Dabei warf sie ihm verstohlen einen prüfenden Blick zu.

Auch Sigrun stellte keine weiteren Fragen, als Sibylla ihr schließlich von den Sorgen auf der Burg erzählte und sie bat, mit ihnen zu kommen. Wie immer seltsam entrückt und als sei es das Selbstverständlichste auf der Welt, packte sie ein paar Kräuter ein und folgte ihnen.

Zwei Stunden nach ihrem Aufbruch waren sie zurück. Und eine weitere Stunde später zerriss ein neuerlicher Schrei die unheilvolle Stille auf der Burg. Diesmal jedoch war es ein anderer, ein hellerer Ton, genährt vom ersten Atemzug eines gesunden Kindes, der Glück und neues Leben verkündete. Sigrun hatte die Frauen ein bitteres Gebräu aus verschiedenen Wurzeln und Rinden aufkochen lassen, das Tote zum Leben erweckt hätte, und dieses der geschwächten Irmgard eingeflößt. Augenblicklich hatte ihr Körper rebelliert und sich gegen den drohenden Tod aufgebäumt. Den Kraftausbruch nutzend, hatte die Kräuterhexe die anderen Frauen aufgefordert, die Grafentochter auf die Beine zu stellen und ihr in die Hocke zu helfen, verbunden mit dem Hinweis, so hätten die Frauen in alter Zeit ihre Kinder zur Welt gebracht. In dieser Position hatte sie Irmgards Bauch an verschiedenen Stellen bearbeitet, um das Kind in die richtige Position zu bringen. Und dann war alles plötzlich wie von allein gegangen.

Blinzelnd hielt Sigrun der in die Kissen ihres Lagers zurückgesunkenen Irmgard das trotzige kleine Bündel hin, das, der Wärme des mütterlichen Schoßes entrissen und mit schneller Klinge von der verbindenden Lebensader getrennt, die Augen noch geschlossen hielt und ungehalten die kleinen Fäuste ballte.

„Oha, das wird ein kämpferisches Bürschchen werden, das seinen Willen durchzusetzen weiß“, krächzte die Alte, „wie soll es denn heißen?“ „Adolf“, hauchte Irmgard erschöpft, während sie den prustenden Säugling glücklich an ihre Brust drückte, „wie mein Vater.“ „Adolf der Kriegerische!“, nickte Sigrun nachdenklich.

Als solcher sollte der Sprössling in die Geschichte eingehen.

Wie ein Lauffeuer verbreitete sich die glückliche Kunde in der Burg und im Rittersaal ließen die Männer den stolzen Vater und seine tapfere Gattin hochleben. Da öffneten sich die Türen, und Magda trug das frisch gebadete, in saubere Tücher gewickelte Kind herein, das immer noch lautstark gegen die ungewohnte Behandlung protestierte.

„Darf ich vorstellen, Adolf der Kriegerische!“, tönte sie lautstark und drückte dem stolzen Vater das Bündel in den Arm.

„Wenn er immer so viel Aufhebens macht wie bei seiner Geburt, werdet Ihr noch eine Menge Freude mit ihm haben!“ Übervorsichtig nahm Heinrich das schreiende Bündel an sich und reichte es nach einiger Zeit an den Großvater weiter, um sich sogleich zu entschuldigen und nach seiner geliebten jungen Frau zu sehen, für die nun eine Zeit der Besuche und Geschenke anbrach. Adolf platzte vor Stolz, nicht zuletzt auch wegen des Namens, den man dem Kleinen gegeben hatte.

„Wenn er weiter so krakeelt, nehmen wir ihn mit auf den Kreuzzug“, meinte Arnold von Cleve, „die Mauern von Jericho sind schon bei bloßem Trompetenklang geborsten. Der hier wird sie zu Staub zerfallen lassen.“ Dabei schlug er mit zwei Fingern der Rechten die Leinentücher des Bündels auseinander, um das Kind besser begutachten zu können, während er Magda anerkennend mit der Linken in den Allerwertesten kniff.

Als die Männer die Strapazen der Geburt mit einem ausgedehnten Gelage zu verarbeiten begannen, verließ eine vermummte Gestalt unerkannt auf den gleichen verschlungenen Pfaden die Burg, auf denen sie gekommen war. In einem großen Korb führte sie als Dankesgabe einige frische Kräuter und Lebensmittel mit. Außerdem hatte sie sich die Nachgeburt erbeten, die sie nach alter Mütter Sitte unter einer Eiche vergraben wollte.

Eine Woche später wurde das Kind durch Bruder Ferdinand in der mittlerweile den Johannitern gehörenden Burgkapelle feierlich auf den Namen Adolf getauft. Den kriegerischen Beinamen würde es sich noch verdienen müssen …

Der Frühling zog ins Land und erinnerte mit warmen Tagen daran, dass es Zeit wurde, das Kreuzzugsversprechen einzulösen und sich auf den langen Weg nach Palästina zu begeben, wenn man dieses denn bis zum Winter erreichen wollte.

Doch trotz der anfänglichen Begeisterung nach der Kreuznahme des Königs zeigte landauf, landab niemand sonderliche Eile in diesem Unterfangen, obwohl die Priester nicht müde wurden, den Waffendienst für Gott von den Kanzeln zu predigen und zu preisen. Da sorgte eine himmlische Erscheinung am 12. Mai 1217 für eine deutliche Beschleunigung. Thomas übte sich gerade wieder einmal mit Heinrich im Schwertkampf, als sich die Sonne verfinsterte, wohl aber nicht ganz verschwand. Thomas schirmte seine Augen mit der Linken ab und blinzelte ins Licht. Da schien es ihm, als stünde ein großes Kreuz am Himmel, von hinten erleuchtet vom strahlenden Glanz der Sonne.

In Köln wie auch in Münster, im Rheinland wie in Friesland sanken Tausende von Menschen auf die Knie, bekreuzigten sich, flehten Gott um Vergebung für ihre Sünden an oder erneuerten ihre Kreuzzugsversprechen. Von da an ging alles sehr schnell.

Auf Neuenberge sammelte sich wenige Tage später Adolfs kleine Streitmacht. Der Graf selbst verspürte jedoch weniger und weniger Lust aufzubrechen, hatte er sich doch sehr daran gewöhnt, seinen kleinen Enkel auf den Knien zu wiegen. Seine zur Mutter gewordene Tochter Irmgard und deren Nachwuchs ausgerechnet jetzt verlassen zu müssen, brach ihm fast das Herz.

Hätte er vor dem Kaiser und den versammelten Rittern in Aachen nicht sein Wort gegeben, der Kreuzzug wäre ihm mittlerweile gleichgültig. Außerdem war ihm nicht wohl dabei, seinen Bruder Engelbert anstelle seiner Tochter bzw. seines Schwiegersohnes als Regenten der Grafschaft eingesetzt zu haben. Aber natürlich ließ er sich das nicht anmerken.

Stattdessen begrüßte er mit dem Enkel auf dem Arm die anrückenden Edelleute. Thomas und der Odenthaler Heinrich eilten auf den Wehrgang, als diese nacheinander die Zugbrücke passierten.

Die meisten Ritter, die mit auf Kreuzzug gingen, wie Arnold von Cleve, die drei Bärenbrüder oder Fulk von Solengen, kannte Thomas schon länger oder zumindest von dem Heerzug nach Kaiserswerth, aber es befanden sich auch ein paar neue Gesichter darunter, so Gumpert von Eller, ein wahrer Edelmann aus einem Adelsgeschlecht nahe des Düsseldorps, sowie die Brüder Giso und Gerard von Upladen, die sich so ähnlich sahen, dass sie sich oft einen Spaß daraus machten, in die Rolle des jeweils anderen zu schlüpfen. Außerdem gehörten Rutger von Merheim, ein besonnener Krieger aus dem Rheintal, und Franco de Quettincheim dazu, der darauf bestand, seinen Namen italienisch ausgesprochen zu hören. Doch meistens nannten die anderen ihn nur schlicht und einfach „Frank".

Seit den Tagen, als sich die rechtsrheinischen Germanenstämme gegen die Römer verbündet hatten, bezeichnete dieser Name „tapfere" Menschen – und „Frank" von Quettincheim machte diesem Namen alle Ehre. Weiter gehörten Herrmann von Boddlenberg, Friedrich von Reiferscheid, Konrad von Steinbüchel und Wilhelm von Stamheim zum Kreis der Auserwählten, die sich entweder vom Kaiser oder der Kirche oder aus Loyalität zu ihrem Landesherrn für die bewaffnete Pilgerfahrt hatten begeistern lassen, sowie Gisbert von Limburg und seine beiden Spießgesellen. Von den derzeitigen Knappen sollten Thomas sowie Heinrich von Udindara den Tross begleiten, dazu Bodo, der überlebende Knappe aus Deutz, und noch drei andere.

Zu den Rittern gesellten sich noch etliche Fußknechte, insgesamt eine ansehnliche Streitmacht.

Einzig Sibyllas Vater, Herrmann von Elverfeld, blieb von den bergischen Rittern aufgrund seines Alters und seiner Aufgabe als Verwalter der Burg zu Hause – sowie der frisch gebackene Vater, der zukünftige Graf, Heinrich von Limburg. Durch nichts und niemanden war er zu bewegen gewesen, seine junge Frau und seinen Sohn zu verlassen, um mit ins Heilige Land zu ziehen. Aufgrund seiner Jugend sei dafür auch später im Leben noch Zeit, meinte er.

Thomas war vor Aufregung überhaupt nicht mehr zu halten, erst recht nicht auf einer hölzernen Bank. Weil sie am nächsten Morgen früh würden aufbrechen müssen, hatte er bereits Magda und seiner Schwester Lebewohl gesagt. Der Abschied von Katharina war tränenreich geworden. In ihrem ganzen Leben waren sie noch nie so lange voneinander getrennt gewesen, wie es jetzt zu erwarten stand. Ihre innige Umarmung hatte gar kein Ende nehmen wollen. „Ich komme wieder, Schwesterchen, das schwöre ich dir", hatte er sie zu trösten versucht, dabei aber selbst einen Kloß im

Hals gehabt. „Ich weiß", hatte sie mit einem Schluchzer in der Stimme geantwortet, „die alte Sigrun hat es gesehen!" Thomas war wie vom Donner gerührt gewesen. „Aber mein Herz ist trotzdem schwer", hatte sie erklärt, „vor allem weil Mutter und Vater das nicht mehr erleben können. Sie wären stolz auf dich. Halte sie in Ehren und zünde am Grab Christi eine Kerze für sie an, wenn dich dein Weg dorthin führt!" Dann hatte sie ihm einen letzten Kuss gegeben – und war fortgerannt, zurück in Magdas tröstende Obhut. Mit einem Jahrmarkt an Gefühlen war Thomas zurückgeblieben. Die alte Walküre hatte gesehen, dass er zurückkommen würde! Wie gern hätte er mehr darüber erfahren. Ein wenig orientierungslos hatte sich Thomas daraufhin im Burghof umgeblickt. Überall gab es Abschiedsszenen. Er suchte nach Sibylla, fand sie aber nicht. Vielleicht besser so, war es ihm durch den Kopf gegangen, denn er fühlte sich seit Längerem unfähig, ihr gegenüber die rechten Abschiedsworte zu finden. Dann hatte er den Weg zum Rittersaal eingeschlagen, wo an diesem letzten Abend etliche einsame Männerseelen zu den Bechern griffen. Aber dort hielt er es nun nicht mehr aus, deshalb überredete er Heinrich, einander die Zeit mit den Schwertern zu vertreiben. Dazu begaben sie sich auf die kleine Anhöhe nahe dem Turnierplatz, wo Thomas früher schon mit Bruder Konrad die Klinge gekreuzt hatte. Hier droschen sie aufeinander ein, bis der Schweiß in Strömen lief. Heinrich zeigte sich zwar mittlerweile recht geschickt mit dem Schwert und mühte sich nach Kräften, aber Thomas war meist doch noch einen Schritt bzw. eine Handbewegung schneller.

Gerade wich er einem Schlag des keuchenden Heinrich mit einem eleganten Sprung nach hinten aus, als er ein leises Räuspern vernahm. Es war Sibylla, die ihren Waffengang störte.

Mit ihrem langen, bernsteinfarbenen Haar und einem Korb im linken Arm stand sie vor ihnen im letzten Sonnenlicht. Mit ihren jetzt siebzehn Jahren war sie in den letzten Monaten zu einer vollendeten Schönheit erblüht, deren Bann sich kaum ein Mann entziehen konnte. Heinrich lief sofort rot an und schaute dann verlegen zu Boden. Thomas wurde von einer Woge der Gefühle erfasst.

„Ich habe euch etwas mitgebracht", sagte sie, stellte kurzerhand den Korb auf die Wiese und breitete dessen Inhalt aus geröstetem Wildschwein, frisch gebackenem Brot und einem Lederbeutel Bier auf der Wiese aus, „damit ihr mir nicht schon verhungert, bevor euer Kreuzzug überhaupt losgeht."

Trotz ihres gewohnt vorlauten Auftrittes und obwohl sie sich seit Jahren kannten, bemächtigte sich der drei eine gewisse Verlegenheit. Lange aßen sie fast wortlos miteinander, bis Thomas es nicht mehr ertragen konnte.

„Ich weiß, ich werde dich vermissen, Sibylla, es zerreißt mich, dich schon wieder zu verlassen, aber dieser Kreuzzug ist die große Gelegenheit, mich als Kämpfer zu beweisen und …"

Mit einem leisen „Pst" legte sie ihm einen Finger auf die Lippen. „Ich weiß, das hab ich längst begriffen", hauchte sie, „auch wenn ich bei dem Gedanken jetzt schon verrückt werde, dich vielleicht jahrelang nicht mehr wiederzusehen – oder überhaupt nicht mehr!" „Und ob du mich wiedersiehst!", ereiferte sich Thomas, „Katharina hat gesagt …" Wieder legte sich ein Finger auf seine Lippen.

Heinrich wurde das Gespräch, das ohnehin an ihm vorbeilief, zusehends peinlicher. Aber er brachte es auch nicht fertig, sich freiwillig Sibyllas Nähe zu entziehen.

„Heinrich, mein Lieber, ich hoffe, du kommst auch gesund an Körper und Geist wieder zurück", diese unvermittelt an ihn gerichteten Worte ließen ihn aufhorchen. „Aber ich wäre jetzt gerne ein wenig mit Thomas allein, wenn du erlaubst, du hast ihn schließlich von morgen an viele Monate für dich!"

Eiskalt lief es Heinrich ob dieser freundlichen, jedoch daher nicht minder unverblümten Abfuhr, die er als Dolchstoß empfand, den Rücken herunter. Wortlos stand er auf, nickte ihr kurz zu und verschwand, ohne mit der Wimper zu zucken. Wenn er eins gelernt hatte, dann Niederlagen einzustecken.

Als er jedoch außer Hörweite war, machte sich ein tiefer Schluchzer in seiner Brust Luft, dann folgte ein Wutausbruch.

Aber nein, beruhigte er sich schließlich, in dieser Sache war das letzte Wort noch nicht gesprochen …

Thomas lief unterdessen ein Schauer der Erregung durch Brust und Lenden. Kurz nachdem Heinrich stumm verschwunden war, hatte ihn Sibylla bei der Hand genommen und ihn im Laufschritt an den Rand des nahen Wäldchens gezogen. Hier hatte sie ihm eine Hand auf die Wange gelegt und mit der Linken begonnen, ihr Kleid aufzuknöpfen.

„Ich kann dich so nicht gehen lassen, ohne dass wir herausgefunden haben, was Liebe wirklich ist." Erneut fiel Thomas auf, dass sie längst nicht mehr die wehenden Tuniken früherer Tage trug, sondern neuerdings die hochherrschaftlichen geschlossenen Frauenkleider, die sich für eine junge

Frau ihres Standes schickten. Was Sibylla jedoch jetzt tat, hatte mit Schicklichkeit nicht mehr viel zu tun. Gebannt verfolgte er jede ihrer Bewegungen. Als der grüne Samtstoff von ihren Schultern rutschte, hielt er es nicht länger aus. Ungestüm nahm er sie in die Arme, obwohl er nicht wirklich wusste, was jetzt zu tun war. Sibylla machte es ihm jedoch leicht. Sie war zwar selbst in diesen Dingen genauso unerfahren wie der Fischersohn. Aber sie hatte sich an geeigneter Stelle Rat geholt, wozu kannte man die Küchenmägde?! Jetzt ließ sie sich nach hinten in seine Arme sinken und bot ihm den leicht geöffneten Mund zum Kuss an. Dann ging alles von allein.

Erst trafen sich ihre Lippen, dann suchten und fanden sich neugierige Zungenspitzen zum Kuss. Schließlich entdeckten sie fast spielerisch, dass es zwischen Mann und Frau noch ganz andere Möglichkeiten der Berührung und des Austausches gab.

Als Thomas mit zitternder Hand den leichten Flaum an der Innenseite ihrer Oberschenkel spürte und sich tastend weiter vorarbeitete, hatte er das Gefühl, als müssten ihm Kopf und Brust vor Freude zerspringen. Als er schließlich in sie eindrang, war er von den mannigfachen Empfindungen völlig überwältigt. Sibylla hielt einen Moment den Atem an, als sie ein kurzer, schmerzhafter Stich durchfuhr, der jedoch bald von einem wohligen Schauer abgelöst wurde. Mit ganzer Kraft presste sie sich an ihn, nicht gewillt, eine einzige Sekunde zu versäumen, vielmehr wollte sie sich jede Bewegung und Berührung unauslöschlich einprägen. Dann aber wurde auch sie von einer Welle der Gefühle erfasst, die jeden Gedanken einfach hinwegspülte.

Während sich der Fischersohn und die Tochter des Voigtes ihren Gefühlen hingaben, während Arnold von Cleve ganz gegen seine Art auf weitere Becher Bier verzichtete, weil er die letzte Nacht mit Magda wachen Sinnes erleben wollte, geisterte die einsame Grafenseele ziel- und ruhelos weit nach Mitternacht durch den Burghof. Nachdem er sicher war, dass er keine Zeugen hatte, verriet alsbald ein leises Schaben, dass der Graf doch nicht ganz so ziellos unterwegs war, wie es den Anschein hatte.

Mit aller Kraft hob er eine der Steinplatten an, mit denen der Innenhof der Burg ausgelegt war und deren Fugen er zuvor mit seinem Messer gesäubert hatte. Dann grub er ein Loch in das darunter liegende Erdreich, gerade so tief, dass ein mitgebrachter Krug, der im fahlen Mondschein neben ihm stand, genau hineinpasste. Diesen hatte er mit der stattlichen

Summe von etwa 500 Silbermünzen gefüllt, für den Fall, dass er recht mittellos aus Outremer zurückkehren würde, ein kleines Vermögen, mit dem man einen stattlichen Hof erwerben und ausstatten konnte.

Deutlich beruhigter setzte er die Steinplatte wieder an ihren Platz, versiegelte die Fugen erneut mit Erde und verschwand in der Nacht ...

Thomas' Augen brannten, wie sein ganzer Körper. Immer wieder ließ die Müdigkeit seine Lider schwer werden. Aber er erlaubte es sich nicht, einfach einzunicken, wie es die Ritter und Knappen an seiner Seite zuweilen taten und es dabei ihren Pferden überließen, Tempo und Richtung zu halten. Viel zu sehr nahmen ihn die Ereignisse der letzten Tage und der Zauber der sich stetig wandelnden Landschaft gefangen. Seit Tagen schon zogen sie nun in Eilmärschen den Rhein abwärts, dem vereinbarten Ort in Südholland entgegen, wo sich die bergischen, rheinischen und westfälischen Ritter gemeinsam einschiffen wollten.

Das Läuten von Glocken in der Ferne erinnerte ihn einmal mehr an den überwältigenden Abschied, den ihnen die Abtei Altenberg bereitet hatte, wo die Schar der bergischen Kreuzritter und Fußsoldaten vom ehrwürdigen Abt und vom eigens angereisten Erzbischof von Köln den Pilgersegen empfangen hatte.

Die romanische Basilika war bis auf den letzten Platz gefüllt gewesen, als Engelbert mit weit ausladender Geste und unter Weihrauchschwaden den Schutz Gottes, des gekreuzigten Jesus sowie der himmlischen Heerscharen heraufbeschwor. Draußen vor den Toren hatten noch Hunderte von Menschen gewartet. Aus allen Siedlungen und Tälern des Landes waren die treuen Untertanen des Grafen von Berg herbeigeeilt, um ihrem Landesherrn Lebewohl zu sagen. Thomas bekam noch jetzt eine Gänsehaut, wenn er an die Hochrufe und das tausendfache Hosianna dachte, mit dem die Menschen ihren Auszug begleiteten. Zum Abschied hatte Adolf die Hand seiner Tochter Irmgard sowie die ihres Gatten Heinrich – und damit ihrer beider Schicksal – demonstrativ in die Hände des Erzbischofs gelegt, der daraufhin das Kreuz über diese Verbindung schlug und seinen Bruder in die Arme nahm. Als sich dann, kurz nachdem die prächtig ausgerüstete Pilgerschar die Pferde bestiegen und sich in Zweierreihen in Bewegung gesetzt hatte, auch noch der mächtige Kriegsruf „Berge Romeryke!" aus vielen Hundert Kehlen erhob, hatten sich selbst der Graf und der hartgesottene Arnold von Cleve eine Träne aus dem Augenwinkel wischen müssen.

In diesem Moment hatte Thomas in der Menge Sibylla erkannt und noch einmal einen letzten Blick von ihr aufgefangen, einen Blick, der voller Sorge und voller Trauer ob ihres Abschiedes war, ein Blick, der aber auch Stolz verriet und die Hoffnung ausdrückte, das Schicksal möge dem Knappen Thomas zu Ruhm und Stand verhelfen und sie dereinst wieder zusammenführen.

Dabei hatte sie mit ihrer kleinen Faust demonstrativ die Bärenkralle umklammert, die er ihr zum Abschied geschenkt hatte und die sie nun um den Hals trug. Eigentlich hatte er ihr den kaiserlichen Ring schenken wollen, aber den hatte sie abgelehnt. „Den darfst du niemals verschenken", hatte sie ihn liebevoll getadelt, „denn er könnte dir mal das Leben retten. Mir ist wohler, wenn du den stets bei dir trägst!" Die Bärenkralle jedoch hatte sie mit Freuden angenommen und ihm das Geschenk mit einem langen Kuss gedankt.

Ach, Sibylla, nie würde er sie vergessen und alles daran setzen, sie bei seiner Rückkehr zur Frau zu gewinnen. Noch immer hatte er ihren Geschmack auf der Zunge, die salzige Süße ihrer Küsse. Und noch immer stand er ganz im Bann der intimen Umarmungen, die sie ihm in ihrer letzten Nacht gewährt hatte.

Ja, er glaubte sogar, immer noch den sanften Druck ihres Körpers an seiner empfindlichsten Stelle zu spüren. Dafür lohnte es sich zu leben und zu kämpfen. Und jetzt zog er obendrein dem größten Abenteuer entgegen, das ein junger Mann seines Alters erleben durfte. Wie konnte man da an Schlafen denken?

Kopfschüttelnd fiel sein Blick auf seinen Freund Heinrich, der auf dem alten Wallach, den dieser ritt, tatsächlich eingenickt war.

Mitleidslos ließ er seine Reitgerte einmal gegen Heinrichs Ohr schnellen, um dann sofort wieder mit Unschuldsmiene und gespielter Konzentration den Weg vor ihnen in Augenschein zu nehmen. Heinrich erwachte erwartungsgemäß mit gelindem Schreck und befühlte prüfend sein Ohr, ob sich eine Pferdebremse daran vergangen hatte, stellte aber zu seiner Erleichterung fest, dass er keine der üblichen Stiche davongetragen hatte.

Da lenkte Gisbert von Limburg sein Pferd näher an die beiden heran. Seit man ihn zum Ritter geschlagen hatte, trug er einen Wappenrock, der den Limburger Löwen mit dem bergischen Wechselzinnenbalken verband. Sein Pferd trug eine Schabracke gleichen Musters. „Da kannst du von Glück sagen, Odenthaler, dass dich nur eine harmlose Schmeißfliege geärgert hat!" Mit diesen Worten sprengte Gisbert lachend voran.

Heinrich schaute ihm erst verständnislos hinterher und dann zu Thomas herüber, der aber nur beiläufig mit den Achseln zuckte.

Gut neun bis zehn Tagesritte waren es, so hatte Arnold von Cleve errechnet, bis zu dem Ort Vlaardingen, wo der Graf von Holland und friesische Seefahrer mit über hundert Schiffen darauf warteten, die Kreuzfahrer ins Heilige Land zu bringen. Am 29. Mai sollte diese Flotte in See stechen. Aber durch den Umweg über Altenberg und die wiederholte Vereinigung mit anderen Ritter-Kontingenten aus Westfalen hatten die Kreuzfahrer Zeit verloren, sodass ihnen letztlich nur sieben Tage für die gleiche Strecke blieben. So waren sie gezwungen, täglich länger im Sattel zu bleiben.

Erzbischof Engelbert hatte ihnen angeboten, bereits in Köln Schiffe zu besteigen, die die Domstadt selbst mit einem starken Fähnlein Bewaffneter ausgerüstet hatte.

Aber Adolf und Arnold wollten keinesfalls auf die Pferde verzichten und diesen vor der langen Überfahrt noch einmal ausreichend Bewegung verschaffen.

So hatten sie den Landweg rechts des Rheines gewählt, die von Osten einmündenden Flüsse Ruhr und Lippe überquert und sich dabei mehrfach mit Kreuzrittern aus Westfalen und vom Niederrhein vereint. Am meisten beeindruckte Thomas dabei ein Mann mit schlohweißem Haar, der trotz seines betagten Alters eine zehnköpfige, schwer bewaffnete Schar anführte. Gottfried von Arnsberg hatte in der Tat schon sechzig Sommer und Winter gesehen, war aber nicht gewillt, sich dadurch von der Pilgerfahrt abhalten zu lassen, die er wie viele andere aus dem gleichen Grund unternahm: Er hatte im Thronstreit anfänglich die Seite Ottos von Braunschweig unterstützt und war erst später zum jungen Stauferkönig übergelaufen. Dafür wollte er Buße tun, indem er den König bei seinem Kreuzzugsprojekt unterstützte.

In Gelderland, kurz vor der Stelle, an der sich der Rhein erst mal in zwei große Arme teilt, trafen sie zudem mit den Truppen des Herzogs von Limburg zusammen, mit denen sie fortan gemeinsam ritten. Erfreut fielen sich Walram und Graf Adolf in die Arme, ungeachtet der Differenzen, die Engelberts Klageandrohung aufgebracht haben mochte. All dies war nun, zur Erleichterung Adolfs, kein Thema mehr. Auf Vorschlag Walrams von Limburg wählten die rheinischen und westfälischen Ritter gar einstimmig Graf Adolf von Berg und Arnold von Cleve zu ihren Anführern.

Seit geraumer Zeit zog die auf gut fünfhundert Mann angewachsene Heerschar nun schon einen immer breiter werdenden Fluss hinab, bis ihnen mannshoch aufgeworfene, mit Gras bewachsene Wälle zur Linken zunehmend den Blick auf den Fluss versperrten. Thomas wunderte sich über diese Hügelketten, wie er sie im Geiste nannte, schienen sie ihm doch zu gleichmäßig, um von der Natur aufgeworfen zu sein. Doch welches Volk baut solche Festungsanlagen, gegen welchen Gegner?

Arnold von Cleve brach in schallendes, aber wohlmeinendes Gelächter aus, als Thomas sein Pferd neben ihn lenkte und ihm diese Frage stellte. Er hielt den Clever aufgrund seiner nahe an Holland gelegenen Heimat für den richtigen Ansprechpartner.

„Die Holländer und Friesen bauen solche Wälle“, erhielt Thomas zur Antwort, „und ihr Gegner ist das Meer!“

Weil er jedoch kein Meer sah, zumindest noch nicht, und sich auch nicht viel darunter vorstellen konnte, weil er noch nie so weit von zu Hause fort gewesen war, musste Thomas wohl ein wenig erleuchtetes Gesicht gemacht haben. Also holte Arnold von Cleve etwas weiter aus.

„Das Meer ist eine große Wasserfläche, die unsere Welt umgibt. Es drängt zuweilen mit Hochwasser ins Landesinnere und richtet große Verwüstungen an, deshalb die Wälle.“ Thomas nickte verständig, denn Hochwasser kannte er auch von der heimischen Wupper, die nach langen Regenfällen oder nach der Schneeschmelze im Frühjahr zuweilen über die Ufer trat.

„Das Weideland hier liegt manchmal tiefer als der Wasserstand des Meeres. Deshalb errichten die Menschen ihre Dörfer seit alters her auf künstlichen Hügeln, die sie Wik nennen“, fuhr Arnold fort. Mittlerweile hatten auch andere Ritter etwas aufgeschlossen und hörten gespannt zu, denn wie Thomas hatten sie das Land am Meer und das Meer selbst noch nie mit eigenen Augen gesehen. „Um ihre Felder zu schützen, bauen die Menschen hier seit einigen Generationen nun auch Wälle, die sie Deiche nennen, am Meeresstrand sowie an den Ufern der Flüsse. Und davon haben sie eine ganze Menge …“ Jetzt erst fielen Thomas die vielen Wasserläufe auf, die sie in den letzten Stunden passiert hatten, und auch die, die noch vor ihnen lagen. Am Horizont zeichnete sich ein nicht enden wollendes Labyrinth aus Flüssen und Meeresarmen ab.

„Dieser Wall hier ist Teil eines weit ins Land hineinragenden Verteidigungssystems gegen das Meer“, drang weiter Arnolds Stimme an sein Ohr. „Bei Flut verhindert er, dass Hochwasser ins Land eindringt, bei Ebbe lässt er Wasser von den Weiden abfließen, um sie trocken zu legen …“

„Und was ist das nun wieder?“, wagte Thomas nachzufragen.

„Was ist was?“ entfuhr es dem irritierten Arnold.

„Ebbe und Flut!“ Arnold gab kopfschüttelnd auf. „Das ist der schwankende Wasserstand des Meeres, aber das wirst du noch früh genug feststellen.“ Damit war die Unterrichtsstunde vorerst beendet, obwohl Thomas noch gerne gewusst hätte, wie die Deiche gebaut wurden. Aber er wollte die Geduld des Clevers nicht über Gebühr strapazieren.

„Aber nützen tut’s ihnen recht wenig“, mischte sich da Walram von Limburg ein, der sein Pferd gewendet und neben Thomas und Arnold gelenkt hatte. „Immer wieder nimmt ihnen das Wasser ein großes Stück Land ab, das sie zuvor mühsam dem Meere abgerungen haben!“ „Nun, wenn ihr mich fragt – dann ist es auch nicht schade drum“, setzte da noch Arnold von Cleve hinzu. „Ihr Bier ist bitter, ihre Frauen sind hässlich und ihre Kühe so dünn, dass man sie auf die Weide tragen muss. Von mir aus können sie im Meer versinken!“ Darauf brach allseits schallendes Gelächter aus.

Etwa zur gleichen Zeit ritt Engelbert von Berg mit einem übertrieben stattlichen Gefolge, zu dem neben zahlreichen Kölner Kriegsknechten auch einige Mönche gehörten, auf Burg Neuenberge ein. Da er vom Grafen zu dessen Stellvertreter bestimmt worden war, kam niemand der Wachen auf die Idee, ihm den Zutritt zu verwehren. Dies sollte die Wachmannschaft wie auch die Einwohnerschaft jedoch bald bereuen.

Engelbert, diesmal wieder ganz als Ritter und wenig bischöflich gekleidet – einzig das lange schwarze Kreuz auf dem Wappenrock und auf der Schabracke seines Pferdes erinnerte an seine geistige Machtposition – ließ sogleich die wichtigsten Amtsinhaber und Bewohner im Burghof versammeln und eröffnete ihnen, dass er etliche Veränderungen anstrebe und dabei unbedingte Loyalität und Unterstützung erwarte. Er kündigte Baumaßnahmen an, um den Stammsitz derer von Berg so zu vergrößern, wie es der Macht und der Position der Grafschaft zukam. Auch sprach er von der Notwendigkeit, die Erträge der Burg und der umliegenden Güter zu steigern.

Burgvoigt Herrmann von Elverfeld, der sich in Abwesenheit des Grafen als dessen Statthalter sah und hinterfragte, ob diese Maßnahmen denn mit dem Grafen abgesprochen seien, wurde dabei ebenso brüskiert wie

Irmgard und Heinrich von Limburg, die die Burg als ihr Zuhause betrachteten und denen der Sinn wenig nach Veränderungen stand.

„Wer bereit ist, meinen Befehlen Folge zu leisten, darf getrost auf Neuenberge bleiben und weiter seinen Aufgaben nachgehen", verkündete der Erzbischof mit lauter Stimme, „wer nicht, dem steht es frei, sich anderweitig nach Pfründen und Tätigkeiten umzusehen."

Um seinen Worten Nachdruck zu verleihen, trug er dem Burgvoigt sogleich auf, den Mönchen in seinem Gefolge, darunter Heinrich von Himmerode, dem Kellermeister Engelberts, die Bücher vorzulegen, um diese prüfen zu lassen.

Herrmann von Elverfeld fügte sich, obwohl er ahnte, dass nun ein anderer Wind wehen würde und die glücklichen Tage auf Neuenberge vorerst vorüber waren.

Die Wachmannschaft aus altgedienten Getreuen Adolfs, die fast alle Familien auf Neuenberge hatten, ließ Engelbert, ohne Rücksicht auf deren langjährige Dienstzeit, komplett auswechseln und ersetzte sie durch Männer aus den eigenen Reihen. Immerhin bot er ihnen eine neue Stellung in der Domstadt an, doch nur die wenigsten gingen darauf ein. So wechselten etliche von Adolfs Mannen das Handwerk oder kehrten gar ihrer Heimat den Rücken.

„Taugenichtse, Schmarotzer und Müßiggänger werden von heute an erst recht nicht länger geduldet!" Dabei warf Engelbert seiner Nichte und deren Gatten einen vielsagenden Blick zu.

Heinrichs Schwerthand zuckte, doch angesichts der waffenstarrenden Übermacht von Engelberts Gefolge beließ er das Schwert in der Scheide. Stattdessen nahm er seine Gemahlin beim Arm und führte sie zurück in den Palas, ohne den Erzbischof noch eines weiteren Blickes zu würdigen.

Engelbert wandte sich daraufhin Bruder Ferdinand und den Johannitern zu, die sich bislang abseits gehalten hatten, eingeschüchtert und unsicher, welche Veränderungen der mächtige Kirchenfürst womöglich mit ihnen im Sinn hatte. Doch ihre Sorge erwies sich alsbald als unbegründet.

„Euch, meine Brüder", hob Engelbert an, während er sich ihnen mit offenen Armen zuwandte, „gedenke ich mit größeren Aufgaben und Befugnissen zu versehen, vor allem sollten wir über eine neue Kirche nachdenken, die dem Stand Eures Ordens entspricht."

Während ihn daraufhin die frommen Brüder wieselnd umringten, kam es in der Küche der Burg zu einem kurzen Kriegsrat.

„Vergiften sollte man ihn, den Usurpator“, fauchte die entrüstete Magda, „ach was würde ich darum geben, wenn der tapfere Clever oder der Graf selbst noch hier wären.“

„Sind sie aber nicht“, ließ Heinrich von Limburg vernehmen, „und selbst wenn – ich bin mir nicht mehr so sicher, ob dies etwas ändern würde!“

„Natürlich würde es das“, entfuhr es Irmgard, „du glaubst doch nicht, dass mein Vater das alles gutheißen würde. Vielleicht sollten wir ihm schnellstens einen Boten senden!“

„Zu spät“, antwortete ihr junger Gemahl, „die Kreuzfahrer sind sicher längst dabei, sich einzuschiffen!“

„Und was sollen wir stattdessen tun“, ließ wiederum Magda vernehmen, „ihr erwartet doch nicht, dass ich dem falschen Heiligen auch nur eine einzige Suppe koche?!“

„Doch, das erwarte ich“, entgegnete Heinrich, „das erwarte ich als euer zukünftiger Burg- und Landesherr, auch wenn es bis dahin offenbar noch eine Weile dauert. Ich erwarte von euch, wie auch vom Voigt und seiner Familie, dass ihr die Stellung haltet – und derweil unsere Augen und Ohren seid.“

„Ich auch“, mischte sich da Sibylla ein, die bislang sprachlos die über sie hereinstürzenden Ereignisse verfolgt hatte. „Wir können doch nicht alle das Feld räumen. Mein Vater wird ohnehin hier bleiben, vermute ich, obwohl ihm das nicht gefällt, aber er wird versuchen, seine Position zu wahren, und auf die Rückkehr des Grafen hoffen. Meine Mutter und ich werden ihn dabei so gut es geht unterstützen. Was sollten wir denn auch sonst tun? Und du, Magda, darfst uns dabei nicht im Stich lassen.“ Da huschte ein Lächeln über Magdas Gesicht. „Na, dann wollen wir dem feinen Pfaffen mal ab und zu ein wenig in die Suppe spucken, was?!“

„Aber ich hoffe, ihr versteht, dass ich meine Familie schützen muss und keinen Tag länger auf der Burg verweilen kann“, fuhr Heinrich fort. Das war schließlich zu viel für Irmgard, die ihr gesamtes junges Leben auf der Burg zugebracht hatte und nun ihr väterliches Erbe schwinden sah. Still rollten ihr dicke Tränen über die Wange. Doch Heinrich wischte diese zärtlich mit der Hand trocken. „Sei guten Mutes, Geliebte, auch Engelberts Macht währt nicht ewig, unsere Zeit wird kommen. Bis dahin sollten wir zusehen, dass unser Sohn in Geborgenheit aufwächst, bis er an meiner Seite seinem Namen Ehre machen kann!“

Noch am gleichen Tag verließen Irmgard und Heinrich mit ihrem Säugling, einer Handvoll Bewaffneter, die dem Paar nahestanden, sowie einem Karren, der ihre wichtigsten, eilig zusammengesuchten Habseligkeiten trug, die Burg in Richtung Limburg. Über dem kleinen Zug wehte ein wallendes Löwenbanner …

Thomas war fasziniert von dem hölzernen Ungetüm, das zu seiner Rechten vor ihm aufragte. Es sah aus wie einer der Riesen aus den alten germanischen Göttersagen, die man sich zuweilen an den Lagerfeuern erzählte, ein Riese mit vier gigantischen Armen. Es handelte sich jedoch um eine durchaus reale Konstruktion, einen drehbaren, rechteckigen Turm mit Flügeln, komplett aus Holz gefertigt, der zu versuchen schien, den Wind einzufangen, denn die Flügel bewegten sich in der abendlichen Brise.

Thomas wagte es erneut, sich an Arnold von Cleve zu wenden.

Dieser hatte offenbar schon auf eine entsprechende Frage gewartet, denn als Thomas zu ihm aufschloss, empfing er den neugierigen Burschen mit einem wissenden Lächeln.

„Jetzt willst du wohl wissen, was es mit dem hölzernen Koloss dort auf sich hat, was?!“ Thomas nickt eifrig. „Ja, es scheint etwas mit dem Wind anfangen zu wollen, aber ich habe keinen Schimmer, was das sein könnte!“

„Nun, es ist eine Mühle“, antwortete Arnold, „so ähnlich wie die Mühlen an der Wupper oder an anderen Flüssen. Nur mit dem Unterschied, dass sie kein Wasser zum Antrieb der Mühlsteine verwenden, sondern Wind. Schau …“, dabei deutete er mit ausgestrecktem Arm auf das gewaltige Mühlhaus, das auf einem massiven Holzbock als Untergestell ruhte. „Die Flügel greifen in den Wind wie die Schaufeln eines Wasserrades. Die ganze Mühle ruht auf einem Bock mit einer drehbaren Achse, damit das Mühlhaus in den Wind gedreht werden kann!“

Bei genauerem Hinsehen erkannte Thomas, dass sich die komplette Mühle tatsächlich mit dem Wind drehte, um die Flügel in die jeweils günstigste Position zu bringen. Vor der Mühle sah er einige Männer, die große Säcke verluden, und in der Luft lag ein Hauch von frisch gemahlenem Korn.

„Warum benutzen sie denn nicht das Wasser zum Antrieb, wie die Müller bei uns? Sie haben doch genug davon.“ Dabei wandte Thomas seinen Blick nach vorn, wo sich zahllose Kanäle und ein Labyrinth von immer neuen Wasserläufen in den Rheinarm zu seiner Linken ergossen.

„Es ist zu träge“, erklärte Arnold. „Um einen Mühlstein in Bewegung zu versetzen, bedarf es einer starken Strömung. Das Wasser hier hat nicht genug Gefälle. Außerdem haben sie hier noch mehr Wind als Wasser!“

Zum Beweis flatterten die stolzen Banner der vielköpfigen Kreuzfahrerschar munter in der aufkommenden Brise.

Die Sonne stand bereits tief am Horizont, als sie sich endlich der Stadt Vlaardingen näherten. Sieben Tage waren seit ihrem Aufbruch vergangen, sieben Tage, in denen sich die bergisch-westfälische Ritterschar nur wenig Ruhe gegönnt hatte. Doch die daraus resultierende Müdigkeit war wie verflogen, als sie das Heer der Kreuzfahrer und die gewaltige Flotte von Schiffen erblickten, die hier vor Anker lag.

Als sie den Weg zur Rechten des Deiches verließen und auf den Hafen einschwenkten, kamen ihnen zahlreiche Ritter zu Fuß und zu Pferde entgegen. Thomas betrachtete eingehend die vielen Schilde, Fahnen und Standarten, die er allesamt noch nicht kannte. Er sah goldene Greife und Löwen, Bären und Burgen, Kronen und stilisierte Heilige auf zumeist rot-weißem Grund, weil dies auch die Farben des Heiligen Römischen Reiches Deutscher Nation waren. Wie er später erfuhr, waren es die Wappen von Rittern aus Holland, Friesland und dem Norden des Reiches, dazu kamen Kontingente aus den großen Städten wie Trier, Köln und Bremen. Einzig das Hoheitszeichen der Domstadt, mit den drei Kronen, die an die Heiligen Drei Könige erinnerten und über einigen Zelten wehten, war ihm bekannt.

Es mussten weit über siebentausend Mann sein, die vor der Stadt ihre Zelte aufgeschlagen hatten und nun geschäftig zwischen den niedrigen, bootsähnlich geformten Häusern umhereilten, um Proviant, Pferde, Waffen und Ausrüstung auf die Schiffe zu verladen. Nur wenige Gebäude, so etwa die Lagerhäuser, schienen aus stabilem Eichenholz gebaut, die meisten Häuser waren aus Holz, Lehm und Schilf errichtet, mit einfachen Strohdächern.

Thomas hatte erwartet, die Hafenstadt läge am Meer, hätte beeindruckende Dimensionen und trutzige Verteidigungsanlagen.

Nun war er fast ein wenig enttäuscht, denn die niedrige Ansiedlung, die sich um einen künstlichen Seitenarm des Flusses rankte, dessen Ende den Hafen bildete, konnte man aus der Ferne hinter der schützenden Deichanlage sogar leicht übersehen.

Einzig die zahllosen Masten der vor Anker liegenden Schiffe zeugten von der Größe und Bedeutung dieses Hafens. Von hier aus stach regelmäßig eine der größten Fischfangflotten des nördlichen Meeres in See, die den Heringsschwärmen folgte.

Neben den gut drei Dutzend Fischerbooten lagen nun aber auch über hundert Schiffe im Hafen, die das versammelte Kreuzfahrerheer an Bord nehmen und nach Palästina bringen sollten.

Als sie näherkamen, konnte Thomas zwei verschiedene, wenn auch ähnliche Schiffstypen erkennen. Nahe der Hafeneinfahrt schaukelten etwa drei Dutzend lange, schlanke, aber flache Rahsegler in der sanften Dünung, die bei Bedarf auch von Ruderern angetrieben wurden. Mit wenig Tiefgang konnten sie sogar in seichte Buchten einfahren. Bug und Heck waren fast symmetrisch, mit hoch aufragenden Steven. Sie ähnelten stark dem Schiffstyp, mit dem die gefürchteten Nordmänner seit Hunderten von Jahren die Meere unsicher machten. Die weitaus größere Anzahl von Schiffen war jedoch bauchiger, mit einer höheren Bordwand, wodurch sie mehr Ladung aufnehmen konnten als die nordischen Schiffe. Auffälligster Unterschied war ein trutziger Heckaufbau, der an ein hölzernes Kastell erinnerte. Auch diese Schiffe verfügten über lediglich einen Mast mit einem einzigen großen Rahsegel. Sie wurden „Cog“ genannt und waren das bevorzugte Transportmittel des noch jungen, norddeutschen Städte- und Kaufmannsbundes der Hanse.

Karl der Quade saß auf einem dicken, zusammengerollten Tau, kaute genüsslich auf einer geräucherten Speckschwarte und genoss die letzten warmen Strahlen der untergehenden Sonne.

Aufmerksam musterte er die langen Reihen der Neuankömmlinge, die nun die vordersten Zeltreihen erreicht hatten und absaßen.

Mit Befriedigung stellte er fest, dass sich die erwarteten Banner darunter befanden. Demzufolge würden sich auch die gewünschten Personen unter ihnen befinden, deren Schritte er fortan unauffällig verfolgen sollte, um über diese zuweilen Bericht zu erstatten, wie man ihm strengstens eingeschärft hatte. Der Druck des prall gefüllten Geldbeutels und der vertraulichen Sendschreiben unter seinem Wams erinnerten ihn in angenehmer Weise daran, dass er auch die Freiheit hatte, die Betreffenden falls nötig auf den rechten Weg oder, je nach Entwicklung, von diesem abzubringen, wie sich sein vermummter Auftraggeber ausgedrückt hatte. Vor drei Woche hatte dieser wieder Kontakt zu ihm aufgenommen, gerade rechtzeitig, als seine Barschaft zur Neige zu gehen drohte. Wie ihm aufgetragen, hatte er sich in aller Eile in den Spelunken der Domstadt vier Spießgesellen besorgt, ein paar ordentliche Klingen erstanden und sich von den

Kölnern als Kriegsknecht für den Kreuzzug anwerben lassen. Die Kölner Pfeffersäcke hatten zwar laut getönt, einen großzügigen Beitrag für die bewaffnete Pilgerfahrt zu leisten, aber selbst an der wahrscheinlich jahrelangen Wallfahrt mit ungewissem Ausgang teilzunehmen, soweit gingen die Kaisertreue und Abenteuerlust dann doch nicht. Karl war das nur recht, so kamen Leute wie er doch wenigstens in Lohn und Brot. Einzig die Tatsache, dass er sich dafür auf schwankende Holzplanken begeben und einem unberechenbaren Element unterwerfen musste, trübte seine Laune ein wenig. Doch dies ließ sich ja mit einem ordentlich gefüllten Weinschlauch und der Aussicht, seine Klingen bald mal wieder in warmes Fleisch zu stoßen, versüßen. Karl der Quade spie das ausgelutschte Stück Schwarte ins Hafenbecken, pfiff seine frommen Kreuzfahrer zusammen und schlug den Weg in die nächste Hafenspelunke ein. Für heute hatte er genug spioniert.

„Ihr kommt spät", unterbrachen schneidende Worte das Stimmen- und Sprachengewirr im Lager der Kreuzfahrer, „so spät, dass ich schon befürchtete, Euch überhaupt nicht mehr zu sehen!"

Graf Wilhelm von Holland hatte sich, von sechs Rittern eskortiert, Raum verschafft, um die Neuankömmlinge und die ersehnte Verstärkung in Augenschein zu nehmen. Sein griesgrämiger Auftritt wurde von einem mürrischen Gesicht unterstützt, das von einem zerzausten Bart umrahmt wurde.

Obwohl es am Tage recht warm gewesen war, trug er immer noch sein schweres Kettenhemd unter dem goldfarbenen Wappenrock mit dem roten Löwen, dem Wappen der Grafen von Holland; auf seiner linken Schulter prangte ein goldener Zierschild mit dem gleichen Herrschaftszeichen. Gerüstet war er mit einem gewaltigen Bihänder, so gewaltig, dass dieses Schwert wohl niemals im Kampf geführt werden würde, erst recht nicht von dem eher schmächtigen Wilhelm. Seine bereits grau werdenden Locken lugten unter einer Samtmütze hervor, die von einer Pfauenfeder gekrönt wurde. Der Graf von Holland war zumindest für den Anfang zum Anführer der deutschen und holländischen Kreuzfahrer bestimmt worden, weil er eines der größten Ritter-Kontingente stellte und die Fahrt in seinem Herrschaftsbereich begann. Ansonsten gab es nichts, was ihn über die anderen Landesfürsten erhoben hätte. Aber das sah der alternde Graf offenbar anders.

„Eure späte Ankunft drohte unser ganzes Unternehmen zu gefährden", versuchte er weiterhin, Druck auf Graf Adolf auszuüben. Der jedoch wusste den Spieß geschickt umzudrehen. „Nun, wenn es Euch so eilig damit war, hättet Ihr ein früheres Datum wählen sollen", entgegnete Adolf gelassen, „die Abfahrt war für den 29. Mai festgesetzt – und, wohlan, hier sind wir – einen Abend zuvor. Das enthebt Euch der Sorge, die Truppen, die ich Euch hiermit wie vereinbart unterstelle, vorläufig zumindest, etliche Tage vor der Abreise verköstigen zu müssen und damit den Proviant des Unternehmens frühzeitig zu dezimieren. Als Ausgleich dürfte für meine Männer sicher ein Fass Bier herausspringen, damit sich die Eilmärsche auch gelohnt haben!" Damit hatte Adolf geschickt von der späten Anreise seiner Mannschaft abgelenkt und dem Grafen von Holland die Verantwortung für das leibliche Wohl seiner Männer zugeschoben, die ob des in Aussicht gestellten Gerstensaftes sogleich in Hochrufe ausbrachen. Wilhelm von Holland schwoll die Zornesader auf der Stirn, doch bevor er etwas erwidern konnte, kam ihm der Graf von Wied zuvor.

„Seid willkommen, edler Graf von Berg, Ihr und Eure Männer, erhebt Ihr unsere Truppe, ob spät oder nicht, doch zu einem stattlichen Heer!"

Georg von Wied, der Bruder des mächtigen Erzbischofs von Trier, gebot über mehrere Hundert eigene Ritter und war der zweite designierte Anführer der Kreuzfahrerschar. Im Unterschied zu dem Holländer verfügte er mit seinen fast vierzig Jahren, seiner hünenhaften Gestalt und seinem intelligenten Blick jedoch über eine natürliche Autorität, die keiner Prunkrüstung bedurfte, und über ein durchaus einnehmendes Wesen, wovon sich die Neuankömmlinge sogleich überzeugen konnten.

„Das Bier habt ihr Euch alle redlich verdient, denn wie ich höre, seid ihr seit Tagen im Geschwindschritt unterwegs. Schickt ein paar Männer zu meinem Kellermeister, er wird euch ein ordentliches Fass herausgeben!" Wieder brannte Jubel auf, während sich Adolf und Georg von Wied die Hände zur Begrüßung reichten.

„Seht nur zu, dass die Schädel Eurer Männer morgen nicht zu schwer sind", mischte sich nochmals der Graf von Holland ein, „und Ihr dadurch nicht zu spät auf die Schiffe kommt!" Als er sich zum Gehen wandte, fiel sein Blick auf Arnold von Cleve, der ihn schon seit geraumer Zeit eindringlich fixierte. Wilhelm von Holland erschrak für einen Moment, fing sich aber gleich wieder.

„Ihr habt mir gerade noch gefehlt, jetzt muss ich auch noch Sorge tragen, dass mir niemand in den Rücken fallen kann", kam es Wilhelm bissig über die Lippen. Arnold setzte ein gewinnendes Lächeln auf.

„Nun, in diesem Exerzitium seid Ihr gewiss vortrefflich geübt", sprach der Clever, „aber gebt Acht: Wer zu oft nach hinten blickt, sieht meist nicht, dass er vorn in die Scheiße tritt!" Ein Großteil der Männer lachte, zumindest die Ritter vom Niederrhein oder aus der Grafschaft Berg, die Arnold kannten und mochten. Wütend stapfte der Graf von Holland von dannen, gefolgt von seiner Eskorte.

„Er hat uns Clevern noch immer nicht verziehen, dass meine Großtante Adelheid, die streitbare Gattin seines älteren Bruders, ihm seinerzeit im Erbfolgestreit eine empfindliche Niederlage beigebracht hat", raunte Arnold dem Grafen Adolf zu und spie vernehmlich aus. „Erst nach dem Tod seines Bruders konnte der Usurpator selbst den Thron besteigen. Jetzt ist er voller Misstrauen gegen jeden, vor allem seine Nachbarn vom Niederrhein."

Gespannt hatte Thomas, mit den anderen Knappen etwas abseits stehend und immer noch die Zügel mehrerer Pferde in den Händen haltend, der denkwürdigen Begrüßung beigewohnt. Jetzt schüttelte er ungläubig den Kopf. In jugendlicher Naivität hatte er angenommen, das Kreuzfahrerheer sei eine verschworene Gemeinschaft, ein Heer ritterlicher Freunde, zumindest Gleichgesinnter, aber davon konnte offenbar keine Rede sein. Dieser Eindruck sollte sich im Laufe des Abends noch verstärken.

„Was macht eigentlich Euer Bruder? Wie ich höre, hat seine kirchliche Laufbahn im letzten Jahr eine erstaunliche Wendung genommen, nachdem es ihm gelungen war, den jungen König für sich einzunehmen", schnarrte ein unfreundliche Stimme.

Otto von Tecklenburg machte seinem Ruf, ein fehdelustiger Ritter zu sein, alle Ehre. Breitbeinig hatte sich der hochgewachsene, etwas feiste Herrscher des Tecklenburger Landes hinter Adolf von Berg aufgepflanzt, der gerade mit seinen Männern das Lager aufgeschlagen und das überlassene Fass Bier angeschlagen hatte, und kam ohne Begrüßung zur Sache.

Mit vor Erstaunen erhobener Augenbraue drehte sich Adolf um, legte die Linke auf seinen Schwertknauf und hob mit der Rechten einen frisch gezapften Krug Bier.

„Gott zum Gruße, werter Tecklenburger, ich freue mich auch, Euch zu sehen", setzte der Graf von Berg an, die provokante Frage ignorierend. „Nehmt Ihr einen Krug Bier mit mir?"

„Ich habe mein eigenes Bier, wenn es mich dürstet, nun aber will ich wissen, wie Ihr zu Eurem Bruder steht!", beharrte der mürrische Krieger.

Adolf schüttelte wie bedauernd den Kopf, trat näher an den Tecklenburger heran und blickte ihm dann direkt in die Augen.

„Nun, ich weiß zwar nicht, was Ihr mit der Frage bezweckt, denn ich habe keinen Grund, anders als treu zu meinem Bruder zu stehen, aber mir scheint, es war doch eher umgekehrt", antwortete Adolf bedächtig, „dem Staufer Friedrich ist es gelungen, meinen Bruder Engelbert für sich einzunehmen, so wie es ihm schließlich in Aachen gelang, uns alle für sich und seine Sache einzunehmen, ist es nicht so?"

Mit diesem Schachzug, den Stauferkönig und ihrer aller Treuegelöbnis ins Spiel zu bringen, schien Adolf zu punkten, denn es trat eine Pause ein, doch nicht für lange.

„Wie auch immer, jetzt scheint er seinen Machtbereich in Windeseile ausdehnen zu wollen", fuhr Otto unbeirrt fort.

„Und macht dabei auch nicht davor Halt, den westfälischen Fürsten ihre Pfründe und Vogteien streitig zu machen", setzte Gottfried von Arnsberg hinzu. Der beginnende Disput über die Figur und Rolle Engelberts war auch anderen nicht verborgen geblieben. Mehr und mehr Männer fanden sich am langsam immer höher brennenden Lagerfeuer ein, die interessiert dem weiteren Verlauf des Gespräches lauschten – oder sich aktiv einmischten.

„Dabei ist er in der Wahl seiner Mittel keineswegs zimperlich", ließ Wilhelm von Jülich vernehmen, der wie alle Fürsten des Niederrheins aus Tradition eng mit den Herzögen von Limburg verbunden war. „Und scheut selbst nicht vor der Annullierung der Ehe der eigenen Nichte zurück", vervollständigte Walram von Limburg, der jetzt in den lodernden Schein des Feuers trat, den Satz.

Adolf fühlte sich zusehends unwohl in seiner Haut, als er selbst von einem seiner engsten Freunde bedrängt wurde. „Aber so weit ist es nicht gekommen, weil er seinen Irrtum schnell eingesehen hat", erwiderte der Graf von Berg wenig überzeugend.

„Dazu ist es nicht gekommen, weil Ihr, mein Freund, ihn während Eurer Abwesenheit zum Regenten der Grafschaft ernannt habt", hielt ihm Walram vor, der zunehmend erregter wurde, „obwohl dies eigentlich meinem Sohn als Eurem Eidam zugestanden hätte!"

Thomas, der wie alle Ritter und Knappen des Grafen nach dem Bezug des Lagers und dem Versorgen der Pferde die vielversprechende Nähe des Bierfasses gesucht hatte, vernahm mit Erstaunen, wie sein Herr immer mehr in Bedrängnis geriet, während er versuchte, die Handlungsweisen seines Bruders nach bestem Gewissen zu verteidigen.

Doch damit nicht genug, wurde Adolf doch mit Behauptungen über seinen Bruder konfrontiert, die er in dieser Form und Fülle noch nicht kannte.

So hatte Engelbert in seiner Funktion als Erzbischof von Köln und damit gleichzeitig als Herzog von Westfalen zahlreichen Landesfürsten per Boten klargemacht, dass er sich als Lehnsherr über ihre Güter sah, dass ihm gewisse Burgen, die zu nahe am Kölner Erzbistum standen, ein Dorn im Auge waren, dass er zukünftig keine weiteren Raubrittermanieren im Lande duldete und dergleichen mehr.

„Und daran hat er recht getan", meldete sich da ein Priester aus der Domstadt zu Wort, der das Kölner Kreuzfahrerkontingent begleitete und eher zufällig durch diesen Teil des Lagers geschlendert war, „endlich ein Erzbischof, der handelt und nicht nur lamentiert. Das Raubrittertum hat viel zu lange im Rheinland sein Unwesen getrieben, mit Billigung vieler Fürsten. Es ist nur recht und gottgefällig, wenn der wackere Engelbert nun diese Eure Macht beschneidet!"

Ein erstaunliches Echo folgte ihm, vor allem unter den Kreuzfahrern einfacher Abstammung, während die Ritter und Grafen heftig protestierten. Thomas ertappte sich selbst bei einem zustimmenden Nicken, wurden in ihm doch schmerzliche Erinnerungen an den Verlust der Eltern wach, die von Raubrittern ermordet worden waren. Aber irgendetwas hielt ihn davon ab, sich mit Begeisterung auf die Seite Engelberts zu schlagen. Vielleicht war es das Gespräch gewesen, dem er in der Schänke in Lohmar beigewohnt hatte, vielleicht war es der durchdringende Blick, den der Erzbischof an den Tag legte, wenn er sein Gegenüber anvisierte, oder vielleicht war es die Erinnerung an Engelberts Auftritt und Kampf gegen Herrmann von Elverfeld – irgendwie mochte Thomas den jüngeren der beiden Brüder von Berg nicht, der sich jetzt Erzbischof von Köln nannte.

So zog sich ein Riss durch das versammelte Kreuzfahrerheer, ein Riss, der die Männer in zwei kontrahierende Lager teilte: in diejenigen, die den Erzbischof als machtversessenen Emporkömmling ablehnten, dazu zählten allen voran die rheinisch-westfälischen Adelshäuser von Limburg und Jülich, Tecklenburg und Arnsberg, sowie jene, die Engelbert als Friedensstifter sahen, der für Ordnung in Stadt und Land sorgte. Dazu zählten die Kölner und der Klerus, aber auch viele Menschen niederer Herkunft, wie Thomas auffiel. So war die entstandene Spaltung zwischen den Lagern auch ein Symptom für die Kluft zwischen Arm und Reich.

Spätestens jetzt kam Thomas die Vermutung, dass Engelbert dies geplant haben könnte.

Seine Gegner waren zwar auf den ersten Blick mächtiger, seine Anhänger aber durchaus zahlreicher.

Adolf von Berg nutzte Thomas' Erkenntnis jedoch herzlich wenig, denn er sah sich zunehmend unter Druck. Erst das beherzte Eingreifen Arnolds von Cleve setzte dem Spuk ein Ende. Mit einem gewaltigen Fußtritt beförderte er einen ganzen Stapel Holz ins prasselnde Feuer, sodass die Funken nur so stoben. Gleichzeitig zog er sein Schwert und stellte sich an Adolfs Seite. Dessen Ritter taten es ihm im Nu gleich. „Jetzt reicht's", ließ er seine Stimme im weiten Rund erschallen, „ihr mögt vielleicht recht haben mit eurem Urteil über Engelbert – und ehrlich gesagt, ich mag ihn auch nicht", bei diesen Worten warf er Adolf einen beschwichtigenden Blick zu, bevor er fortfuhr, „aber was hat Graf Adolf damit zu tun? Ist jeder Bruder für die Taten des anderen Bruders verantwortlich? Ich möchte wetten, dass viele von euch auch einen Bruder haben, mit dessen Handlungsweisen Ihr nicht immer einverstanden seid. Aber macht man euch für ihn verantwortlich?" Stille entstand. Als Spross, wenn auch nicht Erstgeborener, des niederrheinischen Hauses Cleve, das mit den meisten Nachbarn im Bunde war, genoss er deren Wertschätzung. Arnold hatte dazu den untadeligen Ruf eines harten, aber ehrlichen Mannes und tapferen Kämpfers. Dies brachte ihm den Respekt seiner Mitmenschen ein. Niemand wagte es, ihn zu unterbrechen.

„Aber mehr noch", setzte Arnold nun noch ein gewichtiges Argument obendrauf, „was kümmert es uns eigentlich?" Aufgeregtes Gemurmel erhob sich, aber jeder war begierig, die nächsten Worte Arnolds zu erfahren.

„Wir haben uns hier versammelt, um gen Palästina zu Felde zu ziehen. Wenn mich nicht alles täuscht, wird uns das Jahre von der Heimat fernhalten, Jahre, in denen wir ohnehin keinen großen Einfluss auf unsere Ländereien ausüben können. Also wozu die Aufregung, sollen sich doch die Zurückgebliebenen darum kümmern, die Weiber und Söhne, Pfaffen und Brüder", dabei warf er sowohl Adolf als auch Walram und Otto vielsagende Blicke zu.

„Auf uns wartet eine andere, eine wichtigere Aufgabe: Wir müssen das Heilige Land zurückerobern, das wird schwierig genug. Und nur wenn wir vereint handeln, wird uns dies gelingen – sonst werden wir elendig vor die Hunde gehen!"

Betretenes Schweigen breitete sich aus. „Also begrabt euren Zwist – auf dass wir den Heiden ordentlich in den Arsch treten – und trinkt endlich ein Bier mit mir!“ Da brach ein Orkan von Beifall von allein Seiten los, zahllose Hände klopften ihm auf die Schultern.

„Wohl gesprochen“, mischte sich nun auch Georg von Wied in die Gespräche ein, „Zwistigkeiten können wir nicht gebrauchen, deshalb danke ich Euch für Eure Worte!“

Walram von Limburg trat zu Graf Adolf und bot ihm die Hand zur augenblicklichen Versöhnung. „Verzeiht, alter Freund, ich habe mich hinreißen lassen, aus Ärger über Euren Bruder!“

„Der so unbegründet nicht ist“, erwiderte Adolf, „ich verspreche Euch, mich der Sache anzunehmen, die ja auch die Sache meiner Tochter ist.“ Schon jetzt bereute er, Engelberts Drängen auf die Regentschaft nachgegeben zu haben.

„Wie war das mit dem Bier?“, ließ sogar der streitlustige Otto von Tecklenburg Versöhnungsbereitschaft erkennen. Darauf wurden mit Freuden allenthalben zahlreiche Krüge geleert, während fette Ochsen, die auf großen Spießen über loderndem Feuer brieten, darauf warteten, als letzte Mahlzeit auf festem, heimischem Boden verspeist zu werden.

Damit kehrten noch am selben Abend wieder Ruhe und Frieden in das Kreuzfahrerheer ein, doch nur vorübergehend. Die wachsende Uneinigkeit sollte eines der größten Probleme des gesamten Kreuzzuges werden – und daran trugen die Ereignisse um den Kölner Erzbischof eine gewisse Mitschuld.

Thomas ärgerte sich einmal mehr über das hartnäckige Pochen in seinen Schläfen und das lästige Ziehen im Nacken, als er an einem vernieselten Morgen erwachte. Doch maß er dieser Form des Kopfschmerzes, die ihn stets befiel, wenn er wieder einmal zu viel getrunken hatte, längst keine Bedeutung mehr zu, schließlich wusste er, woher der Schmerz stammte, und auch, wie man ihm begegnen konnte. Jedes Mal nahm er sich vor, bei nächster Gelegenheit zurückhaltender zu sein, doch genau das Gegenteil war der Fall. Bei jedem Gelage trank er mehr, und die Gelage häuften sich, aber er vertrug auch mehr. Um sich Linderung zu verschaffen, kaute er ein Stück getrockneter Weidenrinde, das mit vielen anderen in einem ledernen Beutel an seinem Gürtel baumelte – ein Abschiedsgeschenk von Sibylla, das sie ihm am Morgen vor dem Aufbruch nach Altenberg zugesteckt hatte. Thomas musste lachen, als er an ihre letzten Worte dachte.

„Das wird dir helfen, wieder klar denken zu können, wenn du einmal mehr versucht warst, mit anderen Zechern deine ritterliche Trinkfestigkeit unter Beweis zu stellen", hatte sie gesagt und ihn dabei so vorwurfsvoll angesehen, als sei er ständig im Delirium. Dabei, so glaubte er, konnte davon natürlich überhaupt keine Rede sein. Er trank niemals zwei Tage hintereinander, also allenfalls drei-, viermal pro Woche.

Während er noch auf der Rinde kaute und sich zum Kanal am Rande des Lagers begab, um seine Notdurft zu verrichten, fiel ihm auf, dass irgendetwas anders war als am Abend zuvor. Dann erst wurde ihm klar, dass die Schiffe viel tiefer lagen als noch vor wenigen Stunden und teilweise kaum noch Wasser unter dem Kiel hatten. Aufgeschreckt stürmte er zurück ins Lager, um seinen Vorgesetzten Meldung zu machen. Die jedoch verdrehten lediglich die Augen. Arnold von Cleve ließ sich gar wieder zurück auf sein Feldlager fallen und verbarg seinen offenbar ebenfalls schmerzenden Schädel unter einem zusammengerollten Leinenhemd, das er als Kissen nutzte.

Die Sonne stand schon hoch am Himmel, als das auf achttausend Kämpfer angewachsene Kreuzfahrerheer samt Pferden, Waffen, Rüstungen und Zelten in beispielhafter Ordnung zu je fünfzig bis achtzig Mann die wartenden Schiffe bestieg. Je nach Mannschaftsstärke, Stand oder Verbundenheit untereinander wurden die einzelnen Truppenverbände auf die Schiffe verteilt. Allein zehn Schiffe belegten die Kriegsknechte und Ritter im Dienste der Domstadt Köln. Ebenso verhielt es sich mit den Truppen aus Trier und den großen Handelsstädten wie Bremen.

Gut zwanzig Schiffe benötigte die Armee des Grafen von Holland, der den Kreuzzug offenbar zu einer Machtdemonstration nutze.

Fast ebenso viele Fahrzeuge wurden für die vielen Männer aus dem Norden des deutschen Reiches benötigt.

Das etwa gleich starke Gefolge des Grafen von Berg und des Herzogs von Limburg schiffte sich zusammen auf der „Freya" ein.

Thomas bedauerte es, sich von seinem geduldigen Reittier trennen zu müssen, an das er sich mittlerweile gewöhnt hatte. Wie seine schon etwas betagte Stute wurden die meisten Pferde zurückgelassen bzw. von Knechten wieder zurück in die Heimat gebracht. Einige Ritter, allenthalben die Anführer wie Adolf von Berg, Arnold von Cleve und Walram von Limburg hatten jedoch darauf bestanden, nicht ohne ihre Schlachtrösser zu Felde zu ziehen.

Diese zu verladen war die schwierigste Aufgabe gewesen. Einige der Koggen waren eigens zu diesem Transportzweck umgebaut. Hier konnten die Pferde von Knappen über breite Holzbohlen direkt in den Schiffsbauch geführt werden.

Anders verhielt es sich mit der Kogge, die den Rittern von Berg zugeteilt war. Die „Freya" verfügte im hinteren Teil, vor dem Achterkastell, lediglich über eine große Ladeluke, von der aus eine einzige, wenn auch breite hölzerne Treppe in den Laderaum führte.

Die Pferde, vor allem den nervösen Lanzelot, hier herunterzubekommen war eine echte Aufgabe, die Thomas und Heinrich sowie ein halbes Dutzend Schiffsjungen viel Schweiß kostete.

Immer wieder scheute der schwarze Hengst vor dem dunklen Loch und den ihm wenig vertrauenerweckend erscheinenden, knarrenden Stiegen und keilte schließlich sogar mit den Hinterbeinen aus. Mit lautem Krachen, das den ganzen Schiffsrumpf erbeben ließ, trafen die Hufe auf splitterndes Holz, sodass der Kapitän des Schiffes, ein bärbeißiger Seemann aus Friesland, bereits Angst um die Stabilität seines Decks hatte. Erst als Arnold von Cleve einschritt und dem Tier die Augen verband, beruhigte sich der Hengst und ließ sich in den Pferdeverschlag im Inneren führen.

Etwa ein Dutzend Tiere stand hier, an einem starken, mit breiten Ösen an der Bordwand fixierten und quer durch den Verschlag gespannten Tau angeleint. Der Raum zwischen und hinter den Tieren war durch Seile und geflochtene Netze gesichert, die bei starkem Seegang verhindern sollten, dass die Tiere strauchelten und übereinanderfielen.

Thomas war erstaunt darüber, wie geräumig dieser Laderaum war, obwohl das Schiff nur wenig Tiefgang hatte.

„Schau dir das an, Heinrich", begeisterte er sich, „hier passt ja eine halbe Armee rein, dabei ist der Kahn am Kiel so flach wie ein Flussschiff, obwohl er von außen aussieht, als ob er tief im Wasser läge!" „Und wozu soll das gut sein?", knurrte Heinrich, der sich in der – wenn auch noch so großzügigen – Enge des Laderaums zusehends unwohl fühlte, „mir kommt er trotzdem vor wie ein schwimmender Sarg."

„Na mit dem flachen Kiel kann die Kogge auch in wasserarme Flüsse und seichte Buchten einlaufen. Eine Handbreit Wasser unterm Kiel und sie segelt sogar über jeder Sandbank hinweg – und das voll beladen!"

Breite Balken, die nach oben hin das Deck stützten, teilten den durchgehenden Schiffsbauch in mehrere Abteilungen. Etwa in der Mitte, wo in der Regel der Seegang am wenigsten zu spüren war, lagerte die kostbarste

Fracht, die Pferde. Im hinteren Teil waren unzählige Fässer aufgestapelt, die Wasser, Wein, Bier, gepökeltes Fleisch und gesalzenen Fisch enthielten. Im vorderen Teil befanden sich die Waffenkammer und das Lager für die vielfältige Ausrüstung, zu der auch Baumaterial für Katapulte und Belagerungstürme gehörte. Zu den Seiten hin hatte man mit Decken und Matten Raum für ein paar trockene Schlafplätze geschaffen, die jedoch mehr als etwaige Krankenstation dienen sollten. Das Gros der Kreuzfahrer wie auch die Mannschaft schliefen an Deck, Letztere in Schlafsäcken aus Seehundsfell.

Die Grafen und edelsten Ritter nächtigten, wie auch der Kapitän des Schiffes, im Innenraum des hölzernen Achterkastells, in dem man mit Holzsparren einige Verschläge abgeteilt hatte.

Während Heinrich sich beeilte, wieder an Deck zu kommen, fuhr Thomas mit der Hand verträumt an den symmetrischen, sich überlappenden Planken entlang, deren Zwischenräume mit Pech und Werg abgedichtet waren. Dabei überlegte er, ob man auf diese Weise auch größere Flussschiffe bauen könne, mit der sich mehr Ladung zu den Märkten, zum Beispiel Fisch nach Köln, schaffen ließe.

„So sind alle nordischen Schiffe gebaut“, hörte er eine helle Jungenstimme sagen, die zwar einen friesischen Dialekt besaß, aber trotzdem gut verständlich war. „Man nennt das Klinkerbauweise. Dadurch, dass sich die Planken überlappen, bekommt der Rumpf mehr Stabilität. Das weiß man vor allem auf dem rauen Nordmeer zu schätzen!“

„Ich weiß“, antwortete Thomas, während er den kleinen Naseweis musterte, der sich da fachmännisch über die Bauweise ihres Schiffes äußerte. Der Bursche hatte strohblondes Haar, dessen Strähnen die Konsistenz von Stroh zu haben schienen, wahrscheinlich weil sie von der salzigen Meerluft verklebt und schon länger nicht gewaschen worden waren. Er war gut zwei Köpfe kleiner als Thomas, spindeldürr und vielleicht gerade dreizehn, vierzehn Jahre alt.

„So und woher willst du das wissen?“, hakte der Naseweis nach. „Weil auf diese Art und Weise auch die Fischerboote an Rhein und Wupper gebaut werden, nur deutlich kleiner. Mit überlappenden Planken bekommt man den Schiffsrumpf deutlich dichter als mit bündig abschließenden Planken“, antwortete Thomas nun auch recht fachmännisch.

Der Junge nickte nachdenklich. „Verstehe – und woher weiß ein Ritter, wie man Fischerboote baut?“ „Ich bin kein Ritter, noch nicht, aber der Sohn eines Fischers.“ Der Bursche pfiff leise durch die Zähne.

„Deshalb schaust du dir so genau jedes Seil und jedes Netz an Bord an …“ Das Ende eines Taus, das wie eine Peitsche nach dem Burschen geworfen wurde, unterbrach dessen Gedankengang.

„Faule Bande, Schluss mit dem Geschnacke“, brüllte der Kapitän, der auf den Stiegen zur Ladeluke stand, „macht gefälligst, dass ihr das Schiff beladen bekommt. Und wenn du damit fertig bist, Fiete, dann auf in die Wanten und das Segel gesetzt!“

Der so titulierte Bursche machte sich schnurstracks davon, drehte sich aber auf der Treppe noch einmal um. „Mach nicht den Fehler und schau nach links oder rechts auf die Wellen, wenn wir aufs Meer rausfahren, du Fischer vom Land“, krähte er, „sonst wirst du seekrank. Schau nach vorn und am besten auf den Horizont!“ Dann sputete er sich und eilte zum Mast, um mit den anderen Schiffsleuten das große Rahsegel klarzumachen. Behände erkletterte Fiete mit vier, fünf anderen die sich nach oben verjüngende Strickleiter zu beiden Seiten des Mastes, balancierte über ein Seil zu seinen Füßen zu einer bestimmten Position der quer zum Mast verlaufenden Rahe und machte sich an der zusammengefalteten, verschnürten Leinwand zu schaffen.

Mit einem gewaltigen Rauschen, das Thomas an den keuchenden Atemzug eines Riesen aus den alten Heldensagen erinnerte, entfaltete sich das breite, rot-weiß gestreifte Segel und füllte sich mit dem aufkommenden Wind.

Wenige Augenblicke später segelten die ersten von hundertzwölf Schiffen mit der einsetzenden Flut aus dem Hafen von Vlaardingen in den Mündungsbereich des Rheins und nahmen Kurs auf das Meer. Die nordischen Langschiffe wurden von ihrer Besatzung erst in die Flussmitte gerudert und setzen dann, wie auf ein Kommando, kollektiv Segel.

Angesichts dieses beeindruckenden, von über dreißig Schiffen fast zeitgleich ausgeführten Manövers lief Thomas eine Gänsehaut über Nacken und Arme. Heinrich allerdings wurde zusehends blasser um die Nase. Beide begaben sich nach vorn zum Bugsteven und Thomas ließ seinen Blick über den Horizont streifen. Er hatte noch nie so viel Wasser auf einmal gesehen. Die Schiffe befanden sich, soweit er dies nachvollziehen konnte, auf einem Hauptarm des Rheins, von links mündeten weitere große Zu- und Nebenflüsse, von denen einer die Maas sein musste. Von rechts ergossen zahllose kleinere Flüsschen und Kanäle ihr Wasser in den Strom. Vor ihnen breitete sich ein Labyrinth von Wasserläufen aus, die entweder vom Rhein abzweigten oder zu ihm hin führten.

„Ja, da staunt Ihr, was?“, hörte Thomas wieder die Stimme des jungen Fiete, diesmal direkt neben sich, für den es nach dem Setzen des Segels für den Moment keine weitere Arbeit gab. „Wer sich hier nicht auskennt, ist glatt verloren und findet nie die Mündung der Maas!“ „Der Maas?“, erwiderte Thomas. „Ich denke, das hier ist der Rhein!“ „Siehst du, so kann man sich irren“, krähte der Naseweis erfreut, „das hier ist nämlich die Alte Maas oder die ‚Oude Maas‘, wie die Holländer sagen.“

„Und wo ist der Rhein geblieben, den wir all die Tage entlanggeritten sind, wo haben wir den verlassen und wo mündet der?“

Fiete zuckte amüsiert mit den Schultern. „Der Rhein? Den kenn ich nicht!“ Thomas war vorübergehend irritiert, Heinrich gar fassungslos, dann erst dämmerte ihnen, dass der Bursche sie auf den Arm nahm, und Heinrich drohte diesem mit erhobenem Zeigefinger. „Freundchen, wenn du nicht über Bord gehen willst, dann schwindele uns nicht an!“

„Keine Sorge“, beschwichtigte Fiete, „der Fluss, der euch Rheinländern so am Herzen liegt, ist natürlich noch da, nur heißt er hier Wal, zumindest ein Zweig davon. Und irgendwo vereint er sich mit der Maas, zumindest einem Teil davon. Ab da heißt er Alte Maas, ist aber eigentlich der Rhein. Wenn du die Holländer oder die Leute aus Flandern fragst, mündet dort der Rhein in die Maas, bevor sie gemeinsam ins Meer fließen. Fragst du die Rheinländer, mündet da natürlich die Maas in den Rhein. Uns Friesen ist es eigentlich egal, Hauptsache der Fluss hat genug Wasser unterm Kiel. Verstanden?“ Thomas und Heinrich verstanden überhaupt nichts mehr. Dann öffnete sich der Mündungstrichter des Flusslaufes, die Ufer traten auf beiden Seiten zurück und die Schiffe fuhren aufs offene Meer hinaus.

Eine Welle der Begeisterung lief durch die Reihen der Männer angesichts der breiten Phalanx der stolzen Kreuzfahrerflotte, die unter einem blauen Himmel nun westlichen Kurs einschlug, quer durch den Ärmelkanal, der seit Menschengedenken das Inselreich England vom Festland trennt. So weit das Auge reichte, war das Meer von rot-weiß gestreiften Segeln bedeckt.

„So ähnlich muss es ausgesehen haben, als sich die Normannen vor hundertfünfzig Jahren aufmachten, das angelsächsische Königreich zu unterwerfen“, platzte Graf Adolf heraus.

Die meisten Männer hatten sich entlang der Reling ihres Schiffes postiert, um besser sehen zu können und die Aussicht zu genießen. Bald jedoch schlugen Wetter und Stimmung um. Die Sonne verzog sich rasch hinter einen dichten Vorhang grauer Regenwolken, die der Wind aus Westen herantrug. Die Schiffe kamen nur noch langsam voran. Die Rahsegler konnten allesamt nur bedingt und nur in einem bestimmten Winkel gegen den Wind segeln, obwohl das schwerfällige Seitenruder vergangener Tage bereits von einem Heckruder ersetzt worden war, das ihnen mehr Manövrierfähigkeit verlieh.

Mit einsetzendem Regen veränderte sich auch der Rhythmus der Wellen unter den Schiffen. War dies zuvor noch ein gleichmäßiges Rollen gemächlicher Wogen, auf deren Scheitelkämmen ab und an eine vorwitzige Schaumkrone tänzelte, glich das Meer nun einem großen Kessel, dessen Inhalt langsam erhitzt wurde. Aus dem Rollen wurde ein Brodeln, das stetig wachsende Wellen in einem unkontrollierten Stakkato gegen die hölzernen Bugsteven schickte.

Zahllosen Männern wich jegliche Farbe aus dem Gesicht, viele zogen sich unter Deck zurück, nur um Augenblicke später doch wieder an der Bordwand zu erscheinen und ihren Mageninhalt in den grauen-grünen Hexenkessel unter ihnen zu ergießen.

Thomas wunderte sich, dass so viele Männer zur gleichen Zeit die gleiche Übelkeit befiel. Er selbst fühlte sich zwar auch nicht gerade wohl in seiner Haut angesichts der über sie hereinbrechenden Schlechtwetterfront, aber wackelige Bootsfahrten war er, wenn auch in kleineren Gefährten, von der heimischen Wupper her gewohnt. Außerdem hatte er den Rat Fietes befolgt und sich sofort einen Punkt am Horizont gesucht, den er im Auge behalten konnte, als das Schwanken des Schiffes heftiger wurde. Dem Schiffsjungen schien das stete Schaukeln nichts auszumachen, im Gegenteil, er saß auf einem Fass mit Trinkwasser, das man zur Sicherheit an den Mast des Schiffes gebunden hatte, und jauchzte bei jeder großen Welle vor Freude.

Heinrich hingegen kotzte sich die Seele aus dem Leib, bis es fast nichts mehr gab, was er hätte erbrechen können. Ermattet schleppte er sich in den Laderaum, um sich ein trockenes Plätzchen zu suchen, doch hier drückte schnell die drangvolle Enge auf sein Gemüt. Außerdem stank es mittlerweile nach Urin und Erbrochenem der vielen Männer. So zwang ihn ein neuerlicher Würgereiz doch wieder an Deck.

„Na, Odenthaler, du bist so grün im Gesicht wie die heimischen Wälder und Wiesen im Frühjahr“, empfing ihn Gisbert von Limburg, der sich breitbeinig neben seinem Grafen Walram und anderen Rittern aufgepflanzt hatte, um demonstrativ seine Seetüchtigkeit unter Beweis zu stellen. „Hättest den Landweg nach Palästina nehmen sollen!"

Doch ein Schwall gallig gefärbten Wassers aus Heinrichs Mund, der diesen verließ, noch bevor er die rettende Bordwand erreicht hatte, blieb schließlich auch bei Gisbert nicht ohne Wirkung. So hingen sie wenige Augenblicke später gemeinsam an der Bordwand und opferten ihr Inneres dem Meeresgott, wie es Arnold von Cleve ausdrückte. Der alte Haudegen gehörte zu den wenigen Recken, die sich von Wetter und Seegang unbeeindruckt zeigten.

Die Grafen Adolf und Walram waren zwar ebenfalls blass um die Nase, hielten sich aber wacker. Der große Rest der Männer war akut seekrank.

„Das kann ja heiter werden", brüllte der Kapitän über das Rauschen von Wind und Wetter hinweg, „wir sind kaum unterwegs und schon kotzt sich die Hälfte der tapferen Armee die Seele aus dem Leib. Mit den Weicheiern wollt ihr einen Kreuzzug gewinnen? Dabei haben wir nicht mal einen richtigen Sturm!"

Wie die anderen Kapitäne entschloss sich der Schiffsführer der „Freya", dem Wetter auf nördlicherem Kurs auszuweichen und entlang der Küste Englands weiterzusegeln. Mit Flaggensignalen wanderten Kommandos von Schiff zu Schiff. Am Abend des ersten Tages konnte man in der Ferne die typischen Kreidefelsen der englischen Küste entdecken.

Drei Tage und Nächte dauerte das mühsame Kreuzen gegen den Wind, dann erreichte die Flotte den geschützten Hafen von Dartmouth im Südwesten Englands, der in der Mündung des kleinen Flüsschens Dart lag.

Das gesamte Heer nutzte die Gelegenheit, wieder festen Boden unter die Füße zu bekommen und sich von der Seekrankheit zu erholen. Zu Fietes Leidwesen wurde den Schiffsmannschaften befohlen, die Decks und Laderäume ihrer Segler für die bevorstehende Weiterreise zu säubern, die Vorräte zu ergänzen und vor allem Frischwasser an Bord zu nehmen.

Thomas und Heinrich, dessen Gesicht deutlich mehr Farbe aufwies, seit er wieder festen Boden unter den Füßen hatte, schlenderten derweil durch den Hafen der englischen Küstenstadt. Deren niedrige, meist aus verwittertem Holz bestehende Häuser schmiegten sich an die sanft ansteigenden Hügel auf der östlichen Seite der Flussmündung, die der Stadt den Namen gab.

Der Fluss bildete einen tiefen V-förmigen Einschnitt in der Küstenlinie. Die geschützte Lage und die ungewöhnliche Wassertiefe machten

Dartmouth zu einem idealen Hafen für große Segelschiffe. Schon 1147 und 1190 waren Kreuzfahrerflotten von hier in See gestochen.

Nur einige wenige öffentliche Gebäude waren aus festem Stein errichtet, darunter ein paar Tavernen. Am Ufer lagen zahllose kleine Fischerboote, während die gesamte Flussmündung von der Kreuzfahrerflotte eingenommen wurde.

Wie angewurzelt blieb Thomas vor dem hölzernen Eingangsschild einer windschiefen, obwohl gemauerten Schankstube stehen, denn das schon ziemlich vermoderte Schild, das zur Einkehr im „Dunklen Rachen“ einlud, soweit Thomas die angelsächsischen Worte verstand, war von einem Furcht einflößenden Kranz von Zähnen umgeben.

„Das sieht aus wie das Gebiss eines riesigen Fisches“, vermutete Thomas, wobei er glaubte, bei Heinrich erneut den Anflug einer grünlichen Blässe im Gesicht zu entdecken. „Aber das kann doch unmöglich echt sein“, antwortete dieser.

„Ich weiß nicht“, gab Thomas zurück, „es sieht zumindest sehr echt aus, abgesehen von der Größe!“

Gedankenverloren fuhr er mit dem rechten Zeigefinger die messerscharfen, wie Pfeilspitzen geformten Zähne entlang, die da vor ihm in drei dichten Reihen aus dem knochenartigen Rahmen wuchsen.

„Gebt Acht, dass Ihr einem solchen Ungetüm nicht wirklich begegnet“, vernahmen sie da eine dunkle, leicht schnarrende Stimme mit niederrheinischem Akzent, „das ist einer der Schrecken des Meeres, die vor allem an dessen Rändern lauern und sich ab und an auch an den hiesigen Küsten blicken lassen. Er würde euch zwei wahrscheinlich mit einem Bissen verspeisen!“

Erschrocken drehten sich Thomas und Heinrich um und erblickten einen kräftigen, etwas heruntergekommenen Kriegsknecht mit kahlem Schädel, der sie mit forschendem Blick musterte.

„Und seid Ihr schon einmal einem solchen Ungetüm begegnet?“, traute sich Thomas zu fragen. „Das will ich meinen“, antwortete der Glatzkopf, „vor Jahren auf einem früheren Heerzug, und es war furchtbar!“

„Erzählt, was ist geschehen“, bestürmten die beiden nun den offenbar erfahrenen Kriegsknecht und Seefahrer. Der zuckte jedoch nur mit den Achseln. „Daran kann ich mich nicht mehr so genau erinnern!“ Enttäuschung spiegelte sich auf den Gesichtern der jungen Männer. „Es sei denn, ihr helft meinem Erinnerungsvermögen ein wenig nach!“

Dabei wies er mit dem Daumen der Linken vielsagend auf seinen Mundraum. Thomas und Heinrich verstanden sofort, grinsten und wühlten in ihren unter den Kleidern versteckten Börsen nach Münzen.

Thomas förderte gar einen halben Heller zu Tage, den er vom Grafen als Sold für die nächsten Wochen bekommen hatte, und hielt ihn dem Glatzkopf hin. „Meint Ihr, der Wirt der Schänke nimmt unser kölnisches Geld?"

Betont gleichgültig starrte der seefahrende Kriegsmann die glänzende Münze an. Nur ein kurzes Blitzen in seinen Augen verriet für einen Moment seine sündigen Gedanken.

„Was glaubt ihr denn? Der kölnische Silberling ist sogar die bevorzugte Währung hier auf der Insel!"

Bei diesen Worten nahm er die beiden Knappen bei den Schultern und führte sie in die Spelunke. Die Tafeln und Bänke im niedrigen Gastraum waren bis auf den letzten Platz mit deutschen Soldaten und Rittern gefüllt, die mit dünnem Bier den ersten Geschmack der Seefahrt herunterspülten. Der Glatzkopf warf sich jedoch mit der ganzen Wucht seines Körpers auf das Ende einer der Holzbänke und verschaffte sich damit augenblicklich einen Platz.

Dann fixierte er mit düsterem Blick sein Gegenüber, das nach wenigen Sekunden die Augen niederschlug und enger zu seinem Nachbarn rückte. So bekam auch Thomas seinen Platz, allerdings entging ihm dabei, dass der Vertriebene und dessen Nebenmann mit dem Kriegsknecht versteckte Blicke wechselten.

Der Wirt verbeugte sich gleich mehrmals hintereinander, als er die Münze sah, und brachte schnell noch einen hölzernen, wenn auch wackeligen Schemel für Heinrich. Von zarter Hand wurde ihnen alsbald ein Krug Bier kredenzt. Dabei ergoss sich, ob aus Ungeschicklichkeit oder weil der Griff des Kruges sich verabschiedet hatte, ein Schwall dünnen Bierschaumes über die ohnehin schon leicht schimmelnde Holztafel. Da Ähnliches schon häufiger passiert war, lag ein säuerlicher Modergeruch in der Luft. Die auftischende Hand gehörte einer rothaarigen Frau, die, obwohl noch jung an Jahren, bereits die Blüte ihrer Weiblichkeit überschritten hatte. Offenbar kümmerte sie sich allzu oft nicht nur um den Durst der männlichen Gäste. Aufreizend scharwenzelte sie um den Tisch herum. Der Kahle warf ihr zwar einen lüsternen Blick zu, beschied ihr aber dann doch mit einer Kopfbewegung, zumindest vorläufig zu verschwinden. Dann kreisten die Becher und der vermeintliche Seefahrer tischte den Burschen eine

Geschichte auf, die ihnen die Haare zu Berge stehen ließ.

Er erzählte von einer ähnlichen Schiffspassage ins Heilige Land, wie jetzt, aber zu Zeiten des seligen englischen Königs Richard Löwenherz, in dessen Diensten er sich befunden haben wollte.

Eines der Schiffe sei im Sturm vor der bretonischen Küste gekentert, wobei sich die Meeresungeheuer über die Mannschaft hergemacht und niemanden übrig gelassen hätten. Er selbst, so behauptete er nach einem weiteren Krug Bier, sei den Ungeheuern nur entkommen, weil er nach durchzechter Nacht und mit vor Angst beschissenen Beinkleidern noch schlimmer gestunken hätte als die Ungeheuer selbst. Dabei lachte er dröhnend aus vollem Hals und kippte in einem Zug seinen Becher Gerstensaft in denselbigen.

„Was hat einen Mann wie Euch dazu gebracht, das Kreuz zu nehmen?", wollte Thomas wissen. Der Glatzkopf zog einmal geräuschvoll die vom Seewetter gereizte, laufende Nase hoch.

„Es waren die vielen Predigten, die zu diesem Kreuzzug aufriefen", antwortete er lammfromm, „vor allem die des Kölner Domschulmeisters Oliver, die in mir den Entschluss keimen ließen, im Heiligen Land durch gottgefälligen Waffengang die Vergebung meiner vielen Sünden zu erwirken. Außerdem gab es da diese himmlische Erscheinung."

Letzterer hatte Thomas ja mit eigenen Augen beigewohnt. Mehr jedoch interessierten ihn die besagten Sünden des Kriegsmannes.

„Welcher Sünden habt Ihr Euch denn schuldig gemacht?", kam es schon nicht mehr ganz so flüssig aus Thomas' Mund.

Der Kahle grinste breit, wobei er seinem Gegenüber einen kurzen Eindruck vom Zustand seiner verbliebenen Zähne gewährte, und warf dann einen vielsagenden Blick auf die rote Hure. Diese registrierte die ihr gewidmete Aufmerksamkeit sofort und tänzelte langsam hüftschwingend zurück zum Tisch der drei.

Thomas gefiel die Rothaarige zwar nicht sonderlich, aber für das Thema konnte er sich durchaus erwärmen, vor allem weil ein Ziehen in den Lenden seine Erinnerung an die Nacht mit Sibylla erweckte.

„Habt Ihr schon viele Frauen in Eurem Leben gehabt?", fragte er über den Rand seines Bechers hinweg, den er darauf in einem Zug leerte, nur um sich dann von der Hure nachschenken zu lassen.

Diese tat wie ihr geheißen und berührte dabei wie zufällig mit der freien Hand die Haarsträhnen in Thomas' Nacken, dem ob dieser Berührung ein Schauer über den Rücken lief, der jedoch alles andere als unangenehm war.

„Mehr als die frommen Brüder im Kölner Dom im Jahr Choräle singen können", prahlte der Kahle, „und Ihr, mein junger Freund, wie viele Muscheln habt Ihr schon geknackt?"

Wieder setzte Thomas den Becher an, um sich die aufsteigende Röte in seinem Gesicht nicht anmerken zu lassen. „Nur eine, aber die gleich dreimal", gab er über die Deckung des Becherrandes hinweg preis. „Oho, gleich dreimal, na dann seid Ihr ja fast schon ein gestandener Deckhengst", prustete der Kahle, wobei er sich fast an seinem kehligen Lachen verschluckte. „Und Ihr, mein stiller Kamerad", wandte er sich nun Heinrich zu, der bislang nur schüchtern zugehört, dabei aber jede Bewegung der roten Hure verfolgt hatte. „Wie viele Schneckchen habt Ihr schon auf Euren Dorn gespießt?" Heinrich schüttelte nur stumm den Kopf.

„Na, das lässt sich doch ändern", behauptete der Kahlkopf und winkte sogleich die Hure näher heran. Er bestellte noch einen weiteren Krug Bier und beschied ihr, sich zu ihnen zu setzen, vorher aber noch die eine oder andere „Freundin" dazuzuholen. Diese ließ sich das nicht zweimal sagen, verschwand für einen Moment hinter einem dunklen Vorhang, um Augenblicke später mit Verstärkung wieder am Tisch zu erscheinen. Ehe Thomas sich versah, hatte er eine dralle Blondine auf dem Schoß sitzen, die ihm den mächtigen Busen, der sich schon den halben Weg aus dem zu eng sitzenden Mieder herausgekämpft hatte, gegen die Nase drückte. Mit ihrer Rechten hielt sie Thomas' Schulter umklammert, mit der Linken flößte sie ihm ein neues Bier ein.

Über den Becher hinweg sah er, dass sein Freund Heinrich in ähnlicher Weise von einer blassen Nebelkrähe belagert wurde, die einen Großteil ihres Körpers hinter einer zugegeben beeindruckenden Haarpracht verbarg. Die rote Hure kümmerte sich indes um ihren kahlen Saufkumpan.

Das war so ziemlich das Letzte, an das sich Thomas erinnerte, bevor er in einem sich immer schneller drehenden Strudel aus Brüsten und Bier das Bewusstsein verlor.

Er erwachte mit dem Kopf auf den Armen in fast völliger Dunkelheit. Nur das spärliche Licht zweier fast heruntergebrannter Kerzen erhellte die nächtliche Gaststube, in der er sich offenbar immer noch befand. Die vormals dicht besetzten Bänke schienen jedoch alle verwaist.

Ein undefinierbarer Schmerz in seinem Unterleib ließ ihn vollends zur Besinnung kommen. Als er an sich herunterblickte, erkannte er die dralle Blondine, die mit entblößtem Oberkörper zwischen seinen Beinen hockte und im Halbschlaf sein bestes Stück mit Mund und Lippen bearbeitete. Dabei kollidierte die empfindliche Spitze ab und an mit den in ihrem Mund verbliebenen Zähnen.

Erschrocken, nicht nur wegen des Schmerzes, sprang Thomas auf, zog eilig seine Beinkleider hoch und ging ein paar Schritte zurück.

Dabei sackte seine blonde Gespielin trunken zur Seite. Im Halbdunkeln erkannte er Heinrich, der mit gesenktem Kopf an einer Wand lehnte und sich in einen Eimer erbrach. Überhaupt stank es zum Gotterbarmen in der dunklen Stube, nach Kotze und Bier, Urin und anderen Körperelixieren, deren Herkunft Thomas lieber nicht auf den Grund gehen wollte. Der Kahle lag schnarchend, die entblößte rote Hure über sich, neben der Bank.

Ein mächtiges Gefühl der Reue überkam Thomas, gefolgt von einem unbändigen Drang, schleunigst das Weite zu suchen. Eilig stopfte er sein Hemd unter den Gürtel. Dabei stellte er fest, dass seine Geldbörse zwar noch da, aber gänzlich leer war. Er rang nach Atem und warf noch einmal einen Blick auf das nächtliche Szenario. Ihn fröstelte. Dann nahm er den schlaffen Heinrich beim Arm, legte sich diesen über die Schulter und stolperte mit diesem nach draußen.

Die aufgehende Sonne und die frische Meeresbrise wirkten erlösend, doch nur für seinen malträtierten Körper. Sein Herz und seine Seele verkrampften sich bei jedem Gedanken an das Geschehene. Die leere Börse konnte er verschmerzen. In den nächsten Wochen auf See würde er ohnehin keine Gelegenheit haben, Geld auszugeben. Schwerer wog, dass er in seinen Augen seine geliebte Sibylla betrogen hatte, noch dazu mit einer schändlichen Hure. Wie hatte er es nur so weit kommen lassen können?

Doch bevor er den Gedanken weiterverfolgen konnte, nahm ein grandioses Schauspiel am östlichen Horizont seine volle Aufmerksamkeit in Anspruch. Denn dort erschienen in diesem Moment die Segel einer gewaltigen Flotte.

Thomas war schlagartig nüchtern und auch Heinrichs Lebensgeister rührten sich wieder, denn nun war Eile geboten.

Die Segel gehörten zu einem hundertdreißig Schiffe starken friesischen Geschwader, das sich am Morgen des 4. Juni vor Dartmouth mit der rheinisch-westfälischen Flotte vereinte, um gemeinsam nach Palästina zu segeln. In jeder Stadt, in jedem Dorf Frieslands hatte der Aufruf zum Kreuzzug, unterstützt von inbrünstigen Predigten der Pfaffen von den Kanzeln, so großes Gehör gefunden, dass sich über achttausend Ritter und Fußsoldaten bereitgefunden hatten, die Fahrt ins Heilige Land anzutreten. Und nun waren sie da.

Thomas und Heinrich beeilten sich, an Bord der „Freya" zu kommen, vermuteten sie doch zu Recht, dass mit Eintreffen der Friesen der Aufbruch kurz bevorstünde. Tunlichst ohne einem ihrer Kommandeure unter die Augen zu kommen, schlichen die beiden an Deck. Graf Adolf war ohnehin nicht anwesend, er weilte mit den anderen Heerführern auf dem Schiff des Grafen von Holland. Aber natürlich war ihr nächtliches Fernbleiben nicht unentdeckt geblieben. „Verzogene Bande", schimpfte der Kapitän, „wo habt ihr nur gesteckt? Es gibt noch reichlich Arbeit, bevor wir auslaufen!" Wie stets fühlte er sich für seine Ladung persönlich verantwortlich, auch für die menschliche, und wachte darüber, dass diese bis zum Ziel möglichst vollzählig blieb. Außerdem betrachtete er die Knappen und einfachen Soldaten zuweilen als willkommene Verstärkung seiner Mannschaft.

„Nun, so wie die zwei aussehen, sind sie den Huren im Hafen auf den Leim gegangen", mischte sich Arnold von Cleve ein, „am besten teilt Ihr sie dazu ein, die Heringsfässer zu verladen, so wie die beiden stinken!"

Wortlos eilten Thomas und Heinrich von Bord und halfen dabei, die Fässer mit gesalzenem Fisch und Trinkwasser zu verladen.

Eine knappe Stunde später erschien der Graf wieder an Bord, augenscheinlich hocherfreut über die friesische Verstärkung, und gab sogleich den Befehl zum Aufbruch. Kurze Zeit später segelten die vereinten Kreuzfahrerflotten in südlicher Richtung aufs offene Meer hinaus. Thomas meldete sich freiwillig dazu, das Krähennest zu besetzen, ein Beobachtungsposten hoch oben an der Spitze des Mastes, oberhalb des Rahsegels. Hier war der einzige Ort auf dem ganzen Schiff, an dem man wirklich für sich allein sein konnte, außerdem hatte er von hier den besten Ausblick auf die gewaltige Flotte, die nun gut zweihundertfünfzig Schiffe umfasste und einen herrlichen Anblick bot.

„Mein Gott, du hast dir wirklich die größte und stärkste Kreuzfahrerflotte der Welt zu Hilfe gerufen", dachte er so bei sich und hatte nicht den geringsten Zweifel daran, dass diese gigantische Armee problemlos das Heilige Land zurückerobern würde. Dann wanderten seine Gedanken zurück zur vergangenen Nacht und weiter zurück zur letzten Nacht auf Neuenberge. Wieder regte sich sein Gewissen – und er dankte Gott im Stillen dafür, dass ihm der Kreuzzug auch Gelegenheit geben würde, Vergebung für seine Sünden zu erlangen …

Fünf Tage später, nach der Umsegelung der Nordwestspitze Frankreichs, lief die Flotte in den Hafen von Brest ein, um sich hier mit neuen Vorräten für die nächsten Wochen einzudecken. Zuerst bogen die Schiffe östlich in die breite bretonische Bucht ein, dann noch mal links in den schon seit vielen Hundert Jahren benutzten Hafen. Auf einem Felsen zur Rechten, hoch über der Hafeneinfahrt, thronte eine trutzige Festung, die wie die gesamte Bretagne gut hundert Jahre lang den Engländern gehört hatte; erst seit fünfzehn Jahren wehte wieder eine französische Fahne über den Mauern.

Graf Adolf wollte den Aufenthalt nutzen, um, dem Vorschlag von Bruder Konrad folgend, einen Teil seiner Barschaft bei den Rittern des Templerordens in ein leichter zu transportierendes Zahlungsmittel einzutauschen.

Die Templer verfügten in Brest zwar über keinen befestigten „Tempel", keine eigene Burg, unterhielten im Hafen aber eine Kellerei, in der mit Wein und Bier gehandelt wurde.

Hier wurde Adolf von Berg, begleitet von Arnold, zwei weiteren Rittern und zwei Knappen, mit seinem Anliegen vorstellig. Der Kellermeister empfing sie freundlich und versprach, sich der Sache anzunehmen. Wenige Minuten später verließ ein geflügelter Bote den Taubenschlag im Hinterhof und flog zur nächsten Templerkomturei. In der Zwischenzeit lud sie der Cellerar des Ordens zu Wein, Brot und Käse ein.

Thomas wurde auf einen Wink des Grafen hin erlaubt, ebenfalls an der Tafel in dem kühlen Gewölbekeller Platz zu nehmen.

Bislang hatte er jeglichem Rebensaft nicht viel abgewinnen können, war dieser ihm doch meist zu sauer und herb. Deshalb bevorzugte er in der Regel Bier, von dem er auch mehr vertrug.

Wie staunte er jedoch, als er den ersten Becher Wein aus den Beständen der Templer kostete. Bereits der Duft betörte seine Sinne. Zunge und Gaumen wurden von einer würzigen Fruchtnote umschmeichelt. Der Wein war zwar trocken, aber keinesfalls sauer. Thomas nahm sogleich einen weiteren tiefen Schluck, um sich zu vergewissern, dass er sich nicht getäuscht hatte. Dieser Wein war tatsächlich etwas völlig anderes als das Zeug, das er normalerweise aufgetischt bekam.

„Du musst ihn langsam auf der Zunge zergehen lassen", prostete ihm Graf Adolf gutgelaunt zu, „die Franzosen behaupten sogar, man müsse ihn kauen." Thomas verstand zwar nicht ganz, nickte aber eifrig und gab sich alle Mühe, dem Rat des Grafen zu folgen. „Reine Zeitverschwendung", kommentierte Arnold von Cleve augenzwinkernd, während er bereits den nächsten Becher Wein die Kehle hinunterlaufen ließ, „wenn man so einen guten Tropfen aufgetischt bekommt, sollte man sich beeilen, möglichst viel davon herunterzubekommen. Wer weiß schon, wann die Quelle wieder versiegt!"

Tatsächlich verschloss der Cellerar nach einiger Zeit mit betretener Miene das Fässchen, aus dem er den Gästen ausgeschenkt hatte. Er hatte sich zwar gefreut, dass den Rittern der gute Tropfen mundete, dann aber mit Besorgnis gesehen, wie diese Becher um Becher leerten. Und bevor er von seinem Großmeister einen Rüffel wegen Verschwendung bekam, hatte er beschlossen, dem beginnenden Gelage ein Ende zu setzen.

In diesem Moment öffnete sich die schwere Holzpforte am Eingang, und drei Ritter betraten das kühle Halbdunkel, von denen die beiden Älteren über beeindruckende Bartlängen verfügten. Sie trugen allesamt weiße Wappenröcke mit stilisierten roten Kreuzen darauf, die sie als Templer auswiesen. Das typische Tatzenkreuz der Templer, das im Unterschied zum einfachen christlichen Kreuz zu den Enden hin breiter auslief, kannte Thomas bereits von seinen Lehrstunden unter Bruder Konrad.

Die Männer stellten sich als führende Ritter des Ordens vor, der vor gut einhundert Jahren von neun Männern in Jerusalem gegründet worden war und seither aufgrund seines märchenhaften Aufstiegs Grund für zahllose Spekulationen bot.

Unbestritten waren die Templer der reichste und mächtigste der großen Ritterorden, mit der stärksten Armee und einem weit verzweigten Netz von Niederlassungen, vor allem in Frankreich.

Der Anführer und Sprecher der Männer stellte sich als Raymond de Lennoie vor, der autorisiert wäre, das Finanzgeschäft mit dem Grafen abzuwickeln. Als Zeugen hatte er seine Ordensbrüder Gerard de Mornac und William von Gloucester mitgebracht.

„Gehört Ihr zu der beeindruckenden Kreuzfahrerflotte, die heute Morgen in den Hafen eingelaufen ist?" Graf Adolf bejahte dies.

„Dann darf ich Euch meinen Respekt aussprechen, es ist lange her, dass sich so viele Männer zu Soldaten Christi erkoren haben!"

Der Ritter von Lennoie bestätigte, dass die Templer häufig Geld für reisende Kaufleute und Kreuzfahrer in Verwahrung nahmen, um es gegen ein leichter zu transportierendes Papier einzutauschen, das sie ob dieses Zweckes „Wechsel“ nannten.

In jeder Niederlassung der Templer selbst und vor allen Dingen im Heiligen Land könne dieses Papier wieder gegen bare Münze „eingewechselt“ werden, daher der Name. Dafür würde der Orden den zehnten Teil der Summe einbehalten, erklärte der Templer, als Zins und Lohn für dessen Mühe.

„Das ist eine stolze Summe Geldes, werter Lennoie“, grübelte der Graf, „ich denke fünf Prozent sollten doch genügen!“

„Mit Verlaub, der Zehnte ist nicht verhandelbar“, antwortete der Tempelritter. „Nun, Bruder Konrad meinte, für Freunde des Ordens der Templer oder Zisterzienser gäbe es sicher günstigere Bedingungen“, ließ sich der Graf nicht so leicht beirren.

„Bruder Konrad? Welcher Konrad?“, wollte Raymond wissen.

„Der Bruder Konrad, der nun im Kloster Altenberg weilt“, gab Adolf zurück. Die Augenbrauen des Templers hoben sich.

„Acht Prozent“, ließ er den Preis augenblicklich nach, „aber nur, wenn Ihr mir anschließend mehr von meinem alten Freund Konrad berichtet.“ Adolf nickte einwilligend. „Das ist immer noch viel Geld, aber wenn ich dafür meine Kriegskasse unbehelligt ans Ziel bekomme, soll es mir recht sein!“ „Vorausgesetzt wir bekommen noch ein Fass dieses köstlichen Weines als Dreingabe“, fuhr Arnold von Cleve dazwischen. „Das lässt sich sicher machen“, lachte der Templer, „wenn ich unseren Kellermeister freundlich bitte. Aber von welcher Summe Geldes reden wir eigentlich?“

Graf Adolf zog sich daraufhin mit dem Ritter an das untere Ende des Tisches zurück, um die Details des Handels zu besprechen. Außerdem berichtete der Graf dem Templer von Bruder Konrad und dessen Dienst in Altenberge. Sie wurden sich schnell einig und kehrten alsbald zu den anderen zurück, um das Geschäft zum Abschluss zu bringen. Dafür ließ der Ritter von Lennoie den Kellermeister noch einen weiteren Krug Wein ausschenken. „Vergesst nicht, uns ein Fass dieses köstlichen Tropfens mitzugeben“, beeilte sich Arnold von Cleve, das gegebene Versprechen in Erinnerung zu bringen.

„Keine Sorge“, antwortete der Templer, „aber Ihr könntet uns im Gegenzug auch einen Gefallen erweisen. Dieser junge Ritter hier“, dabei wies er mit den Augen auf den jungen Templer, den er zuvor als William von Gloucester vorgestellt hatte, „ist dazu bestimmt, seinen weiteren Dienst in Outremer zu verrichten. Ihr könntet ihn nach Akkon mitnehmen, wenn es Euch nichts ausmacht, dann müssen wir ihn nicht eigens nach Nantes auf ein Templerschiff schicken!"

Wie der Graf betrachtete nun auch Thomas den jungen Ritter genauer. Er war vielleicht zwanzig bis zweiundzwanzig Jahre alt, trug das dunkelblonde Haar nach Tracht der Normannen geschnitten und einen noch spärlichen Bart. Dies zeigte, dass er noch nicht lange im Dienst des Ordens stand, denn normalerweise ließen die Templer ihre Haare und Bärte wachsen. Er hatte ein offenes, freundliches, wenn auch ernstes Gesicht, das auf ein ehrliches Wesen deutete. „Es ist mir eine Ehre", antworte Graf Adolf, „Euer Bruder ist uns an Bord unseres Schiffes willkommen."

„Wenn er seefest ist", fügte Arnold hinzu, „Kotze haben wir genug gesehen!" „Seid unbesorgt", meldete sich jetzt erstmals der junge Ritter zu Wort, um den es ging, „ich bin Engländer und als solcher mit dem Ungemach der unsere Insel umspülenden Wellen durchaus vertraut. Bevor ich mich übergebe, muss das Schiff schon sinken, was Gott verhindern möge."

„Dann trinkt mit uns darauf", hob Adolf von Berg an, „dass Gott über unsere Flotte wachen und uns beistehen möge, die Ungläubigen aus dem Heiligen Land zu vertreiben."

Alle griffen zu den frisch gefüllten Bechern.

„Ich dachte, Euch Templern selbst sei der Genuss vergorener Getränke verboten", gab Arnold von Cleve zu bedenken. Dafür erntete er von allen drei Ordensrittern ein wissendes Lächeln. „Ihr habt recht, werter Ritter", hob Lennoie zu einer Erklärung an, „man sagt, es sei uns verboten, aber wirklich geschrieben steht das nirgends. Es schadet ja auch nicht, wenn die Welt glaubt, wir seien enthaltsam in jeder Beziehung. Aber warum sollte Gott uns so köstlichen Wein schenken und ausgerechnet seinen treuesten Dienern den Genuss versagen? Außerdem halten wir es diesbezüglich wie die Muselmanen und trinken die sündigen Trünke nur im Dunkeln. Ich denke, hier im Keller ist es dunkel genug und Ihr werdet uns sicher nicht verraten!"

Darauf lachten alle. Und so wurde das beiderseitige Abkommen besiegelt.

Am nächsten Morgen, noch vor Sonnenaufgang, ritten zwanzig Tempelritter in den Hafen von Brest. Vier von ihnen setzten mit einem Nachen zur „Freya" über, nahmen, nachdem sie den Inhalt mehrfach gezählt hatten, von Adolf eine Truhe mit Münzen in Empfang und händigten dem

Grafen als Gegenleistung das vom Siegel des Templerordens gekrönte und von mehreren führenden Ordensbrüdern unterzeichnete Wechselpapier aus. Das Dokument war sorgfältig in mehrere Lagen Leder geschlagen, deren Außenhaut gar mit Öl getränkt, um sie wasserdicht zu machen.

Dann verabschiedeten sich die Templer und ruderten zurück an Land. William von Gloucester blieb, lediglich mit Ordensrock und Mantel, seinen Waffen und einem kleinen Seesack ausgerüstet, an Bord.

„Ist das alles, was Ihr mitnehmt?", fragte Thomas, der die Aufgabe bekommen hatte, dem jungen Ritter eine Schlafstatt im Achterkastell zuzuweisen. „Ja, das ist alles", antwortete William im Gehen, „wir Templer besitzen nicht viel, alles, was wir brauchen, stellt der Orden."

Mit aufkommender Flut setzte die große Flotte erneut Segel und nahm Kurs nach Süden. Anfangs segelten sie, wie gewohnt, in Sichtweite zum Land. Tagsüber navigierte der Kapitän nach Landmarken und dem Stand der Sonne, nachts orientierte er sich am Polarstern.

Nach einigen Tagen schlug die Flotte Südwestkurs durch den Golf von Biskaya ein, um später entlang der iberischen Nordküste nicht vollends gegen den hier vorherrschenden Westwind segeln zu müssen. Aufgrund dieses auflandigen Windes kamen die Schiffe nur langsam voran, mussten immer wieder die Ausrichtung der Rah verändern oder die Richtung wechseln und kreuzen.

Zwei Wochen lang sahen sie nichts als Wasser, die endlose Weite des Ozeans, sodass sich bereits die Sorge vieler Männer bemächtigte, sie würden das Ende der Welt erreichen. Aber der Kapitän bestätigte ihnen immer und immer wieder geduldig, dass sie guten Mutes sein könnten, sie würden nur geradewegs den Weg nach Spanien einschlagen. Die riesige Flotte hatte sich derweil weit verstreut. Die „Freya" segelte in einem kleineren Verband, ohne Sichtkontakt zum Rest der Schiffe.

Je weiter sie nach Süden vordrangen, desto wärmer wurde es. Längst hatten sich die Männer ihrer Mäntel und Wappenröcke entledigt und trugen nur noch leichte Tuniken. Thomas fiel außerdem auf, dass sich die Farbe des Meeres verändert hatte.

Das anfängliche Braun des Nordmeeres war ausgangs des Kanals einem tiefen Blau gewichen und schimmerte nun in sattem Grün.

Da es nicht viel für die Männer zu tun gab, vertrieben sie sich die Zeit mit Würfelspielen, schliffen und fetteten ihre Klingen oder übten sich einzeln oder in kleinen Gruppen im Schwertkampf.

Das Wetter blieb ihnen zum Glück gewogen. Außer einem kleinen Sturm, der mit meterhohen Wellen in einigen wenigen Männern erneut die Übelkeit aufsteigen ließ, bremste kein Unwetter ihre Fahrt. Die meisten hatten sich jedoch längst an das schwankende Element gewöhnt und zeigten keinerlei Regung. So auch der junge Templer aus England, der sich tatsächlich als seefest erwies und die Überfahrt sogar zu genießen schien, war er doch vorübergehend der Enge seiner Ordensmauern entronnen.

Gewöhnungsbedürftig war jedoch zunehmend die Nahrung an Bord. Die frischen Lebensmittel waren bereits nach wenigen Tagen aufgezehrt. Seither stellten gesalzener Fisch, gepökeltes Fleisch und saures Kraut aus den Fässern die wenig abwechslungsreichen Mahlzeiten dar.

Der Schiffsjunge Fiete bemühte sich zuweilen, den Speiseplan mit frischem Fisch zu ergänzen. Dabei hielt er eine lange Hanfleine über Bord, an die er provisorisch gleich mehrere blanke Haken gebunden hatte. Meist fing er nichts, aber einige Male war ihm das Glück hold, und er erwischte einen Schwarm Makrelen, die, vom Glitzern des Metalls angelockt, dann an mehreren Haken gleichzeitig anbissen.

Thomas war ganz fasziniert von dieser Fangmethode und probierte diese sogleich selbst aus. Er bastelte sich eine eigene Angelschnur mit sechs Haken, hielt sie am Bug über Bord und fing nach wenigen Minuten gleich fünf Fische auf einen Streich.

Heinrich, von dem seltsamen Schauspiel angelockt, probierte es mit Fietes Schnur und fing ebenfalls drei Fische.

Der Fischersohn Thomas wunderte sich vor allem, dass die Makrelen gänzlich ohne Köder auf die Haken gingen.

„Die beißen auf alles, was irgendwie glitzert", erklärte ihm Fiete, „deshalb müssen die Haken schön geschliffen sein!"

Plötzlich zappelte etwas Größeres an Thomas' improvisierter Angel. Mit einem Ruck, wie vom heimischen Forellenfang gewohnt, zog Thomas geistesgegenwärtig an der Schnur, um den Haken tiefer in seine Beute zu treiben. Dann holte er sie langsam ein. Augenblicke später zappelte ein etwa sechs Hand breiter, praller, glänzender Fisch an der Oberfläche. „Ein Thun", krähte Fiete, „ein kleiner Thun! Das gibt leckeres Fleisch zu essen" und rammte dabei, mit dem Körper bedenklich über der Bordwand schwankend, voller Begeisterung eine Art Enterhaken, den er Gaff nannte, in das kräftige Tier, um es an Deck zu hieven. Dann zog er ein Messer, tötete ihn, trennte zuerst die Rücken-, Brust- und Seitenflossen des Tieres ab, um dann, knapp hinter der Schwanzflosse beginnend, in einer fließenden Bewegung entlang des Rückgrates, gekonnt die Filets von den Seiten zu schneiden. Jetzt erst ging Thomas auf, was Fiete mit „Fleisch“ gemeint hatte, denn der Thun, wie ihn der Junge tituliert hatte, verfügte im Inneren tatsächlich über richtiges rotes Fleisch.

Etwas angewidert wurde er nun jedoch Zeuge, wie Fiete eines der Filets in Streifen schnitt und sich sogleich ein paar davon in den Mund stopfte. „Was machst du denn da, der ist doch noch roh?!“, entfuhr es Thomas. „Na und?“, gab Fiete mit vollem Mund zurück, „Was soll ich denn sonst damit tun? Wir haben keine Kochstelle an Bord, und bis wir wieder Land unter den Füßen haben, ist der gute Fisch schlecht!“

Tatsächlich war der Schiffskoch auf See so gut wie arbeitslos. Normalerweise hielten die Schiffe, die in der Regel in Sichtweite der Küste segelten, für die Zubereitung warmer Mahlzeiten an, um an Land ein Feuer zu entfachen, das dann zum Kochen oder Braten benutzt wurde. Auf hoher See jedoch ging das nicht und man begnügte sich mit kalter, eingesalzener Speise aus den mitgeführten Fässern.

„Warum holst du nicht einen Eimer oder großen Topf, in dem ihr ein Feuer machen könnt?“, mischte sich da William von Gloucester in das Gespräch ein, der dem Schauspiel bislang unbemerkt beigewohnt hatte. „Darüber könntet ihr dann den Fisch in Stücken zumindest ein wenig rösten!“

Thomas nickte ihm anerkennend zu, Fiete pfiff kurz durch die Zähne, eilte dann davon, um sogleich mit einem rostigen Kessel zurückzukehren. Derweil hatten sich Thomas und Heinrich auf die Suche nach brennbarem Material begeben. Da sie auf dem Schiff kein Feuerholz fanden, beließen sie es bei einigen Kienspänen und einem Stück ausgemusterten, weil abgerissenen Hanfseiles. Aber wie sollten sie das Feuer entzünden?

Wieder war es der junge Templer, der die Lösung parat hatte.

Unter seinem Wappenrock nestelte er einen Beutel hervor, der einen Feuerstein und etwas trockene Wolle enthielt. Er riss ein wenig von der Wolle ab, platzierte sie auf den Hanfresten, die wiederum auf den Kienspänen lagen. Dann zog er sein Messer und fuhr damit einmal längs über den Feuerstein. Sogleich entzündete sich ein langer Funke, der mit einem kaum wahrnehmbaren Zischen in die Wolle fuhr. Sekunden später entwickelte sich ein qualmendes, aber stetig wachsendes Flämmchen. Kurz darauf hielten vier hungrige Mäuler ihre Messer mit saftigen roten Stücken des Thunfischfleisches ins Feuer.

Aber natürlich konnte ihr seltsames Gebaren nicht unentdeckt bleiben. „Was macht ihr da?“, herrschte sie der Kapitän an, „Wollt ihr mein Schiff anzünden?“ Ein frisch gebratenes Stück Fisch, das ihm von Fiete hingehalten wurde, besänftigte sogleich seinen Wutausbruch.

„Brennt mir nur kein Loch ins Deck“, fügte er lediglich noch hinzu, während er sich die Finger leckte.

Da standen auch schon, angelockt vom Bratenduft des Thuns, andere Männer um sie herum, die sich interessiert erzählen ließen, wie es zu dem überraschenden Fang gekommen war.

Bald drängte sich ein dichtes Knäuel von Menschen um den glimmenden Eimer der vier, die froh sein konnten, zu Beginn noch jeder ein Stück des Thuns erhascht zu haben. Sie ließen jeden kosten, bis der Fisch aufgezehrt war, dann kam Thomas auf die Idee, die Makrelen auf gleiche Weise zu rösten. So kamen etliche Männer in den Genuss einer frischen, wenn auch bescheidenen Portion Fisch. Aber bald standen überall an Deck Männer, die mit ähnlichen Konstruktionen versuchten, dem Meer eine frische Mahlzeit zu entlocken, wenn auch mit wenig Erfolg.

„Lernt man so etwas auch bei den Templern“, fragte Thomas sein Gegenüber, „Feuer auf See zu entzünden?“ „Das und noch viel mehr“, gab William zurück.

So kamen die beiden ins Gespräch, und Thomas erfuhr, dass die Templer über eine eigene Flotte verfügten, deren Schiffe mit geheimen, neuheitlichen Geräten zur Navigation ausgerüstet waren, die es ihnen selbst bei bedecktem Himmel auf See ermöglichten, die Himmelsrichtung und damit den richtigen Kurs ausfindig zu machen. William versprach, Thomas bei erster Gelegenheit solch ein Gerät, das er ‚Com Passus‘ nannte, zu zeigen. Fortan verbrachten die beiden viel Zeit miteinander, und Thomas erzählte William schließlich, dass er von einem ehemaligen Tempelritter die Kunst des Schwertkampfes erlernt hatte.

„Dann könnt Ihr Euch glücklich schätzen“, sagte William, „wenn Ihr nur ein wenig davon behalten habt, werdet Ihr im Kampf niemanden zu fürchten haben!“

Wenige Tage darauf erreichten sie das Kap Vares, den nordwestlichsten Punkt Spaniens, in der Provinz Galizien.

Hier sammelte sich, wie zuvor vereinbart, die versprengte Flotte, nahm frisches Wasser an Bord und segelte gemeinsam weiter. Bald schwenkten sie nach Süden und folgten dem Verlauf der iberischen Westküste. Von nun an gab es keinen Mangel mehr an frischen Lebensmitteln, denn man konnte bequem in den zahllosen Häfen anhalten und die Vorräte ergänzen. Zumindest an den Abenden kam dann auch der Koch eines jeden Schiffes zum Einsatz, wenn in einer Bucht geankert wurde, um an Land ein Feuer zu entfachen. Bei einer der ersten Ankerstellen besuchten sie das Grab des heiligen Jacobus in Compostela. Über mehrere Tage ergoss sich ein Strom von Pilgern von der Küste zu dem etwa eine knappe Tagesreise landeinwärts gelegenen, nach Rom bedeutendsten Wallfahrtsort in Europa. Ergriffen betraten Graf Adolf von Berg und Walram von Limburg mit ihren Getreuen die großartige Kathedrale, die man über der Grabstätte des Heiligen errichtet hatte. Andächtig durchschritten sie das prächtige Portal des Pórtico de la Gloria und sanken am Hauptaltar, der sich direkt über dem Grab des Apostels befand, auf die Knie.

„Jacobus war doch ein Jünger von Jesus, wie kam der denn hier in den äußersten Winkel Spaniens?", raunte Thomas dem neben ihm knienden William zu. „Richtig, er war einer der ersten Jünger Christi", flüsterte der Templer, „und er wurde in Jerusalem durch das Schwert enthauptet. Seine Jünger übergaben den Leichnam einem schwimmenden Sarg oder einem unbemannten Schiff. Wie es heißt, wurde der Sarg unweit von hier an der galizischen Küste angespült und der Apostel hier begraben." Dabei schlug er still das Kreuz über der Brust.

„Wer's glaubt, wird selig", vernahm Thomas da die gedämpfte Stimme Arnolds von Cleve, der vor ihnen kniete und den beiden zugehört hatte, „wie soll denn ein Sarg solch eine Strecke zurücklegen?" Auch Thomas hatte so seine Zweifel an der Legende. Graf Adolf warf ihnen jedoch einen tadelnden Blick zu.

„Wie auch immer", setzte William leise seine Ausführungen fort, „das Grab macht den Ort heilig und seit Jahrhunderten wandern Scharen von Pilgern aus aller Herren Länder über den Jacobsweg, der von vielen Burgen unseres Ordens geschützt wird, nach Compostela." Danach erneuerten die Kreuzfahrer ihr Kreuzzugsgelübde, erhoben sich und kehrten zu den Schiffen zurück.

In der dritten Woche des Juli 1217, am 18. Tag dieses Monats, erreichten sie schließlich die Mündung des Flusses Tejo in Portugal. Thomas saß mit Fiete wieder im Krähennest, als sie im Morgennebel, den eine kalte Meeresströmung im steten Kampf mit der südlichen Sonne hier entstehen lässt, durch die schmale Meerenge segelten, die den Fluss vom Atlantischen Ozean trennt. Dahinter öffnete sich die weite Bucht von Lissabon.

Wie ein Lauffeuer war die Nachricht vom Anrücken einer riesigen Kreuzfahrerflotte die Küste entlang nach Süden vorausgeeilt.

Nun standen Tausende von Menschen an den Ufern und bereiteten ihnen einen triumphalen Empfang. Und dies hatte einen konkreten Grund, wie sich noch herausstellen sollte.

Am linken Ufer, das sich in weitem Bogen in die Bucht wölbte, erkannte Thomas im sich lichtenden Nebel die große Stadt Lissabon. Das von einer imposanten Ringmauer umgebene, dicht bebaute Zentrum mit einem Labyrinth an Gassen und einer mächtigen Kathedrale am Stadtrand lag in einer kleinen Talsenke. An den Seiten wuchsen erste Reihen weißer Häuser die sanft ansteigenden Hügel hinauf, ein Anzeichen dafür, dass sich die Stadt seit ihrer Rückeroberung von den Mauren vor gut siebzig Jahren durch ein Kreuzfahrerheer wie ihres bereits deutlich ausgedehnt hatte. Einer der Hügel wurde von einem Kastell gekrönt, dessen Mauern und mächtige Türme wie überall in der Stadt mit fremdartigen Bögen und Zinnen verziert waren. Zum Fluss hin wurde die Unterstadt von einem großen Platz begrenzt, auf dem ein offenbar königlicher Palast stand.

Nach dem Passieren der Meerenge schwärmte die majestätische Phalanx der rund zweihundertfünfzig Koggen und Langboote mit ihren rot-weißen Segeln in der Bucht des Tejo aus und bescherte dem am Ufer wartenden Volk ein wahrhaft imposantes Schauspiel.

Fiete hatte längst ihren Ausguck verlassen, um beim Reffen des Segels zu helfen, als sich auch Thomas eilig hinunter aufs Deck hangelte, um in der Nähe seines Grafen zu sein, stand doch ein vielversprechender Landgang bevor. Derweil wurde Anker geworfen, und Adolf gab den Befehl aus, dass sich alle Ritter und Knappen ordentlich gerüstet auf Deck einzufinden hatten. Gleiches befahl Walram von Limburg seinem Gefolge.

Da nicht alle Schiffe der gewaltigen Flotte im Hafen Platz fanden, legten nur die Gefährte der Anführer an den Kais an. Der Rest der Flotte ankerte hierarchisch geordnet in weitem Bogen in der Bucht. Die „Freya“ lag in zweiter Reihe unmittelbar hinter der Kogge des Grafen von Holland. Planken wurden angelegt, damit die Männer trockenen Fußes auf das vor ihnen liegende Schiff gelangen und über dessen Deck an Land gehen konnten. Von den dahinter ankernden Schiffen wurden die Männer mit Booten an Land gesetzt. Doch die bauchigen Schiffe spuckten vorerst nur einen Teil des über sechzehntausend Mann starken Heeres aus, um das Fassungsvermögen der Straßen und Plätze Lissabons nicht zu sprengen. Trotzdem dauerte es mehrere Stunden, bis das Anlanden abgeschlossen war.

König Alfons II., genannt der Dicke, ob seiner beeindruckenden Leibesfülle, war eiligst aus seiner Hauptstadt Coimbra, die etliche Tagesreisen weiter nördlich im Inland lag, angereist, um die Kreuzfahrer willkommen zu heißen. Gemeinsam mit Bischof Sueiro Viegas, dem Kirchenoberhaupt der Stadt Lissabon, wartete er geduldig am Ufer, um die Anführer des Heeres, die Grafen von Holland und Wied, von Berg und Limburg persönlich mit einer herzlichen Umarmung zu begrüßen. Eskortiert von hundert Rittern sowie Dutzenden von Mönchen geleitete der König seine Gäste durch das Spalier jubelnder Menschen, von denen viele weiß-rote Fähnchen schwenkten, zu dem weiten Platz vor dem Königspalast. Angetan mit einer frischen weißen Tunika, auf deren Vorderseite, wie auch auf den Wappenröcken der Ritter, das bergische Wechselzinnenwappen prangte, und gegürtet mit seinem guten Löwenschwert schritt Thomas an Heinrichs Seite, hinter der zwanzigköpfigen Ritterschar des Grafen, durch die von Menschen wimmelnden Straßen.

Die dicht gedrängte Mauer aus Leibern erlaubte kaum einen Blick auf die durchweg weiß getünchten Häuser. Einzig die roten Dächer stachen aus der Menge hervor. Ganz Lissabon, ja ganz Portugal schien auf den Beinen zu sein. Das Farbenmeer der bunte Blumen und Fähnchen schwenkenden Menschenmenge wurde nur noch vom ohrenbetäubenden Lärm aus deren jubelnden Kehlen übertroffen, in den sich nicht enden wollendes Glockengeläut mischte.

Noch nie hatte Thomas so viele Menschen auf einem Fleck gesehen, selbst damals in Aachen nicht. Zusammen mit den Kreuzfahrern mussten sich etwa dreißig- bis vierzigtausend Menschen in der Stadt befinden, viel mehr als Lissabon überhaupt Einwohner hatte. Schließlich erreichten sie den großen Platz, den er schon aus dem Krähennest gesehen hatte und an dessen Rückseite sich ein gewaltiger Palast erhob.

Während der stete Strom von Kreuzfahrern noch lange nicht verebben wollte, begann Bischof Sueiro, der eine schlohweiße Mitra mit einem weithin sichtbaren Kreuzsymbol und einen ebensolchen Mantel über einem roten Bischofsgewand trug, mit einem feierlichen Dankgottesdienst unter freiem Himmel, da so viele Menschen selbst in der größten Kathedrale kaum Platz gefunden hätten.

Wie auf ein Zeichen sanken alle Ritter auf die Knie und die Menge im Hintergrund tat es ihnen gleich. Dabei entdeckte Thomas für einen Moment in der Menge den kahlen Kopf des Kölner Kriegsknechtes, der sie zu dem nächtlichen Abstecher in Dartmouth animiert hatte. Als hätte dieser Thomas' Blick gespürt, drehte er sich kurz suchend um und schenkte ihm ein Grinsen, das Thomas frösteln ließ, aber mit einem kurzen Kopfnicken quittierte.

Der Bischof hielt die Predigt in Latein und, soweit Thomas es verstand, dankte der Kirchenfürst Lissabons dem himmlischen Vater für das wundersame Erscheinen des Kreuzfahrerheeres und beschwor in flammenden Worten die Aussicht, dass diese göttliche Streitmacht die Mauren ein für alle Mal von Gottes heiligem Boden vertreiben würde. Unvorstellbarer Jubel erhob sich ob dessen unter der Bevölkerung.

Als sich dieser gelegt hatte, sprach der König einige Worte zu seinem Volk. Dabei trug er einen goldenen, mit rotem Samt verzierten Mantel über einem glänzenden Brustharnisch und eine mit edlen Steinen besetzte, goldene Krone. Die Worte, die Thomas nicht verstand, weil sie in portugiesischer Sprache vorgetragen wurden, lösten einen neuerlichen Begeisterungssturm aus.

Erst später, bei der königlichen Audienz im Palast, ging Thomas auf, dass mit der Vertreibung der Muselmanen gar nicht die Befreiung Palästinas gemeint war.

Alfons II. hatte die führenden Ritter des Heeres und die edelsten Fürsten seines Landes im Anschluss an den Gottesdienst in den Festsaal seines Palastes geladen. Der prunkvolle Raum, dessen Wände und Decken mit wertvollen Gemälden und edlen Stoffen verziert waren, barst förmlich vor Menschen. Unzählige Pagen eilten umher, um die hohen Gäste mit portugiesischem Wein und kleinen Köstlichkeiten zu bewirten.

Zu gleicher Zeit wurden draußen auf dem Platz mittels Ochsengespannen große Weinfässer aufgefahren, um auch die Kehlen der einfachen Kreuzfahrer nicht dürsten zu lassen. Der Klang einer Fanfare ließ das vielstimmige Gemurmel im Raum verstummen und aller Augen wandten sich nach vorn zum König.

Da er mittlerweile die meisten Männer an Körpergröße überragte, konnte Thomas auch aus seiner hinteren Position den König erkennen, der nun zu einer Rede ansetzte. Vom eisernen Korsett des Brustharnischs befreit, den er wohl aus Gründen der Bequemlichkeit mittlerweile abgelegt hatte, kam seine Figur nun vollends zur Geltung.

Ein voluminöser Bauch erhob sich über den königlichen Beinkleidern, darüber prangte ein pausbäckiges Gesicht mit Doppelkinn, das von einem dünnen Bärtchen umrahmt wurde. Alfons der Dicke trug seinen Namen zu Recht, fand Thomas.

Aber man nannte ihn auch den Gesetzgeberkönig, weil er als erster König Portugals ein umfassendes Gesetzeswerk für sein Land geschaffen hatte, das vor allem dem einfachen Volk bestimmte Rechte einräumte, weswegen er von diesem, im Unterschied zu Adel und Klerus, inbrünstig geliebt wurde.

Ein solches Werk konnte nur einem nachdenklichen Geist entspringen, von dem schon seine ernsten, aber alles registrierenden dunklen Augen zeugten und von dem die Anwesenden alsbald eine Kostprobe bekommen sollten.

Denn der König forderte die deutsch-niederländisch-friesischen Kreuzfahrer mit warmer, voller Stimme ohne viele Umschweife dazu auf, ihn bei der Reconquista, der endgültigen Rückeroberung seines Landes aus den Händen der Mauren, zu unterstützen. Für einen Moment herrschte atemlose Stille, vielen Rittern stand sprachlos der Mund offen, als sich Thomas umblickte. Dann regte sich Widerstand, aber auch Rufe der Zustimmung wurden laut. Doch bevor irgendjemand etwas erwidern konnte, fuhr der König mit erhobener Stimme fort.

„Vor dem Winter werdet ihr das Heilige Land kaum mehr erreichen, warum also überwintert ihr nicht in unserem schönen Lissabon und stellt eure Streitmacht, die sich ohnehin dem Heidenkampf verschrieben hat, in den Dienst unserer allerchristlichen Hoffnung, den Süden Iberiens endlich und vollständig von den Mauren zu säubern?“

Jetzt brach ein gewaltiger Tumult los, alle redeten durcheinander. Zahlreiche Stimmen, allen voran die Rheinländer und Westfalen, befürworteten den Vorschlag, andere, vor allem die Friesen, erinnerten an das Versprechen, ohne Umschweife nach Palästina zu segeln. Thomas wusste gar nicht, wo er zuerst hinhören sollte. Er reckte seinen Hals, um nach Graf Adolf zu sehen. Dieser stand weit vorn unmittelbar neben dem Grafen von Holland, stützte seine Linke auf den Knauf seines Schwertes, während die Rechte den in normannischem Stil geformten Helm hielt, als prüfe er dessen Gewicht. Aus seiner Körpersprache erriet Thomas, dass er dem Vorschlag des Königs gegenüber nicht abgeneigt schien und jetzt das Für und Wider abwog.

„Ihr seid Streiter Gottes“, erhob sich da die Stimme des Bischofs, „und ich bin sicher, dass es im Sinne des Allmächtigen wie auch des Heiligen Vaters wäre, wenn ihr an der Seite des Königs und dessen Truppen zuerst den Süden unseres Landes für den wahren Glauben zurückerobert!“

Wieder redete alles wild durcheinander.

Thomas schnappte Wortfetzen auf, die vom König und vom Papst, von Jerusalem und vom Winter sprachen. Auch er selbst war hin und her gerissen. Einerseits zog es ihn ins Heilige Land. Andererseits ergab es wenig Sinn, die Sarazenen aus dem Morgenland zu vertreiben, wenn sie gleichzeitig noch im Süden Europas standen. Der Graf von Holland wollte Zeit schinden und griff das Argument des Bischofs auf. Er erbot sich, einen Brief an den Papst zu schreiben und um Erlaubnis für einen längeren Aufenthalt in Portugal zu bitten. Da erhob sich Graf Adolfs mächtiger Bass und binnen weniger Augenblicke schenkte ihm ein jeder Gehör.

„Den Heiligen Vater zu Rate zu ziehen ist eine vortreffliche Idee, werter Graf von Holland, aber bis dessen Antwort eintrifft, weiß auch der letzte Maure, dass wir hier sind, und kann seine Vorkehrungen für eine lange Belagerung treffen. Wenn wir etwas ausrichten wollen, müssen wir schnell handeln!“ Zahlreiche Köpfe nickten. „Wenn ihr mich fragt, sollten wir sofort zuschlagen“, meldete sich Arnold von Cleve zu Wort, „es schadet nichts, wenn wir uns nach der langen Überfahrt ein wenig die Beine vertreten und schon einmal die maurische Kriegskunst studieren. Das kommt uns später zugute!“ Dafür erntete er zahlreiches Schulterklopfen. „Noch eins gebe ich zu bedenken“, setzte Adolf von Berg hinzu, „wir haben geschworen, den König auf seinem Kreuzzug zu unterstützen.“ Alles schwieg, begierig den tieferen Sinn seiner Worte zu erfahren. „Friedrich selbst wird aber kaum vor dem nächsten Frühjahr in See stechen“, fuhr Adolf fort, „das gibt uns genug Zeit, dem guten König Alfons bei seiner Rückeroberung behilflich zu sein!“ Jetzt waren die Befürworter in der Überzahl, aber nicht alle Zweifler überzeugt.

„Trotzdem werden wir uns eingehend darüber beraten müssen“, ließ nun der Graf von Wied vernehmen, „um unsere Streitmacht nicht zu entzweien, deshalb bitte ich Euch um ein wenig Geduld und die Erlaubnis, uns zur Beratung zurückziehen zu dürfen.“

Dies war an den König gerichtet, der mit einem Nicken andeutete, dass er verstanden hatte, und sich seinerseits zurückzog, um den Kreuzfahrern die Gelegenheit zu geben, sich ohne sein Zuhören auszutauschen.

Die Beratung dauerte mehrere Stunden, ohne dass eine völlige Einigung erzielt wurde. Die Kreuzfahrer aus Holland, Flandern und Deutschland hatten beschlossen, sich an die Seite des Königs von Portugal zu stellen, die Friesen wollten weitersegeln. Da zog Alfons II. seinen letzten Trumpf, beschrieb in flammenden Worten die Reichtümer der muslimischen Städte und gab diese gleichzeitig zur alleinigen Plünderung durch die Kreuzfahrer frei. Im Falle einer erfolgreichen Eroberung winkte den Streitern Gottes also nicht nur himmlischer Lohn, sondern obendrein märchenhafte Beute. Das verfehlte seine Wirkung nicht, sondern weckte selbst in den frommsten Rittern neben dem Bekehrungseifer auch noch die Beutegier. Gut ein Drittel der Friesen überzeugte er auf diese Weise doch noch, an dem Eroberungsfeldzug teilzunehmen.

Es dämmerte bereits, als König Alfons seinem Volk die gute Nachricht mitteilen ließ. Da kannte der Jubel keine Grenzen mehr, auch nicht unter den Kreuzfahrern, die sich mittlerweile in ihrer kompletten Truppenstärke über die Stadt ausgebreitet hatten. Ganz Lissabon stand Kopf und feierte bis tief in die Nacht, überall brannten Feuer, brieten Schweine und Ochsen am Spieß, floss der Wein in Strömen. Mägde tanzten mit Rittern, Mädchen mit alten Haudegen. Überhaupt sollte der Aufenthalt der Kreuzritterflotte der Stadt Lissabon die üblichen Monate später einen deutlichen Bevölkerungszuwachs bescheren.

Thomas hielt sich die ganze Nacht im Kreis der Ritter und Fürsten auf, die der König zum Festmahl in das Kastell Sao Jorge auf dem Hügel hoch über der Stadt eingeladen hatte. Zu vorgerückter Stunde genoss er von dessen Zinnen ganz für sich allein einen fantastischen Ausblick über das von zahllosen Feuern erleuchtete Lissabon. Seit seinem Erlebnis in Dartmouth dürstete es ihn wenig nach berauschenden Getränken oder weiblicher Nähe. Stattdessen wanderten seine Gedanken immer wieder abwechselnd zu dem vor ihnen liegenden Kriegszug und zu der jungen Dame seines Herzens.

„Ein grandioser Anblick, nicht wahr?", hörte er plötzlich die Stimme des jungen Tempelritters hinter sich, der ihn eine Zeit lang beobachtet hatte, und drehte sich zu ihm um.

„Aber warum steht Ihr hier allein, warum feiert Ihr nicht wie die anderen?" „Ich würde sagen, mir fehlt momentan die rechte Lust", gab Thomas zurück, „wenn wir die vor uns liegenden Schlachten gewonnen haben, ist noch Gelegenheit genug dazu." „Seid Ihr wirklich so weise oder gibt es vielleicht noch einen tieferen Grund für Eure Nachdenklichkeit?", schmunzelte William von Gloucester. Thomas fühlte sich ertappt und schüttete dem Templer mit einem Mal sein Herz aus. Er erzählte ihm von Sibylla und dem Wunsch, Ritter zu werden, von Dartmouth, dem Kahlkopf und der Reue, die er ob des Erlebten empfand. Als Thomas freimütig die Huren erwähnte, hob William kaum merklich eine Augenbraue, dann schenkte er ihm ein freundschaftliches Lächeln.

„Nun, wenn ich Euer Beichtvater wäre, würde ich Euch jetzt die Absolution erteilen. Ich bin noch nicht so lange im Dienst des Ordens, dass ich nicht Verständnis für Eure Lage hätte, auch wenn die Liebe, die ich selbst einst für eine junge Lady empfand, längst erloschen ist. Sünden sind dazu da, begangen, bereut und verziehen zu werden. Und wie ich sehe, bereut Ihr ja. Konsultiert einen Eurer Priester, betet ein paar Vaterunser und vergesst die ganze Sache." Dabei klopfte er Thomas aufmunternd auf die Schulter. „Leider muss ich mich jetzt von Euch verabschieden, ich werde in Akkon erwartet und kann an Eurem Zug gegen die hiesigen Mauren nicht teilnehmen. Deshalb segele ich mit den Friesen weiter. Aber so Gott will, werden wir uns im nächsten Jahr in Palästina wiedersehen." Darauf nahmen sie sich in die Arme wie alte Freunde. Dabei betrat Gisbert von Limburg die Szenerie, offenbar auf der Suche nach einem passenden Ort, um sein Wasser abzuschlagen.

„Oho, zwei Turteltäubchen", gurrte er angetrunken, „gib Acht, Fischersohn, dass er dir nicht in den Arsch schlüpft, die Templer haben einen gewissen Ruf ..." Weiter kam er nicht, denn William hatte in einer fließenden Bewegung seinen Dolch gezogen, den er am Gürtel trug, und Gisbert an den Adamsapfel gesetzt.

„Sollte ich jemals noch einmal eine solche Beleidigung aus deinem Mund hören, du Hundsfott, schneide ich dir den Kopf ab und werfe ihn den Schweinen zum Fraß vor", zischte William gefährlich.

Gisbert, mit dem Rücken zur Mauer stehend und auf die Klingenspitze an seiner Kehle schielend, war augenblicklich nüchtern. „Verzeiht, es war nicht so gemeint!" „Dieses eine Mal noch", grollte William weiter, steckte jedoch den Dolch weg, „aber wag es ja nicht, mir so bald noch mal unter die Augen zu kommen!"

Mit diesen Worten ließen er und Thomas den verschreckten Limburger Ritter stehen. „Siehst du", raunte er Thomas im Gehen zu, „wir Templer sind ebenfalls jederzeit fähig, eine Sünde zu begehen, aber auch, eine solche zu verzeihen. Nur Dummheit und obszöne Frechheiten dulden wir nicht!"

Während kurz darauf achtzig friesische Schiffe wieder in See stachen, um ihren Weg nach Palästina fortzusetzen, machte sich der Rest der Flotte kampfbereit. Das Gebiet der Mauren begann etwa eine Tagesreise südlich von Lissabon, auf der Rückseite einer breiten Landzunge, die von den Mündungen des Tejo im Norden und des Rio Sado im Süden eingefasst wurde.

Vor knapp vierhundert Jahren hatten berittene muslimische Stämme aus Nordafrika unter arabischer Führung ganz Iberien im Sturm eingenommen. Nur einige wenige Burgen im gebirgigen Norden hatten den Invasoren widerstanden. Sie waren die Keimzellen für die Reconquista gewesen, die Rückeroberung durch christliche Ritter. Wie im benachbarten Spanien war diese auch in Portugal bereits weit vorangeschritten, aber trotz des jahrhundertelangen Krieges immer noch nicht abgeschlossen. Im Süden beider Länder hielten die Mauren nach wie vor starke Festungen an strategisch wichtigen Punkten.

Die Truppen des Königs waren zu schwach, um es allein mit diesen aufnehmen zu können, deshalb war es mehr als verständlich, dass Alfons II. die Gunst der Stunde und die zahlenmäßige Stärke des von Gott gesandten Kreuzfahrerheeres für seine Ziele zu nutzen trachtete, koste es, was es wolle.

Graf Adolfs Rat, möglichst schnell gegen den Feind vorzurücken, um den Überraschungseffekt zu nutzen, wurde umgehend in die Tat umgesetzt, gefördert von der Aussicht auf reiche Beute.

Erstes Ziel war die Handels- und Hafenstadt Setubal an der Bucht des Rio Sado. In zwei Heerformationen rückten die Kreuzfahrer, verstärkt von den Truppen des Königs, vor, um die ahnungslosen Mauren in die Zange zu nehmen. Während Alfons II., begleitet von Bischof Sueiro und der gesamten Reiterei der Kreuzfahrer, den Landweg einschlug, segelte die verbliebene Flotte von hundertsiebzig Schiffen mit den Fußtruppen um die Landzunge herum und griff am Morgen des zweiten Tages den Hafen von Setubal an.

Thomas befand sich an Bord der „Freya", obwohl sich Graf Adolf mit seinen Rittern dem König angeschlossen hatte, um den Pferden Bewegung zu verschaffen. Ebenso hielten es Walram von Limburg und die anderen Grafen vom Niederrhein.

Die Fußknechte und Knappen Adolfs unterstanden wie alle Männer auf den Schiffen dem Grafen von Holland, der sogleich das Zeichen zum Angriff gab, als die Mauern Setubals in Sichtweite kamen. Nun zeigte sich, wie gut sich die Koggen als Kriegswaffe nutzen ließen, denn mit ihren flachen Böden segelten sie geradewegs auf den Strand und setzten in Windeseile ihre Männer und Mannschaften an Land. Bis auf wenige Seeleute, die für etwaige Manöver gebraucht wurden, beteiligten sich auch die Schiffsbesatzungen an dem Sturm, um einen Anteil an der Beute zu bekommen.

Der Angriff wurde zwar wenig koordiniert vorgetragen, dafür aber mit voller Wucht. Versetzten der überraschende, waffenstarrende Auftritt und die ungeahnte Übermacht der Angreifer die Mauren ohnehin schon in Panik und Konfusion, gab ihnen die Attacke der Ritter den Rest.

Während die Männer von den Schiffen im Laufschritt und mit ohrenbetäubendem Gebrüll all die Menschen vor sich her trieben, die im Hafen oder auf den Feldern gearbeitet hatten, hielten die Ritter, die seit Sonnenaufgang auf den Hügeln im Hinterland gewartet und den Angriff der Flotte beobachtet hatten, in vollem Galopp auf die Stadtmauern zu und erreichten die Tore, noch bevor diese geschlossen werden konnten. Thomas rannte mit gezogenem Schwert durch das südliche, dem Hafen zugewandte Tor, im dem Moment, als Adolfs und Walrams Reiter zeitgleich durch das nördliche preschten.

Zwischen den vielen Flüchtenden, Händlern mit Körben voll Ware auf dem Arm, Frauen, die im Lauf verzweifelt ihre Kinder an sich pressten, sah er sich plötzlich einer Gruppe Bewaffneter gegenüber. Mit ihren spitz zulaufenden Helmen und breiten Krummschwertern gehörten sie wahrscheinlich zur Torwache, die sich nach Jahren trügerischen Friedens von den Kreuzfahrern hatten überrumpeln lassen.

Mit Todesmut versuchten sie nun, ihren schrecklichen Fehler gut zu machen, und stürzten sich blindlings auf die Angreifer. Thomas bekam es mit einem bärtigen Fettwanst zu tun, tauchte unter dessen Schwert hinweg, wie er es viele Male mit Konrad und Heinrich geübt hatte, und hieb dem Mauren mit einer Drehung sein scharfes Löwenschwert über den Rücken. Augenblicklich ging dieser in die Knie und fiel vornüber zu Boden. Sogleich hastete Thomas weiter, dann erst ging ihm auf, dass dies der erste Gegner war, den er in einer offenen Schlacht mit dem Schwert getötet hatte. Ein Anflug von Reue wurde jedoch vom Siegestaumel hinweggefegt. Außerdem war keine Zeit für solcherlei Gedanken. Überall wurde gekämpft, Brände flammten auf. In der Mitte der Hauptstraße, von der unzählige kleine Gässchen abzweigten, kam ihm ein berittener Lanzenträger entgegen, der auf seine Brust zielte. Mit einem gewaltigen Satz sprang Thomas zur Seite, fand aber noch Zeit, die Lanze seines Gegners zu zersplittern. So entwaffnet, traf dieser auf den nachrückenden Heinrich, der den Mauren, ohne Zeit zu verlieren, vom Pferd stach. Überall sanken die wenigen Verteidiger in den Staub. Der Widerstand war gebrochen.

Als sich Thomas umsah, erkannte er, dass die Kreuzfahrer ein Blutbad angerichtet hatten. Die vormals weiß getünchten Häuser und sauberen Straßen hatten sich binnen weniger Minuten in ein rußgeschwärztes, blutbespritztes Inferno voller Leichen verwandelt. Dreitausend überraschte Mauren hatten ohne den Schutz ihrer Mauern gegen fünfzehntausend Christenkrieger keine Chance gehabt. Die Verluste der Kreuzfahrer waren denkbar gering. Aber auch von den Einwohnern der Stadt waren nicht alle gestorben. Angesichts des schnellen Sieges hatten Graf Adolf und andere Ritter dem Töten Einhalt geboten.

Dies geschah jedoch nicht nur aus christlicher Nächstenliebe. Die Gefangenen hatten einen nicht unerheblichen Wert. Die Reichen und Edlen würden Lösegeld erbringen, der Rest konnte als Sklaven verkauft werden. Zu diesem Zweck überantwortete man die Überlebenden den Portugiesen. König Alfons, der an der Spitze seiner Männer eine zweite Angriffswelle angeführt hatte, die jedoch nur noch auf versprengte Einzelkämpfer traf, hielt eine kurze Dankesrede, und Bischof Sueiro, der nicht von dessen Seite gewichen war, hob seinen Krummstab und sandte ein flammendes Dankesgebet zum Himmel. Dann begannen die Kreuzfahrer mit der Plünderung. Dabei achteten sie jedoch darauf, die Stadt nicht über Gebühr zu beschädigen, sollte sie doch alsbald von neuen Siedlern bezogen werden.

Thomas widerstrebte es, sich am Eigentum anderer zu vergehen, konnte aber doch nicht widerstehen, einen reich verzierten Dolch an sich zu nehmen, der aus dem Gürtel eines Gefallenen ragte und der ihn entfernt an die Waffe erinnerte, die einst Graf Adolf seinem Vater geschenkt hatte.

Heinrich jedoch hatte sich reich mit kostbaren Stoffen, silbernen Armreifen und anderem Geschmeide eingedeckt.

„Du kommst wie ein beladener Esel daher, was willst du mit all dem Plunder?“, platzte Thomas heraus, als er ihn solchermaßen bepackt auf sich zu kommen sah. „Na, was wohl, reich werden!“, gab Heinrich unumwunden zu, während er mit der Linken die Qualität der Stoffe über seiner rechten Schulter prüfte. „So etwas Feines gibt es bei uns nicht, das dürfte mir ein paar Silberstücke einbringen – oder die Gunst eines jungen Weibes!“ „Auch wenn du ihr erzählst, dass Blut an dem feinen Tuch klebt?“, konnte er sich einen Tadel nicht verkneifen. „Was soll das heißen?“ Heinrich runzelte die Stirn, dann warf er einen kurzen Blick auf den Dolch in Thomas’ Hand. „Du hast dich doch auch bedient, wie ich sehe. Was ist an meiner Beute schlechter als an deiner?“ Thomas musste sich eingestehen, dass sein Freund recht hatte, Blut klebte an jedweder Beute, obwohl er einen Unterschied zwischen Waffen und persönlicher Habe von Bürgern machte.

„Es ist beides nicht richtig“, brachte er über die Lippen und war versucht, den Dolch wieder wegzulegen.

„Warum?“, antwortete Heinrich, „soll uns ein anderer zuvorkommen? Lass das Grübeln und komm, einem Sieger gebürt Lohn, so einfach ist das!“ Darauf stapfte er los, zurück zu den Schiffen, und auch Thomas steckte den Dolch endgültig ein. Die erste Schlacht des Kreuzzuges war geschlagen, es sollte nicht die letzte gewesen sein.

Das nächste Ziel der vereinten christlichen Streitmacht lag eine Tagesreise weiter östlich, den Rio Sado hinauf. Alcácer do Sal war ein bedeutender militärischer Stützpunkt der Mauren und besaß einen schiffbaren Hafen in geschützter Lage. Diesmal gab es keinen Überraschungseffekt mehr, und die Kreuzfahrer mussten sich auf eine Belagerung einrichten, weshalb sie auch keine Eile mehr an den Tag legten.

Erst Mitte August lag das gesamte Heer samt Flotte vor der Stadt.

Alcácer – oder Al-Kasser, wie es die Mauren nannten – bestand aus einer eng bebauten Siedlung, die sich an das Ufer des Flusses schmiegte, und einer darüber thronenden Burg mit zwei Toren sowie einem vorgelagerten Turm. Die Burgmauern umrahmten einen weitläufigen Innenhof mit zahlreichen Gebäuden. Hierhin hatten sich die Bewohner zur Verteidigung zurückgezogen und alle Vorkehrungen für eine lange Belagerung getroffen.

Die verlassenen Häuser der Altstadt wurden von den Rittern besetzt. Dabei kam es vereinzelt zu Scharmützeln, weil sich in einigen dunklen Winkeln maurische Krieger versteckt gehalten hatten, um den Belagerern aus dem Hinterhalt schmerzhafte Dolchstiche zu versetzen. Doch die Attentäter wurden allesamt niedergemetzelt, während die Christen nur vereinzelte Verluste hinnehmen mussten. Dazu gehörten allerdings drei Ritter vom Niederrhein, deren Tod von allen beklagt wurde.

Da die Häuser der Stadt allein nicht ausreichten, um das fünfzehntausend Mann starke Heer unterzubringen, wurde außerhalb der Stadt am

Flussufer zusätzlich ein Zeltlager errichtet. Außerdem nächtigten einige Truppenverbände auf den Schiffen.

Gleich nach ihrer Ankunft begannen die Kreuzfahrer mit dem Bau von ersten, einfachen Katapulten und Belagerungsmaschinen. Das dazu benötigte Material, vor allem die stabilen Eichenhölzer, wie auch die in diesem Kriegshandwerk geschulten Baumeister hatte man eigens zu diesem Zweck auf den Schiffen mitgeführt.

Wenige Tage später konnten die ersten Katapulte mit dem Beschuss der Burgmauern und der Tore beginnen.

Begierig, die wundersamen Maschinen aus der Nähe zu sehen, eilten Thomas und Heinrich in die vordersten Reihen. Schnell ging Thomas auf, dass es sich dabei im Prinzip um gewaltige Steinschleudern handelte, der seinen nicht unähnlich, die er immer mit sich führte, nur viel, viel größer und auf einem hölzernen Fundament mit stabilen Rädern aus einem in Scheiben gesägten Baumstamm. Den menschlichen Wurfarm ersetzte eine Art Mast, so dick wie der eines Segelschiffes. Aus nächster Nähe wurden sie Zeuge, wie diese künstlichen Wurfarme über Tauwerke und Seilwinden gespannt und an ihrem breiteren, löffelartigen Ende mit schweren Felsbrocken beladen und auf ein Kommando entriegelt wurden. Mit Spannung verfolgte Thomas die Flugbahn der ersten Geschosse, die jedoch anfangs mehr als zwanzig Fuß vor der Mauer zur Erde fielen, ohne Schaden anzurichten.

„Kann man die Spannung nicht erhöhen?", getraute sich Thomas aufgeregt zu fragen. „Was weißt du denn schon von Kriegsmaschinen?", grollte einer der verschwitzten Zimmerleute, die mit dem Beladen der Katapulte beschäftigt waren. „Verzeiht, natürlich nichts, aber mit Steinschleudern kenn ich mich ein wenig aus. Wenn meine Geschosse nicht weit genug fliegen, muss ich mehr Schwung holen …"

„Oder näher ran", unterbrach ihn der kommandierende Geschützmeister, „mit diesen Katapulten geht das nicht anders, wenn wir mehr Zeit haben, werden wir Bliden bauen, aber für dieses Mäuerchen da vorn reichen diese Wurfgeschütze völlig, und jetzt verschwindet, wir haben zu tun!" Daraufhin wurden die Katapulte näher an die Festung gerollt und neu ausgerichtet. Nun landeten die Felsbrocken bereits unmittelbar vor den Toren. Noch eine weitere Korrektur und das erste Geschoss prallte mit dumpfem Getöse gegen die jahrhundertealte Mauer.

Lauter Jubel mischte sich in das Ächzen und Knarren der hölzernen Ungetüme, die fortan in konstantem Takt, wie die Trommler einer

Rudergaleere, an den Wällen der Festung klopften.

Derweil rüsteten sich die Ritter zu einem Sturmangriff; um blitzschnell zuschlagen zu können, sollte sich eine Bresche in der Mauer zeigen oder eines der Tore nachgeben. Bereits am Nachmittag des nächsten Tages schien dies zu geschehen.

Das Osttor der Festung gab mit einem Mal andere Geräusche von sich, als es wiederholt von Steingeschossen getroffen wurde. Auf den satten, dumpfen Ton des Aufpralls folgte ein zähes Knirschen. Dann plötzlich zeigte sich ein Spalt.

Sogleich gaben die Ritter ihren Pferden die Sporen und setzten zur Attacke auf das Tor an, bestrebt, dessen Lücke zu vergrößern und durch diese in die Burg einzudringen. Der Angriff wurde in zwei Keilformationen vorgetragen. Den rechten Keil befehligte der Graf von Wied, dessen Männer durch Reiter aus Trier und Bremen verstärkt wurden, der linke Keil stand unter dem Kommando Adolfs von Berg, dem auch die Ritter aus Limburg und Jülich folgten. Die Hauptmacht mit den Truppen aus Holland, Köln und den anderen Städten wartete unter dem Kommando des Grafen von Holland auf einen etwaigen Durchbruch, um dann sofort nachsetzen zu können.

Thomas hatte ein Reittier aus portugiesischen Beständen zugeteilt bekommen und sich unmittelbar hinter dem Grafen von Berg eingereiht, um diesem bei Bedarf sofort zu Hilfe eilen, ihm etwa einen neuen Schild reichen oder eine gebrochene Klinge wechseln zu können.

Mit seinem Olifant, dem orientalischen Jagdhorn, das er nun stets am Gürtel trug, hatte Adolf das Zeichen zum Angriff gegeben. Nun brandeten fünfhundert Ritter gleichzeitig gegen das Tor, bestrebt, mit Lanzen, Äxten und Schwertern den Spalt zu vergrößern oder zumindest einen der Verteidiger dahinter zu erwischen. Wie staunten jedoch alle, als das Tor plötzlich mit einem gewaltigen Seufzer aufsprang und mehrere Hundert mit Bögen, Pfeilen und Krummschwertern bewaffnete Reiter auf feurigen, vor Aufregung zitternden Pferden ausspuckte.

Die Mauren wagten einen Ausfall! Eigentlich waren sie zahlenmäßig in der Unterzahl. Hier und jetzt im Duell mit den Stoßtrupps der Ritter, die es auf das Tor abgesehen hatten, aber mindestens ebenbürtig.

Die Überraschung zeigte Wirkung. Es gelang den Mauren, die Formation der Ritter zu spalten, deren vorderste Reihen durch Pfeilsalven zu lichten und dann mit gezogenen Schwertern zurückzutreiben. Die gerade begonnene Schlacht schien für die Kreuzfahrer bereits verloren.

Zu seinem Entsetzen sah Thomas, dass Adolfs Schlachtross Carolus auf dem geröllhaltigen Abhang strauchelte, mit verzweifeltem Wiehern auf die Seite fiel und seinen Reiter unter sich begrub. Da sein rechtes Bein unter dem Leib des Pferdes eingeklemmt war, konnte Graf Adolf sich weder erheben noch sein Schwert schwingen, um sich der Angreifer zu erwehren.

Geistesgegenwärtig sprang Thomas vom Pferd und stellte sich mit erhobenem Schild über ihn. Bemüht, den Grafen und sich mit dem schweren Schild vor den Geschossen und Klingen der nachdrängenden Mauren zu schützen, teilte er zugleich mit dem Löwenschwert in der Rechten gewaltige Hiebe gegen die anstürmenden Reiter aus. Einem waghalsigen Gegner, der sich gefährlich weit aus dem Sattel lehnte, um ihm mit gezücktem Krummschwert den Todesstoß zu versetzen, schlug er von unten den Arm ab.

Das gespenstische Bild des wehrhaften Knappen, der mit Heldenmut seinen Herrn schützt, sollte sich in das Gedächtnis aller einbrennen, die an diesem Tag zugegen waren. Arnold von Cleve war der Erste, der ihnen zu Hilfe eilte. Er lenkte sein Pferd in die Menge und ließ, ohne auf die eigene Deckung zu achten, in weiten Bögen sein Schwert kreisen. Blut spritzte, abgeschlagene Gliedmaßen fielen zu Boden. Da waren auch schon die Bernsau-Brüder heran und stemmten sich vereint den Mauren entgegen. Giso von Upladen folgte, dann auch der rothaarige Gisbert. Im Getümmel erkannte Thomas, wie Heinrich versuchte, sich zu Arnold von Cleve durchzuschlagen, der aus einigen kleineren Wunden blutete. Bald umringten alle Ritter von Berg ihren Grafen.

Damit wurde die noch kurz zuvor hilflos und verloren wirkende Verteidigungsposition um den Grafen zu einem eisernen Bollwerk, das mehr und mehr die Aufmerksamkeit von Freund und Feind anzog. Hier sollte sich die Schlacht entscheiden, hier spross der Keim zu deren Wende.

Verstärkt konzentrierten die Mauren ihre Angriffe auf diese Stellung. Aber auch immer mehr Ritter wendeten ihr Ross und drängten zurück in den Kampf. Theoderich und Henrich von Bernsau sprangen derweil vom Pferd und zogen den Grafen unter seinem Ross hervor. Erleichtert und ob der Anstrengung zitternd ging Thomas für einen Moment in die Knie, weil er die Last des Schildes kaum mehr halten konnte. Da er nur leichte Blessuren davongetragen hatte, drängte es Adolf, sich sogleich wieder in den Kampf zu stürzen. Bereitwillig, wie es sich für einen Knappen ziemte, überließ Thomas seinem Herrn die Zügel seines Pferdes.

Sichtlich bewegt, legte ihm der Graf eine Hand auf die Schulter und sah ihm ergriffen in die Augen. „Das ist jetzt schon das dritte Mal, dass du mir das Leben rettest. Wie kann ich dir je genug dafür danken?" Thomas lächelte müde. „Indem Ihr diese Schlacht noch gewinnt!" Mit einem Satz war der Graf im Sattel. „Worauf du dich verlassen kannst!" Mit diesen Worten gab er dem Tier die Sporen und sprengte, den Großteil seiner Ritter mit sich reißend, erneut in die Schlacht. „Berge Romeryke!", erscholl es aus Dutzenden von Kehlen. Von der Rückkehr des Grafen beflügelt, warfen sich die Ritter nun mit neuer Kraft auf ihre Gegner und hieben deren Formation binnen weniger Minuten völlig in Stücke. So wendete sich die schon verloren geglaubte Schlacht – dank Adolfs wundersamer Auferstehung – doch noch zum Guten.

„Ich bin völlig erledigt", stöhnte Thomas, als er sich wenig später auf sein Strohlager fallen ließ, „ich spüre kaum mehr meinen Schildarm, was für eine Schlacht!" „Was beklagst du dich, du musstest ja wieder den Helden spielen", haderte Heinrich mit ihm, wobei Thomas nicht aufging, wie ernst dies gemeint war, „als wenn nicht noch andere in der Nähe gewesen wären …" „Du machst Witze?!", kam es ihm ungläubig über die Lippen, „da war sonst niemand, außerdem war Eile geboten, der Graf …"

„Schon gut", brummte Heinrich, „Hauptsache du hast ihn gerettet." Dabei verschleierte er ein wenig die Betonung des „du."

Erstaunlicherweise hielt sich die Zahl der Gefallenen und Verwundeten in Grenzen. Trotzdem verzichtete man auf weitere Angriffe dieser Art und verlegte sich stattdessen darauf, den Belagerungsring enger zu ziehen. Arnold war bereits wieder zu derben Scherzen aufgelegt, als man ihn verband. Adolf hatte lediglich ein paar Verstauchungen und Blutergüsse davongetragen.

Einzig der Verlust seines Streitrosses schmerzte den Grafen bitterlich, doch wurde er später von König Alfons mit einem herrlichen Tier aus dessen eigener Zucht für den heldenhaften Angriff entschädigt.

Thomas wurde von nun an von allen Rittern mit Respekt behandelt, sogar die Portugiesen nahmen Notiz von ihm, und Alfons der Dicke ließ ihm eine kleine Börse mit fünf kleinen goldenen Münzen zukommen – ein kleines Vermögen.

Adolf von Berg ließ Thomas am nächsten Abend zu sich kommen. „Ihr habt mich rufen lassen?!" „Ja, Bursche, komm näher!" Als er in das Zelt des Grafen trat, das sich dieser mit Arnold von Cleve teilte, sah er die beiden eingehend die Verarbeitung eines Kettenhemdes betrachten.

Makellos schmiegte sich Glied an Glied aus schlanken, guten Stahlringen übereinander. Wie staunte er jedoch, als er eben dieses Panzerhemd von Adolf zum Geschenk gemacht bekam. „Wenn du so weitermachst, werde ich dich eines Tages doch noch zum Ritter schlagen müssen“, stellte ihm Adolf aufgeräumt in Aussicht, „aber dazu müssen wir erst einmal einen Titel und ein Gut für dich finden. Dank deines Alters haben wir dafür ja noch etwas Zeit, aber ich wollte, dass du weißt, wie ich in der Angelegenheit denke.“ Bei diesen Worten überreichte er Thomas das herrliche Schmiedewerk. „Deine Treue wird nicht unbelohnt bleiben“, fügte Arnold bekräftigend hinzu. Ehrfürchtig verneigte sich Thomas vor dem Grafen und dessen Großherzigkeit. „Habt Dank, Herr Graf, so viel Ehre macht mich ganz verlegen.“ Als hätte sich ein Schwarm Bienen bei ihm eingenistet, summte und brummte es in seinem Kopf, als er mit dem wertvollen Geschenk das Zelt verließ.

„Verdient hat er es ja, der Fischersohn“, überlegte Arnold von Cleve, während er dem Knappen nachsah, „aber damit wirst du dir unter den Adelsbürschchen keine Freunde machen!“

Unterdessen erreichte die Kreuzfahrer die frohe Kunde, dass die friesische Flotte auf ihrem Weg drei maurische Städte angegriffen und gestürmt hatte. Dies beflügelte die Anstrengungen der Belagerer. Auf Rat und mit Unterstützung der in diesen Belangen erfahrenen Holländer begannen sie damit, die Mauern an manchen Stellen zu untergraben, um sie zum Einsturz zu bringen. Außerdem verstärkten sie den Beschuss durch neue Katapulte. Eine Woche später war ein erster Belagerungsturm fertiggestellt, der aufgrund des schwierigen Geländes jedoch nur unter endlosen Mühen von vielen Hundert Händen an die Mauer gerollt werden konnte. Doch das so hoffnungsvoll ins Feld geführte hölzerne Ungetüm ging aufgrund des massiven Beschusses mit Brandpfeilen seitens der Verteidiger letztlich in Flammen auf.

Wiederum zwei Wochen später zeigte sich jedoch aufgrund der fortgeschrittenen Unterminierungsarbeiten ein erster deutlicher Riss in der Mauer. Nun konzentrierten die Katapulte ihre Wurfkraft auf diese Stelle. Außerdem wurde die sich auftuende Lücke zunehmend Schauplatz von heftigen Scharmützeln.

Mitte Oktober endlich stürzte hier ein fünf Meter breiter Mauerabschnitt ein und öffnete eine Bresche, die sich nicht wieder schließen ließ. Bis Sonnenuntergang hielten die Verteidiger noch Stand, indem sie jeden verfügbaren Mann mit Schilden die Lücke füllen ließen. Wütend warfen sich die Kreuzfahrer dagegen, allen voran Arnold von Cleve mit einer mächtigen Streitaxt, mussten aber mit einbrechender Dunkelheit ihren Angriff einstellen, weil man kaum mehr Freund von Feind unterscheiden konnte.

Am nächsten Tag, so nahmen sie sich vor, sollte die Burg an dieser Stelle endlich gestürmt werden. Doch dazu kam es nicht mehr.

Bei Sonnenaufgang des 18. Oktober 1217 wehte eine weiße Fahne auf der Mauer und signalisierte, dass die Mauren bereit waren zu kapitulieren. Sofort begannen Verhandlungen über die Bedingungen der Übergabe. Die Burgbesatzung, die tapfer gekämpft hatte, bekam freien Abzug – allerdings ohne Waffen und Pferde.

Die Bewohner der Stadt wurden damit von ihren Verteidigern im Stich gelassen und gerieten in Gefangenschaft. Wer sich nicht mit Lösegeld freikaufen konnte, dem drohte die Sklaverei. Die Portugiesen ließen eine starke Besatzung zurück und bereits am nächsten Tag kehrte die Flotte zurück nach Lissabon.

Thomas war langweilig. Seit Wochen weilten sie nun schon in der großen Stadt am Tejo, ohne dass etwas Nennenswertes geschah.

Der Süden Portugals war von den Mauren so gut wie befreit, es gab vorerst keine weiteren Schlachten zu schlagen und für den Aufbruch nach Palästina war es mittlerweile zu spät im Jahr. Kein Schiff befuhr das tückische Mittelmeer im Winter, um sich nicht wie der legendäre Grieche Odysseus der Gefahr einer stürmischen Irrfahrt auszusetzen. Die Kreuzfahrerflotte hatte daher beschlossen, das Angebot von Alfons dem Dicken anzunehmen und in bzw. vor der Stadt zu überwintern, denn selbst bei der Größe der Hafenstadt und der Gastfreundschaft ihrer Bewohner fanden nicht alle Kreuzfahrer unter deren Dächern Platz. Zudem war die Begeisterung für den Kreuzzug bei vielen Rittern und Fürsten deutlich gesunken. War man nicht bereits ausgiebig genug für den christlichen Glauben ins Feld gezogen? Allen voran glaubte Graf Wilhelm von Holland den versprochenen Kreuzzug mit dem Kredit der erfolgreichen Eroberungen hier an der Südwestspitze Europas beenden zu können. Er schrieb einen flammenden Brief an den Papst, der die heldenhaften Taten der Ritter, vor allem seine eigenen, pries, bat um Absolution aller Sünden für die verdienten Streiter Gottes und darum, den Kreuzzug hier beenden zu dürfen, schließlich gäbe es noch einige Nester des maurischen Widerstandes, die es auszumerzen gelte.

Der Heilige Vater war jedoch nicht gewillt, die Kreuzfahrer aus der Pflicht zu entlassen. In seiner Antwort, die nach einigen Wochen des untätigen Wartens eintraf, formulierte er zwar voll des Lobes den Dank der katholischen Kirche für die Eroberungen, erinnerte aber gleichzeitig an die Dringlichkeit der Befreiung Palästinas und die Unaufschiebbarkeit der Erfüllung ihrer Eide.

Lediglich die ernsthaft Verwundeten sprach er von der Verpflichtung frei und erteilte ihnen im Namen des Herrn die Absolution ihrer etwaig begangenen Sünden. So blieb den in Muße verfallenen christlichen Streitern nichts anderes übrig, als sich in Geduld zu fassen und ihre Heerfahrt im folgenden Frühjahr fortzusetzen.

Der König und Bischof Sueiro taten alles, um den Kriegern den Aufenthalt so angenehm wie möglich zu gestalten. „Recht so, schließlich wollen Heere bei Laune gehalten werden, damit sie sich nicht aus Verdruss gegen einen wenden", kommentierte Arnold von Cleve, von einem Ritter des Königs darauf angesprochen, die Gastfreundschaft. So gab es ständig irgendwelche Festlichkeiten und Gelage, bei denen der König nicht müde wurde, auf den Löwenmut der Ritter, vor allem den der Männer des Grafen von Berg, anzustoßen, die sich dies gerne gefallen ließen. „Auf die Löwen von Berg", stimmten sie wenig bescheiden mit ein. Die Festivitäten beanspruchten den portugiesischen Staatshaushalt in hohem Maße, aber der Gewinn der maurischen Besitzungen wog die Kosten auf.

Bei einem dieser Gelage lernte Thomas einen Juden namens Jacub und dessen Gehilfin, die geheimnisvolle, schöne Inez kennen, zwei von etwa einem Dutzend Sprachgelehrten, die der König angeworben hatte, damit sie bei Tisch die Verständigung zwischen den Rittern so vieler verschiedener Zungen erleichtern sollten.

„Salve, virgo, ave … esse … essene rosa in tuo … tuo possum, äh, dulcis horto?", versuchte Thomas, mit ihr in gebrochenem Lateinisch in Kontakt zu treten, der einzigen Sprache, die sie nicht verstand, was wohl auch in diesem Fall besser war, hatte er sie doch allen Ernstes, wenn auch so nicht beabsichtigt, gefragt, ob er die Rose in ihrem süßen Garten sein dürfe.

„Ihr könnt in Eurer Zunge mit mir reden", gab sie lachend zurück, „das ist, glaube ich, für uns beide einfacher!"

Damit verschwand sie auch schon wieder kurzzeitig. Jacub und Inez sprachen sowohl Portugiesisch und Französisch als auch Englisch und sogar ganz leidlich Deutsch. Jacub war als Händler viele Jahre umhergereist, um Wein und Gewürze aus dem Süden gegen Bernstein und Tuche aus dem Norden zu tauschen.

Schon aus Geschäftsinteresse hatte er die verschiedenen Sprachen erlernt. Bei einer dieser Reisen vor etwa zwölf Jahren hatte er in den schwelenden Trümmern eines Wagentrecks in der südfranzösischen Provence ein kleines Mädchen mit kastanienfarbenem Haar aufgelesen und es kurzerhand mitgenommen. Als Grund dafür führte er gern ein jüdisches Sprichwort an: „Wer auch nur einem Menschen das Leben gerettet hat, wird belohnt werden, als hätte er die ganze Welt gerettet …"

Und Jacub war belohnt worden, mit einer Ziehtochter, die ihm nicht minder treue Dienste leistete, als es eine leibliche Tochter getan hätte. Weil sie ihren wirklichen Namen nicht sagen wollte oder konnte, hatte er sie Inez getauft und ihr vieles von dem beigebracht, was er wusste. Der Name hatte ihr gefallen und so war es bei diesem geblieben. An den Abenden tanzte sie für ihn und versüßte ihm mit ihren anmutigen Bewegungen die einsamen Stunden, ohne dass er je mehr für sie geworden wäre als ein Ziehvater. Später hatte er ihr Talent gezielt eingesetzt und sie vor Kunden tanzen lassen, wenn die geschäftlichen Verhandlungen einmal etwas schleppend liefen. Nun tauschten sie ihre Sprachkenntnisse gegen das klingende Silber des Königs. Während Jacub, wie alle männlichen Juden, seit einem Erlass des Papstes einen spitz zulaufenden, gelben Judenhut und einen gelben Ring auf seiner Kleidung trug, wies an seiner Ziehtochter Inez nichts auf eine Zugehörigkeit zum jüdischen Glauben hin.

Da es manche Ritter ablehnten, ihre Gespräche von einem Juden übersetzt zu bekommen, hielten sich die beiden meist an den Tischen der niederen Adeligen und Knappen auf. Sofort war Thomas die wallende Haarpracht der Schönen aufgefallen, die sich in quirligen Locken bis tief in den Rücken ergoss. Darin hatte sie Bänder geflochten. Sie trug ein körperbetontes Gewand aus dunkelroter Seide, mit bodenlangem Rock und einem eng anliegenden Mieder, das den Blick auf einen tiefen Ausschnitt freigab. Dieses Kleid, sowohl dessen Körperbetonung und Farbe als auch der teure Stoff, hatte ihr bereits giftige Blicke der anderen Damen im Saal eingetragen. Zu allem Überfluss lief sie auch noch barfuß umher.

Wenn sie in Thomas' Nähe stand, weil sie einem Tischnachbarn die Worte seines Gegenübers übersetzte, vernahm sein Geruchssinn einen betörend süßlichen Duft, der exotische Früchte mit einem zarten Mandelaroma zu vereinen schien.

Thomas konnte gar nicht genug davon bekommen, deshalb beeilte er sich, seine Tischgenossen in allerlei Erzählungen zu verwickeln, um sie möglichst häufig bei sich zu haben. „Seid so gut, fragt die werten Herren doch einmal, wie diese schöne Stadt hier überhaupt entstanden ist?“, trug er ihr beispielsweise auf. „Das ist aber eine lange Geschichte, soviel ich weiß“, gab sie zu bedenken. „Umso besser!“, strahlte er.

Am liebsten mochte er es, wenn er von den Portugiesen gebeten wurde, noch einmal die Eroberung Al-Kassers zu schildern, wobei er seine eigene Heldentat betont herunterspielte, was sie umso interessanter machte. Schließlich kannte Inez die Geschichte auswendig und erzählte sie von sich aus.

Als Thomas die Ideen auszugehen drohten, war es die junge Frau selbst, die in die Bresche sprang und den zunehmend angetrunkenen Gästen von dem deutschen Friedhof Lissabons erzählte, auf dem sich wundersame Dinge zugetragen haben sollen. Sie erbot sich sogar, ihnen an einem der nächsten Tage eben diesen Friedhof persönlich zu zeigen.

Da erschien ein Page des Königs an ihrer Tafel, der den Juden Jacub fragen ließ, ob er seine Begleiterin nicht bitten könne, einmal für die Gäste zu tanzen, schließlich sei ihr ein gewisser Ruf vorausgeeilt. Inez ließ sich nicht lange bitten, eilte zu den Spielleuten, die den bisherigen Abend mit ihren Lauten, Flöten und Schalmeien recht gefällige, aber unaufdringliche Weisen intoniert hatten, und fragte sie, ob sie ihren Instrumenten eine ganz bestimmte Melodie zu entlocken verstünden. Als dies bejaht wurde, trug sie ihnen auf, diese zu spielen, verneigte sich vor dem König und begann mit ihrer Darbietung.

Erst langsam, dann immer schneller werdend, stapfte sie im Takt eigentümlicher, orientalisch anmutender Klänge mit den Füßen auf, wobei sie ihren langen Rock mit einer Hand ein wenig anhob und eine ausdrucksstarke Mimik an den Tag legte.

In der freien Hand hielt sie eine Rahmentrommel, einen einfachen, mit Tierhaut überspannten Holzring, der kleine Schellen am Rand trug, die sie beim Tanzen kreisen ließ und ab und zu anschlug. Dabei vollführte sie ein Feuerwerk an Drehungen, die ihren Nachhall in den langen, fließenden Gewändern und ihrer geradezu fliegenden Haarpracht fanden.

Hatten anfangs noch einige Ritter den seltsamen Tanz ignoriert, waren alsbald jegliche Gespräche verstummt, weil Inez’ Bewegungen restlos jeden Mann in ihren Bann zogen. Selbst der ehrwürdige Bischof Sueiro ertappte sich dabei, dass seine Füße dem Takt der Musik nacheiferten und das Aufbegehren ganz bestimmter Körperteile lang verborgene sündige Gedanken in Erinnerung brachte. Niemand konnte sich der Faszination dessen entziehen, was die Schöne dort vorn vollführte, einige brachen in Hochrufe aus, andere fingen an zu seufzen, aber niemand war so sehr verzaubert wie Thomas. Längst hatte er alles um sich herum ausgeblendet, sog jede ihrer anmutigen Bewegungen mit den Augen auf, schien das Zucken jedes einzelnen Muskels von ihr schmerzhaft am eigenen Leib zu spüren und litt schließlich mit ihr, als der feurige, lebensfrohe Tanz ein offenbar tragisches Ende nahm und seine Interpretin bei den letzten, ersterbenden Tönen wie ein Häufchen Elend in sich zusammensank.

Zuerst folgte Stille, weil offenbar niemand es wahrhaben wollte, dass die atemberaubende Vorstellung zu Ende war, dann entbrannte tosender Beifall. Inez verneigte sich und zog sich dann leise zurück. Zu seiner maßlosen Enttäuschung sah Thomas sie an diesem Abend nicht wieder. Wie ihm Jacub zu verstehen gab, hielten sie dies immer so nach entsprechenden Darbietungen, weil die Männer oft kein Ende finden wollten und ihr mit wachsendem Nachdruck eindeutige Avancen machten.

„Warum wehrt Ihr euch nicht einfach dagegen, wie auch gegen die vielen Beleidigungen, denen Ihr immer wieder ausgesetzt seid, selbst hier an der königlichen Tafel, wie ich feststellen musste?“, begehrte Thomas zu wissen. „Nun, wer nicht beißen kann, sollte nicht die Zähne zeigen …“, antwortete Jacub auf seine Art mit einem alten jüdischen Sprichwort.

„Außerdem heißt es: Wenn ein Weiser in Wut gerät, verliert er seine Weisheit!“, setzte er mit einem Augenzwinkern noch hinzu.

Thomas’ geheime Sorge, die schöne Tänzerin nicht wiederzusehen, war unbegründet. Zwei Tage später, am ersten Tag des Dezembers, hielt Inez Wort und führte den Knappen mit ein paar anderen zum deutschen Friedhof. Ihr Weg führte sie vom Kastell Sao Jorge zuerst hinunter in die Unterstadt. Dabei erklärte sie, dass jede Gasse einer bestimmten Zunft gewidmet sei, die hier ihre Hochburg hatte. Thomas war es, als entdecke er Lissabon jetzt erst richtig. Und weil er es liebte, wie sie ihm mit ihrer hellen, fröhlichen Stimme die Dinge erklärte, bestürmte er sie mit immer neuen Fragen. Da hielt es Heinrich, der wie üblich einfach nur hinterherzutrotten schien, nicht mehr aus und schloss ganz dicht zu Thomas auf. „Hast du Sibylla eigentlich schon vergessen?“, raunte er ihm in vorwurfsvollem Ton ins Ohr. „Wie kommst du darauf?“, gab Thomas erschüttert zurück. „Weil du dich aufführst wie ein verliebter Gockel!“, antwortete

Heinrich trocken. Damit eilte er einige Schritte voraus und ließ den überraschten Thomas stehen. Aber als er darüber nachdachte, musste er zugeben, dass die junge Frau heftige Gefühle in ihm auslöste. Sie war so voller Leben und ein wenig erinnerte sie ihn auch an seine Mutter. Er fühlte sich magisch von Inez angezogen. Trotzdem hatte er Sibylla nicht vergessen, nein, ganz gewiss nicht. Nur schien es ihm im Moment, als sei sie ein Relikt aus einer anderen Zeit, aus einem anderen Leben. Oder konnte man gar zwei Menschen gleichzeitig lieben?

Nach einer halben Stunde Fußmarsch traten sie durch das Tor zu einem Friedhof, der im Schatten mächtiger Palmen lag und in säuberlich gezogenen Reihen mit Kreuzen und Steinplatten übersät war. Hier ruhten die Gefallenen der Befreiung Lissabons vor gut siebzig Jahren durch Ritter des Zweiten Kreuzzuges. Gleich zwei solcher Friedhöfe gab es in der Stadt: einen für die gefallenen Engländer, einen für die Deutschen und Portugiesen. Inez führte sie mit andächtigen Schritten gezielt in den deutschen Teil.

Schon von Weitem erkannten sie ein Grab, das sich deutlich von den anderen unterschied, weil aus ihm eine Palme erwuchs.

Als sie nähertraten, erklärte ihnen die junge Frau, hier handele es sich um die letzte Ruhestätte eines tragischen Helden, an der sich seltsame Dinge zugetragen hätten. So sei eben dieser Ritter zwei Taubstummen erschienen, die eines Nachts an seinem Grab im Gebet verweilt, dabei auf wundersame Weise Heilung erfahren und ihre Sprache wiedergefunden hätten. Seither hätten der Geist des Ritters und die Frucht des auf seinem Grab wachsenden Palmbaumes noch viele andere Wunder vollbracht. Thomas und Heinrich traten näher, um die Steinplatte auf dem Grab genauer in Augenschein zu nehmen. Noch wenig verwittert und in deutlich lesbaren lateinischen Lettern stand hier der Name des Ritters geschrieben: „Heinrich von Bonn, gefallen, als er mitgeholfen, die Stadt den Mauren zu entreißen."

Thomas war ergriffen von der Geschichte ihres Landsmannes, aber sein Freund Heinrich war geradezu erschüttert. Er war selbst nach einer Stunde durch nichts zu bewegen, den Ort zu verlassen. So ließen sie ihn schließlich dort.

Am Abend erzählte Thomas dem Grafen und Ritter Arnold von dem Vorfall, und beide waren sogleich begierig, das Grab des Helden mit eigenen Augen zu sehen. Adolf schickte augenblicklich nach dem Juden Jacub und seiner Gehilfin, Arnold besorgte Fackeln, die ihren Weg erhellen sollten, und so kam es, dass Thomas sich inmitten der Nacht, an der Seite seiner Befehlshaber und der schönen Übersetzerin, erneut auf besagtem Friedhof einfand. Von Heinrich keine Spur, vielleicht hatte er längst den Heimweg ins Lager angetreten. Der Fackelschein ließ die Totenstätte buchstäblich in einem gänzlich anderen Licht erscheinen und gespenstische Schatten über das Grab und die darüber thronende Palme tanzen.

Unweigerlich bekam Thomas eine Gänsehaut, und Inez trat einen Schritt näher, um sich bei ihm unterzuhaken. Auch sie fröstelte.

Mit gedämpfter Stimme wiederholte sie für Adolf und Arnold die Geschichte des gefallenen Ritters und der Heilung der Taubstummen.

Da ließ ihnen plötzliches Glockengeläut den Schreck in die Glieder fahren. Unmittelbar neben dem Friedhof gab es eine Kapelle und ein daraus erwachsenes Kloster, die beide dem heiligen Vinzenz geweiht waren. Von dort kam das Glockengeläut, doch zu einer völlig unüblichen Stunde. Einer inneren Stimme folgend, lenkten sie ihre Schritte dorthin. Als sie die Kapelle erreichten, erstarb das Geläut. Plötzlich sahen sie aus dem fahl erleuchteten Eingang des Gotteshauses eine weiß gewandete Gestalt auf sich zukommen. Inez schlug erschrocken die Hand auf den Mund. „Ritter Heinrich, er erscheint uns!", kam es ihr über die Lippen. Selbst den abgehärteten Rittern Adolf und Arnold gefror das Blut in den Adern. Thomas jedoch hatte die Gestalt längst an ihrem Gang erkannt. „Stimmt, es ist Heinrich, aber unser Heinrich!" Tatsächlich entpuppte sich der nächtliche Glöckner als der Odenthaler. „Mein Gott Junge, wie kannst du uns nur so erschrecken!", wies ihn der Graf zurecht. Aber Heinrich hörte gar nicht zu, er schien auf seltsame Art entrückt. „Er hatte einen Knappen", faselte er ohne rechten Zusammenhang, „und den soll ich suchen!" Dann brach er erschöpft zusammen.

Es dauerte zwei Tage, bis aus Heinrich wieder ein vernünftiges Wort herauszubekommen war. Immer noch etwas ermattet und einen Becher erwärmten Würzwein in den Händen, weil es jetzt im Dezember auch im Süden Portugals recht kühl wurde, erzählte er schließlich einem kleinen Kreis von Zuhörern, was geschehen war. Demnach hatte er noch etliche Zeit am Grab des Ritters geweilt, der den gleichen Namen trug wie er selbst. Als es dunkel wurde, er den Ort aber immer noch nicht verlassen wollte, hatte er Schutz in der benachbarten Kapelle gesucht und war auf einer Bank nahe dem Altar eingeschlafen. Im Traum sei ihm dann besagter Ritter erschienen und habe ihm von dem Knappen berichtet, den er vermisse.

„Er hat mir aufgetragen, dessen Grab zu finden und ihn hierher zu bringen, damit er neben seinem Herrn bestattet werden kann!“

Alle waren ergriffen von Heinrichs Worten, niemand zog die Geschichte in Zweifel. Graf Adolf wurde sogar noch am gleichen Tag bei Bischof Sueiro vorstellig und erbat dessen Hilfe bei der Auffindung des besagten Knappen.

Dieser wiederum ließ die Augustinermönche des Klosters Sao Vicente konsultieren, das sich neben dem deutschen Friedhof befand und in dessen Archiven die Listen der Gefallenen mit den Orten ihrer Bestattung ruhten.

Drei Tage lang halfen Thomas und Heinrich, die alten Dokumente zu studieren. Dabei wurde ihnen fast schwindelig angesichts der großen Zahl von Gefallenen. Über zweitausend Kreuzfahrer hatten damals ihr Leben gelassen – und dies bei der Eroberung nur einer Stadt. Würde es ihrem Unternehmen ähnlich ergehen?

Dann aber stießen sie auf eine Spur. Wieder war es Heinrich, der auf wundersame Weise eine Verbindung zu seinem Namensvetter zu haben schien. In schon leicht verblassender Schrift war auf einer Pergamentrolle die Rede von der Bestattung dreier Knappen, deren Namen man offenbar nicht gekannt und die man gemeinsam unter einer ausladenden Palme vor dem Stadttor beigesetzt hatte. Lediglich die Namen ihrer Herren waren verzeichnet - und einer der Namen lautete „Heinrich von Bonn.“ Der Ort war schnell gefunden, weil die Palme immer noch am gleichen Fleck vor dem Tor stand.

Auf Befehl des Bischofs wurden die Leichen exhumiert und, weil man nicht mehr feststellen konnte, welcher der Toten der Knappe des Helden war, gemeinsam neben dem Grab des Ritters zu neuer Ruhe gebettet. Thomas und Heinrich waren beide bei der Zeremonie zugegen, ebenso Graf Adolf und Arnold von Cleve – und mit ihnen gut fünfhundert Ritter vom Niederrhein und aus dem Raum Köln, denn die anrührende Geschichte war wie ein Lauffeuer durch Lissabon gegangen und hatte als neuerliches Wunder des deutschen Ritters die Runde gemacht.

Als Bischof Sueiro ein letztes Gebet sprach und alle Anwesenden das Kreuz schlugen, blickte Heinrich zu Thomas auf. „Jetzt ist es gut, jetzt hat er seinen Frieden“, sagte er mit einer Träne im Auge.

Auch der Odenthaler schien nunmehr seinen Frieden gefunden zu haben, nicht zuletzt auch deswegen, weil er unter den Kreuzfahrern aufgrund der wundersamen Erleuchtung nun ein höheres Ansehen genoss. Graf Adolf setzte unterdessen durch, dass der gefallene Ritter von Bonn fortan besondere Verehrung und Pflege seines Grabes durch die Mönche des Klosters erfuhr.

Die denkwürdigen Ereignisse wurden unter den deutschen Rittern aber auch als Zeichen für die unbedingte Fortsetzung des Kreuzzuges gesehen, und so rüstete man, sobald die Tage wärmer und die See ruhiger wurde, zum neuerlichen Aufbruch.

Für Thomas und Inez rückte damit die Zeit des Abschieds näher.

Lange hatte er sich vor der Antwort auf die Frage gedrückt, die ihn seit Wochen quälte, nämlich ob er es sich gestatten dürfte, dem Drängen seines Körpers nachzugeben. Sie hatten etliche Stunden miteinander verbracht, auf ausgedehnten Spaziergängen die Geheimnisse Lissabons erkundet und lange, tiefe Gespräche geführt. Abends hatten sie viele Male in ihrer kleinen Kammer im Hause des Juden oder am Rande des Zeltlagers gesessen und ihre Lebensgeschichten ausgetauscht. Mittlerweile kannten sie fast alles voneinander, die wechselvolle Vergangenheit wie auch die Hoffnungen für die Zukunft, aber eben nur fast alles.

Bei einer dieser Gelegenheiten hatte Inez seine Hand genommen, mit dem Zeigefinger versonnen die Linien deren Innenfläche nachgezogen und ihm schließlich mit einem Ausdruck tiefer Wärme in die Augen geschaut. „Du wirst deinen Traum wahr machen, mein blonder Abenteurer, sei guten Mutes, auch wenn es sicher nicht immer einfach ist. Aber du hast doch letztlich mit allem Erfolg, was du tust!“

Da war es vollends um ihn geschehen. So ähnlich hatte sich auch einmal seine Mutter ausgedrückt. Er nahm sie zärtlich in die Arme und presste seine Lippen auf die ihren. Erst sanft tastend, dann fordernder trafen sich ihre Zungenspitzen. Sein ganzer Körper verzehrte sich nach ihr. Sie aber war plötzlich aufgestanden, hatte ihm noch einen Handkuss zugeworfen und war dann einfach davongelaufen. Mit einem Durcheinander der Gefühle blieb Thomas zurück.

Es dauerte Tage, bis sie sich wiedersahen. Sie hatte ihm eine Nachricht zukommen lassen, dass sie ihn bei Sonnenuntergang am westlichen Stadttor erwarten würde. Als er zum vereinbarten Zeitpunkt die großen hölzernen, mit Eisen beschlagenen Torflügel durchschritt, trafen ihn die Strahlen der untergehenden Sonne. Um nicht geblendet zu werden, schirmte er mit einer Hand seine Augen ab. Da sah er sie. Vor dem glutroten Ball am Horizont zeichnete sich deutlich die vertraute Silhouette mit dem wehenden Haar und dem langen, weiten Rock ab. Dann standen sie sich gegenüber. Etwas verlegen suchte er nach Worten, unsicher, ob er sie mit einem innigen Kuss begrüßen dürfte oder nicht. Da er um einiges größer war als sie, legte sie den Kopf in den Nacken und lächelte ihn an, wobei sich ihre Lippen verführerisch einen Spalt öffneten. „Keine Sorge, Abenteurer, ich bin hier – und heute laufe ich nicht weg!“ Da fasste er sich ein Herz und küsste sie mit der ganzen Leidenschaft seines Herzens.

Dann nahmen sie einander bei der Hand und liefen hinunter ans Meer. An einem einsamen Strandabschnitt faltete sie eine mitgebrachte Decke auseinander und bereitete darauf die Schätze ihres Korbes aus, den sie am Arm mitgeführt hatte, etwas iberischen Schinken, Käse, Oliven und einen kleinen Krug Wein.

Vor allem die Oliven hatte er seit ihrer Landung in Lissabon zu schätzen gelernt und wollte sogleich darüber herfallen. Aber flink entwendete sie ihm den kleinen Krug und verbarg ihn in den Tiefen ihres Rockes. „Na warte“, rief er und stürzte sich auf sie.

Lachend fielen sie gemeinsam in den Sand. Dann jedoch erstarb mit einem Mal das Lachen und ein Ausdruck des Verlangens schlich sich stattdessen in ihre Blicke. Ungestüm suchte er erneut ihre Lippen, und sie trafen sich in einem langen, wilden Kuss, wobei sie beinahe in die Wellen des unentwegt anrollenden Meeres gekugelt wären. Da stand sie auf und begann, sich ihres Kleides zu entledigen. Fasziniert verfolgte er jede ihrer Bewegungen, bis ihm einfiel, dass ja auch er noch völlig bekleidet war. Als er sich erhob, fiel gerade ihre letzte Hülle. Vollkommen nackt kam sie im letzten Licht des Tages auf ihn zu und half ihm, die Tunika über den Kopf zu ziehen. Dann öffnete sie geschickt die Schlaufen seiner Beinkleider, bis auch diese zu Boden fielen. Ihre kühlen Hände glitten über seine Brust und weiter zu den Lenden, dabei sank sie auf die Knie und begann mit einem Mal sein bereits erigiertes Glied mit ihren fein geschwungenen Lippen zu erkunden. Für einen Moment fühlte er sich an die Schänke in England erinnert, doch dies hier war etwas völlig anderes.

Er spürte, wie er im Begriff war, die Kontrolle zu verlieren, doch bevor das gerade begonnene Liebespiel ein allzu frühes Ende nehmen konnte, entzog er sich ihr, nahm sie auf den Arm und trug sie auf die vorbereitete Decke.

Nun war es an ihm, ihre geheimsten Stellen zu erforschen. Er war nicht besonders erfahren in solchen Dingen, aber ein sanftes Stöhnen aus ihrem Mund zeigte ihm an, dass er auf dem richtigen Weg war. Schließlich beugte sie sich vor und zog ihn auf sich …

Später lagen sie noch lange eng ineinander verschlungen im Sand. „Ich glaube, ich liebe dich“, flüsterte er ihr ins Ohr. „Oh, mit solch großen Worten sollte man vorsichtig sein“, bekam er zur Antwort, „reicht es denn nicht, dass wir uns in jeder Beziehung so gut verstehen?“ Dann badeten sie gemeinsam im Meer und genossen endlich den vorbereiteten Imbiss.

Sie trafen sich noch zweimal zu solch geheimen Liebesstunden, dann hieß es Abschied nehmen. Es wurde ein Abschied ohne Tränen, auch wenn diese tapfer zurückgehalten werden mussten.

„Ich werde dich nie vergessen.“ Mit diesen Worten hauchte sie ihm einen letzten Kuss auf die Lippen. „Ich dich auch nicht“, schwor Thomas mit ritterlicher Geste. Dann bestieg er sein Schiff.

Am 30. März 1218 setzte die Kreuzfahrerflotte Segel und stach in Richtung Palästina in See. Auf den Mauern über der Stadt winkte ihnen noch lange eine junge Frau nach, die nun ihre Tränen nicht mehr zurück hielt.

Die Überfahrt wurde eine Odyssee ohnegleichen. Bereits wenige Tage, nachdem sie die Meerenge durchfahren hatten, die den Atlantischen Ozean vom Mittelmeer trennt, kam die Kreuzfahrerflotte in Höhe der Baleareninseln in einen fürchterlichen Sturm.

Dabei gingen allein auf der „Freya“ drei Mann über Bord und ertranken. Einer von ihnen war der junge Fiete, den Thomas doch so sehr ins Herz geschlossen hatte. Trotz der mörderischen Wellen hatte der Kapitän ihn in das Krähennest beordert, weil jemand Ausschau halten musste, ob sie nicht Gefahr liefen, gegen die Klippen der Inseln zu prallen. Da neigte sich die „Freya“ mit einem Mal gefährlich zur Seite. Gleichzeitig fegte eine gut fünfzehn Fuß hohe Welle über das Deck. Als Thomas, der sich an einem der Netze aus Hanfseilen festgekrallt hatte, mit denen die Fässer auf Deck gesichert waren, seine Augen vom Salzwasser befreit hatte, war das Krähennest leer und Fiete nicht mehr da. Er wollte zwar augenblicklich an die Reling eilen, um zu sehen, ob er den Jungen noch retten könne, aber die eiserne Faust Arnolds von Cleve, der sich neben ihm befand, hielt ihn fest. Wie Fiete war es auch zwei Rittern aus Limburg ergangen, die die Welle erfasst hatte.

Dieses traurige Erlebnis sollte Thomas einen Vorgeschmack auf die Ereignisse in Palästina geben. Danach suchte die Flotte mehrmals Schutz in verschiedenen französischen und italienischen Häfen, wo sich ihnen etliche Ritter dieser Länder anschlossen und damit zahlenmäßig die in Portugal und im Sturm erlittenen Verluste wettmachten.

In einem dieser Häfen erfuhren sie auch, dass die vorausgesegelte friesische Flotte in Civitavechia auf dem Territorium und unter dem Schutz des Papstes überwintert und nur noch wenige Tage Vorsprung hatte.

Am 26. April 1218 trafen erste Kontingente der Friesen in Akkon ein, dem Zielhafen, Dreh- und Angelpunkt aller Kreuzfahrer. Zwei Wochen später erschienen die hundertsiebzig Segel der deutsch-holländischen Flotte am Horizont und lösten in der Stadt einen ungeheuren Begeisterungssturm aus.

Der Kreuzzug, zu dem Papst Innozenz bereits seit 1213 aufgerufen und dem Papst Honorius III. sowie König Friedrich II. neues Leben eingehaucht hatten, war bislang alles andere als erfolgreich verlaufen. Denn vor allem Friedrich hatte vorerst keine Anstalten gemacht, sein Versprechen einzulösen. Zu sehr hielten ihn dringende Reichsgeschäfte in Atem, wie es hieß.

So waren außer den deutschen und niederländischen Fürsten lediglich König Andreas von Ungarn und Herzog Leopold von Österreich dem neuerlichen Aufruf des Papstes im Juni 1217 gefolgt. Über Zypern, wo sich ihnen König Hugo anschloss, erreichten sie Palästina bereits im Spätsommer 1217. Dort vereinten sie sich mit den Truppen Johanns von Brienne, dem Regenten des Königreiches Jerusalem, und Bohemunds von Antiochia.

Doch die aus fünfzehntausend Rittern und drei- bis viermal so vielen Fußsoldaten bestehende Armee hatte in mehr als einem halben Jahr nur wenig auszurichten vermocht. Abgesehen von der Eroberung einiger kleinerer Burgen und dem Ausbau eigener Festungen, wie in Caesarea, hatten sie keinerlei Boden gewonnen. Vor allem an der Wüstenfestung Tabor, an der Straße von Akkon nach Jerusalem gelegen, hatten sie sich ein ums andere Mal die Zähne ausgebissen.

Sultan Al-Adil, Bruder und Nachfolger des legendären Saladin als Beherrscher des Orients, vermied es zudem, dem Christenheer in offener Schlacht entgegenzutreten. Das Oberhaupt der Ayyubiden, der Dynastie, die sein und Saladins Vater Ayyub begründet hatte, wich mit seiner Armee ständig aus und zog sich schließlich sogar bis nach Damaskus zurück.

Dann hatten das Klima und verheerende Krankheiten begonnen, das Christenheer zu dezimieren. Schließlich war Andreas von Ungarn entnervt, aber beladen mit Tausenden von Reliquien, darunter das Haupt des heiligen Stephan, in sein Heimatland zurückgekehrt. König Hugo von Zypern war darüber hinaus nach dem Besuch einer Hochzeit verstorben.

Seither hatte es den Christen an Männern gefehlt, um erneut ins Feld zu ziehen. Dies änderte sich jedoch, als die Friesen auf den Plan traten, und erst recht, als die hundertsiebzig Segel der ihnen nachfolgenden Flotte am Horizont erschienen. Mit rund zwanzigtausend frischen Rittern und Fußtruppen konnte man sich ganz neue Ziele stecken, ja vielleicht doch endlich Jerusalem zurückerobern. Deshalb stand Akkon seit Tagen kopf und seine Bevölkerung auf den Mauern und fieberte der Ankunft der Verstärkung entgegen.

„Land in Sicht", brüllte der Mann im Ausguck, wobei sich seine Stimme beinahe überschlug, „seht doch, da vorn ist die Küste!"

Augenblicklich erhob sich alles, was Beine hatte, von den rissigen Planken und eilte an die Bordwand. Tagelang waren sie unter aufgespannten Segeltüchern, die ein wenig Schatten auf Deck boten, in der immer stärker werdenden Hitze nur noch tatenlos dahinvegetiert. Nach fast fünf Wochen auf See konnte es nun niemand mehr erwarten, endlich wieder festen Boden unter die Füße zu bekommen und das lang ersehnte Ziel ihrer Reise zu erreichen. Thomas war als einer der Ersten aufgesprungen und hatte einen Platz am Bug ergattert. Gerne wäre er jetzt ins Krähennest geklettert, aber seit Fietes Tod vermied er diesen Ort, an dem sie viele Stunden miteinander verbracht hatten. Um besser sehen zu können, kletterte Thomas ein Stück den Vordersteven hinauf und klammerte sich fest.

Auf beiden Seiten bot sich ihm ein majestätisches Schauspiel, denn die Flotte war ausgeschwärmt und näherte sich in breiter Phalanx und unter vollen Segeln der Küste, die nun langsam deutlichere Formen annahm.

Vor dem dunkelbraunen Horizont der sich in der Ferne erhebenden Hügel zeichneten sich bereits deutlich die Mauern und Türme der großen Stadt Akkon ab, die, auf einer Halbinsel gelegen, direkt aus dem stahlblauen Meer zu wachsen schien. Und diese Mauern und Türme waren voller jubelnder Menschen.

Akkon, das Juwel unter den Städten Palästinas, schon allein der Name löste schwärmerische Träume unter den Kreuzrittern aus, nur übertroffen von der Sehnsucht nach Jerusalem.

1187 wie die heilige Stadt unter die Herrschaft Saladins geraten und zu Beginn des dritten Kreuzzuges von König Richard Löwenherz zurück erobert, war Akkon nunmehr die Hauptstadt des christlichen Königreiches Jerusalem.

Bis zu fünfzigtausend Menschen lebten zeitweilig in ihren Mauern, Kreuzritter, Händler, Handwerker, Priester, Huren, Juden. Und Akkon war das Hauptquartier der drei großen Ritterorden: der Templer, Johanniter und Deutschritter. Letztere hatten sich erst knapp fünfundzwanzig Jahre zuvor, während der Belagerung durch Löwenherz, formiert.

Jedem dieser Orden unterstand ein eigenes Stadtviertel, ebenso wie den großen italienischen Handelstädten, allen voran Genua und Venedig, mit der Verpflichtung, für die Verteidigung ihres jeweiligen Abschnittes der Stadtmauer Sorge zu tragen.

Als sie sich der massiven, seeseitigen Befestigung näherten, erkannte Thomas auf den Zinnen zahlreiche Ritter in weißen Wappenröcken, die das rote Tatzenkreuz der Templer trugen.

Davor befand sich ein zum Meer hin recht ungeschützter Hafen, der ausschließlich den Kriegsschiffen dieses Ordens vorbehalten war. Im Kriegs- oder Belagerungsfall ermöglichte diese Lage allerdings den sofortigen Zugang zur offenen See.

Darüber, am äußersten rechten Ende der ummauerten Halbinsel, die in den Golf von Haifa hineinragte, thronte das mächtige, kreisrunde Kastell der Tempelritter, das sowohl diesen äußeren als auch den inneren Hafen schützte.

Als sie um die von diesem Kastell gekrönte Landspitze herumsegelten, glaubte Thomas unter den vielen Rittern, die auch hier die Wälle bemannten, William von Gloucester zu erkennen, und begann zu winken. Die Figur, die er für den jungen Templer hielt, antwortete, indem sie mit beiden Armen ruderte.

Der innere Hafen Akkons lag wettergeschützt im Windschatten der Halbinsel, war einer der größten seiner Zeit und der einzige mit genügend Tiefgang, um auch die schwersten Frachtschiffe und Kriegsgaleeren aufnehmen zu können.

Für die hundertsiebzig Schiffe der Holländer und Deutschen war jedoch selbst dieser Hafen zu klein, deshalb mussten zahlreiche Rahsegler vor der Hafenmole ankern und ihre Mannschaften mit Ruderbooten an Land setzen.

Da Adolf, Arnold und Walram mittlerweile unangefochten zu den führenden Männern der Flotte gehörten, steuerte die „Freya" den inneren Hafen direkt an. Gesäumt wurde er von einer eingestürzten Mole, an deren Ende sich, einem Wahrzeichen gleich, ein Fels mit dem darauf errichteten „Turm der Fliegen" erhob.

Kurz darauf legte das Schiff an der Kaimauer an und die ersten Männer sprangen an Land. Thomas wollte es ihnen gleichtun, doch die Hand Arnolds von Cleve hielt ihn für einen Moment zurück. „Ich geb dir einen guten Rat, Junge, halte deinen Tatendrang ein wenig zurück. Der Graf hält große Stücke auf dich und gesteht dir daher viele Freiheiten zu, die für einen Knappen nicht üblich sind, erst recht nicht, wenn er nicht von hohem Blut ist. Ab jetzt haben wir es mit hohen Fürsten und stolzen Kämpfern zu tun, für die ein Knappe nicht viel zählt. Deshalb halte dich im Zaum und im Hintergrund, verstanden?" Thomas nickte, ließ artig einen Teil der Nachdrängenden vor, um dann selbst mit einem Satz auf den Kai zu springen.

Eine Abordnung des Regenten von Jerusalem und Vertreter aller Ritterorden hießen sie willkommen und luden die Befehlshaber in die Templerburg ein, wo sich die Anführer des gesamten Kreuzzuges zur Beratung eingefunden hatten.

In ihren besten Gewandungen und mit ihren Schwertern gegürtet, machten sich Adolf von Berg und seine Gefolgsleute auf den Weg.

Thomas reihte sich mit Heinrich am Ende des Trosses ein.

Direkt hinter dem Hafen begann das Venezianerviertel, wo sich der fischige Geruch des Meeres mit dem betörenden Duft unzähliger kleiner Oleandersträucher mischte, dann erst schlichen sich die üblichen Gerüche einer dicht besiedelten Stadt, von gebratenem Fleisch, von Aborten und Gossen, von schwelenden Schmiedefeuern und mit Urin gegerbtem Leder in die Nase. Hier wie überall säumten schier endlose Reihen von begeisterten Menschen das nicht enden wollende Labyrinth enger Gassen. Thomas gefiel das hell leuchtende Mauerwerk des Häusermeeres, das von rötlichen Dachziegeln unter einem vollkommen blauen Himmel gekrönt wurde. An den Kreuzungen und Plätzen standen Dattelpalmen, die voller Früchte hingen. Zwischen den Häuserreihen sahen sie säuberlich angelegte Gärten mit verlockend duftenden Zitrus- und Orangenbäumen.

Eine junge Frau in einem luftigen, knöchellangen Gewand reichte ihnen eine gelbliche, seltsam verbogene Frucht. Weil ihnen die Hitze zu schaffen machte und sie sich eine willkommene Erfrischung versprachen, bissen sie sogleich hinein.

„Pfui Teufel, die ist ja matschig", entfuhr es Heinrich angewidert, während sich das Fruchtfleisch zwischen seinen Fingern und Zähnen ausbreitete.

„Vielleicht muss man die nur besser schälen", meinte Thomas, der etwas vorsichtiger gewesen war und nun von der Bissstelle aus begann, die lederartige Schale in Streifen vom weißlichen Fleisch zu ziehen. Der Versuch lohnte sich, denn nun mundete ihm die seltsame Frucht. „Nicht übel, aber sieht irgendwie aus wie ein krummer Schwengel", grinste Thomas. „Ein Grund mehr, die Finger davonzulassen", brummte Heinrich und warf das Zeug in den Rinnstein.

Zügig marschierten sie in Zweierreihen weiter, bis sich die Straße zu einem offenen Platz weitete. Überall kamen ihnen hier überwiegend weiß gewandete Ritter aus unterschiedlichen Orden entgegen. Es wimmelte nur so von Johannitern, Templern, Deutschrittern und freien Kreuzfahrern. Dazwischen tummelten sich Gaukler und Straßenmusikanten, die ihren flötenähnlichen Instrumenten eigentümliche Klänge entlockten. Mehr noch, einer förderte gar eine Schlange aus einem Korb zutage, die von der Musik völlig gebannt zu sein schien. Ein Wirrwarr von Stimmen und Sprachen hallte Thomas in den Ohren. Als sie den Patriarchen-Palast passierten, tauchte unweit vor ihnen die in fränkischem Stil erbaute, gewaltige Kathedrale des Heiligen Kreuzes auf. Linker Hand folgten sie nun der breiten Montmuzard-Straße, die direkt an der Templermauer endete.

Hier drängte sich ein junger Ritter durch die Menschenmenge, in dem Thomas sofort William von Gloucester erkannte.

Sich an Arnolds Worte erinnernd, wollte sich Thomas gebührend verneigen, woran er von William schmunzelnd gehindert wurde.

„Lasst die Förmlichkeiten, damit habt Ihr es bislang doch auch nicht so genau genommen!" Darauf nahmen sie sich herzlich in den Arm. Es gab viel zu erzählen, aber nicht viel Zeit. So berichteten sie sich gegenseitig in knappen Worten das Geschehen der letzten Monate, während sie entlang der Mauer in südlicher Richtung weiter durch das Genueserviertel gingen und schließlich direkt auf das kreisrunde Templerkastell zuhielten, wo sie von den Anführern des Kreuzzuges erwartet wurden.

Ein mächtiges Kreuzgewölbe erstreckte sich über die gesamte Decke des großen Saales, der sich im Inneren der uneinnehmbar erscheinenden Festung befand. Das weite Rund war überfüllt mit Rittern vieler Länder und

Herren, deren Fahnen und Wappen die steinerne Rückwand verdeckten. Im Zentrum prangte eine große, ebenfalls kreisrunde Tafel, an der die führenden Köpfe des Heeres Platz genommen hatten. Dahinter reihten sich nach Stand und Rang ihre jeweils wichtigsten Ritter ein. In der Mitte der Tafelrunde, die an die Artus-Legende erinnerte, hatte man einen Freiraum gelassen, der als eine Art Bühne für Audienzen oder Verhöre diente.

Thomas fiel sofort eine prächtig ausstaffierte Ritterschar in hellblauen Wappenröcken auf, die mit einem schlanken, goldenen Kreuz bestickt waren, in dessen Ecken vier weitere, kleinere Kreuze prangten. An ihrer Spitze saß ein weißhaariger, charismatischer Mann, dem man ansah, dass er gewohnt war, seinen Willen durchzusetzen. Obwohl schon gut über sechzig Jahre alt, hatte das Alter ihn noch nicht gebeugt. Vielmehr strahlte er trotz seines schlohweißen Haars immer noch eine körperliche Präsenz und stählerne Härte aus.

„Ist das der König des Heiligen Landes?“, flüsterte Thomas.

„Ja und nein“, raunte William zurück, „das ist Johann von Brienne, Regent von Jerusalem. Er stammt aus Frankreich, wo er sich auf Turnieren und Kriegszügen einen hervorragenden Ruf als Ritter erwarb. Vor acht Jahren wurde er König, weil man ihn dazu bestimmte, die Thronerbin Jerusalems zu heiraten. Seit ihrem Tod regiert er nur noch als Vormund für seine unmündige Tochter Jolande. Aber als Regent von Jerusalem beansprucht er auch den Oberbefehl über das ganze Kreuzfahrerheer!“

Thomas, Heinrich und William standen weit im Hintergrund, hinter den Rittern der Grafen von Berg und Limburg. Weil aber der Saal zur Mitte hin in Stufen abfiel wie eine kleine Arena, konnten sie alles überblicken.

William beeilte sich, Thomas und Heinrich die wichtigsten Fürsten vorzustellen. Zur Linken des Regenten von Jerusalem saß Herzog Leopold von Österreich, der dem vor einem Jahr begonnenen Kreuzzug als Einziger der anfänglichen Führer treu geblieben war. „Seht ihr das rot-weiß-rote Banner?“, fuhr William mit seinen Erläuterungen fort und Thomas’ Augen folgten seinem Blick, „Der Vater des Herzogs, Leopold V., bekam es einst hier bei der Eroberung Akkons verliehen. Es heißt, sein Wappenrock sei rot vom Blut der Erschlagenen gewesen. Als er seinen Gürtel abnahm, kam darunter ein weißer Streifen zum Vorschein. Seither tragen die Österreicher diese Farben.“

Zur Rechten des Weißhaarigen saß auf einem hölzernen Sessel mit hoher Lehne der Großmeister der Tempelritter. „Guillaume, oder einfacher Wilhelm de Chartes“, erklärte William, „seit acht Jahren lenkt er die Geschicke unseres Ordens. Er ist dem Regenten treu verbunden, aber ein unversöhnlicher Feind der Moslems – und den Johannitern ein Dorn im Auge!" Erstaunt blickte ihn Thomas an. „Die Templer und Johanniter sind verfeindet?"

„Das wäre vielleicht etwas übertrieben", fügte William achselzuckend an, „aber die Johanniter – oder auch Hospitaliter, weil der Orden in einem Hospital seinen Anfang nahm – waren vor uns hier und lange der einzige Ritterorden weit und breit. Jetzt verlieren sie an Macht und Boden, das passt ihnen nicht. Ständig gibt es Streit um diese oder jene Burg, um die Gunst des Regenten und die Position in der Schlacht." Wenn man genauer hinsah, konnte man merken, dass sich die Templer und Johanniter tatsächlich mieden und sich die Großmeister, Guillaume de Chartres und Garin de Montaigu, eher frostig gegenübersaßen. Mit ihren schwarzen Wappenröcken, auf denen ein stilisiertes weißes Kreuz prangte, das aus Pfeilspitzen geformt zu sein schien, stellten die Johanniter schon optisch einen Gegenpart zu den Templern mit ihren weißen Röcken dar.

„Und wer ist der Dritte im Bunde da vorn?", wollte Thomas wissen, dem ein stattlicher, bärtiger Ritter von etwa fünfzig Jahren oder mehr aufgefallen war. Wie seine Ordensbrüder trug er einen weißen Wappenrock, ähnlich dem der Templer, jedoch mit einem schlichten, schwarzen Kreuz darauf, das nach unten lang auslief. Mit wachen Augen beobachtete er jede Bewegung im Saal, ohne sich aber, wie viele andere Anwesende, ständig lautstark Gehör zu verschaffen.

„Das ist Herrmann von Salza", fügte William an, „der Hochmeister des Deutschen Ordens. Auch dieser nahm seinen Anfang in einem Hospital, dem Deutschen Haus, in dem sich die Brüder anfangs der Krankenpflege widmeten, bevor sie die Erlaubnis bekamen, in den Waffendienst zu treten. Dieser Herrmann ist ein schlauer Fuchs und ein gerissener Diplomat. Er steht eurem König Friedrich nahe, aber auch dem Papst, dem er viele Privilegien für seine Brüder abgerungen hat."

An dessen Seite befand sich ein Priester, etwas jünger als der Ritter von Salza, aber auch schon im fortgeschrittenen Mannesalter. Er fuhr unaufhörlich mit der Feder über ein vor ihm liegendes Pergament und machte eifrig Notizen, selbst jetzt, wo er interessiert die Neuankömmlinge in Augenschein nahm. „Und wer ist das?", wollte Thomas wissen. „Der Mann hat viele Namen", raunte ihm William zu, „man nennt ihn Oliver den Sachsen, aber auch Oliver von Köln oder Oliver von Paderborn. Er ist mit anderen Kirchenmännern schon vor Jahresfrist eingetroffen.

Seit die ersten Schiffe eurer Flotte hier sind, ist er so etwas wie der geistige Führer der deutschen Kreuzfahrer!" Thomas betrachtete den Priester etwas genauer, denn von diesem Oliver hatte er schon gehört. Äußerlich war er eher unscheinbar, aber er musste über Beredsamkeit und Überzeugungskraft verfügen. Mit flammenden Predigten hatte er jahrelang im Rheinland und in Westfalen für den Kreuzzug geworben und Tausende von Männern, wie den kahlen Kölner Kriegsknecht, zu Streitern Gottes bekehrt. Als Kölner Domschulmeister war er zudem ein Vertrauter von Erzbischof Engelbert. Schon deshalb musste die Ankunft von dessen Bruder, Adolf von Berg, für ihn von besonderem Interesse sein.

Außer den Genannten befanden sich noch der Patriarch von Jerusalem, der Bischof von Akkon, Jakob von Vitry und zahlreiche andere Kirchenfürsten im Raum.

Hinzu kamen nun die Anführer der Holländer, Friesen, Westfalen und Rheinländer. Herolde auf beiden Seiten stellten die bedeutendsten Personen vor. Wer nicht in einer der vorderen Reihen stand, reckte die Hälse, begierig, einen Blick auf den Regenten von Jerusalem zu werfen, aber auch auf besagten Oliver. Einige hatten ihn bereits predigen gehört, den meisten war er nur vom Hörensagen bekannt, aber sein Ruf war ihm vorausgeeilt.

Graf Wilhelm von Holland und Georg von Wied hatten indes den freien Raum inmitten der Tafelrunde betreten und beugten jetzt das Haupt vor dem Regenten und dem Patriarchen von Jerusalem.

„Wir überbringen Euch die versprochene Verstärkung an Berittenen, Fußvolk, Kriegsgerät und Schiffen, darunter die edelsten Ritter des deutschen Nordens", hob Georg von Wied an. „Zusammen mit den besten Wünschen unseres Königs Friedrich, der sicher auch bald persönlich mit seinem Heer zu uns stoßen wird, damit wir gemeinsam die Ungläubigen vertreiben können, auf dass Jerusalem, die heiligste aller Städte, wieder der vereinten Christenheit und der heiligen Mutter Kirche gehören möge", vervollständigte Wilhelm von Holland die förmliche Begrüßung der beiden, die einstudiert zu sein schien.

Das anfänglich lautstarke Echo der Anwesenden verebbte ein wenig beim Stichwort Jerusalem. Da ergriff dessen Regent das Wort.

„Seid willkommen, ihr alle, die ihr die gefahrvolle Reise nach Outremer in Angriff genommen habt", begann Johann von Brienne, während er sich mit einer ausladenden Handbewegung erhob, als gedächte er, die versammelte Kreuzfahrerschar alle auf einmal in seine Arme zu schließen.

„Seid versichert, dass wir euch schon sehnlichst erwartet haben, mit eurer Heeresmacht wird der Kreuzzug zu neuer Stärke finden. Aber in Bezug auf Jerusalem muss ich euch enttäuschen …"

Allgemeine Bestürzung unter den frisch eingetroffenen Rittern war die Antwort. Was war geschehen? Hatten sie die lange Seereise vergebens unternommen?

„Gemach, ihr edlen Grafen und Ritter, eure Fahrt war nicht umsonst", fuhr Johann von Brienne fort, „aber jetzt steht der Sommer bevor mit all seiner Hitze und Dürre. Da ist es wenig ratsam, einen Heerzug gen Jerusalem zu unternehmen, quer durch das trockene Inland und mit dem Feind im Rücken …"

Der Regent und der Patriarch von Jerusalem erklärten daraufhin abwechselnd, welche Anstrengungen man bereits im letzten Jahr unternommen hatte, um das Heer der Ungläubigen zu stellen und zu schlagen. Aber zum einen hätte sich Sultan Al-Adil mit seinen Truppen stets aus der Schlinge zu winden gewusst, zum anderen sei die Versorgungslage des Kreuzfahrerheeres immer bedenklicher geworden. Jetzt, wo der Sommer bevorstünde, drohe zudem eine gefährliche Knappheit an Trinkwasser.

Allerdings trugen die Worte noch wenig dazu bei, die allgemeine Unruhe zu besänftigen. Viele Fragen wurden laut. Was sollten sie stattdessen tun? Darüber entbrannten heftige Diskussionen.

„Aber der Herr hat uns in seiner unendlichen Güte ein sinnvolleres Ziel erkennen lassen", verschaffte sich da Oliver der Sachse Gehör, auf ein stummes Zeichen des Hochmeisters der Deutschritter, wie Thomas zu vernehmen glaubte. Sogleich wandten sich ihm alle Augen zu, neugierig, was der Kirchenmann zu vermelden hatte.

„Damals, im Jahre des Herrn 1187, als Sultan Saladin das Heer Jerusalems schlug, war es auch schon der Wassermangel, der die christlichen Ritter in die Knie zwang." Gespannt lauschte nun alles seinen Worten. „Der Sultan hingegen hatte Zugang zu allen Quellen, Flüssen und Seen des Jordantales, ja mehr noch – er hatte die Reichtümer Ägyptens im Rücken, die es ihm ermöglichten, die Stadt zu erobern …"

Oliver machte eine bedeutsame Pause und musterte die Anwesenden eindringlich, um sicher zu sein, die ungeteilte Aufmerksamkeit aller zu genießen, bevor er fortfuhr. „Wer Ägypten beherrscht, dem steht auch der Weg nach Jerusalem offen, und der Schlüssel dazu ist die Stadt Damiette an der Mündung des Nils. Ist die Stadt erst unser, wird auch Ägypten fallen – und Jerusalem als Nächstes. Das, ihr edlen Streiter Gottes, ist das rechte Ziel!"

Erneut brandete lautes Gemurmel aus aller Munde auf, aber bereits jetzt war den Rittern eine gewisse Erleichterung anzumerken. Sie würden also doch zum Einsatz kommen. Aber konnte, ja durfte man das Ziel so einfach ändern? Hatte nicht der Papst in Rom persönlich Jerusalem als Ziel auf ihre Fahnen geschrieben? Als hätte er die Frage geahnt, meldete sich Jakob von Vitry, der Bischof von Akkon, zu Wort.

„Ich habe dem Heiligen Vater eine Botschaft zukommen lassen, in der ich ihm die Problematik schildere und seine Erlaubnis für den Weg über Damiette erbitte. Ich bin mit dem Patriarchen von Jerusalem und dem frommen Oliver von Köln einer Meinung, dass sich der Heilige Vater unserer Sichtweise anschließen und seinen Segen für das neue Unternehmen geben wird!"

Nun wurden im weiten Rund immer häufiger Rufe der Zustimmung laut, nicht zuletzt, weil viele die zu erwartenden Reichtümer Ägyptens lockten. Da bat der Großmeister der Tempelritter um Gehör.

„Wir haben bereits vor Jahren dazu geraten, mit der gesamten christlichen Heeresmacht direkt Kurs auf Ägypten zu nehmen, denn das ist das wirkliche Rattennest", tönte Wilhelm de Chartes. „Die armen Ritter Christi vom Tempel Salomons sind gerüstet. Unsere Flotte steht bereit, euch samt euren Schiffen bereits in wenigen Tagen dorthin zu geleiten. Unsere vereinten Segel werden über die Ungläubigen herfallen wie einst die Heuschreckenplage."

Das war nun vollends die Sprache, die alle verstanden, und der Großteil der Anwesenden brach in lauten Jubel aus. Ja, das wollten sie, an der Seite der Templer und der Heere Jerusalems über die Heiden herfallen. Und sicher gab es dabei noch reichlich Beute zu machen.

„Aber vorab gibt es noch ein paar organisatorische Dinge zu klären", ertönte da die tiefe Stimme Herrmanns von Salza. Sein wohlklingender Bass legte sich wie die Kuppel eines Gotteshauses über den Geräuschteppich im Saal, dass sich ihm alle Köpfe augenblicklich zuwandten. „Wie sieht es mit euren Vorräten aus? Habt ihr noch Proviant oder sind die Laderäume eurer Schiffe leer?"

Da der Graf von Holland, verlegen auf seine Füße starrend, mit der Antwort offensichtlich überfordert und Georg von Wied in ein Gespräch mit dem Großmeister der Templer vertieft war, antwortete Adolf von Berg für die deutschen Kreuzfahrer. „Nun, wenn Euch die Nase nach saurem Kraut steht, davon könnt Ihr noch haben. Aber nach fünf Wochen auf See sind die meisten unserer Proviantfässer ebenso leer wie unsere Mägen ..."

„Und so ausgetrocknet wie unsere Kehlen!", fügte Arnold von Cleve geistesgegenwärtig hinzu. Schallendes Gelächter erfüllte sogleich den hohen Saal und hallte als hundertfaches Echo von den steinernen Wänden wider.

„Nun, für Letzteres werden wir sicher kurzfristig Abhilfe zu schaffen wissen. Ich gehe einmal davon aus, dass es nicht unbedingt Wasser ist, wonach Euch dürstet", schmunzelte Herrmann von Salza. Seinen fragenden Blick beantwortete das Oberhaupt der Templer mit einem Wink an die wartenden Sergeanten, worauf sich zahlreiche Pforten in den Mauern öffneten, die Thomas bislang übersehen hatte, und ein Dutzend Fässer mit Wein hereingerollt wurden, der sich als vorzüglich herausstellte, wie Arnold anerkennend bemerkte. Dabei löste sich die bislang strenge Ordnung im Raum auf und jeder kam mit jedem ins Gespräch. Thomas und seine Begleiter hielten sich an Adolf, der die Nähe der Ordensritter suchte.

„Die Versorgung so vieler Kämpfer dürfte in der Tat ein Problem werden", fuhr der Hochmeister des deutschen Hauses fort. „Aber die Märkte der Stadt sind doch voller Waren, vor allem dieser exotischen Früchte, wie wir auf unserem Gang durch die Stadt sehen konnten", erwiderte Adolf.

„Das habt Ihr richtig beobachtet", erklärte der Deutschritter, „frisches Obst gibt es im Überfluss, aber mit Brot und Fleisch sieht es düster aus. Und lasst Euch nicht davon täuschen, dass die Stadt keinen Mangel leidet. Dem Regenten ist es wichtig, dass die Bevölkerung gut versorgt ist und uns gewogen bleibt.

Trotzdem fehlt es dem Heer an allem. Wir haben den Papst und die reichen Handelsstädte des Okzidents um Nachschub gebeten, aber das kann dauern."

„Warum statten wir dann nicht den Karawanen der Ungläubigen den einen oder anderen Besuch ab?", mischte sich Walram von Limburg in das Gespräch, „Ich kenne da noch vom letzten Mal ein paar lohnende Ziele. Etwa zwei Tagesreisen südlich von hier, in Netanya, kreuzen sich die Karawanenwege, die nach Ägypten und Damaskus führen. Da müsste doch was zu holen sein!" In der Tat hatte der zukünftige Herzog von Limburg bereits fünfundzwanzig Jahre zuvor am dritten Kreuzzug, dem Kreuzzug der Könige, teilgenommen und unter Richard Löwenherz einschlägige Erfahrungen gesammelt. Als junger Heißsporn war er dadurch aufgefallen, dass er mehrmals den zwischenzeitlichen Waffenstillstand gebrochen und mit seinen Männern Handelskarawanen überfallen hatte. Vor allem im Gebiet von Montjoie, dem „Berg der Freude" an der Straße von Akkon nach Jerusalem hatte er sein lohnendes Unwesen getrieben. Wohl eingedenk dessen hatte er später in der Heimat eine Stadt gleichen Namens gegründet, die auf Deutsch Monschau hieß.

„Ich hatte gehofft, dass ihr so etwas sagen würdet, denn gerade euch Rittern vom Niederrhein sagt man diesbezüglich einen gewissen Tatendrang nach", lächelte von Salza, „die Templer haben den gleichen Vorschlag gemacht. Was haltet ihr also davon, wenn wir zu einer kleinen, gemeinsamen Expedition aufbrechen, die unsere Versorgungslage ein wenig aufbessert?"

Walram, Adolf und Arnold schlugen sofort begeistert ein.

„Ich sagte ja, ein schlauer Fuchs", raunte William Thomas ins Ohr. „Auf diese Weise hat er sich sofort mit euren Herren verbündet und sie für sich eingenommen."

Tatsächlich wurde hier der Grundstein für eine Verbindung gelegt, die noch viele Generationen überdauern sollte.

Es wurde verabredet, bereits am nächsten Morgen in zwei Flügeln auszurücken. Die Limburger sollten sich mit den Deutschrittern geradewegs nach Süden begeben, die Ritter von Berg würden mit den Templern nach Südosten in Richtung auf den Berg Tabor vorrücken.

Indem sie sich vor der berüchtigten Felsenfestung sehen ließen, wollten sie den Feind nebenbei glauben machen, sie seien eine Vorhut der Hauptarmee, die sich in Kürze gen Jerusalem wenden würde. Dann erst sollten sie sich ihrem eigentlichen Ziel zuwenden, der Karawanenstraße, die die Küste mit dem See Genezareth verband und von dort nach Damaskus führte.

Dies sollte ohne großes Aufsehen geschehen, denn von Salza meinte, die Aktion würde größeren Erfolg versprechen, wenn nicht allzu viele Ohren eingeweiht wären. Den Regenten wollte er später selbst von ihrem Plan in Kenntnis setzen.

„Ihr müsst der Bruder unseres geliebten Erzbischofs Engelbert von Köln sein", hörte Graf Adolf da eine Stimme neben sich.

Es war Oliver, der Kölner Domschulmeister, der sich im Gedränge einen Weg zu ihm gebahnt hatte. „Ich soll Euch Grüße von seiner Eminenz ausrichten, auch wenn diese nicht mehr ganz taufrisch sind, denn sein letzter Brief erreichte mich vor zwei Monaten." Erfreut ob dieser Nachricht, bestürmte Adolf ihn sogleich mit Fragen nach seiner Tochter. „Ihr geht es gut, ebenso Eurem Enkelsohn, auch wenn sie zu dem Zeitpunkt, als der

Brief geschrieben wurde, in Limburg weilten, wohl weil das winterliche Klima am Niederrhein milder ist als auf den Höhen des Bergischen Landes. Die holde Irmgard soll auch wieder gesegneten Leibes sein", beeilte sich Oliver hinzuzusetzen, als er Adolfs Stirnrunzeln registrierte.

Da war die Freude groß und Adolf hob sogleich seinen Becher und hieß die Anwesenden mit ihm anzustoßen. Die Freude wurde jedoch alsbald von der Nachricht getrübt, dass sein alter Freund Bischof Otto von Münster verstorben war, derselbe Otto, den Adolf vor drei Jahren aus der Kaiserpfalz befreit hatte. „Wir sind gemeinsam vor einem Jahr auf diesen Kreuzzug gegangen", eröffnete ihm Oliver. „Der selige Bischof war ein steter Quell der Kraft und des Trostes, vor allem, als das Unternehmen nach der Abreise des Königs von Ungarn ins Stocken geriet. Tatkräftig half er beim Ausbau der Festungen von Jaffa und Cäsarea. Dort ist er schließlich aufgrund einer kurzen schweren Krankheit und infolge der vielen Anstrengungen am 5. März verschieden …"

Adolfs Trauer war unermesslich, wie gern hätte er den alten Freund noch einmal wiedergesehen. Als Ottos Gefolgsleute, die etwa hundert Mann starke Abordnung aus Münster, von Adolfs Ankunft hörten, unterstellten sie sich sogleich seinem Befehl. So rückte der Graf von Berg aufgrund der Zahl der ihm unterstehenden Männer nun vollends zu einem Anführer des Kreuzzugs auf.

Als die Sonne über den östlichen Hügeln aufging, fand sich Thomas an der Seite Williams und Heinrichs im Sattel wieder.

Er saß auf einer hübsch anzusehenden, schlanken Schimmelstute mit einem edel geformten, kleinen Kopf, der die für Araberpferde typische konkave Stirnlinie aufwies. Für ihn war es das prächtigste Tier auf Erden, und es interessierte ihn wenig, dass die Stute für den arabischen Geschmack etwas zu starke Hinterläufe hatte. Das Pferd spielte aufmerksam mit den Ohren, um den Stil des neuen Reiters kennenzulernen und auf dessen versteckte Signale und leise Befehle zu achten, so er denn solche von sich gab. Doch Thomas war in der Reitkunst noch nicht so sehr bewandert, dass er mit dem herrlichen Geschöpf jetzt schon hätte über die Körpersprache kommunizieren können. Wie er es gelernt hatte, versuchte er, sich über den Schenkeldruck und den Klang seiner Stimme verständlich zu machen. Die Stute schien sich dann auch alsbald mit dieser niedrigen Stufe der Kommunikation zu begnügen, obwohl sie den Anschein erweckte, zu mehr fähig zu sein. Schon zur Begrüßung, im fahlen Licht der Ställe, die sich in einem Gewölbe nahe der Templermauer befanden, hatte sie davon eine Kostprobe geliefert. Als er sich ihr mit ausgestreckter Hand näherte, war sie ihm entgegengekommen, um seinen Geruch mit geblähten Nüstern aufzunehmen, hatte sich dann aber mit einem Schnauben geschüttelt, das Thomas nicht zu Unrecht als Form der Entrüstung interpretierte. Als er daraufhin prüfend die eigene Nase an seine rechte Achselhöhle führte, musste er feststellen, dass sein Körpergeruch nach den Wochen auf See gelinde gesagt als streng zu bezeichnen war. Er nahm sich vor, später mit einem Bad Abhilfe zu schaffen. Doch angesichts des drohenden Wassermangels musste er es in der Nacht dann doch bei einer Katzenwäsche belassen. Hannah, so der Name des Tieres, benannt nach einer Stute des Propheten Mohammed, wie es hieß, wurde jedenfalls für ihn ausersehen und sollte ihn fortan auf dem weiteren Kreuzzug begleiten.

Graf Adolf hatte den Aufenthalt im Templerkastell genutzt und dem Großmeister noch am gleichen Abend seinen Wechsel präsentiert, um diesen wieder in klingende Münze umwechseln zu lassen. Einen Teil des Geldes wollte er zur Vervollständigung ihrer Ausrüstung und für den Kauf von Pferden verwenden, da seine Ritter und Knappen hoch zu Ross in die bevorstehenden Schlachten reiten sollten. Da er nicht erwartete, an der Mündung des Nils Zeit und Gelegenheit für derlei Geschäfte zu haben, geschweige denn, geeignetes Pferdematerial zu finden, musste er dies in Akkon erledigen.

Die Templer erboten sich sogleich, dabei behilflich zu sein und den Grafen einen Blick auf ihre eigene Pferdezucht werfen zu lassen. Erfreut nahm Adolf dieses Angebot an, denn die armen Ritter Christi vom Tempel Salomons waren auch für ihre hervorragenden Pferde bekannt.

Der junge Templer William hatte den Grafen und sein Gefolge auf Befehl seines Großmeisters daraufhin zum Marschall der Templer geleitet, der sich Mühe gab, für jeden Unberittenen ein geeignetes Reittier zu finden. Die zum Verkauf stehenden Pferde waren allesamt in hervorragendem Zustand und der Preis akzeptabel, so wurden sie sich schnell handelseinig. Auf Anraten Arnolds wurden bei der Gelegenheit neben zusätzlichen Klingen und etlichen Bahnen leichten Stoffs für an das Klima angepasste Umhänge auch einige Fässer Wein erstanden. Dem Grafen blieb nach Abschluss seiner Geschäfte noch immer eine stattliche Summe Silber, die er, einmal auf den Geschmack gekommen, zu einem Großteil wieder in einen neuen Wechsel umsetzte.

So begab es sich, dass alle Ritter und Knappen aus Adolfs Gefolge das geheime Unternehmen am nächsten Morgen beritten antreten konnten. Eine ansehnliche Staubwolke hinterlassend, die in Thomas Zweifel darüber aufkommen ließen, dass ihre Expedition lange geheim bleiben würde, folgten sie der uralten Straße, die in leichtem Bogen in südöstlicher Richtung auf das noch im Dunst liegende Hügelland zuhielt.

Mit ihnen ritten gut einhundert Tempelritter, darunter auch der junge William, die der Großmeister für dieses Unternehmen persönlich ausgewählt hatte und die mit ihren wehenden, weißen Umhängen, alle auf Pferden gleicher Farbe sitzend, einen prächtigen Anblick boten.

Bis Haifa wurden sie auch noch von Walram von Limburg und dessen Männern sowie sechs Dutzend Rittern des deutschen Ordens begleitet, die sich aber dann von ihnen trennten, um sich den Karawanenwegen im Süden zuzuwenden.

Am Fuße des Karmelgebirges schlugen die Templer die Höhenstraße nach Jerusalem und zum Berg Tabor ein.

Den Rest des Tages ritten sie in zügigem Trab die schier endlosen Windungen entlang, mit denen die Straße nach dem Verlassen der Küstenebene durch für hiesige Verhältnisse recht dicht bewachsene Hügel führte. Neben niedrigem Gesträuch, ausladenden Dornenbüschen und Akaziengewächsen zeigten sich stellenweise sogar kleine Wäldchen aus Zedern und Pinien. Große Lücken innerhalb dieser Vegetation zeugten jedoch davon, dass schon die Römer reichlichen Gebrauch von den hier wachsenden Hölzern für ihren Schiffbau gemacht hatten.

„Die Einheimischen behaupten, die Gegend sei fruchtbar", meinte William, der sein Pferd nah an Adolfs Knappen herangelenkt hatte, „aber die haben wohl nie die grünen Hügel Englands gesehen …" Heinrich ließ sich nur zu einem angestrengten Seufzer herab. Das Klima und der erste Ritt seit vielen Monaten, noch dazu auf einem wenig vertrauenerweckenden, ständig aufgeregt tänzelnden Gaul, trieben ihm den Schweiß auf die Stirn, sodass er wenig Lust auf Konversation verspürte. Im Gegensatz zu Thomas, dem die Fülle der Eindrücke und das Wiedersehen mit William die Zunge lösten.

„Du hast recht, aber du solltest erst einmal das Bergische Land sehen. Das ist wirklich fruchtbar. Schier unzählige Flüsse und Bäche schlängeln sich hinab in die vielen Täler – und im schönsten erstreckt sich das silberne Band der Wupper", setzte er schwärmerisch hinzu, „verglichen mit meiner Heimat ist das hier ein wüstes Ödland."

„Erzählt mir von dem Land, aus dem Ihr kommt, wovon leben die Menschen dort?“, fragte William. Und Thomas begann, das Bergische Land in schillernden Farben zu beschreiben. Als er endete, schwiegen beide für einen langen Moment.

„Gütiger Gott, wenn es da so schön ist, warum gehen dann so viele Männer von dort weg und auf Kreuzzug in diesen Glutofen?“, meinte William. Thomas zuckte mit den Achseln. „Vielleicht, weil König, Papst oder Gott es so wollen? Vielleicht, weil man immer wissen will, was hinter dem nächsten Hügel ist? Warum bist du hier, wo Englands Hügel so grün sind? Warum sind überhaupt so viele Engländer unter den Kreuzrittern?“

Wieder schwiegen beide. Dann blickte Thomas dankbar zum verschleierten Himmel, denn da sich die Sonne in Wolken hüllte, war die Hitze gerade noch erträglich. Bei den Gedanken an die Heimat war ihm unweigerlich Sibylla in den Kopf gekommen und nun stieg eine Welle der Zuneigung in ihm auf. Wie mochte es ihr in all den Monaten ergangen sein? Schlug ihr Herz noch für ihn oder hatte sie sich mit jemand anderem getröstet? Der Gedanke gefiel ihm nicht. Aber hätte er es denn besser verdient? Was, wenn Sibylla für einen anderen Mann das Gleiche empfand wie er für Inez? Fast schämte er sich ein wenig für das Liebesabenteuer, das er in Portugal erlebt und genossen hatte. Und doch wusste er, dass es gut und richtig gewesen war, ihrer beider Gefühlen nachzugeben. Die bloße Erinnerung ließ ihm die Lenden kribbeln. Aber er wusste auch, dass er Sibylla tief in seinem Herzen trug. Dass sie einem anderen gehören könnte, daran mochte er nicht denken.

Eine vermeintliche Bewegung auf einem der Hügel, die während des Rittes schemenhaft an ihm vorübergezogen waren, holte ihn augenblicklich aus seinen Gedanken. Angestrengt nahm er die Felsengruppe, über die er eine Art Schatten hatte huschen sehen, genauer in Augenschein. Aber nichts war zu sehen. Trotzdem gab er seine Beobachtung an William weiter, der wenig überrascht wirkte. „Die Hügel, wie alle Dörfer in dieser Gegend, sind in Feindeshand. Sie werden uns längst entdeckt haben, schließlich ist die Staubwolke, die wir hinterlassen, groß genug. Für einen offenen Angriff ist unser Trupp aber zu stark. Deshalb werden sie uns vorerst nur beobachten, um herauszufinden, wo wir hin wollen. Deine Schatten waren sicher Späher – oder Assassinen!“, meinte der Templer. „Assassinen?“, hakte Thomas nach. „Eine Bande von Mördern, aber zuweilen ganz hilfreich“, erklärte William, „sie gehören zu einer Art Sekte, die sich aufs Morden versteht. Ihre bevorzugte Waffe ist das Messer.

Aber sie schneiden nicht nur Christen die Kehle durch, sondern auch wichtigen Köpfe ihres eigenen Glaubens. Sie stehen im Dienst eines alten Paschas, der ihnen das Paradies verspricht, wenn sie seine Aufträge ausführen. Und die treffen mal die eine, mal die andere Seite, ohne dass jemand das Wie, Wann und Warum kennt. Man sagt, sie töten aus religiösen Gründen, wenn jemand dem Koran, das ist ihre Heilige Schrift, zuwiderhandelt. Andere behaupten, sie morden auch für Geld. Das alles macht sie so unberechenbar – und manchmal hilfreich, wenn sie zum Beispiel einen Sultan beseitigen, der auch uns lästig ist. Man hört sie nicht und sieht sie selten, denn sie sind Meister der Tarnung. Vor einer Tat nehmen sie große Mengen einer Droge, die Haschisch genannt wird. Das macht sie zäh, ausdauernd und unempfindlich gegen Schmerz. Daher stammt auch ihr Name: Haschischini, die Haschischfresser. Weil das keiner aussprechen kann, nennt man sie Assassinen.“

„Und warum sollten diese Mordbuben ausgerechnet da oben auf dem Felsen hocken?“, fragte Thomas. „Weil sie sich immer dafür interessieren, was wir Templer machen“, eröffnete William, „so seltsam es klingt, aber manchmal haben wir die gleichen Interessen …“ Während Thomas die Welt nicht mehr verstand und William vorausritt, um seinem Anführer sicherheitshalber Bericht zu erstatten, löste sich auf einem Hügel rechts der Straße ein Schatten aus einer Felsengruppe und sprang an deren Fuß auf ein bereitstehendes Pferd …

Yussef bin Tarek al-Tahir war zufrieden, endlich kam wieder Bewegung in die Sache. Während er seinem treuen Schimmel mit leisem Schenkeldruck zu verstehen gab, dem Trupp der Christen gemächlich zu folgen, gedachte er der vielen Monate, in denen er dem weisen alten Mann auf dem Berg im fernen Syrien, dort wo das Herz der Bruderschaft der Assassinen schlug, nichts als die Tatenlosigkeit der in Lethargie verfallenen verfeindeten Armeen hatte melden können. Jetzt schienen die Christen, gestärkt durch den Nachschub an Männern und Kriegsmaschinen, wovon alle Welt sprach, einen neuen Anlauf gen Jerusalem zu wagen. Dieser Umstand würde ihn auch der Erfüllung seines eigenen Auftrags ein gutes Stück näher bringen …

Die Nacht verbrachten die christlichen Ritter im Freien, in einem Olivenhain an einem sanft nach Osten hin ansteigenden Hang. Thomas und

Heinrich hatten alle Hände voll zu tun, die Pferde einer ganzen Reihe von Rittern und ihre eigenen zu versorgen, bevor sie es sich am abendlichen Feuer bequem machen konnten. Erst rieben sie die Tiere mit Stroh trocken, dann führten sie sie zur Tränke an einen nahen Bach. Schließlich ließen sie die Pferde in einem Karree, das sie mit Seilen abgeteilt hatten, grasen und begaben sich zur Ruhe.

„So ähnlich haben auch Jesus und seine Jünger gelagert", meinte Heinrich, als sie endlich am Feuer saßen und ein Stück frisch gebratene Hammelkeule kauten, die von einem Tier stammte, das die Templer unterwegs als Proviant rekrutiert hatten. „Nicht weit von hier ist er geboren", erklärte William, „Nazareth liegt unweit der Straße, nur ein paar Meilen entfernt." Der Name löste eine Welle religiöser Ergriffenheit aus und bald sang das ganze Lager das „Te Deum." Nur die Schatten jenseits des Feuerscheins sangen nicht mit …

Am nächsten Morgen, nachdem sie das Karmel-Gebirge hinter sich gelassen hatten, erreichte ihr Zug am Eingang des Jezreel-Tales die uralte Karawanenstraße, die Ägypten mit Damaskus in Syrien verband. Die Römer hatten sie „Via Maris" genannt, die Meeresstraße, weil sie, von Süden kommend, lange nahe der Küste Palästinas entlanglief, bevor sie sich auf der Höhe von Jaffa landeinwärts nach Nordosten wand, an Nazareth vorbei, dem See Genezareth zu, und von dort durch das Jordan-Tal weiter nach Damaskus. Im Grunde hatten sie sich seit ihrem Aufbruch in Akkon auf einem nördlichen Ableger dieser Straße befunden, die nun geradewegs vor ihnen, von einem Gebirgspass herab, auf sie zulief.

Yussef bin Tarek al-Tahir schloss mit sich selbst eine Wette ab, als er von der Spitze des Berges aus, auf dem er die Nacht verbracht hatte, ohne die Feuer der Christen aus den Augen lassen zu müssen, in das Tal unter ihm blickte, auf dem gerade eine Karawane ihres Weges zog. Würden sich die Ungläubigen geradewegs nach Jerusalem wenden oder könnten sie der Versuchung einer schnellen Beute nicht widerstehen? Er vermutete Letzteres, weil Tempelritter zu dem starken Reiterverband gehörten – und die wussten die vielfältige Ware, die eine solche Karawane mit sich führte, auch die menschliche, in der Regel stets zu schätzen. Er nahm sich vor, ihnen die Sache in diesem Fall ein wenig zu erschweren, weil er ihren Kampfesmut auf die Probe stellen wollte. Ansonsten war ihm die Karawane ebenso gleichgültig wie das Schicksal der Ayyubiden-Garnison, die er zu alarmieren gedachte …

„Seht ihr den Pass dort im Süden, von dem sich die Straße herunterwindet?", sagte William, der nicht von Thomas' und Heinrichs Seite gewichen war, seitdem sie die Pferde bestiegen hatten. „Das ist der Megiddo-Pass!" Weil aber die beiden Knappen mit dem Namen offenbar nichts anfangen konnten und nur fragende Gesichter machten, fuhr er mit seinen Ausführungen fort. „Dieses Megiddo ist das biblische Armageddon, ein Ort der Zerstörung, der irgendwo hier vor uns gelegen haben muss ..." „Das scheint gründlich gewesen zu sein", meinte Thomas trocken, „denn man sieht ja nichts mehr von diesem Armageddon." William seufzte milde lächelnd über die Unwissenheit der beiden. „In der Tat, die Zerstörung war so gründlich, dass man dort, wo ihr herkommt, nicht mal etwas von diesem Ort gehört zu haben scheint." Berg und Ebene von Megiddo seien Schauplatz einer antiken Schlacht der Kanaaniter mit den Ägyptern und überhaupt das klassische Schlachtfeld Palästinas gewesen, versuchte ihnen William trotzdem zu erklären. „Und es ist dereinst Schauplatz der göttlichen Entscheidungsschlacht zwischen Gut und Böse, so sagt es zumindest die heilige Schrift", setzte der Templer hinzu.

Doch Thomas' und Heinrichs Aufmerksamkeit wurde da bereits von einer Bewegung in der Ferne in Anspruch genommen, einer gigantischen Staubwolke, wie von vielen Hufen aufgewühlt, die sich in zügigem Tempo in östlicher Richtung, also von ihnen fort bewegte. Das war auch Adolf und Arnold sowie dem Anführer der Templer nicht verborgen geblieben. Mit einem Hornstoß aus seinem Olifant rief Graf Adolf seine Ritter zum Sammeln, dann scharte sich alles um die ortserfahrenen Führer der Tempelritter. Diese vermuteten in der Staubwolke eine größere Karawane, die beim Erscheinen der Ritter im Tal ihr Heil in der Flucht gesucht hatte. Die Templer rieten zur Eile, bevor die Karawane in einer der nächsten Städte oder gar in der Festung am Berg Tabor Schutz suchen könne. Und so hetzten die gut zweihundert Ritter, lediglich ein paar Bewaffnete mit den Packpferden und dem Proviant zurücklassend, die langsam folgen sollten, alsbald in gestrecktem Galopp der Karawane hinterher, die etwa eine halbe Stunde Vorsprung hatte.

In wilder Jagd ging es über die ausgetrocknete, mit Steinen und Büschen übersäte Ebene. Längst bot ihnen die Straße nicht mehr genug Raum, weil die Ritter zu beiden Seiten ausgeschert waren, um mehr Bewegungsfreiheit zu haben. Dabei war es rein der Trittsicherheit und Gewandtheit der Pferde zu verdanken, die an solchen Boden gewöhnt waren, dass bei diesem Höllenritt noch niemand zu Schaden kam. Während Heinrich zunehmend Mühe hatte, sich im Sattel zu halten, stellte Thomas zu seiner Überraschung fest, dass er sich immer besser den raumgreifenden Bewegungen seines Pferdes anzupassen verstand – oder umgekehrt. Mit wachsendem Selbstbewusstsein schloss er daher zu dem direkt vor ihm reitenden Graf Adolf und Arnold von Cleve auf. Letzterer schien mit seinem Pferd zu einer untrennbaren Einheit verschmolzen und flog geradezu über die Ebene. Langsam kam die Karawane, denn um eine solche schien es sich tatsächlich zu handeln, vor ihnen immer näher. Inmitten des dichten Staubwirbels an deren Ende konnte Thomas, über den Hals seiner Stute spähend, bereits die ersten Konturen erkennen, die zweifelsohne schwer bepackten Kamelen zuzuordnen waren. In den Reihen der Templer zu Thomas' Linken wurden Kommandos auf Französisch gebrüllt. Von rechts rief Adolfs Olifant zum Aufschließen. Die Linie der Angreifer schloss sich immer dichter, bildete an den Enden eine Art Zange, Schwerter wurden gezogen. Doch plötzlich stob die Karawane, die bereits zum Greifen nah erschien, in alle Richtungen auseinander. Gut zwei Dutzend Kamele scherten, von ihren vermummten Reitern mit Stöcken traktiert, nach rechts aus, andere flohen nach links. Lediglich einige Maultiere schienen durch nichts dazu zu bewegen, die gewohnte Straße zu verlassen, und stellten, während ihre Treiber schreiend davonrannten, ein plötzliches Hindernis dar, dem Thomas nur mit Mühe und dank einer geschickten Gewichtsverlagerung seiner Stute ausweichen konnte.

Giso und Gerard de Upladen, die knapp hinter Thomas dahinjagten, hatten jedoch weniger Glück und stoben geradewegs in die Leiber der Tiere hinein. Beide Ritter flogen aus dem Sattel, während sich ihre Pferde aufbäumten. Die Bernsau-Brüder auf der äußersten rechten Flanke bemühten sich derweil, ein paar der Kamele einzufangen. Gleiches tat eine Handvoll Templer auf dem linken Flügel, während einige ihrer Ordensbrüder eine Gruppe Treiber einkesselten und niedermachten. Thomas schoss angesichts dessen gerade die Frage nach dem Sinn dieses Mordens durch den Kopf, da erkannte er den Grund für die Auflösung der Karawane, denn vor ihm auf der Straße näherte sich mit hoher Geschwindigkeit eine weitere Staubwolke, in der es von gezückten Krummschwertern und stählernen Speerspitzen blitzte. Ob die Sarazenenreiter nun mehr oder minder zufällig auf dem Plan erschienen oder von einer Vorhut der Karawane herbeigerufen worden waren, auf jeden Fall hatten sie es nun mit einem ernst zu nehmenden Gegner zu tun. Augenblicklich wendete Thomas sein Pferd und Hannah gehorchte blind, ohne dass er große Mühe hätte anwenden müssen.

„Bloß weg hier", zu einem anderen Gedanken war er nicht fähig. Aus den Augenwinkeln sah er, dass Heinrich und viele andere ähnlich handelten. Rutger von Merheim und Fulk von Solengen hatten geistesgegenwärtig die Pferde der Brüder aus Upladen eingefangen und halfen diesen gerade wieder in den Sattel. Offenbar hatten beide keinen großen Schaden genommen. Dann sprengten auch sie eilig davon. Ihr wohlformierter Angriff war binnen weniger Sekunden in sich zusammengebrochen und hatte sich in eine wilde Flucht gewandelt. Was sollten sie tun?

Da zeigten sich einmal mehr das militärische Geschick Adolfs und die überragende, ja kaltblütige Disziplin der Templer. Aus vollem Galopp heraus wendete etwa ein Drittel der Ordensritter, um sich dem Gegner als lebendiges Bollwerk entgegenzustellen und dessen Ansturm zu verlangsamen, wohl wissend, dass nur wenig Aussicht bestand, den bevorstehenden Zusammenprall zu überleben.

Die Hauptmacht der Tempelritter jagte noch einige Hundert Fuß weiter zurück, um dann auf ein Signal ihres Anführers ebenfalls zu wenden und einen Keil zu formieren, der sich sofort wieder in die Schlacht stürzte.

Währenddessen griff Graf Adolf erneut zu seinem Horn und hieß seine Ritterschaft, sich auf der rechten Flanke des Geschehens zu sammeln. Mit kurzen, präzisen Befehlen formierte er eine zweireihige Angriffslinie und ließ diese, ohne Zeit zu verlieren, sogleich gegen den Punkt vorrücken, an dem er den Aufprall der Templer-Hauptmacht mit den Sarazenen erwartete, allerdings von der Seite.

Letztere trafen in diesem Moment auf die Vorhut der Templer, die sich ihnen todesmutig entgegenwarf. Und tatsächlich wurde der Vormarsch der muslimischen Reiter empfindlich gebremst. Der Aufprall der vorderen Angriffsreihen war gewaltig, Pferde stürzten, Speere zersplitterten, Dutzende von Reitern sanken in den Staub, Blut und Eingeweide spritzten, dann begann ein zähes Ringen Mann gegen Mann. Im Kern des Getümmels bildeten die überlebenden Templer eine Art Schildwall, während der Großteil der Sarazenen, angetrieben von ihren Offizieren, weiter drängte, dem zu erwartenden Zentrum der Schlacht entgegen.

Thomas sandte ein Stoßgebet zum Himmel, dass William sich nicht in der vorderen Gruppe der Templer befunden hatte, dann gab er seinem Pferd die Sporen, zog sein Schwert und fiel in das Gebrüll seiner Kameraden ein.

„Berge Romeryke!“ erscholl der nun schon vertraute Schlachtruf aus Dutzenden von Kehlen.

Von links stieß die Keilformation der Templer tief in die aufgrund des ersten Angriffs nun ungeordnete Masse der Moslems hinein und am Ende wieder hinaus, ohne anzuhalten, eine Schneise des Todes hinterlassend.

Da waren auch schon die bergischen Ritter herangestürmt und fuhren von der Seite wie ein Kamm durch die gelichteten Reihen der Ungläubigen. Arnold von Cleve wütete wie ein Berserker, spaltete einem Sarazenen mit einem gezielten Axtwurf den Schädel, dann zog er geschwind sein Schwert und rammte es einem zweiten durch den Hals. Graf Adolf bevorzugte wie gewohnt die Lanze und stach einen Reiter aus vollem Galopp vom Pferd.

Thomas hieb dem ersten Gegner, der sich ihm entgegenstellte, den Schwertarm ab, weil dessen gebogene Klinge der Wucht des Angriffs nicht standhielt. Dabei drang das Löwenschwert tief in den Oberarm des Sarazenen ein und trennte diesen sauber von der Schulter. Ein zweiter Angreifer, der kaum als solcher zu bezeichnen war, weil er sich in der Defensive befand, machte Bekanntschaft mit Thomas’ Schild. Durch den Aufprall wurde der Moslem vom Pferd geschleudert und von den Hufen der Nachrückenden geradewegs zertrampelt.

Als er sein Pferd auf der anderen Seite wendete, sah Thomas, dass die Schlacht bereits entschieden war. Ein letztes Häuflein von Sarazenen scharte sich gerade noch um eine grüne Fahne, wurde aber schon wieder von den zurückkehrenden Templern attackiert, die nun kurzen Prozess machten. Die ganze Ebene lag voller Leichen oder grässlich verstümmelter Verwundeter. Thomas spürte den metallischen Geschmack von Blut auf der Zunge, wohl weil er sich im Gefecht auf die selbige gebissen hatte. War das der Geschmack des Sieges? Erst jetzt fiel ihm auf, dass die gefallenen, dunkelhaarigen Sarazenen im Schnitt fast einen guten Kopf kleiner waren als ihre meist blonden Widersacher aus Europas Norden. Selbst bei den Schlachten in Portugal hatte er dafür keinen Blick gehabt. Sein Auge blieb auf einem Toten mit klaffender Stirnwunde haften, der noch in der beginnenden Starre einen ungläubigen Blick aussandte, so als könne er das über ihn hereingebrochene Unglück nicht fassen. Fortan bekam das Wort „Ungläubige“ für Thomas einen neuen Sinn.

Rund hundertzwanzig solcher Ungläubigen hatten ins Gras gebissen, die wenigen Verwundeten eingeschlossen, denen die Templer kurzerhand die Kehle durchschnitten, vielleicht zehn oder zwanzig waren entkommen. Die Templer hatten siebzehn Mann verloren, zwölf davon waren beim todesmutigen Angriff der Vorhut gefallen. Tatsächlich hatte sich auch William unter diesen befunden, freiwillig, wie er später bekundete, war aber mit heiler Haut davongekommen.

Aus Adolfs Gefolge fehlten lediglich vier Mann, die aus den Reihen der Münsteraner zu ihnen gestoßen waren. Von den Rittern aus Neuenberge waren nur einige, darunter die durch ihren Sturz angeschlagenen Brüder aus Upladen, leicht verwundet. War es Glück oder göttliche Fügung, wie die Templer meinten, die geringen Verluste grenzten an ein Wunder.

Wie sich herausstellte, waren die Angreifer von einem berittenen Boten über das Herannahen der Ritter informiert worden und stammten aus der nahen Garnison von Afula, die von den Franken Le Fève genannt wurde. Die einst von den ersten Kreuzfahrern zum Schutz der sich hier kreuzenden Karawanenwege errichtete Burg war seit Saladins Siegeszug in der Hand der Sarazenen – und nun verwaist. Aber man verzichtete darauf, diese mit Rittern zu bemannen, weil man die eigenen Kräfte für ein ohnehin wenig Erfolg versprechendes Unterfangen nicht schwächen wollte.

Stattdessen gingen die Ritter nun daran, die versprengten Tiere und Waren der verfolgten Karawane einzusammeln, die reiche Beute versprach. Neben zahlreichen Ballen edler Stoffe fanden sich in tönernen Krügen, die so ausladend waren, dass ein erwachsener Mann in ihnen Platz gefunden hätte, große Mengen verschiedenster Öle, dazu Oliven, Datteln, Gewürze und Salz, das hier genauso kostbar war wie Gold. Da die Karawane offenbar aus dem Süden Arabiens stammte, enthielt sie auch reichlich Nachschub an Weihrauch, über den sich die Kirchenfürsten Akkons freuen würden. Über dreißig Kamele würden auf dem Markt einen akzeptablen Preis bringen, den man, wie den Erlös anderer Beutestücke, zum Kauf von Nahrungsmitteln verwenden konnte. Etliche Schafe konnte man als lebende Frischfleischreserve sogar mit an Bord der Schiffe für die Überfahrt nach Ägypten nehmen. Den größten Schatz aber stellten fünf Schatullen mit edlen Steinen dar, mit denen man die Kriegskasse würde aufbessern können. Obwohl der Ertrag ihres Unternehmens für die Allgemeinheit und den Kreuzzug bestimmt war, wurde doch ein kleiner Anteil für die einzelnen Ritter bestimmt, vor allem für die Angehörigen der Gefallenen. Thomas und Heinrich, die beide unverletzt geblieben waren, erhielten aus Adolfs Hand jeder einen azurblauen Stein, dem man Schutz gegen dunkle Kräfte und schlechte Energien nachsagte. Die Anteile der Templer gingen jedoch kollektiv an die Ordenskasse, da dem Einzelnen kein persönlicher Besitz erlaubt war.

Nun bemerkte Thomas, dass doch ein paar Menschen den Angriff überlebt hatten. Sie schienen von einer Gruppe Templer, die man ausgeschickt hatte, nach Verwundeten oder Versprengten zu suchen, aufgegriffen worden zu sein und wurden gerade in einen provisorisch aus Seilen errichteten Pferch gesperrt. Es musste sich um Händler, Eigentümer oder Mitreisende der Karawane handeln, schloss Thomas aus ihren wenig militärischen Gewändern, außerdem waren einige Frauen unter ihnen.

Plötzlich erschrak er, glaubte er doch, den Juden Jacub und die schöne Inez unter den Gefangenen zu entdecken. Aber es handelte sich lediglich um ein ihnen ähnlich sehendes Pärchen, ebenfalls ein Jude mit seiner Gehilfin, wie Thomas zu Recht vermutete, obwohl er nicht viel verstand. Er hatte sofort das Gespräch mit ihnen gesucht, der Jude und das Mädchen sprachen jedoch außer hebräisch und arabisch nur noch etwas griechisch und dessen war Thomas nicht mächtig. Lediglich ein paar gemeinsame Brocken Latein brachten einige spärliche Informationen. Offenbar befanden sie sich auf dem Weg von Gaza nach Damaskus, als sie von den Rittern überfallen wurden. Das Mädchen, nicht ganz so hübsch wie Inez, brach immer wieder in herzzerreißendes Schluchzen aus.

Unter den Rittern entbrannte derweil eine heftige Diskussion darüber, was mit diesen Gefangenen geschehen solle. Der Anführer der Templer plädierte dafür, sie kurzerhand alle zu töten, falls sie sich nicht selbst freikaufen könnten, weil sie keine Zeit hätten, auf Lösegeld zu warten. Wieder war es Graf Adolf, der dem nachträglichen Töten Einhalt gebot. „Solange ich und meine Männer in der Nähe sind, wird keinem Unbewaffneten etwas geschehen, egal welche Religion er hat, erst recht nicht, wenn die Schlacht längst geschlagen ist“, diesen Standpunkt vertrat er stets in vergleichbaren Situationen und seine Männer gaben ihm recht. Allerdings konnte er auch nicht die Freiheit der menschlichen Ware erwirken, denn dafür waren sie doch zu kostbar. Jemand schlug vor, sie auf dem Rückweg auf einem Sklavenmarkt zu verkaufen. Als Thomas das hörte, bot er sofort seinen Edelstein für den Juden und das Mädchen. Der Preis erschien dem Anführer der Templer allerdings zu niedrig. Erst als Heinrich nach einigem Zögern seinen Stein dazu legte, willigte er ein.

„Sie erinnert dich an die schöne Übersetzerin in Portugal, nicht wahr?“ Es war der Graf, der plötzlich neben ihm stand. „Willst du sie für dich behalten?“, runzelte Adolf die Stirn, denn dies hätte einem Knappen kaum geziemt. „Nein, wo denkt Ihr hin“, wiegelte Thomas sofort ab, „ich wollte ihnen die Freiheit schenken, weil ihre Landsleute in Lissabon so …, so hilfreich zu uns waren – wenn Ihr erlaubt!“, fügte er noch schnell an. Der Graf bedachte ihn darauf hin mit einem langen Blick. „So soll es geschehen“, beschloss er schließlich – und drückte Thomas eine Münze in die Hand. „Dann kauf ihnen aber auch obendrein ein Kamel zurück, damit sie diesen ungastlichen Ort auch wirklich verlassen können!“ Und so geschah es. Während Izaak und Amina, ihre Namen hatte Thomas schließlich doch noch in Erfahrung gebracht, auf einem Kamel zurück nach Gaza aufbrachen, setzten die Ritter mit ihrer Beute und ihren Gefangenen den Weg nach Nordosten fort.

Yussef bin Tarek al-Tahir saß auf seiner Schimmelstute, spähte durch das Geäst des Wäldchens, das ihn vor fremden Augen verbarg, und pfiff leise durch die Zähne. Die Sache war doch anders verlaufen als erwartet. Dass die Ungläubigen, vor allem die ihm wohl bekannten Tempelritter, das Häuflein muslimischer Reiter aufreiben würden, hatte er vorausgesehen. Aber normalerweise mussten sie dafür deutlich mehr Mühe aufwenden, als es hier erforderlich gewesen war. Offenbar gab es unter den Christen, die nicht zum Orden mit dem roten Kreuz gehörten, einen oder gar mehrere fähige Anführer. Auch dass man anschließend mit der Karawane kurzen Prozess machen würde, hatte zu erwarten gestanden. Aber nicht, dass man einigen Gefangenen, noch dazu Juden, die Freiheit schenken würde. Der Assassine beschloss, sich bei den Freigelassenen nähere Informationen über diejenigen einzuholen, die da so großherzig handelten. Es empfahl sich, solche Gegner genauer zu studieren, denn nichts war gefährlicher als ein Feind, der Sympathie verbreitete.

In lang gezogener Formation, mit stolzen Gesängen auf den Lippen, passierten die Ritter den Berg Tabor, damit sie von der Besatzung der Felsenfestung, an der sich vor Jahresfrist die gesamte Streitmacht des Kreuzzuges die Zähne ausgebissen hatte, auch wirklich gesehen wurden. Einen Überfall befürchteten sie nicht, weil die Sarazenen nicht wissen konnten, wie viele Ritter ihnen noch folgen würden. Daraufhin schlugen sie demonstrativ den Weg nach Jerusalem ein, um die Heilige Stadt als nächstes Ziel des Kreuzzuges vorzutäuschen.

Doch im Schutz der Nacht kehrten sie wieder um und zogen auf der Via

Maris weiter, bis sie eine Abzweigung erreichten, die geradewegs wieder zur Küste nach Akkon führte. Thomas bedauerte, weder Nazareth noch sonst einen der biblischen Orte gesehen zu haben, die er aus den Überlieferungen der Bibel kannte. Lediglich auf Williams Armageddon und auf den See Genezareth hatte er aus der Ferne einen Blick werfen können. Aber wirklich wichtig war ihm dies auch wieder nicht. Dafür war er umso glücklicher, dass sie ihrem Abenteuer glücklich entronnen waren und er mit dem Freikauf der beiden Juden eine gute Tat hatte vollbringen können. Die anderen Gefangenen wurden auf einem Markt bei der Festung Saffuriya verkauft, ebenso die erbeuteten Last- und Nutztiere. Von dem ihm dafür zustehenden Erlös kaufte Adolf ein paar zusätzliche Pferde, da einige im Verlauf der Schlacht wohl doch zu Schaden gekommen waren oder nach dem langen Ritt lahmten.

Am Abend des fünften Tages kehrten sie nach Akkon zurück und erstatteten sogleich dem Regenten von Jerusalem Bericht, der vom Erfolg ihres Unternehmens recht angetan war, auch wenn er das eingegangene Risiko anmahnte.

Zwei Tage später kehrte auch Walram von Limburg mit den Deutschrittern zurück. Sie hatten eine wertvolle Getreidelieferung abgefangen und eine kleine Herde Ziegen erbeutet. Auf dem Rückweg waren sie kurz vor Haifa mit einem Spähtrupp der Sarazenen zusammengestoßen, den sie aber nach kurzem Gefecht vollständig aufreiben konnten. Dabei hatten drei Ritter ihr Leben verloren, vier weitere waren verletzt, aber transportfähig.

Weil er nun doch nicht nach Jerusalem kommen würde, löste Thomas das Katharina gegebene Versprechen ein, indem er zwei Kerzen für seine Eltern am Altar der Heilig-Kreuz-Kathedrale in Akkon anzündete. Damit endete auch ihr Aufenthalt in der Stadt, denn in den Tagen darauf stach ein Truppenverband nach dem anderen, angeführt von den stolzesten Schiffen der Templerflotte, in Richtung Ägypten in See.

Thomas stand mit William und Heinrich weit vorn am Bug der „Apostel“, einer Galeere des Templerordens, die von fast hundertfünfzig Ruderern angetrieben wurde. Es war das größte, schönste und schnellste Schiff, das er je gesehen hatte, gut hundertzwanzig Fuß lang und im Gegensatz zu den bauchigen Schiffen der Friesen so schlank, dass es wie ein Pfeil durch die Wellen schoss. Und dies, obwohl es neben den Ruderern noch einmal so viele Ritter, Sergeanten und Kriegsknechte trug, die allesamt auf Deck unter einer aufgespannten Segelleinwand ruhten. Längst hatten sie die „Freya“ und die anderen Schiffe der deutschen Kreuzfahrer, die gemeinsam ausgelaufen waren, weit hinter sich gelassen. Graf Adolf hatte seinen Knappen auf Williams und Thomas' Bitte erlaubt, die Templergaleere zu besteigen, damit sie sich ein Bild von den nautischen Fähigkeiten des Ordens machen und einen geeigneten Lagerplatz für ihr Kontingent auswählen konnten. Die „Apostel“ sollte vorauseilen und den Tage zuvor ausgeschickten Truppen, die man bereits vor Damiette wähnte, die baldige Ankunft der Hauptmacht melden.

Ein gewaltiges Rauschen ließ Thomas den Blick heben und über sich die riesigen Dreieckssegel mit dem Templerkreuz darauf betrachten, die der Kapitän hatte setzen lassen, sobald sie sich auf offener See befanden, um die Rudersklaven zu entlasten. Anders als die Segel der Nordmänner waren diese an gleich zwei Masten im vorderen Teil des Schiffes und jeweils an einer schräg verlaufenden Rah befestigt, um sie besser in den Wind richten zu können. Ein kühler Nordwind zerrte jetzt an der stabilen Leinwand und ließ die Galeere geradezu über die Wellen dahinfliegen. Trotzdem hörte er immer noch das monotone Schlagen der Trommeln, mit denen den Sklaven, die unter Deck zu je drei Mann auf einer Ruderbank saßen, der Takt ihrer gleichförmigen Bewegungen vorgegeben wurde. Es waren fast ausnahmslos gefangene Sarazenen, die eine Etage unter seinen Füßen mit schweren Eisen an das Holz und damit an das Schicksal der Galeere angekettet waren. Heinrich vermutete, es seien sicher ausnahmslos Mörder und Halsabschneider, die das Schicksal in die verdiente Sklaverei geführt hatte, aber Thomas war sich seit dem Überfall auf die Karawane und angesichts der Leichtfertigkeit, mit der die Templer mit ihren Gefangenen umgingen, da nicht so sicher. Gerne hätte er die Maschinerie aus Muskelkraft mit eigenen Augen gesehen, aber das hatte man ihm nicht erlaubt, sicher nicht ohne Grund. Dafür zeigte ihm William, wie er es auf ihrer Fahrt nach Portugal versprochen hatte, nun die geheimen Instrumente, mit denen die Templer in der Lage waren, den Kurs ihrer Schiffe zu bestimmen, ohne sich am Küstenverlauf zu orientieren. Zuerst war er ein wenig enttäuscht, als ihm der junge Ritter ein hölzernes Gefäß von der Dicke eines Oberarmes präsentierte, das mit Wasser gefüllt war. „Schau genauer hin“, forderte ihn William auf, „siehst du die Nadel im Wasser?“ Tatsächlich schwamm ein kleines, spitzes Etwas in dem Gefäß. „Diese Nadel ist aus Magnetit“, erklärte William weiter, „ein Splitter des Magneteisensteines, den man in Thessalien findet. Das Besondere daran ist, dass sie immer nach Norden zeigt, egal wie du sie drehst!" Thomas betrachtete die seltsame Nadel nun interessierter und stellte fest, dass diese trotz des Wellengangs in der Tat konstant in eine Richtung, in etwa auf das Heck des Schiffes zeigte. Sogleich unterzog er das seltsame Ding, das William ‚Com Passus' nannte, einer genaueren Prüfung, indem er es mehrfach um die eigene Achse drehte. Aber die Nadel zeigte konstant weiter zum Heck des Schiffes. Da sie in südlicher Richtung segelten, dort wo sich, wie es hieß, ihr Ziel Ägypten befand, musste Norden folglich hinter ihnen liegen. Heinrich gönnte dem Hexenwerk, wie er es nannte, nur einen kurzen Blick, dann wandte er sich, den Horizont mit den Augen absuchend, wieder der Bordwand zu, hinter der er in der Ferne das Land vermutete, denn ihm wäre wohler gewesen, wenn er, wie an Bord der weniger gut ausgerüsteten Schiffe, die Küstenlinie stets in Sichtweite gehabt hätte.

„Und woher weiß die Nadel, wo Norden ist?", wollte Thomas wissen. „Das ist schwer zu erklären und verwirrt auch mich immer noch völlig", meinte William etwas verlegen, „es soll uns vorerst genügen, dass sie es tut!"

„Hat das einer eurer Brüder erfunden oder habt ihr das den Sarazenen abgeschaut?", hakte Thomas nach. „Nein, nichts dergleichen", entgegnete der Templer, „die Fähigkeiten des Magnetsteins sind schon seit Jahrhunderten bekannt. Es war ein Engländer, der auf die Idee kam, ihn in einem Gefäß mit Wasser, damit er sich frei schwimmend bewegen kann, für die Seefahrt zu nutzen. Aber nicht alle Kapitäne vertrauen dieser Erfindung, weil sie manchmal auch etwas vom rechten Kurs abweicht." Seit einigen Jahren sollte es auch andere Varianten mit einer trockenen Aufhängung der Nadel geben.

Wegen der zuweilen auftretenden Abweichungen würden die Schiffe der Templer neben diesem „nassen Kompass" noch ein anderes Instrument nutzen, um die genaue Position auf See zu bestimmen, betonte William und hielt Thomas ein seltsames Gebilde aus mehreren übereinanderliegenden Metallscheiben und Ringen unter die Nase, das er ‚Astrolabium' nannte. „Die unterste Scheibe trägt eine Art Sternenkarte für einen ganz bestimmten Teil der Welt und ein System aus Linien, auf dem man die Position ablesen kann. Die Sonne und die wichtigsten Sterne kann man über ein Visier anpeilen", demonstrierte William dessen Funktion. „Am äußeren Rand sind die Stunden des Tages eingraviert. Darüber gibt es einen drehbaren Datumsring und einen Zeiger. Peilt man jetzt die Sonne oder einen bestimmten Stern an und stellt dazu das richtige Datum sowie mit dem Zeiger die Winkel von Sonne und Sternen zueinander ein, kann man auf der Karte ablesen, wo man sich zu welcher Zeit befindet ... Wenn man denn die Karte zu lesen weiß", fügte William nicht ohne Stolz an.

Derweil versank die Sonne glutrot am westlichen Horizont und der Abendstern erschien. Thomas nutzte die Gelegenheit, nahm das handtellergroße Instrument in die Hand, visierte erst den Punkt an, wo die Sonne soeben ins Meer getaucht war, dann den Abendstern und stellte dazu den Tag ein, den 29. des Monats Mai im Jahre des Herrn 1218. „Mit dem Zeiger musst du noch den Winkel einstellen, in dem Sonne und Stern zueinander stehen, dann zeigt er auf einen Punkt auf dem Kartenausschnitt", erklärte William. Thomas tat, wie ihm geheißen, und tatsächlich wies der Zeiger nun auf einen ganz bestimmten Punkt auf dem Liniensystem, mit dem der Fischersohn aber nicht viel anzufangen wusste, weil er die Karte bzw. die Bedeutung ihrer Linien nicht kannte.

„Und was sagt dieses Ding jetzt, wo wir uns befinden?", wollte Thomas wissen. „Weniger als einen Tag vor der Nilmündung", antwortete der Kapitän der Templergaleere, der unbemerkt hinzugetreten war und nun die wertvollen Instrumente wieder an sich nahm, um den Kurs zu überprüfen, „morgen Nachmittag sind wir am Ziel."

Karl der Quade hatte es sich zwischen ein paar dicken Kissen gemütlich gemacht, die mit teuren orientalischen Stickereien verziert waren, auch wenn diese schon reichlich abgewetzt wirkten. Seine Männer und er waren, wie viele Kölner, als Teil der Vorhut der Kreuzfahrerflotte vorausgesegelt, um die Lage auszukundschaften, vor Damiette ein provisorisches Lager aufzuschlagen und mit dessen Befestigung zu beginnen, bevor die Stadt merkte, was da auf sie zukam. Sobald die Schiffe im Hafen vor Anker lagen, hatte er die erstbeste Gelegenheit genutzt, um sich unsichtbar zu machen und seine eigenen Erkundigungen einzuziehen. Dafür hatte er sich schon in Akkon ein paar orientalische Umhänge besorgt, die nicht nur dem Klima besser zupasskamen, sondern ihn und seine Männer auch nicht sofort als Ungläubige zu erkennen gaben. Im Durcheinander der Menschen und Waren im Hafen, von denen er sich einen unbeaufsichtigten Ballen Stoff auf die Schulter lud, war sein Entfernen nicht weiter aufgefallen. So getarnt konnte er unerkannt in die Stadt marschieren. Hier hatte er schnurstracks eine der dunkelsten Tavernen aufgesucht, denn nirgends konnte man seine Art von Geschäften besser in die Wege leiten als hier.

Nun stopfte er sich, in den bequemen Kissen liegend, eine Handvoll süßer, getrockneter Datteln nach der anderen in den unersättlichen Hals – und wartete. Einzig die Tatsache, dass es in den hiesigen Tavernen kein Bier gab, trübte seine Laune, aber man konnte schließlich nicht alles haben …

Mit einem Knirschen fuhr die „Apostel" auf den Sand, wobei der lange Rammsporn, mit dem die Galeere in der Schlacht feindliche Schiffe aufs Korn nahm, um sie zu versenken, gefährlich nah über dem Boden schwebte. Sogleich spuckte das Kriegsschiff seine waffenstarrende Ladung kampfbereiter Ritter aus. Mit einem Satz war Thomas auf den ersten Dünen, bückte sich und ließ den warmen Sand durch seine Finger rieseln. Das war etwas Neues. Akkon und Palästina waren voller Steine gewesen, hier gab es Sand, soweit das Auge reichte, und der war so weiß, dass man glauben konnte, auf Schnee zu stehen. Mit einer Hand seinen Blick vor der Sonne abschirmend, nahm er die Umgebung in Augenschein und versuchte, sich zu orientieren.

Sie waren, kurz nach der Einfahrt in die Nilmündung, am Ostufer einer mehrere Meilen langen Insel gelandet, die die Vorhut der Kreuzfahrer offenbar als idealen Platz für ein befestigtes Lager auserkoren hatte, denn vor sich sah er überall Männer mit Schaufeln, die Gräben aushoben und Wälle aufschütteten. Ihre Schiffe lagen größtenteils in der trägen Strömung des Flusses vor Anker, der hier so breit war, dass keine noch so stramme Bogensehne einen Pfeil zum anderen Ufer hätte senden können.

Wie er später erfuhr, waren die ersten Kreuzritter mit ihren Schiffen am 27. Mai geradewegs im Hafen von Damiette gelandet, am östlichen Ufer des Nil-Hauptarmes, etwa zwei Meilen von der Mündung landeinwärts, und hatten, auf Befehl ihres zeitweiligen Anführers Simon von Saarbrücken, unversehens mit der Erkundung des Geländes begonnen. Da man sie seitens der Ungläubigen für Händler hielt und ihnen mehr Neugier als Feindschaft entgegenbrachte, waren sie auf keinen Widerstand gestoßen. Trotzdem hatten sie aus Sicherheitsgründen ihren Lagerplatz an das Westufer des Flusses verlegt, auf eine vereinfacht ausgedrückt dreieckige Insel, die im Norden vom Mittelmeer, im Süden und Osten vom Nil sowie im Westen von einem ausgetrockneten Kanal eingefasst wurde. Zwischenzeitlich hatte hier der Lagerwall bereits beeindruckende Dimensionen angenommen.

„Aus verteidigungstaktischen Gründen ist die Insel geradezu ideal", dachte William laut, der sich gerade zu Thomas gesellt hatte, „weil der Nil sie schützend umgibt. Jeder Angreifer muss sich über die Wasserfläche nähern, was niemals ungesehen geschehen kann. Aber wenn wir die Stadt angreifen wollen", und dabei wies er mit ausgestreckter Hand in die Ferne, jenseits des Nils, „müssen auch wir jedes Mal über den Fluss und das kann uns teuer zu stehen kommen!"

Thomas war Williams Handbewegung mit den Augen gefolgt, dorthin wo im Flimmern der Hitze am südöstlichen Horizont schemenhaft die Mauern und Türme der Stadt Damiette zu erkennen waren. Er bewunderte die schnelle, präzise Einschätzung der Lage durch den jungen Templer, denn auch der erfahrenste Kämpe musste unweigerlich zum selben Urteil kommen. Die Insel war so gut wie unangreifbar und konnte zudem jederzeit von See mit Nachschub versorgt werden. Aber für einen Angriff auf die Stadt wäre ein Heerlager auf dem gegenüberliegenden Ufer vorteilhafter gewesen.

Über diese Frage würden sich die Anführer noch trefflich zu streiten wissen, vermutete Thomas. Allerdings lag zwischen der Stadt und den Schiffen der Kreuzfahrer ohnehin noch ein weiteres Hindernis, das es erst zu beseitigen galt, und daran würde man sich wahrscheinlich noch gehörig die Zähne ausbeißen. Denn in der Mitte des Nils erhob sich ein gewaltiger, mit mehreren Hundert Kriegern besetzter Turm, der mit gewaltigen Eisenketten den Fluss zu beiden Seiten hin abriegelte und einen schnellen Angriff mit den Schiffen unmöglich machte. Darüber, so beschloss Thomas für den Moment, sollten sich andere den Kopf zerbrechen. Vorerst galt es, das Lager zu bereiten und die Vorteile der Insel bestmöglich zu nutzen.

„Das Wasser des Flusses ist ganz frisch", rief da Heinrich begeistert zu ihnen herüber, der zum Nilufer gestiefelt war und durstig vom Flusswasser gekostet hatte. Nun schöpfte er das kühle Nass mit beiden Händen und goss sich etwas davon über den Kopf. „Es ist kein bisschen salzig, trotz der Nähe des Meeres!" Dies wurde später vom ganzen Heer als gutes Omen gesehen.

Während sich William in die Marschordnung der Tempelritter einreihte, die gedachten, für ihre Truppen ein eigenes Lager am Südende der Insel aufzuschlagen, zogen Thomas und Heinrich los, um einen geeigneten Platz innerhalb der Umfriedung für die Zelte und Mannschaften des Grafen von Berg zu besetzen. Die Nachricht vom bevorstehenden Eintreffen der Hauptflotte beflügelte die Anstrengungen der Vorhut, die begonnenen Gräben und Wälle fertigzustellen.

Nur wenige Stunden später erschienen die ersten Segel auf dem Nil, darunter auch die „Freya", und gegen Abend lagen bereits unzählige Schiffe zwischen der Mündung des Flusses und ihrer Insel vor Anker, deren Mannschaften sich häuslich innerhalb des Lagers einrichteten. Während der Strom an Schiffen erst nach drei weiteren Tagen langsam abebbte, wurde das Lager mit Palisaden befestigt, deren Holz teils aus den Laderäumen der Schiffe zutage gefördert wurde, teils von einem westlich jenseits des Kanals angrenzenden Wäldchen stammte, das für diesen Zweck gerodet wurde.

Graf Adolf und mehr noch Walram von Limburg, der bereits an einem vorhergehenden Kreuzzug teilgenommen hatte, behagte die Insellage, umgeben von Wasser und Sümpfen, ganz und gar nicht, vermuteten sie darin doch nicht zu Unrecht einen Hort des Fiebers, das sich jeden Moment aus den feuchten Flussniederungen erheben konnte, um das Heer der Kreuzfahrer zu befallen. Aber ihre mahnenden Stimmen bekamen kein rechtes Gehör. Zu groß war die Begeisterung, endlich am Ziel ihrer langen Anreise zu sein und bald losschlagen zu können. Einzig die Hospitaliter und Deutschritter sahen die Lage ähnlich und errichteten ihre Zeltlager, wie ihre Krankenstationen, möglichst nah am Meeresstrand, weil die hier vorherrschenden frischen Brisen zur Genesung der zu erwartenden Kranken und Verwundeten förderlich sein konnten. Die Friesen hingegen waren in ihrem Element. Wäre die Hitze nicht gewesen, hätten sie sich geradezu heimisch gefühlt. Sie waren es gewohnt, zwischen Flüssen und Kanälen zu leben und ihre Unterkünfte auf Sand zu bauen. Erst hier im Lager hatte Thomas die Gelegenheit, die Verbündeten aus dem hohen Norden Deutschlands genauer in Augenschein zu nehmen. Die meisten hatten strohblonde Haare und trugen einfache Leinengewänder. Überhaupt hatte der Kreuzzug deutlich mehr Männer aus den niederen Bevölkerungsschichten auf den Plan gerufen als Ritter. Die meisten waren einfache Bauern. Ihre Zahl ging in die Zehntausende. Dementsprechend bestand ihre Bewaffnung zu weiten Teilen aus Sensen, Dreschflegeln und anderem Handwerkszeug, das eher zum Einsatz auf Kornfeldern geeignet schien als auf einem Schlachtfeld, wie Thomas besorgt feststellte. Konnte man damit einen Krieg gewinnen?

Als auch das letzte Schiff angekommen war und das frisch fertig gestellte Lager der Christen mit über vierzigtausend Mann geradezu aus den Nähten zu platzen schien, versammelte sich das komplette Heer, um einen gemeinsamen Anführer zu wählen, denn einen solchen brauchte es für ein schnelles, gemeinsames Handeln.

Um die Einigkeit der Kreuzfahrer zu beschwören, hob der Patriarch von Jerusalem die kostbarste Reliquie der Christenheit empor und zeigte dem ganzen Heer ein Fragment des Heiligen Kreuzes, das einzige Stück, das von dem vor Jahren bei der Schlacht von Hattin verloren gegangenen wahren Kreuz übrig geblieben war. Ergriffen gelobten alle, ein gemeinsames Oberhaupt zu erwählen und diesem treu zu folgen.

Thomas, der sich, wie bei solchen Anlässen üblich, in der Nähe seines Grafen aufhielt, hatte bereits einen weiteren, schier nicht enden wollenden Streit über die Anführerfrage erwartet, wurde jedoch positiv überrascht, als mehrere Edle, darunter auch Graf Adolf, gleichzeitig Johann von Brienne, den König von Jerusalem vorschlugen. Darauf breitete sich ein Lauffeuer der Zustimmung im weiten Rund aus. Wie ein Mann erhoben alle Ritter ihre Hand, als der Patriarch von Jerusalem zur Abstimmung aufrief. Und so fiel die Wahl binnen kurzer Zeit einstimmig auf den erfahrenen Regenten, der sogleich einen ersten Kriegsrat einberief.

„Der Kettenturm ist ein schmerzhafter Stachel im Fleisch“, tobte Herzog Leopold von Österreich, „bevor der nicht fällt, kommen wir an die Stadt nicht heran!“ Ohne es auszusprechen, gab er den Anführern der Vorhut die Schuld daran, dass dieses Hindernis noch nicht aus dem Weg geräumt war. „Ihr habt recht, edler Herzog“, pflichtete ihm der König von Jerusalem bei, „aber lasst uns lieber gemeinsam überlegen, wie dieses Hindernis aus dem Weg zu räumen ist. Unsere Reiterei können wir nicht einsetzen, weil der Turm auf einer Insel mitten im Fluss steht. Das bedeutet gleichzeitig, dass wir die Kriegsmaschinen nicht nahe genug heranbringen können. Also was bleiben uns für Lösungen?“ Er erntete jedoch nur fragende Gesichter und hängende Köpfe. Auch Adolf und Arnold, die in der Kriegsführung vom Wasser aus nur die bescheidene Erfahrung von den Angriffen auf die Mauern Kaiserswerths anführen konnten, schwiegen.

„Der Fluss wird wohl ein wenig zu breit sein, um ihn einfach umzuleiten, wie damals den Kanal“, raunte Arnold lediglich dem Grafen zu, der daraufhin ein etwas wehmütiges Lächeln aufsetzte. „Das mit den Kriegsmaschinen würde ich noch einmal überdenken“, meldete sich Oliver der Sachse nach einigem Zögern, „aber man müsste ein neues Kriegsgerät konstruieren, das man über das Wasser bringen kann.“ Der Einwand wurde, trotz demonstrativen Dankes, so schnell verworfen, wie er ausgesprochen war, denn keiner der Ritter nahm einen Vorschlag ernst, der aus der blühenden Fantasie eines Kirchenmannes entsprungen zu sein schien. „Können wir den Turm nicht einfach umgehen?", ließ der Graf von Holland vernehmen. „Unmöglich", polterte der Herzog von Österreich weiter, „dessen Mannschaft könnte unserem Lager jederzeit in den Rücken fallen. Außerdem müssen wir die Schiffe für eine erfolgreiche Belagerung näher an die Stadt heranbringen!" Das war nicht von der Hand zu weisen. „Wir könnten versuchen, die Kette über den Nil mit dem Rammsporn einer oder mehrerer Galeeren zu sprengen", schlug da der Großmeister der Hospitaliter vor, deren Flotte sich mit den Geschwadern der Tempelritter durchaus messen konnte. Diesem Vorschlag wurden zwar keine großen Erfolgschancen eingeräumt, trotzdem zog man ihn zumindest in die engere Wahl. „Was haltet ihr von einem Frontalangriff mit etwa zwei Dutzend Schiffen zugleich?", warf Guillaume de Chartres in den Raum, „während zahlreiche Bogenschützen und kleinere Katapulte vom Deck unserer Galeeren Feuerschutz geben, versuchen Sturmtruppen gleichzeitig am Fuß des Turmes Leitern anzusetzen. Über diese könnten wir dann von einem der Stockwerke in den Kettenturm einsteigen!" Dieser Vorschlag erschien allen als der geeignetste, um den Sperrriegel auf dem Nil zu knacken. Die Friesen erboten sich augenblicklich, aufgrund des geringen Tiefgangs ihrer Koggen, die Speerspitze des Angriffs zu bilden und so nah wie möglich an den Turm heranzufahren. Das wollten die Kölner und die Ritter vom Niederrhein nicht auf sich sitzen lassen und beanspruchten ebenfalls die Ehre für sich, den Angriff leiten zu dürfen, da sie über vergleichbare Schiffe verfügten. Selbst die Großmeister der Ritterorden, die den Krieg gewohnt waren, bewunderten den kühnen Mut der Krieger aus dem Norden. Es war Herrmann von Salza, der Hochmeister der Deutschritter, der in stummer Übereinstimmung mit dem König von Jerusalem die Rollen verteilte. Die Templer und die Friesen sollten den Angriff führen, weil sie sich als Erste zu Wort gemeldet hatten. Sollte es weiterer Angriffswellen bedürfen, würde es an den Kölnern und anderen Deutschen sein, ihren Kampfesmut unter Beweis stellen zu können. Diese Lösung wurde nahezu einstimmig beschlossen. Und schon am nächsten Tag sollte sie in die Tat umgesetzt werden.

Von all dem hatte Thomas nichts mitbekommen. Mit anderen Knappen und Kriegsknechten war er nach wie vor damit beschäftigt, das Lager der bergischen Ritter zu bereiten, weitere Zelte zu errichten und sich um die Pferde zu kümmern. Sie hatten zwar bereits eine Nacht innerhalb der

Umfriedung verbracht, aber stetig kamen weitere Männer und Nachschub, sodass ihr Lagerplatz noch nicht gänzlich eingerichtet war. Diesen hatte er im Einvernehmen mit Heinrich absichtlich nahe des südlichen Ausgangs gewählt, der von zwei behelfsmäßigen, zweigeschossigen Holztürmen flankiert wurde und einen kurzen Weg zum Wasser versprach, was ihnen vor allem das Tränken der Pferde erleichterte. Außerdem befanden sie sich damit unweit des Lagers der Tempelritter. Da Graf Adolf aber die Insellage generell nicht zusagte, hatte sich dessen Lob in Grenzen gehalten, obwohl sie alle Hände voll zu tun gehabt hatten, das günstige Areal gegen die Ausbreitungsversuche anderer Truppenverbände zu verteidigen. Nun schleppten sie schon seit zwei Tagen Waffen, Rüstungen und Proviant von den Schiffen in die Zelte hinter den Palisaden. Wie stets verrichtete er diese Arbeiten klaglos, auch wenn er gerne im Kreis der Ritter an den immerwährenden Beratungen teilgenommen hätte, die überall im Lager stattfanden. Aber er war noch kein Ritter und damit hatte es sich. Im Geiste jedoch träumte er, wie er an der Seite des Grafen am Kriegsrat der Führer teilnahm und einen entscheidenden Vorschlag machte, der seinem Wort in Zukunft Gewicht verlieh. Nein, er beschwerte sich auch nicht, dass er den vom Reden und der Hitze durstigen Ritterkehlen obendrein ständig neues Wasser oder Bier bringen sollte, obwohl er in den letzten Schlachten doch bewiesen hatte, dass er zu Größerem fähig war. Erst als Gisbert von Limburg grinsend von ihm verlangte, die Spucknäpfe und Nachttöpfe in dessen Zelt auszuleeren, das dieser sich mit fünf anderen Rittern teilte, spürte Thomas deutlich die Grenzen seiner Duldsamkeit. Da er jedoch in den letzten Jahren gelernt hatte, sich zu beherrschen, tat er schweigend so, als füge er sich. Dann aber, in einem unbeobachteten Moment, kippte er den Inhalt des Spucknapfes über Gisberts Lager und vergrub den Inhalt des Nachttopfes im Sand darunter. Die damit verbundenen Unbilden sollte der Limburger Heißsporn erst in der folgenden Nacht zu spüren bekommen. Heinrich gab zwar zu bedenken, dass es gefährlich für einen Knappen war, sich den Zorn eines Ritters zuzuziehen, selbst eines recht unbedeutenden Ritters wie Gisbert, der noch kurz zuvor mit ihnen den Knappenstand geteilt hatte, aber auch er musste über den Streich lachen. Ihre Freude wäre noch größer gewesen, hätten sie an Gisberts Verdrießlichkeit teilgehabt, als dieser die Ursache für den unangenehmen Gestank im Zelt und für sein feuchtes Hinterteil entdeckte. Gisberts Zeltgenossen machten, mit Tränen der Heiterkeit in den Augen, den Limburger für das Ungemach verantwortlich, titulierten ihn als ‚Bettnässer' und hießen ihn, dessen Ursache augenblicklich zu beseitigen. Aus Stolz vermied es der Rotschopf, den wahren Schuldigen zu benennen, und entfernte eigenhändig die Quelle des Übels, schwor aber insgeheim Rache.

Adolf von Berg, Arnold von Cleve und Walram von Limburg hielt es nicht länger untätig im Lager. Während die Franzosen und Österreicher Belagerungsmaschinen bauten, die Friesen einen Teil ihrer Schiffe für den Angriff bemannten und die Templer Bogenschützen und Wurfgeschosse auf vier ihrer Galeeren verluden, wurden sie in der ersten Morgenstunde beim König von Jerusalem vorstellig, um einen Auftrag zu erbitten, der ihrer würdig war. Nur die Größe des leuchtend weißen Zeltes, die schwer bewaffnete Wachmannschaft unter dem ausladenden Vordach und das darüber wehende Wappen Jerusalems mit den goldenen Kreuzen verrieten, dass hier ein Großer des Heeres sein Lager aufgeschlagen hatte. Am Eingang hieß man sie warten, um dem Regenten Meldung zu machen. Jedoch bereits kurze Zeit später erschien ein königlicher Page und bat sie einzutreten.

Auch im Inneren des Zeltes deutete nichts auf verschwenderische Pracht, mit der sich Könige zuweilen zu umgeben geruhten. Johann von Brienne hatte sich lediglich ein einfaches Feldlager bereiten lassen, funktionell, aber spartanisch, vielleicht abgesehen von einigen wertvollen Teppichen, mit denen der Boden und das Schlaflager ausgelegt waren. Bereits zu dieser frühen Stunde waren der Patriarch von Jerusalem, Oliver der Sachse und die Anführer der Ritterorden an seiner Seite. „Ah, die wackeren Streiter vom Niederrhein“, empfing sie der Deutschordensritter Herrmann von Salza, „wir haben uns gerade darüber ausgetauscht, welche Aufgabe wir Euch geben könnten, während Eure tapferen Nachbarn aus dem Norden sich anschicken, den Turm zu nehmen. Was haltet Ihr davon, eine Expedition flussaufwärts zu unternehmen, um uns über die Bewegungen des Feindes ins Bild zu setzen und etwaige Versorgungsgüter zu rekrutieren, wie Ihr es schon vor Akkon getan habt?“

„Genau das war der Grund unseres Begehrs“, antwortete Walram, der sich auf ihrem gemeinsamen Ritt über die Karawanenstraßen mit dem Deutschritter angefreundet hatte, „uns und unsere Truppen nützlich zu machen, damit wir nicht einrosten!“

„Dann habt Ihr jetzt Gelegenheit dazu“, kam es aus dem Munde Olivers, der sich ihnen mit einem ausgerollten Pergament näherte. „Habt Ihr jemanden unter Euren Männern, der des Zeichnens und vielleicht sogar des Schreibens mächtig ist? Dann könntet Ihr versuchen, diese Karte zu vervollständigen, die zwar Damiette und die Nilmündung zeigt, aber wenig darüber Auskunft gibt, wie es weiter flussaufwärts aussieht." Adolf warf einen kritischen Blick auf die Karte, dann erinnerte er sich daran, dass er seinen Knappen in weiser Voraussicht Nachhilfe in diesen Exerzitien im Kloster Altenberg hatte erteilen lassen.

„Ich denke, das lässt sich einrichten", antwortete der Graf und nahm selbstbewusst das Pergament an sich, „wir werden jedes Rattenloch ergänzen, das auf der Karte fehlt."

Und so verließ wenig später ein hundertköpfiges, berittenes Expeditionskorps das Lager und ließ sich von eigens dazu abgestellten Schiffen des Kölner Flottenkontingents ans andere Nilufer übersetzen. Dort wollten sie sich zuerst einen Eindruck von den Verteidigungsanlagen der Stadt verschaffen. Gleichzeitig nahmen die ersten friesischen Schiffe Kurs auf den Kettenturm.

„Wohin des Weges, junger Recke?", hörte Thomas, derweil er seine Stute zu bändigen trachtete, um sie am östlichen Ufer, an dem sie gerade angelegt hatten, wieder von Bord führen zu können, eine schnarrende Stimme neben sich, die keine guten Erinnerungen heraufbeschwor. Thomas wusste auch ohne hinzusehen sofort, wer ihn da von der Seite ansprach, tat aber betont beschäftigt, um sich in kein langes Gespräch verwickeln zu lassen. Zum ersten Mal war er jetzt dankbar dafür, dass sein Reittier mit seiner Abneigung gegen Schiffe und Verladungen aller Art tatsächlich seine volle Aufmerksamkeit in Anspruch nahm. „He, sprichst du nicht mehr mit mir?", hakte der kahlköpfige Kölner Kriegsknecht nach, während er der Stute eine Hand auf die Nüstern legte, „hast wohl ein schlechtes Gewissen wegen unserer kleinen Hurerei in England, was?" Dabei ließ er ein kehliges Lachen vernehmen. Daraufhin legte die Stute die Ohren an, sperrte das Maul auf und versuchte, den Kahlkopf zu beißen, der ob dieser Attacke einen guten Schritt zurückwich.

„Nein, nein", gab Thomas dann doch widerstrebend zurück, „aber Ihr seht ja, dass ich beschäftigt bin!" Der Kahle ließ jedoch nicht locker. „Und wo soll's hingehen, wenn du diese Ausgeburt der Hölle da mal endlich von Bord bekommst?", hakte er nach. „Wohin wohl? Das Gelände um die Stadt herum erkunden!" Mehr war der Fischersohn nicht bereit an Informationen preiszugeben. Dafür war Heinrich, der gerade von hinten mit seinem Pferd aufschloss, umso redseliger, weil er dem ihm vertrauten, gestandenen Krieger imponieren wollte. „Wir haben einen besonderen Auftrag", warf er sich übertrieben in die Brust, „wir sollen eine Karte des

Hinterlandes und des Flusses zeichnen", und wedelte dabei stolz mit dem zusammengerollten Pergament, auf dem sich die besagte Karte befand, die es zu vervollständigen galt.

„Hoffentlich kannst du mit der Feder besser umgehen als mit deinem Schwert", mischte sich da Gisbert von Limburg ein, „sonst wird man außer ein paar seltsamen Flecken wohl nicht viel auf der Karte erkennen können!" Über den zweideutigen Scherz fielen er und der Kahle in ein herzhaftes Gelächter, das Thomas aufhorchen ließ, glaubte er doch eine gewisse Vertrautheit herauszuhören, die vermuten ließ, dass sich auch diese beiden kannten. „Nichts für ungut!", mäßigte sich darauf der Kahle ein wenig. „Ich bin sicher, unser junger Kämpe hier wird diese Aufgabe ebenso sicher lösen wie den Keuschheitsgürtel englischer Jungfrauen!" Erneut überkam ihn ein Glucksen, der Kahle verschluckte den Lacher aber diesmal und schlug Heinrich stattdessen mit seiner Pranke anerkennend auf die Schulter. Weil Thomas seine Stute nun vollends im Griff hatte, sprang er sogleich mit ihr über eine niedrige Rampe von Bord und die anderen folgten.

„Viel Glück, vielleicht heben wir mal wieder einen zusammen", rief der Kahle ihnen noch hinterher. Dann verloren sie ihn aus den Augen.

Während sie aufsaßen und sich in Zweierreihen hinter den Grafen Adolf und Walram sammelten, wurden sie Zeuge, wie auf dem Fluss die Schlacht um den Kettenturm begann. Vier Galeeren der Tempelritter hatten sich in Schussweite manövriert, wobei sich die Ruderer bemühten, so gegen die Strömung des Nils anzurudern, dass das Schiff auf der Stelle blieb. Zwei der Galeeren lagen jeweils nur wenige Fuß vor den eisernen Ketten, die beiderseits des Turmes das Flussbett absperrten. Die Templer deckten die Zinnen der Rundmauern nun mit Pfeilsalven und einem Hagel von Wurfgeschossen aus kleineren Katapulten ein. Derweil näherten sich gut zwanzig flachbödige friesische Koggen der schmalen, kleinen Insel bzw. dem Felsen, denn viel mehr war es nicht, auf dem sich der Turm erhob, und spien an dessen Fuß gleich reihenweise Sturmmannschaften aus. Ob des Beschusses hatte sich lange keine Menschenseele auf den Zinnen gezeigt, doch nun, wo sich die ersten Sturmleitern an die Mauer legten, wurde es auf jeder der drei Etagen, über die sich der Turm in den Himmel erstreckte, gleichzeitig lebendig. Es hagelte Steine und eiserne Kugeln, die zwar Leitern und Knochen zerbrachen, den Angriff jedoch nicht ernsthaft stoppen konnten. Dann aber griffen die Sarazenen zur fürchterlichsten Waffe, die Thomas jemals gesehen hatte – griechisches Feuer. Aus einem

Dutzend Rohre, die plötzlich an den Öffnungen und Scharten des Turmes erschienen, sprühte es buchstäbliche Höllenflammen, dazu warfen die Verteidiger zahllose Tonkrüge mit Brandmitteln, die an einem Ende über Zündflammen verfügten, von oben herab. Bald ergoss sich das griechische Feuer über alle Angreifer, die sich zu nah am Fuße des Turmes befanden. Thomas wurde Zeuge, wie ein Friese, der sich schon weit auf der Sturmleiter nach oben gewagt hatte, plötzlich von einem Feuerstrahl erfasst wurde, den zwei Sarazenen aus einem der Rohre auf ihn richteten. Darauf sprang dieser freiwillig aus der großen Höhe herab und stürzte sich wie eine lebende Fackel in den Fluss, der ihn nicht mehr hergab. Lediglich eine winzige Rauchsäule zeugte dort, wo er sich in den Nil geworfen hatte, von dem Leben, das hier vor wenigen Sekunden buchstäblich verlöscht war. Der Einsatz des Feuers verfehlte seine Wirkung nicht, denn in Scharen traten die überraschten Friesen die Flucht an. Ein Ausfall der Turmbesatzung gab ihnen den Rest. Und obwohl die Schiffe der Templer ihren Beschuss verdoppelten, gab es kein Halten mehr. Wachsende Rauchsäulen am Himmel zeugten davon, dass der erste christliche Angriff gescheitert war.

Mit Wut und Trauer im Herzen schlugen die bergischen Ritter ihren Weg nach Damiette ein. Bereits aus der Ferne wusste die Stadt, in der achtzigtausend Menschen wohnten, mit ihren zahllosen Türmen und Mauern zu beeindrucken. Als sie näher kamen, konnte Thomas sehen, dass sich gleich drei Wälle um die Stadt zogen. Das erste und niedrigste Mauerwerk schützte einen breiten Wassergraben, der schiffbar zu sein schien, denn zuweilen konnte man hinter der steinernen Umfriedung die Mast- und Segelspitzen kleiner arabischer Flussschiffe erkennen, die lautlos vorbeizogen.

Daran schloss sich eine innere, deutlich höhere Mauer an, die in regelmäßigen Abständen von Türmen gesichert und mit Tausenden sarazenischer Krieger bemannt war. Sie bildete damit die Haupt-Verteidigungslinie. Dahinter erhob sich eine dritte, nochmals höhere Mauer, die den Palast des Statthalters schützte und die innerste, die letzte Verteidigungsanlage darstellte.

Aus Thomas' Perspektive sah dieses Damiette mit seiner starken Besatzung geradezu uneinnehmbar aus. „Diese Stadt wird sich uns nicht so einfach ausliefern", ließ Graf Adolf, als hätte er die Gedanken des Knappen gelesen, angesichts des trutzigen Bollwerks vernehmen. „Ich denke, sie wird manchem von uns noch den Hals kosten." Dabei ließ er seinen Blick verdrießlich über die Zinnen schweifen. „Irgendwo gibt es in jeder Mauer eine Schwachstelle oder eine Hintertür", brummte Arnold von Cleve, „die gilt es zu finden. Und sei es nur, um sie zu verriegeln und die Rattenbrut auszuhungern!"

Kurz vor der Stadt, aber noch außer Schussweite, schwenkten die Reihen der Reiter nach Osten und ritten in zügigem Trab an der äußeren Mauer entlang. Dies verstanden die Verteidiger auf den Zinnen offenbar als Provokation, denn dort spielten sich augenblicklich tumultartige Szenen ab. Horden von Bogenschützen versuchten, die Ritterschar mit ihren Geschossen zu erreichen, indem sie sich weit zurücklehnten, damit ihre Pfeile einen möglichst großen Schusswinkel beschrieben. Aber die gefiederten Todesbringer fuhren nahezu laut- und nutzlos etwa dreißig bis vierzig Fuß rechts der Reiterkolonne in den Sand, ohne Schaden anzurichten. Dies wiederum schien einen Unteranführer der Ayyubiden dermaßen zu erzürnen, dass er wider besseres Wissen und sicher auch gegen jeden anders lautenden Befehl einen Ausfall seiner Turmbesatzungen anordnete, die bald am östlichen Ende der Stadtbefestigung zu Pferde aus einem der Tore hervorpreschten und sich in ungeordneten Haufen auf die Christen warfen.

Auf solch eine Gelegenheit hatten Adolf und Walram nur gewartet. Fast zeitgleich zogen sie ihre Schwerter und beorderten mit ausladender Geste ihre Männer zu ihrer Rechten und Linken, ohne anzuhalten, eine Schlachtreihe zu bilden. Vierhundert Hufe, die selbst auf dem hier sandigen Boden noch ein beeindruckendes Trommelkonzert hinterließen, formierten sich zu einer beweglichen, aber deshalb nicht minder waffenstarrenden Burg, die ihrem Gegner alsbald in vollem Galopp entgegenflog. Thomas' Stute hatte den Hals gestreckt und schien die wilde Jagd geradezu zu genießen. Etwa hundert Schritt vor der ersten Reihe der Sarazenen senkten die christlichen Ritter ihre Lanzen und gaben ihren Tieren noch einmal die Sporen. Der Aufprall war mörderisch, Lanzen zerbrachen, Knochen zersplitterten, der Großteil der Sarazenen wurde durch die Wucht des Angriffs aufgespießt oder aus dem Sattel geschleudert. An den Flanken beginnend, warfen die Ritter ihre Pferde einer nach dem anderen herum und stürzten sich, wie eine von Felswänden mit neuem Schwung zurückprallende Welle, auf ihre verbliebenen Feinde. Sekunden später lagen gut achtzig muslimische Kämpfer erschlagen, durchbohrt, verstümmelt oder zertrampelt im Staub des Schlachtfeldes. Dagegen hatten Adolf und Walram nur vier Mann verloren.

Im Lager der Kreuzfahrer, gerade noch in Sichtweite, hatte man den Angriff der bergischen Ritter mit Spannung verfolgt. Zahlreiche Männer waren auf ihre Pferde gesprungen und ein Stück flussaufwärts geritten, um besser sehen zu können. Nun brach alles in Jubel aus, war doch mit der erfolgreichen Reiterattacke die Scharte der Niederlage am Turm ein wenig ausgewetzt und man konnte neue Hoffnung schöpfen.

Auf den Mauern der Stadt hatte hingegen jeder den Atem angehalten. Danach war es mehrere Atemzüge lang totenstill, so lange, dass es Thomas wie eine Ewigkeit erschien. Dann erhob sich lautes Wehklagen, das von den Wänden des dreireihigen Mauergürtels tausendfach widerhallte und selbst die durchdringenden Schreie der Geier übertönte, die sich nun in Scharen auf ihre unerwartete Mahlzeit stürzten. Angewidert starrte Thomas auf die hellbraun bis weiß gefiederten Todesvögel mit ihren halb kahlen Köpfen, die ihre Schnäbel, deren Kraft genügte, um Rippen und Kochen zu zerbrechen, tief in das Fleisch der Gefallenen bohrten. Natürlich hatte er bereits mehr als einmal gesehen, wie heimische Krähen und Raben ein ähnliches Handwerk verrichteten, aber dies hier war ein regelrechtes Schlachtfest. Weil die Sonne nun bereits hoch am Himmel stand, gesellte sich zu dem fürchterlichen Anblick alsbald auch der metallische Geruch des in Strömen vergossenen Blutes und der süßliche Gestank beginnender Verwesung.

Yussef bin Tarek al-Tahir war ein hartgesottener Krieger. Ihm machte es nichts aus, wenn rechts und links von ihm Hunderte von Männern den Tod fanden. Schließlich war er es oft genug selbst, der einem Leben mit seiner Klinge ein vorzeitiges Ende bereitete. Aber von der obersten Mauer Damiettes tatenlos mit ansehen zu müssen, wie viele seiner Glaubensbrüder nahezu ohne nennenswerte Gegenwehr von den ungläubigen Panzerreitern niedergestreckt wurden, nagte doch spürbar an seinem Geduldsfaden. Aber er durfte sich nicht einmischen, nicht bevor sein Auftrag erfüllt war. Das hatte ihm der Alte zuvor mehrmals strengstens eingeschärft. Die Christen mussten die Oberhand gewinnen, vorerst zumindest, damit der Nährboden für den angestrebten Wechsel bereitet wurde. Eigentlich hatte er geglaubt, die Sache nähme in Palästina oder Syrien ein schnelles Ende. Aber dann waren die Christen gen Ägypten gezogen und hatten alle Pläne über den Haufen geworfen. Er, Yussef, war dem Geschehen nachgereist, um dem Nachen des Schicksals die gewünschte Wendung zu geben. Aber trotzdem änderte dies nichts an der Tatsache, dass jetzt einer derjenigen in Bedrängnis geriet, die nach dem Willen des Alten eigentlich hätten Nutznießer des Kreuzzugs der Christen sein sollen. Und daran traf die Lanzenreiter dort unten eine Mitschuld, dieselben Männer, die er nahe Akkon beim Überfall auf die Karawane beobachtet hatte, wenn er die Wappen der Ritter recht in Erinnerung hatte. Yussef bin Tarek al-Tahir beschloss, dem möglichen Verräter in ihren Reihen auf den Zahn zu fühlen, dem zwielichtigen Geschöpf, das sich vor einigen Tagen zu erkennen gegeben hatte. Dessen Dienste konnten noch einmal von Bedeutung sein, spätesten dann, wenn der eigentliche Auftrag erfüllt war und es galt, die Ungläubigen wieder zu vertreiben …

Thomas kniff die Augen zusammen und versuchte, die Linien auf der Karte in Einklang mit der Wirklichkeit zu bringen. „Ich glaube, der ist nicht drauf", meinte Heinrich und kramte schon einmal vorsorglich das kleine Tintenfass und die Feder hervor, mit deren Hilfe sie die fehlenden Angaben auf der Karte zu ergänzen trachteten. „Du hast recht", gab ihm Thomas zu verstehen, „er scheint irgendwo da vorn von einem Hauptarm abzuzweigen und sich hier nach Nordosten zu wenden!"

Sie hatten an einem kleinen, nur wenige Fuß tiefen Seitenarm des Nils Halt gemacht, um die Pferde zu tränken. Bereits Dutzende solcher Flussarme hatten ihren Weg gekreuzt, seit sie am Tag zuvor die Mauern Damiettes hinter sich gelassen hatten und dem großen Fluss an seinem östlichen Ufer nach Süden gefolgt waren. Oder waren es gar keine Seitenarme, sondern Kanäle, die hier seit Jahrhunderten zur Bewässerung der fruchtbaren Felder benutzt wurden? Waren sie überhaupt noch am schiffbaren Hauptarm des Nils oder hatte auch der sich geteilt? Er wusste es nicht. Inseln im Fluss, Landzungen, Sümpfe, Biegungen, Seitenarme, all dies machte es unmöglich, den Überblick zu behalten. Niemand konnte genau sagen, wo sie sich befanden. Das Labyrinth der Wasserläufe war einfach zu unübersichtlich. Und dazu die elende, schwüle Hitze, die Mensch und Tier schwer zu schaffen machte, einzig gelindert durch das dichte Blätterdach einer üppigen Vegetation.

„Nenn den Wasserlauf Papyrus-Arm", meinte Thomas, „weil hier so viel von dem Zeug wächst!" Nahe der Stadt hatten verdorrende Obstgärten, Dattelpalmen, Maulbeerbäume, Ulmen und Akazien ihren Weg gesäumt, soweit Thomas die hier wachsenden Bäume erkannte. Dann hatten viele

Fuß hohe Schilfpflanzen an den Ufern die Oberhand gewonnen, die Papyrus genannt wurden. Seit den Zeiten der Pharaonen stellten die Ägypter daraus ein Material her, das sich wie Pergament zum Schreiben und Zeichnen eignete. Je weiter sie nach Süden vorstießen, desto dichter wurden die ausgedehnten Dickichte zwischen den Nilarmen und den flachen Sümpfen beiderseits des Weges. Es war grün, wie zu Hause an der Wupper, aber eine grüne Hölle. Aus den Sümpfen stiegen Myriaden von Stechmücken auf, die den schwitzenden Rittern in ihren Kettenhemden stetig zusetzten. Was hätte Thomas darum gegeben, auf einen Berg, ach nur einen Hügel zu stoßen, mit einem Felsen über dem Fluss, von wo aus man die ganze Gegend hätte überblicken können. Auch die wenigen Menschen, auf die sie trafen, waren keine Hilfe. Sie hatten zwar bereits mehrere Dörfer passiert, die aber allesamt von ihren Einwohnern überstürzt verlassen worden waren. Unbeackert dörrten die Felder und vormals blühenden Gärten in der Sonne. Zuweilen wurden sie am anderen Ufer kurzzeitig einiger Bauern angesichtig, die sich aber sofort wieder in den Schutz des alles umspannenden Blätterwaldes verdrückten. Auf einer gegenüberliegenden Landzunge hatten ihnen ein paar zerlumpte Kinder zugewinkt, dann aber obszöne Gesten gemacht, mit Steinen geworfen, die jedoch, ohne ihnen auch nur annähernd nahe kommen zu können, irgendwo in der Mitte des Flusses ins Wasser geplumpst waren, und sich wieder aus dem Staub gemacht.

„Natterngezücht", schimpfte Arnold von Cleve, „wenn ihr mich fragt, würde ich das ganze Zeug hier niederbrennen, um freie Sicht und ein ordentliches Schlachtfeld zu schaffen." Graf Adolf schüttelte nur bekümmert den Kopf. „Ich fürchte, an dieser grünen Festung würde sich auch jedes Feuer die Zähne ausbeißen."

Doch das Schlachtfeld sollte Arnold von Cleve schneller bekommen, als ihm lieb war. Gerade als sie um eine dicht bewachsene Biegung des Flusses ritten, der ihr Weg in südlicher Richtung folgte, kamen ihnen im gestreckten Galopp die drei Bernsau-Brüder entgegen, die sie als Kundschafter vorweggeschickt hatten, um sich nach vorn gegen etwaige Überfälle des Feindes abzusichern. „Eine Armee, eine riesige Armee", brüllte Henrich von Bernsau atemlos, noch bevor er sein Pferd mit einem gewaltigen Ruck am Zügel, wobei er sich weit im Sattel zurücklehnte, um nicht nach vorn geschleudert zu werden, in einer beträchtlichen Staubwolke zum Stehen brachte. „Keine tausend Fuß vor uns nähert sich die Vorhut einer gewaltigen Streitmacht!"

„Wie viele?", fragte Adolf erhitzt nach. „Die Vorhut ist vielleicht dreihundert Mann stark", erklärte Henrich in aller Eile, „wie viele Männer zur Hauptstreitmacht gehören, kann ich nicht sagen, aber der Staub, den sie aufwirbelt, erstreckt sich bis zum Himmel. Der Sultan kommt seiner Stadt zu Hilfe!" Man sah dem Grafen an, dass die Gedanken hinter seiner hohen Stirn nur so rasten. „Drei zu eins – und das Überraschungsmoment auf unserer Seite, das ginge", meinte Arnold grinsend. „Richtig, vor allem wenn sie von den Nilarmen daran gehindert werden, ihre Stärke auf voller Breite zu entfalten", entschied Adolf. „Zurück und ab in die Büsche!" Und einen Atemzug später sprengte die hundertköpfige Ritterschar den Weg zurück, den sie gekommen war.

Tatsächlich näherte sich von Süden eine Armee von mehr als zwanzigtausend Mann. Allerdings war es nicht der Sultan selbst, der sie anführte, sondern sein ältester Sohn und Statthalter al-Kamil. Sultan al-Adil, Bruder und Nachfolger des legendären Saladin als Beherrscher des Orients, allerdings ohne dessen Fähigkeiten zu besitzen, weilte nach wie vor in seinem Feldlager nahe Damaskus. Hierhin war der alternde Zauderer ausgewichen, um sich dem, wie er aufgrund der Nachrichten über die vielen Segel im Hafen von Akkon vermutete, zahlenmäßig überlegenen Feind nicht stellen zu müssen. Dass sich die Kreuzfahrer gen Ägypten wenden würden, hätte er im Traum nicht vermutet. Damit sah sich nun sein Sohn al-Kadil konfrontiert, den eine Brieftaube aus Damiette von den Ereignissen in Kenntnis gesetzt hatte. Binnen drei Tagen hatte al-Kadil seine Armee vor den Toren Kairos zusammengezogen, und selbst die Regimenter, die weit im Süden an der Grenze nach Nubien stationiert waren, in Marsch gesetzt. Seinen Provinzgouverneuren der westlichen Wüste befahl er zudem, die Beduinen zu sammeln und nach Damiette zu führen. Denn dort schien sich das Schicksal des Reiches zu entscheiden.

Wieder einmal musste Thomas das strategische Genie seines Grafen bewundern. Als sie den Nilarm erreichten, den sie nicht einmal eine Stunde zuvor noch frisch in die Karte eingezeichnet hatten, teilte Adolf seine Schar in drei Gruppen ein. Etwa zwanzig Mann sollten gemächlichen Schrittes dem Weg nach Damiette folgen, womit sich in den Augen der Sarazenen auch die Hufspuren erklärten, die sie fraglos hinterlassen hatten. Derweil gingen an einem trockeneren, für die Pferde trittsicheren Abschnitt des östlichen Wegrandes über sechzig Ritter mit gesenkten Lanzen in Stellung, um die Reiter, die versuchen würden, das vermeintliche Häuflein Christen einzuholen, von der Seite anzugreifen. Weitere zwanzig Männer hielten sich nahe dem Seitenarm versteckt, um dem Gegner wenn möglich den Rückweg abzuschneiden und die Falle endgültig zuschnappen zu lassen. Sie hatten jedoch ausdrückliche Order, dies nur zu tun, wenn die Hauptmacht der Sarazenen noch nicht nahe genug heran wäre. Adolf wollte vermeiden, dass sie zwischen den Fronten aufgerieben wurden.

Wenige Augenblicke später trabten die vordersten Reihen der muslimischen Kavallerie um die Wegbiegung und hielten auf den Nilarm bzw. Kanal zu, der ihren Weg kreuzte. Noch bevor sie diesen erreichten, erkannten sie die ihnen im Halbdunkeln des Blätterdachs etwa fünfhundert Schritt vorweg reitenden Kreuzfahrer. Ein paar hitzige Worte wurden gewechselt, dann gab die Hälfte der Vorhut ihren Pferden die Sporen und nahm die Verfolgung des vermeintlichen Häufleins Christen auf.

Dicht an dicht, Pferdeleib an Pferdeleib wartete die lange Reihe der Ritter im durch Akaziensträucher, Schilf und Tamarisken getarnten Hinterhalt. Thomas, der dicht neben Heinrich und Arnold von Cleve auf seiner nervös mit den Ohren spielenden Stute saß, hatte gerade noch Zeit, die heransprengenden Sarazenen in Augenschein zu nehmen. Über Pluderhosen und Schnabelstiefeln trugen sie reich verzierte lederne Brustharnische, Schulterpolster und Armschienen, die allesamt wenig geeignet schienen, den geschärften Waffen der Ritter standzuhalten. Einzig ihre rundlichen, oben spitz zulaufenden Helme, unter denen ihnen eiserne Kettenhauben wie silberne Locken bis auf die Schultern fielen, schienen einen gewissen Schutz vor Hieben des Gegners zu bieten. Ansonsten waren sie mehr auf Bewegungsfreiheit, Leichtigkeit und Schnelligkeit des Angriffs ausgerichtet. Dem entsprach auch ihre Bewaffnung aus Krummsäbeln und leichten Reiterbögen. Demgegenüber waren die Ritter allesamt mit langen Kettenhemden und eisernen Rüstungsteilen gewappnet, die ihrem Träger besseren Schutz boten, ihn aber auch deutlich schwerer machten. Ähnlich gerüstet, litten auch die Knappen ob der Hitze unter dem Gewicht dieser Panzerung, über der sie obendrein Wappenröcke und Umhänge trugen. Trotzdem wähnte Thomas die schwere Rüstung der Christen im Kampf als die geeignetere. Auffallend war das reich verzierte Zaum- und Sattelzeug, mit dem die Sarazenen ihre schnellen, kleinen Pferde ausstaffiert hatten, auf denen sie nun dahinflogen – geradewegs in ihr Verderben.

Ein Hornstoß aus Adolfs Olifant riss Thomas aus seinen Betrachtungen und rief die Ritter zum Angriff. Wie eine Meute Höllenhunde stürzten die Kreuzfahrer mit gesenkten Lanzen aus ihrem Hinterhalt hervor und fielen den überraschten Moslems in die rechte Flanke. Zigfach bohrten sich Holz und Eisen in warmes Fleisch. Thomas schloss für eine Sekunde die Augen, um das Gesicht des Mannes aus der Erinnerung zu verbannen, auf den er soeben gezielt hatte, als er spürte, wie der Schaft seiner Waffe auf Widerstand stieß, dann aber doch tiefer glitt, als sei der Widerstand gebrochen, und letztlich selbst zerbrach. Als die Lanzen ihr Werk getan hatten, zogen die Ritter ihre Schwerter, um selbiges zu vollenden. Walram von Limburg und Arnold von Cleve wüteten wie Berserker. Gleichzeitig wendeten die als Köder vorausgerittenen Ritter und gingen ihrerseits mit gezogenen Schwertern gegen die Spitze der anreitenden Sarazenen vor, deren Galopp dadurch abrupt abgebremst wurde. Graf Adolf von Berg spaltete einem Sarazenen den Schädel, beließ es dann aber dabei, die Männer in seiner Nähe zu ordnen und überlegt dorthin zu senden, wo Not am Mann war. Zu Dutzenden wurden die muslimischen Reiter aus den Sätteln geschleudert oder schlichtweg abgestochen. Der rothaarige Gisbert lehnte sich weit aus dem Sattel, um einem gestürzten Sarazenen, den er mit der Lanze zu Fall gebracht hatte, mit einem gezielten Schwerthieb endgültig das Lebenslicht auszublasen. Dieser rollte sich jedoch geistesgegenwärtig zur Seite. Es war Heinrich, der Gisberts Werk vollendete und dem überraschten Krieger von hinten den Kopf vom Rumpf schlug. Ein Häuflein Nachzügler suchte sein Heil in der Flucht, warf die Pferde herum und jagte zurück zum Nilarm. Dort fielen sie jedoch Adolfs Reserve in die Arme, die nun aus dem Unterholz hervorbrach und sich auf die Überlebenden stürzte. Damit schien das Scharmützel entschieden.

Die andere Hälfte der sarazenischen Vorhut war jedoch mittlerweile entlang dem rückwärtigen Nilarm in Stellung gegangen und deckte die Kreuzfahrer mit Pfeilsalven ein. Im Tumult der Pferde, Leichen und Verwundeten waren diese, auch aufgrund der Schwere ihrer Panzerung, nicht so schnell in der Lage, ihre Stellung zu wechseln und eine Verteidigungsformation zu bilden. Gumpert von Eller und Theoderich von Bernsau wurden von Pfeilen getroffen. Drei Limburger sanken von ihren Pferden, ein vierter fiel, weil sein Reittier unter ihm entseelt zusammenbrach, kopfüber in den Nil und ertrank. Er versuchte zwar noch zu schwimmen, aber das schwere, geschmiedete Kettenhemd zog ihn in die Tiefe, bevor jemand zu Hilfe eilen konnte. Thomas spürte einen Schlag gegen den Helm und wäre – für einen Moment orientierungslos – beinahe ebenfalls aus dem Sattel gefallen. Aber die aufmerksame Hannah verlagerte ihr Gewicht im rechten Moment, hielt ihren Reiter auf dem Rücken und suchte Schutz am mannsbreiten Stamm einer ausladenden Dattelpalme. Als er später seinen lädierten Helm in Augenschein nahm, stellte er fest, wie viel Glück er gehabt hatte, weil dieser knapp über der Stirn von einem Geschoss eingebeult war. Den Helm würde er mit einigen Hammerschlägen richten müssen.

Derweil beorderte Adolf zwanzig Mann in die vorderste Reihe, um einen Schildwall zu bilden und den Rückzug seiner Hauptmacht mit den Verwundeten zu decken, zu denen auch Arnold von Cleve gehörte, dem ein gefiederter Schaft aus dem Oberschenkel ragte. Da zogen Fanfaren und der donnernde Hufschlag herannahender Pferde die Aufmerksamkeit aller auf sich. Umringt von einem Dutzend schwer bewaffneter Leibwächter erkannte der gerade wieder zu vollem Bewusstsein gelangte Thomas eine vollständig schwarz gewandete, schlanke, für sarazenische Verhältnisse hoch aufgeschossene Gestalt in einem goldenen Brustharnisch, die jetzt geschmeidig wie eine Katze vom Pferd sprang und mit gebieterischer Geste Schweigen gebot. Er war vielleicht fünfunddreißig Jahre alt oder wenig mehr. Sein scharf geschnittenes Antlitz wurde von einem sauber gestutzten Bart umrahmt. Das musste der Anführer der Muselmanen sein. Ohne Schild und Schutz trat er ans Ufer des flachen Nilkanals, aber niemand wagte es, seine Hand gegen ihn zu erheben. Sein Blick glitt langsam über die Reihen der Toten auf der jenseitigen Seite.

„Es reicht, für heute hat es genug Tote gegeben“, verkündete seine klare, wohlklingende Stimme darauf in fehlerfreiem Französisch, wohl weil er wie alle Sarazenen annahm, dass die Kreuzritter ausnahmslos Franken waren. „Geht zurück in Euer Lager, sagt Euren Königen, al-Kamil ist gekommen, der Sohn des Sultans und Herr über Ägypten – und sagt ihnen, dass ich mit ihnen sprechen will. Wenn ihr es aber noch einmal wagt, auf diese Seite des Flusses überzusetzen, seid Ihr des Todes!“

Im befestigten Lager der Kreuzfahrer, auf der geschützten Nilinsel, war das reinste Chaos ausgebrochen. Zwei weitere Angriffe auf den Kettenturm waren ähnlich kläglich gescheitert wie Tage zuvor. Drei friesische Schiffe lagen ausgebrannt am Nilufer nahe der Mündung. Eine Galeere der Hospitaliter hatte versucht, die über den Fluss gespannte Kette in voller Fahrt zu brechen, war dabei buchstäblich zerborsten und gesunken. Es gab etwa zweihundert Tote zu beklagen, die man in aller Eile jenseits des ausgetrockneten Kanals mit dem Segen Weihrauch schwingender Priester beerdigt hatte. Noch zweimal so viele Verwundete lagen nun unter wehenden Zeltplanen in den Krankenstationen der Hospitaliter und des

Deutschen Ordens. Und nun kamen auch noch die verwundeten Ritter aus Adolfs und Walrams Kundschafter-Expedition dazu. Diese hatte es jedoch weitaus glimpflicher erwischt als die friesischen und kölnischen Sturmtruppen am Turm. Ungläubig starrte Thomas auf die fürchterlichen Verbrennungen, die das griechische Feuer hervorgerufen hatte. Er sah völlig verkohlte Gliedmaßen, zu einer schwarzen, schwammigen Masse verschmolzene Gesichter. Einige waren zur Unkenntlichkeit entstellt, obwohl noch ein Funken Leben in ihnen keimte. Von nun an gab es keine Scharen von Freiwilligen mehr, die sich blindlings auf die Mauern des Kettenturmes stürzen wollten. Das ‚flüssige Feuer', wie die schreckliche Waffe auch genannt wurde, und die verheerenden Folgen hatten sie das Fürchten gelehrt. Dagegen muteten die Pfeilwunden von Arnold oder Theoderich wie läppische Kinderkrankheiten an, wie Arnold sie auch titulierte, und waren dementsprechend schnell versorgt.

Derweil waren Adolf und Walram bei König Johann, dem Patriarchen und den Ordensführern vorstellig geworden, um ihnen das Ergebnis ihres Erkundungsrittes mitzuteilen und die Worte al-Kamils zu übermitteln. Adolf vermied es, zu erwähnen, dass der Sohn des Sultans nach Art eines Helden ungeschützt vor sie getreten war und niemand die Hand gegen ihn erhoben hatte, obwohl er ein leichtes Ziel dargestellt hätte. So etwas verstand nur jemand, der die Situation miterlebt hatte. Darin war er sich mit Walram einig. Er erwähnte auch nicht, dass er selbst al-Kamils Beispiel gefolgt und seinerseits ohne Schild und Schutz vor den Heerführer der Sarazenen getreten war, um diesem für seine Großmut zu danken, und dass er sich erboten hatte, sich persönlich für das Zustandekommen des gewünschten Gesprächs einzusetzen. Von etwaigen Verhandlungen wollte aber kaum einer der Anführer etwas wissen. Die Kirchenoberen bestürmten den König von Jerusalem sogleich, den Worten des Ungläubigen kein Gehör zu schenken, wähnte man sich doch stark genug, auch dessen gesamter Armee zu trotzen. Viel mehr interessierte man sich für die Karte, die Thomas und Heinrich, so weit es möglich gewesen war, vervollständigt hatten und auf der jetzt mit einem großen Kreis das Lager der Ayyubiden-Armee eingezeichnet war. Adolf und Walram hatten sich auf dem Rückweg Zeit gelassen und immer wieder Späher ausgesandt, um den weiteren Weg und die Stärke der Truppen al-Kamils auszukundschaften. So war ihnen nicht verborgen geblieben, dass die Sarazenen nahe dem Dorf al-Adiliyah ihr Lager aufgeschlagen hatten und dieses nun in ähnlicher Form befestigten wie die Kreuzfahrer ihr eigenes. Von diesem Lager aus, das nur wenige Stunden Fußmarsch von Damiette entfernt war, konnten sie die Kreise und Angriffe der Kreuzfahrer empfindlich stören. Man musste ihnen also möglichst zuvorkommen – und das schnell.

Auch im Lager der Kreuzritter war man nicht untätig gewesen. Die Zimmerleute hatten etliche Belagerungs- und Wurfmaschinen fertiggestellt. Die einfachsten ähnelten denen, die man bereits vor den Toren Alcácers eingesetzt hatte. Da die Mauern Damiettes jedoch höher waren, wurden nun aber auch Bilgen gebaut, hoch aufragende, hölzerne Balkengestelle mit einer horizontalen Achse aus Eisen. Um diese Achse drehte sich ein mächtiger Holzbalken, ein zweiarmiger Hebel, an dessen langem Ende, dem Wurfarm, eine Schlinge zur Aufnahme von Geschossen hing. Das kurze Ende, der Schwungarm, trug einen Holzkasten, der mit Steinen oder Erde gefüllt werden konnte. Damit wurde je nach Entfernung das Gegengewicht zum Wurfarm gebildet, das benötigt wurde, um das Hebelwerk und damit die Fliehkräfte in Gang zu setzen, mit denen die Geschosse in die Stadt katapultiert werden konnten. Hinzu kamen sogenannte Ballistae, eiserne Bogengeschütze nach der Art einer gigantischen Armbrust, mit denen balkengroße Pfeile in einem 45-Grad-Winkel abgeschossen werden konnten. Acht dieser Steinschleudern und Geschütze wurden nun, begleitet von starken Fußtruppen zu ihrem Schutz, vor die Mauern Damiettes gerollt.

Gleichzeitig hatte man fast achtzig Schiffe mit hölzernen Schutzwänden und zusätzlichen Armierungen aus Fell und Leder, die mit Wasser getränkt waren, gegen die Geschosse und das griechische Feuer der Verteidiger gerüstet. Mit diesen Schiffen, unter denen sich auch die „Freya“ befand, begann am 23. Juni ein massiver Angriff auf den Kettenturm und die flussseitigen Mauern der Stadt. Gleichzeitig erhöhten die Wurfmaschinen ihren Beschuss auf Damiette. Aber obwohl der Angriff mit großer Wucht vorgetragen wurde und die Bewohner der Stadt das Fürchten lehrte, war die Wirkung auf die massiven Verteidigungsanlagen doch zu gering. Die „Freya“ hatte sich vom Fluss her nah an die westliche Stadtmauer manövriert. Während zwei Dutzend Bogenschützen die Mauer über ihnen ins Visier nahmen, versuchten Arnold von Cleve und mehrere Ritter aus Berg und Limburg vereint Sturmleitern anzusetzen. Doch sie schafften es nicht einmal, die Hälfte der Mauer zu erklettern. Der immerwährende Stein- und Pfeilhagel zwang sie zurück. Thomas und Heinrich hatten sich ins Krähennest begeben, das sich in etwa auf der gleichen Höhe wie die obersten Zinnen der Stadtmauer befand, um von dort Anweisungen nach unten zu geben, wo die Feinde standen. Wütend über den Misserfolg ihrer doch so sorgfältig vorbereiteten Offensive griff Thomas schließlich zu seiner kleinen Steinschleuder, die er wie üblich am Gürtel trug. Gezielt nahm er mit seinen glatten Flusskieseln den einen oder anderen Sarazenen ins Visier, der genau gegenüber seine Kameraden mit Brandgeschossen traktierte. Einer der Verteidiger wurde dabei so unglücklich an der Schläfe getroffen, dass er augenblicklich bewusstlos wurde und nach vorn über die Brüstung fiel. Ansonsten richtete Thomas mit seiner Verzweiflungstat, abgesehen von etlichen blauen Flecken, keinen großen Schaden unter den Sarazenen an. Aber er brachte den Grafen Adolf, der vom Heckkastell der „Freya" aus die Szenerie beobachtet hatte, auf eine Idee. „Die Mauern sind zu hoch für einen Frontalangriff und wir stehen zu tief. Wir müssen höher hinauf", eröffnete er seinen Männern, als sie mit der „Freya" wieder am Ufer der Lagerinsel anlegten. Und er hieß Thomas, noch einmal in den Mastkorb zu klettern und einen Stein mit seiner Schleuder über den Fluss zu schießen. „Damit hat der Bursche in den letzten Zügen des Angriffs mehr Schaden angerichtet als wir alle zusammen!", tönte Adolf über alle hinweg. Als Thomas obendrein in diesem Moment auch noch eine der Nilgänse mit einem Kiesel traf, die wie üblich am Ufer des Flusses entlang patrouillierten, und diese in einer Wolke aus Federn ins Jenseits schickte, brachen die Männer, die bislang skeptisch die Szenerie verfolgt hatten, in befreites Gelächter aus. Das Prinzip hinter der Vorstellung hatte jeder begriffen. „Wir müssen einen Turm, eine Art Kastell wie dieses hier auf dem Schiff bauen", fügte der Graf an, während er auf das Achterkastell der Kogge deutete, „so hoch, dass wir von dort in die Stadt schießen können!"

Noch am gleichen Tag sandte er Thomas als Boten zu Oliver dem Sachsen, der ihm beim Zeichnen einer entsprechenden Konstruktion zur Seite stehen sollte. Er fand den vormaligen Kölner Dom-Schulmeister in dessen Zelt, nahe der Unterkunft des Regenten von Jerusalem, in eigene Studien vertieft. Als Thomas die Plane zur Seite schlug, beugte sich Oliver, der nur eine einfache Mönchskutte trug, gerade angestrengt über alte Texte und Pergamente. So musste er dreimal das Wort an ihn richten, bevor dieser Notiz von ihm nahm. „Tretet ein, junger Mann, seid Ihr nicht einer der Knappen des Grafen Adolf von Berg? Was kann ich für Euch tun?" Thomas tat, wie ihm geheißen, und trat näher, wobei er seinen Kopf ein gutes Stück einziehen musste, weil das Zelt recht niedrig war. „Ihr habt recht, mein Herr Graf schickt mich, weil er Euch um Hilfe bei der Konstruktion eines Schiffsturmes bitten möchte, von dem er Steine in die Stadt schießen will", übermittelte der Fischersohn seine Botschaft. „Oho, dann bin ich also nicht der Einzige, der sich mit derlei Fragen beschäftigt. Schaut her! Interessiert Euch die Architektur von Schiffen?" Als Thomas näher an den niedrigen Tisch trat, auf dem die Pergamente und Schriftrollen lagen, erkannte er an der Beschriftung, dass es sich überwiegend um Konstruktionen von Schiffen sowie Kriegsmaschinen der Römer und Griechen handelte, die allesamt schon mehrere Hundert Jahre alt waren. „Ich weiß nicht recht", antwortete er wahrheitsgemäß, „bislang hab ich mir mangels Gelegenheit wenig Gedanken darüber gemacht. Aber im Kloster Altenberg durften wir uns einmal in Sachen Geometrie mit dem Unterschied zwischen Rechtecks- und Dreieckssegeln beschäftigen." „Ihr wart in Altenberg? Wer hat Euch unterrichtet?", begehrte Oliver zu wissen. „Bruder Konrad vor allem", gab Thomas zurück, „von ihm hab ich auch den Schwertkampf gelernt!" Oliver machte ein süßsaures Gesicht. „Nun, diesbezüglich hattet Ihr sicher den richtigen Lehrmeister", meinte der Schulmeister, während er begann, die Rollen zusammenzuräumen, „mit der Geometrie dürfte es allerdings nicht so weit her sein, stimmt's?" „Richtig", strahlte Thomas. „Nun, dann lasst uns gehen und sehen, was Eurem Grafen vorschwebt", sagte Oliver und wandte sich zum Gehen. Auf dem Weg durchs das Lager ließ Thomas allerdings ein Gedanke nicht mehr los. „Verzeiht", richtete er das Wort an den Schulmeister, der mit strammen Schritten neben ihm tapfer mithielt, obwohl er deutlich kleiner war als Thomas, „aber glaubt Ihr wirklich, dass in der uralten Baukunst der Römer und Griechen der Schlüssel zu unserem heutigen Problem mit dem Kettenturm liegt?" Oliver warf ihm einen belustigten Blick zu. „Aber natürlich, mein junger Freund", antwortete er, ohne seine Schritte zu verlangsamen, „denn auch damals gab es schon Türme und Mauern, die es einzunehmen galt!" Das leuchtete Thomas ein. „Alexander der Große zum Beispiel, der Name sagt Euch doch etwas …?", verfiel Oliver in den Ton eines Schulmeisters. Thomas nickte zögerlich, während er sein Hirn durchforstete, was er von dem berühmten griechischen Feldherrn in Erinnerung hatte, aber viel war es nicht. „Nun, Alexander hatte einmal auf seinem Perserfeldzug ein ähnliches Problem wie wir heute", fuhr Oliver fort, „und löste es mit zwei Schiffen, auf denen er eine völlig neue Kriegsmaschine errichtete. Das Problem ist nur …", und dabei machte er ein verdrießliches Gesicht, „dass sehr viel vom Wissen der großen Meister vergangener Tage verloren gegangen ist – oder in alten Schriften verstaubt!" Danach schritten sie eine Weile wortlos weiter. Dabei hatte Thomas das deutliche Gefühl, als mache

Oliver das weit verbreitete Desinteresse der Welt an alten Wissenschaften und irgendwie auch ihn dafür verantwortlich. „Nicht jeder hat Zugang zu diesem Wissen … oder die Möglichkeit, vielleicht auch nicht die Neigung, sich damit zu beschäftigen", getraute er sich zu sagen. „Tja, deshalb ist es an Männern wie mir, es der Menschheit wieder zugänglich zu machen", antwortete Oliver mit einem vielsagenden Seitenblick, „und an Männern wie Euch, es mit dem Schwerte umzusetzen!"

In Adolfs Zelt wurde Oliver herzlich begrüßt, und sogleich vertieften sich die Männer in erste Konstruktionszeichnungen, bei denen Thomas überflüssig war. Bald nahmen die Planungen Gestalt an. Für den Bau musste allerdings zuerst ein passendes Schiff gefunden und erstanden werden, denn die „Freya" sollte keinesfalls ihre Seetüchtigkeit verlieren. Fündig wurde man bei einem Schiff aus dem Kölner Flottenkontingent, das sich mit seiner imposanten Größe, starkem Mast und flachem Deck ideal für ihre Zwecke eignete. Sogleich besprach sich Adolf mit dem Kapitän, überzeugte diesen mit handfestem Silber und bereits am nächsten Tag begannen die Umbauarbeiten.

„Was treibt ihr denn da Geheimnisvolles", hörte Thomas erneut die schnarrende Stimme des Kölner Kahlkopfes hinter sich, während er und Heinrich gerade einem Schiffszimmermann halfen, einen hölzernen Balken auf Maß zu sägen und an Bord zu hieven. „Wir verstärken das Deck", antwortete Thomas, der eine zunehmende Abneigung gegen den Kriegsknecht entwickelt hatte, „damit Kerle wie du nicht immer den Kopf einziehen müssen, wenn es auf sie herabhagelt!" „Oho, dir ist wohl eine Laus über die Leber gelaufen, was?", gab der Kahle zurück, „oder pisst es dich an, dass du, als zukünftiger Ritter, hier Sklavenarbeit verrichten musst?" Die Sache mit dem „zukünftigen Ritter" betonte er besonders süffisant. „Wir bauen ein Turmkastell", mischte sich Heinrich ein, „und wir haben den Grafen sogar auf die Idee dazu gebracht!" „Soso, und was machst du dabei", fügte der Kahle an, „deinem Freund die Stange halten – oder was?" Darauf lief Heinrich rot an und der Kahle trollte sich. Thomas war froh, den unliebsamen Kerl so schnell los zu sein. Da er ohnehin nur mit halbem Ohr zugehört hatte, stellte er sich auch keine Fragen nach dem tieferen Sinn der letzten Worte. Schwitzend fuhren sie mit den ungewohnten Sägearbeiten fort.

Am Abend fiel Thomas müde auf das Pritschenlager in seinem Zelt, das er sich mit Heinrich und vier weiteren Knappen teilte. Er war jedoch allein, weil sich alle anderen noch in der „Taverne" befanden, einem für diesen Zweck abgeteilten und mit derben Holzbänken ausgerüsteten Lagerbereich, zwischen Fässern von Bier und Wein, gleich den Zelten der Kölner Kreuzfahrer und Adolfs Getreuen. Hier ertränkten viele der Ritter und Fußsoldaten ihren wachsenden Kummer in Strömen von dünnem Bier – oder sie nahmen die Dienste der Huren in Anspruch, die wenige Tage nach ihrer Ankunft auf venezianischen und genuesischen Schiffen herangeschafft worden waren, um die Truppen bei Laune zu halten. Für derartige Zusammenkünfte gab es ein paar notdürftig errichtete Zelte, mit vielen kleinen, durch fadenscheinige Vorhänge abgeteilten Kammern, außerhalb der westlichen Umfriedung. Diese befanden sich nahe den Aborten am ausgetrockneten Nilkanal, wo sich die Männer anschließend gerne erleichterten. Die grell geschminkten, heruntergekommenen Weiber widerten Thomas jedoch nur an, deshalb hielt er sich von den Plätzen fern, an denen diese herumscharwenzelten. Außerdem befanden sich stets ein paar üble Gesellen unter den Zechern, darunter auch der kahlköpfige Kriegsknecht. Heinrich jedoch schien deren Gesellschaft, seit sie das Lager aufgeschlagen hatten, vielleicht sogar schon seit Portugal, geradezu zu suchen. Thomas glaubte, aus den Augenwinkeln auch den rotschöpfigen Gisbert zuweilen unter ihnen erkannt zu haben. Damit hatte er einen Grund mehr, diesem zwielichtigen Ort fernzubleiben.

Bevor er jedoch in Schlaf fallen konnte, wurde die Plane am Eingang zur Seite geschlagen, und William von Gloucester, der Tempelritter, trat ein, den er seit ihrer Ankunft auf der Insel nicht mehr gesehen hatte. Thomas sprang auf und die beiden jungen Männer umarmten sich. „Ich habe gehört, ihr wart schon mehrere Male im Feindkontakt", sagte William, „davon musst du mir unbedingt erzählen. Aber zuerst möchte dich unser Großmeister sehen." „Mich?", kam es Thomas erstaunt über die Lippen. „Ja, er hat die Karte bekommen, die du um einige Stellen ergänzt hast", fügte William an, „weil wir das Lager des Feindes im Auge behalten und ihn mit unseren Rittern von direkten Angriffen abhalten sollen. Er hat aber noch einige Fragen, die das Gelände betreffen. Am besten du kommst gleich mit – dann kannst du auch gleich mal den Wein in unserer Taverne kosten, der sicher um einiges besser ist als das Zeug hier nebenan."

Als sie das Zelt verließen und den Weg zum südlichen Ausgang einschlugen, kamen sie unweigerlich an der Schänke vorbei, in der sich tatsächlich neben etlichen Rittern niederer Herkunft auch Heinrich und die anderen Knappen sowie der kahle Kriegsknecht und dessen Spießgesellen befanden. Wie er es erwartet hatte, erkannte er auch Gisbert in der Menge. „Oh schaut, das nette Pärchen dort, aber warum geht Ihr denn nach Süden?", ergriff dieser auch sogleich das Wort, „die Zelte für zärtliche Zusammenkünfte sind doch am westlichen Ende?!"

Darauf machte er eindeutig zweideutige Handbewegungen. „Seht da kommt das Templerschaf mit rotem Kreuz auf weißem Arsch ...", stimmte der Kahle obendrein ein in der niederen Bevölkerung gängiges Spottlied auf die Tempelritter an, die ob des Reichtums und der Macht ihres Ordens nicht überall gut gelitten waren. Barsches Gelächter, auch der anderen Anwesenden, folgte auf dem Fuß – aber auch die Strafe für solch unflätige Worte. Ein Dolch sauste durch die Luft, fuhr mit Wucht in das Holz der Tafel, an der die Zecher saßen, und nagelte dabei den Ärmel von Gisberts Wappenrock so fest, dass dieser den Arm nicht mehr bewegen konnte, obwohl er vor Schreck versuchte, diesen fortzuziehen. Keine Sekunde später war William über ihm, nahm Gisberts Kopf in den Schwitzkasten und drückte zu, bis dieser bedenklich rot anlief. „Ich hatte dich gewarnt", entfuhr es William, „und ich warne dich noch ein letztes Mal, reize mich nicht, sonst steckt dir der Dolch demnächst im Hals!"

Niemand hatte mit dieser schnellen und vehementen Reaktion des Templers gerechnet, weil im Lager so etwas wie Burgfrieden herrschte, also feindliche Handlungen unter Androhung der Acht verboten waren. Thomas stand es als Knappe ohnehin nicht zu, seine Hand gegen andere Soldaten oder gar Ritter zu erheben. William jedoch scherte sich einen Dreck um das ohnehin löchrige Gesetz.

Als der Kahle Gisbert zu Hilfe kommen wollte, trat er ihm kurzerhand mit seinem mächtigen Stiefel vor die Brust, sodass dieser zurück auf die Bank und von dort hintenüberfiel. Als er sich mühsam aufrappelte, stand Thomas neben ihm, die Hand demonstrativ um den Griff seines Löwenschwertes gelegt, das eine gute Handbreit aus der Scheide ragte, und fixierte ihn mit den Augen. „Besser du setzt dich wieder ruhig hin und beschäftigst dich mit deinem Becher, sonst gerät das hier außer Kontrolle!"

Widerwillig setzte sich der Kahle wieder auf die Bank, jedoch nicht ohne Thomas einen Blick zuzuwerfen, aus dem es Funken sprühte und die blanke Feindschaft sprach. Dann aber schien er sich zu besänftigen.

„Nichts für ungut, Kleiner!", kam es ihm nach einem Räuspern über die Lippen. „Ging ja nicht gegen dich!" „Das seh ich anders", antwortete Thomas, während er sein Schwert zurückgleiten ließ. Dabei warf er Heinrich einen fragenden Blick zu, um dessen Haltung in der Angelegenheit auszumachen. Der jedoch senkte mit einem Kopfschütteln die Augen. Derweil hatte William Gisbert aus der misslichen Lage entlassen und mit einem Ruck den Dolch aus der Tischplatte gezogen, ließ diesen aber noch einen Moment vor dessen Augen tanzen. „Ich hoffe, wir haben uns verstanden, sonst können wir uns gerne bei Sonnenaufgang am Nilufer treffen und die Angelegenheit ein für alle Mal regeln", setzte William hinzu, „das ist zwar verboten, aber einem von uns kann es hinterher egal sein – und auf uns Templer wartet ja ohnehin das Höllenfeuer, wie es heißt!" Damit verließen sie die Lagertaverne, ohne sich noch einmal umzublicken. Thomas hatte das deutliche Gefühl, dass ihnen wenig freundliche Blicke folgten.

„Ich fürchte, wir haben uns da nicht gerade viele Freunde gemacht", raunte er William zu, während sie dem südlichen Ausgang zustrebten. „Egal", antwortete der Templer, „aber wir haben uns Respekt verschafft, das ist wichtiger. Der Rothaarige ist ohnehin nur ein Großmaul, das von Zeit zu Zeit gestopft werden muss. Den Kahlkopf solltest du allerdings im Auge behalten."

Im Lager der Tempelritter, das deutlich sauberer und ordentlicher war als das der restlichen Kreuzfahrer, begaben sie sich sogleich in das Zelt des Großmeisters. Aufmerksam hörte sich Guillaume de Chartres Thomas' Ausführungen über das Labyrinth der Nilarme und zur Beschaffenheit des Geländes an. Ganz besonders interessierte er sich für den Ablauf des Scharmützels mit den Sarazenen und den Auftritt al-Kamils. Dann entließ er Thomas mit Dank und einem kleinen Fässchen Wein für seinen Grafen. „Das wird ihm, mehr noch dem trinkfreudigen Streiter an seiner Seite, ich glaube Arnold ist sein Name, Freude bereiten", setzte William hinzu, als sie sich in die Schänke der Templer begaben, wo sie den Rest des Abends bei Käse und gewürztem Wein gemeinsam verbrachten, „und sie über den kleinen Vorfall in der Taverne hinwegsehen lassen!"

In der Tat maßen Adolf und Arnold, der von der Pfeilwunde wieder ganz genesen schien, dem Geschenk der Tempelritter eine gewisse Bedeutung bei, als Thomas sie am nächsten Morgen aufsuchte. Zumindest blieb das Fässchen nicht lange ungeöffnet. Über die Geschehnisse im Lager wurde kein großes Wort verloren, zu sehr waren alle mit dem Schiffsumbau und dessen Plänen beschäftigt, die Oliver und Adolf stetig neu diskutierten. Wenn es nach dem Kölner Dom-Schulmeister gegangen wäre, hätten sie eine schwimmende Festung errichtet, die das Genie sämtlicher Architekten der Antike beinhaltet hätte. Aber dieses hätte noch Wochen gedauert. Adolf jedoch wollte in wenigen Tagen mit seinem Schiffsturm in die Schlacht ziehen. „Halte dich in nächster Zeit ein wenig im Hintergrund“, raunte Arnold dem Fischersohn lediglich kurz zu, als dieser sich wieder an seine Arbeit auf der Baustelle begeben wollte, „du hast nicht nur Freunde im Lager, wie mir zu Ohren gekommen ist. Vor allem geh nicht allein in diese Taverne. Halte dich an uns – oder deinen Templerfreund, der ist in Ordnung“, setzte er mit einem Blick auf das Weinfässchen hinzu.

Das von Adolf erstandene Schiff wurde binnen einer Woche mit einem geschützten Bollwerk auf dem Vorderdeck ausgestattet. Auf dessen Spitze erhob sich ein kleines Kastell mit einer stabilen Brüstung, das mit dem starken Mast verbunden war und sogar Platz für eine Wurfmaschine bot – eine imposante, schwimmende Festung.

Derweil ließ Herzog Leopold von Österreich im Verbund mit den Hospitalitern gewaltige Sturmleitern auf einer Reihe von Koggen errichten, die so groß waren, dass sie mit ihren Füßen auf zwei Schiffen gleichzeitig ruhten. Damit sollten Fußtruppen in die Lage versetzt werden, in größeren Gruppen gleichzeitig die gegnerischen Mauern zu erklettern.

Karl der Quade war übelster Laune. Seit der verfluchte Templer und der unverschämte Knappe, der sich nicht einschüchtern lassen wollte, ihm die Tour in der Taverne vermasselt und damit an seiner Machtposition gekratzt hatten, dachte er nur noch an Rache. Aber dies durfte nicht so offensichtlich geschehen, wie er es gerne getan hätte. Seine Rolle und seine Aufgabe mussten dabei im Dunkeln bleiben. Sollten doch die Sarazenen die Drecksarbeit übernehmen. Bei dem Gedanken lächelte er zum ersten Mal seit Tagen wieder. Das käme auch den Wünschen seines Auftraggebers entgegen. Die Kreuzfahrer durften nicht obsiegen, zumindest nicht so schnell. Vor allem musste der eine oder andere eines gewissen Personenkreises dabei auf der Strecke bleiben. Darum sollte er, Karl der Quade, sich persönlich kümmern, wie ihm aufgetragen worden war. Und der rothaarige Dummkopf hatte ihm auch bereitwillig und nichtsahnend dazu ein paar wichtige Informationen beschafft. Jetzt mussten diese Informationen nur noch an den Feind gelangen. Bislang hatte er dies schlau angefangen, wie er meinte. Niemand hatte ihn gesehen, niemand hatte Verdacht geschöpft, als er sich kurz vor der Belagerung der Stadt durch die noch geöffneten Tore geschlichen und über die in allen Ländern der Erde gleichen, dunklen Kanäle Kontakt zum Feind geknüpft hatte. Doch jetzt wartete er schon ziemlich lange an dem Treffpunkt, den er seiner Kontaktperson, dem schmierigen Wirt des heruntergekommenen Kaffeehauses, genannt hatte, für den Fall, dass sich jemand in der Stadt für das interessieren würde, was er mitzuteilen hatte. Seit zwei Stunden saß er schon hier am Westufer des Nils, etwa eine Meile unterhalb des Kreuzfahrerlagers, nahe der Einmündung eines weiteren Kanals, ohne dass etwas geschah. Hatten sie kein Vertrauen in Verräter oder keine Erfahrung damit? Lachend schüttelte er den Kopf. Mit Sicherheit gab es auch auf der Gegenseite genügend Männer, die einem vergleichbaren Beruf nachgingen. Ein Rascheln zu seiner Rechten erregte seine Aufmerksamkeit.

„Wer da?", fragte er ins Gebüsch, dessen Blätter sich noch leicht bewegten. Da fiel ihm ein, dass sein Gegenüber womöglich kein Deutsch oder Fränkisch verstand, deshalb wiederholte er die Frage auf Latein, das er als Kind bis zum Erbrechen in der Klosterschule gelernt hatte, in die man ihn, den Waisenknaben, gesteckt hatte. Auf Latein hatte er sich auch mit dem Wirt des Kaffeehauses verständigt. Weil niemand antwortete, zog er langsam seinen Dolch. Plötzlich hörte er ein zweites Geräusch aus der Gegenrichtung und wollte herumwirbeln. Da legte sich auch schon eine eiskalte, gebogene Klinge an seinen Hals und das Blut gefror ihm in den Adern.

„Ihr Franken seid langsam, viel zu langsam", sagte eine freundliche, helle Stimme, die nicht ganz zu der wenig freundlich gehandhabten Klinge passte, in fehlerfreiem Französisch, wenn auch mit dem warmen Akzent arabischer Länder. „Aber vielleicht sind deine Lippen ja schneller und du erzählst mir noch kurz, was du mir zu sagen hast, bevor ich dich ins Paradies befördere!"

Trotz der Klinge am Hals musste Karl der Quade lächeln, denn offenbar war sein Peiniger die Art von Mann, auf die er gewartet hatte – und der hatte den Köder geschluckt. Die missliche Lage, in der er sich befand, war Berufsrisiko und würde sicher nicht lange vorhalten.

„Nun, in dem Paradies, das mir vorschwebt, muss man für alles Himmlische bezahlen. Deshalb sollten wir zuerst über den Preis reden", getraute er sich deshalb auch zu sagen, wobei auch er sich nun des Französischen bediente, das er in selbiger Klosterschule gelernt hatte. Einen Atemzug später wurde der Dolch entfernt. Als er sich umdrehte, sah er einen vollständig in Schwarz gekleideten, drahtigen Mann mittlerer Größe vor sich, der einen ebenfalls schwarzen Turban auf dem Kopf trug, dessen Ende über die untere Hälfte des Gesichtes geschlagen war, sodass dieses nicht ganz zu erkennen war. In der linken Hand hielt er einen langen, prächtigen Krummdolch, dessen aus Elfenbein gefertigte und mit funkelnden

Steinen besetzte Scheide unterhalb des Bauches von einem silbernen Gürtel hing. Alles an diesem Mann war unauffällig, ein idealer Spion, Verräter oder Mörder, alles bis auf den Dolch – und den Blick, denn die grünen Augen im sonnengebräunten Gesicht, soweit Karl der Quade dies erkennen konnte, passten nicht zu einem Sarazenen.

„Du gefällst mir“, log der grünäugige Sarazene, „ein Mann, der noch im Angesicht des Todes verhandelt, ist nach meinem Geschmack. Trotzdem ist der Preis lediglich dein Leben.“ Mit einem Seufzer setzte sich Karl der Quade auf den Boden. „Ich dachte mir schon, dass es dauert, denn ihr feilscht ja gerne um alles. Aber ich habe Zeit. Deshalb setz dich und lass uns in Ruhe darüber reden.“ Der Sarazene musterte ihn eine Weile, dann warf er ihm eine silberne Münze, die er aus den Tiefen seines wallenden Obergewandes hervorzauberte, in den Schoß. „Wenn du sie aufhebst, bevor ich es dir erlaube, bist du tot. Und ich für meinen Teil stehe lieber bei derlei Geschäften …“ Karl der Quade warf nur einen kurzen Blick auf die funkelnde Münze und seufzte erneut, als verkaufe er sich unter Preis. Dann erzählte er dem Sarazenen, welche Art von Vorbereitungen gerade im Lager der Kreuzfahrer getroffen wurden und wann in etwa der nächste Angriff zu erwarten stand. „Warum tust du das“, wollte der Sarazene noch wissen, nachdem Karl geendet hatte, „warum verrätst du deine Landsleute?“

Karl zwinkerte ihm zu und warf einen demonstrativen Blick auf die Münze in seinem Schoß. „Ich muss von irgendetwas leben und das hier ist mein Beruf“, gab er vor. Doch der Sarazene war wenig überzeugt und hob zur Antwort den Dolch leicht an, den er immer noch in der Linken hielt. „Sagen wir einmal so“, fuhr Karl fort, der sich dabei auch wieder erhob, die Münze aber liegen ließ, „es gibt auch bei uns mächtige Männer, die etwas gegen den Kreuzzug haben – oder zumindest gegen einige der Männer, die ihn führen. Männer, die nicht unbedingt in die Heimat zurückkehren müssen, weil sie dort überflüssig geworden sind …“

Darauf verschwand der Sarazene für einen Moment, um sogleich mit einem größeren Korb zurückzukehren, in dem mehrere Kammern abgeteilt waren, in denen es gurrte, wie in einem Taubenschlag, denn um einen solchen handelte es sich. „Nächstes Mal“, erklärte der Sarazene, „kannst du dich dieser gefiederten Boten bedienen!“ Karl der Quade nickte verständig. „Aber was ist mit meinem Lohn – das nächste Mal?“, hakte er nach. Nun kam der Sarazene ganz nah an ihn heran, sodass sie sich geradewegs in die Augen blickten, und Karl der Quade ahnte, dass sich unter dem weiten Gewand, das der Mann trug, stahlharte Muskeln befanden, die dem

Dolch in der Hand den rechten Nachdruck verleihen würden. „Der rechte Lohn", flüsterte der Sarazene geradezu, „wird dich finden … Jetzt darfst du dich – langsam – nach der Münze bücken und dich entfernen!" Ohne ein weiteres Wort folgte Karl der Quade dieser Aufforderung.

Yussef bin Tarek al-Tahir wartete, bis der Christen-Verräter im Licht der untergehenden Sonne verschwunden war, dann eilte er zu dem kleinen Nachen, mit dem er den Nil überquert hatte, und machte sich auf den Rückweg in die Stadt. Eigentlich durfte er nichts gegen die Kreuzfahrer unternehmen, bis ihr Unternehmen so weit vorangeschritten war, dass der längst überfällige Wechsel im Herrscherhaus vorgenommen werden konnte. So lauteten die Befehle des Alten. Aber nun stand mit einem Mal die ganze Stadt auf dem Spiel – und das Schicksal des Mannes, der über sie wie über das ganze Reich herrschen sollte. Das galt es zu verhindern. Außerdem durfte man einen Verräter wie diese Ausgeburt der Hölle, diesen Handlanger Scheitans, nicht schon zu Beginn enttäuschen, indem man seine Dienste nicht nutzte. Yussef bin Tarek al-Tahir beschloss, die soeben erhaltenen Informationen weiterzugeben …

Mit den mühevoll umgebauten Schiffen begann am Morgen des 1. Juli ein neuer Angriff. Die Schiffe der Österreicher und Hospitaliter umzingelten den Kettenturm und legten ihre Leitern an, wonach sich gleich Dutzende von Kämpfern auf die wackligen Sprossen begaben, um sich den Weg nach oben zu erkämpfen. Derweil manövrierte Adolf von Berg seine schwimmende Festung in eine Position zwischen dem Turm und den Mauern der Stadt, um diese mit der Steinschleuder auf der Spitze des Bollwerks unter Beschuss zu nehmen. Thomas und Heinrich befanden sich unter den Männern, die gut vierzig Fuß über dem Deck die Wurfmaschine mit schweren Steinen beluden und ganze Salven von Geschossen auf die Stadt niederregnen ließen. Krachend schlugen diese in den Häusern und schmalen Gassen ein und versetzten die Bevölkerung in Panik. Thomas und Heinrich jubelten, ebenso Adolf und Arnold auf dem Achterdeck. Doch irgendwie schienen die Sarazenen auf den Angriff vorbereitet zu sein, hatten sie doch ihrerseits ihre Katapulte so ausgerichtet, dass sie vor allem den Fluss und die von dort anrückenden Angreifer ins Visier nehmen konnten. So dauerte es nicht lange und die ersten Geschosse der Verteidiger schlugen auf Adolfs mühsam angefertigte Konstruktion ein.

Dann wurden sie auch vom Kettenturm aus unter Beschuss genommen. Nicht einmal eine Stunde nach Beginn der Schlacht zeigte die konzentrierte Bombardierung von beiden Seiten Wirkung. Eine Seitenverkleidung des Schiffes brach, ein gewaltiger Steinbrocken, groß wie ein Pferdeschädel, durchschlug die Brüstung des Turmkastells auf Deck. Adolf tobte vor Wut, feuerte die Männer an der Schleuder an, ihre Anstrengungen zu verdoppeln und die Schleuder noch schneller abzufeuern. Da traf eine neuerliche Salve die Wurfmaschine und hob sie seitlich aus den Angeln. Drei Männer fielen dabei aus der Höhe über Bord und waren nicht wieder aufzufinden. Schweren Herzens befahl der Graf den Rückzug. Doch es sollte noch schlimmer kommen.

Mit ohrenbetäubendem Bersten brachen die Sturmleitern der Österreicher und Hospitaliter unter dem Gewicht der Männer zusammen und schleuderten jeden, der sich auf ihnen befunden hatte, in die braunen Fluten des Nils. Sechzig Tote auf einmal hatten die Kreuzfahrer zu beklagen. Auch dieser Angriff war gescheitert.

Freudenschreie erhoben sich auf den Stadtmauern unter den Sarazenen, die Zeuge dieser Katastrophe geworden waren. Hornsignale und Kesselpauken verkündeten der Bevölkerung Damiettes, dass der christliche Angriff erfolgreich zurückgeschlagen wurde. Und selbst im fernen Kairo feierten die Menschen auf den Straßen. Die Kreuzfahrer waren erneut geschlagen. Einzig ihre Kriegsmaschinen setzen ihr zermürbendes Handwerk gegen die Mauern fort.

„Es hilft nichts, der Turm muss weg", murmelte Johann von Brienne zerknirscht, während seine verhärteten Finger durch den schlohweißen Bart fuhren, „nur dann kommen wir schnell und nah genug mit unserer ganzen Macht an die Mauern der Stadt heran. Und nur dann können wir mit unseren Schiffen auch das Lager des Sultanssohnes angreifen!"

Betretenes Schweigen im weiten Rund der Anführer war die Folge. Am Kampfeseifer der Männer hatte es nicht gelegen, dass sie mehrfach gescheitert waren, auch nicht an ihrem Erfindungsgeist. Was hatten sie sich nun schon alles einfallen lassen, um den vermaledeiten Turm zu erobern! Doch nichts schien zu helfen. Niemand wusste mehr Rat, auch Graf Adolf nicht. Dabei hätte er Stein und Bein geschworen, dass seine schwimmende Festung ihnen den gewünschten Erfolg bereiten würde. Stattdessen hatte ein Großteil seiner Männer üble Verletzungen davongetragen und lag jetzt im Krankenlager. Auch Arnold von Cleve hatte es erwischt. Ein Stein hatte ihn am Kopf getroffen. Und auch wenn dieser meinte, es bräuchte mehr als einen sarazenischen Kiesel, um seinen Dickkopf zu erschlagen, schien er doch ernstlicher verwundet als noch vor Kurzem durch den Pfeil im Oberschenkel.

„Wenn ich eure Aufmerksamkeit auf diese Zeichnung lenken dürfte", meldete sich da wieder einmal Oliver von Köln zu Wort, „ich habe mir erlaubt, meine Gedanken über eine geeignetere Kriegsmaschine niederzuschreiben und mit einer ersten, groben Ansicht zu versehen. Aber es wird nicht ganz billig!" Zögerlich und skeptisch versammelten sich die führenden Köpfe des Heeres über dem ausgebreiteten Pergament, auf dem eine schier unglaubliche Konstruktion zu sehen war. Zu Adolfs Überraschung befand sich darauf im Kern die Vision einer schiffbaren Kriegsmaschine, in die etliche Ideen eingeflossen waren, die sie schon beim Bau von Adolfs schwimmender Festung diskutiert hatten, nur gewaltiger und vielseitiger. Offenbar hatte Oliver die letzten Tage genutzt, um seine diesbezüglichen Pläne zu optimieren. Ein an Adolf gerichtetes Augenzwinkern des frommen, meisterlichen Militär-Architekten bestätigte ihm dies. Diesmal wurde der Plan des Kirchen-Schulmeisters aus Köln, so fantastisch er auch sein mochte, nicht wieder übergangen …

Die Stimmung im gesamten Heer hatte einen merklichen Dämpfer bekommen. Daran änderte auch die Nachricht von einer neuen, geheimen Kriegsmaschine nichts, für die Oliver von Köln Geld sammelte und zunehmend große Mengen Holz zusammentragen ließ. Mit dem Geld wollte er Schiffe für einen besonderen Zweck von verkaufsbereiten Kapitänen erstehen, wobei offenbar davon auszugehen war, dass diese Schiffe nicht mehr in die Heimat zurückkehren würden. Allein dies stimmte schon nachdenklich. Die Verluste der gescheiterten Angriffe hatten vielen obendrein die Möglichkeit des Scheiterns ihrer Mission vor Augen geführt und blanke Furcht in die Glieder getrieben. Diese Stimmung wurde durch das stete Stöhnen der vielen Kranken und Verwundeten im Lager nicht gerade gebessert. Denn jetzt war neben den Steinen und dem griechischen Feuer der Verteidiger noch eine weitere Geißel hinzugekommen – das Fieber. Wie Adolf es vorausgesehen hatte, zollten sie nun der Lage ihres Heerlagers, umgeben von Wasserläufen und Sümpfen, Tribut. Ob es nun die Sümpfe selbst waren, aus denen es sich erhob, oder die allseits präsenten Stechmücken, die es übertrugen, oder die mittlerweile bedenklichen sanitären Verhältnisse, die es nicht besserten, das Fieber hatte bereits viele Hundert Männer gepackt und hielt sie mit eiserner Faust ans Krankenlager gefesselt, begleitet von Schweißausbrüchen, Schwindelanfällen, ja Halluzinationen und Durchfällen. Der glorreich begonnene Kreuzzug schien in Tränen, Schweiß und Scheiße zu ersticken.

Da sorgte eine nächtliche Erscheinung am Himmel für neuen Mut. In der Nacht des 3. Juli 1218 verfinsterte sich plötzlich die zuvor strahlende Sichel des Mondes und wurde schließlich völlig von einem schwarzen Schatten verschluckt. Ungläubig erhoben sich Tausende von Männern von ihren Plätzen oder krochen ob des beginnenden Geschreis aus ihren Zelten, um das Geschehen am Nachthimmel zu bestaunen. Zuerst dachte man an eine Wolkenwand, die sich vor den Mond geschoben hatte, doch der Himmel war sternenklar. „Es ist ein Zeichen Gottes", rief da Oliver der Sachse, während er auf seinen beträchtlich angewachsenen Holzstapel nahe dem Königszelt kletterte, um besser gesehen zu werden, „ist denn nicht der Halbmond das Zeichen der Ungläubigen, das sie auf vielen Fahnen zur Schau tragen?" „Ja, ja, Gott gibt uns ein Zeichen, nicht zu verzagen", stimmte sogleich der Bischof von Akkon ein, „sondern seinen göttlichen Plan in die Tat umzusetzen. Gott will, dass wir kämpfen und siegen!"

„Gott will es!", kam es da aus Hunderten von Kehlen aus dem Kreis der Tempelritter, und das versammelte Kreuzfahrerheer stimmte wie ein Mann, wenn auch in verschiedenen Sprachen, in diesen Chor ein, „Dieu le veut! Gott will es!"

Gott wollte es aber auch, dass die Realisierung von Olivers Traum nicht so recht voranschritt. Ein wahres Vermögen an gutem Silber wurde benötigt, um geeignete Schiffe und das ganze Material zu erstehen, das Oliver für seine schwimmende Kriegsmaschinerie zu verbauen gedachte. Nicht jeder war vom Sinn und Gelingen dieses Unternehmens überzeugt und dementsprechend geneigt, seine Börse zu öffnen. Die Kölner und die Friesen allerdings, von denen er viele höchstpersönlich durch seine Predigten bewegt hatte, das Kreuz zu nehmen, standen vereint hinter ihm. Längst hatte er sich zu ihrem spirituellen Führer entwickelt und sie vergötterten ihn und seine Ideen geradezu. Eine Kollekte, die unter diesen Kreuzfahrern durchgeführt wurde, ergab dann auch fast die Hälfte der erforderlichen Summe. Unterstützung erhielt Oliver auch von König Johann, den niederrheinischen Fürsten und von Herzog Leopold von Österreich, der schließlich aus eigener Tasche die noch ausstehenden Gelder zur Verfügung stellte. Doch der Bau der Wundermaschine sollte noch Wochen in Anspruch nehmen.

Motiviert durch das Omen der Himmelserscheinung, wollten viele Kreuzfahrer diese Zeit nicht ungenutzt verstreichen lassen, vor allem weil der Sohn des Sultans flussaufwärts nahezu täglich neue Truppenverstärkungen bekam. Al-Kamil hatte zwar Verhandlungen angeboten, aber die gedachte man aufseiten der Kreuzfahrer nicht anzunehmen, wähnte man sich doch noch in der stärkeren Position. Aber das Machtverhältnis konnte sich verschieben, wenn die Sarazenen noch mehr Zulauf bekamen. So hatten sich die Tempelritter sowie die Ritter des Deutschen Ordens und mit ihnen die Streitkräfte der Grafen von Berg, Limburg, Wied und Holland, Niederrhein und Westfalen entschlossen, das Lager der Moslems anzugreifen, um diese zu vertreiben oder ihnen zumindest empfindliche Verluste beizubringen. Drei Tage lang wurden die Klingen geschärft, dann setzten die Truppen im Schutz der Nacht über den Nil, umgingen Damiette und schlugen dahinter den Weg ein, den schon die Ritter Adolfs Wochen zuvor bei ihrem Erkundungsritt genommen hatten. Dabei nahm niemand Notiz von der kleinen grauen Taube, die ihren Weg kreuzte und hinter den Zinnen der Stadt verschwand.

Yussef bin Tarek al-Tahir war mit einem Mal hellwach, als einer der gefiederte Boten, die er dem christlichen Verräter überlassen hatte, gurrend auf dem Fenstersims des Turmgemachs landete, das er seit seiner Ankunft im Nildelta als heimliches Hauptquartier für sich und seine drei Männer nutzte. Und wieder war er in der Zwickmühle. Einerseits sollte er nichts tun, was den Vormarsch der Christen und die dadurch erwarteten Veränderungen aufhielt. Andererseits galt es vor allen Dingen, den zukünftigen Throninhaber zu schützen. Und gegen eben diesen zogen die Ungläubigen gerade mit Heeresmacht zu Felde, wenn man der Botschaft in der kleinen Kapsel Glauben schenkte, die die Taube am linken Fuß getragen hatte. Und er hatte keinen Grund, daran zu zweifeln. Yussef bin Tarek al-Tahir beschloss, die Nachricht auf schnellstem Wege weiterzugeben …

Thomas lief der Schweiß aus allen Poren. Schwer lasteten Kettenhemd, Schild und Helm auf ihm. Die Hitze wurde geradezu unerträglich, seit die Sonne immer höher stieg und ihre Strahlen zunehmend auch einen Weg durch das Blätterdach über ihren Köpfen fanden. Bereits zum wiederholten Male setzte er den mitgenommenen Wasserschlauch an die Lippen, während die Stute unter ihm weiter gemächlichen Schrittes vorwärtstrottete, doch die mittlerweile lauwarme Brühe löschte kaum noch den steten Durst. Zudem war das am Abend zuvor noch prall gefüllte Leder bereits bedenklich zusammengeschrumpft. Keinem der dreitausend Mann, die nun schon seit Stunden im Sattel saßen und, nicht so streng wie sonst nach ihren Wappen und Herrschern geordnet, auf verschlungenen Pfaden einer Schlacht mit ungewissem Ausgang entgegenzogen, erging es besser. Heinrich schien noch mehr unter der sengenden Hitze zu leiden, denn seine Stirn und Wangen waren deutlich gerötet. Er sah aus wie eine Jungfrau, der man einen zweideutigen Witz erzählt hatte, dachte Thomas. Aber sie sprachen nicht darüber. Überhaupt hatten sie nur wenige Worte miteinander gewechselt, seit der Geschichte in der Taverne. „Wie lange soll das eigentlich noch so gehen?", verlieh Thomas seinen Gedanken Worte. „Wie lange soll was gehen?", stellte sich Heinrich dümmer, als er war. „Na, dieses Schweigen zwischen uns", machte Thomas deutlich, „ich dachte, wir wären Freunde!" „Das dachte ich auch mal, aber …" Heinrich führte seinen Satz nicht zu Ende. „Aber was?", hakte Thomas nach, „sind wir das nicht mehr?!" „Du bist so scheißhochmütig", platzte es auf einmal aus Heinrich heraus, „sprichst von Freundschaft und hängst dich doch an den eitlen Templer, genauso wie du in Portugal der kleinen Schlampe den Hof machen musstest, obwohl du noch zu Hause der Tochter des Voigtes schöne Augen gemacht hast …"

Thomas war völlig schockiert. Er brauchte einen Moment, bis er wieder Worte fand. „Aber was hat das eine mit dem anderen – oder überhaupt mit uns zu tun?", gab er schließlich zurück. „William ist in Ordnung und in unserem Alter, ich weiß nicht, was du gegen ihn hast …" „Ja, klar", unterbrach ihn Heinrich, „deine Freunde sind ja immer in Ordnung oder was Besseres, aber wenn ich mal mit jemandem zusammenhocke, muss der direkt verprügelt werden!" „Aber Heinrich", entrüstete sich Thomas, „du warst doch dabei, Gisbert hat mit allem angefangen, wie früher auch. Und der komische Kahle hat sich eingemischt, der ist mir ohnehin nicht ganz geheuer, den kannst du doch nicht als Freund bezeichnen, das ist ein Halsabschneider!" „Ach ja, weil er vielleicht nicht aus so gutem Haus kommt wie du?", ereiferte sich Heinrich weiter, „er war zumindest so freundlich, mir über dich die Augen zu öffnen, Freund …"

Fassungslos starrte Thomas ihn an, aber sein Gegenüber war noch nicht fertig. „Du hängst dein Fähnchen nach dem Wind und pickst dir immer die dicksten Fleischbrocken aus der Suppe“, fuhr Heinrich mit sich beinahe überschlagender Stimme fort, „ein einfacher Soldat tut's ja nicht als Freund – oder einer wie ich, nein, es muss ja ein Templer sein … Und mit den Frauen machst du es ganz genauso, aus den Augen, aus dem Sinn!“ Thomas war sprachlos, dann versuchte er es mit einer Erklärung. „Ich hab dir gesagt, dass ich Sibylla nicht vergessen habe. Das mit Inez ist schwer zu erklären, aber …“ „Das interessiert mich auch alles nicht“, fuhr Heinrich erneut dazwischen, „mach doch mit den Weibern, was du willst. Aber hör auf, so zu tun, als seiest du was Besseres, Herr Ritter! Dass ich nicht lache, du bist genauso ein unbedeutender Knappe wie ich. Aber Herr Thomas hat natürlich das bessere Schwert, das bessere Pferd, die edleren Kumpane, die besseren Ideen … und kriecht dafür dem Grafen in den Arsch!“ Langsam überkam Thomas ein bestimmter Verdacht. „Heinrich, kann es sein, dass du eifersüchtig bist, aber auf was oder wen?“ „So ein Quatsch“, erhitzte sich sein ohnehin schon vor Hitze glühender Freund, „aber klar, wenn du nicht weiterweißt, sind andere schuld …“

In diesem Moment brach über und neben ihnen die Hölle los. Sie hatten gerade ein Dorf passiert, dessen Bewohner wie üblich vor ihrem Herannahen geflohen waren, und dahinter den Weg durch eine Art Palmenallee eingeschlagen, die beiderseits von Kanälen gesäumt wurde, als auf der jenseitigen Böschung das Feuer von unzähligen Bogenschützen auf sie eröffnet wurde. Gleichzeitig nahte von der Nilseite zu ihrer Rechten ein Geschwader von Dhaus, der typischen, einmastigen arabischen Segelschiffe, deren weiße Dreieckssegel sich im ablandigen Wind blähten. Diese wurden von drei Rudergaleeren angeführt, mit Hunderten von Sarazenen darauf, die bis an die Zähne bewaffnet waren. „Wir sind im Arsch“, hörte er vor sich Gumpert von Eller fluchen. Mit ihrem typischen Sirren zischten die ersten Pfeile knapp an Thomas' Kopf vorbei. Geistesgegenwärtig hob er den schweren, nach normannischer Art gefertigten Tropfenschild, um sich und seinen Nebenmann zumindest gegen den Beschuss von der linken Böschungsseite zu schützen. Heinrich tat instinktiv das Gleiche, nahm den Schild aber in die Rechte, um die Flussseite abzudecken. Ihr Streit war für den Moment vergessen. Hinter ihnen hatten die Bernsau-Brüder Schwierigkeiten, ihre Rosse zu bändigen. Irgendwo weiter vorn musste es auch einen Reiterangriff gegeben haben, denn das Donnern der Hufe und Wiehern der Rosse waren bis zu ihrer Position zu hören, die sich etwa in der Mitte des Heerzuges befand. Sie steckten in der Falle, nur der

Rückweg schien noch offen. Doch konnten, durften sie den ergreifen? Wo war der Graf? Schwach erinnerte er sich, dass Adolf von Berg und Arnold von Cleve bei Sonnenaufgang allein zu den an der Spitze reitenden Templern aufgeschlossen hatten. Aber wie zum Teufel hatten sie überhaupt in solch eine Falle tappen können? Die Sarazenen konnten unmöglich so schnell von ihrem Anrücken erfahren haben. Und hatten die Tempelritter nicht den Marschweg sorgfältig erkundet? Kopf- und führerlos verharrten die meisten Kreuzritter an der Stelle, wo sie gerade waren – und stellten eine unverfehlbare Zielscheibe dar. Reihenweise sanken die Reiter in den Staub. Da vernahm Thomas das unverkennbare Horn Adolfs, zwar schwach, wie von weit vorn, aber doch erkennbar der Olifant, der zum Rückzug blies. Sofort wendete alles, was Beine hatte, und sprengte im Galopp den Weg zurück.

„Ins Dorf, bildet dort eine Schlachtreihe", rief eine Stimme, die Thomas als die Fulks von Solengen erkannte. Augenblicke später, die Thomas wie eine Ewigkeit erschienen, befanden sie sich wieder zwischen den Häusern. Doch wie es der Teufel – oder der Scheitan, wie das muslimische Pendant genannt wurde – wollte, trafen sie auch hier auf Widerstand. Die Dächer waren mit weiteren Bogenschützen besetzt und am Ortsende formierte sich gerade eine Kavallerieeinheit der Sarazenen. Alles schien verloren. Da kam ihnen der Umstand zu Hilfe, dass sie in weiser Voraussicht eine Nachhut gebildet hatten, die seit dem frühen Morgen eine halbe Wegstunde Abstand hielt. Diese Nachhut stellte ein starkes Kontingent der Deutschritter – und die traten jetzt, keine Sekunde zu früh, auf den Plan. Angeführt von ihrem Hochmeister Herrmann von Salza fielen sie den Sarazenenreitern in den Rücken, die diesem unerwarteten Gegenangriff nicht standhielten.

Die meisten Muselmanen fielen an Ort und Stelle, wer floh, ritt geradewegs in die Schwerter der Kreuzritter aus der anderen Richtung. Doch auch diese bezahlten einen hohen Preis. Fulk von Solengen, den Thomas seit der Schlacht um die Kaiserpfalz kannte, sank, von einem Pfeil in den Hals getroffen, vom Pferd, gerade als er die von ihm selbst ausgerufene Schlachtreihe formierte. Überhaupt, die Pfeile waren überall, wenn sie auch nicht immer genügend Durchschlagskraft besaßen, Schild, Helm oder Kettenhemd zu durchdringen. Aber wie sollten sie eine Schlachtordnung bilden, wenn von allen Seiten Unheil auf sie herabregnete? Der Schild Heinrichs, der nun wieder – oder immer noch, wer konnte das schon sagen – neben ihm ritt, starrte vor Pfeilen. Seinem eigenen Schild fehlte die untere Hälfte, deshalb warf er ihn fort. In letzter Verzweiflung griff Thomas zu seiner Steinschleuder, legte einen Kiesel ein und zielte auf einen der Schützen auf den flachen Dächern. Da stellte er ungläubig fest, dass dieser und andere wie Holzkegel reihenweise fielen. Wieder waren es die Deutschritter, die für diese Wendung verantwortlich zeichneten. Etwa zwanzig der Ritter in den weißen Röcken mit dem schwarzen Kreuz trugen Armbrüste. Eigentlich war diese relativ junge Waffe unter allen Rittern verpönt, die den Nahkampf mit Schwert und Lanze bevorzugten. Aber Herrmann von Salza hatte seiner Zeit vorausgedacht und einen Teil seiner Männer mit dieser Fernwaffe ausgerüstet. Das zahlte sich nun aus. Binnen weniger Minuten waren die Dächer gesäubert. Jetzt konnte man daran denken, eine Verteidigungslinie zu bilden. Über tausend Ritter waren jetzt zwischen den Häusern versammelt und gingen beiderseits der Dorfstraße in Stellung, wobei sie eine Gasse für die Nachrückenden bildeten, die sich ihrerseits am Ende des Dorfes neu formierten. Der Strom der Ritter schien nicht abebben zu wollen und bot ein grandioses Schauspiel. Nur dass sie diesmal nicht zum Sieg ritten, sondern sich auf einem heillosen Rückzug befanden. Endlich erkannte Thomas den Grafen auf seinem portugiesischen Streitross und neben ihm Arnold von Cleve. Sie schienen sich beide kaum auf ihren Pferden halten zu können und sich gegenseitig zu stützen. Und dann, als Letzte, kamen die Tempelritter. Von den über tausend Mann, die sie ins Feld geführt hatten, schien nur noch etwas mehr als die Hälfte übrig. William war nicht unter ihnen und in Thomas' Hals meldete sich ein wachsender Kloß. Aber für schwermütige Gedanken blieb keine Zeit, denn nun drängten die Sarazenen nach, von denen sich einige bereits unter die letzten Reihen der Templer gemischt hatten, um diesen Nahkämpfe in vollen Galopp zu liefern. Das Dorf fälschlicherweise in ihrer Hand wähnend, traf sie der Gegenangriff der Kreuzritter völlig unvorbereitet. Obwohl nahezu führerlos, rückten die Ritter zu beiden Seiten der Straße wie auf ein Kommando vor und zermalmten die Sarazenen zwischen den Fronten. Die blanke Wut, ob über den Hinterhalt oder die eigenen Fehler, stachelte die Christen an. Thomas, der es mittlerweile verstand, seine aufmerksame Stute nur mit den Schenkeln zu lenken, nahm sein Schwert in beide Hände und ließ es mit voller Wucht auf den Helm eines unvorsichtigen Sarazenen krachen, der sich zu nah an ihn herangewagt hatte. Das bewährte Löwenschwert durchschlug den Helm samt Schädel. Während sich in der Mitte der Straße ein blutiges Gefecht Mann gegen Mann, Ross gegen Ross entwickelte, rückten die neu formierten Ritter vom Dorfende nun an den Flanken vor, rissen weitere Ritter mit, die keinen Gegner mehr hatten und warfen die nachdrängenden Muselmanen zurück. Thomas hatte befürchtet, sie bekämen es nun mit den aufschließenden Fußtruppen oder Bogenschützen zu tun, aber nichts dergleichen geschah. Stattdessen hörte er die eigentümlichen Hörner der Sarazenen zum Rückzug blasen. Die Schlacht war geschlagen. Das Dorf, die Straße, die Palmenallee, alles bot einen Anblick der Verwüstung, überall lagen Toten und schon drehten am Himmel die ersten Geier ihre Kreise. Dabei konnten sie froh sein, nicht vollends aufgerieben worden zu sein. Dank des Einsatzes der Deutschritter hatten sie die Schlacht, die mit einem Hinterhalt begann, doch noch gewendet – doch zu welchem Preis? Georg von Wied, einer der Anführer der Männer, die sich in Holland gesammelt hatten, war gefallen, Fulk von Solengen aus ihren eigenen Reihen ebenso – und mit ihnen Hunderte Ritter vieler Herren Länder. Thomas eilte zu der Lichtung am Ende des Dorfes, sprang vom Pferd und eilte durch die Reihen der Verwundeten, um nach Adolf von Berg und Arnold von Cleve zu sehen. Beide lagen am Boden und waren schwer verletzt. Arnold steckte ein Pfeil tief in der rechten Achselhöhle, der ihn wohl in einem Moment erwischt hatte, als er sein Schwert gegen einen Feind erhob. Adolf blutete aus einer klaffenden Kopfwunde, seinen Helm hatte er verloren. Franco de Quettincheim war bereits bei ihm und hatte Adolfs Kopf auf seinen gefalteten Umhang gebettet. „Thomas, mein Junge“, kam es schwer und stockend aus seinem Mund, als er den Knappen erkannte, „nächstes Mal hältst du mich zurück, wenn ich versuche, mich von meinem Schutzengel zu entfernen!“ Thomas bedeutete ihm zu schweigen, um sich nicht unnütz anzustrengen. „Nächstes Mal trete ich dich in den Arsch, wenn du mich wieder wegen so eines Himmelfahrtskommandos aus den Federn holst“, keuchte Arnold von Cleve neben ihm, trotz seiner offensichtlichen Schmerzen, „vor allem, wenn es nicht mal was zu saufen gibt!“ Thomas sprang sofort auf und eilte zu seinem Pferd, um seinen Wasserschlauch zu holen, der noch am Sattel hängen musste. Erschrocken stellte er fest, dass dieser jedoch gänzlich leer war, weil ihn ein Pfeil durchbohrt hatte. Er und seine Stute konnten von Glück sagen, dass der Todesbote sich in den hölzernen Sattelbaum gebohrt hatte und nicht in ihr Fleisch. Aber wo sollte er nun Wasser herbekommen? Da fiel sein Blick auf Heinrich, der gerade seinen Schlauch ansetzte, um daraus zu trinken. Sogleich ging er auf ihn zu. „Heinrich, ich bin froh, dass du mit heiler Haut davongekommen bist!“ „Ich auch“, antwortete der rotblonde Odenthaler.

„Aber jetzt muss ich dich bitten, mir dein Wasser zu geben, der Graf und Ritter Arnold sind schwer verletzt und dürsten. Mein eigener Schlauch ist leider von einem Pfeil geleert worden…" Heinrich warf ihm für einen Moment einen unergründlichen Blick zu, dann reichte er ihm wortlos das Leder, in dem es noch viel versprechend gluckerte, und wendete sich ab. Thomas, obwohl erneut verwundert über Heinrichs Gebaren, verlor keine weitere Zeit und hastete zu den Verwundeten zurück. „Es ist zwar kein Wein", sagte er, als er erst Adolf, dann Arnold den Schlauch an die Lippen hielt, „aber es wird seinen Zweck erfüllen. Später im Lager werde ich Euch Besseres zu kredenzen wissen!" „Guter Junge", hauchte Adolf erschöpft und „ich nehm dich beim Wort", fügte Arnold hinzu. Trotz ihrer Niederlage fühlte sich Thomas deutlich erleichtert, dass die beiden Recken, vor allem der unverwüstliche Arnold, noch zu Scherzen aufgelegt waren. Sie hatten noch einmal Glück gehabt. Zwischenzeitlich hatte auch Walram von Limburg, der mit einer leichten Schnittwunde am Schildarm davongekommen war, die beiden aufgesucht und war zu dem gleichen Urteil gekommen. „Ernst, aber nicht hoffnungslos", hatte er gesagt, der schon einmal an einem Kreuzzug teilgenommen hatte.

Da erhob sich lautes Wehklagen am anderen Ende des Dorfes, und Thomas stand auf, um den Grund dafür ausfindig zu machen. Dort war soeben ein weiteres Häuflein Tempelritter erschienen, humpelnd, verdreckt und von Blut überströmt. Sie mussten zur vordersten Linie der Ordensritter gehört haben, die als Erste auf den Feind getroffen war und die sich am längsten mit ihm hatte schlagen müssen. Thomas fühlte sich an das selbstlose Manöver der Gruppe von Templern erinnert, die sich beim Überfall auf die Karawane den Sarazenen gestellt hatte. Und wie damals zählte auch jetzt William zu diesen Männern. Thomas' Herz machte einen Sprung, als er den Freund erkannte. Doch keine Freude malte sich auf den Gesichtern der Ritter ab. Je vier von ihnen trugen einen Schild als Bahre, auf dem ein Toter oder Schwerverwundeter lag. Die anderen führten gemeinsam die Pferde am Zügel, die ihnen verblieben waren. Auf einer der Bahren lag ihr Anführer, Guillaume de Chartres, reglos. Während sie die Dorfstraße herunterkamen, bildeten die Ritter zu beiden Seiten ein Spalier. Die Templer nahmen geschlossen ihre Helme ab und stimmten ein düsteres Lied in einer ihm unbekannten Sprache an. Thomas bekam eine Gänsehaut.

Später, als die Verwundeten notdürftig versorgt waren und der Rückzug beginnen konnte, erfuhr Thomas von William Einzelheiten dessen, was sich zugetragen hatte. Demnach war der Hinterhalt gut vorbereitet und das Ritterheer ahnungslos in die Falle gegangen. Vorausgeschickte Kundschafter hatten die Sarazenen mit einem über den Weg gespannten Netz gefangen und niedergemacht. Als die nachrückenden Reiter die Leichen entdeckten, war es zu spät, denn da begann bereits der Überfall. Kurz zuvor waren Adolf und Arnold zu Guillaume de Chartres gestoßen, um den Angriffsplan zu besprechen. Alle drei hatten an vorderster Front wie die Löwen gekämpft. Als Adolf das Schwert für einen Moment sinken ließ, um in sein Horn zu stoßen, traf ihn ein Schwerthieb am Kopf. Arnold, der ihm zu Hilfe geeilt war und den Missetäter enthauptet hatte, war mitten in diesem Hieb von einem Pfeil erwischt worden, wie Thomas es vermutet hatte. Erst als durch den Rückzug der hinteren Truppenteile der Weg frei wurde, hatten auch die verwundeten Kämpfer ihren Pferden die Sporen gegeben. Der Großmeister der Templer war da bereits zu schwer getroffen. Dreißig Mann, darunter William, hatten an seiner Seite ausgeharrt und mit Schilden und Schwertern eine Art Igel gebildet, um sich so lange wie möglich zu verteidigen. Der sich im Dorf formierende Gegenangriff und die Flucht der Sarazenen hatten letztlich auch der Leibwache des Großmeisters die nicht mehr erwartete Rettung gebracht. Guillaume de Chartres' Herz schlug zwar noch schwach, aber es sah übel um ihn aus.

✝

Gesenkten Hauptes trafen die geschlagenen Truppen am Ufer des Nils und nach einer langwierigen Übersetzung im Lager der Kreuzfahrer ein. Die düstere Nachricht hatte sich bereits herumgesprochen, doch wusste Oliver von Köln diesen Umstand zu nutzen und mit flammenden Predigten in noch größeren Ansporn zur Fertigstellung seiner schwimmenden Kriegsmaschine umzusetzen. Derweil nahmen sich die Hospitaliter und der Deutsche Orden der zahllosen Verletzten an, für deren Unterbringung die überdachten Krankenlager kaum noch ausreichten. Deshalb wurden viele Ritter, vor allem die Anführer, in ihren eigenen Zelten versorgt, so auch Adolf und Arnold. Die Brüder des deutschen Hauses ernteten für ihren Einsatz besonderes Lob und mancher edle Ritter schenkte dem teutonischen Orden daraufhin eine stattliche Börse oder überschrieb ihm aus Dankbarkeit ein Gut, ein Dorf, ein Kirchspiel. Eine komplette Woche lang eilten Schreiber und Ritter als Zeugen von Zelt zu Zelt, um die entsprechenden Urkunden auszufertigen.

Den Großmeister der Tempelritter sahen sie nicht wieder. Noch in der Nacht ihrer Rückkehr trug man ihn auf ein Schiff, das ihn nach in Italien brachte, wo er drei Wochen später im Garten des Templerkastells Seborga verstarb.

Adolf von Berg und Arnold von Cleve schienen zunächst auf dem Weg der Besserung. Ihre Wunden verheilten langsam, und Arnold sprach auch bald wieder dem Weine zu, den ihm Thomas eigenhändig, wie er es versprochen hatte, ausschenkte. Doch in den schwülheißen Sommernächten kroch erneut das Fieber aus den Sümpfen und machte sich alsbald, einer Seuche gleich, in den Gliedern und Gedärmen unzähliger Männer breit.

Die Ritter und Knappen von Berg versuchten alles, um die Lage ihrer Führer zu bessern. Sie gingen fünfmal täglich zum Gebet, flehten Gott um Gnade an, sammelten Kräuter, wenn sie welche fanden, oder Geld, um frische Tücher für Verbände und Bettlaken zu erstehen. Nachts hielten sie abwechselnd Wache, um ihren kranken Helden auch den leisesten Wunsch zu erfüllen. Doch als all dies nichts half, verfielen die meisten in eine tiefe Depression. Wie allen Soldaten war ihnen zwar bewusst, dass jeder Feldzug vom Risiko des Todes begleitet war. Aber dass ihr Graf, ihr Feldherr, ihr Landesvater, der sie durch so viele Schlachten geführt hatte, vom Land der Katharer bis zur Kaiserpfalz, von Köln bis fast nach Kairo, dem Tode nah sein sollten, das wollten sie nicht begreifen. Und Arnold, der stolze, der starke, dickschädelige Clever, dem nichts und niemand etwas anhaben zu können schien, ihn siechend auf dem Krankenbett zu sehen, machte sie allesamt verrückt. Und doch war es so. Statt sich zu bessern, stieg das Fieber immer mehr. Kaum waren ihre Kleider und Laken gewechselt, waren sie auch schon wieder nass von Schweiß – oder vom Kot, der ihnen mittlerweile wie Wasser aus dem After lief. Und weil die Krankheitssymptome überall die gleichen waren, nahm der Gestank im Lager ungeahnte Ausmaße an. Schließlich wurde es so schlimm, dass auch die Zelte der kranken Adeligen in den Nordteil des Lagers verlegt wurden, um Ansteckungen zu vermeiden.

Thomas lief zehn, zwanzig Mal am Tag vom seeseitigen Teil, der unter Quarantäne stand, in den Süden oder Osten des Lagers, um frisches Wasser zu holen. Er nahm jede Arbeit an, die sich bot, nur um nicht über das nachdenken zu müssen, was doch unweigerlich bevorstand. Selbst nachts kümmerte er sich noch um die Pferde des Grafen, wenn er nicht selbst am Lager Adolfs und Arnolds Wache hielt, um zur Stelle zu sein, falls sie etwas benötigten. Das tat er so lange, bis er vor Erschöpfung zusammenbrach und Heinrich ihn in ihr Zelt trug. Seit der verlorenen Schlacht sprachen sie gelegentlich wieder miteinander, wenn auch jeder meist in Gedanken woanders war. In der Nacht schien Thomas einen Alptraum zu haben, bei dem er offenbar den gesamten bisherigen Kreuzzug noch einmal durchlebte, denn er faselte etwas von Setubal, vom düsteren Rachen, von Inez und Gisbert, von Akkon und einer Karawane. Heinrich, der befriedigt feststellte, dass auch sein Name zuweilen fiel, befürchtete schon, das Fieber hätte auch von seinem bisherigen Freund Besitz ergriffen, doch beruhigten sich dessen Körper und Seele alsbald und gönnten ihm für den Rest der Nacht einen traumlosen Schlaf.

Als Thomas am nächsten Morgen, den 7. des Monats August 1218, durch die Sonnenstrahlen, die durch die zurückgeschlagene Plane am Eingang fielen und auf seiner Nase tanzten, erwachte, wusste er zuerst gar nicht, wo er sich befand. In seinem Kopf herrschte ein einziges Durcheinander. Dann aber sprang er erschrocken auf und eilte ins Zelt des Grafen. Überglücklich stellte er fest, dass dieser – und auch Arnold – noch unter den Lebenden weilte. Aber ihr Zustand hatte sich nicht verbessert, im Gegenteil. Als Arnold nicht einmal mehr von dem Wein kosten wollte, ahnte Thomas, dass es zu Ende ging.

„Thomas, du musst etwas für mich tun", drang da Adolfs schwache Stimme an sein Ohr. „Sofort, Herr Graf, was kann ich tun?", beeilte sich Thomas zu antworten. „Hol mir meine Ritter, einen nach dem anderen, dann lass Walram von Limburg zu mir kommen – und dann hol mir einen Priester, am besten den Kölner Domschulmeister, den hab ich ein wenig ins Herz geschlossen …"

Während Adolf erschöpft zurück in seine Laken sank, beeilte sich Thomas, den vielleicht letzten Befehl seines Grafen auszuführen. Siebzehn der zwanzig Ritter, die vor etwas mehr als Jahresfrist mit Adolf in Altenberg den Kreuzzugssegen erfahren hatten, waren noch übrig. Alle siebzehn ließ der Graf einzeln zu sich kommen, um ihnen noch einmal für ihre Dienste zu danken. Dafür hatte er die Füße seiner Bettstatt am Kopfende mit Holz unterlegen lassen, damit er seinen Männern noch einmal in die Augen sehen konnte, ohne dass diese sich zu ihm herabbeugen mussten. Viele von ihnen verließen das Zelt anschließend unter Tränen. Die Bärenbrüder waren durch nichts zu beruhigen und schworen, keinen Stein in Ägypten auf dem anderen zu lassen, falls der Graf tatsächlich das Zeitliche segnen sollte. Dann kam Walram von Limburg. Fast eine Stunde blieb er im Zelt, und Thomas bekam mit, dass es auch um sehr ernste Dinge ging, die Walram zuweilen lauter werden ließen. Thomas glaubte mehrmals die Namen Engelbert, Heinrich und Irmgard zu vernehmen. Die Stimme des Grafen war jedoch zu schwach, um von außen gehört zu werden. Dann trat Walram nach draußen, mit hochrotem Kopf und ebenfalls Tränen in den Augen.

„Geht, beeilt Euch, er will Euch jetzt sehen", sagte er zu Oliver von Köln, der sich mittlerweile ebenfalls eingefunden hatte, „viel Zeit habt Ihr nicht mehr." Dann suchte und fand sein Blick den von Thomas. „Du hast Eindruck bei deinem Grafen hinterlassen, Knappe", hob er an, „denn du sollst gleich nach Oliver noch auf jeden Fall zu ihm kommen. Bereite ihm einen würdigen Abschied, er war ein großer Mann. Er hat mir auch in aller Kürze berichtet, womit du dir seine Gunst verdient hast. Es ist sein Wunsch, dass seine Ritter und Knappen hernach in meinen Dienst treten, zumindest solange wir uns auf diesem Kreuzzug befinden. Du kannst sicher sein, dass ich dich nicht besser oder schlechter behandeln werde als er. Gute Männer sind rar. Was allerdings nach dem Kreuzzug passiert, wird man sehen, das liegt nicht nur in meiner Hand!" Darauf räusperte er sich und verschwand. Thomas verstand nicht ganz, was er mit ‚nach dem Kreuzzug' gemeint hatte. So weit reichten seine Gedanken im Moment nicht. Aber das war ihm auch herzlich egal.

Derweil hörte er einen gedämpften liturgischen Singsang aus dem Zelt, wo Oliver dem Grafen die letzte Ölung gab. Dann öffnete sich der Eingang und der Dom-Schulmeister kam heraus. „Beeil dich, es geht zu Ende", sagte er und hielt mit einer Hand die Plane zur Seite. Thomas schlüpfte leise hinein.

Im Halbdunkeln sah er den Grafen auf seinem angewinkelten Lager liegen, dicht neben der Bettstatt Arnolds, die man offenbar näher herangerückt hatte, damit die beiden alten Freunde sich in ihren letzten Stunden nahe sein konnten. Die Augen lagen tief in den Höhlen, der ganze Kopf hatte seit Tagen immer mehr die Form eines Totenschädels angenommen. Nur der ausladende Bart wollte nicht so ganz dazupassen. „Komm näher, Junge, damit ich dich noch einmal sehen kann und du mich besser verstehen kannst." Es war fast nur noch ein Flüstern, das da aus dem Mund des einst stattlichen Grafen kam. Thomas tat sogleich, wie ihm geheißen. „Diesmal kannst du mir nicht mehr das Leben retten, mein treuer Knappe. Es gäbe noch so viel zu sagen, aber die Zeit habe ich nicht mehr. Eines musst du jedoch unbedingt wissen – und du bist der Einzige, dem ich es anvertraue …"

Und dann weihte Adolf von Berg den Fischersohn Thomas Grimbergen in das Geheimnis seines Silberschatzes im Burghof ein und verriet ihm, wo dieser genau zu finden sei. „Ich bitte dich nur um eines: Sollte meine Tochter in Not geraten, dann hilf ihr, hilf ihr mit der Kraft deines Armes und mit der Macht, die dir dieser Schatz vielleicht verleiht. Ansonsten verfahre damit nach deinem eigenen Gutdünken, wie mit einem Lehen. Ob du dir davon ein eigenes Gut zulegst oder ob du einen Teil für künftige Generationen aufbewahrst, das liegt ganz bei dir. Nur schwöre mir, dass du meine Tochter beschützt. Willst du das für mich tun?" „Von Herzen gern, so wahr mir Gott helfe!", antwortete Thomas ergriffen und überwältigt von so viel Vertrauen. „Ich wusste, dass wir auf dich zählen können", vernahm er da die mittlerweile ebenso schwache Stimme Arnolds, „und richte der Köchin aus, dass ich dereinst im Paradies auf sie warte, so man mich dort haben will", fügte er noch leise an.

Unfähig, ein weiteres Wort herauszubringen, nickte Thomas nur eifrig. „Dann knie nieder, Knappe!" Der so förmlich Angesprochene wusste nicht recht, wie ihm geschah, aber weil Adolfs Ton, trotz seiner Schwäche, keinen Widerspruch duldete, ging er folgsam in die Knie. Dann traute er seinen Augen nicht. Mit einem letzten, verzweifelten Aufbäumen, als sei die alte Kraft noch einmal in seinen siechen Körper zurückgekehrt, beugte sich der Graf nach vorn, griff nach seinem Schwert, das die ganze Zeit über neben ihm auf dem Bett gelegen hatte, zog es aus der Scheide und richtete es, obwohl sein Arm ihm dabei kaum noch gehorchen wollte, mit der Spitze auf Thomas' Schulter. „Und hiermit schlage ich dich, Thomas Grimbergen, zum Ritter der Grafschaft Berg. Ich weiß nicht, ob meine Nachfolger dies akzeptieren, aber für mich ist es bindend – und für dich auch. Erhebt Euch, Ritter Thomas …" Damit fiel er, das Schwert nicht aus der Rechten lassend, zurück auf sein Lager und ließ den verdutzten Thomas ratlos stehen. Mit dem letzten Funken Leben, den er noch in sich trug, suchte Adolfs Linke die Hand des Freundes, mit dem er so viel Freud und Leid geteilt hatte, und drückte sie noch einmal. „Es ist getan", hauchte er und mit diesem letzten Atemzug verließ auch seine Seele den Körper. Graf Adolf von Berg war tot – und Arnold von Cleve folgte ihm wenige Minuten später.

Über Tage brannten die Totenfeuer. Das Fieber hatte, neben den Kampfhandlungen, so viele Opfer gefordert, dass die Totengräber gar nicht mehr nachkamen, die vielen Leichen zu bestatten. Deshalb, und auch um die Seuche einzudämmen, war man dazu übergegangen, die Toten auf großen Scheiterhaufen zu verbrennen. Adolf von Berg und Arnold von Cleve wurden in ihren besten Gewändern, angetan in ihren Rüstungen, und mit all ihren Waffen auf den Scheiterhaufen gelegt.

Das bleibt also von uns, dachte Thomas, als die Flammen gen Himmel schlugen, selbst von Männern wie dem Grafen – nur ein Häufchen Asche. Und er erinnerte sich an die Worte Arnolds, dessen letzte Gedanken nicht den Schlachten oder irgendwelchen Reichtümern gegolten hatten, auch nicht Gott oder der Vergebung von Sünden, sondern einer einfachen Frau, die offenbar sein Herz gerührt hatte …

Walram von Limburg verkündete den Männern Adolfs, dass sie fortan in seinem Dienst stünden, zum einen, weil es, wie er es Thomas bereits hatte wissen lassen, der letzte Wille des Grafen gewesen war, zum anderen weil er, als Schwiegervater von Irmgard, der einzigen Erbtochter Adolfs, Anspruch auf die Grafschaft Berg erhob, für sich bzw. seinen Sohn Heinrich und dessen Nachkommen mit Irmgard. Er machte aber auch keinen Hehl daraus, dass dies voraussichtlich nicht ohne Probleme, vielleicht sogar nicht ohne Fehde vonstattengehen würde, da Engelbert, der Bruder des Grafen und Erzbischof von Köln, in der Angelegenheit sicher noch ein Wort mitzureden gedenke.

Diese Ankündigung sorgte neuerlich für betretende Gesichter, war Rittern wie Giso und Gerard de Upladen oder Rutger von Merheim sowie den Bärenbrüdern doch anzumerken, dass sie sich nun in einem Gewissenskonflikt befanden. Möglicherweise dienten sie jetzt einem Herrn, gegen den sie später unter Umständen würden zu Felde ziehen müssen. Thomas für seinen Teil kam sich völlig hilflos vor. Adolf hatte ihn zwar auf dem Sterbebett zum Ritter geschlagen, aber irgendwie fühlte es sich nicht so an, als sei er nun in den Ritterstand erhoben. Er beschloss, seinen neuen Dienstherrn umgehend deswegen aufzusuchen.

Wegen der ungeklärten Erbfolge konnte und würde Walram, wie dieser ebenfalls verkündete, nicht mehr allzu lange auf dem Kreuzzug verweilen, weil seine Anwesenheit in der Heimat zur Klärung derlei Angelegenheiten erforderlich wäre. Erst aber wolle er noch bleiben und seinen Teil dazu beitragen, dass der vermaledeite Kettenturm genommen und die Stadt erobert werden könne.

Tatsächlich hätte er wohl kaum den Segen des Patriarchen und der Bischöfe bekommen, den Kreuzzug zu verlassen, bevor dieser erste Erfolge verbuchen konnte. Lediglich den schwer Verwundeten im Heer wurde Absolution und die Erlaubnis erteilt, die Heimreise anzutreten. Gestützt wurde die Position des Klerus durch eine Antwort des Papstes, der nun auch offiziell den Angriff auf das Nildelta guthieß und ihn als Schlüssel zur Rückeroberung Palästinas ansah, wie Jakob von Vitry es ihm zuvor dargelegt hatte. Und er kündigte die baldige Ankunft eines päpstlichen Legaten an, den er entsenden würde, damit bedeutende Entscheidungen während des Kreuzzugs zukünftig schneller getroffen werden könnten. Außerdem stellte der Papst in Kürze Verstärkung an Männern, Waffen und Proviant in Aussicht.

So gingen die Kreuzfahrer mit neuem Mut ans Werk und konzentrierten ihre Anstrengungen darauf, die Kriegsmaschine Olivers fertigzustellen, auf die nun alle ihre Hoffnungen setzten.

Unsicher und mit wackeligen Knien, auch wenn man ihm das nicht sogleich anmerkte, stand Thomas vor dem Zelt Walrams von Limburg, der drinnen in ein Gespräch mit seinen engsten Vertrauten verwickelt war. Er musste sich mehrmals räuspern, bis jemand Notiz von ihm nahm und ihn nach seinem Begehr fragte. Auf seine Antwort, er wolle den Grafen Walram unter vier Augen sprechen, musterte ihn der Page und verschwand wieder. Thomas hatte sich eigens in seine beste Tunika gehüllt und sein Löwenschwert umgeschnallt, um einen möglichst ritterlichen Eindruck zu hinterlassen. Als der Page zurückkehrte und ihm den Eingang offenhielt, betrat Thomas das Zelt, in dem sich acht Personen um einen Tisch geschart hatten, auf dem mehrere Karten lagen. Diese zeigten aber nicht das Nildelta, sondern vielmehr die Regionen um Köln und die Grafschaft Berg, wie Thomas auf den ersten Blick erkannte. „Nun, was kann ich für dich tun?“, richtete Walram das Wort an ihn. Ein wenig unschlüssig schaute Thomas in die Runde der Männer, von denen er die meisten nur flüchtig kannte. Einzig Gisbert, der sich nun fraglos zu den Rittern von Limburg zählte, war ihm näher bekannt – und der war der Letzte, den er gebrauchen konnte.

„Verzeiht, Herr Walram, aber ich würde es bevorzugen, unter vier Augen mit Euch zu sprechen!“ Walram hob überrascht eine Braue. „Ich habe keine Geheimnisse vor meinen Rittern.“ Thomas wurde es langsam ungemütlich. „Verzeiht noch einmal, aber was ich zu sagen habe, ist nur für Eure Ohren bestimmt“, getraute er sich trotzdem zu erwidern. „Dann wirst du dich noch etwas gedulden müssen, denn wir haben wichtige Dinge zu bereden!“, antwortete Walram, wobei er sich wieder den Karten zuwandte und ihm mit einer Handbewegung beschied, sich zu entfernen.

Thomas wartete fast drei Stunden, dann öffnete sich das Zelt und die Männer traten heraus. Als Gisbert ihn sah, kam er sofort ein paar Schritte auf ihn zu. „Na, Fischersohn, willst du dir jetzt unseren Walram angeln? Mach dir keine Hoffnungen, den kannst du nicht so leicht einwickeln wie deinen Adolf!" „Der verstorbene Graf war auch dein Adolf", entgegnete Thomas kühl, „und soviel ich weiß, ist es dir nicht schlecht unter ihm ergangen, deshalb sprich bitte mit etwas mehr Respekt von ihm!" Da erschien Walram im Eingang und bedeutete ihm einzutreten.

„Nun, was gibt es so Wichtiges, dass du persönlich bei mir vorstellig wirst?", sagte Walram von Limburg, als sie schließlich allein waren. Thomas warf einen schnellen Blick auf seinen derzeitigen Herrn, um dessen Stimmung zu erkunden. Walram war zwar kein Hüne, aber eine stattliche Erscheinung, gewohnt zu befehlen. Er war nicht nur der designierte Nachfolger seines schon uralten Vaters als Herzog von Limburg, sondern durch seine Heirat mit seiner zweiten Frau Ermesinde auch Graf von Luxemburg, ein mächtiger Mann, dessen Einfluss vielleicht noch größer war als der des Grafen von Berg. Nur dass die Berger eben auch noch häufig den Stuhl des Erzbischofs von Köln bekleideten, ein steter Dorn im Auge der Limburger. Nun hatte Walram durch die Verbindung seines Sohnes Heinrich mit Irmgard die Gelegenheit, sich die Grafschaft Berg einzuverleiben. Die würde er sich nicht kampflos entgehen lassen. In einem hatte Gisbert sicher recht. Walram war diesbezüglich bestimmt ein anderes Kaliber als der Gutmensch Adolf. Zögern war bei diesem Mann fehl am Platze.

„Der Graf hat mich auf seinem Sterbebett zum Ritter geschlagen ...", platzte Thomas auch sogleich heraus.

Walram fiel die Kinnlade herunter und ließ sich auf einen Schemel neben dem Tisch sinken. „Deshalb also ...", kam es ihm über die Lippen. „Deshalb was?", musste Thomas unwillkürlich nachfragen. „Wir haben uns schon gewundert, warum der tote Graf plötzlich sein Schwert in der Hand hatte. Jetzt wird mir klar, warum!" „Dann ... dann glaubt Ihr mir?", hakte Thomas zögerlich nach. „Ich habe keinen Grund, an deinen Worten zu zweifeln", gab Walram zurück, während er ihm mit einem Fingerzeig befahl, sich auf einen zweiten Schemel vor dem Tisch zu setzen, „wenn ich eines in all den Jahren gelernt habe, dann einen Lügner von einem ehrlichen Kerl zu unterscheiden. Und deine Behauptung ist so ungeheuerlich, dass sie nur wahr sein kann. Adolfs Schwert beweist es obendrein ..."

Dann hüllte er sich eine Zeit in nachdenkliches Schweigen, während

Thomas auf heißen Kohlen saß. „Du hast richtig gehandelt, mich allein aufzusuchen, denn das wird eine heikle Angelegenheit", fuhr Walram schließlich fort, während eine Sorgenfalte auf Thomas' Stirn erschien. „Gibt es Zeugen? Hat Adolf dir eine Urkunde übereignet, vielleicht sogar ein Lehen überschrieben?" Thomas schüttelte den Kopf. „Nichts dergleichen", log er, denn er konnte und wollte Walram keinesfalls etwas von dem Schatz erzählen. Das Wissen um dieses Geheimnis würde bei anderen nur Begehrlichkeiten wecken, die er nicht würde kontrollieren können. Dessen war er sich sicher.

„Dann wird es schwierig, dich vor aller Welt als Ritter zu beweisen. Denn als solcher brauchst du ein Gut oder Ähnliches, das dich versorgt und dir einen adeligen Namen gibt", erklärte Walram. „Man wird nicht so ohne Weiteres in den Adelsstand erhoben. Erst muss man sich entsprechend hohe Verdienste erworben haben", fuhr er fort. „Wir gehen mal davon aus, dass dies geschehen ist, weil du dem Grafen mehrfach das Leben gerettet hast. Aber man kann niemanden zum Ritter schlagen, ohne ihm gleichzeitig die Möglichkeit zu geben, einen ritterlichen Lebensunterhalt zu bestreiten …" Wieder musste Thomas an den Schatz denken, von dem Adolf gesprochen hatte. Der war sein Lehen. Der würde das Problem lösen. Aber existierte der überhaupt? „Der Bedarf eines Ritters an Geld und anderen Mitteln unterscheidet sich doch deutlich von dem eines Knappen. Und hier wird es kompliziert …" Walrams und Thomas' Blicke trafen sich, und der erfahrene Anführer sah seinem Gegenüber an, welche Gedanken sich hinter dessen jugendlicher Stirn abspielten. „Ich kann dir kein Lehen geben, denn die Güter Limburgs sind alle in fester Hand", sagte er ehrlich und frei heraus. „Wäre ich der rechtmäßige, unumstrittene nächste Graf von Berg, dann sähe die Angelegenheit vielleicht anders aus, dann würden wir schon etwas für dich finden … Aber so sind mir die Hände gebunden! Niemand würde es akzeptieren, wenn ich dich jetzt zum Herrn von irgendwas machte. Ich wüsste ja nicht, von was! Jeder könnte diese Entscheidung anfechten, vor allem der tatsächliche neue Graf. Man würde einen Beweis von dir fordern, einen handfesten Beweis. Und selbst mit einem Zeugen würde es schwierig. Oder denkst du, dass Engelbert von Berg dich, einen mittellosen Knappen seines Bruders, freigebig und mit offenen Armen als neuen Ritter empfangen würde?" Thomas schüttelte den Kopf. Ratlosigkeit machte sich breit. „Es bleibt dir nur abzuwarten, die Entwicklungen zu beobachten und die Angelegenheit dann zum geeigneten Zeitpunkt erneut vorzubringen. Bis dahin wäre ich vorsichtig, damit hausieren zu gehen, dass der Graf dich zum Ritter erhoben hat. Das könnte böses Blut geben …" Das hatte Thomas schon gemerkt, denn Heinrich, dem er im Chaos der Gefühle davon berichtet hatte, war unverrichteter Dinge aufgesprungen, hatte ihn einen Lügner genannt und ihr Zelt wutentbrannt verlassen.

„Würdet Ihr …", hob Thomas zu einer letzten Frage an. „Was denn?" „Würdet Ihr Euch an geeigneter Stelle für mich verwenden, wenn es so weit ist – oder Ihr gar selbst der neue Herr auf Neuenberge seid?" Walram nickte bedächtig. „Das werde ich, soweit es in meiner Macht steht. Bis dahin aber häng es nicht an die große Glocke. Es gibt schon genug Leute, die ob deiner Herkunft Probleme mit dir als Knappen haben. Als Ritter würden sie dir erst recht das Leben schwer machen!"

Thomas nickte erneut verständig und dachte an Gisbert, dann erhob er sich und bat, sich zurückziehen zu dürfen. Er war schon fast am Ausgang, als Walram noch einmal das Wort an ihn richtete. „Es gibt vielleicht noch eine Möglichkeit …" Überrascht drehte sich Thomas noch einmal um. „Der König", überlegte Walram, „er könnte dich zum Reichsritter schlagen. Aber auch dafür wäre es gut, mehr als nur das Schwert in der Hand eines Toten als Beweis zu haben …"

Der König! Deutlich spürte Thomas in diesem Moment den Ring Friedrichs, den er in Aachen aus dessen eigener Hand bekommen hatte und den er seither an einer Schnur um den Hals trug. Der König …

Friedrich II. lag, alle viere von sich gestreckt, auf dem breiten, von einem reich bestickten Baldachin gekrönten Himmelbett der königlichen Residenz im elsässischen Hagenau. Er liebte dieses Schloss auf einer Flussinsel der Moder, das schon sein Großvater Barbarossa zu einer Kaiserpfalz hatte ausbauen lassen. Hier genoss er stets ein paar Tage der Ruhe und Zerstreuung zwischen den vielen Reisen, die er mit seinem Hofstaat zwischen Köln und Regensburg, Mainz und Konstanz zu Pferde zurückzulegen hatte, um sein deutsches Reich zu verwalten. An diesem Morgen genoss er bereits zum zweiten Mal in vollen Zügen die Liebeskünste seiner syrischen Lieblings-Sklavin, deren wohlproportionierter, gebräunter Körper sich gerade auf seinen Lenden auf und ab bewegte, um ihn zu einem neuerlichen Höhepunkt zu führen. Er griff nach ihren spitzen, birnenförmigen Brüsten, um sie ausgiebig zu kneten. Er spürte bereits, dass sein Saft in ihm aufzusteigen begann, als er ihr ein Zeichen gab. Behände glitt sie an ihm herunter, stülpte ihre Lippen über seinen königlichen Schwengel und nahm ihn tief in sich auf, während Friedrich sich zu verströmen begann.

Keine der Frauen anderer Nationalitäten, mit denen er bislang zusammen war, und das waren nicht wenige gewesen, verstanden es so vollkommen, ihm körperliche Freuden zu schenken. Fränkische Frauen mit ihren gebärfreudigen Becken, großen Brüsten und hochadeligen Vätern eigneten sich hervorragend als Ehefrauen und Mütter. Die Sarazeninnen aber waren glühende Geliebte. Deshalb bestand sein Harem, eine Einrichtung, die er neben anderen kulturellen Gepflogenheiten von den Muselmanen übernommen hatte, auch ausschließlich aus Syrerinnen.

Ein Page erschien, um ihm die neueste Korrespondenz zu bringen. Während dieser in die Knie ging und seinem König das silberne Tablett mit den Papieren reichte, erlaubte er sich einen schnellen Blick auf die Rundungen der dunkelhaarigen Schönheit, die sich erschöpft in eines der Laken gehüllt hatte. Friedrich warf sich einen samtenen Morgenmantel über und riss eine der Schriftrollen mit dem Siegel des Erzbischofs von Köln auf. Es handelte sich um eine Abschrift des jüngsten Briefes Olivers von Köln über die Ereignisse während des Kreuzzuges. Eilig überflog Friedrich die Zeilen. Offenbar nahmen die Männer die Sache ernster als er. Eigentlich hatte er anlässlich seiner Krönung nur das Kreuz genommen, um ein Zeichen zu setzen, damit ein paar tausend Männer dem Wunsch des Papstes folgten und den Kampf um Jerusalem fortführten. Wenn man aber den Zeilen dieses gewissen Oliver Glauben schenken konnte, hatten sich nun so viele Ritter unter dem Zeichen des Kreuzes versammelt, dass sie es wagen konnten, Ägypten, die Kornkammer des Ayyubiden-Reiches, anzugreifen. Damit bekam die Sache eine ganz neue Dimension. Womöglich wurde es doch noch notwendig, selbst über das Meer zu segeln, damit nicht andere die Lorbeeren ernteten oder ihn des Wortbruches bezichtigten. Zumindest musste er den Kreuzfahrern, die jetzt offenbar schon seit Wochen vor Damiette lagen, langsam die versprochene Unterstützung schicken. Nun, es würden sich schon ein paar Hitzköpfe finden, denen es eine Ehre wäre, an seiner statt die deutschen Königsfarben nach Palästina zu tragen. Im Geiste beglückwünschte er sich, diesen Engelbert auf seiner Seite zu wissen – und zu dessen Nachrichtensystem …

Thomas bekam bald zu spüren, wie recht Walram mit seinem Rat gehabt hatte, den Ritterschlag für sich zu behalten. Doch es war zu spät. Der erboste Heinrich hatte sich dem Kölner Kriegsknecht anvertraut und über diesen war die Geschichte Gisbert zu Ohren gekommen. In Erinnerung, Thomas vor Walrams Zelt gesehen zu haben, hatte dieser eins und eins zusammengezählt. Und so nahm das Verhängnis seinen Lauf. Bald schlugen Thomas von mancher Stelle Spott und Häme entgegen. In den Tavernen redete man über den ominösen Ritterschlag. Und selbst einige der engsten Ritter Adolfs, wie Rutger von Merheim, sahen sich genötigt, Thomas zur Rede zu stellen. „Ich kann Euch nicht mehr sagen, als ich selber weiß", pflegte er zu antworten, „aber es stimmt, der Graf hat mir auf dem Sterbebett die Schwertleite erteilt. Nur habe ich außer meinem Wort keinen Beweis dafür", gab er freimütig zu. Die Bärenbrüder glaubten ihm, ebenso Giso und Gerard de Upladen. Der Merheimer und Franco von Quettincheim blieben skeptisch, wie eigentlich das ganze Lager. Wenn Thomas durch die Zeltreihen ging, ähnelte dies stellenweise einem Spießrutenlauf.

Ruhe vor den stetigen Anfeindungen hatte er lediglich im Lager der Templer. William vertraute ihm bedingungslos, deshalb sahen auch andere Templer keinen Grund, an Thomas' Worten zu zweifeln. „Hab Geduld", riet ihm der junge englische Ritter, „das Gerede wird aufhören, und der Tag wird kommen, an dem du dich beweisen kannst."

In der Tat interessierten sich die Männer weniger und weniger für das Thema, seit Olivers Kriegsmaschine am Nilufer erste Gestalt annahm. Zwei Koggen hatte dieser mit Seilen und hölzernen Querbalken so fest miteinander verbunden, dass sie wie ein Schiff wirkten. Darauf wurden vier Masten mit ebenso vielen Segel-Rahen errichtet. Zwischen diesen Masten ließ Oliver eine starke hölzerne Festung errichten, die auf der früheren Idee des Grafen Adolf von Berg beruhte, aber zusätzlich ein Dach aus geflochtenen Weiden erhielt. An Seilen hängend, schien diese Festung zwischen den Masten zu schweben. Über das Dach und die Wände des Mastkastells wurden zum Schutz gegen das griechische Feuer Häute gespannt. Darunter erwuchs eine gewaltige, drehbare Treppenleiter, die über starke Taue und Rollen fünfundvierzig Fuß über den Bug der Schiffe hinaus ausgefahren werden konnte. Solch ein gewaltiges militärisches Räderwerk hatte die Welt noch nicht gesehen.

Am Morgen des 24. August legte die schwimmende Kriegsmaschine mit vierhundert friesischen und kölnischen Soldaten unter dem Kommando des Herzogs von Österreich vom Ufer ab. Sorgfältig achtete man darauf, die starken Strömungen im Westen des Turmes zu umgehen, um die teure Konstruktion nicht frühzeitig zu gefährden. Als die Sarazenen das Ungetüm herannahen sahen, über dessen Angriff sie diesmal niemand informiert hatte, beeilten sie sich, ihre Wurfmaschinen in Stellung zu bringen. Derweil gingen die Kreuzfahrer im Nordosten des Kettenturmes vor Anker.

Verdrießlich starrte Karl der Quade auf die riesige Leiter über seinem Kopf, über die sie bald dem Feind, wenn nicht gar ihrem Schicksal, würden entgegeneilen müssen. Bislang hatte er sich erfolgreich um jegliche Kampfhandlung drücken können. Doch nun hatte sich der Kommandeur seiner Einheit, und mit ihm fast einmütig die gesamte Mannschaft, freiwillig gemeldet, die Friesen auf diesem Himmelfahrtskommando zu begleiten und das Wunderwerk Olivers in die Schlacht zu führen. Deshalb hatte er es vorgezogen, dem Feind diesmal keine Nachricht zukommen zu lassen. Die Kriegsmaschine war ohnehin so groß, dass sie von jedem Punkt der Mauer aus gesehen werden konnte. Vielleicht konnte man ja das gesamte Unternehmen damit ein wenig seinem Ende näher bringen und diesen ungastlichen Glutofen Ägypten bald wieder verlassen. Seit Adolf von Berg und andere das Zeitliche gesegnet hatten, sah er seinen Auftrag auch als so gut wie erfüllt an. Nur den vermaledeiten Knappen, den hätte er schon noch gern beseitigt gesehen. Aber dafür musste er erst einmal mit heiler Haut aus dieser Sache hier herauskommen.

Während die Geistlichen am Ufer des Nils barfuß auf und ab marschierten und inbrünstig für das Gelingen des Unternehmens beteten, fuhren die Sturmtruppen auf den Koggen die voluminöse Leiter aus, setzten sie an die Mauer des Kettenturmes und begannen mit dem Angriff. Sechs Katapulte der Verteidiger ließen einen konstanten Steinhagel auf die Belagerer herabhageln. Flüssiges griechisches Feuer regnete in Strömen auf die schwimmende Festung. Dem begegneten die Christen auf Anraten Olivers mit Salz, Säure und Kies. Der belesene Kirchenschulmeister hatte diese Gegenmittel in alten Texten gefunden. Damit schafften sie es immer häufiger, das flüssige Feuer zu ersticken. Dann kamen die muslimischen Verteidiger auf die Idee, ölgetränkte Binden an die Spitzen verlängerter Lanzen zu knoten und diese anzuzünden. Mit Dutzenden dieser brennenden Lanzen gelang es ihnen schließlich doch, die Leiter in Brand zu setzen, damit schien auch dieser Angriff zum Scheitern verurteilt. Der Flaggenträger des Herzogs von Österreich, der sich weit nach oben gewagt hatte, wurde von einer der obersten Sprossen ins Wasser geschleudert. Mit Siegesjubel auf den Lippen fischten die Sarazenen dessen Banner aus dem Nil.

Ein Raunen des Schreckens ging durch die große Menge derer, die sich am Ufer versammelt hatten, um der neuerlichen Schlacht um den Kettenturm beizuwohnen. Darunter befanden sich auch Thomas und die gesamte Ritterschaft aus Berg und Limburg. Graf Walram hatte es vorgezogen, mit seinen Männern im Lager zu bleiben und den Einsatz an vorderster Front diesmal anderen zu überlassen. Seine Gedanken drehten sich längst um eine baldige Rückreise. Doch sollte auch diese Offensive wieder scheitern, sah es für eine frühzeitige Abreise schlecht aus. Wie Thomas waren etliche Männer dem Limburger Grafen im Stillen dankbar dafür, an dem sich abzeichnenden Flammeninferno nicht hautnah mitwirken zu müssen. Es sah nicht gut für die Kreuzfahrer aus.

Der Patriarch von Jerusalem lag derweil am Ufer im Staub, mit dem Fragment des Heiligen Kreuzes vor sich, den Kopf mit Sand bedeckt, und betete inbrünstig um göttliche Hilfe.

Indem sie eine Menschenkette bildeten, die in von Hand zu Hand gereichten Eimern stetig Wasser und Sand zum Löschen herbeischaffte, gelang es den Kreuzfahrern, das Feuer zu ersticken und die Leiter zu retten. Ein herbeigeeiltes Kölner Begleitschiff voller Bogenschützen, die „Heilige Jungfrau", säuberte die Zinnen weitgehend von den Lanzenträgern. Der Sturm auf den Turm konnte weitergehen. Sprosse für Sprosse kämpften sich friesische und deutsche Soldaten nach oben. Ein Ritter mit Namen Heinrich von Lübeck und ein Friese namens Hayo von Fivelgo erreichten als Erste die oberste Mauer. Letzterer prügelte mit einem eisernen Dreschflegel auf die Sarazenen ein, schlug dann kurzerhand den Flaggenmast vom Turm und beschlagnahmte das gelbe Banner des Sultans. Dann sprangen weitere Kreuzfahrer von der Leiter auf den Turm, darunter ein kahlköpfiger Kriegsknecht, der mit Axt und Schwert gleichzeitig um sich schlug, erkämpften sich die oberste Plattform und trieben die Verteidiger in die darunterliegenden Etagen.

Als die Nacht hereinbrach, wurde ein Kreuz auf der Spitze des Turmes errichtet und die christlichen Truppen am Ufer sangen dazu laut und ergriffen das Dankeslied „Te Deum Laudamus."

Aber noch war der Widerstand nicht gebrochen. In den unteren Etagen entzündeten die Sarazenen derart heiße Feuer, dass die Kreuzfahrer gezwungen wurden, sich wieder über die Leiter zurückzuziehen. Doch einmal mehr bewies Olivers Konstruktion ihre Zweckmäßigkeit. Die gewaltige Leiter wurde ein Stück herabgelassen und bald bearbeiteten hundert und mehr Krieger die Wände der unteren Etagen mit eisernen Vorschlaghämmern. Gleichzeitig entzündeten sie vor dem Haupteingang ein rasendes Feuer, das die ganze Nacht brannte. Auf diese Weise hoffnungslos eingeschlossen, sprangen zahlreiche Männer der einst dreihundert Mann starken Turmgarnison aus Verzweiflung aus den Fenstern und Schießscharten in die Tiefe, nur um im Fluss zu ertrinken oder in Gefangenschaft zu geraten. Um zehn Uhr am nächsten Morgen bat die verbliebene Besatzung um Verhandlungen und ergab sich kurz darauf, nach der Zusicherung, dass man ihr Leben verschonen würde, dem Herzog von Österreich.

Yussef bin Tarek al-Tahir stand seit Stunden auf der Stadtmauer und sah immer noch meterhohe Flammen aus dem Turm emporschlagen. Der schaurig-schöne Anblick ließ ihn fast poetisch werden. Dieser Teilerfolg der Christen würde die gewünschte Wirkung erzielen – wenn er denn an richtiger Stelle bekannt wurde. Als er sicher sein konnte, dass der Turm tatsächlich verloren war, begab er sich zu seinem Quartier und verfasste eine kurze, entsprechende Nachricht. Diese vertraute er einem seiner geflügelten Boten an, von denen noch ein gutes Dutzend in dem kleinen Schlag an der Ostmauer artig auf ihren Einsatz warteten.

Er schaute der Taube, die sich da mit schnellem Flügelschlag ohne Umschweife auf den Weg nach Syrien machte, noch eine Zeit lang hinterher. Ja, das würde seinen Zweck nicht verfehlen …

Über hundert Gefangene wurden gegen Mittag vor den König von Jerusalem geführt. In schwere Eisen gelegt, traten sie in einer langen Reihe nacheinander vor den Regenten und senkten ihr Haupt. Wie es der Herzog von Österreich versprochen hatte, wurde ihr Leben verschont. Allerdings kamen nur die Begüterten unter den Gefangenen frei, nach Zahlung eines ihrem Stand entsprechenden Lösegeldes. Auf die anderen warteten die Galeeren, und manch einer von ihnen bedauerte, nicht bis zum Letzten gekämpft zu haben.

Danach sprengte man die Ketten und zerstörte die Ponton-Brücke, die den Nil abgesperrt bzw. den Turm mit Damiette verbunden hatte. Schließlich wurde das stadtseitige Portal des Turmes zugemauert und eine neue

Behelfsbrücke errichtet, die den Turm mit dem Westufer des Nils verband.

Die Nachricht vom Fall des Kettenturmes verbreitete sich wie ein Lauffeuer und warf einen Schatten über die gesamte arabische Welt. Als Sultan al-Adil in seinem Lager bei Damaskus wenige Tage später davon erfuhr, traf ihn der Schlag. Er hatte darauf gesetzt, dass die Kämpfe in Palästina fortgeführt und dort auch entschieden würden. Dass die Kreuzfahrer dann aber danach trachteten, mit aller Gewalt Ägypten zu erobern, nein, damit hatte er nicht gerechnet. Erst recht nicht damit, dass die starken Nilbefestigungen so schnell nachgeben würden. Umso größer war sein Schock, von dem er sich nicht mehr erholte. Ihm blieb lediglich noch Zeit, seinen Söhnen die Botschaft zu hinterlassen, mit den Ungläubigen in Verhandlungen zu treten. Dann hauchte er sein Leben aus. Böse Zungen behaupteten später, sie hätten die Schatten von Assassinen im Lager gesehen.

Im Schutz der Nacht schafften seine Söhne vorsorglich alle Reichtümer des Vaters beiseite, bevor sie seinen Tod bekannt gaben und sich zu seinen Nachfolgern ausrufen ließen. „Betet für euren Herrscher al-Adil, auf dass er ins Paradies eingehe – und erhebt eure Herzen für Sultan al-Muazzam, die neue Sonne des Reiches!“, hieß es in Damaskus und „für Sultan al-Kamil“ hieß es in Kairo …

Yussef bin Tarek al-Tahir lächelte zufrieden, als er hörte, wie die Muezzins auf den Minaretten und die Spatzen auf den Dächern den Namen des neuen Herrschers verkündeten. Sein Auftrag war erfüllt. Der Alte würde ihn ein weiteres Mal einen Blick ins Paradies werfen lassen. Eigentlich konnte er sich nun auf den Rückweg machen, zurück zu ihrer Festung, auf dem Berg in Syrien. Eigentlich …

Thomas räusperte sich, fasste sich ein Herz und trat in das ihm nun schon vertraute Zelt. Walram von Limburg hatte ihn rufen lassen, und die Wache am Eingang schien unterrichtet zu sein, denn sie hatte ihn sofort passieren lassen, als er erschien. Im Inneren deutete alles auf eine bevorstehende Abreise, denn Waffen, Kleidung, Karten und dergleichen lagen wohlgeordnet in oder auf dafür vorbereiteten Kisten. Ganz der geordnete Rückzug eines Heerführers, dachte Thomas, als sein Blick zufällig auf den Olifant fiel, das exotische Jagdhorn, mit dem Graf Adolf sie so oft zur Jagd oder zum Angriff gerufen hatte und das nun auf dem Tisch in der Mitte des Raumes lag. Nachdenklich strich er mit den Fingern über das glatte

Elfenbein. Mittlerweile hatte er in Erfahrung gebracht, um welche Art Material es sich dabei handelte. Kurz vor ihrer Abreise aus Akkon hatte er eines der seltsamen, gewaltigen Tiere mit den segelförmigen, großen Ohren gesehen, deren schwertlange Stoßzähne aus diesem Elfenbein geformt waren und die eine Nase im Gesicht trugen, die länger war als ihre Beine. Obendrein konnten sie mit dieser Nase auch noch greifen.

Ein dunkelhäutiger Gaukler aus dem fernen Indien hatte der staunenden Menge ein männliches Exemplar vorgeführt, und obwohl der Elefantenbulle fünfmal größer war als sein Besitzer, hatte er wie ein treuer Hund alle Kunststücke vorgeführt, die dieser, nur mit einem dünnen Stock bewaffnet, von ihm eingefordert hatte. Ein seltsames Schauspiel.

„Ich werde dafür sorgen, dass Irmgard das gute Stück bekommt", holten ihn Walrams Worte augenblicklich zurück in die Gegenwart. Thomas nickte, es war nur recht und billig, dass Adolfs geliebte Tochter sein wertvolles Horn bekam.

„Du hast dir keinen Gefallen damit getan", kam Walram schnell auf den Punkt, „dass du mit Adolfs vermeintlichem Ritterschlag hausieren gegangen bis!" Thomas warf ihm einen erstaunten Blick zu. „Wieso vermeintlich? Der Graf hat mich zum Ritter geschlagen! Und von ‚hausieren' kann keine Rede sein", gab er mit fester Stimme zurück, „ich habe es im ersten Moment der Verwirrung lediglich meinem Freund Heinrich erzählt, der …" Weiter kam er nicht.

„Dein ‚Freund' hatte aber nichts Besseres zu tun, als deine Behauptung wie ein Marktweib umherzutratschen", unterbrach ihn der Graf ungeduldig, „und damit hat er dich im Heer ziemlich unmöglich gemacht! Und nicht nur dich, denn meine Haltung in der Frage hat Auswirkungen …!"

Thomas trat verlegen von einem Fuß auf den anderen, hielt dem Blick des Grafen, der ihn eindringlich musterte, aber stand. Er hatte sich schließlich nichts vorzuwerfen. „Gott verdammt", entfuhr es da dem Limburger Grafen, „als wenn uns dieser vermaledeite Kreuzzug nicht schon genug Unbilden bereitet hätte. Ich seh dir ja an der Nasenspitze an, dass du nicht lügst. Aber ich kann hier nichts für dich tun. Es wird Zeit, dass ich hier weg- und zurück in die Heimat komme, da warten genug Dinge auf mich, die es zu regeln gilt. Dort wird sich früher oder später auch dein weiteres Schicksal entscheiden …"

Thomas fühlte, dass er jetzt den Grund erfahren würde, warum der Graf ihn hatte rufen lassen. „Ich halte es für besser, wenn du vorerst hier bleibst", platzte dieser schließlich heraus, „und dich durch weitere Taten auszeichnest. Ich werde indes sehen, was ich für dich tun kann. Man wird uns ohnehin nicht erlauben, mit allen Männern gleichzeitig abzureisen …" Thomas war wie vor den Kopf geschlagen. Sie wollen mich loswerden, schoss es ihm durch den Kopf. Doch bevor er etwas erwidern konnte, wurde ihre Aufmerksamkeit durch laute Jubelrufe und große Aufregung im Lager abgelenkt. Walram eilte sogleich hinaus, um den Grund für den Tumult zu erfahren, und Thomas folgte ihm.

Auf dem Fluss waren zahlreiche Schiffe erschienen, die von der Nilmündung kamen, italienische Schiffe, Zweimaster mit diagonalen Rahsegeln und großem Heckaufbau, bauchig und schwerfällig, die aber Platz für viele Menschen boten. Es handelte sich um die von Papst Honorius versprochene Verstärkung, Ritter und Söldner aus Rom, die der Heilige Vater mit zwanzigtausend Silbermark aus eigener Börse ausgerüstet hatte. Und am Bug des vordersten Schiffes, das mit dem Banner des Vatikans geschmückt war, stand, weithin sichtbar in scharlachrotem Ornat, Kardinal Pelagius von Albano, der persönliche Legat des Papstes.

„Wir reden später weiter", rief Walram Thomas zu, dann beorderte er seine Ritter zu sich und ging den Schiffen entgegen.

Eine Welle der Begeisterung ergriff das Lager, alles rannte ans Nilufer, um die päpstliche Heerschar samt Honorius' Stellvertreter zu begrüßen. Das wahre Kreuz, zumindest das, was von ihm übrig war, und zahlreiche Reliquien wurden zur Anlegestelle getragen und die kirchlichen Würdenträger stimmten liturgische Gesänge an. Der Legat ließ sich feiern wie ein König. Weite Teile des Heers sanken vor ihm in die Knie.

Aber gerade dieser Pelagius sollte sich als Hindernis, ja als Unglück für den weiteren Kreuzzug erweisen. Herrisch, eigenwillig, rechthaberisch und die italienischen Kreuzfahrer uneingeschränkt hinter sich wissend, beanspruchte Kardinal Pelagius bereits kurz nach seiner Ankunft den Oberbefehl über das gesamte Kreuzfahrer-Heer.

König Johann von Brienne war wie vor den Kopf geschlagen, war er doch überzeugt, dass der Sinn und Zweck des ganzen Kreuzzuges darin lag, Jerusalem zurückzuerobern. Und er war der rechtmäßige Regent von Jerusalem. Nun machte ihm dieser eingebildete Pfaffe Pelagius den Oberbefehl streitig, indem er alle Kreuzfahrer kurzerhand zu Untertanen der Kirche und nicht Jerusalems erklärte.

Schnell bildeten sich zwei Lager, die sich auch räumlich voneinander trennten, denn die Italiener schlugen ihre Zelte am östlichen Nilufer auf. Pelagius mischte sich fortan in jegliche militärische Entscheidung ein und verbot vielen Kreuzfahrern, so auch den Limburgern, die Heimreise mit dem Argument, das Ziel des Kreuzzuges sei noch nicht erreicht.

Wie Walram von Limburg sahen viele deutsche Fürsten und Ritter ihr Gelöbnis als erfüllt an, allen voran die Friesen, hatten sie doch schon viele Monate auf dem Kreuzzug verbracht, auf ihrem Weg etliche Festungen erobert und zahlreiche Opfer gebracht. Dann hatten sie auch noch das Tor nach Ägypten geöffnet. Das sollte genügen. Nun wollten sie die Herbstpassage nutzen, das schmale Zeitfenster, in dem Wind und Wetter für Seereisen günstig waren, bevor winterliche Stürme das Mittelmeer unpassierbar machten, um in die Heimat zurückzukehren.

Aber Pelagius hatte andere Vorstellungen und verweigerte seine Zustimmung. Erst bat er noch um Verständnis für sein Handeln, dann befahl er zu bleiben, und schließlich drohte er jedem, der die Belagerung abzubrechen gedachte, mit Exkommunikation. Damit brachte er vollends einen Großteil der bisherigen Anführer gegen sich auf. Statt den Vorteil zu nutzen, den ihnen der Fall des Kettenturmes verschafft hatte, und vereint gegen Damiette vorzurücken, verfiel das Heer in lähmende Streitigkeiten …

Thomas hielt seiner Stute die Hand auf die Nüstern, um ihr zu verstehen zu geben, dass sie keinen Laut von sich geben durfte.

Tatsächlich gelang es ihm, das Tier geräuschlos in den frühen Morgenstunden aus der mit Segeltuch überspannten Umfriedung zu holen, in der die Pferde untergebracht waren, und es zum südlichen Ausgang zu führen, wo William auf ihn warten würde. Beide waren sie der Tatenlosigkeit überdrüssig, außerdem hatte Thomas das dringende Bedürfnis, der Enge des Lagers und der bedrückten Stimmung zu entfliehen.

„Dieser Hundsfott Pelagius", hatte Walram geschimpft, als dieser das Abreiseverbot verhängt hatte, gleichzeitig aber beschlossen, es dabei nicht bewenden zu lassen und in jedem Fall binnen weniger Tage in See zu stechen. Die Gründe dafür, die mit Adolfs Ableben und der ungeklärten Erbfolge zusammenhingen, wollte Walram dem Kardinal persönlich nahelegen. Für den Fall, dass der Legat trotzdem noch den päpstlichen Segen verweigerte, wollte Walram einen Handel anbieten. Er selbst würde mit seinen engsten Getreuen die Heimreise antreten. Zwei Dutzend Ritter, die meisten Knappen und ein Großteil des Fußvolkes sollten jedoch das bergisch-limburgische Lager bis auf weiteres aufrechterhalten. Damit meinte er vor allem das Kontingent aus der Grafschaft Berg, dessen Loyalität auf heimischem Boden ohnehin fragwürdig war, denn Engelbert würde ihre Gefolgschaft einfordern. Schon deshalb würde Thomas also sicher bleiben müssen – und das war das Letzte, was er wollte. Aber er sah auch keinen Ausweg aus seiner Lage. Deshalb musste er wenigstens einmal raus.

Als ihn ein Wachtposten ansprach, wohin er wolle, gab er kurzerhand vor, seinem zuvor lahmenden und langsam genesenden Pferd mehrmals täglich Bewegung im Fluss verschaffen zu müssen. Der Wachtposten ließ ihn passieren und so gelangte er unbehelligt ins Freie.

William wartete wie vereinbart nahe dem ausgetrockneten Kanal am Westufer der Insel auf ihn. Wortlos bestiegen sie die Pferde und wandten sich nach Süden. Um das Risiko zu minimieren, auf Sarazenen zu treffen, hielten sie sich am Westufer des Nils und achteten auf jede Bewegung vor ihnen. Eine Schar Nilgänse kam von Osten herübergeflogen, just in dem Moment, als die Sonne aufging, bog dann nach Süden und wasserte, unter lebhaftem Geschnatter, mit heftigen Flügelschlägen nicht weit vor ihnen am Ufer.

„Die Gänse sind gesprächiger als du", beendete William die Stille, „und offenbar auch besserer Laune." Thomas starrte noch eine Weile stumm auf den Fluss, während seine Stute gemächlich dahinschritt. „Sie werden mich hierlassen", kam es ihm dann über die Lippen. „Walram von Limburg wird bald den Heimweg antreten. Wenn Pelagius nicht seinen Segen dazu gibt, soll ein Teil der Ritter mit dem Fußvolk hier bleiben. Aber selbst wenn alle die Absolution bekommen, hält Walram es für besser, wenn ich nicht mitkomme. Ich bin ein Problem und daher lästig." William nickte, während er sein Pferd etwas weiter von der steiler werdenden Böschung weglenkte. „Sieh es als Chance, nicht als Strafe", meinte der junge Templer, „vielleicht hat er recht. Sicher muss sich erst einmal klären, wer der nächste Graf und damit dein möglicher Lehnsherr wird. Bis dahin kannst du dich noch mehrfach auszeichnen und deinen Wert als Ritter unter Beweis stellen. An Gelegenheiten dazu wird es sicher nicht mangeln!" Damit sollte William schneller recht behalten, als ihm lieb war.

Knapp eine Meile flussaufwärts sahen sie in den ersten Sonnenstrahlen die regen Aktivitäten Hunderter von Sarazenen, die vom östlichen Ufer aus offenbar dabei waren, einen Damm über den Fluss zu bauen. Von Booten aus kippten sie ganze Ladungen von Steinen in den Nil, von Land aus wurde körbeweise Erdreich herangeschafft und zwischen die Steine in den Fluss geschüttet. Thomas fühlte sich augenblicklich an ihren Dammbau vor Kaiserswerth erinnert. Offenbar hatte hier jemand eine ähnliche Idee zu Verteidigungszwecken gehabt.

In der Tat war es Sultan al-Kamil persönlich in den Sinn gekommen, den Unfrieden und die Tatenlosigkeit unter den Christen zu nutzen und bei Nacht und Nebel oberhalb von Damiette einen Deich über den Nil bauen zu lassen, um den Zugang zu seiner Hauptstadt Kairo per Schiff zu versperren.

„Das müssen wir unverzüglich melden", meinte William, während sie, notdürftig getarnt hinter den Papyrusstauden am Ufer und ihre Pferde an den Zügeln haltend, die Szenerie beobachteten. Thomas wunderte sich, dass bislang niemand der Späher die Baustelle entdeckt hatte, denn der Größe des Dammes nach zu urteilen, waren die Sarazenen nicht erst seit dieser Nacht am Werk. Gerade als sie sich zum Gehen wandten, hörten sie gedämpften, aber schnellen Hufschlag. Als sie nach Süden spähten, woher die Geräusche kamen, erkannten sie vier muslimische Reiter, die im gestreckten Galopp auf sie zuhielten. „Sie haben uns entdeckt, schnell auf die Pferde", rief der Engländer und saß eine Sekunde später im Sattel. Für eine Flucht war es zu spät, außerdem hätten ihre Rücken ein vortreffliches Ziel für muselmanische Pfeile abgegeben. Deshalb entschloss sich William zum Angriff. „Nimm du den Kerl ganz rechts", rief er Thomas zu, dann gab er seinem Pferd die Sporen und preschte mit gesenkter Lanze voran. Thomas tat es ihm nach, zog jedoch sein Schwert, weil er keine Lanze besaß. Wie im Flug rasten die beiden Parteien über den Sand aufeinander zu. Thomas, über den Hals seines folgsamen Tieres gebeugt und das Löwenschwert am langen Arm geradewegs nach vorn gerichtet, erhöhte den Schenkeldruck und gab seinem Pferd damit zu verstehen, dass er jetzt äußerste Schnelligkeit und Konzentration verlangte. William erreichte seine Gegner als Erster und ritt mit seinem stämmigeren Schlachtross den vordersten Angreifer kurzerhand nieder. Während das Pferd des ersten Sarazenen unter seinem Reiter zusammenbrach, rammte der Templer, der sich durch den kurzen, wenn auch heftigen Aufprall kaum hatte ablenken lassen, dem nächsten seine Lanze in die Brust.

Thomas erhob sich, einen Wimpernschlag bevor er auf seinen Gegner traf, im Sattel und ließ die Klinge einmal kurz kreisen. Mit einer klaffenden Schädelwunde stürzte sein Gegenüber vom Pferd. Als er sah, wie seine drei Kameraden binnen eines schicksalhaften Moments ihr Leben verloren, wendete der vierte Sarazene seinen Schimmel auf der Stelle und nahm Reißaus.

Sie verzichteten darauf, ihn zu verfolgen. William kam stattdessen mit tänzelndem Ross auf Thomas zu. „Jetzt weißt du, warum unsere Ordensregel besagt, dass wir selbst gegen drei Gegner verpflichtet sind anzugreifen", lachte der schweißgebadete Templer, „denn es braucht mehr als drei Sarazenen, um einen Tempelritter aus dem Weg zu räumen!" Auch Thomas stand ein Lächeln auf den Lippen. „Aber nur weil Ihr Eure ganze Manneskraft für den Kampf aufspart", scherzte er.

„Ich würde sagen, weil sie es hier ausschließlich mit unwürdigen Bauern und Tölpeln zu tun haben", mischte sich eine dritte Stimme in fließendem Fränkisch, wenn auch mit fremdartigem Akzent, in ihr Gespräch. Augenblicklich fuhren ihre Köpfe herum und ihre Klingen in die Höhe. Keine zehn Schritt von ihnen entfernt, auf dem schmalen Pfad, der auf der höher gelegenen Uferböschung an dichten Akaziensträuchern entlanglief, stand ein gänzlich in weiß gekleideter Mann mit einem langen Pilgerstab. Als er sah, dass die beiden Christen ihre Schwerter zückten, hob er beide Hände mit den Innenflächen nach außen zum Zeichen seiner friedlichen Absicht. „Sachte, sachte", fuhr der Mann fort, „Ihr wollt Euch doch nicht an einem einfachen Pilger vergehen, ich dachte, die Templer schützen die gläubigen Reisenden …"

William musterte ihn eingehend. „Das kommt ganz auf den Pilger und seine Gesinnung an", nahm der junge Templer den Gesprächsfaden auf, „was tut Ihr hier? Mekka ist weit, Jerusalem auch. Meines Wissens gibt es hier weit und breit kein Reiseziel für Gläubige, es sei denn, es sind Streiter Gottes …"

Zur Antwort machte der vermeintliche Pilger eine seltsame, fließende Handbewegung, die Thomas fast übersehen hätte, die William aber sein Schwert einstecken ließ. Darauf tauschte er mit dem Sarazenen einen stummen Gruß. „Sagen wir einmal so", fuhr der weiß gewandete Pilger blumig fort, während er langsam näher kam, „Allah hat mir in seiner unendlichen Güte zu verstehen gegeben, ich solle mir ein Bild davon machen, wie inbrünstig die beiden Armeen hier ihren Gott verehren und wie viele Männer durch gottgefällige Taten das Paradies erblicken!" Dabei leuchteten seine Augen spöttisch. Thomas fiel deren grüne Farbe auf, die vermuten ließ, dass in den Adern des Pilgers nicht nur sarazenisches Blut floss, wenn überhaupt. „Und zu welchem Schluss seid Ihr gekommen?", wollte William wissen. „Dass Ihr Christen seltsame Menschen seid, voller doppelter Botschaften, die selbst Allah nicht zu deuten weiß", bekam er zur Antwort. „Eure Heilige Schrift verbietet es Euch zu töten – und doch streckt Ihr ohne viel Federlesens am frühen Morgen drei Gegner hin!" William schmunzelte. „Nur wenn wir angegriffen werden!", gab er zurück. „Seid Ihr auch in Euren zugigen Burgen des Okzidents angegriffen worden, dass Ihr Euch genötigt saht, mit Heeresmacht in Ägypten einzufallen?", hakte der grünäugige Sarazene nach. „Nun, nicht direkt", kam es William über die Lippen, während er den Pilger nicht aus den Augen ließ, „Ägypten ist als Korn- und Schatzkammer der Ungläubigen lediglich ein Mittel zum Zweck. Aber die heiligsten Stätten der Christenheit in fremder Hand zu wissen und friedliche Pilger wie Euch bedroht zu sehen, ließ uns zu Gottes Heerscharen eilen, um uns durch Taten seiner Gnade zu empfehlen." Dabei entblößte der Templer eine Reihe strahlend weißer Zähne. „Und wo sind die Chancen größer, alsbald oder dereinst die Freuden des Paradieses zu erblicken, als hier an der Nahtstelle von Gut und Böse?"

Der Pilger hob eine Augenbraue und ließ eine nicht minder gepflegte Zahnreihe erkennen.

„Deshalb überfallen einige von Euch wohl auch friedliche Karawanen und plündern deren Reichtümer, nur um dann die Ungläubigsten unter den Reisenden freizukaufen?" Thomas lief es heiß und kalt über den Rücken, denn er fühlte sich eindeutig angesprochen und an den Überfall auf die Karawane in Palästina erinnert. „Woher wisst Ihr davon, wer seid Ihr überhaupt?", entfuhr es dem Fischersohn. Mehr noch interessierte ihn die unterschwellige Vertrautheit zwischen dem Templer und dem Unbekannten.

„Lediglich der bescheidene Diener eines Höheren", antwortete der Pilger mit einer Verbeugung, „und ein aufmerksamer Beobachter, der zuweilen die Wege seiner Mitmenschen kreuzt …" „Oder die Klingen", fiel ihm William ins Wort, „wobei ich vermute, dass diese sich eher leise ihren Weg suchen, hab ich recht?!"

Wieder verneigte sich der Fremde. „Wenn es nötig ist, um den Auftrag des Höheren zu erfüllen", gab er zurück, „darin unterscheiden wir uns nur wenig!" Auf dem Fluss näherte sich derweil ein Ruderboot mit Bogenschützen und beendete die seltsame Unterredung der drei.

„Geht mit Gott, meine Freunde", forderte sie der angebliche Pilger auf, „mit meinem oder Eurem, möge er Euch beschützen, weil Ihr einem seiner treuen Diener kein Haar gekrümmt habt. Aber achtet auf dunkle Gestalten in Euren eigenen Reihen!"

Mit diesen vieldeutigen Worten zog er sich zurück und verschwand im dichten Grün der Ufervegetation. Thomas und William verloren ebenfalls keine Zeit, bestiegen ihre Pferde, während eine erste Pfeilsalve gut zehn Schritt von ihnen in den Sand fuhr, und schlugen den Weg ins Lager ein. Dabei entging ihnen, dass ihre Bewegungen von einem gut getarnten Augenpaar im Unterholz verfolgt wurden.

Karl der Quade hatte den Kampf am Flussufer aus der Deckung der Akaziensträucher heraus verfolgt, vor denen er sich kurz zuvor noch mit seinem sarazenischen Kontaktmann getroffen hatte. Nun spähte er den beiden Reitern nach. Für seinen Geschmack kam ihm der widerspenstige Knappe zu oft in die Quere. Obendrein hatte dieser sich zu einem ernst zu nehmenden Kämpfer entwickelt. Das hatten ihm seine gerade gemachten Beobachtungen noch einmal dringlich vor Augen geführt. Es wurde Zeit, dass er die Angelegenheit hier ein für alle Mal regelte. Und dafür würde sich alsbald eine Gelegenheit bieten, dessen war er sich sicher.

„Ein seltsamer Pilger", nahm Thomas das Gespräch wieder auf, sobald sie sich in Sicherheit wähnten und ihre Pferde wieder in Schritt fallen ließen, „wer war er und wie konnte er von den Ereignissen mit der Karawane wissen?" William wandte ihm den Kopf zu und blickte ihn offen an. „Assassinen haben ihre Augen und Ohren überall!", eröffnete er seinem Mitstreiter. „Assassinen?", sprudelte es dem überraschten Thomas über die Lippen. Waren das nicht gedungene Mörder, die schlimmsten Gegner, die man sich vorstellen konnte? Er hatte Gerüchte darüber gehört. William nickte bedeutungsvoll.

„Sie gehören zu einer seltsamen Sekte, die sich auf den Propheten Mohammed beruft. Ihr Ziel ist die Beseitigung despotischer Herrscher und die Errichtung eines Gottesstaates", versuchte sich der Templer an einer Erklärung. „Ihr Anführer ist ein alter Scheich, der auf einem Berg in Syrien lebt. Dort schart er junge Männer um sich, denen er das Paradies verspricht, wenn sie ihm bedingungslos folgen und seine Mord-Aufträge ausführen. Es heißt, sie feiern zuvor wilde Orgien und konsumieren ein Kraut namens Haschisch, das sie in Rausch versetzt. Die Sarazenen nennen sie daher ‚Haschischiyyin', die Haschischfresser, wir nennen sie vereinfacht Assassinen." Thomas verstand überhaupt nichts mehr. „Und warum ist er uns nicht an den Kragen gegangen?", drängte es ihn zu fragen.

Doch Williams Antwort verwirrte ihn nur noch mehr. „Weil die Templer und die Assassinen zuweilen Verbündete sind …“

Im Lager angekommen, erstattete William sogleich seinem neuen Großmeister Bericht. Während Thomas möglichst unbeachtet sein Pferd zurück in den Stallbereich brachte und begann, die Tiere zu füttern, eilte eine Abteilung Tempelritter nach Süden, um den Fortschritt des Deichbaus im Auge zu behalten.

An den folgenden Tagen kam es zu heftigen Kämpfen an diesem Bauwerk. Und wieder waren es die Friesen, denen es schließlich gelang, den Damm zu erobern und aufzustechen. Bald rissen die Fluten das aufgeschüttete Erdreich davon und der Nil war wieder passierbar. Jedoch nicht für lange.

Ein paar Tage später ließ Sultan al-Kamil wiederum im Schutze der Nacht Dutzende Schiffe, mit Steinen beladen, im Nil versenken. Dieses Hindernis blockierte den Fluss endgültig. Kardinal Pelagius war außer sich und versuchte mit flammenden Worten, den Kampfeseifer der Kreuzfahrer zu schüren. Doch nur vereinzelte Schiffe wagten sich zur Nilsperre vor. Unter großen Verlusten mussten sie alsbald umkehren. Der wachsende Unfrieden unter den Christen ermutigte die Sarazenen, nun ihrerseits zum Angriff überzugehen.

Wütend trat Thomas mit seinem Stiefel gegen einen Stein, der sich sogleich eine Bahn durch den Staub bahnte, sich dabei mehrmals überschlug und schließlich mit einem hellen Scheppern gegen einen kupfernen Kessel auf der Feuerstelle prallte. Der Koch warf ihm darauf einen vorwurfsvollen Blick zu. Thomas hatte jedoch weder Augen für diesen noch für die vielen Vögel die am südlichen Himmel, einem aufmerksamen Beobachter vom Herannahen einer großen Zahl von Menschen gekündet hätten. Er war zu sehr in Gedanken.

Nicht dass er besonderen Wert darauf gelegt hätte, bei der großen Versammlung zugegen zu sein, die dieser arrogante Pelagius an diesem Morgen anberaumt hatte, um dem Heer seine Vorstellung vom Fortgang des Kreuzzuges kundzutun. Auf dessen Sermon und den zu erwartenden langatmigen liturgischen Firlefanz konnte er gut verzichten. Wahrscheinlich würde er ohnehin nur wieder zur christlichen Einigkeit aufrufen, worunter der Kardinal zu verstehen schien, dass jeder nach seiner Pfeife tanzte und willig, ja dankbar, den Rest seines Lebens in den Dienst der Kirche stellte. Aber er gehörte zu ihnen, gehörte zum Kreis der Ritter und wollte nicht weiter ständig übergangen werden. Erst recht nicht, wenn es – Pelagius hin, Pelagius her – um die Entscheidung ging, wann wer in die Heimat zurücksegeln durfte. Denn auch er wollte nach Hause, zurück nach Neuenberge, wähnte er hier, verborgen unter einer Steinplatte des Innenhofes, doch den Schlüssel für seine Zukunft. Stattdessen hatte Walram ihm wie allen anderen Knappen aufgetragen, das Lager zu bewachen. Als wenn es in diesem Saustall, dem ihre befestigte Zeltstadt mittlerweile glich, großartig etwas zu bewachen gegeben hätte. Dabei bereitete Pelagius' Anordnung, den lieben langen Tag gerüstet und kampfbereit unter der sengenden Sonne umherzulaufen, schon genug Unbilden. Thomas schüttelte entrüstet den Kopf. Seit Wochen passierte hüben wie drüben nichts, außer dass die Sarazenen den Nil unpassierbar gemacht hatten.

Aber Walrams Befehl war eindeutig gewesen. So hatte der Fischersohn Thomas mit ansehen müssen, wie der größte Teil der Ritterschaft von Berg und Limburg bei Sonnenaufgang gewappnet zu den Schiffen ging, um sich mit dem Rest des Heeres auf die andere Seite des Nils übersetzen zu lassen. Denn natürlich sollte die Versammlung auf der östlichen, der „italienischen" Seite des Lagers stattfinden. Dort kündete ein Meer aus Fahnen und Kreuzen, die stetig umhergetragen wurden, vom Hauptquartier des Kardinals, vom Sitz des Stellvertreters des Stellvertreters Christi auf Erden. Nur eine vergleichsweise kleine Wachmannschaft war auf ihrer Insel zurückgeblieben.

In solcherlei Gedanken versunken schlug Thomas den Weg zum südlichen Teil des Lagers ein, wo die Zelte der Tempelritter standen, in der Hoffnung, dort William zu finden, der ihm immer mehr zum Freund und Verbündeten geworden war.

Als er an der schäbigen Taverne vorbeikam, sah er, dass sich sein bisheriger Freund Heinrich wie so oft zu den wenig vertrauenswürdigen Gestalten gesellt hatte, die den Tag mit Zechen und Würfelspielen verbrachten. Darunter befand sich auch der unvermeidliche Kahlkopf, der ihm mittlerweile völlig zuwider war. Am anderen Ende der Umfriedung, die den äußeren Rand der Schänke markierte, erkannte er Gisbert und einige andere junge Ritter, denen Walram das Kommando über ihren Lagerbereich übertragen hatte, ausgerechnet Gisbert, diesem Großmaul. Thomas beschleunigte seine Schritte, um nicht eine neuerliche Konfrontation heraufzubeschwören, aber Gisbert hatte ihn bereits erspäht. „He du, Grätenfresser", tönte er hinter Thomas her, „bleib stehen!"

Als Knappe musste der so Angesprochene gehorchen. „Wer hat dir erlaubt, dich zu entfernen?“, tönte der rothaarige Ritter, während er strammen Schrittes näher kam. Thomas zuckte die Achseln. „Ich wusste nicht, dass ich dafür eine besondere Erlaubnis brauche!“ Gisbert grinste gefährlich. „Oh doch, zumindest wenn ich den Befehl habe, nicht dass du uns noch desertierst, Knappe!“ Das letzte Wort betonte Gisbert besonders. „Ich hab dir doch gesagt, dass du unseren Grafen Walram nicht so leicht einwickelst wie deinen braven Adolf. Jetzt pack dich und mach, dass du auf die Palisade kommst. Da kannst du heute Wache schieben – und den Odenthaler nimmst du am besten gleich mit!“

Karl des Quaden Herz lachte vor Freude, als er zusah, wie der ihm verhasste Knappe und der rotschöpfige Trottel, der ihm schon mehrfach bereitwillig so wertvolle Auskünfte verschafft hatte, missmutig den Weg zur hölzernen Umfriedung einschlugen. Jetzt musste es jeden Moment losgehen und das war seine Chance. Eines seiner Täubchen hatte den Sarazenen längst zugetragen, dass das Lager heute so gut wie entvölkert war. Und diese Chance würde sich der Sultan nicht entgehen lassen. Karl der Quade kippte sich den Rest des dünnen Bieres aus dem Becher vor ihm in den Schlund, dann stand er auf, um sich zu rüsten – wenn es gut ginge, zur letzten Schlacht in diesem unerträglichen Land …

„Das hab ich nur wieder dir zu verdanken“, schimpfte Heinrich, als sie unter Gisberts betont strengem Blick die Leiter zum hölzernen Wehrgang emporkletterten, der sich in doppelter Mannshöhe rings um die Palisade zog. Dabei hätte er viel lieber den Umtrunk in der Taverne fortgesetzt. „Du solltest dankbar dafür sein, du säufst dich sonst noch zu Tode“, konterte Thomas trocken, womit er seinen früheren Freund jedoch alles andere als besänftigte. „Ich zeig dir noch, wie dankbar ich bin“, krähte dieser, von der Sonne und vom Alkohol erhitzt. Thomas wollte sich gerade umdrehen, um Heinrich eine passende Antwort zu erteilen, als plötzlich das gefiederte Ende eines Pfeiles vor seiner Nase tanzte. Zitternd ragte es aus dem Palmholz der Palisade. Ungläubig spähte er über diese hinweg – dann sah er sie.

Unter Hörnerklang und Kesselpauken stürmten etwa viertausend Reiter über den ausgetrockneten Kanal auf die südlichen Verteidigungsabschnitte des Lagers zu. Die Tempelritter am äußersten Ende hatten gerade noch Zeit, die Tore zu schließen, als der Ansturm gegen die Wälle und Palisaden brandete.

In den ersten Morgenstunden des 9. Oktober 1218 hatte Sultan al-Kamil, am Abend zuvor von einem Täubchen über die günstige Situation in Kenntnis gesetzt, seine Kavallerie samt Bogenschützen über eine neu gebaute Brücke ans westliche Nilufer und von dort nach Norden geschickt. Gleichzeitig hatten mehr als fünfzig Schiffe Tausende von Fußsoldaten an die Nilsperre herangebracht, von wo sie anschließend mit einer Fülle kleinerer Boote ans Ostufer der Nilinsel übersetzten, auf der sich das befestigte Lager der Christen befand. Von zwei Seiten nahmen sie dieses nun in die Zange, während die Hauptmacht der Kreuzfahrer ahnungslos Meilen entfernt am anderen Ufer weilte.

Thomas brüllte, was das Zeug hielt, und rannte über den Wehrgang nach Süden, wo die verbliebene Garnison der Tempelritter bereits in heftige Kämpfe verwickelt war. Anfangs hielt man ihn für verrückt, aber als die ersten Geschosse ins Lager fielen und das Kriegsgeschrei der Sarazenen lauter wurde, ging auch dem ungläubigsten Verteidiger auf, dass sie angegriffen wurden. Gisbert scharte sofort zwei Dutzend Bewaffnete um sich und folgte Thomas' Weg vom Boden aus. An vielen Stellen des Lagers tat man es ihm gleich.

König Johann von Brienne war dem Aufruf des Kardinals aus Protest ferngeblieben und befand sich stattdessen auf einem Patrouillenritt. Eher zufällig hatte er ein kleines Fähnlein seiner Ritter ans Nilufer geführt, als er sich plötzlich einer hundertfachen Überzahl muslimischer Krieger gegenübersah, die gerade ihre Boote verließen. Ohne Zögern zog er sein Schwert und griff die Gegner an. Die nur leicht bewaffnete Infanterie hatte den schwer gepanzerten Rittern, die auf ihren Rossen wie eisenbewehrte Kriegsmaschinen agierten, nichts entgegenzusetzen. Ihre Lanzen und Schwerter wie Sensen handhabend, schlachteten zwanzig Ritter Hunderte von Moslems ab.

Derweil brachte die muslimische Kavallerie die Verteidiger am Südende des Lagers in arge Bedrängnis. Mit Seilen, die sie über die Spitzen der Palisaden warfen, und dank der Kraft ihrer schnellen Pferde, gelang es den Sarazenen, mehrere Breschen in die Umzäunung zu reißen. Doch diese wurden sogleich durch einen Wall aus Schilden geschlossen. Aus der zweiten Reihe stachen Kriegsknechte mit langen Lanzen auf die Reiter ein und trieben diese zurück. Thomas sprang zu diesen Männern herab, weil er mit seinem Schwert auf dem Wehrgang nicht viel ausrichten konnte. Dabei verlor er jedoch seinen Helm. Um keine kostbare Zeit zu verlieren, verzichtete er darauf, diesen aufzuheben, rückte stattdessen seine Kettenhaube zurecht und stürzte sich ins Gefecht. Zur gleichen Zeit versammelten sich Dutzende von Bogenschützen auf der Palisade und nahmen die Gegner ins Visier. Salve auf Salve lichtete die gegnerische Formation. Schon sah es so aus, als seien die Sarazenen zurückgeschlagen. Da säuberte eine zweite Angriffswelle muslimischer Reiter die vordersten Reihen der Verteidiger. In Scharen sanken die Kreuzfahrer nun ihrerseits blutüberströmt in die Knie. Thomas riss einem Gefallenen vor ihm den tropfenförmigen Schild aus dem erschlafften Arm und stemmte sich in die entstandene Lücke. Mit seinem Schwert in der Rechten gelang es ihm, einen der Angreifer von dessen sich aufbäumendem Pferd zu stechen, nachdem er zuvor den Hals des Tieres verwundet hatte. Plötzlich wurde unter ohrenbetäubendem Knarren und Knirschen das gewaltige hölzerne Tor geöffnet und die Reiter des Sultans brachen in Jubel aus, wähnten sie sich doch am Ziel. Doch statt des erhofften Zugangs zum Lager der Christen bekamen sie es mit einem wohl formierten Ausfall der Tempelritter zu tun, die es nicht mehr hinter der Umfriedung hielt. Wie der Blitz in eine Herde Schafe fielen die Templer mit ihren Schwertern in die jetzt ungeordneten Reihen der Sarazenen und hielten reiche Ernte. Schräge Hornstöße riefen die Muselmanen zum Rückzug. Ein Großteil der Kavallerie flüchtete in Richtung auf den Kanal, andere hielten direkt auf das Nilufer zu, sprangen von den Pferden, warfen ihre Waffen fort und stürzten sich in die Fluten. Thomas und Dutzende anderer eilten ihnen hinterher, die Schwerter, Äxte und Keulen zum Todesstoß erhoben. Aus den Augenwinkeln erkannte er Gisbert, Heinrich und andere vertraute Gesichter, die neben ihm liefen. Auch der kahlköpfige Kölner Kriegsknecht befand sich darunter, sein wulstiges Gesicht zu einer düsteren Grimasse verzogen. Zum ersten und einzigen Mal empfand Thomas so etwas wie Freude darüber. Am Nilufer wurde ihr Siegestaumel jedoch von Bogenschützen in langsam dahintreibenden Booten getrübt, die versuchten, den Rückzug der Sarazenen zu decken. Ein paar Reiter wendeten daraufhin ihre Pferde und stellten sich zum letzten Gefecht. Gezielte Hiebe auf die Vorderbeine ihrer Reittiere enthob das Häuflein Muselmanen jedoch ihres Vorteils und bald färbte ihr Blut das Nilufer rot. Im Triumphgefühl des

Sieges und knietief im schlammigen Wasser watend, erlaubte sich Thomas eine Verschnaufpause. Seine Augen suchten die Reihen der Templer nach William ab. Etwa zweihundert Schritt weiter südlich erkannte er ihn inmitten eines Handgemenges – aber er sah auch die Gefahr, die ihm drohte. Denn ein Teil der Boote mit den Bogenschützen hielt genau dort auf das Ufer zu, um ihren noch kämpfenden Waffenbrüdern zu Hilfe zu eilen. „Folgt mir, stürmt die Boote", brüllte er und rannte los. Mit schwerer werdenden Schritten, weil sich seine Beinkleider und der untere Teil des Wappenrocks mit Wasser vollgesogen hatten, und keuchend vor Erschöpfung kam er der Stelle, an der William es mit einer wachsenden Übermacht zu tun hatte, nur langsam näher, zu langsam, wie er bald feststellte. Zu allem Überfluss hatte nun auch ein Teil der muslimischen Kavallerie kehrtgemacht, um der Schlacht womöglich noch eine letzte Wendung zu geben. Sie lieferten sich mit den Templern ein blutiges Gemetzel. Thomas war noch etwa fünfzig Schritt entfernt, als er hilflos zusehen musste, wie William und zwei andere Tempelritter von den Besatzungen zweier Boote eingekreist und vom Pferd gerissen wurden. Mit letzter Kraft verschärfte er sein Tempo – da traf ihn unvorbereitet ein Schlag am Kopf. Während er noch überlegte, ob es sich dabei um einen Hieb oder ein Wurfgeschoss gehandelt haben könnte, verlor er zunehmend die Kontrolle über seine Beine. Staunend stellte er fest, dass er und alles um ihn herum sich nur noch sehr langsam bewegte. Sein Blut schien plötzlich zäh wie Honig in seinen Adern zu fließen. Als hielte jemand zunehmend die Zeit an, merkte er, wie er sich ganz langsam immer mehr dem trägen Strom zu seiner Linken näherte. Krampfhaft versuchte er gegenzusteuern, aber sein Körper wollte ihm nicht mehr gehorchen. Träge, aber unaufhaltsam näherte er sich dem Wasser. Panik erfasste ihn, noch verstärkt durch die Erkenntnis, dass William vor ihm im Getümmel aus Menschen und Fluten verschwunden war. Mit letzter Kraft bäumte er sich gegen das drohende Unheil. Da traf ihn ein zweiter Schlag am Kopf. Ein heller Blitz durchzuckte sein Hirn, dann fiel er, fiel und fiel, immer tiefer, doch bevor er in die blutroten Wasser des Nils eintauchte, wurde es schwarz um ihn …

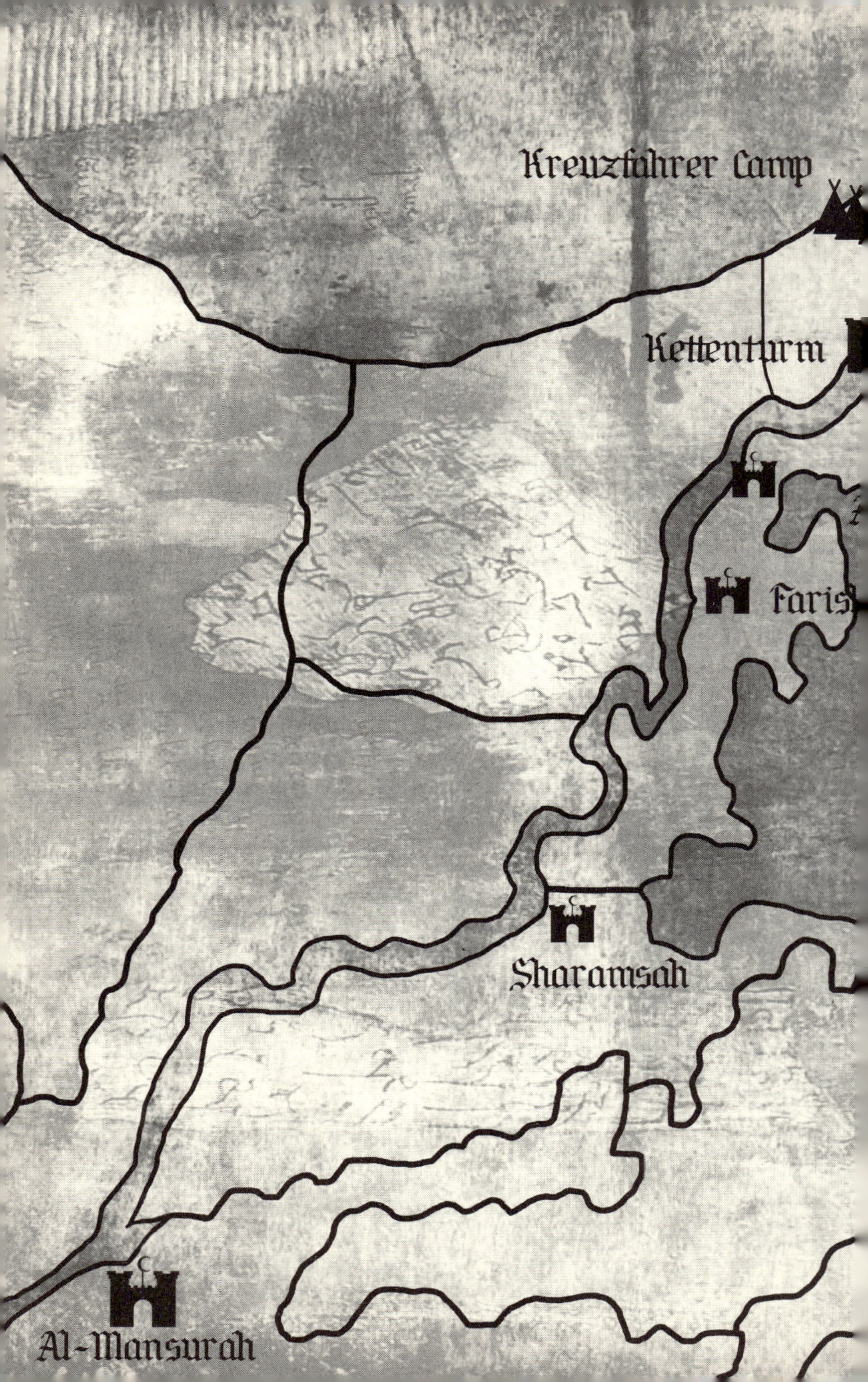

Kreuzfahrer Camp
Kettenturm
Faris
Sharamsah
Al-Mansurah

Damiette
Adiliyah

3. Buch

Im Niltal, 9. Oktober 1220

„Holt die Großsegel ein, nur die Leinwand am vordersten Mast lasst stehen!“, rief der Kapitän der „Maria Magdalena“, als das bauchige Handelsschiff des Templerordens am Abend in die Mündung des Nils einlief. Für einen Moment hob der Ritter am Bug des Schiffes den Kopf und schenkte seine Aufmerksamkeit den Manövern auf und über Deck, dann wandte er sich wieder dem großen Strom vor ihm zu. Die braunen Fluten, die sich über den Fluss hinaus auch in meilenweitem Bogen in das tiefe Blau des Mittelmeeres ergossen, zeugten davon, dass die Lebensader Ägyptens viele Sedimente mit sich führte, eine Folge heftiger Stürme und Regenfälle, die den Kreuzfahrern, die nun schon zweieinhalb Jahre vor Damiette lagen, bereits häufiger das Leben schwer gemacht hatten. Zweimal war das Heerlager von unvorhergesehenen Fluten verwüstet worden, hatte große Opfer an Menschen, Vieh und Material gefordert, aber den Sarazenen war es nicht besser ergangen. Doch die Verluste durch die Gewalten der Natur waren nichts im Vergleich zu den Verlusten gewesen, die sich die Armeen der Christen und Muselmanen gegenseitig beigebracht hatten. Allein in einer der vielen Schlachten um die befestigten Lager waren an einem Tag über viertausenddreihundert Kreuzfahrer gefallen. So zumindest hatte man es ihm berichtet. Konrad von Freienfels, sein altes Schwert über dem neuen, sauberen Wappenrock mit dem roten Tatzenkreuz gegürtet, kratzte seinen seit Wochen wachsenden Bart, in dem sich erste Spuren von Grau verloren, und ließ den Blick über die Landschaft schweifen. Am rechten Ufer des Nils erstreckte sich über mehrere Meilen die Insel, auf der alles begonnen, auf der die christliche Armee ihr erstes Lager aufgeschlagen hatte. Die deutschen Kreuzritter lagerten immer noch hier, aber längst war dieses Lager zu klein geworden für die Masse der Gotteskrieger, die nun vor der Stadt lag: Italiener im Norden, Templer, Hospitaliter und Provenzalen im Osten, Franzosen im Süden, dazu die Deutschen im Westen. Der Templer nahm seinen konisch geformten Helm mit dem schmalen Nasenbügel ab, um besser sehen zu können. Augenblicklich spürte er, wie der Abendwind über seine Tonsur strich und ihm einen Hauch angenehmer Kühle schenkte. Alle verfügbaren Ebenen rund um die Stadt standen voller Zelte, wimmelten von Menschen, Fahnen, Pferden und Kriegsgerät. Dabei war Damiette, das Tor nach Ägypten, nun schon seit fast einem

Jahr in der Hand der Kreuzfahrer. Konrad von Freienfels bedauerte fast, nicht dabei gewesen zu sein, als die Stadt am 5. November 1219 endlich in die Hand der Christen gefallen war – nahezu kampflos, denn die einst achtzigtausend Einwohner der Stadt, darunter die zwanzigtausend Mann starke Garnison der Verteidiger, waren während der langen Belagerung fast ausnahmslos verhungert. Ihre Leichname hatten verwesend in den Straßen gelegen und die Nahrung für Scharen verwilderter Hunde dargestellt, als die Templer und Franzosen im Schutz der Nacht über einen verfallenden, unbewachten Turm in die Stadt eingedrungen waren und ihre Banner auf den Sultanspalast gepflanzt hatten. Nur dreitausend entkräftete, ausgezehrte Menschen hatten die Belagerung überlebt und lediglich einhundert von ihnen waren nicht durch Krankheiten gezeichnet. Aber nein, er, Konrad, war nicht dabei gewesen. Jedoch hatte er genug Schlachten und Tote gesehen, um sich vorzustellen, was sich hier abgespielt hatte. Prachtvoll und unbeschadet ragten nun die Türme der vormals größten und bevölkerungsreichsten Stadt des Nildeltas vor Konrad auf, als die „Maria Magdalena" wenige Meilen flussaufwärts in den wieder geöffneten Hafen einfuhr, in dem neben Kriegsschiffen auch wieder ganze Handelsflotten vor Anker lagen. Das war das Verrückte an jedem Krieg, Menschen starben zu Tausenden, Mauern konnten zerstört werden, aber das Leben, vor allem der Handel, ging wenig später ungebrochen weiter, als sei nichts geschehen. Andere Menschen nahmen den Platz der Gefallenen ein, so wie er, Konrad, nun – endlich wieder – seinen Platz in Reihen der Tempelritter einnehmen sollte, die wie üblich einen besonders hohen Blutzoll entrichtet hatten. Zehn Jahre lang hatte man ihn büßen lassen für ein Vergehen, das ihn auch das Leben hätte kosten können. Zehn Jahre lang war er verbannt gewesen, hatte er in einem anderen Orden in einem kleinen Kloster in einem dunklen feuchten Tal rein geistliche Aufgaben erfüllt. Jetzt kehrte er zurück in ein kriegerisches Leben im Morgenland, ein Leben, das er in zwei Jahrzehnten zuvor lieb gewonnen hatte. Konrad setzt seinen Helm wieder auf, warf sich den dünnen Beutel mit seinen wenigen Habseligkeiten über die Schulter und sprang an Land. Es tat gut, wieder festen Boden unter den Füßen zu haben. Und es tat gut, eine neue Aufgabe zu haben. Der Kreuzzug war noch nicht beendet und für einen erfahrenen Kämpfer wie ihn gab es hier Verwendung. Schnellen Schrittes schlug er den Weg nach Osten, zum Lager der Tempelritter ein. Der Hafen, die Stadt, die Ebenen davor, alles war voller Kreuzfahrer, Menschen aller Herren Länder, Ritter, Knappen, Händler, Pilger, Gaukler und Huren, ein stetes Kommen und Gehen. Sie alle hofften darauf, dass Kardinal Pelagius sein Versprechen wahr machte, nach Kairo vorzurücken, und ihnen endlich die Reichtümer Ägyptens in die Hände fielen. Nein, der Kreuzzug war noch nicht zu Ende. Aber das war nicht der einzige Grund, warum er sich nach Damiette eingeschifft hatte. Er wollte hier auch dem Schicksal und Verbleib eines jungen Mannes nachspüren, der von vielen schmerzlich vermisst wurde, eines Fischersohnes, den er vor Jahren ins Herz geschlossen hatte, als er selbst noch „Bruder Konrad" vom Kloster Altenberg war …

Yussef bin Tarek al-Tahir hatte sich angewöhnt, jedes ankommende neue Schiff und dessen Passagiere genau in Augenschein zu nehmen. Es war gut, seine Gegner zu kennen, bevor man ihnen im Kampf gegenüberstand. Das galt sowohl für die muslimische wie auch für die christliche Seite. Sein ursprünglicher Auftrag, den alternden al-Adil, den zaudernden, prunksüchtigen Alleinherrscher des Morgenlandes, gegen seine Söhne auszutauschen, war seit gut zwei Jahren erfüllt und er hätte längst in ihre syrische Bergfestung zurückkehren sollen. Aber der geplante Umsturz gegen al-Kamil, den neuen Beherrscher Ägyptens, vor neunzehn Monaten hatte gezeigt, dass die politische Lage noch nicht stabil war. Obendrein stellten die Kreuzfahrer mittlerweile eine Gefahr für den gesamten Vorderen Orient dar. Niemand hatte erwartet, dass es dem zerstrittenen Heerhaufen tatsächlich gelingen könne, Damiette zu erobern. Aber es war geschehen und auch er, Yussef bin Tarek al-Tahir, hatte dies nicht verhindern können. Aber keinesfalls durfte es den Ungläubigen gelingen, mit der Macht ihres Heeres auch noch Kairo zu erobern. Dass sie dies versuchen würden, stand außer Zweifel, die Frage war nur, wann. Deshalb hielt Yussef bin Tarek al-Tahir die Augen und Ohren offen. Damiette war zwar in christlicher Hand, aber es wohnten auch wieder etliche Moslems in der Stadt, allen voran Sklaven und Händler, in deren Rolle man schlüpfen konnte. Ein Meister der Tarnung wie er hatte ohnehin keine Probleme, sich auch hier in der Höhle des Löwen frei zu bewegen. Das gerade vor Anker gegangene Frachtschiff schien keine neuen Soldaten zu bringen, nur unbedeutende Waren. Fast hätte er seine Aufmerksamkeit schon in eine andere Richtung gelenkt, als er plötzlich einen Ritter erkannte, dessen Gang und Statur ihm bekannt vorkamen. In einen mausgrauen, über der Hüfte gegürteten Kaftan und einen ebensolchen Turban gekleidet, einen Korb mit

Früchten auf der Schulter, mischte sich der erfahrene Assassine eilig unter die Menschenmenge, um dem fraglichen Ritter näher zu kommen. Ausgangs des Hafenviertels schloss er zu dem Tempelritter auf und hielt sich etwa zwanzig Schritt hinter diesem. Diesen kraftvollen, aber trotzdem geschmeidigen, ja katzenartigen Gang, der erfahrenen Kämpfern eigen war, hatte er schon einmal gesehen. Da blieb der Ritter stehen, um ein paar Datteln zu erstehen, und der Assassine konnte für einen Moment dessen Gesicht betrachten. Die Erkenntnis traf ihn wie ein Schlag. „Al-Kurradin", wie der gefürchtete Kämpfer damals von den Sarazenen genannt wurde, war wieder da. Dieser Mann wog allein ein Dutzend anderer Ritter auf. Der Assassine erinnerte sich noch gut daran, wie sie vor gut zwanzig Jahren bei Arsuf aufeinandergetroffen waren. Wenn Männer wie er die christlichen Ritter anführten, war es schlecht um Kairo bestellt. Yussef bin Tarek al-Tahir tröstete sich mit dem Gedanken, dass der eitle Kardinal der wahre Anführer war – und dieser sorgte dankenswerterweise für steten Unfrieden, sonst hätte er längst versucht, dessen Leben mit einer Klinge ein Ende zu bereiten. Aber „al-Kurradin" musste man im Auge behalten. Das Schlimme dabei war nur – dass er, Yussef bin Tarek al-Tahir, diesem Mann etwas schuldig war …

Jacub der Jude trieb seinen Esel mit einer Salve von Stockschlägen zur Eile an. Er wollte ohne Umschweife und trockenen Fußes durch die Furt des Nilarmes. Doch das störrische Tier hatte andere Pläne, blieb mitten im Wasser stehen und gönnte sich eine kurze Erfrischung. Seine Begleiterin musste unwillkürlich lachen. Je heftiger der alte Jude schlug, desto mehr schien das dickfellige Tier seine Wünsche zu ignorieren. Jacub war der Verzweiflung nahe, rutschte er doch jedes Mal, wenn das Tier sich zum Wasser herabbeugte oder wieder aufrichtete, gefährlich auf dem Rücken des Esels hin und her. Jacub konnte nicht schwimmen und schon eine wenige Handbreit tiefe Wasserfläche bereitete ihm Angstzustände. Deshalb hatten sie auch den Landweg von Jerusalem nach Ägypten gewählt, um dem in die Jahre gekommenen Händler die Not einer weiteren Seereise zu ersparen. Die Überfahrt von Lissabon nach Palästina, wohin sie vor Jahresfrist aufgebrochen waren, um Jabubs Handelsunternehmungen neuen Schwung zu verleihen, war eine Tortur für ihn gewesen. Ständig hatten ihn Schwindelanfälle und Übelkeit geplagt. „Menschenherz und Meeresboden sind unergründlich", hatte er auf Inez' Frage, warum er denn überhaupt diese Torturen auf sich nähme, geantwortet, während er seinen Mageninhalt den Fischen opferte. In Jerusalem hatte er sich dann jedoch erholt, seine Waren aus Europa gewinnbringend verkauft oder eingetauscht und neue Kontakte geknüpft. Doch der wochenlange Eselsritt durch den Sinai bis zum Roten Meer hatte seinen alten Knochen erneut nicht gutgetan. Jacub plagte die Gicht – und nun auch noch die Angst vor dem Ertrinken. Schließlich hatte Inez ein Einsehen, lenkte ihren Esel neben das störrische Tier ihres Ziehvaters und gab ihm einen kräftigen Klaps auf das Hinterteil. Augenblicklich setzte sich das Langohr in Bewegung. Die schöne Tänzerin und der Rest der Eselskarawane folgten ihm. Ihre Gruppe bestand aus fast zwei Dutzend Tieren, die mit teuren Handelswaren beladen waren, Seide aus dem Fernen Osten, Damaszener Klingen aus Damaskus, gesalbte Öle aus der Heiligen Stadt, Gewürze aus dem Süden Arabiens, die sie in Jerusalem erstanden hatten und bald im Feldlager des Sultans in klingende Münze umzusetzen gedachten. Außerdem hatte Jacub gehört, dass der in religiösen Dingen tolerante neue Herrscher Männer suchte, die eine europäische Zunge sprachen, um besser mit den Kreuzfahrern verhandeln zu können. Das versprach eine zusätzliche Einnahmequelle und Aussicht auf Geschäfte mit beiden Lagern. Das Unternehmen war zwar riskant, aber in solchen Dingen kannte Jacub keine Angst. Ein Risiko sah er lediglich für seine weibliche Begleitung, die jedoch durch nichts davon abzubringen war, ihm weiterzufolgen. Dabei behielt sie allerdings für sich, dass es tief in ihrem Herzen auch noch andere Gründe gab, den Schauplatz des Kreuzzuges aufzusuchen. Den Sitten des Orients entsprechend, hatte Inez ihr kastanienfarbenes Haar und ihr Antlitz unter einem Schleier verborgen, war ansonsten in ein weites, dunkles Gewand aus ungefärbter Wolle gehüllt, das ihre Figur und ihre Schönheit verbarg, um keine Begehrlichkeiten zu wecken. Wie die drei Eseltreiber, die Jacub in Jerusalem zu ihrem Schutz und ihrer Begleitung angeworben hatte, sollte alle Welt glauben, sie sei eine Tochter oder zumindest eine Verwandte des Juden. So betrat die Eselskarawane das Nildelta und suchte sich ihren Weg entlang dem Fluss Bahr as-Saghir zum Feldlager des Sultans.

Konrad von Freienfels steuerte zielstrebig das nach allen Regeln militärischer Kunst mit Erdwällen und Palisaden umgebene Lager der Tempelritter im Osten von Damiette an. Selbst wenn die blütenweißen Zelte nicht das weithin sichtbare rote Tatzenkreuz des Ordens getragen hätten, wäre es ihm nicht schwergefallen, das Hauptquartier seiner Bruderschaft ausfindig zu machen, denn im Unterschied zu den oft nachlässig errichteten, mittlerweile verwahrlosten und vor Unrat strotzenden Zeltstädten der anderen europäischen Kreuzfahrer herrschte hier Ordnung und fast schon peinliche Sauberkeit. Am Eingangstor hielt ihn einer der diensthabenden Sergeanten an, oft junge Männer von niederem Adel, die im Unterschied zu den weiß gewandeten Rittern des Ordens einen schwarzen Wappenrock mit rotem Kreuz trugen. „Pax vobiscum", empfing ihn der Mann mit der für Tempelritter üblichen Begrüßungsformel, „Friede sei mit dir", und erkundigte sich nach seinem Begehr. „Et cum spirito tuo", antwortete Konrad pflichtgemäß mit dem zweiten Teil der Formel, „und mit deinem Geiste." Darauf ließ er sich von dem Sergeanten beim Großmeister anmelden.

Pierre de Montaigu hatte sich mit seinen engsten Offizieren unter dem ausladenden Baldachin seines Kommandeurszeltes versammelt und studierte Pläne der näheren Umgebung, als Konrad vorgelassen wurde. Der hagere, vollbärtige Ritter aus der Auvergne, der kurz nach dem Tod seines Vorgängers von den anwesenden Edlen zum neuen Großmeister des Templerordens gewählt worden war, hob seinen Blick und runzelte die Stirn. Dann jedoch huschte ein freudiges Licht des Erkennens über sein Gesicht. „Fra Konradin, welche Freude, Euch wiederzusehen. Habt Ihr endlich den Weg zurück in den Schoß unseres Ordens gefunden?!" Mit offenen Armen kam der Großmeister der Templer auf Konrad zu und begrüßte ihn, förmlich und herzlich zugleich, mit einer Akkolade. Diese Umarmung mit Bruderkuss, die eigentlich nur bei feierlichen Aufnahmezeremonien ausgetauscht wurde, hielt Pierre de Montaigu offenbar für angemessen, um den rehabilitierten Ritter auch symbolisch wieder im Kreis der Templer willkommen zu heißen. Während er den Bruderkuss erwiderte, überflog Konrad mit einem kurzen Blick über die Schulter des Großmeisters die Gesichter der Anwesenden, von denen er niemanden sonst kannte. „Wenn es an mir gewesen wäre, hättet Ihr mich schon viel früher wieder an Eurer Seite gehabt, aber Gottes Wege sind unergründlich – und zuweilen recht weit!", antwortete er dabei mit einem vielsagenden Lächeln. „Ich weiß, ich weiß", gab der Großmeister zurück, „aber lassen wir die Vergangenheit ruhen, es ist die Gegenwart, die all unsere Aufmerksamkeit erfordert." Dann stellte er Konrad seinen Rittern vor, die den Neuankömmling ehrerbietig begrüßten. Auch wenn sie Konrad persönlich nicht kannten, hatten doch einige schon von diesem Ritter gehört, der einst als einer ihrer tapfersten Kämpfer galt, sich dann aber einer Verfehlung schuldig gemacht hatte, die eine langwierige Sühne erforderlich machte. Man munkelte, er habe sich mit einer Frau, noch dazu mit einer Sarazenin, eingelassen.

Später, als er seine Ritter entlassen und Konrad in sein Zelt gebeten hatte, erklärte ihm der Großmeister die derzeitige Lage, die seit Monaten durch Zwietracht, Untätigkeit und fruchtlose Verhandlungen bestimmt war. „Wir haben lange den Kardinal und dessen Führerschaft unterstützt, das war sicher ein Fehler", gab Pierre de Montaigu zu, „aber der König von Jerusalem schien uns zu schnell und leichtfertig auf das Angebot des Sultans eingehen zu wollen, der für einen Abzug von Damiette die Rückgabe Jerusalems und anderer Städte Palästinas anbot. Wir glaubten das Heer der vielen Nationen, vereint unter päpstlicher Führung, stark genug, nicht nur das Delta, sondern ganz Ägypten zu erobern. Dann wäre uns Jerusalem als Nächstes zugefallen. Das glauben wir immer noch, aber der Legat eint das Heer nicht, sondern entzweit es. Stellt Euch vor, seine italienischen Truppen haben die Franzosen, die Damiette erobert hatten, aus der Stadt getrieben, um sich selbst an der Beute zu bereichern, obwohl sie den geringsten Blutzoll bezahlt haben. Wir haben dann das Gleiche mit den Italienern gemacht. Erst seit König Johann von Brienne nach Palästina zurückgekehrt ist, haben sich die Wogen etwas geglättet. Seither ist der Kardinal der unangefochtene Anführer, aber er unternimmt nichts. Sultan al-Kamil hat sein Angebot fünfmal erneuert. Er würde sogar alle Gefangenen frei lassen und uns das bei Hattin verlorene, wahre Kreuz aushändigen. Aber Pelagius will davon nichts hören. Er setzt auf die versprochene Verstärkung des Kaisers, aber wer weiß, ob die jemals eintrifft. Der Sultan kann derweil in Ruhe seine Stellung ausbauen. Unterdessen schmachten viele unserer Ritter in seinen Kerkern. Es wird Zeit, dass wir selbst etwas unternehmen." Konrad hatte bislang aufmerksam zugehört. „Wie ich höre, hat sich, seit Ihr Großmeister seid, das Verhältnis zum Orden der Hospitaliter merklich gebessert, der ja von Eurem Bruder Guerin geführt wird", hinterfragte er nun die Einigkeit der Ritterorden. „Können wir auf deren Unterstützung bauen?" „Unbedingt, lediglich von Salza und die Deutschritter halten sich bedeckt", antwortete der Großmeister der Templer, „mein Bruder und ich sind einmütig der Meinung, dass wir auf eigene Faust einige militärische Operationen durchführen sollten", erläuterte der Großmeister. „Ich möchte Euch damit betrauen. Nehmt eine

Hundertschaft und fügt den Truppen des Sultans ein paar Dolchstöße zu. Und wenn euch dabei ein paar gewichtige Sarazenen in die Hände fallen, wäre das sicher von Vorteil. Ihr wisst, dass wir grundsätzlich keine gefangenen Brüder gegen Lösegeld freikaufen. Aber gegen einen Austausch ist nichts einzuwenden!" Dabei hob sich seine rechte Augenbraue, um stumm Konrads Meinung zu erfragen. Der somit schnell zu neuen Aufgaben gekommene Tempelritter nickte zum Zeichen des Verstehens. „Gott will es", antwortete Konrad im üblichen Stil der Kreuzfahrer und Pierre de Montaigu stimmte augenblicklich ein. „Gott will es!"

Ein modrig-feuchter Schleier lag über dem düsteren Gewölbe, in dem die drei Männer nun schon seit Monaten eingekerkert waren. Es roch nach Urin und Exkrementen, die auch dadurch nicht gänzlich hinweggespült wurden, dass man zuweilen eine eiserne Schleuse öffnete und das Wasser eines benachbarten Kanals durch die Zellen leitete. Da die Schleuse leckte und sich das Kerkergewölbe unterhalb des Grundwasserspiegels befand, blieb es auch an den heißesten Tagen stets feucht hier unten. Die Gefangenen waren allesamt in einem erbarmungswürdigen Zustand. Ihre Haare und Bärte waren mittlerweile länger und dichter als die fadenscheinigen Fetzen, die ihnen von den geschundenen Körpern hingen. An ihren Füßen klirrten bei jeder Bewegung lange, eiserne Ketten, die am anderen Ende an Ösen im Mauerwerk befestigt waren. Anfänglich waren sie fünf Männer gewesen, fünf Kreuzfahrer, die man in dem dunklen Verlies untergebracht hatte, das früher einmal ein Schweinestall oder ein Getreidespeicher gewesen war, bevor man das Gewölbe zu einem Kerker umfunktioniert hatte. Aber zwei Ritter waren vor wenigen Tagen ihren Verletzungen erlegen. Zwei der verbliebenen Insassen litten an Fieber, hatten zudem nässende Wunden, die nicht verheilen wollten, obwohl diese zumindest ab und an neu verbunden wurden. Lediglich der Dritte schien sich ungebrochener Gesundheit zu erfreuen und versorgte die Schwächeren mit den paar Krumen Brot, etwas Wasser und der dünnen Suppe, die ihnen jeden Morgen in tönernen Krügen in die Zelle gereicht wurden. Auf seinem verschlissenen Wappenrock erkannte man noch schwach ein stilisiertes rotes Kreuz, das den Mann als Tempelritter auswies. Ein Hustenanfall ließ ihn zu einem seiner Mitgefangenen eilen, wobei er die schwere Kette an seinem rechten Fußgelenk hinter sich her schleifte. Sanft strich er diesem die verklebten, dunkelblonden Strähnen aus dem bleichen Gesicht, auf dem Schweißperlen standen, obwohl der Gefangene jetzt zu frösteln schien. „Thomas", sprach er den Geschwächten sanft an, „Thomas, wach auf!" Doch der Angesprochene antwortete nicht. Er hatte zwar die Augen geöffnet, starrte aber zur Seite und schien mit seinen Gedanken weit weg zu sein. William von Gloucester machte sich ernsthaft Sorgen um seinen Freund. Vorsichtig flößte er ihm einen Schluck Wasser ein und trocknete die glänzende, zerfurchte Stirn des jungen Mannes, der in den letzten Monaten um Jahre gealtert zu sein schien. Aber das war auch kein Wunder angesichts dessen, was sie durchgemacht hatten. William stand auf und ging klirrenden Schrittes zu der einzigen Stelle in ihrem Kerker, auf die zuweilen durch eine vergitterte, schmale Scharte über ihren Köpfen ein schräger Sonnenstrahl fiel. Wie lange noch, dachte er, wie lange noch, Gott, willst du uns hier schmoren lassen? …

Mit kritischem Blick begutachtete Konrad die Pferde, die für Neuankömmlinge zur Verfügung standen. Nach der Unterredung mit seinem Großmeister hatte er kurz das ihm zugeteilte Zelt nebst seinem neuen Knappen aufgesucht, um sich seiner wenigen Habseligkeiten zu entledigen, und sich dann ohne Umschweife zum Stallkomplex begeben, denn er brauchte neue Pferde. Damals, als er in den Orden eingetreten war, hatte er drei Pferde als Mitgift eingebracht, wie es die Ordensregel für einen Ritter vorsah, die treuen Tiere aber später zurücklassen müssen. Während seiner Zeit im Kloster hatten andere Ritter diese Pferde genutzt. Jetzt stand ihm Ersatz zu, um seine wiedergewonnene Position auch ausüben zu können. Der Stall bestand aus sorgfältig gezimmerten Koppeln, die zum Schutz gegen die Sonneneinstrahlung mit Segeltuch überspannt waren, die auf Heerzügen übliche, einfache, aber zweckmäßige Konstruktion. „Wie steht es um Eure Reitkünste?", fragte ihn der Stallmeister geradeheraus, denn Konrads helle Hautfarbe schien davon zu zeugen, dass er länger nicht im Feld gewesen war. Deshalb vermutete der Herr über tausend Rosse, dass es auch mit der reiterlichen Erfahrung nicht weit her war. „Nun, zumindest so weit, dass mir keines der Tiere hier Probleme bereiten wird", antwortete Konrad. Bei diesen Worten hielt er geradewegs auf eine Gruppe schlohweißer Stuten zu, denn Pferdedamen, das hatte er von den Sarazenen gelernt, waren im Kampf das zuverlässigere Geschlecht. Ohne zu fragen, kletterte er zu den Tieren in die Koppel und näherte sich ihnen langsam, wobei er im Flüsterton mit ihnen sprach und seinen ausgestreckten Arm zur Kontaktaufnahme anbot. Der Stallmeister ließ ihn gewähren, hatte er doch sofort gemerkt, dass der neue Ritter durchaus wusste, mit Pferden umzugehen. „Wer hat sie geritten, haben sie eine Vorgeschichte?", wollte Konrad wissen. Dabei untersuchte er fachmännisch ihre Hufe, blies ihnen in die Nüstern, um ihre Reaktion zu testen und warf einen Blick auf ihre Zähne. „Alle Pferde hier haben eine Vorgeschichte", gab der Stallmeister zurück, „die letzten Remonten wurden mir vor Jahresfrist zugeführt, seither haben wir nur die Tiere der Gefallenen. Diese Stuten hier stammen ursprünglich aus unseren Beständen in Akkon. Zwischenzeitlich waren sie an den Grafen von Berg verkauft, der jedoch vor zwei Jahren fiel. Der Graf vom Limburg, dem dessen Männer und Pferde anschließend unterstanden, hat uns die Tiere kurz vor seiner Abreise wieder angeboten und wir waren mit dem Rückkauf einverstanden ..."

Konrad horchte auf, denn die Rückkehr der bergischen Ritter hatte er selbst erlebt. Er erinnerte sich daran, dass einige von ihnen gar genötigt werden mussten, Erzbischof Engelbert von Köln, dem Bruder des gefallenen Grafen, den Lehnseid zu schwören. Es hatte vielen nicht gefallen, sich damit gegen ihren zwischenzeitlichen Anführer stellen zu müssen, Walram von Limburg, mit dem der Erzbischof in Fehde lag. Zu gern hätte Konrad gewusst, ob der Limburger dem Erzbischof auch die Kriegskasse Adolfs ausgehändigt hatte. Diese musste selbst nach einem Jahr immer noch beträchtlich gewesen sein. Er selbst hatte dem Grafen Adolf ja im Auftrag seines Abtes eine nicht unbeträchtliche Summe für den Fronhof in Merheim übergeben, der wohl jetzt im Besitz des Klosters Altenberg bleiben würde. Die Pferde hatten sicher auch einen nicht unbeträchtlichen Wert dargestellt. Aber im Grunde ging ihn das alles nichts an.

Eine neugierige Stute, die gerade seine ausgestreckte Hand beschnupperte, zog seine Aufmerksamkeit auf sich. „Na, edle kleine Dame, wer bist du denn?", flüsterte er ihr zu, während das Tier begann, an seinen Fingern zu knabbern. „Das ist ein sehr gutes Pferd, eine Stute namens Hannah", erinnerte sich der Stallmeister. „Sie war das Reittier eines Knappen des Grafen, der behauptete, auf dessen Sterbebett zum Ritter geschlagen worden zu sein. Aber niemand glaubte ihm. Wie es heißt, ist er vor zwei Jahren zum Feind übergelaufen!" Konrad war wie vom Donner gerührt. Er hatte seine erste Spur ...

„Will?“ Einen Wimpernschlag später war der Angesprochene bei seinem Freund. „Na, du Held, weilst du wieder unter den Lebenden?“ William versuchte betont zuversichtlich zu klingen, aber der heisere Unterton seiner Stimme verriet die Sorgen, die er sich machte. „William, es tut mir leid …“ Thomas' Stimme brach vor Erschöpfung ab. Es dauerte, bis er wieder genügend Kraft gesammelt hatte, um fortzufahren. „Es tut mir leid, wenn ich uns in diese Lage gebracht haben sollte …“ „Unsinn“, unterbrach ihn der Templer, „du kannst am wenigsten dafür …“

Zwei Jahre war es nun schon her, seitdem sie bei dem Gefecht um das Lager in Gefangenschaft geraten waren. Er selbst, William, war von mehr als einem Dutzend Sarazenen im Handgemenge vom Pferd gerissen, überwältigt und in ein Boot gezerrt worden. Thomas, der ihm zu Hilfe eilen wollte, hatte ein Geschoss oder ein Schlag schwer am Kopf getroffen, so genau wusste das niemand zu sagen, vor allem er selbst nicht, und er war in den Nil gestürzt. Nur der Beutegier einiger Sarazenen, die Thomas für einen Ritter und damit eine mögliche Lösegeldquelle gehalten hatten, war es zu verdanken gewesen, dass er nicht ertrunken, sondern ebenfalls in das Boot gezogen worden war. Gefangene Ritter bargen immerhin eine Chance, sich für die erlittene Schlappe entschädigen zu lassen, die sie, die Sarazenen, an diesem und etlichen anderen Tagen erlitten hatten. Anfangs waren sie auch gut, ja manchmal geradezu fürstlich behandelt worden. Man hatte sie in Zelten in einem eigens für gefangene Christen errichteten, streng bewachten Lagerbereich untergebracht. Es hatte reichlich zu essen und versierte Ärzte zur Versorgung der Wunden gegeben. So war Thomas langsam, aber stetig von seiner Kopfverletzung genesen.

Selbst als der Sultan nach einem Verrat einiger seiner Anführer vorübergehend floh, sich das ganze Heer in Auflösung befand und Thomas die Gunst der Stunde zu nutzen wusste, indem er lautstark die Christen am anderen Nilufer alarmierte, die daraufhin auch das alte Lager der Moslems bei al-Adiliyah plünderten, hatte man ihnen dies nicht nachgetragen. Große Reichtümer, Waffen, Zelte, Proviant, Schiffe, sogar Frauen und Kinder waren damals in die Hände der Christen gefallen. Aber niemand hatte sie dafür verantwortlich gemacht.

Beinahe wären sie damals sogar befreit worden, erinnerte sich William, aber eben nur beinahe. Ein aufmerksamer Atabeg, ein ranghoher Mameluken-Offizier, hatte die Gefangenen kurz vor Eintreffen der Kreuzfahrer aus dem Lager getrieben. Mit der Hilfe und frischen Truppen seines Bruders al-Muazzam, dem Sultan von Syrien, hatte al-Kamil kurz darauf seine Macht gesichert und eine neue Stellung bei Fariskur, einige Meilen flussaufwärts, bezogen.

„Ich fühle mich schuldig", kam es Thomas über die Lippen. „Nicht doch", erwiderte William, „lass es gut sein." Thomas jedoch schüttelte nur den Kopf. „Schuldig vor allem, weil ich nicht einfach so vorbehaltlos glauben und auf Gott vertrauen kann", erklärte der Fischersohn, „wie dieser seltsame Mönch, der damals völlig furchtlos vor dem Sultan erschien."

Dass man sie auch im neuen Lager gut behandelt hatte, daran war nicht zuletzt ein seltsamer Bettelmönch namens Franziskus von Assisi nicht ganz unschuldig, der den Sultan aufgesucht hatte, um ihn zu bekehren. Eines schönen Spätsommerabends hatte man den Mönch und seinen Begleiter namens Illuminatus in der Nähe des Lagers aufgegriffen, barfuß, unbewaffnet, ohne jeden Schutz, und vor al-Kamil geführt. Soweit die Gefangenen die Sache verfolgen konnten, hatte Franziskus den Sultan um Frieden ersucht und angeboten, ihm die Segnungen des Christentums zu zeigen, des einzig wahren Glaubens auf Erden. Den Sultan zu bekehren, das war Franziskus zwar nicht gelungen, aber al-Kamil und der Mönch hatten sich, mit einer Handvoll Ratgeber, die im Koran, der Heiligen Schrift des Islam, besonders bewandert waren, respektvoll über ihre jeweiligen Religionen ausgetauscht und sich Tage später als Freunde getrennt. Dabei hatte der ungewöhnliche Gottesmann auch den Gefangenen einen Besuch abgestattet, sie gesegnet und sich persönlich beim Sultan für sie verwendet. Doch ihre Freilassung hatte auch dieser Franziskus nicht erwirken können, dafür waren sie ein zu kostbares Verhandlungsgut.

„Glaube ist Hoffnung", meinte William, „aber es ist keine Sünde und kein Wunder, wenn diese zuweilen schwindet, vor allem in solch einer Situation. Trotzdem darfst du den Mut nicht sinken lassen, Gott hat uns schon so oft beigestanden, er wird uns auch aus dieser Lage befreien …" Obwohl die Prüfung, die er ihnen auferlegt hatte, schon viel zu lange dauerte, dachte William im Stillen …

In Gedanken versunken schlug Konrad den Weg zum Nil ein, um sich in das Lager der Deutschen und der verbliebenen Friesen auf der Insel am Westufer übersetzen zu lassen. Er wollte die verbleibende Zeit vor der Ausführung seines Auftrags nutzen, um ein paar Erkundigungen einzuziehen. Vielleicht erinnerte sich ja noch der eine oder andere an die Ereignisse zwischen dem Fall des Kettenturmes und der Abreise Walrams von Limburg mit seinen Mannen. Schon als die ersten Ritter nach Neuenberge zurückkehrten, hatte er von dem Gerücht gehört, dass sich der Knappe Thomas letztlich auf die Seite der Sarazenen geschlagen hätte, aus Zorn über die Nichtanerkennung des angeblichen Ritterschlags, hieß es. Vor allem ein gewisser Rotschopf hatte bei seinen Erzählungen über die Tage und Wochen vor Damiette kein gutes Haar an dem Knappen gelassen, dessen Laufbahn im Dienst des Grafen doch so vielversprechend begonnen hatte. Sogar von Verrat war die Rede. Besagter Rotschopf mutmaßte gar, der Knappe könne den Angriff verraten haben, der letztlich zur Verwundung und zum Tod des Grafen geführt hatte. Aber Konrad konnte und wollte das nicht glauben. Er hatte dem Fischersohn mehr als einmal tief in die Augen gesehen und keinerlei Falsch darin entdeckt. Und mit Menschen kannte er sich aus. So hatte er auch Engelbert, den zum Erzbischof aufgestiegenen Bruder des Grafen von Berg, richtig eingeschätzt. Gleich nach Bekanntwerden von Adolfs Tod hatte dieser die Grafschaft an sich gerissen und damit Irmgard, die Tochter Adolfs, und deren Mann Heinrich, der nicht zu Unrecht Anspruch auf den Grafentitel erhob, regelrecht enterbt. Konrad musste, trotz aller Ungereimtheiten, die die Angelegenheit mit sich gebracht hatte, schmunzeln, wenn er an die Worte Engelberts dachte, mit denen dieser die Grafschaft für sich eingefordert hatte.

„Es ward mir die Herrschaft hier gewährt, bis dass mein Bruder wiederkehrt. Da er begraben liegt an Palästinas Strand, gehört lebenslänglich mir das Berger Land. Der Wille meines Bruders wird somit weiter geehrt. Ich bleibe Graf von Berge, bis Adolf wiederkehrt …“ Diese geradezu poetische Verlautbarung, die Engelbert landauf, landab hatte verbreiten lassen, zeugte nicht nur vom überlegenen Geist des Erzbischofs. Die ureigene, wenn auch auf tönernen Füßen stehende Logik, mit der dieser seine Machtergreifung rechtfertigte, entbehrte nicht eines gewissen Humors, der Ironie des Siegers. Fast meinte Konrad, den Erzbischof lachen hören zu können, während er die betreffenden Verse verfassen ließ. Walram von Limburg als Vater bzw. Schwiegervater der Geprellten konnte dies natürlich nicht auf sich beruhen lassen und lag schon kurz nach seiner Rückkehr mit Engelbert in einer unversöhnlichen Fehde. Diese allerdings hatte der Erzbischof mit aller Macht, die sein Amt mit sich brachte, für sich entschieden. Dabei hatte er obendrein die wachsende Freundschaft mit dem König für sich zu nutzen gewusst. Kurz vor Konrads Abreise hatten sich die Limburger unterworfen und sich in allen Fragen, das Erbe von

Berg betreffend, dem Urteil des Erzbischofs anheimgestellt. Engelbert war der Sieger. Aber er hatte sich damit – wieder einmal – nicht nur Freunde gemacht. Diesen Erinnerungen der jüngsten Zeit nachhängend, schien es dem Tempelritter zu entgehen, dass er seit geraumer Zeit einen menschlichen Schatten hatte, der ihm unauffällig folgte. Zumindest ließ Konrad den Schatten in diesem Glauben.

Der Jude Jacub machte sich so klein und flach, wie er konnte. Drei Vorzelte hatte er bereits auf Knien durchquert, sich dabei jedes Mal mehrfach in den Staub geworfen, mit dem die Teppiche auf dem Boden des Empfangszeltes bedeckt waren. Jetzt endlich stand bzw. lag er dem Sultan zu Füßen. Al-Malik Al-Kamil Nasir Al-Din Mohammad Ibn Al-Malik Al-Adil Ibi Bakr, so sein voller Name, saß auf einem Marmorthron und hatte, wie an Freitagen üblich, eine Gruppe Glaubens- und Rechtsgelehrter um sich versammelt, allen voran den Sufi-Mystiker Fakhr al-Farisi, mit denen er gerne nächtelang philosophische und religiöse Fragen diskutierte. Als der Jude eintrat, oder besser gesagt hereinkroch, schenkte er ihm zuerst keine Beachtung. So erging es nahezu jedem Besucher, der oder dessen Familie keine hohe Stellung bei Hofe oder sonst irgendwo im Morgenland bekleidete. Erst nach einer halben Ewigkeit – und nachdem er von einem Offizier leise über alle Details der Eselskarawane unterrichtet worden war – richtete der Sultan das Wort an Jacub. „Woher hast du die Damast-Klingen, die deine Esel auf dem Rücken tragen? Es scheint gute Ware zu sein, womöglich aus Damaskus. Hast du sie gestohlen?“ „Aber nein, mein Gebieter, ganz und gar nicht!“, wiegelte Jacub augenblicklich vehement ab, „ich habe sie rechtmäßig in Jerusalem erworben, von einem syrischen Händler, um sie Eurer Armee anzubieten!“ Der Sultan warf ihm einen durchdringenden Blick zu. „Um dich an diesem Krieg und meinen Männern zu bereichern?“ Wieder wehrte Jacub den Vorwurf ab, diesmal eine Spur verzweifelter. „Dann bist du ein großzügiger Vertreter deines Volkes und gedenkst, uns die Klingen zu schenken“, gab der Sultan dem Gespräch eine geschickte Wendung, „weil wir mit unserem Blut auch dein Volk vor den Ungläubigen beschützen?“ Nun saß Jacub vollends in der Zwickmühle. Er suchte nach Worten und rang mit den Händen, erschwert durch die Tatsache, dass man ihm noch nicht erlaubt hatte, sich auch nur eine Spur zu erheben. „Ich nehme an, du bis auch hier, weil du gehört hast, dass ich

Männer suche, die die Zunge der Franken sprechen", verkürzte der Sultan Jacubs Leiden, worauf Letzterer den Kopf hob und eifrig nickte. „Und? Sprichst du die Sprache der fränkischen Kreuzfahrer?" Der Sultan legte Wert auf eine klare Antwort. „Nicht nur diese, auch die der englischen, spanischen und italienischen", gab Jacub nicht ohne Stolz zurück. „Und wo hast du die erlernt?", hakte der Sultan nach. „Auf meinen Handelsreisen, mein Gebieter, und am Hofe des portugiesischen Königs, in dessen Dienst ich eine Zeit lang stand", antwortete Jacub wahrheitsgemäß. „Gut, dann erlaube ich dir, in den nächsten Wochen an der Seite eines Aufsehers unsere Gefangenen zu verhören", kam der Sultan nun schnell auf den Punkt. „Sei jedoch gewarnt – wenn du versuchst, uns zu täuschen, wird es dir schlecht ergehen! Die Bezahlung für deine Dienste wird in etwa dem Wert deiner Ladung Klingen entsprechen, vielleicht bin ich auch etwas großzügiger." Jacub verneigte sich noch tiefer, als er ohnehin schon vor dem Marmorthron hockte. „Aber dafür wirst du meinen Männern diese Klingen schenken." Jacub machte sogleich ein verdrießliches Gesicht, willigte dann aber schnell ein, froh darüber, nicht ganz ohne Gewinn aus der Sache rauszugehen. „Dann darfst du dich entfernen", beschied ihm der Sultan. In gebückter Haltung zog sich Jacub langsam ehrerbietig zurück. Doch bevor er den Vorhang erreichte, der den Empfangsbereich von den Vorzelten abtrennte, vernahm er erneut die wohltönende Stimme des Herrschers über Ägypten. „Wer ist die Frau in deiner Begleitung", wollte al-Kamil noch wissen, „gehe ich recht in der Annahme, dass sie nicht zu deinem Volk gehört?" Jacubs Gedanken rasten, denn gerne hätte er Inez aus der Sache rausgehalten. Aber dem fordernden Blick des Sultans hatte er nichts entgegenzusetzen. „Ihr seid allwissend, Majestät. Ich fühle mich geehrt, dass Euer wachsames Auge geruht, von meiner bescheidenen Begleitung Notiz zu nehmen", kapitulierte Jacub, „sie ist mein Mündel, aber in der Tat nicht vom Stamme Israel. Ich fand sie einst als Kind im Frankenland, in den Trümmern eines Wagentrecks aus östlichen Ländern. Da sie ebenfalls vieler Zungen mächtig ist, dient sie mir als Gehilfin – und erbaut mein Alter mit ihren Tänzen!" Die dunklen Augen des Sultans nahmen nun einen amüsierten Glanz an. „Wenn Ihr sie in einen dunklen Schleier hüllt, mag sie Euch auch bei den Übersetzungen zur Hand gehen, Händler. Vielleicht geruhst du in der Zwischenzeit, uns die Freude zu machen, sie auch für uns und meine Männer tanzen zu lassen", äußerte al-Kamil unmissverständlich seinen Wunsch, „dafür kann sie den Schleier dann auch weglassen …"

„Ob der Sultan wohl weiß, wie seine Gefangenen hier behandelt werden?“ Thomas setzte sich mühsam in eine aufrechte Position, rieb sich das von der eisernen Schelle wunde Fußgelenk und schaute William fragend an, der wieder einmal unter dem schmalen Kerkerfenster stand, um einen der seltenen Sonnenstrahlen zu erhaschen. „Natürlich tut er das, er ist doch der Oberste all dieser Schurken“, meldete sich keuchend ihr Mitgefangener zu Wort, ein bärbeißiger Kriegsknecht aus Trier, der an einer Schulterwunde litt und nach langer Ohnmacht nun wieder bei Sinnen war, „der weiß genau, was hier vorgeht!“ Der junge Templer hingegen schüttelte den Kopf, ohne sich umzublicken. „Ich kann mir nicht vorstellen, dass der großherzige, weltoffene Mann, als den wir den Sultan kennengelernt haben, derartige Zustände in seinem Kerker wissentlich gutheißt. Aber wer weiß, der Krieg verändert die Menschen …“

Eine Zeit lang waren sie weiter gut behandelt worden. Aber dann hatten die Kreuzfahrer wiederholt das Friedensangebot des Sultans ausgeschlagen, schließlich sogar Damiette genommen, und die Stimmung der Sarazenen war umgeschlagen. Der Sultan hatte eine Belohnung von einer vollen Goldmünze ausgesetzt – für den Kopf eines jeden Christen, den man ihm bringen möge. Diese Veränderungen hatten auch die Gefangenen zu spüren bekommen. Barfuß hatte man sie einen ganzen Tag und eine Nacht lang das Niltal aufwärts getrieben, in das kleine Dorf, in dem al-Kamil nach seinem erneuten Rückzug das nächste Lager aufgeschlagen hatte, das er fortan zu einer regelrechten Festung ausbauen ließ. Auf dem Weg hatte man sie mit Knüppeln und Peitschen traktiert. Thomas, von mehreren Schlägen getroffen, war gestürzt und seine alte Kopfverletzung war wieder aufgebrochen. Dann hatte man sie in dieses Loch geworfen, in dem sie seither hockten. Elf Monate waren seither ins Land gegangen, ohne dass Thomas sich auch nur annähernd erholt hätte, elf Monate ohne Sonne, ohne ausreichende Nahrung, ohne Pflege, elf Monate unter der Knute eines Aufsehers, eines Eunuchen namens Saif ad-Din, der ein Teufel in Menschengestalt war und viele Gefangene auf dem Gewissen hatte. „Dieser verfluchte Eunuch scheint mir ein ausgesprochener Christenhasser zu sein“, fuhr Thomas fort, „wie sonst könnte jemand zu solchen Schandtaten fähig sein?“ „Diese Sarazenen sind doch allesamt Ausgeburten der Hölle“, spie ihr Kerkergenosse aus, „und dieser Eunuch ist der Schlimmste von allen.“ „Vielleicht ist er aber auch einfach nur ein Männerhasser“, überlegte

William, „weil man ihm, wie im Orient weit verbreitet, als Kind die Männlichkeit genommen hat."

Jedenfalls ließ dieser Eunuch keine Gelegenheit aus, ihnen das Leben bzw. Überleben schwer zu machen. Wer sich bei seinem Eintreten nicht erhob, und sei es aus Schwäche, wurde mit Peitschenhieben traktiert. Dabei glaubte William schon häufiger ein Flackern der Erregung in dessen Augen gesehen zu haben. Die Peitschenhiebe waren neben den Verletzungen und dem körperlichen Verfall, auch der Grund, warum die beiden anderen Ritter, mit denen sie monatelang die Zelle geteilt hatten, frühzeitig verschieden waren. Mit einem teuflischen Grinsen hatte der Eunuch die Leichname vor wenigen Tagen aus dem Keller schaffen lassen, vielleicht um für deren Häupter die Goldmünzen des Sultans zu kassieren, vermutete William. Thomas und dem dritten Gefangenen jedenfalls drohte das gleiche Schicksal, denn beide hatte mittlerweile auch das Fieber ergriffen. William selbst hatte es nur dem Glück zu verdanken – und der Tatsache, dass er bislang kein einziges Mal ernstlich verwundet worden war –, dass es ihm besser ging. Ein ihnen nur allzu bekanntes, metallisches Rasseln an der Tür riss die Männer aus ihren Gedanken, da wurde die hölzerne Pforte auch schon aufgestoßen und ihr Peiniger, begleitet von zwei bewaffneten Wachen, trat ein.

Wie Konrad es erwartet hatte, befand sich kaum noch jemand im ursprünglichen Lager der Kreuzfahrer, der sich an die Geschehnisse rund um das Ableben des Grafen von Berg erinnerte. Bereits Dutzende Männer hatte Konrad darauf angesprochen, aber nur Kopfschütteln geerntet. Mit Walram von Limburg war ein großer Teil der Ritter abgereist, die im Sommer des Jahres 1217 von Holland aus in See gestochen waren. Den Anfang hatte die Hauptmacht der Friesen gemacht, die von sich nicht zu Unrecht behaupteten, ihr Kreuzzugsversprechen mehr als eingelöst und dafür einen hohen Blutzoll entrichtet zu haben. Und obwohl sie sich damit den Unmut des päpstlichen Legaten Kardinal Pelagius zugezogen hatten, waren die Friesen im Herbst 1218 nach Hause gesegelt. Dort allerdings waren viele in einer winterlichen Sturmflut ums Leben gekommen. Dies wurde von Pelagius und seinen Anhängern später als Strafe Gottes interpretiert. Im Windschatten der Friesen war auch Walram von Limburg abgereist. Seinen Argumenten, sich um die Erbfolge von Berg kümmern zu müssen, hatte sich auch der Kardinal nicht verschließen können, erst recht nicht, nachdem Walram versprach, einen Teil der Männer vorerst zurückzulassen. Damit waren vor allem die Fußknechte und die Ritter von Berg gemeint, die jedoch schon im nächsten Frühjahr, nachdem zahlreiche italienische Truppen das Kreuzfahrerheer verstärkt hatten, in die Heimat nachfolgten. Zu dieser Zeit hatte auch der Herzog von Österreich, der sich viele Male an vorderster Front um den Kreuzzug verdient gemacht hatte, mit seinen Truppen die Heimreise angetreten. Lediglich die Kölner Streitkräfte unter ihrem mittlerweile abgöttisch verehrten Domscholastikus Oliver und der Graf von Jülich mit seinen Mannen, der erst im Sommer 1218 zu den Kreuzfahrern gestoßen war, befanden sich noch aus dem rheinischen Kontingent vor Ort. Und bei eben diesem Domschulmeister wurde Konrad vorstellig.

„Das ist völliger Unsinn, aber typisch für die unchristliche Gesinnung mancher Teile des Heeres", schimpfte Oliver, als der Templer ihn auf die Gerüchte um Thomas' Verschwinden ansprach. Offenbar aus seinen erfinderischen Gedanken gerissen, legte er seine Zeichenfeder nieder und rollte sorgfältig das Pergament ein, mit dem er gerade beschäftigt war, warf es dann aber eher achtlos auf einen Stapel anderer, die sich auf dem Zeichentisch in der Mitte seines Zeltes befanden.

„Argwöhnische Neidhammel, alle miteinander. Statt sich für Gottes Gnade und die Vergebung eigener Sünden in den gerechten Kampf zu stürzen, geht es bei vielen nur um den schnöden Mammon", fuhr Oliver erregt fort, kam aber dann wieder auf den Grund von Konrads Besuch zurück. „Ich habe den jungen Mann kennengelernt. Ein braver Kerl, wenn auch mit zu wenig Interesse für die wahren Dinge des Lebens. Das Schwert lag ihm näher als die geistigen Wissenschaften – und daran wart Ihr, Bruder Konrad, wohl nicht ganz unschuldig ..."

Den ‚Bruder Konrad' betonte Oliver besonders, um ihm zu verstehen zu geben, dass er in dem Templer längst den Schulmeister des Knappen erkannt hatte. „Ich erinnere mich daran, dass er Euch erwähnte, denn Ihr seid doch wohl besagter Klosterbruder aus Altenberg, wenn ich mich nicht irre, auch wenn Ihr jetzt das Gewand der Tempelritter tragt. Die Gründe dafür will ich erst gar nicht erfragen!" Konrad machte ein betont betretenes Gesicht. „Da habt Ihr recht, verehrter Bruder Oliver, und es ist eine lange Geschichte, die ich Euren Ohren aus vielerlei Gründen ersparen möchte. Zu dem Knappen sei nur gesagt, dass er früh seine Eltern verlor und der Graf ihn unter seine Fittiche genommen hatte. Mir oblag es, ihm die Welt der

Zahlen und Lettern näher zu bringen. Er war nicht ungelehrig. Doch als ich erkannte, dass er mit dem Schwert weitaus besser umzugehen wusste, hielt ich es für angebracht, ihm eingedenk des bevorstehenden Kreuzzuges ein paar, sagen wir, überlebenswichtige Fertigkeiten zu vermitteln …"

„Wie auch immer, Gottes Wege sind unergründlich", formulierte Oliver sein Bedauern, erinnerte sich dann aber an eine wichtige Begebenheit. „Ich war auch zugegen, als sein Lehnsherr starb. Der Knappe wurde als Letzter in dessen Zelt gerufen. Ich kann mir durchaus vorstellen, dass dies zu dem Zweck geschah, ihm für seine unzweifelhaft geleisteten Dienste den Ritterschlag zu gewähren!" Oliver wurde dank seines Erfindungsreichtums beim Bau wirkungsvoller Kriegsmaschinen längst nicht nur als geistiger Führer der Kölner Truppen angesehen. Dessen Wort und Stellung musste man sich zunutze machen. „Hättet Ihr die Güte, dies vielleicht in einer Art Empfehlungsschreiben niederzulegen?", brachte Konrad vor. „Ich hoffe darauf, dass der Bursche noch lebt. Und wenn ich ihn finde, könnte er ein gutes Wort gebrauchen, das ein Mann wie Ihr für ihn einlegt. Vor allem, weil sein künftiger Lehnsherr womöglich derselbe ist wie Eurer, nämlich der Erzbischof von Köln." Oliver überlegte einen Moment, dann griff er erneut zur Feder. „Ich werde sogleich einen Brief an seine Eminenz aufsetzen, in dem ich meine Meinung zu den Vorwürfen kundtue, die mir zu Ohren gekommen sind. Und ich werde Euch eine Kopie dessen aushändigen, seid Ihr damit einverstanden?" „Voll und ganz, Bruder Oliver", antwortete Konrad, „das wird mir eine große Hilfe sein!"…

„Nun seht, wie mir der Sultan, Allah möge ihn beschützen, meine aufopfernde Sorge um seine Gefangenen zu vergelten geruhte …" Bei diesen in Arabisch und mit eigentümlich hoher Stimme vorgetragenen Worten ließ der Kerkeraufseher zwei Goldmünzen aufblitzen und durch seine fetten Finger gleiten. Saif ad-Din war ein Berg von einem Mann, ein wahrer Fleischberg, eine Ehrfurcht gebietende Gestalt, aber kein vollständiger Mann mehr. Doch genau das machte ihn noch gefährlicher. Die drei Gefangenen, die sich bei seinem Eintreten mühsam erhoben hatten, wobei sich die beiden äußeren auf den kräftigeren Ritter in der Mitte stützten, verstanden mittlerweile zumindest so viel Arabisch, dass sie sich, zusammen mit seiner Mimik und Gestik, den Kern seiner Botschaft zusammenreimen konnten. Wenn er allerdings gehofft hatte, sie damit einzuschüchtern oder gar gebrochen und ob seiner Anwesenheit vor Angst schlotternd vorzufinden, sah er sich ein weiteres Mal enttäuscht.

„Ich hoffe, ihr werdet mir den Gefallen tun und auch bald aus dem Leben scheiden, damit sich zu diesen Münzen noch drei weitere gesellen", legte er daher noch eine teuflische Anspielung nach. „Schade ist nur, dass ich von den ersten beiden Münzen eine werde für neue Kleider opfern müssen, da mich eure Zellengenossen, als ich ihre Leichname enthaupten ließ, mit ihrem Blut besudelten …"

Saif ad-Din hasste in der Tat Männer, wie William zu Recht vermutete, weil sie ein Attribut der Männlichkeit besaßen, das man ihm, dem mächtigen Eunuchen des Sultans, als Kind genommen hatte. Seit er die Aufsicht über die Gefangenen besaß, konnte er diesen Hass endlich einige seiner früheren Geschlechtsgenossen an Leib und Seele spüren lassen. Vor allem bereitete es ihm eine gewisse Form von Befriedigung, seine „Schäfchen", wie er die gefangenen Franken nannte, zuweilen mit der Peitsche zu quälen. Er liebte es, wenn sich auf deren heller Haut die Spuren seines Wirkens abzeichneten. Das erinnerte ihn sehr an die tumben Woll- und Fleischlieferanten, mit denen man ebenfalls nach eigenem Gutdünken verfahren konnte, ohne dass sie sich großartig wehrten. Wenn seine „Schäfchen" dann über seine Behandlung starben, machten sie ihn zudem reich, denn der Sultan zahlte für jeden Christenkopf. Dafür bediente sich der schlaue Saif ad-Din eines Mittelsmannes, denn al-Kamil sollte nicht unbedingt erfahren, dass die Besitzer der Köpfe bereits die Gastfreundschaft seines Kerkermeisters genossen hatten. Dies allerdings war stets der letzte Akt seines selbst inszenierten Kerker-Schauspiels. Zuvor pflegte er alle anderen Möglichkeiten auszuloten, sich an den Gefangenen zu bereichern.

„Nun, vielleicht zieht ihr es ja auch vor, mich selbst für meine treuen Dienste zu entlohnen und sucht in den Tiefen eurer Gewänder noch einmal nach Dingen von Wert", dabei spielte der Eunuch vielsagend mit einem goldenen Ring, den er dem jüngsten der Gefangenen bereits vor Monaten abgenommen hatte und den er seither am kleinen Finger seiner rechten Hand trug, weil er nur dort passte, „sonst helfe ich euch gerne ein wenig bei der Suche. Es gibt ja Gefangene, die an den unbeschreiblichsten Stellen Wertsachen verbergen …"

„Wartet einen Moment, werter Templer!" Konrad hatte sich gerade auf den Rückweg zum Nilufer gemacht, als er von einer rauen, aber freundlichen

Männerstimme zurückgerufen wurde. Konrad drehte sich um und sah einen stattlichen Ritter auf sich zukommen, der ein rotes, an den Rändern vielfach eingekerbtes Kreuz als Wappen auf der Brust trug. Sein wettergegerbtes Gesicht war von den Strapazen der letzten Jahre im Feld gezeichnet. Als er heran war, entboten sich beide einen ritterlichen Gruß per Handschlag. „Verzeiht, dass ich Euch so plötzlich anspreche", sagte der fremde Ritter, „ich bin Arnoldus von Gymnich aus dem Gefolge des Grafen Wilhelm von Jülich, ich habe gehört, dass Ihr Euch nach dem Verbleib eines jungen Mannes erkundigt, der sich unter den Männern des Grafen von Berg befand!" „Das ist richtig, warum fragt Ihr das?", gab Konrad vorsichtig zurück, wobei er sich seine soeben geweckte Neugier nicht anmerken ließ. „Nun, es geht mich vielleicht nichts an, aber dieser Knappe ist mir zuweilen aufgefallen", fuhr Ritter Arnoldus fort. „Zum ersten Mal sah ich ihn auf dem Festmahl in Aachen, zur Krönung des Königs. Dort empfing er eine Ehrung, weil sein Harndrang den Grafen Adolf inspiriert hatte, den Wassergraben der Feste Kaiserswerth trockenzulegen, um diese erobern zu können!"

Beide mussten augenblicklich lachen und das ohnehin nur dünne Eis zwischen ihnen war vollends gebrochen. „Ja, das ist der Bursche, den ich suche", bestätigte Konrad, „und ich darf Euch versichern, dass er mehr zu dem genialen Einfall beigetragen hat als nur den Strahl aus einer schwachen Blase." „Das habe ich mir schon gedacht, eben deshalb ist er mir in Erinnerung geblieben", nahm Arnoldus seinen Faden wieder auf. „Soweit ich weiß, war er auch an der Konstruktion einer Belagerungsmaschine nicht ganz unbeteiligt, die der selige Adolf bauen ließ, um von der Höhe eines Schiffsmastes aus die Mauern von Damiette zu beschießen."

Diese Geschichte war selbst Konrad neu und Arnoldus erzählte ihm das Wichtigste in Kürze. Auch von der einen oder anderen Schlacht, in der er Thomas hatte kämpfen sehen, berichtete der Ritter. „Seht Ihr, deshalb kann und will ich nicht glauben, dass der Bursche zum Lügner und Verräter geworden oder gar zum Feind übergelaufen ist", öffnete Konrad vollends ein Fenster zu seiner Seele, „ich war einst sein Lehrmeister und weiß, dass er eine ehrliche Haut ist!" „Wer behauptet denn solche Ungeheuerlichkeiten?", war es nun an Arnoldus, seinem Erstaunen Ausdruck zu verleihen, und Konrad setzte ihn über das wenige, was er selbst wusste, in Kenntnis. „Nun, ich war weder bei Adolfs Ableben noch bei der Schlacht um das Lager zugegen, deshalb kann ich Euch dazu nichts sagen, außer dass ich niemandem Glauben schenken würde, der den Knappen in solch schlechtem Licht darstellt", erklärte der Ritter vom Niederrhein. „Aber es gab ein paar Männer im Lager, die ihm nicht ganz wohlgesonnen waren, darunter ein zorniger Rotschopf und ein kahlköpfiger, einfacher Kriegsknecht, die zuweilen mit ihm aneinandergerieten – mit ihm und einem jungen Templer …" Bei diesen letzten Worten fiel Konrad vor Überraschung aus allen Wolken. „Ja, deshalb bin ich zu Euch gekommen. Ihr solltet vor allem wissen, dass den Jungen eine enge Freundschaft mit einem Ritter Eures Ordens verband", eröffnete Arnoldus dem Templer Konrad, „einem jungen Engländer namens William. Findet diesen – und Ihr findet vielleicht auch den bemerkenswerten Knappen …"

„William?", drang Thomas' Stimme schwach an das Ohr des Templers. „Was ist, mein Freund?", antwortete dieser, während er sich mühsam von seinem Strohlager erhob. Dabei schmerzten ihm alle Knochen im Leib, mehr noch die blutigen Striemen auf dem Rücken. Aber der Schmerz saß buchstäblich noch viel tiefer. Weil sie nach der Meinung des Kerkermeisters mutwillig ihre letzten Wertsachen vor ihm versteckten, obwohl sie tatsächlich nichts mehr besaßen, was man ihnen hätte abnehmen können, hatte der Eunuch sie wieder einmal die Peitsche spüren lassen. Diesmal war er sogar so weit gegangen, von seinen Häschern mit roher Gewalt alle Körperöffnungen der Gefangenen untersuchen zu lassen, restlos alle. Trotz verzweifelter Gegenwehr, die von den Ketten an ihren Füßen erschwert wurde, war ihnen die unwürdige Behandlung nicht erspart geblieben. Am Ende konnten sie froh sein, zumindest noch einmal mit dem Leben davongekommen zu sein. „Wir müssen hier raus, bevor wir verrecken." Thomas' Stimme war fast nur noch ein Flüstern und doch sprach aus ihr kämpferische Entschlossenheit. „Das werden wir", antwortete der Engländer, „verlass dich drauf, auf die eine oder andere Art." Dabei ließ er sich nicht anmerken, dass er selbst nur wenig Zuversicht im Herzen hatte. „Du hast gut reden", kam es gequält aus der Ecke ihres Mitgefangenen, dem die Scham über die schmachvolle Tortur noch ins Gesicht geschrieben stand, „deine Templerbrüder werden dich vielleicht auslösen, aber was wird aus uns?" William schüttelte den Kopf. „Die Templer lösen keine Gefangenen aus, zumindest nicht gegen Gold oder Silber. Und doch dürfen wir die Hoffnung nicht aufgeben." „Dann lasst uns kämpfen", keuchte Thomas, während er sich zur Seite wälzte, um seine Zellengenossen ansehen zu können, „ein letzter Versuch, lasst uns zuschlagen, wenn sie es am wenigsten erwarten, wenn der Unhold das nächste Mal erscheint!" Damit sank er zurück ins blutbefleckte Stroh. „Wie denn, du pfeifst doch jetzt schon auf dem letzten Loch!" Ein bitteres, heiseres Lachen entrang sich der Kehle des Kriegsknechtes. „Und was ist hiermit?" Dazu ließ er demonstrativ die Kette an seinem Fuß rasseln. „Habt Geduld, Gott hat uns nicht vergessen", versuchte William zu trösten, obwohl es ihm jetzt kaum besser ging als den anderen, „er wird uns ein Zeichen schicken!" In diesem Moment öffnete sich noch einmal die Kerkertür und ihre Tagesration wurde recht unsanft auf den Boden gestellt. „Na, seht ihr", machte William in Galgenhumor. „Vor allem müssen wir erst mal wieder zu Kräften kommen."

„Habt Erbarmen, habt Erbarmen mit einem Unglücklichen, dessen ganze Familie in der Stadt ihr Leben ließ ..."

Yussef bin Tarek al-Tahir hatte sich erneut nahezu unsichtbar gemacht. Als Bettler verkleidet, lungerte er zwischen den Schiffen und Booten herum, mit denen Menschen und Material zwischen den verschiedenen Lagern der Kreuzfahrer ausgetauscht wurden. Nicht nur, dass ihn niemand erkannte und er hier ungestört auf die Rückkehr des Mannes warten konnte, an dessen Fersen er sich zu heften gedachte, zuweilen steckte ihm sogar jemand eine kleine Münze oder ein paar Brotkrumen zu. „Ihr seid barmherzig, Gottes Lohn ist Euer Lohn!", pflegte er dann zu intonieren. Dabei lachte der Assassine insgeheim über die Dummheit der Ungläubigen, die seine perfekte Tarnung nicht zu durchschauen schienen. Dann erkannte er den Mann, dessentwegen er diese Vorstellung veranstaltete. Behände sprang dieser gerade vom Deck einer kleineren Barbotte, um sogleich schnellen Schrittes durch das Hafenviertel Damiettes zu eilen. Der Assassine folgte ihm, einem Schatten gleich. Wie schon bei seiner Ankunft blieb der Tempelritter ausgangs des Hafens am schäbigen Karren eines Händlers stehen, um ein paar Datteln zu erstehen. Yussef schlüpfte in den Schatten einer mächtigen Akazie, um mit diesem geradezu zu verschmelzen. Offenbar hatte der Ritter eine Vorliebe für die süßen Palmfrüchte, denn er schob sich sogleich ein paar der erstandenen Datteln in den Mund. Im Glauben, der Ritter würde danach unmittelbar seinen Weg fortsetzen, vermutlich in Richtung seines Lagers, hatte sich der Assassine bereits an den Rand des Schattens gewagt, sah sich aber nun getäuscht – und den Ritter geradewegs auf sich zukommen. Augenblicklich schlüpfte Yussef wieder in seine Bettlerrolle.

„Habt Erbarmen, habt Erbarmen mit …“ In diesem Moment wanderte ein halbes Dutzend Datteln in seine ausgestreckte Hand. Yussef wollte schon ob seiner gelungenen Täuschung frohlocken, als die ersten Worte des Ritters ihn mit einer bitteren Erkenntnis konfrontierten. „Mit Haschischiyyin hat niemand Erbarmen, mein Freund“, kam es über Konrads Lippen, „allenfalls wartet eine schnelle Klinge auf sie statt des langsamen, quälenden Seiles um den Hals, eine Klinge wie auch Ihr sie zu führen geübt seid. Ich grüße Euch, Yussef bin Tarek al-Tahir, wenn ich mich recht erinnere, es ist lange her, seit wir uns das letzte Mal begegnet sind. Damals wart Ihr noch fast ein Knabe – und ein gelehriger Schüler Eurer Zunft.“ Der Ertappte gab mit einem Lächeln des Bedauerns seine Tarnung auf, öffnete den unteren Teil seines Turbans, den er sich um Kinn und Mund geschlagen hatte und entblößte eine Reihe strahlend weißer Zähne. „Es ehrt mich, dass Ihr mich erkannt habt, al-Kurradin, darf ich fragen, was mich verraten hat?“ Konrad schenkte ihm ein ähnliches Lächeln zurück. „Es waren Eure Augen, verehrter al-Tahir, sie leuchten wie Smaragde unter wertlosen Dinaren. Sie leuchten in einer Weise, die bei Bettlern und ähnlichem Gesindel doch eher selten zu finden ist, es sei denn, sie haben die Beute ihres Lebens im Visier. Wer diese Augen einmal gesehen hat, noch dazu mit der auf sich gerichteten Spitze eines Dolches direkt daneben, der vergisst sie nicht so leicht …“ Yussef bin Tarek al-Tahir verneigte sich. „Und nochmals ehrt Ihr mich. Es gibt sicher nicht viele Gegner, die ein solches Kompliment aus Eurem Munde zu hören bekommen!?“ Nun setzte Konrad sein gewinnendstes Lächeln auf. „Das ist richtig, verehrter al-Tahir, die meisten Gegner, die mir so nah kamen, sind tot …“

Dabei nahm Konrad den Assassinen kurzerhand beim Arm und führte ihn zurück in den Schatten der Akazie. „Wo wir gerade beim Thema sind – ich glaube, Ihr seid mir noch einen Gefallen schuldig, den könnt Ihr jetzt einlösen …“

Yussef bin Tarek al-Tahir sah seine Befürchtungen, die diesen Mann betrafen, bestätigt, aber es sollte noch schlimmer kommen. „Ihr habt doch bestimmt eine Möglichkeit, mir eine Liste der Kriegsgefangenen des Sultans oder etwas Ähnliches zukommen zu lassen, nicht wahr?“…

„Nehmt die Finger da weg, fort mit Euch!“ Jacub der Jude hatte alle Hände voll zu tun, Dutzende gieriger Hände vom Rest seiner Ware und von seiner Begleiterin fernzuhalten. Während sich seine verängstigten Helfer im Hintergrund hielten und auf die Esel achteten, stand der alte Händler auf einem hölzernen Wagen, dem man ihm als provisorische Verkaufsbühne zugewiesen hatte, auf dem freien Platz inmitten des zur Stadt herangewachsenen Feldlagers, und verteidigte die Ballen aus Seide, indem er aufgeregt mit einem Stock umherfuchtelte. Mit für sein Alter erstaunlicher Schnelligkeit und Treffsicherheit schlug er jedem auf die Finger, der die teuren Stoffe anzufassen gedachte oder der verschleierten Inez zu nahe kam, die von Kopf bis Fuß in das gleiche fernöstliche Gewebe gehüllt war. Seine Damaszener Klingen hatten unter den Soldaten des Sultans reißenden Absatz gefunden, vor allem nachdem sich herumgesprochen hatte, dass der Jude die Ware auf Geheiß des Sultans verschenken würde. Doch nun gestaltete es sich schwierig, den Männern begreiflich zu machen, dass nicht alles, was sich auf dem Wagen befand, für sie als Geschenk gedacht war. Die Situation drohte zu eskalieren. Die Soldaten lachten und schlossen bereits Wetten ab, wer der unbekannten Schönen als Erster die sie verhüllenden Tücher von Gesicht und Körper würde reißen können. Da lüftete Inez ein wenig den Schleier und warf den Männern in der vordersten Reihe einen durchdringenden Blick zu, der viele verstummen ließ. Der beherzte Auftritt eines ganz in Schwarz gekleideten und mit einem Kettenhemd gewappneten Offiziers – wie Jacub vermutete – auf der Gegenseite setzte dem Spuk vollends ein Ende. Mit eiserner Faust ergriff er das Handgelenk eines Mannes, der im Begriff schien, den Wagen erklettern zu wollen.

„Warte", herrschte er ihn an, um dann milder anzufügen, „bist du sicher, dass du dich an einer Frau vergreifen willst, die unter dem Schutz des Sultans steht?"

Irritiert durch diese Worte und gebannt von den grünen Augen des Offiziers hielt der Soldat inne, worauf Ersterer ein gewinnendes Lächeln aufsetzte. „Dann sei Allah dir gnädig, denn der Sultan wird es nicht sein!" Diese letzten Worte hatte er so laut gesprochen, dass jeder ihn hören konnte. „Geht jetzt", fügte er an die Menge gerichtet hinzu, „hier gibt es nichts mehr für Euch zu holen, außer dem Zorn des Sultans …"

Als die Meute begann, sich zu zerstreuen, trafen sich die Blicke der Schönen und des Offiziers. Augenblicklich fielen auch Inez die ungewöhnlich grünen Augen des Mannes auf. „Ich danke Euch", hauchte sie und schenkte ihm ein bezauberndes Lächeln, bevor sie ihr Gesicht wieder hinter dem Schleier verbarg. „Ich habe nur meine Pflicht erfüllt", antwortete der grünäugige Soldat mit ritterlicher Verbeugung und stellte sich als Offizier der Leibwache des Sultans vor. „Wie können wir Euch das je vergelten?“ Händeringend tauchte nun der über alle Maßen erleichterte Jacub neben ihm auf. „Nun, dazu werdet ihr sicher noch Gelegenheit haben“, antwortete der Offizier vieldeutig, „vorerst reicht es, wenn ihr mir einfach folgt, denn der Sultan erwartet euch.“

„Kannst du mir nicht die Beichte abnehmen?“ Thomas’ Stimme hörte sich gleich viel kräftiger an, nachdem William ihm etwas von der dünnen Suppe eingeflößt hatte. „Wirst du auf deine alten Tage noch fromm?“, antwortete der erstaunte Templer mit einem Hauch von Humor. „Ich dachte immer, deine Frömmigkeit hielte sich in Grenzen?!“ „Das stimmt“, gab der Fischersohn zurück, während er sich zurück in das notdürftig eingestreute Stroh sinken ließ, „ich habe Gott lange nicht den Tod meiner Eltern verziehen. Aber jetzt stehe ich vielleicht bald selbst an der Pforte des Himmels und möchte Gott um Vergebung bitten, um Vergebung für meinen Zorn und die eine oder andere Sünde …“

„Was kann so ein junger Dachs wie du schon für Sünden begangen haben?“, mischte sich ihr Mitgefangener in ihr Gespräch, während er sich ächzend ein wenig aufrichtete.

„Und doch ist es mein Bedürfnis, mein Gewissen etwas zu erleichtern“, beharrte Thomas und warf William erneut einen fragenden Blick zu. „Nun, ich bin zwar ein Kriegermönch“, erwiderte der Engländer, „aber als Priester fehlt mir die Weihe. Offiziell kann ich dir also nicht die Beichte abnehmen. Aber als Freund leihe ich dir gern mein Ohr, wenn du dein Herz ausschütten möchtest.“ Thomas rang sich ein Lächeln ab. „Mehr kann ein Mann nicht verlangen.“ Dann wurde er ganz ernst.

„William, hast du je die Liebe einer Frau kennengelernt?“ Der Templer machte ein konsterniertes Gesicht, denn mit solch einer Frage hatte er nicht gerechnet. „Ich dachte, du wolltest beichten – nicht ich?!“ „Das ist richtig“, gab Thomas zurück, „aber das, was ich dir anzuvertrauen gedenke, kann vielleicht nur jemand verstehen, der Ähnliches erlebt hat …“ „Dann wärst du aber bei einem Priester erst recht an der falschen Adresse gewesen“, mischte sich erneut ihr Mitgefangener ein, worauf sich William zornerfüllt zu ihm umwandte. „Glaubt Ihr vielleicht, Priester seien keine Menschen, hätten keine Gefühle?“, herrschte er ihn an. Doch der verwundete Kriegsknecht zeigte sich davon wenig eingeschüchtert.

„Das hab ich nicht gesagt", antwortete er mit einem Achselzucken, „aber wenn es um Liebe, erst recht die Liebe zu einer Frau geht, ist doch wohl eher der Rat eines richtigen Mannes gefragt." Damit erregte er nur noch mehr Williams Zorn. „Viele von denen, die sich zu Gott hingezogen fühlen, sind genauso sehr Mann wie Ihr oder ich oder mein Freund hier. Und sie zahlen oft einen hohen Preis dafür, indem sie das eine für das andere aufgeben!" Dabei näherte er sich drohend dem Mann zu seinen Füßen, der mit dem Rücken an der feuchten Mauer lehnte und ihn schelmisch anblinzelte. „Oho, haben wir da einen wunden Punkt berührt? Und das bei einem Tempelritter ...", getraute sich dieser, noch hinzuzufügen. Darauf ging William in die Knie, um ihm aus nächster Nähe ins Gesicht zu sehen. „Sei froh, dass du so ein Häuflein Elend bist, sonst würde ich deine wunden Punkte etwas näher in Augenschein nehmen!"

Beide funkelten sich grimmig an. Der Kriegsknecht wollte noch etwas erwidern, beschloss dann aber, dass es klüger sei, den Mund zu halten. „Lass es gut sein, William", kam es da aus Thomas' Ecke, „ich habe den Eindruck, du weißt genau, wovon ich rede, so lass mich dir erzählen ..."

Saif ad-Din hasste Männer, mehr aber noch hasste Saif ad-Din die Frauen, zum einen, weil sie verborgene Wünsche in ihm weckten, die er niemals würde ausleben können, zum anderen, weil er in den Jahren als Aufseher im Harem des Sultans gelernt hatte, zu welcher Falschheit und Hinterlist manche Frauen fähig waren. Aber diese Frau dort raubte ihm geradezu den Verstand. Er war es gewohnt, dass die schönsten Tänzerinnen des Landes vor dem Sultan und seinen Vertrauten auftraten, zu denen auch er sich zuweilen zählen durfte. Oft nahmen die Männer nicht einmal mehr Notiz von den hüftschwingenden Darbietungen und vertieften sich direkt in Gespräche über militärische Strategien und neueste Nachrichten. Aber diesmal war es anders. Diese Frau war anders. Wie es hieß, war sie mit dem jüdischen Händler in das Lager gekommen, der jetzt in demütiger Haltung neben dem Zelteingang kauerte. Aber sie war keine Jüdin, das sah Saif ad-Din sofort. Bei ihrem Eintreten hatte sie den Gesichtsschleier fallen lassen, um ihr langes, kastanienfarbenes Haar zur Geltung zu bringen, und dann mit einem Tanz begonnen, der jegliche Aufmerksamkeit auf sich zog. Lediglich von einer Mazhar begleitet, einer mit Schellen umgebenen Rahmentrommel, die sie sich irgendwo im Lager besorgt hatte und nun in der rechten Hand hielt, vollführte sie Drehungen und Wendungen, bei deren Anblick es einem schwindelig werden konnte. Dabei ließ sie die kostbare grüne Seide, in die sie gehüllt war, so um ihren weiblichen Körper tanzen, dass sie sich immer enger an ihre Rundungen schmiegte, je schneller der Tanz wurde. Auf dem Höhepunkt ihrer Vorführung, bei der sich ausdrucksstark Schmerz und Leidenschaft auf ihrer Miene spiegelten, erstarb die Musik und mit ihr der Tanz und die Frau sank zu Füßen des Sultans in sich zusammen. Da war es wieder, dieses Gefühl aufkommender Erregung, das in seinem Körper kein Ventil fand und das er deswegen hasste. Und so begann er auch diese Frau zu hassen.

„Woher kommt dieser Tanz?", ließ der Sultan, ausgesprochen angetan von der fremdländischen Darbietung, vernehmen. Die Frage war an den Juden gerichtet, auch wenn al-Kamil keinen Blick von der jungen Frau ließ, die immer noch zu seinen Füßen lag. Inez war versucht zu antworten, doch Jacub hatte ihr eingeschärft, keinen Laut von sich zu geben, es sei denn, der Sultan fordere sie persönlich dazu auf. „Er stammt aus al-Andaluz", antwortete stattdessen der alte Jude, „jenem Teil Iberiens, der seit Jahrhunderten von Euren Glaubensbrüdern beherrscht wird. Es waren jedoch eingewanderte Stämme aus dem Osten, die diesen Tanz mitbrachten." Der Sultan nickte versonnen. „Ihr dürft Euch zurückziehen", sagte er nach einer Weile, „und ab morgen Eurer Tätigkeit als Übersetzer nachgehen. Meldet Euch dazu bei meinem Kerkermeister, dem ehrenwerten Saif ad-Din hier zu meiner Rechten." Dabei wies er mit der Hand auf seinen Eunuchen, dem augenblicklich der Schreck in die Glieder fuhr, auch wenn er dies geschickt mit einem gewinnenden Lächeln überspielte. Einen Schnüffler, der noch dazu die Sprache der Franken sprach, das war das Letzte, was er in seinem dunklen Reich brauchte. Und obendrein auch noch ein Jude. Doch es sollte noch schlimmer für ihn kommen. „Sorgt dafür, dass die Frau dabei von zwei gesonderten Wachen begleitet wird, damit es zu … keinen Missverständnissen kommt", fügte der Sultan an.

Erst jetzt ging dem Eunuchen auf, dass er auch die Tänzerin am Hals hatte. Eine Frau in seinem Kerker, Entrüstung wuchs in seiner Brust. Aber er war vorsichtig genug, den Sultan seinen Unmut nicht merken zu lassen. Trotzdem war al-Kamil die Gefühlsregung des Eunuchen nicht entgangen. „Wenn ihre Zunge so geschult ist wie ihre Füße, wird sie uns auch damit gute Dienste leisten", fuhr er schmunzelnd fort, dabei lachten die Männer im Zelt über die Doppeldeutigkeit der Worte, „sieh zu, dass sie die richtigen Fragen stellt, damit wir alsbald in Erfahrung bringen, ob mit Lösegeld zu rechnen ist ..."

Saif ad-Din wusste, dass diese Worte an ihn gerichtet waren, und verneigte sich. Mit einem Wink beschied der Sultan dem Juden und der Tänzerin, sich zu entfernen. Mit tiefen Verbeugungen begaben sich beide zum Ausgang, als der Sultan noch einmal das Wort an sie richtete. Er sprach fränkisch und wandte sich diesmal direkt an die junge Frau. „Wie ist dein Name, mein Täubchen?" Die Angesprochene wagte es diesmal, den Kopf zu heben, und blickte dem Sultan geradewegs in die tiefbraunen Augen. „Man nennt mich Inez", sagte sie auf Arabisch, „und es wird mir eine Freude sein, Euch mit jeder meiner bescheidenen Fähigkeiten zu dienen."

Jacub hielt vor Schreck den Atem an, aber al-Kamil setzte ein freundliches Lächeln auf. „Dann hoffe ich, dass Ihr nicht nur etwas Licht in die Dunkelheit unseres Kerkers bringt, sondern zuweilen auch wieder mein bescheidenes Zelt mit Eurer Anwesenheit erhellt!" „Wann immer Ihr es befehlt, großer Herrscher!", gab Inez zurück. „Dann also auf morgen!" Damit entließ sie der Sultan. Der Eunuch kochte indes vor Wut ...

„Eines muss man dir lassen, für deine jungen Jahre hast du dich ganz schön beeilt, einen interessanten Lebenslauf hinzulegen", staunte William, als Thomas geendet hatte. „Das will ich meinen", kam es aus dem Mund des lädierten Kriegsknechtes. Thomas hatte zwar sehr leise gesprochen, aber in dem engen, steinernen Kerker, dessen Mauern jeden Laut zurückwarfen und verstärkten, war auch noch ein Flüstern am anderen Ende zu verstehen. Die Geschichte von Thomas' Liebe zu Sibylla und von der Episode in England kannte William bereits von ihrem Gespräch aus Portugal. Aber Thomas' amouröses Abenteuer mit der schönen Tänzerin in Lissabon war ihm neu, vor allem, dass diese Frau so heftige Gefühle in dem Fischersohn ausgelöst hatte. „Weshalb auch immer du dich schuldig fühlst", meinte William, „Gott wird es dir nachsehen. Ein wichtiges Gebot jedenfalls hast du nicht verletzt. Keine der jungen Damen war die Frau eines anderen, das Weib eines Nächsten, und so, wie ich das verstehe, haben sie dir ja auch aus freien Stücken ihr Herz und sonstiges geöffnet." Ihr Kerkergenosse gluckste. „Aber wie kann es sein, dass mich die eine so ins Herz trifft, ohne dass ich die andere vergessen hätte?", brachte Thomas seine Gewissensbisse auf den Punkt. „Ach Junge, die eine war nah, die andere fern – und du weit weg von zu Hause, du grübelst zu viel“, tat der Kriegsknecht ungefragt seine Meinung kund. Aber mittlerweile hatten sie begonnen, ihn als Dritten in ihrer Runde zu tolerieren.

„Nein, das trifft es nicht“, bestritt Thomas, „es ist vielmehr so, dass beide unterschiedliche Seiten in mir zum Klingen bringen. Trotzdem war es nicht recht von mir. Ich frage mich die ganze Zeit, was passiert wäre, wenn ich Inez und Sibylla gleichzeitig getroffen hätte?“ Für einen Moment trat nachdenkliche Stille ein. „Ich denke, der Junge ist hoffnungslos romantisch“, kam es wieder aus dem Mund ihres Zellengenossen, „das endet entweder tragisch, wie bei Tristan und Isolde, oder der Bursche liefert den Minnesängern reichlich Stoff für neue Lieder.“

„Ich weiß nicht, ob man zwei Frauen lieben kann“, grübelte William derweil, „die eine hat mir gereicht.“ Und nun war es an dem jungen Tempelritter, seine Lebensgeschichte zu erzählen …

✠

Konrad flog auf seinem Schimmel geradezu dahin und genoss den Ritt in vollen Zügen. Vor ihm näherte sich der Saum eines weiteren bewaldeten Flusslaufes im Geschwindschritt. Wenn er zur Seite blickte, schoss die Landschaft an ihm vorüber, als sei er ein Adler im Sturzflug. Wie lange hatte er nicht mehr auf solch einem Pferd gesessen! Aufmerksam registrierte die Stute jede seiner Bewegungen und reagierte auf den leisesten Schenkeldruck. Ein Wunder, dass seit dem Rückkauf des Pferdes noch niemand anders die Qualitäten der Stute erkannt und das Tier für sich beansprucht hatte. Vielleicht lag es an der Tatsache, dass es früher mehrfach die Besitzer gewechselt hatte, Männer, die nun begraben unter der Erde lagen oder in sarazenischen Kerkern schmorten. Kreuzritter konnten zuweilen ebenso abergläubisch sein wie ihre muselmanischen Gegner. Konrad interessierten derlei Omen nicht, er vertraute auf Gott, auf sich selbst, auf die schnellen Beine solcher Pferde – und auf die Kampfkraft der hundert Männer, die nun unter seinem Kommando standen, zehn Ritter, siebzig Sergeanten, die sich nur durch ihren niederen Stand und die schwarzen Wappenröcke von Ersteren unterschieden, ansonsten genauso ausgerüstet waren wie die Ordensritter, und zwanzig Turkopolen, orientalische Söldner, vor allem Bogen- und Armbrustschützen, die als Hilfstruppen für die Templer agierten. Von den Mauern Damiettes aus hatten sie sich nach Südosten gewandt, zu den Brackwasserseen, die sich zwischen der Mittelmeerküste und den fruchtbaren Feldern des östlichen Deltas dahinzogen. Hier war Salz zu finden, eines der kostbaren Güter, an denen das Kreuzfahrerheer stetig Mangel litt. Eine erste Saline, deren Arbeiterschaft bei ihrem Herannahen geflohen war, hatten sie bereits um gut fünfzig Säcke des weißen Goldes erleichtert und diese mit zehn Mann Bewachung zurück ins Lager geschickt. Salz, Obst und andere frische Lebensmittel – an deren Fehlen konnte ein Heer zugrunde gehen. Dem sollten sie Abhilfe schaffen.

Aber Konrad hatte es noch auf ein weiteres Ziel abgesehen. Dem Hinweis eines grünäugigen Bettlers folgend, wollte er ein paar Dörfern im Osten einen Besuch abstatten, in deren Umgebung sich einige stattliche Landgüter befanden, die hohen Würdenträgern des Landes gehören sollten. Vielleicht war der eine oder andere ja anwesend und konnte sozusagen für spätere Verwendungszwecke wie den Austausch von Gefangenen in Verwahrung genommen werden.

„Sie war die schönste Blume Englands", der junge Templer geriet noch hier und jetzt in diesem modrigen Kerker ins Schwärmen, „ihr Haar leuchtete wie die Strahlen der untergehenden Sonne, es war Liebe auf den ersten Blick." Thomas und der Zellengenosse hörten seit geraumer Zeit wortlos und ergriffen zu. William hatte berichtet, dass er als Sohn eines Gutsbesitzers, eines angelsächsischen Landadeligen aus der Grafschaft Gloucester, das Licht der Welt erblickt hatte, allerdings „nur" als dritter Sohn. Weil die Güter des Vaters nicht reichten, um sie nach seinem Ableben auf alle seine Söhne aufzuteilen, hatte man ihn, den Jüngsten, dazu ausersehen, Priester oder Mönch zu werden. Obwohl er von Kindesbeinen an lieber den Umgang mit Pflug, Sense, Bogen und Schwert pflegte, hatte er sich gefügt und war mit zehn Jahren in ein benachbartes Kloster eingetreten, wo er Lesen, Schreiben und das Wort Gottes in mannigfacher Form erlernte. Dann aber, mit sechzehn, war er einer jungen Frau begegnet, die seine Gefühle und die Planungen seiner Familie kurzerhand über den Haufen geworfen hatte.

„Es war der letzte Sommer vor meiner endgültigen Aufnahme in das Kloster, während der Sonnwendfeier, die bei uns seit alters her mit großen Feuern begangen wird", fuhr William fort, „als ich sie das erste Mal sah. Ausgelassen tanzte sie mit ihren Freundinnen um die Flammen und warf mir kecke Blicke zu. Sie war die älteste Tochter eines Adeligen aus der Nachbarschaft. Irgendwann nahm ich mir ein Herz und tanzte mit ihr. Als die Flammen des Feuers verloschen, gewährte sie mir, verborgen hinter dem Stamm einer alten Eiche, den ersten Kuss. Fortan ließ ich keine Gelegenheit aus, sie zu sehen, auch wenn dies nicht viele waren. Nur an manchen Feiertagen oder wenn meine Familie die Ernte einbrachte, durfte ich die Klostermauern verlassen. Dabei trafen wir uns stets für kurze Zeit an einem verabredeten Ort. Später fand mein ruheloser Geist einen Weg, mich häufiger davonzustehlen, indem ich einen Laienbruder bestach, nächtens eine kleine Pforte für mich offen stehen zu lassen. Bald trafen wir uns fast jede Nacht. Dann aber …“

William brach für einen Moment ab, um mit schmerzverzerrtem Gesicht die Kette an seinem Fußgelenk in eine andere Position zu bringen. Damit lenkte er jedoch nur davon ab, dass ihn die Erinnerung nötigte, seine aufwallenden Gefühle zu ordnen.

„Was aber, was geschah dann?“, kam es dem Kriegsknecht aus Trier ungeduldig über die Lippen. William stieß einen langen Seufzer aus. „Es kam, was kommen musste. Elsbeth, so ihr Name, war seit geraumer Zeit versprochen. In der Hoffnung, ihren Vater noch umstimmen zu können, hatte sie mir dies verschwiegen. Ihr Bruder erwischte uns im Stroh. Ich schwor, dass ich ihre Ehre nicht angetastet hatte, was auch der Wahrheit entsprach, aber davon wollte niemand etwas hören. Mit Schimpf und Schande und in Stricken, wie eine Sau, die zur Schlachtbank geführt wird, brachte man mich zurück ins Kloster. Der Abt verstieß mich noch in der gleichen Stunde, weil ich nicht mehr würdig sei, ihrer Gemeinschaft anzugehören. So kehrte ich reumütig zu meiner Familie zurück. Mein Vater hatte bei allem Gram Verständnis, sah aber keine Möglichkeit, mir eine weltliche Laufbahn zu ermöglichen oder gar eine Heirat mit der Tochter des Nachbarn. Dieser verweigerte ohnehin jedwedes Gespräch und verbot mir, mich noch einmal seiner Tochter zu nähern. Stattdessen verheiratete er Elsbeth kurzerhand mit dem mehr als zwanzig Jahre älteren Bruder seines Lehnsherrn, bevor unsere Liebe bekannt wurde. Ich war verzweifelt. Die Liebe meines Lebens gehörte einem anderen, die Kirche war mir verschlossen und zu Hause war ich nur ein nutzloser Esser mehr. Mein Vater kam schließlich auf die Idee, einen Brief an seinen Bruder zu schreiben, der in London eine hohe Position im Orden der Tempelritter bekleidete. Dieser erbot sich, mich aufzunehmen, wenn mein Vater die übliche Mitgift aufbringen könne, drei Pferde und ein Schwert. Und so fand ich Aufnahme bei den Templern, in deren Schuld und Dienst ich seither stehe. Vor zwei Jahren wurde ich schließlich zum vollwertigen Ordensmitglied und zum Ritter geschlagen.“

Ergriffen hatte Thomas den Worten seines Freundes gelauscht, wobei vor seinem inneren Auge Bilder seines eigenen Lebens erschienen und sich mit Williams Geschichte vermischten, hier die Aufnahme beim Grafen, dort der Templerorden, der Verlust des Elternhauses, wenn auch auf unterschiedliche Arten, Sibylla und Elsbeth.

„Was ist aus ihr geworden?", kam es Thomas über die Lippen. William warf ihm darauf einen traurigen Blick zu. „Sie ist bei der Geburt ihres ersten Kindes gestorben …"

Am Abend erreichte Konrads Streitmacht einen von unzähligen Kanälen durchzogenen, besonders fruchtbaren Abschnitt des Deltas, der von zwei großen Sumpfgebieten umschlossen und, so weit das Auge nach Osten reichte, mit fruchtbaren Obstplantagen bebaut war. Auf diesen gingen Dutzende von Fellachen, wie die einfachen Bauern genannt wurden, ihrer Arbeit nach. Auf einem kleinen Hügel, so man die minimale Erhebung inmitten der säuberlich angelegten Haine denn so nennen konnte, thronte ein Dorf mit etwa zwanzig flachen, strohgedeckten Häusern und an dessen südlichem Ende der ummauerte Herrschaftssitz eines Großgrundbesitzers oder begüterten Adeligen. Als die Tempelritter erschienen, suchten die Bauern sofort hinter diesen Mauern Schutz. Konrad ließ seine Ritter augenblicklich in Schlachtformation antreten. Das Dorf sah zwar unbedeutend und friedlich aus, aber man konnte nie wissen. Längst musste die Nachricht über ihre Expedition auch den Sultan erreicht haben, der für gewöhnlich Gegenmaßnahmen traf. Die leicht erhöhte Lage des Dorfes und die Mauern des Landsitzes wären eine passende Gelegenheit für einen Hinterhalt. Zumindest hätte Konrad es so eingerichtet, wenn er Sarazene gewesen wäre.

Also teilte er seine Männer in zwei Gruppen. Die Hauptmacht rückte in zwei Schlachtreihen langsam gegen das Dorf vor, die Turkopolen schickte er unauffällig und auf Umwegen in den Rücken der Ansiedlung. Als sie sich auf Schussweite genähert hatten, ließ Konrad die zweite Reihe anhalten und rückte lediglich mit der ersten Reihe weiter vor.

„Haltet die Schilde bereit", wies er seine Männer an, „es könnte sein, dass es gleich Eisen regnet!" Und tatsächlich erschienen wenige Atemzüge später zwanzig oder mehr Bogenschützen auf den flachen Dächern und deckten die Ritter mit einem Hagel von Pfeilen ein, die jedoch dank der Schilde und Konrads Vorahnung nur wenig Schaden anrichteten. Gleichzeitig brachen Schwärme von Reitern aus einem Versteck hinter dem Dorf hervor und hielten auf die Templer zu. „Erste Reihe – zum Angriff", donnerte Konrads Stimme über das Feld, „schwärmt zu den Flügeln aus und nehmt sie in die Zange!" Die zweite Reihe hieß er, den Gegner frontal mit den Lanzen anzugehen. Derweil nahmen die Turkopolen, die gerade rechtzeitig am Südrand des Dorfes in Stellung gegangen waren, die ägyptischen Bogenschützen ins Visier. Kurz bevor Konrads vorderste Männer auf die ungeordnet heransprengenden Reiter trafen, schwenkte die erste Reihe der Tempelritter zu den Seiten aus. Ihrer sicher geglaubten Ziele beraubt, traf die Sarazenen die volle Wucht der zweiten Angriffsreihe. Von den Flügeln her wurde die todbringende Zange geschlossen. Mann um Mann der schwarz gekleideten, Krummsäbel schwingenden Muselmanen sank in den Staub. Es hätte ein Massaker gegeben, wenn der anführende Offizier nicht die Ausweglosigkeit seiner Lage erkannt und augenblicklich die Waffen gestreckt hätte. Konrad nahm die Kapitulation an, denn ihn dürstete es nicht nach weiterem Blutvergießen. Vielmehr interessierten ihn die Zahl der Gefangenen und das, was sich hinter den Mauern des Landsitzes verbarg. Dessen Tor jedoch war geschlossen. Konrad wendete sein Pferd und ließ auf Kommando Hannahs Hinterhufe gegen die hölzernen Balken krachen. Dreimal musste die Stute auskeilen, dann sprang das Tor aus den Angeln. Sofort setzten vier, fünf Templer nach und besetzten den Innenhof. Als Konrad hineinritt, sah er ein menschenleeres, fast römisch anmutendes Atrium mit einem Brunnen in der Mitte, flankiert von noch jungen Palmen. Sofort sandte er seine Männer aus, um das Anwesen zu durchsuchen. Derweil begutachtete Konrad, ohne vom Pferd zu steigen, die Ausstattung des Anwesens, das einen gut betuchten Besitzer versprach. Im Garten blühten exotische Blumen und überall standen Käfige mit bunten, zwitschernden Vögeln. Es dauerte nicht lange und seine Männer führten ein halbes Dutzend Bedienstete, drei Frauen und einen zeternden, wohlbeleibten Würdenträger in den Hof, der nach Art der Ägypter in einen weißen Kaftan und einen ebensolchen Turban gehüllt war.

„Na, wen haben wir denn da?", kam es Konrad gut gelaunt über die Lippen. Aber die Frage erübrigte sich, weil der unsanft vorgeführte Hausherr vor Wut schäumte und aus eigenem Antrieb mit den gewünschten Informationen herausrückte.

„Was fällt euch ein, ihr reudigen Hunde, wisst ihr nicht, wen ihr vor euch habt?", sprudelte es ihm in einem gewaltigen arabischen Wortschwall über die Lippen. „Ich bin Scheikh Hamdan al-Mansur, der persönliche Mundschenk und Verwalter vieler Güter des Sultans!"

Genau das, was Konrad suchte. „Nehmt ihn mit, ihn und seine Frauen, vielleicht besänftigen die ihn etwas", befahl Konrad trocken, „die anderen lasst frei, wir haben, was wir wollten."

„Hier entlang, gebt auf eure Schritte Acht!" Die Wache, die sie am Kerkereingang in Empfang genommen hatte, griff nach einer Fackel und ging voraus, wobei sie unter dem Türsturz ihren Kopf mit dem spitz zulaufenden, konischen Helm einziehen musste. Steile Stiegen führten hinab in die Dunkelheit. Jacub und Inez hatten in einer Karawanserei, einem neu entstandenen Gasthaus am Rande der Stadt, übernachtet, in dem auch ihre Tiere untergebracht waren. Jacub gedachte, die Esel hier an andere Händler zu verkaufen, denn er hatte längst beschlossen, ihrem orientalischen Abenteuer ein Ende zu bereiten und baldmöglichst nach Iberien zurückzukehren. Dafür benötigte er keine Tragtiere mehr. Seine Seidenballen hatte er tags zuvor bereits mit zweifachem Gewinn in goldene Dinare umgesetzt. Eigentlich hätte dieser weitaus höher ausfallen können. Aber nach dem Erlebnis mit den Soldaten, wobei er nah daran gewesen war, alles zu verlieren, hatte er etwas übereilt gleich das erste gute Angebot akzeptiert. Nun galt es, den Auftrag des Sultans zu erfüllen, um den eingetauschten Münzen noch einige aus der Schatulle des Herrschers folgen zu lassen, die Jacub für die „verschenkten" Damaszener Klingen entschädigen sollten. Der Kerker befand sich im ältesten und wohl einzig gemauerten Gebäude des einstigen Dorfes, das al-Kamil zu einem neuen Damiette auszubauen trachtete. Mit drei weiß getünchten Geschossen erhob es sich weithin sichtbar gleich hinter den flachen, lang gezogenen und mit Stroh gedeckten Unterkünften der Fußsoldaten, am Rande eines Nilkanals, der zur Bewässerung der umliegenden Felder und Obstgärten diente. Jacub vermutete nicht zu Unrecht, dass der trutzige Bau, der von einer mannshohen Mauer umgeben war, ursprünglich der Herrschaftssitz eines Provinzfürsten und zugleich letzte Fluchtburg für Mensch und Tier im Fall eines Angriffs gewesen war. Dafür sprachen auch die zahlreichen Eisenringe in den Mauern des Gewölbes, in das sie gerade hinabstiegen. Dort hatte man einst größere Tiere angebunden. Als sich Jacubs und Inez' Augen an die nur spärlich von Fackeln erhellte Dunkelheit gewöhnten erkannten sie, dass sie sich in einem ovalen, niedrigen Raum von vielleicht dreißig Schritt Länge und zwanzig Schritt Breite befanden, den man zu den Seiten hin offensichtlich nachträglich mit Gittern abgeteilt hatte. Alle zehn Schritte standen weitere Wachen mit konischen Helmen, die mit Dolchen, Krummsäbeln und Stöcken bewaffnet waren. An den Ösen im rückwärtigen Mauerwerk hingen nun eiserne Ketten, die am anderen Ende mit den Fußgelenken von Menschen verbunden waren. Allerdings konnte man bei manchen der erbarmungswürdigen Geschöpfe, die hier eingekerkert waren, nur noch mit Mühe erkennen, dass es sich um Menschen handelte. Einige dieser Geschöpfe humpelten bei ihrem Erscheinen an die rostigen Gitterstäbe und streckten flehend ihre Hände hindurch. „Erbarmen, gebt uns zu essen, gebt uns Wasser!" So oder ähnlich rauschte ihnen ein Gewirr meist arabischer Sprachen und Dialekte entgegen. Dafür handelten sich die bettelnden Gefangenen umgehend Stockschläge ein. Inez hielt unwillkürlich den Atem an, einerseits vor Schreck über die menschenverachtenden Zustände in diesem Kerker, andererseits zum Schutz vor dem durchdringenden Gestank, der sich aus den Verliesen verbreitete. Selbst dem alten Jacub war jegliche Farbe aus dem Gesicht gewichen.

„Am besten, du atmest nur durch den Mund", raunte er Inez zu, „dann ist es erträglich." „Diese Unwürdigen brauchen euch nicht zu kümmern", eröffnete ihnen die Wache, „das sind allesamt Feiglinge, Verräter und Fahnenflüchtige. Die Christenhunde sind weiter hinten und in den tieferen Geschossen untergebracht." „Es geht noch weiter nach unten?", getraute sich Inez zu fragen. „Noch zwei Geschosse, ganz unten gab es früher eine Zisterne …", erklärte der Wächter. „Die ihr nicht zu sehen bekommt", unterbrach ihn da die Knabenstimme des Eunuchen, der plötzlich im Gang zwischen den Gittern erschien, „wir wollen doch keine unnötige Unruhe in mein friedliches Serail bringen." Dabei versperrte ihnen Saif ad-Din mit seinem Körper demonstrativ den Weg. „Ich habe einen Raum für die Verhöre vorbereiten lassen, der euch und mir die Mühe erspart, alle Zellen einzeln zu besuchen. Folgt mir einfach!"

Erst jetzt fiel Inez die ungewöhnlich hohe Stimmlage des Kerkermeisters auf, die ganz und gar nicht zu dessen massiger Statur zu passen schien. Im Licht der Fackeln wirkte er wie ein wahrer Herrscher der Finsternis. Die Stimme allerdings war die eines Kindes, eines unreifen Knaben, im Körper eines Kolosses. Ein Eunuch, schoss es Inez durch den Kopf, während sie und Jacub dem Fleischberg folgten, und eine innere Stimme riet ihr zu höchster Vorsicht. Wie gut sie damit beraten war, zeigte sich, als sie das Ende des Ganges erreichten und der Eunuch ihnen mit einer Geste bedeutete, einen Raum zu seiner Linken zu betreten. Als sie, dem vor ihr gehenden Jacub folgend, durch die Tür treten wollte, versperrte ihr der Eunuch den Weg, indem er seinen massigen Bauch nach vorn wölbte. Sie wollte sich vorbeizwängen, war aber zwischen dem Stein hinter ihr und dem Fleischberg vor ihr gefangen.

„Na mein Täubchen", imitierte Saif ad-Din die Worte des Sultans, während er zu ihr herabblickte, „möchtest du nicht lieber für mich tanzen, anstatt dir das Gezeter der Unglücklichen in diesen Mauern anzuhören?"

„Keinesfalls", gab sie ungerührt zurück, ohne sich ihre wachsende Unruhe anmerken zu lassen, „der Wunsch des Sultans ist mir Befehl, und den gedenke ich auszuführen, was auch immer ich dafür erdulden muss."

„Dann wollen wir hoffen, dass das, was du zu sehen und zu hören bekommst, nicht deine Duldsamkeit übersteigt", entgegnete Saif ad-Din, wobei er mit seinen fetten Fingern ihr Kinn anhob, damit sie ihm direkt in die Augen sah, „und wir wollen hoffen, dass du keine Lügen über meinen gut organisierten Kerker verbreitest, damit du nicht Gefahr läufst, selbst hier zu enden!"

Die unverhohlene Drohung wirkte aufgrund der hohen Stimme unfreiwillig komisch, war deshalb aber nicht weniger ernst zu nehmen. Es war Jacub, der zurück zur Tür geeilt kam und die Situation entschärfte. „Seid unbesorgt, Efendi, wir werden dem Sultan lediglich von Namen, Rang und Vermögen der ungläubigen Gefangenen berichten, die Ihr geruht, uns vorzuführen, alles Weitere geht uns nichts an."

Dabei machte er eine übertrieben unterwürfige Verbeugung, reichte seiner Ziehtochter eine Hand und geleitete sie in den Raum. Inez zitterte am ganzen Körper, nicht aus Angst vor dem Eunuchen, sondern weil sie an dessen rechter Hand einen Ring entdeckt hatte, den sie zu erkennen glaubte, ein Ring, der drei Jahr zuvor an einer Schnur um den Hals eines jungen Mannes gehangen hatte, der ihr sehr nah gekommen war …

„Schaut, Erhabener, die besten Früchte des ganzen Deltas gibt es hier, kauft zwei und gebt eine davon Eurem ergebenen Diener, Allah wird Euch dafür belohnen!" Der grünäugige Bettler nötigte den Tempelritter geradezu, die Auslage der Marktstände in Augenschein zu nehmen. „Was hast du herausgefunden?", raunte Konrad seinem Nebenmann zu, wobei er so tat, als begutachte er tatsächlich die Qualität der angebotenen Ware, „hast du eine Liste der Gefangenen?“ Diese Frage lag ihm vor allen anderen am Herzen. „Nein, ich bedaure“, antwortete Yussef bin Tarek al-Tahir, „noch nicht.“

Der Templer und der Assassine hatten sich im Hafenviertel von Damiette getroffen, nahe dem Dattel-Stand, an dem Konrad für gewöhnlich die von ihm so geliebten Palmfrüchte erstand. Es wimmelte von Menschen, die eine euphorische Stimmung verbreiteten. Vor wenigen Tagen hatte sie die Kunde erreicht, dass der Stauferkönig Friedrich am 22. November in Rom zum Kaiser gekrönt worden war und sein Kreuzzugsversprechen erneuert hatte. Nun würde das Heer bald so stark sein, dass man tatsächlich an eine Eroberung Ägyptens denken konnte. So hatte es Kardinal Pelagius vor den versammelten Truppen in feierlicher Andacht verkündet. Zudem stand das Weihnachtsfest bevor, deshalb bevölkerte neben den Kreuzfahrern auch eine große Zahl Pilger den Hafen. Der Templer und der Assassine hatten den belebten Ort mit Bedacht gewählt, da man nirgendwo so sicher und unbeobachtet war wie in einer großen Menschenmenge. Und das, was sie zu besprechen hatten, ging weder die christliche noch die muslimische Seite etwas an.

„Der Sultan hat allerdings Übersetzer, die Eurer Zunge mächtig sind, kommen lassen, um die Gefangenen zu verhören. Damit will er Namen und Stand der eingekerkerten Ritter sowie die Aussichten auf Lösegeld in Erfahrung bringen lassen. Wenn es dazu eine Liste gibt, werde ich sie bekommen.“

Derweil erstand der Templer ein paar Datteln und schob sich die erste beiläufig in den Mund. „Das wäre unschätzbar wichtig für meine Mission“, erwiderte Konrad, „um eine Verhandlungsgrundlage zu haben.“ „Er ist aus reinem Damaszener Stahl, der beste zwischen hier und Damaskus“, tat der Assassine nun, als wolle er dem Tempelritter einen orientalischen Dolch verkaufen, und pries dessen Vorzüge in höchsten Tönen, um dann aber schnell wieder auf ihr eigentliches Thema einzugehen. „Dann wird es Euch interessieren, dass sich unter den zweihundert Gefangenen, die im Kerker des Sultans schmachten, etwa zwanzig Männer Eures Ordens befinden“, flüsterte Yussef, „aber Ihr solltet Euch beeilen, denn täglich werden es weniger. Der Kerkermeister ist ein Schlächter, der jedem Unglücklichen, der das Pech hat, die Zustände im Verlies nicht zu überleben, das Haupt vom Rumpf trennen lässt, um das Kopfgeld zu kassieren, das der Sultan ausgesetzt hat!“

Konrad hob eine Augenbraue, während er die nächste Dattel genoss.

„Er betrügt seinen Sultan?" „Täglich", antwortete der Assassine. „Dann brenne ich darauf, diesen Mann kennenzulernen."

Dabei wandte sich Konrad zum Gehen. „Er ist kein Mann", gab ihm der Assassine noch mit auf den Weg, „sondern ein Eunuch!" Der Templer warf dem vermeintlichen Bettler die übrig gebliebenen Früchte zu. „Das sind die Schlimmsten."

„Mein Name tut nichts zur Sache und Lösegeld werdet ihr für mich nicht bekommen", beharrte der junge Gefangene. Allerdings war von seiner Jugend nicht mehr viel übrig, genauso wenig wie von seinem einst strahlenden Wappenrock, der das stilisierte Kreuz der Templer auf der Brust auswies. Das, was davon übrig war, wurde jedoch von einem zotteligen Bart verdeckt, der sich mit dem strähnigen Haupthaar zu einem undurchdringlichen Gesträuch vereinte, das ihn wie einen Bettler oder verwahrlosten Eremiten erscheinen ließ. Einzig sein ritterlicher Stolz war geblieben und der ließ Jacub nun schon seit einer Stunde schier verzweifeln. Die meisten Gefangenen, die ihnen der Kerkermeister während der letzten zwei Tagen stetig vorführen ließ, standen ihm und seiner Gehilfin bereitwillig Rede und Antwort. Ritter aus Frankreich, Grafensöhne aus Deutschland, Edelleute aus Italien. Außer Inez und Jacub hatten vier andere Sprachgelehrte deren Verhöre übernommen, die in verschiedenen Räumen des Kerkergebäudes stattfanden. Meist waren die Männer froh, nach Monaten der Isolation endlich wieder ein paar Worte in ihrer Landessprache wechseln zu können. Oder sie hofften darauf, dass sie ihrem Lehnsherrn oder ihrer Familie tatsächlich ein gewisses Lösegeld wert waren und sich so eine Gelegenheit ergab, der Hölle des Kerkers zu entfliehen.

Nicht so bei den Tempelrittern. Sie wussten, dass ihre Ordensregel es untersagte, gefangene Ritter freizukaufen. Wer in der Schlacht gefangen wurde, war in den meisten Fällen des Todes. Und daher legte niemand Wert darauf, seinen Namen zu nennen und diesen mit der unrühmlichen Kerkerhaft zu beschmutzen. Und dieser Templer hier schien einer der Stursten von allen zu sein. Inez hatte die einseitige Unterredung bisher stillschweigend verfolgt. Nun brach sie ihr Schweigen, einer inneren Eingebung folgend, denn irgendetwas an diesem Mann kam ihr vertraut vor, auch wenn sie recht sicher war, diesen noch nie zuvor gesehen oder gar gesprochen zu haben.

„Kennt Ihr einen deutschen Knappen namens Thomas?", formulierte sie ohne Vorankündigung auf Fränkisch die Frage, die sie bereits mehreren Gefangenen gestellt hatte, in der Hoffnung, eine Spur des Mannes zu erhalten, dessen Ring nun am Finger des Kerkermeisters prangte. Ihren Ziehvater hatte sie eingeweiht und mit diesem beschlossen, in geeigneten Momenten diesbezüglich ihre eigenen Recherchen anzustellen, ohne sich allerdings darüber klar zu sein, was sie tun wollten, falls sie den Knappen fanden. Der Templer jedenfalls verzog anfangs keine Miene, dann aber kam Bewegung in dessen versteinerte Züge.

„Was habt Ihr da gerade gefragt?" „Ob Ihr einen Knappen namens Thomas kennt, den Sohn eines Fischers aus den fernen deutschen Landen!", antwortete Inez. Nun war ihm eine gewisse Bestürzung anzumerken. „Warum wollt Ihr das wissen?" „Weil er vor drei Jahren in Lissabon mein Herz rührte und sein Ring nun am Finger eines fetten Kerkermeisters steckt", gab sie wahrheitsgemäß zurück. Das plötzliche Aufflammen der Konversation und die dabei erkennbare Emotion der Gesprächspartner erregten die Aufmerksamkeit des Wächters, der ihnen zum Schutz – oder zur Bewachung, ganz wie man es nahm – zur Seite gestellt war und der nun auf Arabisch zu erfahren begehrte, worum es in ihrem Gespräch ginge.

„Habt Geduld, ich habe ihn gleich so weit, und er wird singen wie ein Vögelchen, dazu musste ich ihm nur begreiflich machen, wie sauber Euer Krummschwert seinen Hals durchtrennen wird, falls er weiter schweigt!" Ein kehliges Lachen bezeugte, dass sie den Wächter erfolgreich getäuscht hatte. „Jetzt lasst mich nicht hängen", fuhr Inez, an den Templer gewandt fort, „beantwortet meine Frage und nennt mir um Gottes willen euren Namen, damit wir nicht allesamt in Schwierigkeiten geraten. Vielleicht kann ich Euch helfen!"

Draußen auf dem Gang waren bereits die schweren, schlurfenden Schritte des Eunuchen zu hören, der den Fortgang der Verhöre regelmäßig kontrollierte. „Mein Name ist William von Gloucester, Ritter des Templerordens, geboren in England", kam ihrem Gegenüber plötzlich ein unerwarteter Wortschwall über die Lippen, „und ja, ich kenne diesen Thomas, er ist mein bester Freund …" Inez' Herz machte einen Luftsprung. „Er siecht eine Treppe unter uns in dem gleichen Kerker dahin wie auch ich", fuhr der Templer fort, „und mit jedem zweiten Gedanken ist er bei Euch, der schönen Tänzerin und Übersetzerin Dona Inez aus Portugal, die vor Jahren sein Herz rührte …"

Konrad dachte nicht im Traum daran, sich wie ein Bettler zu benehmen und dem Sultan auf Knien unter die Augen zu treten, obwohl die Wachen vor dem Empfangszelt genau dies bereits zum dritten Mal von ihm und seinen beiden Begleitern verlangten. Nein, seine Position und sein Auftrag, dem Sultan im Namen des Templerordens den Austausch hochrangiger Gefangener anzubieten, verliehen ihm eine Machtposition, die zu behaupten für den Erfolg seiner Mission unabdingbar war.

Eskortiert von einhundert Rittern und Sergeanten hatten sie, dem neuen Auftrag des Großmeisters folgend, in den letzten Tagen des alten Jahres geradewegs auf das einst unbedeutende Dorf flussaufwärts zugehalten, das der Sultan nach dem Fall von Damiette zu seinem neuen Hauptquartier auserkoren hatte. Wie es hieß, wollte er hier gar eine neue Hauptstadt des Deltas entstehen lassen. Wie weit die Arbeiten bereits gediehen waren, hatten sie erst kurz vor den Toren des Lagers bzw. der neu entstandenen Stadt erahnen können. Niemand hatte gewagt, sie bis hierher aufzuhalten, auch wenn die Zahl der Krieger am Wegrand auf den letzten Meilen immer größer geworden war. Ob aus Respekt vor der hundertköpfigen, waffenstarrenden Ritterschar oder vor den weißen Flaggen, die sie an ihre Lanzen gebunden hatten, um die Reiter als Parlamentäre auszuweisen, niemand hatte es gewagt, die Hand gegen sie zu erheben.

Vor den Toren war ihre Eskorte zurückgeblieben. Erst innerhalb der Mauern hatte sich Konrad vollends einen Eindruck von al-Kamils Zukunftsplänen verschaffen können. Eine umlaufende Stadtmauer, Türme, Stallungen, Vorratsspeicher, Unterkünfte für die Truppen, eine Moschee und ein Palast waren in nur einem Jahr aus dem feuchten Boden gestampft worden. Wagenladungen mit getrocknetem Schilfrohr, aber auch Baumaterial aus entfernten Steinbrüchen, Brennöfen für Lehmziegel und hölzerne Hebewerke mit Flaschenzügen zeugten an zahlreichen Baustellen davon, dass dies nur der Anfang war. Nur die Empfänge und militärischen Zusammenkünfte fanden immer noch in einem Zelt statt, um Freund und Feind in Erinnerung zu rufen, dass sie sich im Krieg befanden. Und hier stand er nun und sollte auf Knien kriechen.

Stattdessen zog er lediglich sein Schwert sowie seinen Parierdolch aus dem Gürtel und hielt dem ägyptischen Offizier, der bei dieser Aktion versucht war, ebenfalls seinen Krummsäbel zu ziehen, beide Klingen mit den Griffen nach vorn unter die Nase.

„Gebt das dem Sultan als Zeichen meiner friedlichen Mission. Sagt ihm, dass wir alle Kinder Gottes sind, in gleicher Weise von Müttern, unter den gleichen Schmerzen und aus der gleichen Öffnung des Leibes geboren", erklärte ihm der Templer in fehlerfreiem Arabisch und in blumigen Worten, die man im Orient so liebte, worauf der Offizier staunend den Mund öffnete, „wenn unser Gott oder Euer Allah, die vermutlich ohnehin identisch sind, gewollt hätte, dass ich auf Knien durch die Welt rutsche, hätte er mich als Krüppel oder Frosch auf die Welt kommen lassen. Oder er hätte mir meine Beine auf dem Schlachtfeld genommen. Beides ist nicht geschehen. Versucht haben es eure Krieger zuhauf, aber es ist, wie Ihr seht, noch keinem gelungen. So bin und bleibe ich ein freier Mann, der jedem gerade in die Augen sieht, wie alle Tempelritter nur Gott und seinem Stellvertreter auf Erden unterstehend. Al-Kamil wird seine Ehrenbezeugung bekommen, wie es einem Mann seiner Position zusteht, aber von Angesicht zu Angesicht. Das richte deinem Sultan aus – von al-Kurradin, Ritter-Marschall des Templerordens!"

Der Offizier wollte erneut aufbegehren, doch ein Blick in Konrads Augen sagte ihm, dass dies wenig Aussicht auf Erfolg hatte. So verschwand er im Zelt, um schon wenige Augenblicke später zurückzukehren. „Sultan al-Kamil, die Sonne Ägyptens, bittet al-Kurradin, seine Gastfreundschaft anzunehmen, Ihr seid willkommen."

Dabei reichte er Konrad sogar dessen Waffen zurück, die dieser sogleich mit einem Lächeln einsteckte, und hielt ihm den Zelteingang auf. „Allerdings möchte der Sultan mit Euch allein reden."

Mit einem Kopfnicken bedeutete Konrad den beiden Rittern, die ihn begleiteten, im ersten Vorzelt auf ihn zu warten, wo sie derweil mit einem kühlen Trunk und Datteln bewirtet wurden. Zwei mit dicken Teppichen ausgelegte Räume weiter stand er schließlich vor dem Marmorthron des Sultans, auf dem ein feister Mann mit ominösem Kopfputz saß, der unablässig mit den dicken Goldringen an seinen Fingern spielte. Rechts und links des steinernen Thrones standen hochrangige Würdenträger, die ihn finster musterten. „Verneigt Euch vor dem Herrscher", zischte der Offizier in seinem Rücken und verlieh seiner Forderung mit einem mehr oder minder spitzen Gegenstand in Konrads Rücken Nachdruck. Konrad blieb davon ungerührt. Er trat einen weiteren Schritt ins Innere des prächtig ausstaffierten Zeltes, nahm seinen Helm ab und ließ seinen Blick über die Anwesenden gleiten. Den schwitzenden Mann auf dem Thron würdigte er mit keiner Miene. An einem Adlerprofil mit sauber gestutztem Bart und klugen, warmen Augen, die zu einem braun gebrannten Hünen gehörten, der vielleicht vierzig Jahre alt war, eher jünger, blieb Konrad haften. Nach der Art römischer Cäsaren legte der Templer daraufhin eine Faust auf die Brust und grüßte den Mann mit einer Verbeugung, die jedoch kaum mehr als ein Kopfnicken war.

„Ich verneige mich vor dem mächtigen Sultan Al-Malik Al-Kamil Nasir Al-Din Mohammad Ibn Al-Malik Al-Adil Ibi Bakr, dem Beherrscher des Orients, und entbiete ihm die Grüße des Templerordens!", sagte Konrad auf Arabisch. Ein wissendes Lächeln spielte nun auf den Lippen des Angesprochenen.

„Ich habe gewusst, dass sich ein Tempelritter nur schwer täuschen lässt, erst recht nicht der gefürchtete al-Kurradin, der schon meinem Onkel, dem seligen Salah-ad-Din, Allah möge sich seiner Seele gnädig erweisen, graue Haare bescherte", antwortete der Sultan auf Fränkisch, „aber meine Berater waren um meine Sicherheit besorgt, deshalb verzeiht das kleine Possenspiel."

Mit einem Wink beschied er den Würdenträgern, sich zu entfernen. Vor allem der Fettsack auf dem Thron beeilte sich davonzukommen. „Was ist der Grund Eures Besuches, überbringt Ihr mir Nachrichten des Kardinals – ist er endlich gewillt, auf mein Friedensangebot einzugehen?" Konrad schüttelte leicht den Kopf. „Ich bedaure, Sultan, ich überbringe lediglich ein Angebot meines Großmeisters ..."

Mit einem metallischen Quietschen wurde der Schlüssel im Schloss gedreht und die schwere Tür zu ihrem Verlies aufgesperrt. Dann rasselten Ketten und Thomas erwachte aus seinem Halbschlaf, in den er verfallen war, nachdem man William abgeholt hatte. Nun sah er, wie der junge Templer von drei Wächtern zurück in ihre Zelle geführt wurde. Widerstandslos ließ er sich erneut an den Metallring an der Wand ketten. Dann verließen die Wächter den Raum. Sogleich schlurfte William zu der Wand, an der sein Freund lehnte und ihn fragend ansah. Mit undefinierbarer Miene hockte sich der Engländer zu dessen Füßen. „Frohe Weihnachten nachträglich, mein Freund, ich habe erfahren, dass im christlichen Lager vor wenigen Tagen das Christfest gefeiert wurde." Thomas machte eine teilnahmslose Miene, längst hatten sie es aufgegeben, in Wochen, Monaten oder Festtagen zu denken. „Ich habe eine Überraschung für dich, aber versprich mir, dass du nicht verrückt spielst, bei dem, was ich dir zu berichten habe!", fuhr William fort. Thomas sah ihn verständnislos an. „Wieso sollte ich? Ist dir der Leibhaftige begegnet?" William neigte nachdenklich den Kopf. „Das nicht, mit dem hatten wir ja ohnehin schon das Vergnügen. Aber mir ist leibhaftig jemand begegnet, von dem du mir viele Male erzählt hast!“ Für Thomas sprach William in Rätseln. „Mein Freund, deine schöne Tänzerin aus Lissabon, deine Inez ist hier, und ihr Jude. Sie verhören im Auftrag des Sultans die Gefangenen!“, eröffnete ihm der Templer, „ich glaube, das ist Gottes Zeichen …“ Thomas fiel aus allen Wolken. „Wie? Was? Aber das … das ist doch nicht möglich, du irrst dich!“ Doch William schüttelte nur lächelnd den Kopf. „Es ist möglich – und es ist wahr, aber wir müssen vorsichtig sein. Der Eunuch darf keinen Verdacht schöpfen, sonst verschwinden die beiden auch in solch einem Loch. Vielleicht finden wir ja gemeinsam eine Lösung, wie wir hier herauskommen.“ Thomas starrte ihn nur verständnislos an. Inez hier?! Sollte ihrer aller Schicksal doch noch einmal eine Wendung nehmen? Über diesen Gedanken fiel er wieder in einen Fiebertraum.

Inez ließ ihren Schleier vom Gesicht gleiten und nahm einen tiefen Atemzug, als sie und Jacub endlich die Tore des Kerkergebäudes hinter sich gelassen hatten. Wie konnte es überhaupt jemand in diesem Vorhof der Hölle, inmitten dieses bestialischen Gestanks aushalten? Obwohl sie nun bereits mehrere Tage regelmäßig zu den Verhören im Kerker weilten, konnte und wollte sie sich nicht an die widrigen Umstände gewöhnen. Einzig der Gedanke an Thomas, der sich irgendwo in diesem Gewölbe befinden musste, hielt sie aufrecht.

„Wir sollten den Sultan von diesen furchtbaren Zuständen in Kenntnis setzen“, machte sie ihrem Ärger Luft. Jacub drehte sich augenblicklich auf dem Absatz um. „Um Himmels willen, willst du, dass wir uns den Zorn des Eunuchen und vielleicht sogar des Herrschers zuziehen?“, entgegnete er. „Ein solcher Fehler, und unser Leben ist keinen Heller mehr wert!“ Doch Inez wollte sich damit nicht zufriedengeben. „Aber wir müssen doch etwas tun“, beharrte sie. „In diesem Schweinestall sterben die stärksten Männer wie die Fliegen. Vor allem müssen wir versuchen, Thomas und diesem jungen Templer zu helfen, bevor der Eunuch sie umbringt.“ Besorgt nahm Jacub ihre Hand in die seine. „Ich weiß, aber dazu müssen wir besonnen handeln und die richtige Gelegenheit abwarten“, schärfte er ihr ein. „Wenn es Gottes Wille ist, wird er uns einen Weg zeigen …“

Gottes Wille tauchte alsbald in Person des grünäugigen Offiziers vor ihnen auf, der eingangs ihrer Herberge auf sie gewartet zu haben schien. „Verzeiht diesen Überfall“, hob er mit einer galanten Verbeugung an, „aber Ihr hattet angedeutet, dass Ihr mir vielleicht einen Dienst erweisen würdet, als Dank für meinen bescheidenen Schutz vor einigen Tagen?!“ „Jederzeit, Erhabener“, beeilte sich Jacub zu antworten. „Was können wir für Euch tun?“, fügte Inez hinzu. „Nun, eine Person meines Vertrauens wünscht sich eine Liste mit den im Kerker inhaftierten Rittern, den Tempelrittern, um genau zu sein“, äußerte der Offizier eine gewagte Bitte, „ich dachte mir, vielleicht könntet Ihr mir dabei behilflich sein?!“ Jacub stockte der Atem. Mit offenem Mund starrte er den Grünäugigen an, der den Blick mit Unschuldsmiene erwiderte. „Gebt mit eine Stunde, dann kann ich Euch eine solche Liste anfertigen“, antwortete Inez unerschrocken, „aber ich weiß nicht, ob diese vollständig ist.“ „Das macht nichts“, entgegnete der Offizier, „sie wird in jedem Fall hilfreich sein. Aber besser, Ihr nennt mir einfach die Namen und ich verfasse die Liste, damit Euch die Handschrift nicht verrät. Danach begebt Euch ins Zelt des Sultans, er schickt nach Euch …“

Als er Stunden später unsanft erwachte, stand Thomas immer noch das Bild der schönen Tänzerin vor Augen, wie sie sich zum Kuss über ihn beugte. Dieses Bild hatte sich ihm im Traum eingebrannt und verblasste nur langsam. Ein stechender Schmerz in der Seite ließ ihn jedoch schneller in die triste Wirklichkeit ihres Verlieses zurückkehren, als ihm lieb war. Sofort merkte er, dass irgendetwas nicht stimmte. William kauerte an der gegenüberliegenden Wand und versuchte, ihn mit stummer Mimik vor etwas zu warnen. Da traf ihn etwas, was sich wie ein Fußtritt anfühlte, an der gleichen Stelle. Als er den Kopf in die Richtung wandte, aus der der Schmerz kam, sah er den Eunuchen, der offenbar schon eine gewisse Zeit in ihrer Zelle weilte.

„Ist der feine Herr endlich aus seinem Schlummer erwacht?“ Dabei beugte er sich mit teuflischem Grinsen zu Thomas herab und ließ etwas durch seine Finger gleiten. Bei genauerem Hinsehen erkannte er eine der Goldmünzen, die der Sultan für gewöhnlich auf die Köpfe der Christen aussetzte. „So, du junger Christenhund“, zischte Saif ad-Din, „meine Geduld ist zu Ende. Solch eine Münze erwartet mich für jeden von euch. Dafür muss ich nichts anderes tun, als dir oder deinem Templerfreund den Kopf abzuschneiden. Und dieses Unheil wird bald über euch hereinbrechen, wenn ihr mir nicht schleunigst einen besseren Vorschlag unterbreitet. Einen, der sich lohnt – verstanden?"

Um seiner Forderung Nachdruck zu verleihen, ließ er seinen Worten einen weiteren Fußtritt folgen. „Entweder du zahlst für dein Leben, oder du nennst mir jemanden, der Lösegeld für dich bezahlt. Sonst …" Saif ad-Din machte eine eindeutige Handbewegung in Höhe seines Halses, dann drehte er sich auf dem Absatz seiner Schnabelschuhe um und verschwand. Bald erkannte Thomas, dass es keine leere Drohung war, die der Eunuch ausgesprochen hatte – denn sie waren nur noch zu zweit in der Zelle. Augenblicke später wurde Thomas von zwei Wachen zum Verhör abgeholt …

✠

„Wie steht Ihr persönlich zu meinem Angebot, die Waffen endlich ruhen zu lassen?", kam es al-Kamil beiläufig über die Lippen, während er, auf bequemen Kissen liegend, die Vorführung einer Tänzerin mit kastanienbraunem Haar genoss, die zu gekonntem Hüftschwung mehrere Schleier um ihre Rundungen kreisen ließ. „Meine eigene Meinung ist nicht von Bedeutung, Großmächtiger", antwortete Konrad, der die ihm zugewiesenen Bequemlichkeiten beiseitegeschoben und sich im Schneidersitz an der Seite des Sultans niedergelassen hatte. Er bemühte sich, der Tänzerin keine große Beachtung zu schenken, obwohl deren Reize auch ihm nicht verborgen geblieben waren. Stattdessen gönnte er sich ein Stück süßen Mandelgebäcks zum Abschluss des opulenten Mahles, das der Sultan hatte auftischen lassen „Aber wenn Ihr mich so fragt, hat unser Großmeister gut daran getan, sich der Position des Königs von Jerusalem anzuschließen, der gerne bereit wäre, Euer Angebot anzunehmen. Ich fürchte allerdings, dass Kardinal Pelagius nicht einlenken wird – und er kontrolliert mit dem Segen des Papstes den Großteil des Heeres, trotz des Unfriedens, den er selbst in eigenen Reihen damit heraufbeschworen hat."

Al-Kamil ließ einige Minuten verstreichen, in denen die Tänzerin ihre Vorführung beendete und, deutlich leichter bekleidet als zu Beginn, mit einer tiefen Verbeugung verschwand, wobei sie dem Templer allerdings noch einen eindringlichen Blick zuwarf, den dieser jedoch nicht einordnen konnte.

„Was will der Legat des Papstes denn noch", nahm al-Kamil das Gespräch wieder auf, „ich habe ihm Jerusalem und nahezu alle Städte und Burgen Eures einstigen Königreiches in Palästina angeboten, ja sogar obendrein dreißigtausend Byzantinen als Entschädigung für zwei Burgen, die wir zum Schutz der Karawanenwege benötigen, dazu die Freilassung aller Gefangenen und die Rückgabe des vergoldeten Stückes Holz, das Ihr das wahre Kreuz nennt. Das wiegt die Stadt Damiette mehr als zehnmal auf!“

Konrad merkte, wie der Sultan ungehaltener wurde. Der Beherrscher Ägyptens hatte sich wortlos sein Angebot zum Austausch von Kriegsgefangenen angehört und ihm dann mitgeteilt, dass er sich am nächsten Tag entscheiden wolle. Bis dahin sollte Konrad, aber nur Konrad, sein Gast sein. Er hatte zudem versprochen, auch für seine Begleiter zu sorgen, die zu der Hundertschaft vor den Toren zurückgekehrt waren, und die Sicherheit all dieser Männer zu garantieren, obwohl viele im ägyptischen Lager darauf brannten, über die Kreuzritter herzufallen. Die armen Ritter Christi vom Tempel Salomons waren aufgrund ihrer Kampfkraft und ihres Wagemutes, der sie auch dann noch angreifen ließ, wenn sie drei gegen einen in der Unterzahl waren, gleichermaßen gefürchtet, bewundert und verhasst. Aber die Sultane schätzten die Templer und ihren jeweiligen Großmeister seit jeher auch als Vermittler, da man wusste, dass die Politik des Ordens manchmal eine andere war als die der Kirche.

„Pelagius will Siege, er will Ägypten – und er will herrschen“, bemerkte Konrad aufrichtig und mit bitterem Unterton. „Längst geht es nicht mehr um die Frage, wem Jerusalem gehört. Der Kreuzzug ist auch zu seiner persönlichen Angelegenheit geworden. Es geht um Machtkämpfe auf allen Ebenen. Zuerst war es ‚nur‘ ein Machtkampf zwischen uns und euch, zwischen Orient und Okzident, dann wurde es auch ein Machtkampf zwischen ihm und Johann von Brienne. Den hat der Kardinal gewonnen. Jetzt geht es vor allem um seinen persönlichen Erfolg. Erobert er Ägypten, wird er vielleicht der nächste Papst …“

Al-Kamil sah ihn durchdringend an. „Ihr seid fast so weise wie der seltsame Bettelmönch, der mich vor Jahresfrist aufsuchte. Dieser Franziskus von Assisi hat mich gelehrt, was Christ sein bedeuten kann. Ein schönes Ideal. Er erinnerte mich sehr an unsere weisen Sufi-Priester, die manchmal ebenso entrückt von Frieden schwärmen wie er. Seinet- und ihretwegen werde ich Milde walten lassen, wenn mir der Sieg beschieden wird. Aber er und seine Brüder sind zu schwach. Wer Frieden will, muss stark sein. Ich will Frieden in meinem Land – und ich bin stark, stärker als dieser Pelagius es auch nur ermessen kann, und täglich werde ich stärker. Er wird Ägypten niemals bekommen …“ „Ich weiß“, pflichtete ihm Konrad bei. „Ihr wisst es und doch kämpft Ihr für ihn?“ „Ich kämpfe nur für meine

Brüder – und dafür, dass ich möglichst viele mit heiler Haut aus Euren Kerkern bekomme", schlug Konrad einen geschickten Bogen zu seinem eigentlichen Auftrag. Al-Kamil konnte sich ein zynischen Lächeln nicht verkneifen.

„Al-Kurradin, der Tapfere, der Selbstlose!? Einst kämpftet Ihr auch für die Liebe einer Frau – gegen Eure Ordensregel und gegen meinen Onkel, der Euch dafür hasste und bewunderte!" Dabei suchten die Augen des Sultans eindringlich die des Templers. „Ich habe teuer dafür bezahlt", antwortete Konrad, ohne den Blick zu senken. „Fatima auch!", gab der Sultan zurück, dann erhob er sich, um das Gespräch zu beenden und das Zelt zu verlassen, drehte sich dann aber noch einmal um.

„Ich bin einverstanden", verkündete al-Kamil, „wir können jeden Mann gebrauchen – und Ihr sicher auch. Wendet Euch für die Durchführung des Austausches morgen an den Eunuchen Saif ad-Din, ich werde ihn über unseren Handel in Kenntnis setzen."

Mit diesen Worten wandte sich der Sultan zum Gehen und hatte den Teppich, der an der Rückwand des Zeltes als Vorhang diente, bereits in der Hand. „Was ist aus ihr geworden?", vernahm er da noch einmal die Stimme des Templers. „Aus Fatima?", fragte al-Kamil über die Schulter. Konrad nickte stumm. „Ihr Schicksal ist das schlimmste, das eine Frau ihres Standes und ihres Alters ereilen kann …" Dabei setzte al-Kamil eine diebische Miene auf. „Sie bereichert – zwischen den schönsten Geschöpfen des Orients – meinen Harem …"

„Wenn du nicht bald den Mund aufmachst, wird dir das schlecht bekommen." Das Verhör lief auf beiden Seiten nicht wie erwartet. Wenn Thomas geglaubt hatte, wie der junge Engländer nun auch auf Jacub und seine schöne Begleiterin zu treffen, so sah er sich schnell enttäuscht. Stattdessen saß er einem hageren Syrer gegenüber, der in Outremer, in Akkon oder Jerusalem, leidlich fränkisch gelernt hatte und ihm nun die üblichen Fragen stellte. Nur hatte Thomas keine Antworten darauf. Was sollte er dem Mann auch sagen? Dass er ein Ritter war, den niemand als solchen anerkannte? Dass er ein Vermögen besaß, zumindest wusste, wo dieses zu finden war, sie ihn dafür aber erst in die Heimat reisen lassen müssten? Was hätte es gebracht? Also schwieg er.

„Lass es gut sein", kam da gefährlich milde die Knabenstimme des Eunuchen von der Tür, die der Kerkermeister mit seinem ganzen Körper ausfüllte, „vielleicht wird ihn ja die Folter gefügig machen."

Fast teilnahmslos ließ sich Thomas abführen. Welchen Sinn machte es auch, sich zu wehren. Der Eunuch würde ohnehin mit ihm machen, was er wollte. Daran würden auch ein Jacub und eine Inez nichts ändern können. Wenn es sie überhaupt gab. Vielleicht hatte sich William ja doch geirrt. Oder er hatte Wahnvorstellungen infolge des steten Hungers und der Entbehrungen …

„Sie bereichert meinen Harem …" Die letzten Worte al-Kamils gingen Konrad nicht aus dem Kopf, als er das Zelt des Sultans verließ, um sich in die ihm zugeteilte Unterkunft in einem Gästezelt zu begeben. Die Tochter Saladins lebte also noch. Eine Spur der Versuchung keimte in ihm auf. Aber nein, er konnte und durfte nicht noch einmal das Schicksal herausfordern, nicht wegen einer Frau, und wenn er sie noch so liebte.

„Erschreckt bitte nicht …", holte ihn im selben Moment eine Frauenstimme in die Gegenwart zurück. Irritiert blickte er sich um, sah aber außer einigen Wächtern an einem nächtlichen Feuer zunächst niemanden. „Ich bin hier", flüsterte die Stimme mit südländischem Akzent, aber in reinem Fränkisch nun direkt vor ihm. Unter dem Baldachin des Gästezeltes erkannte er schemenhaft die Umrisse einer Gestalt, die sich nah an die Plane gekauert hatte. Zu seinem Erstaunen entpuppte sich diese Gestalt als die junge Tänzerin, deren Blick er beim Gastmahl aufgefangen hatte. Stellte ihn der Sultan auf eine weitere Probe?

„Es ist jetzt nicht die Zeit für lange Erklärungen", raunte ihm die Tänzerin zu, „aber im Kerker gibt es zwei Männer, derer Ihr Euch annehmen müsst. Einer gehört Eurem Orden an, ein Engländer namens William. Bitte denkt daran, wenn Ihr mit dem Eunuchen redet, er wird sie vielleicht nicht herausgeben wollen. Zumindest nicht beide …"

Dann war sie auch schon wieder verschwunden, gerade noch rechtzeitig, bevor die Wache, die vom Feuer aus ihre Runde machte, sie entdecken konnte. „Wer da?", forderte der Sarazene Auskunft. „Al-Kurradin", antwortete Konrad instinktiv. „Allah sei mit Euch." Oh ja, Gott ist mit mir, dachte Konrad, als er die Plane zu seinem Zelt aufschlug …

Gott steh mir bei, dachte Thomas, als die Schergen des Eunuchen ihn in die Folterkammer schleppten und er einen ersten Blick auf die schmerzverheißenden Instrumente und Vorrichtungen warf. Ohne viel Federlesens hoben sie ihm die Arme über den Kopf und banden seine Handgelenke an das Ende einer von der Decke herabhängenden Kette. Sie hatten ihn nicht gleich nach dem Verhör in diese Kammer des Schreckens gebracht, sondern es vorgezogen, ihn in Anbetracht der vorgerückten Stunde noch für eine Nacht in seiner Zelle zu belassen. Diese letzte Gnadenfrist hatte er mit stillen Gebeten und langen Zwiegesprächen mit William verbracht, der nicht müde wurde, ihm Hoffnung zu machen und zu beteuern, dass er sich in Bezug auf die Anwesenheit von Jacub und Inez nicht getäuscht hatte. Doch Thomas machte sich keine Illusionen mehr. Am Ende hatte selbst William eingelenkt und war nicht weiter in ihn gedrungen. Stattdessen hatten sie sich gegenseitig seelischen Beistand gespendet, bis die Erschöpfung ihre Lider schwer werden ließ und sie in einen unruhigen Schlaf fielen. Dann aber, kurz nach Sonnenaufgang, waren die Wächter erschienen und hatten Thomas erneut abgeholt. „Ehre und Stärke", mit diesen Worten hatten sich die beiden Freunde verabschiedet. Über einen langen, stickigen Gang und steile Stiegen, die in ein weiteres Geschoss nach unten führten, hatten sie ihn zur Folterkammer geleitet, vorbei an zahllosen, düsteren Kerkertüren, hinter denen vereinzeltes Stöhnen und erstickte Schreie vom Jammer der Gefangenen kündeten. Nun würde sein letztes Stündlein schlagen, dessen war er sich sicher. Er hoffte nur, es würde nicht allzu schmerzhaft werden. Eine schnelle Klinge, die seinen Hals durchtrennte, wie es seinem Mitgefangenen widerfahren war, hätte er dankbar angenommen. Doch als er nun an der Eisenkette in die Höhe gezogen wurde und der Schmerz in seine Schulter-, Arm- und Handgelenke fuhr, ahnte er, dass er so billig nicht davonkommen würde.

„Nun, wie gefällt dir das?", ertönte da die Kinderstimme des Eunuchen, der plötzlich aus dem Dunkeln auftauchte, als sei er der Hölle entsprungen, „vielleicht wird ja das Feuer deinen Willen zur Gesprächigkeit entfachen."

Dabei schob er mit dem Fuß wie beiläufig ein glühendes Kohlebecken unter die Füße seines Opfers, und Thomas spürte, wie die aufsteigende Hitze ihn langsam zu rösten begann. Bevor er das Bewusstsein verlor, bekam er noch mit, dass es an der Tür klopfte und ein Wächter eintrat, der dem Kerkermeister den Besuch eines hohen Gastes ankündigte. Widerwillig stieß Saif ad-Din das Kohlebecken beiseite. „Lasst ihn herunter", befahl er ungehalten, „den sparen wir uns für später auf."

Mit dem ersten Hahnenschrei war Konrad angekleidet und verließ sein Zelt, um den Weg zum Kerker einzuschlagen, wo er vorstellig werden sollte, um die Bedingungen für den Austausch der Gefangenen auszuhandeln. Vor seinem Zelt erwarteten ihn bereits vier Soldaten und ein Offizier, nach dessen Worten aus der Leibwache des Sultans, die ihn auf diesem Weg begleiteten. Als sie über den weiten Platz schritten, der das Zentrum der ringsherum entstehenden Stadt darstellte, rief aus einem der Türme der hinter ihnen liegenden Palast-Moschee ein Muezzin die Gläubigen zum Gebet. Sie wurden Zeuge, wie sich Tausende von Soldaten zeitgleich auf die Knie begaben, um sich mit dem Gesicht nach Südosten zu verneigen, wo in etwa sich in weiter Ferne die Heilige Stadt Mekka befinden musste. Konrad wunderte sich, dass seine Begleiter nicht an diesem kollektiven, fünfmal täglich praktizierten Pflichtritual teilnahmen, und sprach den Offizier darauf an.

„Oh Erleuchteter, Eurem Scharfsinn entgeht nichts", bekam er zur Antwort, „aber der Quran sagt: Das Gebet hält den Menschen von hässlichem, unwürdigem Tun fern. Hat man aber ebensolches zu tun, kann dieses Gebet ein wenig verschoben werden. Vor allem im Krieg – oder wenn es regnet", fuhr der Offizier ungewohnt gesprächig fort. „Außerdem gehören wir nicht alle zur gleichen Glaubensrichtung. Dieser Umstand ist Euch vielleicht bislang entgangen – wie auch die Tatsache … dass Ihr mir diesmal auf den Leim gegangen seid!"

Erst jetzt fielen Konrad die grünen Augen des Offiziers auf, die strahlten, als hätte er das Paradies erblickt. „Ich habe etwas für Euch!" Mit diesen Worten steckte er dem Templer unauffällig eine kleine Pergamentrolle zu. Mit hochgezogener Augenbraue warf der Templer hinter der nächsten Hausecke einen kurzen Blick auf das Dokument – und sein Herz machte einen Sprung …

Saif ad-Din empfing den Gast des Sultans und dessen Eskorte im ersten Stock seines Serails, wie er das alte Kerkergebäude zu nennen pflegte, weil er dies als sein persönliches Reich betrachtete. Dementsprechend prunkvoll hatte der Eunuch seine Gemächer ausgestattet. Der Boden war mit dicken Teppichen ausgelegt, in deren Mitte prangte ein gepolsterter Diwan, um den etliche Sitzkissen aus Schaf- und Ziegenleder angeordnet waren. Ein kleiner Springbrunnen spuckte konstant frisches Wasser aus, das sogar trinkbar war, und dunkelhäutige, nubische Diener fächelten mit Palmwedeln kühle Luft zu. In kostbaren Schalen standen Datteln, Trauben und orientalisches Gebäck bereit. Der Empfangssaal eines prunksüchtigen Usurpators, dachte Konrad, als er den Raum betrat, in dem ihre Unterredung stattfinden sollte. Im Hintergrund gewahrte er die junge Tänzerin an der Seite eines deutlich älteren Mannes, verriet aber mit keiner Miene, dass er zumindest die Frau kannte.

„Seid willkommen, edler Gast, in meinem bescheidenen Heim", begann Saif ad-Din auf Arabisch, wobei dem Templer nicht entging, dass dieser leicht nervös mit den Ringen an seinen fetten Fingern spielte, „darf ich Euch vielleicht eine kleine Erfrischung anbieten, bevor Ihr mir den Grund Eures Besuches nennt?"

Währenddessen war der Jude Jacub unauffällig vorgetreten, um die Worte des Eunuchen zu übersetzen. Doch Konrad beschied ihm mit einer Handbewegung zu schweigen.

„Ich kenne die Vorliebe Eures Volkes für langatmige Einleitungen, wäre Euch aber dankbar, wenn wir dieses Prozedere verkürzen könnten", brüskierte der Templer den Kerkermeister des Sultans geradezu, wobei er sich fehlerfrei dessen Muttersprache bediente, „ich denke, Euer Gebieter hat Euch über den Sinn und Zweck meines Besuches in Kenntnis gesetzt, jetzt sollten wir zusehen, dass wir die Details der Übergabe besprechen, damit die gefangenen Ritter meines Ordens nicht länger Eure ‚Gastfreundschaft' genießen müssen!"

Der Eunuch war augenblicklich verärgert, hielt sich aber im Zaum. „Ganz wie Ihr wollt, was habt Ihr also anzubieten?"

Dabei ließ er sich ächzend auf den Diwan nieder und warf sich eine Handvoll Trauben in den Rachen. Konrad nahm ihm gegenüber auf einem der Sitzkissen Platz und griff beiläufig in die Schale mit den Datteln. „In der Summe sind es etwa hundert Eurer besten Krieger, Kavallerie mit Offizieren, die derzeit unsere Gastfreundschaft genießen", eröffnete ihm der Templer, „die gedenke ich, gegen die gleiche Anzahl Eurer christlichen Gefangenen auszutauschen."

Der Eunuch setzte sogleich eine betretene Miene auf. „Ich fürchte, das wird sich nicht machen lassen. An solchen Soldaten leiden wir keinen Mangel. Zur Stunde führt uns al-Muazzam, der Bruder des Sultans, Allah möge ihn beschützen, neue Truppen zu. Bald wird die Zahl der Reiter die fünfzigtausend überschreiten", übertrieb Saif ad-Din. „Die Tempelritter hingegen, und nur über diese bin ich befugt zu verhandeln, sind nicht so zahlreich. Dafür wiegt ein jeder im Kampf zehn unserer Krieger auf. Ich kann Euch daher für unsere einhundert Reitersoldaten lediglich zehn Männer Eures Ordens aushändigen. Das dürfte auch in etwa der Anzahl Tempelritter entsprechen, die in meinem Kerker schmachten", schlug der Eunuch vor.

Das wird ein langwieriges Unterfangen, dachte Konrad, der Fettsack ist eine harte Nuss. Der Templer trat aber weiterhin betont selbstsicher auf. „Eure mathematischen Fähigkeiten in Ehren, aber soweit ich unterrichtet bin, sind es etwa zwanzig Templer, die der Sultan mir versprochen hat freizulassen."

Dabei fing Konrad aus den Augenwinkeln einen Seitenblick von Inez auf, die sich weiterhin im Hintergrund hielt. „Einundzwanzig, um genau zu sein!" Saif ad-Din machte ein zerknirschtes Gesicht, wobei seine aufgedunsenen Wangen noch weiter hervortraten. „Ich fürchte, da irrt Eure Quelle", gab er zurück, „selbst der Sultan, Allah möge weiter sein Licht über ihn scheinen lassen, ist nicht ständig über die vielen Todesfälle im Bilde, die eine schlimme Seuche nahezu täglich fordert ... Außerdem habt Ihr zu wenig zu bieten, deshalb wird es mir nur möglich sein, das Versprechen meines Gebieters für zehn Eurer Männer einzulösen."

Konrad schenkte dem Kerkermeister sogleich ein mildes Lächeln. „Dann wird es Euch froh stimmen zu erfahren, dass sich mit Scheikh Hamdan al-Mansur, dem persönlichen Mundschenk des Sultans, noch ein Mann in unserer Gewalt befindet, der es sicher wert ist, gegen den Rest meiner Ordensbrüder eingetauscht zu werden."

Damit hatte Konrad eine wichtige Karte ausgespielt, die ihre Wirkung nicht verfehlte. Allerdings weigerte sich der Kerkermeister weiterhin standhaft, die volle Zahl von einundzwanzig Rittern anzuerkennen, und Konrad glaubte zu wissen, warum. Eine gute Stunde lang feilschten sie um jeden Kopf. Dann zog der Templer das Pergament hervor, das er bislang unter seinem Wappenrock verborgen hatte.

„Hier habe ich die Namen der Ritter unseres Ordens, die sich derzeit in Eurer Obhut befinden", konstatierte er, während er seinem Gegenüber die Liste reichte „vielleicht begleitet Ihr mich in den Kerker, und wir sehen gemeinsam nach, wer von diesen noch am Leben ist!" Erstaunt warf der Eunuch einen Blick auf das in Arabisch verfasste Schriftstück. „Woher habt Ihr das?", verriet er seine Überraschung, wobei ihm ein vielsagendes Lächeln des grünäugigen Offiziers ebenso entging wie ein leises Flimmern in den Augen der Übersetzerin, fasste sich aber schnell wieder.

„Das wird nicht nötig sein. Die Namen sind mir bekannt, auch wenn ich bislang nicht ahnte, dass sie alle zu Eurem Orden gehören", log der entmannte Kerkermeister. Dann fiel sein Blick auf den letzten Namen auf der Liste, der nachträglich hinzugefügt zu sein schien. „Dieser hier jedoch", nahm er sofort die Gelegenheit beim Schopf, sich noch einen Kopf für seine eigenen Zwecke zu sichern, „dieser Thomas von ...", dabei versagten ihm seine Lippen die Aussprache des fremdländischen Namens, „ist ganz sicher kein Tempelritter!"

Unmerklich hatte sich Inez ein paar Schritte weiter nach vorn gewagt. Aber Konrad bedurfte keiner weiteren Erinnerung. „Ganz sicher ist er das", beharrte der Templer, „wenn auch noch im niederen Dienst als Sergeant!"

Ungehalten warf ihm Saif ad-Din das Schriftstück vor die Füße. „Ausgeschlossen! Die zwanzig anderen könnt Ihr haben, diesen hier nicht!" Damit schien das Thema für ihn beendet, nicht aber für Konrad. „Dann erlaubt mit, ein Wort unter vier Augen an Euch zu richten", schlug er vor. „Damit Ihr mich ermorden könnt? Kommt nicht infrage", wiegelte der Eunuch furchtsam ab. „Ich bitte Euch, seid nicht albern", erwiderte Konrad, „was hätte ich davon? Mein Leben wäre verwirkt, wie auch das der Gefangenen."

Zögerlich gab Saif ad-Din seinen Bediensteten ein Zeichen. Auch Jacub und Inez sowie Konrads Eskorte zogen sich zurück.

„Was gibt es also Geheimnisvolles, das Ihr mir nicht vor aller Ohren mitteilen konntet?", begehrte der Eunuch mit aufgeregter Fistelstimme zu wissen, als sie endlich allein waren. Da warf ihm Konrad einen stechenden Blick zu. „Wenn Ihr nicht wollt, dass der Sultan erfährt, wie Ihr ihn um seine Goldmünzen prellt", flüsterte er gefährlich leise, „indem Ihr ihn mit den Köpfen verstorbener Gefangener hintergeht, dann solltet Ihr auf meinen Vorschlag eingehen und mir die einundzwanzig Männer aushändigen, um die ich Euch bat."

Saif ad-Din war ins Mark getroffen. Zuerst wollte er widersprechen, bemerkte aber dann die Unsinnigkeit dieses Unterfangens. „Ihr seid ein Teufel", zischte er stattdessen, „wie könnt ihr das wissen!?" Konrad setzte wieder ein gewinnendes Lächeln auf. „Ich weiß es, das sollte genügen, die Stadt hat Augen und Ohren. Die tragen mir auch zu, wenn meinen Männern bis zur Übergabe noch etwas geschieht. Dann gnade Euch Gott ..." Darauf bedachte ihn der Eunuch mit einem langen, undurchsichtigen Blick. „Einverstanden", schien er schließlich einzulenken, „in zwei Tagen man wird Euch wissen lassen, wo die Übergabe stattfinden soll."

Als Konrad flinken Schrittes die Treppen des Gebäudes hinabeilte, um sich schnellstmöglich zurück zu seinen Ordensbrüdern zu begeben und die Übergabe zu arrangieren, stieß er auf halbem Wege beinahe mit Inez zusammen, die sich hinter einer Säule verborgen hatte und ihm nun wie zufällig in den Weg trat, um nicht sofort den Verdacht seiner Eskorte zu erregen.

„Seid unbesorgt, der Eunuch hat eingelenkt“, teilte ihr Konrad in aller Eile mit, „in zwei Tagen kommen alle frei.“ Der jungen Frau war anzumerken, dass ihr ein Stein vom Herzen fiel. „Seid auf der Hut, dem Schlächter ist nicht zu trauen“, gab sie ihm jedoch zu bedenken, dabei bediente sie sich der fränkischen Sprache. „Das werde ich, habt derweil ein Auge auf ihn“, antwortete Konrad, wobei er sie kurz am Arm ergriff, „und habt Dank für Eure Hilfe, vielleicht erfahre ich ja später einmal den Grund dafür!“

Damit eilte er von dannen. Inez wollte sich bereits zurückziehen, als sie einen belustigten Blick des Offiziers aus Konrads Eskorte auffing.

„Wir bleiben in Kontakt“, raunte er ihr mit einem Augenzwinkern zu, bevor auch er entschwand. Abermals fielen ihr seine leuchtend grünen Augen auf.

„Holt die Gefangenen, aber nur diese Handlanger Scheitans, die Templer, und bereitet sie für den Austausch vor. Sorgt dafür, dass sie nicht gar so erbärmlich aussehen, und überstellt sie bis zur Übergabe den Truppen!“

Saif ad-Din war voller Zorn über die erlittene Schmach, aber ganz und gar nicht gewillt, die Forderungen des überheblichen Tempelritters in vollem Umfang zu erfüllen, auch wenn er vorübergehend den Anschein erweckt hatte. Allerdings musste er vorsichtig sein und schlau vorgehen. Vor allem durfte der Sultan unter keinen Umständen etwas von seinen Nebengeschäften erfahren. Deshalb beschloss er, diese für eine Weile zurückzustellen.

„Was befehlt Ihr, Erhabener, was soll mit dem Gefangenen in der Folterkammer geschehen?“, erkundigte sich einer seiner Schergen. Dieser verstockte Hundesohn, dachte Saif ad-Din, hat doch mehr zu bieten, als er mich wissen lässt, sonst würde man sich aufseiten der Christen nicht so sehr für seine Freilassung einsetzen. Jedoch konnte er sich es gerade jetzt nicht leisten, mit der Folter fortzufahren und dessen Ableben zu riskieren.

„Werft ihn vorerst zurück in den Kerker!“, befahl er, nahm sich aber vor, dem Burschen später noch einmal auf den Zahn zu fühlen, wenn die Gefahr durch den Templer vorüber war …

Längst spürte Thomas seine Arme nicht mehr, als man ihm schließlich die Fesseln löste, um ihn zurück in seine Zelle zu führen. Er wusste nicht mehr, wie lange er in der Düsternis der Folterkammer zugebracht hatte, er konnte sich nur noch daran erinnern, dass man ihn zwischenzeitlich zumindest aus der misslichen Lage, in luftiger Höhe an einer Kette baumelnd, befreit hatte. Als sich das Blut endlich wieder seinen Weg durch die malträtierten Extremitäten bahnte, wurde die Taubheit in den Armen von bohrendem Schmerz in den Gelenken abgelöst. Als man ihn zurück in seine Zelle warf, war er zunächst dankbar, dann jedoch traf ihn eine Erkenntnis wie ein Schock – William war fort …

Zwei Tag später fand, wie verabredet, die Übergabe der Gefangenen statt. Der Sultan hatte als Ort den gleichen Seitenarm des Nils gewählt, an dem er zum ersten Mal im Delta auf Kreuzritter gestoßen war, hatte aber keine Notwendigkeit gesehen, der Übergabe persönlich beizuwohnen. Zu beiden Seiten des Kanals waren Bewaffnete in Stellung gegangen, am nördlichen Ufer etwa dreihundert Templer, am Südrand weit über tausend berittene Sarazenen, die meisten mit Bögen und Lanzen ausgestattet. Nun ließen beide Seiten die zum Austausch bestimmten Gefangenen aufmarschieren. Konrad warf einen Blick auf das zerlumpte Häuflein einst stolzer Ritter am gegenüberliegenden Ufer und zählte, aber er kam nur auf zwanzig. Er zählte noch einmal, musste aber feststellen, dass er sich nicht geirrt hatte. Einer fehlte. Er vermutete sogleich zu Recht, dass es sich um Thomas handelte, auch wenn die Gesichter der Gefangenen hinter ihren seit Monaten ungekürzten Haaren und Bärten kaum auszumachen waren. Ungehalten trat er einige Schritte hinaus in den Kanal, wobei das Wasser den Staub von seinen Stiefeln spülte.

„Wie kommt Ihr dazu, unsere Vereinbarung zu brechen und mir einen Mann vorzuenthalten?“, rief er dem Eunuchen zu, der sich in einer von vier Mann getragenen Sänfte an den Ort des Geschehens begeben hatte und nun breitbeinig vor seinen einstigen „Schäfchen“ und den Truppen stand.

„Weil dieser Teil der Vereinbarung einseitig war und nur Eurer Wunschvorstellung entsprach!“, gab der Koloss mit Knabenstimme zurück.

Mit den Reitern und Bogenschützen in seinem Rücken hatte Saif ad-Din deutlich an Selbstbewusstsein gewonnen.

„Dann muss ich Euch an meine Kenntnis Eurer Nebengeschäfte erinnern, die Ihr mich nun zwingt, an höherer Stelle zur Sprache zu bringen!", verschärfte Konrad vor aller Ohren den Ton, doch der Eunuch dachte nicht daran, einzulenken. „Nur zu, dann sende ich Euch den Kopf dessen, den Ihr so dringend zu sehen wünscht, oder ist Euch ein anderer Körperteil lieber?!"

Darauf brachen die sarazenischen Soldaten in lautes Gelächter aus. In weiser Voraussicht hatte der Eunuch durchsickern lassen, dass der Tempelritter ein besonderes Interesse an einem jungen Gefangenen hege, den er wahrscheinlich nächtens in seinem Zelt vermisse, schließlich stünden die Templer in einem gewissen Ruf. Diesen jedoch gedächte er, der Kerkermeister, dem Templer noch eine Weile vorzuenthalten, um später vielleicht eine höhere Belohnung zu erwirken, die er dann mit den Soldaten teilen wolle. Konrad merkte schnell, dass er hier und jetzt nicht weiterkam und dass es wenig Sinn machte, wegen eines Gefangenen, wenn dieser ihm auch noch so am Herzen lag, den Erfolg des ganzen Unternehmens zu riskieren. Allerdings war er dem Eunuchen noch eine passende Antwort schuldig.

„Behaltet ihn – und lasst ihn in Gottes Namen unangetastet. Denn wie man an Euch sieht, ist das Entfernen bestimmter Körperteile nicht gerade förderlich für die Ansehnlichkeit eines Mannes – oder für das, was von ihm übrig geblieben ist!"

Nun war es an den Tempelrittern, sich vor Lachen auszuschütten. Sie hatten vielleicht nicht jedes Wort verstanden, weil Konrad arabisch sprach, wussten sicher auch nicht genau, um was es ging, aber das hatte eindeutig mit dem Eunuchen und dem Fehlen eines männlichen Körperteils zu tun. Das allein, verbunden mit der Statur und Stimme des Eunuchen, gab schon Grund zur Heiterkeit. Selbst in den arabischen Reihen rief Konrads Entgegnung spürbar entsprechende Reaktionen hervor, auch wenn sich niemand getraute, dies offen zu zeigen. Der Eunuch jedenfalls kochte erneut vor Wut. Um die Situation nicht weiter eskalieren zu lassen, beorderte Konrad augenblicklich die ersten fünfzig Gefangenen zu sich und ließ sie durch den Kanal marschieren. Darauf sandte Saif ad-Din die ersten zehn Templer über das Wasser. So ging der Austausch schrittweise ungehindert vonstatten. Als Letzten ließ Konrad den Mundschenk gehen.

„Mit besten Empfehlungen an den Sultan", rief er über den Kanal, „wir sprechen uns noch!“ „Wann immer es Euch beliebt“, konterte der Eunuch, „in meinem Kerker seid Ihr jederzeit willkommen!“ Dabei ließ er ein aufgesetztes Lachen hören, das ihm jedoch schnell im Halse stecken blieb. „Ihr wolltet doch wissen, woher ich meine Informationen habe“, drang noch einmal Konrads Stimme von der anderen Seite an sein Ohr. Dessen letzte Worte trafen ihn in Mark und Bein, „sie stammen von einem Schatten, der Euch beinahe Tag und Nacht begleitet. Deshalb passt auf, was Ihr tut, ein falscher Befehl und eine schnelle, kalte Klinge wandert über Euren Hals!“ Damit machte Konrad auf dem Absatz kehrt und gab den Befehl zum Abrücken.

Mit Genugtuung verfolgte al-Kamil den Einzug der befreiten Soldaten, die bald wieder die Reihen seiner Reiter verstärken würden, sobald sie sich erholt und neu bewaffnet hatten. Gleichzeitig schlugen vor der Stadt neue Truppen ihre Zelte auf, die ihm sein Bruder al-Muazzam aus Syrien zuführte. Bald würde er stark genug sein, um die Franken in ihre Schranken zu weisen, dessen war er sich sicher. Sein Blick blieb auf der sprachgewandten Tänzerin aus al-Andalus haften, die mit ihrem jüdischen Ziehvater unweit des Empfangszeltes stand, offenbar unschlüssig, ob ihre Dienste noch gebraucht würden. Eigentlich hatten sie ihren Zweck erfüllt. Nicht zuletzt dank ihrer Sprachkenntnisse hatten sie den lohnenden Handel mit den Templern abgeschlossen, eine beträchtliche Anzahl anderer Ritter, vor allem aus Italien, versprach Lösegeld. Aber al-Kamil dachte nicht daran, die Frau jetzt schon gehen zu lassen. Der Jude war ihm einerlei, die Tänzerin jedoch hatte es ihm angetan, obwohl es in seinem Harem keinesfalls an schönen jungen Frauen mangelte. Irgendetwas in ihren Bewegungen, in ihrem Blick, zog ihn magisch an. Mit einem Wink rief er einen seiner Leibwächter zu sich und trug ihm auf, die beiden in sein Zelt bringen zu lassen.

Mit einem vielversprechenden Klimpern landete ein Beutel Silbermünzen nahe Jacubs und Inez’ Köpfen, die sich in ehrfürchtiger Haltung direkt zu Füßen des Sultans befanden. „Diese Dinare werden euch wie versprochen für eure Dienste entschädigen, die bald nicht mehr benötigt werden“, ließ al-Kamil ihnen aus dem Mund eines seiner Soldaten ausrichten, „gehet in Frieden und kündet den Völkern aller Länder auf eurem Weg von der Stärke unserer Armeen und der Herrlichkeit Allahs, auf dass sie auf ewig in ihren kalten Burgen und Städten bleiben.“

Eine Fülle von Dankesworten murmelnd, verbeugte sich der alte Jude ein ums andere Mal und zog sich dabei Stück für Stück zum Ausgang zurück, wobei er versuchte, Inez am Handgelenk mit sich zu ziehen. „Wartet", ertönte da des Sultans Stimme persönlich, „ich sagte, dass Eure Dienste ‚bald' nicht mehr benötigt werden", und an Inez gewandt fuhr er fort „ich erwarte, dass du mir und meinem Bruder, der in den nächsten Tagen mein Gast sein wird, noch einmal die Abende versüßt!"

Verlegen schlug die Angesprochene die Augen nieder. „Gerne mein Gebieter!" Jacub suchte nach Worten, um dies zu vermeiden, wurde jedoch mit einer schnellen Handbewegung von Inez zum Schweigen verurteilt. „Vielleicht überlegst du dir einmal, ob du nicht ganz an meinem Hofe bleiben möchtest", fuhr al-Kamil betont beiläufig fort. „Als was?", erdreistete sich Inez nachzufragen, worauf sie ein Schmunzeln des Sultans erntete. „Als Zierde meines Harems!" „Hat der Herrscher über Ägypten nicht genügend Frauen, dass sein Auge geruht, auf einer so unbedeutenden Frau wie mir zu verweilen!?"

Jacubs Atem setzte vollends aus, vor seinem inneren Auge sah er sie bereits gefesselt, geknebelt und für ihre Unverschämtheit mit Stockschlägen gezüchtigt. Aber der Sultan rang sich ein erneutes, mildes Lächeln ab. „An ihrer Zahl mangelt es kaum, aber vielleicht doch an ihren Tanzkünsten." Jetzt wagte es Inez, den Sultan offen anzusehen. „Ich habe bislang ein freies Leben geführt, dank des Schutzes meines Ziehvaters, ein Leben, das mich an seiner Seite von den Küsten Iberiens bis nach Jerusalem und zu Euch geführt hat, ich glaube nicht, dass ich mich dazu eigne, fortan in engen Mauern zu leben." „Kannst du dir nicht vorstellen, dass ich Mittel und Wege habe, dich vom Gegenteil zu überzeugen?" „Warum nehmt Ihr mich dann nicht einfach mit Gewalt, wenn Euch danach gelüstet?" „Wenn ich das gewollt hätte", antwortete al-Kamil, „hätte ich es längst getan. Aber Frauen, die aus Zwang oder politischen Gründen in meinem Harem weilen, habe ich genug, ich will, dass du aus freien Stücken bei mir bleibst." Nun senkte Inez den Blick. „Gebt mir etwas Bedenkzeit, ich werde es mir überlegen."

✠

„Ich danke Euch für alles, was Ihr für mich getan habt, aber ich werde dieses Land, diesen Ort nicht verlassen, bevor ich nicht auch meinen Freund aus dem Kerker geholt habe!"

William von Gloucester saß, gereinigt, geschoren und gebürstet, angetan mit einem frischen Wappenrock, in Konrads Zelt vor einem Teller dampfenden Eintopfes aus Kichererbsen und Bohnen, in dem sich zudem große Stücke Hammelfleisch befanden. Es war bereits der dritte Teller, den er hintereinander verputzte. Die ersten zwei Tage hatte man die ausgemergelten Ritter nur langsam wieder an feste Nahrung gewöhnt, um deren Mägen nicht zu sehr zu beanspruchen. William war am schnellsten genesen und entwickelte mittlerweile einen geradezu unstillbaren Appetit, als könne er es gar nicht erwarten, wieder zu alter Stärke zu finden, um sich möglichst schnell wieder auf die Sarazenen zu stürzen. Konrad musste trotz des Ernstes der Situation schmunzeln.

„Beruhigt Euch, Bruder William, ich habe nichts anderes von Euch erwartet. Aber seid gewarnt, dass wir dafür die eine oder andere Ordensregel übertreten müssen." Mit gespieltem Erstaunen blickte ihm der junge Engländer direkt ins Gesicht. „Das tun wir doch ständig, allein dass ich jetzt beim Essen rede, verletzt schon eine Ordensregel. Hat sich daran während meiner Abwesenheit etwas geändert?"

Konrad bekam eine Ahnung davon, warum sich Thomas und William angefreundet hatten. „Sicher nicht, aber um unseren jungen Freund zu befreien, müssen wir in die Höhle des Löwen", fuhr Konrad fort. „Da er kein Mitglied unseres Ordens ist und wir, im Gegensatz zu Eurer Befreiung, keinen Auftrag dazu haben, kommt das einer Fahnenflucht gleich. Das sollte Euch bewusst sein!"

William zuckte lediglich mit den Achseln, während er die Reste des Eintopfs vertilgte. „Er hat versucht, mir das Leben zu retten, deshalb ist er in Gefangenschaft geraten. Jetzt werde ich versuchen, ihm zu helfen." William machte eine Pause, als suche er nach Argumenten. Dann nestelte er das bronzene Medaillon hervor, das jeder Tempelritter an einer Schnur um den Hals trug und das auf der Vorderseite zwei Ritter auf einem Pferd zeigte. Sein altes Medaillon hatten ihm die Sarazenen abgenommen, jetzt hielt er ein neues in der Hand. „Unsere Freundschaft erweckt unser Ordenssiegel buchstäblich zum Leben, zwei Mann auf einem Pferd, einer hilft dem anderen!" Bewegt legte Konrad seine Rechte über die des Engländers, die sich fest um das Medaillon geschlossen hatte. „Dann lasst mich der Dritte in Eurem Bund sein, denn auch mir ist der Kerl vor Jahren schon ans Herz gewachsen!"

Darauf erzählte ihm Konrad in groben Zügen die wichtigsten Kapitel ihrer Vorgeschichte. „Ihr seid der Mönch, vom dem Thomas mir so viel erzählt hat? Bruder Konrad aus dem Kloster nahe seiner Heimat? Wie kommt Ihr dann hierhin und obendrein in die Reihen der Tempelritter?“

„Das ist eine lange Geschichte, von der ich Euch bei Gelegenheit mehr berichte“, antwortete Konrad, „vorerst reicht es, wenn Ihr wisst, dass ich schon zu den Tempelrittern gehörte, als Ihr geboren wurdet. Ich kämpfte schon an der Seite von Richard Löwenherz im letzten Kreuzzug ...“ Mit Staunen hörte William zu. „Ein unentschuldbarer Fehltritt führte mich für zehn Jahre in die Verbannung, wo ich unseren Freund Thomas schätzen lernte“, fuhr Konrad fort, „aber jetzt bin ich rehabilitiert und zurück, im Rang eines Ritter-Marschalls.“

William stieß einen leisen Pfiff aus, dann verneigte er sich ehrfürchtig. „Lasst das bleiben, wir sind Gleiche unter Gleichen“, beschied ihm der Ältere. „Lasst uns lieber überlegen, wie wir Thomas aus den Händen dieses Eunuchen befreien können. Gibt es irgendeine Möglichkeit, unerkannt in den Kerker hinein- und wieder herauszukommen, vielleicht eine versteckte Pforte oder so etwas?“ Bedauernd schüttelte William den Kopf. „Ich hatte leider keine Gelegenheit, dies in Erfahrung zu bringen. Außer unserer Zelle habe ich nicht viel gesehen. Aber Ihr solltet wissen, dass wir so etwas wie Verbündete im Kerker haben, eine junge Frau, die unserem Freund sehr zugetan ist, und ihr Ziehvater, ein jüdischer Händler, die als Übersetzer im Dienst des Sultans stehen!“

„Das weiß ich“, entgegnete Konrad, „die junge Frau hat mich auf Eure Spur gebracht, mir ist nur nicht klar, wie diese Verbindung zwischen ihr und Thomas entstanden ist.“ Nun war es an William, über die Ereignisse vor und während des bisherigen Kreuzzuges zu berichten. Wessen er nicht selbst Zeuge geworden war, das ließ sich aus Thomas’ Erzählungen während ihrer Zeit im Kerker rekapitulieren. Er ließ auch den Überfall auf die Karawane, den Ritterschlag durch den Grafen Adolf und Thomas’ Konflikt durch die Gefühle zu Sibylla und Inez nicht aus. So schlossen sie gegenseitig ihre Wissenslücken.

„Nun, mir scheint, unser junger Freund hat nicht nur bei Männern unseres Ordens, sondern auch anderweitig bleibenden Eindruck hinterlassen“, schmunzelte Konrad, „das wird in der Tat hilfreich sein.“ „Aber es wird schwierig werden, erneut mit dem Juden und der Frau in Kontakt zu treten“, grübelte William. „Nicht unbedingt“, eröffnete ihm Konrad, „vielleicht wird es Euch erfreuen zu erfahren, dass wir noch einen Verbündeten vor Ort haben, einen, den weder Freund noch Feind auf der Rechnung haben.“

Yussef bin Tarek al-Tahir las zum zweiten Mal die Botschaft, die ihm einer seiner geflügelten Boten zugetragen hatte. Deren Inhalt überraschte ihn zwar nicht, trotzdem schüttelte er den Kopf. Vor über zwei Jahren hatten sie alles daran gesetzt, den damaligen Sultan des Ayyubidenreiches in den, vorsichtig ausgedrückt, vorzeitigen Ruhestand zu schicken und dem derzeitigen Herrschern Syriens und Ägyptens in den Sattel zu helfen. Nun sah es so aus, als wäre zumindest einer der Sultane bereits wieder in Misskredit geraten. Al-Muazzam, der Bruder al-Kamils, schürte Krieg an vielen Fronten, erwies sich zunehmend als unfähig und intrigierte zudem gegen seinen Bruder, obwohl er ihm gleichzeitig Truppen für den Kampf gegen die Kreuzfahrer schickte. Von Verrat war gar die Rede. Hassan III., das weise Oberhaupt der Assassinen in Syrien, hatte daher beschlossen, al-Kamil dem Schutz seiner „Brüder" anzubefehlen und den Sultan auch in dessen Bemühungen für eine friedliche Beendigung des Krieges mit den Franken zu unterstützen. Dies geschah nicht zuletzt vor dem Hintergrund geheimer Absprachen mit den Orden der Templer und Johanniter, denen die Assassinen Tribut zahlten. Die Zusammenhänge verstand auch Yussef nicht in vollem Umfang. Aber er verstand, dass sein Pakt mit dem Templer den Zielen seiner Glaubensbrüder keineswegs im Wege stand. Die Bruderschaft der Assassinen war seit ihrer Gründung nicht gerade befreundet mit dem Herrscherhaus der Ayyubiden. Gleich mehrmals hatten sie versucht, dessen berühmtesten Vertreter, den mächtigen Saladin, zur Strecke zu bringen, waren aber gescheitert. Aus dieser Zeit rührte auch seine persönliche Verpflichtung dem Templer gegenüber, auch wenn er damals mit zwölf Jahren noch fast ein Kind war. Sein „Vater", zumindest hatte dieser Mann eine vaterähnliche Rolle für ihn, das Waisenkind, übernommen, war einer der Attentäter gewesen, die an Saladin gescheitert waren, auch wenn sie es bis in das Zelt des Herrschers geschafft hatten. Dieser Templer, al-Kurradin, hatte ihnen das Leben gerettet, indem er Saladin zur Milde und ihr damaliges Oberhaupt später zum Seitenwechsel überredete. All dies war lange her, und es wurde Zeit, die Schuld ein für alle Mal zu begleichen. Dafür musste er lediglich noch seinen Teil dazu beitragen, diesen einen Franken aus dem Kerker zu bekommen, dann war er frei. Dass es dabei gegen diesen ruchlosen Eunuchen ging, machte ihm die Sache nur noch leichter. Zielsicher suchte er sich aus seinem Fundus eine neue, passende Tarnung aus und machte sich auf den Weg.

Thomas klapperte mit den Zähnen. Der Aufenthalt in der Folterkammer hatte seinen Zustand nicht gerade verbessert und das Fieber war in seinen Körper zurückgekehrt. Als er die Augen öffnete, schienen die Wände seines Verlieses in Bewegung zu geraten. Die Mauern aus sauber verfugten, vor Generationen gebrannten Lehmziegeln über den massiven Bodenplatten aus Granit traten enger zusammen und formten einen Trichter, als strebten sie dem einzigen kleinen Fenster zu, aus dem wie so oft ein einzelner, gleißender Sonnenstrahl in die Zelle fiel. Dann erschien inmitten der Strahlen das Gesicht einer jungen Frau und eine zarte Hand wuchs durch die Gitter zu ihm herab. Angestrengt versuchte er zu erkennen, wem Gesicht und Hand gehörten, aber ein Schatten verdunkelte zunehmend die Szenerie und verlegte ihm den Blick. Schließlich senkte sich dieser vollends auf ihn herab.

„Wach auf, du Sohn einer läufigen Hündin", sprach der Schatten mit seltsam hoher Stimme und das unförmige Etwas nahm mehr und mehr die Konturen des Kerkermeisters an. „Wach auf und verrate mir endlich, wie du mich für meine Geduld zu entschädigen gedenkst!" Ein Tritt in die Seite hätte ihn fast vollends in die Wirklichkeit zurückgeholt, doch Thomas weigerte sich. Die Gegenwart hatte ihm nichts mehr zu bieten, nichts außer Schmerz. So ließ er seinen Geist wieder entschwinden. Der Blick seines inneren Auges wandte sich wieder dem kleinen Kerkerfenster zu und verschmolz mit dem Blick der jungen Frau, die ihm liebevoll zuwinkte. Leise flüsterte er ihren Namen, ein Flüstern, das den Kerkermeister aufhorchen ließ, jedoch viel zu leise war, um den aufkeimenden Verdacht zu erhärten. Dann schwanden Thomas' Sinne vollends.

„Nehmt ihn mit", grollte der Eunuch, „aber habt ein Auge und Ohr auf ihn, vielleicht verrät er uns ja doch noch etwas. Derweil lasst das Wasser des Nils diesen Schweinestall reinigen …"

Yussef bin Tarek al-Tahir besah sich zum wiederholten Male den undurchsichtigen Mechanismus, mit dem soeben die Schleusen in den Kerkerwänden geöffnet und nach einiger Zeit wieder geschlossen worden waren, um die untersten Geschosse zu fluten und Unrat, Ratten und Exkremente in den benachbarten Kanal zu spülen.

„Was starrst du da sinnlos herum? Sieh zu, dass du das Stroh eingestreut bekommst und dann pack dich", herrschte ihn einer der Wächter an. Als Fellache getarnt, hatte sich der Assassine, einen Ballen frischen Strohs auf dem Kopf balancierend, mit anderen auf den Weg zum Kerker gemacht, wohl wissend, dass für diesen Tag eine der zuweilen durchgeführten Reinigungen angesetzt war. Bittere Armut vorgebend, hatte er sich zudem erboten, bei der Einstreu des Strohs behilflich zu sein, einer aufgrund des bleibenden Gestanks, trotz der Flutungen, undankbaren Aufgabe, denen sich die Kerkerwächter gerne gegen Almosen entzogen.

„Sofort, ehrwürdiger Efendi", zollte er dem Wächter absichtlich übertriebene Hochachtung, um ihm zu schmeicheln, „ich habe nur dieses Blendwerk der Baukunst bewundert, ohne dessen Geheimnis entschlüsseln zu können. Lassen sich die Schleusen etwa nur von außen, von der Kanalseite öffnen?" Dabei beeilte er sich, das Stroh auf dem Boden zu verteilen. „Natürlich, du Dummkopf", fuhr der Wächter im Ton eine gelinde Spur milder fort, „wir sind schließlich in einem Kerker, meinst du, wir laden die Gefangenen ein, sich selbst eine Pforte nach außen zu öffnen?" Als der vermeintliche Fellache seine Arbeit in diesem Verlies beendet hatte, schulterte er einen zweiten Ballen Stroh und ließ sich zur nächsten Zelle führen. „Aber wie kommt das Wasser wieder raus, wenn die Schleusen alle zugleich wieder geschlossen werden, ohne dass es sich staut und einer ertrinkt?", fragte er im Gehen. „Der Kanal hat ein leichtes Gefälle, so auch der Boden hier unten", erklärte der Wächter, „das Wasser fließt weiter hinten durch einen vergitterten Auslass wieder zurück in den Kanal, so einfach ist das. Es ertrinkt nur jemand, der während der Flutung in der Zelle verbleibt und nicht mehr stehen kann, aber meist holen wir solche Kerle für die Dauer der Säuberung raus, wie den da."

Während dieser Worte sah der Assassine, wie ein Gefangener, der offenbar nicht bei Bewusstsein war, zurück in die vor ihnen liegende Zelle geschleift wurde, deren Boden noch kein frisches Stroh aufwies. Yussef übernahm sogleich diese Aufgabe, wobei er einen beiläufigen Blick auf den Gefangenen warf, auf dessen verschlissenem Gewand noch schwach ein einst rötliches Zinnenmuster zu erkennen war.

„Das ist der Liebling des Kerkermeisters", meinte der Wächter, „bislang hat er weder das Maul aufgemacht noch sein ärmliches Leben ausgehaucht, trotz Folter, aber lange wird er uns wohl nicht mehr trotzen …" „Was gibt es da zu schwatzen?", unterbrach sie plötzlich die eigentümlich hohe Stimme des Kerkermeisters, der ohne Vorwarnung in der Tür erschien, „macht, dass ihr da rauskommt!"

Sowohl der Wächter als auch der vermeintliche Fellache beeilten sich, seinem Befehl nachzukommen. „Halt", rief der Eunuch, als Yussef sich an ihm vorüberdrängte, „hab ich dich nicht schon einmal gesehen?“ Der Assasine nahm augenblicklich eine demütige Haltung an und bemühte sich, dem Kerkermeister nicht in die Augen zu sehen, denn er war gewarnt. „Wohl kaum, Beherrscher der Unglücklichen, es sei denn, Ihr wäret schon einmal auf den Feldern von Fariskur gewesen, wo ich herstamme.“

„Hast du Verwandte hier im Lager, vielleicht einen Bruder?“, grübelte der Eunuch, dem die seltenen grünen Augen des Mannes nicht entgangen waren. „Oh sicher, Efendi“, log der Assassine, „unsere Familie ist recht zahlreich und einige meiner Brüder dienen in der Armee des Sultans, Allah möge ihn beschützen. Ich jedoch wurde ausersehen, als Bauer in die Fußstapfen unseres Vaters zu treten, soll ich Euch von ihm erzählen?“ Der Eunuch wiegelte jedoch schnell ab und verschwand nach einem letzten Blick auf seinen Gefangenen. Yussef beschloss, dass er nun genug von dem Kerker gesehen hatte, kassierte den versprochenen Lohn in Form einer halben Kupfermünze und machte sich aus dem Staub, jedoch nicht ohne zuvor noch dem äußeren Schleusenmechanismus einen kurzen Besuch abzustatten.

Sultan al-Kamil genoss es, dass sich sein Bruder al-Muazzam an der jungen Tänzerin aus al-Andaluz offenbar gar nicht mehr sattsehen konnte. „Wo hast du sie geraubt, gibt es dort noch mehr Frauen dieses Schlages?“, fragte er mit lüsternem Blick. Inez hatte sich für ihren Tanz etwas Neues einfallen lassen und diesmal eine ganze Reihe heimischer Musikanten mit ihren orientalischen Instrumenten aufgetrieben, so die Oud, eine kurzhalsige Laute, eine langhalsige Cura und zwei Mizmars, zylindrische Pfeifen, die in einem Schallbecher endeten und neben Schellentrommeln ihren Auftritt unterstützten. Im Unterschied zu ihren vorherigen Darbietungen trug sie nun festes Schuhwerk mit hölzernen Absätzen, die ihre Schritte auf dem marmornen Fußboden widerhallen ließen. Zusammen mit ihrem wehenden Haar und den sieben Schleiern, die sie im Verlaufe ihres ausdrucksstarken Tanzes fallen ließ, ergab dies eine Vorführung, die jeden Mann in ihren Bann zog. Da es sich bei seinem Gast um seinen eigenen Bruder handelte, hatte er sie diesmal nicht in das übliche Empfangszelt, sondern erstmals in seinen neu entstandenen Palast gebeten.

„Ich habe sie nicht geraubt, sie ist aus freien Stücken mit einem Händler aus al-Andaluz an meinen Hof gekommen“, klärte al-Kamil seinen Bruder auf. „Hast du sie schon genommen, wie ist sie?", begehrte dieser zu wissen. „Nein, das habe ich nicht, aber ich bin zuversichtlich, dass sie bald meinen Harem bereichern wird!" Al-Muazzam sprach das blanke Unverständnis aus den Augen. „Du bist zu weich, Bruder, du hättest sie längst genießen sollen, bevor es jemand anders tut." In diesem Moment endete ihr Tanz in einem lautstarken Fanal, wonach sie wie üblich dem Sultan zu Füßen sank. „Erhebe dich, Blume Iberiens", sagte dieser, „hast du dich schon entschieden, ob du meinen Vorschlag annehmen und bald auch mein Schlafgemach mit deiner Anwesenheit beehren wirst?!"

Da er ihre Antwort nicht kannte, begab er sich damit auf unsicheres Terrain und in Gefahr, vor den Augen seines Bruders das Gesicht zu verlieren. Andererseits bot sich Männern seines Standes nicht häufig die Gelegenheit, eine Frau aus ihrem freien Willen heraus zu gewinnen. Mit Gewalt konnte er sie letztlich immer noch nehmen.

„Das habe ich, großer Sultan", gab Inez zurück und hob dabei ihren Kopf, um al-Kamil in die Augen zu blicken, „welche Frau würde sich nicht glücklich schätzen, die Gunst eines Mannes wie Euch, zu genießen – und ich spreche von dem Mann, nicht von dem Herrscher in Euch." Al-Kamils Augen leuchteten triumphierend. „Aber ich möchte dies mit einer Bitte verbinden!", hauchte Inez, wobei sie einen verletzlichen Eindruck hinterließ. „Und die wäre?", fragte der Sultan mit warmer Stimme. „Sperrt mich nicht wie einen Vogel in einen Käfig", kam es ihr über die geschürzten Lippen, die in jedem Manne augenblicklich den Wunsch aufkeimen ließen, diesen Mund zu küssen, „lasst mich frei umherfliegen – und lasst mich dereinst ziehen, wenn Ihr meiner überdrüssig geworden seid!"

Noch in der gleichen Nacht wurde sie die Geliebte des Sultans. Gebadet, gesalbt und von Dienerinnen zu voller Blüte ihrer Schönheit gebracht, betrat sie sein Schlafgemach, wo er auf einer mit seidenen Kissen und duftenden Laken bedeckten Bettstatt bereits auf sie wartete. Als sie ihre letzte Hülle fallen und sich in seine Arme sinken ließ, stellte sie fest, dass der Sultan nicht nur ein milder Herrscher, sondern auch ein zärtlicher Liebhaber war. Zugleich nahm sie sich vor, ihre neu gewonnene Position zu nutzen, um das Schicksal des einen oder anderen Gefangenen zu lindern, vor allem dieses einen – das war es wert.

„Habt Erbarmen, seid gnädig, ich habe sieben Kinder …" Yussef bin Tarek al-Tahir war ein weiteres Mal in die Haut eines Bettlers geschlüpft, um sich unerkannt im Hafen von Damiette bewegen zu können. Dieser Ort war für alle Beteiligten sicherer. Der bzw. die Templer, denn nun waren es zwei, mit denen er es zu tun hatte, hätten sich kaum über die Stadtgrenzen hinaus begeben können, ohne ihr Leben zu riskieren. Also trafen sie sich wie gewohnt nahe einem gewissen Dattelstand und zogen sich dann in den Schatten einer mächtigen Akazie zurück.

„Ich bin beeindruckt, letztes Mal hattest du alle Kinder bei der Schlacht um Damiette verloren", stellte Konrad amüsiert fest, „jetzt hast du schon wieder siebenfachen Nachwuchs. Das ist der Grund, warum wir diesen Kreuzzug nicht gewinnen können, denn ihr bekommt zu schnell Verstärkung!"

William verstand anfangs kein Wort. Warum unterhielt sich sein Ordensbruder plötzlich mit einem heruntergekommenen Bettler? Er war davon ausgegangen, dass sie sich mit einem Mitglied der geheimnisvollen Bruderschaft der Assassinen treffen würden. Dementsprechend hielt er die ganze Zeit, seit sie das pulsierende Hafenviertel mit seinen bunt gekleideten Händlern erreicht hatten, Ausschau nach – ja was eigentlich? Erst jetzt gestand er sich ein, dass ein stolzer Sarazene, wie er ihn erwartet hatte, sich wohl kaum frei in der Stadt bewegen konnte.

„Darf ich vorstellen, mein alter Freund Yussef bin Tarek al-Tahir", eröffnete ihm Konrad, „ein Meister der Tarnung und mit der Klinge noch schneller als mit seiner Zunge!" Yussef verbeugte sich. „Zu viel der Ehre, werter al-Kurradin, und der Mann an Eurer Seite? Er ist wahrscheinlich einer der Templer, die das Glück hatten, der Fürsorge des entmannten Kerkermeisters enthoben zu werden?!" Konrad bejahte und stellte William vor. Immer noch überrascht über die Maskerade des Assassinen, reichte ihm der Engländer die Hand. Als dieser seine Geste auf die typisch arabische Art mit nur leichtem Händedruck erwiderte, gewahrte William die grünen Augen des Mannes und etwas in seiner Erinnerung regte sich. „Sagt, sind wir uns vielleicht schon einmal begegnet?" Yussef setzte ein schräges Lächeln auf. „Falls ihr den bescheidenen Pilger meint, der Augenzeuge Eures beherzten Angriffs auf gleich drei Reiter des Sultans wurde – ja, dem seid Ihr schon einmal über den Weg gelaufen!"

Da fiel es William wie Schuppen von den Augen: der Pilger, der seinen und Thomas' Weg an dem Morgen gekreuzt hatte, als sie den Damm im Nil entdeckten. „Sagt, habt Ihr noch häufiger die Geschehnisse am Nilufer beobachtet, vielleicht auch an dem Tag, als unser Lager überfallen wurde?", begehrte William zu wissen. „Das ist gut möglich", gab der Assassine zurück. „Derlei Erinnerungen könnt Ihr auch später noch austauschen", unterbrach Konrad, „jetzt sollten wir uns darauf konzentrieren, wie wir Thomas aus dem Kerker bekommen!"

Darauf besprachen sie eingehend verschiedene Möglichkeiten zu dessen Befreiung. „Es gibt nur einen Weg, unerkannt von außen in das Gebäude hineinzukommen", eröffnete ihnen der Assassine, „und zwar durch die Schleusen." Konrad schaute ihn verständnislos an. „Welche Schleusen?" Darauf erklärte ihm Yussef Art und Funktion der kanalseitigen Absperrungen im Mauerwerk, die William bereits halbwegs vertraut waren. „Wir öffnen die Schleusen in der Nacht und lassen uns mit der Strömung hineintragen", erläuterte ihnen der Assassine seinen Plan, „dann befreien wir Euren Freund und verschwinden auf dem gleichen Weg." Für einen Moment trat nachdenkliches Schweigen ein. „Verzeiht, aber das halte ich für undurchführbar", äußerte William seine Bedenken, „wir riskieren den Tod vieler Gefangener, die ertrinken würden, auch den von Thomas, denn ich glaube nicht, dass er in seinem Zustand in der Lage ist zu schwimmen, erst recht nicht gegen die Strömung!" „Das muss er auch nicht", meldete sich Konrad nach einer Weile zu Wort, „ich denke, es ist unmöglich, unseren Befreiungsplan ungesehen und im Verborgenen durchzuführen. Dafür gibt es zu viele Wachen, wir Ihr mir berichtetet. Außerdem wird das einströmende Wasser nicht unentdeckt bleiben. Aber wenn wir Alarm schlagen, sobald wir im Kerker sind, und uns, getarnt als Sarazenen bzw. Kerkerwächter, daran beteiligen, die Gefangenen vor der Flut zu retten, könnte es gelingen, Thomas in dem entstehenden Durcheinander nach draußen zu bringen. Wir müssen nur hinein – und in seine Zelle." William ließ einen leisen Pfiff hören. „Das ist gewagt – und es ist fraglich, ob der Eunuch sich der Gefangenen annimmt. Vielleicht lässt er auch nur die Ausgänge bewachen und sieht zu, wie alle anderen ersaufen?!" „Dann müssen wir ihn dazu überreden, uns die Schlüssel zu überlassen", meinte Yussef mit einem Augenzwinkern, „oder ihn durch jemand anderen ersetzen, der die richtigen Befehle gibt, zum Beispiel durch einen Offizier des Sultans!" Langsam nahm ihr Plan Gestalt an.

„Die Schlüssel benötigen wir in jedem Fall", überlegte Konrad, „außerdem kann es nicht schaden, das quiekende Schwein außer Gefecht zu setzen – und ich kenne auch jemanden, der uns dabei behilflich sein kann." Yussef grinste. „Ich werde die betreffende Person mit Freuden über unseren Plan in Kenntnis setzen."

Inez erwachte von einem vorwitzigen Sonnenstrahl, der sich ab und an durch die munter im Wind schaukelnden grünen Stoffbahnen vor den Fenstern ins Schlafgemach des Sultans stahl. Regelmäßige Atemzüge neben ihr kündeten davon, dass al-Kamil noch schlief. Versonnen betrachtete sie seine markanten Gesichtszüge, die jedoch jedwede bittere Härte vermissen ließen, die sich sonst häufig auf den Lippen orientalischer Männer abzeichneten. Er war ein guter Herrscher – und ein Bild von einem Mann. Viele Frauen würden sie für die Gunst beneiden, die sie beim mächtigsten Mann Ägyptens genoss. Trotzdem war es an der Zeit, ihr intimes Verhältnis nun auch für ihr eigentliches Ziel zu nutzen. Nackt, wie Gott sie schuf, stand sie auf, um sich über einem der zu diesem Zweck hinter einem Vorhang bereitstehenden vergoldeten Nachttöpfe zu erleichtern. Dann schlenderte sie zu einer der Schalen mit frischem Obst, griff sich ein paar Früchte und kehrte zu der breiten Bettstatt zurück, die sie nun schon seit etlichen Nächten mit dem Sultan teilte. Vorsichtig weckte sie ihn mit einem Kuss. Als er erwachte und sie verschlafen anblinzelte, biss sie die untere Hälfte einer Feige ab und ließ deren süßes Innenleben aus ihren Lippen auf die seinen wandern. Genüsslich aß al-Kamil die halbe Feige, dann zog er die junge Frau, die über ihm hockte, zu sich heran und leckte ihr den Feigensaft von den Lippen. Sie spürte, wie sich erneut seine Männlichkeit regte. Jetzt war der richtige Moment.

„Ich möchte Euch um etwas bitten, Großmächtiger." „Was auch immer es ist, es sei gewährt", antwortete al-Kamil. „Die Gefangenen in Eurem Kerker", hob Inez an, „sie leiden ein schlimmes Schicksal, denn Euer Kermeister geht nicht gerade zimperlich mit ihnen um …" Die Brauen des Sultans zogen sich ein wenig zusammen. „Er erfüllt seine Pflicht – vielleicht ein wenig zu sorgfältig", gestand al-Kamil ein. „Mag sein", fuhr seine Geliebte vorsichtig fort, „aber er tut mehr als das, er lässt sie absichtlich leiden und nimmt auch ihren Tod in Kauf!"

Sie spürte, wie eine Spur des Zorns im Sultan aufkeimte, aber auch, dass er langsam ungehalten wurde und das Thema beenden wollte. „Ich werde mich bei nächster Gelegenheit persönlich darum kümmern", beschloss er. Inez legte ihm zärtlich einen Finger auf die Lippen. „Tut das, aber ich dachte eher an etwas seelischen Beistand. Das Beste wäre ein christlicher Priester. Vielleicht erlaubt Ihr mir, in Ermangelung dessen, das Los der Gefangenen ein wenig zu lindern, indem Ihr mich meine Besuche im Kerker fortsetzen lasst. Ich hatte den Eindruck, das spendet ihnen ein wenig Trost. Sicher mangelt es auch nicht an neuen Gefangenen. Und wenn Ihr einige von diesen Männern vielleicht später in Freiheit setzt, sollen sie nicht schlecht vom Sultan Ägyptens reden. Wenn Ihr mir diesen Wunsch erfüllt, werde ich es Euch tausendfach vergelten …" Froh, das leidige Thema auf diese Weise schnell beenden zu können, willigte er ein. Dann rollte er sich auf sie und sein Geschlecht forderte die versprochene Belohnung ein …

✠

„Nein und nochmals nein!", Pierre de Montaigu, der Großmeister des Templerordens, war außer sich. Erregt schritt er in der Mitte seines Zeltes auf und ab. „Das kann und werde ich niemals erlauben! Kardinal Pelagius erwartet täglich die versprochene Verstärkung des Kaisers, die schon vor Wochen in See gestochen ist. Sobald diese eintrifft, will er mit dem Marsch auf Kairo beginnen, mit sämtlichen Truppen. Ich brauche Euch hier, jeden Mann!"

Mit stoischer Miene ließ Konrad von Freienfels den Wutausbruch seines Ordenoberhauptes über sich ergehen, bevor er antwortete. Er hatte den Großmeister aufgesucht, um ihn offen über seine Pläne zur Befreiung eines weiteren Gefangenen zu unterrichten, auch wenn dieser nicht ihrem Orden angehörte. Er hatte ihm sogar frei heraus seine persönlichen Gründe dafür genannt und um Erlaubnis gebeten, sich mit William zu diesem Zwecke einige Tage aus ihrem Lager entfernen zu dürfen.

„Bedenkt, es wäre ein Nadelstich mitten ins Herz des Feindes, gleichzeitig könnten wir uns einen Eindruck seiner derzeitigen Truppenstärke und seiner Verteidigungsanlagen verschaffen." Erhitzt und mit Sorgenfalten auf der Stirn baute sich der Großmeister vor ihm auf. „Das gebt Ihr vor, Bruder Konrad, tatsächlich geht es Euch nur um Eure eigene Sache, wie Ihr selbst sagtet." „Verzeiht, aber ist dies so falsch?", bohrte Konrad weiter. „Vielleicht versucht Ihr einmal, die Angelegenheit nicht nur als Großmeister unseres Ordens zu sehen, sondern als Ritter", appellierte er an dessen Ehrgefühl, „ich fühle mich diesem jungen Mann verpflichtet, Bruder William ebenso, vielleicht sogar noch mehr als ich, und ich werde nicht ruhen, bis ich ihn befreit habe!" William, der demonstrativ an Konrads Seite stand, nickte zur Bestätigung, überließ das Reden aber dem Älteren.

„Müsst Ihr ständig Eure eigenen Regeln machen und Euch über die unseres Ordens hinwegsetzen? Habt Ihr aus Eurer langen Verbannung nichts gelernt?“, rief ihm der Großmeister in Erinnerung. „Oh doch, das habe ich“, erwiderte Konrad, „vor allem habe ich gelernt, dass man seinem Ehrgefühl nicht zuwiderhandeln sollte, dass Freundschaft und Treue wichtiger sind als Politik. Wenn nötig, werde ich mich dafür über alle Regeln hinwegsetzen!“ Der Großmeister schüttelte verständnislos den Kopf. „So ist Euch nicht zu helfen und Ihr werdet die Konsequenzen tragen müssen, von Euch, Bruder William, hätte ich jedoch mehr Vernunft erwartet!“ „Mit Verlaub, Großmeister“, nahm sich der Engländer nun auch ein Herz, „aber ich bin von ehrbaren Männern wie Euch in diesem Geist erzogen worden“, dabei nestelte er erneut sein Medaillon mit dem Siegel des Templerordens hervor, „zwei Männer auf einem Pferd, zwei Ritter, die sich gegenseitig helfen. Wir handeln genau in diesem Sinne. Der Knappe, um den es geht, hat versucht, mein Leben zu retten, als ich gefangen wurde. Er hat zwei Jahre alle Unbilden des Kerkers mit mir geteilt. Ich kann und werde ihn jetzt nicht im Stich lassen!“

„Seid doch vernünftig, das ist ein Himmelfahrtskommando“, versuchte es Pierre de Montaigu nun in versöhnlicherem Ton. „Nicht, wenn es sorgfältig geplant wird“, beharrte Konrad.

Der Großmeister kapitulierte. „So geht, geht mit Gott, Ihr Starrköpfe, aber wenn Ihr nicht zurück seid, wenn der Feldzug gen Kairo beginnt, erwarten Euch harte Strafen, da sind selbst mir die Hände gebunden! Pax vobiscum …“

Konrad und William legten ihre Fäuste auf die Brust und verabschiedeten sich. „Et cum spiritu tuo!“ Sie hatten fast den Ausgang erreicht, als der Großmeister noch ein letztes Wort an sie richtete. „Sagt dem Stallmeister, er soll euch die besten Pferde geben, die er hat, so viele ihr braucht, und deckt euch in Gottes Namen mit genügend Waffen und Proviant ein, damit euer Unternehmen nicht an solch profanen Dingen scheitert. Gott sei mit euch.“

In blütenweiße Gewänder gehüllt, die der Sultan eigens für sie hatte anfertigen lassen, und das hübsche Gesicht bis auf die Augen von einem Schleier verhüllt, trat Inez aus dem Palast. Ihr Ziel war einmal mehr der Kerker, in dem sie neuerlich die Spur eines bestimmten Gefangenen aufzunehmen gedachte. Auf der obersten Stufe der großen Freitreppe, die hinunter zum großen Platz führte, auf dem die Soldaten exerzierten und noch die Reste des einstigen Zeltlagers standen, blieb sie stehen. Ehrfürchtig registrierte sie, wie ringsum die neue Stadt Tag für Tag in die Höhe wuchs. Die Stallungen, Wohnhäuser, Moscheen, sie alle waren der Fantasie und dem Tatendrang eines Mannes entsprungen.

„Beeindruckend, nicht wahr?“ Es war der grünäugige Offizier an der Spitze von vier Soldaten, der sie so abrupt aus ihren Gedanken riss. „Der Sultan ist fürwahr ein geborener Führer seines Volkes, Allah beschütze ihn, und ein begnadeter Mann, der Schönheit zu erschaffen und zu schätzen vermag …“

„Wenn sich hinter diesen blumigen Worten ein Kompliment verbarg, dann habt Dank“, gab Inez zurück, „was führt Euch zu mir?“ Zur Antwort suchten seine tiefgrünen Augen die ihren. „Oh, es gibt viele Gründe, Euch aufzusuchen, Blume Iberiens. Für den Anfang reicht es, wenn Ihr mir einfach folgt, ich geleite Euch zum Kerker. Euer väterlicher Freund erwartet Euch bereits.“

Jacub hatte es einfach nicht über das Herz gebracht. Eigentlich hatte er sein orientalisches Abenteuer längst beenden und nach Portugal zurückkehren wollen, aber ohne Inez, ohne die Sonne seines Alters? Also war er geblieben und verdingte sich an ihrer Seite weiter als Übersetzer. Seit sie das Bett des Sultans teilte, machte er sich nur noch mehr Sorgen. Wie sollte das alles nur enden? Und dann war auch noch dieser grünäugige Offizier wieder erschienen, ihr Retter aus misslicher Lage, und hatte ihn gebeten, einen Teil seiner Esel nicht zu verkaufen und die Tiere vorerst in seiner Obhut zu behalten, denn sie würden noch benötigt. Der Mann hatte in Rätseln gesprochen, aber durchblicken lassen, dass dies alles zu Inez’ Plan gehörte. Und nun trottete er an ihrer Seite aufs Neue dem fürchterlichen Kerker zu. Wie sollte das alles nur enden?

Saif ad-Din hatte viele Gründe, warum er Frauen hasste, nun gab es noch einen Grund mehr. Er hatte gehofft, das sündhafte Weib endlich los zu sein. Nun jedoch hatte der Sultan ihn wissen lassen, dass die Besuche und Verhöre fortgesetzt würden und er zudem ein wachsames Auge auf die Gesundheit der Gefangenen haben solle. Aber der Eunuch war nicht gewillt, sich von der Dirne des Sultans gängeln zu lassen. Solange sie sich in Begleitung ihrer Eskorte befand, deren Offizier er schon einmal gesehen zu haben glaubte, war Vorsicht geboten. Diese aber hatte am Kerkereingang kehrtgemacht. Ihren steten Begleiter, den jüdischen Händler, wusste er zudem bereits mit einem Gefangenen beschäftigt. Nun also, wo sie allein den Raum betrat, in den er Inez geleitet hatte, sah er seine Chance gekommen, sie in ihre Schranken zu weisen.

Mit einem gewaltigen Fußtritt ließ er die Tür krachend ins Schloss fallen.

„So, mein Täubchen, nun verrate mir einmal, warum du wirklich hier bist, willst du mich vielleicht ausspionieren oder dir selbst das Lösegeld einiger meiner Schäfchen sichern?“ Dabei kam er ihr mit der Fülle seines Leibes bedrohlich nah. „Wo denkt Ihr hin, Kerkermeister, ich möchte nur einigen meiner früheren Landsleute auf Wunsch des Sultans ein wenig Trost spenden – und Euch ein wenig Licht in diesem düsteren Gewölbe!“

Mit Unschuldsmiene schenkte sie ihm ein aufreizendes Lächeln. „Mir? Wagt nicht, mit mir zu scherzen!“, entgegnete der Eunuch offensichtlich irritiert. „Ja, Euch“, zirzte die vielgeliebte Tänzerin, „habt Ihr mich denn nicht gebeten, einmal allein für Euch zu tanzen?“ Nun hatte sie ihn fast da, wo sie ihn haben wollte. „Ja, in der Tat, aber ich … ich kann mit Frauen nichts anfangen, wie du dir denken kannst.“

Zur Antwort öffnete sie ihren Schleier, drehte sie sich einmal um die eigene Achse und ließ ihre wallenden Gewänder um seine Nase wehen. „Eine kundige Frau hat mannigfache Möglichkeiten, einem Manne Freuden zu schenken, auch einem Manne wie Euch. Wenn Ihr wollt, dann tanze ich für Euch, wann und wo auch immer, nur nicht hier und jetzt, wo die Wände Ohren haben, wir wollen doch den Sultan nicht erzürnen …“

Im fahlen Schein des Mondlichts standen drei vermeintliche Soldaten des Sultans am Rande des Nilkanals, der den großen Fluss mit den Salzseen im Nordosten des Deltas verband. An ihren Gürteln prangten orientalische Dolche und Krummsäbel. Zwei der Männer waren jedoch nur dem Schein nach Sarazenen, in Wirklichkeit Tempelritter. Ihre Gesichter hatten sie mit Walnussfarbe und Holzkohle abgedunkelt, damit ihre weiße Hautfarbe sie nicht verriet. Die Männer trugen allesamt leichte Kettenhemden über schwarzen, orientalischen Gewändern mit Pluderhosen, die ihnen, wie auch die Waffen, ihr Freund, der Assassine, besorgt hatte. Dieser war am Morgen des Vortages an dem vor Wochenfrist vereinbarten Treffpunkt zu ihnen gestoßen. Dort hatten sich die Templer in Sarazenen verwandelt und ihre verräterische Kleidung samt ihren Schwertern auf Packpferden verstaut, die zudem ihren Proviant trugen. Nur die leichten Armbrüste hielten sie weiter griffbereit über den Schultern, denn diese konnte man auch für erbeutete Waffen halten. Nach einem mehrstündigen Ritt über verschlungene Wege, um nicht frühzeitig auf Patrouillen des Sultans zu stoßen, warteten ihre Pferde nun in der dichten Ufervegetation des Flusses. Angestrengt spähten die Männer zum anderen Ufer hinüber, hinter dem die drei Geschosse der einstigen Fluchtburg aufragten, die nun als Kerker genutzt wurde. Deren Nordwand war jetzt Teil der neuen, umlaufenden Verteidigungsmauer, die eine schnell wachsende Stadt umschloss. Die Männer warteten auf ein verabredetes Zeichen.

„Glaubt ihr, sie schafft es?", flüsterte William von Gloucester, den angesichts des Kerkers, in dem er viele Monate verbracht hatte, ein mulmiges Gefühl überkam. „Natürlich", beruhigte ihn sein Ordensbruder Konrad, „ich habe es noch nicht erlebt, dass eine Frau ihres Schlages etwas nicht erreicht, was sie sich vorgenommen hat." „Seht", ließ da ihr Begleiter in Arabisch verlauten und wies mit ausgestrecktem Arm auf den Schein einer Kerze, der in einem der kleinen Fenster des Mauerwerks erschienen war, „es geht los."

Erschöpft sank Inez auf einen kleinen Schemel, um ihr bis zum Hals klopfendes Herz ein wenig zu beruhigen. Sie hatte ihn tatsächlich zur Strecke gebracht.

Mit offenem Mund lag der massige Körper des Eunuchen auf dem Boden und ließ ein leises Pfeifen aus den beanspruchten Lungen vernehmen. Bislang lief alles einfacher, als sie gedacht hatte. Seit einer Woche schon suchte sie den Kerkermeister regelmäßig im Anschluss an ihre Verhöre und heimlichen Erkundigungen in dessen Amtszimmer auf und tanzte für ihn. Trotz anfänglichen Misstrauens hatte er der Versuchung nicht widerstehen können. „Warum tust du das, noch dazu für mich?", hatte er sie einmal gefragt. „Weil ich es liebe, die Blicke von Männern auf mir zu spüren, aber es müssen mächtige Männer sein", hatte sie ihm geantwortet – und dabei nicht einmal gänzlich gelogen. Dann hatte sie ihn Tag für Tag mehr um den Finger gewickelt, ihn sogar animiert, mit ihr zu tanzen, hautnah, bis er in Schweiß ausbrach. Schließlich hatte sie ihm sogar erlaubt, am Ende ihres Tanzes eine Hand zaghaft auf ihren Busen zu legen. Danach verspürte er jedes Mal einen unbändigen Durst und leerte in einem Zug eine große, gläserne Karaffe seines geliebten Sharbat, eines sündhaft teuren, eiskalten Fruchtgetränks, zu dessen Herstellung Eis aus den Gebirgen Asiens verwendet wurde, das es auf den Märkten Kairos zu kaufen gab. Mit fast schon kindlicher Freude hatte er ihr stets auch einen Becher dieser Köstlichkeit kredenzt, die sonst nur auf den Tafeln der Herrscher zu finden war. Beinahe empfand sie dabei so etwas wie Mitlied für ihn, bis ihr einfiel, dass er das Gold für diesen Luxus mit den Köpfen enthaupteter Ritter verdiente. Eben diese Leidenschaft des Eunuchen hatte sie genutzt, um ihm ein Schlafmittel in seinen Trank zu verabreichen, das ihr Jacub zu diesem Zweck besorgt hatte. Wenige Augenblicke, nachdem der Inhalt der Karaffe im gierigen Schlund des Eunuchen verschwunden war, hatte er einen Husten- und Schwindelanfall bekommen, in dessen Verlauf ihm der Turban vom Kopf gefallen war und einen spärlich behaarten Schädel enthüllt hatte. Dann war er auf die Knie gesunken und schließlich vornüber auf den schweren Teppich gekippt.

Dort lag er nun, der Herrscher der Finsternis, und Inez gab das vereinbarte Zeichen in Form einer brennenden Kerze. Nun war es Zeit, ihren Plan zu vollenden. Noch einmal Atem schöpfend, nahm sie sich ein Herz, stand auf, kniete sich neben den Bewusstlosen und nestelte mit zitternden Fingern den schweren, eisernen Schlüsselbund von dessen Gürtel. Gerade wollte sie sich umdrehen und zur Tür eilen, als seine rechte Pranke plötzlich ihr Handgelenk ergriff. „Was … was führst du im Schilde?“, ächzte der Eunuch und versuchte, sich mit der anderen Hand hochzustemmen. Inez geriet in Panik. Sich nach einer Waffe oder Ähnlichem umsehend, fiel ihr Blick auf die Karaffe, die nahe seinem Kopf unversehrt auf dem Teppich lag. Ohne Zögern ergriff sie die sich bietende Gelegenheit und ließ das schwere Gefäß auf seinem Kopf zerschellen. Augenblicklich sank er erneut zu Boden und rührte sich nicht mehr. Inez rannte zur Tür, zwang sich dann aber zur Ruhe und spähte vorsichtig in den beiderseits menschenleeren Gang hinaus. Da ertönte eine Etage unter ihr ein gewaltiges Rauschen. Ihr Herz machte einen Sprung. Sie waren drin! Vorsichtig schlüpfte sie hinaus. Fast hatte sie schon die Treppe erreicht, als sie plötzlich innehielt, auf dem Absatz kehrtmachte und zurückeilte. Sie hatte noch etwas Wichtiges vergessen.

Yussef bin Tarek al-Tahir stand der Schweiß auf der Stirn und das Wasser bis zum Hals. Nachdem sie das verabredete Zeichen entdeckt hatten, waren die drei Männer durch den Kanal gewatet, dessen träge Fluten ihnen hier gerade einmal bis zur Brust reichten, bis sie die Kerkermauer am jenseitigen Ufer erreichten. Nun machte sich der Assassine an dem eisernen Hebel zu schaffen, mit dem die Schleusen zu öffnen waren. Allerdings schien seine Kraft nicht auszureichen, um das Hebelwerk in Gang zu setzen. Dabei sanken seine Füße immer tiefer in den lehmigen Untergrund. „Ihr müsst mir helfen", keuchte er, „ich bin zu leicht!" Sofort legten sich vier Arme mit ins Zeug. Wenige Atemzüge später ließ sie ein durchdringendes Knarzen, wie von Metall auf Metall, frohlocken und die Schleusen hoben sich, gleich drei an der Zahl. Sofort strömte Wasser aus dem Kanal in das vor ihnen liegende Gewölbe, erst nur wenig, dann immer mehr, je höher sich der Schleusendeckel hob. „Das reicht, los, hinein?", rief Konrad mit verhaltener Stimme und schon sprang er den Fluten hinterher. Erst tat es ihm Williamnach, dann Yussef.

Der Fall war nicht tief, vielleicht eine Manneslänge. Dann standen sie im Kerker, dessen Boden sich bereits knöcheltief mit Nilwasser gefüllt hatte. „Dort entlang", rief der Assassine, als er sich im spärlich von Fackeln erhellten Gemäuer orientiert hatte, „wir müssen da vorn die Treppe hinauf und den Gang entlang!" Bemüht, keinen unnötigen Lärm zu machen, hasteten die Männer über die Stufen zu dem darüberliegenden Gang, der sie zu Thomas' Zelle führen sollte. Doch jegliche Vorsicht erübrigte sich schnell, denn nun drangen die ersten Schreckensrufe aus den Verliesen, weil das einströmende Wasser die Gefangenen weckte. Bald waren auch die ersten aufgeregten Stimmen der Wächter zu hören. „Am besten wir tun es ihnen gleich und schlagen Alarm", rief Konrad und stimmte sofort auf Arabisch eine Warnung vor den einbrechenden Fluten an. „Chatar" und „Meyah" klang es bald von den Kerkerwänden wider. Der Assassine, der die Führung übernommen hatte, prallte zweimal mit entgegenkommenden Wächtern zusammen, die ihn aber im entstehenden Durcheinander nicht als Fremden erkannten. Dann standen sie vor der Zellentür, hinter der Yussef den Mann vermutete, den sie zu befreien gedachten. Aber von Inez und dem Schlüssel keine Spur. Ein weiterer Wächter hastete vorüber und der Assassine entschloss sich zu einem verbalen Frontalangriff. „Bleib stehen, du feiger Sohn eines Schakals", schnauzte er ihn an, „sperr diese Zelle auf, bevor der Unglückliche darin ertrinkt." Aber der Wächter musste passen. „Das ist doch das Verlies des Starrköpfigen", rief der Mann, während er weiterrannte, „die Schlüssel hat nur der Eunuch!" In diesem Moment erschien Inez. Völlig außer Atem reichte sie Konrad den Schlüsselbund, dann lehnte sie sich gegen die Wand, um Atem zu schöpfen. „Wo ist der verfluchte Eunuch?", fragte der Templer über die Schulter, während er sich am Türschloss zu schaffen machte, um den passenden Schlüssel zu finden. „Im Land der Träume", keuchte Inez, „aber wer weiß wie lange noch ..." „Davon müsst ihr mir bei Gelegenheit erzählen", bemerkte der Assassine amüsiert. Da schnappte mit einem kurzen, satten Geräusch das Schloss zurück. Bereits beim dritten Versuch hatte Konrad den richtigen Schlüssel gefunden. Quietschend öffnete sich die Tür.

William zwängte sich an seinem Ordensbruder vorbei und betrat als Erster die Zelle. Im nur spärlich von den Fackeln im Gang erhellten Dunkeln erkannte er ein undefinierbares Bündel auf dem Boden, das sich bei näherem Hinsehen als menschliches Wesen entpuppte. William beugte sich zu dem Bündel herab. Das Herz krampfte sich ihm zusammen, als er zwischen Stroh und verklebten Haarsträhnen, die er vorsichtig mit den Fingerspitzen beiseiteschob, das bleiche Antlitz von Thomas erkannte.

„Wie haben sie dich zugerichtet, mein Freund?!" Ein Griff an die Pulsader sagte ihm jedoch, dass noch Leben in dessen Körper war. „Ist er es?", kam es Konrad, dessen Kopf soeben an Williams Seite erschien, aus einer zugeschnürten Kehle. Er hatte Thomas seit Jahren nicht gesehen und war sich seiner Wahrnehmung nicht sicher. „Er ist es", bestätigte der Engländer, „oder was von ihm noch übrig ist. Aber er lebt noch!" „Dann lasst uns machen, dass wir hier rauskommen", drängte Konrad zur Eile, „unsere Fürsorge benötigt er später, jetzt geht es vornehmlich um unser aller Leben!"

Mit vereinten Kräften hoben sie den siechen Körper an und luden ihn auf Williams Arme. Dann eilten sie zurück zur Tür. Dort stand Inez, die sich bislang im Hintergrund gehalten hatte. Erschüttert hielt sie beide Hände vor den Mund. „Lebt er noch?", kam es ihr über die zitternden Lippen. „Ja, er lebt", antwortete William, „aber sicher nicht mehr lange, wenn er weiter in diesem Kerker schmachten muss!" „Dann folgt mir", sagte die tapfere Tänzerin und drehte sich entschlossen um, jedoch nicht ohne ihrem einstigen Geliebten, der nun schlaff in den Armen seines Freundes lag, mit zärtlicher Geste über die herabhängende Hand zu streicheln. Der im Türrahmen wartende Assassine, dem dies nicht entgangen war, schenkte ihr ein vieldeutiges Lächeln, dann übernahm er die Führung. Im Gang war mittlerweile Leben eingekehrt. Aus zahllosen Türen, vor allem der unteren Geschosse, schleppten die Wächter, etwa ein Dutzend an der Zahl, Gefangene aus den Verliesen oder trieben sie vor sich her nach oben. Auf den Treppen entstand ein regelrechtes Gedränge, in dem die getarnten Sarazenen mit ihrer Last nicht weiter auffielen, obwohl sie sich rücksichtslos ihren Weg bahnten.

In der Tat war Eile geboten, denn mittlerweile bemühten sich draußen andere Wächter, die Schleusen wieder zu schließen, die Gott weiß wer geöffnet oder zu nachlässig geschlossen hatte. Bevor dies geschah, mussten sie den Ausgang erreicht haben.

In Höhe des Erdgeschosses, auf der Ebene mit den muselmanischen Inhaftierten, kam der Menschenstrom zum Erliegen, denn hier wähnten die Wächter ihre Gefangenen in Sicherheit und verlegten sich auf deren Bewachung. Die vier Befreier jedoch strebten weiter dem Ausgang zu. „He, wo wollt ihr hin?“ und „Bleibt hier, das Wasser geht zurück“ tönte es hinter ihnen, aber die falschen Sarazenen setzten ihren Weg unbeirrt fort. „Kümmert Euch nicht drum, einfach weitergehen“, zischte Konrad. Schon hatten sie den Fuß der Treppe erreicht, die sie in die Freiheit führen würde, da gellte ein hysterischer Schrei durch die Gänge. „Ergreift sie, das sind Verräter!“

Keuchend bahnte sich der noch vom Schlaftrunk und der gläsernen Karaffe schwer gezeichnete Kerkermeister seinen Weg nach vorn. Über seine Stirn lief eine dünne Blutspur, die der nachlässig aufgesetzte Turban nicht verdecken konnte. Fünf, sechs Wächter zogen ihre Schwerter und folgten ihm. Gleichzeitig eilten die Männer der Torwache, vom Schrei des Eunuchen auf den Plan gerufen, von oben die Treppe hinab. Die falschen Sarazenen und die Geliebte des Sultans saßen in der Falle. Konrad und der Assassine zogen ihre Klingen und stellten sich schützend am Fuß der Treppe auf. Kampflos würden sie ihre Sache nicht verloren geben. Langsam ließ William den immer noch bewusstlosen Thomas auf die Stufen hinab, wo ihn Inez in die Arme schloss. Dann zog auch er sein Krummschwert und wandte sich den Gegnern zu, die gerade von oben die steile Treppe herabkamen. Er zählte nicht mehr als zwei, die zudem nur hintereinander Platz hatten. Die Templer nahmen nun obendrein ihre Armbürste von den Schultern und legten sie mit der Linken an. Mindestens drei oder vier Gegner würden sie bei einem Angriff mit ins Jenseits nehmen, das erkannten auch die Kerkerwächter, deren Kampfeswillen darüber einen herben Dämpfer bekam, obwohl der Eunuch vor Zorn schier wahnsinnig zu werden drohte.

„Worauf wartet ihr? Macht sie nieder!“, krähte er. Da nahm Konrad seine Kettenhaube ab, damit ihn jeder sehen konnte.

„Ich bin al-Kurradin“, dröhnte seine mächtige Stimme durch das Gewölbe, „Ritter des Templerordens, wer immer von euch Lust verspürt, diese Welt zu verlassen, der trete vor!“

Stattdessen machte die gesamte Front einen deutlichen Schritt nach hinten. Dem Eunuchen fielen beinahe die Augen aus dem Kopf. „Du räudiger

Hund, du wagst es", geiferte er, „stürzt euch auf ihn!" Als niemand seinem Befehl Folge leistete, riss er einem der Wächter neben ihm dessen Dolch aus dem Gürtel und sprang wutentbrannt nach vorn. Doch Yussef hatte eine solche Aktion erwartet und parierte den ungeübt und stümperisch vorgetragenen Angriff mit einem schnellen Schwerthieb, der dem Eunuchen die Waffe und zwei Finger kostete. Mit schmerzverzerrtem Gesicht ging der Koloss in die Knie und hielt sich die blutende Hand. „Ihr Hundesöhne, das werdet ihr noch bereuen!" Da bekam er unerwartet Unterstützung durch ein weiteres halbes Dutzend Wächter, die in der Zwischenzeit die Gefangenen zurückgetrieben hatten und nun an die Seite ihres Kerkermeisters eilten. Mit der Übermacht von mindestens vier gegen einen schöpften die Sarazenen deutlich an Selbstbewusstsein und rückten vor. Jetzt wurde es eng für die Templer und ihren Assassinenfreund. Konrad schoss einem der vorderen Gegner mit der Armbrust in die Schulter, der durch den Einschlag des Kurzpfeiles nach hinten gerissen wurde, dann fasste der Ritter mit beiden Händen das ungewohnte Krummschwert und hieb mit mächtigen Schlägen auf sein Gegenüber ein. Yussef hatte einen Wurfdolch aus dem Gürtel gezaubert und ließ ihn durch die Luft sausen. Mit ersticktem Stöhnen sank ein weiterer Wächter in sich zusammen. Einen Atemzug später focht der Assassine mit zwei Klingen zugleich. Trotzdem drängten die Wächter weiter vor. Derweil hatte William mit seiner Armbrust einen seiner Gegner auf der Treppe am Bein verwundet und erwehrte sich jetzt der Schwerthiebe des anderen. Da er einige Stufen weiter unten stand, befand er sich jedoch deutlich im Nachteil. Die Lage der drei wurde zusehends bedenklicher, aber noch hielten sie tapfer stand.

Da ertönten erneut Schritte auf der Eingangstreppe, diesmal von mehr als zwei Personen und die Verteidiger schlossen ihre Fäuste noch enger um die Griffe ihrer Schwerter. Doch statt einer Verstärkung der Wachmannschaft erschienen vier Soldaten des Sultans auf der Bildfläche, die ihren Landsleuten auf der Treppe unmissverständlich klarmachten, dass es besser sei zu verschwinden. Angeführt wurden sie von einem Offizier, der sich demonstrativ an die Seite Williams stellte und über die Köpfe aller hinweg jeglichen Kampfhandlungen sogleich laustark Einhalt gebot.

„Runter mit den Waffen oder keiner von Euch bleibt am Leben. Wir sind Assassinen!" Entgeistert ließen die Kerkerwächter ihre Klingen sinken. Mehr noch als die scharfen Worte entwaffneten sie die leuchtend grünen Augen des Mannes, der in gleicher Statur und Kleidung, mit identischen Waffen – und Augen – auch schon in der ersten Reihe vor ihnen stand.

Der Eunuch vergaß vor Schreck seine klaffende Wunde und starrte den Assassinen mit offenem Mund an, den einen wie den anderen. Konrad folgte dessen Blick, um die Ursache der Bestürzung ausfindig zu machen, drehte seinen Kopf und sah geradewegs in die Augen von - Yussef bin Tarek al-Tahir. Die Male, in denen Konrad von Freienfels in seinem Leben sprach-, ja fassungslos gewesen war, konnte man an einer Hand abzählen. Dieser Moment war einer davon. Was Konrad sprachlos machte, versetzte die Kerkerwächter in Panik und sie verschwanden alle miteinander fluchtartig in den unteren Geschossen. Nur der völlig in sich zusammengesunkene Eunuch blieb zurück. „Darf ich vorstellen, mein Bruder Mohammad bin Tarek al-Tahir", ließ Yussef mit breitem Grinsen verlauten, das sich auf den Zügen seines vier Stufen über ihm stehenden Zwillings spiegelte, „und ein paar unserer Vettern. Mehr davon später, jetzt sollten wir diesen ungastlichen Ort schleunigst verlassen, bevor wir den Überraschungseffekt verspielen!" Inez hatte Tränen in den Augen und drückte Thomas' Kopf an ihr Herz. William lachte aus vollem Hals, bevor er sich seinen Freund, als sei er leicht wie eine Feder, wieder auf die Arme lud. Diesmal bekam er jedoch gleich mehrere Arme zur Unterstützung. Konrad legte Yussef bewegt und beeindruckt die Hand auf die Schulter.

„Ihr seid fürwahr Meister der Tarnung, alle beide, aber Ihr habt recht, beeilen wir uns!" Augenblicke später verschwand die Allianz aus Templern, Assassinen und einer Ex-Geliebten des Sultans über die Treppe ins Dunkel der Nacht. Einzig Yussef blieb einen Moment länger, denn er hatte noch einen Auftrag zu erledigen. Freundlich lächelnd beugte er sich zu dem völlig konsternierten Eunuchen hinab, der ihn immer noch entgeistert anstarrte. „Empfange den Lohn für deine Taten, Fehlgeleiteter, und schmore auf ewig in der Hölle!" Dann wanderte eine scharfe Klinge über den Hals des entthronten Kerkermeisters. Röchelnd hauchte er seine verirrte Seele aus ...

Die am Himmel kreisenden Bussarde und Geier zeugten davon, dass sie sich einer belebteren Straße näherten, über der die hungrigen Greifvögel nach verendeten Nagern und anderen Kleintieren Ausschau hielten, die hier zuweilen unter die Räder der Karren und Pferdewagen kamen.

„Versteckt euren Freund wieder unter dem Grünzeug", rief Yussef, der mit seinem Bruder vorwegritt, „wir kommen an die Brücke!"

Nach ihrer Flucht aus dem Kerker waren sie unbehelligt auf den Vorplatz gelangt, auf dem Jacub der Jude mit einem Karren, beladen mit Futtermitteln, und seinen davorgespannten Eseln auf sie wartete. Inez hätte neben ihrem Ziehvater auf dem Kutschbock Platz genommen, wieder in die Rolle seiner Tochter schlüpfend. Den bewusstlosen Thomas hatten sie auf der Ladefläche versteckt, mitsamt einem Teil ihrer Waffen, und wenige Augenblicke später das steinerne Feldlager des Sultans gemeinsam verlassen. Die Wachen am Tor hatten keinerlei Verdacht geschöpft, denn es kam häufiger vor, dass Soldaten oder Händler zu früher Stunde die Stadt verließen oder betraten. Bei Tag und Nacht herrschte ein stetes Kommen und Gehen, vor allem seit die Verstärkung durch die Truppen al-Muazzams eingetroffen war. Gleich acht Soldaten auf einmal erregten weniger Aufmerksamkeit als ein einzelner. Und sie flößten genügend Respekt ein, um keine unnützen Fragen aufkommen zu lassen. Am Ufer des Nils hatten die Templer und Yussef ihre zurückgelassenen Pferde aus dem Versteck geholt, während Inez ihrem geschundenen Schützling etwas Wasser eingeflößt hatte, ohne dass dieser erwacht wäre. Dann waren sie dem Lauf des großen Flusses nach Süden gefolgt, fort von der Stadt des Sultans, aber auch weit fort von den Stellungen der Kreuzfahrer. Konrad hatte es, auch eingedenk der alten Gerüchte über den Knappen, für besser gehalten, Thomas weitab von Freund und Feind, von Kerkern und Schlachtfeldern in Sicherheit zu bringen, an einem Ort, an dem er in Ruhe genesen könne. Und Yussef glaubte, einen geeigneten Ort dafür zu kennen. Dieser sollte etwa drei Tagesreisen westlich, in den ersten Ausläufern der Libyschen Wüste liegen. Nun näherten sie sich einer der wenigen Brücken, die über den östlichen Nilarm auf das andere Ufer führte, die Zwillinge vorweg, die Templer und restlichen Assassinen hinter dem Karren, gefolgt von den Packpferden. Da die Sonne bereits fast im Zenit stand, befanden sich mehrere Wagen und Reisende mit Kamelen und Maultieren auf der Brücke, die von zehn Mameluken bewacht wurde. Dabei handelte es sich um Sklaven im Besitz des Sultans, die ausschließlich Militärdienst leisteten und aufgrund ihrer Kampfkünste besonderes Ansehen genossen.

„Halt, wo wollt ihr hin und was habt ihr geladen?!“, herrschte sie der wachhabende Offizier an, als sie den Kontrollpunkt passieren wollten. „Wir bringen nahrhaftes Alfalfa-Gras aus dem Delta zu den Kamelzüchtern am Rande der Wüste“, log Yussef, „und holen dann Salz von den Natronseen für die Stallungen des Sultans.“ „Soso, habt ihr dafür einen Passierschein?“, hakte der Mameluke nach. „Einen Passierschein, willst du uns beleidigen?", ereiferte sich Yussefs Zwillingsbruder. „Seit wann benötigen Männer der Leibgarde des Sultans diesen Unsinn?"

Dabei legte er demonstrativ die Hand an seinen Schwertgriff. Doch der Kriegersklave ließ sich nicht so schnell einschüchtern, wusste er doch seine eigenen Männer hinter sich.

„Seit wann begleiten die Leibwächter des Herrschers einen Greis und ein Weib in die Wüste", gab er ungerührt zurück, „oder anders gefragt, seit wann braucht ein Salz- und Futterhändler eine solch starke Eskorte?"

Dabei schritt er zwischen den Pferden der Brüder hindurch auf den Wagen zu und zeigte auf den Juden. „Ist es nicht eher so, dass der da ein reicher Händler ist, der euch fürstlich dafür entlohnt, dass ihr ihn und sein junges Weib, oder was sie auch immer ist, außer Landes bringt?"

Triumphierend, als habe er das Rätsel der Pyramiden gelöst, drehte er sich um und warf Yussef einen provozierenden Blick zu. „Oder ihr wollt gar Handel mit den aufständischen Beduinen treiben! Soll ich einmal nachsehen, was sich da unter dem Futter verbirgt?" Mit gespielter Zerknirschung lenkte der Assassine zum Schein ein.

„Ihr habt uns ertappt, Erleuchteter, was wird es uns kosten, wenn Ihr uns trotzdem ziehen lasst?" Der Mameluke musste nicht lange überlegen. „Weil ihr es seid, fünf goldene Dinare!", forderte er einen Wucherpreis ein. Jacub wurde augenblicklich kreidebleich im Gesicht, denn nicht ganz zu Unrecht vermutete er, dass es an seine Börse gehen würde, wenn es galt, etwaigen Wegezoll zu zahlen. „Du scherzt, Raffgieriger", entrüstete sich Mohammad, während er sein Pferd wendete und auf den Mann zuhielt, „vielleicht sollten wir die Angelegenheit doch eher mit den Klingen regeln?!"

Im Gefühl anfänglicher Überlegenheit hatte sich der Mameluke im Verlauf des Disputs doch ein wenig zu weit von seinen Männern entfernt und sah sich plötzlich von vier Sarazenen umzingelt. Die anderen schirmten das Geschehen gegen die übrige Wachmannschaft ab, die ihrem Anführer zu Hilfe eilen wollte, es angesichts der Pferde und gezückten Schwerter jedoch unterließ. „Wenn du hier noch länger solch große Töne spuckst oder dich auch nur einen Schritt weiter dem Wagen näherst, liegst du gleich selbst auf dem Karren, du Sohn eines Schakals", raunte ihm Konrad auf Arabisch ins Ohr, „dann verfüttern wir dich an die Schweine der Christen, womit du letztlich im Magen der Ungläubigen landest!"

Die Drohung mit den Schweinen verfehlte ihre Wirkung nicht. „Aber meine Freunde, verzeiht, wenn ich euch zu hoch bewertet habe", lenkte der Mameluke augenblicklich ein, „ihr machtet den Eindruck wohlhabender

Reisender. Wie wäre es mit einem Goldstück für mich und ein paar Münzen für meine Männer?", hatte er die Stirn, doch noch mit einem gewissen Profit zu rechnen. Da warf ihm Jacub schnell einen Silberdinar zu. „Mehr gibt es nicht, jetzt macht Platz!" Geschickt fing der Militärsklave die Münze auf und begutachtete sie kurz, dann erhellte sich sein Gesicht.

„So zieht denn euer Wege, meine Freunde, Friede sei mit euch, und möge Allah euch auf dem Rückweg wieder hier vorbeiführen!"

Angewidert starrte al-Kamil auf den Leichnam des Eunuchen, dem eine aufgequollene Zunge aus dem Mund hing. „Kennst du den Mann?", fragte er wie beiläufig seinen Bruder. „Nein, ich habe ihn nie gesehen", log al-Muazzam. „Schafft ihn fort und verfüttert ihn an die Geier, zur Mahnung an alle, die sich erdreisten, ihrem Sultan in den Rücken zu fallen!", befahl al-Kamil, wobei er seinen Bruder nicht aus den Augen ließ. Sie standen im Erdgeschoss des Kerkers und begutachteten die Verluste des denkwürdigen Ereignisses aus der vorherigen Nacht. Die Assassinen hatten ganze Arbeit geleistet. Ein Toter, der zu verschmerzen war, und ein paar Verwundete, es hätte schlimmer kommen können. Normalerweise kostete es mehr Opfer, eine Verschwörung abzuwenden und sich der Urheber zu entledigen. So wie vor zwei Jahren, als der Emir von Nablus versucht hatte, die kurdischen Truppenteile gegen ihn aufzuwiegeln und einen jüngeren Bruder auf den Thron zu setzen. Schon damals hatte al-Muazzam die Finger im Spiel gehabt, wenn auch augenscheinlich auf des Sultans Seite, denn sein Bruder war es gewesen, der den aufsässigen Emir in Ketten gelegt und nach Damaskus geschafft hatte. Aber schon damals waren ihm Zweifel an dessen Rolle gekommen. Warum hatte al-Muazzam den Mann so schnell fortgeschafft, bevor man ihn verhören konnte? Jetzt aber gab es handfeste Beweise dafür, dass sein Bruder und der Eunuch hinter einer neuerlichen Verschwörung standen, die zum Ziel hatte, al-Muazzam zum Herrscher über den gesamten Orient zu machen. Nur einer Warnung der Assassinen war es zu verdanken, dass sie den Spieß hatten umdrehen können. Al-Kamil seufzte, sah er doch schon jetzt die Notwendigkeit kommen, dem Bruder eines Tages den Krieg erklären zu müssen. Vorerst reichte es jedoch, wenn er ihn ein wenig einschüchterte. Zumindest seine Truppen brauchte er gegen die Christen. Und diese Truppen durfte er nicht mit einer unbedachten Rache an seinem eigenen Bruder gegen sich aufbringen. Das würden beizeiten andere übernehmen.

„Ich würde es bedauern, wenn ich mich womöglich schon bald von dir trennen müsste", intonierte al-Kamil, im vollen Bewusstsein der Zweideutigkeit seiner Worte, „aber ich würde es begrüßen, wenn du deine Soldaten selbst in den Kampf gegen die Franken führen würdest. Wenn du es jedoch wünschst, werde ich dir eine Eskorte mitgeben, die dich sicher an die Grenze nach Syrien bringt. Vielleicht beugst du dich aber auch fortan meinem Oberbefehl!" Ohne sich noch einmal umzublicken, verließ al-Muazzam den Kerker, froh, mit heiler Haut davongekommen zu sein.

Das Einzige, was al-Kamil wirklich bedauerte, war der Verlust seiner Geliebten, aber vielleicht gefiel es ja Allah, dass sich ihre Wege noch einmal kreuzten. Vorerst wusste er sie in sicheren Händen.

Wohlige Wärme erfüllte seinen Körper, tröstete seine wunde Seele. Welche Gnade nach all den Monaten, ja Jahren! Er war im Paradies, keine Frage, endlich, endlich der Düsternis und den Qualen des Kerkers entronnen. Gleißendes Licht umgab ihn, strömte auf ihn herab, ausgesandt von einer alles überragenden, ungetrübten Sonne am wolkenlosen Himmel. Deren Strahlen brannten in seinen Augen. Er musste blinzeln. Da erschien das Gesicht eines Engels über ihm, eines Engels mit kastanienfarbenem Haar, der zudem anfing, seine Wange zu streicheln. Der Mund des Engels begann, tonlose Worte zu formen. Thomas vermutete, dass man im Paradies keine Worte benötigte. Doch dann drang es leise an sein Ohr.

„Wach auf, Thomas, komm zurück ins Leben!" Thomas stutzte. Konnten Engel doch sprechen? Die Stimme gefiel ihm. Aber hatten Engel nicht blonde Haare? Dann ging ihm auf, dass er diesen Engel schon einmal gesehen hatte. Ja, er kannte ihn. Oh gütiger Gott, was machte sie hier? Er war erschüttert. War auch sie gestorben? Da traf ihn unvorbereitet der ganze Schmerz seines geschundenen Körpers und entriss ihn jeglichen Träumen. Seine Gelenke brannten wie Feuer, sein Schädel brummte, wie nach einem seiner früheren Trinkgelage. Ein Hustenanfall erschütterte seine Lungen, zudem verkrampfte sich sein leerer Magen.

Doch dann wurde es langsam besser und er entspannte sich. Er wagte es, seinen Blick wieder zu heben, und sah geradewegs in die tränenerfüllten und zugleich lachenden, dunklen Augen der schönen Tänzerin, die er vor Ewigkeiten in Lissabon zurückgelassen hatte. „Inez? Was … was machst du hier, wo bin ich?"

Zur Antwort beugte sie sich zu ihm herab und schloss ihn zärtlich in die Arme. „Du bist in Sicherheit …“ Zu mehr Worten war sie nicht fähig. Einer plötzlichen Gefühlswallung folgend und all seine Kräfte zusammennehmend, bäumte er sich auf, nahm ihr Gesicht in beide Hände und suchte in ihren Augen nach tausend Erklärungen. Dann küsste er sie, wild und hemmungslos, immer und immer wieder, hart pressten sich seine Lippen auf die ihren. „Oh Gott, kann das wahr sein?“ Mit einem befreienden Lachen drückte sie ihn erneut an sich. „Ja, ja, ja und nochmals ja, du hast es geschafft, wir haben es geschafft!“

Mit geschlossenen Augen sog er tief den Duft ihres Haares ein, vergrub seine Nase in ihrer Halsbeuge. Dann fiel sein Blick über ihre Schulter auf eine endlos weite Wüstenlandschaft, das komplette Gegenteil des engen, feuchten Kerkers, in dem er die letzten Monate zugebracht hatte. So weit das Auge reichte, gab es nur Sand und Geröll, und doch war es die schönste Landschaft, die er je gesehen zu haben glaubte. In der Ferne ragten die kahlen Felsen eines Gebirgszuges auf, die ob der Hitze jedoch wie Trugbilder flimmerten. Trugbilder! Sogleich kamen Zweifel in ihm auf, träumte er vielleicht doch? Aber die Frau in seinen Armen fühlte sich sehr wirklich an.

Da sah er von links, wo inmitten eines Streifens von Grün eine Handvoll Palmen aufragten, in deren Schatten Tiere zu grasen schienen, eine Gestalt auf sich zukommen. Während er Inez noch fester an sich drückte, fixierte er die Gestalt. Das schwarze Gewand mit den Pluderhosen alarmierte ihn, mehr noch das Kettenhemd des Mannes, aber er war nicht bewaffnet, trug keinen Helm und irgendetwas an seinem Gang kam ihm bekannt vor. Mit der Linken schirmte er seine Augen gegen die gleißende Sonne ab, um besser sehen zu können. Der Mann trug langes Haar, dunkelblondes Haar, und einen ebensolchen Bart. Ein blonder Sarazene? Und dann erkannte er ihn. „William!“

Erst flüsterte er den Namen nur, dann brüllte er aus vollem Hals, so gut es seine spärlichen Kräfte zuließen. Der blonde Sarazene begann zu rennen. Noch drei, vier Sätze, dann war er heran, ließ sich auf die Knie fallen und drückte seinen Kameraden samt der Frau in dessen Armen an die Brust. „Ja, Thomas, ich bin’s.“

Lachend und weinend zugleich blieben die drei eine ganze Weile hocken, bis sich William löste und Thomas eine Hand auf die Schulter legte. „Du wirst wissen wollen, wie das alles geschehen ist.“ Thomas nickte. „Nun, das ist eine lange Geschichte", fuhr der Engländer fort, „die sich nicht in ein paar Sätzen erzählt. Aber wir werden die nächsten Tage und Abende dazu noch reichlich Gelegenheit haben. Nur so viel für den Moment: Wir haben dich rausgehauen – und diese tapfere junge Frau hier ist um die halbe Welt gereist, um dich zu finden …"

Inez warf William einen schüchternen Blick zu, dann fanden ihre Augen die von Thomas, der dankbar ihre Hände in die seinen nahm. „Aber da gibt es noch jemanden, der darauf brennt, dich zu begrüßen, und ohne den wir dich niemals hätten befreien können", setzte William hinzu, „er ist der Kopf unseres Unternehmens und der mutigste Mann, den ich je getroffen habe!"

Bei diesen Worten hörte Thomas Schritte und wandte den Kopf in die Richtung, aus der das Geräusch kam. Er sah einen weiteren Sarazenen auf sich zukommen, zumindest einen Mann in ebensolcher Aufmachung. Da dieser die Sonne schräg über sich hatte, konnte er zuerst dessen Gesicht nicht erkennen, nur dessen federnden Gang, obwohl er schon etwas älter zu sein schien. Doch dann war der Mann bei ihnen und ging direkt vor ihm in die Hocke.

„Na, Bursche, wie konntest du dich nur so achtlos von den Muselmanen fangen lassen, habe ich dir nicht oft genug beigebracht, wie man sich seiner Haut erwehrt?!" Thomas fiel die Kinnlade herunter, als ihn die Erkenntnis traf, auch wenn der Mann in seiner Erinnerung keinen Bart getragen hatte, dann verschwanden beinahe alle Konturen durch einen wässrigen Film vor seinen Augen. „Großer Gott, Bruder Konrad, wie kommt Ihr denn hierher?"

Wie steinerne Bienenkörbe ragten die halbrunden Kuppeln des Klosters Deir Anba Bishoy aus dem „Wadi el-Natrun" auf. Da die Gebäude, Türme und die Kapelle aus dem gleichen, rötlichen Sandstein errichtet worden waren, der auch die felsige Landschaft prägte, verschmolz die Anlage farblich geradezu mit dieser. Eine mächtige umlaufende Mauer zeugte davon, dass die Wüstenei nicht nur friedliche Besucher gesehen hatte.

Einige wenige Palmen, die sich um eine bescheidene Wasserstelle gruppierten, machten den Ort zu einer kleinen Oase inmitten eines Tales, das ansonsten nur Steine, Salz und Einsamkeit zu bieten hatte. Das „Natron-Tal" hatte seinen Namen von einer ganzen Reihe salzhaltiger Seen, die sich wie Perlen an einer Schnur in nordwestlicher Richtung erstreckten und an deren Ufern schon die Pharaonen Mineralien abgebaut hatten, um diese zur Mumifizierung ihrer Toten zu nutzen. Im dritten und vierten Jahrhundert nach Christus hatten fromme Männer, Christen aus dem gesamten Mittelmeerraum, die Abgeschiedenheit und zum Teil groteske Landschaft des Wüstentales, eine knappe Tagesreise vom Westrand des Nildeltas entfernt, als Zufluchtsort und neue Heimat auserkoren. Bis zu fünfzig Klöster und Einsiedeleien befanden sich zwischenzeitlich hier. Wiederholte Angriffe räuberischer Beduinen hatten davon ein gutes Dutzend übrig gelassen. Das Kloster Deir Anba Bishoy war eines der ältesten, benannt nach einem heiligen Mann und bewohnt von koptischen Mönchen, Anhängern der christlichen Minderheit in Ägypten, die zuweilen auch Reisenden Unterschlupf gewährten. Yussef, der Assassine, der zu diesen Kopten gewisse Verbindungen hatte, hielt dies für den geeignetsten Ort, an dem ein Mann, der sich auf der christlichen wie muslimischen Seite seines Lebens nicht sicher war, untertauchen und genesen konnte.

Thomas hatte sein Bewusstsein nicht wieder verloren. Nachdem er sich von der Aufregung, die sich um sein plötzliches Erwachen und das unerwartete Aufeinandertreffen mit drei der wichtigsten Menschen seines Lebens rankte, ein wenig erholt und mit einer Brühe gestärkt hatte, war er kräftig genug gewesen, die Reise auf dem Wagen fortzusetzen. Die Brühe hatte Jacub zubereitet, der ihn wie einen verlorenen Sohn in die Arme geschlossen und ihm dann ohne lange Vorrede die Suppe einflößt hatte, lediglich eines seiner Sprichwörter zitierend: „Ein leerer Bauch hasst lange Predigten.“ Später hatte der Jude wieder auf dem Bock Platz genommen und seine Esel in Bewegung gesetzt. Inez hatte die meiste Zeit seinen Kopf in ihren Schoß gebettet und ihm die ganze Geschichte seiner Befreiung erzählt. Nur die Tragweite ihrer Beziehung zum Sultan hatte sie vorerst verschwiegen.

William und Konrad hatten während des Rittes abwechselnd ihre Pferde an den Karren gelenkt und mit ihren Berichten einen großen Teil seiner Wissenslücken geschlossen. Bei einer dieser Gelegenheiten hatte Konrads Schimmelstute wiederholt versucht, ihren Kopf in den Karren zu stecken und den darauf ausgestreckten Thomas mit der Oberlippe spielerisch anzuknabbern. Nachdem dieser die aufdringliche Zärtlichkeit zweimal ohne großen Erfolg abgewehrt hatte, war ihm plötzlich Erleuchtung beschieden. „Hannah, ich werd verrückt, das ist doch meine brave Stute!“ Darauf hatte das Pferd ein lautes Wiehern vernehmen und sich zärtlich die Nüstern kraulen lassen. „Sobald du wieder reiten kannst, ist sie dein“, hatte Konrad bewegt geäußert, „bis dahin gönnst du mir vielleicht das Vergnügen, dieses herrliche Tier meinen Befehlen gehorchen zu lassen."

Bei ihrem Bericht hatten die Templer auch die Verdienste Yussefs und der anderen Assassinen nicht unerwähnt gelassen. Außerdem hatte Thomas erfahren, dass die Armee der Christen nach langer Tatenlosigkeit im Begriff stand, gen Kairo vorzurücken, und der Sultan täglich neue Verstärkungen erhielt, um sich dieses Angriffes zu erwehren. Auf die Dienste seines Kerkermeisters würde er aber in Zukunft verzichten müssen. Gerne wäre Thomas Zeuge dessen Ablebens geworden.

Konrad hatte ihm zudem von der Rückkehr der bergischen Ritter, von Engelberts Machtanspruch auf die Grafschaft Berg und dessen Aufstieg in höchste politische Ämter berichtet – und von der Trauer, die der Umstand, dass Thomas nicht mit den anderen nach Neuenberge zurückgekehrt war, bei vielen ausgelöst hatte. Einzig das Thema Sibylla hatte er bislang geschickt umgangen, und auch Thomas machte in Anbetracht von Inez' Anwesenheit keine Anstalten, ihn danach zu fragen. Dazu war später noch Zeit genug. Vorerst begnügte er sich damit zu wissen, dass sein Leben eine neue, glückliche Wendung genommen hatte, auch wenn er keine Vorstellung davon hatte, wie es weitergehen sollte.

„Wir sind da", rief Yussef, als sie die Klostermauern erreichten, und lenkte sein Reittier auf das große, geschwungene Eingangsportal zu, dessen Flügel, wie meistens bei der Annäherung von Fremden, fest verschlossen waren.

Auf sein Klopfen hin öffnete sich schließlich eine kleine Pforte inmitten des Portals. Es erschien ein ganz in Schwarz gekleideter Mönch mit struppigem, dunklem Bart und einer eigentümlichen, kapuzenähnlichen Kappe auf dem Kopf. Aus kleinen Knopfaugen musterte er sie der Reihe nach, wobei er jeden mit einem Kopfnicken und gefalteten Händen begrüßte, und begann ein lebhaftes Gespräch mit dem Assassinen. Die Kappe verfügte über eine augenfällige Naht über dem Scheitel und trug zwölf aufgestickte goldene Kreuze, sechs auf jeder Seite.

„Die Kopten sind christliche Ägypter. Ihre Mönche tragen Schwarz, als Symbol dafür, dass sie schon im Leben gestorben sind", raunte William seinen Begleitern auf dem Wagen zu. „Sie leben in der Wüste, um in der Einsamkeit Erleuchtung zu finden." „Den wahren Geschmack des Wassers erkennt man erst in der Wüste", zitierte Jacub ein weiteres jüdisches Sprichwort, das Inez schmunzeln ließ.

„Alle koptischen Mönche tragen diese Kappen. Die Kreuze stehen für die zwölf Apostel", fuhr William fort, „auf der Rückseite gibt es noch ein größeres, das für das Kreuz Christi steht."

„Und was hat diese Naht zu bedeuten?", wollte Inez wissen. „Sie soll an einen Kampf zwischen dem Teufel und einem Engel erinnern", erklärte William weiter, „die sich einst um die Kapuze des ersten Mönches gestritten haben sollen!" „Und wer hat gewonnen?", flüsterte Thomas, der trotz seiner Ermattung langsam seinen Humor wiederzufinden schien. Da kam der Mönch auf ihren Karren zu und sprach die Templer in lateinischer Sprache an. „Seid willkommen, ihr Streiter Gottes, ich bin Bruder Nikodemus, euer muselmanischer Führer hat uns bereits über euer Anliegen unterrichtet. Ihr und euer verwundeter Freund seid herzlich eingeladen, unsere Unterkünfte mit uns zu teilen und euch hier von euren Strapazen zu erholen." Mit Blick auf Inez und Jacub machte er eine Pause. „Die geweihten Hallen dürfen jedoch nur von männlichen Christen betreten werden. Ich schlage daher vor, dass sich die Frau, der Jude und eure andersgläubigen Begleiter in unserer bescheidenen Herberge am Rande des Klosters einquartieren. Ein heilkundiger Bruder wird sich derweil eures verwundeten Freundes annehmen, während ihr vielleicht geruht, das Gebet und unser bescheidenes Mahl mit uns zu teilen."

Thomas wollte protestieren, denn es gefiel ihm ganz und gar nicht, sich schon wieder von irgendeinem seiner Freunde trennen zu müssen, erst recht nicht von Inez, doch Konrad kam ihm zuvor. „Wir nehmen Euer großherziges Angebot gerne an, bis unser Freund hier zu Kräften gekommen ist, dann werden wir uns nach einer neuen Bleibe umsehen."

So bezogen Konrad und William mit Thomas eine gemeinsame Zelle in dem uralten Kloster, das von gut fünfzig Mönchen bewohnt und bewirtschaftet wurde, um mit diesen deren Brot und das Gebet zu teilen. Schnell lernten sie die Vorzüge der Kuppeldächer zu schätzen, die im Unterschied zu Flachdächern immer nur auf einer Hälfte von der sengenden Sonne beschienen wurden, während die andere im Schatten blieb. So zirkulierte an deren Unterseite durch den Temperaturunterschied und den wechselnden Sonnenstand stets ein angenehm kühler Luftstrom. Mehrmals täglich wohnten die Templer einer Messe in der Kapelle bei, die von dem ganz in Weiß gekleideten Abt Konstantinos abgehalten wurde. Schwaden von Weihrauch verbreiteten sich in dem jahrhundertealten Gemäuer, dessen Wände von liturgischen Gesängen widerhallten, die in den Ohren der Ritter aufgrund der ägyptischen Sprache in der sie vorgetragen wurden, recht eigentümlich klangen. Thomas wurde ohne großes Federlesen noch zur gleichen Stunde von kundigen Händen sorgsam gewaschen, wobei man sich einer Mischung aus Essig und mineralienhaltigem Wasser der nahen Seen bediente, wie ein Schaf geschoren und am ganzen Körper mit einer desinfizierenden Paste bestrichen. Seine bislang kaum verheilte Kopfwunde bekam einen frischen Verband. Kräuterumschläge sollten das restliche Fieber vertreiben. Anschließend tischte man ihm leicht verdauliche, nahrhafte Speisen auf wie Feigen, Oliven und einen Gemüsebrei.

Inez und Jacub fanden derweil Unterkunft in besagter Herberge, zu der auch ein Stall gehörte, in dem die Pferde und Esel untergebracht wurden. Yussef, sein Bruder und die anderen Assassinen zogen es jedoch vor, ihr Nachtlager unter freiem Himmel in der kleinen Oase aufzuschlagen, allerdings nur für eine Nacht. Bereits am nächsten Morgen verabschiedeten sich Mohammad und seine Begleiter, um zu den Truppen des Sultans und ihren Aufgaben zurückzukehren.

„Lauft ihr nicht Gefahr, euch dem Zorn des Sultans auszusetzen?", verlieh Konrad seinen Bedenken Ausdruck, als er Mohammad dankbar die Hand reichte. „Seid unbesorgt", entgegnete dieser, „der Sultan wird uns kein Haar krümmen. Das Wort seiner Leibwache zählt mehr als die Hirngespinste nichtswürdiger Kerkerwächter." Mit diesen Worten zogen sie ihres Weges. Einzig Yussef blieb als wachsamer Schatten, der Augen und Ohren offen hielt, in der Oase zurück.

„Wie geht es ihr?", äußerte Thomas die Frage, die ihm schon seit dem Wiedersehen mit Konrad auf der Seele brannte. Bereits nach der ersten Nacht im Kloster, die er in traumlosem Schlaf verbracht hatte, ohne auch nur ein einziges Mal durch die zahlreichen Aufrufe zum Gebet zu erwachen, hatte er sich deutlich besser gefühlt. Drei Nächte hintereinander schlief er bis weit in den Vormittag hinein, gefolgt von neuerlichen Reinigungen und Umschlägen. Das Fieber war ob dieser Behandlung schnell zurückgegangen, hinter seiner Stirn hatte es aufgehört, ständig zu pochen, und sein Magen rebellierte nicht mehr. Im Gegenteil, er rief stetig nach neuer Nahrung. Gegen Mittag des dritten Tages waren Konrad und William mit einem Mönch erschienen, der eine dampfende Schüssel würzigen Eintopfs aus der Küche mitbrachte. Wie ein ausgehungerter Wolf fiel Thomas über die Schüssel her und setzte sie erst ab, als sie vollkommen leer war. Dann dürstete es ihn nach Antworten. Konrad wusste auch ohne Nachfrage sogleich, wen sein langsam genesender Patient meinte, stellte dessen Geduld jedoch ein wenig auf die Probe.

„Von wem sprichst du? Deine schöne Tänzerin erfreut sich bester Gesundheit und fragt jeden Tag nach dir!“

„Danke, das stimmt mich froh“, antwortete Thomas aufrichtig, „und sei versichert, dass ich sie tief in meinem Herzen trage. Aber ich meine die Tochter des Burgvoigtes auf Neuenberge, Sibylla, vielleicht erinnerst du dich an sie. Hast du Nachricht von ihr?“ Konrad musterte seinen ehemaligen Schüler, als frage er sich, wie viel er ihm bereits zumuten könne, dann entschied er sich für die volle Wahrheit.

„Das habe ich, aber die wird dir nicht gefallen. Als ich sie zuletzt sah, stand sie im Begriff, Heinrich von Udindara zu ehelichen!“ „Sibylla und Heinrich?“ Thomas war wie vor den Kopf geschlagen. „Das kann nicht sein, selbst wenn sie mich für tot hielte, sie hatte nie auch nur das leiseste Interesse an ihm!“

„Ihr Interesse und ihre Zustimmung waren auch nicht erforderlich, ich denke, dass sie dazu weder gehört noch gefragt wurde“, erwiderte der Templer, „es war vielmehr Engelberts Wunsch – und eine seiner Bedingungen dafür, dass er Herrmann von Elverfeld in Amt und Würden belassen würde. Sibylla wurde dazu bestimmt, Heinrich zu heiraten, den Engelbert kurz nach dessen Rückkehr zum Ritter geschlagen hat und der, wie einst sein verstorbener Vater, die elterliche Burg bei Odenthal als Lehen erhalten sollte.“

Thomas war solchermaßen erschüttert, dass er kaum mitbekam, was Konrad sonst noch zu berichten hatte.

„Engelbert hat begonnen, die Burg in großem Umfang zu erweitern, ein neuer Palas entsteht. Zu diesem Zweck hat er neue, zusätzliche Handwerker angesiedelt, die sich in der Unterstadt niedergelassen haben. Es wohnen jetzt nahezu zweimal so viele Menschen auf Neuenberge wie zuvor“, berichtete Konrad weiter. „Deiner Schwester geht es gut, auch wenn sie dich schmerzlich vermisst, sie ist Magdas wichtigste Stütze geworden. Die resolute Magd schwingt immer noch das Zepter in der Küche, auch wenn sie keinen Hehl aus ihrer Abneigung gegen den Grafen Engelbert macht.“

Bei der Erwähnung seiner Schwester kam Thomas wieder zur Besinnung, auch wenn er seine Niedergeschlagenheit nicht verbergen konnte. „Entschuldigt, Bruder Konrad, aber ich war nicht ganz bei mir, die Nachricht von Sibyllas Heirat hat mich doch sehr getroffen“, gab er tapfer zu. „Aber habt Dank für Eure Worte, es macht mich glücklich, meine Schwester in guter Obhut zu wissen.“

Der Templer spürte, wie ihn ein Anflug von Mitleid überkam und Worte in ihm aufstiegen, die er eigentlich nicht hatte sagen wollen. „Sie liebt dich, Junge, sie hat es mir selbst gesagt ...“

Verdammt, fluchte Konrad im Stillen, Mitleid und Trauer waren Zeichen von Schwäche, die sich ein Ritter nicht leisten konnte. Aber irgendetwas nötigte ihn, Thomas die ganze Geschichte zu erzählen.

„Sie war völlig verzweifelt, als du nicht mit den anderen zurückkamst. Dabei hatte sie täglich vom Bergfried nach euch Ausschau gehalten. Ihren Eltern und Heinrich warf sie die schlimmsten Verwünschungen an den Kopf, als sie mit den Heiratsplänen konfrontiert wurde, und schwor, niemals ihre Zustimmung zu geben. Als sie hörte, dass ich nach Ägypten aufbrechen würde, kam sie zu mir und beschwor mich, dich zu finden, denn sie war sich sicher, dass du noch lebtest ...“

Thomas rang sich gerührt ein Lächeln ab. „Das hört sich sehr nach meiner Sibylla an!“

Während sich William an seine eigene Lebensgeschichte erinnert fühlte, nickte Konrad grübelnd. „Aber sei vernünftig und verschließe nicht die Augen vor der Wirklichkeit. Selbst eine Sibylla wird sich auf Dauer nicht dem Wunsch des Grafen und ihrer Eltern verschließen können. Vielleicht konnte sie die Hochzeit noch ein wenig hinauszögern, mehr aber auch nicht. Inzwischen dürfte sie längst verheiratet sein“, rief ihm der Templer ins Gewissen. „Und auch du wirst daran nichts ändern, ein mittelloser Knappe, der mit knapper Not dem Tode entronnen ist!“

Da kehrte mit einem Mal ein lebhaftes Funkeln in Thomas’ Augen zurück. „Ich bin weder Knappe noch mittellos!“ Darauf berichtete er seinem früheren Lehrmeister davon, wie Graf Adolf ihn noch auf dem Sterbebett zum Ritter geschlagen hatte. Außerdem erzählte er ihm von Heinrich und Gisbert, von dem kahlen Kriegsknecht und dem Grafen von Limburg und von deren zwiespältigen Reaktionen. „Ich glaube dir, jedes Wort“, sagte Konrad ergriffen, als er die Geschichte, die er seit Langem begierig war, aus Thomas’ Mund zu vernehmen, zu Ende gehört hatte. „Und ich glaube, dass noch viel mehr hinter der Angelegenheit steckt, als du bislang vermutest. Unterhalte dich einmal mit unserem Assassinenfreund über den Tag deiner Gefangennahme ...“

„Der Assassine?“, stutzte Thomas, „was hat der damit zu tun?“ „Er hat etwas beobachtet, aber das soll er dir selbst sagen“, gab Konrad zurück.

„Vielleicht wird es dich zudem erfreuen, dass Männer wie dieser Oliver von Köln auf deiner Seite stehen und dir einen guten Leumund ausstellen.“

„Ihr wart bei Oliver?“, unterbrach ihn Thomas, „er war es, der dem Grafen zuletzt die Beichte abnahm, was sagt er?“ „Dass er dich für einen treuen Gefolgsmann hält, der sicher zu Recht zum Ritter geschlagen wurde. Er hat mir sogar einen Brief an Erzbischof Engelbert mitgegeben, in dem er sich für dich verwendet“, erklärte Konrad, „aber seien wir ehrlich – Adolf hätte dich mit einem Lehen oder anderweitigen Einkünften ausstatten müssen, um den Ritterschlag rechtskräftig zu machen ...“

„Das hat er!“, überraschte Thomas mit einer Eröffnung, die den erfahrenen Templer augenblicklich sprachlos machte, „mein Lehen liegt unter den Steinplatten des Burghofes!“

Darauf berichtete er von dem Schatz, den der Graf nach dessen eigenen Worten an einer ganz bestimmten Stelle vergraben haben wollte. „Wenn das stimmt“, grübelte Konrad nach einer ganzen Weile, „wenn dieser Schatz wirklich existiert, ändert dies natürlich alles.“

„Und wir werden dir helfen, ihn zu heben, Sir Thomas“, grinste William. „Wann brechen wir auf?“ Thomas konnte seine plötzlich aufkommende Ungeduld kaum noch zügeln. „Gemach“, bremste Konrad die Begeisterung, „erst einmal muss sich unser Freund hier erholen, dann dürfen wir diesen Kreuzzug nicht vergessen, in dessen Dienst wir stehen und von dem wir uns auf Dauer nicht so einfach entfernen können, dann erst können wir Pläne machen, wie es weitergehen soll. Und ich glaube, unser junger Freund hat da auch noch eine Angelegenheit, über die er sich Klarheit verschaffen muss ...“

Nach gut einer Woche unternahm der langsam, aber stetig genesende Patient die ersten Schritte und wenige Tage später hielt er es in den Klostermauern nicht mehr aus. „Ich muss hier raus, ich habe in meinem Leben schon viel zu viel Zeit hinter engen Mauern verbracht“, beklagte er sich, „ich sehne mich nach Weite, nach Sonne und einem blauen Himmel über mir!“

„Gibt es da nicht noch etwas anderes, wonach du dich sehnst?“, feixte William.

So verließen sie das Kloster, um an Yussefs Seite ihr Lager in der kleinen Oase aufzuschlagen. Hier erst hatte Thomas die Gelegenheit, den Assassinen näher kennenzulernen, in dem nun auch er den Pilger aus ihrer Begegnung am Nil erkannte, und sich bei diesem für dessen Hilfe bei seiner Befreiung zu bedanken. „Alhamdulillah“, antwortete Yussef lediglich mit einem Achselzucken, „Gott hat es so gefallen, ohne seinen Willen vermag der Mensch nichts.“

Dann erinnerte sich Thomas an Konrads Bemerkung, der Assassine habe eine nicht unbedeutende Beobachtung am Tag seiner Gefangennahme gemacht, und sprach ihn darauf an.

„Das ist richtig", sagte Yussef, wobei er seine Augen ein wenig zusammenkniff, „wisst Ihr noch, was dort am Ufer des Nils geschah?" „Nicht genau, ich bekam im Laufen einen Schlag auf den Kopf – oder zwei ...", versuchte Thomas, sich die Erinnerungen an die Ereignisse ins Gedächtnis zu rufen.

„Dieser Schlag, von dem Ihr sprecht, der Euch in den Nil und beinahe ins Jenseits beförderte", fuhr Yussef fort, „war ein verunglückter Axthieb, der nur mit der Breitseite traf – und er kam nicht von einem Moslem! Es war einer der Christen, der Euch den Hieb versetzte – genau genommen waren es sogar zwei", setzte der Assassine hinzu, „ein grobschlächtiger Kerl mit kahlem Schädel – und ein zweiter mit rötlichem Haar, der Euch mit dem Schwert verfolgte!" Thomas starrte ihn ungläubig an. „Der Kahle", kam ihm dann die Erkenntnis über die Lippen, „und Gisbert!"

Inez' stürmische Umarmung riss ihn aus den Gedanken. „Es macht mich glücklich, dich wieder auf den Beinen zu sehen", strahlte sie und gab ihm ungeachtet der Tatsache, dass sie nicht allein waren, einen langen, innigen Kuss. Thomas erwiderte ihre leidenschaftliche Umarmung, allerdings beschäftigte ihn und seine Gefährten die Eröffnung des Assassinen noch bis weit in den Abend. Mehrfach lenkte er ihr Gespräch auf dieses Thema, und abwechselnd ergingen sie sich in Vermutungen über die Hintergründe, bis sich der Schlaf seiner Lider bemächtigte. Es wurde jedoch ein unruhiger Schlaf, in dem ihm stets die Gesichter von Gisbert und dem Kahlen erschienen. Erst die aufgehende Sonne erlöste ihn von der Pein, nicht aber von den aufkeimenden Rachegelüsten.

Fortan übernahm Inez die Pflege des ungeduldigen Patienten. Sie blieb zwar mit Jacub in der Herberge wohnen, begab sich jedoch jeden Morgen mit einem Korb getrockneter Kräuter auf den kurzen Weg zur Oase. Währenddessen machte sich der alte Händler mit einem Esel auf, um etwaige Beziehungen zu den Salzhändlern an den nahen Seen zu knüpfen, die im heißen ägyptischen Sommer trockenfielen und einen leichten Abbau des Natrons ermöglichten.

Die Templer und der Assassine begleiteten ihn dabei meist ein Stück zu Pferde, um anschließend ausgedehnte Streifzüge in die westliche Gebirgslandschaft zu unternehmen und die Lage auszukundschaften. Wie es hieß, trieben hier Beduinen ihr Unwesen, die sowohl den Christen als auch den Moslems feindlich gesinnt waren und in den vergangenen Jahrhunderten bereits viele Male die Klöster der Region überfallen hatten.

Inez verband derweil Thomas' langsam vernarbende Wunden und flößte ihm diverse Kräutertrünke ein, die sie für angebracht hielt. Dann unternahmen sie leichte Spaziergänge durch die Oase sowie die angrenzenden Felder und Gärten. Die Mönche und Fellachen, die diese Pflanzungen bewirtschafteten, winkten ihnen zuweilen zu oder boten ihnen frische Feldfrüchte an. Es wurden Tage des Friedens, zum ersten Mal seit langem.

Auf einem dieser Spaziergänge, während Mensch und Tier der heißesten Zeit des Tages zu entfliehen suchten und hinter kühlen Mauern eine Stunde der Ruhe verbrachten, wurde sie im Schatten einer ausladenden Palme erneut seine Geliebte. Als ihr vorsichtiges Liebesspiel, bei der sich Inez die meiste Zeit zärtlich über ihn gebeugt hatte, beendet war, erquickten sie ihre entblößten Füße im sprudelnden Wasser der Quelle, die der Oase Leben spendete.

„Ich muss dir etwas sagen, was mir auf dem Herzen liegt", brachte Thomas umständlich hervor. „Ich dir auch", eröffnete ihm Inez, „aber du zuerst." „Nein, du, ich will dir nicht vorgreifen."

So ging es eine Weile hin und her, bis sie lachen mussten. Schließlich war es doch Thomas, der begann und Inez von seiner Jugendliebe Sibylla erzählte, die er auf Neuenberge zurückgelassen hatte und die nun im Begriff stand, seinen vormals besten Freund zu ehelichen, wenn dies nicht schon geschehen war. Und er erzählte ihr vom Ritterschlag des Grafen sowie von dem möglichen Schatz, mit dessen Hilfe er vielleicht sein Recht erstreiten könne.

„Du liebst sie immer noch, nicht wahr?", unterbrach Inez zuerst die entstandene Stille, nachdem er geendet hatte. Dabei wirkte sie eher erleichtert als erschüttert. Thomas nickte zaghaft, während er versonnen die steten Wasserwirbel betrachtete, die um seine Zehen spielten. „Ich habe sie jedenfalls nie vergessen, auch wenn die Erinnerung sich zuweilen in eine tiefe Kammer meines Herzens zurückgezogen hat."

Dann blickte er ihr direkt in die Augen und ließ seinen Gefühlen freien Lauf. „Aber dich liebe ich auch, mit jeder Faser meines Körpers, ich habe mich nie lebendiger gefühlt wie in deinen Armen …" Zur Antwort legte ihm Inez einen Finger auf die Lippen. Erst jetzt ging ihm auf, dass die junge Tänzerin auch Ähnlichkeiten mit seiner Jugendliebe hatte.

„Ich weiß“, hauchte sie, „mir geht es genauso. Unsere Seelen sind verwandt, unsere Körper sprechen die gleiche Sprache.“ Dabei tauchte ihr vielsagender Blick tief in den seinen ein. „Aber diese junge Frau hat dein Herz nicht ohne Grund erobert. Ich glaube, dabei geht es um viel mehr. Sie steht für ein Bild, das du von dir selbst hast, für ein Ziel, dass du zu erreichen suchst. Irgendetwas sagt dir, dass du mit ihr diesem Ziel näher kommst …“

Und dann erzählte sie Thomas vom Sultan, dass sie für ihn getanzt hatte und wie sie dank dessen Zuneigung letztlich hatte in den Kerker gelangen können. Wie weit sie dabei gegangen war, das getraute sie sich jedoch immer noch nicht zu beichten.

„Willst du damit sagen, du empfindest etwas für den Sultan?“ Thomas glaubte, ja wünschte inständig, er hätte sich verhört, und war völlig irritiert. Bevor sie jedoch antworten konnte, erregten Rufe ihre Aufmerksamkeit, die aus der Ferne an ihre Ohren drangen.

In einer Staubwolke jagten von Westen her die Templer und der Assassine auf ihren Pferden heran. In einiger Entfernung folgte ihnen eine zweite, größere Staubwolke. Thomas war sofort alarmiert. „Da stimmt etwas nicht, schnell, zurück zum Kloster.“ Keinen Moment zu früh kamen sie an dessen Mauern an. Da preschte auch schon Konrad auf der schnellen Schimmelstute vor das Portal, dicht gefolgt von William und dem Assassinen.

„Gebt Alarm, die Beduinen greifen an, etwa hundert an der Zahl …“ Thomas und Inez beeilten sich, die Warnung weiterzugeben. Mit erstaunlicher Gelassenheit nahmen die Mönche die Nachricht vom Angriff der Beduinen auf, als sei es das Selbstverständlichste auf der Welt. Die Glocken der Kapelle läuteten Augenblicke später Sturm und riefen alle Bewohner der Oase hinter die Klostermauern. Dann schloss sich das mächtige Hauptportal und wurde mit einem Querbalken gesichert, gerade rechtzeitig, um die angreifenden Beduinen auszusperren.

„Auf die Mauer“, brüllte Konrad, während er vom Pferd sprang und seine Armbrust von der Schulter nahm, „bewaffnet euch oder schleppt Steine nach oben!“ Da legte sich eine Hand beschwichtigend auf seine Schulter.

„Das ist ein Ort des Friedens, Bruder, wir verteidigen uns nicht.“ Es war der Kopte Nikodemus, der ihn so ansprach. „Wir vertrauen auf den Schutz unserer Mauern – und auf die Gnade Gottes. Das solltet Ihr auch tun. Früher, als die Mauer noch nicht existierte, gab es ernstlich Grund zur Sorge. Jetzt ziehen die Beduinen meist nach ein paar Stunden wieder ab, wenn es ihnen nicht gelingt, in das Kloster einzudringen. Sie plündern allenfalls ein paar Felder und verwüsten die Oase, mehr nicht."

Der Templer warf ihm erst einen undurchschaubaren Blick zu, dann ließ er ein mildes Lächeln folgen. „Dann betet, Bruder. Hoffen wir, dass Ihr recht behaltet. Ich für meinen Teil bevorzuge es, meinen Gebeten auch Taten folgen zu lassen." Darauf eilte er zum Treppenaufgang, der auf die Tormauer führte, wo sich bereits seine Gefährten befanden. Der Abt Konstantinos wurde derweil mitsamt den wichtigsten Reliquien und Ikonen in einer geheimen Kammer unter den Steinplatten der Kapelle verborgen. Die Mönche eilten daraufhin allesamt in den Fluchtturm. Da dieser ausschließlich den Ordenbrüdern vorbehalten war, begaben sich die anderen Flüchtlinge zu den Templern auf die Mauer und suchten ihr Heil in der Verteidigung, wenn auch nur die wenigsten über so etwas wie Waffen verfügten. Schwer schnaufend schleppte sich Thomas die letzten Stufen der Treppe hinauf, von der vorauseilenden Inez an der Hand geführt. Thomas war wütend. Er hätte die junge Frau gerne in der Sicherheit des Fluchtturmes gewusst, aber Nikodemus hatte dies entschieden abgelehnt. So hielten sie es für das Klügste, sich zu den Männern auf dem Tor zu gesellen, denn hier würden sich der Angriff und ihr etwaiges Schicksal entscheiden. Die Beduinenkrieger hatten unterdessen das Kloster umzingelt, feuerten nahezu ziellos Pfeilsalven ab und ritten im Galopp mehrere Male um die hohe Mauer herum, auf der Suche nach einer Lücke oder Bresche. Als sich nichts dergleichen auftun wollte, versammelten sich die Angreifer vor dem Portal und versuchten, an dessen Fuß ein Feuer zu entfachen, um die hölzernen Torflügel niederzubrennen. Nun fanden die Armbrüste der Templer ihre ersten Ziele. Der Assassine zauberte unter seinem Gewand ein ganzes Arsenal an Wurfmessern hervor und schleuderte Klinge auf Klinge gegen die Weichteile unvorsichtiger Angreifer. Schon lagen fünf, sechs Tote vor dem Tor. Mit Wutgeheul auf den Lippen verdoppelten die Beduinen ihre Anstrengungen, das Feuer zu vergrößern.

Thomas fand es schier unerträglich, geschwächt und unbewaffnet, wie er war, nicht in das Kampfgeschehen eingreifen zu können. Da fiel sein Blick auf die Steinbrocken, die ein paar der Fellachen, Konrads erstem Befehl folgend, auf die Mauer gebracht hatten. So nahm er all seine Kraft zusammen, hob einen Stein von der Größe eines Schafskopfes an und stieß diesen in etwa dort über die Brüstung, wo er drei bis vier Manneslängen tiefer das schwelende Feuer vermutete und die Männer, die es entfachten. Ein erstickter Schrei, der dem dumpfen Aufschlag folgte, verhieß ihm einen gewissen Erfolg. Sogleich versuchte er sich an einem zweiten, größeren Stein, schaffte es aber nicht, diesen anzuheben. Da eilte Inez an seine Seite und half ihm dabei. Gemeinsam gelang es ihnen, ein zweites und drittes Geschoss auf die Gegner hinabfallen zu lassen. Augenblicke später folgten etliche der Fellachen ihrem Beispiel und entfachten bald einen regelrechten Steinhagel. Auf diese Weise gleich mehrfach unter Beschuss geraten, selbst aber ohne große Aussicht auf eine erfolgreiche Überwindung der Mauer oder des Portals, brachen die Beduinen ihren Angriff ab. Wie Bruder Nikodemus es vorausgesehen hatte, plünderten sie die Feldfrüchte, stahlen ein paar Ziegen und urinierten kollektiv in die Oase, dann machten sie sich aus dem Staub. Erleichtert fielen sich Inez und Thomas, die Templer und der Assassine sowie die Fellachen in die Arme. Konrad klopfte Inez und dem immer noch schwer atmenden Thomas freundschaftlich auf die Schultern. „Noch ein, zwei solcher Übungen und du bist wieder der alte, vorausgesetzt, die junge Dame kümmert sich weiter so tatkräftig um dich!"

Die Gefahr war gebannt. Später, als die Mönche ihr sicheres Versteck verlassen hatten, handelten sie sich allerdings einen Tadel von Abt Konstantinos und Bruder Nikodemus ein, die das Blutvergießen als unnütz anprangerten. Als diese jedoch die Brandspuren entdeckten, die das Feuer an der schon bedenklich geschwärzten, hölzernen Pforte hinterlassen hatte, besannen sie sich eines Besseren und dankten den Verteidigern für ihren Einsatz. Der Überfall schien ohne Verluste an Menschenleben überstanden, aber das sollte sich als Irrtum erweisen.

Am nächsten Tag fanden sie ihn. Weil Jacub auch am Morgen noch nicht zurückgekehrt war, hatten sich die Templer und Yussef auf die Suche nach ihm gemacht. Sein vollständig entkleideter Körper lag mit durchtrennter Kehle am Wegrand, jeglicher Habe beraubt, direkt neben seinem enthaupteten Esel. Offenbar war er den abrückenden Beduinen genau in die Arme geritten. Sie hüllten seine sterblichen Überreste in Williams Umhang und luden sie auf dessen Pferd, die Zügel schlang Yussef um den Knauf seines Sattels. William stieg unterdessen hinter Konrad auf die Schimmelstute. So machten sie sich auf den Rückweg.

Inez schwante nichts Gutes, als sie die drei Männer in ungewohnter Formation auf die Oase zureiten sah, und machte sich auf das Schlimmste gefasst. Aber als sie vom Tod ihres Ziehvaters erfuhr, traf sie die Nachricht doch bis ins Mark. Still rannen ihr Tränen der Trauer über die Wangen und wollten lange nicht versiegen, obwohl Thomas nicht von ihrer Seite wich und sie zu trösten suchte. Er half ihr auch dabei, den Toten auf jüdische Art für die Bestattung vorzubereiten, so, wie Jacub es Inez zu diesem Zweck vor Jahren gelehrt hatte. Sie wuschen seinen Körper, bekleideten ihn mit einem weißen Gewand und einer ebensolchen Kopfbedeckung.

Schließlich begruben sie den alten Händler am Rande der Oase, und Inez pflanzte einen jungen Palmtrieb daneben, damit man auch später einmal das Grab wiederfinden konnte. In Ermangelung eines Rabbiners übernahm Abt Konstantinos die Bestattungszeremonie. Dabei bediente er sich einiger jüdischer Rituale, derer er sich erinnerte.

So hielt er eine lobende Trauerrede, wozu er von Inez ein paar Anregungen aus dem Leben des Toten bekommen hatte, und sprach ein jüdisches Gebet. „Gott hat gegeben und Gott hat genommen; der Name Gottes sei gelobt." Außerdem warf jeder der Anwesenden drei Handevoll Erde in die Grube, bevor diese mit vereinten Kräften wieder geschlossen wurde.

„Von Staub bist du und zum Staub wirst du zurückkehren", wiederholte Inez leise das Zitat aus dem 1. Buch Mosis, als sie von der Grabstätte zum Lager in der Oase zurückkehrten. „Das hat Gott zu Adam gesagt, als er ihn und seine Frau aus dem Paradies vertrieb." Dann blieb sie stehen und schaute zu Thomas auf. „Du und ich, wir sind auch aus unserem Paradies vertrieben. Entwurzelt und heimatlos, zumindest ich." Thomas wollte ihr widersprechen, aber einmal mehr legte sie ihm einen Finger auf die Lippen. „Nein, hör zu, mit Jacub ist die Säule meines Lebens verstorben. Und du wirst seinen Platz nicht einnehmen können. Du wirst ganz sicher in deine Heimat zurückkehren und dein Recht erkämpfen. Du musst ..."
„Ich werde dich nicht allein zurücklassen", widersprach er ihr nun doch.
„Und dafür auf dein Recht, den Schatz, deinen verdienten Rang als Ritter verzichten, ... und auf die Frau, die damit verbunden ist?"

Thomas ahnte, worauf sie hinauswollte, und schwieg betreten. „Ach, mein treuer Ritter", fuhr sie mit verliebtem Blick fort, wobei sich ein belustigter Unterton in ihre Stimme schlich, „ich weiß, du würdest mich nicht im Stich lassen, ich weiß, dass du mich liebst – wenn vielleicht auch ein wenig anders als deine Sibylla – und ich liebe dich ... Aber lass uns die Augen nicht vor der Wirklichkeit verschließen. Du musst deinen Weg gehen und ich den meinen." Dabei nestelte sie etwas unter ihrem Gewand hervor, das sie offenbar an einer Schnur um den Hals getragen hatte, und drückte es ihm in die Hand.

„Der hier wird dir dabei helfen, ich entdeckte ihn an einem Finger des

Eunuchen! Geh und hol dir dein Glück!" Als er die Hand öffnete und den Gegenstand darin in Augenschein nahm, traute er seinen Augen nicht. Im Licht der sinkenden Sonne blinkte – der Ring des Königs, der nun Kaiser war, der Ring, den ihm Friedrich II. einst zum Geschenk gemacht und den ihm der Kerkermeister abgenommen hatte.

Von nun an wusste er, welchen Weg es einzuschlagen galt, um sein Schicksal zu wenden. Und seine Gefährten pflichteten ihm bei. Er musste zum Kaiser. Inez kümmerte sich weiter um Thomas' Genesung und ab und an, wenn sie sich unbeobachtet wähnten, blieb sie weiter seine Geliebte.

Aber ihr Verhältnis hatte sich verändert, hatte jegliche Leichtigkeit verloren, mit der sie sich zuvor begegnet waren. Ihr respektvoller Umgang miteinander blieb, wie auch ihre tiefe Vertrautheit, die in den letzten Wochen sogar noch gewachsen war. Aber wenn sie jetzt miteinander schliefen, geschah dies auch mit der Heftigkeit des Bewusstseins, dass sie sich bald würden trennen müssen.

✝

Gegen Ende des Frühjahrs erreichte sie über fahrende Händler die Nachricht, das Kreuzfahrerheer habe Verstärkung durch fünfhundert Ritter des römisch-deutschen Kaisers bekommen und rüste für einen Marsch auf die Stellungen des Sultans. Konrad und William beschlossen, dass es nun an der Zeit war, zu den Truppen ihres Ordens zurückzukehren. Thomas wollte sie um jeden Preis begleiten, doch Konrad widersprach dem entschieden. „Du bist noch nicht so weit, sei froh, dass du wieder laufen kannst, aber vom Kämpfen kann noch keine Rede sein", redete er ihm ins Gewissen. „Außerdem bin ich nicht sicher, ob man dich mit offenen Armen empfangen würde. Erhole dich derweil und schone deine Kräfte, die wirst du für die Rückreise in die Heimat und die Zeit danach benötigen." Thomas wollte protestieren, doch William brachte ihn schnell zur Vernunft. „Sei vernünftig, in deiner Verfassung überlebst du noch keine Schlacht. Stärke dich, übe mit dem Schwert, aber überlasse das Kämpfen uns. Wenn es vorbei ist, holen wir dich, darauf hast du mein Wort!"

So lenkte Thomas ein, und die beiden Templer verließen das Natron-Tal, um dem ungewissen Ende eines lahmenden Kreuzzuges entgegenzueilen.

„Was machen wir, wenn das hier vorbei ist?“, ließ William wie beiläufig fallen, als sie sich kurz vor Damiette auch äußerlich wieder in Tempelritter verwandelten. „Wonach gelüstet es Euch denn?“, antwortete Konrad, während er sich seinen Wappenrock mit dem Tatzenkreuz überwarf, „zurück nach Akkon oder einer der Burgen an der Küste, wohin man uns ohne Zweifel abkommandieren wird, um uns weiter mit den Sarazenen herumzuschlagen?“ William trat verlegen von einem Bein auf das andere.

„Wenn Ihr mich so fragt, habe ich für meinen Teil genug Blut und Elend gesehen. Ich würde unserem Freund gerne dabei helfen, sein Recht zu erstreiten. Und dann sehne ich mich nach Englands grünen Hügeln ...“

„... und vielleicht auch ein wenig nach der Wärme einer Frau sowie dem Frieden eines eigenen Herdfeuers, denn unser Freund hat Euch auf den Geschmack gebracht, nicht wahr?“, vervollständigte Konrad seinen Satz. Der Engländer senkte verlegen den Blick. „Dann mache ich Euch einen Vorschlag: Genauso werden wir es machen!“ Williams Miene hellte sich merklich auf. „Dann denkt Ihr ähnlich?“

Konrad nickte, während er den Sattelgurt seines Pferdes festzurrte. „Das tue ich. Und wir werden diesem Land den Rücken kehren – falls wir das bevorstehende Massaker überleben!“ Sogleich malte sich Betroffenheit auf dem Gesicht des Engländers ab. „Ihr glaubt nicht an einen Erfolg des Kreuzzuges?!“

Nun blickte ihm Konrad direkt in die Augen. „Habt Ihr nicht die Befestigungen und die Truppenstärke des Sultans gesehen? Unsere Heere sind zwar in etwa gleich stark, aber al-Kamil hat fast ausnahmslos Reiter in seinen Reihen, wir nur ein paar tausend. Und täglich bekommt er neuen Zulauf. Außerdem ist er der bessere Feldherr, verglichen mit dem unsäglichen Kardinal. Es wird in einem Desaster enden. Deshalb sind wir gut beraten, wenn wir uns nicht blindlings in die Schlacht stürzen!“ „Und danach?“, fügte William nach einer Pause an, „wird man uns erlauben, dem Orden den Rücken zu kehren?“

„Sicher nicht“, entgegnete Konrad mit einem wissenden Lächeln, „aber das ist auch gar nicht nötig, vielleicht wird man uns sogar bitten zu gehen.“

Mit dumpfem Aufschlag landete ein schartiges Krummschwert zu Thomas' Füßen. „Hier, hellhäutiger Franke, du solltest deinen Sehnen und Gelenken ein wenig Bewegung gönnen!“ Mit provozierendem Lächeln verlieh Yussef bin Tarek al-Tahir seiner Aufforderung Nachdruck. „Lass mich sehen, was von deinen Kampfkünsten, von denen mir deine Templerfreunde berichtet haben, übrig geblieben ist!" Wenig motiviert stand Thomas auf, bückte sich nach dem Schwert und wiegte es in der Hand.

„Mit solch einer Waffe habe ich noch nicht gekämpft", gab er zu bedenken. „Dann wird es Zeit, dass du damit anfängst!"

Dabei sprang er auch schon nach vorn und setzte zu einem Hieb an, den Thomas nur mit Mühe parieren konnte. Drei, vier weitere Schläge von beiden Seiten und das schartige Krummschwert verließ Thomas' Hand, um im hohen Bogen in ein Dornengestrüpp zu seiner Rechten zu segeln.

„Nun, das war ja wohl nichts, auf ein Neues!", forderte der Assassine. Verärgert schritt Thomas zu dem Strauch und bückte sich nach der Waffe, wobei ihm nageldicke Dornen in die Hand stachen. Mit deutlich mehr Körperspannung kehrte er zu ihrem Kampfplatz zurück. Nun war es an Thomas, ohne lange Vorrede den Schlagabtausch wieder aufzunehmen. Die Rechte kreisend über dem Kopf erhoben, deckte er den Assassinen mit einer ganzen Reihe von Hieben ein, die zwar nicht so kraftvoll geführt waren wie zu seinen besten Zeiten, die aber doch deutlich machten, dass er kein Anfänger war. Dem letzten Schlag konnte Yussef nur ausweichen, indem er sich katzengleich duckte. Aber schon einen Wimpernschlag später schnellte er wieder hoch, als sei er leicht wie eine Feder. Sogleich fand sich Thomas in der Rückwärtsbewegung wieder, sich eines Hagels von Schlägen erwehrend. Diesem wich er schließlich, wie er es früher meisterhaft beherrscht hatte, aus, indem er mit einer Rolle vorwärts unter dem Schwertarm seines Gegners abtauchte, um in dessen Rücken wieder zum Stehen zu kommen. Dieses Manöver überrumpelte den Assassinen und er geriet schnell ins Hintertreffen. Blitzschnell bückte er sich jedoch und warf seinem Kontrahenten eine Handvoll Sand ins Gesicht, die Thomas innehalten ließ, um sich über die Augen zu wischen. Die eintretende Pause wusste der Assassine zu nutzen, sprang vor, lenkte mit seiner Klinge das Schwert des jungen Ritters zur Seite und hielt ihm mit der Linken einen Dolch an die Kehle, den er aus seinem Gürtel hervorgezaubert hatte.

„Nicht schlecht für den Anfang, aber noch lange nicht gut genug, um in einer Schlacht zu bestehen", grinste Yussef. Erhitzt von der Anstrengung und vom Ärger über die eigene Unachtsamkeit, ballte Thomas die Faust, aber die lachenden grünen Augen des Assassinen ließen seinen Ärger schnell verfliegen.

„Nächstes Mal werde ich vorbereiteter sein." Yussef nickte anerkennend.

„Das wollte ich hören. Du bist eingerostet, aber das haben wir bald. Einen Monat täglicher Übung und wir machen wieder einen brauchbaren Kämpfer aus dir. Und vielleicht zeig ich dir sogar ein paar Kniffe, bei denen die meisten eurer Ritter überfordert sind!" Von nun an übten sie jeden Tag und Thomas Körper fand schnell zu neuer Stärke und Geschicklichkeit.

„Wollt Ihr damit sagen, dieser Bursche ist in eine Angelegenheit solcher Tragweite verwickelt?", echauffierte sich Pierre de Montaigu, der Großmeister des Templerordens. Geradezu erleichtert hatte er Konrad und William nach deren Rückkehr in die Arme geschlossen und sich nach dem Erfolg ihres Unternehmens erkundigt, dabei aber erneut kein Hehl aus seinem Unverständnis dafür gemacht, wie man sich wegen eines unbedeutenden Knappen dermaßen in Gefahr begeben konnte. Darauf hatte Konrad ihm eine Geschichte aufgetischt, in der von Verrat, einem dubiosen Ritterschlag, vom Kaiser und dessen Gubernator, dem Erzbischof von Köln, von Machtkämpfen und Intrigen die Rede war, eine Geschichte, die so unglaublich klang, dass man sie genauer betrachten musste.

„Für mich ist er eine Art Bauernopfer in einer Fehde, in der es um die Erbfolge in einer der wichtigsten Grafschaften des Reiches geht", fuhr Konrad ungerührt fort. „Nicht von ungefähr hat der Erzbischof und Gubernator diese unter seine Fittiche gebracht. Und dies vielleicht von langer Hand vorbereitet. Ich fand und finde, wir sollten dieser Sache nachgehen, vor allem, weil unsere Brüder aus dem nahen Zisterzienser-Kloster Altenberg von den Entwicklungen nicht unbetroffen sind. Unser junger Freund jedenfalls wird früher oder später sowohl beim Kaiser als auch beim Erzbischof in der Angelegenheit vorstellig werden, und ich dachte mir, das solltet Ihr wissen!"

Dabei bedachte er William mit einem Augenzwinkern. „Natürlich sollte ich das wissen", bejahte der Großmeister, „und ich betraue Euch damit, mehr Licht in dieses Dunkel zu werfen. Allerdings erst, wenn wir diesen Kreuzzug beendet haben. Denn dafür brauche ich jeden Mann."

Bald kamen neue Nachrichten aus dem Delta, die bei den Kopten und ihren Gästen in der Oase jedoch Sorgenfalten hervorriefen. Das Heer der

Kreuzfahrer war auf das befestigte Lager des Sultans vorgerückt, fünfundvierzigtausend Mann stark, davon über fünfunddreißigtausend Fußsoldaten. Doch als sie der trutzigen Mauern der neu entstandenen Stadt ansichtig wurden, eines zweiten Damiette, und der vielen Reiter auf sarazenischer Seite, in der Zahl nicht geringer als das gesamte Christenheer, war vielen der Kampfesmut abhandengekommen.

Kardinal Pelagius hatte es daraufhin vorgezogen, ebenfalls eine befestigte Stellung einzunehmen. Dafür hatte er eine spitzwinklige Landzunge gewählt, die auf einer Seite vom Nil und auf der anderen von dem nach Nordosten abzweigenden Kanal zu den Salzseen an der Küste eingefasst wurde, und diese mit notdürftigen Palisaden umfrieden lassen. Im Gefühl der Überlegenheit und überzeugt, die Vorräte des Sultans plündern zu können, hatte er es zuvor versäumt, für Proviant und Nachschub zu sorgen. Das sollte sich rächen, denn bald zog der Hunger ins Lager der Kreuzfahrer ein.

Dann war es dem Sultan obendrein gelungen, auf Umwegen über Land und einst stillgelegte Kanäle etliche Kriegsschiffe in den Rücken der Kreuzfahrer zu beordern und diese damit von jedwedem Nachschub aus Damiette abzuschneiden. Nun saßen die Christen in der Falle. Statt jedoch deren völlige Vernichtung ins Auge zu fassen, ließ Sultan al-Kamil dem Feind täglich dreißigtausend Brote zukommen, eine Geste, deren Erfüllung alle Backstuben des Deltas bis nach Kairo in Atem hielt, verbunden mit einem neuerlichen Friedensangebot, wenn auch diesmal zu anderen Bedingungen.

„Nun, werter al-Kurradin", begrüßte Sultan al-Kamil den Wortführer der Tempelritter, die im Auftrag des Kardinals und ihres eigenen Ordens die Verhandlungen über einen Frieden, zumindest über einen Waffenstillstand, führen sollten, vor den Toren seines Hauptquartiers, „was habt Ihr mir diesmal anzubieten? Noch einmal hundert Soldaten und einen Mundschenk zum Austausch für meine Gefangenen? Jetzt geht deren Zahl allerdings in die Zigtausende, auch wenn sie nicht im Kerker schmoren, noch nicht! Denn wie Ihr vielleicht wisst, ist mir zwischenzeitlich der Kerkermeister abhandengekommen!" Der Angesprochene, der an der Spitze einer Abordnung von zehn Rittern im Staub kniete, eine Demutsgeste, die er diesmal nicht hatte verweigern können, neigte sein Haupt.

„Verzeiht, Großmächtiger, ich fürchte, ich habe nicht mehr und nicht weniger zu bieten als den Rückzug unseres gesamten Heeres und die Versicherung einer allgemeinen Waffenruhe!"

Al-Kamil schnaubte verächtlich. „Ist das alles? Zu mehr hat sich Euer päpstlicher Legat nicht durchringen können? Sieht er denn nicht ein, dass er in der Falle sitzt?" Der ansonsten milde Herrscher wurde zusehends ungehaltener. „Wohin will er sich denn zurückziehen und für wie lange?" „Nach Damiette natürlich", äußerte Konrad mit Unschuldsmiene, „für mindestens ein Jahr." Zur Antwort erntete er ein schallendes Lachen. „Nach Damiette, damit alles wieder von vorn beginnt?! Glaubt der einfältige Pfaffe, so nennt Ihr meines Wissens solche Männer der Kirche, die sich und ihre Fähigkeiten hoffnungslos überschätzen, glaubt er wirklich, dass ich ihn und sein Heer ziehen lasse, wo ich es zerquetschen kann, und damit jedweden Vorteil aufgebe?!" Konrads Gesichtszüge blieben undurchschaubar. „Ich fürchte, das hofft er zumindest!" Nun kam der Sultan so nah an den Templer heran, dass Konrad meinte, dessen Atem im Gesicht zu spüren. „Dann richte dem Kardinal Folgendes aus: Ich erwarte eine bedingungslose Kapitulation, abgesichert durch Geiseln aus den höchsten Rängen. Dazu wird er selbst zählen und Euer König von Jerusalem, den ich im Unterschied zu dem Legaten im Übrigen sehr schätze. Dann erlaube ich den Abzug all Eurer Truppen. Aber ich erwarte, dass Ihr Euch nach Akkon oder besser noch nach Europa einschifft, alle miteinander. Kein christlicher Soldat verbleibt in Ägypten. Ist dies geschehen, lasse ich die Geiseln frei, die in der Zwischenzeit meine Gäste sind." Dabei verlieh al-Kamil mit drohendem Finger seiner Forderung Nachdruck. „Sagt ihm das. Willigt er ein, wird es Frieden geben, ansonsten wird sein Heer vernichtet!"

Bei diesen Worten drehte sich der Sultan um und deutete mit einem Wink an, dass die Verhandlungen vorüber waren.

„Das richte ich gerne aus, Beherrscher des Orients", brachte Konrad hervor, „aber da wäre noch eine unbedeutende Kleinigkeit in eigener Sache …"

Al-Kamil verlangsamte seinen Schritt, ohne sich jedoch umzuwenden. „In eigener Sache? Es gibt keine Sache mehr, und sei sie auch noch so unbedeutend, die wir zu besprechen hätten …" Konrad sah, wie der Sultan sich entfernte, und spielte seine letzte Karte aus. „Dann wollt Ihr sie also nicht wiederhaben?"

Was Konrad nicht sah, war das leise Lächeln, das um al-Kamils Lippen spielte …

„Er ist ein weiser, großer Herrscher und ein Mann des Friedens“, kam es Inez, angesichts von al-Kamils Brotlieferungen an die Kreuzfahrer, am abendlichen Lagerfeuer über die Lippen. Thomas fühlte sich augenblicklich unwohl bei diesem Thema und zog es vor zu schweigen. Yussef jedoch war es nicht gewohnt, dass sich eine Frau in solcher Weise äußerte und sich überhaupt getraute, über politische Dinge zu reden. Das war Männersache. „Ihr solltet vorsichtig sein mit derlei Äußerungen, denn in diesem Teil der Welt kommt einer Frau solche Rede nicht zu“, wies sie der Assassine gelinde zurecht, „was weise oder dumm, richtig oder falsch ist, wird zudem von verschiedenen Seiten völlig unterschiedlich beurteilt ...“

Solchermaßen getadelt, funkelte ihn Inez anfangs böse an, schluckte ihren Unmut dann aber herunter, denn der Assassine hatte ihr nichts anders als einen leichten Vorgeschmack dessen gegeben, was sie als Frau im Morgenland erwartete.

„Aber ich gebe Euch recht“, lenkte Yussef zudem ein, „er ist ein weiser und gerechter Herrscher. Doch damit macht er sich nicht nur Freunde ...“ „Und warum beschützt ihn dann ausgerechnet eine Mörderbande?“, warf Thomas ihm über die Flammen eine nicht geringe Provokation zu. „Wir sind keine Bande von Mördern, wir sind so etwas wie Gesandte, Botschafter von Maysad, dem Zentrum unserer Bruderschaft in Syrien und Palästina“, widersprach der Assassine lächelnd. „Männer wie mich gibt es in allen führenden Palästen des Orients und weit darüber hinaus, so auch in Iberien. Unser Auftrag ist es, dafür zu sorgen, dass die regierenden Fürsten im Einklang mit der Heiligen Schrift, dem Quran, handeln, denn das ist unsere oberste Regel. Tun sie das, kümmern wir uns auch um ihren Schutz.“

Mit wenigen Sätzen versuchte Yussef, dem genesenden Christen die Geschichte und Philosophie der Assassinen näherzubringen. Nach dem Tode des Propheten Mohammed hatte sich der Islam in zwei Richtungen geteilt: die Sunniten, die als Kalifen, als Nachfolger Mohammeds, jeden akzeptierten, der sich dazu durch Stammeszugehörigkeit, Wissen und Religiosität eignete, und die Schiiten, Anhänger der Schi'at Ali, der Partei Alis, Mohammeds Schwiegersohn, die nur blutsverwandte Nachfolger als rechtmäßig ansahen. Aus einer Splittergruppe der Schiiten waren die Assassinen entstanden, deren Ziel der absolute Gottesstaat nach den Regeln des Quran war.

„Wenn für den Erfolg unserer Mission, sagen wir, drastische Maßnahmen notwendig sind, wie bei dem Eunuchen des Sultans, scheuen wir uns nicht, diese auszuführen", fuhr Yussef fort.

„Und dafür macht Euch Euer Oberhaupt mit jungen Frauen, mit berauschenden Speisen und Getränken gefügig, wie man sich erzählt?", begehrte Thomas zu wissen.

„Zuweilen erlaubt man uns, einen Blick in das Paradies zu werfen, indem man uns einen Tag und eine Nacht lang irdische Freuden genießen lässt, in einem wunderschönen Garten voller Köstlichkeiten, auch weiblicher Natur", schwärmte Yussef mit einem verstohlenen Seitenblick auf Inez, „als Dank dafür, dass wir Gottes ergebene Werkzeuge sind."

„Als Dank für Mord und Totschlag", insistierte Thomas, „denn es heißt, dass ihr gezielt Menschen ermordet!"

Der Assassine zuckte lediglich mit den Schultern. „Nicht jeder von uns ist ein Mordwerkzeug. Du sprichst von den Feda'i, das sind junge Männer, die eigens dafür ausgebildet werden, gezielt militärische Aufträge auszuführen, dazu gehört auch die Beseitigung politischer Gegner", gab Yussef freimütig zu, „so wie eure jungen Männer auf einen Kreuzzug geschickt werden, mit dem Ziel, Andersgläubige abzuschlachten!"

„Das könnt Ihr doch nicht vergleichen", widersprach Thomas. „So, warum nicht?", gab Yussef zurück. „Das eine ist Krieg, das andere Mord", versuchte sich Thomas an einer Erklärung, „außerdem verspricht man uns nicht das Paradies oder betäubt unsere Sinne!"

„Oh, ich vergaß, man verspricht euch ja nur die Vergebung all eurer Sünden", entgegnete Yussef, „und dann feiert ihr ein Gelage, bei dem ihr euch mit Bier und Wein betrinkt und euch mit Huren vergnügt ..."

Thomas hatte einen weiteren Einwand auf der Zunge, unterließ diesen dann aber doch, weil ihm dämmerte, dass der Assassine nicht so ganz unrecht hatte. „Vielleicht sollten wir das Thema beenden", sagte er nach einer Weile, „ich habe verstanden, was Ihr mir mitteilen wollt. Ich sehe, dass wir letztlich vielleicht doch nicht aus so unterschiedlichem Holz geschnitzt sind!"

So näherten sich der entwurzelte Christ und der Assassine doch noch einander an. Inez hatte mit zunehmender Belustigung ihrem Gespräch gelauscht. „Ihr seid einander ähnlicher, als ihr wahrhaben wollt", verkündete sie spöttisch, „denn ihr seid Männer. Ob Christ oder Moslem, in vielen Dingen seid ihr alle gleich!" Darauf hüllte sie sich in einen Umhang und legte sich abseits des Feuers schlafen.

Neue Nachrichten aus dem Delta verhießen nichts Gutes. Umzingelt, von seinem Nachschub abgeschnitten und durch die Brotlieferungen des Sultans sowie dessen Forderungen nach bedingungsloser Kapitulation tief gedemütigt, hatte Kardinal Pelagius beschlossen, bei Nacht und Nebel den Rückzug anzutreten.

Am Abend des 26. August sollte der Ausbruch des Heeres aus der Umklammerung erfolgen. Um ihre kostbaren Weinvorräte nicht sinnlos zu vergeuden, die einzigen Vorräte, die sie aus Damiette mitgebracht hatten und die sie wie ihren Augapfel hüteten, begannen Tausende von Soldaten schon ab Mittag damit, sich den Wein kurzerhand einzuverleiben, den sie nicht zu tragen vermochten.

So begann das Desaster. Betrunken und orientierungslos irrten Zehntausende von Männern durch die Nacht, verfolgt von den Reitern des Sultans.

Einzig der Autorität und der militärischen Erfahrung des Königs von Jerusalem war es zu verdanken, dass einige Truppenteile sich wieder ordnen und der zunehmenden Angriffe erwehren konnten. Mit dem Mut der Verzweiflung verteidigten die Templer obendrein verbissen einen schmalen Korridor zwischen den Linien gegen eine vielfache Übermacht, um auch für die Nachzügler einen Fluchtweg offen zu halten. Fast sah es so aus, als könne ein Teil des Heeres tatsächlich Damiette erreichen. Doch dann ließ al-Kamil, der genau das zu verhindern trachtete, die Nildämme und Schleusen öffnen …

„Es war furchtbar, vor unseren Augen ertranken Hunderte, ja Tausende Männer, lediglich vom fahlen Licht des Mondes beschienen, in den schlammigen Fluten.“ William grauste noch jetzt bei dem Anblick, der sich in sein Gedächtnis eingebrannt hatte. „Wochenlang hatte es im Quellbereich des Flusses geregnet und die jährliche Nilschwemme früher einsetzen lassen“, erklärte Konrad. „Der Sultan wusste diese Kräfte zu entfesseln. Als sich das Wasser des Nils und seiner Kanäle in das flache Land ergoss, gab es kein Halten mehr …“

Nach Wochen der Abwesenheit und ohne vorherige Nachricht waren die beiden Templer Anfang September, am Abend eines heißen Wüstentages, wieder aufgetaucht und auf schweißnassen Pferden in die Oase eingeritten. Außer ihrem nackten Leben und dem, was sie am Körper trugen, brachten sie lediglich die Nachricht von der Niederlage der Kreuzritter mit – und von deren Kapitulation.

„Al-Kamils Sieg ist vollständig", führte Konrad aus, während sie im Abendrot am Feuer zusammensaßen und an Spießen ein paar Wüstenhühner und Gänse brieten, die Yussef und Thomas erlegt hatten. Solche Jagdausflüge bis an den Rand des Deltas unternahmen sie häufiger, seit Thomas sich wieder im Sattel halten konnte.

„Er hat unser Heer auf einen Streich zerschlagen, ohne selbst nennenswerte Verluste zu beklagen, und das hat er schlau angefangen. Hätten wir Damiette erreicht, wäre sein Vorteil dahin gewesen. Das wollte al-Kamil unter allen Umständen verhindern. Deshalb ließ er die Schleusen öffnen. Das Quäntchen Haltung, das der verwerfliche Weinkonsum und die Angst vor den Sarazenen übrig gelassen hatten, fegten die Wassermassen hinweg." Der alte Kämpe bekreuzigte sich in Erinnerung an das grausame Szenario. „Die Flut kam von allen Seiten und stieg schnell", verdeutlichte William das Geschehen. „Wer kein Pferd hatte, war so gut wie verloren. Selbst mit Pferd war es schwer zu überleben, versanken doch vielerorts die Hufe ob ihrer Last im Schlamm. Die Todesschreie der Pferde waren noch schlimmer als die der Menschen …" „Und wieder einmal war es der Nil, der dieses Land rettete", sinnierte Yussef, „Allahs Wege sind unergründlich." „Wer von den Kreuzfahrern nicht ertrank oder das Glück hatte, nach Norden zu entkommen, geriet in Gefangenschaft", vervollständigte Konrad ihren Bericht, „Tausende, den Kardinal eingeschlossen. Lediglich unsere Ordensritter und König Johanns Fähnlein hielten noch stand. Denn der Kardinal, das Ende vor Augen, hatte ihn am Ende winselnd beschworen, das restliche Heer zu retten. Der tapfere Alte bildete eine letzte Schlachtlinie und forderte den Sultan auf, ihn mit seinen Männern ehrenvoll im Kampf sterben und nicht wie einen Hund ertrinken zu lassen. Aber al-Kamil verweigerte dem König die offene Schlacht."

Konrad räusperte sich, bevor er fortfuhr. „Stattdessen legte er ihm nah, die Waffen zu strecken, und versprach, im Gegenzug die Not der Christen zu beenden. Unter Tränen willigte Johann ein, worauf der Sultan ihn in seine Residenz führen und tatsächlich Milde walten ließ. Die Stadt nennen sie seither ‚al-Mansurah', die Siegreiche. Vier Tage später, am 30. August, folgte hier der letzte Akt des Dramas, die bedingungslose Kapitulation. Pelagius hat Damiette aufgegeben, die Stadt wird zur Stunde geräumt, und den völligen Abzug aller überlebenden christlichen Soldaten aus Ägypten geschworen. Dafür wurden dem Sultan Geiseln gestellt, darunter die Großmeister der Ritterorden, der Kardinal selbst und der König von Jerusalem …"

„Das darf nicht wahr sein, Damiette aufgegeben?", stammelte Thomas, „die Stadt, die uns so viele Mühen und Opfer gekostet hat, sie zu erobern? Die Kriegsmaschinen, der Tod Adolfs, unsere Gefangenschaft – das war alles umsonst?!" „Ja, so ist es", bestätigte Konrad, „Tausende von Männern, geopfert der Arroganz und Unfähigkeit eines Mannes!"

„Ihr hättet des Sultans Angebot annehmen sollen, als noch Zeit dazu war", überlegte Inez. „Ja, das hätten wir, bzw. der Kardinal", bestätigte Konrad, „denn wir wurden nicht gefragt. Wir können froh sein, mit heiler Haut davongekommen zu sein!" „Und wie ist euch dieses Kunststück gelungen?", begehrte der Assassine zu wissen, „warum seid Ihr überhaupt hier und nicht in Gefangenschaft?!" William und Konrad warfen sich einen kurzen Blick zu. „Wir konnten – uns rechtzeitig absetzen", log William. „Und morgen früh machen wir, dass wir aus diesem Land fortkommen", fügte Konrad hinzu.

Es sollte die letzte Nacht werden, die Thomas in den Armen seiner Geliebten verbrachte. Bei Sonnenaufgang des 8. September, während Sultan al-Kamil drei Tagesreisen weiter nordöstlich in einem Triumphzug in Damiette einzog, bestiegen sie die Pferde und wandten sich in die Gegenrichtung, nach Südosten, in dem Versuch, das Delta zu umgehen und flussaufwärts von Kairo den Nil zu überqueren. Das war zwar ein Umweg von mindestens zwei Tagen, den Konrad aber für sicherer hielt, als das von zigtausend Soldaten und einem entfesselten Nil überschwemmte Delta zu passieren. Von Kairo aus wollten sie sich ostwärts zum Roten Meer wenden und weiter über den Sinai nach Palästina. Thomas genoss es, endlich wieder auf seiner Schimmelstute zu sitzen, die wie gewohnt aufmerksam mit den Ohren spielte.

„Ich danke dir für die freundliche Leihgabe, auch wenn diese nicht ganz freiwillig war. Aber gib fortan gut auf sie Acht, beim nächsten Mal geb ich sie nicht wieder her", mit diesen Worten hatte Konrad ihm bei ihrem Aufbruch die Zügel in die Hand gedrückt, wobei Hannah den Besitzerwechsel mit leisem Brummeln und wiederholtem Kopfnicken gutzuheißen schien und von Thomas eine Liebkosung einforderte. Schnell machte er sich wieder mit den reiterlichen Vorzügen des Tieres vertraut, auch wenn er es anfangs bei mäßigen Gangarten beließ.

Drei Tage lang ritten sie mehr oder weniger durch Wüste, die hier und da von spärlichen Feldern durchzogen war, dann erreichten sie das grüne Band, das weithin sichtbar den Lauf des Nils säumte. Weiter östlich erhoben sich die Türme und Minarette der ägyptischen Hauptstadt Kairo. Aber noch etwas erregte bereits aus der Ferne ihre Aufmerksamkeit: Drei seltsame geometrische Körper, die aus spitz zulaufenden Dreiecken zu bestehen schienen, ragten südlich von ihnen aus der Wüste empor.

„Die Pyramiden, Grabmäler großer Pharaonen", verkündete Yussef mit unverhohlenem Stolz, „sie zeugen von der Größe unseres Volkes schon vor Tausenden von Jahren!"

„Ich dachte, du bist Syrer", konnte es sich William nicht verkneifen, „mit denen sind die alten Ägypter so nah verwandt wie ein Kamel mit einem Pferd!"

Der Assassine gewährte ihm einen Blick auf seine makellosen weißen Zähne. „Nur kein Neid, mein Freund. Die Wüste verbindet unsere Stämme, so wie eine gewisse Vorliebe für die Hinterteile junger Beduinen, wie es heißt, Euren König Richard Löwenherz mit unserem Land verband!"

Trotz der nicht gelinden Beleidigung konnten sich William und Konrad eines Schmunzelns nicht erwehren, vor allem, weil die Gerüchte nicht von ungefähr kamen. „Alles nur üble Nachrede", meinte Konrad trocken, „Richard war schlau genug, auf seinem Kreuzzug niemanden übrig zu lassen, der das beweisen könnte." Nun war es an dem Assassinen, zu schmunzeln.

„In meiner Heimat gibt es gigantische Steinkreise", lenkte William das Thema wieder auf die Baukunst der Antike, „die einen ebenso staunen lassen. Man sagt, es seien Kultstätten der Ahnen, in denen den Göttern geopfert wurde."

Thomas war indes völlig von den imposanten Grabmälern der Pharaonen in den Bann geschlagen, an deren Spitze noch Reste der einstigen äußeren Verkleidung aus weißem Kalkstein prangten. „Sie müssen weithin geleuchtet haben wie schneebedeckte Berge. Wie können Menschen so etwas Gewaltiges erschaffen?", schwärmte er.

„Indem sie einen Stein über den anderen setzten", dämpfte Inez seine Begeisterung, „Es sind doch alles nur Steine ..."

Seit ihrem Aufbruch war sie immer schweigsamer geworden und verhüllte sich, nicht nur weil dies der Landessitte entsprach, mit einem Schleier. Auf Thomas' Drängen hin hatte sie zwar eingewilligt, die Männer zu begleiten, auch weil ihr keine große Wahl blieb, spürte aber, dass sie einer ungewissen Zukunft entgegenritt. Wohin würde ihr Weg sie führen?

Von den Pyramiden aus schwenkten sie nach Osten und folgten einer Bruchkante des felsigen Untergrundes, bis sich diese im grünen Saum des Nils verlor.

Papyrusstauden, aus denen die Ägypter seit alters her Schilfboote flochten, und eine immer dichter werdende Vegetation zeugten davon, dass sie sich wieder dem großen Fluss näherten. Konrad und Yussef, die an der Spitze ritten, bogen gerade um eine ausladende Dattelpalme, die mit ihren tief hängenden Zweigen und gefiederten Blättern den Blick nach vorn verdeckte, als sie abrupt ihre Pferde anhielten.

„Verflucht", kam es dem Templer über die Lippen, „sie haben uns aufgespürt!" Als die anderen nachrückten, sahen auch sie das eindrucksvolle Schauspiel, dessen Vorhang sich in diesem Moment augenscheinlich eigens für sie zu heben schien. Geradewegs vor ihnen am Ufer des großen Stromes lag eine arabische Galeere vor Anker, die typischen Dreieckssegel am Bugmast gerefft und die landseitige Bordwand dicht an dicht mit Bogenschützen gespickt. Längs des Ufers waren zudem zwei Dutzend Reiter in Stellung gegangen, unter denen Konrad auch den Zwillingsbruder Yussefs und dessen Vettern erkannte.

Thomas legte die Hand an den Griff des Krummschwertes, das ihm der Assassine überlassen hatte. „Ich gehe auf keinen Fall noch einmal in die Gefangenschaft, nur über meine Leiche!", brachte er zwischen zusammengepressten Zähnen hervor.

„Gemach, keine unüberlegte Handlung", befahl Konrad, „der Krieg ist vorbei, warten wir ab, was geschieht!"

Da wurden lange, hölzerne Planken von Bord der Galeere aus ans Ufer geschoben und ein großer, bärtiger Mann in dunklen, militärischen Gewändern, einem ebensolchen Turban und mit goldenem Harnisch über der Brust trat auf den Plan – Sultan al-Kamil. Langsam und unbewaffnet schritt er auf die kleine Gruppe von Reitern zu.

„Verzeiht, dass ich eure Flucht ein wenig unterbrechen muss", begann er auf Fränkisch mit warmer Stimme, die keinerlei Gefahr oder Hinterlist auszudrücken schien, „aber ihr habt da etwas, oder besser gesagt, jemanden, den ich gerne wiederhätte!"

Inez blieb das Herz stehen, während Thomas die Zornesader schwoll. Nur William und Konrad blieben die Ruhe selbst, ebenso Yussef, der als Erster vom Pferd stieg und sich vor seinem Tier, die Zügel in der Hand behaltend, in Blickrichtung auf den Sultan auf die Knie begab.

„Tun wir es ihm gleich, ein bisschen Demut kann in dieser Lage nicht schaden", meinte William, doch Thomas widersprach. „Nichts dergleichen, wenn ich schon sterben muss, dann aufrecht und nicht auf den Knien!"

Da legte sich sanft eine Hand auf seinen Nacken. „Niemand wird sterben, erst recht nicht du …" Es war Inez, die so zu ihm sprach. „Es geht nicht um dich, mein Geliebter, ich bin es, die er wiederhaben will!" Als hätte er die im Flüsterton gesprochenen Worte gehört, streckte al-Kamil in einladender Geste seinen rechten Arm aus. Thomas wandte den Kopf abwechselnd von ihr zu ihm und umgekehrt.

„Das kannst du nicht tun", haderte er, „weißt du, was dich erwartet?"

„Ein junger Baum biegt sich, nur ein alter bricht …", gab sie zurück, „das hat Jacub immer gesagt. Hab keine Sorge, der Sultan wird sich um mich kümmern."

Dann wandte sie ihren Blick den anderen zu. „Habt Dank für alles – und bringt unseren Freund sicher in seine Heimat, auf dass er zu seinem Recht gelange." Dabei berührte sie noch einmal zärtlich Thomas' Hand, ihm einen letzten Kuss zu geben, verbot jedoch die Situation. „Wir haben zu danken", antwortete Konrad mit ritterlicher Verbeugung, „und seid versichert, dass wir sein Wohl zu unserem persönlichen Kreuzzug machen!"

Thomas konnte nicht fassen, was um ihn herum geschah. Jeder schien sich hier mit etwas abzufinden, was ihm ganz und gar nicht gefiel. „Geh nicht", beschwor er sie, „ich glaube nicht, dass der Sultan uns ein Haar krümmt. Komm mit mir, ich trete in den Dienst des Kaisers und wir lassen uns irgendwo in Italien nieder – oder wir gehen zurück nach Portugal. König Alfons ist bestimmt dankbar für jeden Ritter, der ihn gegen die Mauren unterstützt!" Aber Inez schüttelte nur traurig den Kopf. „Wir hatten unsere Zeit, auch wenn sie nicht ewig währte. Und die werde ich nie vergessen", dabei schluckte sie unmerklich einen aufkommenden Kloß hinunter, „und wer weiß, wenn es Gott gefällt, werden sich unsere Wege vielleicht eines Tages wieder kreuzen. Aber dein Herz gehört einer anderen, mein fahrender Ritter, sie ist die Frau, die dich zum König machen kann, zum König deines Lebens, und vielleicht zum Vater deiner Kinder. Hol sie dir, hol sie dir zurück …" Darauf drehte sie sich um und ging, ohne sich noch einmal umzuwenden, dem goldenen Käfig entgegen, der auf sie wartete. Die Maschen ihres Schleiers, mit dem sie nun wieder ihr Gesicht verhüllte, trockneten die aufkommenden Tränen.

Mit einem wortlosen Nicken verabschiedete sich al-Kamil von den Männern, die eigentlich zu seinen Feinden gehörten, die ihm aber doch wertvolle Dienste geleistet hatten, obwohl dies nicht jedem von ihnen bewusst war. Dann gab er das Zeichen zum Abrücken. Augenblicke später waren die Reiter verschwunden und die Galeere lichtete den Anker. Auf der Mitte des Flusses wurden zudem die Segel gesetzt. Lange sahen die verbliebenen Gefährten stumm dem sich stetig entfernenden Schiff des Sultans hinterher. „Was für eine Frau", flüsterte Yussef schließlich, „Allah sei mit ihr!"

William war unfähig, auch nur einen Ton über die Lippen zu bringen, mehr noch Thomas, dessen Körper und Geist sich eine völlige Taubheit bemächtigt hatte. Es war Konrad, der sie aufrüttelte und ihre Gedanken in eine neue Richtung lenkte. „Worauf wartet Ihr? Wir haben noch einen langen Weg vor uns."

In weitem Halbrund erstreckte sich vor ihnen die Bucht von Palermo, von zwei Bergen begrenzt, dem etwa tausend Fuß hohen Monte Catalfano im Osten und dem gut zweimal so großen Monte Pellegrino im Nordwesten. Die sonnendurchflutete Ebene zwischen diesen Erhebungen wurde immer noch von Orangen- und Zitronenhainen gesäumt, obwohl längst nicht mehr so zahlreich wie zu Zeiten der arabischen Besatzer. Geblieben war jedoch der Name, den das fruchtige Farbenmeer der Region beschert hatte, Conca d'Oro, die „goldene Muschel." Die sich schon deutlich zum westlichen Horizont neigende Abendsonne schien diesen Namen bestätigen zu wollen. Im Fokus ihrer goldenen Strahlen lag das Herz dieser Muschel, die Hauptstadt des Königreichs Sizilien, die prachtvolle Residenz des Stauferkaisers, der hier schon seine Jugend verbracht hatte, Palermo.

Der Kapitän der „Constanze", des Stolzes der sizilianischen Handelsflotte, ließ mit knappen Befehlen die Ruderer unter Deck die Schlagzahl verringern und Südwestkurs einschlagen, um die Hafeneinfahrt anzusteuern.

Die drei bärtigen Männer an Deck waren die Einzigen, die nicht in die Anlegemanöver eingebunden waren. Ihre Wappenröcke und Mäntel trugen das rote Tatzenkreuz des Templerordens. Gelassen lehnten sie an der Bordwand und ließen ihre Blicke über die goldene Muschel sowie das sich in ihrem Herzen ausbreitende Häusermeer schweifen.

„Denkt ihr, wir haben ihn endlich eingeholt und er weilt in diesem Ameisenhaufen?" Der Jüngste von ihnen hatte immer noch Mühe, seine Ungeduld zu zügeln, obwohl er sich dies immer seltener anmerken ließ. Konrad von Freienfels kniff die Augen zusammen. „Wenn die Kaiserstandarte auf den Zinnen des Palastes weht, könnte das ein gutes Vorzeichen sein, aber die Distanz ist noch zu groß, um dies sagen zu können." „Dann lasst uns nachsehen", beschloss der dritte in ihrem Bunde und warf sich ein spärliches Bündel über die Schulter, „wir können von Bord."

In der Tat hatte sich die „Constanze", benannt nach der viel geliebten Königin des Landes und verstorbenen Mutter des jetzigen Kaisers, so weit den Kaimauern genähert, dass der Kapitän die Ruder einholen ließ. Mit einem kaum hörbaren Knirschen, wie von Holz auf Holz, legte die Galeere an. Die drei Männer verabschiedeten sich mit einem knappen Gruß von dem Schiffsführer, der Mitgliedern des Templerordens, wie alle Sizilianer, eine gewisse Reserviertheit entgegenbrachte, und sprangen an Land. Hier mischten sie sich sogleich unter das Völkergemisch auf der überfüllten, lärmenden Straße, die vom Hafen zur Stadt und zum Palast des Kaisers führte, in der Hoffnung, ihrem Ziel endlich einen Schritt näher zu kommen.

Nach der Trennung von Inez im Süden von Kairo hatten die beiden Templer, Thomas und der Assassine einen uralten Karawanenweg eingeschlagen, der ostwärts binnen zehn Tagen durch die Wüste Sinai bis nach Jaffa an der Mittelmeerküste Palästinas führte. Dank ihrer Bewaffnung und profunder Ortskenntnisse, über die sowohl der Assassine als auch Konrad verfügte, waren sie unbehelligt und ohne Verzögerung an ihr erstes Ziel gelangt. Bei Jaffa hatten sie sich schließlich auch von Yussef trennen müssen, dessen Auftrag längst erledigt war und der den Befehl hatte, nach Maysad, in die Hochburg der Assassinen, zurückzukehren, um seinem Oberhaupt einen detaillierten Bericht über den für die Sarazenen so glücklich geendeten Krieg zu erstatten. Bewegt hatten sie Abschied voneinander genommen. Dabei hatte Konrad den Assassinen förmlich von dem „Gefallen" freigesprochen, den dieser bzw. dessen Vater ihm geschuldet hatte und der mehr als erfüllt war. „Es war Allah, der meine Schritte lenkte, und wenn es ihm gefällt, werden wir uns vielleicht dereinst wiedersehen", hatte Yussef geantwortet, gefolgt von einem abschließenden, gut gemeinten Rat an Thomas. „Um die Frau mit dem kastanienfarbenen Haar musst du dir keine Sorgen machen, der Sultan wird sie gut behandeln, dessen bin ich sicher. Er wird sie auch nicht in den Tiefen seines Harems verstauben lassen, dafür hat sie zu viele Talente, sondern dafür sorgen, dass sie Luft zum Atmen hat, wenn du verstehst. Außerdem wird mein Bruder ein Auge auf sie haben. Sei also unbesorgt! Du aber solltest dich vor diesen Männern in Acht nehmen, die dir nach dem Leben trachteten. Dieser Kahlkopf ist nicht dumm und mit allen Wassern gewaschen. Aber er ist langsam. Am besten fackelst du nicht lange und stößt ihm gleich einen Dolch zwischen die Rippen, wenn du ihm gegenüberstehst – in die linke Seite, dort ist er am verwundbarsten." Danach war er mit einem Satz auf sein Pferd gesprungen und davongaloppiert.

Südlich von Jaffa, am Fuße des Karmelgebirges, hatten sich die drei verbliebenen Gefährten im Schutze der Nacht zur Templerburg Atlit durchgeschlagen. Diese von den Franken auch Château Pèlerin genannte Pilgerburg lag auf einer weit ins Meer ragenden Halbinsel, einer uneinnehmbaren Festung gleich. 1218 erbaut, wurde sie seither fast ständig durch Truppen al-Muazzams belagert. Da diese aber keine Handbreit Boden zu erobern gewusst hatten, war die Umklammerung nachlässig geworden und die zudem wieder als Sarazenen getarnten Männer hatten ungehindert hineinschlüpfen können. Hinter den schützenden Mauern war Konrad sogleich bei seinem Ordensoberhaupt vorstellig geworden, um vertrauliche Gespräche zu führen, bei denen es nicht zuletzt auch um die Geschehnisse in einer gewissen Grafschaft gegangen war und die Verwicklung höchster Würdenträger darin. Großmeister Pierre de Montaigu hatte, wie die anderen Anführer des Kreuzzuges, einige Tage als Geisel in der Residenz des Sultans zugebracht, mit Abzug aller christlichen Truppen aber Ägypten verlassen dürfen. Derweil hatte sich William um neue Waffen und Gewänder gekümmert. So kam es, dass auch Thomas, in Ermangelung anderer Gewandungen, in Wappenrock und Mantel der Templerritter geschlüpft war, ohne dafür gleich Mitglied des Ordens werden zu müssen. „Das Tatzenkreuz steht dir nicht schlecht zu Gesicht", hatte Konrad gesagt, als er mit Depeschen, geheimen Befehlen und einer kleinen Börse ausgestattet, zur Deckung ihrer zu erwartenden Auslagen, zu ihnen gestoßen war, „vielleicht solltest du einmal darüber nachdenken, in unseren Orden einzutreten, falls deine Pläne sich zerschlagen." „Nein danke, Enthaltsamkeit habe ich genug geübt", hatte Thomas freundlich, aber bestimmt abgelehnt, „zumindest das Keuschheitsgelübde würde ich bei erster Gelegenheit brechen!" „Das was?", hatte William geflachst, eine Anspielung auf den Ruf der Templer, es mit diesem Gelübde nicht so genau zu nehmen. Aber Thomas war nicht nach Scherzen zumute gewesen, hatte ihm doch ein weiterer, schmerzlicher Abschied bevorgestanden. „Ich weiß, es ist ein Jammer, solch ein Tier zurückzulassen, aber sie ist für die Wüste geschaffen", hatte Konrad ihm tröstend mit auf den Weg gegeben, „in unserem Klima würde sie keine Woche überleben!" Als hätte Hannah die Worte verstanden, hatte die Stute ein letztes Mal mit ihren Nüstern den Duft aus Thomas' Hand eingesogen, um sich dann dem frischen Gras im Stall zuzuwenden.

Im Hafen der Festung hatten sich die drei Gefährten schließlich mit der nächsten Flut auf einem Frachtsegler der Templerflotte nach Italien eingeschifft und nach nicht einmal drei Wochen mit gutem Wind den Hafen von Brindisi erreicht, um sich von dort ins Landesinnere von Apulien zu begeben, wo Konrad den Kaiser vermutete. In Brindisi hatten sie jedoch erfahren, dass sich dieser längst wieder in Sizilien aufhielt. So waren sie erneut in See gestochen, diesmal auf einer Galeere der sizilianischen Handelsflotte, um vorbei an Absatz und Sohle des italienischen Stiefels nach Messina zu segeln, dem östlichsten Hafen des Inselstaates. Hier hatte der Kaiser, wie ihnen der Hafenmeister berichtete, etliche Tage Hof gehalten, war aber vor Wochenfrist bereits weiter nach Palermo gereist. Also hatten die drei noch am selben Tag ein weiteres Mal besagte Galeere bestiegen, um mit dieser die Straße von Messina zu passieren und die Nordküste der von einem rauchenden Vulkan überragten Insel anzusteuern, an deren westlichem Ende die große Stadt Palermo lag.

Und hier standen sie nun, inmitten einer pulsierenden Metropole von gut einhunderttausend Menschen, einem Schmelztiegel von Nationen. Italer, Iberer, Griechen, Phönizier, Römer, Vandalen, Goten, Araber, Normannen, Byzantiner, Franken, sie alle hatten der größten Mittelmeerinsel, die ihren Namen vom antiken Volk der Sikeler herleitete, ihren Stempel aufgedrückt. Nachfahren all dieser Völker bestimmten immer noch das lebhafte Bild und das Sprachgemisch in den überfüllten Straßen und Basaren. Im Hafen boten blondgelockte Händler Stockfisch für die Schiffsmannschaften an, in den engen Gassen brieten dunkelhaarige Garköche römische Bratwürste, hier sprangen Körbe leuchtender Zitrusfrüchte ins Auge, dort roch es nach süßem orientalischem Naschwerk. Selbst die von Konrad so geliebten Datteln wurden feilgeboten. Unverkennbar waren die Einflüsse der Araber und Nordmänner vor allem auf den Baustil, so bei der Kathedrale von Palermo zu Ehren der Maria Santissima Assunta, der „heiligsten in den Himmel aufgenommenen Maria." Die sich zu ihrer Rechten erhebende Kathedrale, errichtet auf den Ruinen eines älteren Domes und einer arabischen Moschee, erinnerte an eine normannische Wehrkirche, mit trutzigen Türmen sowie orientalisch anmutenden Kuppeln mit Blendarkaden und Steinintarsien. Diese sich überkreuzenden Fassadenelemente fielen auch auf der Ostseite des Normannenpalastes ins

Auge. Die kaiserliche Residenz, der sie sich nun näherten, befand sich auf einem Hügel am Rande der Stadt. Asketisch und turmartig erhoben sich deren fünf Geschosse auf mächtigen Grundmauern. Über den ebenfalls arabisch geprägten Zinnen wehte das Adlerwappen der römisch-deutschen Kaiser mit dem darin eingearbeiteten Löwenschild der Staufer.

„Er ist anwesend, ganz sicher", meinte Konrad und hielt geradewegs auf ein eher unscheinbares Eingangsportal zu, das von vier Torwachen flankiert wurde. Auf deren Schilden prangte ebenfalls das Stauferwappen mit den drei übereinander angeordneten Löwen. Zwei der Wachen hielten ihre Speere gekreuzt, um demonstrativ den Zugang zu versperren, vor dem sich eine große Zahl an Bittstellern und Besuchern versammelt hatte. Der Templer schritt unverrichteter Dinge an der Menschenschlange vorbei, Thomas und William kurz dahinter, und wandte sich an den Wachmann, den er für den Befehlshaber hielt. Bevor er jedoch sein Begehr äußern konnte, schlug ihm ein unwirscher Wortschwall entgegen.

„Was fällt euch ein, reiht euch gefälligst in die Wartenden ein!", herrschte ihn der Mann auf Italienisch an. „Mit Verlaub", überging Konrad die Zurechtweisung, wobei er sich der deutschen Sprache bediente, denn er war sich sicher, dass die Wachen des Kaisers auch diese Zunge leidlich verstanden, „wir müssen den Kaiser sprechen, in einer Angelegenheit von größter Tragweite!" Zur Antwort landete ein Pfropf Speichel vor seinen Füßen. „Templer, hochtrabend wie eh und je", antwortete die Wache tatsächlich in fast fehlerfreiem Deutsch, „aber hier weht ein anderer Wind, anders als vielleicht in Rom oder wo ihr sonst aus und ein geht, reiht euch ein oder zieht eurer Wege!"

Obwohl das Sprachhindernis ausgeräumt schien, gab es an diesem Tag keine Verständigung mit der Wache und die drei zogen von dannen. Sie hätten in einer der vielen Herbergen der Stadt unterkommen könnte, aber Konrad wollte die schmale Börse, die ihm sein Großmeister überantwortet hatte, nicht dafür beanspruchen. So übernachteten sie im Hospiz eines ehemaligen Klosters des Zisterzienserordens, das Kaiser Heinrich VI., der Vater Friedrichs, dem Deutschen Orden geschenkt hatte. Obwohl man ihnen fraglos ein Bett für die Nacht und eine wässrige Suppe anbot, begegnete man ihnen auch hier ausgesprochen reserviert. „Die Templer unterstehen direkt und ausschließlich dem Papst. Die wachsenden Spannungen zwischen dem Heiligen Vater und dem Kaiser, weil dieser immer noch nicht sein Kreuzzugsgelübde erfüllt hat, mögen ein Grund dafür sein", antwortete Konrad auf Thomas' Frage nach den Hintergründen, die er sich nicht erklären konnte, „aber ich muss auch zugeben, dass der Deutsche Orden uns in einigen Gegenden ein wenig den Rang abläuft, vor allem in italienischen und deutschen Landen. Herrmann von Salza, der Hochmeister der Deutschritter, konnte sich großen Zulaufs an Rittern und vor allem während des Kreuzzuges zahlreicher Schenkungen hoher Herren erfreuen. Und er hat jetzt schon beim Papst eine Gleichstellung mit den anderen Ritterorden erreicht. Sogar die gleichen weißen Mäntel zu tragen wie wir, hat er ihnen erlaubt", ereiferte sich Konrad ein wenig, „wenn auch mit ihrem schwarzen Kreuz darauf. Ob seiner Verbindungen zum Heiligen Vater steht von Salza auch bei Kaiser Friedrich hoch in der Gunst. Das soll uns aber nicht kümmern oder entmutigen, morgen in unserer Sache wieder vorzusprechen."

Dreimal wurden sie am Palasteingang vorstellig, dreimal mit dem gleichen Ergebnis. Der Kaiser sei beschäftigt oder nicht anwesend, beschied ihnen die Torwache ein ums andere Mal. Da sahen sie am Morgen des vierten Tages vom Portal aus eiligen Schrittes einen Ritter mit einem roten, vielfach eingekerbten Kreuz auf dem Wappenrock und einem seltsamen Helmschmuck auf sich zukommen. Aus dem Deckel seines Topfhelmes schien ein Büschel Schilf emporzuragen und mitten darin saß eine Art Wasserhuhn oder vielmehr eine Nachbildung dessen. Die Männer waren es gewohnt, dass manche Ritter ihre Helme mit Federn, kleinen Standarten oder Tierzeichen schmückten, aber ein Huhn war doch, gelinde gesagt, die Seltenheit. Da er das Visier offen trug, konnten sie sein ernstes, bärtiges Gesicht erkennen, das darauf schließen ließ, dass es sich bei dem Mann keineswegs um einen Schelm oder Narren handelte. Konrad runzelte die Stirn, dann erhellte die Erkenntnis seine Miene, und er zwängte sich seitwärts aus der Menge, um dem Ritter entgegenzutreten.

„Werter Herr von Gymnich, ich bin erfreut, Euch gesund und munter wiederzusehen, was verschlägt Euch an den Hof des Kaisers?!" Der Angesprochene hielt augenblicklich inne und musterte den Mann vor sich, dann schien auch er sich zu erinnern. „Oh, Ihr seid der Templer aus dem Lager vor Damiette, willkommen! Wie schön, dass auch Ihr der Hölle Ägyptens entronnen seid", entbot er ihm einen herzlichen Wiedersehensgruß, „aber sagt, Ihr suchtet einen Knappen, wenn ich mich recht erinnere, habt Ihr ihn gefunden?"

Zur Antwort drehte sich Konrad um und wies auf Thomas und William, die nun beide vortraten. „Das habe ich! Dank Eures Hinweises auf den mit ihm befreundeten Ordensbruder wusste ich, wo ich zu suchen hatte", eröffnete ihm Konrad und berichtete in wenigen Sätzen, wie er William hatte austauschen und Thomas später aus dem Kerker befreien können. „Was für eine Heldengeschichte", staunte der Ritter von Gymnich, „und welche Freude, die jungen Recken bei so guter Gesundheit zu sehen!" Darauf schloss er sowohl William als auch Thomas herzlich in die Arme. „Der Kaiser wird es nicht erwarten können, Eure Abenteuer mit eigenen Ohren zu hören, denn er liebt solcherlei Geschichten!" Konrad räusperte sich. „Der Kaiser ist der Grund unserer Anwesenheit, wir müssen ihn unbedingt in einer wichtigen Angelegenheit sprechen, bei der es auch um das Schicksal dieses Burschen geht, aber die Torwache lässt uns nicht vor!" Arnold war ein Mann von schnellen Entschlüssen. „Vermaledeites apulisches Pack", schimpfte er über die Soldaten Friedrichs, die sich zu einem Großteil aus dem staufischen Süden Italiens rekrutierten, „aber dem kann abgeholfen werden, folgt mir!"

Darauf machte er auf dem Absatz kehrt und strebte schnurstracks dem Palasteingang zu. Die Torwache wollte aufbegehren, machte jedoch einen Rückzieher, als sie in das drohende Gesicht des Ritters blickte. Arnold führte sie durch das Gewölbe in den säulenbesetzten Innenhof. Von dort führte eine Treppe in die oberen Stockwerke des Palastes. Während er die Stufen hinaufeilte, wippte das Schilfhuhn auf seinem Helm bedenklich hin und her und ermunterte Konrad wie auch Thomas im selben Moment ihrer Neugier freien Lauf zu lassen.

„Verzeiht, aber Eure Helmzier ...", begann Thomas, „ist das Euer Wappen?" „Ich erinnere mich aber nicht, dies im Lager von Damiette schon an Euch gesehen zu haben", fügte der Templer an. Ritter Arnold musste schmunzeln. „Mir ist bewusst, dass mein Helmschmuck zuweilen zur Heiterkeit Anlass gibt – und doch ist dieses Schilfhuhn seit Damiette mein Schutzpatron und Teil meines Wappens!" Und dann erzählte er ihnen, wie er versucht hatte, beim Rückzug vor den Truppen des Sultans den über die Kreuzfahrer hereinbrechenden Fluten zu entkommen. Sein Pferd war jedoch, die Last des voll gerüsteten Ritters auf dem Rücken, mit den Hufen immer tiefer im Schlamm versunken, je mehr es sich bemühte, diesem zu entrinnen. Anfangs hatte er seinem Tier gut zugeredet, dann wieder und wieder die Sporen gegeben, im Versuch, dessen letzte Kräfte zu mobilisieren. Aber alles schien umsonst. Im Geiste hatte er sich schon samt Pferd und Rüstung im Hochwasser ertrinken sehen und schließlich ein Stoßgebet zum Himmel gesandt. Darin hatte er Gott eine feierliche Prozession gelobt, die er jedes Jahr zu zelebrieren versprach, falls dieser geruhte, ihn doch noch zu erretten. Da war ein Schilfhuhn unmittelbar neben ihnen aufgeflogen und sein Pferd hatte sich vor Schreck ein letztes Mal aufgebäumt. Durch diese überirdische Kraftanstrengung waren Ross und Reiter auf höher gelegenes, trockeneres Gelände gelangt. „Dem Huhn, ohne Zweifel Gottes Werkzeug, verdanke ich meine wundersame Rettung", schloss Arnold, „so soll es künftig mein Wappen zieren und auch die jährliche Prozession anführen, die ich zu Christi Himmelfahrt auf meiner Burg zu veranstalten gedenke. Und ich würde mich freuen, wenn ihr euch mir zu dieser Gelegenheit anschließen würdet."

Währenddessen hatten sie die oberste Etage erreicht, wo zahlreiche Ritter, aber auch erstaunlich viele Männer in sarazenischen Gewändern, den Gang bevölkerten, die ihnen einen freundschaftlichen Gruß entboten. Bevor Thomas sich darüber wundern konnte, führte sie Arnold zielstrebig in den „Saal der Winde", wie er die Räumlichkeit nannte, und verschwand nach einem kurzen Wortwechsel mit einer weiteren Wache, die ebenfalls orientalische Gewänder trug, hinter einer der vier abzweigenden Türen. Erst jetzt hatte Thomas das Gefühl, wirklich in einem Königs- oder gar Kaiserpalast zu stehen. Denn während die Fassaden trotz ihrer orientalischen Verzierungen geradezu asketisch gewirkt hatten, strahlte das Innere des Palastes verschwenderische Pracht aus. Die Decken wurden von Säulen und Spitzbögen getragen. Böden und Wände waren mit Marmor getäfelt und darüber mit kostbaren goldenen Mosaiken geschmückt. Nur Augenblicke später öffnete sich erneut die Tür, die Arnold benutzt hatte, und Kaiser Friedrich, Federico Secondo, wie ihn die Italiener nannten, erschien an der Seite des Ritters von Gymnich. Thomas erkannte ihn sofort wieder, denn der Staufer hatte sich so gut wie nicht verändert. Das rötlichblonde Haar, das unter der Kaiserkrone hervorlugte, einer mit goldenen Platten beschlagenen und im Wechsel mit Perlen und Edelsteinen besetzten Kappe, trug er nun ein wenig kürzer als damals in Aachen. Die leichte Wölbung über dem Gürtel, der seine blaue, samtene Tunika zusammenhielt, war dafür etwas augenfälliger, wurde aber von einem roten Umhang kaschiert, der über Rücken und Schultern fiel. Vor allem aber war er älter geworden. Die einst jungendliche Begeisterung in seinen grünen Augen schien mit seinen jetzt siebenundzwanzig Jahren einer kritischen Ernsthaftigkeit gewichen. Sie erinnerten Thoma ein wenig an die Augen des

Assassinen. Aber der Kaiser hatte immer noch ein einnehmendes Wesen. Thomas schlug das Herz bis zum Hals, als er sich nun zusammen mit Konrad und William tief vor dem Herrscher des Heiligen Römischen Reiches verbeugte.

„Erhebt euch", drang seine angenehme Stimme an ihr Ohr, wobei er sich der deutschen Sprache bediente, die er jedoch immer noch mit einem starken italienischen Akzent färbte. „Ritter Arnold berichtet mir, ihr bringt wichtige Nachrichten aus Damiette." Konrad hob sein Haupt und setzte zu einer Antwort an. „Das ist richtig, mein Kaiser, aber es geht weniger um den Kreuzzug, dessen Ende Euch sicher bekannt ist, sondern ..." „Wer sagt Euch, dass der Kreuzzug zu Ende ist, Templer, nur weil eine Schlacht verloren wurde?", unterbrach ihn Friedrich, „sobald ich alle Angelegenheiten geregelt und die erforderlichen Truppen versammelt habe, ziehen wir gen Jerusalem. Wann es zu Ende ist, bestimme ich!"

Konrad biss sich auf die Lippen, er hätte ahnen müssen, dass der Kaiser das Erscheinen dreier Ritter des Templerordens als neuerlichen Versuch der Kirche werten konnte, ihn an sein Kreuzzugsversprechen zu erinnern. Er hatte das Gespräch völlig falsch angefangen. Es war Thomas, der ihm aus der Bredouille half und gleichzeitig sein eigenes Anliegen vorbrachte.

„Verzeiht, Majestät, aber es geht nicht um hohe Politik, wir wurden auch nicht vom Heiligen Vater gesandt und ich bin ehrlich gesagt auch kein Tempelritter", nahm er sich ein Herz und ließ es über die Lippen sprudeln, „es geht im Grunde nur um mich und ein paar denkwürdige Begebenheiten, die sich am Rande des Kreuzzuges zugetragen haben."

Als Friedrich erstaunt und skeptisch über den Wortschwall des angeblichen Templers eine Augenbraue hob, nestelte Thomas den Ring von der Schnur um seinen Hals und reichte ihn dem Kaiser. „Ihr werdet Euch nicht an mich erinnern", fuhr Thomas fort, „aber diesen Ring geruhtet Ihr, mir einst nach Eurer Krönung in Aachen zum Geschenk zu machen. Ich war Knappe in Diensten des ehrenwerten Grafen Adolf von Berg, Gott hab ihn selig, der vor Damiette verstarb und damit viele seiner Getreuen, auch mich, in Verzweiflung stürzte."

Konrad hatte seinem Schützling mit einer Mischung aus Unglauben und Bewunderung zugehört, war er es doch bislang gewohnt, allein als Sprachrohr der drei aufzutreten. Nun hatte Thomas diese Rolle selbst in die Hand genommen und dies nicht einmal schlecht. William konnte sich eines Lächelns nicht erwehren. Dem Kaiser ging es ähnlich.

„Und ob ich mich an Euch erinnere", behauptete er schmunzelnd, während er zum wiederholten Male den Ring betrachtete, „auch wenn ich einen kleinen Denkanstoß benötigte. Wenn ich mich recht entsinne, bekamt Ihr damals kaum die Zähne auseinander, sodass ich nur schwerlich Eure Stimme vernahm. Aber ich erinnere mich an den Anlass für mein Geschenk. Ihr hattet den Grafen sozusagen mit einer schwachen Blase zu einer Kriegslist inspiriert, die ihn die Kaiserpfalz erobern ließ. Aber sprecht, was ist geschehen, wie ist er gestorben?"

Dabei lud er die drei mit einer Handbewegung ein, sich zu erheben und ihm in das Nebenzimmer zu folgen. Dieses war noch prächtiger eingerichtet als der vorherige Saal. An den Wänden fielen Thomas reich verzierte orientalische Mosaiken ins Auge, die Löwen, seltsame Vögel und Jagdszenen in einem paradiesischen Garten voller Palmen und Blumen zeigten. Während der Staufer auf einem vergoldeten Sessel Platz nahm und erneut einen Blick auf den Ring warf, begann Thomas, von Adolfs Ende, dem Hinterhalt am Nilarm, dem Fieber, dem Ritterschlag auf dem Sterbebett und von seiner Gefangennahme zu erzählen, die er dem Angriff eines oder zweier Männer aus eigenen Reihen verdankte. Er verschwieg auch die Antwort Walrams und die Anfeindungen nicht, derer er ob seines Ritterschlages ausgesetzt war. Nur das Wissen um den Schatz behielt er wohlweislich für sich, und Konrads stummes Nicken bestätigte ihm, dass er recht gehandelt hatte.

Wortlos hatte der Kaiser seinen Worten gelauscht, dann begehrte er zu wissen, wie Thomas aus der Haft hatte entkommen können. Nun war es an Konrad, die weiteren Ereignisse zu schildern. „Wenn Ihr mich fragt, mein Kaiser, dann ist der Junge das Opfer einer weitreichenden Verschwörung, bei der es weiß Gott nicht nur um ihn und seinen Ritterschlag ging", schloss der Templer, wonach er Friedrich den Brief des frommen Oliver von Köln an Erzbischof Engelbert aushändigte, um dessen Zeugnis für Thomas' Ehrlichkeit anzuführen.

„Mit solchen Worten solltet Ihr vorsichtig sein, Templer, schließlich sind in diesem Zusammenhang Namen von führenden Fürsten des Reiches gefallen", riet ihm der Staufer, immer noch nicht gut auf den Ritter zu sprechen, wobei er das Siegel Olivers aufbrach, das Pergament entrollte und dessen Zeilen überflog. Dann reicht er das Schriftstück an Arnold weiter.

„Lest es, dann verseht es mit einem förmlichen Hinweis, dass ich Olivers Meinung teile, und versiegelt es neu", beschied er dem Ritter von Gymnich, „vorher aber gebt mir Eure Einschätzung zu dem Fall, denn seit Ihr hier seid, habe ich Euch als aufrichtigen Ratgeber schätzen gelernt."

Auch Arnold überflog die Zeilen, dann rollte er das Pergament wieder zusammen. „Majestät, ich erinnerte mich schon im Lager von Damiette an diesen Knappen – und auch dort fiel er stets durch tapfere Taten, keinesfalls durch große Worte auf. Man berichtete mir auch davon, wie er dem Grafen Adolf mehrfach das Leben gerettet hat, so vor den Toren einer Maurenfestung in Portugal. Dieser Junge trägt keinerlei Falsch in sich, er spricht gewiss mit jedem Wort die Wahrheit", betonte Arnold, „und ich teile Bruder Konrads Meinung, dass mehr hinter der Sache steckt. Antworten dazu wird man aber nur in der Grafschaft Berg selbst und im Erzbistum Köln finden!"

Bei diesen Worten warf ihm der Kaiser einen bedeutungsvollen Blick zu, dann erhob er sich. „Ihr habt recht gehandelt, damit zu mir gekommen zu sein. Ich werde darüber nachdenken, was zu tun ist, und mich mit meinen engsten Getreuen eingehend beraten. Bis dahin seid meine Gäste, Ritter Arnold wird euch ein Quartier zuweisen. Morgen Abend findet ein Bankett statt, auf dem ich eure Anwesenheit wünsche. Ich würde es begrüßen, wenn ihr dabei nicht mit Geschichten von eurer abenteuerlichen Flucht geizt, das dürfte die Gäste erfreuen. Und morgen früh begleitet ihr mich auf die Falkenjagd, dann sehen wir weiter."

Als er sich erhob, fiel ihm der Ring wieder ein, den er immer noch in Händen hielt. „Behaltet dieses Kleinod", beschied er Thomas und reichte ihm den Ring zurück, „er hat Euch offenbar treue Dienste geleistet und soll dies auch in Zukunft tun!"

Keine Wolke trübte den stahlblauen Himmel, in den eine weißglühende Sonne immer höher hinaufstieg, um trotz der vorgerückten Jahreszeit immer noch äußerst wärmende Strahlen auszusenden. So weit das Auge reichte, brachten die Sonnenstrahlen Abertausende kleiner, grüner Keimlinge hervor, die in schier endlosen Reihen die Felder im Landesinneren Siziliens bestanden und einen Eindruck davon vermittelten, warum die Insel seit der Antike als Kornkammer und wichtigster Getreidelieferant des Mittelmeerraumes galt. Die Hartweizen-Felder waren bereits einmal abgeerntet und neu eingesät worden, um der sommerlichen Ernte nach Aufgang der Wintersaat eine zweite folgen zu lassen. Doch die zehn Reiter und vier Hundeführer, die schon seit einer Stunde durch die immer höher aufsteigenden Hügel und Hochebenen streiften, hatten keine Augen dafür. Sie hielten vielmehr nach Fasanen und Rebhühnern Ausschau, die sie zu erlegen trachteten. Dafür trugen vier der Männer zur Jagd abgerichtete Greife auf dicken Lederhandschuhen in der Linken. Plötzlich, am Rande eines Korkeichen-Wäldchens, das eine sprudelnde Quelle säumte, stoben drei Fasane aus dem Unterholz und suchten ihr Heil in der Flucht. Im selben Augenblick nahmen drei der Reiter ihren Vögeln die seltsamen kleinen Hauben von den Köpfen, die diese bis jetzt getragen hatten, lösten den Griff von den Lederriemen, mit denen die Tiere gehalten wurden, und warfen die gefiederten Jäger in die Lüfte. Während die Fasane in schnellem Flug an Höhe und Weite zu gewinnen suchten, machten sich die Greifvögel an deren Verfolgung. Die Männer schirmten ihre Augen mit den Händen ab, um den Jagdverlauf besser verfolgen zu können. „Einen Denaro, dass mein Sakerfalke der Erste ist, der zuschlägt", bekundete Friedrich den Wunsch nach einer Wette, wählte aber mit Absicht einen Betrag, der niemanden ruinieren würde. Doch die Resonanz blieb trotzdem erstaunlich gering. Manch einer seines Gefolges biss sich gar auf die Lippen. Lediglich ein Mann zu seiner Rechten, in das samtene Wams eines norditalienischen Händlers, mit hohen Strümpfen und Umhang, gekleidet, ließ sich darauf ein.

„Davon habt Ihr mehr als ich, Majestät", antwortete der Mann, der gut betucht, wenn auch kein Adeliger zu sein schien, „und wenn mich nicht alles täuscht, habt Ihr gerade einige neue prägen lassen. Aber trotzdem halte ich die Wette, denn die Wahrscheinlichkeit, dass Ihr gewinnt, steht zwei zu eins gegen Euch."

Hätte er seinen Blick zur Seite gewendet und in die lachenden Gesichter des kaiserlichen Gefolges gesehen, hätte er seine Einschätzung schnell revidiert. So aber kam, was kommen musste. Die Greifvögel waren derweil immer höher gen Himmel gestiegen, um sich dann im Steilflug auf ihre Opfer zu stürzen. Der Falke des Kaisers hatte dabei alle anderen überholt. Mit angelegten Flügeln schoss er herab, wobei sich seine Geschwindigkeit vervielfachte, dann öffnete er seine Flügel und schwenkte auf die Flugbahn seines Opfers ein, um kurz darauf als Erster seine Klauen in einen der verzweifelt flatternden Hühnervögel zu schlagen. Federn stoben, Gezeter und kurze, spitze Todesschreie erfüllten die Luft.

„Ihr seid ein großer Mathematiker, mein guter Fibonacci, aber von der Falkenjagd versteht Ihr nur wenig", kommentierte ein sichtlich zufriedener Friedrich den Jagderfolg, „denn die ist mit Logik allein nicht zu erfassen!"

Thomas und die beiden Templer hatten das Schauspiel mit großem

Interesse verfolgt. Die Beizjagd war ihnen allen nicht fremd, aber Friedrichs Art, mit dem Falken zu jagen, unterschied sich doch in manchen Punkten von anderen. Nun, als die Bälger der Fasane geborgen und die Greifvögel auf die Handschuhe ihrer Träger zurückgekehrt waren, nahm sich Thomas ein Herz und ritt näher an den Kaiser heran, um dessen Tier in Augenschein zu nehmen. Vor allem die seltsamen Hauben, die den Tieren jetzt wieder aufgesetzt wurden, erregten seine Aufmerksamkeit. „Majestät, darf ich fragen, was es mit diesen Hauben auf sich hat?", getraute er sich, Friedrich offen anzusprechen, „denn solche habe ich noch nie gesehen!" Und der Kaiser erteilte ihm bereitwillig Auskunft. „Ich ließ diese Hauben ursprünglich anfertigen, um zu erforschen, ob die Greifvögel ihren Geruchssinn nutzen, um ihre Beute aufzuspüren", erklärte Friedrich fachmännisch, „aber dem ist nicht so. Es sind vielmehr die Augen, mit denen sie das Wild erspähen. Und sobald dies der Fall ist, werden sie unruhig und wollen sich sogleich auf ihr Ziel stürzen. Mit den Hauben bleiben sie ruhig sitzen – und ich bestimme den Moment, wann sie losschlagen!"

„Wie ein Heerführer mit seiner Armee", bemerkte Konrad anerkennend.

„Ganz richtig, werter Bruder Konrad", antwortete der Kaiser, wobei nicht nur Thomas auffiel, dass er dem Templer gegenüber nun einen freundschaftlicheren Ton anschlug, „man könnte sogar noch weiter gehen. Der ideale Falkner ist auch ein idealer Herrscher, weil er Geduld, Willensstärke und Fürsorge in seinem Wirken zu vereinen versteht!" „Ihr solltet Euer Wissen zu Papier bringen", ermunterte der Mathematiker den Kaiser, „auf dass es auch der Nachwelt zugänglich gemacht wird." „Das werde ich ganz sicher eines Tages tun", gab Friedrich lächelnd zurück, „sobald ich genug Wetten gewonnen habe, damit ich mir die Schreiber leisten kann!"

„Pater noster, qui es in caelis, sanctificetur nomen tuum ..." Das lateinische Gebet brach sich auf dem marmornen Fußboden und stieg auf zu der von Engeln gesäumten Kuppel. Und doch hatte Thomas das Gefühl, wieder in Ägypten zu sein. Die hölzerne Decke der bis auf den letzten Platz gefüllten Palatina-Kapelle im ersten Stock des Normannenpalastes war über und über mit arabischen Schnitzereien verziert. Und das in einem abendländischen Gotteshaus. Auch die prächtigen Mosaiken aus farbigem Glas und Blattgold, die sich an den Wänden bis hinauf zur Kuppel erstreckten, konnten ihre arabischen Einflüsse nicht verhehlen. Zumindest deren Motive waren christlich, dachte Thomas, stellten sie doch Szenen aus dem Leben Christi und dem Alten Testament dar. Vor dem Altar hielt der Erzbischof von Palermo, Berard von Castacca, zugleich einer der engsten Vertrauten des Kaisers, höchstpersönlich den Vespergottesdienst ab und schloss mit dem einzigen Gebet, das Jesus selbst seinen Jüngern gelehrt hatte, dem Pater noster. “Et ne nos inducas in tentationem, sed libera nos a malo. Amen.“

Danach begab sich die gesamte, fast einhundertköpfige Gästeschar in den Speisesaal im Stockwerk darüber. Hier sollte ein Festmahl zu Ehren mehr oder minder unversehrt zurückgekehrter Kreuzfahrer stattfinden, Ritter wie Arnold von Gymnich, die tapfer gekämpft hatten und dem Untergang mit knapper Not entronnen waren. Längst hatte es sich herumgesprochen, dass nicht sie für das Scheitern des Kreuzzuges verantwortlich waren, sondern der päpstliche Legat. So nahm Arnold denn auch direkt neben Erzbischof Berard an der Tafel des Kaisers Platz, die quer vor Kopf der übrigen Sitzreihen aufgestellt war. Der unbestrittene Ehrengast war jedoch Herrmann von Salza, Hochmeister des Deutschritterordens, der mit einem kleinen Gefolge seiner Ordensritter gegen Mittag in Palermo eingetroffen war. Als sei er geradewegs aus der Schlacht an die kaiserliche Tafel geeilt, ein Eindruck, der wohl auch beabsichtigt war, trug er ein Kettenhemd unter seinem Wappenrock und dem weißen Mantel, was Konrad ein verächtliches Schnauben entlockte. Wie es hieß, kam er direkt aus Akkon, manche munkelten jedoch, er käme vom Heiligen Vater. Beides war denkbar, denn von Salza gehörte seit Jahren zum engsten Beraterkreis des Kaisers, der ihn schon häufiger als Sprachrohr zum Papst entsandt hatte. Mit seinem voluminösen Bart wirkte er noch mächtiger als zu Beginn des Kreuzzuges. Neben den vielen Rittern zählten zu der illustren Gästeschar aber auch Gelehrte wie der Mathematiker Fibonacci, der den Kaiser schon auf die Beizjagd begleitet hatte, Minnesänger sowie andere Wort- und Schriftgelehrte, Mitglieder der Dichterschule, die Friedrich an seinem Hof ins Leben gerufen hat. Spielleute und Gaukler gaben ihr Können zum Besten.

Thomas, dem die Pagen mit William und Konrad einen Platz an einem der mittleren Tische, der Tafel der Dichter und Gelehrten, zugewiesen hatten, wunderte sich erneut über die hohe Zahl von Orientalen unter den Anwesenden, Männern in Pluderhosen mit dicken Schnauzbärten und farbenprächtigen Turbanen auf dem Kopf. Aufgrund der mächtigen Leibesfülle mancher Gäste glaubte Thomas sogar Eunuchen unter diesen auszumachen. Zudem wurden die Eingänge des Saales ausnahmslos von muslimischen Soldaten bewacht, Mitgliedern der kaiserlichen Leibwache, die Friedrich aus sizilianischen Sarazenen rekrutiert hatte und die ihm treu ergeben waren. Wie es hieß, hielt sich Friedrich im Stile eines arabischen Sultans sogar einen Harem mit orientalischen Schönheiten, doch hielt Thomas vergeblich nach solchen Ausschau. Dies geschah wahrscheinlich mit Rücksicht auf die Kaiserin, die an der Seite ihres Gatten die Tafel krönte. Früher gang und gäbe, war ihre Anwesenheit zu solchen Anlässen selten geworden, seit sie öfter kränkelte.

Konstanze von Aragon war gut elf Jahre älter als Friedrich, eine spanische Prinzessin von Geblüt, schön, dunkelhaarig, wohl erzogen und sehr katholisch. Vor ihrer Ehe mit Friedrich war sie bereits mit dem ungarischen König Emmerich verheiratet gewesen, dem sie einen Sohn geschenkt hatte. Aber beide waren früh und auf tragische Weise verstorben. Niemand hatte erwartet, dass die vom Papst arrangierte Verbindung mit dem jungen Staufer von ernsthaften Gefühlen füreinander begleitet sein würde. Doch das Gegenteil war geschehen. Spätenstens in der Hochzeitsnacht hatte sich das ungleiche Paar ineinander verliebt. Wer die beiden nun an der Tafel nebeneinander sitzen sah, konnte bereits auf den ersten Blick feststellen, wie sehr das Kaiserpaar einander zugetan war. Friedrich, in seidene orientalische Gewänder gehüllt, mit einem gestickten Kaiseradler auf der Brust, bemühte sich um sie, ließ sie kleine Häppchen von seinem Teller kosten und zog sie immer wieder bei Gesprächen mit seinen Tischnachbarn zu Rate. Konstanze, die eine prächtige Krone in byzantinischem Stil trug, eine Art eng anliegender Kopfhaube, mit Perlen und Edelsteinen besetzt, und dazu passende Ohrgehänge an jeder Seite, tat unaufdringlich, aber selbstbewusst ihre Meinung kund. Von Beginn an war sie ihm eine treue, aufrichtige Ratgeberin gewesen. Und sie hatte ihm einen Thronfolger geschenkt, den jungen Heinrich, der in Deutschland weilte und vom Gubernator des deutschen Reiches erzogen wurde, dem Erzbischof von Köln, Engelbert von Berg. Und um eben diesen ging es in dem Gespräch an der kaiserlichen Tafel.

„Wie steht es eigentlich um den Frieden im Raum Köln und den benachbarten Grafschaften? Wie mir zuletzt vermeldet wurde, hat unser werter Gubernator für Ruhe gesorgt", ließ Friedrich wie beiläufig fallen, als sei er nicht bestens unterrichtet. „Der Erzbischof von Köln ist ein treuer Untertan der Kirche und Eurer Majestät", ließ Engelberts Amtskollege Berard von Castacca verlauten, „der den Handel aufblühen lässt und die

Frömmigkeit fördert." „Und er ist ein fähiger Regent, der es nicht duldet, wenn jemand sich seinem oder Eurem Befehl widersetzt", meldete sich Herrmann von Salza zu Wort, „er hat Euren Sohn in Eurem Geiste erzogen, im Erzbistum das Raubrittertum beendet und machthungrige Grafen in die Schranken verwiesen, vor allem das Haus Limburg." „Dabei war er allerdings nicht zimperlich in der Wahl seiner Mittel, wie man hört", warf Arnolf von Gmynich ein, „damit hat er sich unter den Fürsten des Niederrheins nicht gerade beliebt gemacht. Auch mein verstorbener Lehnsherr, der Graf von Jülich, stand in vielen Fragen eher auf der Seite der Limbuger." „Auch in der Königsfrage zwischen den Welfen und uns!", konnte sich Friedrich eine Bemerkung nicht verkneifen. „Das ist nicht zu leugnen, aber Ihr, Majestät, habt längst die Herzen und die Treue des rheinischen Adels errungen, im Gegensatz zu Erzbischof Engelbert", schloss Arnold.

„Es stimmt, dass er verbrannte Erde hinterlassen hat", bemerkte der Deutschordensmeister, „aber das Volk liebt ihn, wie man hört." „Die einfachen Bürger von Köln lieben ihn, weil er ihnen Brot spendet, aber außerhalb der Domstadt hat er wenig Freunde", beharrte Arnold, „vor allem seit der Okkupation der Grafschaft Berg. Eine breite Opposition ist immer noch gegen ihn, wie ich aus der Heimat erfuhr. Er beherrscht den Rhein aufgrund seiner Position als Erzbischof von Köln und dank der Macht, die Ihr, Majastät, geruhtet, ihm zu verleihen!" „So ist die Sache noch nicht ausgestanden?", hakte Friedrich nach. „Nicht solange er der Tochter seines Bruders und ihrem Gemahl Heinrich von Limburg das väterliche Erbe verschließt!", bestätigte Arnold. Eine nachdenkliche Pause trat ein.

Um die Gäste zu unterhalten, ließ der Kaiser Arnold von Gymnich vor versammelter Runde ein weiteres Mal berichten, wie er zu seiner neuen Helmzier kam. Darauf ging ein großes Raunen durch die Menge. „Verzeiht, aber was ist aus dem treuen Pferd geworden?", begehrte Thomas zu wissen, der sich bei dieser Frage erhoben und vor der Tafel des Kaiserpaares verneigt hatte. „Ich musste es, wie so vieles andere, in Ägypten zurücklassen", antwortete Arnold mit unverhohlenem Bedauern, „nur unser nacktes Leben und einige Waffen konnten wir auf die Schiffe retten." Darauf ließ der Kaiser die Spielleute mit ihren Darbietungen fortfahren. Mit einem Anflug von Trauer erinnerte sich Thomas dabei an die schöne Tänzerin, die ebenfalls in Ägypten geblieben war.

„Kann es sein, dass der Streit um die Erbfolge in der Grafschaft Berg in gewisser Weise bis vor die Tore Damiettes getragen wurde?", lenkte Friedrich das Gespräch mit deutlich verhaltener Stimme, sodass nur seine Tischnachbarn die Worte mitbekamen, gezielt in eine bestimmte Richtung. „Schwer zu sagen“, fuhr der Gymnicher Ritter fort, „denn die Ereignisse, auf die Ihr abzielt, geschahen vor oder kurz nach Adolfs Tod, also im Grunde vor dem eigentlichen Erbfolgestreit. Andererseits warf dieser aber vielleicht bereits seine Schatten voraus, denn es waren, abgesehen von Erzbischof Engelbert, viele der Beteiligten vor Ort auf dem Kreuzzug!“ „Von welchen Ereignissen sprecht Ihr?“, begehrte Herrmann von Salza zu wissen. „Vernehmt sie selbst aus dem Munde dessen, der sie am eigenen Leib erlebte“, sprach da Friedrich und gab dem Fischersohn einen Wink, näher an seine Tafel zu treten. „Wohlan, Knappe oder Ritter Thomas, berichte meinen engsten Freunden und Beratern von deinen schicksalhaften Erlebnissen, auf dass wir entscheiden, was in der Angelegenheit geschehen soll!“ Thomas befürchtete schon, er würde rot anlaufen oder vor lauter Herzklopfen keinen Ton herausbringen, aber dies geschah nicht. Zu sehr lag ihm daran, den Wahrheitsgehalt seiner Worte zu beweisen. So räusperte er sich kurz, dann wiederholte er Wort für Wort, was sich, beginnend mit der Landung in Damiette, dort zugetragen hatte. Die Zuhörer lauschten gebannt seinen Worten. Anschließend hieß der Kaiser die beiden Templer berichten, wie sie Thomas hatten befreien können. Dabei kamen auch der Assassine und dessen Beobachtung zur Sprache sowie das schriftliche Zeugnis des Oliver von Köln.

„Das ist fürwahr eine unglaubliche Geschichte“, brach Herrmann von Salza das anschließende Schweigen, „entweder dieser Knappe lügt das Blaue vom Himmel herunter …“ „Ich spreche die volle Wahrheit“, entfuhr es Thomas, doch ein strenger Blick des Kaisers brachte ihn zum Schweigen. „… oder aber der Graf und seine Männer wurden in der Tat Opfer eines Verrates“, schloss Herrmann von Salza, „fragt sich nur, durch wen.“

Da ergriff erneut Arnold von Gymnich das Wort. „Verrat war vor Damiette hüben wie drüben an der Tagesordnung, etliche unserer Angriffspläne gelangten auf verschlungenen Pfaden zum Sultan, der diese zu vereiteln wusste. Dafür versprach er Verrätern und Überläufern hohe Belohnungen“, erklärte der Kreuzfahrer, „dieser junge Mann hätte also nur zum Sultan gehen müssen, um mit Reichtümern überhäuft zu werden. Aber er schmachtete stattdessen im Kerker. Nun steht er hier und unterwirft sich unserem Urteil. Allein schon deshalb glaube ich seinen Worten. Meiner Meinung nach ist der Urheber allen Übels in die Erbfolge derer von Berg verstrickt!“

„Der Erzbischof von Köln ist für mich allerdings über jeden Zweifel erhaben“, meinte der Erzbischof von Palermo und der Deutschritter pflichtete ihm bei, „schließlich weilte er auch fern all dieser Geschehnisse in seinem Kölner Erzbistum!“ „Wobei ich zu bedenken gebe, dass zahlreiche kölnische Truppen vor Damiette lagen“, mischte sich Konrad von Freienfels in das Gespräch ein. „Was wollt Ihr damit sagen, wollt Ihr den Gubernator des Reiches des Verrats bezichtigen?“, erhitzte sich der Deutschritter. „Ihr solltet in der Wahl Eurer Worte vorsichtiger sein, Templer“, setzte der Kaiser hinzu. „Ich habe nichts dergleichen verlauten lassen“, fuhr Konrad davon ungerührt fort, „zieht Eure eigenen Schlüsse, was ja anscheinend schon geschehen ist. Für mich steht jedoch fest, dass es einen oder mehrere Verräter gegeben hat, die zwischen Rhein und Wupper zu suchen sind.“

Betretenes Schweigen war die Folge, angesichts der möglichen Tragweite dieser Sache.

„Und der Graf hat Euch tatsächlich auf dem Sterbebett zum Ritter geschlagen?“, wandte sich da die Kaiserin an Thomas. „Mehr als das, Majestät“, warf dieser ein letztes Argument in die Waagschale, „er nahm mir das Versprechen ab, mich mit all meiner Kraft für das Wohl seiner Tochter Irmgard einzusetzen. Und ich habe von ganzem Herzen gelobt, dies zu tun …“ Konstanze von Aragon war sichtlich gerührt, erkannte aber auch eine mögliche Absicht hinter Adolfs Handeln. „Ich weiß aus eigener Erfahrung, wie sehr eine junge Frau tapferer Ritter zu ihrem Schutz bedarf, und ich hege keinen Zweifel daran, dass dies der Wunsch des Grafen Adolf war“, fuhr die Kaiserin fort, wobei sie sich nun ihrem Gatten zuwandte, „warum also, mein Gemahl, versetzt Ihr den tapferen jungen Mann nicht in den Stand, sein Versprechen zu erfüllen?“

Aller Augen richteten sich nun auf den Kaiser, der genau diese Wendung erhofft und erwartet hatte. „Ihr seid wie immer die weiseste Ratgeberin von allen, geliebte Konstanze“, lächelte Friedrich milde und drückte seiner Kaiserin einen Kuss auf die Hand, „und wie Ihr wisst, kann ich Euch keinen Wunsch abschlagen!“

Darauf erhob er sich, ließ sich sein Schwert reichen und den völlig verdutzten Thomas niederknien. „Hochverehrte Gäste, Ihr Damen, Ritter und Edelleute“, wandte sich der Kaiser an die Festversammlung, die ihm augenblicklich Gehör schenkte, „dieser junge Recke hat seinem bisherigen Herrn die treuesten Dienste geleistet und dafür manch Unbilden in Kauf nehmen müssen. Nun soll er dafür den gerechten Lohn empfangen und sich fürderhin in den Dienst des Heiligen Römischen Reiches sowie seines Kaisers stellen!"

Atemlose Stille herrschte im Saal, und Thomas hielt den Atem an, als Friedrich das kaiserliche Schwert erhob und mit dessen Spitze seine beiden Schultern berührte. „Hiermit schlage ich dich zum Reichsritter, dessen Streben es sein soll, fortan das Kaiserreich gegen alle Feinde – von innen und von außen – zu schützen, willst du mir das geloben?!" „Das gelobe ich", kam es Thomas wie von selbst über die Lippen. „Dann erhebt Euch, Ritter Thomas", fuhr der Kaiser fort, worauf tosender Beifall den Saal erfüllte.

Konrad reckte die Faust, als habe er selbst einen glorreichen Sieg errungen, um sich dann vor dem Kaiser und dessen Entscheidung zu verneigen. William war vor Begeisterung aufgesprungen und begann, wildfremde Menschen an seinem Tisch zu umarmen.

„Es wird Euer Schaden nicht sein", fügte Friedrich in leiserem Ton an. „Ich werde Euch ein Schreiben an den Erzbischof von Köln mitgeben, indem ich ihn, in seiner Funktion als Graf von Berg, ersuche, Euch ein geeignetes Gut zu überantworten, das Euch ein Auskommen sichert – und Euch einen Namen gibt!" Thomas war am Ziel, am ersten Ziel seiner Träume. Reichsritter aus der Hand des Kaisers und nur diesem unterstellt! Diesmal würde ihm niemand mehr den Titel streitig machen. Aber er wusste auch, wem er dies vor allen anderen zu verdanken hatte, und verneigte sich noch einmal vor der Kaiserin. Mit einem feuchten Schimmer in den Augen legte Konstanze dabei dankbar eine Hand auf den Arm ihres Gatten. „Beschützt sie, die Euch anbefohlen wurde", raunte sie Thomas zu, „erfüllt den Wunsch eines toten Vaters!" Und der frisch gebackene Reichsritter sandte ihr einen stummen Schwur.

„Ihr seid ein schlauer Fuchs, Majestät, fürwahr ein Erbe des normannischen Blutes in Euren Adern", flüsterte Herrmann von Salza seinem Kaiser zu, als sich das Festmahl dem Ende zu neigte. „Der Bursche wird Euch den Ritterschlag bis in den Tod danken. Und er wird zweifellos Bewegung in die Sache bringen!" „Die ist schon in Bewegung", lächelte Friedrich milde, „ich habe einen Boten nach Köln entsandt, der dem Erzbischof aufträgt, der Grafentochter Irmgard und ihrem Gatten die Burg des Vaters zu überantworten. Eine Geste, mehr nicht, die aber vorerst manche Gemüter beruhigen wird. Engelbert behält die Macht im Land, aber die kann er auch aus seinem Palast in Köln heraus ausüben. Diese Lösung solltet Ihr auch dem Heiligen Vater schmackhaft machen, damit er sie bestätigt."

So begab es sich im folgenden Frühjahr, dass Irmgard von Berg und ihr

Gatte Heinrich nach Jahren wieder auf Neuenberge einzogen, während drei Gefährten nordwärts die Alpen überschritten.

Ein Eichelhäher ließ seinen durchdringenden Warnruf hören und stob aufgeregt davon, als sich drei Pferde langsam ihren Weg durch das Dickicht des Waldes bahnten. Seit geraumer Zeit schon vernahmen die drei Reiter ein stetig anschwellendes Rauschen. Dann öffnete sich vor ihnen das dichte Geäst aus frisch ergrünten Buchen und Eichen und schenkte ihnen einen berauschenden Anblick. Unterhalb des Felssporns, auf dem sie sich befanden, erstreckte sich ein wildes, mäandrierendes Tal, geformt in Jahrtausenden und mehr von den schäumenden Kräften eines Flusses, der in dessen Tiefen dahinrauschte. Der jüngste der Reiter glitt aus dem Sattel, ließ sich auf die Knie fallen und krallte seine Finger in das frische Moos, das den Schieferfelsen umgab. Gott, fühlte sich das gut an. Endlich, er war zu Hause. Fünf Jahre, fast auf den Tag genau fünf lange Jahre war es her, dass er seine Heimat verlassen hatte und zu einem Unternehmen aufgebrochen war, das viele der Menschen, die mit ihm aufgebrochen waren, das Leben gekostet hatte.

Ein Jahr hatten sie gebraucht, um Palästina zu erreichen. Über ein Jahr lang hatte er am Ufer des Nils mit steten Kämpfen zugebracht, mehr als zwei Jahre in Gefangenschaft gesessen, davon Monate in einem düsteren Kerker. Und mehr als ein halbes Jahr hatte ihre Rückreise gedauert. Jetzt lag unter ihm das silberne Band des Flusses, an dessen Ufern er unbeschwerte Kindertage verbracht und seinen Vater auf Fischfang begleitet hatte. Endlich. Bewegt drehte sich Thomas zu seinen Gefährten um.

„Das ist sie, das ist die Wupper, der Fluss meiner Väter. Hab ich zu viel versprochen?“ William von Gloucester stieg vom Pferd und legte seinem Freund einen Arm um die Schulter, während er seinen Blick über das Tal schweifen ließ. „Es ist nicht England“, gab William scheinbar zu bedenken, „aber abgesehen davon, ist es das schönste Land, das ich je gesehen habe!“ Dankbar drückte ihm Thomas eine Hand. „Dann sollten wir zusehen, dass dieses Land dich auch bald gebührend willkommen heißt“, erhob Bruder Konrad seine Stimme. Seit ihrem Aufenthalt im Kloster Altenberg trug er wieder die schlichte Kutte eines Zisterziensermönches, wie auch die anderen beiden, um nicht sogleich Aufmerksamkeit zu erregen. Darunter aber trugen alle drei die volle Bewaffnung eines Kreuzritters. Denn das, was sie vorhatten, kam einem Kreuzzug gleich …

Sie hatten Sizilien noch im November verlassen, auch weil der Kaiser mit seinem Hof nach Apulien wechselte, und sich auf einem Frachtensegler nach Genua eingeschifft. Von hier aus waren sie auf frisch erstandenen Pferden geradewegs nach Norden gezogen, um in Mailand, in den Mauern eines Templerkastells, den Winter zu verbringen. Dort hatten sie die kurzen Tage und langen Nächte genutzt, um Thomas' Muskeln zu stählen und einen Plan für die Rückkehr nach Neuenberge zu entwickeln.

Mit dem ersten Tauwetter hatten sie den San-Bernardino-Pass überschritten und, wie zehn Jahre zuvor der damals junge Staufer Friedrich, bei Konstanz den Bodensee erreicht. Von dort waren sie mehr oder weniger dem Lauf des Rheins gefolgt, zu Pferde und zuweilen auf Lastkähnen. Die Türme der Domstadt Köln am anderen Ufer vor Augen, hatten sie sich schließlich ostwärts in die Hügel des Bergischen Landes gewandt, um an einem frühen Maiabend des Jahres 1222 das Kloster Altenberg zu erreichen.

Der schon in die Jahre gekommene Abt Herrmann hatte sie überglücklich in seine Arme geschlossen und Gott beim Vespergottesdienst für ihre glückliche Rückkehr gedankt. Geradezu entzückt war er zudem gewesen, als Konrad ihm eine kleine Reliquie schenkte, eine an den Rändern vergoldete Amphore, die Wüstensand aus dem Natron-Tal enthielt, jenem Tales, in dem Jesus' Eltern auf ihrer Flucht mit dem Christuskind nach Ägypten Schutz gesucht hatten. Dieses Reliquiar hatte Konrad von den Mönchen des koptischen Klosters zum Dank für die Hilfe der Templer beim Angriff der Beduinen erhalten. Vom Abt hatten sie auch erfahren, dass die Grafentochter und ihr Gatte Heinrich vor Wochen wieder in Neuenberge Einzug gehalten hatten, aber de facto immer noch der Macht und dem Willen des Erzbischofs unterlagen. Schließlich hatten sie den alten Zisterzienser in ihre Pläne eingeweiht und sich am nächsten Morgen alle drei in Mönche verwandelt, um unerkannt Erkundigungen einziehen zu können. Vor allem ihre Bärte wurden auf ein Maß gestutzt, das es ihnen erlaubte, sowohl als Ritter als auch als Mönch zu gelten. Da die Ordensregel der Zisterzienser die Bartschur nur zwölfmal im Jahr vorschrieb, lief kaum einer der Brüder gänzlich bartlos umher. William und Konrad, die als Templer einen wallenden Bart getragen hatten, empfanden die Rasur gar als Wohltat. Aber sie brauchten einen glaubhaften Vorwand, selbst als Mönche, um in die Burg zu gelangen. Wieder war es Abt Herrmann gewesen, der sie auf den rechten Gedanken gebracht hatte.

„Wir liefern dem Burgvoigt und den Zimmerleuten wöchentlich mehrere Fuder Holz für die vielfältigen Umbauten", hatte er gesagt, „nehmt die nächste Lieferung zum Anlass, Euch in der Burg umzusehen!" Die Erwähnung des Burgvoigtes hatte Thomas ermuntert, dem Abt eine weitere Frage zu stellen. „Verzeiht, ehrwürdiger Vater", hatte er sich ein Herz genommen, der Wahrheit ins Auge zu blicken, „aber der Voigt hatte damals eine Tochter, Sibylla mit Namen. Wie mir zugetragen wurde, sollte sie einen Lehnsmann des Erzbischofs ehelichen. Wisst Ihr, ob diese Heirat vollzogen wurde?" Darauf hatte der Abt die Hände wie zum Gebet gefaltet und ein mildes Lächeln aufgesetzt. „Ich kann Euch beruhigen, junger Ritter, die Ehe konnte noch nicht vollzogen werden, weil die Heirat noch nicht stattgefunden hat. Und das hat gleich zwei gute Gründe: Zum einen zeigt sich das noble Fräulein bis auf den heutigen Tag sehr widerspenstig, zum anderen gibt es einen zweiten Bewerber!" Thomas starrte ihn ungläubig an. „Es gibt noch jemanden, der Sibylla heiraten will?" „Ja, mein Sohn, kurz nachdem Irmgard und Heinrich auf Neuenberge eingezogen sind, hat ein entfernter Vetter des jungen Grafen, ein gewisser Gisbert von Limburg, ebenfalls Ansprüche angemeldet. Nun soll ein Turnier in wenigen Tagen entscheiden, wer die Hand der Tochter des Voigtes bekommt, der Limburger oder der Odenthaler."

Wie ein gewaltiger, steingewordener Adlerhorst ragten die Mauern der Burg Neuenberge weithin sichtbar auf ihrem Felsen oberhalb der Wupper vor ihnen auf. Von Osten näherte sich ihr langsam ein schwer mit hölzernen Stämmen beladener Karren, der von vier Ochsen gezogen, zwei Laienbrüdern gelenkt und von drei Mönchen begleitet wurde. Ihre Pferde hatten sie, nach ihrem Abstecher zum Aussichtsfelsen, im Wald nahe der Straße zurückgelassen, denn Mönche auf Pferden waren doch recht unüblich. Thomas ging das Herz über, als er die vertrauten Gemäuer erblickte. Eine dünne Rauchsäule aus einem der Kamine erinnerte ihn an Magdas Küche, und er vermeinte, den verführerischen Duft von frischem Haferbrei und Wildschweinbraten zu vernehmen. Vor seinem inneren Auge sah er die Köchin, Sibylla und seine Schwester Katharina lachend beieinandersitzen, während sie das Federvieh rupften. Am liebsten wäre er sogleich in gestrecktem Galopp und mit gezogenem Schwert in die Burg eingeritten, um seine Widersacher herauszufordern. Aber sie mussten vorsichtig sein und zuerst einmal die Lage, die Machtverhältnisse und die Stärke der Bewachung in der Burg studieren. Und er musste in Erfahrung bringen, wie es um Sibylla stand. Würde sie sich überhaupt an ihn erinnern und brachte sie ihm noch Gefühle entgegen? Oder hatte sie sich längst damit abgefunden, in Kürze eine arrangierte Ehe einzugehen? Alle Berichte sprachen davon, dass Letzteres keineswegs der Fall war, aber er brauchte Gewissheit.

Auf den ersten Blick hatte sich die Burg von außen kaum verändert, das Grabentor war verschlossen und mehrere Wachen standen auf den Zinnen darüber. Auf dem Bergfried wehten zwei Banner zugleich. Bei beiden handelte es sich um das alte bergische Wechselzinnenwappen, einmal war es jedoch in das schwarze Kreuz der Kölner Erzbischöfe eingelassen, auf dem anderen Banner prangte über den Zinnen der rote Limburger Löwe. Diesseits des Burggrabens, dort wo sich die Handwerkersiedlung an die östlichen Hügel schmiegte und die Straße flankierte, die vom alten fränkischen Heerweg nach Neuenberge führte, waren etliche neue Behausungen entstanden, wie Konrad ihm schon nach seiner Befreiung berichtet hatte. Keine Hütten wie die Fischerkate seiner Eltern, sondern gute, stabile Häuser, basierend auf einer Fachwerkkonstruktion, deren Wände üblicherweise mit Stroh und Lehm aufgefüllt wurden. Wie sie später erfuhren, war auch unterhalb des Burgfelsens, am Ufer der Wupper und längs des einmündenden Eschbachs, aus den anfänglichen Hütten eine regelrechte Siedlung erwachsen. Sowohl in der Ober- wie in der Unterstadt gab es jetzt einen Schmied, einen Schwertfeger, Zimmerleute, Backstuben und sogar eine Schänke.

Ohne jedwede Frage nach ihrem Begehr öffneten sich Zugbrücke und Grabentor, lediglich von einem müden Gruß der Torwache begleitet, die offenbar mit den wöchentlichen Holzlieferungen des Klosters vertraut war. Dies war zumindest ein Zeichen für halbwegs friedliche Zeiten. Unbehelligt passierten sie auch das nachfolgende Zwingertor. Im Innenhof angekommen, blieb Thomas jedoch die Luft weg angesichts der vielen Veränderungen, die unter Engelberts Herrschaft vorgenommen worden waren. Fast genau in der Mitte der Burganlage war ein neues prächtiges Gebäude ungeahnter Dimensionen, ein neuer Palas, entstanden. Dazu hatte man offenbar nur beste, auserlesene Bruchsteine verwendet und diese von kundigen Händen sauber aufschichten und verfugen lassen. Das Gebäude verfügte dadurch über eine makellos glatte Fassade, in die man Fenster mit Mosaiken aus buntem Glas eingelassen hatte. Glas! Dieses sündhaft teure Material konnten sich nur Könige und die höchsten Kirchenfürsten leisten. Aber Engelbert war genau solch ein Fürst. Und offenbar scheute sich der Erzbischof von Köln, Herzog von Westfalen und Gubernator des römisch-deutschen Reiches nicht, seine Macht und seinen Reichtum mit gläsernen Fenstern in seinem neuen Palas zur Schau zu stellen. Obwohl er angestrengt jedes der Fenster in Augenschein nahm, sah Thomas kein vertrautes Gesicht dahinter, wie er es erhofft hatte. Von der linken Seite des neuen Prachtbaus führte eine ebenfalls jüngst errichtete, zusätzliche Mauer in nördlicher Richtung, sodass mit Palas, Nordmauer und dem alten Bergfried in der Mitte eine innere Festung, eine Art Burg in der Burg entstanden war. Diese innere Burg konnte nur durch ein mächtiges Holztor betreten werden, dessen Flügel jetzt weit offen standen, die aber von zwei schwer bewaffneten Wachen flankiert wurden. Zur Wupper hin erhob sich bereits eine neue Kirche, unmittelbar neben dem Hospiz der Johanniter, und daneben entstand ein neuer Turm, für den unter anderem das Holz auf ihrem Karren bestimmt war. Und überall waren neue Häuser aus dem Boden gewachsen oder taten es noch, sogar den Burgberg hinunter, bis zu der Stelle, wo der Hang zu steil und der Fels zu hart für Fundamente wurde. Das geschäftige Treiben der Zimmerleute und anderen Handwerker erinnerte an einen Ameisenhaufen. Aber Thomas hatte keine Augen für die neuen Bauten und deren Bewohner. Geradezu erschüttert starrte er durch das geöffnete Tor der neuen Mauer zu der Stelle, an der früher der alte Palas gestanden hatte. Von dessen einstiger Freitreppe aus waren es etwa zwanzig gerade Schritte in westlicher Richtung bis zu der Steinplatte, unter der Adolf seinen Schatz vergaben hatte, so zumindest hatte es ihn der Graf in seiner letzten Stunde wissen lassen. Aber Adolfs Palas und die Treppe existierten nicht mehr. Wie sollte er jetzt die richtige Steinplatte finden? Seine Aufmerksamkeit wurde jedoch in diesem Moment von einer tiefen, mächtigen Stimme abgelenkt, die es gewohnt war, Befehle zu erteilen.

„Da seid ihr ja endlich, euer Holz wird dringend gebraucht", dröhnte die Stimme, die einem älteren Mann gehörte, der in ein ledernes Wams gehüllt war und nun schnellen Schrittes auf sie zukam. Thomas erkannte in dem Mann mit schütterem, weißem Haar und Vollbart sogleich den Burgvoigt, der um Jahre gealtert war, aber nichts von seiner Autorität eingebüßt hatte. Geistesgegenwärtig zog sich der vermeintliche Mönch die Kapuze seiner geliehenen Kutte noch tiefer in die Stirn, während Herrmann von Elverfeld die Qualität der gelieferten Stämme auf dem Karren in Augenschein nahm. „Gute Ware, wie immer", sagte dieser in die Runde, offenbar ein wenig unschlüssig, wer von den Mönchen und Fuhrleuten sein Ansprechpartner war. „Wann könnt ihr die nächste Fuhre liefern?"

Es war Konrad, der als Erster seine Kapuze lüftete und sich zu erkennen gab. „Schon in zwei Tagen, wenn Ihr es wünscht, werter Voigt, es liegen genug gefällte Stämme im Forst!“ Herrmann von Elverfeld kniff die Augen zusammen, dann zog er ungläubig die linke Augenbraue nach oben. „Bruder Konrad?“, kam es ihm zögerlich über die Lippen, „wir wähnten Euch im Heiligen Land. Seid Ihr zurück? Wie ist es Euch ergangen?“ „Nun, wie Ihr seht, bin ich wohlauf. Die Sarazenen haben mir kein Haar gekrümmt, auch wenn sie es trefflich versucht haben“, antwortete Konrad mit dem Anflug eines Lächelns auf den Lippen, „aber jetzt, wo der Kreuzzug gescheitert ist, bin ich froh, dass man mir erlaubt hat, in die ruhigen Mauern des Klosters zurückzukehren!“ „Wir hörten vom wenig glücklichen Ende des Unternehmens“, gab der Burgvoigt zurück, „davon müsst Ihr mir bei Gelegenheit mehr erzählen. Aber sagt, wer sind Eure beiden Begleiter, waren sie mit Euch auf der heiligen Heerfahrt oder sind es neue Brüder?“

Dabei deutete er mit einer Kopfbewegung auf William und Thomas, die sich abseits gehalten hatten. „Das sind Bruder William und Bruder … Grim. Beide sind, wir Ihr zu Recht vermutet, Kampfgefährten, die es, wie mich, nach ruhigeren Tagen dürstet“, dehnte Konrad die Wahrheit ein wenig zu seinen Gunsten. „Sie haben ein Schweigegelübde abgelegt, um Buße zu tun und Aufnahme bei den Zisterziensern zu ersuchen, deshalb seht es ihnen nach, dass sie nicht das Wort an Euch richten!“ Herrmann von Elverfeld nickte verständig, die Antwort reichte ihm völlig. „Wie ich schon sagte, davon müsst Ihr mir mehr erzählen, vielleicht beim nächsten Mal, jetzt muss ich Sorge tragen, dass die Zimmerleute Nachschub bekommen.“ Dabei winkte er ein paar Handwerkergesellen heran, die sogleich damit begannen, das Holz zu entladen. Als sei ihm noch etwas eingefallen, drehte sich der Burgvoigt noch einmal zu Konrad um. „Sagt, ehrwürdiger Bruder, habt Ihr dort denn etwas über den Knappen erfahren, der …“ Herrmann hüstelte, weil er nach den rechten Worten suchte, „der einigen hier einst sehr ans Herz gewachsen war?“

Thomas fröstelte, als der Burgvoigt das Gespräch auf seine Person lenkte, aber Konrad schien davon ungerührt. „Wenn Ihr den Fischersohn meint, der vor fünf Jahren mit dem Grafen auf den Kreuzzug ging und davon nicht zurückkehrte“, dabei warf er dem Burgvoigt einen forschenden Blick zu, der daraufhin nickte, „den Burschen von einst gibt es nicht mehr!“

Wieder bediente sich Konrad einer geschickt zurechtgelegten Form der Wahrheit, ohne sich einer Lüge schuldig zu machen. Bestürzung und Erleichterung zugleich spiegelten sich auf Herrmanns Miene wider.

„Nun, ich kann Euch und Eurer Tochter, denn auch ihr lag der junge Mann ja sehr am Herzen, wenn ich mich recht erinnere", fuhr der Templer fort, „aber versichern, dass er nicht zum Verräter geworden ist, im Gegenteil. Später einmal kann ich Euch gerne mehr davon berichten, wie Ihr schon selbst anregtet. Aber wie steht es eigentlich um Eure Tochter, wie man hört, hat sie in die Verbindung eingewilligt, die der Erzbischof wünscht?!"

Nun setzte der Voigt erst recht eine verdrießliche Miene auf und trat einige Schritte näher. „Ach, ehrwürdiger Bruder, von Einwilligung kann keine Rede sein. Sie hat sich letztlich meinem Wunsch und Engelberts Befehl gefügt, mehr aber auch nicht, und seither hat sie mit mir kein Wort mehr gesprochen!"

Voller Gram erzählte Herrmann von Elverfeld daraufhin dem geduldig lauschenden Mönch, dass frühere Versuche, die widerspenstige Tochter zu verheiraten, an deren Eigensinn, aber auch an der fehlenden Mitgift gescheitert waren, denn Herrmanns Familie verfügte über keine nennenswerten Ländereien oder Reichtümer, die es ihm gestattet hätten, Sibylla mit einem lukrativen Brautschatz auszustatten. Sein Salär als Burgvoigt hatte ausgereicht, seiner Familie einen bescheidenen Wohlstand zu sichern, mehr aber auch nicht. Und Adolfs Ableben hatte diese Situation nicht gerade verbessert, denn der neue Herr des Landes, Erzbischof Engelbert, war seinen Untergebenen auf Neuenberge gegenüber nicht gerade freigebig.

„Die Bewerber, die ihr trotzdem den Hof machten, wurden zudem von Sibylla mit der Behauptung vor den Kopf gestoßen, sie sei einem Kreuzritter versprochen", fuhr Herrman säuerlich fort, „es war zum Verzweifeln. Bald galt sie landauf, landab als zänkische Jungfer!"

Thomas musste trotz des Ernstes der Lage schmunzeln. „Sie behielt ihre Starrköpfigkeit sogar, als der junge Mann, den sie sich in den hübschen Kopf gesetzt hatte, nicht von diesem Kreuzzug zurückkehrte, aber das wisst Ihr ja vielleicht schon", fuhr der gebeutelte Vater fort. „Statt in Erwägung zu ziehen, ihre Gunst einem anderen Mann zu schenken, wurde sie immer verschlossener. Sie brachte ihre Mutter und mich damit sogar schon so weit, dass wir überlegten, sie in ein Kloster zu geben, aber das brachte ich dann doch nicht über das Herz. Sie ist so voller Leben … das hätte sie umgebracht. Und auch ein Kloster erwartet eine Mitgift!" Herrmann rang mit den Händen. „Schließlich hatte der Erzbischof ein Einsehen – oder er war mit seiner Geduld am Ende, ganz wie man es sieht.

Er hat jedenfalls einen bescheidenen Gutshof bei Leichlingen als Mitgift ausgelobt, verlangt aber dafür, dass der Bräutigam sechs Männer ausrüstet und in seinen Dienst nimmt, die der Burg bei Bedarf als Soldaten zur Verfügung stehen. Mit Heinrich von Udindara hatte er sogar schon einen Gatten für meine Tochter im Auge. Sie jedoch widersetzte sich weiterhin, bis der Erzbischof verlangte, sie solle entweder heiraten oder ins Kloster gehen. Im letzteren Falle hätte ich auch meine Stellung als Burgvoigt verloren. Da sah Sibylla ein, dass sie sich dem Erzbischof nicht länger widersetzen konnte, wenn sie uns nicht alle ins Unglück stürzen wollte."

Man merkte dem Burgvoigt an, dass die Sorge um die Tochter und die Zukunft seiner Familie schwer auf seinem Herzen lag. „So weit, so gut", fuhr Herrmann fort, „aber nun hat sich mit Gisbert von Limburg ein zweiter Bewerber gemeldet. Ich nehme an, das tat er auf Geheiß seines Vetters, des Limburgers Heinrich, der die Burg, die er nun wieder mit Adolfs Tochter Irmgard bewohnt und die ihr angestammtes Erbe ist, mit eigenen Gefolgsleuten bemannen will und nicht mit Engelberts Getreuen!" Herrmann seufzte vernehmlich. „Jetzt soll ein Turnier zu Pfingsten die Entscheidung bringen, wer meine Tochter noch am gleichen Tag zur Frau nehmen darf. Das ist eine ernste Sache, die mit Lanze, Schwert und Morgenstern ausgetragen wird. Ich hoffe nur, dass das alles gut geht und endlich Frieden auf der Burg einzieht!"

Konrad hatte den Worten des Burgvoigtes aufmerksam gelauscht und Thomas ab und an einen warnenden Blick zugeworfen. Nun legte er seinem Gegenüber tröstend eine Hand auf die Schulter.

„Es wird sich alles zum Guten wenden, habt Vertrauen, Gott ist mit Euch – und mit Eurer Tochter. Wo sich Gottes Wille offenbart, lässt er es auch nicht an Werkzeugen fehlen, die seinen Willen ausführen!" Mit diesen rätselhaften Worten ließ er den nachdenklichen Voigt stehen und beschied seinen Gefährten, ihm zu folgen, und den Fuhrleuten, den mittlerweile entladenen Karren zu wenden.

„Ich verlasse mich auf Euch, Heinrich von Udindara, dass Ihr dieses Turnier zu Euren und unseren Gunsten entscheidet." Erzbischof Engelbert machte es sich auf einem mit rotem Samt überzogenen Lehnstuhl in seinem Amtszimmer des Kölner Bischofspalastes bequem, legte die Füße auf einen dafür bereitstehenden Schemel gleicher Farbe und nippte genussvoll an seinem Becher mit Wein. Der rote Tropfen stammte aus

Burgund und war eines Königs würdig, auch was den Preis anging. Solche und andere Gaumenfreuden hatten seinen Leibesumfang um die Hüften herum ein wenig anschwellen lassen, aber er war keineswegs dick zu nennen, im Unterschied zu vielen anderen Kirchfürsten seines Standes. Aber lediglich die Kalotte, das Scheitelkäppchen auf seinem Hinterkopf, zeugte jetzt von seiner kirchlichen Funktion, ansonsten hatte er sich in bequemere, weltlichere Gewänder gehüllt. „Wenn Ihr Erfolg habt, soll das Euer Schaden nicht sein, in jedweder Beziehung. Wie Ihr wisst, hat mich der Kaiser gerade mit neuen Privilegien ausgestattet, die auch meinen treuen Untertanen zugutekommen."

Engelbert sonnte sich in dem Gefühl, auf dem Höhepunkt seiner Macht zu sein. Gerade vor wenigen Tagen, am 8. Mai 1222, hatte er Heinrich, den Sohn des Stauferkaisers, in Aachen zum deutschen König gekrönt, zum siebten seines Namens. Er selbst durfte sich jetzt „Provisor regni" nennen, Fürseher des Reiches. Alles lief also zum Besten, fast alles. Nur auf Neuenberge, der Stammburg der von ihm okkupierten Grafschaft Berg, widersetzte man sich nach Kräften seinen Plänen. Dass der Kaiser ihn in einem Brief gebeten hatte, Adolfs Erbin mit ihrem Gatten die Rückkehr nach Neuenberge zu erlauben, um für Ruhe und Frieden an Rhein und Wupper zu sorgen, hatte er notgedrungen akzeptiert, solange er die politische Macht behielt. Aber ihm war doch sehr daran gelegen, bestimmte Schlüsselpositionen auf der Burg mit eigenen Männern besetzt zu halten. Deshalb hatte er diesen Heinrich von Udindara, der da jetzt zu seinen Füßen lag, zum Gatten für die Tochter des Burgvoigtes auserkoren. Dieser war der jüngste und formbarste aller ehemaligen Gefolgsleute seines verstorbenen Bruders und durch den Ritterschlag hatte er ihn persönlich an sich gebunden. Dass die Limburger nun einen Gegenkandidaten aufgestellt hatten, gefiel ihm nicht. Grund genug, dem jungen Dachs noch einmal die Wichtigkeit der Angelegenheit ins Gedächtnis zu rufen und seinen Siegeswillen zu stärken.

„Ich werde mein Bestes tun, Eure erzbischöfliche Eminenz", ließ Heinrich verlauten, während er sich auf einen Fingerzeig Engelberts erhob, „ich habe eifrig mit Schwert und Lanze geübt." „Das freut mich zu hören", entgegnete der mächtigste Mann nördlich der Alpen wohlwollend. „Ihr habt uns schon auf dem Kreuzzug wertvolle Dienste geleistet und tapfer gekämpft. So nehmt dieses Kleinod zum Zeichen meiner Wertschätzung", dabei schob ihm der Erzbischof einen reich verzierten Dolch über den Tisch, den er bislang unter einem Tuch verborgen hatte, „und zum Ansporn für neuerliche Taten.“ Mit offenem Mund bestaunte der Odenthaler die kostbare Waffe, deren Griff und Scheide nach orientalischer Art mit edlen Steinen besetzt waren. „Vielleicht macht sie gar im Nahkampf den entscheidenden Unterschied aus!“, fügte Engelbert an. Heinrich fiel erneut auf die Knie und bedankte sich überschwänglich, indem er mehrfach des Erbischofs Hand und Siegelring küsste. „Nun geht mit Gott, mein Sohn, und tut Eure Pflicht!“ Dabei wandte sich Engelbert um, merkte aber, dass Heinrich zögerte, sich zu entfernen. „Gibt es noch etwas?“

„In der Tat hätte ich noch eine Frage“, druckste der Odenthaler herum. „Bislang stößt meine Werbung bei der Tochter des Voigtes nach wie vor nur auf wenig Gegenliebe, und ich frage mich, was geschieht, wenn sie sich auch nach dem Turnier noch weigert, mich zu ehelichen?!“ Ach Herrje, dachte Engelbert, ein enttäuschter, verliebter Gockel, das hat mir gerade noch gefehlt. „Dann nehmt Ihr sie mit Gewalt, Odenthaler“, schlug der Erzbischof in deutlich unwirscherem Ton vor, „oder sie geht ins Kloster. Eine andere Wahl hat sie nicht und das weiß sie. Also nehmt Euch ein Herz und schärft Euer Schwert, das eine wie das andere! Ihr müsst dieses Turnier gewinnen. Wollt Ihr mir das versprechen?!“ Erneut fiel Heinrich auf die Knie. „Das schwöre ich, bei allem, was mir heilig ist!“ Engelbert kamen vollends Zweifel an Heinrichs Durchsetzungskraft. Wenn er bei seinem Blute, der Kraft seines Armes oder der Schärfe seines Schwertes geschworen hätte, wäre dies überzeugender gewesen. Bei allem, was ihm heilig ist, rekapitulierte Engelbert im Geiste. Nun denn, vielleicht war es doch besser, zusätzliche Vorkehrungen für den Fall zu treffen, dass der Odenthaler unterliegen würde.

„Ich muss nochmal hinein, ich muss unbedingt versuchen, den Schatz zu finden!“ Die letzten Worte des Voigtes, das Turnier, die Mitgift und die Erwartungen an die Bewerber betreffend, hatten Thomas in große Sorge versetzt. Ihm war klar geworden, dass es nicht ausreichte, als Ritter von Kaiser Friedrichs Gnaden bei Engelbert vorstellig zu werden. Er brauchte Geld. Und dieses Geld lag dort in der Burg irgendwo unter einer nicht näher zu identifizierenden Steinplatte.

„Das ist die einzige Möglichkeit, das Blatt zu wenden und Sibylla nicht endgültig zu verlieren!“ Konrad hatte den Fuhrleuten auf dem Karren aufgetragen, nach Altenberg zurückzukehren und dem Abt den neuen Auftrag zu übermitteln. Jetzt schlug er den Weg in den Wald zu ihren Pferden ein, setzte sich dann aber auf einen nahen Baumstumpf und beschied seinen Gefährten, sich ebenfalls zu setzen. „Du hast recht, die Sache ist weit gediehen, und mittellos wird es dir nicht möglich sein, gegen deine Widersacher zu bestehen", überlegte der Templer. „Fassen wir einmal zusammen: Der Erzbischof favorisiert diesen Odenthaler und will ihn offenbar noch enger an sich binden, sicher auch, weil Udindara das nächstgelegene Rittergut darstellt. Der neue Burgherr Heinrich von Limburg sähe gerne seinen eigenen Lehnsmann und Vetter Gisbert als Bräutigam und Verteidiger der Burg. Beide verfügen als Ritter im Dienste ihrer jeweiligen Herren über die entsprechenden Mittel und Protektion. Du hingegen hast zwar den Ritterschlag und die Empfehlung des Kaisers vorzuweisen, bist aber ohne Gut, Titel oder Männer."

„Was ist mit dem Brief des Kaisers, in dem er den Erzbischof ersucht, unserem Freund ein Lehen zu geben?", warf William in die Runde, „dann hätte er doch ein Gut und einen Titel. Warum gehen wir nicht einfach zum Erzbischof und fordern dies ein?!" Konrad schüttelte den Kopf. „Des Kaisers Wunsch muss vom Erzbischof erst anerkannt und legitimiert werden. Er könnte die Echtheit des Schreibens anfechten – und sei es nur, um Zeit zu gewinnen.

Obendrein gilt Thomas hier bei vielen noch als tot oder als Verräter. Es wäre also durchaus möglich, dass ihm die Anerkennung erst einmal versagt bleibt und vor einem Gericht erstritten werden muss. Bis dahin würden sich seine Gegner entsprechend vorzubereiten wissen."

„Die Zeit hab ich nicht", unterbrach ihn Thomas, „bis dahin ist Sibylla möglicherweise die Frau eines anderen. Pfingsten ist schon in drei Wochen!" „Und vergesst nicht, dass zumindest einer seiner Gegner Thomas nach dem Leben trachtete und ihn als Verräter in Misskredit brachte", gab Konrad obendrein zu bedenken, „wir sollten keine schlafenden Hunde wecken!"

„Der Odenthaler war und ist mein Freund, auch wenn wir uns am Schluss oft gestritten haben", meinte Thomas, „er wird sicher zu mir stehen, wenn es darauf ankommt. Der wahre Gegner und Verräter heißt Gisbert und den werde ich auf dem Turnier in die Schranken weisen!" Konrad warf ihm einen zweifelnden Blick zu. „Bist du dir dessen so sicher? Dass du auf dem Turnier zu bestehen weißt, daran hege ich keinen Zweifel, auch wenn dir zuvor noch ein wenig Übung guttäte. Aber glaubst du wirklich, dein Freund Heinrich verzichtet auf die Frau und auf die Position, die ihm Engelbert zuerkannt hat?" „Ganz sicher", bejahte Thomas, „dafür sind wir zu lange befreundet!“ Konrad hatte einen weiteren Einwand auf der Zunge, aber Thomas überging diesen kurzerhand. „Wie auch immer. Ich muss als gleichberechtigter Bewerber an dem Turnier teilnehmen, dafür brauche ich Geld für die Ausrüstung und die sechs Männer, die der Erzbischof verlangt!“ „Damit ich das recht verstehe“, grübelte William, „was ist auf dem Turnier anders als jetzt? Auch dann könnte man Thomas’ Worte, Redlichkeit und Ritterstand anzweifeln und ein Gericht anrufen wollen?!“

„Es ist in jedem Fall der Tag der Entscheidung“, gab ihm Konrad zu verstehen, „und sei es mit den Waffen, so wie es ja auch um die Hand Sibyllas vorgesehen ist. Sollte irgendjemand Thomas’ Worte, des Kaisers Schreiben oder unser Zeugnis anfechten, was zweifellos geschehen wird, muss und wird Gottes Urteil entscheiden. Der wesentliche Unterschied liegt darin, dass wir vorbereitet sind und unsere Gegner nicht. Diesen Vorteil sollten wir nicht leichtfertig verspielen, indem wir jetzt schon bei Engelbert vorstellig werden!“ „Außerdem habe ich jetzt noch nicht die Mittel für die Bewerbung“, fuhr Thomas fort, „deshalb muss ich zurück in die Burg und den Schatz suchen!“ „Dann tu das“, entschied Konrad, während er aufstand und die Zügel seines Reittieres ergriff, „ich kümmere mich derweil um ein paar Vorbereitungen. Wir treffen uns in Altenberg.“ Darauf bestieg er sein Pferd und sprengte davon.

„Verzeih mir die Frage mein Freund“, ergriff William erneut das Wort, als Konrad zwischen den Bäumen verschwunden war, „aber weißt du überhaupt, wie deine geliebte Sibylla heute in der Sache denkt? Bist du dir ihrer unveränderten Gefühle für dich so sicher? Immerhin hat sie letztlich in eine Heirat eingewilligt?!“ Thomas seufzte und nahm seinen Freund beim Arm. „Ja und nein, mein nachdenklicher Engländer, aber alle Zeugnisse, auch das ihres Vaters von vorhin, deuten darauf hin, dass sie mich noch liebt!“

In diesem Moment unterbrach der gellende Pfiff eines Bussardes die Stille des Waldes und Thomas wies mit ausgestrecktem Arm gen Himmel. „Ich fühle mich ein wenig wie der bergische Adler dort oben. Er hat sein Ziel scharf im Auge, aber kann er sicher sein, dass er es erreicht?“ Da stieß der Bussard plötzlich im Sturzflug auf eine Lichtung zwischen den grünenden Buchen herab. Einen Atemzug später schlug der Greifvogel seine Klauen in das Fell eines unvorsichtigen jungen Hasen und stob mit ihm davon. Kein schlechtes Omen, dachte William, und gab seinem Freund einen aufmunternden Klaps auf den Rücken.

„Pass auf, Adolf, du tust dir noch weh!“ Sorgenvoll schaute Irmgard von Berg von ihrem Stickwerk auf und betrachtete das kriegerische Spiel vor dem Kamin der Kemenate. Ihr ältester Sohn Adolf, gerade einmal fünf Jahre alt, traktierte seinen Großvetter Gisbert nach Kräften mit einem Holzschwert, sprang dabei behände vor und wieder zurück, wobei er zuweilen den lodernden Flammem bedenklich nahe kam. Sein jüngerer Bruder Walram krähte vor Freude und fuchtelte der Zofe, die ihn auf dem Arm hielt, mit einem hölzernen Kochlöffel vor den Augen herum. „Ach lass ihn doch“, schmunzelte Heinrich von Limburg, ihr Gatte und zukünftiger Graf von Berg, so denn Erzbischof Engelbert geruhen würde, eines Tages auf diese Position zu verzichten, „er ist so voller Tatendrang, und man kann gar nicht früh genug lernen, sich seiner Haut zu erwehren!“ Irmgard blickte liebevoll zu ihm auf und legte eine Hand auf die seine. „Ich weiß, mein Gemahl, auch dich dürstet es, nach den Waffen zu greifen und endlich dein Recht zu erstreiten, aber vorerst solltest du dich damit begnügen, dass Neuenberge wieder unser Zuhause geworden ist!“ Heinrich nickte gedankenverloren. „Keine Sorge, meine Liebe, deinem vermaledeiten Onkel ist es bislang nicht gelungen, mich zu einer unbedachten Tat hinreißen zu lassen, weder zu diesem unglücklichen Kreuzzug noch zu einem Waffengang gegen ihn selbst. Es wird ihm auch in Zukunft nicht gelingen. Das Scheitern meines Vaters war mir Beispiel und Warnung genug. Es reicht fürs Erste, wenn mein wackerer Vetter hier dafür sorgt, dass wir mit unseren Männern die Oberhand auf der Burg gewinnen und nicht noch einen Lehnsmann des Erzbischofs im Rücken haben!“

In diesem Moment wurde besagter Vetter von einem Schwertstreich des kleinen Adolf niedergestreckt und ließ sich rücklings auf das Bärenfell fallen, das unmittelbar vor dem Kamin lag. „Adolf der Kriegerische“, stöhnte Gisbert mit absichtlicher Übertreibung, „du trägst fürwahr deinen Namen zu Recht. Du wirst dereinst ein furchteinflößender Ritter werden!“ Darauf steckte der Knirps mit erhobenem Haupt sein Schwert ein und warf sich mit einem Lachen auf den Größeren, um ihn zu kitzeln. „Vielleicht sollten wir ihn an deiner statt in das Turnier schicken“, schlug Heinrich vor, während er dem Vetter die Hand reichte, um ihm aufzuhelfen, „dann könnten wir sicher sein, dass unsere Seite gewinnt!“ „Das wäre sicher besser“, pflichtete ihm Gisbert bei, worauf er seinen kindlichen Kontrahenten abschüttelte und ihm einen Klaps auf den Hintern gab, worauf dieser sich nach einem neuen Spielgefährten umsah, „er hätte sicher auch bessere Karten bei Sibylla. Sie behandelt mich, als hätte ich die Pest!“ „Das wird sich fügen“, entgegnete Heinrich, „gib ihr Zeit, sich mit der neuen Lage abzufinden!“ „Vielleicht solltet Ihr Euch einfach generell Frauen gegenüber ein wenig mehr der Tugenden eines Minnesängers bedienen“, gab Irmgard mit einem strafenden Blick zu bedenken, „und nicht immer Eure Männlichkeit zur Schau stellen oder durchblicken lassen, was Ihr damit anzustellen gedenkt. Das muss eine junge Frau doch verschrecken!“ Gisbert schaute erst Irmgard, dann Heinrich mit gespieltem Unverständnis an, dann zwinkerte er seinem Vetter zu. „Ich sagte ja bereits – mit dem jungen Adolf, statt meiner, wären wir besser bedient.“

„Komm mit“ klang der wenig verheißungsvolle Ruf eines Waldkauzes durch die Nacht. William fröstelte ein wenig, als er den Warnruf des vermeintlichen Todesboten vernahm, beschloss aber diesmal, kein Omen darin zu sehen, und folgte seinem Freund aus dem Schutz des Waldes bergab in die dunklen Gassen der Handwerkersiedlung. In geduckter Haltung schlichen die getarnten Mönche an den schemenhaft aufragenden Häusern entlang, bis sie von der letzten Hausecke einen Blick auf das nun vor ihnen liegende Grabentor der Burg werfen konnten, das zu solch später Stunde geschlossen war und auf dessen Zinnen eine Wache die Runde machte. Der Soldat pendelte alle paar Minuten zwischen der Ost- und Südflanke der vorspringenden Torbrüstung, um einen Blick auf das nächtliche Geschehen zu seinen Füßen zu werfen. Als er sich wieder einmal der Südseite zuwandte, huschten die beiden Schatten über die Straße und verschwanden im gegenüberliegenden Burggraben. Der silberne Schein des Mondes, der sich jetzt durch die Wolkenlücken am Nachthimmel stahl, erhellte ihnen hier den Weg. „Bist du sicher, dass die Pforte noch existiert?“, raunte der junge Templer dem Mann in der Kutte vor ihm zu. „Das werden wir gleich wissen“, flüsterte Thomas zurück. Dann kletterte er den burgseitigen Hang hinauf und spähte nach dem Gesträuch, das die Schlupfpforte verbarg, die er und Sibylla viele Dutzend Male benutzt hatten, um sich heimlich im Wald zu treffen. Das Strauchwerk war mittlerweile ausgeufert und versperrte mit seinen dichten Zweigen den Zugang, sodass sich Thomas mühevoll hindurchzwängen musste, aber die

Pforte war noch da – und sie ließ sich öffnen. Augenblicke später standen die beiden vermeintlichen Mönche im Innenhof der Burg. Schnell fand Thomas die alte Orientierung wieder und führte seinen Freund im Rücken des gewaltig vor ihnen aufragenden Bergfrieds in den alten Innenhof. Im Mondschatten der Schildmauer kauernd, peilten sie die Lage. Die Burganlage war in fast vollkommene Dunkelheit gehüllt. Lediglich in einem Fenster des im Hintergrund aufragenden neuen Palas glomm ein schwaches Licht. Zu ihrer Rechten erhob sich die neue Mauer, die die innere Burg von der äußeren abgrenzte. Zur Linken, dort, wo einst der alte Palas des Grafen Adolf gestanden hatte, wuchs jetzt ein terrassenförmiger Rosengarten, direkt neben dem überdachten Brunnen, an dem sich Thomas einmal den Kopf gestoßen hatte. Auf dem freien Platz dazwischen erstreckten sich die Steinplatten, die einst den Innenhof und Exerzierplatz gepflastert hatten und unter denen irgendwo der Schatz des Grafen liegen musste. „Und jetzt?", flüsterte William. Thomas stieß hörbar einen lang gedehnten, gepressten Atemzug aus. „Keine Ahnung. Wir müssen die Steinplatten untersuchen, vielleicht gibt es irgendwo einen versteckten Hinweis, eine lose Platte, eine lockere Fuge, irgendetwas … Vielleicht finden wir auch das Fundament der einstigen Palas-Treppe. Aber wir dürfen keine Geräusche machen." Dabei entledigte er sich bereits seiner Waffen, die er am Fuß der Mauer ablegte, bis auf einen Dolch, den er im Gürtel unterhalb der Kutte behielt. Dann streckte er sich lang aus und begann, auf allen Vieren über die Steinplatten zu robben, geradewegs in die Richtung, in der er den alten Palas vermutete. William tat es ihm gleich, wobei er sich etwas weiter rechts hielt, damit sie gleichzeitig eine größere Fläche absuchen konnten. „Und wenn wir entdeckt werden?", hauchte William seinem Freund ins Ohr. „Dann geben wir vor, zu beten und dem vor Damiette gefallenen Grafen eine letzte Ehre für sein Seelenheil zu erweisen", gab Thomas fast unhörbar zurück, „so ganz falsch ist das ja auch nicht. Besser aber, wir bleiben unerkannt!" Zweimal krochen sie von hüben nach drüben und zurück, jedoch ohne auch nur den leisesten Hinweis zu entdecken. Die etwa einmal einen Schritt großen Steinplatten waren allesamt verwittert und abgewetzt, die Fugen wiesen keinerlei Lücken auf.

„Verdammt", fluchte Thomas leise, als sie sich wieder im Schatten der Mauer niederließen, „so kommen wir nicht weiter. Wir müssten die Platten abklopfen können, ob sich ein Hohlraum darunter befindet, aber das macht zu viel Lärm." „Gibt es denn keinen Hinweis darauf, wo genau der alte Palas gestanden hat und wo sich die Treppe befand?", raunte William.

„Ich nehme an, die unterste Terrasse des Rosengartens ist weitgehend identisch mit den Grundmauern des damaligen Palas“, überlegte Thomas, „aber ich finde keine Öffnung, die auf den einstigen Eingang und die Freitreppe schließen lässt. Wir müssten jemanden fragen, der sich auskennt.“

William stieß einen neuerlichen Seufzer aus. Da jagte ihnen ein Geräusch von der Pforte hinter ihnen einen gehörigen Schreck in die Glieder. Geistesgegenwärtig duckten sich die beiden so tief es ging an den Fuß der Mauer. Ihre Fäuste schlossen sich um die Griffe ihrer Dolche. Ein kaum vernehmliches Knarren deutete darauf hin, dass die Pforte von leiser Hand geöffnet wurde, die dies nicht zum ersten Mal machte. Einen Augenblick später erschien eine schwach vom Mondlicht beleuchtete Silhouette auf dieser Seite der Pforte, deren Konturen unschwer als die eines weiblichen Wesens auszumachen waren. Das Wesen trug einen Korb im linken Arm. Sibylla, schoss es Thomas siedend heiß durch den Kopf. Doch als die Frau in das hellere Licht des Mondes trat, sah er schnell, dass er sich geirrt hatte. Dabei wurde sein Nervenkostüm augenblicklich vom nächsten Schauer erschüttert, denn keine vier Schritt vor ihm stand nun – seine Schwester, fünf Jahre älter und vollends zu einer erwachsenen Frau erblüht, aber zweifelsohne seine Schwester. Katharina, formten seine Lippen tonlos ihren Namen. Und doch blieb die junge Frau just in diesem Augenblick wie vom Donner gerührt stehen.

„Ist da jemand?“, hauchte sie, den Korb fest an den Busen gepresst. Thomas überlegte für eine Sekunde, ob er es wagen konnte, dann nahm er sich ein Herz. Er brauchte Hilfe und dort stand sie. Allerdings musste er zusehen, dass sie die Fassung behielt. „Erschrick nicht, werte Schwester, wir sind zwei fromme Brüder aus Altenberge, die die Einsamkeit des Burghofes zum stillen Gebet gesucht haben.“ Im selben Augenblick blitzte eine Klinge auf, die Katharina aus ihrem Korb hervorzauberte.

„Dann zeigt Euch, aber ganz langsam oder ich rufe die Wachen zu Hilfe!“ Beeindruckt von der furchtlosen Reaktion der jungen Frau taten die beiden Mönche, wie ihnen geheißen. „Wir würden es allerdings vorziehen, wenn du uns in die schützende Dunkelheit und Stille der Mauer begleiten würdest“, beschied ihr Thomas dabei mit gedämpfter Stimme, „denn wir haben dir etwas mitzuteilen, das nicht für aller Ohren und Augen bestimmt ist.“

„Erst zeigt Euch“, beharrte Katharina. „Gern, aber du musst mir versprechen, die Fassung zu bewahren!“ Dabei nahm er langsam seine Kapuze ab. „Mein Gott lass es wahr sein“, hörte er da die junge Frau wimmern, „großer Gott, lass es wahr sein …“

In diesem Moment kam der Mond vollends hinter einem Wolkenschleier hervor und ließ Thomas' Gesicht in überirdischem Glanz erstrahlen, zumindest kam es Katharina so vor. Erschüttert ließ sie die gezückte Klinge zurück in den Korb sinken und schlug die Hände vor den Mund. „Ich wusste es", hauchte sie, „ich hab es immer gewusst ... und sie auch ... Du lebst!" „Ja ich lebe, Schwester", kam es Thomas über die zitternden Lippen, „aber erst wirklich, seit ich dich gesehen habe!" Da gab es kein Halten mehr. Mit ersticktem Schluchzen fielen sich Bruder und Schwester in die Arme ...

„Ich bedaure, Bruder Konrad, der Fromme Oliver von Köln ist noch nicht aus dem Heiligen Land zurück. Aber der zweite Name, den Ihr nanntet, dessen Träger weilt seit kurzem wieder auf seinen Ländereien, wie ich hörte!"

Abt Herrmann II. hatte sich mit Bruder Konrad in die Abgeschiedenheit seiner privaten Kammer zurückgezogen, um ungestört reden zu können. Nun saßen sie im fahlen Licht einer Kerze beisammen, Konrad wie früher auf dem kleinen Schemel in der Ecke. Der Templer hatte den Abt mit der Bitte aufgesucht, ob er ihn bei der Auswahl geeigneter Männer für Thomas' Brauteskorte, wie er es nannte, beraten könne. In diesem Zusammenhang hatte Konrad die vage Hoffnung geäußert, den Frommen Oliver oder andere Kreuzfahrer nicht nur schriftlich, sondern leibhaftig als Zeugen für Thomas' Redlichkeit anführen zu können. Dass sich nun tatsächlich einer dieser Zeugen wieder daheim befand, eröffnete neue Möglichkeiten.

„Ich danke Euch für diesen äußerst wichtigen Hinweis", freute sich Konrad, „ich werde sogleich einen Boten zu ihm senden und ihn wissen lassen, dass wir ihn womöglich benötigen." „Gebt Eure Nachricht unseren Brüdern mit, die morgen wichtige Abschriften ins Kloster Heisterbach befördern, unsere dortigen Ordensbrüder werden die Botschaft schnell an den Adressaten weiterzuleiten wissen, denn dessen Burg liegt nicht allzu weit entfernt."

Konrad warf dem Oberhaupt der Altenberger Klosterbrüder einen forschenden Blick zu. „Warum helft Ihr uns eigentlich, wo ich doch nicht einmal mehr – und meine Gefährten erst recht nicht – zu den Zisterziensern gehören?" Darauf malte sich ein mildes Lächeln auf Herrmanns Miene ab. „Nun, auch uns ist daran gelegen, dass im Bergischen Land wieder das Recht einzieht – und ein Stück der alten Ordnung, die seit Engelberts

Machtergreifung ein wenig …", Herrmann II. machte eine bedeutungsvolle Pause, „sagen wir, gelitten hat. Außerdem hat der Großmeister Eures Ordens den Großmeister unseres Ordens von Eurer Rückkehr und den etwaigen Hintergründen schon vor Wochen in Kenntnis gesetzt – Ihr wisst ja selbst, dass die beiden Bruderschaften sich durchaus nahestehen, seit der heilige Bernhard", dabei bekreuzigte sich der Abt, „die Templer sozusagen aus der Taufe hob!"

Damit bestätigte er Konrad eine Vermutung, die dieser ohnehin schon gehegt hatte. Die Zisterzienser wussten über alles Bescheid. „Was die sechs Männer angeht", fuhr der Abt fort, „von denen Ihr sprecht – es gibt da ein kleines Dorf unweit der Wupper, auf der anderen, der Solenger Seite, in dem sich vor Jahren einige der Männer niedergelassen haben, die zuvor in des seligen Adolfs Diensten standen." Wieder bekreuzigte er sich. „Sie wurden von Engelbert entlassen, als dieser die Burg übernahm, oder wollten ihm nicht dienen. Es sind gute Männer, teils geborene Soldaten, die sich seither mehr schlecht als recht als Bauern versuchen. Es würde mich wundern, wenn sich unter diesen Leuten nicht ein paar geeignete Männer rekrutieren ließen!"

„Du darfst keiner Menschenseele etwas davon erzählen!", schärfte Thomas seiner Schwester ein, „nicht einmal Sibylla oder Magda, sonst bringst du uns alle in Gefahr!" Mit klopfendem Herzen und ohne ein einziges Mal die Hand ihres Bruders loszulassen, hatte Katharina den Worten Thomas' gelauscht, der ihr in aller Eile von seiner wundersamen Rettung durch Konrad und William, von Adolfs und des Kaisers Ritterschlag sowie von dem Plan berichtet hatte, auf dem Turnier um sein Recht und um Sibyllas Hand zu kämpfen. Dabei rannen Tränen der Freude über ihre Wangen. Jetzt nötigte sie eine heftige Gefühlsregung, ihr Schweigen zu brechen.

„Aber die bevorstehende Heirat bricht ihr das Herz. Sibylla hat so lange auf dich gewartet, bis sie keine andere Wahl mehr hatte. Kann ich ihr nicht ein wenig Mut machen?" „Auf keinen Fall", beharrte Thomas, „auch mir bricht es das Herz, aber ich darf meine Feinde nicht warnen, wovon ich mindestens einen hier auf der Burg habe. Jede Änderung ihres Verhaltens, jedwede unbedachte Äußerung kann uns scheitern lassen, verstehst du das?!" Katharina nickte stumm und drückte erneut seine Hand.

„Verzeiht, wenn ich mich einmische", ließ da William vernehmen, „es ist wirklich wichtig, dass niemand von unserer Existenz weiß."

Wieder nickte Katharina. „Ihr sagtet vorhin, Ihr hättet gewusst, dass Thomas noch lebt – und eine gewisse ‚sie' auch", fuhr William fort, „wer ist diese andere Frau und woher wusstet Ihr das?" Da huschte ein Lächeln über Katharinas Gesicht. „Ich hatte es all die Jahre im Gefühl – und die Hexe hat es mir bestätigt, sie hat es im Traum gesehen!" „Die Hexe?", fragte William ungläubig nach. „Ein altes Kräuterweib", erklärte Thomas, „sie lebt allein im Wald. Ich werde sie dir irgendwann zeigen, aber jetzt sollten wir zusehen, dass wir den … Stein finden!" „Den Stein?", wunderte sich Katharina. „Ja, einen ganz besonderen Stein", eröffnete ihr Thomas, „und du kannst uns dabei helfen. Vor seinem Ableben hat mir der Graf ein Geheimnis anvertraut – und das liegt hier unter einer dieser Steinplatten verborgen. Ich kann es aber nur lüften, wenn ich den Eingang des alten Palas als Anhaltspunkt finde. Hast du eine Ahnung, wo sich dieser befand?" „Nichts leichter als das", antwortete Katharina, „Irmgard hat dort zur Erinnerung einen ganz besonderen Rosenstrauch pflanzen lassen. Er blüht zwar noch nicht, aber ich finde ihn trotzdem!" Dabei eilte sie auch schon von der Mauer, an deren Fuß sie sich niedergelassen hatten, zur anderen Seite, wo sich die Terrassen des Rosengartens erhoben, und deutete auf einen der Sträucher. Gerade als Thomas und William ihr folgen wollten, flammte aus der Richtung, in der sich der neue Palas befand, das Licht einer Fackel auf. Instinktiv duckten sich die beiden wieder tiefer an die Mauer. Die Fackel kam mit eiligen Schritten näher und steuerte geradewegs auf Katharina zu. Thomas erkannte den Träger der Fackel schon, bevor er ganz heran war, zu sehr hatten sich dessen Gang und Gesichtszüge in seine Erinnerung eingebrannt. Zudem trug er einen Wappenrock mit dem Limburger Löwen auf der Brust. „Gisbert, der Hundsfott", flüsterte er und griff intuitiv nach seinem Schwert. „Mach jetzt keinen Fehler", raunte ihm William zu, „warte ab, wie Katharina mit der Situation umgeht."

Thomas' Schwester reagierte solchermaßen abgebrüht, dass ihr die vermeintlichen Mönche stummen Respekt zollten. „Guten Abend, edler Ritter von Limburg, findet Ihr auch keinen Schlaf?" „Abend ist gut, was machst du zu solch nachtschlafender Zeit hier draußen?", fragte er mit gespieltem Groll. „Nun, ich wollte unserer Gräfin eine ihrer geliebten Rosen ins Gemach stellen, aber ich musste feststellen, dass es noch zu früh ist, sie blühen noch nicht." Um Gisberts Mundwinkel zuckte ein Lächeln. „Soso, und mit wem hast du dann gesprochen?" „Oh, mit mir selbst", log Katharina, „ich fürchte mich immer ein wenig im Dunkeln, da hilft es, wenn man spricht …"

Gisbert ergriff mit einer Hand ihr Kinn und hob es ein wenig an, um ihr besser ins Gesicht sehen zu können. „Du bist eine Schönheit geworden, kleine Fischertochter, wenn ich nicht um Sibylla freien würde, könnte ich glatt versucht sein, dich in mein Bett zu holen", gab er ihr unumwunden zu verstehen, „und diese Schönheit wird sicher auch anderen Männern nicht verborgen geblieben sein. Ist es nicht vielmehr so, dass du dich heimlich mit einem Liebsten getroffen hast?" Verschämt schlug Katharina die Augen nieder. „Ihr habt mich ertappt. Aber bitte verratet mich nicht, meiner Freundin Sibylla liegt eine solche Last auf dem Herzen, da wäre es mir sehr unangenehm, wenn sie erführe, dass ich zur gleichen Zeit recht glücklich bin!"

Damit hatte sie einen wunden Punkt getroffen, der ihn augenblicklich ihr Kinn loslassen ließ. „Ja, ich weiß, sie ist kreuzunglücklich, weil ihr immer noch dein Bruder im Kopf herumspukt. Aber irgendwann muss sie den Tatsachen ins Auge sehen. Er wird nicht zurückkommen, wie viele tausend andere Kreuzfahrer. Ist es denn so schwer, einen Mann wie mich zu ehelichen?" „Oh an Euch liegt es nicht, lieber Gisbert", antwortete Katharina mit zartestem Augenaufschlag, „es ist vielmehr die Angst, sie könne gezwungen sein, den Odenthaler zu ehelichen, den sie aus tiefstem Herzen verabscheut!" Nun hatte sie ihn vollends eingewickelt. „Dann bestell deiner Freundin, dass sie sich darum keine Sorgen machen muss", kam es trotzig und entschlossen aus Gisberts Mund, „ich werde ihn auf dem Turnier in den Staub treten!" Katharina machte einen Knicks. „Das bestelle ich ihr gerne und das wird ihr Herz sicher erfreuen!" „Gut, tu das", entschied Gisbert, „und jetzt verabschiede dich von deinem Liebsten und mach, dass du in deine Kammer kommst!"

Dabei drehte er sich auf dem Absatz um und schritt zielstrebig zum Palas zurück. Katharina verharrte noch einen Moment, dann hastete sie zu ihrem Bruder und dessen Freund zurück. „Puh, das war knapp", gab sie etwas atemlos zu, „besser ich tue, was er sagt, sonst kommt er womöglich noch mal zurück. Der besagte Rosenstrauch ist der große dort in der Mitte." Aber Thomas hatte sich die fragliche Stelle längst gemerkt. „Es ist gut, wir versuchen unser Glück allein. Triff uns in zwei oder drei Tagen zur Dämmerstunde unten an der Wupper, dort wo Vater immer seine Aalreusen auslegte. Bis dahin achte auf meine Liebste, aber verrate ihr nichts!"

Katharina nickte verständig, umarmte ihren Bruder herzlich und wandte sich zum Gehen. Dann aber hielt sie noch einmal inne und drehte sich zu William um.

„Ich weiß zwar noch nicht viel über Euch, tapferer Ritter, aber ich danke Euch von Herzen, dass Ihr mir meinen Bruder zurückgebracht habt, das werde ich Euch nie vergessen!“ Bei diesen Worten hauchte sie ihm einen Kuss auf die Wange und eilte davon. William schaute ihr völlig verdattert nach. „Ist deine Schwester immer so …, so …?“ Ihm fehlten die Worte. „Das ist sie, ein wahrer Wirbelwind“, antwortete Thomas, „aber nun ans Werk, da wartet noch ein anderer Schatz auf uns!“

Karl der Quade erwachte aus einem unruhigen Schlaf. Die nicht mehr ganz so junge Hure an seiner Seite, die er am Abend zuvor in einer Gasse des Kölner Hafenviertels aufgelesen hatte, stank und schnarchte zum Gotterbarmen. Seine ob des reichlich konsumierten Gerstensaftes übervolle Blase drängte ihn, aufzustehen und sich über dem Nachteimer zu entleeren. Aber das, was früher einmal stets eine große Erleichterung gewesen war, verursachte ihm seit Monaten eine zunehmende Pein. Und der stechende Schmerz in seinem Unterleib zeigte ihm auch diesmal wieder an, dass er seine Mühe haben würde, Wasser zu lassen. Tatsächlich dauerte es eine halbe Ewigkeit, bis der Strahl aus seinem Gemächt den Boden des Eimers traf. Und die Flüssigkeit, die sich da aus ihm ergoss, färbte den Eimer blutrot. So konnte es nicht weitergehen, er brauchte Geld, schoss es ihm einmal mehr durch den Kopf, viel Geld. Dabei hatte er nach seiner Rückkehr aus Ägypten ein geradezu fürstliches Leben geführt. Sein Auftraggeber hatte ihn für seine Dienste reich entlohnt. Aber das funkelnde Silber aus kölnischer Münze hatte nur knapp zwei Jahre gereicht, für ein sauberes Zimmer in einem warmen Gasthof am Rhein, für zwei tägliche Mahlzeiten, davon dreimal in der Woche mit gutem Fleisch, für einen täglichen Krug Bier und für eine junge Hure, die ihm die Nächte versüßte. Dann aber war das Geld versiegt, die junge Hure war eines Morgens verschwunden und er hatte wieder sein gewohntes Gaunerleben aufgenommen. Allerdings hatte es lange keine lukrativen Aufträge gegeben, bis gestern. Da hatte ihm die dunkle Eminenz eine Botschaft zukommen lassen, die besagte, dass er sich spätestens zu Pfingsten auf einer ganz bestimmten Burg an der Wupper einfinden solle, um den rechten Verlauf eines Turnieres und gewisse Personen im Auge zu behalten. Von den Silberstücken, die die Botschaft ebenfalls enthielt, hatte er sich einen angenehmen Abend gegönnt. Aber so konnte es nicht weitergehen. Silber reichte nicht mehr. Diesmal würde er seinen Auftraggeber nicht so billig davonkommen lassen. Er musste an das Alter denken. Längst fielen ihm viele seiner lieb gewonnenen Handlungen immer schwerer, nicht nur das Pissen, auch das Reiten, Morden und Beutelschneiden. Trotzdem erfüllte er seine Aufträge mit der gewohnten Sorgfalt. Versonnen starrte er in den roten Eimer. Er war es gewohnt, dass viele seiner Taten im Blut endeten, aber es musste nicht sein eigenes Blut sein …

„Das muss sie sein, wenn wir uns nicht verzählt haben", flüsterte Thomas. Andächtig hockten er und William über der Steinplatte, der zwanzigsten in westlicher Richtung, vom Eingang des alten Palas aus gerechnet. Die Platte sah genauso aus wie alle anderen. Nachdem Thomas' Schwester verschwunden war, hatten die beiden noch eine gute halbe Stunde verstreichen lassen, um sicher zu sein, dass nicht noch jemand auftauchte, bevor sie erneut ihre Schatzsuche aufnahmen. Dank Katharinas Hinweis hatten sie den fraglichen Rosenstrauch, der den einstigen Eingang des alten Palas markierte, schnell gefunden und von diesem aus die Steinplatten abgezählt. Aber nichts an dem eher unscheinbaren Quader vor ihnen deutete auf das Versteck eines Schatzes.

„Wenn wir nicht nachsehen, werden wir es nie erfahren." Damit zog William seinen Dolch und begann vorsichtig, um keine lauten Geräusche zu machen, die Fugen auszukratzen. Thomas tat es ihm gleich. Die Steinplatte war etwa eine halbe Handbreit stark. Es kam ihnen wie eine halbe Ewigkeit vor, bis dass sie den Stein so weit freigelegt hatten, dass sie wagen konnten, ihn anzuheben. Thomas zog sein Schwert, schob es langsam mit der Spitze unter den Quader und versuchte, es als Hebel zu verwenden. Aber die Steinplatte bewegte sich nicht. Erst als William sein Schwert ebenfalls zu Hilfe nahm, begann der Quader, sich unter dem Druck der vereinten Kräfte zu heben. Schließlich fuhr Thomas mit den Fingern in den sich auftuenden Spalt und hob die Platte mit einem Ruck an. Aber darunter starrte sie nur dunkles Erdreich an, von einem Schatz keine Spur. Enttäuscht ließ er die Platte zurück in ihr Bett gleiten. „Wie breit war denn der Eingang des Palas damals?", keuchte William. „Etwa zwei bis drei Schritt", überlegte Thomas. „Dann könnte es ja auch eine der Platten aus den angrenzenden Reihen sein", gab der Engländer zu bedenken, „los, weiter!" Einige Minuten später hatten sie den Quader zu ihrer Rechten freigelegt, aber wieder befand sich kein Schatz darunter. „Und wenn sich der Graf verzählt hat oder du dich verhört hast?", flüsterte William.

„Vielleicht ist es ja der neunzehnte oder einundzwanzigste Stein?!" „Und wenn es gar keinen Schatz gibt?", grollte Thomas. „Vielleicht hat der Graf ja auf dem Sterbebett fantasiert, verfluchter Dreck!" Bei diesen Worten stieß er sein Schwert wütend in eine Fuge der Steinplatte zu ihrer Linken. Im gleichen Moment wunderte er sich, dass die Klinge diesmal spürbar leichter und tiefer eindrang als zuvor. Stumm blickten sich die beiden Gefährten an, dann fuhr auch Williams Klinge unter den Stein – und einen Augenblick später ließ sich der Quader bereits anheben. Darunter kam, ummantelt von lockerem Erdreich, ein tönerner, grauer Krug zum Vorschein. Thomas und William hielten den Atem an. Dann griff Adolfs einstiger Knappe in das Loch und hob den Krug an. Erstaunt stellte er fest, dass dieser über ein stattliches Gewicht verfügte. Als Thomas mit zittrigen Fingern den Deckel öffnete, quoll das Gefäß von einer Fülle kleiner, blanker Silbermünzen über, Hunderte von Münzen, auf denen sich das Mondlicht spiegelte.

„Wir haben ihn, wir haben ihn tatsächlich gefunden!", frohlockte William mit verhaltener Stimme, „jetzt kann dich nichts mehr aufhalten, Sir Thomas!"

Der Fischersohn rang sich ein erschöpftes Lächeln ab. Ja, sein Freund hatte recht, nun standen seine Chancen deutlich besser, aber irgendwie kam er sich vor wie ein Dieb. Deshalb füllte er auch nur einen Teil der Münzen in den mitgebrachten Lederbeutel, den er nun unter seiner Kutte hervorzauberte, beließ den Rest, immerhin mehr als die Hälfte der Summe, im Krug und legte diesen zurück in sein irdenes Bett. „Du bist schon ein seltsamer Zeitgenosse", schüttelte William den Kopf, als sie die Steinplatte auf ihren alten Platz senkten und die Fugen wieder füllten, „warum nimmst du nicht den ganzen Schatz mit?" „Weil er im Grunde nicht für mich bestimmt war, sondern für Adolfs Erben", antwortete Thomas, während er mit den Händen die Steinplatten säuberte, „ich nehme nur, so viel ich brauche. Aber zur Not wissen wir ja jetzt, wo er sich befindet!"

Die Singvögel begannen bereits mit ihrem Morgenkonzert, als die beiden zurück durch die verborgene Pforte schlüpften und im Burggraben verschwanden. Der kurz darauf einsetzende Regen verwischte jegliche Spuren, sodass der Burghof sein Geheimnis bewahrte.

Sibylla saß wie so oft an Magdas Seite nahe der großen, rückwärtigen Feuerstelle und half dabei, das Federvieh zu rupfen. Drei Küchenmägde waren damit beschäftigt, das Feuer zu entfachen und die Bratspieße vorzubereiten. Obwohl man der Tochter des Voigtes von verschiedenen Seiten bereits mehrfach nahegelegt hatte, sich standesgemäßer zu verhalten und der Küche fernzubleiben, zumindest keine Küchenarbeit mehr zu verrichten, hatte sich Sibylla geweigert, auf die Wärme des vertrauten Ortes und die Nähe zu ihren Freundinnen zu verzichten. Außerdem liebte sie es, sich nützlich zu machen. Sie mochten sie verheiraten, nicht aber ihre Gewohnheiten ändern. Das hatte sie auch dem Odenthaler unmissverständlich klargemacht, der einer derjenigen gewesen war, der sie zu maßregeln versucht hatte, wenn auch im Auftrag eines Höheren und nur solange er auf Neuenberge weilte. Seit der Rückkehr Irmgards, ihres Gatten und dessen Ritter ließ er sich nur noch selten blicken. Die Tochter des verstorbenen Grafen und die Limburger hingegen ließen sie gewähren, selbst der hochtrabende Gisbert, den diese ihr zum Gatten auserkoren hatten. Allerdings machte Gisbert keinen Hehl daraus, wo er sie lieber sehen würde, und schien zuversichtlich, sie in Kürze auch dorthin zu bekommen.

Als Katharina die Küche betrat, sah sie schon auf den ersten Blick, dass Sibylla wütend war, denn sie rupfte die Federn, als hege sie einen persönlichen Groll gegen das arme Tier. Hinter dieser Wut versteckte sie für gewöhnlich ihre Verletzlichkeit, auch wenn sie ihren Freundinnen nichts vormachen konnte. Ihre langen blonden Locken trug sie züchtig zu einem Zopf geflochten, wobei sich die eine oder andere Strähne längst ihren Weg in die Freiheit gesucht hatte. Sie sah bildhübsch und jugendlich aus, allerdings deuteten die Schatten unter ihren Augen daraufhin dass sie wieder einmal nicht viel geschlafen hatte. Die unverwüstliche Magda, gealtert, aber unverändert warmherzig und resolut, unternahm alles, um die Tochter des Voigtes bei Kräften zu halten. Vor ihr auf dem Tisch stand ein Becher dampfender, kräftiger Brühe, die alle anderen in der Küche längst mit Appetit vertilgt hatten. Aber Sibylla stand die Nase nicht nach Essen.

„Hat sie etwas gesagt?", bestürmte sie ohne Umschweife die Schwester ihres einstigen Geliebten. „Ich soll dich schön grüßen von der alten Walküre", antwortete Katharina ausweichend. Dabei stellte sie den Korb mit den Kräutern, den sie von Sigrun als Gegengabe für den kleinen Schinken und den Käse bekommen hatte, die sie mit Magdas Einvernehmen regelmäßig zu der Hexenhütte in den Wald brachte, auf den Tisch. Dann setzte sie sich zu Sibylla. „Und du sollst den Mut nicht sinken lassen, deine Wünsche werden sich erfüllen, aber wann, das liegt in Gottes Hand." Die unglückliche Braut runzelte die Stirn.

„Seit wann glaubt die alte Vettel an Gott?“ „Dann eben in der Hand der Götter“, entgegnete Katharina, „wichtig ist doch nur, dass du weiter guten Mutes bist!“ „Guten Mutes?“, zeterte Sibylla und rupfte noch stärker an dem Huhn, „guten Mutes worauf? Darauf, dass ich diesen Waschlappen oder diesen geilen Bock ehelichen soll?“ „Der Limburger ist nicht so übel, wie es scheint“, versuchte Katharina zu beschwichtigen, „er tut nur so. Ich glaube, der Kreuzzug hat ihn spürbar verändert.“ „Er behandelt mich wie seine zukünftige Konkubine“, beschwerte sich die adelige Tochter, wobei sie dem toten Vogel posthum noch einmal den Hals umdrehte. „Das ist seine Art zu balzen“, meldete sich Magda zu Wort, „wie ein Gockel unter Hennen. Dahinter verbirgt er seine wahren Gefühle. Ich glaube auch, dass er gar nicht so übel ist.“ „Seine wahren Gefühle kann er getrost für sich behalten“, beharrte Sibylla, „ja habt ihr denn alle vergessen, dass er ständig mit Thomas im Streit lag, auch um mich?!“ Dann begann sie, leise zu schluchzen. „Wie kann ich ihn denn da mit offenen Armen und Schenkeln empfangen?“

Magda seufzte, scheute sich aber nicht, eine scheinbar unabwendbare Wahrheit auszusprechen. „Du solltest dich an den Gedanken gewöhnen, dass dir letztlich nichts anderes übrig bleibt!“ Und je eher sie das einsieht, desto besser, auch wenn es uns allen das Herz bricht, dachte die Magd im Stillen. Sibylla räusperte sich vernehmlich, um den wachsenden Kloß in ihrem Hals zu vertreiben. Dann trocknete sie mit ein paar der gerupften Federn tapfer ihre Tränen. „Ihr habt recht, ich muss der Wahrheit ins Auge sehen … Aber eines verspreche ich euch – ich werde es ihm nicht leicht machen, dem einen oder dem anderen, wer auch immer das Turnier und meine Hand gewinnt!“

Im gesamten Rund erhellten sich die Mienen. „Das ist unsere Sibylla, so lieben wir dich!“, platzte Magda erleichtert heraus und schob den Becher mit der Brühe näher an ihren Schützling heran. Tatsächlich nahm diese einen ordentlichen Schluck, wobei sie Katharina über den Rand des Bechers hinweg wie beiläufig eine letzte Frage stellte. „Hat die Alte sonst nichts gesagt?“ Es vergingen einige endlose Sekunden, die jeden in der Küche die Köpfe wenden ließ. „Doch!“, antwortete die Tochter des Fischers schließlich, „aber es ist ein Rätsel: Wenn die Rose ihre Knospe öffnet, werden ihre Stacheln zu Stahl, und niemand wird sie pflücken, außer dem Ritter, der im Herzen ihr Gemahl!“ Klirrend landete der Becher mit der Brühe auf dem steinernen Boden der Küche.

„Ich frage mich, was in dem Grafen vorgegangen ist, dass er es für nötig hielt, selbst seinen engsten Familienmitgliedern den verborgenen Notgroschen zu verheimlichen“, grübelte Konrad versonnen, während sie in Serpentinen die Hügelkette nördlich der Wupper hinaufritten, „und es später vorzog, einem einfachen Knappen das Wissen um den Schatz anzuvertrauen?!“ „Das ist mir auch schon durch den Kopf gegangen und in der Tat erstaunlich“, stimmte ihm William von Gloucester zu, „mir scheint, dass er letztlich weder seinem Schwiegersohn noch seinem Bruder vertraute, obwohl er ihm die Grafschaft überließ. Lauter Ungereimtheiten!“ „Möglicherweise war er aber auch so ein Geheimniskrämer wie unser Bruder Konrad“, konnte es sich Thomas nicht verkneifen. „Vielleicht verrätst du uns endlich einmal, wo wir überhaupt hinreiten!?“

Der einstige Knappe Adolfs wirkte ein wenig gereizt, denn er hatte das Gefühl, dass ihm die Zeit wie auch das Geld zwischen den Fingern zerrannen. Nach der glücklichen Hebung des Schatzes und der Rückkehr ins Kloster, wo Konrad sie ohne großes Aufsehen, aber mit ehrlicher Freude beglückwünscht hatte, waren sie zwei volle Tage damit beschäftigt gewesen, zu planen und zu überlegen, welcher Art Ausrüstung Thomas benötigen würde und wo diese zu beschaffen sei. Damit galt es nicht nur, auf dem Neuenberger Turnier zu bestehen, sondern auch einen ritterlichen Eindruck zu hinterlassen. Konrad betonte mehrmals eindringlich die Wichtigkeit eines standesgemäßen Auftrittes. Thomas' Pferd, das er seit Mailand ritt, war gehorsam und gut, es würde seine Pflicht auch im Turnier erfüllen, zudem wäre ein ausgebildetes Schlachtross ohnehin in der Kürze der Zeit nur schwer zu beschaffen gewesen, vom astronomischen Preis einmal abgesehen. Aber die Waffen mussten samt und sonders neu erstanden werden. Die Klingen, die Thomas auf dem Kreuzzug und davor benutzt hatte, so auch das alte Löwenschwert, waren allesamt in den Wirren der Schlachten und durch die Gefangennahme verloren gegangen. Sein derzeitiges Schwert, das noch aus den Beständen der Templer aus Palästina stammte, taugte für einen einfachen Soldaten, aber nicht für einen Ritter im Turnier, und hatte zudem schon so manchen Einsatz hinter sich. Deshalb hatte sich Abt Herrmann erboten, eine neue, taugliche Klinge von einem einschlägigen Händler aus Köln zu besorgen und diese vom Schmied des Klosters mit einem schmucken Griff versehen zu lassen. Allein dafür hatte Thomas bereits ein gutes Dutzend Silbermünzen lockermachen müssen, eine kleine Spende an das Kloster eingeschlossen. Gleiches galt für ein neues Kettenhemd, für Arm- und Beinschienen sowie für einen passenden Helm und einen stabilen Schild. Ohne dies stünde es schlecht um seine Aussichten, ein Lanzenstechen zu überstehen. Auch darum wollte sich der Abt kümmern. Ein einziges Mal hatte sich der fromme Zisterzienser danach erkundigt, ob und woher der junge Ritter denn die Mittel dazu habe. Darauf hatte Konrad durchblicken lassen, der Kaiser sei recht freigebig gewesen, und zum Beweis den Ring an Thomas' Finger angeführt. Das erforderliche Lederzeug für Pferd und Reiter, Zaumzeug, Schwertgurt, Stiefel und dergleichen ließen sie ebenfalls in den Werkstätten des Klosters anfertigen. Anders verhielt es sich jedoch mit einem neuen Wappenrock und einem dazugehörigen Umhang. Von Katharina, die drei Tage später am vereinbarten Treffpunkt an der Wupper auf sie gewartet hatte, hatten sie erfahren, dass Sibylla nicht in den bergischen oder limburgischen Farben gekleidet sein würde, sondern in das von ihr so geliebte Blau und Weiß. Dieser Umstand machte die Vorbereitungen für Thomas nicht unbedingt leichter, denn Stoffe in den Landesfarben waren naturgemäß einfacher zu beschaffen. Aber Sibylla hatte wie immer ihren eigenen Kopf und „Blau", so hatte Thomas gemeint, sei ohnehin die Farbe des Wassers und passe zu ihm. So ließen sie die entsprechenden Gewänder für drei Silbermünzen bei einer jungen Weberfamilie anfertigen, die sich vor geraumer Zeit im Tal der Wupper niedergelassen hatte. Vom nördlichen Ufer aus hatte Konrad seine Gefährten daraufhin in die Hügel des angrenzenden Schiefergebirges geführt, deren bewaldete Hänge weiter oben mehr und mehr ausgedehnten Feldern Platz machten.

„Du brauchst doch Männer, wenn ich mich recht erinnere", beantwortete der Templer schließlich Thomas' Frage. „Und die finden wir ausgerechnet hier zwischen den Bauern und Waldmenschen?", entgegnete Thomas ungläubig. „Nun, wir könnten natürlich auch in den Spelunken von Köln ein paar Halsabschneider anheuern", gab Konrad spöttisch zurück, „aber ich dachte mir, ein paar freie Männer, die dem alten Grafen einst treu ergeben waren, wären vielleicht besser geeignet – und die finden wir genau dort vorn, in Widerode!"

Am südlichen Bergrücken eines langgestreckten Höhenzuges vor ihnen tauchte nun eine weiträumige Rodung auf, die dem kleinen Ort den Namen gab. Hier hatten sich im Jahre 1218 einige der Bauern und Soldaten niedergelassen, die es abgelehnt hatten, in den unmittelbaren Dienst von Adolfs Bruder Engelbert zu treten. Auf den gerodeten Flächen waren

Weizen- und Gemüsefelder entstanden, die den Bauern ein bescheidenes, aber geregeltes Auskommen bescherten, und die Honnschaft, wie solcherlei Siedlungen genannt wurden, die noch nicht die Größe und Stellung eines Kirchspiels hatten, war auf fünfzehn Häuser angewachsen. Ihre Abgaben entrichteten sie einzig und allein an den Grundbesitzer, das Kloster zu Deutz.

Das ungewöhnliche Erscheinen der drei Mönche zu Pferde ließ augenblicklich einen Teil der Einwohner aus den Häusern eilen. Thomas traute seinen Augen nicht, als er Männer der alten Torwache, Bauern, Treiber und Jagdhelfer von einst erkannte. Vor einer kleinen hölzernen Kapelle inmitten des Dorfes saßen die drei Mönche ab und banden ihre Reittiere an eiserne Ringe, die an deren Seitenwand befestigt waren. Als er sich umwandte, blickte Thomas geradewegs in die Augen eines hünenhaften Mannes mit struppigem Haar, der ihm in lebhafter Erinnerung geblieben war und der sich keinen Deut verändert hatte. Und wenn sein Gedächtnis noch einen Denkanstoß gebraucht hätte, wäre ihm spätestens beim Anblick des gewaltigen Saupackers zu dessen Füßen die Erinnerung zurückgekehrt.

„Mein Name ist Gerhardt, einst Gerhardt vom Hünger, jetzt Gerhardt von Widerode", stellte sich der Hüne vor, „ich bin der Burmann hier. Was können wir für euch tun?" Wie üblich übernahm auch jetzt Konrad das Reden. „Dann seid Ihr unser Mann", begann er, während er dem Sprecher des Dorfes die Hand zum ritterlichen Gruß reichte, „wir sind Mönche aus Altenberge, die im Auftrag eines jungen Ritters sechs kräftige Kerle suchen, unerschrockene Kämpfer, die gewillt sind, gegen bare Münze in seinen Dienst zu treten." Ein Raunen ging durch die Menge, aber Gerhardt verzog keine Miene. „Verzeiht, ehrwürdiger Vater", setzte er zu einer Antwort an, „aber wir alle hier haben im Dienste hoher Herren nicht die besten Erfahrungen gemacht. Viele von uns haben einst ihr Blut für den Grafen von Berg vergossen. Wir mussten schließlich lernen, als einfache Bauern unseren Lebensunterhalt zu verdienen. Dabei haben wir unseren Frieden gefunden. Ihr platzt hier nun einfach so herein und versucht, Männer für einen Waffengang oder Ähnliches anzuwerben. Aber wenn wir für Euch oder jemand anderen kämpfen sollen, müsst Ihr uns schon etwas mehr erzählen!"

Zahlreiche Rufe der Zustimmung wurden laut, andere winkten ab, aber niemand verließ den Platz. Konrad hob beschwichtigend die Hände. „Ihr habt völlig recht, verzeiht, dass ich so unverblümt zur Sache kam, aber die

Angelegenheit ist heikel und in allen Einzelheiten nicht für aller Ohren bestimmt. Ich schlage vor, ich setze euch in Kenntnis, und ihr entscheidet dann, wen wir neben euch ins Vertrauen ziehen können und wer für unser Unterfangen infrage kommen könnte." Und so fanden sich die vier Männer kurze Zeit später in Gerhardts Bauernhaus wieder, wo sie an einer derben Holztafel Platz nahmen, auf der noch ein paar Brotreste von der Morgenmahlzeit lagen. Als Letzter gesellte sich noch ein Junge von vielleicht fünfzehn Jahren zu ihnen, den Thomas auch schon zuvor an Gerhardts Seite gesehen hatte und den der Burmann als seinen Sohn Ulrich vorstellte.

„Verzeiht, dass es hier nicht so sauber und aufgeräumt aussieht, wie Ihr es vielleicht gewohnt seid, aber meine Frau ist vor zwei Jahren gestorben, seither teilen sich mein Sohn und ich die ganze Arbeit." Thomas nickte dem jungen Burschen zu, während er dem Saupacker die Ohren kraulte, der sich zu seinen Füßen niedergelegt hatte. „Es geht um einen ganz besonderen Dienst, um den wir euch ersuchen, einen Dienst, den uns gewissermaßen der selige Graf Adolf selbst aufgetragen hat", griff Konrad den Gespächsfaden wieder auf, „und um absolute Verschwiegenheit!" „Bei meiner Ehre", beschied ihm der Burmann, der spätestens seit der Erwähnung seines einstigen Herrn ganz bei der Sache war, „und bei des verstorbenen Grafen Seele!" „Das dachte ich mir und deshalb sind wir in euer Dorf gekommen", fuhr Konrad fort, „nun, der Graf hat auf seinem Sterbebett am Nilstrand einen seiner Knappen zum Ritter geschlagen, dem man bis heute die Anerkennung versagt und dem man sogar nach dem Leben trachtete. Der Kaiser persönlich hat den Ritterschlag wiederholt. Nun will dieser junge Ritter zu Pfingsten auf Neuenberge sein Recht einfordern – und die Hand der Voigttochter Sibylla. Aber er braucht sechs Männer, die ihm zur Seite stehen und bei Bedarf der Burg als Soldaten dienen, so will es der Erzbischof, der die Bedingungen für die Brautwerbung festgelegt hat. Was sagt ihr? Wäre das etwas für euch?!" Gerhardt blieb die Spucke weg. „Ich habe schon von einer solchen Geschichte gehört, als die Ritter des Grafen vom Kreuzzug zurückkehrten", erinnerte sich der einstige Hundeführer des Grafen, als er die Sprache wiedergefunden hatte, „aber dann wurde es still um die Angelegenheit. Wer ist denn der Knappe oder Ritter, von dem Ihr sprecht? – Das würde ich schon gerne wissen, bevor ich mich entscheide!" „Einer, mit dem Ihr und Euer treuer Hund Wulf einst gegen Schwarzkittel und Bären kämpftet", ergriff Thomas das Wort und lüftete seine Kapuze, die er bislang aufbehalten hatte, „ich bin es!"

Die alte Sigrun saß nackt, wie Gott sie vor vielen Jahrzehnten geschaffen hatte, im hintersten Winkel ihrer abgeschiedenen Waldbehausung. In dem kleinen, aus getrockneter Rinde entzündeten Feuer zu ihren Füßen schwelten ganze Büschel von Moos und vielerlei Kräuter. Statt einer Flamme sonderten sie Schwaden von Rauch ab, von denen sich das alte Weib umhüllen ließ wie von einem hauchdünnen Brautgewand. Einem eigentümlichen Singsang in uralter Sprache folgend, bewegte sie ihren Oberkörper gleichmäßig vor und zurück. Dabei ritzte sie mit einem scharfen Messer runenähnliche Zeichen in ihre Haut, die für ihr hohes Alter noch eine überraschende Straffheit an den Tag legte. Rauch und Hitze drangen durch jede Pore, sammelten sich in ihrem Kopf und leiteten ihre Gedanken. Schemenhafte Bilder entstanden vor ihrem inneren Auge, die sie schon viele Male gesehen hatte, Bilder von Menschen und Pferden, von fürchterlichen Schlachten in fernen Ländern. Dazwischen immer wieder Strudel von Wasser. Sie sah das Symbol eines Fisches, einen Bären und einen Hund. Dann kistallisierte sich das Bild eines Ritters heraus, der mit anderen um die Hand einer jungen Frau rang, umgeben von Männern, alten und jungen, die an seiner Seite kämpften. Doch plötzlich erschrak sie. Ihr Oberkörper hielt inne, ihre Seele gefror, obwohl ihr der Schweiß in Strömen herablief, hatte sie doch das Bild eines kahlköpfigen Mannes gesehen, der von Tod und Unheil umgeben war. Erschöpft sank sie zur Seite, aber das Bild blieb, hatte sich ihr in die Seele gebrannt. Keuchend erhob sie sich, denn die alte Walküre wusste, was nun zu tun war …

Eine dünne Rauchsäule über der Schmiede im Wald zeigte an, dass der Schmied die Esse geschürt hatte, um seinem Handwerk nachzugehen. Neun Männer, ein Junge und ein Hund hatten sich in der düsteren, niedrigen Werkstatt versammelt, um die Einzelheiten des Geschäftes und ihres Planes zu besprechen. „Wird es nicht zu lange dauern, um die nötigen Klingen fertigzustellen?“, gab Thomas zu bedenken. „Keineswegs“, grinste Gerhardt, „denn auf dieser Seite der Wupper gibt es viele Schmiede wie unseren guten Martin hier.“ Der so angesprochene Schmied zwinkerte ihm zu, während er noch mehr Holzkohle auf die Glut gab. „In den Tälern üben mehr und mehr Männer das Handwerk des Schwertfegers und Schleifers aus, der Handel beginnt zu blühen", fuhr Gerhardt fort. „So verfügt auch jeder von uns bereits seit Jahren über ein gutes Schwert oder einen ordentlichen Dolch. Man kann ja nie wissen!" Dabei zwinkerte er seinem neuen Herrn verschmitzt zu. „Keine Prunkwaffen, aber solider Stahl. Lediglich ein paar Lanzenspitzen fehlen uns noch, etwa vier für jeden, die in ein paar Tagen fertig sein sollten."

Der Schmied nickte zur Bestätigung, dann zog er ein glühendes Eisen aus der Kohle, hielt es über den Amboss und begann mit seinem schweißtreibenden Handwerk. Thomas drückte ihm dafür zwei Silbermünzen in die Hand. Gerhardt war wie vom Donner gerührt gewesen, als der Fischersohn sich zu erkennen gegeben hatte. Doch nach einigen Sekunden, die sein Gedächtnis zur Erinnerung gebraucht hatte, war er aufgesprungen und hatte ihn freudig in die Arme geschlossen. Die Emotionen der Anwesenden spürend, hatte der Hund ein aufgeregtes Gebell angestimmt.

„Er sieht genauso aus wie Wulf damals, aber er ist zu jung, um derselbe zu sein, oder?", hatte Thomas geäußert. „Wulf hat vor zwei Jahren das Zeitliche gesegnet, er starb kurz nach meiner Frau, es schien, als könne er ihren Verlust nicht verkraften", hatte Gerhardt mit einem Anflug von Trauer bestätigt, „das hier ist sein Sohn Wulfila, er ist genauso tapfer wie sein Vater, aber noch draufgängerischer!"

Schnell waren sie sich handelseinig geworden. Fünf Silberstücke pro Mann und Jahr, zu diesen Bedingungen hatte Gerhardt binnen einer Stunde fünf weitere Männer aufgetrieben, die bereit waren, der im Herzen ungeliebten Tätigkeit als Bauer den Rücken zu kehren und stattdessen dem jungen Ritter zu dienen. Konrad hatte ihnen allesamt einen Eid zu Treue und Verschwiegenheit abgenommen, obwohl man den Männern ansah, dass man ihnen auch so vertrauen konnte. Die meisten kannten Thomas noch von früher und alle erfüllte es mit Stolz, sozusagen den letzten Willen des alten Grafen zu erfüllen. Zumindest in das Wichtigste hatten Thomas und Gerhardt sie eingeweiht.

„Was ist mit deinem Sohn, willst du ihn hier zurücklassen?", wollte Thomas wissen. „Ich dachte mir, ich nehm ihn mit, der Hund gehorcht ihm fast so gut wie mir, und allein kann er sowieso nicht die Felder bestellen, die verpachte ich an meine Nachbarn." „Dann wird er mein erster Knappe werden", beschloss Thomas sogleich. „Aber mein Herr", wollte Gerhardt widersprechen, „er ist nicht von Adel!" „Er ist der Sohn eines freien Mannes, wie auch ich einst", beharrte Thomas, „es wird Zeit, dass wir ein bisschen frischen Wind in das verstaubte Standesdünkel bringen! Und in diese Burg auf der anderen Wupperseite!“, fügte er lauter werdend hinzu. Dabei zog er sein Schwert. „Wollt ihr mir dabei helfen?!“ Augenblicklich reckten sich neun weitere Klingen empor, begleitet von einem gemeinsamen Schlachtruf aus zehn Kehlen – und dem Bellen eines Hundes …

Heller Glockenklang ertönte vom Felssporn, auf dem sich das Schloss Neuenberge erhob, weithin über das Tal der Wupper und läutete einen geradezu frühsommerlichen Pfingstsonntag ein. Erzbischof Engelbert, der am Vorabend mit großem Gefolge aus Köln angereist war, leitete den Pfingstgottesdienst persönlich, gekleidet in kostbare, strahlend weiße liturgische Gewänder und angetan mit der zweispitzigen Mitra auf dem blond gelockten Haupt. Dazu hatten sich alle Bewohner und Gäste der Burg in oder vor der Johanniskirche versammelt. In den vordersten Reihen des mit Pfingstrosen und anderen Frühlingsblumen geschmückten, bis auf den letzten Platz gefüllten Gotteshauses, das auf Betreiben der Johanniter direkt neben dem alten Kirchhof entstanden war, auf dem Irmgards Mutter und Thomas’ Eltern begraben lagen, hatten die engsten Mitglieder der adeligen Familien Platz genommen, die mit dem anberaumten Turnier und der bevorstehenden Hochzeit verknüpft waren. Rechts vom Mittelgang saßen Irmgard und Heinrich von Limburg mit ihren Kindern Adolf und Walram. Heinrichs Vater, Walram IV. von Limburg, hatte es eingedenk der zahlreichen Fehden, die er mit dem Erzbischof ausgetragen hatte, vorgezogen, an diesem Tage fernzubleiben. Am Ende der vordersten Reihe schlossen sich Sibylla und ihre Eltern, Herrmann und Mechthild von Elverfeld, an. Dahinter saßen die engsten Ritter und Vertrauten des künftigen Grafenpaares, allen voran Gisbert von Limburg und die sechs Männer seines Gefolges. Auf der anderen Seite, links vom Mittelgang, hatte Heinrich von Udindara mit seinem Anhang Platz genommen, neben den Mitgliedern des Johanniter-Ordens und weiteren, führenden Kirchenmännern, vornehmlich des Kölner Domkapitels. Auch Giso und Gerard de Upladen sowie die Bernsau-Brüder und andere Ritter des verstorbenen Grafen Adolf, die an dessen Kreuzzug teilgenommen hatten und nun Lehnsmänner Engelberts waren, hatten sich in der Kirche eingefunden. Die hinteren Reihen füllten sich nach Ämtern, Rang und Würden mit Soldaten, Handwerkern und Bediensteten der Burg. Da nicht alle in der Kirche Platz fanden, blieben deren Flügeltüren offen, damit auch die Außenstehenden Engelberts Worte vernehmen konnten. Der Erzbischof sprach von der Bedeutung des Pfingstfestes, an dem der Heilige Geist über die Jünger Jesu und das Volk Israel gekommen war.

„Und es geschah plötzlich ein Brausen vom Himmel, wie von einem gewaltigen Wind, und erfüllte das ganze Haus, in dem sie saßen. Und es erschienen ihnen Zungen zerteilt, wie von Feuer. Und er setzte sich auf einen jeden von ihnen und sie wurden alle erfüllt von dem Heiligen Geist und fingen an zu predigen …"

Darauf breitete er seine Arme aus, als wolle er die gesamte versammelte Gemeinde beschwören. „So soll der Heilige Geist auch über uns an diesem Tage kommen, damit fortan Frieden und Einheit herrschen auf dieser Burg, manifestiert im Lebensbund zwischen der Tochter des Voigtes und einem der beiden edlen Ritter, die darum werben, sie zum Eheweib nehmen zu dürfen. Und niemand soll am Ende des Tages die göttliche Entscheidung, die uns das Turnier offenbaren wird, infrage stellen …"

„Heuchler", zischte Sibylla fast lautlos, aber eben nur fast, wobei sie sich einen strafenden Blick ihres Vaters einhandelte. Nach Ende des Gottesdienstes zog die gesamte Festgemeinde in feierlicher Prozession entlang einer jubelnden Menschenmenge, die Blüten auf den Weg warf, in den Burghof, wo alles für das Turnier hergerichtet war. Mit stoischer Miene und einem Schleier vor dem Gesicht, so als ginge sie zu ihrer Hinrichtung, schritt Sibylla, gekleidet in ein prächtiges Kleid aus blau-weißer Seide, an dem alle Burgfräulein seit Wochen mitgewirkt hatten, durch das Tor der neuen Mauer, ohne auch nur einen Gruß der winkenden Menschen zu erwidern. Hinter ihr folgten ihre Eltern, dahinter Katharina und die Zofe Irmgards als Brautjungfern. Magda musste sich mit einem Platz weiter hinten zufriedengeben. Da zu diesem Turnier und der anschließenden Hochzeit weit weniger Besucher erwartet wurden als sechs Jahre zuvor bei der Vermählung Irmgards und Heinrichs, hatte man diesmal nicht den großen Turnierplatz oberhalb von Neuenberge als Schauplatz auserkoren, sondern den Innenhof der Burg. An dessen Ostseite, mit dem Rosengarten im Rücken und dem Bergfried zur Linken, hatte man gut zwei Dutzend Sitzreihen für das einfache Volk errichtet. Auf der Westseite erhob sich eine dreireihige Tribüne mit erhöhten Sitzen in der Mitte für die Ehrengäste, den Erzbischof und das künftige Grafenpaar. Wer in diesem inneren Bereich keinen Platz fand, begab sich auf die umlaufende Wehrmauer, von der man zum Teil einen noch besseren Blick auf das Geschehen genoss. Aber sogar auf dem Bergfried befanden sich Menschen, um dem Turnier aus der Höhe beizuwohnen. Von dort ertönten nun Fanfarenklänge, die den nahen Beginn des Turniers verkündeten. Da der alte Palas abgerissen worden war, genügte die jetzige Freifläche so gerade eben, um einen ausreichend großen Turnierplatz auch für den Tjost, den Lanzenritt zu Pferde, abzustecken. Franco de Quettincheim, einer derer, die mit Adolf nach Palästina aufgebrochen waren, hatte man die Rolle des Heroldes zugewiesen. Als solcher verlas er zwischen neuerlichen Fanfarenklängen die Turnierregeln und stellte die Kontrahenten vor.

„Ausgetragen wird das Turney um die Hand der holden Jungfrau Sibylla nach alter Sitte Brauch mit Ross und Lanze, fürderhin mit zwei ritterlichen Waffen der eigenen Wahl", verkündete Franco. „Zu meiner Linken ist dazu angetreten – der hochwohlgeborene Heinrich von Udindara, Lehnsritter seiner Eminenz des Erzbischofs Engelbert von Köln, Graf von Berg und Herzog von Westfalen …" Dabei ritt Heinrich mit erhobener Lanze und geöffnetem Visier in die Arena, die in Längsrichtung durch eine hölzerne, mit bunten Wimpeln geschmückte Schranke geteilt war, sodass zwei Reitbahnen gebildet wurden. Etwa die Hälfte der Menge jubelte, der Rest applaudierte höflich. „Zu meiner Rechten tritt gegen ihn an – der edle Gisbert von Limburg, seines Zeichens Vetter und Lehnsmann des Burgherrn Heinrich von Limburg …" Nun war es an Gisbert, in die Schranken zu reiten. Diesmal jubelte die andere Hälfte der Zuschauer. Darauf lenkten die beiden Ritter ihre Pferde vor die Ehrentribüne und senkten ihre Lanzen.

✠

Von all dem hatten Thomas und sein zehnköpfiges Gefolge, den Saupacker eingerechnet, noch nichts mitbekommen. Der Fischersohn und Reichsritter von des Kaisers Gnaden war nicht nach Altenberge zurückgekehrt, sondern hatte sich mit Gerhardts Hilfe gleich ein Quartier in Widerode eingerichtet, um sich hier mit den Männern, die sich ihm angeschlossen hatten, an den Waffen zu üben. Es waren allesamt Kerle nach seinem Geschmack und sie lernten sich binnen weniger Tage gegenseitig kennen und schätzen. Sie hatten sogar eine provisorische Kampfbahn für ihn errichtet, mit einem Roland, einem drehbaren hölzernen Ritter mit Schild und Morgenstern in der Mitte, damit Thomas das Lanzenstechen üben konnte. Nach anfänglichen kleinen Missgeschicken, die von der fehlenden Abstimmung zwischen Ross und Reiter herrührten und die für gelegentliche Heiterkeit sorgten, etwa als Thomas' Pferd vor dem Roland scheute und der Ritter mit seiner Lanze unfreiwillig die Krone eines nebenstehenden Apfelbäumchens kappte, konnten sich seine Männer davon überzeugen, dass ihr neuer Herr auf dem Kreuzzug wahrhaft zu kämpfen gelernt hatte. Konrad und William war es überlassen gewesen, die restlichen Vorbereitungen zu treffen. Erst am Vorabend des Turniers waren sie zurückgekehrt. Auf Packpferden führten sie Thomas' Turnierrüstung mit sich, seine neuen Waffen und die Wappenröcke für ihn und sein Gefolge. Die prächtigen Tuniken und Umhänge in blau-weißer Farbe, mit einem gestickten Fisch auf Brust bzw. Rücken, hatten allseits Bewunderung hervorgerufen. Am meisten aber wurde Thomas' Schwert bestaunt. Die Klinge bestand aus vielfach gefaltetem, sorgsam gehärtetem Stahl und verjüngte sich gleichmäßig zu den scharf geschliffenen Enden sowie zur Spitze hin. Von der Parierstange bis zur unteren Mitte verfügte sie über eine kleine Ablaufrinne, die zwar Blutrinne genannt wurde, aber eher zur Verringerung des Gewichtes diente. Hart und elastisch zugleich war es das Werk eines Meisters. Am Griff jedoch hatte sich ein wahrer Künstler zu schaffen gemacht. Das Heft war für besseren Halt mit feinstem Leder umwickelt, in das man ebenfalls das Symbol eines Fisches einpunziert hatte. Der Knauf war in Form eines Löwenkopfes gestaltet, ähnlich dem Knauf des Schwertes, das der Fischersohn in seiner Jugend so geliebt hatte. Sichtlich ergriffen, hatte Thomas die prächtige Waffe aus Konrads Händen entgegengenommen, der aus seiner Freude über die gelungene Überraschung keinen Hehl machte. Mit einem Finger ließ sich das Schwert unterhalb der Parierstange ausbalancieren. Es lag leicht in der Hand und folgte Thomas' Armschwüngen, als sei es mit ihm verwachsen. „Ein neues Löwenschwert", war es Thomas voller Freude über die Lippen gekommen, „woher wusstet Ihr …?" „Wie könnte ich je vergessen, wie du einst mit dem schartigen, alten Ding zu kämpfen verstandest?", hatte Konrad gestrahlt, „möge dir diese Waffe zu neuem Löwenmut verhelfen!"

Am frühen Morgen dem Tal der Wupper und später dem steilen Pfad hinauf nach Neuenberge folgend, waren sie unbehelligt durch die verwaist daliegende Handwerksiedlung geritten. Da alle Bewohner zu dem Turnier geeilt waren, hatte niemand Notiz von ihnen genommen. Nun hielten sie entlang der Schildmauer geradewegs auf das Grabentor zu.

„Seid Ihr bereit, meine Freunde, diesen Strauß an meiner Seite auszufechten, komme, was wolle?", wandte sich Thomas an seine Getreuen. „Das sind wir!", ließen Gerhardt und die Männer an seiner Seite verlauten. „Ehre und Stärke", intonierte Konrad einen ritterlichen Schlachtruf, der sofort von allen begeistert aufgenommen wurde. Wulfila bellte wie zur Bestätigung.

„Und du?“ William war den ganzen Weg über nicht von Thomas’ Seite gewichen. „Bist du bereit, dein Schicksal hier und jetzt in deine Hände zu nehmen?!“ Thomas nickte und blickte zu dem mächtigen Bergfried empor. „Das bin ich. Heute wird sich der Kreis schließen, am Fuße der Mauern, die ich fast noch als Knabe verließ!“ „Dann sollen sie sich jetzt dem Ritter öffnen“, verkündete Konrad, der wie William nun wieder den Wappenrock der Tempelritter trug, „lass mich dafür dein Herold sein!“ Auf Thomas’ Nicken gab er seinem Pferd die Sporen und sprengte auf die Zugbrücke.

„Heinrich von Udindara, welche Waffen wählt Ihr neben der Lanze?“, erscholl Franco de Quettincheims Stimme im weiten Rund des Burghofes. „Die Axt und das Schwert“, gab Heinrich, auf dessen Wappenrock das Hirschgeweih derer von Odenthal prangte, mit ernster Miene zurück. „Und Ihr, Gisbert von Limburg?“, wandte sich der Herold an den Rotschopf mit dem Löwenwappen. „Das Schwert und den Morgenstern“, antwortete Gisbert, der seinen Helm abgenommen hatte, um besser gehört zu werden, „der hält reichere Ernte im Geäst eines flüchtenden Hirsches!“

Augenblicklich hatte er zahlreiche Lacher auf seiner Seite. Der Odenthaler warf ihm einen wütenden Blick zu, dann ließ er sein Pferd ein paar Schritte nach vorn machen und senkte seine Lanze vor Sibylla, die mit ihren Eltern und ihren Brautjungfern zur linken Hand des Erzbischofs saß. „Wollt Ihr mir die Ehre erweisen, einen Gunstbeweis aus Eurer Hand ins Feld zu führen?“ Doch Sibylla rührte keine Miene, noch sah sie sich genötigt, ihr Tüchlein an seine Lanze zu heften, wie es Edelfrauen häufig bei Turnieren für Männer ihres Herzens taten. Ein unüberhörbares Raunen ging durch die Menge.

„Lasst es gut sein, Odenthaler“, rief Gisbert, „sie wird ihr Tüchlein später noch brauchen, um sich in der Hochzeitsnacht den zarten Schweiß abzuwischen. Und Ihr werdet etwas Größeres benötigen, um nachher Eure Wunden zu verbinden. Dafür taugt das Tüchlein wenig!“ Wieder hatte er zahlreiche Lacher auf seiner Seite, erntete aber auch Schmährufe und Pfiffe. Es war Engelbert, der die aufkeimende Unruhe erstickte. Als Freund großer Gesten, der er war, erhob er sich feierlich und schlug demonstrativ das Kreuz über den beiden Kontrahenten.

„Wenn Ihr schon nicht den Segen der holden Jungfer habt“, ließ er vernehmen, „so nehmt zumindest Gottes Segen, alles andere wird sich fügen“, wobei er Sibylla mit einem süffisanten Blick bedachte. „Nun denn", ergriff erneut der Herold das Wort, „so lasset das Turnier beginnen. Gekämpft wird so lange, bis einer der beiden Ritter aufgibt, kampfunfähig darniederliegt oder sein Leben aushaucht. So begebt Euch denn …!"

In diesem Moment schnitt ihm ein Fanfarenstoß das Wort ab. Irritiert blickte Franco nach rechts und links, dann suchte er nach Antworten auf der Ehrentribüne, doch sowohl Heinrich von Limburg als auch Erzbischof Engelbert zuckten mit den Schultern.

„Vor den Toren steht ein weiterer Ritter mit seinem Gefolge, der Einlass und die Hand der Edeldame begehrt", rief da der Türmer vom Bergfried. Im Nu erfüllte erregtes Stimmengewirr den Turnierplatz. Sibylla blieb das Herz im Leibe stehen. Einer inneren Eingebung folgend, drehte sie sich zu Katharina um, die ihr mit einem wissenden Lächeln zunickte. Als sie ihren Kopf wieder umwandte, fiel ihr Blick auf den Rosengarten gegenüber. Dort hatte eine erste Knospe ihre frischen, zarten Blütenblätter geöffnet und Sibylla fiel die Botschaft der Kräuterhexe ein. „Wenn die Rose ihre Knospe öffnet, werden ihre Stacheln zu Stahl …" Beinahe wurde sie ohnmächtig, aber nur beinahe.

Engelbert war derweil ganz gegen seine sonstige Art aufgesprungen. „Wie viele sind es, droht uns ein Angriff?!" „Nein", beschied ihm der Türmer von oben, „es sind nur neun Mann, dazu ein Knabe und ein Hund!" Gisbert und der Odenthaler waren wie vom Donner gerührt und nahmen ihre Helme ab. Wer konnte da noch Anspruch auf die Tochter des Voigtes erheben?

„Wie ist der Name des Ritters, woher kommt er?", begehrte Heinrich von Limburg zu wissen. „Das will er uns nicht sagen", rief der Türmer, „sondern sich erst Euch zu erkennen geben!" Burgherr und Erzbischof blickten sich ratlos an. Engelbert schien geneigt, den Zugang zu verwehren, zögerte aber. Da fand der Herold die Worte wieder. „Wenn wir ihn nicht einlassen, wofür es keinen Grund gibt", gab Franco zu bedenken, „werden wir es nie erfahren!" „So lasst ihn ein!", beschloss Heinrich von Limburg, „auf dass wir sein Gesicht erblicken und seine Stimme vernehmen!" Kurz darauf hörte man, wie sich die Ketten von Tor und Zugbrücke in Bewegung setzten und Pferdehufe über Holz und Pflaster sprengten.

„Wer auch immer es ist", raunte Engelbert leise einem Mönch zu, der hinter ihm stand, „sorgt dafür, dass unsere Schergen wachsam sind!" Der Mönch verschwand und Augenblicke später galoppierten drei Ritter durch das innere Tor, im Laufschritt gefolgt von sechs Kriegsknechten und einem Burschen, der einen mächtigen Hund an der Leine führte. Zwei der Ritter trugen Ornat und Rüstung der Tempelritter, der dritte, wie auch das Gefolge, waren in blau-weiße Wappenröcke gehüllt, mit einem Fisch auf der Brust. Im Burghof zügelten sie ihre Pferde und ritten im Schritt in die Kampfbahn ein.

„Templer? Was wollen die hier?", kamen Stimmen auf. „Welches Geschlecht führt einen Fisch im Wappen?", fragten andere. Vor der Ehrentribüne blieben die drei Ritter stehen, wobei die beiden Templer, die offene Helme mit Nasenbügeln in normannischem Stil trugen, den dritten flankierten, der das Visier seines eigentümlichen, neuartigen Topfhelmes geschlossen hielt. Von den Seiten näherten sich neugierig Gisbert und der Odenthaler. Die drei Ritter verneigten sich ehrerbietig, wonach einer der beiden Templer seinen Helm abnahm und das Wort ergriff.

„Mein Name ist Konrad von Freienfels, ich bin Ritter-Marschall des Ordens der Tempelritter", ließ er mit voller Stimme verlauten, „manche von Euch kennen mich noch als Bruder Konrad von Altenberge." Ein Raunen ging durch die Menge, dann ließ eine Handbewegung Engelberts alle verstummen. „Was führt euch auf die Burg und was soll die Maskerade des Mannes in eurer Mitte?", unterbrach er die entstandene Stille, „rekrutieren die Tempelritter neuerdings ihren Nachwuchs auf Turnieren?"

„Das nicht, Eure Eminenz", fuhr Konrad ungerührt fort, „aber sie unterstützen die Werbung eines jungen Ritters um die Hand der holden Jungfrau dort neben Euch … und sein Ersuchen um Genugtuung für erlittenes Unrecht!" Erneut ging ein Raunen durch die Menge. „Von wem sprecht Ihr und von welchem Unrecht?", begehrte Heinrich von Limburg zu wissen, der sich von seinem Platz erhoben hatte. „Ich spreche von diesem jungen Mann hier, einem Mann, der hier am Wupperstrand geboren wurde", eröffnete ihnen Konrad, wobei er auf den Reiter mit geschlossenem Visier zeigte, „der als Kreuzfahrer den verstorbenen Grafen Adolf nach Palästina begleitete, der dort durch Verrat in Gefangenschaft geriet und dem der Ritterstand zu Unrecht verwehrt wurde, bis dass der Kaiser persönlich ihn mit eigener Hand zum Reichsritter schlug!"

Auf den Rängen kannte die Aufregung keine Grenzen mehr. „Ruhe!" Mit drohendem Blick und erhobenem Bischofsstab musste sich Engelbert, den es ebenfalls nicht mehr auf seinem Stuhl hielt, Gehör verschaffen.

„Und wer ist nun der rätselhafte Ritter, der dies durch Euren Mund vorbringt? Kann er nicht selbst für sich sprechen?!"

„Doch, das kann er!", ertönte es mit blecherner Stimme unter dem Helm.

Augenblicklich verstummte jedes Geräusch, sodass man eine Nadel hätte fallen hören können, als der Ritter langsam den Helm abnahm. Zum Vorschein kam das entschlossene, bärtige, von dunkelblonden Locken umrankte Antlitz eines Mannes, dem man sowohl seine noch jungen Jahre als auch die Höhen und Tiefen ansah, die das Leben für ihn bereitgehalten hatte.

„Mein Name ist Thomas Grimbergen, Sohn des Fischers Ulrich Grimbergen …", verkündete er mit anschwellender Stimme. Erzbischof Engelbert und Burgvoigt Herrmann fiel beiden die Kinnlade herunter. „Knappe des Grafen Adolf von Berg und von diesem auf dessen Sterbebett zum Ritter geschlagen …"

Heinrich von Limburg ließ sich zurück auf seinen Stuhl plumpsen, seine Gattin Irmgard schlug die Hand vor den Mund.

„Verraten von Männern aus eigenen Reihen und beinahe einem Mordanschlag zum Opfer gefallen …" Gisbert von Limburg fiel die Lanze aus der Hand, wie dem Herold seine Pergamentrolle mit den Turnierregeln.

„Gefangener des Sultans für zwei lange Jahre, befreit von den treuesten Freunden, die ein Mann haben kann …" Katharina und Magda weinten vor Glück.

„Von Kaiser Friedrich am Hofe von Palermo zum Reichsritter geschlagen …" Die Bernsau-Brüder und andere Kreuzfahrer brüllten vor Freude wie am Spieß.

„Und nach langer Irrfahrt endlich zurück, um die Liebe meines Lebens heimzuführen …" Da versagte ihm die Stimme. Und erst jetzt suchten seine Augen die Sibyllas. „Wenn sie mich noch will", fügte er heiser an.

Die Tochter des Voigtes hatte anfangs nicht gewagt zu atmen. Als Thomas dann seinen Helm lüftete, hatte sie die geballten Fäuste vor den wogenden Busen gepresst, um den aufkeimenden Schrei in ihrer Brust zu unterdrücken. Jetzt aber hielt es sie nicht mehr auf der Tribüne. Wie ein weidwundes Tier sprang sie auf und setzte wenig schicklich mit einem Satz über die Schranke, dann warf sie sich ihrem Geliebten von einst in die Arme, der sich dabei vom Pferd gleiten ließ. Vor aller Augen trafen sich ihre Lippen zu einem innigen Kuss. Der Burgvoigt nahm seine samtene Mütze vom Kopf und kratzte sich den Schädel. Seine Gattin Mechthild täuschte eine Ohnmacht vor, aber da niemand Notiz davon nahm, erwachte sie sogleich wieder.

Da löste sich Sibylla von Thomas und trommelte mit ihren kleinen Fäusten auf seine Brust. „Wie konntest du mich so lange warten lassen", schimpfte und lachte sie gleichzeitig mit Tränen in den Augen, „ich wäre fast gestorben!" „Ich war schon so gut wie tot", flüsterte er, dann nahm er sie wieder in die Arme.

Das war zu viel für den Odenthaler. „Ergreift ihn, er ist ein Lügner und Verräter", brüllte er aus vollem Hals, „wenn nicht gar der Mörder des Grafen Adolf. Sein Verrat führte zu dessen Verwundung!"

Augenblicklich steigerte sich die Aufregung auf den Rängen in einen wahren Tumult. Auf einen Fingerzeig des Erzbischofs eilten Wachmannschaften herbei und umstellten die Kampfbahn. Soldaten seiner Garde bildeten mit aufblitzenden Schwertern einen Ring um Thomas und dessen Gefolge. Doch der wachsame Konrad hatte mit solch einer Entwicklung gerechnet und ihre kleine Streitmacht darauf vorbereitet. Fast gleichzeitig zogen die beiden Templer ihre Schwerter. Auch Thomas zückte seine Klinge, nachdem er die Bestürzung über die Worte seines alten Freundes verdaut hatte. Dabei schob er Sibylla schützend zwischen sich und sein Pferd. Die Männer aus Widerode sicherten mit ihren Lanzen die Flanken. Gerhardt und sein Sohn deckten den Rücken ihrer Formation. Der junge Ulrich lockerte gar Wulfilas Leine und ließ den gewaltigen Saupacker bis auf wenige Schritte auf die Soldaten zuhetzen, die angesichts der imposanten Beißwerkzeuge des grollenden Hundes sofort wieder auf Abstand gingen. Da eilten zudem die Bärenbrüder und andere ehemalige Kreuzfahrer herbei, klopften Thomas wohlwollend auf die Schulter und stellten sich demonstrativ an seine Seite. Erneut war es der Erzbischof, der nachdrücklich Ruhe einforderte. Es dauerte jedoch einige Minuten, bis sich die Gemüter beruhigt hatten.

„Ihr da", erhob Engelbert schließlich seine Stimme, wobei er auf Konrad und Thomas zeigte, „habt den Burgfrieden verletzt, allein dafür winkt euch der Kerker!" „Wir haben niemandem ein Haar gekrümmt", widersprach Konrad, „aber wenn wir angegriffen werden, müssen wir uns verteidigen. Pfeift Eure Wachhunde zurück und wir stecken unsere Waffen wieder ein!"

Engelbert wollte etwas entgegnen, aber Heinrich von Limburg fiel ihm ins Wort. „Ob hier jemand den Burgfrieden verletzt hat oder nicht", bestimmte er mit lauter Stimme, „das zu beurteilen obliegt mir als Burgherrn. Verzeiht, Eminenz, aber für mich waren es Eure Soldaten, die zuerst zu den Waffen griffen."

Nun erschienen auf einmal Bogenschützen auf dem Wehrgang der Mauer und limburgische Ritter sowie bewaffnete Fußknechte marschierten auf. „Deshalb wandert hier vorerst niemand in den Kerker“, fuhr Heinrich fort. „Dafür aber möchte ich zu gerne wissen, ob es Beweise für die Aussagen gibt, die hier von verschiedenen Seiten getroffen wurden. Ich erinnere mich an Euch, Thomas. Was hat es mit dem vermeintlichen Ritterschlag auf sich und von welchem Verrat ist hier die Rede?“

Da Engelbert keinen Widerspruch einlegte, obwohl er einen langen, kalten Blick mit Heinrich wechselte, wurde der Fischersohn als Erster angehört. In knappen Worten berichtete er von den Kämpfen vor Damiette, von Adolfs Verwundung, die in der Tat die Folge eines Hinterhaltes war, und seinem Ritterschlag, für den es keine Zeugen gab. Aber er berichtete auch von dem Anschlag auf sein Leben, der ihn in die Gefangenschaft geführt hatte, aus der ihn letztlich Konrad und William befreit hatten. Die schöne Tänzerin überging er. Den Anschlag jedoch schrieb er unverhohlen Gisbert von Limburg zu, weil ein sarazenischer Augenzeuge dessen rote Haare erkannt zu haben glaubte, und einem nicht näher bekannten, kahlköpfigen Kriegsknecht, der den Sarazenen auch geheime Informationen über die Bewegungen des christlichen Heeres übermittelt habe. Noch bevor er geendet hatte, trat der beschuldigte Gisbert auf den Plan.

„Wir waren beileibe keine Freunde, das stimmt“, verkündete der Limburger, wobei er sich abwechselnd an Thomas und seinen Lehnsherrn wandte, „aber ich schwöre bei Gott, dass ich niemals meuchlings mein Schwert gegen ihn erhoben habe. An den zwielichtigen Kriegsknecht erinnere ich mich wohl, aber ich hatte den Eindruck, dass der Fischersohn und der Odenthaler mit ihm enger in Verbindung standen als ich. Ob der selige Adolf ihn zum Ritter geschlagen hat, kann ich nicht sagen, weil ich nicht zugegen war. Aber es gab genügend Männer, mich eingeschlossen, die ob seiner niederen Herkunft an seinen Worten zweifelten!“

„Mein Vater glaubte ihm“, ließ da Heinrich von Limburg vernehmen, „denn er hat mir berichtet, dass man den Grafen Adolf mit seinem Schwert in der Hand fand und sein damaliger Knappe der letzte Besucher war. Allerdings kann ich nicht glauben, dass mein Vetter Gisbert ihm nach dem Leben getrachtet haben soll. Er ist ein Heißsporn, aber kein Mörder!“

„Das habe ich auch nicht“, bestätigte Gisbert. Danach hieß Erzbischof Engelbert den Odenthaler Heinrich sprechen, der wutentbrannt schwere Anschuldigungen gegen Thomas erhob. „Er war geradezu versessen auf den Ritterschlag“, krähte er, „dafür hätte er alles in Kauf genommen, sogar Mord und Verrat. Ich bin sicher, dass er es war, der den Sarazenen die Informationen zu dem Hinterhalt gab, dem der Graf und andere zum Opfer fielen. Und ich bin überzeugt, dass er danach zum Feind überlief, als er seine Felle schwimmen sah! Dass man ihn stattdessen in den Kerker warf, war der gerechte Judaslohn!" Darauf wurde Theoderich von Bernsau, stellvertretend für alle Kreuzritter von Berg gehört, der keinen Hehl aus seiner Zuneigung für den Sohn des Fischers und aus seiner Freude über dessen wohlbehaltene Rückkehr machte, aber auch zugeben musste, dass niemand den Ritterschlag bestätigen konnte und manch einer befremdet auf dessen Behauptung reagiert hatte.

„So gibt es keinen Beweis für die Worte des einstigen Knappen", konstatierte der Erzbischof, „dafür aber begründete Zweifel von jedweder Seite!" Dabei wandte er sich mit erhobenem Finger an Thomas. „So seid Ihr vermutlich der Verbrechen schuldig, derer man Euch anklagt – und habt doch die Stirn, hier aufzukreuzen?!" „Langsam, Eminenz", mischte sich da Konrad ein, „Ihr müsstet es doch am besten wissen, dass unser Freund hier kein Lügner ist!" „Ich?", Engelbert war völlig überrumpelt. „Wie sollte ich?"

Konrad trat erhobenen Hauptes einige Schritte näher an die Schranke heran, die die Tribüne von der Kampfbahn trennte. „Weil Ihr, wie ich aus sicherer Quelle weiß, im steten Briefwechsel mit Oliver von Köln standet, dem geistigen Anführer der deutschen Kreuzfahrer. In einem dieser Briefe teilte er Euch mit, dass er keinen Zweifel an den Worten unseres Freundes hegt, weil er selbst dem seligen Grafen die Absolution erteilte, kurz bevor Thomas dessen Zelt betrat!"

Der Name des Oliver von Köln sorgte sogleich für erneute Aufregung. „Ich weiß nichts von solch einem Brief", behauptete der Erzbischof. „Dann wird es Euch sicher erfreuen, dass ich eine versiegelte Kopie dieses Briefes in Händen halte", verkündete Konrad und nestelte eine Pergamentrolle unter seinem Wappenrock hervor, „versiegelt von Oliver und von Kaiser Friedrich, der diese Zeile gelesen hat. Es war unter anderem dieser Brief, der den Imperator bewog, unseren Freund zum Reichsritter zu schlagen!"

Ohne Engelberts Antwort abzuwarten, hieß Konrad den Herold, den Brief zu verlesen, was dieser auch sogleich tat. Absolute Stille trat ein, als er geendet hatte. Engelbert ließ sich den Brief reichen, überflog die Zeilen noch einmal und kontrollierte die Siegel.

„Der Brief scheint echt zu sein und er stellt Eurem Thomas hier in der Tat einen guten Leumund aus", bestätigte der Erzbischof, „aber es ist kein letztendlicher Beweis!" „Es beweist, dass Thomas ein von vielen, auch vom Grafen, geachteter, aufrichtiger und tapferer junger Mann war, der keinen Grund hatte, Verrat zu üben. Im Gegenteil, er selbst wurde verraten", rekapitulierte Konrad und zog eine zweite Pergamentrolle hervor, „deshalb bittet Euch der Kaiser in diesem Schreiben, Thomas' Ritterschlag und Verdienste anzuerkennen und ihm ein Lehen zu verleihen!"

Erneut fiel Engelbert aus allen Wolken, und die Stimmung auf den Rängen schlug deutlich zu Thomas' Gunsten um, als der Herold des Kaisers Worte verlas. Trotzdem gab sich der Erzbischof noch nicht überzeugt. „Alles schöne Worte, zugegeben, aber nur geschriebene Worte", beharrte er, „geschrieben von Männern, die bei den entscheidenden Momenten nicht zugegen waren. Dem gegenüber steht die Aussage von Männern, die vor Ort waren und die diesen Knappen in anderem Lichte darstellen!" „Ritter", korrigierte Konrad, „Reichsritter durch des Kaisers Hand, deshalb tut Adolfs Ritterschlag auch nichts mehr zur Sache. An Euch ist es lediglich, seinen Stand zu bestätigen, ihm sein Recht und ein Lehen zu gewähren – zum Beispiel das Lehen, das mit der Hand dieser Frau verbunden ist, die ihn ohne Zweifel schon längst im Herzen trägt!"

Zustimmende Rufe wurden laut, andere protestierten, vornehmlich aus der Sorge, ihnen könne die Freude des Turniers versagt werden. „So einfach ist das nicht", widersprach Engelbert, „Adolf war mein Bruder und den möglichen Verrat an ihm kann ich nicht so ohne Weiteres übergehen. Ich denke, wir werden uns in einem Prozess damit auseinandersetzen müssen, bei dem wir auch noch einmal die Echtheit der Briefe überprüfen!"

Heinrich von Limburg riss der Geduldsfaden. „Die Sache wird hier und jetzt entschieden, da könnt Ihr sicher sein! Weder lasse ich die Beschuldigungen auf meinem Vetter sitzen, noch werde ich einen Ritter des Kaisers, und daran gibt es nichts zu deuteln, bis zu einem etwaigen Prozess in den Kerker werfen. Gibt es denn niemanden unter all den Anwesenden, vor allem unter den rückgekehrten Kreuzfahrern, der persönlich etwas Licht in das Dunkel bringen kann?"

„Doch, den gibt es!", ertönte da eine Stimme aus den gegenüberliegenden Reihen der Zuschauer. Alle Blicke wandten sich dem Mann in den einfachen Kleidern zu, der gerade aufgestanden war und seine Kapuze lüftete. „Ich war in jenen Tagen zugegen!"

„Arnold?!", entfuhr es dem überraschten Konrad, als der Mann näher trat, „so hat Euch meine Botschaft doch erreicht?!" „Ja, das hat sie", beschied ihm der vermeintliche Bauer lächelnd, wonach er sich an die hohen Herren auf der Tribüne wandte.

„Mein Name ist Arnold von Gymnich, vormals Lehnsritter des Grafen von Jülich, Kreuzfahrer vor Damiette und jetzt persönlicher Berater seiner Majestät Kaiser Friedrich II.!“

Dabei entledigte er sich seines ärmlichen Umhanges, unter dem ein Wappenrock in den kaiserlichen Farben zum Vorschein kam. „Noch eine Maskerade“, spie Engelbert aus, „ich glaube fast, ich bin auf einem Maskenball. Was habt Ihr vorzubringen?“

„Ich kann Euch versichern, dass Ritter Thomas mit jedem Wort die Wahrheit spricht, so er sie denn selber kennt!“, tat Arnold lautstark kund, „er hat dem Grafen Adolf mehrere Male das Leben gerettet und sicher keinerlei Verrat geübt. Und er ist auf gar keinen Fall zum Feind übergelaufen, sondern selbst Opfer eines Anschlags geworden, verübt von Männern aus unserem eigenen Heer. Die Sache hat mich nicht ruhen lassen und ich habe weitreichende Erkundigungen eingezogen. Danach wurde er von einem kahlköpfigen Fußknecht und einem Mann mit rotem Haar verfolgt und niedergeschlagen, denselben Männern, mit denen er bereits zuvor mehrere Male aneinandergeriet. Das schwöre ich, so wahr ich hier stehe!“

Nun kannte der Tumult im Burghof keine Grenzen mehr. Alles redete durcheinander, und es dauerte eine halbe Ewigkeit, bis wieder so etwas wie Ruhe einkehrte. „Und habt Ihr die Männer mit eigenen Augen gesehen?“, hakte der Erzbischof nach, „ist einer dieser Männer hier zugegen, ist es vielleicht gar der rothaarige Ritter aus Limburg hier?“ Dabei erschien es Thomas auf einmal, als käme dem Erzbischof auch diese Lösung des Rätsels nicht gerade ungelegen, waren ihm die Limburger doch offenbar allesamt ein Dorn im Auge. „Nein“, gab Arnold mit Bedauern zurück, „ich weiß nur sicher, dass es ein Knappe oder Ritter mit rötlichem Haar war.“ „Viele Ritter haben rote Haare, auch Euer Heinrich von Udindara, wenn man es genau nimmt“, protestierte Gisbert.

„Jetzt soll ich auch noch ein Verräter sein?“, brüllte der Odenthaler zur Antwort. „Schaut lieber allesamt selbst in den Spiegel. Ich bin es leid, immer der Prügelknabe zu sein.“

„Dann sehe ich keine Möglichkeit, einen Prozess zu vermeiden“, verkündete Engelbert, „alles nur Hörensagen. Wer will da entscheiden, wer die Wahrheit sagt!“

Unzufriedenes Gemurmel erhob sich. Heinrich von Limburg ließ sich entmutigt zurück auf seinen Stuhl fallen und nahm tröstend die Hand seiner Gattin in die seine, die seit der ersten Erwähnung ihres verstorbenen Vaters in Tränen aufgelöst war.

„Lasst Gott entscheiden, hier und jetzt“, platzte Konrad nach einem kurzen Seitenblick auf Thomas heraus, der ihm seine Zustimmung mit einem Kopfnicken beschied, „wenn Euch all diese Zeugnisse und Aussagen nicht genügen, nicht die des Oliver von Köln, auch nicht die des Kaisers oder des Ritters Arnold hier, dann bleibt uns nur, Gottes eigenes Urteil anzurufen. Lasst die Waffen sprechen!"

Sogleich erhob sich großer Jubel im weiten Rund. „Endlich kommen wir weiter", platzte es fast schon erleichtert aus Gisbert heraus, der augenblicklich sowohl Thomas als auch dem Odenthaler den Fehdehandschuh vor die Füße warf. Letzterer griff diesen auf und warf ihn seinerseits Thomas vor die Brust. „Verrecke, du Glücksritter", spie er dabei aus, „du hast mir oft genug im Weg gestanden. Du wirst nicht auch noch sie bekommen!", fügte er mit einem Seitenblick auf Sibylla an. Dann stapfte er zu seinem Pferd. Thomas kamen vollends Zweifel an Heinrichs Redlichkeit, auch die Geschehnisse in Ägypten betreffend.

Da alle Kontrahenten offenbar mit dem Waffengang einverstanden waren, gaben auch Engelbert und Heinrich von Limburg nach kurzer Beratung ihr Einverständnis. „So sei es", verkündete der Erzbischof, „dem Sieger winkt das Lehen und die Hand der Voigttochter." Dabei wandte er sich noch einmal direkt an Thomas. „Wenn Ihr obsiegt, erkenne ich Eure Beweise und Gottes Urteil an – unterliegt Ihr aber, wandert Ihr in den Kerker … falls Ihr dann nicht schon vor Eurem Schöpfer steht!" Thomas neigte lediglich kurz sein Haupt, dann nahm er Sibylla beim Arm. „Nun muss ich mich schon wieder von dir trennen, aber nicht für lange, so Gott will. Ich schwör dir, bei unserer Liebe, dass …" Seine Geliebte unterbrach ihn, indem sie ihm einen Finger auf die Lippen legte. „Pst, Liebster, du brauchst mir nichts zu schwören. Wir sehen uns gleich wieder, ganz sicher. Wer solch einen abenteuerlichen Weg hinter sich hat, der wird jetzt nicht im entscheidenden Moment unterliegen. Das macht keinen Sinn, auch vor Gott nicht. Ich glaube an dich!" Dabei hauchte sie ihm einen weiteren Kuss auf die Lippen. Dann band sie vor aller Augen demonstrativ ihr Seidentüchlein an seinen Oberarm, schürzte ihre Röcke und marschierte erhobenen Hauptes zurück zur Tribüne, wo sie diesmal direkt neben Katharina Platz nahm und sich bei ihr unterhakte.

„Was für eine Frau, sind die hier alle so?", kam es William über die Lippen, der sich zu seinem Freund herabbeugte. „Dafür lohnt es sich fürwahr zu sterben!" „Irrtum", beschied ihm Thomas lächelnd, „dafür lohnt es sich zu leben!" Darauf schwang er sich auf sein Pferd. Sogleich umringten ihn Konrad, Arnold, die Bärenbrüder und der Herold, um ihm Glück zu wünschen.

„Wir haben uns weit vorgewagt, jetzt musst du es vollenden!“, beschied ihm der Templer, „aber achte auf Gisberts Rechte, die war immer schon flink – und hüte dich vor Heinrich. Da er dir körperlich unterlegen ist, wird er es mit Finten versuchen!“ „Keine Sorge, das werde ich“, antwortete Thomas, „achtet ihr darauf, dass uns niemand in den Rücken fällt oder Sibylla etwas geschieht!“ Konrad nickte und gab Thomas’ Pferd einen Klaps. Daraufhin sprengte der Fischersohn zu seinem Ende der Kampfbahn.

Es wurde beschlossen, den Waffengang mit stumpfen Lanzen zu beginnen und dann bis zur Entscheidung mit Schwert, Axt und Morgenstern fortzufahren. Als Erste sollten Thomas und Gisbert in die Schranken reiten, der Sieger dann gegen den Odenthaler. Aber man überließ es den Streitern, notfalls auch im Dreikampf Mann gegen Mann anzutreten. Gerhardt reichte seinem neuen Herrn die schwere Lanze an, die mehr als zwei Manneslängen maß, als sei sie nicht mehr als eine Mistgabel.

„Wir zählen auf Euch, Thomas“, gab er ihm noch aufmunternd mit auf den Weg, „wir Ihr selbst sagtet, lasst uns frischen Wind in diese Burg bringen!“ „Ich werde mich bemühen“, versprach der junge Ritter, hakte den Rüsthaken am Lanzenende in sein Kettenhemd ein, zog die schweren, mit Eisenplatten verstärkten Lederhandschuhe an und schloss sein Visier. Fanfaren erschollen und der Herold gab mit einem blauen Wimpel das Signal zum Beginn. „So reitet heran!“

Beide Ritter gaben ihren Pferden sogleich die Sporen. Die Tiere rollten mit den Augen, bäumten sich für einen Wimpernschlag auf, dann preschten sie nach vorn. Im gestreckten Galopp jagten die beiden Reiter auf ihrer jeweiligen Bahn aufeinander zu, die langen Stoßwaffen im Anschlag, bis sie sich in etwa auf Höhe der Ehrentribüne begegneten. Krachend trafen die Lanzen den Schild des jeweils anderen und zersplitterten. Beide wurden durch den Aufprall nach hinten geworfen, verloren aber dank ihrer Körperbeherrschung und des nach hinten hoch ausgeformten Sattels nicht den Halt. Sibylla biss sich vor Aufregung auf die Lippen. Das Publikum applaudierte frenetisch. Ohne eine Pause einzulegen, ritten die beiden Kontrahenten zurück zu ihren Männern und ließen sich eine neue Lanze reichen, dann begann es von vorn. Doch auch dieser Durchgang sah keinen der beiden aus dem Sattel sinken. Der Schweiß tropfte ihm bereits unter dem Helm in die Augen, als sich Thomas die dritte Lanze reichen ließ und erneut in die Schranken galoppierte. Durch die Schlitze seines Visieres sah er, wie sich der Limburger ein wenig im Sattel aufrichtete, um etwas an Reichweite und Armfreiheit für den Stoß zu gewinnen. Dies war der Moment, auf den er gewartet hatte. Die linke Schulter nach vorn nehmend, duckte er sich im entscheidenden Augenblick zur Schrankenseite, wodurch Gisberts Stoß ins Leere ging. Gleichzeitig ließ Thomas seine Lanze vorbei am Schild des Gegners auf dessen Brust krachen, die zu dessen Glück mit zusätzlichen Eisenplatten über dem Kettenhemd bewehrt war. Im hohen Bogen flog Gisbert rücklings vom Pferd. Thomas wollte schon triumphieren, doch auch ihm erging es nicht besser. Die Lanze des Limburgers noch quer vor der Brust, wollte er sich schon wieder gerade in den Sattel setzen, doch die hölzerne Waffe verfing sich mit dem Rüsthaken am Ende im Ärmel seines Kettenhemdes, bevor sie rechts zu Boden fiel. Sein Pferd machte einen erschreckten Satz und er wurde von dem Gewicht der Lanze zu Boden gerissen. Für einen kurzen Moment blieb er benommen liegen. Dann holten ihn warnende Rufe in die Gegenwart zurück. Thomas warf seinen zerbrochenen Schild fort und riss den Helm herunter, um besser sehen zu können. Gisbert von Limburg lag, von getreuen Knappen umringt, reglos auf der anderen Seite der Schranke. Wozu also die Aufregung? Da nahm er aus den Augenwinkeln eine Bewegung wahr. Gerade noch rechtzeitig sah er den Odenthaler auf dessen Schlachtross auf sich zupreschen, der – wenig ritterlich und jegliche Turnierregel brechend – die Gunst der Stunde zu nutzen trachtete, um ihn mit der Lanze anzugehen oder ihn kurzerhand niederzureiten. Mit einem Hechtsprung rettete sich Thomas unter die Mittelschranke. Doch Heinrich wendete sein Pferd am Ende der Kampfbahn und sprengte augenblicklich zurück. Geistesgegenwärtig bückte sich der Angegriffene nach Gisberts Lanze, die nur wenige Schritt von ihm entfernt lag, und schleuderte das pfahlgleiche Ungetüm auf den Reiter. Von dieser Wendung des Schicksals überrascht, stürzte der Odenthaler samt Lanze vom Pferd und landete unsaft in den hölzernen Planken, die unter dieser Last zerbrachen. „Mein Schwert!", brüllte Thomas seinen Männern zu, da kam die blitzende Waffe auch schon durch die Luft geflogen. Geschickt fing der Fischersohn das kostbare Stück mit seinen behandschuhten Händen auf. Dann drehte er sich wieder zu Heinrich um. Dieser hatte sich derweil zur Seite abgerollt, mit vor Schmerz verzerrtem Gesicht erhoben, sich seines ebenfalls lädierten Schildes entledigt und ein ihm gereichtes Schwert ergriffen. Wütend über den hinterhältigen Angriff sprang Thomas über die Schranke auf ihn zu und deckte ihn mit einem Feuerwerk an Schlägen ein. Heinrich kam kaum mehr dazu, Atem zu schöpfen, in so schneller Folge hagelte es Hiebe. Dabei trieb Thomas sein Gegenüber immer näher an die Tribüne heran. Zu deren Füßen zwang er Heinrich schließlich in die Knie und schlug ihm mit einem gewaltigen Streich, einem tief gezogenen Eber, das Schwert aus der Hand, das darüber wie ein trockener Zweig zerbrach. Gnade heischend kroch Heinrich unter dem Gelächter der Zuschauer zwischen seinen Füßen hindurch – nur um in Thomas' Rücken aufzuspringen und von einem herbeigeeilten Knappen eine Axt in Empfang zu nehmen. Dies geschah just in dem Moment, als Thomas, seinen Gegner bereits besiegt wähnend, seine Klinge sinken ließ, um zu Atem zu kommen. Ungläubig sah er den Odenthaler mit riesigen Sätzen wieder auf sich zuspringen, die Axt über dem Kopf schwingend. Doch der Schlag blieb aus. Stattdessen schlang sich die Kette eines Morgensterns um den emporgereckten Stiel und riss Heinrich die Waffe aus der Hand. „Dieser Triumph gebührt dir nicht, du feiger Hund", schimpfte Gisbert von Limburg, der sich mittlerweile von seinem Sturz erholt und erneut in das Geschehen eingegriffen hatte. Darauf streckte er den Odenthaler mit einem Fausthieb nieder. „Dann zeig, dass du aus anderem Holz bist, du Verräter", rief Thomas und forderte Gisbert mit ausgestrecktem Schwert zum Zweikampf. „Herrgott, ich bin nicht der Verräter, für den du mich hältst, du sturer Fischkopf", beharrte Gisbert. Und zum Zeichen seiner Lauterkeit warf er den Morgenstern fort, um sich ebenfalls sein Schwert reichen zu lassen. Dann stürzten sie aufeinander zu. Wie einst auf dem Turnier zur Hochzeit Irmgards zogen beide Kämpfer alle Register ihres Könnens und schenkten sich nichts. Thomas zielte mit einem Ochs-Hieb auf das Schulterblatt des Gegners, Gisbert parierte den Schlag im Neunzig-Grad-Winkel, wobei er die Schwertspitze so hoch hielt, dass Thomas' Klinge bis zu Gisberts Parierstange hinabrutschte. Dabei kamen sich die beiden Kämpfer unweigerlich näher. „Ich war nicht mal in deiner Nähe, als du gefangen wurdest", brachte Gisbert zwischen zusammengebissenen Zähnen hervor. „Lügner", zischte Thomas, wobei er den Limburger von sich stieß, „dein Rotschopf war für viele weithin sichtbar!" Nun setzte Gisbert zu einem Dachschlag an, den Thomas parierte, indem er mit erhobener Klinge seinen Kopf- und Schulterbereich deckte. „Dann musst du jeden Rothaarigen als Feind betrachten!", keuchte Gisbert, worauf er zu einem horizontalen Streich ansetzte. „Nur einen, dich!", konterte Thomas, während er das Schwert des Gegners mit der Schmalseite und gestreckten Armen abwehrte. Nun ging der Fischersohn seinerseits zum Angriff über, indem er Gisbert mit einer ganzen Salve von Schlägen auf Kopfhöhe eindeckte, schließlich eine geschickte Körperdrehung absolvierte und mit dem Schwung dieser Bewegung einen gewaltigen Streich diagonal von unten führte. Ob durch die Wucht des Schlages oder um diesem zu entgehen, Gisbert flog nach hinten, ließ sich auf den Rücken fallen und vollführte eine Rolle, alles in einer fließenden Bewegung, wonach er sich, mit einem Lächeln der Erleichterung auf den Lippen, auf den Knien wiederfand. Dabei war er jedoch gegen die Beine des Odenthalers geprallt, der sich soeben wieder erhoben hatte. Einen Atemzug später erstarb Gisberts Lächeln und seine Augenlider begannen zu flackern. Als er vornüberfiel, wurde ein Dolch sichtbar, der ihm aus dem Rücken ragte. Diesen Moment allseitiger Bestürzung wusste Heinrich zu nutzen, indem er sich Gisberts Schwertes bemächtigte und seinen Jugendfreund erneut angriff. Thomas parierte die Schläge halbherzig, abgelenkt durch den Anblick des Dolches in Gisberts Rücken. Ungläubig starrte er unablässig auf den mit kostbaren Steinen besetzten Griff. Das konnte unmöglich wahr sein! Mit einer schnellen Schlagkombination trieb er den Odenthaler zurück, um die Waffe näher in Augenschein nehmen zu können. Und er täuschte sich nicht: Aus Gisberts Rücken ragte der Dolch seines Vaters, das Geschenk des Grafen! Erschüttert suchte er nach Antworten in den Augen seines Kontrahenten, doch von dort schlug ihm nur blinder Hass entgegen. Mit zur Fratze verzerrtem Gesicht trachtete ihm sein bester Freund aus Jugendtagen nach dem Leben. Da packte Thomas die kalte Wut. „Woher hast du den?“, brüllte er aus vollem Hals und legte seine ganze Kraft in einen Hagel von Schlägen. „Woher hast du den Dolch meines Vaters?!“ Der Odenthaler wusste nicht mehr, wie ihm geschah, noch ahnte er, wovon Thomas sprach. Aber er spürte, dass es nun zu Ende ging, denn dem Kraftausbruch des Fischersohnes hatte er nichts mehr entgegenzusetzen. Krachend landete ein Dachschlag auf Heinrichs Helm und raubte ihm fast die Besinnung. Einen Atemzug später flog sein Schwert durch die Luft und die Klinge des Siegers senkte sich auf seinen Adamsapfel. „Ich frage dich ein letztes Mal, woher hast du den Dolch?!“, herrschte ihn Thomas an. „Ich … ich weiß nicht, wovon du sprichst“, stammelte der erschöpfte Heinrich. Da packte ihn Thomas bei den Schultern, riss ihn empor und zerrte ihn zu dem reglosen Körper des Limburgers. „Davon spreche ich, dieser Dolch gehörte einst meinem Vater, er war ein Geschenk des Grafen Adolf. Und seit der Ermordung meiner Eltern war er verschwunden. Wie kommt er nun in deine Finger?“ Jeder im Burghof hatte angesichts der dramatischen Ereignisse den Atem angehalten, jetzt machte sich spürbare Unruhe breit. Und in dem Odenthaler dämmerte eine düstere Erkenntnis. Seine Augen wanderten zur Tribüne und suchten nach denen des Erzbischofs. Mit gefrorener Miene saß Engelbert auf seinem Platz. Heinrich wollte den Arm heben, befand sich aber in Thomas' eisernem Griff. „Der Dolch ...", setzte er zu einer Antwort an, „den hat mir ..."

Weiter kam er nicht. Mit dumpfem Aufprall schlug der gefiederte Pfeil einer Armbrust in seinem Hals ein. Ein kurzes Röcheln war das Letzte, was Heinrich von Udindara von sich gab. Es dauerte endlose Sekunden, bis Thomas begriff, was geschehen war. Bestürzt ließ er den leblosen Körper sinken. Dann wandte er seinen Blick in die Richtung, aus der der Pfeil gekommen sein musste. Dort auf der Tribüne hatte sich ein Knäuel von Menschen gebildet, die durcheinanderstürzten, Schreie ertönten. Dann vernahm er die sich überschlagende Stimme seiner Schwester. „Mörder!", schrie sie, „haltet ihn, das ist der Mörder meiner Eltern!"

In Thomas' Kopf rasten die Gedanken. Dann sah er, wie ein grobschlächtiger Mann über die Absperrung zur Kampfbahn sprang und auf Heinrichs Pferd zuhielt, ein kahlköpfiger Mann ... Der Kahle! Augenblicklich erkannte Thomas einen Großteil der Zusammenhänge. Natürlich, Heinrich und der kahle Kriegsknecht! Den Handlanger des Teufels durfte er nicht davonkommen lassen! Aber der Kahlkopf hatte bereits das Pferd erreicht, stieß die Knappen, die es am Zügel hielten, beiseite und sprang auf. Mit seinem Schwert konnte Thomas nichts ausrichten, die Distanz war zu groß, und bis er sein eigenes Pferd erreicht hatte, war der Kerl womöglich über alle Berge. Konrad und William standen ebenfalls zu weit weg. Da fiel sein Blick auf Gerhardts Sohn und den Saupacker.

„Der Hund!", brüllte er aus vollem Hals, „lass den Hund los!" Der junge Ulrich verstand ihn sofort und ließ Wulfilas Leine sausen. Wie ein Sturmwind brauste der Saupacker los und hetzte hinter dem Reiter her, der sich soeben zum inneren Burgtor aufmachte. Fast hatte er dieses bereits erreicht, als in der breiten Öffnung eine gespenstische Gestalt erschien, eine leibhaftige Hexe, der Schlangen aus dem Haar zu züngeln schienen! Fauchend streckte sie ihre krallenartigen Finger nach Pferd und Reiter aus, begleitet von einem fürchterlichen Fluch. „Die Geister der Ermordeten sollen über dich kommen, Schändlicher, Höllenhunde sollen dich verspeisen!", krächzte sie. Das Pferd stieg in Panik und warf seinen Reiter ab, dann begrub es die Hexe unter seinen Hufen. Schwer krachte der Körper des Unholdes auf das Pflaster, dann war Wulfila über ihm. Ein markerschütternder Schrei löste sich aus dem Mund des Kahlen, als ihm der Hund mit einem Biss das halbe Gesicht hinfortriss.

Karl der Quade atmete schwer, aber irgendwie fühlte er sich leichter, als sei die ganze Last seines üblen Gewissens von ihm abgefallen. Als er das eine ihm verbliebene Auge öffnete, erschrak er jedoch, denn alles um ihn herum waberte blutrot, so als sei er bereits im Fegefeuer. Dann sah er den furchterregenden Schädel des Höllenhundes, den die Hexe ihm an den Hals gewünscht hatte. Doch der Hund verspeiste ihn nicht, auch wenn er geifernd versuchte, sich erneut über ihn herzumachen, denn eine schwere Leine hielt ihn zurück. Stattdessen beugte sich ein junger Ritter über ihn. Dessen Lippen bewegten sich, aber er vernahm keinen Laut. Dann erkannte er den Ritter. Es war der vermaledeite Knappe, der ihm in Ägypten das Leben schwer gemacht hatte. „Die Geister der Ermordeten sollen über dich kommen!“ Aber dieser Kerl war nicht tot, weil er, Karl der Quade, einmal, ein einziges Mal, einen Auftrag nicht sorgsam genug ausgeführt hatte. So etwas rächte sich. Aber nun war es zu spät. Er versuchte, den Kerl zu verwünschen, aber kein Laut löste sich aus seiner Kehle. Hätte er die klaffende Wunde sehen können, die der Hund auch hier hinterlassen hatte, hätte er gewusst, warum. Das Letzte, was Karl der Quade sah, war die Klinge des Ritters, die sich auf sein Herz senkte. Irgendwie endete alles, was er anfing, im Blute, aber musste es denn sein eigenes sein?

„Auf ein Wort, Eminenz!“ Während sich Heinrich von Limburg bemühte, mit seinen Wachen das Chaos im Burghof zu ordnen, und seine Gattin Irmgard bestrebt war, die Damen des Hofes zu beruhigen, während sich Thomas, Sibylla und Katharina weinend in den Armen lagen, Magda sich um den schwer verwundeten Gisbert kümmerte, der aber wohl überleben würde, und andere damit beschäftigt waren, die Leichen zu entfernen, hatte sich Konrad von Freienfels unbemerkt dem Stuhl des Erzbischofes genähert. „Was gibt es, Templer?“, gab Engelbert ungehalten zurück. „Oh, ich wollte mich nur vergewissern, dass nun wieder Recht und Ordnung auf dieser Burg einkehren!“, antwortete Konrad vieldeutig. „Nun, was mich anbetrifft, ist alles in bester Ordnung“, beschied ihm der Erzbischof, „das Turnier ist entschieden, der Mörder erledigt, der wohl auch mit dem Verräter identisch ist, für den man Euren Schützling hielt. Was wollt Ihr noch?“ „Ich möchte sichergehen, dass unser Freund Thomas nun zu seinem Recht und seiner Braut kommt!“, erklärte ihm der Templer, „ohne dass er später um Leib und Leben fürchten muss!“ „Nun, ich werde tun, was in meiner Macht steht“, faselte Engelbert, „aber garantieren kann ich das nicht!“ „Das solltet Ihr aber, wenn Euch daran gelegen ist, dass Eure

Verwicklungen in die Angelegenheit nicht ans Tageslicht kommen", sprach Konrad eine unverhohlene Drohung aus. „Was soll das heißen", entrüstete sich der Kirchenfürst, „was habe ich damit zu tun?" „Das wisst Ihr selbst am besten, Eminenz", entgegenete Konrad, „der Mörder und Verräter ist erledigt, so weit, so gut, aber er hat nicht auf eigene Faust gehandelt, das weiß ich! Dieses Wissen ist bei mir gut aufgehoben – und auf einem Stück Pergament in den Archiven meines Ordens ..." Darauf machte er eine bedeutungsvolle Pause. „Dort kann es von mir aus bis in alle Ewigkeit ruhen. Ihr seid ein geachteter Erzbischof und ein guter Gubernator des Reiches. Viele verehren Euch. Und daran wollt Ihr doch sicher nichts ändern?!" Der Erzbischof warf ihm einen undurchsichtigen Blick zu. „Und was wollt Ihr jetzt konkret von mir?" „Wie Ihr selbst sagtet, Eminenz, es ist alles in bester Ordnung", flüsterte ihm Konrad ins Ohr, „sorgt dafür, dass es so bleibt!"

Noch am gleichen Abend gaben sich Thomas und Sibylla in der Burgkapelle im kleinen Kreis das Ja-Wort. Mechthild, ihre Mutter, schien erneut einer ihrer Ohnmachten nah, aber ein strenger Blick ihres Gatten ließ sie auf die Vorstellung verzichten. Heinrich von Limburg und William von Gloucester fungierten als Trauzeugen. Thomas hatte Konrad diese Rolle zugedacht, doch der Templer hatte abgewunken, mit der Begründung, dass dies einem jüngeren obliegen solle. Erzbischof Engelbert nahm eigenhändig die Trauung vor, damit niemand, wie er in seiner Predigt sagte, das Glück des Paares jemals würde anfechten können. Konrad konnte sich bei dieser Begründung ein Schmunzeln nicht verkneifen. Der Ehebund wurde mit dem Ring des Kaisers besiegelt, den Thomas bereits bei einem Goldschmied in Mailand hatte in zwei Hälften teilen lassen. Anschließend verlieh der Kölner Kirchenfürst und Gubernator des Reiches dem zum Ritter erhobenen Fischersohn feierlich das ausgelobte Lehen, den Gutshof mit ausgedehnten Fischereirechten bei Leichlingen.

„Nun tausche ich das Schwert wieder gegen das Handwerkszeug meines Vaters", kam es Thomas gedankenverloren über die Lippen, als er an Sibyllas Seite aus der Kapelle schritt und von einer jubelnden Menge empfangen wurde. „Wer's glaubt, wird selig", schmunzelte seine frisch angetraute Braut, während sie ihm erneut einen Kuss auf die Lippen drückte, „fürs Erste reicht es mir völlig, wenn du nicht gleich wieder auf Heerfahrt gehst!"

Ohne es zu ahnen, sprach sie damit ein Ereignis an, das sich in nicht allzu ferner Zukunft wiederholen würde. Arnold von Gymnich und der Herold Franco von Quettincheim, dazu die Bernsau-Brüder, Giso und Gerard de Upladen und andere Ritter bildeten mit gezogenen Schwertern ein Spalier. Hinter dem Brautpaar reihten sich die anderen Gäste ein, allen voran Katharina und William, der der Schwester seines Freundes mehr als bereitwillig seinen Arm anbot. Magda blieb am längsten in der Kapelle und sandte noch ein stilles Gebet für Arnold von Cleve gen Himmel, hatte sie doch von Thomas erfahren, dass dessen letzte Gedanken ihr gegolten hatten. Irmgard hätte gerne das Gleiche getan, schritt aber artig neben ihrem Gatten aus dem Gotteshaus. Sie tröstete sich mit Thomas' Versprechen, ihr baldmöglichst alles über die letzten Taten ihres heldenhaften Vaters und dessen Ableben zu berichten. Der denkwürdige Tag endete mit einem ausgedehnten Gelage im Burghof, bei dem jedoch nur wenige wirklich Freude verspürten. Thomas und Sibylla begaben sich bereits frühzeitig in ihr Brautgemach, das ihnen der Burgherr im Palas zur Verfügung gestellt hatte. Hier verbrachten sie eine zärtliche Hochzeitsnacht. Dass sie dabei keinen Schlaf fanden, hatte weniger mit der leidenschaftlichen Liebe zu tun, der sie sich hingaben. Aber schmerzlich stieß ihnen auch immer wieder der hohe Preis auf, mit dem Glück und Gerechtigkeit erkauft worden waren.

Die Gebeine des Mörders wurden noch in der Nacht verbrannt und deren Asche verstreut. Den Leichnam Heinrichs überstellte man zu gleicher Stunde in seine Stammburg Strauweiler, die später einem neuen Besitzer überantwortet wurde. Als sich der letzte Zecher zur Ruhe begab, begrub ein kleiner Kreis von Trauernden die sterblichen Überreste der alten Kräuterfrau auf dem Friedhof neben der Johanniskirche. Auf ihr frisch aufgeworfenes Grab legten Sibylla und Katharina die erste Rose des Jahres, die sich tags zuvor geöffnet hatte …

Epilog

Schwere Axt- und Hammerschläge hallten weithin hörbar durch den Morgennebel im Tal der Wupper. Sie zeugten von geschäftigem Treiben auf der Lichtung am linken Ufer der ausladenden Flussbiegungen, die dem etwas weiter südlich gelegenen Ort Leichlingen den Namen gab. Seit alters her sammelte sich hier an diesen Flussschlingen der Laich der Fische, die diesen Abschnitt der Wupper für ihre Fortpflanzung aufsuchten. ‚Leichlingen', sozusagen die Kinderstube der Flussfische – konnte es einen besseren Ort für den Sohn eines Fischers geben, um sich niederzulassen? Entsprechend tatkräftig war Thomas ans Werk gegangen. Unterstützt von seinen Getreuen hatte er Bäume gefällt, Felder und Gärten vom Unkraut befreit, Mauern aufgeschichtet und das baufällige Herrenhaus instand gesetzt, das zu seinem neuen Besitz gehörte. Seit Tagen wuchs daneben eine respektable Hütte in die Höhe und eine erste Scheune, damit seine Männer und die zukünftige Ernte ein Dach über den Kopf bekamen. Trotz des noch kühlen Morgens hatte sich Thomas seiner Obergewänder entledigt und auch die Beinlinge nach oben gerollt, nicht etwa weil die Arbeit ihm den Schweiß auf die Haut getrieben hätte, sondern weil er vermeiden wollte, dass die Kleider nass wurden. Zusammen mit Gerhardt stand er in der Strömung des Flusses und setzte Pfähle, um daran Reusen und Netze zu befestigen, mit denen er dem Fischreichtum des Flusses zu Leibe rücken wollte. Mit gewaltigen Schlägen seines steinernen Hammers trieb der einstige Hundeführer des Grafen von Berg die Pfähle in den Untergrund, die Thomas in Position hielt. „Solltest du ein Hühnchen mit mir zu rupfen haben, dann wäre jetzt die rechte Gelegenheit, mir eins überzubraten", flachste der frisch gebackene Gutsherr. „Gott bewahre", gab Gerhardt trocken zurück, „doch nicht vor der Ernte, was wird dann aus uns?" Beide brachen in befreites Gelächter aus, in das sich plötzliches Hundegebell mischte. „Da kommt jemand", sagte Gerhardt alarmiert, „Wulfila schlägt nicht ohne Grund an!" Vorsorglich unterbrachen sie ihr Werk und kehrten zum Ufer zurück. Als sie sich dem Hof näherten, während sie ihre einfachen Tuniken überstreiften, sahen sie aus dem höher gelegenen Wald im Osten drei Reiter auf sich zukommen. Wie auf ein Kommando ließen auch Thomas' Männer ihre Arbeit ruhen, griffen zu ihren Lanzen und stellten sich hinter ihren Herrn. Gerhardts Sohn Ulrich hielt mit Mühe den kläffenden Saupacker zurück. Doch Thomas' Miene hellte sich schnell auf, als er die Reiter erkannte. „Ruhig Wulfila", gab er Entwarnung,

„das sind Freunde, die darfst du nicht fressen!“ Schmollend rollte sich der gewaltige Hund zu Füßen seines jungen Führers ein. Schon aus der Ferne hatte Thomas die unverkennbaren Wappenröcke der Tempelritter erkannt. Es waren William und Konrad, die sich dort näherten. Eine kleine Schar Hühner stob davon, als die Pferde den Hof erreichten. Der Ritter in der Mitte war unverkennbar Arnold von Gymnich, der nun wieder seinen markanten Helm trug. Ulrich konnte seine Augen gar nicht mehr von dem seltsamen Zierrat in Form eines Schilfhuhnes abwenden. „Ich grüße Euch, junger Ritter“, ergriff Arnold als Erster das Wort, „wie ich sehe, wart Ihr nicht untätig, das gefällt mir, dieses Land braucht Männer, die den Stier bei den Hörnern packen!“ „Fische, werter Arnold“, korrigierte Thomas mit gespieltem Ernst. „Verzeiht, ich glaube ich verstehe nicht ganz?!“ William und Konrad mussten sich das Lachen verkneifen. „Ich gedenke, Fische zu fangen, keine Stiere“, klärte Thomas den Gymnicher Ritter auf, „und die packt man am besten direkt hinter den Kiemen!“ Jetzt erst ging Arnold ein Licht auf. „Wie wohlschmeckend die hiesigen Forellen sind, davon könnt Ihr Euch gleich selbst überzeugen, frisch aus unserem neuen Räucherofen!“ Es war Sibylla, die diese Einladung aussprach, während sie aus dem Haus geeilt kam, um sich bei ihrem Mann unterzuhaken. „Ich hoffe, Ihr gebt uns die Ehre und teilt das Morgenmahl mit uns!“ Bevor Arnold antworten konnte, zog eine zweite Frauenstimme ihre Aufmerksamkeit auf sich. „Und frisches Brot gibt es auch gleich dazu“, stellte Katharina in Aussicht, die mit mehlbestäubten Unterarmen um die Hausecke bog, hinter der sich der selbst gemauerte Backofen befand. Zielstrebig hielt sie auf Williams Pferd zu, zog den Templer am Zipfel seines Wappenrockes zu sich herab und begrüßte ihn mit einem Kuss. Dann verneigte sie sich höflich vor den anderen Gästen. „Nun, wer kann solch einem verlockenden Angebot widerstehen, wenn selbst ein Tempelritter schwach wird?“, sprach Arnold und sprang vom Pferd.

Nachdem Thomas und Sibylla nach Leichlingen aufgebrochen waren, um ihr Lehen in Besitz zu nehmen, hatten die Templer und der Ritter von Gymnich noch einige Tage als Gäste auf Burg Neuenberge verbracht. Dabei hatten sie über Politik, die Pläne des Kaisers und Engelberts Machtstreben diskutiert, der in seinem Erzbistum zweifelsohne viel Gutes bewirkte, aber auch mit harter Hand regierte. Schnell hatten Arnold und Heinrich von Limburg festgestellt, dass sie in vielen Belangen einer Meinung waren, und der Kreuzritter hatte versprochen, sich für Heinrich und die niederrheinischen Fürsten beim Kaiser zu verwenden. Währenddessen waren sich Katharina und William auf langen Spaziergängen näher gekommen, so nah, dass William allen Ernstes in Erwägung zog, seinem Orden zu entsagen und eine weltlichere Laufbahn einzuschlagen. Schließlich war Katharina, zu Magdas Bedauern, ihrem Bruder und ihrer Schwägerin an die Biegung der Wupper gefolgt, denn deren Haushalt brauchte Verstärkung. Nun waren die Ritter gekommen, um Lebewohl zu sagen.

„Das war köstlich", schnalzte Arnold von Gymnich mit der Zunge, als er das letzte Stück geräucherte Forelle verspeist und mit einem Schluck Bier heruntergespült hatte, „vielleicht darf ich mich bei Gelegenheit einmal revanchieren?!" „Gerne, Herr Arnold", antwortete Thomas, während er und Sibylla sich von der Bank und der selbst gezimmerten Holztafel vor dem Herrenhaus erhoben, an der sie das Mahl eingenommen hatten, „wie können wir Euch jemals für alles danken?" „Indem Ihr nicht vergesst, an dem feierlichen Ritt teilzunehmen, den ich fortan zu Christi Himmelfahrt auf meinen Ländereien abzuhalten gedenke", sprach der Gymnicher, „ich würde mich freuen, Euch dort wiederzusehen!" „Ich werde kommen", versprach Thomas, dann nahmen sie herzlich Abschied voneinander.

„Habt Dank für alles, Ihr seid ein wahrer Freund!", beschied ihm auch Konrad noch einmal mit einem kräftigen Händedruck, dann bestieg der Ritter von Gymnich sein Pferd, hob noch einmal die Hand zu einem letzten Gruß und trabte flussabwärts davon. Gedankenverloren kehrte Thomas an seinen Platz zurück und zog den Dolch seines Vaters hervor, den Heinrich von Limburg ihm als rechtmäßigem Besitzer nach der Hochzeit zurückgegeben hatte.

„Was bedrückt dich, mein Freund?" William hatte mittlerweile ein untrügliches Gespür für die Stimmungen seines Waffenbruders. „Ich musste an den Namensvetter des Gymnichers denken", kam es Thomas über die Lippen, „an Arnold von Cleve, aber auch an den Grafen Adolf, an meinen Vater und meine Mutter, an den Odenthaler und an Gisbert. So viel ist geschehen, so viele Menschen, die ich einst liebte, sind gestorben. Und dieses Ding hier …", die edlen Steine auf Griff und Scheide des Dolches blitzten in der Sonne, „hat noch keinem seiner Besitzer Glück gebracht!" William legte ihm mitfühlend eine Hand auf die seine. „Nun, da kann der Dolch aber nicht für. Und zumindest Gisbert erfreut sich schon wieder bester Gesundheit, wie man hört. Der wird dir noch das ein oder andere Mal über den Weg laufen!" „Danke, da kann ich drauf verzichten", gab Thomas zurück, „ich hab ihm Unrecht getan. Aber ans Herz wachsen wird er mir trotzdem nicht. Besser, wir kommen uns so schnell nicht mehr in die

Quere, sonst hört das nie auf!" „Das ist der Lauf der Dinge, Ritter Thomas, den auch du nicht aufhalten kannst", meldete sich Konrad zu Wort, wobei er den Ritter besonders betonte, „Menschen werden geboren und sterben, gute und schlechte Menschen. Wir haben nur die Wahl, uns für den guten oder schlechten Weg zu entscheiden. Setze du deinen Weg fort, denn der war bislang ein guter. Du musst jetzt in Adolfs und Arnolds Fußstapfen treten – und in die deines Vaters. Setze ihr Werk fort, bis …" Dabei blickte der Templer demonstrativ zu Sibylla herüber, die gerade zweien von Thomas' Männern begreiflich machte, das frisch gesäuberte Haus nicht mit schmutzigen Schuhen zu betreten, „bis die nächste Generation deinen Platz einnimmt. Lass den Dolch dir Mahnung und Erinnerung sein!"

Konrad und William blieben noch ein paar Tage, vor allem weil der junge Engländer sich noch nicht so schnell von Katharina trennen wollte, die nun vollends sein Herz erobert hatte. Doch dann hieß es auch für sie, Abschied nehmen.

„Wohin werdet Ihr gehen?", begehrte Thomas von Konrad zu wissen, als dieser auf sein Pferd stieg. „Nun, erst einmal begleite ich diesen nichtsnutzigen Engländer hier in seine Heimat, denn wie du ja sicher schon weißt, hat er sich in den Kopf gesetzt, den Templerorden zu verlassen – und dafür wird er womöglich meine Hilfe benötigen." Dabei warf er William einen amüsierten Blick zu, der gerade Arm in Arm mit Thomas' Schwester aus der halbfertigen Scheune kam. „Danach werde ich wahrscheinlich nach Palästina zurückkehren, denn auf mich wird mein Orden wohl kaum so schnell verzichten!"

„Dann möge Gott Euch beschützen!", gab ihm Thomas mit auf den Weg. Bewegt reichten sie sich zum Abschied die Hände. „Passt gut auf ihn auf!", wandte sich Konrad noch einmal an Sibylla, „er neigt zuweilen dazu, verloren zu gehen!" Zur Antwort stürzte sie kurzerhand auf ihn zu, zwang ihn, sich zu ihr herabzubeugen, und drückte ihn, so fest sie konnte. „Das werde ich – und passt gut auf Euch auf, Ihr seid der beste und mutigste Mensch, der mit je begegnet ist!"

Konrad räusperte sich ein wenig verlegen, dann lenkte er sein Pferd langsam flussabwärts. Unterdessen zupfte Katharina dem Ritter ihres Herzens zärtlich einen Strohhalm aus dem zerzausten Haar und schlang noch einmal die Arme um ihn. Ihre Lippen trafen sich zu einem letzten Kuss. Dann drehte sie sich um und rannte unter Tränen ins Haus. „Mir scheint, du hast meiner Schwester gehörig den Kopf verdreht, mein Freund, schickt sich das für einen Templer?", tadelte ihn Thomas freundschaftlich.

„Nun, ich habe dir schon mehrfach versucht, deutlich zu machen, dass wir Tempelritter das mit der Keuschheit nicht so genau nehmen!“, gab William mit gleichem Humor zurück, wurde dann jedoch auf einmal sehr ernst. „Aber ich schwöre dir, dass ich Katharina wirklich liebe. Ich bete dafür, dass man mich aus dem Orden entlässt. Danach werde ich meinen Vater besuchen und sehen, ob es dort ein Auskommen für uns gibt. Dann komme ich sie zu holen, wenn du sie mir gibst!“

„Niemandem lieber als dir, Bruder!“, antwortete Thomas aufrichtig. „Oder aber ich komme mit ein paar englischen Webern zurück, damit ihr endlich mal lernt, wie man vernünftige Stoffe herstellt, und lasse mich hier bei euch nieder!“, fügte der Engländer an. „Du bist uns jederzeit willkommen, auch für immer!“, gab ihm Sibylla zu verstehen und drückte ihm einen Kuss auf die Wange. „So oder so – in einem Jahr bin ich zurück, darauf mein Wort als Ritter!“, verkündete William, während er sich elegant auf sein Pferd schwang, „schärft ihr das ein, wenn ihr die jungen Burschen hier den Kopf verdrehen wollen!“ „Worauf du dich verlassen kannst, mein Freund!“, versprach Thomas. „So sei es!“, damit gab William seinem Pferd die Sporen und galoppierte Konrad hinterher.

„Meinst du wirklich, er kommt zurück?“, überlegte Sibylla, während sie den beiden Reitern nachsahen, die langsam in der Ferne verschwanden. „Worauf du dich verlassen kannst, Männer wie er halten immer ihr Wort!“, war Thomas überzeugt. „Dann sollten wir uns beeilen!“, meinte seine junge Frau vieldeutig. „Beeilen womit?“ „Nun, zum Beispiel eine Familie zu gründen, solange wir unter uns sind!“ Damit nahm sie ihn lachend bei der Hand und rannte mit ihm ins Haus.

Ihr junges Glück ließ sie nicht bemerken, dass sich im Westen, über dem Rhein, neuerlich dunkle Wolken zusammenbrauten …

– ENDE –

Nachwort

Nicht viele historische Romane spielen oder beginnen an eher unbedeutenden Nebenflüssen wie der Wupper. Eher an Rhein, Donau, Themse oder Loire, sicher. Aber gerade hier in Burg an der Wupper, dem Ausgangs- und Endpunkt unserer literarischen Reise, wurde Geschichte geschrieben wie kaum irgendwo sonst. Mit dieser Geschichte und den damit verbundenen Geschichten sind mein Co-Autor Peter Hein und ich aufgewachsen. Zuweilen leben wir diese „Living History" auch im Rahmen von Reenactments auf „Schloss" Burg, wie der wichtigste Schauplatz unseres Romans genannt wird, seit er im 15. Jahrhundert zum Jagdschloss umgebaut wurde. Schloss Burg, der Stammsitz der Grafen von Berg, ist heute eine der größten wiederhergestellten Burganlagen Westdeutschlands. Diese Burg und die Menschen, die hier lebten, noch dazu in einer der ereignisreichsten Epochen des Mittelalters, einem größeren Publikum zu erschließen, darin lag ein großer Teil unserer Motivation, diesen Roman zu schreiben. Adolf von Berg, schon der Erste dieses Namens, verdient Erwähnung, schenkte er der Nachwelt doch die imposante Burg auf dem Felsen über der Wupper, die, wenn auch mit Veränderungen und Neubauten, bis heute erhalten geblieben ist. Er zieht von der alten Burg Berge, dem Stammsitz des Geschlechtes, das dem Bergischen Land den Namen gab, in die neue Burg „Neuenberge." „Altenberg" schenkt er dem Orden der Zisterzienser, dem sein Bruder Eberhardt angehört. Die Grafen nach ihm treten in seine Fußstapfen. Fast alle von ihnen nehmen an Kreuzzügen teil. Adolf III. gilt als einer der Anführer des 5. Kreuzzuges, der in diesem Roman geschildert wird. Sein Schwiegersohn Heinrich von Limburg, der den Löwen in das Bergische Wappen einbringt, kommandiert einige Jahre später gar den nahezu unblutigen Kreuzzug des Stauferkaisers Friedrich (aber das ist eine andere Geschichte und Stoff einer Fortsetzung). Adolf V. ist eine der Schlüsselfiguren des späten 13. Jahrhunderts und einer der Sieger der Schlacht von Worringen, eine der größten Ritterschlachten des Mittelalters. In Altenberg entsteht derweil einer der schönsten Dome der westlichen Hemisphäre.

Der bedeutendste all dieser Grafen und unserer historischen Protagonisten ist jedoch Engelbert, der jüngere Bruder Adolfs III., dem eigentlich „nur" eine kirchliche Laufbahn vorgezeichnet ist. Und doch bringt er es bis in höchste politische Ämter, bis zum Gubernator des Reiches, zum Erzieher des Kaisersohnes. Manch einem wird es sicher nicht gefallen, dass wir den „Heiligen Engelbert" nicht immer in ganz so heiligem Licht darstellen, wie

es uns viele seiner Zeitgenossen, vor allem kirchlicherseits, weismachen wollen, etwa sein Biograf Cäsarius von Heisterbach. Engelbert II. von Berg bzw. Engelbert der I. von Köln war ganz sicher eine der schillerndsten Figuren des Mittelalters, mit einem Meter achtzig für die damalige Zeit groß gewachsen, hochintelligent, gebildet, „eine Zierde seiner Zeit", wie es heißt. Aber er war auch ein absoluter Machtmensch, ein gewiefter Politiker, zielorientiert und mit wenig Skrupel behaftet. Dafür spricht schon allein die Tatsache, dass er für seinen älteren Vetter und Vorgänger im Amt des Erzbischofs, Adolf von Altena, in jungen Jahren Partei nahm, mit diesem zu den Waffen griff und sich zur Finanzierung ihrer Raubzüge der Kasse des Kölner Domkapitels bediente. Erst die Enthebung aller seiner Ämter und die Exkommunikation durch den Papst läuterten ihn. Sollte er sich so sehr geändert haben, als es schließlich um seine eigene Karriere und später um die Grafschaft Berg ging? Wohl kaum. Darin sind sich auch die Historiker einig, die wir bei unserer Recherche zu Rate zogen. Es ist durchaus wahrscheinlich, teilweise sogar historische Tatsache, dass er sich bewaffneter Männer bediente, seien es nun Raubritter oder reguläre Truppen, um seinen Willen durchzusetzen. Damit machte er sich nicht gerade viele Freunde, vor allem nicht unter den rheinisch-westfälischen Adeligen. Dafür spricht auch seine spätere Ermordung (von der im nächsten Roman die Rede sein wird) durch einen Vetter und ein Komplott verschiedener Adelshäuser. Seine im Roman angedeutete indirekte Verstrickung in die Geschehnisse auf dem 5. Kreuzzug hingegen ist reine Fiktion. Tatsache jedoch ist, dass er in stetem Briefwechsel mit Oliver von Köln stand, der ihn und das Kölner Domkapitel regelmäßig über die Vorgänge in Akkon und Damiette unterrichtete.
Diese Briefe des Kölner Domschulmeisters Oliver, seine Historia Damiatina, waren denn auch unsere wichtigste Quelle bei der Rekonstruktion der Ereignisse in Ägypten. Dabei haben wir uns streng an den historischen Tatsachen orientiert. Der Umbau friesischer bzw. kölnischer Koggen und deren Ausrüstung mit Kriegsmaschinen zum Beispiel sind keinesfalls Fiktion, sondern von Oliver eigenhändig bezeugt und überliefert. So ist es auch eine Tatsache, dass Graf Adolf (III.) von Berg persönlich ein solches Schiff umbauen ließ und befehligte. Damit nahm er am 29. Juni 1218 die Mauern von Damiette unter Beschuss, geriet aber in das Kreuzfeuer zwischen den Verteidigern der Stadt und dem Kettenturm und musste seinen Angriff abbrechen. Ebenso ist es eine Tatsache, dass Graf Adolf zur Eroberung der Pfalz Kaiserswerth nach fruchtloser Belagerung den schützenden Rheinarm durch einen Damm trockenlegen ließ. Die Idee dazu wird vielleicht auch ein getreuer Mitstreiter gehabt haben. Selbst

der Verkauf des Klosterhofes von Merheim durch Adolf an die Zisterzienser in Altenberg ist durch Urkunden bezeugt. Diese und andere geschichtliche Fakten haben wir versucht, mit Leben zu erfüllen, mit Gedanken und fiktiven Abenteuern unserer Protagonisten zu verweben, ohne den historischen Boden zu sehr zu verlassen. Dabei haben wir uns bemüht, die Handlungen unserer Heldinnen und Helden zu hinterfragen und die etwaigen Gedankengänge dahinter möglichst schlüssig darzustellen. Den Silberschatz, den Graf Adolf auf dem Sterbebett seinem Knappen Thomas vermacht, gab es übrigens wirklich. 1952 fanden Bauarbeiter im Burghof einen Tonkrug mit 508 Silberpfennigen, die heute im Bergischen Museum auf Schloss Burg ausgestellt sind. Dieser Münzschatz kann nach einhelliger Meinung dort nur von Graf Adolf III. vor dem Kreuzzug als Notgroschen vergraben worden sein. Einen Teil davon haben wir unseren Helden Thomas finden und nutzen lassen. Bei allem, liebe Leser, vergessen Sie aber bitte nicht: Auch „Der Kreuzzug des Fischers“ ist lediglich ein Roman, entstanden aus der Fantasie der Autoren – die sich für Ihr Interesse und Ihre Geduld herzlich bedanken.

J. Michael Schumacher und Peter Hein

Personen:

Thomas Grimbergen, *Fischersohn,*
Knappe in Diensten des Grafen Adolf III. von Berg
Ulrich Grimbergen, *Thomas' Vater, Fischer an der Wupper*
Hilde Grimbergen, *Thomas' Mutter, Kräuterfrau*
Katharina, *Thomas' Schwester*

Adolf III. von Berg, *(nach anderen Quellen der VI.)*
Graf von Berg und einer der Anführer des 5. Kreuzzuges
** vor 1176; † 7.8.1218 vor Damiette*

Bertha von Sayn, *dessen Ehefrau*

Irmgard von Berg, *deren Erb-Tochter, später Gräfin von Berg*
**um 1200; † 12.8.1248*

Engelbert II. von Berg, *jüngerer Bruder des Grafen Adolf von Berg,*
Dompropst zu Köln, später Erzbischof Engelbert I. von Köln,
** 1185 oder 1186 in Burg Neuenberge an der Wupper;*
† 7.11.1225 in Gevelsberg

Adolf (I.) von Altena, *Erzbischof von Köln, Vorgänger Engelberts,*
** um 1157; † 15.4.1220 in Neuss*

Arnold von Cleve, *Vetter des Grafen Dietrich (V.) von Cleve,*
enger Freund von Adolf III. von Berg, † 1218 vor Damiette

Magda, *Köchin auf Neuenberge*

Herrmann von Elverfeld, *Burgvoigt*
Mechthild, *dessen Gattin*
Sibylla, *deren Tochter*

Heinrich von Udindara/Odenthal, *Jugendfreund von Thomas,*
Spross des Burgherrn von Strauweiler bei Altenberg

Bruder Konrad, *Mönch im Kloster Altenberg, Tempelritter*

Abt Herrmann II., *bis 1225 Abt im Kloster Altenberg*

Gerhardt vom Hünger, *Bauer und Hundeführer des Grafen Adolf,*
Ulrich, *dessen Sohn*

Karl der Quade, *gedungener Scherge, Gegenspieler von Thomas*

Dietrich von Hengebach, *Erzbischof von Köln,*
*direkter Vorgänger Engelberts, * um 1150; † um 1224*

Graf Walram IV. von Limburg *(ab 1221 Herzog),*
*obwohl nicht immer auf derselben Seite stehend, freundschaftlich verbunden mit Adolf von Berg, * ca. 1175; † 1226*

Heinrich IV. von Limburg, *ältester Sohn Walrams, ab 1217 verheiratet mit Irmgard von Berg und über sie ab 1225 Graf von Berg,*
** vor 1200; † 25.2.1246*

Adolf IV. von Berg, *auch Adolf der Lange und Adolf der Kriegerische genannt, ältester Sohn Irmgards von Berg und Heinrichs von Limburg,*
** 1217; † auf einem denkwürdigen Turnier im April 1259*

Walram V. von Limburg, *zweiter Sohn Irmgards und Heinrichs,*
später Herzog vom Limburg

Gisbert von Limburg, *entfernter Verwandter Heinrichs von Limburg,*
Rivale von Thomas

Friedrich II. von Hohenstaufen, *König von Sizilien,*
ab 1212 römisch-deutscher König,
ab 1220 Kaiser des Heiligen Römischen Reiches,
** 26.12.1194; † 13.12.1250*

Konstanze von Aragón, *erste Ehefrau Kaiser Friedrichs,*
ab 1212 deutsche Königin, 1220 Kaiserin,
** um 1179; † 23.6.1222*

Otto IV. von Braunschweig, *seit 1198 deutscher König, 1209 römischer Kaiser, * ca. 1176; † 1218*

Maria von Brabant, *dessen 2. Ehefrau, * ca. 1191; † 1260*

Oliver von Köln, *auch Thomas Olivier oder Thomas Oliver, Oliver der Sachse oder Oliver von Paderborn genannt, Domschulmeister zu Köln, Kreuzzugsprediger, geistiger Anführer der deutschen Kreuzfahrer auf dem 5. Kreuzzug und dessen Chronist, ideenreicher Erfinder von Kriegsmaschinen. 1223 bis 1225 Bischof von Paderborn, ab 1225 Kardinal, * um 1170; † 11.9.1227*

Ritter des Grafen Adolf III., die diesen auf dem 5. Kreuzzug begleiten:
Giso de Upladen *und*
Gerard de Upladen,
Franco de Quettincheim
Rutger von Merheim
Gumpert von Eller
Adolf, Theoderich *und* **Henrich von Bernsau** *(Bärensau bei Overath)*
Fulk von Solengen

Inez, *Tänzerin und Übersetzerin, Mündel eines jüdischen Wanderhändlers, zwischenzeitlich Thomas' Geliebte*

Jacub, *jüdischer Händler, Ziehvater von Inez*

William von Gloucester, *englischer Tempelritter, Freund von Thomas*

Guillaume de Chartres, *auch Wilhelm von Chartres, 14. Großmeister des Templerordens, † 26.8.1218*

Pierre de Montaigu, *auch Pedro de Montaigu genannt, 15. Großmeister des Templerordens, † 28.1.1232*

Garin de Montaigu, *dessen Bruder, Großmeister des Johanniterordens*

Herrmann von Salza, *4. Hochmeister des Deutschen Ordens, bedeutender Politiker, Ratgeber Kaiser Friedrichs II., * um 1162; † 20.3.1239*

Arnold von Gymnich, *Ritter und Kreuzfahrer, später Ratgeber am Hofe Kaiser Friedrichs, wird von einem Schilfhuhn vor dem Ertrinken gerettet, begründet daraufhin den Gymnicher Ritt, der noch heute zu Christi Himmelfahrt stattfindet, † 1238*

Sultan Abu-Bakr Malik al-Adil I., *auch Saphadin genannt, Bruder des berühmten Saladin, 3. Sultan der Ayyubiden in Ägypten, * Juni 1145; † August 1218*

Sultan al-Kamil, *dessen Sohn, kompletter Name: Al-Malik Al-Kamil Nasir Al-Din Mohammad Ibn Al-Malik Al-Adil Ibi Bakr, 4. Sultan der Ayyubiden in Ägypten, einer der bedeutendsten mittelalterlichen Herrscher des Orients, * 1180; † 6.3.1238*

Al-Muazzam, *Bruder al-Kamils, Sultan von Syrien*

Saif ad-Din, *Kerkermeister des Sultans al-Kamil*

Yussef bin Tarek al-Tahir, *Assassine, Botschafter von Maysad, Freund Konrads von Freienfels*

Franziskus von Assisi, *Bettelmönch, Buß- und Wanderprediger, Begründer des Franziskaner-Ordens, predigt 1219 im Lager des Sultans, * 1181/1182 in Assisi, Italien; † 3.10.1226*

Quellen:

Genealogie-Mittelalter.de
Heisterbach, Caesarius von: Vita, passio et miracula beati Engelberti Coloniensis Archiepiscopi / Leben, Sterben und Wunder des seligen Kölner Erzbischofs Engelbert I.

Die Vorzeit der Länder Cleve-Mark, Jülich-Berg und Westphalen, Verlag von Friedrich Amberger, Solingen 1839, S. 117 ff

Stürner, Wolfgang: Friedrich II.,
Teil 1: Die Königsherrschaft in Sizilien und Deutschland 1194–1220,
Primus Verlag Darmstadt 1997, Seite 188, 218, 223, 239

Thorau, Peter: Jahrbücher des Deutschen Reichs
unter König Heinrich (VII.) Teil I,
Duncker & Humblot Berlin 1998, Seite 77, 100, 137, 142 ff.

Wies, Ernst W.: Friedrich II. von Hohenstaufen. Messias oder Antichrist, Bechtle Esslingen 1998, Seite 100, 181 ff.

Winkelmann Eduard: Kaiser Friedrich II., 1. Band,
Wissenschaftliche Buchgesellschaft Darmstadt 1963, Seite 465–477 ff.

Artikel „Adolf III. (Graf von Berg)“ in: Allgemeine Deutsche Biographie, herausgegeben von der Historischen Kommission bei der
Bayrischen Akademie der Wissenschaften, Band 1 (1875), ab Seite 92

Oliver of Paderborn, The capture of Damietta, trans. J. J. Gavigan, Philadelphia 1948, reprinted in Christian society and the Crusades, 1198–1229, ed. E. Peters, Philadelphia 1971

R. L. Wolff, H. W. Hazard, The later Crusades, 1189–1311
University of Pennsylvania Press, 1962

Gruß, Franz Geschichte des Bergischen Landes,
Leverkusen, 1994, S. 120–138

Lothmann, Josef: Erzbischof Engelbert von Köln,
Kölnischer Geschichtsverein e.V., 1993
S. 20, 22–28, 38–52, 59–273

Danksagung

Ich bedanke mich in erster Linie bei meinem Freund und Autor-Kollegen Peter Hein, dass er die Idee zu diesem Buch hatte, nicht müde wurde, mir das Projekt ans Herz zu legen, und damit ein bescheidenes, schlummerndes Talent in mir zum Leben erweckte. Und ich danke meiner Mutter, dass sie mir ihre Liebe zu historischen Romanen vererbt hat, ferner bei meinen Kindern Nina und Robin, für ihre Geduld mit mir, wenn ich sogar im Urlaub an einem fernöstlichen Strand mit dem Laptop umherlief. Außerdem danke ich meinem Freund Bernd Spies für die stete Ermunterung und konstruktive Kritik. Und ich danke den Frauen in meinem Leben für die vielfältigen Inspirationen in jedweder Richtung.

J. Michael Schumacher

Ich danke zuallererst meiner Frau Regine für die endlose Geduld, die sie mit mir hatte, wenn ich ihr an langen Winterabenden mit nicht enden wollenden Geschichten und Beschreibungen über das Leben im Mittelalter in den Ohren hing. Des Weiteren gilt mein Dank Herrn Dr. Norbert Orthen aus Odenthal, der uns als Historiker zur Seite stand und uns tiefe Einsichten, vor allem in Bezug auf die Person des Erzbischofs Engelbert, vermittelte. Und ich bedanke mich nochmal recht herzlich bei Frau Schlesener von der Städtischen Bücherei in Remscheid, die nicht müde wurde, die von mir bestellten, teils exotischen oder recht betagten Werke aus mitunter recht fernen Büchereien zu bestellen und uns damit mit unschätzbarem Recherchematerial zu versorgen.

Peter Hein

Gemeinsam bedanken wir uns bei unserem Verlag für die Bereitschaft, das Wagnis dieses Romans mit uns einzugehen, und bei den Lektoren für die Nachsicht mit unserem manchmal etwas freizügigen Umgang mit Worten.

J. Michael Schumacher und Peter Hein

Und so geht es weiter…

Der Feldzug der Rache

Drei Jahre sind vergangen, seit der Fischersohn Thomas Grimbergen vom 5. Kreuzzug zurückkehrte, zum Ritter geschlagen wurde und die Hand seiner Jugendliebe Sibylla gewann. Am Wupperknick bei Leichlingen hat er sich ein Gut aufgebaut, wo er einträglichen Fischfang betreibt. Thomas und seine Frau erwarten ihr erstes Kind, als das junge Glück im Herbst des Jahres 1225 von Mord und Verrat bedroht wird.
Graf Engelbert von Berg, seines Zeichens Erzbischof von Köln und Reichsverweser – damit Stellvertreter des Kaisers und mächtigster Mann nördlich der Alpen – hat sich durch seine harte, kompromisslose Machtpolitik viele Feinde gemacht, zu denen auch Mitglieder seiner eigenen Familie gehören. Deshalb lässt er sich stets von einer bewaffneten Eskorte begleiten. Immer häufiger verpflichtet er dazu den jungen Ritter Thomas und dessen Getreue, die zu den wenigen Männern gehören, denen der Erzbischof noch vertraut, obwohl sie nicht zu seinen erklärten Freunden zählen. Zwei Anschläge auf sein Leben können vereitelt werden. Aber auch Thomas kann letztlich nicht verhindern, dass Engelbert am 7. November 1225 im Hohlweg zu Gevelsberg erschlagen wird – von Männern seines eigenen Großvetters Friedrich von Isenberg. Auch der Fischersohn gerät in den Kreis der Verdächtigen ...

Erschienen im Bergischen Verlag

648 Seiten, 16,90 Euro

ISBN 978-3-943886-19-1

… mit den Rittern von Berg.

Der Kreuzzug des Kaisers

Nach dem Tod Engelberts sind Irmgard, die Tochter des verstorbenen Grafen Adolf, und ihr Mann, Heinrich von Limburg, die neuen Herren auf der Burg. Heinrich eilt ein Ruf als mutiger Kämpfer und erfahrener Heerführer voraus. Kaiser Friedrich II. beruft ihn 1228 zum Anführer seines (schon vor Jahren versprochenen) Kreuzzuges, mit dem er Jerusalem befreien will. Thomas zieht an der Seite seines Lehnsherren Heinrich erneut in den Krieg, der aber so gut wie gar nicht stattfindet, denn Kaiser Friedrich gewinnt Jerusalem am Verhandlungstisch. Damit zieht er sich jedoch den Zorn der Tempelritter zu. Thomas führt derweil seinen eigenen Kreuzzug. Dieser führt ihn erneut an den Hof des Sultans Al-Kamil. Dabei gibt es ein Wiedersehen mit Bruder Konrad, seinem alten Lehrmeister und Gefährten. Und er begegnet Inez wieder, seiner schönen Geliebten aus dem ersten Teil der Trilogie. Diesmal allerdings will er sie nicht länger dem Sultan überlassen.

Der „Kreuzzug des Kaisers“ erscheint voraussichtlich 2015.

Maas
Duysbu
Krefeld
Kaiser
Erzbistum Coel
Erkelenz
Jülich
Kerpen
Aachen
Eusk
Zülpich
Herzogtum Limburg